KB034248

# 번역가의 머리말

『천로역정』부터 『롤리타』까지

**박진영** 朴珍英, Park Jin-young

성균관대학교 국어국문학과 교수. 근대소설, 번역문학, 출판문화 연구를 통해 근대 한국의 시대정신과 상상력을 재조명해 왔다. 최근에 동아시아 번역 사상과 에스페란토 문학으로 시야를 넓히고 있다. 제37회 월봉저작상(2012), 한국출판학술상(2013)을 수상했다. 주요 논저 『한국의 번안소설』(전10권, 2007~2008), 『번안소설어 사전』(2008), 『신문관 번역소설 전집』(2010), 『번역과 번안의 시대』(2011), 『책의 탄생과 이야기의 운명』(2013), 『탐정의 탄생』(2018), 『번역가의 탄생과 동아시아 세계문학』(2019).
www.bookgram.pe.kr

**번역가의 머리말** 천로역정부터 롤리타까지

**초판인쇄** 2022년 1월 30일 **초판발행** 2022년 2월 15일
**엮은이** 박진영 **펴낸이** 박성모 **펴낸곳** 소명출판 **출판등록** 제13-522호
**주소** 06643 서울시 서초구 서초중앙로6길 15, 2층
**전화** 02-585-7840 **팩스** 02-585-7848 **전자우편** somyungbooks@daum.net **홈페이지** www.somyong.co.kr

값 80,000원 
ISBN 979-11-5905-663-5 93810

한국연구원
동 아 시 아
메 모 리 아
**1**
EAM 001

# 번역가의 머리말

『천로역정』부터 『롤리타』까지

TRANSLATOR'S PREFACES

**박진영 엮음**

## 펴내는 말 _ 번역가의 목소리, 번역의 풍경

번역가는 자기 목소리로 말할 수 있는가? 번역가는 원작을 빛내고 원저자가 돋보이게 만드는 일을 소명으로 삼는다. 원작은 번역가에 앞서 이미 존재하며, 원저자는 번역보다 미리 발화한다. 번역가는 자신의 모어로 말하지만 독자는 그 너머 이방인의 외국어를 듣는다. 번역가는 자기 언어의 주인이 될 수 있는가?

메피스토펠레스는 번역가와 내기를 걸지 않는다. 번역가가 바벨탑의 재건을 꿈꾸지 않으리라는 것을 메피스토펠레스는 잘 알고 있다. 번역은 오로지 번역가의 목소리를 빌려서만 존재한다. 번역의 숙명이다. 번역가는 언어 사이의 흔들림과 모어의 떨림 속에 고유한 음색과 파형을 새긴다. 번역가의 욕망이다. 번역의 숙명과 번역가의 욕망은 모순되지 않는다. 바로 그 자리에서 머리말이 탄생한다.

번역가는 과거와 미래를 가로지르며, 자신의 현재와 타자의 세계를 넘나든다. 지나간 시간의 독자이면서 아직 도래하지 않은 모어 독자와 대면하며 언어적 고투를 벌여야 하기 때문이다. 번역가는 필연적으로 자신의 존재와 실천에 대해 답하는 주체일 수밖에 없다. 누가, 무엇을, 언제, 어디서, 왜, 어떻게 번역했는가? 머리말은 번역가의 목소리가 역사성을 띠는 순간이자 주체적 실천의 장소다.

모두 378편의 머리말을 한자리에 그러모았다. 1895년부터 1960년까지 한국어로 발화된 세계문학의 목소리들이다. 번역은 단순히 외국어를 옮기는 행위를 뜻하는 것이 아니라 낯설고 새로운 세계와 마주하는 역사적 실천이다. 시점이 명확한 것은 그러한 까닭에서다. 종점도 뚜렷하다. 다른 세계와 만나면서 비롯된 설렘과 긴장이 옅어지는 때다. 머리말이 어느새 역자 후기로 자리를 옮기는 때이기도 하다.

머리말을 남기지 않아서 이 책에 담지 못한 경우가 많다. 엄연히 머리말이 놓여야 할 자리이건만 하필 자료 일부가 유실되었거나 제목만 전해진 채 번역 작품을 미처 찾아내지 못한 경우는 훨씬 더 많다. 아쉽기 짝이 없지만 지금 우리가 들을 수 있는 목소리들을 최대한 기억하고자 했다.

번역가의 목소리를 통해 내가 그려내고 싶은 것은 한국어 번역가의 초상이요 세계문학 번역의 풍경이다. 소략하나마 번역가의 삶을 들여다보면서 번역을 둘러싼 흥미진진한 역사의 현장을 함께 이야기하고 싶었다. 쉽게 접하기 어려운 표지를 선보이고 싶은 욕심도 컸다. 핑계로는 방대한 분량 때문에, 실제로는 내 역량 탓에 다음 기회로 미루기로 한다. 그 대신 번역 작품의 완전한 서지 사항을 밝히고, 어쩔 수 없는 몇몇 경우 말고는 전문을 제시하는 것에 만족하기로 한다. 무엇보다 번역가의 목소리 그대로 귀 기울이는 겸손함을 가난한 미덕으로 삼으려 한다.

번역가의 목소리는 그 자체로 이론이자 실천이다. 어떤 번역 이론도 번역가의 목소리에 앞서지 않는다. 어떤 해석과 평가도 목소리의 역사를 뛰어넘지 못한다.

이 책은 머리말들을 위한 머리말이며, 번역들을 위한 번역이다. 모쪼록 『번역가의 머리말』이 단순한 수집이나 지루한 목록으로 그치지 않기를 변명 겸 바람으로 남겨 둔다. 사라진 한국어 번역가 이름들, 흩어진 세계문학 번역의 흔적들을 하나하나 기억해 두기 위한 사전이 필요하다. 또 번역가의 목소리 밑에 숨죽이고 있는 동아시아 번역의 동시성과 네트워크를 입체적으로 되살려야 한다. 앞으로 이 책의 독자들과 함께해야 할 몫이다.

번역가는 이방인의 언어로 지금 우리 시대의 문학을 상상하기 시작했으며, 세계라는 새로운 지평에서 한국어와 한국문학을 사유할 수 있게 이끌었다. 번역가야말로 근대 한국과 동아시아의 기나긴 밤을 견뎌 온 파우스트들이다. 모든 번역가들에게 이 책을 바친다.

『번역가의 머리말』을 펴내는 것은 값진 자료를 아낌없이 제공한 여러 기관, 그리고 오랜 우정을 나누어 준 학예사와 사서 덕분이다. 국립중앙도서관, 국회도서관, 한국학중앙연구원, 여러 대학 도서관의 사서들께 감사드린다. 근대서지학회 오영식 회장과 엄동섭 총무, 한국근대문학관 함태영 관장, 한국현대문학관 서영란 학예사, 현담문고 박천홍 학예연구실장, 화봉문고 여승구 대표께 각별한 인사를 올린다.

또한 동아시아 메모리아 총서의 첫 번째 책으로 『번역가의 머리말』을 내놓는다. 한국연구원 이영준 이사장과 김상원 전 원장, 변함없는 믿음과 지지를 약속해 준 소명출판 박성모 대표, 공홍 전무, 이예지 편집자를 비롯한 모든 편집진께 감사 인사를 전한다.

2022년 1월

여시재如是齋에서

박진영

## 차례

펴내는 말_번역가의 목소리, 번역의 풍경 3

# 제1편 세계문학의 시대

## 제1부 계몽기 · 식민지 시기 잔 다르크부터 바스티유의 단두대까지 15

장지연 | 애국부인전 17
대한매일신보사 | 나란부인전 19
주시경 | 월남망국사 26
김병현 | 서사건국지 29
신문관 | ABC계 33
신문관 | 만인계 34
최남선 | 불쌍한 동무 35
이광수 | 검둥의 설움 39
백대진 | 야반의 경종 46
이상협 | 정부원 48
이상협 | 해왕성 50
진학문 | 홍루 53
박현환 | 해당화 54
백대진 | 서백리의 용소녀 56
백대진 | 효녀 57
김억 | 나의 참회 58
춘계생 | 부활 62
김명순 | 상봉 64
현진건 | 초련 66
현진건 | 부운 67
나도향 | 카르멘 68
최승일 | 봄물결 69
홍난파 | 사랑하는 벗에게 70
홍난파 | 청춘의 사랑 72
홍난파 | 어디로 가나? 74
홍난파 | 애사 78
홍난파 | 장 발장의 설움 79
홍난파 | 사랑의 눈물 80
홍난파 | 매국노의 자 82
김억 | 죽음의 나라로 84
릴리어스 호튼 언더우드 | 병중소마 87
릴리어스 호튼 언더우드 | 지킬과 하이드 89
제임스 스카스 게일 · 이원모 | 일신양인기 90
제임스 스카스 게일 · 이원모 | 유락황도기 91
제임스 스카스 게일 · 이원모 | 영미신이록 92
시조사 | 회오 94
정순규 | 사랑의 한 98
오천경 | 해성월 100
노자영 · 고월 | 사랑의 무덤 102
이상수 | 인육장사 104
이서구 | 육의 영광 106
최남선 | 만세 107
손진태 | 등 너머의 까치 109
양재명 | 헤르만과 도로테아 110
신태악 | 반역자의 모 111
신태악 | 월세계여행 115
권보상 | 체호프 단편집 116
조명희 | 그 전날 밤 118
고한승 | 라인 미화 119
김동인 | 유랑인의 노래 122
김광배 | 청의야차 124
조춘광 | 박행한 처녀 126
김벽호 | 설운 이야기 127
김기진 | 번롱 129
김단정 | 괴적 130
김영환 | 동도 131
박누월 | 춘희 132
알렉산더 앨버트 피에터스 | 서부전선은 조용하다 133
조용만 | 전쟁 단편 135
이하윤 | 비밀 없는 스핑크스 136
현진건 | 조국 137

김억 | 해변 별장 139
이헌구 | 장 크리스토프 141
이종수 | 소비에트 로빈슨 크루소 145
김태원 | 부커 티 워싱턴 자서전 146
나갈도 | 벤허 147
심훈 | 대지 149
김성칠 | 대지 150
전유덕 | 여자 대학생 151
전유덕 | 여학생 일기 152
임학수 | 일리아드 153
임학수 | 이도 애화 156
임학수 | 파리 애화 158

**제2부 해방기** - 잃어버린 번역의 시간 161

김준섭 | 싯다르타 163
이철 | 첼카슈 164
이석훈 | 항복 없는 백성 171
이석훈 | 부활 178
남훈 | 사람은 얼마만한 토지가 필요한가 180
전형국 | 셰익스피어 초화집 182
김진섭 | 맹인과 그의 형 185
전창식 | 배신자 186
양주동 | 밀른 수필집 188
안응렬 | 전원교향악 190
김병달 | 좁은 문 192
임학수 | 슬픈 기병 195
최완복 | 감람나무밭 197
이휘영 | 카르멘 201
김길준 | 동물농장 204
이호근 | 헉슬리 단편집 207
안민익 | 첫사랑 210
주요섭 | 하이데거 박사의 실험 212
김성칠 | 초당 214
신재돈 | 아리랑 216
신재돈 | 중국지명운 218
송지영 | 중국의 운명 219
이하유 | 혁명가의 생애 221
문학평론사 | 소련기행 223
윤영춘 | 소련기행 224
김광주 | 한국의 분노 231
송지영 | 방랑의 정열 238

**제3부 한국전쟁 전후** - 개선문에서 톈안먼까지 243

채정근 | 개선문 245
지영민 | 1984년 248
염상섭 | 애련 250
정비석 | 춘희 252
김광주 | 인간 무정 254
현철 | 마농 255
안응렬 | 마귀의 늪 258
계용묵 | 배덕자 263
계용묵 | 검둥이의 설움 267
오일경 | 기름진 여인 268
양원달 | 모파상 선집 270
김송 | 25시 273
최재서 | 아메리카의 비극 275
최재서 | 주홍글씨 281
정봉화 | 바다와 노인 283
양병식 | 구토 289
이초부 | 숙명지대 293
이휘영 | 이방인 297
김규동 | 호반의 집 300
노희엽 | 백경 302

허백년 | 애욕의 생태 303
김용숙 | 청맥 306
박영준 | 탈출로 310
박두진 | 더럽혀진 땅 313
김재남 | 의사의 일가 314
김원기 | 지킬 박사와 하이드 316
양원달 | 바람과 함께 사라지다 318
남욱 | 부자 332
남욱 | 대장 불바 336
남욱 | 귀여운 여인 340
남욱 | 사닌 345
유효숙 | 별은 창 너머 349
전혜린 | 어떤 미소 354
이덕형 | 독일인의 사랑 356
정병조 | 원유회 360
조정호 | 맨스필드 단편선집 363
박남중 · 김용철 | 의사 지바고 365
강봉식 · 김성한 · 이종구 | 의사 지바고 371
이홍우 | 사기사 토마 · 시선 383
전혜린 | 안네 프랑크 387
전혜린 | 압록강은 흐른다 389
윤대균 | 롤리타 393
이재열 | 궁정의 여인 395
원창엽 | 궁정의 여인 397

## 제2편 한국어로 빚은 시편

**제4부 낯선 세계의 노래** – 폴란드 산문시부터 흑인 시집까지 403

홍명희 | 사랑 405
신문관 | 쫓긴 이의 노래 406
양주동 | 근대 불란서 시초 407
최상희 | 바이런 시집 409
강성주 | 하이네 시선집 411
김시홍 | 하이네 시집 421
김시홍 | 바이런 명시집 422
이하윤 | 실향의 화원 424
최재서 외 | 해외서정시집 427
임학수 | 현대영시선 429
오장환 | 예세닌 시집 431
임학수 | 초승달 443
임학수 | 블레이크 시초 445
이인수 | 황무지 447
김종욱 | 강한 사람들 449
장영창 | 휘트먼 시집 453
장민수 | 발레리 시집 455
양병도 | 콕토 시집 457
이하윤 | 불란서 시선 459
이하윤 | 영국 애란 시선 460
양주동 | T. S. 엘리엇 시 전집 462
이상로 | 에반젤린 465
장만영 | 세계서정시선 474
김광섭 | 서정시집 476
박은국 | 늙은 수부의 노래 486

**제5부 시인의 목소리** – 김억의 상징주의 시부터 여성 한시까지 493

김억 | 오뇌의 무도 495
김억 | 잃어진 진주 504
김억 | 기탄잘리 526
김억 | 원정 528
김억 | 신월 532
김억 | 산문시 535
김억 | 임종 536
김억 | 약소민족 문예 특집 537

김억 | 희랍서정시가초 538
김억 | 애국백인일수 540
김억 | 투르게네프 산문시 544
김억 | 망우초 548
김억 | 시경 553
김억 | 비파행 557
김억 | 동심초 559
김억 | 꽃다발 561
김억 | 야광주 565
김억 | 금잔디 569
김억 | 옥잠화 571

## 제3편 희곡, 아동문학, 추리 · 모험의 이야기

### 제6부 희곡 - 우리가 만난 햄릿과 노라 583

조중환 | 병자삼인 577
현철 | 격야 578
현철 | 햄릿 582
양건식 · 박계강 | 인형의 가 583
양건식 | 노라 591
이상수 | 인형의 가 602
이상수 | 해부인 605
이상수 | 베니스 상인 607
양재명 | 살로메 609
이광수 | 어둠의 힘 612
조명희 | 산송장 614
염상섭 | 디오게네스의 유혹 615
박영희 | 인조노동자 616
박영희 | 하차 617
서항석 | 우정 618
함대훈 | 밤주막 619
허집 | 인형의 집 622
최정우 | 베니스의 상인 627
설정식 | 햄릿 635
최재서 | 햄릿 638
차범석 | 근대일막극선 640
오화섭 | 라인강의 감시 642
오화섭 | 사랑은 죽음과 함께 646
이휘영 | 암야의 집 647
전혜린 | 안네 프랑크의 일기 649

### 제7부 아동문학 - 이솝부터 빨간 머리 앤까지 651

신문관 | 이솝의 이야기 653
신문사 | 우의담 654
윌리엄 마틴 베어드 | 이솝 우언 655
신문관 | 걸리버 유람기 658
신문관 | 자랑의 단추 660
신문관 | 허풍선이 모험 기담 662
오천석 | 금방울 665
방정환 | 사랑의 선물 667
노자영 | 천사의 선물 669
샬롯 브라운리 | 동화세계 672
샬롯 브라운리 · 정성룡 | 어린이 낙원 673
이정호 | 세계일주동화집 675
문병찬 | 세계일주동요집 679
고장환 | 세계소년문학집 683
연성흠 | 세계명작동화보옥집 689
고장환 | 돈키호테와 걸리버 여행기 693
최규선 | 왜 694
최규선 | 어린 페터 696

고장환 | 쿠오레 698
이정호 | 사랑의 학교 702
학생사 | 사랑의 학교 711
이영철 | 사랑의 학교 713
방인근 | 소영웅 715
최병화 | 왕자와 거지 719
김상덕 | 세계명작아동극집 720
고장환 | 현대명작아동극선집 729
조광사 | 세계걸작동화집 731
최인화 | 세계동화집 733
최인화 | 기독교동화집 737
전영택·주요섭 | 전영택 주요섭 명작동화집 739
윤복진 | 이상한 나라의 앨리스 740
임학수 | 앨리스의 모험 742
조풍연 | 왕자와 부하들 743
조풍연 | 피노키오 744
계용묵 | 세계명작동화선 746
윤복진 | 세계명작아동문학선집 748
임규일 | 이솝 우화 750
평범사 | 늙은 해적 754
윤가온 | 집 없는 아이 756
서항석 | 그림 없는 그림책 758
김내성 | 꿈꾸는 바다 761
안응렬 | 어린 왕자 762
신지식 | 앤의 청춘 764
이영철 | 노래하는 나무 766

**제8부 추리·모험** – 비밀과 탐정의 세계 767

이순종 | 813 769
양주동 | 813 771
현진건 | 백발 774
김동성 | 붉은 실 775
민태원 | 무쇠탈 777
양건식 | 협웅록 778
염상섭 | 남방의 처녀 779
화검생 | 요청산 780
주요한 | 사막의 꽃 782
원동인 | 범의 어금니 785
이하윤 | 결혼반지 787
붉은빛 | 흡혈귀 788
김내성 | 홍두 레드메인 일가 789
안회남 | 르루주 사건 791
안회남 | 복면신사 793
이석훈 | 배스커빌의 괴견 794
이석훈 | 심야의 음모 796
박태원 | 파리의 괴도 798
유두응 | 천고의 비밀 800
김내성 | 보굴왕 802
김내성 | 심야의 공포 804
김내성 | 마심불심 806
김내성 | 진주탑 808
방인근 | 해적 812
방인근 | 마수 813
정비석 | 철가면의 비밀 814
김내성 | 검은 별 816
김내성 | 붉은 나비 818
유서령 | 암야의 비명 819
원응서 | 황금충 821
최재서 | 포 단편집 823

## 제4편 동아시아 문학의 현장

### 제9부 중국문학 – 양산박에서 아Q까지 839


신문관 | 신교 수호지 841
양건식 | 홍루몽 843
양건식 | 기옥 847
육정수 | 옥리혼 848
양건식 | 비파기 850
현철 | 서상기 854
양건식 | 서상 856
양건식 | 장생전 857
양건식 | 왕소군 859
양건식 | 수호전 860
윤백남 | 신석 수호지 861
개벽사 | 중국단편소설집 863
양건식 | 아Q정전 866
박건병 | 강호기협전 867
장지영 | 홍루몽 869
읍홍생 | 한면면 879
박태원 | 지나소설집 880
박태원 | 북경호일 882
이병기 · 박종화 · 양주동 · 김억 | 지나명시선 884
양주동 | 시경초 888
김상훈 | 역대중국시선 889
김광주 | 뇌우 894
김광주 · 이용규 | 루쉰 단편소설집 900
이명선 | 중국현대단편소설선집 915
윤영춘 | 현대중국시선 922
최장학 | 천재몽 924
김광주 | 나는 마오쩌둥의 여비서였다 926
김일평 | 아편꽃 931
김일평 | 붉은 집을 나와서 933
이상곤 | 북경의 황혼 937
박경목 | 북경유분 941
홍영의 · 박정봉 | 대지의 비극 945
손창섭 | 평요전 948
유광렬 | 중국전기소설집 950
서광순 | 쌀 951
이명규 | 마른 잎은 굴러도 대지는 살아 있다 955
이명규 | 폭풍 속의 나뭇잎 958
이종렬 | 생활의 발견 961
김신행 | 린위탕 수필집 973
김신행 | 무관심 975
김용제 | 붉은 대문 977
김용제 | 손오공 981
김용제 | 홍루몽 983
김용제 | 금병매 987


### 제10부 일본문학 – 청일전쟁부터 태평양전쟁까지 991


한성신보사 | 경국미담 993
일랑춘산인 | 경국미담 994
대한매일신보사 | 국치전 995
이상협 | 재봉춘 996
주요한 | 일본근대시초 997
황석우 | 일본 시단의 2대 경향 1000
진학문 | 암영 1009
저녁별 | 도련님 1012
이익상 | 여등의 배후로서 1013
이익상 | 여등의 배후에서 1014
이익상 | 열풍 1017
이상수 | 불꽃 1019
이서구 | 제이의 접문 1021
박누월 | 사랑을 찾아서 1023
니시무라 신타로 | 보리와 병정 1024
서두수 | 사키모리노우타 1028
김현홍 | 투혼 1032
김성칠 | 조선농촌담 1035

정광현 | 내가 넘은 삼팔선 1037
박순래 | 패전학교 1041
김소영 | 사선을 넘어서 1045
유주현 | 구름은 흘러도 1047
대동문화사 | 재일 한국 소녀의 수기 1051
이정윤 | 인간의 조건 1058

## 제5편 이야기꾼의 둥지

### 제11부 천로역정 · 천일야화 – 천국으로 가는 길부터 셰에라자드의 노래까지 1063

제임스 스카스 게일 | 천로역정 1065
릴리어스 호튼 언더우드 | 천로역정 하편 1068
오천영 | 전역 천로역정 1069
오천영 | 전역 천로역정 하편 1071
오천영 | 초역 천로역정 1073
필사본 | 유옥역전 1075
민준호 · 김교제 | 삼촌설 1076
이상협 | 만고기담 1078
최승일 | 홍등야화 1081
김소운 | 천일야기담 1084
김용제 | 아라비안나이트 시집 1085

### 제12부 특집호 · 창간사 · 앤솔러지 – 번역되고 편집되는 세계문학 1087

신문관 | 『청춘』 세계문학개관 1089
개벽사 | 『개벽』 외국걸작명편(세계걸작명편) 1095
개벽사 | 『개벽』 외국문학 편(최근해외문학걸작) 1103
태서문예신보사 | 『태서문예신보』 창간사 1105
외국문학연구회 | 『해외문학』 창간사 1108
문예월간사 | 『문예월간』 창간사 1112
김한규 | 팔대문호약전 1113
신태악 | 세계십대문호전 1114
변영로 외 | 태서명작단편집 1120
오천석 | 세계문학걸작집 1121
임학수 · 이호근 | 세계단편선집 1123

원작자 찾아보기 1125
번역가 찾아보기 1128
간행사 1132

제1편

# 세계문학의 시대

제1부 | 계몽기 · 식민지 시기

잔 다르크부터 바스티유의 단두대까지

제2부 | 해방기

잃어버린 번역의 시간

제3부 | 한국전쟁 전후

개선문에서 톈안먼까지

제1부

# 계몽기 · 식민지 시기

잔 다르크부터 바스티유의 단두대까지

# 애국부인전

**장지연**

- 장지연, 『애국부인전』, 광학서포, 1907.10.3, 39면
- 량치차오 원작

대저 약안若安(-잔 다르크)은 법국法國(-프랑스) 농가의 여자라. 어려서부터 천성이 총민하므로 능히 애국의 충의를 알고 항상 스스로 분발 열심하여 나라 구함을 지원하나 그러나 그때 법국이 인심이 어리석고 비루하여 풍속이 신교를 숭상하고 미혹한 마음이 깊으므로 약안이 능히 이팔청춘의 여자로 국사를 담당코자 하되 인심을 수습하며 위엄을 세워 온 세상 사람을 격발시켜 국권을 회복하자 할진대 불가불 신통한 신도에 가탁假託하여 황당한 말과 신기한 술법이 아니면 그 백성을 고동하지 못할 것인 고로 상제의 명령이라 천신의 분부라 칭탁稱託함이요 실로 상제의 명령이 어찌 있으며 천신의 분부가 어찌 있으리오. 그런즉 약안의 총명 영민함은 실로 천고에 드문 영웅이라. 당시에 법국의 온 나라가 다 영국의 군병에게 압제한 바 되어 도성을 빼앗기고 임금이 도망하고 정부와 각 지방 관리들이 다 영국에 붙어 항복하고 굴수屈首하며 인민들은 다 머리를 숙이고 기운을 상하고 마음이 재가 되어 애국성이 무엇인지 충의가 무엇인지 모르고 다만 구명도생苟命圖生으로 상책을 삼아 부끄러운 욕을 무릅쓰고 남의 노예와 우마 되기를 감심하여 나라가 점점 멸망하였으니 다시 약이 없다 하는 이 시절에 약안이 홀로 애국성을 분발하여 몸으로 희생을 삼고 나라 구할 책임을 스스로 담당하여 한번 고동에 온 나라 상하가 일제히 불같이 일어나 백성의 기운을 다시 떨치고 다 망한 나라를 다시 회복하여 비록 자기 백魄 몸은 적국에 잡힌 바가 되었으나 이로부터 인심이 일층이나 더욱 분

발 격동하여 마침내 강한 영국을 물리치고 나라를 중흥하여 민권을 크게 발분하고 지금 지구상 제일등에 가는 강국이 되었으니 그 공이 다 약안의 공이라. 오륙백 년을 전래하면서 법국 사람이 남녀 없이 약안의 거룩한 공업功業을 기념하며 흠앙하는 것이 어찌 그렇지 아니하리오. 슬프다, 우리나라도 약안 같은 영웅호걸과 애국충의의 여자가 혹 있는가.

## 나란부인전

**대한매일신보사**

- 「나란부인전(羅蘭婦人傳)」, 『대한매일신보』, 1907.5.23~7.6, 1면
- 『나란부인전』, 대한매일신보사, 1907.8(초판), 41면; 박문서관, 1908.7(재판), 34면
- 량치차오 원작, 근세 제일 여중 영웅

서문에 왈 오호라, 자유여, 자유여, 천하 고금에 네 이름을 빌려 행한 죄악이 얼마나 많으뇨 하였으니 이 말은 법국法國(-프랑스) 제일 여중 영웅 나란羅蘭(-롤랑) 부인이 임종 시에 한 말이라. 나란 부인은 어떤 사람인고, 제가 자유에서 살고 자유에서 죽었으며, 나란 부인은 어떤 사람인고, 자유가 저에게서 났고 제가 자유로 말미암아 죽었으며, 나란 부인은 어떤 사람인고, 제가 나파륜拿破崙(-나폴레옹)에게도 어미요 매특닐梅特捏(-메테르니히)에게도 어미요 마지니瑪志尼(-마치니)와 갈소사噶蘇士(-고슈트)와 비사맥比斯麥(-비스마르크)과 가부이加富爾(-카보우르)에게도 어미라 할지니 질정하여 말할진대 19세기의 구주歐洲 대륙에 일체 인물이 나란 부인을 어미 삼지 않을 이 없고 19세기의 구주 대륙에 일체 문명이 나란 부인을 어미 삼지 않을 수 없도다. 무슨 연고뇨. 법국의 대혁명은 구주 19세기의 어미가 되고 나란 부인은 법국 대혁명의 어미가 된 까닭이라 하노라.

신사씨新史氏 가로되 내가 『나란부인전』을 초 잡으매 어떻다고 할 수가 없는 백천 만이나 되는 감격한 사상이 내 뇌수를 찌르고 격동하여 나로 하여금 홀연히 노래하며 홀연히 춤추며 홀연히 원망하며 홀연히 노하며 홀연히 두려워하며 홀연히 슬프게 함을 깨닫게 하도다. 대개 법국의 대혁명은 실로 근세에 구주의 제일 큰일이라. 어찌 근세에 뿐이리오, 고왕금래에 아주 없던 일이요 어찌 구주에 뿐이리오, 천하만국에 아주 없던 일이라. 수천 년 동안 전제하던 판국을 없애고 100년 이래에 자유하는 정치를 시작하매 그 여파가 80여 년에 뻗쳤고 그 영향이 수십여 국에 미쳐서 천백 년 후의 역사가들이 이로써 인류의 새 기원 되는 한 기념물로 영영히 삼게 되었으니 어찌 그렇게 거룩한고. 이것을 발기한 자는 이에 한 구구한 섬섬약질의 여자라. 그 나란 부인이 무슨 신기한 힘이 있어서 능히 적랑적사의 온당파를 총찰하며 법국의 전국을 총찰하며 또 구라파 전주全州에 100년 동안의 인심을 총찰하였는지 내 조금도 알 수 없도다. 오호라, 영웅이 때를 만드느냐 때가 영웅을 만드느냐. 나는 반드시 때를 만드는 영웅을 능히 만들어 내는 때가 있은 연후에야 영웅이 이에 일을 할 수가 있다 하노라. 그러지 아니하면 나란 부인이 저렇듯이 다정하고 저렇듯이 자선한 절대가인으로서 노이露易(-루이) 왕 16이 처음 즉위하였을 때에도 은근히 다스리기를 바라며 정부의 정책을 애써 언론 하던 이가 마침내 가장 참혹하고 가장 위태한 땅에 투신하고도 어찌 후회함이 없었으리오. 그러나 나란 부인이 마침내 이 일로써 죽었으니 대저 몸으로써 나라에 허락하였다가 나랏일에 죽는 것은 부인의 뜻이나 왕의 당파에게도 죽지 않고 귀족 당파에게도 죽지 않고 평민 당파에게 죽었으며 혁명이 실패하였을 때에는 죽지 않고 혁명이 잘된 후에 죽은 것은 부인의 뜻이 아니라. 부인이 능히 때를 만들어 내었거늘 어찌 능히 동하게는 만들면서 능히 안정하게는 만들지 못하며 또 능히 요란하게는 만들면서 능히 평화하게는 만들지 못하였느뇨. 이것은 백성이 잘못함으로 말미암아 그러함이니 부인을 허물할 것은 아니로다. 그윽이 의논컨대 1789년의 법국 혁명은 1660년의 영국 혁명으로 더불어 그 일이 서로 꼭 같으니 그 화근이 그전 임금의 전제하던 시대부터 된 것도 서로 같고 그 격렬한 변이 지금 임금의 거짓 개혁으로 말미암아 된 것도 서로 같고 그 발동하는 힘이 왕과 의회가 다투는 데서 일어난 것도 서로 같고 그 왕이 도망하다가 잡히고 또 잡히어 죽인 것도 서로 같고 혁명 된 후에 고쳐 공화 정치가 된 것도 서로 같고 공화 정치가 곧 되었다가 곧 폐한 것도 서로 같되 오직 그 국민의 향복享福한 결과인즉 양국이 현수히 다르니 영국은 혁명한 후에 헌법 정치가 확실히 서고 인민의 실업이 빨리 진취되고 나라의 위엄이 크게 진동하였고 법국은 혁명한 후에 더욱 두려운 시대가 되어 피 흔적이 장구히 그 나라 사기史記를 물들여 천백 년 후에 듣는 자도 오히려 다리가 떨리며 코가 시게 하니 어찌하여 이러한고. 영국 사람은 능히 스스로 다스리되 법국 사람은 능히 하지 못함이라. 능히 스스로 다스리는 백성은 평화에도 잘하고 난리에도 또한 잘하나니 평화 시대에는 점점 나아가고 난리 시대에는 빨리 나아가고 능히 스스로 다스리지 못하는 백성은 진실로 가히 평화도 누릴 수 없고 또한 가히 난리도 의논할 수 없나니 평화 시대에는 그 백성의 기운이 나타懶惰하여 나라가 쇠잔하고 난리 시대에는 그 백성의 기운이 소요하여 나라가 위태한지라. 공자 가라사대 정사를 하는 것이 사람에게 있다 하시니 어찌 그렇지 않으리오. 그런 고로 공덕도 없고 실력도 없는 백성을 서로 거느리고 난리에 나서면은 칼을 가지고 그 나라 명맥을 베어 낼 뿐만 아닐지니 그런즉 서로 거느리고 귀순하며 복종하여 평화를 구함이 가하냐. 이것인들 또 어찌 능히 하리오. 세계 정치의 진보됨이 이미 둘째 층까지 이르렀으니 그 영향을 진실로 피하려도 피할 수 없으매 어찌 한두 사람의 힘으로 능히 막으리오. 사기가 이미 급락하여 가히 바랄 것이 없어 평화하더라도 결딴날 터이요 난리가 되더라도 결딴날 터이니 이러므로 제갈공명이 말하기를 앉아서 망함을 기다릴 바에야 쳐 보느니만 못하다 함이라. 그렇지 아니하면 법국 대혁명의 참혹한 것은 비록 100년 이후 오늘날에 우리 동방 나라 백성들이 들어도 또한 마음이 떨리거든 그 당시에 구주 열국이야 어찌 알지 못하고서 온 구라파에서 분주히 그 뒤를 밟아 지금

19세기의 하반기에 이르기까지 그 바람이 오히려 그치지 아니하였으리오. 대개 백성의 지혜가 한번 열리면 고유한 권리와 고유한 의무를 얻지 못하고 다하지 못하고서는 능히 편안치 못할 줄을 사람마다 다 스스로 아나니 그때에 법국 왕과 법국 귀족들이 이 뜻을 알았더라면 법국이 어찌 이런 참혹한 지경에 이르렀으며 또 그 후의 구주 각국의 임금과 귀족들이 이 뜻을 알았더라면 그 후의 구주 각국이 어찌 이런 참혹한 지경에 이르렀으리오. 저 임금들과 저 귀족들이 이 뜻을 알지 못하였는데 만약 백성들이 또한 서로 귀순하고 복종하여 평화하기만 구하였더라면 구주 각국도 지금에 또한 캄캄한 시대가 되었을 따름이로다. 앞의 수레가 이미 상하였으되 뒤 수레가 그냥 나아가니 구라파 중원에 모든 임금들과 귀족들이 사라사(－찰스) 왕 제1과 노이왕 16의 일을 알지 못하는 바가 아니로되 편벽되이 그 뒤를 밟아 하루라도 그 위엄과 복을 희롱코자 하므로 그 요란함이 칠팔십 년에 뻗쳐 그치지 아니하였도다. 슬프다,『나란부인전』을 읽는 자여, 높은 지위에 있는 자의 보수주의를 가진 자는 다 마땅히 백성의 바라는 것을 가히 잃지 못할 것이요 백성의 노함을 가히 범치 못할 것이 저렇듯 한 줄을 생각할지어다. 진실로 구구히 평안함을 얻으려 하며 우물쭈물 꾸며대며 자꾸 탐학하며 자주 압제하면은 반드시 법국과 같이 하루 내에 귀족과 왕의 당파 천여 인을 형벌하여 목 벤 시체가 들에 가득하고 참혹한 피가 개천을 막게 되어 그제는 한 농부나 되고자 하여도 할 수 없게 될지니 상채上蔡 땅에 누른 개를 두고 탄식함과 화정華亭 땅에 학의 소리를 듣고 놀란 것이 능히 마음에 경겁驚怯하지 아니하랴. 스스로 이런 근인根因을 만들고 스스로 이런 결과를 취하고서야 어찌 사람의 힘으로 능히 피할 것이리오. 낮은 위位에 있는 자의 진취주의를 가진 자는 마땅히 백성의 기운은 이미 동하여서는 안정케 하기 어려우며 백성의 심덕은 흩어지게 하기는 쉬워도 맺히게 하기는 어렵기가 이렇듯 한 줄을 생각할지어다. 진실로 평일에 양성한 것은 없이 일조에 시세가 급박하게 되어 급자기 대변 치기로 그 몸과 그 나라를 던져 버리면은 반드시 법국의 그날과 같이 서로 살육하며 오늘에는 동지가 되었다가 내일에는 원수가 되어 사사로운 이익만 다투어 취하여 무정부의 상태가 변하여 될지니 그제는 비록 뜻이 아름답고 행실이 조촐하여 나라를 근심하며 몸을 잊어버리는 한두 선비가 있을지라도 광패한 행동을 어찌 능히 만류하리오. 슬프다, 난리를 면하기 어려움도 저렇듯 하고 난리를 두려워할 만함도 또한 이렇듯 하니 사람마다 난리를 두려워하지 아니하면 난리를 마침내 면할 수 없나니 어찌 그러한고. 윗사람이 난리를 두려워하지 아니하면 백성을 어리석게 하며 백성을 압제하기로만 스스로 능사를 삼아 인하여 난리의 기틀을 장만하고 아랫사람이 난리를 두려워하지 아니하면 난리를 담론함으로써 마음에 쾌하게 여겨 공덕을 멸시하며 실력을 양성하지 아니하여 인하여 난리의 기틀을 장만하는지라. 그런즉 난리를 면하고자 할진댄 상하가 서로 두려워함을 버리고야 그 무슨 술법을 행하리오. 슬프다, 가시밭에 구리 약대(나라가 망할 것)를 생각하면은 어찌 슬프지 아니하며 이천 땅에서 머리 흩은 것(오랑캐 땅이 될 것)을 보면은 누가 괴수가 되리오. 나란 부인이여, 나란 부인이여, 혼이 신령함이 있거든 마땅히 내 말을 슬퍼할지로다.

번역한 자가 가로되 대저 나란 부인은 천하 고금에 처음 난 여중 영웅이라. 제가 비록 여인이나 그 지개와 그 사업이 남자에게서 지나니 만세의 자유도 저로 말미암아 활동이 되었고 천하의 혁명도 저로 말미암아 발기가 되었으니 홀로 법국에서만 자유의 선각자이며 혁명의 지도자가 될 뿐 아니라 또한 가히 나라에마다 스승이 될 것이요 사람에게마다 어미가 될 것이니 우리 대한 동포도 진실로 능히 그 일동일정과 일언일사를 다 본받아 그 지개를 품고 그 사업을 행치 못하면 어찌 가히 애국하는 지사라 하며 어찌 가히 국민의 의무라 하리오. 사람이 세상에 처하여 진실로 능히 그 의무를 다한 연후에야 바야흐로 가히 사람이라 이를지니 저 금수와 벌레를 볼지라도 각기 그 성품대로 그 의무를 행하거든 하물며 사람 되고서야 금수와 벌레만도 못하리오. 그런즉 사람의 마땅히 행할 의무라 하는 것은 무엇인고 가로되 제 나라를 사랑함이라. 무릇 나라의 백성 된 자 사나이나 여편네나 늙은이나 젊은이나 물론하고 각기 스스로 제 몸을 사랑하며 제 몸에 속한 일과 물건을 사랑하는 사랑으로써 제 몸이 붙어사는 제 나라나 나라에 속한 일과 물건을 사랑할진댄 나라가 가히 흥하고 강할 것은 설명하지 아니하여도 사람마다 스스로 아는 바거니와 만일 이렇게 하지 아니하면 가히 되지 못할 것이 분명한지라. 제 몸에 속한 일은 남이 말릴지라도 성취하기를 열심으로 바라면서 어찌 제 몸이 붙어사는 제 나라의 일은 남이 권고하여도 흥복興復하기를 힘쓰지 아니하리오. 나라가 흥하여야 제 몸도 스스로 영화롭고 나라가 망하고서는 제 몸도 따라 욕되나니 임금이 망하고 나라가 멸하는 데 이르러는 그 몸이 또한 어찌 써 홀로 보존하리오. 그러매 나라를 사랑하지 않는 자는 또한 제 몸도 사랑하지 않는지라. 몸과 나라의 관계가 이렇듯 하니 고로 가로되 나라를 장차 흥케 함도 개인의 담임이요 나라를 장차 망케 함도 개인의 책임이라 하는 것이 그렇지 아니하냐. 무릇 이 『나란부인전』을 읽는 자여, 여자는 그 하느님이 품부稟賦하신 보통 지혜와 동등 의무를 능히 자유 하지 못하고 규중에 갇혀 있던 나약한 마음을 하루아침에 벽파劈破하고 나아와 이 부인으로서 어미를 삼고, 남자는 그 인류의 고유한 활동 성질과 자유 권리를 능히 부지하지 못하고 남의 아래에 있기를 달게 여기던 비루한 성품을 한칼로 베어 버리고 나아와 이 부인으로서 스승을 삼아 2천만 인이 합하여 한마음 한뜻 한 몸이 된즉 대한이 구주 열강과 더불어 동등이 되지 못할까 어찌 근심하리오. 내가 이 글을 읽으매 일천 번 감동하고 일만 번 깨닫는 것이 가슴 가운데서 왈칵왈칵 일어나서 마음을 진정할 수 없으나 오직 그 가장 관계되는 것을 두어 가지 들어 한번 말하노니 대개 법국은 그때에 한국처럼 부패하고 위급하지 아니하여서도 오히려 큰일을 일조에 일으키었고, 부인은 법국에서 불과시不過是 한낱 시정의 여인이로되 오히려 큰 사업을 천추에 세웠으니 하물며 이때 이 나라의 선비와 여인들이랴.

# 월남망국사

주시경

● 주시경, 『월남망국사(越南亡國史)』, 박문서관, 1907.11.30(초판); 1908.3.10(재판); 1908.6.15(3판), 87면

● 량치차오 원작

## 서

슬프다, 100여 년래로 서양의 강성하는 형세가 조수 밀듯 구름 닫듯 동편으로 덮어 오매 아세아 여러 지방이 거진 다 나라는 망하고 인민은 노예가 되는지라. 그 화가 점점 극하여 우리나라에서 남편으로 바라보이는 월남국越南國(-베트남)까지 불란서 사람에게 망하고 우리나라에서 북편으로 접한 동만주에는 아라사俄羅斯(-러시아)가 군항을 배설하니 이때에 독립권을 보전하는 자는 대한과 일본과 청국뿐이라. 그러나 이 세 나라도 조금만 잘못하면 몇 시각이 못 되어 마저 백인종에게 멸함을 당할지라. 원수가 눈앞에 이르고 덜미에 있거늘 우리나라와 청국은 스스로 눈이 멀고 생각이 막혀 정사를 잡은 관원들은 사사 욕심으로 백성이나 압제하고 긁어다가 호강과 교만이 극진하고 당패黨牌를 지어 권리 다툼만 일삼고 그 외 백성들은 무식하고 어리석어 외국의 형세가 이렇게 급하지 아니한지 아무것도 모르고 새 일을 시작하자는 말만 들어도 큰 변괸 줄로만 알고 전에 행하는 버릇만 좋아하여 눈도 코도 없는 달걀같이 움질거리면서 내 나라 일을 내가 잘하여 안으로는 국권을 튼튼히 하고 밖으로는 외국 형세를 막고자 하는 생각은 도무지 없는지라.

그러나 일본은 영국과 법국法國(-프랑스)은 남편 각 나라를 짓쳐 나오고 아라사는 북편 서백리西伯利(-시베리아)로 철로를 놓아 몰아 나오는 것을 두려워하여 정사를

고치며 주야로 대포와 병함을 만들면서 양병술養兵術을 공부하여 서양을 방어코자 하며 청국과 조선이 서양 사람의 수단 속에 들어가면 우리 일본도 망함을 면치 못하겠다고 청국과 조선이 깨지 아니하는 것을 염려하여 발을 구르면서 주야로 동동하거늘 우리나라에서는 상하가 다 이러함을 깨닫지 못하고 서로 권리나 다투고 각색 협잡이나 힘쓰며 무복巫卜이나 숭상하여 악하고 어리석은 일만 행하면서 몇몇 뜻있는 사람의 권고함이 적지 아니하였건만 새로운 일을 하여 보고자 함은 상하 인민이 다 일호一毫만치도 생각지 아니하다가 오늘 이러한 지경에 이르렀으나 도무지 회개할 생각도 없고 새 일을 힘써 볼 생각도 없는지라. 누구를 원망하리오.

그러나 온 나라 사람이 다 조선이 조선 사람의 조선이 되지 못함은 얼마큼 분하게 생각하니 이는 지극히 좋은 일이라. 그러나 전일에 잘못함을 극히 뉘우치고 새 일을 극히 힘쓸 생각은 도무지 없이 내 조선만 내 조선이 되기를 바라니 이는 천리에 없는 일이라. 천리에 없는 일이야 어찌 되기를 바라리오.

우리가 우리의 일을 잘하여 볼 기회가 많고 많았건마는 종내 실상으로 고치고 실상으로 행하지 아니하매 천하 사람이 다 우리를 욕하고 우리를 미워하며 또 우리가 우리의 권리와 우리의 천지는 보전할 생각이 도무지 없이 악하고 미련한 일만 행하는 것을 하늘도 극히 노여워하시니 우리가 비치지 아니하는 곳이 없으신 하늘의 노하심과 온 천하의 미워함을 받아 넓고 넓은 우주 간에 용납할 곳이 없거늘 이제 우리가 우리의 허물을 실상으로 고치고 새 일을 실상으로 힘쓰지 아니하면 어찌 하늘과 사람의 미워함을 면하며 하늘과 사람의 노함을 면치 못하면 어찌 우리의 바라는 일을 이루리오. 이러므로 누구를 원망할 것 없이 우리의 첫째로 귀한 일은 실상으로 허물을 고치고 실상으로 새 일을 사랑하며 실상으로 힘써 행할 것이라.

진심으로 하고 지성으로 하면 아무리 어렵다 하는 일이라도 반드시 우리의 원하는 것을 이루리라.

월남이 망한 사기史記는 우리에게 극히 경계될 만한 일이라. 그러나 이제 우리나라 사람들이 무론 귀천남녀노소하고 다 이런 일을 알아야 크게 경계되며 시세의 크고 깊은 사실을 깨달아 우리가 다 어떻게 하여야 이 환란 속에서 생명을 보전할지 생각이 나리라. 이러므로 한문을 모르는 이들도 이 일을 다 보게 하려고 우리 서관에서 이같이 순 국문으로 번역하여 전파하노라.

융희 원년(=1907) 11월 일

경성 상동 박문서관 주인 노익형 쓰노라

# 서사건국지

**김병현**

● 김병현, 『서사건국지(瑞士建國誌)』, 박문서관, 1907.11.10, 44면

● 정저 원작

대저 소설이라 하는 것은 사람의 마음을 감동하며 사람의 정신을 활동케 하는 한 기관이니 그러므로 태서泰西 학사들이 말하기를 어떠한 나라든지 그 나라에 무슨 소설이 성행하는 것을 보아 인심과 풍속과 정치와 사상을 가히 알리라 하니 참 격언이로다. 구미 문명한 나라마다 소설의 선본善本을 발행하여 여항간閭巷間 우부우부愚夫愚婦라도 어떠한 나라는 인심 풍속이 어떠하고 어떠한 나라는 정치사상이 어떠한지 다 능히 아는 고로 사람의 성품을 배양하며 백성의 지혜를 개도하거늘 우리나라는 여간 국문소설이 있다 하나 허탄무거虛誕無據하거나 음담패설이요 한문소설이 있으나 또한 허무하여 실상이 적어서 족히 후세에 감계와 모범이 되지 못할지라. 오직 이 『서사건국지』라 하는 책은 서사국瑞士國(-스위스) 사기史記니 구라파歐羅巴 중 한 작은 나라인데 인방隣邦의 병탄한 바가 되어 자유 활동치 못하고 무한한 학대와 간고한 기반羈絆을 받다가 기국其國 중에서 영웅이 창기創起하며 의사를 규합하여 강린强隣의 독소를 벗어나고 열방列邦의 수치를 면하며 독립 기를 높이 세운 한 쾌한 사기는 대부인大夫人과 학식 부족하신 이라도 보기 편리하게 국문으로 번역하였사오니 첨군자僉君子는 구람購覽하시기를 바라나이다.

박문서관 노익형 자서

## 서문

세상 사람들아, 나라가 적다 말고 서사瑞士를 볼지어다. 유림척로維霖惕露(-빌헬름 텔) 같은 사람만 있으면 회복하는 큰일이 되느니라. 묻노니 유림척로는 어떠한 사람인고. 가로되 용맹 있는 영웅이라 할까, 아니라. 그뿐 아니며 가로되 재주 있는 호걸이라 할까, 아니라. 그뿐 아니요 지극한 정성이 하늘에 사무치는 사람이니 예로부터 이제에 통하여 천하를 뒤집던 영웅도 많았었고 세상을 휘덮던 호걸도 많았었지만 지성 아니고 큰일에 성공한 자 어디 있소. 들었는가, 그리스의 알렉산더. 보았는가, 프랑스의 나폴레옹. 10년 공부 나무아미타불. 내 군사가 굳세다고 약한 자를 압제하며 내 재물이 많다고 빈貧한 이를 능모陵侮하여 남의 땅을 내 것같이, 남의 사람을 내 종같이 알려면 알아지고 죽이려면 죽이매 위엄도 한량없고 기세도 거룩더니 호랑 같은 욕심과 도적 같은 행실은 하느님의 허락지 않는 바이라. 아귀같이 경영하여 천만세를 누리자던 부귀공명 꿈결같이 지나가고 거품같이 스러졌다. 어질구나, 합중국의 워싱턴은 여덟 해의 독립 전에 빈손으로 붙들어서 사생을 불고하고 지성으로 담당하여 포악무도한 적국을 구축驅逐하고 만억년 무강한 대업을 세웠으니 공덕이 천지같이 광대하고 심사가 일월같이 광명하여 천하 만세에 그 짝을 구할지면 서사의 유림척로 아니고는 다시없을지로다. 일이만국日耳曼國(-게르만국, 독일)이 그 부강한 형세를 믿고 서사국의 빈약함을 속이어서 이름 없는 군사로 남의 나라를 탈취하여 사나운 정사와 까다로운 법령으로 서사의 사람을 사람같이 보지 아니하고 개나 돼지처럼 대접하여 살리고 죽이기와 주고 빼앗기를 임의로 한즉 무고한 창생蒼生의 원통한 기운이 천지에 충만하고 원망하는 소리가 산천을 진동하거늘 일이만의 관원들은 양양득의揚揚得意 하는 말이 서사의 사람은 괴로우나 일이만의 사람은 즐거우며 서사의 사람은 우나 일이만의 사람은 웃는다 하여 잔포악독殘暴惡毒한 일이 갈수록 우심하니 하늘이 어찌 무심하시리오. 서사 국민을 구제하고 서사 국권을 회복하여 서사국을 중흥하려고 산은 높고 물은 고운 오려(-우리, Uri) 땅에 일위 영웅이 생겼으니 기골이 장대하고 형상도 기걸奇傑하거니와 충심으로 뼈를 삼고 의기로 살을 삼아 지성으로 애국하는 유림척로 그 사람이라. 활발한 기상과 강개한 심정이 사람에 뛰어난 중에 무예가 숙달하고 모략이 기이하여 안으로 어진 아내의 도움과 아래로 착한 아들의 받듦이 있을뿐더러 사방의 유지한 선비가 구름같이 좇으며 바람같이 응하여 기둥 아래 욕이 잠시의 화를 당하였으나 실과實果 쏘는 수단으로 부자의 목숨을 서로 구원하며 삿대 젓는 요행으로 탁신託身하는 기회를 얻어 한칼에 대적의 장수를 베고 한 북에 고국의 산천을 회복하니 장하도다, 유림척로여. 그 처음으로 일어나는 때에 구구 수천에 차지 못하는 무리가 기계의 미비함과 형세의 단약單弱함으로 심히 위태하거늘 동맹 회복가 일성이 청천에 벽력같이 국민의 기운을 분발하여 마침내 대공大功의 성취가 손바닥을 뒤집듯이 쉬웠도다. 그러하나 이는 유림척로의 용맹으로 능히 한 바도 아니요 또 유림척로의 재주로 능히 한 바도 아니라. 유림척로의 지성이 능히 하늘에 사무쳐서 하늘이 그 지성을 감동하신 고로 도우시며 도우시사 그 큰 사업을 이루게 하심이며 그 큰 공덕을 행케 하심이니 지성이 없을진대 알렉산더 같은 영웅이며 나폴레옹 같은 호걸이라도 남의 토지를 노략하며 남의 인민을 능욕하는 것이 일시의 성공이요 바람 앞에 등불이요 물 위에 마름이라 어찌 장구함을 얻으리오. 묻노라, 유림척도야, 폴란드와 코카서스는 어찌하여 저 같은 충의 지성으로 아라사의 사로잡힘이 되어 그 나라를 회복지 못하였는고. 코카서스는 지성이나 폴란드의 사람들은 지성이 부족하여 일심 합력지 못한 고로 그러함이니 이 말씀을 의심커든 이태리의 카보우르를 볼지어다. 사르데냐의 작은 나라로도 오지리墺地利(=오스트리아)의 강병을 배척하고 능히 그 일통一統하는 공을 세운 자는 충신 의사의 지성이 금석같이 일치하여 적국을 저당抵當한 연고라. 그러한 고로 아무리 지성이 있다 하여도 독력獨力으로는 어찌하지 못하나니 이는 유림척로의 더욱 어진 증거로다. 세상 사람들아, 나라가 작다 말며 사람이 없다 말고 서사를 보며 유림척로를 보아 한 사람의 충성이나 의기를 믿지 말고 천만인의 동심합력하는 지성을 기다려서 국권의 회복을 도모하고 망령된 생각으로 나라 그릇트리는 일을 행치 말지어다.

# ABC계

**신문관**

- 「ABC계(契)」, 『소년』 19, 신문관, 1910.7.15, 부록 1~60면
- 빅토르 위고 원작, 역사소설

빅토르 위고Victor Hugo는 19세기 중 최대 문학가의 알一이요 『미제라블*Les Misérables*』은 위고 저작 중 최대 걸작이라. 나는 불행히 원문을 읽을 행복은 가지지 못하였으나 일찍부터 그 역본을 읽어 다대한 감흥을 얻은 자로니, 그 성신聖神의 의意를 체행體行하는 미리엘의 숭고한 덕행과 사회의 죄를 편피偏被한 장 발장의 기이한 행적은 다 백지장 같은 우리 머리에 굳세고 굳센 인상을 준 것이라. 나는 그 책을 문예적 작품으로 보는 것보다 무슨 한 가지 교훈서로 읽기를 지금도 전과 같이 하노라.

여기 역재譯載하는 것은 모 일인日人이 그중에서 「ABC계契」에 관한 장章만 전재剪載적역摘譯한 것을 중역重譯한 것이니, 이는 결코 이 일연一臠으로써 그 전미全味를 알릴 만한 것으로 앎도 아니요 또 태서의 문예란 것이 어떠한 것이다를 알릴 만한 것으로 앎도 아니라. 다만 일이 혁신 시대 청년의 심리와 및 그 발표되는 사상事象을 그려서 그때 역사를 짐작하기에 편하고 또 겸하여 우리들 노 보고 알 만한 일이 많이 있음을 취함이라. 우리나라 일반 청년에게는 사실이 좀 어려운 중 더욱 역문이 생경하여 읽기가 편치 못할 듯하나 면강勉强하여 한두 번 읽으시면 삼복 홍로洪爐 중에 땀 흘린 값은 있으리라 하노라.

# 만인계

**신문관**

● 『만인계(萬人契)』, 신문관, 1912.9.6, 112면

● 마리아 에지워스 원작

이 책은 영국 에지워스 부인의 지은 것을 번역한 것이니 그 부인의 지은바 허다한 이야기책은 오로지 아일랜드 지방 사람의 기질과 성벽을 그려 내기에 힘쓴 것들이라. 유명한 대문학가 스콧 씨가 이를 본떠서 『웨이벌리』란 소설을 지어 스코틀랜드 사람을 그렸다 하나니라.

계契란 것은 조선에서 만들어 낸바 특별한 풍속 가운데 가장 아름다운 것이요 또 우리 조상이 우리에게 물려준 규모 가운데 가장 좋은 것이건마는 불초하다, 요즈음에 와서는 이를 못되게 쓰기로만 애를 써서 필경 오늘날처럼 심하게 허욕과 뜬마음만 가지는 조선 사람을 만들어 내는 데 가장 큰 조력꾼이 되었으니 차마 애달픈 일이 아닌가.

총망히 번역하노라고 글은 몹시 무미하나 그러나 뜻있게 대할진댄 이 많지 아니한 이야기 한 편도 우리를 깨우쳐 줌이 큰 것이 있는지라. 원하노니 이 세상 많은 사람이 저 로빈슨의 손에 든 거울에 자기 그림자를 보고 엘렌이 후리는 채찍에 어린 꿈을 깰진댄 이 책이 또한 영화로다.

# 불쌍한 동무

**최남선**

- 최남선, 『불쌍한 동무』, 신문관, 1912.6.3(초판), 106면
- 최남선, 『불쌍한 동무』, 신문관, 1918.2.28(재판); 1919.2.15(3판); 1920.9.7(4판); 1923.3.30(5판), 72면
- 위다(루이 드 라 라메) 원작

나는 이 책을 이 세상 젊은 친구, 우리와 같은 이에게 드리노이다.

이것이 한 짧은 이야기에 지나지 못하오나 느낌으로는 반편인 우리 따위에게는 또한 적지 아니한 찌름이 될 듯하오니 이는 여러분께 한번 보십소사 하는 까닭이오.

외로움과 괴로움은 몇 해부터 내 살림의 온통이라. 울기도 하고 웃기도 하는 중 그래도 마음 붙이는 곳은 책이라. 점잖은 옛글도 많이 보고 빛 진한 새 생각도 적잖이 만나 보아 다 얼마큼씩 맛을 아는 가운데서도 그리 길지도 아니하고 어수선하지도 아니한 이것에서 그렇도록 깊은 느낌과 굳센 박힘을 얻었음은 아무 때 생각하여도 이상스러운 일이요 더욱 갑갑한 때마다 대여섯 번이나 쓸쓸함으로서 나를 끌어내어 줌은 잊을 수 없는 신세라. 이 책을 보아 줄 이는 있고 없고 나 되어서는 이 책 하나를 우리말로 옮겨 놓지 아니치 못할지라. 이는 내가 이 책을 이런대로나마 뭉뚱그려 내는 까닭이외다.

지금까지 지내본 가운데 가장 깊은 못을 겨우 벗어나서

번역한 사람

이 책 지은 사람은 루이 드 라 라메Louis de la Ramée이니 위다Ouida란 별호로써 그 이름이 세계에 훤전한 아낙네 문학가라. 1840년에 브리튼국 세인트 에드먼즈 땅에서 나니 프랑스 사람의 피를 받은 이라 깊이 이탈리아 문학에 통하며 그 소설은 매우 라틴 옛글의 맛이 있더라. 생각 많고 기운 굳세기가 그 부인 같을 이가 드물다 할지니 그 지은 것이 소설도 있고 논문도 있고 이야기도 있고 짧은 글도 있어 그 전집이 40여 권이나 되며 이 외에도 몇 가지 작은 책자가 있는데 생각 내기를 기이하게 하고 글쓰기를 여러 가지로 함이 다 넉넉히 그 편의 희한한 것이라 할 만하니라.

그 많은 저술 중에도 특별히 잘 지었다 하는 것이 이 책*A Dog of Flanders*이니 세상에 약한 자와 구차한 자와 업신여김 받는 자에게 대하여 뜨거운 눈물로써 동정을 표하노라고 이 편을 만듦이라. 많지 못한 책으로서 능히 '세계상 가장 좋은 책 100권'을 뽑는 가운데 듦이 어찌 우연함이리오.

1908년에 부인이 이탈리아에서 객사하였는데 브리튼국 정부에서 그에게 주는 연금年金은 대개 사랑하는 개와 괴의 먹이 장만하기에 썼다 하며 그 죽을 때에 병들어 누운 자리 옆에 영결한 자가 충성스러운 하인 하나와 개와 괴 몇 마리러라.

## 세계 대전란의 중심점이던 벨기에국 앤트워프 강변

—기남이, 바둑이의 애처로운 발자취도 이제는 포차의 바퀴와 전마戰馬의 굽에 찾을 길이 없으려니

이 그림은 호월이와 바둑이 두 불쌍한 동무가 새벽 서리 찬 바람과 소삽한 길 늦은 날에 말로는 통하지 못하는 많은 설움을 서로 마음으로는 깊이 짐작하면서 싣거니 실리거니, 끌거니 끌리거니 맞붙들고 다니던 길이라. 아래 질펀한 것은 기나긴 강물이요 위에 우뚝한 것은 이름난 바람 방아이니 두 가지가 다 우리 불쌍한 동무의 가장 가까이 지내던 벗으로 이르고 가르치고 위로하고 격려하여 봄 바다 같은 바람의 빛이 오래도록 그들의 가슴속에 비치게 한 것이로다.

기운이 시진하면 그들을 안아 쉬어 주고 마음이 갈앉으면 그들을 소리 질러 생기나게 하고 바쁜 때에는 그들의 길동무가 되고 한가한 때에는 그들의 놀이터가 된 저 강물—푸른 강물은 지금도 출렁출렁 네덜란드로 흐르렷다. 밤이나 낮이나 쉼 없이 다섯 걸음, 열 걸음만큼씩 있는 바람 방아를 돌리면서—그러나 호월이, 바둑이는 이미 그 그림자나 보일까 보냐.

아아, 하늘은 느루 사람을 사랑하며 더욱 뜻있는, 재주 있는, 그러나 때 못 만나고 힘 못 가진 사람을 그 때와 그 힘까지 이르는 동안에 다사하게 품에 안고 두둑하게 젖을 먹이건마는 같은 사람과 및 그 사람이 만든 세상은 걸핏하면 그 독한 어금니를 윽물고 노리고 있다가 답삭 물어다가 아짝 깨물어 먹고 마는구나.

호월아! 호월아! 호월아! 의지가지없는, 드러난 네 주검에 흙을 덮은 라메 부인만이 네 신세를 조상하지 아니하였다. 몇만 리 밖 몇 수십 해 뒤에 너를 참말 있는 사람으로만 알려고 하는 조선 최남선이 제 딴은 가장 뜨거운 눈물로써 옷깃을 적시고 공경으로 세 번 네 혼을 부른 줄을 알런가 하노라.

## 앤트워프 대교당, 우유 끄는 개 수레, 루벤스 명화 〈십자가로서 내리는 그리스도The Descent from Cross〉

앤트워프의 대교당大敎堂은 네덜란드 몇 나라 중 제일가게 장대 화려한 원우院宇이니 1352년 이래로 진 아멜Jean Amel 부자 이하 기다幾多 명장이 오래 두고 계승 영조營造하여 1590년에야 겨우 준공한 대건축이라. 중간에 청교도 반란, 불란서 혁명 등 병화를 겪었으나 번번이 가의加意 보수하여 윤환輪奐이 승전勝前한다 하더니 금번 병란에 또 포화를 받아 손상이 적지 않다 하느니라. 전당 낭곽廊廓의 장식이 장엄 무비無比하고 〈십자가로서 내리는 그리스도〉 따위 루벤스의 명화와 기타 신장神匠의 이적異蹟이 당중堂中 도처에 걸렸으며, 뜰 앞에는 루벤스의 동상을 세웠나니 상도上圖의 한가운데 보이는 것이 그것이니라.

벨기에와 홀란드(－네덜란드) 두 나라에는 인마人馬 대신 개를 시켜 수레도 끌리고 농작에도 쓰고 일상 사역使役에 쓰는 풍습이 있으니 이는 세계에 유명한 특별한 사실이라. 대개 이런 일 시키는 개는 구간軀幹도 크거니와 순량하고 근각懃慤하기 짝이 없으며 또 무엇이든지 가르치는 대로 잘하므로 도비都鄙 도처에 갖은 일을 다 시키며 경찰에 사용하는 탐정견도 실상 이 나라에서 맨 먼저 채용하여 득효得效한 것인데, 이제는 세계 각국이 다 본을 받으니라. 하도下圖는 곧 벨기에국 시상市上 우유를 팔러 다니는 소차小車를 영시影寫한 것이요 곁에 선 이는 그 나라 우유 검사원이니 그 나라 정부가 인민 위생에 얼마큼 유의함을 볼지니라.

# 검둥의 설움

**이광수**

- 이광수, 『검둥의 설움』, 신문관, 1913.2.20, 180면
- 해리엇 비처 스토 원작

## 머리말

이 책은 세계에 이름난 『엉클 톰스 캐빈』의 대강을 번역한 것이라.

그리 크지도 못한 한 이야기책으로서 능히 인류 사회의 큰 의심, 노예 문제를 해결하고 인류 역사의 큰 사실인 남북전쟁을 일으켜 몇천만 노예로 하여금 자유의 사람이 되게 하여 이 지구 위에서 길이 노예의 자취를 끊어 버리게 하였다면 누가 곧 들으리오. 하물며 글이라 하면 음풍영월인 줄만 알고 책이라 하면 세 닢짜리 신소설이라는 것으로만 여기는 우리 조선 사람들이리오.

그러나 이는 사실이라. 아니 믿으려도 어찌할 수 없는 사실이라.

마음 같아서는 이 큰 글을 옹글게 우리 글로 옮기고 싶으나 힘과 세가 허락지 아니하여 겨우 대강의 대강을 번역하여 여러 젊은이에게 드리노니 이 굉장한 책이 어떤 것인 줄이나 알고 글의 힘이 얼마나 큰 줄이나 알면 내 소원은 이룸이로라.

옮긴이

## 서문

지을 수 있는 글 있고 지을 수 없는 글 있으며 하여서 될 말 있고 하여서 못 될 말 있나니 이러므로 우리의 붓은 가다가 메라도 문지를 힘으로 나가야 쓰겠건마는 모래 한 알도 굴려 보지 못하고 마는 일이 있도다.

내 이 책의 서문을 짓게 되어 붓을 들고 종이를 임하매 이 느낌과 이 한이 더욱 깊고 간절하도다. 그러나 나는 그를 끝까지 슬퍼하지 아니하는 자로니 대개 이 책의 주는 바는 서문 하나 있고 없음으로 하여 두텁고 엷어질 리 없으며 또 읽으시는 이에게는 더군다나 털끝만치라도 덜림이 없으실지니 여러분의 총명이 응당 아무것으로고 우리의 설명을 기다리실 것이 없으실 것임이라. 섭섭하나 어찌하며 섭섭하기로 어떠하리오.

다만 바라노니 여러분의 총명이 아무것 아니 한 가운데 더으사 못한 글이 한 글보다 큼과 많음과 굳음을 낳게 하시옵소서.

억만 사람의 잠자는 마음을 깨우치고 억만 의론의 돌아갈 외길을 만들어 마침내 400만의 쇠사슬을 한꺼번에 끊음이 어떠한 큰 힘이라야 능히 할 일이라 하겠는가. 이 말할 것 없이 지극히 어려운 일이거늘 놀랍다, 이 작은 책이 하고 이룬 바라 하는구나. 거짓말 같은 정말이로다.

처음 이 책을 본 지 지금 육칠 년이라. 그러나 이때까지 '엉클 톰' 소리만 들으면 그 가운데 몇 구절은 반드시 번개같이 마음 위에 떠 나와 이상한 느낌이 이상히 가슴 안에 가득하는지라. 때와 세상이 다른 우리도 이러함을 보아 그때 그 세상 사람의 어떠하였을 것을 짐작하건댄 이 책이 그만한 공적을 세우고 그만한 기림을 받을 것이 또한 당연한 줄 깨달을지로다.

서문 대신 몇 구절 뽑기를 이같이.

검둥이 장수가 가로되

"흥, 충직해요. 그놈들도 충직한 것 있나요."

"톰에게 덤으로 새끼 한 마리만 얹어 주시구려."

"그럼, 그것을 다 끌어다가 무엇에다 쓸라고. 계집 생각이 나면 새것 하나 얻었으면 그만이지. 어디를 가면 계집 없는 데 있을라고."

조지가 가로되

"자, 봅시오. 나도 사람 모양으로 걸어앉을 줄도 알지요. 내 얼굴이 남만 못하오니까, 손이 남만 못하오니까, 지식이 남만 못할까요. 이래도 사람이 아닐까요."

톱시가 가로되

"오필리안지 보필리안지 하는 것이 나를 때렸단다. 암만 맞으면 누가 무서워하나. 쥐불이 어떤고. 난 피나도록 매 맞는 것은 식은 죽 먹기다."

그제야 다 해어진 버선에 싼 뭉텅이를 내보이는지라. 헤쳐 본즉 에바가 임종에 준 머리털과 종이에 싼 조그마한 책이라.

톰이 가로되

"아니올시다, 그렇지 않습니다. 영혼까지는 못 사십니다. 세상없는 짓을 하셔도 이 영혼은 하나님의 것이야요."

스토 부인 세상에 오신 지 100년 되는 해 열째 달

오래 두고 번역하기를 꾀하다가 끝내 외배(—이광수)의 손을 빌려

한 부분이나마 우리 글로 옮기기를 마친 날에

최남선 씀

## 스토 부인 사적

믿음의 힘! 정성의 힘!

사회의 진보가 이로부터 나오고 인류의 역사가 이로써 꾸며지도다.

천만억 긴긴 세월, 천만억 많은 사람은 모두 몇몇 사람의 맑고 뜨거운 가슴에서 흘러나오는 이 힘 속에서 살고 움직이나니 이 힘이야말로 하늘이 사람을 다스리는 대주권이며 이 힘이야말로 하늘이 사람을 기르는 대능력이로다.

옳은 일을 믿으니 그의 마음이 하늘이요 믿는 바를 정성으로 행하니 그의 힘이 신이로다.

그 힘이 한번 움직이는 날에 문명이 나오고, 그 힘이 한번 뿜는 날에 일만 악이 스러지고, 그 힘이 한번 솟는 날에 옳은 것이 나도다.

후추알이 커서 매움이 아니니 비록 그 작은 몸에라도 매울 만한 속살이 찼음이라. 이 힘을 오랫동안 쌓았다고 반드시 보람이 클 것이 아니요 이 힘을 여러 곳에 쓴다고 반드시 영향이 넓은 것이 아니니 한 번 반작하는 번갯불이 오히려 늘 있는 반딧불보다 더 널리 더 굳세게 세상을 비추리로다.

힘쓸 동안이 길지 못하기를 왜 한탄하리오. 오직 쓸 만한 큰 힘을 빚지 못하기를 걱정하라. 인생이 50년이라 하면 49년 동안 후추알같이 매운 힘을 길러 나머지 1년 동안에 그 힘을 펴도 그만이니라.

우리 스토 부인의 사적은 그가 세상에 끼친 보람의 굉장함과 천하에 울린 이름의 위대함에 비겨 너무 한 일이 쓸쓸하고 승승하도다.

다만 무지러진 붓 한 자루로 『엉클 톰스 캐빈』이라는 그리 크지 못한 이야기책 하나를 남겼을 뿐이라. 그러나 이 크지 못한 이야기책 하나가 인류의 발전에 바친 바 보람은 대 나폴레옹이 일생 동안에 세운 대제국보다도 컸도다.

부인이 임종에 곁에 있는 사람을 시켜

"하나님을 믿고 옳은 일을 하여라."

이 한마디를 쓰게 하였다 하니 옳도다, 부인의 일생의 역사는 이로써 다하였다 하리로다.

해리엇 비처 스토 부인은 예수 기원 1811년 어느 여름날, 미국 리치필드라는 거리 질소質素한 어떤 집안에 첫울음 소리를 내었더라. 아버지는 라이먼 비처라는 유명한 신학자니 리치필드 근처에서 하나님 나라를 펴기로 힘쓰는 이요 어머니 록사나 부인은 감정이 고상한 이라 잘 그 지아비의 사업을 돕더라.

부인의 동생은 도합 열셋이니 부인은 그 일곱째 딸이라. 본래 학자의 집안이라 가세가 넉넉지 못한 중 부인이 날 때에 그 맏동생이 겨우 열한 살이라. 하릴없이 조그만 학교 하나를 세우고 양주가 프랑스 말과 그림 그리기며 바느질, 수놓기를 가르쳐 거기서 들어오는 돈으로 겨우 이럭저럭 살아가더라.

게다가 부인이 아직 어린 적에 그 어머니가 돌아가시니 남과 같이 받으리 만한 교육도 받지 못하였으나 글짓기는 아마 그의 천재런지 열두 살 적에 벌써 "영혼의 썩지 아니함을 자연의 빛으로 증명할 수 있을까" 하는, 어른도 하기 어려운 글을 지어 세상 사람을 놀라게 하고, 그 후 중학교를 졸업한 뒤에는 그 형 캐서린이 하여가는 하트포드 학교에 다니다가 업을 마친 후에 제풀에 그 학교의 교사가 되고, 그 다음 그 아버지가 레인이라는 신학교의 교장이 되매 캐서린과 함께 오하이오도에 가서 학교를 세우고 교육 일을 보더니, 그로부터 4년 뒤 스물다섯 살에 레인 신학교 교수 캘빈이 스토 씨와 아름다운 인연을 맺으니라.

이는 마침 노예 해방 문제가 아메리카 새 천지를 휩쓸던 때라. 켄터키도와 접경한 오하이오도, 그중에도 신시내티시에는 더욱 노예 제도 폐지론이 물 끓듯 하여 다른 도에 있던 종들도 보호를 받으려고 도망하여 오는 이가 많더라.

이러므로 부인의 아버지가 하여 가는 신학교도 이 물결에 휩쓸려 교사, 학생 할 것 없이 모두 극렬한 노예 폐지론자가 되니라.

그때 보스턴에 있던 부인의 형 되는 에드워드 부인의 편지에 노예 제도의 차마

볼 수 없는 참상을 말한 끝에

"내가 만일 너만 한 글재주가 있고만 보면 한사코 노예 제도의 옳지 못한 줄을 전국 사람에게 알려 주련마는……."

하는 구절을 보고 부인이

"쓰오리다, 쓰오리다, 내 목숨이 끊기지만 아니하면 내가 이를 쓰오리다."

1851년, 부인의 나이 마흔 살 적에 하루는 회당에서 성찬례에 참여하였다가 문득 이 소설거리가 생각이 나서 곧 일어나 집으로 돌아와 그 자리에서 지은 것이 엉클 톰의 죽는 데라. 즉시 열 살 된 아들과 열두 살 된 아들을 불러 놓고 그 글을 읽어 들렸더니 두 아이가 몹시 감동되어 "에그, 어머니, 세상에 노예 제도보다 더 악한 것이 다시는 없지요."

하고 슬피 울더라.

그해 유월 초닷샛날부터 석 달에 끝낼 작정으로 『내셔널 이어러(－*National Era*)』라는 신문에 내었더니 과연 온 세상이 뒤끓을 뿐 아니라 쓰면 쓸수록 가슴에 불이 일어나고 생각이 끓어 솟아 열 달 만에야 겨우 끝이 나니 이것이야말로 노예주의의 극악함을 세상에 울리고 노예 해방의 공명정대한 것을 인류에게 가르친 세계문학상에 썩지 아니할 것의 하나인 이 『엉클 톰스 캐빈』이라.

그 뒤에 이것을 한 책으로 만들어 출판하였더니 열흘이 못 하여 만여 벌을 다 팔고 불과 1년에 120판이 났으며 미국뿐 아니라 영국 런던에서도 반년 동안에 30여 판을 박았고 런던 여섯 극장에서 한꺼번에 연극으로 하여도 모두 구경꾼이 들이밀리더라.

그 후 1년이 못 하여 30여만 벌이 팔리고 20여 나라말로 번역이 되니라.

얼마 있다가 남편과 함께 영국에 노닐새 이르는 곳마다 대환영을 받아 부인의 영광이 더할 수 없게 되었으나 그러나 일생 처음 가장 기뻐하기는 부인이 다년 품었던 희망이 이루어져 400만 노예가 자유를 얻게 되는 날이러라.

남편이 죽은 뒤에는 하트포드에 숨어 있어 남은 세월을 보내더니 1896년 7월 초하룻날에 세상을 버리니 시년時年이 여든다섯이요 남편 죽은 후 10년이라. 앤도버에 장사하니 여기는 사랑하는 지아비와 아들 헨리의 몸이 묻힌 데라.

"하나님을 믿고 옳은 일을 하여라."

"쓰오리다, 쓰오리다, 내 목숨이 끊기지만 아니하면 내가 이를 쓰오리다."

이 믿음과 이 정성이 연연한 아녀자의 이름으로 천추에 썩지 아니할 보물이 되게 하였도다.

믿음의 힘! 정성의 힘!

# 야반의 경종

백대진

● 백대진, 「야반의 경종」, 『신문계』 39, 신문사, 1916.6.5, 부록 69~86면

● 헨리크 시엔키에비치 원작, 청년문고 8

## 서언緖言

본 소설은 파란波蘭(-폴란드)의 문호 시엔키에비치 씨의 걸작—곧 『쿠오바디스』('너 어디로 가나?'의 의미)를 역譯한 것이라.

여余는 원작자 시엔키에비치 씨에 향하여 만강滿腔의 경의를 표하였도다. 나미羅馬(-로마) 쇠망의 원인을 어찌 그다지 공수拱手 동감케 기록하였는고! 신선하며 또한 청쾌淸快한 기독교 사조가 난숙한 희랍希臘 나마의 문명을 압도하는 그 광경—참으로 여余는 작자의 기량에 대하여 흠선欽羨의 정을 금하지 못하였도다. 여余는 본서 일독으로 말미암아 신의 자子 됨을 각성하는 동시에 기독교가 천추만세에 빛 있기를 장掌을 합하고 기도하였도다. 현대의 기독교가 사도使道의 전한바 초대 기독교와 기취其趣가 부동不同함을 알았노라. 아! 기독과 신을 동일시지同一視之하는 단순한 신앙. 아! 초대 기독교도의 소박한 심정! 여余는 사도 피득彼得(-베드로)을 추억하고 그를 경앙敬仰하였도다.

종終에 임하여 일언의 무사蕪辭를 진陳하노니 서중書中 인명 급及 지명은 원서의 부재로 말미암아 오류가 없지 아니하리로다. 원하노니 독자 제현이여, 고교高敎를 간망懇望하며 본서의 원서는 상·중·하 3편으로 되었으나 차此를 형편상 상·하 2편으로 역출譯出하겠으며 또한 상·하 2편이 500엽頁 이상에 급及하는 고로 일시에 소개하지 못함은 실로 유감하나 차역此亦 본 잡지 엽수頁數가 차此를 불허하므로 매월 약

20엽 게재하겠사오며 또한 종속從速 전부를 역출하여 일 책자로 독자 제군에게 소개할 기회가 있을 줄로 신信하노라.

역자 지識

## 정부원

### 이상협

- 이상협, 「정부원(貞婦怨)」, 『매일신보』, 1914.10.29~1915.5.19, 1면·4면(전154회)
- 이상협, 『정부원』, 박문서관, 1925.9.30, 503면
- 메리 엘리자베스 브래던 원작

**『정부원』에 대하여**—금일부터 게재되는 『정부원』에 대하여

조선에 '신소설'이라는 문체 다른 소설이 시작된 후 서양 사람이 지은 소설의 사실을 우리의 인정 풍속에 맞도록 변작하여 번역한 것은 혹시 있는 모양이나 서양 사람의 소설을 서양 사람의 소설같이 번역하여 수다한 독자에게 보이고자 함은 본일부터 게재하는 『정부원』이 처음 시험이라. 서양소설을 서양소설같이 번역한 것도 이삼 종이 있기는 하나 불행히 아직 세상에 널리 퍼지지 못하였음은 뜻있는 자의 섭섭히 생각하는 바이라.

원래 물정과 풍속이 다른 사실을 근본으로 삼아 지은 소설을 그대로 모본模本하여다가 구차히 우리의 물정 풍속에 맞추고자 함은 우리 인생을 비추는 거울 되는 소설의 본의를 저버릴까 두려워하여 이에 서양의 소설은 서양의 소설대로 번역하고자 함이라.

소설이라는 것은 그 기록된 사실을 우리의 인정에 비추어 보아 그 재미를 깨닫는 것이라. 그러므로 서양이라 하여도 우리와 물정 풍속은 얼마쯤 서로 다를망정 인정이라는 것은 그네나 우리네나 옛날이나 지금이나 다를 바가 없는 고로 소설에 대하여 그 사실이 보는 이의 인정에 재미만 많게 감동되었으면 보는 이의 마음도 흡족할 것이요 써서 보이는 자의 마음도 기꺼울 것이라.

이번 서양의 큰 전쟁은 우리로 하여금 서양이라는 것을 많이 알게 하는 좋은 때

로 이때에 당하여 우리와 좀 다른 그네의 기질과 물정과 풍속의 몇 분分을 이 소설로 말미암아 아는 것도 또한 해롭지 아니한 일이며 또한 이 소설의 재미가 자래로 우리의 조선과 및 우리가 재미있다 일컫던 여러 소설에 사양치 아니할 것은 미리 보증하는 일이라.

소설 가운데의 지명과 인명은 아무쪼록 우리의 입으로 옮기기 쉽고 우리의 귀에 얼른 익도록 고쳤으니 이 소설 지은 이에게 대하여는 허물이 적지 않으나 그로 인하여 소설의 뜻은 결코 변할 리가 없고 우리의 보는 이에게는 도리어 얼마쯤 재미를 도울 줄 생각하는 바이라.

소설 가운데에 혹시 알지 못할 물정과 풍속은 그런 것이 있는 대로 매일 소설의 끝에 알기 쉽도록 간결히 설명을 할 계획이라…… 금일의 '궁금弓琴(-바이올린)' 설명과 같이.

## 해왕성

**이상협**

- 이상협, 「해왕성(海王星)」, 『매일신보』, 1916.2.10~1917.3.31, 4면(전268회)
- 이상협, 『해왕성』, 광익서관, 1920.7.30(초판), 1,326면(전2권); 회동서관, 1925.3.30(재판), 896면(전2권); 박문서관, 1934.8.30(3판), 896면(단권 합편); 박문서관, 1941.5.20(6판), 896면(단권 합편)
- 알렉상드르 뒤마 페르 원작

### 중간에 잠시 멈추고–하몽何夢으로부터 독자에

『해왕성』의 붓을 잡은 지 이미 반년이라. 기간에 신문 지면의 관계도 있고 변변치 못한 일에 분망하고 또한 약한 몸에 건강도 계속되지 못하여 여일히 계속지를 못하고 중간에 간혹 끊어지는 일이 적지 아니하여 독자의 애독하시는 후의를 저버린 일이 많음은 심히 유감으로 생각하는 바이라.

더욱이 간혹 끊기는 때에는 독자로부터 질책도 들으며 또한 부디 계속하여 기재하라고 간절한 요청의 글발이 끊이지 아니함에 이르러는 등에서 찬땀이 흐름을 금치 못한 일이 한두 번 아니건마는 하루 동안이라도 붓을 머무르는 사람은 독자의 고대하실 생각을 할 때에 고대하는 독자보다도 마음이 한층 더 괴롭건마는 사정이 부득이한 데서 나오는 줄을 헤아리시기를 바라노라.

이 『해왕성』을 매일 신문의 지상에 게재하기는 당초에 한 가지 대담한 시험이라. 종래의 신소설이라 함은 대개 가정의 일을 근본 삼아 재미있는 사실을 얽은 것으로 『해왕성』을 쓰는 사람이 『매일신보』에 두세 번 게재한 것도 역시 그 전례에 벗어나지 못하는 것이라.

그러므로 최초에 이 빛다른 『해왕성』이라는 것을 내려고 생각하였을 때에 속마음으로 적잖이 주저하였으나 성패 간에 시험을 하여 보지 아니하면 아무 때에 가든지 변할 수가 없다는 생각으로 환영하고 환영치 아니함은 쓰는 사람이 감히 관계치 못할 독자의 자유인 고로 쓰는 사람은 자기 직책으로 써 보기나 하리라 하였던 바이라.

이렇게 마음을 결단하고 드디어 『해왕성』이라는 이름을 독자에게 소개하였는데 그때에도 가정소설이 아닌 고로 적이 주저하였지마는 내용의 재미는 결단코 여간 가정소설이 미치지 못할 바인 줄 확실히 믿었으며 또한 가정소설이고 아니고 간에 재미만 있으면 독자도 무론 환영하실 것을 분명히 믿은 것이라.

또 한 가지 주저한 일은 『해왕성』의 한편에 생기는 사실이 너무 거창하여 자연 지루할 모양인 고로 변하는 것을 좋아하는 세상 사람의 마음에 과연 어떠할까 하였던 일이라.

'오—냐, 가정소설이든지 아니든지, 길든지 짧든지 재미만 있으면 사랑하여 읽어 주시리라' 함은 그때 쓰는 사람의 생각이라. 그래서 아무쪼록 일찌거니 마치고자 하는 까닭에 그림도 빼어 버리고 분수도 다른 때보다 많이 하여 일심으로 독자의 실망치 않기를 도모하였노라.

매일 한 회에 대하여 적어도 두 시간가량쯤 허비하여 겨우 기록되는 까닭에 자연히 익히 생각할 여가가 없이 오착되는 것도 더러 있었고 또는 글도 순탄치 못한 곳이 많았노라. 다른 일에 매여서 시간이 귀중한 이 사람으로 매일 두 시간 이상을 빼내는 고심도 헤아려 주지 아니하면 섭섭한 일이로라.

차차 횟수가 앞으로 나아감을 따라 처음에 주저하였던 일은 공연한 근심인 줄 알고 그와 함께 비상히 유쾌함을 금치 못하였노라. 그는 독자가 다행히 환영하여 주시는 일이라. 경향의 독자로부터 부쳐 주시는바 따뜻한 동정은 아름다운 글발을 이루어 쓰는 사람의 책상에 던져 들어오는 때에 쓰는 사람은 자기와 및 장준봉을 대신하여 감사한 눈물이 흐름을 차마 금치 못하기 한두 번이 아니요 쓰는 사람의 한갓 귀중한 기념되는 '독자의 소리'는 『눈물』과 『정부원』 때의 것과 합하여 손그릇에 쌓여 있기 이미 높아서 별로이 시간을 삼지 아니하면 수효를 세기 어렵게 되었노라.

『해왕성』으로 말하면 지금에 사실의 한 까닭은 이미 떨어지고 이제부터는 아주 다른 방면으로 향하여 나갈 것은 전날에도 잠깐 소개한 바이라. 그러나 앞일을 생각하면 아직도 창창한 듯하니 당초에 『해왕성』을 소개할 때에 "지루한 것을 싫어하시는 이는 당초부터 보지 마시라"고 잘라 말한 것을 지금에 다시 한번 고하여 쓰는 사람이 나중에 독자의 엄중하신 질책을 미리 면하고자 하노라.

지금 『해왕성』의 사실이 다른 편으로 변하여 나가고자 생각하는 동안에 한층의 힘을 더 써 보려고 이리도 생각하고 저리도 생각하여 쓴 뒤에는 마음에 맞지 아니하여 제쳐 버리고 또다시 쓴 뒤에는 또 마음과 합치 못하여 다시 찢어 버리고 이렇게 하기 수차에 일요일의 일주야를 허비하고도 오히려 생각은 질정되지 못하고 『해왕성』의 제목 아래에 무엇이든지 채울 시간은 박지迫至하였기 이전부터 독자 제군에게 한번 고하고자 마음먹었던 일을 사뢰어 삼가 감사한 뜻을 표적하고자 함이로다.

실상 말하면 금일까지의 계속된 속에도 다수한 독자의 간절한 뜻으로 편지를 부쳐 열심으로 희망하시는 데 끌리어 저절로 쓰는 사람의 붓이 그편으로 끌리어 간 일이 많았고 지금에 즉시 붓을 잇지 못함도 독자의 요구가 너무 많아서 실상 마음이 여러 갈래로 갈리는 까닭이라. 쓰는 사람이 미리 확실히 작정한 생각이 어찌 없으리요마는 다만 독자의 간곡한 성의를 아무쪼록은 저버리지 말고자 하는 까닭이로라.

이 뒤에도 게재되는 것을 보시는 대로 독자의 마음대로 감동대로 잘못된 것이 있거든 염려 없이 질책도 하시고 잘못된 것이 있으면 주의도 시켜 주셨으면 쓰는 사람이 독자의 후의를 갚는 데 보조가 적지 아니한 줄로 생각하노라.

## 홍루

**진학문**

● 진학문, 「홍루(紅淚)」, 『매일신보』, 1917.9.21~1918.1.16, 4면(전89회)

● 알렉상드르 뒤마 피스 원작

이 소설도 오늘 마지막 끝을 마칩니다. 원래 소설 번역이라 하는 것이 어학을 안다고 다 되는 것이 아니라 어학을 능통할지라도 역자가 원저를 이해할 만하고 또 자기 나라말로 옮겨 쓰더라도 원저의 진수와 묘미를 잃지 아니할 만한 실력이 있어야만 할 것이라. 이러한 의미로 번역이란 창작 이상의 실력과 기능을 요하는 것이라.

그러나 지금 나의 실력과 기능과 노력을 생각건대 제일 어학이 부족한 것이 역자의 중요한 자격을 잃은 것이요 제이는 도저히 원저를 이해하여 자국어로 옮겨 써도 망발되지 않게 할 만한 실력과 기능이 없음을 자각하는 바라. 그러함을 불구하고 감히 외국의 대작에 손을 대었으매 그 결과로 원저의 진수와 묘미를 상케 한 점이 일이 개소가 아니요 역문의 불통일과 생경함은 정한 일이라. 또 이 소설은 재래 조선에 유행하던 소설과 종류가 달라 사실事實이 단순하고 어체語體가 대화체이므로 도저히 독자의 흥미를 끌 수 없는 줄을 역자도 깊이 아는 바라. 삼사 개월의 장시일을 계속하여 읽으시는 동안에 오죽 지루하시고 물렸사오리까. 그러나 다행히 여러 독자의 호평이 있으심은 내가 광영으로 아는 동시에 충심으로 크게 부끄러움을 금치 못하는 바라. 두어 마디로써 독자 제군의 호의를 깊이 사례하노라.

역자

## 해당화

**박현환**

● 박현환, 『해당화』, 신문관, 1918.4.25, 134면

● 레프 톨스토이 원작, 카추샤(賈珠謝) 애화(哀話)

천당도 제 마음속에 있는 것이요 지옥도 제 마음속에 있는 것이니 거죽에 있는 것 같으면 혹 착하고 천당으로 못 갈 수도 있고 모질고 지옥을 벗어날 수도 있으려니와 이미 내 마음속에 있으니 일호일사만큼인들 어찌 요개가 있으리오.

철창 석벽이 무서운가. 철쇄 주사가 무서운가. 무서운 것은 제 속에 있는 본마음—양심이라. 양심은 빈 터전 같으니 임자의 뜻과 행실을 따라 그 위에 천당도 짓고 지옥도 짓는 것이라. 진실로 털끝만 한 북데기를 마음에 두면 그만큼 어지러움과 괴로움이 생기고 펴져 마침내 불같이 뜨겁고 얼음같이 찬 지옥이 마음속에 생겨 시시각각과 사사물물로 그 임자를 괴롭게 할지니라.

양심의 재판과 양심의 형벌은 바깥세상의 심상한 재판과 형벌로써 견줄 것 아니니 하늘을 쓰고 도리질하는 권력도 여기는 아무 소용이 없고 온 세계를 기울이고 오히려 나머지 있는 재물이라도 여기는 아무 소용이 없는 것이요 천지 인물의 이치란 이치를 속속들이 깨친 학식과 강태공, 제갈량, 페리클레스, 솔로몬을 온통 한 몸에 겸비해 가진 슬기라도 양심의 엄숙한 재판과 형벌 앞에는 아무 소용이 없는 것이라. 세력이나 금력이나 학력이나 지력이 조금만큼이라도 소용이 있을 것 같으면 이 책 임자의 내류덕(-네플류도프)이 그 심한 핀잔과 구박을 카추샤에게 받지 아니하고 말았으리로다.

작다고 양심을 더럽히지 말지어다. 잠시라도 더럽힌 양심을 더러운 대로 버려두

지 말지어다. 작은 줄 안 것이 그대의 마음속에 지옥을 이룰 것이요 잠시라도 얼른 씻으면 그만큼 얼른 지옥의 양심을 변하여 천당의 양심을 만들지라. 양심의 거울이 먼 데 있지 아니하고 이 책의 임자 내류덕이 가장 좋은 보감이거니 이 책이 어찌 한 권 소설이리오. 마음 있는 독자는 응당 금옥의 큰 광산을 이 속에서 발견하리라 하노라.

육당학인六堂學人(–최남선) 서書

# 서백리의 용소녀

**백대진**

- 백대진, 「서백리(西伯利)의 용소녀(勇小女)」, 『매일신보』, 1920.9.14~10.9, 1면(전21회)
- 백대진, 「용장(勇壯)한 소녀」, 『신천지』 1, 신천지사, 1921.7.10, 64~93면
- 소피 리스토 코틴 원작, 국한문 혼용

## 서론緖論

차此 『서백리西伯利(-시베리아)의 용소녀勇小女』란 이야기책은 원래 불란서의 여류 작가인 코틴 여사가 그의 염려艶麗 경쾌한 붓으로 기록한 책자인바 이 책자를 구주歐洲 제국諸國이 각각 자국의 국어로써 다투어 번역하여 써 각각 자국민의 생에 대한 천고불후의 좌석명座石銘을 작作하였도다. 이를 영문으로 번역한 책자의 제목은 가로되 『서백리의 추방자』인바 차此가 능히 영국의 남녀노유男女老幼로 하여금 열렬한 동정의 누淚를 흘리게 함이 반세기 이상 금일에 지至하였도다. 특히 어린 소년, 어린 소녀들은 이 책자를 천사의 복음과 같이 실인생實人生의 성경과 같이 애독하는 터이라. 차此로 인하여 이 책자의 출판이 일부일日復日 월부월月復月 연부년年復年 후를 계繼하여 출판되었으며 동시에 이 책자의 내용이 더욱 천하의 인심을 좌우하게 되었도다. 이 책자의 원작자인 코틴 여사가 이를 비록 소설적으로 기록하였으나 기실은 1801년에 붕어崩御한 노서아露西亞 보리保羅(-파벨) 황제 제1세 시대에 돌생突生한 사실을 기대基臺 삼고 써 기록된 사실적 기설奇說 애화哀話인바 기자도 만곡萬斛의 동정루同情淚를 뿌리면서 차此를 우리말로 번역하노니 독자 제언諸彦이여, 차此를 반복 숙독熟讀하여 써 생에 대한 좌우명을 삼을지어다.

## 효녀
**백대진**

- 백대진, 『효녀』, 신명서림, 1922.4.10, 49면
- 소피 리스토 코틴 원작, 순 한글

### 사룀

이『효녀』란 소설은 원래 불란서의 코틴Madame Cottin 여사가 그의 잘 쓰는 붓으로 기록한 전기소설이었습니다. 그가 쓴 것을 서양의 여러 나라는 다투어 가면서 각각 자기 나라의 말로 번역하여 각각 자기 나라 사람의 명경明鏡을 만들었습니다. 이것을 영어로 번역한 책자의 이름은『서백리西伯利(-시베리아)에 내쫓긴 바가 된 자*The Exiles of Siberia*』이온바 이것이 능히 지금껏 영국의 남녀노유男女老幼로 하여금 뜨거운 동정의 눈물을 흘리게 합니다. 특히 소년 소녀들은 이것을 천사의 복음과 같이 우리 인생의 별다른 성경과 같이 사랑하고 봅니다. 이로 인연하여 이 소설의 출판이 몇백 판에 이르러 그 이야기의 내용이 천하의 인심을 좌우하게 되었습니다. 이 소설을 만든 코틴 여사가 이를 비록 소설같이 썼으나 실상은 1801년에 돌아간 아라사俄羅斯(-러시아) 파벨 황제 제1세 시대에 돌연히 생긴 사실을 터 삼고 써 기록한 이야기올시다. 번역하는 자도 뜨거운 동정의 눈물을 흘리면서 우리말로 번역하오니 이것을 숙독, 또 숙독하여 써 보감寶鑑을 삼으시옵소서.

번역한 자로부터

# 나의 참회

김억

● 김억, 『나의 참회』, 한성도서주식회사, 1921.8.4(초판); 1926.1.10(재판), 132면

● 레프 톨스토이 원작

## 참회록 서문

톨스토이는 세계적, 더욱 노서아露西亞에 대한 공덕 많은 대문호이다. 선생은 그 웅혼한 사상, 진지한 감정으로 일지一枝의 필筆을 거擧하여 허위를 타파하고 성실을 가歌하며 암흑을 헤치고 광명을 주어 노서아인 및 세계인의 뇌에 혁신의 파동을 일으켰다. 선생은 참으로 정신계 대위인이다.

선생은 귀족의 가家에 생生하였다. 그러나 선생은 차此에 만족지 아니하였다. 선생은 넉넉한 집에 살았다. 그러나 선생은 차此에 만족지 아니하였다. 사람들이 의미 없이 살다가 의미 없이 죽음을 선생이 의심하였다. 이에 선생은 선생의 개인을 위하여 울었다.

세상에 설운 일이 많지마는 망해 가는 사회 볼 때처럼 설운 적은 없으리라. 떨어져 가는 꽃처럼 오늘 한 모퉁이가 못쓰게 되고 내일 또 한 모퉁이가 못쓰게 되어 점점 못해 가는 것을 보고 뉘 능히 눈물을 흘리지 아니하리오. 모르는 사람은 좋다고 할는지도 모르거니와 아는 사람이야 어찌 애달프다 아니 하리오. 당시 노서아의 형세를 보라. 노서아가 비록 방연거대龐然巨大한 수만 리의 토지를 가지고 2억에 근近하는 민중을 가지고 세계 8대 강국의 일一이라는 권위를 가졌으나 그 내용은 이미 부패하였더니라. 그 종교는 허식에 유流하였고 그 귀족은 전횡을 사肆하였고 도덕은 타락하고 정치는 문란하고 경제는 분배 매우 불공평하였더니라. 이에 노서아는 점

점 위태에 빈瀕하였더니라. 이에 선생은 노서아를 위하여 울었다.

이 세계가 문명하였지만 문명을 따라 교지巧智와 횡포와 위선과 사욕과 온갖 비진선미非眞善美의 사실이 또한 증장增長한다. 이 세계의 도도한 풍조—도무지 그칠 바를 모른다. 선생은 이에 세계인을 위하여 울었다.

이 선생의 울음소리는 매우 굉장하였다. 첨에는 새소리처럼 한두 사람의 잠을 깨우쳤으나 나중에는 종소리, 폭발탄 소리, 벽력 소리처럼 온 세상을 진동하였다. 어허, 큰 소리로다.

이 참회록은 선생이 지은 일종의 자서전이라. 선생의 경력 대요大要를 들어 가림없이 세상 사람에게 보인 것이니 선생의 형태가 거의 7분分의 진眞을 나타낸지라. 이것이 우리 후진 되는 사람들에게 많은 유익을 줄 수 있느니라.

지금은 노서아가 이미 혁명의 세례를 받아 혼돈 부정不定의 중中에 있나니 선생이 사死하였으나 얼마 하면 가히 선생의 이상을 달達할 수 있는지라. 선생의 혼은 아마 목目을 식拭하며 노서아의 성행成行을 주시할진저.

이때에 우리 안서岸曙 김 형이 필筆을 연鍊하여 이 참회록을 역성譯成하니 선생의 글이 비로소 아토我土에 광채를 놓는지라. 김 형의 뜻이 또한 은근하도다.

그러나 아무리 좋은 것이라도 쓰기를 맞춰 써야 하나니 비수도 송곳만 못 할 적이 있는 것이라. 여余는 우리 조선 청년이 이 글을 볼 때에 아무쪼록 유익하도록 보아 세계인의 맛보는 재미에 우리도 함께 맛보도록 하기를 바라노라.

경신(-1920) 5월 28일

장도빈 근지謹識

## 자서

온 세계를 뚫고 모든 위대한 인물은 끊이지 아니하고 그 자신을 편달하는 동시에 모든 사람을 편달한다. 톨스토이는 82년 동안이나 그 자신을, 또는 인생을 편달하였다. 그 자신과 및 인생을 전장으로 하고의 끊이지 않는 괴로운 고투를 계속하였다. 톨스토이의 부르짖음은 그 자신의 부르짖음인, 그 같은 때에 온 인류의 부르짖음이었다. 그는 세계의 모든 것에 도전을 하였다. 이리하여 그는 위대한 반역적 정신의 소유자가 되었다.

그의 신앙은 현대의 모든 생활에 대한 준비인 새로운 무기였다. 그의 82년 동안의 전투사戰鬪史의 그에게는 길기도 하고 또는 짧기도 함이여.

그는 그 자신을 위하여, 온 동포(인류)를 위하여 울었다. 그는 임종의 때, 눈물 가득한 낯으로 "땅 위에 백천만 인이 괴로워한다. 왜 너희들은 내 일만을 생각한다!" 1910년의 11월 20일 아침 6시 지나서 '죽음이, 은혜로운 죽음'이 우리 톨스토이에게 왔다. 이리하여 온 세계에는 다시 어두운 그늘이 덮였다.

야스나야 폴랴나의 사람의 부르짖은 소리는 온 세계를 왔다 갔다 한다.

1920년 5월 30일

한성 남산 아래 우거寓居에서

역자

## 예언例言

역문의 텍스트로는 세계어 역본 *La Konfeso*로 하고 일역을 참조하였다. 일역에 없는(빠졌는지) 것은 세계어 역문에 따랐다.

학술상의 용어는 어찌할 수 없이 현시現時 일본 용어를 그대로 채용하였다. 이에 대하여는 구태여 여러 말을 하려고 하지 않는다.

될 수 있는 대로는, 얻을 수 있는 대로는 평이平易 되기를 기약하였으나 원문의 곡절曲折이 있는 것만큼은 어찌할 수 없이 이 역문에도 거의 직역이라고 할 만큼 곡절없을 수 없었다. 지금부터 육칠 년 전, 이 글을 때에는 그러한 어려움을 몰랐다마는 이번 역자로의 붓을 잡았을 때의 나에게는 꽤 어렵고 어떻게 표현시킬까 하는 문자의 괴로움을 통절하게 느끼지 않을 수가 없었다.

이번 한성도서주식회사의 첫 착수着手로의 톨스토이 백伯의 참회록을 힘도 없는, 함도 없는 내가 역출譯出하게 된 것은 광영의 과분이며, 그 같은 때에 역자의 가능성 없음을 깊이 부끄러워한다. 하고 더욱 이 역문의 가치의 어떠하다 함에 대하여는 독자 제군의 밝은 평단評斷을 빌려 하며, 그 같은 때에 또한 보옥을 타줄로 썬 죄는 깊이 느끼지 않을 수 없다.

톨스토이의 저작 연대표를 부록으로 하려 하였으나 그만두기로 하였다. 그러한 필연의 필요 없음을 안 까닭이다.

늘 끊이지 아니하고 인격으로의, 박학으로의 가장 높은 경의를 드리는 산운汕耘장 선생님의 서문을 주심에 깊이 독자와 같이 사의를 드린다.

## 부활

**춘계생**

- 춘계생(春溪生), 「부활」, 『매일신보』, 1922.7.15~1923.3.13, 4면(전221회)
- 레프 톨스토이 원작

내가 지금까지 본 것 중에 『부활』에서처럼 깊은 감동과 높은 교훈을 얻은 책은 없습니다. 『부활』은 나의 영혼을 뿌리로부터 흔들었습니다. 몇 번이나 나를 울리고 나로 하여금 하느님 앞에 꿇어 엎디어 눈물의 기도를 드리게 하였을까. 나는 지금 이 좋은 책을 사랑하는 우리말로 번역하여 사랑하는 우리 동포에게 드리게 된 것을 큰 기쁨으로 아옵니다.

『부활』의 이름은 위대한 인생의 지도자이신 톨스토이 선생의 이름과 같이 전 세계에 편만하였습니다. 아마 조선말을 제한 거의 모든 나라말로 번역되었고 조선을 제한 거의 모든 나라의 연극장에서 실연되었습니다.

진실로 『부활』은 소설 이상의 소설이니 가위 거룩한 소설이라 할 것이외다. 몇백만 인생이 이 책에서 깊은 감동과 높은 교훈을 받았을까. 이 소설로 하여 전 미국의 감옥 제도가 개량되었다 함을 보아 그 감화력이 어떻게 위대한 것을 알 것이외다. 나는 이 소설이 다른 어느 나라에서보다도 우리 조선에서 많은 감화를 줄 줄을 믿습니다.

아라사俄羅斯(-러시아)의 혁혁한 귀족 네플류도프 공작과 순결한 처녀 카추사의 아름답고 슬프고도 거룩한 연애를 중심으로 하여 인생의 도덕과 죄악과 문명의 진상과 정치 제도 사회 조직의 진상과 결점을 폭로하면서 그 속을 일관하여 톨스토이 선생의 위대한 인도주의적 정신이 물결치며 흐르는 것이 이 소설 『부활』이외다.

언제까지나 번안소설만 보랴. 정탐소설만 보랴. 초역한 소설만 보랴. 이것만 보라 함은 진실로 우리 독자의 수치일 것이외라. 그러한 생각으로 이 위대한 문학인 『부활』은 한 자도 빼지 아니하고 전역全譯하기로 하였으며 또 인명과 지명도 원명대로 다하여 충실하게 번역하려고 애를 쓰거니와 만일 잘못된 곳이 있거든 그 죄는 마땅히 번역자인 내게 돌아올 것이외다. 톨스토이 선생이 재천의 영이 도와주시옵소서.

선생 가신 지 제13년에

역자

# 상봉

## 김명순

● 김명순, 「상봉(相逢)」, 『개벽』 29, 개벽사, 1922.11.1, 25~36면

● 에드거 앨런 포 원작

### 부언附言

근대문학사를 뒤칠 적에는 누구든지 포의 초인간적의 위대한 힘을 긍정치 않을 수 없습니다. 포가 근대문학에 영향을 얼마나 크게 주었는지, 불국佛國의 보들레르와 영국의 와일드, 예이츠 등과 기타 상징파, 신비파를 위시하여 근대 예술가치고 누구든지 직접 간접으로 포에게 감화를 받지 않은 이가 없는 것을 보아도 포의 위대를 알았습니다. 만일 포라는 신비아神祕兒가 없었더라면 지금까지 우리는 인생에 대한 예견을 가지지 못하고 구린내가 나는 자연주의 속에서 같이 썩었을는지도 알 수 없었습니다. 그리고 포는 보들레르와 같이 악마 예술의 2대 본존本尊인데, 요즘 우리 문단 급及 사상계에서는 아직까지 구투를 벗지 못하고 공연히 허위적 공리功利에 눈 어두워서 악마 예술의 진의를 잘 이해도 못 하면서 비난하는 부천膚淺한 상식가가 많은 듯합니다. 적어도 문예를 말하는 이가 악마와 신에 대한 의식을 윤리적 표준에서 식별하겠다는 것이 우습습니다. 만일 조선 청년이 특수한 예술을 창조하여 예술사상藝術史上에 한 중요한 지위를 얻으려면 우리는 모든 기성관념을 벗어나서 아직까지 없었던 새로운 미를 건설하여야 되겠습니다. 이 점에 대하여는 독자가 단단히 기억해 두고 신목표에 향하여 맥진하기를 바랍니다. 목전에 있는 허영에만 탐내지 말고 영원한 미에 바치겠다는 이상을 품고 노력하기를 바랍니다.

번역소설 「상봉」은 포의 특징을 발휘한 작품인데, 한 번만 읽어서는 잘 이해치

못할 작품입니다. 이 외에 「황금충」, 「대아大鴉」라는 걸작품이 있습니다.

문우文友 갈달

# 초련

**현진건**

- 현진건, 「초련(初戀)」, 『조선일보』, 1920.12.2~1921.1.23, 1면(전44회)
- 이반 투르게네프 원작

## 애독자 제씨에게

이 소설은 저 유명한 노서아露西亞 문호 투르게네프의 걸작 단편의 하나이다. 피彼 문호의 독특히 염려艶麗한 채필彩筆로 하염없는 청춘의 한수애사閑愁哀思를 유감없이 그려낸 것이다. 적막하던 우리 문단도 점점 문학의 고운 꽃이 피려 하는 이때 묘연渺然한 이 1편이라도 재미없지 아니할까 하노라.

# 부운

**현진건**

- 현진건, 「부운(浮雲)」, 『조선일보』, 1921.1.24~4.30, 1면(전86회)
- 이반 투르게네프 원작

본보가 속간된 이후로 연재되었던 1면 소설 『초련初戀』은 그 원저가 세계에 유명한 걸작이 될 뿐 아니라 빙허생憑虛生의 활역活譯은 자진자찬自盡自贊이 아니라 아마 만천하 독자의 연감淵鑑이 자재自在하리라. 그런데 근일 중에 해該 소설은 완재完載되고 금번에는 특히 1면 소설로 『부운浮雲』을 다시 애독가 제위에게 소개하노니 이 소설의 본명은 『루진』이라 하여 그 문호의 6대 걸작 소설 중의 일一이올시다. 진보하는 노서아露西亞 사회의 가장 흥미 있는 유형적 물物을 해설하여 곡절 많은 그 연애 사건으로 주인공의 사상과 사업을 설명한 것이 이 소설의 대지大旨이올시다. 지식소설인 동시에 연애소설이요 연애소설인 동시에 지식소설이올시다. 그 인물과 그 사건이 우리 조선 사회와 공명될 점이 많은 것은 가독可讀할 가치가 유有한 듯하외다.

# 카르멘

**나도향**

- 나도향, 「카르멘」, 『조선일보』, 1921.11(미상)~12.5, 4면(전27회)
- 나도향, 『카르멘』, 박문서관, 1925.1.20, 98면
- 프로스페르 메리메 원작, 연애소설(1921), 사람이냐? 요마(妖魔)냐?(1925)

이번 역을 내어놓는 나로서는 부끄러운 일이 한두 가지가 아니다. 남의 작품에 붓을 감히 댈 만한 자신과 포부가 없는 나로서 이것을 번역한 허물은 양심으로 얼만한 괴로움을 받았는지 같은 양심을 가진 사람으로 똑같은 경우에 처한 사람은 짐작하여 줄 줄 아는 바이다.

어떻든 이 조그마한 노력이 나중 큰 노력의 척후가 될 수 있다 하면 만족하다. 이 뒤에 적임자를 얻어 완전히 대가의 필치를 우리에게 옮겨 올 수 있기를 바라고 부끄러운 붓을 놓는다. 제목을 고친 것을 원작자에게 죄를 사하는 바이다.

역자

# 봄물결

**최승일**

- 최승일, 『봄물결』, 박문서관, 1926.4.10, 239면
- 이반 투르게네프 원작

## 두어 마디

『봄물결』은 투르게네프의 초년작인 동시에 고금에 여러 문호들은 이것을 『연기煙』에다 비교해서 말한다. 그러나 『연기』는 경향적인 동시에 이 『봄물결』은 순수한 예술적이다. 이러한 의미에 있어서 나는 오히려 이 『봄물결』을 애독하였으며 또한 이것을 추천하고 싶다.

러시아에 사닌이 둘이 있다. 하나는 아르치바셰프의 그려 낸 사닌이고 또 하나는 투르게네프의 그려 낸 사닌이다. 그러나 자의 사닌과 후자의 사닌이 그 됨됨이가 다 각각 다른 것을 말하여 둔다.

원작에는 무엇이라고 하였는지를 모르겠으나 영역이나 독역 같은 데는 혹은 『봄조수春潮』라고도 하고 또 혹은 『봄홍수春의 洪水』라고도 하고 그저 『봄물春水』이라고 한 데가 있다. 그러나 『봄물결』이라고 하는 것이 가장 좋은 듯해서 그대로 써 둔다.

그리고 또 한마디 할 것은 작중에 판탈레오네라는 노인은 독일 말을 이태리 발음으로 하기 때문에 그런 것은 죄다 빼어 버린 것을 삼가 사과한다.

끝으로 이 번역에 많은 도움이 있는 동무 김기진 군에게 감사를 드린다.

1924년 1월 15일

역자의 말

# 사랑하는 벗에게

홍난파

- 홍난파, 「사랑하는 벗에게」, 『삼광』 1~2, 재동경조선유학생악우회, 1919.2.10~12.28(제1~2회)
- 홍난파, 「빈인(貧人)」, 『삼광』 3, 재동경조선유학생악우회, 1920.4.15, 25~31면(제3회, 미완)
- 표도르 도스토옙스키 원작

## 머리의 말

노국露國 문호 도스토옙스키의 처녀작으로 유명한 *Poor Folk*가 러시아 문단에 처음으로 출현되기는 1846년이었다. 그때에 도스토옙스키는 겨우 24세의 청년이었다. 육군 포공砲工 학교를 졸업한 후에는 문학에 뜻을 두어 곧 군직을 사辭하고 퇴영退營하였다. 그래서 그의 처음 쓴 것이 곧 이 *Poor Folk*이다. 당시에는 일개의 무명한 청년 작가에 불과하였지마는 이 처녀작을 발표한 후로 그의 명성은 전 러시아 문단에 들날리었다. 그의 동창우同窓友 그리고로비치(후에 유명한 작가가 됨)는 친우의 원고를 가지고 당시 대시가大詩家인 네크라소프를 왕방往訪하여 그의 주간하는 잡지에 게재하여 주기를 간청하였다.

네크라소프가 그리고로비치와 같이 이 *Poor Folk*를 읽기 시작하기는 그날 밤 삼경三更 때이다. 그러나 그 양인은 야심함도 불구하고 이 1편을 끝까지 읽지 아니치 못하였다. 양인은 감탄하고 앙분昂奮하였다. 그래서 곧 이 신작가를 만나 보려 새벽녘에 도스토옙스키의 모옥茅屋을 방문하였다. 양인은 이 신천재의 출현에 대하여 감사와 축복의 미루美淚를 불금不禁하였다.

자기의 원고를 가지고 간 그리고로비치가 실패나 당하지 아니할까? 하여 염려하고 초민焦悶하던 도스토옙스키는 네크라소프의 쾌락快諾을 얻은 때에 얼마나 기뻐하였으랴. 수개월 후에 드디어 이 *Poor Folk*는 러시아 문단에 출현하였다. 러시아의 문예계는 열광적으로 이 신작가를 환영하였다. 실로 도스토옙스키처럼 처녀작을 발표하고 곧 문학적 성공의 절정에 달한 사람은 러시아 문단에는 다시없다.

그런데 이 작품은 별로 사상 문제에 관련한 것도 아니고 특수한 사건을 기록함도 아니다. 다만 도스토옙스키가 이 작품 중에 주요 인물로 쓴바 2인의 빈한하고 가련한 남녀의 연정을 묘사함에 불과하다. 여주인공 바렌카가 마카르를 버리고 비코프와 결혼하였다. 이 비코프로 말하면 차작此作 중 최중요 인물이지마는 전편을 독파하도록 그의 성격이나 윤곽을 깨달을 수 없음은 이 작품에 대한 큰 결점이라 하겠다. 그러나 다만 인심을 야기惹起케 하는 생명이 충일해 있다. 이것이 곧 작자의 심정이다.

차작은 전편 55신信으로 된바 추호追號 역재譯載코자 한다.

도레미생生 지識

# 청춘의 사랑

**홍난파**

● 홍난파, 『청춘의 사랑』, 신명서림, 1923.6.6(초판); 세창서관, 1934.11.10(재판), 154면

● 표도르 도스토옙스키 원작, 연애소설(1923)

## 머리의 말

노국露國 문호 도스토옙스키의 처녀작 *Poor Folk*가 노서아露西亞 문단에 처음으로 출현되기는 서력 1846년이었다. 그때에 도스토옙스키는 겨우 24세의 청년으로 육군 포공砲工 학교를 졸업한 후 문학에 뜻을 두어 곧 군직을 사辭하고 퇴영退營하였다. 그래서 그가 처음으로 쓴 것이 곧 이 *Poor Folk*이다. 당시에는 일개의 무명한 청년 작가에 불과하였지마는 이 처녀작을 발표한 후로 그의 명성은 전 노서아 문단에 들날리었다. 그의 동창우同窓友 그리고로비치는 친우의 원고를 가지고 당시 대시가大詩家인 네크라소프를 왕방往訪하여 그가 주간하는 잡지에 게재해 주기를 간청하였다.

네크라소프가 그리고로비치와 함께 이 *Poor Folk*를 읽기 시작하기는 그날 밤 삼경三更 때이다. 그러나 그 양인은 야심함도 불구하고 이 1편을 끝까지 읽지 아니치 못하였다. 양인은 감탄하고 앙분昂奮하여 곧 이 신작가를 만나 보려고 새벽녘에 도스토옙스키의 모옥茅屋을 방문하였다. 양인은 이 신천재의 출현에 대하여 감사와 축복의 미루美淚를 불금不禁하였다. 수개월 후에 드디어 이 *Poor Folk*는 노서아 문단에 출현하였다. 노서아의 문예계는 열광적으로 이 신작가를 환영하여 도스토옙스키로 하여금 곧 문학적 성공의 절정에 달케 하였다.

그런데 이 작품은 별로 사상 문제에 관련한 것도 아니요 또 특수한 사건을 기록함도 아니다. 다만 작자가 이 작품 중에 주요 인물로 쓴바 2인의 빈한하고 가련한

남녀의 연정을 묘사함에 불과하다. 여주인공 바렌카가 마카르를 버리고 비코프와 결혼하였다. 비코프로 말하면 이 작품 중의 중요한 인물의 일인이지마는 전편을 독파하도록 그의 성격이나 윤곽을 규시窺視할 수가 없음은 이 작품에 대한 큰 결점이라고도 하겠다. 그러나 다만 인심을 야기惹起케 하는 생명이 충일해 있다. 이것이 곧 작자의 심정이다.

이 작품은 내가 수년 전에 『삼광』이란 문예 잡지를 경영할 때에 추호追號 역재譯載하던 것인바, 객동客冬으로부터 금춘今春에 지至하는 동안의 여가를 이용하여 전편을 필역畢譯하여 여러 청년 남녀의 일독을 바라는 동시에 이 세계적 문호의 작품을 우리 문단에 이식移植하게 된 것을 무한한 영광으로 사思하는 바이다.

1922년 4월

역자로부터

# 어디로 가나?

홍난파

- 홍난파, 「어디로 가나?」, 『매일신보』, 1920.3.20~5.5, 1면(전37회)
- 홍난파, 『어디로 가나?』, 광익서관, 1921.11.3(초판), 112면
- 홍난파, 『최후의 사랑』, 경성서관·동양대학당, 1923.3.15; 창문당서점, 1930.10.15, 112면
- 헨리크 시엔키에비치 원작

본월 19일부터 본지 제1면에 역사 급及 종교소설 『어디로 가나?』를 연재하겠습니다. 이 1편은 파란波蘭(-폴란드)의 대문호 시엔키에비치 씨의 걸작으로 세계 도처에서 열광적으로 환영하는 자인바 금번에 난파 홍영후 군의 문예적 필치와 한숙嫻熟한 수완으로 독자 제위의 앞에 번역 소개하게 되었습니다. 실로 조선 문예계의 초유의 명역인 동시에 현시 조선 청년 남녀에게는 무상의 위안이 되겠사오니 제위는 끝끝내 애독하여 주시기를 바랍니다.

## 역자의 말

내 일찍이 어떤 친우에게 이런 말을 들었었다. 그대는 『쿠오바디스』를 읽어 보았느냐고. 읽은 일이 없다고 대답한즉 친우 말이 "부디 한번 읽어 보시오. 무엇이니 무엇이니 해도 소설 중에는 이 같은 것이 다시없으리라"고 했다. 나는 그때 곧 이 책을 구독하러 책점冊店으로 가다가 문득 생각하기를 이때까지 소설이라고는 한 권도 읽지 못한 내가 만일 맨 처음으로 이 책을 읽었다가는 일후 다른 소설을 읽다가 불만족함에 실망할지도 모르겠은즉 위선 다른 소설 몇 권을 읽은 후 나중에 『쿠오바디스』는 읽으리라고 생각하고 그대로 돌아선 일이 있다. 그러다가 연전에 도쿄에 내유來遊하게 되자 문득 이 생각이 나서 곧 이 1편을 구독했다. 그동안이라야 별로 소설을 많이 읽지는 못하였지만 여하간 사오 종의 명작이란 것을 읽어 보았은즉 이것들과 비교해 보리라는 생각도 없지 않았다. 너무 호기심을 가지고 읽어서 그랬던지 급기야 재삼 정독하매 실로 경탄치 아니치 못했다. 그 1편 중의 일언일구가 모두 금언金言 옥구玉句요 더욱이 형용사를 풍부 적절히 인용함에는 다시 한번 놀랐다. 그뿐 아니라 이 1편으로 말하면 역사소설이며 종교소설인 동시에 남녀 품성의 연애에 관하여 명석한 해석과 주도周到한 관찰을 함에 더욱 마음이 끌리었다. 그 묘사의 곡진함과 결구結構의 굉대宏大함은 실로 탄복지 않을 수 없어서 나 혼자만 읽느니보다 아직 읽어 보지 못한 청년 남녀에게 소개하고 싶은 생각이 불 일듯 할 때 마침 『경성일보』 이사 나카무라 미사키中村三笑 선생의 후원을 얻어서 이 1편을 동지상同紙上에 역재譯載케 되었다. 본시 천견박식淺見薄識으로 더구나 졸필인 내가 이와 같은 명작을 당돌히 번역한다 함은 예술적 양심이나 원저자에게 대하여 죄를 피할 길이 없지마는 고독에 방황하고 암흑에 비읍悲泣하는 조선 청년을 위하여는 적지 않은 위안이 되리라고 생각하여 감히 붓을 들기 시작한 것이다. 실로 우리나라 문학계의 초유한 호독물好讀物인 동시에 우리는 이 1편에 의하여 비로소 연애의 신성한 위력과 기독교의 심오한 진리를 깨달으리라고 생각한다. 이 명저 1편을 제군에게 소개하는 광영을 가지게 됨을 심사深謝하며 원저자 시엔키에비치 씨에게 일언으로 사례라는 동시에 독자 제위의 끝끝내 애독하심을 빌며, 끝으로 일언을 부가함은 독자의 표준을 청년 남녀로 한 까닭에 극히 평이한 한자 혼용 문체를 택한 것이다.

## 머리의 말

파란波蘭 문호 시엔키에비치의 걸작 『쿠오바디스』를 우리의 말로 번역하기는 이것이 처음일 것이다. 나는 우리나라 청년에게 이와 같은 세계적 명저를 소개하게 됨을 무상의 광영으로 생각하는 동시에 원작자와 독자에게 아울러 사죄할 것은 역자가 파란어波蘭語를 해解치 못하는 까닭으로 일역과 영역을 대조하여 중역重譯하는 위에 우리나라 출판계의 어찌할 수 없는 사정에 거리끼어 전문을 그대로 다 소개치 못하고 간략히 초역抄譯하여 써 원문의 벽옥璧玉을 와륵瓦礫으로 만들게 됨은 실로 죄를 피할 길이 없다고 생각한다. 그러나 나는 주관적 감흥을 중심으로 삼고 원작의 의사를 벗어나지 않는 범위 안에서 가장 충실하게 자기의 감정을 쓰고자 하노니 이 1편으로 말미암아 만에 일이라도 깨닫는 것이 있다 하면 역자의 본의는 이에 더 지날 것이 없다고 안다.

1921년 10월 일

동경에서

난파생蘭坡生

**부기附記**

본편 중의 주요 인물과 특별 명사의 원명을 권말에 붙여서 독자의 편의를 도圖코자 함.

# 애사

홍난파

- 홍난파, 『애사(哀史)』, 박문서관, 1922.6.15, 129면
- 빅토르 위고 원작, 국한문 혼용

## 머리의 말

『애사』는 원명을 『레미제라블*Les Misérables*』이라 하여 불국佛國 문호 위고Victor Hugo의 대표적 걸작이다. 이것을 우리의 말로 전역傳譯하려면 원고지 4천여 매를 초과하는 일대 서사시적 작품인바 작자가 60세 되던 시時 예술가로서의 수완이 가장 난숙한 때에 지은 것이다. 그는 본서 중에서 사회 문제, 정치 문제, 부인 문제, 기타의 제 방면에 미쳐서 여지없는 견해를 술述하고 당시를 비평하였다. 두옹杜翁(—톨스토이)은 본서를 추상推賞하여 19세기의 제일 양서라 하였으니 이 어찌 우연한 일이리오. 역자는 낭일曩日에 시엔키에비치의 『쿠오바디스』를 소개할 때에도 말한 바이지마는 우리 출판계의 어찌할 수 없는 사정에 구애되어 이 전문을 완전히 소개하지 못하고 원작의 경개를 발수拔粹함에 지나지 못하게 됨은 심히 유감으로 생각하는 바이다. 그러나 다행히 원작의 제俤를 방불할 수 있다면 역자의 본의는 다한 줄로 아노라.

1921년 크리스마스 날에

역자로부터

# 장 발장의 설움

홍난파

● 홍난파, 『장 발장의 설움』, 박문서관, 1923.2.20, 157면

● 빅토르 위고 원작, 순 한글

특별히 한문을 알지 못하시는 여러 부인네들을 위하여 지금 다시 이 세계적 명저를 순전한 우리의 말로 번역하노라.

# 사랑의 눈물

**홍난파**

- 홍난파, 『사랑의 눈물』, 박문서관, 1922.11.10(초판); 1924.9.30(재판), 117면
- 알프레드 드 뮈세 원작, 세기병자의 고백

## 머리의 말

15세기 말로부터 19세기 초에 이르기까지의 불국佛國 문단은 무미건조한 고전파 문예의 중압 아래에 신음하고 있었다. 그러나 시운時運은 점차 회전하여 1830년 2월 25일 파리 극장에서 위고 작 『에르나니』를 개막함과 함께 현란한 로맨티시즘의 새벽빛이 비치자 자유 무제애無際涯한 천지는 중목衆目의 앞에 전개되었도다. 이때에 불란서 로맨티시즘의 '두려운 아이Enfant terrible'라 함은 실로 알프레드 드 뮈세L. C. A. de Musset의 별명이었었다.

소위 1830년대의 제諸 작가 중 드 뮈세는 농염, 열렬, 또는 우울한 연애 시인으로 위고와 함께 견肩을 비比하였으며 또 기개幾個의 희곡을 유有하였으나 특히 뮈세의 이름을 높게 한 것은 그의 소수의 산문 중에 보옥이라고 할 만한 『세기병자의 고백』이었었다.

회의懷疑 오뇌懊惱의 부자연한 연속, 불가지의 세계에 대한 권련眷戀, 온갖 사물에 대한 최고하고 영구적 되는 행복의 희구, 무한 무궁한 막막한 동경—곧 세기병자의 온갖 우수와 의혹에 싸인 뮈세는 '두려운 아이' 될 만한 충일充溢한 천재를 가지고도 흉오胸奧의 고민을 참지 못하여 둔마鈍痲된 신경과 미란糜爛한 관능으로 일야日夜 주색의 항巷에 출입하였었다.

무류無類한 연애와 요탕搖蕩의 반복 중에도 여류 작가 조르주 상드와의 연정은 비

극적 결과가 그의 생애에 일대 회전기를 여與하여 우울한 음영은 그로 하여금 30세의 시時에 이미 노인의 반열에 들어가게 했다.

『세기병자의 고백』은 이와 같이 화미華美 부허浮虛한 연애 시인의 속임 없는 자서전인바 그는 이 1편을 탈고하고 나서 "나는 나를 토로하였다"고 말하였단다. 그런즉 이 고백록이 아무리 퇴폐한 냄새가 난다 하더라도 고백이라고 이름한 이상에는 거기에 하등의 심오한 의의가 없을 수 없다. 독자는 이 책의 수 엽頁을 넘기기 전에 독자의 안상顔上에는 이미 경건한 빛이 나타날 줄을 나는 예기豫期한다.

끝으로 한마디 말할 것은 본편의 제명을 편의상 『사랑의 눈물』이라고 한 것을 독자는 살펴 주기 바란다.

1922년 1월

신유(-1921) 마지막 날 밤에

역자로부터

# 매국노의 자
**홍난파**

- 홍난파, 『매국노의 자(子)』, 회동서관, 1923.3.15, 111면
- 헤르만 주더만 원작

## 머리의 말

헤르만 주더만은 서력 1857년 9월 30일에 프로이센의 동방 하이데크루크의 부근 마치켄에서 출생하였다.

그는 대학을 졸업할 때까지에는 별로이 이렇다 하는 이력이 없으나 대학 졸업 후 1886년에 『박명薄明』이란 소설 단편집을 발표하고 그 익년翌年에 그의 일대의 걸작 소설 『우수 부인憂愁夫人』을 저작한 이래 일약一躍하여 문단의 대가가 되기에 이르렀다.

주더만은 소설 작가라기보다도 극작가라 함이 당연할지니 그의 일대의 작품 중에는 8개의 소설집과 17개의 희곡집이 있다. 그러나 그가 가장 호평을 박득博得한 것은 소설이니 『우수 부인』, 『묘교猫橋』, 『에스 와르』와 및 최근의 작 『다스 호헤 리트』 등은 모두 각본보다도 이상의 성공을 수遂하였다.

그중 『묘교』(『매국노의 자』라고 개칭함)라는 소설은 1889년대의 작품으로 나폴레옹 전쟁을 배경으로 삼고 매국노의 자子 보레스라프와 가련한 자연아自然兒 레기네를 가장 교묘하게 배합시킨 것이다. 시인의 말이 소위 선악이란 것은 부운浮雲과 흡사하여 그 오저奧底에는 무언중에 자연이 횡와橫臥되었나니 고고 가련한 레기네의 자연적 행위는 결코 부도덕이 아니다. 이것을 부도덕이라 함은 사회의 인습적 도념道念에 일의一依한 것인즉 이 같은 사상은 반드시 파괴할 것이라고 말한 것 같다. 여하간 인습적 사상에 반항하는 분투적 정신이 가장 통쾌하고 가장 비장하게 전지全紙에 창일

漲溢되어 있다. 그 외에 이 소설은 희곡적 성질을 대帶한 자者로 주더만을 알고자 함에는 가장 적절하다 할 것이다.

# 죽음의 나라로

김억

● 김억, 『죽음의 나라로』, 기독서원 출판부, 1923.7.20, 148면

● 헨리크 시엔키에비치 원작

## 기독서원의 출판부와 소설 『죽음의 나라로』를 발행하기까지

과거 10년의 역사를 두고 춘풍추우 흉파洶波의 성상星霜을 답파踏破하여 오늘날까지 그 명예를 존중히 하고 그 위신을 변치 아니한 것이 즉 평양의 한낱 자랑거리인 '기독서원'이라. 다수한 총준聰俊 재사들이 차문此門을 왕래하기 그 얼마이었으며 불소한 교육 기관과 그 얼마나 연결을 취하였으랴마는 재인의 주린 영靈을 위로할 무엇이 없었으며 교육 기관의 배후를 지키는 충실한 완비가 없었음이 오늘날 와서 통탄하여 마지아니할 바로다. 우리의 문원文園을 돌아보면 한산하기 짝이 없고 우리의 출판계란 우리에게 적절한 것을 고르기에 너무나 분망하다. 하나 우리 생명의 북돋우어 줄 만한 무엇이 있느냐 하면 보기에 드물다 할 뿐이겠다. 유치원 학동에게 약간한 문구나 공급함이 이 어찌 우리의 사명이랴. 우리는 깊이 느끼어 출판부란 명목을 두어 이해 춘기春期로부터 절실한 각오 밑에서 우리 문원을 일보를 경신更新함에 힘을 다하고자 한다.

이번에 맨 처음 착안을 본서 『죽음의 나라로』에 하게 됨은 무엇보다도 다행한 일이다. 아직도 우리 조선에서는 작자나 역자가 극히 소수이다. 그나마 누가 작자면 작자의 대우, 역자면 역자의 대우를 해 주는 이가 없다. 특별히 가혹한 것은 작자와 역자와의 밀접할 관계를 가지고 있는 출판업자가 그들을 몰라보는 것이다. 차추此秋에 입立하여 무엇을 거둘까, 그 역亦 큰 염려이었다. 마침 김시어짐(-김동인) 씨의

소개로 김억 씨의 역필譯筆인 『죽음의 나라로』의 원고를 얻게 되었다. 이에서 다시 다행스러운 일이 어디 있을까. 우리는 독자 여러분과 같이 이 소설을 우리가 읽게 되고 출판하게 된 일을 생각하여 시어짐 씨와 김억 씨에게 감사를 드리자.

소설의 내용은 역자로부터 인사가 있으니 나는 더 말하고 싶지 않다.

1923년 4월 30일

기독서원 출판부 편집실에서

운서雲栖 지識

## 머리에 한마디

이 소설이 세계적 명편이며 아닌 것은 역자인 나는 모릅니다. 저 유명한 『쿠오바디스*Quo Vadis*』의 작자 시엔키에비치Henryk Sienkiewicz의 작품이라는 것을 말하여 두려고 합니다.

이 소설은 영역의 *In the New Promised Land*에서 중역重譯하였습니다. 역譯이라고 하는 것보다 역작譯作이라고 하는 것이 온당할 듯합니다. 왜 그러냐 하면 가끔가다가 원문에는 없는 것을 넣기도 하고 원문에 있는 것을 빼기도 한 때문입니다. 더욱 「개척 생활」에 이르러서는 역자의 맘대로 3페이지나 될 만한 것을 생략하고 말았습니다. 그것은 역자의 생각에는 있고 없음에는 조금도 관계가 없겠다는 비견卑見에 지나지 아니함입니다. 하고 한마디 말씀하여 두어야 할 것은 이 소설은 1914년, 다시 말하면 역자가 학적을 게이오기주쿠慶應義塾 대학 문과에 두었을 때 학과의 남은 틈을 이용하여 장난삼아 역출譯出한 것입니다. 해를 여러 번 거듭한 오늘 와서 보면 문체며 용어도 맘에 맞지 아니하는 것이 많았습니다. 하여 얼마큼은 고치노라고도 하였으나 대개는 그때의 것을 그대로 두고 말았습니다. 이것은 다른 뜻이 아니고 지나간 때의 돌아오지 못할 사랑스러운 학생 시대를 혼자 기억하여 보겠다는 생각에 지나지 아니하는 역자 자신의 기념거리입니다.

이 소설 속에서도 또한 찾으려고 하면 적지 아니한 찾음이 있을 줄로 압니다. 그것은 역자가 알 것이 아니고 읽는 이의 맘에 맡길 것이라고 생각합니다.

1922년 7월 9일 오후

패성浿城(—평양) 남문통 여창旅窓에서

역자

# 병중소마

## 릴리어스 호튼 언더우드

- 릴리어스 호튼 언더우드(원두우, 元杜尤), 『병중소마(瓶中小魔)』, 조선야소교서회, 1921.5.10, 59면
- 로버트 루이스 스티븐슨 원작

### 머리에의 말

『보석도寶石島』, 『신 아라비안나이트』, 『밸푸어』 등의 불후할 명작과 함께 로맨틱과의 효장驍將 스티븐슨 씨의 이름은 일찍부터 우리 입에 회자膾炙되었다.

이것이 그의 발랄한 필치潑刺筆致와 기발한 상화奇拔想華만으로의 소득 아니고 그 천외의 기상天外奇想 가운데 인정미 있으며 그 종횡한 필봉縱橫筆鋒 밑에 썩지 않을 진리 있음으로써라.

여기 역재譯載된 『병중소마』도 일견一見에 『아라비안나이트』 유의 소화小話 같으나 스티븐슨 독특의 인생관, 예술관이 여기도 지상에 활약한다. 『병중소마』 출현하여 이르는 곳마다 눈물 있고 사랑 있고 '최대 선'이 있어 보는 자로 하여금 몰래 글 중의 사람 됨을 깨닫지 못하게 한다.

역문은 할 수 있는 대로 축자역逐字譯을 시험하였으므로 다소의 건조무미한 구절이 없지 못하나 원저자의 뜻을 그릇 아니 함을 위한 대담한 짓이외다.

박태원

## 역자의 뒷말

붓을 차마 던지기 애달파 이 책이 우리에게 준 큰 진리 몇 가지를 쓰겠소.

1. 마귀에게 아무 덕이든지 입지 마라. 곧 선악 간에 그놈에게 간섭을 받지 마라.
2. 마귀는 욕심 덩어리요 누구든지 제 손아귀에 집어넣으려는 놈이오.
3. 마귀는 스스로 속는 놈이오—세상 사람을 속이다가 마침내 자기를 속인단 말이오. 이 책 마지막에 지옥 간 놈은 그 술주정꾼이요 그놈은 병 있으나 없으나 지옥 갈 놈이오. 마귀 제아무리 날고뛴다 하여도 끝에는 자기 하인밖에 잡지 못하였소.
4. 술 먹는 자는 어느 모퉁이로 보든지 마귀 종이오.
5. 마지막으로 엄숙한 진리가 하나 있소. 남의 멸망으로 나의 구원을 짓지 마라. 곧 다른 사람이 지옥 감으로 내가 천당 가게 되는 것은 크게 생각할 문제외다.
6. 사람이 목숨을 잃고 온 천하를 얻으면 무엇에 유익하리오.

# 지킬과 하이드

**릴리어스 호튼 언더우드**

- 릴리어스 호튼 언더우드(원두우, 元杜尤), 『지킬과 하이드』, 조선야소교서회, 1921.8.18, 102면
- 로버트 루이스 스티븐슨 원작

## 서문

영국 소설가 스티븐슨 씨의 *A Strange Case of Dr. Jekyll and Mr. Hyde*를 번역한 것이다.

여러 나라말로 번역하여 수천만의 애독자를 얻은 책이다. 악의惡意 불가항의 능력이 얼마나 우리의 혼과 몸을 지배함을 보임이니 마지막 장에 이르러서는 난해한 구절이 적지 않다.

그러나 전편의 골자가 모두 끝 장에 모였으니 읽는 자가 마땅히 여기 유의하여야 한다.

더욱이 청춘 시절에 범죄에 빠져 몸이 윤락淪落의 길을 밟는 자가 이를 숙독하면 큰 깨침이 있을지니라.

# 일신양인기

**제임스 스카스 게일 · 이원모**

- 제임스 스카스 게일(기일, 奇一) · 이원모, 『일신양인기(一身兩人記)』, 조선야소교서회, 1926.3.10, 49면
- 로버트 루이스 스티븐슨 원작

## 서문

영국 문호 스티븐슨 씨는 19세기의 유명한 자로 그 저술이 무수한 중 이 책은 특별히 걸작이라 사람의 선악을 묘사하여 보는 자로 심령상에 무한한 감상이 자연히 일어남을 금치 못하게 한지라. 그 의장意匠이 오묘하고 문법이 영활靈活하니 어찌 심상 무의미한 소설에 비할 바리오. 다만 역자의 손이 둔하여 그 심오하고도 활현活現하는 맛을 철저히 나타내지 못함을 한할 뿐이로라.

1924년 12월 17일

역자 지識

# 유락황도기

**제임스 스카스 게일 · 이원모**

● 제임스 스카스 게일(기일, 奇一) · 이원모, 『유락황도기(流落荒島記)』, 조선야소교서회, 1924.7.3, 167면
● 요한 데이비스 위스 원작

## 서언

100여 년 전에 서사국瑞士國(-스위스) 목사 로빈슨이 남태평양 언덕에 새 땅을 찾았다 함을 듣고(지금 오대리아주澳大利亞州-오스트레일리아) 뜻을 결단하고 가권家眷을 데리고 그리로 가서 살려 하여 가장집물을 몰수이 팔고 소와 농기와 종자를 가지고 배에 올라 며칠 만에 태평양에 이를 때에 마침 폭풍이 일어나 배가 지탱할 수 없어 바람 부는 대로 불려 가서 무인절도에 득달하여 복선覆船이 되므로 죽은 자가 많되 오직 로빈슨 목사와 그 권속만 살아 해안으로 올라 섬 중에서 생활하며 친히 보는 일을 일기日記 한지라. 이 사적을 열람하는 자는 무쌍한 흥미를 얻을 줄 아노라.

## 영미신이록

**제임스 스카스 게일 · 이원모**

● 제임스 스카스 게일(기일, 奇一) · 이원모, 『영미신이록(英美神異錄)』, 조선야소교서회, 1925.7.6, 55면

● 워싱턴 어빙 · 월터 스콧 외 원작

### 서문

객이 나더러 물어 가로되 이 책은 어찌하여 지었느뇨. 이야기는 재미있으나 성경 진리에 거리낌이 없겠느뇨. 내가 대답하되 그대의 말이 옳은 듯하지마는 그 하나만 알고 둘을 알지 못함이로다. 첫째 이야기는 옛사람의 상상에서 나온 글이라도 그 이하는 모두 적확한 사실이라. 무릇 그 일이 있으면 그 이치가 있고, 그 이치가 있으면 그 유익이 있는 법이라. 밴 윙클은 비록 용속庸俗한 촌부라도 그 마음인즉 성실하여 자기의 이익을 도모하지 아니하고 남을 도와주기를 즐기는 자인 고로 신선의 술을 얻어 마시고 하룻밤 사이에 10년을 지내었으니 이 어찌 하루가 천년 같고 천년이 하루 같다 하는 성경 말씀(벧후 3:8)과 합하지 아니하며 영생의 진리를 가만히 가르침이 아니뇨. 루시아는 묘령 여자로서 진리에 부하므로 완전한 사랑이 발발하여 담대히 큰 집에 홀로 처하여 원혼을 청하여 참 도리로 위로하고 인도하였으니 영혼과 육체의 다름은 있을지언정 구주께서 음부陰府에 내려가사 전도하심과 방불하지 아니하뇨(벧전3:19). 정희는 그 생명을 버려 순식간 삼만 리 밖에 무형한 신으로 유형한 편지를 전하여 사람의 급함을 구하였으니 그 사랑과 정성이 어찌 구주의 목숨을 버려 사람을 구원하신 본뜻에서 나옴이 아니뇨. 그 외에 브라운 대장의 원귀를 만남과 파너지의 사람의 혼을 떠나게 하여 영적靈蹟을 나타냄도 일이 기이하고 이치가 미묘하니 천부께서 큰 능력으로 사람의 육체만 지으실 뿐 아니라 심령도 지

으시고 물질계만 주관하실 뿐 아니라 신령계도 지배하시는 줄 알 수 있거늘 인생의 심령은 물질에 구속되어 이치 밖의 이치는 깨닫지 못하고 본 것이 적으므로 이상히 여김이 많을 뿐이라. 다윗이 가로되 주께서 인생을 기묘하고 이상하게 지으심을 감사하나이다(시 139:14) 하였으니 어찌 이러한 일을 인하여 천부의 큰 능력을 찬송함이 아닌가. 그런즉 이 책은 사람에게 유익을 줄 뿐 아니라 실로 성경 진리에 합하는 것이니 기일奇一 박사의 우리에게 보이고자 하심이 이를 인함이라. 그 뜻이 어찌 깊지 아니하며 그 학식이 어찌 넓지 아니한가. 객이 말이 없이 물러가는지라. 이에 붓을 들어 기록하노라.

1924년 12월 일

역자 지識

## 회오
### 시조사

- 『회오(悔悟)』, 시조사, 1925.7.15(초판), 174면
- 『자모(慈母)의 마음』, 시조사, 1935.1.11(재판), 210면
- 『어머니의 마음』, 시조사, 1952.11.26(3판), 247면
- 찰스 테일러 원작

### 서序에 대代하여

이 『회오悔悟』의 역고譯稿를 맡아 가지고 편집을 시작하던 때는 벌써 반 개년 전 서늘한 바람이 산들산들 불던 작년 구시월경인 듯하다. 이것을 하루바삐 만들어 놓고 싶은 생각은 더할 수 없이 간절하였지만 매달 정기 간행하는 다른 일이 있기 때문에 어찌할 수 없이 오랫동안 끌어 오게 되었다. 또한 역고譯稿에 부득이 교정하여만 할 곳이 많이 있어서 더욱 시간이 많이 걸리게 되었다. 아무려나 지금에 이 오랫동안 끌던 편집을 끝내고 불일不日에 이것을 내어놓게 되었으니 말할 수 없이 시원하고 기쁘다.

이 『회오』의 역문을 다시 원고지에 기록할 때 이 소설의 구상에는 터럭만치도 어찌할 수 없었지마는 문체나 기교에는 필자의 둔필鈍筆로 다소 고친 것이 있다. 저자나 역자에게 대해서 매우 죄송한 일이나 이것이 조선말로 되어 나오는 한에 있어서는 어찌할 수 없는 사정이었다. 특히 이 일을 도와서 감준監準해 주신 추임秋巖, 소송小松 두 분 가운데 추암 형이 끝까지 못 보아 주심을 매우 유감으로 생각한다.

이 『회오』는 원명 『마크드 바이블*Marked Bible*』이란 영어로 된 단편소설을 역譯한 것으로서 저자는 미국인 테일러 씨인데 종교계에 유수한 인물이다. 그는 지금 이

세상 사람이 아니지마는 그로 말미암아 참 생애를 보내는 사람이 현재 미국 안에 많이 있다고 한다. 이 저자가 자기의 경험한 실지 사실과 또 다른 어떤 실지 사실을 기초해 가지고 이것을 기록하였다 한즉 이것이 반드시 광명한 천지에 살아 동動하는 산 소설이 될 것이다. 이 소설이 세상에 나아가기를 지금까지 80여만 부라 하니 족히 그 가치를 알 수 있다. 이 소설의 내용은 어디까지 진리를 기초하여 모든 인물이며 사건이 사실에 닿고 이론에 닿게 기록하였다. 혹 선전이나 교화를 목적하고 썼다고 할 수 있으나 순전히 그렇게만 말할 수 없다. 그것은 그러한 목적으로 쓰지 아니한, 순전히 문예만을 위한 소설이라도 어떤 깊은 감동을 주는 것이 있는 까닭이다. 필자는 이 『회오』를 한번 보는 가운데서 불식간에 진리로 기뻐하는 이 소설의 인물 가운데 한 사람이 되고 말았었다. 아직 종교소설이 드문 조선에 있어서 이 작은 것이나마 내어놓게 된 것을 기뻐하여 마지않는다.

1925년 5월 27일

춘범春帆 지識

## 서序를 대代하여

이 『자모慈母의 마음』은 원명 『마크드 바이블*Marked Bible*』이란 미국소설을 번역한 것으로서 처음에 『회오』라는 이름으로 발행하였던 것인바 저자는 미국 종교계에 유수한 인물 테일러 씨이다. 그는 지금 이 세상 사람이 아니지마는 그로 말미암아 참 생애를 보내는 사람이 현재에도 많이 있다고 한다. 이 소설이 80여만 부가 나갔다고 하던 때가 9년 전이니 그동안에 몇만 부가 다시 나갔을 것이다. 이것으로써 이 소설의 가치를 족히 알 수 있다.

이 소설을 조선에서 번역하여 출판한 때는 지금으로부터 9년 전 1925년이다. 그때에 1만 부를 인쇄한 것이 벌써 4년 전에 절품絶品되었다. 그러나 워낙 많은 부수가 나갔으므로 다시 발행하지 않았는데 오늘날 재판하기를 요구하는 소리가 매우 높고 또 이 소설로 말미암아 아름다운 결과가 많이 생기므로 5천 부를 다시 발행하게 되었다.

오늘날 저급소설이 홍수처럼 쏟아져 나와 사회를 타락시키고 있는 이때에 이 종교소설을 재판하게 된 것은 실로 기뻐할 만한 일이다. 이 소설은 암야暗夜의 등화燈火처럼 어두운 길에 방황하는 무리들에게 새로운 길을 가르쳐 줄 것이요 또한 새로운 희망과 힘을 줄 것이다.

1934년 10월

편역자 지識

## 머리말

세상에 소설이 허다하되 본서는 일반 세상에 허다한 소설과는 그 유를 달리하는 소설 아닌 소설이다. 일반 소설은 흔히 사람의 감정을 붙잡아 일시적 충동을 주는 데 지나지 않지마는 본서는 사람의 감정을 초월해서 그 심령을 붙들어 흔들어 놓는 데 그 주요 목표가 있다.

대단치 않은 내용 가운데 어떻게 그렇게 사람의 심령을 변화시키는 능력이 움직이고 있는 것은 읽어 보는 사람만이 깨닫게 될 것이다. 그것은 사실이 아기자기하다든가 표현한 기술이나 필치가 아름답고 유창해서만이 아니다. 사람의 마음을 감동시키는 형용할 수 없는 무엇이 그 속에 감추어 있기 때문이다.

본서는 일찍 미국의 유명한 종교가 시 엘 테일러C. L. Taylor 씨의 저작인 『마크드 바이블*Marked Bible*』을 번역한 것으로 1925년에 『회오』라는 이름으로 초판을 발행하였었고 그 후 1934년에 『자모의 마음』이라고 개제하여 다시 재판을 발행하였던 것이다. 그런데 이제 민족 수난기에 있어서 영적 양식에 주린 민중에게 본서의 필요성은 절대한 바가 있으므로 교내敎內의 유지 여러분의 권유에 따라 제3판을 발행하게 되었다. 본시 국한문으로 번역되었던 것이나 시대의 요구에 응하여 순전한 우리 한글로 정정하는 동시에 용어도 될 수 있는 대로 쉬운 말로 쓰기를 힘썼다.

오늘날 세상에는 인간의 타락상을 그려 내는 저급한 소설들이 홍수처럼 쏟아져 나오는데 오직 이 유다른 종교소설이 3판을 내게 되는 것은 실로 한국의 장래에 광명을 주는 일이라 하겠다. 써 일반 유지의 읽기를 권하며 어두운 심령에 새로운 빛을 받기 바란다.

1952년 10월 17일

편집자 씀

# 사랑의 한

정순규

● 정순규, 『사랑의 한』, 박문서관, 1921.9.5(초판); 1921.12.5(재판), 53면; 1922.12.30(3판), 66면
● 찰스 램 원작

## 서언

적막이 극하던 우리 반도 문단에는 여러 신진기예의 문사들의 열성과 심혈의 결정結晶으로 다수의 서물書物이 발행되어 있으나 아직까지 세계적 명저라고 할 만한 것은 찾아보기가 극히 드물다. 이에서 역자는 아직 숙련치 못한 붓이나마 혹 우리 문단에 척후斥候의 희생이라도 될까 하여 세계적 명저 중 1편을 역술한 것이다.

대개 세계적 명저라 함은 어떠한 것을 이름인가? 재주 있는 문사가 산뜻(명쾌)한 말과 찬란한 문구를 인용하여 독자로 하여금 춘풍화림에 꽃을 완상함과 같은 흥미를 일으키면 이것을 세계적 명저라고 할까? 아니다. 아무리 그 문리文理는 단꿀을 삼키는 것과 같은 쾌미가 있을지라도 세계 문명 사조에 아무 영향도 주지 못하면 한갓 완롱물에 지나지 못하는 것이요 결코 세계적 명저라고는 이르지 못할 것이다. 그러나 이에 반하여 그 문리에는 별로 신통한 맛이 없어 마치 높은 산에서 아무 향기도 없고 모양도 보잘것없는 바윗돌을 보는 것과 같은 상태에 있을지라도 어떠한 나라, 어떠한 민족의 고유한 특성을 충분히 발휘하며 동시에 전 세계 민족의 본성에 감촉되어 일반 인류의 정신적 생활에 새 공헌을 주며 세계 문명 사조에 일층 강대한 영향을 미치게 하는 것이면 이것을 비로소 세계적 명저라고 이를 것이다. 본편은 영국 문학사상에 황금시대라고 이르는 엘리자베스 왕조의 문화文華를 찬란케 한 일대 천재인 세계문학의 패왕 윌리엄 셰익스피어의 걸작을 산문 대가 찰스 램

씨가 청년 독서가를 위하여 그 개요를 선술選述한 것 중의 1편이니 그 내용은 이탈리아의 춘화방염春華芳艶한 청년 남녀가 열렬 순결한 애정의 희생이 된 것을 제목으로 한 연애 비화로 구미 학자계에 크게 칭예稱譽를 받는 명저 중의 하나이다. 이와 같은 명저를 역출譯出함이 그렇게 용이한 일은 아니다. 그러나 역문이라 하는 것은 그 본의를 원만히 표양表揚하는 동시에 가급적 평명주순平明周順하게 만들어 독자의 이해를 충실하게 하면 이에서 그 요무要務를 다한 것이라고 할 것이다. 이러한 자각에서 집필자는 본편의 역출을 첫걸음으로 하여 셰익스피어로 '공전절후의 문호'라, '불사의 셰익스피어'라, '만혼萬魂 시인'이라 하는 광영의 칭예를 듣게 한바 그 세계적 걸작 몇 개를 독자 제위에게 소개하려 한다.

역자 술述

# 해성월

**오천경**

● 오천경, 『해성월(海城月)』, 새동무사, 1922.9.22(초판); 1923.7.18(재판), 31면

● 찰스 램 원작, 부인 변사(辯士)

## 서

나는 아직 남의 저서에 서문을 써 본 일이 없다. 그 같은 일은 대가 선생의 하는 일이요 나와 같은 일 서생으로서는 하지 못하는 것으로 생각하였다. 우인 오천경 군의 역술한바 셰익스피어의 『베니스의 상인』, 『해성월』의 서序를 쓰게 된 때에 나는 실로 여러 번을 주저하였다. 그러나 나는 이 역서가 출판하게 됨을 가장 기뻐하는 자 중 한 사람이다. 그리하여 권두의 일언을 얻기를 광영으로 생각하였다.

지금으로부터 거금 300여 년 전에 영국 스트랫퍼드 성에 고고呱呱의 성聲을 지른 셰익스피어의 걸작 중 『베니스의 상인』이 아我 반도 사회에 출현하게 됨은 실로 우리 반도 문학계에 대하여 감축할 바이다. 나는 차서此書를 소개하는 것이 도리어 원저자와 역자에 대하여 이름을 더럽힐까 하는 염려로 수언數言을 부재不載하고 역자의 노력에 대하여 치하를 하는 것으로 서문을 대代함이다.

주후 1922년 4월 28일

삼각산 너른 뜰 윈 복판에서

큰샘 한석원 씀

## 서언

영문학의 광채, 즉 세계문학의 패왕인 '만혼萬魂 시인' 윌리엄 셰익스피어는 서력 1564년 4월 23일에 영국 북방 스코틀랜드 지방의 본 강변 스트랫퍼드 성에 탄생하니 차此 전무후무한 천재가 세상에 현출하매 인생의 진상을 기其 명덕明德으로 관찰하여 내므로 천하 인사가 기 활약하는 하에서 감탄을 마지못하여 소笑하기도 하며 읍泣하기도 하기 이래 300여 년에 기 천재의 영세 불망비不忘碑를 상하 사회 일반 인정상에 인각印刻한 인류의 대언자代言者가 되었다. 기 저작한 30여 편 중에는 희극이며 비극이며 사극이 있어서 『햄릿』, 『킹 리어』, 『맥베스』, 『템페스트』, 『베니스 상인』 등이러라.

19세기 초에 산문 특재特才를 지持한 찰스 램 씨가 셰익스피어 극에 정통하여 친히 기 원본을 선독善讀지 못하는 자에게 셰익스피어의 면面을 소개하기 위하여 기 개략을 산문으로 촬록撮錄한 것이 있는데 차역此亦 원본 이외에 문학적 가치를 가진 영국문, 가정에 필요한 서책이 되었나니 본편은 즉 기중其中에 『베니스의 상인』을 경운耕雲 오천경 형이 초역하여 『해성월』로 명명한 것이라.

주후 1922년 4월 23일

김만일 지識

# 사랑의 무덤
**노자영 · 고월**

● 노자영 · 고월(孤月), 『사랑의 무덤』, 광익서관, 1922.10.30, 208면
● 조제프 베디에 원작

## 서

본서의 원작자 베디에는 불국佛國 고대 명시를 수집하여 차此 1편을 완성하였다. 그리하고 불국 아카데미에서 거대한 포상을 득得하였다. 바그너의 가극을 위시하여 근대 이태리 문호 단눈치오에 이르기까지 태서泰西의 여러 문호와 시인들이 이 작품에서 적지 아니한 영향을 받아 왔으며 이 작품의 전설을 알지 못하고는 태서의 미술과 문예를 이해할 수가 없다 한다. 이로써 볼지라도 이 소설이 얼마나 이름 높은 명편인 것을 가히 알겠다.

주인공 트리스탄(남)과 이죄(여)는 죽음과 사랑의 미약媚藥을 먹은 후로 파란만장한 애愛의 반생을 보내다가 피할 수 없는 운명의 조애阻碍로 두 애인은 마침내 영원의 길을 같이하고 사랑의 무덤을 이루었는데, 한 포기 딸기 꽃은 무덤에 곱게 피어 애처로운 그들의 역사를 길이 조상하였다.

우리는 이 작품을 평소에 애독하고 열독하던바 이제 발간하는 기회를 득하여 강호에 소개하게 됨을 적지 아니한 광영으로 안다.

1921년 2월 일
편자 지識

## 사랑의 죽음—『트리스탄과 이죄』에서

바그너

양인兩人

아아, 영원의 밤이여! 그리운 밤이여! 귀여운 사랑의 밤이여! 너의 어두움에 휩싸인 자, 너로부터 행복은 받은 자, 불안한 마음을 아니 가지면 어찌 너에게서 깰 수 있으랴. 그러면 버리라! 그 불안한 마음을. 사랑스러운 죽음! 그리운 사랑의 죽음! 네 팔에 매달려 눈뜨는 근심 없이 무상신성無上神聖의 화락和樂, 멀리 오려는 해와 격隔한 열락悅樂, 낮의 이별의 슬픔과 멀리 격한 이 열락을 어찌하면 붙잡으며 어찌하면 놓아줄까. 혼미함 없는 평안한 그리움, 두려움 없는 반가운 바람希望, 슬픔 없는 귀여운 죽음. 파리함 없이 유쾌히 어두움 속에 싸이고 싶다. 피함도 없이 나뉨도 없이 그리운 사람과 함께 영원의 집에 길상吉祥의 꿈 깊은 무한의 세계에.

트리스탄

당신은 트리스탄, 나는 이죄, 이제는 벌써 트리스탄은 아니지요.

이죄

당신은 이죄, 나는 트리스탄, 이제는 벌써 이죄는 아니지요.

양인

이름 없이, 이별 없이, 새로운 인식, 새로운 정열, 무한 영구의 한가지 마음, 불붙어 오르는 가슴의 지상至上의 사랑.

# 인육장사
### 이상수

● 이상수, 『인육장사』, 박문서관, 1923.7.10(초판); 1926.11.30(재판), 222면

● 엘리자베스 쇠옌 원작

## 번역자의 말씀

무릇 소설이라 하면 누구든지 먼저 거짓말인 줄 짐작하게 되며 그다음에는 잔말 많다는 것을 이렁성거리더라.

세상에 많은 소설 가운데는 거짓말 아닌 것이 몇 없으며 흔히는 어영 능청스러운 거짓말과 용하고 재미스럽다는, 더러는 참말 같은 거짓말을 그럴듯하게 꾸미고 얽어 맞춘 까닭이나 그러나 이 소설은 결코 그런 종류의 소설이 아니라 말말이 하나도 거짓말은 아니다.

만일 참말 같지 아니한 모호한 구석이 있다면 그는 우리의 앞뒤에 없던 일이며 또한 익지 아니한 까닭이라 그러할 터이니 차라리 거짓말 같은 참말이라 할 수는 있으나 도무지 참말 같은 거짓말이라고는 할 수 없을 터이다.

또 어떠한 소설에라도 잔말 아니 들고는 아무리 할지라도 사실을 맞추어 낼 수가 없다. 가령 옷 한 가지를 지으려 할지라도 잔 쪽이 들지 않고는 옷을 만들 수가 없으며 솔기마다 바늘 실로 박고 호고 감치지 아니하면 아니 되는 것과 같이 소설에 잔말이란 것도 또한 어찌할 수 없는 것이니 원 덩치 사실에만 재미를 건지지 말고 잔말에서 뼈를 건져야 할 터이다.

이 소설은 거짓말이 아니며 또 잔말도 적으나 다만 서양 땅 이름이 많이 나오는 고로 지리학에 소홀하신 이는 읽으시기에 괴로우실 터이나 이것은 어찌할 수 없는 일이다. 그러나 이 책의 넋은 기리지 아니할 수 없으니 울면서 겨자 먹듯이 부득이 읽어야 하겠다.

오늘날 우리 인간 사회에 가장 큰 말썽 되는 것은 "힘센 놈이 약한 놈을 어떻게 업신여기며 얼마나 몹시 하는지" 이것이 오늘날 모든 부르짖음의 으뜸이다. 이 소설의 속말은 읽어서 알겠거니와 그 엉터리는 또한 그것이다. 당한 그 사람이 당한 그대로 그렸으며 그 설운 사정과 그 억울한 푸닥거리니라. "피와 눈물을 남보다 더 욱 많이 가진 우리는 이것을 읽으면 남의 일 같잖게 앞니를 다물고 분해 할 터이며 몸서리치고 살이 떨릴 터이다."

소설쟁이가 아닌 내가 이것을 번역한 것도 그 때문이며 또는 우리는 늘 남의 서른 해나 마흔 해나 묵은 소설만 읽을 것이 아니라 남의 읽을 때에 남과 같이 읽어서 남들은 이때에 어떠한 생각을 가졌는지 알아보아야 하겠기로 난 지 얼마 아니 되어 지금 천하에서 뭇끌어 읽는 이 책을 읽히고자 함이라.

이 소설은 독일 엘리자베스(－Elisabeth Schøyen)란 부인이 지은 지 얼마 못 된 오늘날에 벌써 세계 각국 말로 거의 다 번역되어 온 천하에서 누구나 읽지 아니하는 이 없으며 읽는 이마다 같은 느낌을 얻으니 만일 고요히 귀를 기울여 들을진대 이 책을 읽고 분하여 아드득아드득 이 가는 소리와 불끈불끈 주먹 쥐는 소리가 들릴 터이다.

전 독일 황제 카이저는 이 책을 읽고 어서어서 국민에게 많이 읽히라고 전하며 독일부인협회 간사 안나 파프리츠(－Anna Pappritz) 부인은 딸 가지신 어머니에게 많이 읽히라고 권하고 여자매매 국제방지 국가위원회 간부 바그너(－J. A. Wagner) 씨는 이 책을 세상에 널리 전하는 것이 우리 사람의 큰 이익이라 하였더라.

속담에 과부 사정은 동무과부가 잘 안다고 원통하고 억울한 놈이 남의 억울한 사정을 더 잘 알 터이니 나는 이 책을 약한 자에게 권해 읽혀 강한 자의 모질고 독한 죄상을 드러내고자 하며 아울러 그 간사한 꾀에 떨어지지 않기를 바람이다.

임술년(－1922) 겨울에

도쿄에서

이상수 씀

## 육의 영광

### 이서구

- 이서구, 『육(肉)의 영광』, 영창서관, 1924.1.30, 111면
- 마리아 아이히혼 돌로로사 원작

### 머리말

이 글은 나 자신도 깊이 알 수 없는 새뜻하고 달콤한 글인 줄 안다. 비바람에 부딪히어 채 피우지도 못한 봉오리 꽃이 무참히 나부끼어 떨어질 때 마음 있는 이의 가슴은 얼마나 애달팠을까. 나는 이 글(물론 일본 말로 옮긴 것)을 다시 우리말로 옮길 때에 30만 장안이 깊은 꿈속에 잠기었을 때에 혼자 붓대를 잡고 눈물을 짓기 몇 번이었는지 모른다.

병에 우는 아내, 주림에 우는 어린 아들, 그들의 가냘픈 부르짖음을 들으며 붓을 잡던 나의 넋은 온전히 이 한 권 책 위에 덮인 줄로 믿는다. 번역은 잘되었든 못되었든 누구나 다 한번은 볼 만하다는 말을 전하는 이유만으로도 원작의 냄새라도 옮기어 놓게 된 것을 스스로 기뻐하는 바이다. 나는 이 위에 더 쓸 말이 없음을 가장 큰 기쁨으로 알고 붓대를 놓는다.

역자 씀

# 만세

**최남선**

● 최남선, 「만세」, 『동명』 31, 동명사, 1923.4.1, 8~9면

● 알퐁스 도데 원작, 마지막 과정(課程)

보불전쟁普佛戰爭(–프로이센·프랑스 전쟁)에 패굴敗屈한 뒤 1871년 프랑크푸르트 조약에 의하여 알자스와 로렌을 독일에게 빼앗기게 된 것은 불란서인의 잠시도 부리지 아니한 철골지한徹骨之恨이었다. 지난번 전쟁의 승패가 땅을 바꾸어서 에였던 두 땅에 덤까지 얹어서 받고 40여 년 뭉켰던 한을 풀게 된 것은 불란서인 아닌 사람까지 기쁨을 나누려 한 일이지마는 그동안 그 치욕을 명념銘念하며 그 억울을 신창伸鬯하기 위하여 그네들의 적루積累하여 온 국민적 노력은 실로 심상한 것이 아니었다. 그중에서도 무수한 시인들이 이것을 재료로 하여 타는 듯한 조국애의 정열을 고무한 것은 문학사상의 일一 이채를 지을 만하다. 남불란서 님의 태생인 시인 겸 소설가 알퐁스 도데Alphonse Daudet, 1840~1897가 섬세한 정서와 경쾌한 필치로써 보불전쟁으로 하여 생긴 불란서인의 치욕적 낙인 속에서 미묘기일美妙奇逸한 기다幾多의 경계境界를 만들어 내어서 국민 비통의 암연暗淵에 매우 위대한 위안과 책려策勵를 기여하여 붓으로 준비하는 광복의 과정에서 가장 유력한 일 역군이 된 것은 아무든지 잘 아는 일이다. 여기 역출譯出한 것은 그러한 단편을 모은 *Contes du Lundi*『月曜說林』 중의 하나로 국적과 아울러 국어를 잃게 된 설운 하루의 애다로운 한모를 그린 것이니 작자가 드러내려 한 어느 비통의 가장 커다란 표본을 짊어진 우리는 읽어 가는 중에 아무 사람보다 더욱 심각한 감촉이 생기지 않을 수 없을 것이다. 아아, 당해 보지 못하는 시련이 있어 보지 못한 자극으로써 우리의 민족미를 격양하여 아는 듯

모르는 듯한 가운데 꾸밀 줄 모르는 촌 부인, 철모르는 어린애들까지를 거쳐서 유례없는 대광염大光焰, 대풍향大風響을 드러낸 것이 시방까지 얼마나 많이 쌓였건마는 어느 뉘가 능히 도데인가. 어떠나 한 『월요설림』이 꽃다운 냄새로 우리 민족적 심령의 그 살 살찌우는가. 전할 만한 사실만 있어도 될 수 없다. 그려야 하겠다. 빛내야 하겠다. 시인이 나야 하겠다. 위대한 철학자, 역사가를 목마르게 구하는 것처럼 위대한 시인을 우리가 찾고 기다린다. 이러한 주의, 저러한 경향을 다 요구하고 골고루 기대하는 가운데서 우리는 특별히 민족적 가려움을 시원히 긁어 주고 민족적 가슴앓이를 말끔히 씻어 줄 도데의 부채를 맨 먼저 불러일으켜야 하겠다. 우리의 독특한 설움과 바람의 부르짖음으로써 우리 신생의 첫닭울이를 함은 아무것보다 바쁜 일이 아닐 수 없다.

역자

# 등 너머의 까치

**손진태**

- 손진태, 「등(嶝) 너머의 까치」, 『금성』 2, 금성사, 1924.1.25, 78~83면
- 존 골즈워디 원작

이 1편은 골즈워디John Galsworthy의 작 『안일의 여사旅舍, *The Inn of Tranquility*』 중에 있는 "Magpie over the Hill"을 번역한 것입니다(1922년판, pp.26~32).

저자는 현금 영英 문단에 저명한 작가로서 그는 미문美文으로 유명할 뿐 아니라 전통적 표현을 싫어하고 간결한, 독특한 표현을 좋아하므로 따라서 그의 문투文套는 난해로—특히 외국인인 우리에게는—유명합니다. 그러므로 그의 사상을 오전誤傳치 아니하는 정도 내에서, 혹은 너무 간결한 구절에 다소의 역자의 설명을 가한 곳도 있을 터입니다.

# 헤르만과 도로테아

양재명

- 양재명, 「헤르만과 도로테아」, 『조선일보』, 1922(연재 날짜 미상)
- 양재명, 『헤르만과 도로테아』, 영창서관, 1924.1.12, 153면
- 요한 볼프강 폰 괴테 원작, 최후의 승리

## 한 말씀 아룀

차此 『헤르만과 도로테아』는 독일의 문호 괴테 그가 서력 1797년에 그리스의 시성詩聖 호머 작인 『일리아드』를 모방하여 지은바 서사시이므로 그를 모방한 문구도 많다. 그리하여 차此 『헤르만과 도로테아』를 9장으로 나누고 각 장에는 고석古昔 그리스 신화 중 뮤즈의 9 여신 명을 쓰게가 된 것일다.

이렇듯 세계적 시인이며 문호인 괴테의 건전한 필치로써 프랑스의 혁명을 배경으로 삼은 연애 애화哀話를 묘사한 이 세계적 명작을 이렇듯 둔한 나로서 번역게 됨은 괴테 그의 나머지 『고스트』 앞에와 여러 독자 전前에 먼저로 진사陳謝치 않으면 안 될 줄로 안다.

그러나 졸역이나마라도 다소간 괴테 그의 걸작을 우리 사람들 앞에 소개케 되었다는 것만 역자 자신의 망외의 광영이라고 한다.

1923년 11월 1일

양하엽梁夏葉

# 반역자의 모

**신태악**

● 신태악, 『반역자의 모(母)』, 평문관, 1924.1.18(초판); 1924.2.28(재판), 124면

● 막심 고리키 원작

이 작고 미약한 책자나마

사랑하시는 우리 '어머니'

존전尊前에 드리나이다.

계해(1923)인 금년! 회갑이신 이때를!

영원히 기념키 위하여.

## 서序에 대代하여

나는 많은 문호들을 사랑합니다. 왜 그러냐 하면 그들은 시대사상의 선구요 또한 사회의 정화精華인 까닭이외다. 그리하여 나는 앞서 자기의 불초함도 돌보지 아니하고 『세계십대문호전』이라는 작은 책자를 친구들의 권에 의하여 세간에 발표하였습니다. 그러나 그것은 그때 생각한바 선택이라 오늘날 그 내용을 돌아볼 것 같으면 다소의 편벽된 감이 적지 아니하며 또한 진실을 맛보기 어려운 점이 많은지라 인하여 이에 다시 이 책의 편집을 뜻하게 되었습니다.

참으로 필자는 근자에 이르러 이 글의 원저자인 고리키를 많은 문호 중에서 가장 깊이 경애하는 바외다. 그는 1868년 3월 14일에 니즈니 노브고로드에서 났습니다. 그의 본이름은 알렉세이 막시모비치 페쉬코프이었느네 그 후에 막심 고리키라고 고쳤다 합니다. 그의 집은 물론 가난하였습니다. 더구나 그는 세 살 때에 아버지를 여의고 아홉 살 때에 어머니를 잃었다 합니다. 그러므로 그는 그 조부의 손에 길러지면서 조금 동안 소학교에 다녔으나 그것도 마마(병) 때문에 그만두게 되니 그것이 그의 전 생애에 정식으로 받은 교육의 전부라 합니다. 그 후에는 어느 양화점 심부름꾼 노릇도 하였고 뼁끼(－페인트) 집 하인 노릇도 하였다 합니다. 그런데 그가 처음 문학에 뜻을 두고 그에 애착의 마음을 가지기는 그가 어느 기선에서 보이 노릇할 때이었습니다. 그 후 카잔 대학에 입학하려 하였으나 월사금 때문에 거절을 당하고는 어쩔 수 없이 어떤 과자 제조소에서 고용을 하였다 합니다. 이와 같이 여러 가지로 표류의 생활을 계속하는 사이에 연하여 발표된 그의 많은 단편 작품은 「말바」, 「과거의 사람들」, 「스물여섯 사람과 한 사람」, 「가을의 하룻밤」, 「첼카슈」 등으로 세간에 나왔습니다.

이것들이 다 나무도 켜고 짐도 지며 임금 장사도 하고 변호사의 비서 노릇도 하는 그사이에 생긴 글들이외다. 그러나 그가 실상 문단의 사람이 되기는 레닌이라는 변호사가 당시의 문단에 화형花形인 코롤렌코에게 소개하게 된 1893년이었습니다.

그런데 이 『반역자의 어미』라는 작품은 그가 남이태리에 망명하였을 때에 그 기념으로 이태리의 자연과 그리고 이태리 사람들 생활을 근거로 하여 지은 것이외다. 그 원이름은 『이야기』외다. 이것은 그의 많은 걸작 중에 가장 위대한 단편 걸작이라 함을 말하여 둡니다.

그는 실로 노서이露西亞의 혁명 당시에도 많은 일을 하였습니다. 말하면 그는 단순한 문호라 함보다 큰 사상가라 함이 옳을 것이외다.

끝으로 필자의 불초가 작자 고리키에게 지은 미안의 죄는 독자 여러 어른의 관서寬恕를 기다려 면함을 얻을까 합니다.

일성一星

## 독자 여러분에게

저는 무엇보다도 먼저 독자 여러분한테 말씀 올릴 것이 있습니다. 그것은 즉 이 책이 원래 자유로운 글솜씨가 되지 못하였다 함이외다. 그것은 여러 가지 이유가 있습니다. 첫째, 넉넉한 시간을 가지고 수련하고 정리하여 문장의 진미를 맛보게 하지 못하였음이요 둘째, 여유가 없고 근본 수양이 부족한 필자로서 대담히 책임 없이 붓을 든 것이외다. 그것보다 더욱 이것이 원서에서 직접 번역된 것이 아니고 일본문으로 번역된 것에서 다시 중역重譯하였음이 무엇보다도 큰 원인이외다. 누구나 번역이라는 일을 하여 본 이는 다 아는 바와 같이 번역이라 함은 원래 창작보다도 어려운 일이외다. 그 원작자의 뜻을 그대로 역술하기는 각국의 언어에 범위가 서로 다른 점으로라든지 기타의 여러 가지 까닭으로 도저히 어려운 일이외다. 더구나 번역을 번역한 이 글이 과연 그 원저자에게 죄 됨이 얼마나 깊음을 모르겠습니다. 이 점은 독자 여러분이 노서아 말을 미리 배우지 못한 필자의 형편을 돌보아 관서하여 주시기 바랍니다. 다만 고리키는 무산자가 낳은 대시인이요 대저작가외다. 그리고 대사상가외다. 그의 글은 구구절절이 명문이요 무산자의 부르짖음이외다. 참으로 그의 글은 형편이 이러한 우리로서 아니 볼 수 없으며—아니, 우리의 형편을 예언하여 놓은 것 같아 이것을 잘되나 못되나 잘하나 못하나 그대로라도 시간 얻는 대로 틈틈이 번역하여 우리 형제의 앞에 올리지 아니치 못하게 된 까닭이외다. 그러니까 그 점은 용서하고 나아가 사랑으로 접하여 주시옵소서. 이것이 역자로서 독자에게 바라는 첫째 말씀이외다. 말씀을 이를 일이 어찌 이뿐이리요마는 그 전체를 대괄하여 말씀할 것 같으면 지금도 말한 바와 같이 '다만 성역'이 있을 뿐이라 함이외다. 간단히 이 말씀으로써 끊겠습니다.

역자로서

# 월세계여행

**신태악**

- 신태악, 『월세계여행』, 박문서관, 1924.5.15, 117면
- 쥘 베른 원작

본서는 저 유명한 불란서 모험소설가 쥘 베른의 걸작 중 하나이다. 그 용감한 3인의 모험아冒險兒가 150간 되는 거포의 완성을 기다려 다만 2필의 개犬와 함께 포탄을 타고 천지를 진동하는 폭음에 따라 사랑하던 지구를 떠나 인지人智로는 상상키도 어려운 월세계 탐험의 도途에 취하였다. 아! 그들의 운명은 과연 어찌 되었는가?

## 역자의 말

월세계는 참 미謎의 나라이다. 이를 수학적 근거와 천문학적 토대로 전문全文을 종횡하여 취미 있고도 실익 있게 소설화한 것이 즉 본서이다. 이 실로 과학 중 소설이며 소설 중 과학이다. 그 모험의 비장함과 그 이론의 철저함엔 천문 수학의 전문가라도 다시 한번 놀라지 않을 수 없다. 생각건대 일반 청년의 기풍이 대부분 연화軟化하고 일반 사회의 풍도가 거의 타락된 현재의 우리 조선에 있어서 이러한 대걸작품이 처음 소개케 된 것은 유감 중 당행當幸이다(다만 역필譯筆의 둔졸鈍拙은 사謝). 이에 특히 나의 사랑하는 청년 남녀 학생의 필독을 권하며 나아가 재삼 독파를 충고하는 바이다. 그것은 취미로 보고도 천문을 알고 홍미에 취하여 수학을 깨닫게 되며, 또한 그 구구의 명문과 절절의 쾌작이 자연히 우리로 하여금 용장한 기분을 솟게 하는 까닭이다.

# 체호프 단편집

## 권보상

● 권보상, 『체호프 단편집』, 조선도서주식회사, 1924.6.25, 224면

● 안톤 체호프 원작

### 노국露國 문호 체호프의 약전

체호프는 1879년부터 저술을 시작하였는데 1904년 1월에 25년 기념식을 거행할새 체호프는 어떤 잡지 기자에게 아래와 같은 기사를 적어 주었다. "나는 1810년에 타간로크에서 출생하였는데 1878년에 타간로크 고등학교에서 졸업하고 84년에 모스크바 대학에서 졸업하고 90년에 화태도樺太島(-사할린)를 구경하고 91년에 구라파歐羅巴를 구경하였소. 79년에 처음 지은 글이 『호랑나비』라는 책인데 그 뒤에 소설도 여러 가지 짓고 각본도 더러 지었소. 내 글은 각국 말로 번역이 되었는데 그중에 덕어德語(-독일어)가 맨 먼저 되고 서비아西比亞(-세르비아)와 첩극捷克(-체코)에서 많이 되었소. 법국法國(-프랑스)서까지도 관계가 적지 않소. 친구는 의사도 있고 저술가도 있소. 독신 생활인데 은급恩給이나 얻을까 하오. 의술이 직업인데 법정의 해부 촉탁도 많이 받았소. 저술가에는 톨스토이를 사랑하고 의사에는 재클린을 좋아하오. 그까짓 것 다 상관할 것 있소, 사람이란 제 마음대로 하는 것이지. 사실이 좀 틀린다 할지라도 심심파적으로 알면 고만이 아니오……" 하였다. 체호프는 이 기념식을 지나고 그해 가을에 폐병이 들려서 덕국德國(-독일) 바덴바일러에서 죽었다. 초년에 지은 글은 대개 실없는 말의 짤막한 이야기로 비웃는 소리가 많으며 농담도 잘하였는데 아무 특별한 목적도 없이 사람을 웃기려고만 하였다. 그러나 만년에 지은 것은 좀 점잖아지고 비관적 색채가 깊으며 취미는 슬프고 탁의託意하는 활

해(-골계滑稽)가 많다. 체호프의 명예는 주主 하여 단편소설에 있으나 연극의 각본도 상당히 성공하였다. 그중 유명한 것은 『앵화櫻花 동산』이라 하는 것이다.

# 그 전날 밤

**조명희**

- 조명희, 「그 전날 밤」, 『조선일보』, 1924.8.4~10.26, 4면 · 3면(전78회)
- 조명희, 『그 전날 밤』, 박문서관, 1925.7.15, 274면
- 이반 투르게네프 원작

이 소설을 번역하여 내려오다가 끝으로 와서 어느 사정으로 말미암아 추려서 번역하게 되었음은 미안합니다.

역자

# 라인 미화

**고한승**

- 고한승, 『라인 미화(美話)』, 박문서관, 1925.7.15, 160면
- 루이스 스펜스 원작, 전설기담

애달프고 아름다운 이야기를 가지가지 모아서는 X촌의 수수깡 울타리 속 호박 덩굴 올라간 깨끗한 방에 고요히 쉬고 있는 S 씨에게 드리나이다.

1924년 10월

## 머리의 말

강물이 흐르는 곳에 살진 광야가 있고 인류 최초의 문화의 꽃이 피는 것이다. 나일강이 흐르는 곳에 이집트 문명이 창설되었고 항하恒河(－갠지스강)의 내리는 곳에 인도 철학의 심옥한 진리가 발견되었다. 로마 제국이 구주歐洲의 암흑을 돌파하고 일어난 것도 테베레 강변이요 수많은 성자들이 "회개하라, 천국이 가까웠다"고 부르짖은 곳도 요단강(－요르단강) 언덕이었다.

중국의 양쯔강揚子江, 황허黃河의 흐름에는 시인 묵객의 놀고 남은 자취가 분명하고 센, 템스 강가에는 찬란한 도시가 번성하다.

이같이 강물이 우리 인류에게 주는 은택은 일일이 들어 말할 기회도 없거니와 더욱 독일 나라의 라인강같이 아름답고 살진 것은 없겠다. 그리고 라인강같이 그 나라 국민의 가슴속에 깊은 인상을 주는 것은 없으리라.

라인강이야말로 독일 나라에는 둘도 없는 보배이요 다시없는 사랑일 것이다. 독일 국민의 혼을 집어넣었다는 국가國歌는 〈라인의 지킴〉이라 하지 않았는가? 독일 국민이 가슴 깊이 라인을 호국의 신護國神이라고 위하는 것도 무리는 아니라. 독일 국민이 이곳에 있은 지 2천여 년, 라인 강변의 한 덩이 흙과 한 가지 나무가 그들의 전 정신과 전 영혼의 표현이 아니고 무엇이랴?

일찍 철혈 재상 비스마르크가 군비 확장안을 의회에 제출하였을 때 수많은 의원은 일제히 반대의 기세를 높이었었다. 몸이 군장의 지위에 있던 몰트케까지 불찬성의 의견을 표할 때이다. 아무리 정치적 수완이 높고 다변 다재한 비스마르크도 할 수 없는지 한참 동안 묵묵히 섰다가 돌연히 소리를 높이어 〈라인의 지킴〉 한 절을 불렀다.

그렇게 소요하던 만당滿堂의 의원들은 쥐 죽은 듯 엄연한 침묵을 지키다가 일제히 소리를 가다듬고 같이 화창和唱하였다. 이리하여 군비 대확장안은 만장일치로 가결이 되었다 한다.

이것은 시대에 뒤떨어진 이야기다. 그러나 이것 한 가지로 보아도 얼마나 독일 국민에게 라인강의 인상이 깊은지를 알 수가 있다.

이 굽이굽이치면서 끝없이 흐르는 라인 강변 언덕 위에는 예전 중고中古 시대의 성주城主가 살던 고딕 건축물이 높이높이 솟아 있다. 이 성과 저 성과의 사이에는 젊은 무사와 어여쁜 가희佳姬의 애끓는 듯한 연애 기담奇譚과 십자군의 용감한 전장담이며 절대 영웅의 크나큰 포부를 뿌리 삼은 기화奇話가 수없이 묻히어 있다.

이 아름다운 라인 물결에 잠기어 있는 이야기야말로 시의 근원이며 문예의 뿌리이다.

애달프고도 고운 라인의 전설! 라인의 깨끗한 이야기! 여기에 얼마나 많은 시인과 문사가 붓을 적시었으며 여기에 얼마나 많은 청춘 남녀가 많은 눈물과 한숨과 또한 기쁨을 뿌리었을까? 또는 얼마나 많은 남녀노소의 심정을 곱게곱게 길러 주었을까?

하인리히 하이네의 유명한 「로렐라이」도 여기서 느낀 것이며 바그너의 〈로엔그린〉과 헤벨의 『니벨룽겐리드』도 여기에 근원을 잡은 것이다.

그 많은 이야기 속에 숨어 있는 숭엄한 이상과 원대한 동경은 그만두고라도 다만 표면에 나타난 이야기로만도 슬픔이 많고 위안이 적은 우리네 생활에는 많은 맑음과 깨끗함과 위로를 줄 수 있으리라 하여 감히 천한 지식을 돌아보지 않고 이 1편을 짜 놓은 것이다. 독자 여러분! 또한 이 뜻을 양해하여지이다.

1924년 10월

송도의 추창秋窓에서

역자 씀

# 유랑인의 노래

**김동인**

- 김동인, 「유랑인의 노래」, 『동아일보』, 1925.5.11~6.19, 4면(전36회, 미완)
- 시어도어 와츠 던턴 원작, 안석영 삽화

연재하여 오던 소설 『재생』은 필자의 신병 때문에 어쩔 수 없이 중지되어 그동안 신춘문예 입선된 소설을 게재하여 오면서 필자가 쾌차하여 집필하기만 기다렸습니다마는 아직까지 쾌차치 아니하여 지금 새로이 『유랑인의 노래』를 게재하기로 하였습니다. 『재생』이 끝난 뒤에 이 소설이 게재되었더라면 섭섭지 아니하였을 것입니다마는 사람의 힘으로 할 수 없는 일이니 어찌하겠습니까.

『유랑인의 노래』의 필자는 우리 문단에 이름이 높은 김동인 씨로 내용은 대단히 복잡하여 한마디로 말하기는 어렵습니다마는 떠돌아다니는 여자와 그림쟁이 사이에 일어난 사랑 이야기로 하루이틀 읽어 가는 동안에는 반드시 반하고 말 줄 압니다. 더구나 필자의 고운 필치는 이러한 이야기를 그려 내기에 그림 같은 광경을 보일 것을 믿습니다.

**추고**追告

그런데 『재생』의 필자가 전쾌되어 다시 쓰게 되면 『재생』도 계속하여 독자 제씨의 기대를 저버리지 않으려 합니다.

## 머리말

이것은 전역全譯이 아니외다. 그렇다고 개역槪譯이랄 수도 없습니다. 원명은 『경이의 재생』이라 하는 것으로서 원작자 와츠 던턴은 이 작품 하나로서 이름이 세계적으로 되니만치 이 작품은 온갖 점으로 훌륭한 작품이외다. 어떤 비평자가 이 소설을 가리켜 근대의 귀서貴書라 한 것은 그럴듯한 말이외다. 소설이라는 것보다 시에 가까운 이야기외다. 이것을 처음 번역하렬 때에 축자역逐字譯으로 할까도 하였으나 너무 까다로운 점도 있고 해서 그러면 온전히 내용의 발전되는 무대를 조선으로 옮기고 나오는 인물들의 이름을 조선 이름으로 고쳐서 하여 볼까 하였으나 그 역亦 상치되는 풍속들을 어찌할 수가 없어서 못 하게 되었습니다. 그러나 이것은 신문에 전재轉載되는 소설이다, 원작에 있는 서양인의 이름대로 아일윈이니 위니프레드니 하면은 오히려 독자를 괴롭게 할까 하여 인물들의 이름만은 기억하기 쉽게 조선 이름으로 고치기로 하였습니다. 그것은 양해하여 주시기를 바랍니다. 원작자는 영국 크롬웰에서 나서 런던서 세상을 떠났으며 그의 지은 책은 이 『경이의 재생』과 『미래의 사랑』이라는 시집이 있을 뿐이었습니다. 당시 영국 문단의 대가로서 아무도 그 지위를 의심치 않은 것을 보면 이 소설의 가치를 알 수가 있습니다.

## 청의야차

**김광배**

- 김낭운(김광배), 「청의야차(青衣夜叉)」, 『조선일보』, 1925.8.31~1926.2.2, 3면(전97회)
- 노수현 삽화

오랫동안 독자 제씨의 많은 갈채를 받던 본지 석간 연재소설 『낙화』는 금일로써 끝을 막게 되었습니다. 뒤를 이어 명일 지상부터는 신소설 『청의야차青衣夜叉』를 연재하기로 되었습니다.

『청의야차』! 이름부터 독자의 호기심을 끌 것은 물론이거니와 이 소설은 영국의 서울을 본무대로 하고 구주歐洲 각국에 파란을 일으키게 하는 일대 기괴 사실을 기록한 것이니 소설 중에 활동하는 인물은 장님도 있고 왕녀도 있고 괴이한 미인도 있고 무서운 살인 사건도 있고 강철도 녹일 듯이 열렬한 연애도 있습니다. 내용 여하는 횟수를 거듭함을 따라 독자 제씨가 스스로 알게 되려니와 근래에 드문 재미있는 소설인 것만을 추천하여 두려 합니다. 독자 제씨여, 명일을 고대하소서.

여름밤이란 곤란한 것이올시다. 그러나 나는 여름밤이 곤한 줄도 모르고 또 여름밤이 환하게 밝는 줄도 모르고 이것을 한숨에 다 읽습니다. 이 소설이 문학상으로 얼마나 한 가치가 있는지 그것은 나의 알 바가 아닙니다. 또는 이에 말할 필요도 없습니다. 나는 다만 독자 여러분도 또한 이 소설을 오륙 회까지만 보시면 반드시 끝까지 안 보시고는 못 견디실 것이며 또는 횟수를 거듭할수록 궁금증이 나서 못 견디시리라는 것만 미리 말씀하여 둡니다.

역자

## 박행한 처녀

**조춘광**

- 조춘광, 『박행(薄倖)한 처녀』, 박문서관, 1926(추정), 122면
- 이반 투르게네프 원작

"그 무덤은 덤덤히 내버린 대로지마는 그 의젓하던 마음의 기억은 죽었을지나 오히려 면할 길 없도다.

비방하는 자의 있지도 아니한 소리가 속살거리며 빗어서

그의 잊어버린 무덤의 꽃을 시들게 하도다."

"그의 죽은 입술이 '그이는 아니 옵니다그려!' 하고 말하는 듯하게 상상한 그 최초의 순간에 아마 그의 영혼은 스스로 가서 자기의 미하일과 만남을 기뻐하고 있었는지도 모르지. 인생의 비밀은 위대한 것이다. 그리고 연애 그것은 그 비밀 중의 가장 알기 어려운 것이다……."

서序를 대신하여

역자

# 설운 이야기

**김벽호**

● 김벽호, 『설운 이야기』, 한성도서주식회사, 1926.1.15, 196면

● 베르나르댕 드 생피에르 원작

## 서문

이야기로는 대단히 재미있는 것인 줄로 압니다. 더욱 자연을 배경 삼아 설운 이야기를 집어넣은 것은 한 편의 서정시를 읽는 듯합니다. 그리고 어린이에게 드리는 독물로는 많은 교훈과 자연에 대한 애정이 많아 대단히 좋으리라고 생각하여 틈틈이 옮겨 보았습니다. 내가 읽기에 재미가 있기에 옮겼다는 것이 무엇보다도 이 한 권은 끝내게 한 것입니다. 그리하고 이 곱고도 가엾은 『설운 이야기』를 만일 재미있게 읽는다 하면 읽은 동안에 반드시 설운 느낌이 여러분의 가슴을 때릴 것입니다마는 그것보다도 행복이란 무엇이며 또는 그 행복은 어떠한 곳에서 얻을 수 있는 것을 깊이 느낄 것입니다. 역문은 될 수 있는 데까지 보드라운 문구를 쓰노라고 하였습니다. 그리고 역체譯體는 직역이나 축자역이 아니고 알기 쉽도록 원의原意만은 충실하게 따라서 의역하였습니다.

고유명사의 발음은 원문대로 원음을 좇았습니다마는 그것도 보증키는 어렵습니다. 『자연 연구』 제4권이라고 이름하여 출세시킨 것만큼 이 이야기 속에는 동식물 이름이 많습니다마는 조선말로 무엇인지를 알 수가 없어 일본 이름을 채용하여도 좋은 것은 일본 이름의 동식물명을 그대로 차용하였고 그 밖에는 원명을 들기도 하고 조선 이름을 비슷하게 짓기도 하였습니다.

역본은 불佛 원문 외에 영문, 일문, 그 밖에 다른 역문들이었습니다. 일문만으로

는 뜻이 대단히 분명하지 못하여 문장의 원줄기를 뽑아내기가 의심스러운 곳이 하나둘만이 아니었습니다.

1924년 10월 27일

가을비 소리의 고적한 밤에

서울서 역자

# 번롱

**김기진**

● 김기진, 「번롱(飜弄)」, 『중외일보』, 1926.11.15~12.24, 3면(전38회)

● 토머스 하디 원작

## 필자 부기附記

이 소설은 영국 문단의 원로 하디 씨의 대표작 장편 『더버빌의 테스』라는 것을 일본의 나카기 데이이치仲木貞一 씨가 번안한 것을 대본으로 하고서 필자가 다소 첨삭한 것입니다. 물론 나카기 씨의 것이 없었더라면 이것은 되지 못하였을 것입니다. 끝을 마치면서 일언으로 그 출처를 명백히 하는 바입니다.

# 괴적

## 김단정

● 김단정, 「괴적(怪賊)」, 『중외일보』, 1927.3.26~6.12, 3면(전75회)

● 로버트 루이스 스티븐슨 원작, 노수현 삽화

(…1행 유실…) 나타나자 그의 이름은 온 조선 안에 모르는 사람이 없게 되었다. 순사로 담을 쌓고 형사로 망을 친 속에서도, 혹은 백주대로 상에서 혹은 요릿집에서 혹은 일류 여관에서 나는 새와 같이 무서운 범죄를 감히 행하되 능히 그의 얼굴이나마 똑똑히 보아 두는 형사 한 사람이 없다. 바람과 같이 그림자와 같이 출몰무쌍한 괴적은 과연 누구인가……? 여기에 박 형사부장의 고심참담과 수천 명의 경관과 수백 명의 형사의 대활약은 개시되니 괴적怪賊의 정체는 본편을 끝까지 읽지 않고서는 알 수 없는 일이다. 감히 독자 제씨의 애독을 비는 바이다.

# 동도

**김영환**

- 김영환, 『동도(東道)』, 신명서림, 1927.11.5, 176면
- 조셉 로드 그리스머 원작, 인정활비극(人情活悲劇)

영환 군.

『동도東道』는 일찍이 영화로서 우리가 같이 대하였던 인연 깊은 작품이다. 그것이 오늘날 군의 손을 거쳐 소설로써 다시 세상에 나타나게 된 것은 한없이 기쁜 일이라고 생각하는 동시에 나는 많은 독자와 아울러 『동도』의 재현과 군의 노력을 축하한다.

김덕경

서정曙汀 김영환 군에게.

군의 적지 않은 노력으로써 영화에도 중보重寶라 이를 만한 『동도』 그것을 지금에 다시 소설로써 보여주는 것은 매우 감사한 일이라 하겠다. 장차 세상에 허다한 애나와 허다한 샌더슨이 다 같이 이 교과서를 보게 될 것을 기대하며 환희에 넘치는 나는 군의 노력을 감사하고 아울러 군의 장래와 층일층의 노력을 비는 것이다.

1927년 10월 5일

그대의 벗

서연월

# 춘희

**박누월**

- 박누월, 『춘희』, 영창서관, 1930.10.10, 88면
- 알렉상드르 뒤마 피스 원작, 영화소설

## 서

알렉산드르 뒤마 선생의 영필靈筆에 의하여 그의 이름을 불후에 공供한 『춘희』—이 소설은 일찍이 전 세계를 통하여 많은 애독자의 심연心緣을 끝없이 울리어 준 것과 또한 따라서 동서 각국의 각 영화 회사에서 영화화한 후 전 세계 키네마 팬에게 다대한 호평과 상찬을 감수甘受하였음도 이미 세인이 공지共知하는바 지금 여기에 필자가 갱론更論할 필요가 없을 줄로 안다.

연然히 이번에 필자가 졸필을 들어 그의 골자만을 적취摘取하여 영화소설로 쓰기에는 무한한 주저를 몇 번이나 거듭하였었는지 모른다. 그리고 미숙한 솜씨로 뒤마 선생의 대원작을 그대로 잘 표현시키지는 못하나마 과히 원작에 상처를 내지나 않도록 하여야 되겠다—하는 무한한 조심으로부터 조필粗筆을 들기는 하였으나 여기에 대하여 모든 부조不調한 점에 있어서는 일반 독자 제씨에게 많은 용시容赦와 넓으신 양해가 있기를 바라면서 이만 망필투지妄筆投之하노라.

1930년 1월 22일

박누월 지識

# 서부전선은 조용하다

**알렉산더 앨버트 피에테스**

- 알렉산더 앨버트 피에터스(피득, 彼得), 『서부전선은 조용하다』, 조선야소교서회, 1930.11.29, 258면
- 에리히 마리아 레마르크 원작

이 글은 하소연하는 것도 아니요 고백하는 것도 아니다. 다만 포탄은 피하였어도 전쟁으로 파괴된 그 시대의 나의 보고서에 불과한 것이다.

—에리히 마리아 레마르크

## 서언緖言

본서는 구주歐洲 대전 당시 독일 19세 지원병 레마르크의 저작이다. 그가 전선에 있는 중에 동급생 전우가 몰사하였고 그 모친도 별세한 고로 귀국한 후에 몸과 마음을 휴양하려 하여 어떤 향촌 소학교 교사가 되었었다. 그러나 마음이 안돈安頓되지 아니하는 고로 옮겨 풍금風琴 교사가 되어 보았다. 소매 상업도 경영하여 보았다. 자동차 장사도 하여 보았다. 나중에는 구주 각국에 유람하고 백림伯林(－베를린)에 돌아와서 어떤 신문의 주필이 되었다. 그때에 사무 여가를 타서 밤이면 집필하여 6주간 만에 본서를 탈고하였다.

본서를 쓴 목적은 무엇이냐. 다른 것이 아니다. 자기의 소년 동지들이 얼마쯤은 생환하였다마는 그 마음이 크게 상해서 살았다 하여도 거의 죽은 자와 일반이고 소년에게뿐 아니라 전국에 미친 영향을 보면 전쟁의 해독이 얼마나 큰 줄을 알 것이다. 그런 고로 그 호참壕塹의 정형이며 창사廠舍의 생활이며 야전 병원과 휴가의 형편이 어떠한 것을 써서 공개하기 위함이다.

본서가 출판된 지 2년이 채 못 되었다. 그러나 세계 각국에서 다투어 번역한 까닭에 현재 발매고가 260만 권에 달하였은즉 근대 출판계에 신기록이라 그 가치는 말하지 아니하여도 알 것이다. 특별히 번역하여 조선 독서계에 공헌供獻한다.

1930년 11월 일

역자 씀

# 전쟁 단편

조용만

● 조용만, 「전쟁 단편」, 『동아일보』, 1931.5.19~7.16, 4면(전9회)

● 조르주 뒤아멜 원작

조르주 뒤아멜은 현대 불란서 문단의 전쟁 작가로서 앙리 바르뷔스와 병칭竝稱되는 거장이다. 양자가 다 같이 장 조레스와 로맹 롤랑을 선구로 한 전쟁 부정의 사상을 그 작품의 기조로 하였음에는 일치되지만 뒤아멜은 바르뷔스와 같이 문장이 조잡지 않고 또 분격憤激 노호怒呼로 인하여 작품의 유니티를 깨트리지 않아서 혼연한 한 개의 완성된 작품을 이루었음에 그 특색이 있다. 실로 뒤아멜은 일관된 피티에로써 — 쓰라린 연민으로써 군국주의에 반항하고 과도過度의 과학 문명을 저주한 것이었다. 의사로서 출전한 그는 특히 야전 병원에서 신음하는 부상병들의 지옥 풍경을 묘사함에 놀라운 리얼리티를 보여 주었으니 여기 역출譯出하는 단편은 그 호례好例로써 『순사자殉死者들의 생활』의 속편인 단편집 『문명 – 1918년 콩쿠르상』에서 찬출撰出한 것이다.

# 비밀 없는 스핑크스

이하윤

- 이하윤, 「비밀 없는 스핑크스」, 『조선일보』, 1931.8.15~8.21, 8면(전5회)
- 오스카 와일드 원작, 성북학인 삽화

영국의 유미주의자 오스카 와일드1856~1900는 자기 독특한 예술 지상주의를 완성시킨 근대문학사상近代文學史上의 일대 귀재다. 그는 예술을 인생의 행위로 번전飜轉하려다가 패배한 몽상가에 불과하다 하겠지만 그의 주장하는바 예술 지상주의가 생활과 예술, 자연과 예술의 관계에 있어서 항상 예술을 절대시하는 데 우리는 아직도 흥미의 여정餘枉을 기울일 수가 있는 것이다. 그는 즉 '미의 명경明鏡'을 높이 쳐들고서 자연과 인생과를 그 앞에 배궤拜跪시키려는 계획을 세웠던 것이다. 그러므로 비록 관능적이며 퇴폐적이요 수사적, 호기적好奇的 요소로써 되는 그의 예술이라 하더라도 우리가 문예사적 의미에 있어서 그를 알 필요는 충분히 있는 것이다. 그는 원래 극작가요 또 시인으로 유명하지마는 그의 유일의 장편 『도리언 그레이의 초상』과 5편의 단편소설을 쓴 것으로 또 소설가의 칭稱을 그는 면할 수 없게 된 것이니 여기에 번역하는 것은 그의 단편집에서 임의로 1편을 찬출撰出한 것이다. 애란愛蘭(-아일랜드) 출생으로 영길리英吉利(-잉글랜드) 문학을 통하여 세계 문예사조에 큰 파동을 주었다는 것만 하여도 그의 존재 이유는 충분하고 나머지가 있다 하겠다.

# 조국

**현진건**

- 현진건, 「조국」, 『신동아』 5~9, 신동아사, 1932.3.1~7.1(전5회)
- 스테판 제롬스키 원작, 불사조의 회(灰), 전편(前篇)

이 소설의 원작자 스테판 제롬스키 씨는 현존 파란波蘭(-폴란드) 최대 작가로 전 국민의 숭앙과 경모를 일신에 모은 이라 합니다. 저 유명한 『쿠오바디스』의 1편으로 세계 문단을 진감震撼한 시엔키에비치 문호가 구주歐洲 대전 중에 세상을 떠나자 제롬스키 씨는 그의 뒤를 이어 비단 일개 문사에만 그치지 않고 전 민족의 최고 지도자와 예언자의 임무조차 맞게 되어 파란 혼의 진작과 고무에 심혈을 뿌렸다 합니다. 그러므로 그의 작품은 저절로 국민적, 정치적 문학의 최고봉이라 합니다. 파란 민족의 비애와 환희가 그 난만 웅혼한 영필靈筆에 속임 없이 거짓 없이 표현 생동하였다 합니다.

이 『조국』이란 1편은 그의 대표작의 하나로 지금으로부터 24년 전에 집필한 것인 만큼 멸망 시대의 파란 혼의 신음과 희망을 읊은 것이니 '국파산하재國破山河在'란 고시古詩가 있지마는 산하조차 파破해도 오히려 금강불괴金剛不壞의 힘으로 살아서 움직이는 것은 문학이라 하겠습니다.

파란의 제1 분할은 1772년 노露(-러시아), 독獨(-독일), 오墺(-오스트리아)에 찢기고 제2 분할은 1793년 노, 독에 찢기고 제3 분할은 1795년 노, 독, 오에 또다시 찢기어 이에 국가의 형태가 완전히 소멸되고 말았다는데 이 소설의 연대는 1796년으로 곧 파란이 세계 지구상에서 그 독특한 색채를 아주 잃어버린 시대라 합니다.

원작은 천여 엽頁이 넘는 장편이므로 제한 있는 지수紙數로 간략한 초역抄譯과 경개

梗槪로는 그 전모를 엿보기 어려우나 그 골자만을 따서 편린이나마 알리게 된다면 필자의 행幸일까 합니다. 대본은 최근 출판된 가토 아시토리加藤朝鳥 교수의 일본 역인 것도 부언해 둡니다.

# 해변 별장

김억

● 김억, 「해변 별장」, 『신동아』 11, 신동아사, 1932.9.1, 114~118면
● 게오르기 스타마토프 원작

## 부기

원작자는 G. P. Stamatov가 그의 이름이외다.

말을 들으면 원작자 스타마토프는 현대 불가리아 작가 중에 유다른 지위를 점령한 사람이라고 합니다. 풍자 작가로 명성이 상당히 높다 합니다. 인생에 대한 이 작자의 풍자적 태도야말로 작품 속에다 본질적 면목을 그대로 그려 놓고 시치미를 뚝 따 버리고 마는 감이 없지 아니하외다. 그는 독자에게 "인생이란 이렇습니다"고 겹겹이 뒤집어쓴 가면을 벗겨 버리기 위하여 뿐 작품에 나타나는 주인공의 심상을 들추어 놓는 것이 아니요 그 심상에 말없이 잠겨 있는 고질痼疾로의 일면을 들추어 놓기 위하여 붓을 든다고 할 만하외다. 다시 말하면 주인공의 심상에서 얄미운 악덕을 발견해 놓고 그것을 실컷 비웃으며 동정 없는 풍자로 뚜들겨 댈 뿐 아니라 거의 악의에 가까운 미소로 그것을 웃어 버립니다. 이러한 의미에서 이 작자의 작품은 인생의 그림이라기보다는 심리 연구로의 호개好個 표본이라 할 만하외다.

그런지라 이 스타마토프는 시미적詩美的 본능으로의 참을 수 없는 강징强徵 때문에 작품을 제작하는 것이 아니요 경험, 발견, 사색한 것을 주제로 집필한다고 할 만하외다. 그러니 그의 작품에 목적이 있다 하면 그것은 정확한 사상을 그려 내자는 것이 아니요 정확한 주제를 논단하자는 데 지나지 아니할 것이외다. 그러한 작가가 날카로운 메스를 들고 간결, 명쾌, 유려한 필치로 고질로의 악덕 일면을 들추어 놓

는 판이니 어찌 쓰라린 웃음이 없을 것입니까. 눈물과 웃음과의 유머가 얄밉게 흐르는 것이 이 때문이외다.

마지막으로 이 작자는 현존한 사람이라는 한마디를 부언해 둡니다.

그리고 이것은 에스페란토 『현대소설집』에서 번역한 것이외다. 시미詩味와 경쾌한 맛을 여지없이 허물어 낸 것을 원작자와 독자에게 사죄합니다. 여기에는 대의大意로의 뜻만이라도, 하는 생각밖에 아무것도 없습니다.

역자

# 장 크리스토프

**이헌구**

- 이헌구, 「장 크리스토프」, 『조선일보』, 1934.2.8~3.18, 4면(전34회)
- 로맹 롤랑 원작, 제1권 여명 편

오는 8일부터 본란에는 세계적 문호 로맹 롤랑의 대걸작, 불문학 연구가 이헌구 씨의 명역『장 크리스토프』의 제1권 여명黎明 편을 연재하기로 하였습니다. 작자 로맹 롤랑의 예술가로서의 지위와 이 작품의 가치는 본보 학예면에 게재되는 역자의 말을 기다릴 것도 없거니와 특히 이 여명 편은 장 크리스토프의 유년기를 그린 예술적 작품으로 아동 독물의 완벽이라고 할 수 있는 것입니다. 이 작품의 적역자라고 할 수 있는 불문학의 조예가 깊은 이헌구 씨의 명역은 이 작품의 참가치로 우리의 심금을 울려 줄 것입니다.

## 로맹 롤랑의 『장 크리스토프』를 역譯하며

(…중략…) 우리에게는 유려流麗한 생활미의 찬란과 고결한 정신적 노작勞作의 정익靜謐을 요구하기 이전에 먼저 거짓 없는 인간성의 양심적의 힘과 그 발로發露를 출발점으로 할 필요적 모멘트에서 생활하고 있다.

필자가 여기서 불란서의 인도적 정열적 반항 작가인 로맹 롤랑의 불후의 작 『장 크리스토프』를 번역하게 된 근본의根本義도 여기 있다.

로맹 롤랑은 이미 세계적으로 문호의 지위를 가지고 있다. 그가 1915년 "고매한 이상주의와 그가 각양의 인간을 묘사함에 있어서 동정과 진실을 발휘함"으로써 세계적 노벨상이 수여되었을 때 그는 이 상금 전부를 당시 대전 참화 중에 있는 "구라파歐羅巴 비참의 완화"를 위해서 바쳤다는 사실로도 그의 인격과 문예 사상가의 일면을 엿볼 수 있다 할 것이다.

다시 로맹 롤랑의 인간 자체를 볼 때 그는 순수 불란서인이 아니었다. 그의 심혼心魂 속에는 국경을 초월하는 인류애의 섬광이 작열하고 있었다. (…중략…) 국외로 추방당한 지 어언간 20년. 옹은 아직도 서서瑞西(-스위스)의 벽지에서 여생의 사색을 이 국제적 인류애를 위하여 바치고 있다.

옹은 19세기 말의 고민하는 일 세기아世紀兒로 인생과 사회에 대하여 극도의 오뇌에 빠졌던 1890년대의 청년이었다. 그리하여 사생의 무서운 분기점에서 방황할 때 21세의 이 청년에게 구원의 광명을 보낸 이는 노서아露西亞의 대문호 톨스토이 선생이었다. 이 두옹杜翁(-톨스토이)의 이 감화는 로 옹(-로맹 롤랑 옹)의 일생을 지배하는 사상적 모태가 되었던 것이다. 30여 매에 긍亘하는 두옹의 친한親翰은 로 옹으로 하여금 새로운 인생의 여정을 향하여 용감하게 출발시킨 것이다.

옹은 모든 인류 가운데에서 지능과 감수성의 강렬한 인간을 위인이라고 보아 왔다. 그러므로 옹의 수다한 위인 저서 중에서 가장 대표적인 것은 유명한 세계적 음악가 베토벤과 세계적 예술가 미켈란젤로와 세계적 인도주의적 문호 톨스토이의 3

대 전기다.

옹은 새로운 의미의 영웅주의자였다. 그러나 그 영웅주의는 결코 천박한 피상적 야심가, 정략가로서의 영웅은 아니었다. 적어도 그 영웅은 인류의 명일의 찬란한 문화의 건설을 위하여 모든 사회적 죄악과 인습적 누폐陋弊와 갖은 빈궁, 갖은 고난과 싸워 이겨 나가는 가장 용감한, 또 가장 비참한 생애를 가진, 그러면서 영원한 인류의 탐조등이 되는 인간이었다.

그러므로 옹의 문예 이외의 모든 노작은 실로 과거의 인류가 가진 최대의 영원한 인간을 찾아내는 데 있었다. 그리고 근래에 와서는 인도의 성웅 간디전과 인도 문화의 연구와 신흥 사회의 열렬한 지지 옹호자로서 그 여생을 바치고 있으며 이것으로써 인류의 인도적, 인류애적 영원한 기념탑을 인류의 문화사상文化史上에 세우려는 것이다.

이러한 인간적 사상적 배경을 가진 옹에게는 또 다른 일면이 있었다. 이 일면이 실로 필자가 여기서 논위論爲하려는 주안점이다.

옹은 상기上記와 여如히 두옹의 감화로써 20세기의 위대한 문호로 등장하게 되었다. 옹은 20세기 초두에 있어서 고민하는 인류의 단말마적 행동을 예감하였다. 더욱 세계대전을 환기하기 이전의 그 참담한 구라파 인종의 정신적 고민을 옹은 가장 잘 이해하였고 거기에서 구출하기 위한 온갖 방도를 생각하였다. 거기에서 옹은 단연히 일대 장편소설—그는 소설이라기보다 위대한 인간적 예술가의 생애다—을 써서 그로 하여금 인류의 비참에서 새로운 창조를 발견하려 한 것이다.

여기 역재譯載하려는 『장 크리스토프』가 곧 그것이다. 이 소설은 빅토르 위고의 『레미제라블』과 톨스토이의 『전쟁과 평화』와 아울러 세계 3대 장편소설 중의 하나다. 이것으로도 넉넉히 이 작품의 문학적 가치와 지위는 추측될 줄 안다.

그러면 이 소설은 무엇을 그 중심적 사조와 인간적 생활로 취급하였는가?

이 작품은 장 크리스토프라는 천재적 예술가의 비참한 일생기一生記다. 이 주인공은 절망하지 않는 생을 위한 반항자요 (…중략…) 그는 결코 초인간超人間은 아니다.

그러나 모든 고난과 학대와 모멸과 유혹에 대해서 혹은 차질蹉跌하고 혹은 타락되면서, 그러나 최후에 가서는 다시 용감히 뿌리치고 일어나는 정열가요 이지가理知家이다. (…중략…)

예술의 절대 자유와 따라 인류의 정신적 구속에서 해방하려는 이 이상의 구체화된 인간이 곧 이 장 크리스토프다. (…중략…)

괴테가 "시는 해방이다" 하는 이 정신이 철저하게 크리스토프의 생애를 일관하였다. 그의 성격에는 단순한 돈키호테적 행동이라든지 햄릿형의 회의와 바자로프유의 허무만이 아니요 이 세 가지 위에 니체의 강한 자아 의지와 베르그송의 생명철학이 종합된 한 개의 근대적 영웅—참다운 인간의 전 면모요 그 인간의 시적, 음악적 표현이다.

이『장 크리스토프』는 10권으로 되었다. 이 10권을 1904년부터 1913년, 즉 세계대전이 일어나는 해까지 완료하였다. 이 소설이 한번 발표되자 구주歐洲 문단은 열광적 환희와 격분激奮을 느꼈다. 처음 이 소설은 불란서 자국보다 이태리, 서서, 영국에서 절대의 환영을 받았고 그다음 불란서로 왔다.

그런데 로 옹이 이 소설의 주인공을 베토벤의 일생을 중추로 하였다는 것은 일반 평론가의 다 같이 지적하는 바이다. 그러나 그렇다고 이 전부가 베토벤의 전기는 아니다. 1917년 현 노서아의 세계적 문호 막심 고리키가 이 로 옹에게 로 옹의 저서인 베토벤전을 노서아의 13~18세의 소년에게 읽히도록 평이하게 써 달라는 부탁을 받았다. 그러나 로 옹은 다만 이러한 역사상의 한 실재한 인물만으로는 도저히 그 당시의 산 인간을 구현시킬 수 없었다. (…중략…)

필자는 이미 20년 전 출판된 이 소설을 조선 사회에 보내려고 한다. 나는 한정된 문단인에게보다도 차라리 조선의 젊은 청년과 조선의 교육가와 조선의 부모와 조선의 음악가와 중에도 조선의 남녀 학생 제군에게 이 작품을 드리고자 한다. (…하략…)

# 소비에트 로빈슨 크루소

이종수

- 이종수, 「소비에트 로빈슨 크루소」, 『조선일보』, 1934.3.27~3.31, 특간 2면(전5회)
- 일리야 일프 · 예브게니 페트로프 원작

이 이야기는 본문을 보면 곧 알 수 있지마는 막사과莫斯科(-모스크바)의 어떤 잡지 편집자와 작가가 『소비에트 로빈슨 크루소』 창작에 관해서 토론하는 것을 기록한 소품이다. 우리는 이 작품에서 소비에트 작품이라는 것은 어떠한 것인가 또는 유능한 편집자는 작가와 어떠한 관계를 가지는가 하는 재미있고 유익한 문제의 취급을 볼 수 있다. 이것은 노서아어露西亞語에서 영역한 것을 다시 번역한 것이다.

역자

## 부커 티 워싱턴 자서전

**김태원**

- 김태원, 『부커 티 워싱턴 자서전』, 조선야소교서회, 1935.1.1, 198면
- 부커 티 워싱턴 원작

### 머리말

이 책은 몇 해 전에 미국에서 발행하는 어떤 잡지에 기재되었던 것으로 미국 독서계에서 열렬한 환영을 받아 마침내 책으로 발행하게 되었던 것이다.

이 책 초판 서문에 저자는 말하기를 "이 책의 대부분은 터스키기 학교에서 일하는 가운데 여가를 이용하여 기록한 것이니 여행 중 기차에서와 여관에서와 정거장에서 기차를 기다리는 시간에 쓴 것이라"고 하였다.

이 책은 저자가 그의 아내 마거릿 여사와 그 형제 존 에이치 워싱턴 씨에게 근정謹呈한 것이니 "그들의 참을성과 충직과 노력은 터스키기 학교의 성공과 발전에 다대한 공헌을 하였다"고 하는 것이다. 이 책은 읽기에 재미가 있을 뿐 아니라 참된 뜻으로 읽는 사람에게는 물질상, 교육상, 도덕상 및 종교상 생활에 있어서 감화를 받고 개선의 길을 얻게 될 것이다.

이 책을 조선말로 처음 번역한 이는 고영환 씨였다. 그런데 씨의 원고를 출판하지 않고 이 새 역문을 출간하게 된 것은 오로지 독자의 경제를 위하여 책값을 적게 만들려고 생각한 까닭이다.

하리영河鯉泳(－로버트 하디) 지識

# 벤허

## 나갈도

● 나갈도(羅竭道), 「벤허」, 『가톨릭청년』 32~43, 가톨릭청년사, 1935.12~1936.11(전11회)

● 루 윌리스 원작

오늘부터 독자 여러분들에게 번역해 드리는 그 소설은 서양에서 유명한 소설입니다. 물론 소설인 만큼 성경으로 보든지 역사로 보든지 신덕神德 도리와 같이 믿을 것은 아닙니다. 그러나 이 소설에 오주吾主 예수께서 여러 번 나타나신 것은 성경과 다르지 않습니다. 그 소설 끝에 와서 오주 예수께서 벤허의 어머니와 동생을 나창癩瘡병에서 낫게 하신 기적이 성경에 없다 할지라도 성 요한 종도宗徒께서 쓰신 성경에 "그 외에도 오주 예수 행하신바 다른 행적이 많이 있으니 만일 다 낱낱이 기록할 양이면 그 기록할 책을 이 세상에라도 다 능히 담지 못할 줄로 여기노라"(성 요한복음 21장 25절) 하신 말씀이 있지 않습니까.

역사로 보면 제1편 제3장에 유대인이 가스파르에게 말한 것을 보든지 혹은 나중에 벤허가 로마에서 예루살렘으로 올 때의 그 기분을 보든지 그때에 유대인들이 메시아라고 부르는 구세주에 대하여 느낀 사상을 잘 알 수가 있습니다. 그것도 역사와 조금도 틀리지 않습니다. 그러면 여러분들은 그 두 가지를 잘 알아 두시고 끝까지 재미있게 읽어 주시기를 바랍니다.

역자

본사의 요구에 의하여 이 소설을 끝까지 번역해 드릴 수가 없어서 대단히 미안하게 되었습니다. 그러나 독자 여러분이 이 소설 끝을 알고자 하시는 것을 짐작하여 오늘 마지막으로 그 종결을 번역하기 전에 번역할 수 없는 것을 간단히 소개해 드리겠습니다.

(…중략…)

끝으로 독자 여러분들이 이와 같이 1년 동안에 이 소설을 퍽 열심으로 독서해 주신 것을 간절히 감사하고 역자가 조선말을 잘 모르는 것을 또 한 번 용서해 주시기를 간절히 바라고 바랍니다.

역자 백白

# 대지

**심훈**

- 심훈, 「대지」, 『사해공론』 12~17, 사해공론사, 1936.4~9(전6회, 미완)
- 펄 벅 원작, 윤상렬 삽화

『대지』의 작자 펄 벅Pearl S. Buck 여사는 중국에 주재한 미국인 선교사의 딸로서 그의 반생을 중국 각지에서 보냈고 중국의 농촌과 습속과 문자에 정통하고 온갖 고난을 자신으로 체험한 여류 작가다. 그 사회를 보는 날카로운 눈과 그 명석하게 인정을 감수感受하는 마음과 그 풍부히 인생을 포옹하는 세계관은 현대 희유의 인간적 실험실인 '중국'의 현실에 대하여 모든 가능한 극한까지 문학의 힘을 발휘하였다.

이 작품이 한번 나오자 그 묘사의 정치精緻와 그 굳센 강박력強迫力에 난징南京 정부는 이 책의 출판과 또는 촬영까지 저지하고자 하였다. 실로 원遠한 이상과 인도적 정열을 가진 농민소설의 최대 걸작이다.

이것은 이 소설을 과찬하는 선전문이 아니다. 니이 이타루新居格 씨의 번역을 중역重譯하는 것이나 최근 역자가 읽은 독서 범위에서 가장 깊은 감명을 받았을 뿐 아니라 중국은 우리와 밀접한 관계가 있는 것은 물론 조선에서도 이러한 농민소설이 나오기를 간절히 바라는 바이다. 독자는 통속소설과 같은 '재미'를 이 작품에서 구하지 말고 꾸준히 읽어 주면 소득이 많을 줄 믿는다.

# 대지

김성칠

● 김성칠, 『대지』, 인문사, 1940; 학림사, 1949, 태극사, 1953.8.25, 421면
● 펄 벅 원작, 세계명작소설총서(1940), 세계명작총서 1(1953)

## 원저자 소개

펄 S. 벅은 한동안 학교에 다니느라고 미국서 지낸 것밖엔 항상 중국에서 살았습니다. 그는 랜돌프 매이컨 고등학교와 코넬 대학을 다니었습니다. 그는 지금도 두 개의 국적을 가지고 난징南京에 살면서 진링대학金陵大學과 국립 난징대학에 교편을 잡고 있습니다.

『대지』는 벅 여사의 두 번째 공간公刊한 소설입니다. 1930년 존 데이 서사書肆에서 『하늬바람, 샛바람』을 출판한 것이 그의 첫솜씹니다. 그는 여러 잡지 — 그중에도 『디 애틀랜틱 먼스리』, 『더 네이션』, 『아시아』 지상에 항상 논문과 수필을 쓰고 있습니다.

-이 글은 1936년판의 권두에 붙은 것인데, 벅 여사는 지금 미국에 가 있다고 합니다.(역자)

# 여자 대학생
### 전유덕

- 전유덕, 「여자 대학생」, 『신가정』 4-9, 신동아사, 1936.9.1(제1회, 미완)
- 앨리스 진 웹스터 원작

## 역자의 말

이 소설의 작자는 여자이다. 그의 이름은 진 웹스터Alice Jean Webster라고 한다. 미국 여자대학 출신의 수재로서 다시 이태리에 건너가서 정열적이요 전아典雅한 남구南歐 문학을 연구하여 그 조예가 자못 깊다.

나는 이 작품을 전에 전에 한 번 읽었지마는 그다지 감명이 깊지 못하였는데 최근에 다시 읽어 보아 과연 걸작임을 깨닫고 이것을 번역하여 소개하고 싶은 생각이 일어난 것이다. 재독 삼독임에도 불구하고 나는 번역하면서도 이렇게 취미 있게 읽어 보기는 나의 독서사상讀書史上에 드문 일이다.

첫째, 그 문장의 아름다운 것, 간결한 것, 예리한 것은 말할 것도 없지만 구구절절에 유머 미味가 금옥처럼 박히어 그 광채가 찬란하다. 더욱 그의 명랑한 인생관과 놀라운 상상력과 풍부한 유머 관념은 이 소설에 유감없이 나타났다.

내용은 고아원, 여자대학 생활, 농촌, 연애 등 문제를 서신書信으로 미묘 짠 작품이다. 누구나 읽어서 좋지만 특히 남녀 학생이 읽을 만한 것은 그 학교생활기라든지 분투노력의 정신이라든지 그 인생관, 사회관이라든지 참고와 교훈이 많을 것이요 더구나 문장 공부도 될 것이라고 생각한다.

다만 졸역이 됨을 두려워할 뿐이나 독자는 처음부터 보아 나가면 울고 웃으며 애독하게 될 것을 나는 믿는다. 문체는 성질상 조한문朝漢文으로 하였고 제목은 편의상 원명과 조금 다르게 하였다.

# 여학생 일기

**전유덕**

- 전유덕, 「여학생 일기」, 『동아일보』, 1937.10.21~12.17, 5면(전37회)
- 앨리스 진 웹스터 원작

이 작품은 작년 『신가정』 9월호에 「여자 대학생」이라는 제題로 제1회분이 실리었습니다. 여기서 그 재록하는 번거로운 것을 피하기 위하여 그 경개梗概만을 실어서 이야기의 연락만을 이을까 합니다.

경개를 쓰기 전에 잠깐 말하여 둘 것은 이 작품에 관한 것입니다. 이 소설의 작자는 역자의 말에도 있는 바와 같이 여자이며 미국 여자대학 출신의 수재로서 이태리에 건너가 남구南歐 문학을 연구하였다 합니다.

(…중략…)

이상이 여기에 실리지 않은 부분의 경개요 다음부터 그 본문을 계속하여 연재하기로 하겠습니다.

# 일리아드

**임학수**

- 임학수, 『일리아드』, 학예사, 1940.9.15, 308면 · 1941.2.25, 328면(전2권)
- 호메로스 원작, 정현웅 장정

## 서

『일리아드』는 새삼스레 말할 것도 없이 인류 최고의 최대 서사시요 따라서 인류 문화의 중대한 유산 중의 하나다. 호메로스(호머)가 간 후 이미 3천 년, 그동안 각종의 문화 사조가 휩쓸어 가고 역사는 변전變轉하여 기다幾多의 시인, 문호가 족출簇出하였건만 오히려 희랍希臘 문화가 찬연한 광채를 발發하고 있음은 『일리아드』 있음으로써이니 대저 인생은 짧으나 예술은 길다는 말이 영원불변하는 진리임에 틀림없다.

『일리아드』가 이처럼 문학의 최고봉을 차지하고 있는 것은 그것이 옛날의 것이요 인류 문화가 아직 완전히 개화하지 못한 시절의 산물이라 하여 결코 거기 핸디캡을 주거나 과대평가하여서가 아니니 누구나 거듭 정독하는 사람이라면 곳곳에서 다시금 다시금 경탄을 금하지 못하고 현대문학으로서는 도저히 그 웅장, 세밀, 미묘함을 따르지 못한다는 것을 스스로 깨닫게 됨으로써 증명될 것이다. 어느 나라, 어느 시대의 대시인, 대문호로서 일찍이 『일리아드』를 애독하지 아니하고 『일리아드』를 배우지 않은 사람이 있었느냐?

『일리아드』는 전부 24권 18,000행으로 된 거대한 것으로서 트로이 전쟁이 벌어진 지 바야흐로 10년째, 아킬레스와 아가멤논의 감정 불화로 말미암아 희랍 군중軍中에 내분이 생기는 데로서부터 서술된다. 물론 이 전쟁은 한 아름다운 여인 헬레네를 에워싸고 일어난 것이니 즉 처음 트로이의 왕자 알렉산드로스가 희랍의 왕제王弟

메넬라오스의 아내요 희랍의 모든 여인 중 가장 아름답고 정숙하기 동양의 직녀라고도 할 만한 헬레네를 약탈하였으므로 희랍 왕 아가멤논이 수십만의 대병을 거느리고 대해를 넘어 트로이의 기슭에 이르러 트로이시를 함락하려고 무려 9개 성상星霜을 보낸 것이다. 그러나 10년째에 이르러 아가멤논은 희랍 군중의 가장 용장이요 하늘의 총애를 받는 아킬레스의 약탈하여 아내 삼은 브리세이스를 아킬레스와의 구론口論의 결과로 빼앗았기 까닭에 아킬레스가 분개하여 전선에서 인퇴引退하였으므로 트로이의 맹장 헥토르에 의하여 고전을 당하는 것이다. 이에 응하여 올림포스의 제신諸神은 양쪽으로 나뉘어 혹은 트로이를 구하고 혹은 희랍을 원조하게 되어 신과 인간이 서로 교통하고 싸움은 천상천하에 입체적으로 전개되어 실로 피비린내 나고 올림포스의 임금 제우스가 한번 칠흑의 장발을 털썩 너풀거리자 그 옛날의 잿빛 대해의 기슭이 쾅 몸서리를 쳐 지구가 진동한다.

이렇게 말하면 혹은 신이 사람에게 말하고 사람에 섞여 싸운다는 데에 대하여 현대인으로서는 이해하기 곤란한 점이라 할지 모르나 가령 헥토르가 창을 휘둘러 쳐 제우스의 천의天意에 의하여 적장의 귀밑을 찔렀다 할 때에 이 제우스의 천의라는 걸 어긋나지 아니하고 다행히 정통으로 들어가 쳤다는 행운으로 해석하고 오디세우스가 홀로 전선에 뒤떨어져 다시 적진으로 돌입할까 또는 본진으로 달아날까 망설이고 있을 제 팔라스가 내려와 빨리 돌아가라고 경고하므로 본진으로 돌아갔다 할 때에 이를 그때의 오디세우스의 심경의 변화를 신의 인격을 빌려 증명한 것이라고 해석한다면 이 신화적인 것을 오히려 현대인의 감정으로 이해할 수 있으니 이는 오로지 고대인의 종교적 심리에서 우러난 방법임에 틀림없고 모든 신들을 인간의 심리 또는 운명의 인격화라고도 볼 수 있는 것이다.

이상의 간단한 윤곽과 희랍인들의 종교 감정만 이해한다면 누구나 이 시편을 용이히 읽어 갈 수 있을 줄 아나 이제 만일 『일리아드』의 문장에 대하여 나에게 일언할 기회를 준다면 실로 그는 연면히 흘러가다가 때로 단벽斷壁에 부딪치고 때로 평사平沙에 스며드는 창장長江 대류大流와 같으니 혹은 그 소박하면서도 장엄 웅대함이 언어에 절絶하고 혹은 치밀 미려함이 근대의 사실주의 문학으로도 감히 따르지 못해 가지가지의 감정, 자연, 사랑, 철학 등등 무릇 문학으로서 내포할 수 있는 모든 요소를 다 처리하여 있다.

그런 중에도 인정의 기미, 죽음에 대한 사람의 사상을 해부함에 있어서는 다분히 낭만적인지라 후인으로 하여금 형언할 수 없는 친밀감을 갖게 하거니와 더구나 무사도와 미의 창조에는 호메로스 이후 아무도 그와 어깨를 겨누게 하지 못할 절정에 달하여 있어 전편을 통하여 약동하는 자연 묘사와 아울러 특히 제6권의 헥토르가 그 아내와 트로이 성에서 작별하는 애절한 필치라든가 제14권의 헤라가 그의 남편 제우스를 유혹하는 장면의 감각적인 묘사라든가 제18권의 헤파이스토스가 아킬레스의 무기에 조각한 공예미의 장면은 각각 그들 일 절만으로도 천고에 빛나는 명문이라 아니할 수 없다.

끝으로 나는 1년간의 근면의 결정結晶으로 이 위대한 시편을 여러분에게 이바지할 수 있음에 대하여 무상의 행복을 느끼는 동시에 타산적이 아닌 이 대업을 나에게 능히 맡겨 준 학예사와 및 임화 씨에게 사의를 표하는 바이다.

독자의 편의에 공供코자 역자가 상편 권두에 고대 희랍 약도와 중요 인물 급及 지명의 간단한 해설을 붙였으니 혹 참고가 된다면 행幸이겠다.

임학수

# 이도 애화

**임학수**

- 임학수, 『이도 애화(二都哀話)』, 조광사, 1941.1.15, 461면
- 찰스 디킨스 원작, 세계명작장편소설전집 2

## 서

스콧의 낭만적인 역사소설에서 벗어나 불란서 혁명의 영향과 근대 과학의 진보에 반伴한 노동 문제를 제재로 하여 혜성같이 영국에 나타난 소설가는 새커리와 찰스 디킨스1812~1870였으니 새커리는 주로 중산 계급을 취급하여 풍자적인 붓을 날렸음에 반하여 디킨스는 전혀 중산 이하의 사회에 대하여 따뜻한 동정과 유머를 쏟은 사람이다.

본래 가계가 극히 비참한 가정에서 태어나 11세 시時부터 구두약 제조소의 소년 직공으로 다니다가 후일 의원議院에 출입하는 통신 기자로 된, 이를테면 어려서부터 신고에 신고를 거듭하고 경험에 경험을 쌓아서 이윽고 대소설가가 된 그가 가시덤불이 많고 함정이 많은 이 세상이지만 낙망하지 않고 분투노력하면 반드시 선과善果를 따리라는 신념을 가지고 가지가지 그의 저서 속에서 "삐뚤어진 걸 훈계하고 바른길을 장려하며 악을 징懲하고 선을 권하며 써 인간 종국의 행복을 기대하고 사회 개혁을 바랐음"을 어찌 연유 없는 일이라 할 수 있으랴?

『데이비드 코퍼필드』에서도 『올리버 트위스트』에서도 이 『이도 애화』에서도 가지가지 그의 인물은 혹은 착하고 혹은 악하고 혹은 깨끗하고 혹은 간사하고 혹은 잔인하고 혹은 눈물 많아 실로 백인 백태 모두 제가끔 특징이 있고 면목이 약여躍如하여 심각한 풍자와 유머가 함께 섞여 있어 셰익스피어 이후 성격 묘사에는 아무도

그를 따를 사람이 없다는 것이 정평이지만 이 모든 사람들도 슬쩍 한 꺼풀만을 벗기면 모두가 약하고 깨끗한 그 본성이 일개의 양羊이라는 걸 발견할 수 있으니 우리가 그를 신뢰하고 그의 진지한 태도에 공명하며 친밀감을 느끼는 것도 여기 있는 것이다.

그의 후기의 작품에 속하는 이 『이도 애화二都哀話』도—불란서 혁명과 그에 관한 로맨스를 취급한 것인—이러한 점으로 보아 반드시 독자에게 동정의 따스한 눈물과 로리, 카턴, 닥터 마네트와 그의 딸, 불란서의 귀족으로서 가독家督 상속의 권리를 포기하고 몸소 깨끗이 자기의 양식을 자기가 벌다가 마침내 미스 마네트와 악완惡緩(?)을 맺게 되는 다네이, 아니, 미스 프로스와 크런처—그 어느 사람에게도 쉽사리 고귀한 우정을 느끼게 하리라는 것을 단언하며 아울러 1790년경의 불란서 국정國情을 아는 일대 교양의 서書로 될 것을 믿는다.

쇼와 15년(-1940) 12월 20일

역자

# 파리 애화

임학수

- 임학수, 『파리 애화(哀話)』, 신대한도서주식회사, 1949.6.20, 461면
- 찰스 디킨스 원작

## 서

스콧의 낭만적인 역사소설에서 벗어나 불란서 혁명과 근대 과학의 진보에 반伴한 노동 문제를 제재로 하여 영국에 군림한 소설가는 찰스 디킨스1812~1870였으니 당시 새커리가 주로 중산 계급을 그려 풍자적인 붓을 날렸음에 반하여 그는 전혀 중산 이하의 사회에 대하여 따뜻한 동정과 유머를 쏟은, 이를테면 인류는 반드시 자유를 획득한다는 민주주의자로 언제나 빈한한 사람의 편인 작가였던 것이다.

본래 가계가 넉넉지 못한 가정에 태어났는데 부친이 차금借金으로 인하여 투옥되자 11세 시時부터 구두약 공장의 소년 직공으로 다니다가 후일 통신 기자로 된 그, 어려서부터 신고를 거듭하고 경험에 경험을 쌓아서 대소설가가 된 그가 가시덤불이 많고 도처에 함정이 입을 벌리고 기다리는 이 세상이지만 낙심하지 않고 분투노력하면 반드시 선과善果를 따리라는 신념을 가지고 수다한 그의 저서 속에서 삐뚤어진 걸 훈계하고 악을 징懲하여 써 인간 종국의 행복을 기대하고 사회 개혁을 바랐음을 어찌 연유 없는 일이라 할 것이랴!

그의 자서전이라 할 수 있는 『데이비드 코퍼필드』에서도 『올리버 트위스트』에서도 『크리스마스 캐럴』에서도, 또 이 『파리 애화哀話』(원명은 두 서울 이야기)에서도 가지가지 그의 인물은 혹은 착하고 혹은 악하고 혹은 깨끗하고 혹은 간사하고 혹은 잔인하고 혹은 눈물 많아 실로 백인 백태 모두 제가끔 특징이 또렷하고 면목이 약

여躍如하여 심각한 풍자와 유머가 함께 섞여 있어 셰익스피어 이후 성격 묘사에는 아무도 그를 따를 사람이 없다는 것이 정평이지만 이 모든 사람들도 슬쩍 한 꺼풀만을 벗기면 모두가 착하고 깨끗한 그 본성이 일개의 양羊이라는 걸 발견할 수 있으니 우리가 그를 신뢰하고 그의 연민에 공명하며 친밀감을 느끼는 까닭도 여기 있는 것이다.

그의 후기의 작품에 속하는 이 『파리 애화』도—불란서 대혁명 전의 귀족 계급의 부패상과 억눌린 대중 생활의 비참을 묘파하여 이 혁명의 연원과 그 홍분, 복수 행위의 파도치는 행렬을 파노라마처럼 펼쳐 보이는—이러한 점에서 반드시 독자에게 따스한 눈물과 감격을 줄 것이요 여기 등장하는 인물들, 가령 관대하고 치밀한 노老사무가 로리, 사랑과 약속을 위하여는 목숨을 털끝처럼 아는 카턴, 바르게 살려고 하였기 까닭에 18년간 독방 죄수였던 마네트 의사, 그의 딸, 불란서의 후작으로서 부패한 가독家督을 상속할 권리를 포기하고 몸소 깨끗이 자기의 양식을 자기의 근로로 벌려던 다네이, 아니 미스 프로스와 크런처, 그 어느 사람에게도 쉽사리 고귀한 우정을 느끼게 하리라는 것을 단언하며 아울러 1790년경의 불란서 국정國情을 아는 일대 교양의 서書로 될 것을 믿는다.

본서는 1939년에 번역한 것이었는데 요새 우리들에게 큰 흥미를 줄 것이기에 오자를 정정하는 정도로서 출간하게 되었다.

1949년 4월 20일

역자

제2부

# 해방기

잃어버린 번역의 시간

# 싯다르타

**김준섭**

- 김준섭, 『싯다르타』, 웅변구락부 출판부, 1946.6.5, 59면
- 김준섭, 『싯다르타』, 정음사, 1957.5.20, 207면
- 헤르만 헤세 원작, 한 인도의 시(1946, 제1부), 개역 및 제2부 완역(1957)

## 역자 서

헤르만 헤세Hermann Hesse, 1877~는 현대 독일문학에 있어서 일류 작가 중의 일인이고 시인으로서 소설가로서의 그의 명성은 세계에 알려져 있다. 앞으로 우리 문단에도 그의 소개와 연구가 성황할 것을 믿고 있는 바이다.

『싯다르타』는 그의 대표작으로 독일문학뿐 아니라 세계문학에 있어서 독특한 지위를 점령하고 있는 작품이다.

서양의 물질적 문화가 난숙爛熟되어 동양의 정신적 문화를 요구할 시기가 왔으니 지금이야말로 동서의 문화를 융합하여 신문화를 창조하여야 할 세계사적인 단계에 처하였다고 볼 수 있다.

이러한 때에 서양 작가로서 인도의 정신 사상을 배경으로 한 이 명작을 감상하는 것은 의의가 깊은 일이라고 생각한다.

원문을 읽을 때 언어의 리듬에서 느끼는 인도적인 시와 방향芳香을 언어의 차이로 인하여 잘 역譯하지 못하였으나 될 수 있는 대로 반복에서 오는 리듬을 살리기 위하여 소리를 내어서 읽어 주기를 바란다.

서기 1946년 3월

김준섭

# 첼카슈

이철

● 이철, 『첼카슈』, 창인사, 1947.2.15(초판); 1947.3.25(재판), 146면

● 막심 고리키 원작, 고리키 선집 1

## 역후譯後에

막심 고리키는 사회의 맨 밑바닥에서 나온 사람이다. 그는 인생을 도서관에서 배운 것도 아니고 문단과 살롱에서 배운 사람도 아니다. 그는 그날그날을 노동해서 겨우 입에 풀칠하는 룸펜 속에서, 굴욕과 고통의 학교를 지나온 사람들 속에서 인생을 배웠다.

골목을 방으로 삼고 학교로 삼은 유년 시대의 고리키가 겨우 다섯 달밖에 소학교 교육도 못 받고서 세상에 나와 파란 많은 생애를 겪은 다음 그 풍부한 경험을 기초로 하여 인민의 괴로움과 즐거움을 예술로써 표현할 때 레닌은 그를 프롤레타리아 예술의 가장 위대한 대표자라 말하며 "그는 프롤레타리아 예술을 위해서 이미 많은 일을 하였으나 더욱더 많은 일을 할 수 있을 것이다"라 말했다. 고리키가 허위로 감춰진 사회의 진실을 폭로하고 진실만이 커 가는 허위 없는 사회가 오자 이 사회의 옳음을 선양하여 이 사회 아래에서만 비로소 억압되어 오던 인간성은 최고도로 발휘될 수 있다는 것을 주장하고 그 위대한 일생을 마쳤을 때 전全 동맹 공산당 중앙위원회의 전 동맹 인민위원 회의는 연명으로써 "위대한 러시아의 작가, 천재적인 언어의 예술가, 근로자의 영원한 벗, 사회주의의 승리를 위해 싸운 전사—동지 알렉세이 막시모비치 고리키"의 죽음에 대하여 깊은 애도의 인사를 드렸다.

고리키는 1868년 3월 16일 중부 러시아의 니주니노브고로드(지금의 고리키시)에

났다—영역자英譯者 베인의 원저자 전기에서 적기摘記한다—고리키의 작품에 잘 나오는 볼가강의 상류에 있는 강변의 역사 오랜 도읍이다. 아버지는 페름의 실내 장식상裝飾商 막심 사바치예비치 페슈코프이고 어머니 바르바라는 소시민 바실리 카슈린의 딸이었다. 막심 고리키(최대의 고통이라는 뜻)는 필명이고 본명은 알렉세이 막시모비치 페슈코프라 한다. 할아버지는 아주 고집이 세고 성격이 까다로워서 가족을 못살게 굴었다. 그는 돈만 알고 냉혹한 사람이었다. 그래, 고리키의 아버지는 열 살 적부터 7년 동안에 다섯 번을 집에서 뛰어나왔었다. 마지막 다섯 번째에는 영영 돌아가지 않고 내친걸음으로 그 당시 살고 있던 시베리아의 토볼스크에서 니주니노브고로드와 여기서 피복점被服店의 상노床奴가 된 것이었다. 22세에는 아스트라한의 어느 기선汽船 회사의 사무장이 되었다. 고리키의 외할아버지는 처음 볼가강의 뗏목 인부이었다가 얼마 안 있어 니주니노브고로드에서 염색 공장을 열었다. 노련한 실무가로 직장職匠 회장에도 선거되어 여러 사람의 존경을 받았었다.

이 사람은 자기 딸이 막심 페슈코프와 같은 신분도 알 수 없는 가난뱅이 때문에 신세를 버렸다 하여 젊은 페슈코프 내외를 돌보아 주지 않았다. 1873년 고리키가 다섯 살 적에 고리키의 아버지는 콜레라로 아스트라한에서 죽었다. 고리키에게서 전염했다고도 전한다. 어머니는 고리키를 데리고 친정 니주니로 돌아왔다. 사위한테는 심하게 군 외할아버지도 외손자에게는 다정해서 성서 등으로 글을 가르치고 학교에 보냈다.

고리키는 학교에 갔으나 다섯 달밖에 안 있었다. 마마에 걸렸던 것이다. 이와 거의 동시에 어머니는 폐병으로 세상을 떠나고 외할아버지는 투기사업에 실패하여 파산해 버렸다(1878년). 그래, 그는 교실 대신에 구두 가게에 상노가 되었으나 두 달 후에는 손을 데어 쫓겨 나왔다. 이때부터 그는 파란 많은 세상에 나온 것이다. 손이 낫자 친척 되는 제도가製圖家의 상노가 되었으나 너무 부려 먹는 바람에 도망질쳐 1년 후에 볼가강을 오르내리는 기선의 숙수熟手의 제자가 되었다. 그의 새 주인은 기선의 숙수로 이름을 스믈리라 하며 재주 있고 학식 있는 사람이었다. 이 사람은 고리키의 가장 좋은 벗의 하나가 되었다. 고리키에게 처음으로 독서의 취미를 알려 준 것은 이 사람이었다. 스믈리는 고리키에게 제 문고를 개방했다. 그 문고에는 고골, 뒤마, 기타 여러 가지가 섞여 있었으나 하여튼 고리키에게는 처음 닥친 좋은 기회였다. 그가 단편적인 자서전 속에 말하고 있듯이 이 스믈리와 만나게 된 것은 그의 생애에 있어서의 하나의 선회점旋回點이었다. 그는 말하고 있다. "이 숙수가 나타나기 전까지는 나는 책이라면 그림책이라도, 심지어 여행 증명서까지도 견딜 수가 없었다." 기선을 떠나 제도가한테 도로 왔다가 1881~1882년에는 성상점聖像店에 가서 일을 봐주며 성상 그리는 법을 배웠다. 1883~1884년에는 니주니노브고로드의 극단의 배우도 되고 시장 건축 수선의 현장 감독 일도 보았다.

1884년 열다섯 살 적에 계통적으로 공부할 마음으로 카잔 대학으로 갔으나 대학의 문은 가난한 그에게는 열려 있지 않았다. "나는 잘못 생각하고 있었다. 그것이 인제 명백해졌다. 그래, 나는 한 달에 세 루블을 받기로 하고 비스킷 공장에 들어갔다." 여기서의 경험을 그는 「스물여섯 사람과 한 여자」(본권 수록)에 힘차게 기록하고 있다. 그리고 이때 처음 그는 혁명적 청년 서클에 관계하고 지식 계급과 접촉했다.

1885년에는 농원지기, 문지기, 극장의 합창대원이 되었다. 합창대원으로 있을 제 후에 세계적으로 유명해진 성악가 샬랴핀과 함께 있었다는 것은 재미있는 에피소드로 남아 있다. 1887년 12월 세상을 비판한 나머지 피스톨로 자살을 도모하였으나 다행히 탄환이 빗나가서 카잔 병원에서 치료를 받았다. 그는 후에 이 일을 많이 후회하고 있다. "몸이 회복하자 다시 살기 위해서 나는 사과 장수가 되었다."

카잔을 떠나서 그는 오랫동안 방랑 생활을 계속했다. 그러면서 한결같이 그는 이 더러운 세상을 어떻게 하면 밝은 생활로 만들 수 있을까 하는 사상으로 괴로워했다. 그리하여 탐보프주의 두블린크 역의 역부가 되었다가 징병 검사로 니주니로 불려 갔으나 몸이 허약해서 병정 되는 것은 면했다. "그들은 나 같은 부스러기는 뽑지를 않는다"고 그는 말하고 있다. 그리하여 거리에서 맥주를 팔았다. 그러다가 변호사 라닌을 만나 그의 비서가 되었다. 고리키 자신의 말에 의하면 라닌은 그의 그 후의 발전에 많은 영향을 주었다 한다.

학생 혁명가 소모프와 동거했다는 구실로 검거되어 약 한 달 만에 석방되었으나 그 후 고리키는 '요시찰 인물', '위험인물'이 되었다(1889년).

그러나 언제나 "지식 있는 사람들 사이에서는 불편을 느끼는" 고리키는 단순한 책상머리 공부에 노골적인 반대를 표명하고 라닌을 떠나 차리친으로 돌아와서 남러시아, 우크라이나, 베사라비아, 크리미아, 쿠반, 코카서스로 방랑 생활을 계속했다. 이 여행은 그의 경험을 풍부히 해 주고 그의 천재를 성숙시켰으며 그 어떠한 도서관보다도 많은 것을 그에게 가르쳐 주었다. 그는 이 당시의 남러시아 여러 도시의 상업적 활동과 그 하층 인민을 연구하였다. 그의 가장 섬세한 자연 묘사를 포함한 『첼카슈』는 이때의 경험의 구극적究極的인 결과였다. 이 1891년 가을에 코카서스의 티플리스에까지 와서 다시 철도에 취직하였다. 하나 그는 여전히 현실 생활의 깊은 연구와 주위에 가득 찬 악과 어떻게 싸울 것인가에 대하여 끊임없는 사색을 하고 있었다. 1892년 9월 그의 처녀작 「마카르 추드라」가 티플리스 신문 『카프카즈』에 실려지면서 고리키의 생애는 새로운 길을 걷기 시작한다.

역자가 특히 그가 문단에 나타나기 전을 상세히 소개하는 것은 고리키가 프롤레타리아 출신이 아니고 소시민의 가정에 태어났다는 것과 학교 교육은 소학교 다섯 달밖에 받아 보지 못했다는 것을 독자와 함께 기억해 두고 싶어서인 것이다.

출판 연대가 오랜 영역자 베인을 버리고 그 후의 다채한 고리키의 문학, 정치 활동의 중요한 것만을 간단히 좇아가 보면 다음과 같다.

1892년 「마카르 추드라」를 발표하고부터 그는 수많은 작품을 쓰게 되고 작가이며 비평가인 코롤렌코의 격려와 지도를 받았다. 1898년 최초의 작품집 2권이 간행되고 사회 민주주의적 결사 사건으로 투옥당했다. 다음 해 그의 최초의 장편 걸작

『포마 고르제예프』가 발표되어 그의 문명은 전 러시아를 덮었다. 1901년 출판법 위반으로 크리미아로 추방을 당했다. 고리키가 니주니노브고로드를 떠나는 11월 7일, 역전에서 송별회가 열리고 이에 참가한 군중은 시의 중앙으로 "전제 정부 타도!"를 구호로 부르며 일대 데모를 감행하였다. 이 송별 데모를 지도한 한 사람에 야코프 스베르들로프—후의 초대 전 러시아 소비에트 중앙 집행위원회 위원장, 레닌과 스탈린의 요우僚友—가 있었다. 스베르들로프는 고리키의 원조 아래 노동자 도서관을 열고 있었던 것이다. 1902년 그의 문명 너무나 높음에 어찌할 수 없어 황제는 그를 아카데미 명예 회원으로 추천하였으나 고리키의 사상 불온을 구실로 중지되고 이에 분격한 체호프, 코롤렌코는 아카데미를 사임하였다. 이해 『밤주막』 발표, 상연되어 고리키의 명성은 세계적으로 휘날렸다. 1905년 1월 9일의 혁명 전야, 민중 운동에 대한 관헌의 폭압을 중지할 것을 문학자 대표의 하나로서 당국에 청원했으나 9일 페테르부르크의 거리는 관헌의 불법 발포로 민중의 피에 물들었다. 그는 분격한 나머지 「전 러시아 및 구라파 제국諸國의 여론에 호소한다」는 차르 정치 공격의 격문을 발표했다. 그는 곧 체포당했으나 전 구라파 사회단체가 고리키 옹호를 위한 항의 운동을 일으켰기 때문에 석방되었다.

1906년 망명하여 이탈리아의 카프리섬에 도착하였다. 1907년에는 런던에 열린 러시아 사회민주노동당(후의 공산당) 대회에 참석하고 이해 최대의 걸작 『어머니』가 발표되었다. 1908년 레닌과의 사이에 서신 교환이 시작되고 카프리섬에 당黨 학교를 설립하고 다액의 저작 인세를 당 기금에 바치는 등 볼셰비키 당과 깊은 관계를 맺게 되었다. 1913년에 『유년 시대』가 발표되고 로마노프 왕실 300년제의 대사령大赦令으로 추방령이 해제되어 1914년 8년 만에 고국으로 돌아왔다.

1917년 혁명 후 그는 적극적으로 정부 사업에 참가하고(1919년 학자學者 생활 개선 위원회 회장, '세계문학총서' 출판소 창립), 1921년 레닌의 권고로 고질인 폐병을 다스리기 위하여 이탈리아의 소렌토로 갔다. 1927년 문단 활동 35주년을 기념하여 러시아에서 성대한 축전이 거행되었다. 1928년 귀국하여 각지 각종의 집회, 회의에 출석하고 노농 통신원과 서신을 교환하며 청년 작가를 지도하여 촌가寸暇가 없었다. 1929년 중앙집행위원으로 선거되고 1932년 암스테르담에서 열린 반전 회의에 소비에트 대표로 출석하여 국제반전위원회 상임위원이 되었다.

인류사의 달성을 기념하는 『공장사』, 『시민 전쟁사』, 『백해白海 발트 운하 기록』 등의 편찬을 계획하여 미완성으로 남긴 채 1936년 6월 18일 모스크바 근교에서 이 위대한 작가는 세상을 떠났다. 20일 전 세계 노동 인민의 애통 아래 그의 장례식이 열렸다. 스탈린, 몰로토프 등등이 관을 매었다. "전열前列에는 몇백천의 꽃다발이 간다. 수도는 애조哀弔에 싸여 알렉세이 막시모비치를 최후의 길로 보낸다. 화장장까지의 거리거리는 민중으로 옴짝도 못 하게 빽빽하다. 근로자는 슬픈 침묵 가운데 위대한 작가, 의사, 시민, 위인의 유해 앞에 모자를 벗었다"고 6월 20일 『프라우다』는 보도하고 있다.

고리키가 문단에 나올 적부터 죽는 날까지 그의 전기는 곧 그의 문학적, 사회적 활동의 전기다. 그의 의식의 성장은 점차 개인주의적 이상에서 프롤레타리아 전선 방법으로의 접근을 향해서 발달하고 사회주의적 세계관으로 전개하고 있다. 그리고 결국 고리키를 인류 해방의 힘찬 지주인 소비에트 국가의 증인으로 인도하고 있다. 그는 비단 예술상의 거장일 뿐 아니라 혁명 운동사상運動史上의 위대한 투사였다.

고리키가 작품을 쓰기 시작한 1890년대 초기는 러시아 사회의 정치적, 사회적 반동의 전성기였다. 지식 계급은 이 차르 전제 정치 아래 질식하여 건설적인 길을 걷지 못하고 허무와 퇴폐와 영탄과 타협 속에 빠져 있었다. 고리키는 소시민성과 피로와 우수에 대하여 생활의 생생한 감정과 창조와 전투의 힘을 대립시키며 현존 사회 제도의 불공평, 불합리에 대하여 압박받은 인간 개성의 이름으로 열렬히 반항하며 극단의 개인주의를 주창하였다. 그러나 지식 계급이 퇴폐의 구렁에 빠져 있는 이 1890년대에 러시아에는 새로운 커다란 세력이 나타났으니 1897년에 이미 2백만을 헤아리는 노동 계급이 그것이었다. 이 신흥 노동자 계급의 정력과 의지를 대표하는 문학예술의 창조자가 고리키였다. 비록 그의 초기 작품에 노동자의 투쟁이 그대로 나타나지 않는다 하더라도 이미 고리키는 심리적으로 이 운동과 긴밀히 결합된 것이었다.

그러나 현존 제도를 미워하고 반항해서 구속받는 것 없는, 자유로운 나는 새 같은 방랑 생활을 이상으로 하는 「부랑자」는 반항을 위한 반항에 끌렸지 건설적인 힘을 동반한 것이 아니었다. 그러한 해결은 개인적인 것, 결국에 가서 다른 하나의 소시민성의 표현이지 결코 세계사적 가치를 가진 것이 아니었다. 그렇다고는 하더라도 고리키의 「부랑자」는 신생에 눈떴으나 아직 일정한 형식을 섭취하지 못한 새로운 러시아 무산 계급의 자각의 심벌이 되었던 것이다.

이리하여 참된 생활의 건설자를 찾아서 고리키는 소시민, 지식 계급에 그것을 발견 못 하고 노동자 계급 속에 그것을 찾아냈던 것이다.

본권에 수록된 「첼카슈」 외 4편의 단편은 다 고리키 초기의 부랑자를 취급한 이른바 그의 낭만주의 시대에 속하는 것으로 「광야에서」 1897년, 「스물여섯 사람과 한 여자」 1899년, 「가을의 한밤」, 「그의 애인」, 「첼카슈」 1895년에 발표되었다. 번역에는 N. 베인의 영역본을 썼는데 원문과 거리가 조금 있는 듯한 점이 있어 유감이다. 무엇보다도 위대한 작가의 가치를 졸역이 손상치나 않을까 두려워한다. 고리키의 수많은 단편 속에서 본권 수록분만을 취한 것은 초기의 같은 계열에 서는 작품을 모았다는 것뿐 별다른 이유가 있는 것이 아니므로 차차 역업譯業을 전개하는 데 따라 엄밀한 계통 세운 편집을 다시 할 날이 있기를 바랄 뿐이다.

1946년 11월 11일

역자

# 항복 없는 백성

**이석훈**

- 이석훈, 『항복 없는 백성』, 창인사, 1947.3.15, 127면
- 보리스 고르바토프 원작, 상권, 1946년 스탈린상 수상 작품

## 원작자의 말

책은 국민과 국민과의 우의를 얽어매 주는 심부름꾼使徒이다. 제諸 국민은 바로 직전까지 포화를 교환하였지만 인제 군국주의 파시즘은 분쇄되고 우의의 사도가 자유로이 내왕하게 된 것은 기쁜 일이다.

나는 이 책을 전쟁 시에 썼다. 이 책에서 나는 우리나라 국민에 대하여, 그 투쟁에 대하여, 또 진리와 승리를 위해서 우리 국민이 바친 위대한 기다幾多의 희생에 대하여 썼다.

나는 우리 국민을 사랑하고 그것을 자랑으로 여기며 또 그러함을 숨기지도 않는다. 나는 우리 국민이 인류를 위해서 수행한 사업을 자랑으로 여기는 자다. 우리 국민 중의 많은 사람들을 죽음과 고뇌 속에 빠트린 것은 결코 이기적인 목적에서가 아니었다. 선과 정의, 전 세계를 통한 평화의 위대한 이념이 그들을 분발케 한 것이다.

나는 나의 이 졸저가 일반적인 이익을 위해 도움이 된다면 기쁘겠다. 비록 작으나마 소련인의 정신을 이해하는 데 도움이 된다면 기쁘겠다.

상호 이해—이것이야말로 현재 무엇보다도 우리에게 필요한 것이다. 오늘부터는 포화를 침묵게 하라. 책으로 하여금 말하게 하라!

1946년 1월 16일

일본 도쿄에서

보리스 고르바토프 자서自署

## 역서譯序

이 작품은 1943년 『노브이 미르』('신세계'란 뜻)지에 게재된 후 단행본으로 나오자 세계적으로 큰 반향을 불러 소연방 각 민족어로 번역된 외에 이 3년 동안에 영, 불, 독, 백白耳義(-벨기에), 서西班牙(-에스파냐), 서전瑞典(-스웨덴), 서서瑞西(-스위스), 노르웨이, 파란波蘭(-폴란드), 핀란드, 불가리아, 세르비아, 중국, 남미, 유태, 일본 등 무려 20여 개국에서 번역 출판되어 공전의 부수를 기록 지었고 드디어 1946년 1월 27일 스탈린상을 받았다.

우리는 일본의 야만적 문화 쇄국 정책으로 오랫동안 세계 최고 수준의 전통을 자랑하는 최근의 소련문학에 접할 기회를 갖지 못했던 만큼 더한층 그에 대한 관심이 깊고 또 궁금하던 차 이제 우수작을 우리말로 소개하게 된 것은 역자 한 사람만의 기쁨이 아닐 줄 믿는다.

최근의 소비에트 문학은 막심 고리키의 서거 후 레오노프, 숄로호프 등 세계적 작가를 내었다고는 하더라도 톨스토이, 도스토옙스키, 투르게네프, 푸시킨, 체호프 등을 배출한 전前 세대에 비하면 적막한 감이 없지 않았다. 이것은 위대한 신문학을 생성하기에는 지구상 초유의 사회주의 국가 건설이 일천한 탓도 있을 것이다. 게다가 나치스 독일의 침략으로 발발된 '조국 방위 전쟁'은 연천年淺한 소비에트 문학에게 커다란 시련을 강요하였다.

소련 작가들은 이 난국에 처하여 과감하게 당면의 국가 지상 명령에 복종함으로써 소비에트 문학을 추진하고 앙양하여 많은 우수작을 낳았다. 그중에서도 우크라이나의 피점령지에 있어 미증유의 고뇌에 허덕이며 그것을 극복하여 나아가는 인민의 생활을 힘 있는 사실적 필치로써 그린 이 작품은 최근의 최우수 작품이며 정통 러시아 리얼리즘의 전통을 계승하는 것으로서 우리나라 신문학 건설에 적지 않은 시사와 이익을 줄 것을 확신하는 바이다.

다만 작금의 지가고紙價高로 말미암아 이 작품을 두 권으로 분간分刊치 않을 수 없는 것은 유감이다. 이 점 독자 제위의 양해를 빌어 마지않으며 아래서 저자 및 작품에 대하여 간단히 설명하고자 한다.

**작자 약전**

작자 고르바토프는 1908년 유명한 탄광 지대 돈바스에서 출생, 거기서 선반공으로 노동하다가 1922년 14세로 돈바스 지방 신문 편집국에 들어가 그때부터 시작詩作을 하다가 산문에 전향하여 돈바스 작가 동맹의 지도자의 일원으로 뽑혀 1926년에 이 동맹에서 모스크바에 파견, 전노全露 프롤레타리아 작가 동맹 서기국에 참가하였다가 얼마 후에 귀향하여 문학잡지를 편집하면서 창작에 정진하였다. 1928년(21세 시)에 출판한 처녀 장편 『당세포』는 청년 탄갱부炭坑夫들의 일상생활에 취재한 것인데 발간 2일로써 매진, 10판을 거듭하였으며 소련 문단에 큰 충동을 일으켜 그의 문명文名을 결정하는 동시에 그로 하여금 일약 소련 중견 작가에 열列케 하였다. 1930년(23세) 적군赤軍의 병졸로서 토이기土耳其(－터키) 국경의 경비에 임하여 분대장에 진급, 1934년에는 제2작 『우리 시대인』을 낸 뒤 『프라우다』(주－진리란 뜻, 전노 공산당 기관지) 신문 특파원이 되어 전 러시아를 여행 시찰하고 극지 비행에도 참가, 1934년은 극지 딕슨도島에 동영冬營하였다. 이 극지의 견문 연구에 기基하여 극지 주민의 생활에 취재한 단편을 모아 『평범한 극지』(1940년 간)를 간행, 1936년 다시 모르코프 씨의 유명한 극지 횡단 비행에 참가, 캄차카에 비행, 이 극지 비행의 공적으로 수훈受勳, 1936년 다시 적군에 들어가 군사 교육을 받은 뒤 대위가 되고 대대장에 진급, 파란 전쟁과 분란芬蘭(－핀란드) 지협地峽의 전투에 참가1940년하였다. '조국 방위 전쟁' 중은 적군 기자가 되어 화란和蘭(－네덜란드), 고가소高加索(－코카서스), 스탈린그라드 방위전에 참가, 파란 수도 바르샤바 점령 후는 백림伯林(－베를린)으로 가서 나치스 독일의 항복 문서 작성에도 참가하고 대좌에 누진累進하였다. 종전 후 불가리아, 유고슬라비아, 루마니아, 헝가리, 체코, 독일 등 서구 각국을 여행하고 1945년 12월 『프라우다』 특파원으로 역시 유명한 작가 시모노프, 이가포프, 쿠드레보트이 등 삼 씨와 함께 일본에 파견, 도쿄에 체재하고 있다. 더욱 이 작자의 작품으로는 상기한 외에 『병사 혼의 이야기』(1942년), 『아버지들의 청춘』(1943년) 등이 있는데 후자와 본 소설은 모두 영화화되었으며 전자에는 그의 부인 타차냐 오쿠네프스카야 여사가 주연하여 성공을 거두었다 한다.

**이 소설에 나오는 주요 인물**

타라스 야첸코-이 소설의 주인공. 노老직공장.

예브플로쉬냐 카르포브나-그의 처. 오십오륙 세.

안드레이-아들(출전하여 포로가 되었다가 탈주하여 돌아오나 타라스 노인의 비난을 받고 다시 전장으로 간다).

안토니나-며느리(안드레이의 처).

나스챠-딸. 18재才.

료니카-손자. 13재.

나잘-이웃 노인. 노공老工.

쇼레판-타라스의 맏아들.

리자 루이자-나스챠와 고녀高女 동창. 독일 장교와 친근한 경박한 여성.

이 밖에 나스챠의 동무들. 독일에 협력하여 모리謀利를 꿈꾸는 자, 화가, 시인, 유태인 의사, 독일인 동원서장動員署長, 타라스의 젊은 두 아들 등등.

**노서아露西亞 인명에 대하여**

러시아 사람의 성명은 우리에게 대단히 번거로울 만큼 기다랗다. 그래, 독자의 편의를 돕기 위해 간단히 해설해 두기로 한다.

러시아 사람의 성명은 이마名, 오체스트버父稱 급及 파밀리아姓—이렇게 세 가지로써 되었다. 가령 이 소설의 주인공 타라스 노인의 성명을 완전히 쓰려면 타라스 안드레비치 야첸코, 이렇게 된다. 즉 타라스가 명名이요 안드레비치가 부칭, 야첸코가 성이다. 그래서 가령 러시아 사람더러 당신의 이먀(이름)는 뭣이오 물으면 자기의 이름名만 대답한다(즉 부칭과 성은 말하지 않고). 그러나 그것을 다 안 뒤에는 가뜩이 성과 부칭을 불러 주는 것이 예의이며 항용 부칭은 빼고 명과 성을 부르기도 한다. 그렇지만 명과 부칭만 부르는 데는 퍽 친근감을 느끼는 것은 우리들과 마찬가지다.

그런데 여자인 경우에는 부칭의 꼬리(어미)가 변한다. 가령 타라스 노인의 처 예브플로쉬냐의 부칭(결혼 전은 자기 본가의 부칭 급 성인 것은 말할 것도 없다)은 안드레브나로 된다. 그래서 궐녀厥女의 완전한 성명은 예브플로쉬냐 안드레브나 야첸코다. 그리고 그들은 또 이름에 애칭과 비칭卑稱이란 것이 있어서 보통 제 집안에서는 애칭을 사용하여 애칭을 표시한다. 가령 나스챠의 애칭은 나샤, 마랴는 마샤 또는 마신카, 안나는 아뉴타 혹은 아누쉬카, 아냐 등으로……. 이렇게 되면 더욱 번거로워지니까 이만해 두고 발음에 대하여 한마디—'뷔—' 자는 끝에 있거나 그 뒤에 무성음이 있는 때는 '에프' 발음을 해야 하는 문법상 규칙에 따라 우리말에 적당한 자가 없으므로 그런 때는 '프'로 표시하기로 하였다.

**작품의 간단한 해설**

독소獨蘇 개전 1년 후 1942년 6월에 이미 우크라이나까지 점령당한 러시아는 언어에 절絶한 궁핍과 고난에 빠진다. 타라스 노인은 절조 있는 러시아인으로서 아들 삼 형제를 전장에 보낸 뒤 여자들과 어린것들을 거느리고 독군獨軍에게 대하여 불복종, 비협력으로 피투성이의 투쟁을 전개한다. 포악한 독군은 점령 지역 내의 러시아인을 사내는 데려다가 강제 노동을 시키고 젊은 여자는 유곽으로 이끌어다가 향락의 완롱품玩弄品으로 만든다. 그들을 실어 가는 기차는 창문에다 쇠창살을 대었다. 늙은이는 늙은이대로 고역에 몰아세우고 아이들은 학교에 모아 놓고 자기네에게 필요한 수족을 만들기 위해 역사와 과학은 가르치지 않고 저급한 기초 교육만 강제한다. 유태인은 철저히 학살하고 러시아인도 조금만 잘못하면 난타, 고문, 총살하기가 일쑤다. 그러나 타라스 노인은 굴하지 않고 40년이나 이웃에 살며 다투어 오던 나잘 노인과도 화해하고 공동 전선을 편다. 이러한 반면에 어떤 사람은 독군 사령부와 접근하여 모리謀利를 하려다가 실패를 한다. 또 어떤 경박한 젊은 여성은 독군 장교에게 매소賣笑하며 허영심을 만족시키려 한다. 또 극도의 생활난과 정신적 타격으로 광인이 자꾸 는다. 아름답던 거리는 무덤처럼 황폐해졌다. 극단의 고난이 견디기 어려운 시련을 강요한다. 그러나 타라스 노인은 오래지 않아 다시 자기편의 용사들이 독군을 쳐 물리고 들어앉을 '그때'를 굳게 믿고 희망을 잃지 않았다.

후반에 들어가 안드레이가 전장에서 포로가 되었다가 탈주하여 왔으나 타라스에게 비난을 당하고 다시 전장으로 돌아간다. 다른 두 아들 중 하나는 한편 다리를 잃고 외딸 나스챠는 죽는다. 또 안드레이의 탈주를 도와준 애인이 그의 집을 찾아와서 파문을 일으키는 등 흥미진진하다. 모두 어떻게 해결될 것인가? 독자는 하권까지 부디 통독하시기 바란다.

우리는 이 작품에서 노서아인의 초인적 정신력을, 또 그 아름다운 인간성을 역연히 볼 수 있다. 뿐 아니라 포악한 지배자에 대항하여 여하히 싸우는가, 얼마나 굳게 단결하며 동시에 얼마나 희생적 정신을 발휘하는가를 배울 수 있다. 나는 오늘날 우리나라가 남북으로 외국 군대에게 점령된 처지에서(물론 독일의 침략자와 싸우던 러시아의 처지와는 다르지마는) 3천만 조선 사람은 이 모든 개인의 이해관계를 떠나서 위선 자주정신으로써 굳게 단결하여 잃어진 주권을 먼저 찾기에 오로지 노력을 바쳐야 할 것을 이 소설을 역譯하면서 곰곰이 느꼈다. 나는 특히 청년 남녀 여러분께서 이 소설을 많이 읽어 주시기를 절망切望하여 마지않는다.

이 소설은 수법이 대단히 건실하고 구성이 치밀하며 묘사가 적확適確하고 심각하다. 특히 문학에 뜻 두는 사람으로 많은 참고가 될 만한 점 몇 가지를 들어 보면

(1) 문장을 단구절短句節로 똑똑 끊어서 읽기에 편하게 한 것.

(2) 문장의 템포(속도)가 경쾌하고 빠른 것.

(3) 중요한 대목은 과장하다시피 치밀히 묘사한 반면에 그렇지 않은 대목에서는 대담한 생략법을 쓴 것.

(4) 강렬한 주관을 갖고 있으면서 결코 주관에 도취하지 않은 것.

(5) 전체로 영화적 수법(맨 첫 장면이 호개好箇의 예다)과 구성을 시험하였다.

이상과 같은 리얼리즘의 수법은 혼돈한 오늘의 조선을 그리는 데 가장 적합한 창작 방법으로 생각된다.

1947년 1월

역자 기記

## 부활

### 이석훈

● 이석훈, 『부활』, 대성출판사, 1947.6.30, 234면
● 레프 톨스토이 원작, 상권

### 역서譯序

톨스토이의 걸작 『부활』 전역全譯을 조선말로 간행하기는 이것으로써 효시를 삼는다. 그만큼 이 책 출판의 의의도 깊으려니와 기쁨도 크다. 이것이 크게는 8·15와 더불어 온 문화 해방의 산물이라 하더라도 오로지 오늘의 경제적 여러 악조건을 무릅쓰고 봉사에 힘쓰는 대성출판사의 커다란 노력의 열매임을 먼저 기록하여 경의를 표하지 않을 수 없다.

톨스토이의 『부활』은 세계문학의 최고봉을 차지하는 걸작 중의 하나다. 그것은 누가 말한 바와 같이 "제정 러시아의 준엄한 부정인 동시에 새 러시아의 위대한 예언"이다. 그 속에는 제정 러시아의 부패한 사회생활의 통렬한 비판이 있고 허위에 찬 종교에의 준열한 비난이 있으며 불완전한 사회 제도 밑에 신음하는 러시아 국민의 이상에의 동경과 양심의 울부짖음이 있는가 하면 자유해방에 대한 우렁찬 고함이 물결치고 있다.

혁명 이후 제정 러시아의 적폐는 일소되었다 하거니와 그러나 러시아에 혁명이 일지 않을 수 없었던 필연적 이유의 천착에 이르러는 오로지 『부활』 한 책에 의지할 바 많음은 이미 식자가 공인하는 바이다. 따라서 『부활』은 단순히 하나의 소설로서 걸작일 뿐 아니라 제정 러시아를 이만치 구체적으로 명확하게 보여주는 문명비평사도 없으리라 한다. 이제 비록 제정 러시아는 망하고 모든 저술이 생명을 잃

는 때가 올지라도 홀로 『부활』만은 러시아의 비극적 과거를 기념하는 유일한 금자탑으로 또는 인류의 보편적인 금선琴線을 흔드는 걸작으로 영원히 남을 것은 의심 없는 바이다.

『부활』은 제정 러시아의 가혹한 검열로 인해 거의 그 4분지 1이나 삭제됐을뿐더러 많은 작중 인물이 실재한 관료를 모델로 한 까닭에 국내서 기탄없는 연구를 할 수 없더니 혁명 후 1918년에 보도나르스키에 의한 원작 부흥판이 간행되매 러시아 국민은 비로소 『부활』의 완본을 접하는 기쁨을 맛보게 된 것이었다. 이 번역은 그 완본에 의한 노보리 쇼무昇曙夢 역 일문판과 1929년 모스크바 국립도서출판소 발행 톨스토이 전집 제13권 『부활』(원명 베스크레세니예) 원어판을 병용했는데, 주로 대화는 후자에 의했고 그리고 역문은 되도록 쉬운 의역으로 하기에 힘썼다. 끝으로 러시아 사람 벨토고로프 씨와 박우천 벗님에게서 배움이 많았음을 부기附記하여 두 분의 후의를 기념코자 한다.

1947년 5월 하순

이석훈 지識

# 사람은 얼마만한 토지가 필요한가

남훈

- 남훈, 『사람은 얼마만한 토지가 필요한가』, 여명각, 1948.12.20, 108면
- 레프 톨스토이 원작

## 역서譯序

레프 톨스토이 백伯은 노국露國이 낳은 대문호, 대사상가임은 새삼스레 말할 것도 없거니와 실로 세계에 있어서의 한 경이적 존재였으니 진리와 이성과 인류애를 위해서 빼저린 쟁투와 자기 몸에 채찍질을 종시 게을리하지 않았다. 허다한 인간적 모순에 봉착하면서도 백절불굴의 정신과 왕성한 감수력感受力으로 자기의 생활을 해부 분석하고 나아가서는 귀족 사회의 전형적 대표자이면서도 그러한 자기 계급의 허위 허식을 폭로하고 통렬한 비판으로 그 급소를 찌르는 과감한 투사였다. 인생의 의의와 목적과 그리고 행복과 같은 근본 문제는 그의 머리를 항상 괴롭혔고 『전쟁과 평화』, 『안나 카레니나』 같은 세계적 웅편雄篇을 내놓은 후에도 끊임없는 오뇌懊惱에 시달리어 "나의 저작은 과연 가치가 있는 것일까. 나는 세계가 요구하는 것을 주고 있는 것일까. 나의 사명은 무엇인가" 하는 난문제로 회의의 광야에서 헤매다가 절망 끝에 자살의 길을 택하게 된 일까지 있었다.

인간 톨스토이는 50세 전후를 일대 전기轉機로 하여 그 의혹적인 인생 문제에 대한 내부 고민의 해결의 길을 종교적 분야에서 찾았다. 그는 박애적인 원시 기독교의 신앙을 받들고 복음서로 돌아가서 기독의 교의 정신을 좇고 인간의 완성을 부르짖었다. 여기 수록한 4편의 이야기는 톨스토이의 그러한 종교적 사상이 농후하게 스며 있어 그의 전모를 엿볼 수 있을뿐더러 그의 우수한 단편소설 중에서도 지고지

순한 예술적 감흥을 돋우게 하는 작품으로 제일위第一位를 점하는 것이다. 이 단편들을 가리켜 불국佛國 문호 로맹 롤랑이 '예술 이상의 예술'이라고 격찬하였고 일찍이 루마니아의 황후 카르멘 실바가 단테, 셰익스피어, 그리고 성서와 함께 영원히 진리를 품은 불멸의 작품이라고 한 것도 유명한 이야기이다.

톨스토이는 최후로 그 자신의 실생활과의 조화를 얻어 평화와 정온靜穩 속에서 여생을 보내고자 82세의 고령으로 세습의 토지 재산과 지위와 사랑하는 가족과 가정을 모두 떨쳐 버리고 출분出奔하던 도중 노국의 한 조그만 한적한 시골 정거장 야스타포보에서 그 고뇌에 가득 찬 일생을 마치었다. 서기 1910년 가을이었다. 그러나 그가 걸어온 가시덤불의 험난한 길에 예술적, 종교적으로 장엄하게 쌓아진 금자탑이야말로 우리의 머리를 숙이게 하고도 남음이 있다.

이 책의 번역은 영역서 'Everyman's Library'에 의거하였고 끝의 「행복은 어디서 찾아야 하나」는 원명 「일리야스」를 독자의 편의를 보아 개제하였다.

4281년(=1948) 10월 10일

역자

# 셰익스피어 초화집

**전형국**

● 전형국, 『셰익스피어 초화집(抄話集)』, 동심사, 1947.8.5, 90면
● 찰스 램 원작

## 머리말

영국 국민은 인도를 상실하더라도 셰익스피어를 잃어서는 안 된다고 칼라일은 말하였다. 이것으로 세계적 대문호로서의 셰익스피어의 존재는 충분히 표현된 것이다.

영어와 영문학을 공부하는 사람은 물론 문학에 관심을 가지고 있는 사람, 아니, 상식으로라도 누구나 다 한번 이 초화집抄話集을 읽으리라고 믿는다. 셰익스피어 문호의 원 희곡과 함께 찰스 램의 저 『셰익스피어 초화집』은 풍부한 환상과 강한 도덕적 감정이 맥맥이 흐르고 있다. 이기적이며 황금만능의 세계관을 제거하고 창공에 빛나는 성좌와 같이 고상하고 아름다운 사상의 보고가 되며 행동의 거울이 될 것이다.

예술은 인생의 진미眞味를 북돋아 주는 인간 교육의 요소라 하면 우리는 시야를 넓히어 전 세계를 바라보며 한편 심안心眼으로 자기의 흉금 속을 깊이 살피어 인간의 심오한 자리에 들어가서 참된 인간을 발견하려는 데 예술 감상의 목적이 있을 것이다.

이 작품은 철학적, 종교적, 도덕적 요소와 인간 교육학의 제諸 면을 그리고 나아가 현세의 고통, 비참의 세계를 통하여 정의의 최후 승리를 암시한 영원불변의 걸작임은 독자 제현의 주지의 사실이다.

이같이 크고 아름다운 글을 우인愚人이 국어로 옮기어 적는다는 것은 외람하기 짝이 없다.

그러나 이 책을 접하는 독자 여러분은 그의 의도한 참된 인간애의 진미를 다소라도 맛볼 수 있다면 다행으로 생각하겠다.

**셰익스피어의 생애**

셰익스피어는 1564년 4월 23일 영국의 중부 지방 스트랫퍼드어폰에이번에서 났다. 그의 부친 존은 반농半農 반상半商으로 생계를 유지하고 왔다. 그는 이 지방의 자산가이며 천주교를 신봉하는 로버트 아든의 장녀 메리와 1557년에 결혼하였다. 윌리엄 셰익스피어는 그의 삼남으로 태어났다. 얼마 후 존은 동리의 동회장洞會長이 되어 동민의 인심을 얻었으나 윌리엄이 14세 되던 해에 가운이 쇠하여서 문법학교도 중도 퇴학하고 말았다. 윌리엄은 1582년 11월 28일 앤 해서웨이와 결혼하였다. 그는 얼마 후 자녀들을 처에게 일임하고 런던에 올라가 극단에 고용되어 빈한한 생활을 하다가 당시 극계에 명성이 높은 버베이지좌座에 들어가서 배우 겸 극작가로 활동하였다. 그의 작품은 궁중까지 알려지고 심지어 궁중 출입을 자유로 하게까지 엘리자베스의 총애를 받았다.

엘리자베스 여왕 시대 한동안 정치 문제로 궁중이 혼란하여졌다가 1603년 3월 여왕이 죽은 뒤에 다시 셰익스피어 일좌一座는 비극, 희극, 사극 등을 국내 각지에서 공연할 독점적 특권과 그 극단을 왕의 극단The king's Company이라고까지 불렀다.

1610년경 런던을 떠나 고향에 은퇴하여 한적한 여생을 즐기었다. 1616년 4월 23일 53세를 일기로 대문호 윌리엄 셰익스피어는 불귀의 객이 되었다.

**작품, 집필**

『베니스의 상인』, 1596~1597

『햄릿』, 1600~1601

『리어왕』, 1605~1606

『맥베스』, 1605~1606

1947년 7월 10일

역자 지識

# 맹인과 그의 형

김진섭

● 김진섭, 『맹인(盲人)과 그의 형』, 산호장, 1948.1, 51면
● 아르투어 슈니츨러 원작, 산호문고 3

## 서문

슈니츨러Arthur Schnitzler, 1862~1931는 오스트리아의 작가로 예술적 향기가 높은 고도古都 빈의 공기를 그대로 호흡하고 있는 작가다. 그가 그리는 세계는 애집愛執과 치정의 좁은 범위에 국한되나 그만큼 기교적으로 완성된 작가는 현대에서 그 유례를 구하기 어렵다. 그는 처음에 희곡 『아나톨』, 『애욕 삼매』, 『윤무輪舞』 등에 의하여 차차로 유명하게 되었으나 희곡가로서보다도 소설가로서의 그가 불佛의 모파상, 노露의 체호프와 함께 단편소설계의 삼 거장의 1인임은 아는 이는 잘 알고 있는 일이다. 다음에 역출譯出한 『맹인과 그의 형』은 그가 발표한 많은 단편 중에 가장 슈니츨러답지 않은 작품이나 많이 애독되고 또 심리의 묘를 얻고 있는 점에서 그의 명편 중에서 일逸할 수 없는 단편의 하나임을 잃지 않으리라고 생각한다.

역자

# 배신자

**전창식**

● 전창식, 『배신자』, 산호장, 1948.10.10, 103면

● 프로스페르 메리메 원작, 산호문고 7

## 후기

『카르멘』의 작자로서 유명한 프로스페르 메리메Prosper Mérimée는 1803년 화가 레오노르 메리메의 외독자로서 파리에서 출생하였다. 아홉 살 때 앙리 4세 중학에 들어가 우수한 성적으로 졸업하고 스무 살이 되자 파리 대학 법학사로서 사회에 나오게 되었다. 이해에 그는 20년 연장인 종생終生의 친우 스탕달과 사귀게 되었다. 1827년 메리메는 처녀작 『귀즐라*La Guzla*』를 발표하였는데 이해는 또 라스코트 부인과의 연애 관계로 결투 부상을 입은 해이다. 1829년 『샤를 9세 연대기』, 「마테오 팔코네」, 「타망고」가 연달아 발표되어 메리메의 문명文名은 삽시간에 높아졌다. 대학 졸업 후 그는 계속하여 관청에 취직하고 있었는데 1832년엔 상무토목성商務土木省 관방官房 비서과장으로 되었다. 다음 해인 1833년 조르주 상드와의 짧은 연애 사건이 있었고 또 이때까지 발표한 단편을 모아 『모자이크*Mosaïque*』라는 제호로서 출판하였다.

이 동안 그는 영국, 서반이西班牙(－에스파냐), 이태리, 희랍希臘 등지를 여행하였는데 그것은 역사 기념물 감독관이란 직권 밑에서 행하여진 것이고 이 여행의 결과 『콜롬바』, 『카르멘』 같은 걸작이 나온 것이다. 『카르멘』을 발표한 후도 메리메는 많은 단편을 내었으나 모두 초·중기의 그것들보다는 떨어지는 것이다. 1844년에 그는 불란서 문인의 최고 영예인 아카데미 회원으로 선출되었고 또 1853년엔 관직

자의 명예직 상원의원으로 임명되었다. 1870년 메리메는 칸에서 세상을 떠나 칸 묘지에 매장되었다.

메리메가 산 19세기의 전반기는 불란서 문학사상 가장 많은 천재가 배출하였던 시대이다. 낭만주의, 자연주의, 사실주의가 창도唱導 결정된 것도 이때이다. 메리메를 일컬어 혹은 낭만주의자라느니 혹은 사실주의자라느니 평가가 구구하다. 그러나 그는 어디까지든지 댄디였다. 마음속엔 뼈를 사무치는 슬픔과 오뇌懊惱가 가득 차 있어도 표면 미소조차 띠는 댄디가 바로 그였다. 결국 댄디스트란 말이 허용된다면 메리메야말로 댄디스트라고 단언할 수 있을 것이다.

이 작은 책에 번역 수집한 두 개의 단편은 그의 초기 대표작이다. 칼만 레비판의 『모자이크』를 대본으로 하여 번역하였고 일본 가와데쇼보河出書房 출판의 『프로스페르 메리메 전집』을 참고로 하였다는 것을 부언附言하여 둔다.

1948년 7월

역자

# 밀른 수필집

양주동

● 양주동, 『밀른 수필집』, 을유문화사, 1948.4.10, 131면

● 앨런 알렉산더 밀른 원작, 을유문고 3

## 해설

영문학에 있어서의 수필의 우위성, 그 탁월한 지위는 전통적이다. 멀리 찰스 램, 헤즐릿, 드 퀸시 등 제기諸家로부터 가까이는 체스터턴, 이반스, 류카스 배輩에 이르기까지 맥맥이, 그러나 잔잔히 흘러 내려온 그 내성적, 심경적인 예지적叡智的 흐름, 경경耿耿히, 가다가는 황황히 빛나는 개성적, 인간적인 기지적機智的 섬광은 비록 하나의 장관과 거자巨姿는 아니나마 스스로 세계 문원文苑의 한 기관奇觀과 이채를 형성하고 있다.

본서 제편諸篇의 필자 밀른은 피지彼地 현대 일류의 수필가. 그의 소지素地와 본령은 무론 저널리즘에 종시終始함이 사실이나 그는 영英 수필 문학의 전통적인 원류를 잘 계승하여 그 주요한 장점과 징표적인 묘처妙處를 슬그머니 포착하고 게다가 다시 자가自家의 독특한 재지才智와 이양異樣의 조탁彫琢을 가하여 엄연히 사계斯界의 일가를 이루었다. 그 기발한 채 언제나 사람으로 하여금 회심의 미소를 발하게 하는 명의命意와 조필措筆, 그 해학적이나마 어디까지나 품위를 가져 악류惡流의 저조低調에 떨어지지 않는 방향芳香과 아치雅致는 정히 일대의 명가임에 부끄러움이 없다. 아니, 그 문文의 기奇함과 그 상想의 묘妙함은 정히 천하의 기문가奇文家라 하여도 과언이 아니리라. 보취步驟와 폭원幅圓은 비록 상이할망정 그 날카로운 재화才華와 현기적衒奇的인 필치는 저 청초의 명문장 비평가 진성탄金聖嘆과 함께 동서의 쌍벽이라 이를 만하다.

Alan Alexander Milne은 1882년 스코틀랜드 생, Westminster School을 거쳐 케임브리지 대학에서 교육을 받았다. 학교를 나오자 24세 시 이래 8년간 *Punch*지의 편

집 차장. 1914년 제1차 대전과 함께 군대에 들어가 19년까지 종군, 군무의 여가에 극작에 종사하였다. 그는 극작 외에 소설, 동시, 동화 방면에도 무왕불가無往不可한 재사才士이나 상술한 바와 같이 특히 수필에 장長하여 기경奇警한 필치와 해학적 구상으로써 사계에 명성을 날렸다.

저작으로 저명한 것은 좌게左揭 제서諸書가 있다.

First Plays, 1919, 극("The Boy Comes Home" 기타)

Second Plays, 1921, 극("Mr. Pim Passes By" 기타)

Three Plays, 1923, 극("The Truth about Blayds" 외 2편)

Mr. Pim, 1921, 소설

Four Days Wonder, 1933, 소설

The Christopher Robin Story Book, 1929, 동화

When We Are Very Young, 1924, 동시

Now We Are Six, 1927, 동시

Happy Days, 1915, 수필

Not That It Matters, 1919, 수필

The Sunday Side, 1921, 수필

By Way of Introduction, 1929, 수필

본서에 역출譯出한 수필 제편은 수필집 *Not That It Matters* 소수所收. 그의 대표적 수필을 수록한 단문집으로 그의 재화를 수련數欒으로써 넉넉히 엿볼 수 있는 명편을 대부분 망라하였다. 수필 문학을 즐기는 이 내지 일반으로 문학, 특히 문장도文章道에 뜻 둔 이들에게 졸역이나마 세독細讀 완미翫味를 권한다.

역자

# 전원교향악

안응렬

● 안응렬, 『전원교향악』, 을유문화사, 1948.8.15(초판); 1954.8.15(재판), 120면

● 앙드레 지드 원작, 을유문고 4(1948)

## 역자 서언

앙드레 지드André Gide, 1869~의 『전원교향악*La Symphonie Pastorale*』은 작자가 아프리카 여행에서 돌아오던 길에 한겨울을 지낸 일이 있는 서서瑞西(-스위스) 편 취리히에 있는 라 브레빈La Brévine을 배경 삼아 쓴 작품으로 1919년에 『신불란서지新佛蘭西誌, *La Nouvelle Revue Française, NRF*』에 발표된 것이다.

작자가 암시하는 바와 같이 베토벤의 제6 교향곡 〈전원〉에서 힌트를 얻어 이 제목을 붙였을 것이 틀림없으나 한편 'Pastorale'이라는 글자의 뜻으로 보거나 목사와 제자를 주인공으로 삼은 것으로 보아 전원시적田園詩的인 것과 종교적인 것, 이 두 가지를 한 글자에 포함시켰다고 볼 수 있을 것이다. 사실 지드는 이 작품에서 한 소경 계집애의 지적, 정적情的 교육의 단계를 그리는 한편 그와 관련하여 좀 더 복잡하고 심각한 신앙 문제까지 취급한 것이다.

제1차 세계대전이 시작되기 바로 전에 불란서 지식인층에 널리 일어났던 가톨릭 재인식 운동에 지드로 그의 절친한 친구 자크 마리탱Jacques Maritain과 앙리 게옹Henri Gheon과 같이 참가한 일이 있었다. 그러나 그의 윤리관으로 말미암아 저들과 같이 마지막 한 걸음을 내디딜 용기가 없었던 것이다. 목사와 그 아들 자크의 종교관의 대립은—그 내용의 정확성은 잠깐 불문에 부치고—지드와 자크 마리탱의 그것을 단적으로 표현하는 것이다.

지드의 작품의 문학적 가치는 그에게 수여된 1947년도 노벨문학상이 무엇보다도 웅변으로 그 우수함을 증명하니 일개 번역인의 찬사로 사족을 그리고 싶지는 않다.

이 자리를 빌려 원본을 빌려주신 서울대학 교수 이휘영 선생과 지드의 사람됨에 대하여 많은 가르침을 주신 성신대학 교수 알레르R. P. Haller 신부께 깊은 감사를 표한다.

1948년 2월

역자 씀

# 좁은 문

**김병달**

● 김병달, 『좁은 문』, 을유문화사, 1948.6.30, 258면
● 앙드레 지드 원작, 을유문고 16

## 역자 후기

『좁은 문』은 1909년 지드가 40세 되던 해에 발표한 작품으로 작가의 문단 생활로 보나 작가 자신의 문학 생활로 보나 이미 어느 정도 부동의 인생관이 확립된 뒤의 작품이라고 볼 수 있다. 『좁은 문』 이전까지 그의 주요한 작품을 든다면 처녀작인 『앙드레 발테르의 수기』(1891)를 비롯하여 『위리엥의 여행』(1893), 『팔뤼드』(1895), 『지상의 양식』(1897), 『사슬에서 벗어난 프로메테우스』(1899), 『배덕자』(1902), 『탕자의 귀가』(1907) 등이 있고 평론으로는 『프레텍스트』(1903) 같은 예리한 지성을 갖춘 논문집이 있는 만큼 특히 『좁은 문』에서 지드 문학의 무슨 새로운 단초를 볼 수는 없고 그 이후의 작품 『이자벨』(1911), 『바티칸의 지하도』(1914), 『전원교향곡』(1919), 『화폐 위조자』(1926), 『여자의 학교』(1929) 등에 대해서도 무슨 새로운 암시를 준 작품이라고도 할 수 없을 것이다.

이상 지드의 전 작품을 통해서 볼 때 제諸 작품을 자연히 몇 개의 유사한 부문으로 나눌 수 있다면 『좁은 문』은 『앙드레 발테르의 수기』, 『지상의 양식』, 『배덕자』, 『전원교향곡』 등과 더불어 서정적이고 대부분은 자서전적인 부류에 속하는 작품이라고 하겠거니와 물론 그렇다고 다른 작품과 전연 관련성이 없는 것도 아니요 또 서정적이고 자서전적이라고 해서 뚜렷한 사상성이 없다는 것도 아니다. 『좁은 문』에 나타난 종교적이라기보다 비교적秘教的인 윤리의 과장은 차라리 만년의 지드

까지 알게 된 오늘날 그다지 문제시할 중요성을 갖지 못했다고 볼 것이요 그 윤리를 추구하는 지드의 태도가 오히려 더 지드이즘의 본령을 잘 나타낸 것으로 볼 수 있을 것이다. 다시 말하면 지드 자신이 주인공 알리사를 통해서 말한 바와 같이 "천국의 즐거움이란 하느님 안에 융합하는 것이 아니고 영원히 끊임없이 하느님에게로 접근하는 것" 즉 목표가 목적이 아니고 목표에 접근하는 과정이 목적인 것이다. 이것은 지극히 비예수교적인 것이니 기실은 예수교를 빌려서 지드 자신의 인생관을 전개시킨 데 불과하다.

여기서 『좁은 문』에 대한 문학적 고찰을 시험하려는 것은 아니나 이러한 지드이즘의 본령은 『좁은 문』 이전에도 이미 엿볼 수 있었던 것을 『좁은 문』에서 더 명확히 구상화具像化하였고 그 후 더구나 만년에 이르러 더욱더 발휘된 지드의 변모, 지드의 도피—나아가서는 지그 문학을 전반적으로 규정하는 '불안의 문학'의 커다란 특징으로서 발전한다. 지드의 이 같은 태도는 그의 도스토옙스키론, 소련 기행 등에서도 여실히 볼 수 있는 것이니 이것이 1차 대전과 2차 대전 사이에 불안에 떨고 있던 온 세계 지식인들로 하여금 지드 문학에게로 관심을 집중하게 한 동기가 되었던 것인데, 그중에도 파시즘 국가 독일과 일본서 지드 문학이 유행했던 것도 파시즘의 압력이 크면 클수록 지드의 불안은 더 매력이 있었기 때문일 것이다.

그러나 오늘날 우리가 지드 문학에서 음미할 것이 있다면 이 같은 불안의 정신 그것보다도 다시 말하면 지드의 변모, 도피 같은 현상적인 수법보다도 이런 변모와 도피를 부단히 계속하게 하는 근원을 찾아야 하겠다. 자기 자신에 충실하려고 노력하는 나머지 변모와 도피를 되풀이했다는 그의 휴머니티가 아닐까 한다. 『좁은 문』의 알리사는 이 점 완전히 지드의 휴머니티의 화신이요 이 휴머니티를 위한 변모와 도피도 알리사에게서 충분히 현현顯現되어 있다.

끝으로 역문에 대하여 될 수 있는 대로 오역 없기를 노력하였으나 역자의 미급未

졸한 역량으로 인하여 원문에 많은 상처를 주었으리라 염려되며 우리말의 구사에 있어서도 역자가 소설가 되지 못한 유감을 번역하는 도중에 몇 번이나 통감하였을 만큼 아름답고 부드러운 언어 구사의 소질 없음을 자탄하였다. 그리고 역자가 사용한 원본은 NRF판 『앙드레 지드 전집』 제5권에 의거하였다.

1948년 1월

역자

## 슬픈 기병

임학수

● 임학수, 『슬픈 기병(騎兵)』, 을유문화사, 1948.6.30, 200면
● 토머스 하디 원작, 을유문고 10

### 하디의 예술

근대 영국이 산출한 최대 소설가의 1인인 토머스 하디Thomas Hardy는 1840년 도체스터의 하이어 복햄프턴에서 출생하였다. 아버지는 건강 명랑한 석공이요 어머니는 예술적 취미를 가진 정숙한 여인이었다. 어려서부터 허약한 그는 1856년 소학교를 마치자 곧 그 지방의 건축업자 존 힉스에게 견습공으로 들어갔었다. 아버지는 그를 건축가로 만들 작정이었던 것이다. 여기서 몇 해 수업한 후 1862년에는 런던으로 진출하여 역시 블룸필드 경의 건축 사무소에 취직하였는데 그는 여가를 이용하여 독서도 하고 또 런던 대학교의 야학부에도 잠시 청강하였다. 건축에 관한 논문과 우수한 설계로 말미암아 건축협회 등의 상패를 탄 것은 1863년의 일이다.

그러나 그는 점차로 직업의 선택에 관하여 의혹을 품게 되었다. 당시의 부패한 건축업자에 싫증이 난 그는 마침내 고전 탐독과 문학적 습작에로 정력을 기울였다. 그리하여 1865년에는 그의 소품 『어떻게 집을 지었나?』가 활자화하게 되고 그 후 『엉터리 치료』를 1871년에, 『푸른 나무 아래서』를 1872년에, 『푸른 눈 한 쌍』을 1873년에, 『시끄러운 세상을 떠나서』를 1874년에 연속적으로 발표하여 이로써 웨섹스 소설이라는 인정을 받고 그의 문단적 지위도 확립하게 되었다.

이에 그는 건축가가 될 것은 아주 단념하고 고향 웨섹스로 돌아가 몸소 설계하여 건축한 맥스 게이트에 칩거하면서 17의 장편과 20여의 단편을 썼다. 그러나 걸작

인『테스』와『주드』가 모두 기성도덕에 대한 반항이라 하여 비난이 들끓자 그는 소설의 붓을 끊고 시작에 전념하여 1895년의『웨섹스 시집』을 필두로 장편 시극『다이너스츠』에 이르기까지 수 권의 시집을 발표하여 세상을 경도驚倒하게 하였다. 오늘날 하디의 그 윤택 있고 젊은 시편은 시를 연구하는 영학도英學徒에게 한번 거쳐 가야 할 서늘한 계곡을 이루고 있다. 1910년에는 문학의 업적에 의하여 봉작封爵되고 1928년 1월 11일 서거하자 왕실에서는 특히 국장으로써 그의 공을 가嘉하여 전 국민의 애도 속에 웨스트민스터에 매장되었다.

하디를 혹은 염세주의자라 하고 혹은 운명론자라고 하는데 그것은 요컨대 인간이란 무력한 미물이라 천지의 기정 노선인 운명을 거역할 수 없어 제가끔 원망願望과는 동떨어진 쓸쓸한 끝장을 보는 것이라는 하디의 사상에 의한 것이다. 그러나 그것이 오히려 인간 생활의 현실이요 진실이람을 부정하지는 못하리라.

하디의 예술에는 세 가지 특질이 있으니 그의 문학적 자연 배경이 전부 그의 고향 웨섹스로서 향토미가 철저히 묘사되었다는 것이 기일其一이요 본령이 오히려 시인인지라 그의 문장이 고아古雅 냉철한 시적 미를 갖추고 있다는 것이 기이其二요 18세기 중엽의 영국 사회상, 즉 광대한 식민지를 획득하고 산업혁명이 치열해짐에 따라 우쭐대는 이면에 도덕과 사상이 날로 타락해 가는 그 봉건적 종교관, 연애관에 대한 감연敢然한 반항 정신이 기삼其三이다.

본집本集에 수록한 4편은 제가끔 특색이 있는 하디 단편 중의 걸작으로서 「슬픈 기병」은 *Wessex Tales*에서, 「꿈을 좇는 여인」과 「아내를 위하여」는 *Life's Little Ironies*에서, 「알리샤의 일기」는 *A Changed Man and Other Tales*에서 각각 선출한 것이다.

작품 중의 각 지명에 대하여는 권말의 웨섹스 지도를 참조하기 바란다.

1948년 3월

역자

# 감람나무밭

**최완복**

● 최완복, 을유문화사, 1948.6.20(초판); 1954.7.15(재판), 149면

● 기 드 모파상 원작, 을유문고 13(1948)

## 서언緖言—단편 작가로서의 모파상

노老 텐Hippolyte Taine으로부터 "플로베르의 진정 유일한 후계인"이라는 찬사를 받은 모파상이 기실 스승 플로베르 몰래 단편을 썼고 후세에 작가로서 스승과 명예를 가지런히 하는 것도 그의 장편소설을 제쳐 놓고 그의 단편이었다는 점은 양부養父 플로베르로서는 자기를 닮지 않은 아들을 둔 셈이었다.

숨어서 쓴 중편 「비곗덩이Boule de Suif」(1880)로 일약 문단에 혜성과 같이 나타난 그는 그 후 10년 동안에 약 300의 단편을 썼다. 신문, 잡지에 그의 콩트와 단편소설이 빠지는 날이 없었다. 드문 정력가이었다. 인생의 모든 환경과 갖은 인간상을 그는 마치 고속도 사진기와 같이 정확하게 빠르게 찍어 갔다. 그의 눈에 걸리지 않는 것은 거의 없었다. 노르망디의 농부, 소부르주아와 파리의 고원雇員, 관리, 프로방스의 하녀, 사제, 지주, 수부水夫의 생활 등을 자연스럽고 간결하고 꽉 짜인 편견 없는, 때로는 경멸의 빛을 띤 필치로 활사活寫하였다.

곧 대선배 텐이 격찬을 하였고 혹평으로 유명한 브륀티에르Ferdinand Brunetière, 프랑스Anatole France도 존중한 찬사와 경의를 표하였다. 물론 그는 단편 이외에도 여섯 책의 장편소설을 썼다. 이것들도 불란서 문학사상 플로베르, 졸라와 함께 자연주의 문학을 수놓는 작품임에는 틀림없다. 그러나 『벨아미』나 『피에르와 장』의 저자라기보다는 독자에게는 그의 많은 단편소설의 작가로서 더욱 친밀하고 세상에 선전

되고 읽혀지고 사랑을 받는 것이다.

기 드 모파상Guy de Maupassant은 1850년 8월 5일 노르망디 페캉 근처 미로메닐Chateau de Miromesnil에서 탄생. 소년 시대와 청년 시대를 노르망디에서 지내면서 농민들과 수부들의 생활을 관찰하였다. 이브토Tvetot의 신학교에서 공부하고 후에 루앙의 공립중학으로 옮겼다. 1870년 보불전쟁이 일어나자 그는 지원병으로 출정. 지원병 모파상에게 어떤 군공軍功이 있었는지는 자세하지 않으나 전쟁의 기억은 오랫동안 남아 있어 후에 보불전쟁을 제재로 한 많은 단편을 내게 되었다. 전장에서 돌아와서는 파리로 가 처음에는 해군성, 다음에는 문부성의 고원이 되었다. 1871년에서 1880년까지 그는 발표는 하지 않았으나 시, 몇 편의 단편, 그리고 간단한 희곡을 썼다. 1878년에는 관리 생활도 버리고 플로베르의 지도 아래 문학 수업. 플로베르는 모파상의 어머니 로르 르 부인과는 어렸을 때부터 친한 사이였고 또 부인은 젊었을 때에는 열렬한 문학소녀이었으므로 이러한 관계로 플로베르는 모파상의 양부이며 창작상의 스승이 된 것이다.

1880년 졸라Émile Zola가 주재하는 작품집 『메당의 저녁*Les Soirées de Médan*』에 처녀걸작 「비곗덩이」를 기고하고 시집을 내어 일약 유명하여졌다. 30세까지 알려지지 않았던 그의 이름은 32세에는 전 세계에 알려졌다. 그 후 1880년에서 1890년에 걸쳐 그는 여러 신문, 잡지에(주로 『질 블라*Gil Blas*』와 『골르와*Gaulois*』) 약 300의 단편을 발표. 그동안 여섯 책의 장편소설, 세 권의 여행기도 출판.

겉으로는 완장頑張하여 보이던 그의 건강도 1884년 이래 악화하여 가 정신 이상의 전구前驅 병상病狀인 신경 쇠약으로 오랫동안 고통을 받았다. 그것이 1891년에는 완전한 정신 이상으로 진전하여 18개월의 고민 후 1893년 7월 3일 그는 "어둡다, 아아, 어둡구나!"라고 부르짖으며 기름이 마른 램프와 같이 꺼져 버렸다. 이러한 육체적 고통과의 싸움은 그의 창작에도 반영되어 공포, 환상을 주제로 한 많은 작품을 내었다.

그의 일생은 짧고 분망하였다. 수회의 여행을 한 것 이외는 이렇다 할 사건도 없었다. 그에게는 아내도 없었다. 그의 생활은 전혀 창작에 바쳐졌다고 할 것이었다.

그의 300의 단편은 다음의 단편집으로 나뉘어 있다.

*La Maison Tellier*(1881)

*Mlle Fifi*(1883)

*Contes de la Bécasse*(1883)

*Clair de Lune*(1884)

*Les Sœurs Rondoli*(1884)

*Yvette*(1884)

*Miss Harriet*(1884)

*M. Parent*(1884)

*Contes du jour et de la Nuit*(1885)

*La Petite Roque*(1886)

*Toine*(1886)

*Le Horla*(1887)

*Le Rosier de Mme Husson*(1888)

*La Main Gauche*(1889)

*L'Inutile Beauté*(1890)

여기에 모은 모파상의 네 개의 단편은 300에 가까운 그의 단편 가운데서는 사장沙場에서 집은 한 줌의 모래와 같은 수에 지나지 않으나 여러 가지 의미로서 그의 걸작으로 인정되고 널리 알려진 것들이다. 「광녀」와 「패물」은 콩트와 단편 작가로서의 모파상의 빈틈없는 수법과 네 귀가 꽉 짜인 구성을 보여주는 일품이고 「감람나무밭」과 「가화假華」 두 편은 모파상 생전 그의 최종 단편소설집을 장식하였던 만년의 두 걸작품이다. 비판가 텐은 이 「감람나무밭」에 감격하여 이것을 희랍希臘의 소포클레스의 비극의 장중함과 견주어 격찬하였고 「가화」는 모파상 자신이 가장 높이 평가한 작품의 하나이다. 「가화」(원명 「소용없는 미美」)에는 그의 소설로서는 드문 작자의 쇼펜하우어 식의 허무적인 철학이 피력되어 있다. 신을 "하나의 맹목적이며 다산적인 괴물"로 타락시킨 작중 인물의 의론議論은 무슨 콘체르토의 카덴차와 같다.

본 역자가 쓴 대본은 알르맹 미셸판으로 영역과 일본어 역을 참조하였다.

1948년 5월

역자 지識

# 카르멘

이휘영


- 이휘영, 『카르멘』, 을유문화사, 1948.10.20(초판); 1954.8.25(재판), 137면
- 프로스페르 메리메 원작, 을유문고 11(1948)


## 역자 후기

프로스페르 메리메Prosper Mérimée, 1803~1870는 고명한 화가 장 프랑수아 레오노르 메리메Jean-François Léonor Mérimée의 아들로서 파리에 출생하였다. 법률을 공부하여 1830년에는 외무국장이 되었고, 1841년에는 사적총감史蹟總監, 1843년에는 문예원 회원, 1844년에는 한림원 회원, 1853년에는 상원의원으로 뽑히었다. 이처럼 여러 가지 공직을 가지고 있었음에도 불구하고 메리메는 수많은 저서를 발표하였다. 그 저술 분야도 역사, 고고학, 여행기, 극작, 소설 등 다방면에 걸쳐 있으나 그 가운데서도 소설, 특히 단편소설conte, nouvelle에 있어서 불후의 명작들을 남겼다—장편소설로는 *La Chronique du temps de Charles IX*(1829), 단편소설로는 *Mateo Felcone*, *L'Enlévement de la Redoute*(1829), *La Vase étrusque*(1830), *Colomba*(1840), *Carmen*(1845) 등이 대표작이다.

메리메는 학창 생활 때부터 지식욕에 불타 영어, 희랍어希臘語, 서반아어西班牙語(-에스파냐어)를 배웠고 고전문학, 역사, 고고학을 연친硏鑽하였으며 심지어는 신학, 병학兵學, 건축학, 고명학考銘學, 공위술攻圍術, 무술巫術, 요리법에 이르기까지 그의 지식욕의 대상이 아니 된 것이 없다 한다—교리란 어떻게 형성되는가, 마카로니는 어떻게 만들어지는가 하는 것까지 알고자 했다. 그러나 무엇보다도 그가 알고자 한 것은 인간의 넋이었다. 그가 허다한 서적을 탐독하고 즐겨 살롱에 드나들었던 것도 필경은 인생의 스펙터클을 눈앞에 보기 위해서였던 것이다.

메리메는 인간 생활의 형형색색의 양태 밑에 격렬한 감정 내지 정열을 드러내어 즐겨 그의 소설의 소재로 삼았다. 어떤 때는 파리의 살롱의 상객常客들의 가슴속에 그 뿌리가 아직도 사라지지 않고 있는 원시적 정열을 발견하기를 즐기기도 하였으나*La Vase étrusque* 대개는 문화적으로 뒤떨어진 환경에 흔히 볼 수 있는 야생적 성정을 그리기를 즐겨 했다*Mateo Felcone, L'Enlévement de la Redoute, Colomba, Carmen*. 『카르멘』은 이러한 메리메의 경향, 메리메의 취미가 가장 뚜렷이 나타나 있는 작품이다. 야생적이면서도 방탕한 카르멘, 무엇이든 하고자 하면 기다릴 줄 모르고 마음에 들면 참을 줄 모르는 카르멘. 사랑하면서 동시에 미워하는 카르멘, 아름다운 이빨과 쌀쌀한 마음을 가진 카르멘, 아카시아 꽃송이를 사나이에게 던져 주면서 냉연히 그에게서 고개를 돌리는 카르멘—책을 덮고 나서도 생명이 꺼져 가는 그 커다란 검은 눈, 똑바로 부릅뜨고 풀어져 가는 그 두 눈동자가 언제까지나 눈앞에 보이는 듯하다.

『카르멘』도 불한당 돈 호세의 이야기지만 메리메는 도적의 이야기를 퍽 좋아한다. 그의 『서한』에 나오는 도적 호세 마리아의 이야기는 너무나 유명하다. "나는 불한당을 애호하는 사람의 하나이다. 길가에서 불한당을 만나는 것을 내가 좋아한다는 것은 아니나 전 사회와 싸우고 있는 그러한 사람들의 정력에는 부끄러운 일이지만 나는 찬탄을 금할 수가 없다"라고 메리메는 말하고 있다. 스탕달의 영향을 많이 받은 메리메가 에너지를 찬탄하는 것은 사실이다. 그러나 메리메 자신이 사회에 대하여서 반기를 든다든가 한다고 생각해서는 잘못일 것이다. 메리메는 회의가요 염세가였다. 그는 다만 "에너지를 위한 에너지"를 사랑할 따름이다. 메리메에 있어서는 언제고 격분이라든가 열광이라든가 그러한 것은 찾아볼 수 없다. 아마도 메리메의 가장 뚜렷한 오리지널리티는—낭만주의가 한창 성세盛勢하던 시대에, 모든 문학자들이 '자아'를 내휘두르던 시대에—자기감정을 억제하고 초연히 작품에서 자취를 감춘 것이리라. 메리메는 자기의 감정, 동감 혹은 반감을 독자에게 알리려 하지 않는다. 『카르멘』에서 첫머리의 고고학 탐사기와 마지막의 로마니어에 관한 논술 사이에 알맹이 이야기를 넣은 것도 작자가 무대 전면에 나서지 않고 측면에 비껴 서려고 하는 의도에서라고 할 수 있다.

수법에 있어서도 그 시대의 태반의 문학자들이 자유분방한 형식을 남용하였음에 비겨 메리메의 필치는 선명하고 간결하며 이야기를 쾌속조로 끌고 나간다. 가령 『카르멘』에는 격투의 장면이 네 번이나 있다—주인공 호세와 알라바 청년과의 마킬라를 가지고 하는 싸움, 중위와의 칼을 가지고 하는 싸움, 밀수입단과 기병대와의 사격전, 호세와 가르시아와의 결투. 처음의 셋은 간단히 기술되었을 뿐이고 맨 나중의 호세와 가르시아와의 결투만이 약간 길게 묘사되어 있으나 그것도 말하자면 순전히 테크닉에 관한 묘사에 지나지 않는다. 그 대신에 성격을 드러내는 짧은 장면 장면이 확실한 터치로써 그려져 있다. 한마디의 말, 일거수일투족이 성격을 폭로하고 있는 것이다.

텐도 말한 것처럼 메리메는 불문학에 있어서 높고 좁은 지위를 차지하고 있다 하겠다. 좁다 함은 메리메가 항상 자아를 경계하고 자기의 상상력과 감성을 억제하려고 고심한 까닭이요 높다 함은 메리메가 자기를 스스로 구속한 양식에 있어서 완성에 도달하고 있는 까닭이다. 실로 메리메의 수다한 단편은 아담스러운 걸작들인 것이다.

1948년 2월 15일

기자記者

# 동물농장

**김길준**

- 김길준, 『동물농장』, 국제문화협회 출판부, 1948.10.31, 111면
- 조지 오웰 원작, 풍자소설, 김규택 장정

## 역자 서

『동물농장*Animal Farm*』은 제2차 세계대전 후에 발표된 가장 저명한 풍자소설이니 전 인류가 미국과 소련의 두 개의 세계로 양분되어 이데올로기의 싸움이 한참인 이 때에 전제주의보다는 역시 민주주의가 일층 진보된 방식이요 또 전제주의의 독재가 얼마나 많은 모순과 당착을 드러내고 있는가의 사실을 우리는 다시 한번 재검토할 필요가 있을 줄 안다. '나치스'의 독일과 '파시즘'의 이태리와 '군국주의' 일본은 이미 패망하였지마는 지구상에는 아직도 전제주의적 독재가 존재하고 있지는 않을지?

『동물농장』은 동물의 세계를 빌려서 독재의 모순과 피지배자의 비애를 여실하게 갈파하였으니 전제주의에 대한 어떠한 비난 공세보다도 이 1편이야말로 가장 뼈아픈 교훈이 될 것이다.

존스 씨의 농장 동물들은 성공리에 혁명을 일으키어 농장을 자기네의 소유로 한다. 그네들의 희망과 계획, 그리고 성취하는 업적들이 이 『동물농장』이란 작품의 골자가 되는 것이다. 혁명 당초에는 목적 달성에 도취한 나머지

"모든 동물은 평등하다."

라는 위대한 계명誡命을 표방하나 불행하게도 지도권이 다른 동물들보다 지적으로 우수한 '돼지'들에게로 자동적으로 옮겨 가 버리고 만다. 그리하여 일껏 성취된 혁명도 점차 부패하기 시작한다. 그리고 혁명 당초의 원칙이 뒤집혀질 때마다 그럴

듯한 변명이 임기응변적으로 자꾸 나오는 것이었다.

원작자 오웰 씨는 이 농장에 등장하는 동물 개개에 대하여 깊은 동정을 가지고 그들의 생태를 묘사함에 비범한 수완을 보이었다. 이 작품을 읽을 때 무엇보다도 독자의 마음을 감동시키고 눈물짓게 하는 것은 스노볼과 나폴레옹의 패권 다툼보다도 뼈아프게 일하는 복서나 또 그리 찬양할 만한 동물은 못 되나 저자가 일단의 묘필로써 그려 낸, 댕기를 좋아하는 암말 몰리의 풍모일 것이다.

이 저자는 명작 『요술 나라의 앨리스*Alice in a Wonderland*』에 비견할 만한 것으로 그의 기상천외의 탁월한 상상력에는 오직 감탄을 불금하는 바이다. 그리고 이 소설의 특징인 신랄한 풍자와 유머는 직접 우리의 심금을 울려서 생각하면 생각할수록 길이길이 미소를 자아내게 한다.

또 이 이야기에는 저자가 일부러 어떠한 모럴을 지적하여 첨가시키려고는 하지 않았지마는 우리들이 다 잘 알고 있는 세계정세의 어느 부분에 부합되는 점이 있는 것이다.

이 작품이 독자에게 특이한 흥미를 주는 점은 이성과 정서를 다 함께 즐길 수 있는 경지로 독자를 뛰어들게 하는 것이니 처음부터 끝까지 이 소설을 다 읽고 난 사람은 누구나 어떠한 판정과 결론을 스스로 얻고야 말 것이다.

『동물농장』은 자칫하면 허울 좋은 공식주의로 떨어지기 쉬운 현대 인류에 대한 일대 경종이니 진정한 민주주의의 자주독립 국가를 수립하여야 할 우리 조선 청년이 이 소책자를 읽음으로써 적어도 어느 것이 참된 민주주의이며, 또 어느 것이 민족 결합의 가장 공평한 생활 방식이냐? 라는 것을 다시 한번 반성하게 된다면 역자는 물론 원작자도 만족할 줄 안다.

1948년 5월

역자 지識

## 원작자 소개

조지 오웰 씨는 영국인으로서 평론가이며 수필가인 동시에 『윤돈倫敦(－런던) 업서버』지와 『뉴 스테이트먼트 앤드 내이션』지에 소설을 정기적으로 집필하고 있다. 그리고 『사이릴 커너리』의 월간 잡지 『지평선』에도 자주 투고하고 있으며, 그의 「윤돈 통신」은 미국 『파르티잔 리뷰』지에 게재되어 평판이 높다.

벵골에서 영국인과 인도인 사이에 출생한 오웰 씨는 이튼 학교 재학 당시부터 벌써 이채를 띤 학생이었고 버마 국에서 5년간이나 인도 국립 경찰 소속으로 근무한 일도 있으며 서반아西班牙(－에스파냐) 내란 당시에는 서반아 국군에 가담하여 전란 중에 중상을 당한 일까지 있는 다채로운 이력을 가진 작가이다.

# 헉슬리 단편집

이호근

● 이호근, 『헉슬리 단편집(Aldous Huxley's Short Stories)』, 한성도서주식회사, 1949.1.15, 93면
● 올더스 헉슬리 원작, 한성영어총서(Honto's English Series) 2

## Introduction

이 총서의 하나로 Aldous Huxley를 선택한 것은 단순히 나의 기호에 의한 것이다. 인간과 사회에 한번 그의 예리 활발한 지성의 탐조등이 비치면 그 모든 양상과 국면과 감정의 뉘앙스가 피하려야 피할 수 없이 또렷이 드러나면서 우리들로 하여금 홍소哄笑와 연민의 정을 느끼게 하는 동시에 풀 길 업이 우울한 우리들 자신의 지성을 만족시켜 주기 때문이다.

아무리 humor와 pathos에 충일充溢한 Dickens도 오늘의 우리들의 지성을 만족시켜 주지 못한다. 또 A. France가 아무리 신랄한 '피육皮肉'을 발산시키고 아무리 통렬한 풍자로 찔러 주어도 우리들의 일상적인 혼을 흔들어 주기에는 이미 시대가 멀어진 감이 없지 않다.

그만큼 Huxley는 우리들과 같은 시대와 같은 환경 속에 살고 있는 것이며 동시에 누구보다도 그 지성이 날카롭고 활발한 사람이다.

"사람이 서로 친구가 될 수 있는 것은 서로 그 지성에 gap을 발견할 수 있기 때문이다." 이러한 의미의 Huxley 자신의 말을 그대로 신빙한다면 Huxley는 개인적으로 우리들의 친구 되기 어려운 사람이 될 것이다. 사실 그의 작품을 읽으면 그의 지성은 우리들 자신의 혼의 의상을 알몸으로 벗겨 놓고 예리한 메스로 갈가리 해부하면서 냉철한 태도로 홍소하고 빈정대고 기지를 발산하는 것이어서 가끔 스스로 얼

굴이 화끈해지는 때가 많은 것이다. 그러면서도 그의 작품의 매력을 느껴 읽게 되는 것은 역시 그의 20세기적인 지성 때문이다.

그는 다만 20C 영국의 전형적인 지성적 작가라고만 할 것이 아니라 실로 세계적인 작가라 해도 결코 과언이 아니다.

Aldous Huxley를 이해함에 있어 그의 전기적 사실로 간단히 두 가지만을 들고자 한다. 그 하나는 그가 영국에서도 가장 탁월한 학문과 예술의 혈통을 가진 지식 계급의 명문 출신이라는 사실이다. 19세기 영국의 대생물학자 Thomas Huxley가 바로 그의 조부이고 아버지 Leonard Huxley는 문필의 재才가 있는 사람이며 Julian Huxley는 그의 형으로서 현대 영국을 대표하는 저명한 과학자이다. 뿐만 아니라 19세기 영국을 대표하는 비평가 겸 시인인 Matthew Arnold와 규수 작가 Humphrey Ward 부인이 다 같이 외가 편으로 가까운 척분 관계에 있었다. Huxley가 연소한 때부터 신체는 허약했으나 비상히 총명했고 그 지성이 탁월했다는 사실은 역시 그 혈통에 관계하는 것이라고 볼밖에는 없다. 조부 Thomas Huxley는 Darwin의 진화론을 대성한 사람이지만 일면에 있어서는 지식은 현상 이상을 넘지 못하는 것이고 따라서 신의 존재 같은 것을 우리는 알 수 없다는 소위 불가지론자인데 Huxley의 제작諸作에 뚜렷이 일관되어 있는 동일한 기맥은 반드시 영향이라고 하느니보다도 혈통의 전하는 것이 아닐까.

다른 하나는 그가 Eaton을 거쳐 Oxford대학을 졸업한 것이 1916년 즉 세계 제1차 대전이 절정에 달하였을 때였다는 사실이다. 그는 1894년에 탄생하였으므로 그때 22세로서 가장 감수성이 예민한 청년기를 대전과 대전 후에 맞이한 것이었다.

그의 특유한 지성이 대전을 경험했으므로 말미암아 결과한 것이 곧 Huxley 일류의 독특한 제 작품들이다. 그는 냉철한 지성의 소유자이기 때문에 먼저 낭만주의에 반기를 들고 현실 세계에 이지의 시선을 던져 문제를 사회 만단에 구했다. 그러나 현실은 대전 후의 환멸과 회의와 불안의 풍조로 가득 차 있었다. 아무리 moralist의 천성을 가진 Huxley도 거기에 아무런 해결의 서광도 발견할 리는 없다. 다만 그는 냉철한 지성의 소유자일 뿐이다. 세계는 느끼는 자에게는 비극이요 생각하는 자에게는 희극이다Horace Walpole. Huxley는 해결 없고 질서 없는 그의 전반기 제 작품 가운데서 무엇보다도 먼저 홍소하고 비틀지 않을 수 없었던 것이다. 그러므로 그는 moralist라느니보다도 satirist인 것이다.

회의에서 오는 무행동, 내향성, 자의식의 과승過乘, 허위, 착도錯倒된 애욕, 왜곡된 인간의 심리적 현실, 문명의 본질적 성격—이러한 것들이 그의 풍자의 대상이다.

여기 채택한 「반공일」은 *Two or Three Graces* 중의 1편으로 가장 짧은 가운데서도 Huxley의 면모를 가장 용이하게 엿볼 수 있는 호好 단편이다. 우월한 지성 앞에 현대는 항상 현실의 위구危懼와 파탄을 의식게 한다. 거기서 Huxley는 다만 어릿광대같이 홍소할 뿐이다. Peter Brett은 희극이지만 동시에 지성의 비극인 것이다. 지성의 비극에 떨어진 현대 지식인들이 Huxley의 예술을 좋아하는 소이다.

1948년 2월

신촌에서

역기자譯記者 기記

# 첫사랑

**안민익**

● 안민익, 『첫사랑』, 선문사, 1949.1.10, 154면

● 이반 투르게네프 원작, 학생문고 3

## 서

투르게네프는 서기 1818년 노서아露西亞 귀족의 아들로 오룔 지방에 태어났다. 유년 시의 교육은 외국인 가정교사로부터 받았고, 성장 후 모스크바, 페테르부르크, 베를린 등지의 대학을 마쳤다. 특히 독일인 교수들의 강의는 일찍부터 증오하던 농노 제도에 대한 반감과 자유주의적 감명을 깊이 느끼게 하였다. 문학자로서는 처음 시인으로 출발하였으나 푸시킨, 레르몬토프, 고골 등의 영향을 받아 점차 독자적 경지를 개척하고 『엽인獵人 일기』를 발표하여 농노 제도에 결정적인 타격을 주었으며, 일약 문단의 총아가 되었다. 다시 『귀족의 보금자리』, 『그 전날 밤』, 『루진』 등으로 확고한 지반을 획득하고 『아버지와 아들』, 『연기』, 『처녀지』 등을 연달아 발표하여 작품마다 그의 명성을 배가시켰다. 작가로서 활약하던 시절의 대부분을 외국에서 보내고, 만년은 『산문시』에 나타난 것과 같은 고독과 적막 속에 화악華惡하기는 하지만 쓸쓸한 생애를 서기 1883년 이향異鄕에서 끝마쳤다.

여기에 게재한 『첫사랑*Pervaya Lyubov*』은 서기 1860년의 작품으로 투르게네프의 창작 중 가장 완벽에 가까운 미를 구비한 명작으로 그 풍려豐麗한 필치와 드라마틱한 구상이 일사불란의 정연한 수법으로 묘사되어 있다.

여왕과 같이 거만하고 잔인한 미모의 여성에 대한 순진한 소년의 열렬한 첫사랑을 서정시적 설화체로 서술하여 시와 회화와 음악이 한데 융합한 듯 아름답고 유수

幽邃한 예술 작품이다.

더욱이 『첫사랑』은 예술 가치 외에 주인공 소년의 부모의 경우와 관계가 투르게네프 자신의 부모 관계와 흡사한 바 있어 전기적 흥미를 함합含合하고 있다고도 말할 수 있다. 그러나 이것으로써 투르게네프의 자서전이라고 속단함은 경솔한 일이라 하겠다.

역자

# 하이데거 박사의 실험

주요섭

- 주요섭, 『하이데거 박사의 실험』, 을유문화사, 1950.4.10, 135면
- 너새니얼 호손 원작, 을유문고 18

## 저작자 너새니얼 호손을 소개함

너새니얼 호손은 미국 사람으로 1804년에 세상에 났다가 1864년에 죽었습니다. 그의 생일은 1804년 7월 4일인데, 미국 매사추세츠주 세일럼이란 데서 났습니다. 아버님은 일찍 돌아가시고 그가 열네 살 나던 해에 어머님이 데리고 메인주 레이먼드라는 곳으로 이사를 갔습니다.

소년 호손은 혼자서 총과 몽둥이를 들고 집 근처 산림 지대를 막 싸돌아다녔습니다. 겨울에 못이 얼어붙으면 달밤에 그는 혼자서 자정이 되도록 스케이트를 지쳤습니다.

자라서 대학으로 공부를 갔는데 그가 자기 어머님께 보낸 편지 한 구절에 아래와 같은 말이 있습니다.

"저는 의사가 되고 싶지는 않습니다. 의사는 남의 질병에 의지해 사니까요. 나는 또 목사도 되기 싫어요. 목사는 사람들의 죄를 의지하여 사는 사람이니까요. 나는 또 변호사도 되고 싶지 않아요. 변호사는 사람들의 싸움에 의지하여 사는 사람이니까요. 그러니까 아무리 생각하여 보아야 내게는 남은 직업이 없는데, 결국 나는 글을 쓰는 저작자가 되겠습니다"라고.

학교를 졸업하고 나서 잡지사 같은 데 투고를 했지만 별로 환영은 못 받았습니다. 생활이 곤란하여서 세관에서 물건 다루는 직분을 맡은 직업을 얻었으나 밤에

틈을 내서 이야기들을 썼습니다.

1841년, 즉 그가 서른일곱 살 날 때에 첫 번 동화집을 출판하였습니다. 『할아버지의 교의交椅』라는 책입니다. 그 뒤로 거의 해마다 새로 아이들의 이야기책을 써냈었는데, 그중 유명한 것이 『두 번 이야기한 이야기들』, 『이상스러운 책』, 『눈 얘기』, 『탱글우드 이야기들』 등이 있습니다.

소설로는 1850년에 출판된 『붉은 빛깔의 글자』라는 소설이 대단히 평판을 일으키었고, 미국 ○○○○ 큰 센세이션을 일으켰습니다.

아이들 이야기나 쓰시고 계셨더라면 좋았을 것을 정치 운동에 참가하여 날뛰시다가 인민의 비난을 받았습니다.

1864년 5월 19일에 돌아가셨는데, 그의 무덤에는 조그만 비석 한 개가 서 있고 그 비문에는 간단히 '호손' 하고 씌어 있습니다.

호손의 작품은 상상력이 풍부하고 심리 해석이 힘차며 문체가 참으로 깨끗합니다.

## 초당

김성칠

- 김성칠, 『초당(草堂)』, 금룡도서주식회사, 1948.10.22, 225면
- 강용흘 원작, 상권

겨울은 물러갔다
나오라 봄 동산에.

초당에 일이 없어 거문고를 베고 누워
태평성대를 꿈에나 보렸더니
문전에 수성 어적이 잠든 나를 깨워라.

—유성원柳誠源

## 역자의 말

『초당』은 해방 전에 가장 감격해서 읽은 책 중의 하나이다. 감격한 나머지 서투른 번역을 시작했던 것을 해방 직후 『서울주보』에 싣다가 원저자의 귀국을 계기로 책이 되어 나오게 되었다. 그러나 분책 관계로 합방 전후와 삼일운동 때의 감명 깊던 장면이 한꺼번에 수록되지 못함을 서운해한다.

1947년 9월 1일

# 아리랑

**신재돈**

- 신재돈, 「아리랑」, 『신천지』 9~22, 서울신문사, 1946.10.1~1948.1.1(전12회, 미완)
- 김산(장지락) · 님 웨일스 원작, 조선인 반항자의 일대기

## 역자의 말

역자가 중국 상하이 동아동문서원대학東亞同文書院大學에 재학하고 있던 1942년경이었다고 기억하고 있다. 나는 라오상하이老上海로 유명한 모씨 댁 서재에서 이 책을 처음으로 발견하였었다. 그때는 바로 조선에 관한 책이라면 무엇이고 닥치는 대로 읽던 때이라 나는 염치 불고하고 이 책을 빌려다 읽었다. 밤 열한 시가 되면 기숙사의 전등은 소등되므로 나는 석유램프를 사다가 켜 놓고 탐독하였었다. 그즈음만 하여도 상하이의 우리 사람들은 우리나라의 기념일을 맞이하면 눈물에 어린 목소리로 애국가를 부르던 때이었다. 그러나 이 책이 주는 감격과 정열은 애국가를 부를 때의 그것보다도 더한층 현실감과 박력을 주어 나의 피를 끓게 하였던 것이다. 나는 그러한 민족의 성스러운 시대에 그와 같이 젊은 청춘을 민족 국가에 공헌할 수 있었던 저자를 몹시 동경하는 한편 만강滿腔의 경의를 표하여 마지않았던 것이다. 금반今般 우연한 기회로 해방된 고토故土에 돌아와서 이 책의 번역을 부탁받게 되매 나는 나의 역량의 부족함을 무릅쓰고 이 일을 맡은 것이다. 왜? 또 한 번 새로운 감격으로 이 책을 읽을 때에 나는 이것을 나 혼자서 독점하기에는 너무나 심장이 튼튼치 못한 까닭이다. 여하간 졸역이나마 동족 여러분과 함께 이 감격을 같이하자는 데에 역자의 본의는 있는 것이니 널리 후량厚諒하여 주시기 바라며, 원저자에게도 지면을 빌리어 실례이지만 감사의 뜻을 표하는 바이다.

그리고 1941년 뉴욕 존 데이 회사에서 발행된 원서에는 님 웨일스의 서문이 있으나 이것은 본문 말미에 동씨에 의한 해설과 함께 소개하기로 한다는 것을 미리 말하여 둔다.

# 중국지명운

신재돈

- 신재돈, 「중국지명운(中國之命運)」, 『신천지』 6~9, 서울신문사, 1946.7.1~10.1(전4회, 미완)
- 장제스 원작

본 역문은 중화민국 34년(−1945) 8월 환청출판사寰澄出版社에서 출판된 『중국지명운中國之命運』의 전역全譯이다.

중일전쟁 계속 중 장 위원장은 충칭重慶에서 이 일서一書를 발표하였으나 왜군의 심한 검속檢束으로 전방에서는 구해 보기 어렵던 문제의 논문이다.

쑨원의 유지遺志를 받아 중국 국민당을 영도하는 장 위원장은 쑨원의 유지를 어떻게 표면화시켰는가? 100년래의 피압박 민족인 중국 민족을 영도하여 중일전쟁에 승리하게 한 장 위원장의 항전 건국 방략方略은 어떠한 것이었던 것인가? 제2차 세계대전 종전 전에 장 위원장은 대전 결과 후의 형세를 어떻게 추측하였던가? 그리고 중국의 운명을 결정하는 것은 무엇이며, 중국의 운명은 어찌 될 것인가?

## 중국의 운명

**송지영**

● 송지영, 『중국의 운명』, 신세대사(서울타임스사 출판국), 1946.7.5, 129면

● 장제스 원작

### 서

난징南京에 학적을 두었을 때 나는 허다한 중국의 지식인과 교유할 기회를 가졌었다. 그때 수삼 인만 모여도 반드시 중국의 국정國情이 화제가 되었고 내가 조선 사람인 관계로 중국의 이야기와 함께 반드시 조선 문제가 논의되었는데 그럴 때마다 그들의 대부분이 내게 처음 던진 질문이 『중국의 운명』을 읽었느냐는 것이었다. 『중국의 운명』을 읽지 않고는 중국을 논할 자격이 없고 중국에 살 자격도 없다. 만주, 조선의 운명을 말할 자격은 더욱이 없다—이것이 그들의 통론이었다.

이로 볼진대 『중국의 운명』을 읽지 않은 사람은 중국인이 아니라는 그들의 지론도 수긍하지 않을 수 없으니 세계 평화를 말할 때 중국을 제외할 수 없다는 것을 시인한다면 『중국의 운명』이 세계 14개 어語로 번역이 되어 500만의 독자층을 가졌다는 것은 오히려 자연스럽다 할 것이다.

중국의 운명은 바로 동아의 운명이요 아세아의 운명이다. 중국 대륙의 꼬리인 조선이 중국과 운명을 같이한다는 것은 삼척동자라도 족히 이해할 수 있을 것이다. 이 장제스蔣介石 씨의 쾌저快著가 바로 중국의 운명을 논파한 것이라면 우리에게도 일독할 의무가 있다는 것은 말할 것도 없다.

그러나 우리는 일찍이 이 진서珍書를 읽을 자유를 가지지 못했었다. 일제의 소위

정치가와 고관에게도 일본 제국주의는 발금發禁을 시켰던 것이다. 일제 시대에는 조선은 말할 것도 없거니와 일본인으로서도 이 책을 읽은 사람이 기십 명에 불과했다는 사실은 곧 이 『중국의 운명』이 일본 제국주의의 심장을 서늘케 한 데서였을 것이다.

그러나 우리는 지금 이 문제의 『중국의 운명』을 읽을 자유를 가졌다. 더욱이 우리는 지금 가장 엄숙한 건국 도정에 서 있다. 이 우리 민족 최대의 위업을 앞서 우리는 세계를 알 필요와 더불어 중국을 알아야 할 것이다. 중국을 알 수 있는 자유, 『중국의 운명』을 읽을 수 있는 자유—이 자유를 우리는 자유에만 그칠 것이 아니라 나아가서 '의무'를 삼아야 하리라고 생각한다.

끝으로 이를 간행하기 전에 저자의 양해를 얻어야 할 것이로되 교통과 통신의 혼란기라 여의치 못했다. 후일 저자에게 사정 승인을 받으려 한다.

1946년 5월 15일

서울 여사旅舍에서

역자 지識

## 혁명가의 생애

**이하유**

- 이하유, 『혁명가의 생애』, 애미사, 1949, 62면
- 바진 편 원작, 혁명소총서 3

이역 방랑의 항구에서 서로 갈라진 지 10여 년, 생사를 모르고 그리워하던 외우畏友 하유何有 형과 고국의 하늘 아래에서 서로 만난 것은 기적이었다.

그리고 그가 이런 좋은 선물을 가지고 조선에 돌아온 것은 나를 더욱 놀라게 하였다.

정情과 열熱과 피로 뭉쳐진 혁명가의 한 사람으로 나는 길이 이 형을 존경하는 동시에 그의 손으로 역출譯出된 이 소책자가 진정한 인류의 자유와 평화와 혁명을 위하여 기여하는 바 클 것을 의심치 않는다.

1948년 겨울, 서울서

김광주

## 역자의 말

두루티는 서반아西班牙가 낳은 정의의 혁명 투사, 무정부주의자요 반파쇼 인민전선의 가장 유력한 영도자이다. 그는 어렸을 때부터 철공장의 직공 생활 중에서 진정한 노동자의 해방을 전취戰取하려고 CNT(아나코 생디칼리즘의 노공勞工 연맹)와 FAI(이베리아 아나키스트 연합회)에 참가하여 다년간 투쟁하는 중에서 서반아의 지배 계급과 착취 계급에게 전율할 만한 위협을 주는 동시에 서반아 노동 대중에게 정의의 힘, 혁명의 서광을 비추어 주었다. 그래서 언제나 군경의 탄압 하에서 다년간 감옥생활을 하였고 결국은 국외로 추방되어 구주歐洲 각국과 남미주로 망명 생활을 하게 되었는데, 각국에서 입경入境 거절과 거주 거절을 당하여 다시 고국 서반아로 잠입한 후 반파쇼 투쟁에 참가하여 수만의 혁명 동지를 영솔領率하고 노동 대중의 자유해방과 자유 서반아의 건설과 진정한 인류의 해방을 전취하려고 프랑코 반군과 과감히 전투하였다. 그 후에 서반아 국도國都 마드리드를 보위하는 전쟁에서 원수 반군의 탄환에 쓰러져서 서반아의 인민뿐만 아니라 자유와 정의를 애호하는 전 세계 반파쇼 대중은 그 혁명 투사의 희생을 슬퍼하고 그 성스러운 희생적 혁명 정신을 한없이 숭배하였다.

우리나라가 대전 후에 해방은 되었다 하여도 미소 양대 세력에 국토가 양단되었고 남북이 대립되어 조국의 완전한 통일 독립을 달성하려고 노력하는 이때 우방 서반아의 해방과 자주독립을 위하여, 나아가서 전 인류의 해방과 자유 평등을 전취하려고 일생을 바쳐서 싸운 두루티의 일생을 더듬어 살피는 것이 가장 의미 있다고 생각한다.

우리는 그 흘린 피, 그의 뿌린 혁명의 씨種子를 이 땅에서도 고이 길러 내려고 두루티 동지의 투쟁사의 단편을 이에 간단히 소개한다.

4월 29일

하유 기記

# 소련기행

**문학평론사**

- 「소련기행」, 『문학평론』 3, 문학평론사, 1947.4.19, 63~77면
- 궈모뤄 원작

## 역자의 말

소련과학원 제220주년 기념대회에 중국 대표로 궈모뤄郭沫若 씨와 딩셰린丁燮林 두 분이 출석했다. 궈 씨가 50여 일간 소련에 체재하여 기록한 것인데, 바로 일본이 무조건 항복한 희보喜報를 모스크바에서 듣고 그다음 날 비행기로 귀국의 도途에 오른 것을 보아 해방 직전의 소련 기행으로 봄이 적당할 것이다. 앙드레 지드의 소련 기행과는 전연 다른 대조이라 하겠다. 그것은 첫째에 이데올로기의 차이이요, 둘째에 지드의 여행 당시와는 아주 달라 궈 씨 기행은 전후戰後였으니만치 모든 현실이 그 전과는 엄청나게 변한 것이 중요한 관점이 아닐 수 없다. 여기에 소개하는 일문一文은 필자가 읽고 감명 얻은 몇몇 군데를 선발하여 초역抄譯한 것이다.

# 소련기행

**윤영춘**

- 윤영춘, 「소련기행」, 『신천지』 14, 서울신문사, 1947.4.1, 79~86면
- 윤영춘, 『소련기행』, 을유문화사, 1949.5.10, 309면
- 궈모뤄 원작, 을유문고 23

## 역자의 말

소련과학원 제220주년 기념대회에 중국 대표로 출석한 이는 궈모뤄郭沫若와 딩세린丁燮林 두 분이다. 이 대회에 초청받은 국가로는 파시스트 국가를 제외한 민주주의 국가였음은 더 말할 필요도 없으며 초청 방식도 대사관을 통하여 출석할 분에게로 직접 지명하여 온다. 때문에 어떤 단체에 의뢰하여 대표를 추천해 보내라는 형식적 청장請狀이 아니라 중국이면 주중 소蘇 대사관을 통하여 전달되어 오는 것이다. 이상 두 분은 페도렌코 박사가 직접 방문했을 때에 쾌락하여 대회에 출석한 것이다. 작자 궈 씨의 이 기행문은 상하이에서 2년 전에 출판한 것으로 200여 엽頁이 넘는 호화판이다. 말이 곁길로 나가는 듯하나 앙드레 지드의 소련 기행과는 그 관점에 있어서 이데올로기의 상이라기보다 소련 자체 내의 일반 제형諸形이 앙드레 지드가 시찰하던 때와는 엄청나게 달라 2차 대전의 종식을 고하는 그야말로 전화戰火를 겪은 뒤였으니만치 그 내용에 있어서 다소 다르지 않을 수 없다. 이 점에서 더욱 우리들의 흥미를 끄는 바이다. 이제 여기에 소개하려고 하는 것은 역자가 통독하여 가장 감명 깊게 읽혀진 곳 몇몇 군데를 알려 드리려고 하는 바이다.

## 서

소련과학원 제220주년 기념대회에 파시스트 국가를 제외한 민주주의 국가의 세계적 학자와 과학자들은 거개 참가했으며 중국 대표로서는 궈모뤄 씨와 딩셰린 씨 두 분이 참석했었다. 궈 씨가 50여 일간 소비에트에 체재하며 각 방면을 통하여 참관한 산 기록이 곧 이 기행문이요 일본에 항복한 희보를 모스크바에서 들었으니만큼 해방 전후의 것으로 보아도 타당할 것이다.

전시 중 궈 씨는 장제스 씨의 심복지인으로 충칭重慶 정부 선전부 요직에 있을 때 충칭 정부를 대신하여 참가한 것이다.

앙드레 지드의 소련 기행은 평시였었으나 궈 씨의 기행은 전후였으니만큼 모든 현실이 그전과는 엄청나게 변한 것을 부정할 수 없는 사실이며 그는 어디까지나 냉혹한 비판적 태도에서 소련의 문물을 대했다. 대할 때마다 구원久遠한 중국의 문물과 대조해 가면서 기술한 점이 더욱 우리의 흥미를 끄는 바이다.

역자는 거년去年에 이 기행문을 선발選拔 초역抄譯해 두어 잡지에 계속 발표한 후로 선배 제언의 전역全譯 간행에 대한 충고도 여러 번 있었으나 시간 관계로 여의하지 못하여 차일피일 밀려오다가 이제야 미흡한 대로 내놓는다.

특히 귀중한 원본을 빌려주어 이만큼 성사시켜 주신 학형 송지영 씨에게 심심한 사의를 표하는 바이다.

역자 지識

## 궈모뤄 씨 약력

씨는 쓰촨四川 자딩嘉定 출생으로 금년 57세이다. 고향에서 중학 정도의 학업을 끝내고 상하이에 와 있다가 일본에 유학, 오카야마岡山 롯코六高를 경유하여 후쿠오카福岡 의과대학에서 공부했다. 그가 후쿠오카에 있을 때 중국 신문예 운동 발흥의 기회로 장즈핑張資平, 위다푸郁達夫, 청팡위成仿吾 등과 창조사創造社를 조직하기로 된 것이다.

씨는 시, 소설, 희곡 등의 각 부문을 통하여 허다한 작품을 창작했다. 씨의 작가적 경향은 전기에 있어서 온전히 낭만주의 작가였으나 후기에 있어서는 주로 혁명 문학에 종사했다고 볼 수 있다. 그의 작품은 심각미가 있다기보다 열정적이며 반항적이다. 그의 희곡은 표연表演하기 힘들다고 하나 그 대신 애독자가 많다는 것이다.

1926년부터 예술 지상주의를 버리고 혁명 문학을 제창했다. 중국 문단에 있어서의 씨의 공로는 후세에도 엄연히 빛날 것이다. 우선 그가 조직한 창조사에서 『창조 일간』과 『주보』와 『계간』과 『월간』 등을 주재했으며 『창조 월간』은 중국 신문예 운동에 신기원을 이루어 놓았으며 전국 사상계를 진동시켰다.

씨는 허다한 산문을 창작했지만 그보다는 시인으로서 더 널리 알려져 있다. 시집으로는 『여신』, 『성공星空』, 『병瓶』, 『전모前茅』, 『회복恢復』, 『신이집辛夷集』 등이 있다. 그의 일관한 정신은 반항이다. 이 반항적 정신은 한밤중의 화거火炬와 같아 작작灼灼히 청년의 마음과 문예를 애호하는 청년의 맘을 연소시킬뿐더러 그의 강렬한 힘에 그만 흡인되어지고야 마는 것이다. 그는 언제든지 시대 앞에 섰으며 곤고와 분투하면서도 불굴 불요했으니 이는 사상적으로 수차의 전변을 지나 처음 고향에서 봉건 세력과 격투格鬪하고 문예 운동에 종사한 이래 이윽히 일체 사물에 불만을 느끼어 맹렬한 반항적 용사가 된 것을 보아 넉넉히 알 수 있는 까닭이다.

씨의 주간인 『창조 월간』은 군벌 당국의 질시를 받아 궁지에 이르게 되었을 때 씨는 단연 곤고와 싸우며 노원勞怨을 불사하고 광둥廣東 혁명군이 북벌로 출사할 때 혁명의 홍수 속에 투신하여 실제 투쟁에 종사하게 되었던 것이다.

당시 씨는 총정치부 부주임으로 있었다. 1년이 미급하여 정국이 변화되자 다시 정치 선와漩渦에서 나와 부상扶桑에 가서 다시 문예 생활을 계속한 것이다. 그때에 집필한 『중국 고대 사회 연구』와 『갑골문 연구』는 지금 동양학계에서 최고 권위로 인정을 받고 있는 명저다.

당시 일반 청년의 심리는 2종의 분야로 되어 있어 일파는 압박과 희생을 불고하고 시종여일하게 전진 항쟁하는 것이요 또 일파는 외계의 압박으로 인하여 그들의 의기는 퇴쇠頹衰되어 소극적 회심灰心으로 환멸의 기로에서 방황하는 것이다. 이 두 가지 정신적 경향은 중국 창작계에도 2종의 사상적 경향처럼 표현되어 있었다. 이에 진보적 일파의 대표 작가로는 궈 씨를 들 수 있었고 퇴폐 일파의 대표적 작가로는 위다푸를 들 수 있었다. 그가 일본서 귀국하여 품은 이상이 실현되지 못하고 타격 분쇄되어 고민 중에서 현실과 이상의 먼 거리와 경제적 고민에서 출산된 것이 후기의 대표작 『감람橄欖』이라고 볼 수 있다. 다시 말하면 사회적, 정치적, 경제적 압박과 적대 문단에의 공격 등은 창조사 생활의 전모일 것이요 일본서 일본 부인과 단락한 생활을 하다가 중일사변 직후 귀국할 때까지의 생활은 역시 초기 회심懷心의 낭만주의 색채와는 퍽 거리가 먼 현실에 착안한 불변의 반항적 생활로 볼 수 있으며 더 나아가 전쟁 중에 충칭重慶에 가 있으며 국민의 항일 항전 정신을 전선의 제일선에서 필봉으로 고동鼓動시킨 그야말로 근 10년에 긍해 최후 승리를 얻은 불굴의 전사요 문단의 총아요 거대한 시인이다. 때문에 전쟁 중에 중국 사상계와 문예계의 주의 주장을 될 수 있는 대로 일본에 유리하도록 하기 위하여 요미妖魔 같은 일본 문인들은 누구보다도 궈모뤄 씨를 상대로 하여 갖은 수단을 다하여 라디오로 통신으로 궈 씨의 항일 사상을 완화시키려 애썼다. 그러나 그 같은 노력은 헛되어 노력하면 할수록 그의 항전 사상은 굳어지고 더 튼튼히 틀이 잡혀져 나중에는 승리의 깃발을 날리게 된 것이다. 씨의 소설로는 『탑』, 『낙엽』, 『창조 10년』, 『표류 3부곡』, 『행로난』 등이 있고 희곡으로는 『세 반역의 여성』과 「광한궁廣寒宮」이 있으며 산문으로는 『산중잡기』, 「목양애화」, 「후회」 등이 있으며 번역과 논문도 허다하여 그의 저서를 도합하여 65책 이상이나 된다.

지금 부인 리췬立羣에게서 낳은 아이는 3남 1녀이며 일본 부인과의 소생도 넷이라 한다. 그는 건전한 몸으로 문예 활동에 여가 없이 떠돌아다니며 정치 부문의 활동에 있었다 해도 이만저만한 존재가 아니다. 앞날의 기대는 더욱 크다.

## 전기前記

5월 28일 저녁 소련 대사관의 페도렌코 박사가 와서 내게 편지 한 장을 주며 소련과학원에서 제220주년 기념대회에 참석해 달라는 것이다.

회는 모스크바와 레닌그라드 두 곳에서 계속 거행되며 6월 16일부터 28일까지의 반달 동안이라 한다. 파시스트 국가를 제외한 각국 학자들은 모두 청첩을 받았으며 중국으로서는 두 사람인데 나 밖에 딩셰린 선생 한 분이 계셨다.

이는 참말 영광스러운 일이다. 다년의 숙망이 의외에 이처럼 이루어진다는 만족이 일지 않을 수 없었다.

동무들은 나를 축하해 주려 환송회니 송별연이니 하여 한 열흘 동안은 꼬박 잠없이 분주히 지냈다. 특히 리췬(궈 씨 부인)은 나 때문에 바쁘게 서둘기에 분주했었다. 어린것들을 안고서(삼자 일녀－큰 것은 한영漢英 6세, 서영庶英 5세, 세영世英 4세, 민영民英 2세) 나의 행장을 준비해 주는 일과 다른 일로써 대단히 분주했었다.

6월 9일 미국 군용기를 타고 이투離渝하여 인도, 이란을 지나 소경蘇京에 이른 것이다. 16일 전에 도착한다 하건만 의외에 도중에서 날짜가 걸려 25일에야 모스크바에 도착한 것이다. 경축 대회는 이미 레닌그라드로 옮겨 갔다는 것이다. 26일 저녁에 레닌그라드에 도착했으나 대회의 폐막 후에 겨우 닿은 셈이라 여러 귀중한 학술 보고도 듣지 못했고 대회에서 정식으로 표시할 경축의 기회도 놓쳐 버렸으니 참으로 미중부족美中不足의 유감사로 여기지 않을 수 없었다.

함께 초청받은 딩 선생은 나보다도 더 늦어 6월 29일에 모스크바에 도착되었다. 우리들은 서로 웃으며 모두 낙오자, 막 외의 사람이라 지껄였다. 여기에는 참으로 말로 다 할 수 없을 만한 신산미가 있었으니 중국의 과학은 뒤떨어져서 다른 사람의 교통 도구를 의뢰해야만 왕래할 수 있고 따라 손이 되더라도 다른 사람의 관면冠冕이 될 수 없게 되었음은 더 말할 나위도 없다.

그러나 나 자신은 퍽 운 좋게 소련에서 특별 우대를 받았다. 나는 비행기로 레닌

그라드, 스탈린그라드, 중앙아세아의 타스한 시밀한과 톨스토이의 고거故居 야스나야 폴리아나 등지를 구경했다. 많은 연구소와 박물관, 공장, 집단 농장, 대학교, 중학교, 유치원을 구경했고 연극, 가극, 인형극, 음악, 무용, 회화를 흔상欣賞했고 많은 공인과 농인, 학자, 작가, 예술가와 기술자들을 만났다. 소련에는 50일쯤 체류했다. 기간은 비록 짧은 편이었으나 본 것은 50년간 거주한 사람보다 더 많은 바 있었다. 나 딴에는 당승唐僧이 서천西天으로 가는 맘으로 소련에 갔다. 이 같은 기회에 보다 많은 것을 배워 와야만 할 것이건만 그렇지 못함이 나의 유감이다. 소련에서 배울 만한 것이 많았으나 기간은 너무 짧았다. 자신의 준비도 덜 되었거니와 더욱 말이 통하지 않아서 동무의 통역을 빌리는 외에 귀까지 잘 들리지 않아 통역을 잘 들을 수 없었다. 이야말로 '여입보산공수회如入寶山空手回'의 격이었다. 동무들의 기대와 소련 인민의 후의를 저버린 듯해서 미안하기 짝이 없었다.

동무들은 대단히 친절했으며 여러 장소에서 보고문을 지으라 하여 짓기는 했으나 이리저리 법석이며 지은지라 잘될 리 없었다. 동무들은 만족할 수 없을 게다—사실 나는 그들을 만족시킬 수 없을 텐데 내게 짐짓 써내라 요要함은 아마 내가 아직 무슨 좋은 자료를 가지었으리라 생각함이 아닐까. 나는 지금 대번에 요즈음 수십 일 동안의 일기를 서랍에서 꺼내어 정리할 성의를 다해 보려 한다. 우선 사죄를 구하는 바이며 만약 구미에 맞지 않으면 만족할 수 없다 나무랄지언정 제발 소련이란 이러하며 이만큼 한 물건이구나, 라고는 꾸짖지 말아 다오.

# 한국의 분노
**김광주**

- 김광주, 『한국의 분노』, 광창각, 1946.4.20, 82면
- 김광주, 『혈전』, 건국사, 1948.8.15, 85면
- 부나이푸 원작(이범석 저), 청산리 혈전 실기(實記), 건국상식문고 6(1948)

## 작자의 편모—서序에 대代하여

수십 년 만에 고국의 땅을 밟는 나의 여장旅裝 속에는 아무것도 이렇다 할 만한 선물이 들어 있지 못했다. 이 빈약한 나의 여장 한 귀퉁이에서 나에게 한없는 감회를 주며 귀엽게 내달은 것이 이 『韓國的憤怒』이니 나는 지금 머지않은 앞날에 우리의 뒤를 따라 작자 이범석 동지가 고국에 그 용자勇姿를 나타내리라는 소식을 들으며 나의 해외 생활을 통하여 가장 잊기 어려운 이 동지와 이제 해방된 고토에서 다시금 악수하게 되리라는 것을 생각하고 즐거운 기대와 흥분을 느끼면서 우리 국문으로 역출譯出 간행되는 『한국의 분노』의 책머리에 몇 줄의 졸필을 들어 보려 한다.

『한국의 분노』는 1941년 시안西安에서 중문으로 출판되어 중국 각층, 더욱이 혁명의 정열에 불붙고 있는 청년 남녀들에게 열광적 환영을 받은 쾌저快著의 하나이다. 우리의 해방은 남의 손으로 되었다는 것이 일반의 관념이요 심지어 가만히 앉아서 하늘에서 떨어진 선물을 받아들인 데 불과한 듯이 생각하는 사람도 없지 않다. 그러나 우리는 국내에 국외에 혹은 저 넓은 만주 벌판에 혹은 중화 대륙의 구석구석에 찍힌 수없는 선열들의 거룩한 족적과 이역만리 곳곳에 뿌려진 성스러운 혁명의 피를 옷깃을 바로잡고 생각함이 있어야 할 것이다. 이 거룩한 족적과 성스러운 피의 일면을 진지하고 정열에 가득 찬 필치로 우리 가슴에 호소하는 것이 이 『한국의 분노』이다. 나는 여기 헛된 찬사를 늘어놓으려 하지 않는다. 다만 총칼을 드는 사람들에게서 보기 드물 만치 섬세한 감각과 아기자기한 필치로 엮어진 이 귀중한

피의 기록이 반드시 조국의 해방과 독립을 위하여 새로운 광명의 길을 걷고 있는 우리 한국 젊은이들의 심현心弦을 울리고도 남음이 있을 것을 굳게 믿으며, 또 이들 젊은이 가운데서 선열들이 뿌린 위대한 피의 족적을 계승하여 해방과 자유의 꽃으로 피어 나올 사람들이 무수히 있으리라는 것을 의심치 않는 바이다.

이범석 동지! 피와 정열의 장군!

그가 걸어온 혁명 생활의 길은 우리 해외 독립운동의 주요한 줄거리의 한 가지枝가 될 것이니 이 책자 권미卷尾에 수록된 약력을 보더라도 그의 과거의 생활이 얼마나 다사다난하였고 얼마나 굳세이 한국의 혁명자로서 한국의 군인으로서의 긍지를 가지고 분투노력하였는지를 넉넉히 알 수 있는 것이다. 남북만南北滿 일대를 휩쓸며 김좌진 장군과 더불어 왜적과 반혁명자 소탕에 심혈을 경주한 것은 너무나 유명한 사실이요 기후其後에도 중국중앙군교 뤄양洛陽 분교 한국학생대장韓國學生隊長으로 혹은 타이얼좡台兒莊 작전과 쉬저우徐州 회전會戰의 참모로 혹은 한국광복군 건립의 참모장으로, 조국 해방 후 중국으로부터의 미군 한국 방면 파견 대표단 고문으로 그가 조국 광복에 이바지한바 위대한 업적의 가지가지는 매거枚擧하기조차 어려울 만하다.

8월 18일, 조국 해방 후 처음으로 여의도 비행장에서 그리운 고국의 하늘을 우러러보고도 광복의 대업을 위하여 다시 광복군 제2지대 참모장의 중책을 맡고 충칭重慶 본부로 돌아간 이 장군! 우리 군사軍事의 지도자로서 또는 군사 훈련과 전략의 제일인자라 해도 과언이 아닌 이범석 동지! 그의 업적이 우리 독립운동사상에서 찬연히 빛날 것을 굳게 믿으며 또 그가 하루바삐 고토에 씩씩한 군인의 걸음을 내디디기를 고대하며 붓을 놓는다.

대한민국 28년(=1946) 3월 일

한양에서

엄항섭

## 책머리에

우리는 남의 문자를 빌려서나마 소위 세계적이라는 여러 편의 전투 실기 혹은 전쟁에 취재한 문학 작품을 많이 읽어 왔다.

그러나 나는 그 어느 것에서도 일찍이 가져 보지 못한 흥분을 느끼면서 이 귀중한 피의 기록을 역출譯出해 보았다.

여기에는 피투성이가 되어 총칼을 들고 싸우는 사람에게는 있음 직하지 않은 일종의 시에 가까운 로맨틱하고 센티멘탈한 감상조차 아름답게 흐르고 있다. 이것이야말로 사선을 방황하는 인간 심리의 일면인가 한다.

중국 백화문으로도 그다지 손색이 없는 이 원문을 그르칠까 조심조심했으나 졸역, 오역이 없다고 할 수 없으니 이는 독자의 질정을 바라 마지않는 바이다.

대한민국 28년(=1946) 3월

역자

## 서

32년 동안! 원한은 마치 한 자루의 칼날같이 모든 한국 사람의 가슴 위에 꽂혀 있었다—광명과 암흑의 서로 투쟁한 32년 동안이었고, 정의와 죄악이 부둥켜안고 몸부림친 32년 동안이었고, 노예와 주인이 주먹다짐을 하며 싸운 32년 동안이었고, 자유와 자유를 얽어맨 쇠사슬이 서로 싸운 32년 동안이었다.

우리에겐 조국도 없고 내 집, 내 고향도 없고 대동강도 없어졌고 금강산도 없어졌고 박연폭포도 없어졌으며 노량진의 푸른 양류楊柳도 없어졌다—우리에게 남은 것이란 단지 쇠사슬과 죽음과 부란腐爛과 윤락淪落뿐이다.

자유를 빼앗긴 노예들은 저 아름다운 반도 강산에서 내쫓기어 동삼성東三省으로 방축放逐당하고 시베리아와 아메리카로 방축당하여 낯선 눈초리와 언어 속에서 모래 위의 탑 같은 보금자리를 짓고 일본의 칼날과 쇠사슬 아래에서 간신히 보전해 온 주먹과 입으로 이렇게 외쳤다.

"우리는 돌아가야 한다…… 우리는 돌아가야 한다…… 우리는 다시 저 아름다운 무궁화동산으로 돌아가야 한다. 어디를 가나 깨끗한 샘물과 시냇물이 흐르고 있는 저 조국, 어디를 가나 붉은 두견화가 피어 만발한 저 조국. 우리는 조국의 붉은 흙 냄새를 다시 맡아야 한다. 다만 한 번이라도…… 다만 한 번이라도 다시 맡아야 한다……."

이 부르짖음은 한 가지의 비극을 말하고 있다—칼날 없는 아름다운 화원花園에는 오랫동안 이 담 안에 들어섰을 주인이 없다는 비극을 말하고 있다.

이 부르짖음은 또 한 가지의 사실을 말하고 있다—사람이 멸망하기는 너무도 쉬운데 죽은 사람이 부활하려면 도리어 기적이 필요하다는 사실을 말하고 있다.

그러나 운명에게 멸망을 선고받은 우리 노예의 무리들은 지금 묘를 허물어트리고 관재棺材를 부숴 버리고 죽은 사람을 끄집어내어 기독基督이 눈먼 사람을 고쳐 보려는 것 같은 자신을 가지고 기적을 창조하려는 것이다.

"너는 반드시 부활해야 한다! 너는 반드시 재생해야 한다! 너는 너무나 억울하기 때문이다."

사람은 평지에다 궁전을 세울 수 있는 것이요 또 폐허 위에 자유의 나라를 세울 수도 있는 것이다. 이런 까닭으로 32년 동안 수천수만의 백성들이 빛을 따르는 나비와 같이 끊임없이 혁명의 화염 속으로 뛰어들고 그 화염으로 자기 몸을 산 채로 태워 버리고도 조금도 뉘우침이 없었던 것이다.

그러나 슬픈 것은 우리 수천수만의 지사들이 머리를 짜고 피눈물을 짜서 써낸 전사戰史가 세인이 응당 가져야 할 정당한 관찰을 받지 못하고 인류의 문명이 공전空前의 격동을 나타내고 절속絶續의 교계선交界線에 빠져 있는 오늘에 이르러서도 오히려 허다한 사람들이 한국 혁명의 동아東亞에 대한 영향과 공헌을 경시하고 여전히 눈을 감고 한국 사람이란 장죽이나 물고 나무 그늘 아래 앉아서 차나 마시거나 그렇지 않으면 아편이나 팔고 모히(-모르핀)나 파는 사람으로 상상하고 있는 것이다.

또 한 가지 슬픈 것은 모든 사람들이 한국에도 몇 사람의 영웅 지사도 있고 구호를 외치고 표어를 붙이기를 일삼는 몇 개의 구망救亡 단체가 있기는 하나 그들은 개인적으로 볼 때에는 모두가 나폴레옹과 비스마르크가 될 수 있지만 그들을 합쳐 놓으면 이 민족은 아무것도 없다—한국 사람이란 원래부터 단체 생활을 모르고 군대와 민중과 정치와 단결을 모른다고 눈을 감고 생각하고 있는 것이다.

이런 사람들의 회의와 오해에 대답하기 위하여 세인에게 안중근(이토伊藤를 자살刺殺), 이봉창(일본 천황을 자살하려 했다), 윤봉길(훙커우虹口에서 시라카와白川 등을 격사擊死) 등 여러 선열을 보편적으로 소개한 후에 나는 특히 '청산리' 유혈 사건의 경과를 추구하여 서술하였다. 이 유혈 사건은 한국이 왜적과 항쟁한 선투사상戰鬪史上의 가장 광영스러운 일엽一頁일 뿐만 아니라 또한 동방의 피침략자가 왜적과 항쟁한 전투사상의 첫 장이 될 것이니 이 일엽을 이해함이 없이는 한국의 모든 혁명에 대하여 이것을 인식하고 평가할 수가 없을 것이다.

금년 음력 '9월 10일'은 청산리 대전의 20주년 기념일이니 당일의 피비린내 나던 일 막을 회억하면 만단의 감회를 금치 못하는 바이다. 깊은 밤에 고요히 생각하면 '청산리'의 천지를 경동驚動시킨 죽음의 아우성 소리가 아직도 귓가에 들리는 듯하다. 그러나 이 전역戰役에 참가한 동지들은 혹은 그 당시에 쓰러져 버리고 혹은 기후其後에 이 전역에 순난자殉難者가 되고 다행히 적의 포화에 죽지 않고 아직도 이 우주에서 호흡을 계속하고 있는 사람들도 전전輾轉히 유리流離하여 사방으로 흐트러져 지금까지도 연락이 끊어지고 음신音信을 통할 길이 없으니 이에 지나치는 통한한 일이 어디 또 있으랴! 나를 가장 괴롭게 하는 것은 당시 '북로군정서' 총재 서일 선생이 먼저 서거한 후 총사령 김좌진 장군도 불행히 7년 후 자객의 독수毒手를 만나 목숨을 잃게 된 것이다. 따라서 이 전역사戰役史의 자료를 보존하는 책임을 부득불 나 혼자서 져야 하게 되었으니 붓을 들어 이 글을 초草함에 있어서 나의 두 눈가가 척척해짐을 어찌할 수 있으랴!

만주로 건너간 후 만주 각성各省을 표류하기 근 10년, 소년의 몽상은 의연히 소년의 몽상에 지나지 못하고 조국의 땅에는 아직도 이족異族의 족적이 충만해 있으며 '총독부'도 여전히 서울에 높이 솟아 있고 이완용 같은 놈들이 사흘 동안에 망쳐 버리고 내맡긴 우리 강산은 뒤로 나온 사람들의 30여 년의 분투가 경과했음에도 불구하고 아직도 광복을 할 수 없으니 내 나라를 위하는 자, 이 점을 생각하여 진중히 경계함이 있어야 할 것이다.

한국광복군 총사령부는 작추昨秋에 성립된 후 중국 당국과 각계 인사의 위대한 동정으로 말미암아 군사위원회는 최근에 이르러 명문明文과 명령을 발하여 광복군의 합법적 지위를 정식으로 승인하고 아울러 조국 광복이라는 임무 외에 중국 항전을 협조해야 한다는 임무를 주었고 우리가 정식 작전에 나갈 것도 머지않은 장래의 일이니 광복군 제諸 동지에게 우리 선열이 걸어온바 혈로血路를 가르치고 그들의 용기와 신념을 고무하기 위하여 또는 '청산리' 전역의 위대한 사적과 충혼을 함부로 가시덤불 속에 파묻어 버리지 말기 위하여 이 소책자를 써내야 할 것이 경각을 지체할 수 없는 급한 일이 되었다. 더욱이 세간에 전포傳布된 한국 역사에 관한 서적은 이 전역에 대하여 역사적 사실의 전도顚倒된 바가 많은 고로 당시의 전황을 충실히 서술하고 기록하여 장래의 한국 역사를 보충함에 도움이 되어야 하겠다는 것은 상당히 필요한 일이다.

최후로 이 소책자를 열독閱讀하시는 여러분은 한국 혁명과 한국광복군에 대하여 최대의 원조를 주시도록 나는 외치고 싶다. 중국을 구함은 민주를 구함이 되고 한국을 구함은 곧 세계의 영구한 화평을 구함이 될 것이다.

1941년 11월 충칭重慶서

이범석 기記

# 방랑의 정열

송지영

● 송지영, 『방랑의 정열』, 정음사, 1950.2.15(초판), 162면; 1974.6.20(재판), 196면

● 부나이푸 원작(이범석 저), 정음문고 7(1974)

## 역자의 말

구태여 필묵을 빌리지 않아도 널리 해내외海內外에 대명大名이 떨치고 있는 철기鐵驥 이범석 장군을 여기 새삼스레 소개하지 않으련다. 가까운 위치에서 장군의 인간적인 풍모에 접할 수 있는바 진실로 위대한 군인이요 정치가이며 또 예술인이요 철학자임을 누구나 아는 이 아실 것이다. 강렬한 의지와 불굴의 신념이 천 벌 가다듬고 백 벌 쪼아리어 바다를 녹여 낼 듯한 정열의 덩어리와 시간과 공간마저 줄기찬 생명력의 야심 속에 흡수해 버리는 그의 일관한 생애는 뜬구름같이 흘러가는 세간의 영욕조차도 한 점 티끌이 되어 마음의 어느 구석을 더럽히지 않고 있다.

어린 가슴에 시들어 넘어져 가는 역사의 기둥을 끌어안고 조국을 등진 채 표랑하는 동서남북의 하늘은 나라 없는 백성이기에 너무나 차가웠고 산하와 겨레에 바치는 끝없는 향수이기에 청춘의 혈조血潮는 높게 또 굵게 뛰었다. 수천의 적을 한칼로 무찔러 피바다를 이룬 청산리의 전공이 장군 한 몸보다도 우리의 광복사상光復史上 뚜렷하지 않음이 아니건만 보다도 장군의 인간으로서의 넓이와 깊이를 쌓게 한 것은 대싱안링大興安嶺의 원시림 속에서 태고의 정적과 더불어 허구한 일월이 오고 가는 날과 밤을 사색하며 노작勞作하는 가운데서 참된 힘의 성장을 얻었고, 혹은 시베리아의 광원曠原에서 눈 날리는 황혼의 발자국을 외로이 더듬으며, 또는 풍진병마風塵

兵馬에 시달리면서도 초연히 잠 못 이루는 새벽 병영에 조는 등불을 벗 삼아 생명 심처深處에 흐르는 맥박을 짚어 보는 가운데서 아름다운 혼의 불길은 타오른 것이었다.

그러기에 장군은 부흥하는 바르샤바의 풀 한 포기를 눈물겹게 어루만지었고 베를린의 밤주막을 찾아 낭만의 노래를 감격되이 듣지 않았는가? 투르게네프와 체호프를 사랑하며 셸리와 바이런의 심정에 직통하는 감성은 창밖의 닭이 우는 줄을 모르고 차이콥스키나 베토벤의 선율 속에 잠기는 습성을 지금도 가끔 되풀이하지 않는가?

언젠가 시골 여사旅舍에서 묵묵히 앉은 아침, 유리창 밖에 흰 눈이 펄펄 날림을 바라보던 장군, 즉흥에 겨워 아쿠타가와 류노스케芥川龍之介의 소설 중에서 설경을 그려낸 한 장면을 쭉 낭송하던 장군의 모습이야말로 누구보다도 문학인의 정열이 넘치었고 사냥총을 메고 산으로 들로 온종일 거니는 침중하면서 날카롭고 바쁘면서도 고요한 품은 사냥꾼이 아니라 사뭇 철학 하는 인간이었다.

또 언젠가는 바쁜 책상머리에서 문득 붓을 들어 한 폭의 희호戱毫를 갈기어 감개를 자아내기에 읽어 보니

在我生命的草原上, 永遠是枯葉飄零的秋天和落日斜照的黃昏. 如果, 我也有旭日東昇的黎明和萬花爭艷的春天, 那也許在我最後的墳墓裡, 才能我到吧?!

나의 생명의 푸른 언덕 위에는 영원히 낙엽 흩날리는 가을 하늘과 해 지는 황혼이 있을 뿐, 만약 나에게도 동천에 햇빛이 떠오르는 여명과 온갖 꽃 다투어 피어나는 봄날이 있을 수 있다면 그는 나의 마지막 무덤 속에서나 얻어지리.

진실로 말할 수 없는 구원久遠한 생명의 호소요 장군 혼자만이 체미體味할 수 있는

독백의 단장斷章이었다. 예술인으로 철학인으로 장군이 깊이 찾아드는 세계는 국가와 민족 지상의 이념보다도 한층 더 초월한 경애境涯에 있지 않은가도 생각해 본다.

여기 역譯하여 엮어 놓은 몇 편의 글들은 소설이래도 좋고 또는 글자 그대로 장군의 반생을 통한 방랑 생활에서 튀어져 나온 정열의 토막들이라고 해도 좋다. 장군의 구술로 친필로 이루어진 소설이 장·단편을 합하여 10여 종에 달하나 이것이 모두 화문華文으로 되어 있어 이미 중국에서 8, 9판을 거듭하였건만 우리글로 되어 널리 읽히지 못함은 극히 한 되는 일이다.

『방랑의 정열』은 연전年前 『국제신문』을 만들 때에 그날그날 역재譯載하였던 것으로 역필譯筆이 거칠고 둔한 데다 바쁜 가운데 정성되이 가다듬지 못하여 원문의 깊고 아름답고 웅혼한 맛을 살리지 못하였음을 심히 부끄러워한다. 외우畏友 최영해 형이 우정을 베풀어 굳이 이를 책으로 만들자기에 호의를 받아들이어 졸拙한 역문을 그대로 넘긴다.

끝으로 초고를 만들기에 많은 애를 써 주신 박영준 형에게 감사를 드리며, 문학하시는 여러 선배 지우知友의 질정을 바라 마지않는다.

경인庚寅(-1950) 원소元宵

송지영 기記

## 재판 서

이 책은 1948년 가을, 내가 필정筆政을 맡고 있던 『국제신문』에 연재하여 많은 이목을 끌었으며 다시 책으로 꾸며져 나오게 되자 거듭 낙양의 지가를 올릴 만큼 호평을 받게 되었던 것이다. 그럴 만한 까닭이 여러 가지로 있었다. 첫째는 해외에서 눈부신 독립 투쟁을 하여 나라 안팎으로 용명勇名을 떨치던 철기 이범석 장군의 작품이라는 데서 세상 사람들을 놀라게 하였고, 둘째는 글 속에 담긴 내용들이 조국을 떠나 오랜 해외 생활에서 알려진 정열적이요 낭만적인 체험을 작품화한 데서 오는 핍진한 묘사라거나 상상하기도 어려운 이야기의 줄거리들이 읽는 사람의 가슴을 벅차게 한 것이었고, 셋째는 문장이 꽃밭처럼 현란하고 폭포처럼 분방한 데에 끌려들지 않을 수 없었던 것이다.

철기 장군께서 그처럼 훌륭한 글을 엮어 냈다는 사실도 놀랍거니와 장군께서 남기신 작품이 이에 그치지 않고 장·단편을 합하여 책으로 모두 열 손가락이 넘는다는 사실을 아직도 모르는 분들이 많다. 다만 쉽게 읽히기 어려운 까닭은 작품의 모두가 중국의 백화문으로 엮어진 것이기 때문에 우리글로 옮기지 않고서는 누구나 읽을 수 없기 때문이었다. 물론 여기에 수록된 것들도 번역해 낸 것이며 앞으로도 여러 가지가 나올 줄 믿지만 이미 세상에 널리 알려진 『우둥불』이나 『톰스크의 하늘 아래서』는 하나의 뛰어난 작품으로서 정평이 내려지고 있음은 참으로 기쁜 일이다.

여기 들어 있는 한두 편은 『우둥불』에도 들어 있다. 장군께서 마음에 두시는 작품이기 때문에 신작과 아울러 넣으신 것이 아닌가 생각된다. 다만 어구에서 약간씩 틀리는 곳이 있으나 여기서는 초판 그대로 두기로 하였다. 만년에 들어 조용한 시간을 틈타 더욱 빛나는 작품을 남기시게 될 것을 기대하였고 장군께서도 그러한 생각을 지니셨던 것이나 뜻밖에도 갑작스레 우리와 유명을 달리하신 것은 공公이나 사私에 있어서 커다란 한 됨이 아닐 수 없다.

이 한 권만을 읽어 보아도 장군께서 얼마나 예술적인 천분이 뛰어나셨던가를 알 수 있거니와 실은 장군께서 지니신 깊고 넓은 뜻에 비하면 글자 그대로 구우일모九牛一毛에 지나지 않는 것이다. 오랫동안 절판되었던 것을 이제 다시 정음문고로 나와 평소에 장군을 경모해 오던 많은 사람에게 읽힐 수 있는 기회를 얻게 된 것을 기뻐해 마지않는다.

1974년
송지영 씀

제3부

# 한국전쟁 전후

개선문에서 톈안먼까지

# 개선문

**채정근**

- 채정근, 『개선문』, 정음사, 1950.2.20, 644면
- 에리히 마리아 레마르크 원작, 정현웅 장정

## 역서譯序

나치 도이치의 야만적인 비문화 정책은 국내의 훌륭한 과학자들이나 예술가들과 함께 훌륭한 작가들을 국외로 추방하였고 또는 탈출케 하였다. 토마스 만, 리온 포이히트방거 등도 그러한 작가며, 여기의 이 『개선문』의 작가 에리히 마리아 레마르크도 그중의 한 사람으로 아메리카에 피난하였다가 작년에 그곳 시민권을 얻었다(1898년 도이치 오스나브뤼크에서 났다).

레마르크가 일세에 문명文名을 올리기는 『서부 전선 이상 없음』에서였는데 그 후 그는 『귀로』(일어 역 『그 후에 오는 것』), 『세 동무』, 『플로섬浮荷』의 세 작품을 썼을 뿐이었다. 그러므로 이 『개선문』은 그의 다섯째 작품이다. 『서부 전선 이상 없음』이 1928년에 나왔고 『개선문』이 1945년에 나왔으므로 그사이에 파울 보이머(『서부 전선 이상 없음』의 주인공)도 라비크(『개선문』의 주인공)의 연령으로 성장한 것이라 볼 것이다. 이 작품에서 작자는 제2차 세계대전의 전날 밤의 유럽을 그리며 모든 것의 부정으로부터 모든 것의 긍정에의 심적 경과를 묘파하였다. 이 점, 일역의 역자가 '일종의 실존주의'로 단정한 것도 일리가 있을 것이다.

내가 이 작품의 번역에 착수하기는 1945년도 저물어 갈 즈음 아메리카의 『콜리언스』지 연재의 제3부(3호에 연재 종결하였음)부터로서 별로 출판을 목적한다느니보다 소설 공부로 정독할 기회를 가지고자 함에서였다. 그 후 모씨의 호의로 제2부를

빌려 번역하였으나 종시 제1부를 얻을 길이 없어 오랫동안 완결을 보지 못한 채로 서랍 속에 넣어 두었었다가 작년 겨울 C 형의 알선으로 크로웰 콜리어 출판사의 아메리카 영역본을 얻어 금년 1월까지에 일단 번역을 마치었다. 그러나 후에 먼저 번역한 제2부, 제3부의 퇴고를 함에 있어서 『콜리언스』지 연재의 것과 이 영역본이 같이 월터 소렐, 덴버 린들리 두 사람의 도이치어로부터의 번역임에 불구하고 그 내용에 적지 않은 차이가 있음을 발견하고 깜짝 놀라 영역본을 텍스트로 이미 번역 완료된 제2~3부에 다시 손을 대노라니 자연 시일이 늦어져 출판사에 대하여 약속을 어기고 말았다(이 차이의 원인을 미루어 보건대 일찍 작자는 『귀로』를 쓸 때에 세계 10여 국 대신문 게재의 계약을 맺고 이미 월여나 연재한 부분을 포기하고 다시 붓을 가다듬어 처음부터 고쳐 써서 게재케 한 일이 있는 만큼 이번에도 잡지 연재 후에 퇴고한 때문이라고 보인다).

한번 이 작품이 출판되자 아메리카 독서계의 베스트셀러에 들어 호평을 받았고 곧 영화 제작 회사와 계약이 되어 영화화되었으나 이것만은 영화 제작자의 미스로 "굉장한 재능의 낭비"라는 평을 받았다(라비크에는 샤를 부아예, 잔느 마두에는 잉그리드 버그만이라는 호화 스태프였었다).

이 번역이 이루어짐에는 역자의 힘에 부치는 곳이 적지 않아 미심한 곳을 S 형과 F 여사에 물었고, 의과 관계는 Y 형, K 형에게 교시를 받았다. 또 Y 형으로부터 프랑스어 역본(에두아르 베이크 역, 메디테라엔느판, 1947년 캐나다에서 인쇄. 프랑스는 종이 기근으로 역본은 대부분 외국에서 나온다)을 얻어 참고하였고, 마지막 교정을 볼 즈음 K 씨의 호의로 일어 역본(이노우에 이사무井上勇 역, 이타가키쇼텐板垣書店판)을 얻어 볼 수 있어 참고된 바가 적지 않았다.

그러나 프랑스어 역본과 일어 역본에는 각기 영역본보다 생략한 곳이 적지 않은 중 프랑스어 역본은 묘사의 간결을 위한 것으로 보이는 성질의 것이었으나 일어 역본은 가다가 몇 줄씩 그냥 뺀 곳이 드문드문 있고 또 오독에 의한 것이라고 보이는 오역이 적잖이 산재하였다. 이상 여러분에게 여기에서 감사의 뜻을 표한다.

외국어 역본으로는 이상 외에 페르미노, 아스포라 역의 브라질어 역본이 있다는 소식이 있는데, 이는 이 작품 중 에스파냐의 프랑코를 파시스트로 규탄한 대목을 생각할 때 에스파냐 본토에서는 번역이 나오지 못할 것이기 때문에 브라질에서 나온 것일 것이다. 그리고 레마르크는 물론 도이치어로 작품을 썼는데 그 도이치어판이 나왔는지는 의문이며 따라서 외국어 역본은 대체로 영역본에 의한 것으로 보인다.

끝으로 지명 등 발음은 대체로 그 나라 원음을 따라 썼고(파란波蘭(-폴란드)을 폴스카, 백이의白耳義(-벨기에)를 벨지크 등으로 하였고 독일만은 도이치라고 간략화하였다) 인명도 그 나라의 원음 식으로 고쳤는데(영어로는 조안인 것을 잔느로 하였다) 다만 한 군데(제7장 119페이지 상단 끝줄) 여하인의 이름이 영어로는 잔느로 된 것을 여주인공 잔느와 구별하기 위하여 프랑스어 역본을 따라 셀레스티느로 하였다. 그리고 외국어 표음은 대체로 조선어학회의 외래어 표기법 통일안에 의거하였으나 간혹 이에 따르지 않은 점도 있고 우리말에 있어서도 통일안에 전적으로 따르지 않은 곳이 몇 군데 있음을 미리 말하여 둔다.

1949년 8월
역자 적음

**부기附記**

책 끝의 주註는 사족에 불과하나 외국 소설에 익숙하지 못한 독자를 위한 것이다.

# 1984년

**지영민**

- 지영민, 『1984년』, 문예서림, 1951.7.25, 434면
- 조지 오웰 원작

## 역자 소기小記

금년으로 우리는 20세기도 후반에 들어섰다. 지나간 반세기 동안 우리는 모든 분야에 있어 수없는 변화와 눈부신 발전을 보아 왔다. 이 변화와 발전이 인류 생활에 참다운 행복을 가져오는 데 도움이 되었는지 그렇지 못하였는지는 식자의 판단에 맡기기로 하더라도 과거를 회상하고 숙려熟慮할 때 우리는 미래를 생각하지 않을 수 없는 것이다.

흑이 백이고 둘에 둘을 보태면 다섯이 된다고 믿게 되는 경위를 읽어 갈 때 우리는 어느덧 깊은 사색에 잠기는 것이다. 한 권의 풍자소설로 내치기에는 너무도 심각한 어떤 시사를 주는 것으로 주인공 윈스턴 스미스가 정말 다음 세대의 전형적 인물이 되지나 않을까 하는 실감이 방불하여 전율을 금하지 못하는 것이다. 허구이면서도 이렇게도 박력을 가진 미래의 전망은 다시없을 것이다. 풍자라기보다는 일종의 경고가 될 것이라고 평한 사람도 있다. 객년客年 미국에서 출판되어 일대 센세이션을 일으킨 본서가 미래를 생각하는 우리나라의 지식인들에게도 일독할 만한 가치는 충분히 있다고 믿는 까닭에 감히 역필譯筆을 들었다.

저자 조지 오웰George Orwell은 인도 벵골 출생의 영국인으로 본명을 에릭 블레어라고 하는 이튼 졸업생이다. 버마에 가서 경관이 되었다가 기후가 몸에 맞지 않을뿐더러 영국 식민지 정책에 대한 반감, 불타오르는 창작에의 욕구에서 구라파에 되돌

아와서는 파리의 호텔 머슴살이까지 하고 심지어는 서반아西班牙(－에스파냐) 내전의 일 병사로서 참전한 일도 있다는, 무척 고생한 분이다. 체험과 탁월한 상상력, 그리고 독창적인 필치로 이루어진 본서로 크게 명성을 날리었으나 불행히도 폐를 앓아 금년 1월 하순에 별세하고 말았다. 본서를 저술하고 있을 때 이미 절망적인 상태에 있었다고 하나 두뇌는 그 어느 때보다도 명석하였다고 한다. 역자는 이 기회에 심심한 애도를 표하며 그 명복을 마음으로부터 비는 바이다.

본서 고유의 단어는 역자의 졸역으로는 그 진미를 전하지 못할까 두려워 권말에 일괄하여 원어와 대조해 놓았다. 천학비재의 약배若輩인지라 불비한 점이 많을 줄 아오며, 강호 제현의 하교가 있기를 바라 마지않는다.

끝으로 이 역서를 상재함에 있어 절대한 후원을 아끼지 않으신 김형식 선생, 동대東大 홍형탁 씨, 그리고 김호민, 한동삼 양 선생의 지도와 편달에 뜨거운 감사를 올린다. 원서를 보내 주신 지영숙 씨, 외우畏友 천중식 형의 협력, 본서를 알게 된 동기를 지어 준 옥강휘 형의 은혜도 잊을 수는 없다.

1950년 3월 15일

역자 지識

# 애련

**염상섭**

- 염상섭, 『애련(愛戀)』, 문운당, 1950.2.25, 203면
- 염상섭, 『그리운 사랑』, 문성당, 1953.12.30; 1954.12.20, 203면
- 알퐁스 도데 원작, 사포의 사랑(1950), 세계대중문학선집 2(1953)

## 해제

『그리운 사랑』은 그 원작이 알퐁스 도데의 『사포』이나 출판사의 형편으로 개제된 것이다. 도데의 근대 불란서 문학에 있어서의 지위라든지 또는 그의 대표작의 하나인 『사포』의 문학적 가치로 보든지 이것을 대중문학이라 하기에는 너무나 예술적 조건을 갖추어 있어 아까운 생각도 들지마는 그러나 소위 대중적이라는 말이 흥미 중심이라는 뜻과 통한다면 이 작품처럼 진정히 대중에게 문학적 흥미를 주면서 문학을 맛보고 터득하게 하는 외국 소설은 드물 것이라고 믿는다. 더욱이 문학사조로 보면 그는 자연주의가 전성하던 초기의 작자인데, 혹은 현란하고 혹은 비속하며 혹은 애절한 연애 일색에 시종하면서도 작자의 로맨틱한 기질과 함께 여러 가지 각도로 교훈적 암시를 은연히 준 점으로도 널리 독서계에 소개하기를 주저하지 않는 바이다. 다만 불문학의 전공자가 아닌 나로서는 객의의 짓이기는 하나 원작의 본의를 살리면서 조선문학으로 소화하려고 애쓴 점만은 알아줄까 한다.

사포는 약 2,500여 년 전 희랍希臘의 재색이 겸비하고 열정적인 여시인으로서 파온이라는 항해가와의 실연 끝에 층암절벽에서 투강 자살하였다는 전설의 주인공이다. 이 소설은 카우달이라는 조각가가 파니라는 아름다운 처녀를 모델로 하여 사포의 초상을 만들어서 세상에 유명하여졌던 관계로 『사포』라는 이름이 미희美姬 파니

의 별명이 된 것이었었는데, 파니는 그 후 20년이 지나도록 꽃다운 미모를 잃지 않고 장 고생이라는 열여섯 살이나 손아래인 미소년과 만나서 타는 듯한 열정을 퍼붓는 사랑의 기록이다.

역자

## 춘희

**정비석**

- 정비석, 『춘희(椿姬)』, 문운당, 1949.11.30(초판), 336면
- 정비석, 『춘희』, 문성당, 1952.1.25(3판); 1953.8.30; 1954.9.25; 1955.12.25, 336면
- 알렉상드르 뒤마 피스 원작, 세계대중문학선집 5(1952)

### 서

이 소설 『춘희』는 불란서의 문호 뒤마 피스1824~1895의 너무나 유명한 작품이다. 세상에는 유명한 소설도 허다하지만 이 소설처럼 세월이 오래될수록 애독자가 불어 가는 작품은 그다지 흔하지는 못하리라. 오늘에 와서는 이미 『춘희』를 읽지 않고서는 소설을 읽었다고 대답할 수가 없으리만치 소설 『춘희』는 그토록 보편화되었다.

사실 나 자신도 소설을 꽤 많이 읽어 왔지만 『춘희』처럼 감명 깊은 작품은 별로 없었다. 이번에 이 소설을 번역하면서도 너무나 감격이 넘쳐 붓을 쉰 적이 한두 번만이 아니었다.

『춘희』는 불란서 화류계의 이면 창부의 슬픈 사랑을 그린 연애소설이다. 그러나 작자 뒤마 피스는 작품 속에서도 고백한 바와 같이 단순히 비극적인 연애만을 그리기 위하여 창작의 붓을 든 것은 아니었다. 가난한 집 농부의 딸로 태어난 미모의 소녀가 오직 살아가기 위해서 몸을 팔고 웃음을 팔지만 화려한 그 생활 이면에는 사회악에 패한 비수같이 예리한 비판이 있고 부패한 도덕에 대한 신의 음성과 같이 경건한 절규가 있는 것이다. 윤락의 거리에서 허덕이던 한 창부가 한번 순결한 청년과의 진정한 사랑에 눈에 뜨이자 용감하게도 모든 사회악과 싸우다 못해 나중에는 피를 토하며 병상에 쓰러지지만 그러면서 끝끝내 고매한 정신을 굽히지 않고 죽

음으로써 사랑을 지켜 나가는 비극적인 이 소설의 스토리는 인간성의 영원한 절규이기도 한 것이다.

이 소설에 나오는 것과 같은 비극은 비단 1840년대의 불란서 사회에만 있는 것이 아니다. 사회의 이면을 한번 들여다보면 오늘날 우리 사회에서도 그런 비극은 무수하게 연출되고 있다. 아니, 이 소설은 오늘날의 우리 사회를 그렸다고 보아도 좋을 만치 이 작품은 우리에게는 너무나 생생한 우리의 현실인 것이다.

내가 이 작품을 골라 번역하게 된 연유도 거기에 있었다.

1951년 중추仲秋

역자 지識

# 인간 무정

**김광주**

● 김광주, 『인간 무정』, 숭문사, 1952.1.30, 334면

● 빅토르 위고 원작

## 『인간 무정』 애독자로서

낭독 방송을 해 온 지 자못 오래인 나로서 이제까지 소위 명작이라 일컫는 작품을 읽을 기회는 수없이 많았다. 그러나 이 『인간 무정』과 같이 진정 옷깃을 바로 하지 않고서는 읽을 수 없는, 엄숙한 의미에서의 인간의 진리를 구명究明한 작품에는 일찍이 접해 본 적이 없다 하겠다.

『인간 무정』은 누구나 다 아는 바와 같이 빅토르 위고 원작인 『레미제라블』의 번안인 것이다. 이러한 거대한 세계 명작을 직접 우리들의 살이 되고 피가 되도록 우리말로 옮기는 데 있어서는 작가 정신에 파고들어 가 그 경지를 곧 번안자의 자기 세계로 이룩한 뒤에야 비로소 그 내용의 정확한 전달을 기할 수 있으리라고 생각한다. 이러한 의미에서 나는 이 『인간 무정』이 우리 문단의 중진 김광주 씨의 손에 의해서 번안되었다는 사실을 기뻐하며 그와 동시에 나 자신이 소중한 낭독자로서 담당되었음을 무한한 광영으로 생각한다. 따라서 불행히도 중단된 이 원고가 다시 청취자 여러분께 계속해서 보내 드리는 기회가 오기를 진심으로 고대하는 바이다.

이백수

# 마농

현철

● 현철, 『마농』, 금정문화사, 1952.8.15, 259면

● 아베 프레보 원작

## 발문跋文

이 책은 프레보Abbé Prévost 법사法師의 『슈발리에 데 그리외와 마농 레스코의 이야기*L'Histoire du Chevalier des Grieux et de Manon Lescaut*』의 전역全譯이다. 1731년 처음으로 출판되고부터 오늘날까지 가장 유명하고 널리 애독된 연애소설의 하나이다.

이 소설에서 느끼는 것은 무엇보다도 전편에 넘쳐흐르는 정염일 것이다. 그 주인공들은 전연 자기들의 감정을 지배할 수 없으며 그들의 사랑이 하나의 숙명처럼 어쩔 수 없는 힘을 가지고 그들을 묶는다. 앙드레 지드가 말하듯이 거기에는 뜨거운 핏줄이 흐르고 있으며 우리는 이것을 읽고 이성보다도 먼저 감정부터 뒤흔들리는 것을 어쩔 수 없는 것이다. 프레보의 소설의 "유일한 원천이며 또 그 유일한 매력"인 이 순수한 감정이야말로 우리들로 하여금 슈발리에 데 그리외의 너무나 약하다고 할 수밖에 없는 성격에 대하여 경멸 대신에 따뜻한 동정을 갖게 한다. 또 그와 동시에 그의 많은 결함에도 불구하고 우리는 아나톨 프랑스와 함께 "오, 마농, 그대가 살아 있었더라면 난들 얼마나 그대를 사랑했으랴"고 외치지 않을 수 없을 것이다.

프레보는 난작이라고 할 만큼 다작이어서 200에 넘는 저술이 있다고 하나 『마농 레스코』 말고는 별로 읽히지 않는다. 하지만 그의 작품은 그 절대적 가치를 도외시하더라도 문학사적으로 중요한 위치를 점유하고 있다. 브륀티에르Ferdinand Brunetière는 프레보의 소설에 대하여 간결하게 이렇게 말하고 있다.

"그 가장 독특한 것, 가장 전도되기 쉬운 것은 자기 자신이 자기의 상상에 빨리 감동된다는 것이었다. 상상은 그로 하여금 현실같이 느끼게 하였으며 그를 뒤흔들었다. 그는 울었다. 그는 퍽 잘 우는 재간이 있었다고도 할 수 있을 것이다. 그리고 그의 세기는 한결같이 그와 더불어 울기 시작하였다."

프레보가 울고 민중이 그와 더불어 욺으로써 일부 특권층의 전유물이었던 문학은 민중의 안으로 들어갔다. 이것은 고전주의적 이상에 대한 커다란 타격이었으며 동시에 낭만적인 새로운 움직임에의 하나의 기운을 조성한 것이다.

프레보 법사, 본명 앙트안 프랑수아 프레보Antoine François Prévost는 1697년 북 불란서 에딩Hesdin의 어느 명문의 가정에서 태어났으며 부친은 재판소의 검사이었다. 처음 종교 교육을 받고 신학교에서 철학을 공부하였으나 그 뒤 혹은 군대에 들어가고 혹은 화란和蘭(-네덜란드)에서 방종한 생활을 보내고 하였는데 1720년부터는 노르망디주 승원僧院에서 7년의 세월을 보냈다. 그 후 여러 승원을 전전하다가 법왕法王(-교황)의 허가를 기다리지 않고 교단을 이탈하려 했던 탓으로 체포령이 내리게 되어 부득이 영국으로 도망하지 않으면 안 되었다. 이로부터 6년이라는 긴 방랑 생활이 시작되었던 것이다.

영국에 한 2년 묵은 후 재차 화란으로 떠났다. 여기서 프레보는 1728년부터 집필한 일련의 소설 『어떤 귀인의 수기와 모험*Mémoires et Aventures d'un Homme de Quahté*』을 완성하였는데 『슈발리에 데 그리외와 마농 레스코의 이야기』는 그 제7권째에 해당하는 것이며 1731년 봄에 암스테르담에서 출판된 것이다. 1733년 많은 부채를 남긴 채 영국으로 다시 건너갔다. 그 행동에 관해서는 사기, 배신 등 불미한 이야기가 많이 전해져 있다.

추방 생활에 지친 프레보는 마침내 우인友人들의 주선으로 1734년 봄에 파리로 돌아올 수 있었다. 『변호와 반박*Le Pour et le Contre*』이라는 문학예술의 비평 잡지를 편집하여 영문학의 소개에 공로가 컸다. 특히 Richardson의 *Pamela* 혹은 *Grandison*의 번역은 불문학에도 영향이 컸다고 한다.

만년에는 또다시 종교 생활로 돌아갔다. 어떤 수도원의 원장으로서 샤요에서 조용한 생활을 즐기며 종교에 관한 저술에 전념하다 1763년에 67세로 일생을 마쳤다.

이상 간단히 기술한 바와 같이 그의 생애는 실로 파란 많은 것이었는데 『마농 레스코』도 이를테면 일종의 자서전이라고 할 수 있는 것이다. 문학적으로 퍽 흥미 있는 마농의 성격도 단순한 상상의 산물이라기보다 여러 가지로 전해지고 있는 저자의 로망스에서 우러나온 것이 아닐까 생각된다. 즉 19세에 화란으로 건너갔을 때 프레보는 두 번이나 결혼하였다고 전해지고 있으며 화려한 군대 생활을 버리고 무덤과 같은 수도원에 7년 동안이나 은신한 것도 전기가傳記家들은 실연이 그 동기라고 하고 있다. 또 재차의 화란 체재 시 알게 된 어떤 아름다운 여자는 그에게 열렬한 구혼을 하였으며 종교 문제로 프레보의 거절을 당하자 영국에까지 그를 뒤따라왔다는 것이다. 종교와 연애, 프레보의 일생을 지배한 듯한 이 두 개의 계기를 우리는 슈발리에 데 그리외와 그의 우인 티베르주에서 볼 수 있을 것이다.

이 소설이 얼마나 대중의 인기를 끌었는가는 이것을 토대로 한 동명의 가극이 셋이나 있다는 것으로도 가히 알 수 있는 일이다. 즉 불란서 작곡가 오베르Auber와 마스네Massenet, 그리고 이태리의 작곡가 푸치니Puccini에 의한 유명한 가극들이 그것이다. 이 외에 알레비Halévy에 의한 3막의 발레가 있으며 최근에는 이 로망스를 근대화한 불란서 영화가 우리나라에도 들어왔다.

1952년 8월 1일

현철 기記

# 마귀의 늪

**안응렬**

● 안응렬, 『마귀의 늪』, 청수사, 1954.2.20, 175면
● 조르주 상드 원작, 세계문학선집 3

## 알림

『삼굿장이麻織工의 야화』라는 제목 아래 한데 모아 보려고 생각한 일련의 전원소설을 『마귀의 늪』으로 시작하였을 때에 나는 문학에 대한 아무런 체계도 혁명적 포부도 가지지 않았었다. 아무도 자기 혼자서 혁명을 이룰 수는 없으며, 인류가 별로 자각하지 못하면서 이룩하는 예술에 있어서는 더욱이 그러하다. 모든 사람이 그것을 담당함으로써다. 그러나 이것이 시골 풍속을 그린 소설에는 적용될 수 없는 것이다. 그것은 고금을 통하여 언제나 있었고, 형식도 때로는 화려하고 때로는 교식적矯飾的이고 어떤 때는 소박한 것 등 가지가지가 있었다. 전에도 말하였고 여기서 다시 말하여야 하거니와 전원생활의 꿈은 언제나 도시의 이상理想이었고 심지어 궁정의 이상이기도 하였다. 문명한 사람을 원시생활의 매력에로 도로 이끌어 가는 경향을 따라갔다고 하여서 나는 아무러한 새로운 일도 한 것이 없다. 나는 새로운 어법을 만들려고도, 새로운 방식을 찾으려고도 하지 않았다. 그렇건만 사람들은 내가 많은 신문소설에서 그렇게 하였다고 단정한다. 그러나 나 자신의 의도가 어떤 것인지는 누구보다도 내가 더 잘 알고 있으며, 가장 단순한 생각과 가장 평범한 환경이 예술 작품을 낳아 주는 유일한 영감인 경우에 평론이 그렇게까지 깊이 파고드는 것을 나는 언제나 이상히 생각한다. 특히 『마귀의 늪』으로 말하면 내가 서문에서 말한 사실, 즉 내 주의를 끈 홀바인의 그림과 그와 같은 시기 파종播種 때에 내 눈앞에

벌어진 광경, 다만 이것이 내가 날마다 거닐던 초라한 풍경 가운데에 배치된 이 질소質素한 이야기를 쓰게 한 동기이다. 무엇을 하고자 하였느냐고 누가 물으면 몹시 감격적이고 아주 단순한 일을 하고자 하였다고, 그러나 뜻과 같이는 성공하지 못하였노라고 나는 대답하겠다. 나는 순박한 가운데에서 아름다움을 보기는 하였고 느끼기도 하였다. 그러나 보는 것과 그리는 것은 같은 일이 아니다. 예술인이 바랄 수 있는 가장 좋은 일은 눈이 있는 사람들에게 그들도 보라고 권하는 것이다. 그러니 그대들도 순진함을 보고, 하늘과 밭과 나무와 시골 사람들을, 특히 그들이 가진 좋고 참된 면을 보라. 그대들은 내 책에서 그것들을 조금 볼 수 있을 것이고, 자연 속에서는 훨씬 더 낫게 볼 수 있을 것이다.

조르주 상드<br>노앙에서 1851년 4월 12일

## 조르주 상드와 『마귀의 늪』에 대하여

조르주 상드George Sand의 본명은 뤼실 오로르 뒤팽Lucile Aurore Dupin이며, 1804년 파리에서 귀족의 딸로 태어났다. 어린 시절과 소녀 시대의 대부분을 노앙Nohant의 할머니 집에서 지낸 다음 당시에 상류 계급의 딸들이 가장 많이 다니던 파리의 사립학교 Couvent des Dames Anglaises에 들어가 4년 동안 머물러 있었다. 1820년 할머니가 세상을 떠나기 몇 달 전에 학교를 나와 1822년에는 뒤드방Dudevant 남작과 결혼하여 1남 1녀를 낳았으나 그의 결혼 생활은 행복된 끝을 맺지 못하여 1831년에는 남편과 헤어져 단독으로 파리에 나와 자립 생활을 시작하였다. 처음에는 『피가로*Figaro*』 신문에 들어갔었으나 신문 기사 같은 것에는 별로 흥미를 느끼고 있지 않던 중 때마침 같은 고향 출신인 젊은 문인 쥘 상도Jules Sandeau의 권으로 소설에 손을 대기 시작한 것이 호평을 받아 그로부터는 소설 제작에 진심하게 되었다. 처음으로 그의 이름을 드날린 작품이 *Indiana*(1833)이었는데, 그때 이미 George Sand라는 필명을 쓰기 시작하였고 그 뒤로는 뒤드방 남작 부인이라는 이름은 유명한 여류 작가 조르주 상드라는 필명에 밀리어 존재가 없어지고 말았다. George Sand는 Jules Sandeau에서 따온 것이 분명하나 필명이라 하더라도 어째서 하필 남자의 이름을 썼는지는 확실하지 않다. 생각건대 문필에 종사하는 여자들이 아직 별로 없던 때라 (그전에 Madame de Sévigné, Madame Staël 같은 예외는 있었지마는) 독자층의 반응이 어떨까 싶어 그리한 것이 아니었을까?

여하간 40년이나 창작 생활을 하는 동안 매해 평균 소설 두 편씩을 발표하였다 하니 무던히도 많이 쓴 편이다. 그의 작품을 일일이 소개할 수는 없으나 그 성질을 따라 대략 네 가지 시기로 나눌 수 있으며, 각기各期의 대표작을 한두 편씩 든다면 아래와 같다.

제1기의 작품은 애정소설로서 위에 말한 *Indiana*와 *Mauprat*(1836) 등의 명작이 있으며, 제2기는 논제를 다룬 소설의 시기로 *Consuelo*(1842) 등에 인도주의적, 사회주의적 내용을 실었으나 거기에도 오히려 로맨틱한 면에 정열을 더 쏟았다고 볼 수 있을 것이다.

제3기는 Berry의 농부들의 생활을 그린 전원소설의 시기로서 이 가운데에 그의 최대의 걸작이라고 불리는 *La Mare au Diable*(마귀의 늪)(1846)을 비롯하여 *La Petite Fadette*(1848), *Les Maîtres Sonneurs*(1853) 등이 들어 있으며, 제4기에 들어서는 착한 할머니로 어린이들을 위한 아름다운 이야기며 연극 각본 같은 것을 써서 Nohant의 어린이들의 애모를 받았으며 그중에 *Contrs d'une Grand'mère*(할머니의 이야기)를 들 수 있다.

이리하여 이 추억 깊은 시골에서 순박한 농부들과 순진한 어린이들 틈에 끼어 전원의 평온한 생활을 즐기며 살다가 1876년 6월 8일에 결코 평탄하지 않은 그의 일생을 마치었다.

이제 역자는 저명한 몇몇 평론가의 글을 소개하여 『마귀의 늪』이 프랑스 문학에 얼마나 한 지위를 차지하고 있는지를 보여주고자 한다.

생트뵈브Sainte-Beuve "『마귀의 늪』은 그저 하나의 얌전한 걸작이다."

파게Faguet "조르주 상드는 전원시의 천재였다…… 조르주 상드가 최초로 우리들을 벌판 한가운데로, '전답 깊숙이' 끌고 들어갔다…… 테오크리트 이후로 조금도 돌보지 않았던 시의 깊고 그윽한 원천이 거기에 숨어 있었고 조르주 상드가 그것을 다시 발견한 것이다. 어디에서 그가 우리를 속였다고 하겠는가? 그가 아름답게 꾸며 놓은 것은 다만 형식뿐이니 근본은 지극히 참된 것이고…… 세밀히 파고들어 가면 더한층 진실을 발견할 수 있는 것이다. 이 『마귀의 늪』은 하나의 걸작품이다."

르메트르Lemaître "조르주 상드는 전원소설을 발명하였다. 파리에서 멀리 떨어져 자기들의 독특한 풍속을 보존한 시골에서 사는 그 농군을 참으로 이해한 것은 그로서 시작되었다고 생각한다. 농부의 순박과 인내와 흙과의 결합에 숨어 있는 위대함과 시적 감정을 맨 처음 느낀 것이 조르주 상드였다…… 그는 농군의 정서와 정열의 깊이와 조용한 집착에 감동되었고, 흙을 사랑하고 일과 벌이에 열심하고 슬기롭고 남을 경계하되 마음이 바르고 옳은 것을 몹시 사랑하고 신비로운 것을 잘 받아들이는 것이 농사꾼임을 증명하였다."

부산에서

1953년 10월 27일

역자

# 배덕자

**계용묵**

- 계용묵, 『배덕자(背德者)』, 우생출판사, 1954.3.1, 217면
- 앙드레 지드 원작

## 원작자 서

나는 그 가치가 이러하기 때문에 이 글을 내놓는다. 이것은 쓴 재에 버무린 과실果實이다. 말하자면 사막의 콜로신스라고 할까. 초토焦土에 나서 목마른 혀를 격심하게 태우기는 하지마는 금빛으로 번쩍이는 모래 위에 있어서는 아름답지 않다고 할 수가 없다.

가령 나의 주인공을 하나의 거울로서 제시했다면 나는 전연 실패하였을 것이다. 미셸의 이야기에 마음이 끌린 몇 사람들도 인자한 정에 끌리어서 그를 꾸짖기에 급하였다. 내가 많은 덕으로서 마르슬린의 몸을 장식한 것은 무익한 것이 아니었다. 사람은 미셸에 대해서 헌신적으로 그 여자를 돌보지 않은 것을 허하지 않았던 것이다.

또 만일 내가 이 글로써 미셸에 대한 소장訴狀을 삼았다면 마찬가지로 성공을 얻지 못하였을 것이다. 왜냐하면 누구나 나의 주인공에 분노를 느끼면서 거기에 대하여 나에게 감사함이 없었던 까닭이다. 사람은 이 분노를 나의 의지와는 반대로 느끼었던 것 같았다. 이 분노의 정은 미셸에게서 뻗어 나 자신에 미쳤다. 자칫하였더라면 사람은 나와 그와를 혼동하려고 하였을 것이다.

그러나 나는 이 글을 가지고 소장으로도 변명으로도 삼으려고 생각하지 않았다. 스스로 판단을 내리기조차 그만두었던 것이다. 오늘의 독자는 각자가 쓴 줄거리에 대해서 일부러 어느 편도 들지 않는 것을 용허하지 않는다. 뿐만 아니라 구성에 있

어서도 작자가 마음을 정하여 알세스트라든가 햄릿이라든가 오필리아라든가 파우스트라든가 마르그리트라든가 아담이라든가 여호와라든가를 명언明言하기를 바랄는지 모른다. 나는 중립(결정을 못한 것이라고 할까)을 가지고 대재大才의 특색으로 삼으려고 하지는 않는다. 그러나 내가 믿기로는 허다한 대재의 인사들은 해결을 주기를 자못 싫어하는 경향이 있다—또 어떤 문제를 교묘히 제출하는 데는 미리 이것을 기결旣決로 하지를 않는다.

본의는 아니나 나는 이 '문제'라는 말을 쓴다. 요는 예술에는 문제는 없는 것이다—예술 작품이 그것의 충분한 해결이 아닌 것 같은 문제는.

만일 '문제'를 가지고 '구성'이라고 해석한다면 이 글이 말하는 것은 나의 주인공의 마음속에 연출된다고 하더라도 그 이상한 신상의 이야기 속에서만이라기는 너무나 일반적인 것이 됨을 면할 수 없다. 나는 이 '문제'를 자기의 창의라고는 생각지 않는다. 그것은 나의 이 글 이전에 있었던 것이다. 미셸의 성패 여하에 불구하고 '문제'는 의연히 있는 것이다. 작자는 생각이 있어 승리도 패배도 제출하지 않는다.

만일 명식明識의 인사가 이 구성을 가지고 단지 기이한 이야기로, 그 주인공을 한 사람의 병자에 지나지 않는다고 한다면, 즉 영향이 미칠 넓은 절실한 사상이 이 가운데 포함되어 있는 것을 알지 못하였다면—그 허물은 이 사상에도 이 구성에도 없고 실로 작자에게 있는 것이다. 작자가 열熱과 눈물과 마음을 이 글에 부어 넣었다고 하여도 아직 그것이 미숙한 데 있는 원인이다. 그런데 작품의 참으로의 흥미와 그날그날의 독자에게 주는 흥미와는 양자 사이에 많은 차이가 있다. 생각건대 너무 자부심을 가지지 말고 흥미를 갖게 하면서 처음에는 사람에게 기쁨을 주지 못하는 위험을 범하는 편을 택할 수가 있을 것이다—명일明日일는지도 모른다, 어떤 호사자好事者인 공중의 열熱을 선동하기보다도. 말하자면 나는 아무것도 증명하려고 하지 않았다. 나의 뜻은 잘 쓰려는 것과 나의 쓴 것을 분명히 하는 데 있다.

## 역자 후기

내가 20세기의 전반을 가장 정직하게 깨끗하게 산 지드를 옮기는 것은 당연한 일이나 피난차인 이 제주에서 참고할 만한 문헌, 문의할 만한 사람 하나 만날 수 없어서 이 난해의 문장에 오점을 끼침이 당돌하게 되었다. 오역인지 아닌지 스스로 모르면서 머리를 긁적이다가 그대로 인쇄에 부치는 안타까움은 오직 지드를 좋아하는 내 죄다.

참으로 지드는 20기 전반의 구라파歐羅巴 문화를 대표한 가장 전형적인 문학자였다. 사상적 위기, 정치적 위기, 경제적 위기, 이런 온갖 위기에 직면해서도 오직 인간적으로 정직하게 깨끗하게 살았다. 이렇게 살면서 지드는 인생 문제를 문학상으로 제출하여 모든 기계적인, 비인간적인 사상과 또 압도적인 권력과 싸우면서 죽기까지 청년다운 정열을 잃지 않았다.

이 식을 줄 모르는 지드의 정열은 갈수록 그 도를 더했다. 일상생활의 번소煩瑣한 규약에서 벗어나 생으로 충만한 대자연 속에서 생을 누리며 마음대로 생의 샘泉 구멍에다 입을 맞춤으로 만족을 느끼는 지드의 정열은 이 『배덕자』에 이르러 좀 더 치열하여졌다.

신혼한 아내와 아프리카로 신혼여행을 떠난 폐병 청년이 생활력에 충일한 새로운 땅에 몸을 의탁함과 동시에 오늘까지 스스로 자긍을 하고 있던 지식에 대한 모멸을 느끼고, 그리고 또다시 3년 동안의 여행에서 “자기의 마음에 쌓였던 온갖 지식의 탑이 연지臙脂와 같이 벗겨져 곳곳이 본바탕의 살이 드러나서 숨어 있던 정체가 폭로되는” 것을 보고 비로소 지금까지 꿈에도 생각지 못하였던 새로운 생 그대로를 발견하고 온갖 사회의 기반羈絆에서 해방이 된 기쁨에 도취되어 드디어는 쓸데없는, 너무도 지나치게 큰 자유의 무거운 짐 밑에 눌리어서 도리어 괴로움을 면치 못하게 되기까지의 과정을 열과 시로 새기어 놓은 것이 이 『배덕자』다.

출발에서부터 그의 문학은 19세기의 자연주의 문학에 대한 반역이었거니와 자연주의 리얼리즘의 극단적인 과학주의가 낳아 놓은 숙명적인 페시미즘에 대하여 새로운 희망과 미래와 청춘을 부활시키기 위한 노력이 그의 문학이다.

그의 작품 주류를 따져 보자면 감정적인 면, 즉 그의 모럴리스트적인 요소와 서정적인 심미관이 아름답게 융합된 『지상의 양식』, 『배덕자』, 『좁은 문』, 『이사벨』, 『전원교향악』, 『여자의 학교』, 그리고 이지적인 면, 즉 그의 혁명적인 요소와 비판적인 정신이 독창적으로 결부된 『팔뤼드』(난해로 유명한 작품), 『사슬에서 해방된 프로메테우스』, 『법왕청法王廳의 간도間道』, 『위폐 제조자』 등의 두 갈래의 계열로 구분할 수가 있을 것이다.

그는 1947년에 노벨문학상을 받고 4년 후인 재작년(1951) 이른 봄에 온 세계 지식인의 가슴속에 애석한 눈물을 지어 주며 세상을 떠났다. 82세의 고령이었다.

계사(－1953) 납월臘月 상완上浣

제주에서

역자

## 검둥이의 설움

**계용묵**

- 계용묵, 『검둥이의 설움』, 우생출판사, 1954.3.10, 247면
- 해리엇 비처 스토 원작

이 『검둥이의 설움(엉클 톰스 캐빈)』은 땅덩이 위에 사는 사람은 어떠한 인종이나 모두 평등한 것으로 서로 사랑하지 않으면 안 된다는 것을 가르친 소설이다. 이 교훈이 링컨 대통령으로 하여금 노예 해방을 선언하고 남북전쟁을 하게 된 한 원인이 되었던 것이라고 한다.

이 소설이 얼마만한 인기를 가졌던가 하는 것은 그 팔린 책 수로도 짐작할 수 있는 것이니 1852년에 처음으로 보스턴에서 출판이 되었을 때 며칠 내외에 15만 책이 팔리고 영국에서는 100만 책이 팔리었다는 것으로도 알 수가 있다.

사랑의 힘이 이렇게 사람의 마음을 움직이고 인기를 집중시켰던 것이다. 이것을 본 작자 스토 부인은 "이 책은 내가 쓴 것이 아니요 하느님이 쓴 것입니다"고 말을 하였다고 한다.

# 기름진 여인

**오일경**

- 오일경, 『기름진 여인』, 수도문화사, 1954; 청춘사, 1954.9.20, 234면; 『첫사랑』, 한풍출판사, 1956, 231면
- 현송(김송), 『첫사랑』, 청춘사, 1956.4.16; 일문서관, 1958.7.5, 231면
- 기 드 모파상 · 이반 투르게네프 원작(합본), 구인회 장정(1954), 명작소설(1956)

## 작자 소개

기 드 모파상1850~1893은 프랑스의 소설가. 특히 단편 작가로서 세계적으로 알려진 우수한 작가의 한 사람이다. 플로베르의 제자로 처음에는 관리 생활을 하다가 나중에 작가 생활로 들어가서 자연주의 문학의 걸작 『기름진 여인』으로 명성을 올렸다. 『벨아미』와 『피에르와 장』 같은 장편을 써서 성공은 하였지만 만년에 발광을 하여 일생을 끝마쳤다. 생의 권태와 염세적 페시미즘이 농후한 소설 『물 위』는 근대적 허무와 회의가 최고로 풍겨진 문학적 표현으로써 20세기 문학에로 옮겨지는 전환기에 속한 중대한 씨의 걸작이다.

## 해제

이반 투르게네프는 『처녀지』로 알려진 제정帝政 노서아露西亞의 작가로서 씨의 많은 작품 중에서도 『첫사랑』은 프랑스풍의 세련된 솜씨를 보여주고 있다.

이 작품은 1860년대에 씌어진 중편소설인데 그 표현이나 효과에 있어서 투르게네프 창작 가운데 가장 완전한 하나이다. 그는 그 탁월하고 풍부한 기교를 마음껏 부려서 하나의 교만한 여성을 우리들 눈앞에 뚜렷하게 떠오르도록 하였고 동시에 경쾌한 터치로써 그 여성을 싸고도는 많은 남성과의 관계를 가장 정확하게 묘사했다.

『첫사랑』은 어느 중년 신사의 입을 빌려서 첫사랑의 추억을 이야기하는 일인칭 소설인데 말하는 사람인 소년의 순진한 동경과 중년 신사로서의 비판적 태도, 사람과 사람과의 상호 관계, 이런 것이 흩어짐도 없이 탄탄하게 그려져 있는 점은 참으로 경탄할 바가 있다.

# 모파상 선집

**양원달**

- 양원달, 『모파상 선집』, 민중서관, 1954.7.20(초판); 1956.1.20(재판); 1958.5.10(3판); 1960.6.10(4판), 278면
- 기 드 모파상 원작

## 역자의 말

모파상의 작품은 참으로 아름다운 글인 줄 안다. 그 생각이나 구성이나 이야기나 문장이나 한 줄 한 줄, 한마디 한마디가 옥과도 같이 은근하면서도 아름다운 빛을 발사한다.

나는 소년 적부터 그의 글을 애독하였다. 처음에는 일본 말로, 다음에는 영문으로, 다시 2년 후에는 원문으로, 그것도 두 번 세 번, 그리고 마치 애인과 지껄이는 듯한 황홀한 도취경에서 읽었다.

그 후 10년. 오늘 다시 그의 작품 앞에 앉으니 마치 방금 탈고한 친구의 글을 읽는 듯한 새로움과 정다움을 느낀다.

지금 그의 문장을 한 줄 한 줄, 한마디 한마디 입속에서 중얼거려 보고 씹어 보고 외우곤 하고 있노라니까 마치 쇼팽의 선율을 듣고 있는 듯한 착각을 느끼고는 깜짝 놀란다.

그의 문장에는 분명히 쇼팽의 멜로디가 있는 줄 안다 — 미묘하고 섬세하고 애틋하고 동글동글하고 절제 있고 연약하고 간결하고, 그리고 무엇보다도 듣는 사람의 가슴속의 금선琴線을 가느다랗게 흔들어 놓고야 마는 그러한 멜로디가.

그리고 그의 생각, 그의 눈, 그의 귀 — 그 얼마나 엄청난 생각이며 얼마나 정확한 눈이며 얼마나 날카로운 귀냐! 그가 하려는 이야기는 언제나 저 산중의 호수처럼 맑

고 선명하고 깊고 그가 쓰는 용어는 언제가 가을 하늘의 성좌처럼 도란도란하다!

모파상은 문학 생활 10년 동안에 여섯 편의 장편과 280편의 중편, 단편을 썼다. 그것을 생각할 때 나는 마치 고기가 알을 뿌리듯이 앉는 자리에마다 보석과도 같이 찬란한 선율의 알을 뿌려 놓은 모차르트가 언제나 머리에 떠오른다. 또 그 300에 가까운 작품의 취재를 보면—아아, 어쩌면 한 사람의 머리가 이렇게도 엄청나게 여러 가지를 보고 알고 느낄 수가 있을까! 하고 놀라지 않을 수가 없을 정도다. 귀족에서부터 걸인에게 이르기까지 가지각색의 종류의 사람이 등장하여 그 사람이 아니고는 상상조차 할 수 없는 이야기를 한마디씩 지껄이고는 꺼지곤 한다.

여기에 실린 아홉 편은 어떤 의미로서든지 모파상의 그 넓은 취재의 분야를 대표할 만한 작품인 줄 안다.

「무용無用의 미L'Inutile Beauté, 1890」와 「올리브 숲Le Champ d'Oliviers, 1890」은 남녀 관계에 취재한 작품의 대표일 줄로 믿는다. 모파상1850~1893은 마흔세 살의 젊은 나이로 세상을 떠났다. 그것도 이 세계와 인생에 절망한 끝에 발광하여 절명하였다. 두 작품이 다 그가 미치기 2년 전에 쓴 작품이다. 이것을 읽어 보면 누구나 그가 발광할 수밖에 딴 길이 없었음을 쉽게 깨달을 수 있으리라. 이렇듯 그의 인생관, 특히 여성관을 투명히 그리고 정확하게 볼 수 있는 작품은 300편을 다 살펴보아도 또 없으리라.

이 두 작품이 나란히 한 책으로 되어 『무용의 미』를 책제冊題로 출판되었거니와 당시 불란서의 세계적인 평론가 텐은 이 책을 받아 들고 특히 「올리브 숲」을 읽고 감격한 나머지 후배인 모파상에게 「올리브 숲」을 소포클레스의 비극에 비기면서 격찬하는 서한을 보냈다고 한다.

그리고 나머지 일곱 편은 거의 다 1882, 83, 84년의 작품.

「달빛Clair de Lune」은 시정이 흘러넘치는 아름다운 서정시.

「몸붙이La Parure」는 모파상의 작품 중에서도 동서를 물론하고 가장 널리 알려진 걸작이기에 빼놓을 수가 없다.

「두 친구Deux Amis」는 세계문학 사조상에 큰 에포크를 그려 놓은 자연주의 시대의 거장으로서의 모파상의 수법을 거의 완전하게 알 수 있는 작품이라고 믿는다.

「노끈La Ficelle」은 사람의 심리를 보는 그의 눈이 얼마나 정확하고 섬세한가를, 그리고 그 구성이 얼마나 완전한 건축인가를 보여주는 좋은 예. 현미경으로밖에는 볼 수 없을 듯한 가느다랗게 흔들리는 눈썹 한 오라기도 놓치지 않는다. 무서운 눈이다.

「투안Toine, 1885」은 모파상의 '유머소설' 중에 들어갈 작품 중의 대표. 유머를 쓰되 모파상은 과연 모파상이다. 무의미하게 웃어 버리지는 않는다. 이 웃음 속에서도 그는 딴 작가의 어떠한 '비극'에도 지지 않는 엄한 눈초리로 아담의 후손인 가련한 인류의 슬픔을 탐색하기를 잊지 아니한다.

「귀향Le Retour」과 「밭으로Aux Champs」는 에덴의 소녀와도 같이 무한 사랑스러운 작품이기에 아무러해도 빼놓을 수가 없었다.

원본은 서울대학교 도서관 장서, 파리 알방 미셸사판 전집과 역시 알방 미셸사판 단편 선집의 두 가지를 썼다. 이 지면을 빌려 이 텍스트의 편의를 보아주신 이휘영 씨에게 깊이 감사하는 바이다.

갑오(-1954) 6월 18일

서울에서

역자

## 25시

김송

- 김송, 『25시』, 동아문화사, 1951.12.1, 326면 · 1952.3.10, 313면(초판, 전2권); 1953.9.15, 326면 · 1953.10.5, 313면(4판, 전2권)
- 콘스탄틴 비르질 게오르규 원작

### 작자 소전

콘스탄틴 비르질 게오르규 씨는 1916년 9월 15일 루마니아의 라즈보이에니에서 태어났다. 부쿠레슈티 대학과 하이델베르크 대학에서 철학 급及 신학을 전공, 루마니아 외무성 특파 문화 사절의 원元 수행원. 저서가 많은 가운데 『설상雪上의 낙서』는 1940년도 루마니아 왕국 시인상을 받았다. 동구東歐의 비극을 몸소 체험하고 모국어로 씌어진 이 소설 『25시』는 처음 파리에서 불역 상재되었는데, "이 10년 동안 발행된 절망적 서적 가운데서 가장 감동을 준 작품"이라고 하여 문학적으로나 정치적으로나 광범위하게 인심을 움직인, 금일 현대 세계의식의 커다란 실증자의 한 사람으로 인정되었다.

현재 파리 교외에 적거謫居 중이다.

## 역자의 부탁

중공군이 서울을 공략하자 나는 피난 남하하지 않으면 안 되었다. 그리하여 불안하고 초조로운 생활 속에서 목숨을 지탱하기에 급급한 나머지 게오르규의 『25시』를 중역重譯하게 되었다. 그러나 남의 작품을 다루는 데 정력을 소화하는 일처럼 헛된 고역은 없을 것 같아서 주저하기를 수삼 차였으나 황준성 형의 호의를 받들어서 피난 중에 살아가는 데 청탁淸濁을 논할 게 무엇이랴 하고 나는 창작의 여가를 타서 단지 살기 위하여 2,300매의 장편을 역출譯出하는 데 성공하였다.

더욱이 이 고된 일에 있어서 『25시』가 가진 루마니아의 현실이 한반도와 너무나 유사하다는 것은 나로 하여금 흥미를 갖게 하였다. 또한 이 소설은 우리 민족에게도 끼치는바 영향이 많을 줄로 인정하고 감히 서슴지 않고 역출하였던 것이다.

12월 20일

부산에서

# 아메리카의 비극

**최재서**

- 최재서, 『아메리카의 비극』, 백영사, 1952.12.28, 417면
- 시어도어 드라이저 원작

## 해설

이 번역은 조지 메이베리George Mayberry의 압축판abridged edition을 원본으로 썼다. 이 압축판은 드라이저의 원저를 약 반 정도로 줄인 판이다. 줄여진 대부분은 주인공의 소년 시대에 관한 길고 지루한 묘사이다. 주인공이 출세의 기회를 잡는 때부터 전기의자에 앉는 순간까지의 중요한 부분, 특히 법정 투쟁 장면은 대체로 원저 그대로 나와 있다. 압축판이라고 해서 독자는 조금도 섭섭히 생각할 필요는 없다.

원작자 시어도어 드라이저Theodore Dreiser는 1871년 8월 27일 인디애나주 테레호테에서 출생했다. 아버지는 편협한 구교 신자였고 어머니는 무교육한 여자이면서 몽상적 경향이 농후했었다.

드라이저의 소년 시대 생활은 퍽 곤궁했었다. 소학교를 중도에 퇴학하고 열여섯 살 되던 해에 시카고시에 나와서 자작自作 벌어먹지 않아서는 안 되었다. 그 후 여러 번 직장을 옮겼다. 이 소설의 주인공의 소년 시대 생활과 비슷한 점이 많이 있다. 이 시대에 드라이저의 가장 큰 희망은 신문 기자가 되는 일이었다.

1892년부터 신문 기자 생활이 시작되었다. 그간 소설 공부를 했다. 그의 처녀작은 『캐리 언니*Sister Carrie*』(1900)이다. 이 소설은 사회 문제를 일으켜 출판사에서는 자진해서 판매 중지를 했다. 그 후 연속해서 다음과 같은 소설들이 나왔다.

『제니 게르하르트*Jennie Gerhardt*』(1911), 『금융가*The Financier*』(1912), 『40세의 외교 판매원*A Traveller at Forty*』(1913), 『거인*The Titan*』(1914), 『천재*The Genius*』(1915). 『아메리카의 비극*An American Tragedy*』이 나온 것은 1925년이다. 드라이저는 1945년에 작고하였다.

고전문학의 정의 그대로 위대한 인물의 몰락 과정을 그리는 것이 비극이라고 한다면 이 소설『아메리카의 비극』은 전연 비극이 아니다. 어째서 그러냐 하면 이 소설의 주인공 클라이드는 위대한 인물은 아니기 때문이다. 위대는커녕 그와 정반대이다. 조지 메이베리는 클라이드를 평하여 "허영을 좋아하고 공상을 즐겨 하며 출세욕에 눈이 어두운 멍텅구리면서 자기 자신의 이익이 위협될 때에는 능히 범죄를 행할 수 있는" 인물이라 하였다. 자칫하면 희극의 주인공이 될 만한 인물이다. 그러면 이 소설은 어떤 의미에서 비극인가?

금력과 권력과 성적 매력은 현대 문명사회를 움직이는 3대 원동력이다. 그 힘이 대규모로, 고속도로 나타나 있는 곳이 현대 아메리카 사회이다. 이러한 아메리카 사회에서 클라이드는 행복의 조건을 가장 결핍하는 한 사람이었다.

그는 빈한한 선교사 가정에 태어나서 어려서부터 실망과 불만과 반항적 기분 속에 병적인 공상력만 늘어 갔다. 집을 나와 이곳저곳 방랑하다가 그의 당숙이 경영하는 큰 공장 위에 취직하여 출세의 기회를 얻는다. 그는 자기 밑에서 일하는 순진한 여직공 로버타를 사랑한다. 사랑은 맹목적인 남녀 관계로 돌진한다. 그러나 성적 관계가 요구하는바 사회적 의무—결혼은 생각해 본 일이 없다. 딱히 생각할 필요가 있었다면 그는 결혼할 의사는 전연 없다고 대답했었을 것이다.

여자는 임신하여 두 사람은 고민한다. 어느덧 5개월이 지나간다. 여자는 결혼을 강요한다. 바로 그때에 벌써 클라이드는 우연한 인연으로 부르주아 영양令孃 손드라를 알게 되었었다. 두 사람의 교제는 연애를 연상할 수 있는 정도에까지 도달했었다.

손드라는 미모와 금력과 사회적 지위로 말미암아 로버타와는 비교가 안 되는 여자이다. 손드라야말로 클라이드의 꿈을 그대로 실현시켜 줄 듯이 약속해 주는 여자이다. 클라이드의 애정은 로버타로부터 떠나간 지가 이미 오래다. 그러나 아무것도 모르는 로버타는 낳는 애에 이름을 지어 줄 동안만이라도 결혼해 달라고 애걸하며 듣지 않으면 두 사람 사이의 비밀을 세상에 폭로시키겠다고 위협한다.

그때에 클라이드는 그의 귓속에 속삭이는 악마의 소리를 듣는다. 어떤 젊은 남녀가 호수에서 보트를 세내어 타고 놀다가 배가 뒤집혀서 물에 빠졌는데 여자의 시체는 발견되었지만 남자의 시체는 아직도 알 수 없다는 신문 기사를 읽었다. 이에서 암시를 받고 클라이드는 로버타의 살해를 계획한다.

그러나 여자를 배에 태우고 고적한 호수까지 와서 계획을 실행하려고 할 제 그는 용기가 사라지면서 자기 자신에 대한 실망감과 로버타에 대한 분노심과—이런 것들이 한데 엉켜서 일종의 정신 착란 상태에 빠지고 만다. 결국 여자의 얼굴을 갈겨 물에 빠뜨린 뒤에 구해 주지 않아서 여자는 죽고 말았지만 이 모든 일을 똑똑한 의식을 가지고 고의적으로 한 것은 아니었다. 나중에 법정에서 변호인은 그를 '정신적, 도덕적 비겁자'라고 변호하였다. 물론 그 변호는 클라이드를 전기의자로부터 구제해 주지는 못했지만 확실히 클라이드의 성격을 바로 표현하는 말이다.

클라이드는 사형수감死刑囚監에서 단칸 목사의 열렬하고도 꾸준한 설교에 감화를 받아 마침내 하느님 앞에 자기의 죄를 자백하고 성명서까지도 쓴다. 그러나 전기의자에 앉는 순간까지도 "나는 과연 유죄한가?" 하는 의문을 풀지 못한다.

"…… 그들이 무어라고 한대도 그들은 나처럼 기어이 결혼을 해 달라고 강요하는 로버타의 고통을 받지는 않았다. 그들은 나처럼 꿈의 대상이 되는 손드라에 대한 열정에 불타지는 않았다. 그들은 나처럼 초년 생활의 불운으로 말미암아 번민과 고통과 조소를 받지는 않았고, 또 길거리에 나와서 찬송가를 부르고 기도를 드려야 한다는 굴욕을 맛보지는 않았다. 세상 사람들—누구를 막론하고, 어머니까지도—이러한 나의 심리적, 육체적, 정신적 고통을 모르면서 어떻게 나를 비판할 것인가?"

또 다음과 같은 자탄도 있다.

"…… 슬픈 일이다. 할 수 없는 일이다. 자기의 인간적인, 너무도 인간적인—따라서 그릇된—이 갈망을—자기와 같이 무수한 사람들이 고민한바 이 갈망을 아무도 이해해 주지 못하는가? 아무도 믿어 주지 않는가?"

공소控訴 신청이 각하되고 클라이드의 운명이 최종적으로 결정되었을 때에 그와 그의 어머니와의 마지막 면회가 있는데 그 대화의 일부를 소개하면 다음과 같다.

"클라이드야, 네가 아직도 자백하지 않은 일이 있거든 네가 이 세상을 떠나기 전에 죄다 자백해야 한다."

"저는 이미 하느님과 단칸 목사 앞에 모든 것을 자백했습니다. 그것으로 충분하지 않습니까?"

"아니다, 너는 네가 무죄하다고 세상 사람들에게 말했다. 그러나 그렇지 않으면 그렇지 않다고 말해야 한다."

"그렇지만 제 양심이 제가 옳다고 말한다면 그만 아닙니까?"

"안 될 말이다. 하느님이 그와 다른 말씀을 하신다면……."

클라이드는 그 이상 아무 말도 안 하기로 정했다. 그가 이미 단칸 목사에게 고백하고 그 후로 여러 번 이야기하는 동안에 해결 지을 수 없었던 그 미묘한 심정의 음영을 어떻게 그의 어머니나 또는 세상 사람들과 토론할 수 있을 것인가?

이와 같이 자기의 죄를 인식하지 못하고 저 세상으로 떠난다는 것은 사형 집행을 받는 사실 그 자체보다도 더 비극적이다.

클라이드는 처음부터 끝까지 억제할 수 없는 자기 자신의 욕망과 적대적인 사회의 힘에 농락되어 기어올라 가려다가 결국 비참한 구렁에 빠지고 마는 약하고 평범하고 무명한 대중의 한 사람이다. 이 비극은 클라이드라고 하는 한 개인의 성격이 만들어

내는 것이 아니라 사회 전체의 모든 힘이 무성격한 한 인간을 통하여 결합되고 충돌함으로써 이루어지는 비극이다. 저자 드라이저가 그의 소설을 '아메리카의 비극'이라고 이름 지었다는 것은 깊은 의미가 있다.

이미 암시한 바처럼 우리는 고전 비극의 위대하고 장엄하고 혹은 엄숙한 성격을 클라이드 속에서 발견하지는 못한다. 그러나 이 작품 속에서 우리는 한 비극이 일어나는 사회적 관계를 마치 확대경을 통하여 보는 것처럼 환히 들여다볼 수가 있다.

작자는 작품 첫머리에서 클라이드 일가족을 소개하면서 아래와 같은 말을 했다. "참으로 이 일가족이 대표하는 것은 정신적, 사회적인 반사反射와 동기의 변태들의 일종이라 그 비밀을 알아내려면 다만 심리학적인 기술뿐만 아니라 화학적, 물리학적인 기술도 동시에 필요하게 될 것이다."

사실 드라이저는 화학적, 물리학적까지는 몰라도 심리적, 법률적, 사회적, 종교적, 윤리적인 각도로부터 클라이드의 범죄 사실을 관찰하여 그 원인을 구명하려고 애썼다. 그래서 그 결과는 문학사상 드물게 보는 세밀 정치한 기록문학이 되었다. 『아메리카의 비극』은 아메리카가 세계에 자랑할 수 있는 대작품인 동시에 현대 리얼리즘 문학의 큰 수확이다.

드라이저의 문학은 결코 미문체美文體는 아니다. 그저 간명 솔직하고 어디까지나 기술적記述的인데 그 기술은 좀 지루할 정도로 장황하고 반복적이다. 따라서 작품 전체는 방대한 분량을 차지하게 된다. 거의 반으로 줄였다는 것이 보다시피 우리말로 400페이지를 넘는다면 그 원저의 분량이 얼마만 할까를 가히 짐작할 수 있으리라. 문학에 있어 양은 반드시 질을 보증하는 것은 아니지만 양이 힘이 되는 것도 사실이다. 『아메리카의 비극』은 숨 막힐 듯한 사건 전개와 세밀 정치한 묘사와 울창한 체계가 합하여 현대문학에서 드물게 보는 힘 있는 작품이 되었다. 나는 드라이저를 볼 적마다 늘 발자크나 톨스토이를 연상한다. 이들은 무엇보다도 그 양의 방대함과 묘사의 세밀함으로써 우리를 압도하는 대가들이다. 『아메리카의 비극』이 세계 수준에 올라서는 걸작인 것은 틀림이 없다.

1952년 12월 15일

대구 객사客舍에서

역자 지識

## 주홍글씨

**최재서**

- 최재서, 『주홍글씨』, 을유문화사, 1953.7.30(초판); 1954.7.15(재판); 1956.10.20(3판); 1958.2.15(4판), 325면
- 너새니얼 호손 원작

### 머리말

너새니얼 호손은 아메리카에서 일등 가는 소설가이다. 『주홍글씨』는 호손 작품 중에서 일등 가는 소설이다. 따라서 『주홍글씨』는 아메리카 문학에서 일등 가는 소설이다.

그러기에 『주홍글씨』의 번역을 담당하게 된 것은 나의 최대의 영광으로 생각한다.

미스터 브루노가 내구來邸하여 적당한 작품이 없겠는가 말하기에 나는 첫마디에 『스칼렛 레터』라고 대답했었다. 그러나 대답하고 나자마자 그 대답이 얼마나 무모한 대답인가를 반성하기 시작했다.

호손의 영어는 한 시대 이전의 고전 영어에 속한다. 영어학 연구로 공부하기에는 좋을는지 모르나 이렇게 대중 상대로 번역하는 데는 아무리 쳐도 만만한 물건이 아니다. 둘째로 호손의 소설은 세밀한 심리 묘사에 있어 세계 제일류일 뿐 아니라 영혼의 미묘한 동태를 추구함에 있어 실로 독보이다. 시대가 다르고 틀이 다른 우리의 말을 가지고 어느 정도로 호손의 예술을 살릴 수 있을는지 참으로 아득한 일이었다.

이 소설을 번역하는 동안 대구는 근래에 드문 혹서酷暑였다. 그러나 나는 그 더위를 잊어버리고 역업譯業에 정진하는 때가 많았다. 이 대작과 씨름하는 데 있어 더위는 도리어 좋은 자극제가 되었을는지도 모른다고 생각한다.

이 서투른 번역을 통해서나마 호손의 예술을 이해하는 사람이 한 사람이라도 많아지기를 충심으로 기원하는 바이다.

1952년 8월 말일

대구 객사에서

역자 지識

## 바다와 노인

**정봉화**

- 정봉화, 『바다와 노인』, 대신문화사, 1953.11.25, 175면
- 어니스트 헤밍웨이 원작, 김호성 표지 그림, 대신문화사 장정

### 머리말

헤밍웨이의 전후戰後 작 『바다와 노인』은 1952년 8월에 미국에서 출판되어 영미 문단에서 절찬을 받고 금년 여름에는 미국 최고의 문학상 퓰리처상까지 수상한 작품입니다.

헤밍웨이와 같은 세계적인 대작가의, 그것도 그의 노성기老成期의 작품을 저와 같은 천식淺識한 영문학도가 번역한 데 대하여 저는 여러 선배들의 양해와 앞으로의 지도 편달을 바라 마지않습니다.

저는 그저 3개월간의 악전고투에서 얻은 산 경험을 통하여 앞으로 더 좋은 일을 할 수 있다면 다행이라고 그것만을 바라고 있습니다.

이 번역물이 세상에 나오게 된 것은 두말할 것도 없이 후배를 길러 주시려는 시인 장만영 선생의 온정의 덕이고 또 모험에 가까운 저의 처녀 출판을 즐거이 맡아 주신 문예서림 주인 김희봉 씨의 공이 컸습니다.

번역에 있어서 난해한 어구 해석을 지도하여 주신 조용만 선생과 우리말 어휘의 교정을 도와주신 여러 선배, 동료들에게 뜨거운 사례의 말씀을 드립니다.

끝으로 제 고집과 때로는 무리한 요구까지도 항상 웃으시면서 받아 주시고 자칫하면 탈선하기 쉬운 젊은 저의 생활을 바로잡아 주시면서 격려, 고무하여 주신 고제경 선생의 선배로서의 온정이 이만한 일이라도 제가 하게 된 무엇보다 큰 동력이

되었다는 것을 저는 여기에 말해 두고 싶습니다.

단기 4286년(=1953) 만추晩秋

역자 지識

## 헤밍웨이의 약전

어니스트 헤밍웨이Ernest Hemingway는 1898년 7월 21일 시카고 부근 오크 파크Oak Park에서 출생하였다. 그의 아버지는 의사였으며 동시에 스포츠 애호자였다. 그의 아버지는 그가 어렸을 때부터 사냥과 고기 낚는 데 늘 데리고 다녔다. 장년한 후에 그가 운동, 사냥, 그리고 낚시질하는 데 커다란 흥미를 갖게 된 것은 그때부터 싹트기 시작했던 것이다.

그가 받은 교육이라고는 고향에서 소학, 중학을 수업한 것뿐이었다. 소학을 끝마친 그는 15세 때 얼마 동안 집을 떠나 방랑 생활을 하다가 다시 돌아와서 1917년에 고등학교를 졸업하였다. 그의 부모는 그에게 의학을 공부시키려고 하였으나 고등학교를 끝마치자마자 그는 자기 자신의 생활을 찾아서 상급 학교로 진학하는 것을 거절하고 말았다.

교문을 떠난 그는 『캔자스시티 스타*Kansas City Star*』지의 기자로서 취직하여 사회에 제일보를 내디뎠다. 그러나 수개월 후에 제1차 대전이 일어나자 그는 지원하여 병원차病院車 운전수로서 이태리 전선으로 종군하였다. 이태리에서 그는 다시 이태리군 돌격대인 아르디티Arditi에 입대하여 중상을 입고 전투에서 공훈으로 훈장까지 받았다.

이태리군으로부터 제대한 그는 1919년에 귀국하여 어렸을 때부터 사귄 고향 처녀 해들리 리처드슨과 결혼하였다. 이 여자와의 사이에는 아들 1명까지 있는데 1926년에 이혼하고 말았다.

1920년 그는 『토론토 스타*Toronto Star*』지 특파원으로서 근동近東으로 파견되었다가 1921년 파리에 와서 머물게 되었다. 그가 본격적으로 작가 수업을 시작한 것도, 또 그의 첫 작품이 발간된 것도 파리에서였다. 그리고 그는 파리에서 셔우드 앤더슨Sherwood Anderson을 비롯하여 저명한 작가들과 교제할 기회를 가질 수 있었고, 돈이 얼마쯤 모인 그는 특파원의 자격을 포기하고 전심 작가로서의 수업을 시작하였다. 파리 체류 중 작가로서의 그의 명성이 다소 알려진 것도 사실이다.

1927년 귀국하자 그는 폴린 파이퍼와 결혼하였다. 이 여자와의 사이에서는 아들 2명까지 얻었었는데 1940년에 이혼하고 그 직후 여류 작가 마사 겔혼과 삼혼三婚을 하였다. 삼혼을 한 그는 플로리다의 키웨스트Keywest를 영생의 지地로 정하고 이사해 가 요트를 사고 낚시질을 하면서 소일하게 되었다. 그의 수개數個 작품의 배경이 된 것도 거기였다.

1936년 서반아西班牙(－에스파냐) 내란이 일어나자 그 내란에 큰 관심을 느낀 그는 곧 서반아를 방문하고 돌아와서 의원금을 모금하여 왕당파 군에다 보낸 일까지 있었다. 그 이듬해 북미 신문 동맹North American Newspaper Alliance의 특파원으로 그는 다시 서반아를 방문하여 친히 서반아 내란을 시찰하였다. 그는 서반아에서 다시 아프리카를 시찰하였다.

1941년 태평양 전쟁이 발발하자 그는 소유하고 있던 요트를 해군에다 헌납하고 뉴기니 일대를 시찰한 바도 있었다.

### 그의 작품

***Three Stories and Ten Poems*(1923)**

1923년 전까지도 그의 작품은 신문에나 고등학교 잡지에 발표되는 이외에 단행본으로서 출판된 일이 없었는데 그해 처음으로 팸플릿 판으로 이 책이 발간되었다.

***In Our Time*(1924)**

이 책은 처음에는 파리에서 170부 유한판有限版으로 출판되었는데 나중에 미국 출판사와 계약이 성립되어 미국에서 발간되었다. *Three Stories and Ten Poems*가 팸플릿이 되고 보니 이 책은 미국에서의 그의 처녀 출판이라고 하겠다.

이 책에는 "Indian Camp", "Doctor and Doctor's Wife" 등의 수개 단편이 포함되어 있는데 작품들은 모두 그가 어렸을 때 아버지와 함께 사냥과 고기 낚으러 다니던 때에 보고 듣고 한 것이 배경이 되어 있다.

***The Torrent of Spring*(1926)**

1926년 5월에 이 책이 출판되었는데 미국 실업가와 앤더슨을 포함하는 미국 작가들에 대한 풍자가 이 작품의 주류가 되어 있다.

***The Sun Also Rises*(1926)**

**『해도 또한 뜨다』**

동년 10월에 발간된 이 작품은 그의 첫 장편소설이다. 젊은 투우사를 모델로 한 이 작품은 묘사가 정확하고 내용이 청신淸晨하여 그의 걸작 중의 하나라고 평론가들은 평하고 있다.

*Men without Women*(1927)

『남자만의 세계』

1927년 가을에 출판된 그의 제2 단편집이다. 이 단편집이 출판된 후부터 그의 명성은 차차 높아져 갔다. 이 책에는 그의 불후의 명작 "The Killers"와 "The Undefeated" 2개 단편이 포함되어 있다.

*Farewell to Arms*(1927)

『무기야, 잘 있거라』

이 작품은 그가 이태리 전장에 참가했던 경험을 토대로 하여 씌어진 것이다. 그의 첫 장편소설 *The Sun Also Rises*에 비하여 기교에 있어서나 구상에 있어서 이 작품이 훨씬 우수하다고 한다.

"The Snows of Kilimanjaro"(1936)

이 작품은 그의 가장 우수한 단편이라고 한다. 평론가들은 그의 장편은 통속적인 경향이 있고 구상에 있어서도 산만함을 면치 못하고 있지만 단편은 구상에 있어서도 기교에 있어서도 퍽 우수하다고 한다.

*For whom the Bell Tolls*(1940)

『누굴 위하여 종은 울리는 것인가』

이 작품은 너무나 유명한 것이다.

서반아 내란을 직접 시찰한 그는 동 내란을 배경으로 이 작품을 썼다.

## 구토

**양병식**

- 양병식, 『구토』, 정음사, 1953.6.16, 299면
- 장 폴 사르트르 원작, 신세계문학총서 2

### 후기

『구토』는 제2차 대전 전 1938년에 출판된 특색 있는 소설이다. 1932년 겨울 한 달 동안에 걸친 일기의 형식으로 씌어진 것이며 이 일기체의 소설에는 이렇다 할 만한 스토리가 없다. 이것은 너무도 형이상학적인 철학소설이라 하겠다.

사르트르는 이 소설에 있어 일 지식인을 고독 가운데에 몰아넣고 철저히 자아를 탐구하고 있다. 주인공 로캉탱은 30세의 청년이다. 그의 일기는 현실에서 조금도 취할 바 없는 사소한 일도 필기하며 분류하여 간다. 그것은 후일에 이내 변하여 갈 것을 알고 그 변화로 말미암아 그는 자기의 마음의 미소한 변화를 알아보려고 하였다. 부르주아 계급에 속하였고 경제적으로도 다소 여유 있기에 그는 일층 고독하였다. 그의 경력은 확실하지 않으나 아마도 파리에서 불안한 청춘을 보낸 후 전후戰後의 많은 청년들과 한가지로 절실한 정신적인 욕망을 품고 멀리 해외로 도망하여 세계 각지를 방랑하였으나 그는 아무런 것에도 만족을 얻을 수가 없었다. 고독은 점점 깊어 가고 끝끝내 절망으로 들어가게 된다. 여기에 이르러 그는 노르망디에 있는 작은 도회지 부빌르에 숨어들어서 18세기의 사람 롤르봉 후작의 전기를 써 가면서 도서관으로 또는 거리의 요리점으로 돌아다니며 3년간을 지냈다. 그는 아무런 상대자도 없었다. 단지 도서관에서는 괴상한 독학자를 알았고 그 외에는 요릿집 여급쯤이고 하여 전혀 고독한 생활을 보내었다. 이러한 생활에 그의 일기는 특별한

의미가 있었다.

절망에 잠긴 그의 정신세계에서는 무언가 점점 변화하여 가는 것을 느꼈다. 그것은 그에게 희망을 주는 건지 아직 알 수가 없었다. 그는 평범한 일상생활의 변화가 어떠한 것인지를 알기 위하여 일기를 써 갔다. 이렇게 씀으로써 그의 감각, 인상, 사상의 변화의 뒤를 따라가려 하였다. 그러기에 그는 여러 가지로 불쾌한 기분을 분석하여 간다. 그리고 어떤 날 자기의 손의 '존재'가 걱정되어 이 손으로 말미암아 '구역질'을 느끼게 된다. 그다음 그 '존재'가 확실히 느껴진다. 그 후 얼마 되지 않아 그는 카페에 앉아 있을 때 그 주위의 모든 사물에 대하여 '구역질'을 느끼게 된다. 그다음부터는 '구역질'은 그에게서 떠나지 않았다. 이 '구역질'은 바로 그에게 이 '존재'라는 것을 가르쳐 주는 예감이라는 것을 알게 된다.

그 후 옛날의 연인 아니로부터 편지를 받고 그는 파리로 간다. 만났으나 이미 옛날의 모습이 없어졌고 그 여인도 소녀 시대의 꿈을 잃고 모진 현실에 맞부딪치며 살아가는 여자이었다. 인제 그는 연인에게도 롤르봉 후작의 전기 연구에도 의지하지 않고 '존재'의 비결을 탐지하려 하며 그 자신의 생명의 소재를 발견하려고 한다. 공원의 벤치에 앉아서 마로니에의 뿌리든가 가지를 보고 있는 사이에, 또는 카페에서 옛날에 유행한 재즈 송을 듣고 있는 사이에 그 자신의 '존재'를 희망하였던 것이다. 그는 여러 가지로 이 '구역질'의 정체를 포착하려고 한다.

공원 벤치에 앉아서 마로니에의 뿌리를 보고 '구역질'을 느꼈을 때 그는 존재론적인 사색에 잠겼다. 그때에 절실히 자기가 이 한 달 동안 자기의 내부에 일어난 메타모르포즈變身의 의미를 알게 된다. 그것은 이제까지 절망하고 있던 자의식이 과잉한 청년이 외부에 있는 존재의 가치와 의의를 알게 되며 또한 자기의 존재도 다시금 인식하는 첫걸음인 것이었다. 이것이 절망적인 경지로부터 벗어져 나오는 기연機緣을 그에게 주었다. 그리고 무수한 사물의 존재 가운데에도 자기가 존재하여 있다는 것을 바로 알게 되는 것이었다. 이것은 심리적인 미궁으로부터 구체적인 사물

가운데로 들어가 살아가는 것이 된다. 그에게는 자기 자신도 사물이며 자기 자신도 '구역질' 그 자체라는 것이다. 이렇게 자기 자신의 세계에 들어가서 사상과 사물을 소화하면서만 살아가는 것이 아니라 자기 이외의 어떤 것에 살아 있는 자기를 인정하게 된다. 그래서 인제부터는 소설이라도 쓰려고 생각하면서 다시 파리로 떠나가는 데서 일기는 끝난다.

결국 이 고독하며 절망한 그를 지지한 것은 존재라는 의식, 허무로써 의지되어 있는 존재라는 의식이다. 주인공이 느끼는 '구역질'이라는 것도 이 존재의 투사물이며 혹은 존재 그 자체이기도 하다. '구역질'을 느끼게 된다는 존재가 존재한다는 것을 의식하는 그 방법에 사용되어 있다고 할 수 있다.

이렇게 자기 이외의 사물의 존재를 그 독특한 감각으로써 알아 가며 자기의 존재를 긍정하려고 하는 필사의 자기 탐구는 철학에서 말하는 '현상학의 방법'을 사용한 것이라 하겠다. 그렇다고 하여 이 소설에는 소위 철학적인 용어도 별로 씌어 있지 않다. 그러나 아무튼 그러한 철학적 사고로써 절망으로부터 벗어나려고 하였다. 이와 같이 작중 인물의 생활 방식이 하나의 철학으로서 절실하게 적용된 예는 적을 것이다. '현상학'이라는 것이 단지 관념으로서가 아니고 산 사상으로서 이 소설 전체를 움직이고 있다. 작자는 이것으로써 새로운 인생을 발견하려고 하고 있다.

이 소설은 실존주의자 사르트르의 첫 소설이며 결코 소위 절망소설은 아니다. 전후의 '불안의 문학'과도 다르다. 여기에는 이 지식인이 왜 고독에 놓여 있는지 그 원인에 대한 설명도 별로 없고 또한 고독감이 발생하는 그 내적 세계라든가 복잡한 사회 기구에 대하여서도 아무런 해부도 없다. 그것은 일견 비관적인 청년의 쓰라린 고백이라고 할 수도 있겠지만 어쨌든 출판 당시에 상당히 큰 문제를 일으켰으며 문학상의 후보까지 되었었다. 불란서의 현대 작가 에드몽 잘루는 이 책을 평하여 "여기엔 점차로 암흑을 뚫고 나가는 하나의 힘센 광선이 보인다"고 격찬하였다. 그리고 그 당시 영국의 유명한 잡지 『크라리테리옹』에서도 대서특필하여 새로운 소설이라고 논평하였던 것이다.

작자 사르트르는 1905년 파리에서 태어났으며 전전戰前까지는 루아부르 중학에서 철학 교사로 있었다. 그는 이번 전쟁 중 독일군에 포로가 되었다가 수용소를 탈주하여 항독 운동의 과감한 투사로서 활약하였다. 그리고 전후에 크게 유행되고 있는 실존주의 운동의 이론도 그의 수용소 생활 중에서 대성한 것이라 한다. 그는 현재 실존주의 운동의 기관지인 『현대』의 편집장이다. 그의 주요한 저서는 『벽』(단편집), 『허무와 존재』, 현재 진행 중인 4부작 『자유에의 길』이 있고 근년엔 그의 평론집 『위치』 제1집과 제2집이 출판되었다.

이 번역을 시작하기는 작년 봄부터였으나 역자의 역부족과 원저의 난해로 말미암아 지지부진하여 오늘에 이르렀다. 대본은 NRF판을 썼다.

1953년 4월

역자

# 숙명지대

**이초부**

- 이초부(李樵夫), 『숙명지대』, 세문사, 1953.6.10(초판), 308면
- 이초부, 『페스트』, 세문사, 1954.9.10(재판); 1956.2.5(3판); 1957.3.10(4판), 1957.12.20(5판), 308면; 보문각, 1958.10.25(6판), 294면
- 알베르 카뮈 원작, 백문영 장정

어떤 종류의 감금 상태를 다른 어떤 종류의 그것에 의해서 표현하는 것은, 무엇이든 실제로 존재하는 어떤 것을 존재하지 않는 어떤 것에 의해서 표현하는 것과 마찬가지로, 이치에 적합한 것이다.

—다니엘 디포

## 해설

『페스트*La Peste*』(1947)는 불란서 최신의 작가 알베르 카뮈Albert Camus, 1913~의 대표작이다.

카뮈는 사르트르에 이어서 전후戰後 비로소 나타난 전연 새로운 작가이지만 불과 수년 만에 벌써 불란서 청년층의 최대의 신망을 획득하였으며 그의 성가는 현재 오히려 사르트르를 능가하고 있다. 그리고 그의 지위를 결정짓게 한 것은 1947년에 발표된 『페스트』였었다.

카뮈는 근년에 있어서의 가장 사상적인 작가라고 불리어지고 있다. 그러나 그의 사상성은 결코 관념적인 것은 아니다. 극히 보편적, 추상적인 언어로써 표현하고 있음에도 불구하고 그 언어는 언제나 '사실'의 명확한 기반 위에 세워지고 있으며 저 관념의 유희에 속하는 그러한 회삽晦澁 난해한 것은 조금도 찾아볼 수 없다. 그는 깊이 사색된 것을 가장 명절明晰하게 이야기하기 위해서 추상적인 언어를 빌리고 있을 뿐이다. 따라서 필요 이상의 정서를 자극하는 언어는 그가 무엇보다도 기혐忌嫌하는 바이며 극도로 분식粉飾을 없이하고 일부러 문학적 효과를 억제하고 있는 그의 문체는 그 성실함과 청결함에 있어 지드 이외는 아무도 비견할 수 없을 것이라고 에마뉘엘 무니에는 말하고 있다. 아마 이러한 성실한 사상성이야말로 아직 나이 40이 못 되는 그로 하여금 급속히 청년의 신망을 얻게 한 이유이며 지드, 말로에 이어서 다음 세대의 지도자로 기대되고 있는 소이일 것이다. 그와 동시에 이 발가숭이 그대로의 강렬한 문체의 박력 뒤에는 작가의 뛰어난 문학적 수련이 관취觀取되는 것이며 의사의 임상 보고와도 같은 간결성과 그 순수한 산문정신은 전례 없이 높이 평가되어야 할 그의 특이성인 것이다.

그의 사상은 '허망(부조리)의 철학'이라고 불리어 그의 저서 『시지프의 신화*Le Mythe de Sisyphe*』(1942)에서 체계적으로 기술되고 있다. 그의 입장은 인생의 근원적인 부조리성(허망성)을 인정하고 일체의 위희慰戱를 부정하는 점에서는 파스칼과 일치하나 그러나 파스칼과 같이 신을 구하려고는 하지 않으며 오히려 있는 그대로의 부조리성을 출발점으로 해서 거기 대한 반항의 끊임없는 노력 가운데서 스스로가 기만당하는 일이 없는 환희와 행복을 발견하려는 것이며 일부의 비평가들이 그를 '크리스트를 갖지 않는 파스칼'이라고 지칭하는 까닭도 여기에 있다.

그의 설에 의하면 명부冥府에서 쉬는 사이 없이 전락하는 커다란 바윗돌을 구상丘上에 밀어 올리는 작업을 영구히 반복하고 있다는 시지프 왕의 신화는 그것이 그대로 우리들 인생의 모습과도 같은 것이나 시지프는 그 무한의 패배의 노력 가운데 각각의 환희와 행복을 발견할 수 있다는 것이 카뮈의 신조이다. 따라서 그에게 있어서 인생의 부조리성은 있는 그대로의 현실에 지나지 않으며 그 현실로부터 한 발자국도 벗어나는 일이 없이 모든 비약과 추상적 환원을 배제하고 이 '신 없는 원죄'를 살아 내자는 그의 입장은 실존주의 철학의 형이상학적 세계에의 비약도, 크리스트교의 신의 구조도 거부하는 동시에 또한 코뮤니즘의 철저한 합리주의와도 날카롭게 대립한다. "기독교냐 코뮤니즘이냐"의 절박한 대립 속에 격동하는 불란서의 사상계에 있어서 가장 지성적이며 행동적인 그의 제삼의 입장이 비상한 주목과 기대를 가지고 받아들여지고 있는 것은 쉽사리 수긍될 일이다.

1942년 독군獨軍 점령하의 파리에 있어서 항독 지하 운동의 와중에 발표된 『이방인L''Étranger』(1942)이 사르트르의 장문의 논평에 의해서 "독군 점령 후에 있어서의 가장 중대한 작품"이라고 인정된 이래 역시 점령하에서 상연된 희곡 〈오해Le Malentendu〉(1944) 및 해방 제1년의 무대를 장식한 〈칼리굴라Caligula〉(1944) 등의 제작諸作을 통해서 그의 초기의 작품은 모두가 인생의 부조리와 거기에 대한 열광적인 반항의 면이 강조되어 그 절망적인 '어둠'은 그로 하여금 실존주의 작가들 그룹의 눈에 띌 만큼 가깝게 하고 있었다. 그러던 것이 『페스트』에 이르러 그의 가장 행동적인 반항 속의 환희와 행복의 면이 선명하게 묘출描出되어 『시지프의 신화』의 전 체계는 마침내 완전한 문학적 영상影像을 가지게 된 것이다. 이러한 각도에서 『페스트』는 카뮈의 '허망의 철학'의 총결산적인 작품이며 전후의 불란서를 대표하는 획기적인 작품이라고 할 수 있을 것이다.

북아불리가北阿弗利加(-북아프리카)의 출생인 카뮈는 이 작품에 있어서 과거에 자기가 잠깐 재주在住한 일이 있는 불령佛領 알제리의 요항要港 오랑을 무대로 삼고 가장 실리적인 근대 도시에 있어서의 페스트의 발생이라는 이상한 정황 밑에서 사람들의 사상과 행위의 움직임을 간결하고도 적확한 필치로써 그려 내고 있다. 작자 자신의 설명에 의하면 『페스트』의 의도는 현실에 존재한 질병 유행과 우악한 전쟁과 나치의 지배하에 있었던 불란서라는 세 가지의 상이한 각도에서 인생의 허망을 가리키고 결과에 있어서 자유로운 탈출을 제창하고자 한 것이라 한다. 사실 여기에 묘사된 페스트는 단순히 처참한 악역惡疫일 뿐만 아니라 그것은 또한 우매한 전쟁의 상징이며 인생의 근원적인 허망 그것의 상징이기도 하다. 오늘날 우리들이 이 페스트를 전쟁이라는 말과 바꾸어 놓아 볼 때 전쟁 중의 체험을 뚜렷이 느낄 수 있을 것이며, 숨 막히는 박력으로써 우리들의 정신을 인도하는 이 작자의 역량에 놀라는 동시에 위대한 문학이란 언제나 대도大道를 거닐 수 있다는 것을 통감할 것이다. 묵묵히 성실 용감하게 직무를 수행하는 의사 리외와 마치 선의의 메피스토와도 같은 통찰과 설득력을 가지고 사람들의 의지를 이끌어 내는 타루를 중심으로 하여 페스트의 폭위暴威 아래서 외계와는 완전히 차단되어 버린 일 도시의 주민은 차츰 인생의 근원적인 것에 각성하며 각자가 그 타입에 따라서 행동을 개시하는 것이다. 페스트와의 맹렬한 투쟁 속에서 인간은 과연 무엇을 얻을 것인가?

1953년 2월

역자 지識

# 이방인

**이휘영**

● 이휘영, 『이방인』, 청수사, 1953.7.10(초판); 1954.3.10(재판), 199면

● 알베르 카뮈 원작, 세계문학선집 1

## 역자 후기

처음 『이방인』의 번역을 손에 댄 것은 불란서 문학의 새로운 작품을 무엇이든지 우리나라에 소개하여 보았으면 하고 생각하고 있던 터에 입수할 수 있었던 것이 바로 카뮈의 이 작품이었다는 우연으로 인하여서였다. 그러나 그 후 과중한 강의에 쫓기는 몸으로 이 길지 않은 작품의 번역을 퍽이나 오랫동안 조금씩 틈틈이 계속하는 사이에 과연 이 작품이 걸작임에 홀로 감탄을 금하지 못하였던 적이 한두 번이 아니었었다. 비평가 마르셀 제라르가 이 작품을 가리켜 전중戰中에 출판된 최량의 소설 작품의 하나라고 절찬한 것도 그럴 법한 일이라고 생각되었다.

여러 번 읽으면 읽을수록 풍부한 시사를 주는 작품이요 언뜻 보아서는 서로 별로 연결성도 없어 보이는 페이지들이 실상은 밀접한 관련성을 가지고 엮어져 있어 전편이 하나의 완전한 조화를 이루고 있는 작품이다. 그리고 고전적이면서도 현대적 감각과 표현의 스타일을 가진 아름다운 작품이다.

『이방인』은 하나의 상징적인 작품이어서 여러 가지로 해석될 수 있을 것이다. 사실 논평객들 사이에 이 작품을 둘러싸고 이론異論이 많았던 것도 그 때문일 것이다. 그 있을 수 있는 여러 가지 해석 중의 하나로 나는 이렇게도 생각해 보았다—.

부조리의 철인哲人이요 허망의 작가인 카뮈에게는 인간의 조건을 단적으로 상징하는 것이 감옥이요 인간은 누구나 감옥 속에 들어 있는 사형수이다. 죽을 숙명을

가진, 바깥세상과는 아무런 관계도 없는 이방인인 것이다. 바깥세상이란 인간이 뛰어넘을 수 없는 인간 조건 밖의 형이상학적 세계라고 하여도 좋을 것이다. 그러한 이방인 의식을 가진 사람은 죽음을 앞둔 사형수처럼 인생의 어떠한 사건에도 무관심할 수밖에 없다. 소설 『이방인』의 주인공 뫼르소는 어머니의 장례식이 있은 바로 그 이튿날 회사에 같이 근무한 적이 있어 알고 있던 여자와 함께 해수욕을 하고 희극 영화 구경을 가고 정분 관계까지 맺는다. 그렇다고 해서 어떻다는 말인가? 뫼르소의 그러한 성격은 제2부에서 그가 "태양 때문이라고" 말한, 이렇다 할 동기 없는 살인 사건으로 말미암아 투옥되어 사형 선고를 받게 됨에 이르러 더욱 뚜렷하여진다. 카뮈에 의하면 우리들 모든 인간은 감옥 속에서 사형 선고를 받고 있는 『이방인』의 주인공 그대로인 것이다. 뫼르소가 사형 선고를 받고 있으면서도 죄악에 대한 아무런 가책감도 가질 수 없는 것처럼 인간은 인간 조건 속에 얽매여 있으면서도(인간 조건의 가장 큰 문제가 다름 아닌 죽음의 문제인 것이다) 인간은 그 까닭을 알 수가 없다. 뫼르소가 감옥 속에서 닥쳐올 사형을 앞두고 자기는 언제나 행복하였었고 지금도 행복하다고 외치듯 인간은 인간 조건 속에서 행복을 찾을 수밖에 없는 것이다. 그러한 실존주의의 기본 사상을 소설 『이방인』은 구현한 것이라 할 것이다.

어찌하여 뫼르소는 감옥 속에서 행복하다고 외칠 수 있는 것일까? 그것을 이 소설 『이방인』은 다만 인간은 인간 조건을 뛰어넘지 않고 그 속에 있으면서 행복을 찾아야 하고 또 찾을 수 있다는 것을 암시하고 있을 뿐 어떻게 행복을 찾을 수 있는가 하는 모럴의 문제는 이 소설에서는 별로 취급되어 있지 않다. 그러한 문제는 『이방인』에 뒤이어 씌어진 작품 『페스트』나 논집論集 『반항적 인간』에 그 해답을 찾아야 할 것이다.

알베르 카뮈의 주요 작품 및 저서를 들어 보면 다음과 같다.

**소설**

『이방인』(1942년), 『페스트』(1947년)

**희곡**

『오해』(1945년), 『칼리굴라』(1948년), 『계엄령』(1948년), 『정의의 사람들』(1950년)

**논집**

『시지프의 신화』(1942년), 『악튜엘』(1950년), 『반항적 인간』(1951년)

1952년 11월 27일

부산에서

역자

# 호반의 집

김규동

● 김규동, 『호반(湖畔)의 집』, 인화출판사, 1954.3.20; 희문사, 1957.11.30, 188면

● 헤르만 헤세 원작, 세계명작총서

## 『호반의 집』에 대하여

현대에 있어서의 독일문학의 핵심이라고 할 수 있는 『호반의 집』의 작자 헤르만 헤세Hermann Hesse는 고독과 비운의 서정적 작가로서 즐겨 자의식이 극단으로 발달한 인간을 그렸다.

그는 1910년에 『고독한 영혼』원명 *Gertrud*을 쓰고 오랫동안 동경해 마지않던 인도 여행에 떠났던 것이다. 그리하여 1912년에 이 여행을 마치고 돌아와서 최초로 발표한 작품이 바로 이 『호반의 집』원명 *Rosshalde*인 것이다.

이 소설의 주인공 페라구트의 친구를 통하여 이야기되는 인도의 정경은 작자 자신이 인도에서 얻은 체험인 것은 물론이려니와 『고독한 영혼』에서 주인공을 음악가로 만든 데 비하여 이 소설에서 주인공을 화가로 하고 있는 데는 작품 구성의 본질에 하나의 혁명을 뜻하고 있음을 말하고 있다고 할 것이다.

객관적이며 구성적인 한 사람의 화가를 그 주인공으로 택한 이 소설은 종래의 작품에서 보기 드문 철저한 리얼리즘으로 일관되어 있는데, 그 구성법도 따라서 입체적이며 극적인 것으로 되어 있다.

주인공 페라구트는 현실에 시달릴 대로 시달리면서도 감연敢然히 현실과 대결함으로써 자기의 사명인 예술을 완성시키려는 강력한 적극성을 가진 인간이다.

이 소설에서 취급된 자의식의 문제는 현대에 있어서의 서구 문화를 음미하는 데

커다란 도움이 될 것은 물론 잔잔한 수법으로 작자 헤르만 헤세가 끌고 나가는 이 한 편의 소설 가운데서 우리는 한 가정의 분열과 비극을 뼈저린 감격으로 맛볼 수 있을 것이다.

우리는 일찍이 입센의 『인형의 집』에서 집을 뛰어나가는 노라의 모습을 보았던 것이다. 그러나 헤세는 그러한 가정의 사건을 그린 것이 아니다.

좀 더 심적이요 동시에 정적靜的인 한 가정의 비극을 냉정한 눈으로 관찰함으로써 그에 하나의 숙명적인 결말을 지어 준 것이다.

호반의 집에 사는 부부는 이윽고 서로 이별해 버린다. 오직 하나뿐인 재산이던 어린 아들은 죽어 버리고 화가는 예술을 찾아 다시금 외로운 길을 찾아 나선다.

그들 부부 사이에는 이렇다 할 사건이 없다…… 그런데 왜 호반의 집에는 불행과 슬픔만이 찾아들었던 것일까?

헤세는 조금도 서두르는 일이 없이 이러한 과정과 결말을 우리에게 보여주고 있는 것이다.

1954년 입춘

역자

# 백경

**노희엽**

- 노희엽, 『백경(白鯨)』, 을유문화사, 1954.7.31(초판); 1955.10.10(재판), 209면
- 허먼 멜빌 원작, 로버트 제임스 딕슨 축약

## 소개의 말

이 책은 허먼 멜빌의 『모비 딕』을 전역全譯한 것이 아니고 로버트 J. 딕슨 씨가 읽기에 재미있도록 쉽게 고쳐 쓴 것을 우리말로 옮긴 것이다.

한 나라의 문학 작품을 다른 나라 말로 번역하는 것 그 자체부터 문학에 대한 모독이라고 주장하는 이가 있을 만큼 문학 작품의 번역은 항상 말썽이 많지만 그러면서도 실제에 있어서는 번역이 필요한 것과 같이 경우에 따라서는 초역抄譯도 필요하다고 생각해서 감히 이 책을 내놓는 바이다.

『모비 딕』이 어떤 작품인지는 다음에 그 이야기가 있고 권말에 레온 하워드 교수의 투철한 작품 해설이 있으므로 역자로서 더 보탤 말은 없다. 단지 이 졸역이 『모비 딕』에 대한 우리나라 독자들의 관심을 조금만이라도 계발하고 나아가서는 전역이 출판될 계기가 되었으면 하고 빌 따름이다.

1954년 7월 일

역자

# 애욕의 생태

**허백년**

● 허백년, 『애욕의 생태』, 혜문사, 1954.11.20, 403면

● 존 스타인벡 원작

## 후기

존 스타인벡John Steinbeck은 1902년 미국 캘리포니아주 살리나스에서 태어났다. 그의 부친은 관리였으나 집이 그리 충족지 않았으므로 그는 캘리포니아 대학을 중퇴하고 뉴욕의 메디슨 스퀘어 가든의 벽돌공을 위시하여 목수, 페인트공 등 여러 가지 직업을 겪은 후 네바다주에 있는 별장지기가 되어 즐거운 두 해 겨울을 보내고 나서 신문의 통신원이 되었다.

그의 처녀작 『금배*Cup of Gold*』가 상재된 것은 1929년이었는데 해적의 수령을 그린 이 소설은 겨우 1,500부밖엔 팔리지 않았고 물론 평판도 되지 않았다. 작자 27세 시의 일이다.

그의 작품이 미국의 독서계에서 주목받게 된 것은 1935년에 발표한 『토르티야 플랫*Tortilla Flat*』 이래이며, 그의 제6작인 『생쥐와 사람들*Of Mice and Men*』은 37년의 1월에 출판되자마자 판을 거듭하여 약 20만 부가 팔렸다고 하니 그의 작가적인 지위는 여기서 확립되었다고 해도 좋을 것이다. 처녀작을 출판한 이후 9년째의 작품이다. 그의 대표작으로 지목되는 『노여움의 포도*The Grapes of Wrath*』는 39년의 작품이며, 퓰리처상을 받았다.

『애욕의 생태*The Wayward Bus*』는 1947년의 소설이며 원명을 그대로 우리말로 옮기면 『바람난 버스』라는 의意이다. 그는 여기서 밀드레드란 여자 대학생, 그의 양친

인 중년 신사 숙녀, 그가 주인공으로 즐겨 그리는 스페인계 농민 출신의 운전수 후안, 무지한 여급 노마, 사춘기의 소년 여드름 등 각층의 인물을 빌려 인간의 애욕의 생태를 대담하게 묘사해 나가면서도 이 하트 워밍한 작자 자신을 거기에 빠트리지 않고 어디까지나 '작가의 눈'으로 응시하며 그 인순성因循性을 풍자하고 있는 점에 이 소설이 범백의 소설과 그 유를 달리하는 요인이 있을 것이다.

이 소설은 독서 구락부 선정 도서가 되어 수십만을 산정하는 회원 가정에 우송되었고 기외其外의 판매고는 회원에게의 배부 수와는 비比가 되지 않을 만큼 막대한 것이었다고 한다.

그는 이 소설을 발표한 1947년 이해 수년 동안 새 작품을 내지 않고 있다가 52년에 『에덴의 동방*East of Eden*』을 발표하였다. 그해 『뉴욕 타임스 북 리뷰』를 들춰보니 이것 역시 베스트셀러 리스트의 톱을 연달아 차지하고 있었고 할리우드는 재빨리 이 작품의 영화화를 착수하여 방금 작자 자신의 각본, 엘리아 카잔 감독으로 진행 중에 있다고 근착根着 영화 잡지는 전하고 있다.

마지막으로 그의 주요 작품을 소개하면 다음과 같다.

**주요 작품명**

Cup of Gold

The Pastures of Heaven

To a God Unknown

Tortilla Flat

In Dubious Battle

Saint Katy the Virgin

Of Mice and Men(novel)

Of Mice and Men(play)

The Red Pony

The Long Valley

The Forgotten Village

The Grapes of Wrath

Sea of Cortez (in collaboration with Edward F. Ricketts)

The Moon is Down(play)

The Moon is Down(novel)

Bombs Away

Cannery Row

The Wayward Bus

East of Eden

1954년 10월 10일

허백년許柏年

# 청맥

## 김용숙

● 김용숙, 『청맥(靑麥)』, 정음사, 1955.4.15, 204면; 1976.4.30, 176면

● 시도니 가브리엘 콜레트 원작, 정음문고 127(1976)

### 서문

이 책의 저자 콜레트 여사는 1873년 1월 28일 불란서佛蘭西의 중앙부에 있는 욘 현縣 생 소뵈르 앙 퓌세라는 인구 약 1,700밖에 되지 않는 촌락에서 출생하여 1954년, 즉 작년 8월 3일에 81세의 고령으로 사망하였다.

아버지는 보병의 장교였으나 전쟁에 출정하였다가 부상을 입고 인퇴引退하여 세리稅吏가 되었다. 어머니는 미망인이 되어서 소뵈르에서 다액의 유산을 지니고 살고 있던 사람이었다.

콜레트 여사가 문단에서 다소라도 명성을 얻게 된 것은 최초의 부군 앙리 고티에 빌라르(필명 윌리)와 합작하여 자서전 성질이 농후한 소위 클로딘 작품—『학교의 클로딘』(1900년), 『파리의 클로딘』(1901년), 『가정의 클로딘』(1902년), 『클로딘은 사라지다』(1903년) —을 연달아 발표한 때문이었다. 이와 같이 콜레트 여사는 처녀작 이래 약 20년간은 모두 자기를 주인공으로 한 사소설 같은 것을 집필하여 왔었다.

그사이에 여사는 창작에 자신을 얻었는지 1919년의 『미츠(−Mitsou)』를 비롯하여 『사랑을 받은 사람』(1920년), 여기에 번역한 『청맥』(1923년), 『사랑을 받은 자의 최후』(1926년) 등의 객관적인 소설을 썼다. 따라서 『청맥』은 여사의 중년기의 작품이라고 말할 수 있고, 그 시기의 작품 중에는 가장 우수작이라고 할 수 있겠다.

불란서의 저명한 영화감독 클로드 오탕-라라는 5년간이나 이 소설의 영화화를 기도하고 있더니 작년에서야 겨우 완성하여 일본에서는 벌써 상영되었다. 사춘기의 소년 소녀의 심리 묘사에는 대가라는 호칭을 받고 있는 만큼 이 영화도 원작의 시적 향기를 충분히 살린 것이라고 하며, 콜레트 여사 자신도 지극히 만족하여 감독과 배우들에게 감사를 표하였다고 한다.

단기 4288년(-1955) 조춘早春

역자

## 해설

이 책의 저자 콜레트Gabrielle Colette 여사는 1873년 1월 28일 프랑스 부르고뉴의 인구 약 1천 7백 명쯤 되는 소도시에서 출생하여 1954년 8월 3일 81세를 일기로 숨졌다. 아버지는 보병 장교였는데 전장에서 부상당한 후 세리 노릇을 하였다.

콜레트 여사가 문명을 얻게 된 것은 20세에 결혼한 남편 윌리와의 공저 '클로딘 시리즈'를 발표한 뒤부터였다. 『학교의 클로딘』, 『파리의 클로딘』, 『가정의 클로딘』, 『클로딘은 사라지다』의 자서전적 연작을 1900년부터 1903년까지 매년 1권씩 저술해 내었는데, 여기서 콜레트 여사는 작가로서의 눈을 떴다. 1906년에 윌리와 이혼한 뒤 생활을 위해 뮤직홀의 무대에 서면서도 창작을 계속, 『방랑하는 여인』(1910), 『방해』(1913) 등을 발표했다. 1912년 외교관이며 저널리스트인 앙리 드 주브넬과 재혼하였고 제1차 세계대전 때에는 기자로서 활약했다. 진실한 의미에서 그녀의 걸작이 집필된 것은 전후戰後로서 이제까지의 고백적 사소설에서 탈피하여 풍속소설의 요소를 가미시켰다. 50세의 여인과 17세의 젊은이의 욕정을 그린 『셰리』, 부부의 애욕과 질투의 고뇌를 각각 주제로 한 『제2의 여인』(1929), 『암고양이』(1933), 『언쟁』, 그리고 여기에 번역한 『청맥』 등의 작품에서 엿볼 수 있는 것은 그녀의 동식물에 대한 강렬한 애정과 관능의 세계—특히 여자의 음탕한 마음을 시인적인 감각으로 포착하는 특이한 재능을 발휘했다는 것이다.

『청맥』은 콜레트 여사의 중년기인 1920년에 발표한 작품으로 소년과 소녀의 미묘한 육욕의 발아를 섬세한 필치로 그려낸 수작이다.

사춘기의 소년 소녀의 심리 묘사에는 대가라는 평을 받던 콜레트 여사는 이 작품으로 인하여 또 한 번 자신의 작가적인 영역을 확고히 했다. 이 작품은 1955년에 프랑스에서 영화화되어 세계 여러 곳에서 많은 인기 속에 상영되었다. 1955년에 필자가 『청맥』을 번역하여 정음사에서 출간한 일이 있는데, 이제 당시의 미흡한 점을 보완하여 다시 내놓게 된 것을 기뻐한다. 그러나 원작의 섬세한 심리 묘사와 시적 향기를 충분히 그려 냈는지는 독자들의 판단에 맡길 수밖에 없겠다.

1976년 3월

옮긴이 씀

# 탈출로

**박영준**

● 박영준, 『탈출로(脫出路)』, 신태양사 출판국, 1955.11.1, 342면

● 찰스 모건 원작, 해외걸작장편소설선 2

## 역자의 말

찰스 모건은 우리나라에 알려지지 않은 작가인 것 같다. 그러나 그는 현대 영국의 노대가로 활약하고 있으며, 금년(1955) 펜 구락부 국제회의에서 의장의 요직을 맡아본 이다. 그는 1894년 켄트주에서 출생하였는데, 아버지는 철도 기사였다. 어려서부터 문학을 즐겼으나 아버지의 뜻으로 해군 사관이 되어 4년간 그 방면의 학교에서 공부를 했다. 그러나 열아홉 살 때 해군을 퇴역하고 옥스퍼드 대학에 입학했다. 그러나 입학을 하자 곧 세계 1차 대전이 발발하여 그는 다시 해군으로 자원입대했다. 1914년 앤트워프 방어전에 참가했다가 올란다(－네덜란드)에 억류되어 1917년까지 수용소에서 살았다. 이 포로수용소에서 그는 걸작이라고 말하는 『샘』의 재료를 수집했다.

대전이 끝난 다음 해 1919년, 그는 다시 옥스퍼드로 돌아왔지만 그는 그해에 『하사관』이란 소설을 출판했다.

1921년 학위를 받고 옥스퍼드를 나오자 그는 타임스사 편집실에 들어가 26년부터 39년까지 극평을 담당했다. 그동안 『거울의 초상』이라는 작품을 발표하여 작가로서의 지반을 확고하게 했다.

모건은 현대를 폭력의 시대라고 생각하고 있다. 전체주의적인 풍조가 지배하고 권력이 횡행하여 개인의 정신적 자유가 손상되고 있다고 한다. 인간은 개인으로서

의 존엄성을 잃고 집단의 일원으로 화하여 통계적인 하나의 숫자에 지나지 않는다고도 말한다. 사회생활의 복잡화와 전문화로 말미암아 사람들은 자기 자신의 마음으로 사물을 생각할 수 없게 되었다. 이러한 현대의 폭력적 시대에서 인간은 어떻게 해야 정신의 자유를 보장할 수 있을 것인가? 이것이 모건의 탐구 목표요 또 그의 기대를 끄는 인물의 창작으로 되어 있다.

모건은 과거의 성자들에게서 볼 수 있는 명상적인 생활에 동경을 가지고 있는 듯하다. 현세의 번잡에서 탈출하여 자기 정신을 조용히, 그리고 자유롭게 지속할 수 있는 명상의 생활이다. 그러나 현대의 문명 속에서 대중을 떠나 혼자서 명상의 세계를 가진다는 것은 아무런 의미도 가질 수 없는 일이다. 여기에 모건의 고민과 투쟁이 있다.

회전하는 차바퀴라고 말할 수 있는 현대 생활 속에서 그것을 무시하고 포기함이 없이, 그러나 그것에 사로잡히지 않으려고 한다. 실망을 느낄 때도 괴로운 감정을 가지고 사로잡히는 일 없이 참아 나가려는 것이 그의 정신이다. 사상이 행동으로 나타나는 것을 그는 원하지 않는다. 행동은 사라져 없어지는 것이지만 사상은 사라지는 일이 없고 영혼은 멸망하는 일이 없다고 믿고 있다. 현대의 인간들은 공연히 외면적인 효과만을 구하며 다만 외면적인 효과에서 살려고 한다고 그는 보고 있다. 효과보다도 본질을 보지 않으면 안 된다. 각자가 그 핵심이 되는 본질적인 것을 유지하고 현세의 고민에 책임을 가지고 참아 가야 한다는 것이 그의 마음이 그리는 인물의 모습이다. 이 본질적인 것은 분열이며, 육체가 죽는다 해도 소멸되는 것이 아니라고 그는 생각하고 있다.

여기 번역한 『리버 라인』에는 제2차 세계대전 때 레지스탕스 밑에 있던 프랑스라고 하는 특수한 상황이 배경이 되어 있다. 폭력의 시대라는 것을 가장 대표적으로 표현한 상태에서 모건은 자기의 사상을 시련대에 올려놓았다.

이 이야기의 정말 주인공이라고 말할 수 있는 헤론 가운데서 독자들은 모건이 탐구하려는 모습을 발견할 것이다.

폭력의 시대에서는 선의의 인간도 생각 없이 죄를 짓는 때가 있다. 그러한 죄의 의식에서 인간은 어떻게 구원받을 것인가? 이것이 헤론을 둘러싼 여러 인물들의 고민이요 따라서 우리들 전체의 고민이라고 말할 수 있을 것이다. 이 작품은 작자 자신이 각색하여 1953년에 에든버러 예술제에 상연되었었다는 것을 부기附記해 둔다.

박영준 기記

## 더럽혀진 땅

**박두진**

- 박두진, 『더럽혀진 땅』, 신태양사 출판국, 1955.11.20, 309면
- 어스킨 콜드웰 원작, 해외걸작장편소설선 3

### 책 앞에

어스킨 콜드웰은 1903년 미국 조지아주에서 목사의 아들로 태어났다.

일찍부터 그는 미국의 남부 각지를 전전하며 직공, 농장의 고용인, 쿡, 사환 등으로 직업을 바꾸며 그의 후일을 위해서 귀중한 체험을 쌓았다.

그의 작품의 주류를 이루고 있는 가난한 서민 생활의 묘사도 그가 겪은 이러한 생생한 생활 체험에 힘입은 바가 많다 할 수 있을 것이다.

이 『비극의 지역』은 『타바코 로드』, 『신의 협지狹地』 등과 함께 그의 주요 작품을 이루는 것으로서 남부 빈민들의 철저한 무지와 빈곤, 거의 구제될 수 없는 것 같아 보이는 그들의 결핍된 도덕의식, 난잡하고 무방책한 생활 방도 등이 그의 독특한 관찰과 필치로 묘파되어 있다.

그러나 이러한 무지와 문란한 도덕 생활의 묘사가 그냥 단순한 노현露現이나 선정煽情을 목적하거나 차가운 저주와 비판에 떨어지지 않고 유머러스한 가운데도 늘 그들에 대한 작자의 따뜻한 이해와 푸근한 신의 연민에 젖어 있음을 느끼게까지 하고 있는 것은 이 작자의 지닌 휴머니티와 그의 작가적 역량을 충분히 엿볼 수 있게 하는 것이라 말할 수 있다.

이 작품과 함께 그의 일련의 다른 주요 작품들이 앞으로 다른 훌륭한 이의 손을 거쳐 더 완벽한 번역으로 우리에게 소개되기를 바라며 부끄러운 붓을 놓는다.

을미(−1955) 성하盛夏

옮긴이 씀

## 의사의 일가

**김재남**

- 김재남, 『의사의 일가(一家)』, 탐구당, 1955.12.25(초판); 1958.9.15(재판), 181면
- 헤이즐 린 원작

### 줄거리

이 소설은 미국에서 훌륭히 외과의를 개업하고 있는 중국의 여의사 헤이즐 린 여사가 쓴 것인데 그 일부는 확실히 자서전이며, 이 소설의 색채 진한 중심 골자는 고래의 중국의 한의방漢醫方과 과학적인 현대 의학 사이의 대조이며 대조인 동시에 양자의 유사점과 공명점을 그리고 있다. 이 소설의 주인공인 고아 소진은 한방의 명의인 할아버지 왕궁의 베이징 저택에서 자라나게 된다. 소진은 계집아이였으므로 그가 할아버지에게는 '티끌小塵'에 불과했던 것이다. 그러나 소진은 자라면서 할아버지의 의술에 호기심을 가짐으로써 할아버지를 기쁘게 해 주고 나중에는 소진도 의술을, 그것도 근대 서양 의술을 배우겠다는 요청으로써 그를 놀라게 해 주는 것이다.

소설의 중요한 사건은 이 두 사람, 즉 다 같이 숙련되고 성공을 하는 늙은 할아버지와 젊은 손녀 사이에 벌어진다. 할아버지는 근대 의학의 열매들을 존중하기를 알게 되며 손녀는 약초 및 '6개의 맥'으로 된 고래의 중국 의술, 그리고 무엇보다도 약만으로는 치료할 수 없는 병의 치료를 촉진해 주는 인간성에 대한 한의의 이해 등을 존중하며 이용하기를 배운다. 미국에 와서 연구를 하며 개업을 하는 소진은 끝으로 할아버지를 설복하여 미국에 오게 한다. 할아버지는 꿈에도 생각 못 한 놀라움들을 미국에서 보게 된다. 그러나 소진 역시 수백 년래의 중국 의술의 경험에

서 우러난 영감을 할아버지한테서 얻고 그것을 성공시키고야 만다.

유머, 따뜻한 분위기, 신기성 및 인간 이해성의 깊이 등은 린 여사가 자기 경험에 입각하여 쓴 여사의 이 첫 소설의 특색을 이루고 있다.

# 지킬 박사와 하이드

**김원기**

- 김원기, 『지킬 박사와 하이드』, 신명문화사, 1956.2.5, 175면
- 로버트 루이스 스티븐슨 원작

## 역문譯文에 앞서

유명한 모험소설 『보물섬*Treasure Island*』의 저자로서 이미 우리에게 알려져 있는 로버트 루이스 스티븐슨Robert Louis Stevenson은 1850년 11월 에든버러의 유복한 가정에 태났다. 그러나 그는 어려서부터 약질이었으므로 학업도 중도에 폐하고 일찍이 문학과 인간 탐구에 흥미를 느끼게 되었으며 이 흥미는 날이 갈수록 높아졌다.

전지 요양을 겸하여 1876년에는 앤트워프에서 요트를 타고 벨기에로 항행하였고 다시 1878년에는 프랑스 남부 지방을 말을 타고 여행하며 *An Inland Voyage*와 *Travels with a Donkey in the Cévennes*라는 기행문을 처음으로 발표하게 되었다.

그 후로 요양을 위하여 프랑스에 머물러 있으면서 한 미국 여성을 알게 되자 열렬한 사랑에 빠지게 되어 이윽고는 그 여인을 따라 미국으로 건너가 1880년 5월 부친의 반대를 무릅쓰고 그이와 결혼하였다.

부친의 노여움이 풀리자 신혼부부는 일단 고국으로 돌아왔으나 영국의 풍토가 그의 건강에 적합지 않으므로 다시금 스위스나 프랑스로 전지 요양을 하지 않을 수 없게 되었다. 이 시기에 앞서 말한 『보물섬』 등 여러 작품이 발표됨으로써 그의 문명은 확고한 위치를 잡게 되었다.

1880년 다시 영국으로 돌아온 그는 *A Child's Garden of Verses*, *Prince Otto*에 이어 『보물섬』과 더불어 그의 대표작으로 일컫는 이 『지킬 박사와 하이드』를 계속 발표

하였다. 이 시기는 그의 건강이 가장 나쁜 때로서 그의 병실에서 이런 건전하고도 청신한 걸작이 나오게 되었음은 문학사상에 있어 한 기적이라고 하겠다.

1887년 건강이 조금 나아지자 모친과 처자를 거느리고 미국으로 건너가 사라나크 호숫가에서 지내다가 이듬해 유월에는 그가 오랫동안 동경하여 마지않던 남양南洋으로 항해하여 드디어 사모아섬에다 큰 저택을 이룩하고 거기에서 1894년 12월 그의 생애를 마치는 날까지 계속 많은 작품을 발표하였다.

어느 대중 잡지의 편집을 맡아봤을 때 색다른 기사를 생각하던 중 머리에 떠오른 것이 이 이중인격자의 고민을 취급한 『지킬 박사와 하이드』였다. 이는 바로 10여 년 전 역자가 일본 유학 시절에 텍스트북으로써 시련을 받았던 기념물이며 원문 해의解義에 불비한 점은 서울 문리대 재학 중인 동생의 힘을 빌렸음을 아울러 밝혀 두겠다. 끝으로 이 책의 출판을 맡아 주신 신명문화사 서병한 씨에게 삼가 사의를 표한다.

단기 4289년(=1956) 2월 구정초舊正初

역자 지識

# 바람과 함께 사라지다

**양원달**

● 양원달, 『바람과 함께 사라지다』, 1953~1956(전8권 중 제1~7권)
제1권, 건국신문사, 1953.5.18(초판); 학우사, 1954.1.20(재판), 345면
제2~6권, 학우사·희문사, 1954~1956, 338면·311면·322면·326면·306면
제7권, 신명문화사, 1956.8.15(초판), 305면

● 마가렛 미첼 원작

## 소개의 말(제1권)

이 소설은 오늘까지 세계에서 제일 많은 독자를 차지한 작품이라 하며 『성서』가 2천 년에 걸쳐 얻은 독자를 불과 10년 동안에 얻었다 하니 20세기의 또 하나의 기적이라고 하는 수밖에 없다.

더구나 영화가 되어 나온 다음부터는 미국에서는 삼척동자라도 이 이야기를 모르는 사람이 없고 일본어 역이 나온 이후 일본판만 하여도 오늘까지에 수십만 부가 출판되어 우리나라에서도 애서가들은 이미 일역으로 읽은 사람이 많을 뿐만 아니라 잡지나 영화를 통하여 이 이야기는 우리나라 독자들에게도 거의 상식이 되어 버렸다 하니 이제 길게 소개할 필요는 없을 듯하다.

이러한 사실에 비추어 쉬이 알 수 있겠지마는 이렇게 이 책의 가장 큰 특징은 무엇보다 "이야기가 재미있다"는 점이다. 여러 독자들의 독후감을 읽어 보아도 이 점에 관해서는 누구나 의견이 일치하는 듯하다—이 소설에 나오는 인물이나 사건이나 에피소드가 모두 첫 줄부터 마지막 줄까지 독자의 무한한 흥미를 이끌어 나간다. 그리고 수없이 많이 나오는 인물이 하나같이 뚜렷한 특징을 가지고 등장하여 사건의 진전에 따라 고도로 개성화하며 발전한다(개성이 높이 발달한 현대 미국의 생활을 반영하는 것이다).

특히 담화에서 그러하다. 이 수많은 인물의 언어가 하나같이 뚜렷한 개성을 보여준다. 작중 인물이 지껄이는 말 한마디, 음성 하나도 벌써 그것이 스칼렛의 말인지 레트의 말인지 애슐리의 말인지를 틀림없이 알 수 있다. 과연 미국이 아니고는 나올 수 없는 소설이리라. 또 실상 현대 미국 사람의 몇 개의 전형적인 타이프를 훌륭히 그리어 놓았다.

의식적으로 된 것인지 무의식적으로 된 것인지는 알 길이 없으나 이 소설은 여러 가지 점에서 톨스토이의 대작 『전쟁과 평화』를 연상하게 한다. 우선 그 두둑한 책의 부피로부터 이야기를 끌어 나가는 수법, 역사의 사실을 처리하는 수법이 그러할 뿐더러 그 풍부한 내용과 가득히 들어 있는 생명감이 그러하고 또 둘 다 시대를 각각 제 나라에서 가장 역사적인 시기로—즉 하나는 '나폴레옹 전쟁'의 시기로, 또 하나는 '남북전쟁'의 시기로—잡은 것까지 그러하다.

이렇게 흡사한 점이 많음에도 불구하고 이 두 소설의 맛이라 할까 향기라 할까—그 이념에는 커다란 거리가 있다. 하나를 '남성다운 성숙한 맛'이라고 하면 또 하나는 '여성다운 아기자기한 맛'이라고 할 수밖에 없다. 『전쟁과 평화』를 이상주의 시대의 위대한 사상의 문학이라 하면 『바람과 함께 사라지다』는 21세기적인 섬세한 관찰의 문학이다.

이 소설의 제작 준비로 마가렛 미첼 여사는 애틀랜타에서 멀지 않은 외조부의 고성古城에 농성籠城하여 3년 동안 이 소설의 배경이 된 시대와 자재資材를 연구, 수집하였다 한다. 그리하여 스물여섯 살에 기고하여 1937년에야 탈고되었다. 이렇게 이 소설의 완성에는 10년이 훨씬 넘는 장구한 세월이 걸렸을 뿐 아니라 이 소설이 발표된 이후 6·25 전해에 우연한 교통사고로 작고하는 날까지 그의 '제2의 대작'은 마침내 나오지 아니하고 말았으니 『바람과 함께 사라지다』는 그의 처음이자 마지막인 작품이 되었다.

내가 이 번역에 처음 착수한 것은 6·25 전해, 바로 미첼 여사가 세상을 떠나던 해였다. 그 후 여러 가지 사정으로 말미암아 중단되고 분실되고 고쳐 쓰고 다시 쓰고…… 수없는 변천을 거쳐 오늘에 이르렀다. 따라서 오늘 이 작품의 우리말판을 눈앞에 보며 기쁨도 기쁨이려니와 가슴이 벅찬 듯한 감개를 금할 수가 없다. 이 소설은 이미 마흔여덟 나라말로 번역 출판이 되었다. 우리말도 마흔아홉째로 끼게 되었고 이것 또한 미숙하나마 기쁨이 아닐 수 없다.

끝으로 이 책의 출판까지 여러 가지로 도와주신 선배와 친구 여러분들에게 이 기쁨을 전해 드리며 아울러 깊은 감사의 뜻을 표하고자 한다.

(번역의 대본으로는 뉴욕 맥밀런사 1940년판을 썼다. 원문의 개성적인 문체를 우리말 문장에서 살리느라고 최대한도로 원문의 문장에 충실했음을 아울러 말해 두고자 한다.)

계사(-1953) 5월

금정산 밑에서

역자

## 역자의 말(제2권)

『바람과 함께 사라지다』의 제1부의 머리말에서 나는 이 책이 인류 출판사상出版史上의 경이이며 20세기의 기적의 하나라고 소개했다. 이것은 이 책이 그렇듯 많은 독자와 많은 번역을 차지했다는 사실에 비추어서 한 말이었다. 그러나 이 '기적'이란 말은 그 밖에도 여러 가지 의미에서 할 수 있는 말이다. 우선 이 소설의 탄생부터가 그러하다.

우리가 오늘의 미국을 바라보면서 그 문명의 여러 분야에서 놀라지 않을 수 없는 가지가지의 경이를 적어도 그 문단에서만은 별로 느낄 수가 없는 것은 유감이지마는 사실이다. 이러한 가운데서 홀연히 번개와도 같은 섬광과 아울러 마치 진눈깨비 내리는 밤의 무덤 위의 요광妖光이나처럼 괴이한 빛을 끌며 나타나 가지고 온 세계를 놀라게 해 준 것이 이 소설이다.

1936년에 이 소설을 발표하자 그때까지는 다만 문학을 애호하는 '남부 시골의 조촐한 주부'이었던 마가렛 미첼이 순식간에 미국은 물론 온 세계의 독서계에 커다란 파문을 이루어 놓고 말았다. 그러고는 또다시 '겸손한 시골의 주부'로 돌아가 완전한 침묵을 지키어 마침내 조그마한 단문短文 하나도 쓰지 않고 세상을 떠나고 말았다. 이것은 오랫동안 세계 애서가들의 커다란 수수께끼가 아닐 수 없었다. 여기에 대해서 미첼 여사는 세상을 떠나기 얼마 전에 아래와 같은 해답을 주었다 한다.

"저는 제가 가진 모든 능력과 체험을 온통 이 한 작품에 쏟아 버렸습니다. 지금 제게는 다시 펜을 들 만한 것은 아무것도 남아 있지 않습니다."

이 소설을 읽고 난 사람은 누구나 이 말을 긍정할 수 있다. 이렇듯 이 소설의 가장 큰 매력은 딴 무엇보다도 아낌없이 쏟아 놓은 그 풍부한 재료에서 오는 것인 줄로 안다. 나는 이 책을 펼쳐 볼 적마다 가령 이 재료를 도스토옙스키 같은 작가에게 주었다면 그는 이 작품만 한 대장편을 적어도 다섯 편은 썼으리라 하는 생각을 금할 수가 없다.

미첼 여사는 또 하나, 펄 벅 여사와 함께 나란히 서서 오늘의 미국 문단을 빛내 주는 기이한 두 존재이거니와 또 어디로 보나 이렇게 다른 두 작가가 한 시대에 한 나라 안에서 살아왔다는 사실은 세계의 문학사를 온통 들추어 보아도 극히 드문 일이다. 하나는 열 편이 넘는 장편소설과 그 밖에도 일일이 손을 꼽을 수도 없으리만큼 많은 단편을 써 놓은 초인적인 대생산자大生產者. 또 하나는 "모든 정력과 모든 체험을" 단 하나의 작품에 쏟아 버리고는 붓을 던지고 영원히 침묵을 지킨 취미의 문학소녀!

그 문장의 구성과 어감이 이렇게도 딴판인 말로 된 문학을 우리말로 옮기고자 깨알처럼 박힌 원문 앞에 앉으면 처음에는 숨이 막힐 지경으로 가슴이 답답해진다. 그러나 단어 하나하나, 구절 하나하나, 문장 하나하나를 입속에서, 머릿속에서, 마음속에서 수없이 되풀이하고 있노라면 마침내 마법의 세계와도 같은 황홀경으로 끌려들어 간다—창작보다도 오히려 더 정신을 뺏길 수 있는 세계이다.

이러한 세계를 어정거리고 있는 동안에 나는 우리말의 어감이 얼마나 훌륭한 국어임을 느끼었다. 이것은 남몰래 은근히 가슴속에 품은 자랑과 기쁨이었다. 몇 가지의 조그마한 결점은 부정할 수 없지마는 그래도 문장의 구조와 문법이 아주 흡사한 우리 이웃 말(일본 말)에 비기어 우리말은 훨씬 유머가 있고 울림이 있고 깊이가 있는 위대한 국어임에 틀림이 없다.

가령 하나를 잔잔한 호수라고 한다면 우리말은 출렁거리는 바다에 비길 수 있고, 또 하나를 아기자기한 선율로 짜인 슈베르트의 음악이라는 사람이 있다면 우리말은 깊이깊이 우리의 영혼까지 흔들어 놓는 베토벤의 음악이라 할 수밖에 없다. 이것은 적어도 애정을 가지고 그 리듬과 선율에까지 주의해 가며 우리말을 읽는 독자라면 누구나 느끼었을 줄로 안다.

이 소설의 시초서부터 뚜렷한 성격을 갖추고 등장한 스칼렛은 물론이거니와 1부에서는 소개의 정도에서 그치고 만 레트 버틀러와 애슐리와 멜라니도 이 2부에서는 웅대한 이 서사시의 주인공다운 성격을 하나하나 드러내기 시작한다.

끝으로 제1부를 읽고 서면으로 여러 가지의 소감과 충고를 주신 선배와 독자들에게 사의를 표하는 바이다.

번역의 대본으로는 역시 맥밀런사 1940년판을 썼고, 단어 하나에서까지 원문의 감각을 전하고자 노력했음을 말해 둔다.

계사(-1953) 10월

환도하는 밤 열차 속에서

역자

## 역자의 말(제3권)

이 책 제1부에서 미첼 여사는 꿈이 많고 한가롭던 남부의 옛 생활을 그려 놓고 제2부에서는 사회생활에 던지는 전쟁의 미묘한 그림자를 마치 쇼팽과도 같은 선율로 옮겨 놓고 나서 제3부에 와서는 『일리아드』와도 같은 웅장한 하모니로 5년에 걸친 이 전쟁(남북전쟁)의 피날레를 들려준다. 이 피날레는 웅장하지 않을 수가 없는 것이 이 전쟁의 종결과 함께 오늘의 미국—20세기의 가지가지의 경이를 내포한 인류 문명의 놀라울 만한 거인이 탄생하는 것이다. 따라서 저자로서도 제일 힘을 들여 쓴 곳이 이 3부인 듯하다. 애틀랜타가 함락하는 날의 광경, 멜라니의 해산解產, 부상한 군대의 대열, '바람'이 지나간 뒤의 광경, 패잔한 '남부 왕국'의 모습, 모두가 세잔의 솜씨와도 같은 그림 폭인 줄로 안다.

그러나 읽는 사람에게는 과연 어떨는지…….

1권, 2권을 읽으시고 여러 가지로 참고될 말씀과 재료를 보내 주신 선배와 독자들에게 사의를 표한다.

계사(-1953) 12월

## 역자의 말(제5권)

"인생을 위한 예술이냐, 예술을 위한 예술이냐?"

이것은 오랫동안 그리고 번번이 미술인, 음악인, 문학인들 사이에서 열렬한 논의의 대상이 되어 온 문제였다. 사람의 지성이 높아 가고 예술의 한계가 확대되고 사회관계가 복잡해 감에 따라 필연적으로 제기되는 질의이리라.

지나간 여러 백년 동안 이야깃거리가 되어 온 문제이거니와 가까이 우리의 세기에 들어와서도 저 유명한 톨스토이 옹의 예술론이 나와 가지고 한때 예술계를 소란케 했고 더 가까이 더 가까운 예로는 요새 항간의 이야깃거리가 되고 있는 『자유부인』에 관한 작가와 모 교수와의 논쟁도 결국은 이 문제에서 그 두 가지의 의견이 생긴 것이라고 보아야만 그 두 재사才士에게 대한 예의일 줄로 안다.

톨스토이 옹은 그 예술론에서 불란서의 시인 말라르메와 보들레르를 격렬히 비난하며 그들의 시는 예술이 아니라고 용감한 단정을 내 두었을 뿐만 아니라 베토벤, 괴테, 셰익스피어와 같은 위대한 천재들의 작품까지를 들추어 가며 그것은 예술이 아니라고, 좋은 예술이 아니라고 선언하였고 나중에는 자기 자신의 작품들도 『전쟁과 평화』와 같은 것을 좋은 예술이 못 된다고 고백하여 온 세계를 놀래 준 일이 있다.

왜? 그 대답은 간단했다—인류를 위한, 중생을 위한 예술이 아니기 때문에, 쉽게 말하면 너무도 미美에 도취한, 미에 사로잡힌 예술이기 때문에. 너무도 개성적인 심미법審美法이며 창조이기 때문에. 기독교의 정신에 젖지 않았기 때문에—모럴이 없기 때문에…….

그 예술론은 톨스토이 옹이 80이 넘어서 괴이한 종교 관념에 그야말로 사로잡히어 가지고 귀족의 몸으로 가정을 탈출하여 걸인과 똑같은 지팡이를 짚고 방랑하며 소동을 이루던 시절에 쓴 작품이다. 천하의 위인, 반신반인半神半人의 초인, 위대한 천재, 톨스토이 옹도 자연의 힘에는 어찌할 수 없었던 모양. 별수 없이 노망하신 것이었다.

이렇듯 이 문제는 오랜 역사를 가지고도 오늘까지 '수학적인' 해답을 얻지 못한 문제이다. 그래서 어떤 때는, 또 어떤 사람은 "인생을 위한 예술!" 하면 또 다음에는 딴사람이 나와서 "아니다, 예술을 위한 예술이다!" 하고 외치곤 하면서 오늘에 이르렀고, 또 앞으로 영원히 그럴 줄로 안다. 또 그럴 수밖에 없다.

그러나 나에게는 그따위 논쟁보다는 사실facts이 훨씬 중요하다. 또 그러면 문제는 훨씬 간단해진다. 예술의 고전을 살펴보면 거기에는 반드시 위에 말한 그 두 가지의 요소가 나란히 서 있음을 누구나가 발견할 수 있을 줄로 안다. 과거의 모든 고전은 똑같이 인생을 탐구하고 미를 탐구하였다. 모든 고전이 인생을 위한 예술이며 동시에 예술을 위한 예술이었다. 물론 그 두 요소의 비중은 사람마다 작품마다 다르다. 어떤 사람은 인생에 치중하고 또 어떤 사람은 미에 치중한다. 그러나 두 가지 요소 중에 하나가 아주 빠진 예술은 오늘까지 본 적이 없고 또 그럴 수가 없는 일이다.

결론하면 우리는 우리 선배들의, 우리 조상의 그 귀중한 유산 속에서 인생을 배우고 진리를 배우는 동시에 미를 연마하게 되는 것이다. 또 어떤 사람의 예술 작품에서는 훌륭한 학문까지 아울러 배울 수가 있다—예를 들면 발자크의 예술의 대부분.

이와 같이 진정한 예술 작품을 결정하는 요소는 딴 무엇보다도 정확한 관찰과 옳은 생각이라는 두 가지에 있다고 믿는다. 적어도 미술이든 음악이든 문학이든 간에 그것이 진정한 예술이라면 재미있고 즐겁다는 데서 그칠 수는 없는 일이다. 가령 셰익스피어의 문학에서 재미있고 즐겁다는 이외에 인생과 사회에 대한 그 놀라울 만큼 깊고 넓고 정확한 눈, 또 발자크에게서는 모든 사물, 모든 현상에 대한 그 엄청난 탐구의 힘, 베토벤에게서는 네뷸러와도 같은 아득한 심령에 대한 엄청나게 깊고 넓은 귀를 느끼고 배우지 못하는 사람이라면 예술에 대한 진정한 독자라고 할 수는 없다.

이제는 더 쓰지 않아도 내가 이 머리말에서 하고자 하는 이야기를 짐작할 줄로 믿고, 또 나도 이것이 역자의 머리말이라는 사실을 깨닫고 더 길게 쓰지는 않으련다.

다만 긴 『바람과 함께 사라지다』의 이야기를 읽고 "재미있고 즐겁다"는 이외에 오늘의 미국을 배우는 데, 혹은 그 사회와 사회생활을 아는 데 "딴 어떤 문화사나 생활사보다도 도움이 되었다"고 자신 있게 말할 수 있는 사람이 더 나온다면 그것 하나만이 나의 기쁨이다.

끝으로 5권까지의 내용을 간단히 소개한다.

1권(제1부)에서는 구름 같은 목화송이에 덮인 미국 남부의 이국정취를 소개하면서 신비한 사랑을 품은 소녀를 등장시키고

2권(제2부)에서는 남부의 옛 살림 — 한가롭기가 꿈과 같던 남부의 도화경桃花境이 무너지기 시작하는 과정 — 옛것에 금이 가고 새것의 싹이 트는 과정을 그리고

3권(제3부)에서는 전쟁(남북전쟁)과 사회생활의 우렁찬 교향곡, 태풍에 휩쓸리는 인생과 사랑을 탐구하고

4권(제3부 계속)에서는 한 줌의 재灰 속에서 옛날을 그리고 사랑을 그리는 마음

5권(제4부)에서는 전후戰後의 부패상과 재건의 의욕을 그렸다.

텍스트로서는 역시 1940년 맥밀런사 판을 썼다.

갑오(-1954) 4월

역자

## 역자의 말(제6권)

『바람과 함께 사라지다』의 이야기가 6권째 나온다. 나 자신 이렇게 길어질 줄은 몰랐었다. 그럴 줄 알았다면 내 용기와 내 정력을 가지고 어찌 감히 이 책에 손을 대었으랴! 무지無智의 힘도 역시 신비하고 거대함을 느끼지 않을 수 없다.

그 무지의 힘이 1만 매의 원고용지를 소비하는 동안에 나도 번역의 기술이라 할까 혹은 태도라 할까, 그런 문제에 자연 관심이 갔고, 그래, 거기에 대한 신문이나 잡지의 기사는 물론이거니와 조그만 사담私談에까지도 주의가 끌리곤 하였다.

그러나 나 자신은 그 문제에 관해서 어디에 쓴 적도 없고 또 누구와 지껄인 적도 별로 없었다—다만 언젠가 한번 어떤 기회에 소설가 C 형과 의견을 서로 주고받은 적이 있었는데 꽤 재미있는 이야기였기에 이 지면을 빌려 전할까 한다.

C 형은 20년 동안이나 소설을 썼고 또 그 생산량도 많고 특히 요새는 어떤 연재소설로 국내의 인기를 독차지한 행운 작가다. 그것은 내가 하려는 이야기와는 관계가 없지마는 그가 지난 몇 해 동안에 '세계 명작' 중의 몇 편을 번역 출판한 경력을 가진 사람이라 그때 그의 견해에 나는 성실히 귀를 기울였었다. 여러 가지 이야기 중에서 이 지면을 빌릴 만한 값이 있는 중요한 점 두 가지만을 전한다. 첫째는 중역重譯의 문제, 둘째는 원문 표현의 문제였다.

중역에 관한 견해는 이러하였다. C 형은 원문에서 번역했다는 작품을 몇 권 읽어보았다. 그랬더니 문장에 품위가 없고 우리말에 무리가 많을뿐더러 심한 경우에는 뜻조차 잘 통하지 않는 데가 있더라 한다. 번역의 의의는 원문의 사상과 감정을 최대한도로 정확히 전하는 데 있을 것이다. 그렇다면 원문의 불충분한 소화 혹은 우리말 문장의 표현력 부족을 무릅쓰고 한 원역原譯보다는 차라리 원문은 모르되 우리말의 표현의 전문가의 손으로 번역된 중역이 좀 더 원문의 사상과 감정을 정확히 전할 수 있을 줄로 믿는다고 하였다.

그러나 나는 그 의견을 따를 수가 없었다. 그것은 내게 어떤 확고한 이론이 있어서가 아니라 주로 내 경험에 비추어 본 결과였다. 나는 학생 시절에 불문학, 독문학 작품들을 일역 혹은 영역과 대조해 가며 읽어 본 경험이 있다. 그런데 번역문의 사상이나 감정이나 감각은 아무리 읽어 보아도(원문의 어학력이 미약함에도 불구하고) 원문의 사상과 감정과 감각처럼 선명하지가 않았다. 특히 감각을 전하는 경우에는 그 윤곽만을 간신히 전하기가 일쑤다. 마치 반투명한 유리를 통해서 어떤 물체를 보는 것 같은 기분이었다.

그러니 그렇게도 흐릿한 감각을 다시 한번 반투명의 유리를 통해 볼 때는 과연 그 윤곽조차 전할 수 있을지 의아하지 않을 수 없다. 더구나 일본어는 유럽의 언어와는 그렇게도 문장의 구성과 표현의 방법이 다르다. 그뿐 아니라 원문과의 대조 없이야 역문이 원문과 달라지지 않았다는 보장을 역자 자신도 믿을 수 없는 일이 아니냐. 보지 않고 듣지 않고 믿는다면 그것은 일역이나 영역의 역자를 마치 "전지하신 신"에 비기는 것이 아니냐.

나는 언젠가 어떤 '독일' 작가의 단편 하나를 어떤 필요로 영역에서 번역해 보려고 시작했던 일이 있었다. 그러나 나는 첫 페이지를 넘기지 못하고 좌절하고 말았다. 거의 두세 줄에 한 번씩 펜이 종이에 붙고 움직이지를 않았다. "이 표현을 과연 원문에서는 무어라고 했을까?" 하는 호기심이랄까 탐구심이랄까, 그런 느낌이 너무도 빈번하고 너무도 강렬했기 때문이다. 그러나 원문이 손안에 없어 할 수 없이 포기하지 않을 수가 없었다.

C 형은 또 표현 문제에 관해서 이런 말을 하였다. 원문의 표현 방법을 그대로 따를 것이 아니라 번역에서는 우리 습관에 따르는 표현 방법이라야 한다고. 가령 가만가만 살며시 걷는 비유를 저 사람들은 "이리 걸음으로"라 하고 우리의 관습은 그것을 "고양이 걸음으로"라고 한다고 가정하면 번역문에서는 "고양이 걸음으로"를 따라야 한다는 것이다.

그 점에도 나는 반대하지 않을 수 없었다. 나는 원문의 표현 방법이 우리말의 표현 방법과 어떻게 다르다는 점까지 전해 주어야 정확한 번역인 줄로 안다. 우리 대표적인 작가들의 글을 면밀히 살펴보면 거기에는 원래 우리말이 아닌 문장이나 표현이 많다. 일일이 예거할 필요조차 없을 정도로 많다. 모두 훌륭히 우리말이 되어 버렸다. 그러나 그것도 처음 썼을 때는 그 외국어 냄새에 우리 귀가 몹시 거슬렸을 것은 틀림이 없는 일이다. 또 어떤 것은 처음 들어왔을 때는 뜻이 통하지 않는 것도 있었을 것이다. 그것이 몇십 년 동안에 거의 완전한 우리말이 되고 우리 수사학이 되어 오늘은 그만큼 더 우리 언어와 문장을 풍부하게 윤택하게 해 주고 있다.

오늘은 경제생활에 있어서 우리가 국제 조류에서 고립할 수가 없는 거나 마찬가지로 문화생활에 있어서도 우리만이 고립할 수 없고 따라서 언어에 있어서도 그 수사학이나 표현법이 점점 보편화하는 경향에 있는 것이 사실이 아닐까. 또 그렇다면 외국어의 수사학과 표현이 우리말과 다른 점까지도 힘써 소개할 필요가 있지 않을까. 널리 독자들의 가르침을 구하는 바이다. 끝으로 5권이 나온 뒤에 여러 가지 사정으로 잠깐 동안을 두지 않을 수 없었음을 사과한다.

갑오(−1954) 9월

서울에서 역자

## 역자의 말(제7권)

6권이 나온 지 거의 2년이 되었다. 그동안 여러 독자들한테서, 또 여러 선배와 지우들한테서 적지 않은 책망을 들었다. 왜 어서 끝을 맺어 주지 않느냐 하는 책망을.

그러나 7권의 원고가 끝난 것이 2년 전에 6권이 나올 무렵이었고, 8권도 그 뒤 3개월 후인 재작년 12월 초순에는 탈고되었었다. 그러나 그 2천여 매의 원고가 2년이 가까운 긴 시일을 먼지 속에 파묻혀 하품을 하고 있었던 것이다.

그렇게 원고도 무위無爲의 쓰라림을 맛보았을 테지만 그것을 보고 있는 내 마음도 항상 괴로웠다.

따라서 이제 7·8권의 교정을 끝내고 나니 무슨 큰 짐을 벗어 놓은 듯 마음이 가벼워짐을 깨닫는다.

동시에 이의 완결을 위해서 여러 가지로 애를 써 주신 외녀畏女 서병한 씨에게 감사하는 마음을 금할 길이 없다.

끝으로 어서 완결해 주지 않는다고 역자를 책망하도록 이 책을 애독해 주신 독자 여러분에게 이 지면을 빌려 깊이 사죄하는 바이다.

병신(-1956) 중복 날

역자

## 부자
**남욱**

- 남욱, 『부자(父子)』, 철야당, 1954.10.1, 291면
- 이반 투르게네프 원작, 세계문학선집

### 해제

소설 『부자』는 이반 투르게네프1818~1883의 50편에 달하는 작품 중에서 가장 문학사적 의의가 크고, 따라서 가장 널리 알려진 작품이다. 노서아露西亞 문학에 조예가 깊은 문학평론가 브란데스가 "나더러 투르게네프의 울창한 수풀 속에서 나무 한 대만을 골라 들라고 하면 서슴지 않고 나는 『부자』를 선택할 것이다"라고 한 말은 이 소설을 한번 읽어 본 사람이면 누구나 수긍치 않을 수 없을 것이다.

이 소설의 라이트 모티프는 선대와 후대 사이, 더 정확히 말하자면 구시대와 신시대 사이에 피할 수 없이 생기는 견해의 차이와 신념의 충돌이라는 보편적이면서도 새로운 문제이다. 그리고 이 소설이 가지고 있는 가치는 그러한 문제의 제기나 해결에 있다기보다 바자로프라는 주인공의 인물 창조에 있다. (역자는 이런 내용을 가진 소설에 우리말로 『부자』라는 이름을 붙이기에 어색한 감을 가지지 않을 수 없었다. 주인공의 이름을 따서 『바자로프』라고도 할 수 있었고 내용으로 봐서 『선대와 후대』라고도 할 수 있었으나 원명 『아쯔이 이 제찌』가 너무도 알려진 작품이라서 어색한 대로 직역하였다.)

이 소설이 처음 잡지 『루스키 웨스트니크(노서아 通報)』에 발표되었을 때 당시의 문단, 사상계는 물론 사회 각계각층에 찬부贊否의 양론이 물 끓듯 비등하였다. 어떤 사람이건 이 소설을 읽고 이 소설을 화제에 올리지 못하는 것을 수치로 생각하였다 한다. 사실 이 작품을 노서아 문학이 낳은 천재 가운데서도 향기로운 예술적 분위

기와 아름답고 단정한 필치와 미에 대한 섬세한 감각으로 제일인자라고 추대되는 투르게네프의 최대 걸작이란 세평을 역자는 번역함에 있어 다시 느끼지 않을 수 없었다.

이 작품은 당시 노서아의 전통(문학적 혹은 사조적)을 조소 유린하는 오만한 태도라 하여 일부 계층(특히 청년층)에서 비난을 받았다고 하나 니힐리즘이라는 새로운 사상을 세계 사조상에 제공하였다는 의의와 자기 내부의 자유를 무엇보다 존중히 여기는 바자로프란 인물을 창조함에 성공하였다는 사실만을 가지고도 세계문학사상의 위업이라 하지 않을 수 없다.

바자로프란 인물을 간단히 소개하면 다음과 같다.

그는 종교, 철학, 예술이라면 픽 웃고 거들떠보지도 않는다. 일절 오소리티를 부정한다. 그리고 자기가 연구 대상으로 선택한 과학 분야에 있어서도 그 가치를 무조건하고 믿지는 않는다. 이런 그가 당시 유행되던 어떤 '사회 운동'에 가담하여 거기 따르는 외적 사정에 속박받을 수는 물론 없었다. 이처럼 그는 자기의 정신적 자유를 병적으로 소중히 여기는 데모크라트였다. 동시에 철저한 개인주의자이기도 하였다. 이러한 그의 생활 태도를 우리는 여주인공 오딘초바와의 사랑에서 볼 수 있다. 그는 한낱 의학도의 입장에서 여자에 대한 사랑에 하등 이상적 혹은 순결한 의의를 부여치 않았다. "만일 어떤 여자가 마음에 들면 수단껏 획득해 봐라, 그것이 안 되면 그만 집어치워라. 세상은 좁은 곳이 아니니까……." 이것이 그의 말이었다. 그래, 그는 오딘초바에 대해서도 이러한 태도를 취했던 것이나 그 부인으로부터 '획득'함이 불가능하다는 것을 깨달았을 때 놀랍게도 "그만 집어치우"고 잊어버릴 수 없는 자기를 발견하였다. 말하자면 항시 경멸하여 마지않던 로맨티스트가 자기 내부에 잠재해 있었던 것이다. 사실 사랑이 인간의 본성에 있어 필연 내지는 불가결인 것이고 보면 조금도 놀라운 일이 아닐 터였으나 바자로프는 그 어떤 주의나 이상이나 정념의 노예가 되기를 원치 않았기 때문에 역시 부인에 대한 사모에도 사로잡히기를 즐기지 않았던 것이다. 그것은 그에 있어 가장 귀중한 내부의 자유를 침범당하는 것이 되기 때문이었다. 그는 죽음에 임해서도 암담한 허무에 대한 동물적 공포로 해서 자유스러운 자아에 상처를 받지 않으려고 무진 애를 쓴 결과 승리자로서 비장한 최후를 거두게 된다.

물론 바자로프라 해서 완성된 위인도 아니고 현자도 아니다. 오히려 그 연소함과 미숙 때문에 그의 언행은 때로 교격矯激에 지나치고 때로는 모순에 빠진다. 그러나 이러한 '미숙'과 '미완성'을 가진 한낱 산 인간으로서 바자로프의 힘 있고 진지한 모습은 유감없이 예술적으로 현상화되어 있다.

아무튼 『부자』는 바자로프 한 사람의 무대처럼 되어 다른 인물은 그 커다란 체영體影 때문에 흐릿한 인상을 주기도 하지마는 그래도 저마다 정확한 필치로 개성이 선명히 나타나 있다. 그중에서도 선량하고 순박한 주인공의 부친 바실리는 마치 살아 있는 사람처럼 방불히 묘사되어 눈물겨운 감동을 독자에게 준다.

니콜라이 키르사노프는 19세기 전반에 살던 귀족층의 전형적 인물로 온화한 성격, 허약한 의지, 문예 취미, 자연 애호, 실행력의 결핍 등 모두가 바자로프와는 정반대의 극을 이루고 있다.

그의 형 파벨 키르사노프는 극히 제한된 표면적 귀족 기질과 관료 기질의 소유자로서 바자로프의 좋은 적수로 등장되지마는 그렇다고 풍자화적인 천박에 기울지 않고 그가 가진 인간성과 체취를 가까이서 감득할 수 있게 그려져 있다(특히 바자로프와의 결투에서).

아르카디는 부친 니콜라이와 같이 평범하고 약한 청년이다.

여주인공 오진초바는 총명하고 순진한 부인이지마는 일단 어떤 결의와 행동의 분기로分岐路에 서면 차디찬 이지理智와 지나치게 균형이 잡힌 성격 때문에 자기 가슴에서 부르짖는 소리에 따를 수 없는 불행한(오히려 행복할지도 모르는) 인간이다.

원작자 이반 투르게네프는 노노呶呶히 설명할 나위도 없이 레프 톨스토이, 표도르

미하일로비치 도스토옙스키 두 작가와 함께 세계에 알려진 노서아의 3대 문호이다. 그처럼 탁월한 작가의 심오한 작품을 역자의 천박한 어학력과 서투른 표현력으로써 우리말로 옮겨 쓴다는 것은 외람된 일이었다. 그러나 작중 인물의 이름 하나라도 제대로 발음할 수 있다는 가벼운 자부에서 손을 대어 봤다.

출판되기까지 여러모로 애써 주신 시우詩友 박지수 형에게 사의를 표한다.

1954년 8월 15일

역자 지識

# 대장 불바
## 남욱

- 남욱, 『대장 불바』, 문운당, 1955.1.10, 289면
- 남욱, 『타라스 불바』, 문운당, 1957.10.15, 289면
- 니콜라이 고골 원작, 세계문학선집(1957)

## 해제

### 배경

15세기 카자크들의 생활에서 취재한 것인데, 15세기라면 구라파歐羅巴의 역사에서 가장 동란이 잦은 시대이다. 카자크의 마술馬術이 세상에 널리 알려진 것도 바로 이 시대였다.

당시 콘스탄티노플이 토이기土耳其(―터키)의 수중에 있고 서방에 유력한 파란波蘭(―폴란드), 리투아니아의 발흥이 있었기 때문에 구라파의 동부와 중앙부는 항시 그들의 위협을 받아야 했다. 이를 종교적인 면에서 본다면 토이기의 회회교回回教(―이슬람교)와 파란의 가톨릭교가 카자크의 희랍希臘 정교正教를 위협한 것으로도 된다. 이런 환경에서 카자크들은 향토와 저들의 종교를 수호하기 위하여 지방적인 자위군을 조직하였다. 인종을 달리하고 신앙을 달리한 그들 미개인 사이에 벌어진 싸움이란 실로 집요하고 맹렬한 것이 있었다. 그러나 일단 싸움이 멎으면 그들은 목장, 어촌, 농촌으로 저들의 본직을 찾아갔다. 이러한 자위군의 일단一團이 드니프르강의 하류에 있었는데, 그들을 자포로제의 세치라 불렀다. 어떤 과거를 가진 사람이건 정교를 믿는다는 한 가지 서언誓言으로 여기 입단할 수 있었다. 세치는 60개 이상의 막사로 형성돼 있는데, 매 막사는 서로 독립된 조직과 성원을 가지고 있었다. 그들은 무기 이외의 아무것도 소유치 않았다. 그리고 여자라고는 그림자도 찾아볼 수

없는 섬島에서 민주적인 생활을 영위하고 있었다.

**개요**

불바는 오랫동안 세치 생활을 하다가 지금은 농원農園에 인퇴引退하여 평화스러운 가정생활을 하고 있다. 그에게는 오스타프와 안드리라는 두 아들이 있었다. 그들은 키예프의 신학교를 졸업하고 부모의 슬하로 돌아온 이튿날 어머니의 간곡한 애원을 받아들일 사이도 없이 부친 불바에 끌려 "진짜 산 학문을 배우기 위하여" 세치로 떠났다. 그리고 삼부자는 곧 파란과의 싸움에 휩쓸려 든다.

싸움은 거의 카자크군의 승리로 진행되어 포위된 적성敵城은 양식의 단절로 함락 일보 전에 있었다. 이때 차남 안드리는 적장의 딸이 첫사랑 하던 소녀임을 알자 야음을 타서 양식을 훔쳐 메고 적성에 들어간다. 때마침 적군에는 응원군이 도착되는 한편 빈 세치에 달단인韃靼人(-타타르인)이 내습來襲하였다는 급보를 듣는다. 카자크군은 양분되어 불바가 임시 잔류 부대장으로 임명되었으나 처참한 악전고투를 겪게 된다. 결국 불바는 칼끝을 제 편에 돌린 안드리를 손수 사살하고 장남 오스타프를 적에게 빼앗긴 채 자신도 중상을 입고 세치로 운철運撤된다. 장남 오스타프는 적의 손에서 참혹한 사형을 당하게 된다. 고통이 극도에 달하였을 때 어머니가 아니고 평소 지나치게까지 채찍질을 주던 아버지를 부르는 아들의 애탄哀嘆이 외국의 백작으로 가장하여 군중들 속에 끼어 있던 불바의 귀에 이르자 "오—, 여기서 보고 있다"고 적중임을 잊고 부르짖는 광경은 실로 고귀하고 아름다운 인간의 본성을 묘사한 것으로, 읽는 사람의 가슴을 메이게 한다. 위기일발 그 장면을 모면하여 나온 불바는 미친 듯이 그 지방을 헤매고 돌아다니다가 잡혀서 화형을 당하고 만다. 화형도 순순히 당하는 것은 물론 아니다.

**작가**

이야기 줄거리를 보고도 짐작할 수 있지마는 이 소설을 읽는 독자는 어느덧 황막한 대지에서 풀 내를 맡게 되며 물소리를 듣게 되며 별하늘을 바라보게 되며 습기 찬 흙을 밟으며 등장인물의 뒤를 따라다니게 되는데, 이는 문호 고골의 치밀한 묘사법에서 오는 것이다.

니콜라이 바실리예비치 고골1809~1852은 푸시킨, 레르몬토프를 거쳐 노서아露西亞의 리얼리즘에 개화기를 이루게 한 작가이다. 『타라스 불바』 이후 「코鼻」, 『검찰관』, 「외투」, 『죽은 영혼』 등을 발표하여 세계적 풍자문학가로 알려졌다.

**참고**

소설 『타라스 불바』는 불란서에서 아리 보르, 다니엘 다리외의 공연共演으로 영화화되어 그 아름다운 화면과 스릴 있는 내용으로 해서 한동안 우리나라의 영화 애호가들 사이에도 물의를 일으킨 바 있었다.

단편 「이반 이바노비치가 이반 니키포로비치와 싸운 이야기」는 고골의 초기 작품으로서 창작집 『미르고로드』(장편 1, 단편 3)에 수록된 것이다. 여기서도 역시 고골은 낭만주의와 사실주의를 묘미 있게 혼효하여 '야화夜話' 형식의 선명한 색채와 향토적인 훈기를 풍기고 있다. 그의 일련의 야화 형식의 작품보다 여기서는 보다 더 사색적이며 비평적인 태도를 보여준다.

우리는 경묘輕妙한 풍자와 객관적인 인생 비판이 수놓인 듯한 이 작품을 봄으로써 공허한 생활을 간신히 이어 가면서도 서로 질투와 시의猜疑와 분노를 일삼고 있는 인간 교섭을 웃지 못할 희극으로 보게 된다. 비록 현대 생활이 100년 전의 이 소설 무대와는 판이하다고 할 수 있겠지만 역시 따지고 보면 이 소설의 주인공들과 같이 하잘것없는 사소한 일로써 분노와 용맹과 시기와 질투와 영웅심을 일으켜 날뛰고 허물어져 가는 인간의 일면 권태로운 몸부림을 우리는 얼마든지 주위에서 찾아볼 수 있다. 역자는 고 이상 씨의 「권태」를 회상하며 권태로운 세상을 묘파한 이 단편을 번역하였다.

역자 지識

## 귀여운 여인

**남욱**

- 남욱, 『귀여운 여인』, 철야당, 1955.6.5(초판); 1960.11.5(재판), 385면
- 안톤 체호프 원작, 체호프 선집 1(1955), 세계문학선집(1960)

### 서

체호프의 1,000여 편에 달하는 단편소설 중에는 여기 실린 작품들보다 훨씬 무게 있고 향기로운 가작佳作이 많다. 그러나 제1집에는 면수 관계로 가장 짧고 흥미 있으면서 예술적으로 평가되는 작품만을 골라 실었다.

작품 내용은 해제에서 소개하기로 하고 여기서는 이 단편 선집(뿐만 아니라 무릇 러시아 소설)을 읽는 데 미리 알아 둬야 할 몇 가지 특수 사정을 전해 드린다.

러시아의 종교는 11세기 중엽 로마 가톨릭과 분리된 오서독스Orthodox, 希臘正敎이다. 기독교 전체를 구교와 신교Protestant로 나눈다면 오서독스는 역시 구교에 들지마는 이 종교의 성직자 중 일부가 결혼할 수 있다는 점이 로마 가톨릭과 다르다. 일인日本人은 이런 성직자를 '목사'라고 번역했으나 결혼 관계를 가지고 '목사'와 '신부'를 구분한다는 견해는 정당하지 않으리라고 믿는다. 그래 역자는 이 종교의 용어를 구교에 따르기로 했으니 '신부'가 처자를 거느리고 있대서 놀라지 않기를 바란다. 오서독스는 10세기 말엽(분리되기 전)에 러시아의 국교로 된 후부터 일반 민중, 특히 농민층의 생활 속 깊이에 뿌리를 벋었으므로 러시아 소설에는 언제나 종교적 관습이 묘사된다. 그러나 설교적인 내용은 없다.

다음은 관등官等이다. 제정 러시아는 관료 만능 시대였는데 그 등급은 1등관으로

부터 14등관까지 있었다. 2~3등관이 장관급이었으니 그 아래는 미루어 짐작할 수 있다. 당시 하급 관리가 상관을 얼마나 공경(혹은 아첨)하였는가는 여기 실린 소설로서도 충분히 알 수 있다.

그리고 '별장'이란 말이 자주 나오는데, 우리가 흔히 생각하는 별장과는 달라서 피서 지대에 여관처럼 지어 놓고 한 채, 혹은 한 방씩 세를 주는 건물을 말한다. 그러니 돈 많은 사람뿐만이 아니라 웬만한 생활 정도면 여름철 얼마 동안을 이런 데서 보낼 수 있다.

러시아 소설을 읽는 사람이면 으레 한 번씩 성가시게 느끼는 것은 인명…… 더욱이 애칭의 잡다함이다. 그래 이 책 말미에 본명과 애칭 표를 첨부하였으니 한 인물을 두 인물로 혼동해서 읽지 않는 데 도움이 된다면 다행이겠다.

이 책이 서시書肆에 나오기까지 여러모로 애써 주신 신삼수 선생에게 충심으로 사의를 표하는 바이다.

4288년(-1955) 4월

역자 지識

## 해제

「조회照會」, 「규방 보호책」, 「얼보이는 거울」, 「관리의 죽음」, 「비방」, 「앨범」, 「외과 수술」은 체호프의 1,000여 편에 달하는 단편소설 가운데서도 가장 초기에 속하는 작품들이다. 그러나 이 불과 10분 내외로 읽을 수 있는 소품 속에 벌써 문호 체호프의 편린이 엿보인다. 그가 그려 낸 인간 생활의 미소微少한 소편小片은 독자에게 폭소를 금치 못하게 하면서도 그 웃음의 뒤꼬리를 물고 솟아오르는 서슬 같은 풍자와 해학으로 해서 독자는 한동안 멍하니 자기 생활의 어느 일부를 연상케 된다.

이로부터 오륙 년 후의 작품인 「소년들」, 「복수자」, 「걸인」, 「죄악」에 이르면 뚜렷이 체호프의 훌륭한 역량을 보여준다. 특히 자기 처와 그의 정부情夫에 대한 가혹한 복수를 눈앞에 그리면서 권총 사러 총포점에 들어갔던 선량한 남편이 점원과의 대화 끝에 메추라기잡이 그물을 사 들고 허둥지둥 나오고 마는 「복수자」의 울음 섞인 일장 희극이며, 처녀(식모)를 망쳐 놓은 관리의 마음 한구석에서 항시 그를 괴롭히던 뉘우침이 드디어는 앙천대소할 희비극을 연출케 하는 「죄악」의 문장 짜임새는 소설 공부를 하는 사람에게도 본이 되리라고 생각한다.

체호프의 창작 경향을 전후기로 나눈다면 역시 전기에 속하는 「분홍 양말」과 「아뉴타」는 전기 작품에서 표면에 나타나던 유머나 풍자나 해학이 뒤에 숨어서 은근히 선뜩일 뿐 보다 무게 있고 인간 심리에 파고드는 짜릿함을 준다. 이런 내용을 두 편 다 8면에 주옥처럼 엮을 수 있었다는 것은 체호프만이 가진 재질이라 하겠다.

이 시기까지 발표된 두 창작집으로 그는 당시 가장 명예로운 푸시킨 문학상을 받았다.

이 선집에는 분량 관계로 싣지 못한 「권태로운 이야기」를 계기로 체호프는 풍자나 해학만을 가지고 만족하지 못하게 되었다. 19세기 말엽의 그곳 지식인들은 잇따라 제기된 정치, 경제, 문화의 파동에서 피로를 느끼어 드디어는 페시미즘으로 흐르게 되었고 진실도 신앙도 없이 퇴폐 일로를 더듬게 되었다. 그리고 사상의 조류는 이를 합리화하려는 데 기울어지려고 했다. 민감한 체호프는 이런 인간 교섭의 절망切望과 끝없는 부정과 허위와 모독과 나태와 무기력을 방시傍視할 수 없었던 것이다.

그러나 체호프의 부르짖음은 역시 경음악에 지나지 않았다. 이것은 그의 어쩔 수 없는 생리였다. 투르게네프나 도스토옙스키나 톨스토이와 같은 그의 직계 선배를 무슨 방울이라고 하면 체호프는 은방울이라 할 수 있을 것이다.

이런 생리는 「피앙세(약혼녀)」에서 뚜렷이 나타난다. 어둡고 권태로운 세계에서 여명의 종소리…… 미래에 대한 동경을 폐병 환자 샤샤를 통해서 기다리고 있으면서 끝까지 애처롭기만 하다.

「귀여운 여인」, 「정조」, 「부친」, 「여가수」, 「피리」는 후기에 속하는 작품으로 회색이 짙다. 그 취재의 광범함과 아름답고 정확하고 섬세한 묘사에 있어서는 선배 문호를 능가한다. 그의 대표작 중의 하나로 꼽히는 「귀여운 여인」은 체호프보다 32년 선배인(그러나 6년 더 오래 산) 톨스토이로 하여금 여주인공에 대한 작가의 깊은 이해와 애정을 성서까지 인용한 긴 평론으로 극찬케 한 작품이다. 그는 이렇게 말하였다. "진주알과 같은 문장이다. 여자의 사랑이 치밀하게 있는 그대로 그려져 있다. 도스토옙스키도 투르게네프도 곤차로프도, 물론 나도 도저히 이렇게는 쓰지 못했다." 그리고 자기의 선의와 패물까지를 동시에 빼앗기고 마는 「여가수」의 슬픔이며, 아들이 주는 구두가 아들의 말처럼 발이 커서가 아니라 그의 응숭깊은 마음이 커서 맞지 않음을 알면서도 버릇을 어찌할 수 없이 연해 허풍을 치고는 하는 「부친」의 성격 묘사는 다른 대가들의 장편에 못지않을 만한 깊이와 무게를 가지고 있다.

「언덕골」에 이르면 체호프의 전후기의 경향이 함께 융합되어 새로운 향취를 풍겨 준다. 「언덕골」은 신작로에서 보기에 그저 공장 굴뚝과 종각밖에 보이지 않는 실로 보잘것없는 한촌寒村에 지나지 않으나 이 마을에도 인간 생활의 집약된 선악이 얽혀지고 있다. 무서운 죄를 지은 형사, 귀머거리 남편에게서 아내를 빼앗는 공장

주, 탐욕스럽고 앙칼진 며느리, 악에 염색될 줄 모르는 형사의 처, 적선에만 눈이 어두운 며느리 나이 또래 되는 시어머니, 성인 같은 목수 노인—언덕과 언덕 사이에 포근히 가라앉은 이 「언덕골」의 잡화 상점을 중심으로 하여 벌어지는 풍경은 곧 사회의 축도라고 할 수 있을 것이다. 체호프는 공장 굴뚝에서부터 하늘을 내리덮는 매연처럼 죄와 오욕에 싸인 이 마을의 심연 속에서 곤곤滾滾히 솟아오르는 청련淸漣한 샘물을 담아내고 있다.

끝에 단막 희곡 2편을 실었다. 체호프는 단편소설가로서뿐만 아니라 희곡 작가로서도 뚜렷이 세계문학사상에 남게 된 사람이다. 「앵화원櫻花園」을 비롯한 그의 13~14편에 달하는 희곡은 모두 훌륭하지마는 여기엔 지면상 가장 짧고 가장 흥미 있는 단막 희곡 2편만을 골라 실었다.

내용을 소개할 것 없이 읽기를 권한다. 역자는 벌써 포복절도할 독자의 모습을 연상하며 이 글을 끝맺는다.

4288년(=1955) 4월

역자 지識

# 사닌
### 남욱

- 남욱, 『사닌』, 한국출판사, 1956.2.15, 241면·1957.9.1, 221면(초판, 전2권); 백인사, 1962.3.30, 241면·221면(단권 합본)
- 미하일 아르치바셰프 원작

## 해제

인간이 정신과 육체의 조화적 결합으로 이루어진 존재임은 재언할 나위도 없다. 그런데 한동안 인류 문화는 정신만이 중요하고 고귀한 것처럼 생각해 왔다. 이와 같은 정신 과중의 경향에 대해서 처음으로 반기를 든 것이 문학이다. 이런 의미에서 역설적으로 문학의 사명은 정신적 양식인 나머지 육체의 이교적異教的 항의였다고 할 수도 있다. 그런 대표적 작품이 이 『사닌*Sanin*』이다.

금일 『사닌』은 이미 고전문학 작품이 되었다. 이 아르치바셰프Artsybashev의 대표작은 1907년 발표된 것인데, 출판되자 며칠 만에 초판이 매절賣切되었다 한다. 그러던 것이 청년 남녀들 사이에 사니니즘이라는 새로운 풍조가 퍼뜨려지자 당시의 관가에서 판매 금지를 내리었다. 그래, 재판再版 이후는 독일에서 출판하게 되었는데 이 동안 이미 외국까지 센세이션이 파급되어 여러 나라말로 번역되었다. 이리하여 26세의 청년 작가 아르치바셰프는 불과 반년 만에 일약 세계적 대가로 추대된 것이다. 과연 20세기 초엽은 노서아露西亞 문학의 전성시대여서 그것이 곧 세계적인 의의를 가질 수 있었다고는 하지만 젊은 무명작가의 진출로서는 문학사상에 희유한 일이라 하지 않을 수 없다.

사닌과 유리, 이 두 인물은 손바닥의 양면이기도 하며 작가 자신의 심리적 표리表裏이기도 하다. 다시 말하면 아르치바셰프는 이 소설을 통하여 자기의 소극적 반면을 유리로 하여금 표현케 하였고 사닌으로 하여금 그런 인간의 허약성이 제거된 인간형을 표현케 하였다고 할 수 있다. 반면 사닌은 작가의 세계관으로 볼 때 이상적인 영웅이며 강자이며 위대한 에고이스트며 또한 흔히 말하는 초인이기도 하다. 『죄와 벌』의 주인공 라스코리니코프는 초인을 꿈꾸다가 살인을 감행하였는데 초인으로서의 힘이 및지 못함을 깨닫자 원상태로 돌아간다. 그러나 사닌의 경우는 다르다. 그는 어디까지나 인간의 허약성을 초탈함으로써 끝까지 자기를 지켜 나간다. 마디마디에 나타나는 그의 언행은 일견 대수롭지 않을 것 같으면서도 강한 초탈 정신이 지배하고 있음을 우리는 볼 수 있다. 이러한 인물 창조가 신경과민증과 분열증에 시달리고 있는 현대인의 구미를 자극했다는 것은 너무도 당연한 일이라 하겠다.

그러나 작가는 사닌을 창조함으로써 초인을 위한 초인을 그린 것은 물론 아니다. 이 작품을 니체의 초인 사랑을 소설적으로 시도한 것이 아닌가고 의심하는 사람도 있었으나 아르치바셰프 자신은 니체를 좋아하지 않았을뿐더러 작품 중에서 사닌으로 하여금 차라투스트라를 권태롭다고 내던지게 한 것으로 보아 니체의 초인과는 유가 다름을 알 수 있다.

인간의 생활에는 목적이 없다. 살고 있다는 그 자신이 목적이라면 목적이라고 할 수 있다는 그의 세계관은 다음과 같은 말에도 잘 나타나 있다.

"나의 길은 언제나 같지. 나는 인생에서 아무것도 요구하지 않을뿐더러 기대하지도 않네. 어차피 행복할 수는 없는 거니까—노쇠와 죽음, 이것이 전부가 아닌가!"

"신이 있다 하세. 그럼 우리는 신의 의사를 위해서 살아 주는 거지. 사는 것이 아니라 살아 주는 거지. 아니면 신의 의사에 공백이 생길 테니까."

이런 의미에서 사닌은 앞으로 있을 수 있는 인간 생활의 암시이지 결코 현재 우리 주변에 있는 인간형은 아니다. 그것은 인류의 앞날을 바라보는 비약임과 동시에 먼 원시 시대에로의 역전이기 때문이다. 이것이 바로 사닌이라는 인물형이 한편에서는 압도적 환영을 받으면서도 다른 편에서는 이단자나 패덕자로서 배척당하는 이유일 것이다.

여기 반하여 유리는 아주 현실적인 성격으로서 현대 지식인의 누구나가 많건 적건 가지고 있는 성격의 공약수적 인물이다. 그는 실지에 있어 남들과 조금도 다를 바 없는 인간이면서도 항시 남들과 같은 위치에 있는 것을 못마땅히 여기는 슬픈 인간형이다. 그래, 자기의 처신에 필요 이상의 신경을 쓰게 될 뿐만 아니라 남들이 자기를 대하는 심리적 동향에 대해서도 과민한 나머지 늘 자기 본연의 요구에는 충실치 못하게 된다. 이것은 곧 기성 모럴이 인간을 구속하여 자유롭지 못하게 하는 데 대한 작가의 반발적 의욕일 것이다. 그래, 사닌은 유리를 비웃기도 하며 논쟁도 하지마는 유리는 자기 고집의 함정에서 헤맬 따름이다. 드디어 유리가 괴이한 권총 자살을 하였을 때 사닌도 그의 장례식에 참석하는데 손님들이 조사弔詞를 하라고 요청하자

"무슨 할 말이 있겠습니까……? 바보가 이 세상에서 하나 줄었다는 오직 그것뿐이 아닙니까!"

하여 사람들을 놀라게 한다. 이 한마디는 바로 작가 아르치바셰프가 현대 지식층에 공통한 병적 탐색 벽을 비웃는 사상일 것이다.

이 두 주 인물 외에도 사오 명의 처녀와 의사, 군인, 대학생 등 젊은 생명들이 교향악처럼 얽혀서 등장한다. 이 대표작만이 아니라 아르치바셰프는 대부분의 작품에서 청년 남녀만을 취급하고 있다.

작품 『사닌』에는 일관된 사상이 있을 뿐이지 이렇다 할 이야기 줄거리는 없다. 십오륙 페이지마다 회전되는 훌륭한 묘사로 해서 끝까지 이끌려 가는 소설이다. 즉 자그마한 지방 도시에서 생기는 청년들의 움직임으로 사건을 전개하는 수법인데 문학적 형식으로 봐서는 톨스토이의 영향을 많이 받은 듯하다. 특히 폐병 환자 세묘노프의 마지막 장면 같은 것은 『안나 카레니나』에서 레빈의 형 니콜라이가 숨을 거둘 때의 유명한 묘사와 흡사하다. 이는 저자가 톨스토이의 예술적 유산을 다분히 받았다는 것을 의미한다. 그러나 시대성이라든지 예술적 향기에 있어서는 선배를

훨씬 능가하고 있다. 매 장마다 나타나는 봄날의 자연, 무더운 여름날의 밤, 탄력 있는 달밤의 공기, 작열하는 태양과 염천, 비밀을 품은 듯한 수풀의 녹음, 그리고 관능과 색채와 음악을 교묘히 구사한 묘사는 실로 현대문학의 금자탑으로서의 위풍을 부끄럽지 않게 갖추고 있다. 이와 같은 묘사와 약동하는 생명의 부르짖음과 어두운 죽음의 음영은 부단히 선명한 시적 이미지를 독자에게 준다.

끝으로 한마디 하지 않을 수 없는 점은 항간에서 흔히 이 소설의 흥미를 마치 성욕 묘사의 우수성에 있듯이 훤자喧藉하는 사실이다. 이러한 견해는 다시 말해서 일반인의 음탕 방자를 표명하는 반증 이외의 무엇이 되랴. 작가가 이 작품에 대하는 태도는 얼마나 심각하고 진지한지 모른다. 그는 손쉽게 성적 방종을 그림으로써 흥미를 돋우려고 한 것이 결코 아니다. 그는 항상 이 침통한 인간의 큰 문제와 대결함으로써 인간성을 추궁하려고 했다. 물론 이 작품은 시대적인 특색이었던 성 문제를 다량으로 취급하고 있다. 그러나 어떤 시대를 막론하고 애정 문제를 제외한 인간의 문제가 있었던가. 하물며 육체의 복권復權이란 기치 밑에서 오늘날처럼 이 문제의 탐구에 흥미를 가지고 있는 때에 있어서이랴. 작가가 대담하고 용감하게 전신에 심리 해부라는 무장을 둘러 입고 이 심각한 테마로 돌입했다는 것은 비장할지언정 결코 음외淫猥하지는 않을 것이다. 역자는 오해되기 쉬운 이 점을 원 작가를 위해서 변호하는 바이다.

원 작가 아르치바셰프는 1878년 노서아에서 태어난 분인데 혁명 후 외국에서 망명 생활을 하다가 실명에 이를 지경의 불우한 만년을 거쳐 25년 전 서거하였다. 이 『사닌』에 의해서 화려한 명성을 떨치던 청년 시절에 비하면 실로 눈물겨운 운명의 마지막 대우였다.

역자 지識

# 별은 창 너머

**유효숙**

- 유효숙, 『별은 창 너머』, 일조각, 1954.2.15, 266면
- 안네 프랑크 원작, 안네의 일기

나는 지금까지 아무에게도 말하지 못하던 것을 모두 당신(일기장)에게 고백할 수 있게 되기를 빕니다. 그리고 당신이 나에게 크나큰 도움이 되고 위안이 되기를 또한 빕니다.

1942년 6월 12일

안네 프랑크

이 책은 1947년 *Het Achterhuis*라는 제목으로 홀란드(-네덜란드)에서 최초로 출판되었습니다. Het Achterhuis란 두 가족이 1942년부터 1944년까지 숨어 있던 건물의 한 부분을 가리킵니다. 홀란드 말로 Achter는 '뒤'라는 뜻이고 Huis는 '집'을 말합니다. 암스테르담의 오래된 건물은 뜰을 향한 안채와 거리를 향한 바깥채로 구분되어 있어 같은 건물이 두 채로 나누어져 있습니다. 이 '뒷집'은 암스테르담의 운하의 하나인 프린센과 마주 서 있습니다.

영어로 번역된 책에는 '뒷집'을 '비밀의 별관Secret Annexe'이라고 하고 있으나 여기서는 편의상 '피신처'라고 번역했습니다.

## 서문

이것은 참으로 놀라운 책이다. 한 소녀—진실을 말하기를 두려워하지 않는 이—가 쓴 이 책은 전쟁과 그것이 인류에게 끼치는 영향에 관하여 이제까지 읽은 논평 중에서 가장 우수하고 가장 절실하게 내 마음을 감동시킨 것의 하나다. 홀란드가 점령당하였던 2년 동안 나치의 눈을 피해 가며 전쟁이라는 끔찍한 외부적 사정뿐만 아니라 정신적으로 자기 자신들에게 구속을 받으면서 끊임없는 공포와 고독 가운데 살고 있던 여덟 사람에게 일어난 가지가지 변화를 묘사하고 있는 『안네의 일기』를 읽고 나는 침략적인 전쟁이 가져오는 최대의 악—인간성의 타락—을 역력히 내 눈으로 보게 되었으며 온몸에 소름이 끼치는 것을 금할 수가 없었다.

그러나 이와 동시에 『안네의 일기』는 인간의 정신이란 그 종국에 있어서 숭고한 빛을 보여주는 것이라는 사실을 똑똑히 밝히고 있다. 여기 나오는 사람들은 날마다 무섭고 굴욕적인 생활을 하면서도 결코 자포자기하지 않았다. 안네 자신은 어떠한 소녀라도 변하는 속도가 빠른 열세 살부터 열다섯 살까지의 중요한 2년 동안에 지극히 빨리 성숙했다. 안네의 일기 가운데서 가장 마음을 감동시키는 놀라운 대목은 안네 자신의 묘사이다. 안네는 그 정열, 재치, 지혜, 그리고 풍부한 정서로써 몹시 감수성이 강하고 영리한 사춘기의 아이라면 있을 법한 부모와의 관계, 자아의식의 발달, 성인의 문제 같은 것을 글로 쓰고 또 생각했다.

이것은 심상치 않은 환경 속에서 지낸 소녀의 사상이며 의견이다. 따라서 이 일기는 우리들 자신이나 우리들의 자녀에 관하여 우리들에게 가르쳐 주는 것이 많다. 또 그렇기 때문에 안네의 경험을 우리들 모든 사람에게 있어서 결코 남의 일이 아니라는 것, 안네의 짧은 생애와 전 세계의 일에는 우리들이 큰 관계를 가지고 있다는 것을 나는 절실히 느낀다.

안네의 일기야말로 그 자신의 훌륭한 정신과 이제까지 평화를 위하여 노력했고 또 현재 노력하고 있는 사람들의 정신을 찬양하는 데 적합한 기념비인 것이다. 이 책은 우리들에게 풍부하고 유익한 경험을 준다.

엘리너 루스벨트

## 책머리에

안네 프랑크와 그 가족은 원래 독일에 살고 있었습니다. 그러나 히틀러가 정권을 잡은 1930년대 초기에 부득이 홀란드로 이주하여 그곳에서 잠시 평화로운 나날을 보내고 있었습니다. 안네의 아버지는 크게 상업을 하였고 안네와 언니 마르고트는 학교에 다니고 있었습니다.

그러나 제2차 세계대전이 일어나고 홀란드가 독일 군대에게 점령당하자 안네의 집안은 유태인이란 이유로 또다시 피하지 않으면 안 되었습니다. 그러나 갈 곳도 별로 없어 암스테르담에 남아서 프린센이라는 운하에 마주 서 있는, 사무소로 쓰던 낡은 건물의 한구석에 숨어 살았습니다. 이때 안네는 열세 살이었습니다. 이 피신처에 이윽고 판 단 내외분과 그 아들 페터, 그리고 뒤셀이라는 치과 의사가 와서 같이 지내게 되었습니다. 페터는 안네와 같은 또래였습니다. 치과 의사인 뒤셀 씨는 안네 말대로 하자면 언제나 뚝뚝한 사람이었습니다. 구차한 살림 가운데도 식량이나 옷이나 책 같은 것을 몰래 날라다 준 친절한 친구들의 도움을 받아 가며 이 사람들은 1944년 드디어 게슈타포(나치의 비밀경찰)에게 발각되기까지의 2년 동안을 이 피신처에서 살았습니다. 프랑크 집안의 친구들이 2년간의 피신처 생활의 경험과 일상을 기록한 『안네의 일기』를 발견한 것은 게슈타포의 습격이 있은 뒤의 일이었습니다.

안네는 날카로운 재치와 놀라운 관찰력을 가진, 유난히 영리한 소녀였습니다. 안네는 자기가 관찰한 것을 생생하고 재미있고 사람의 마음을 감동시키는 글로 차근차근 적어 놓았습니다. 어린이로서는 보기 드문 통찰력을 가지고 들켜서 총살을 당하지나 않을까 하는 끊임없는 공포와 굶주림에 직면하면서도 특이한 환경 속에 생활하는 여덟 사람의 상호 관계, 외부 세계로부터 완전히 동떨어져 있는 심정, 특히 생활이 지루한 것과 쓸데없는 오해와 견딜 수 없는 긴장 가운데 좁은 곳에서 생활하기 때문에 생기는 그칠 길 없는 고통 같은 것을 잘 표현하고 있습니다. 여덟 사람이 같은 위험에 처해 있으면서도 의좋게 지낼 수 없었던 일상생활의 이야기에서는 인간의 행동과 그 놀라운 모순에 대한 훌륭한 비판을 내리고 있습니다.

그러나 이 일기 중에서 가장 잘 표현되어 있고 또 가장 재미있는 것은 안네가 자기 자신에 관해서, 나아가서는 모든 어린이에 관해서 이야기하고 있는 부분입니다. 거기에는 사춘기라는 중대한 시절을 보내고 있는 훌륭한 정신과 강한 감수성을 가진 한 소녀의 사고방식과 의견이 엿보입니다. 거기에는 성숙하기 시작한 한 소녀의 참을 길 없는 자기 묘사가 있습니다.

안네는 1945년 3월 홀란드가 해방되기 두 달 전에 베르겐벨젠의 강제 수용소에서 가엾이도 열다섯 살을 마지막으로 영양 부족 때문에 숨을 거두었습니다.

저는 우연한 기회에 이 책*Anne Frank : The Diary of a Young Girl*을 얻어 깊은 감동과 감격으로 이것을 읽어 냈습니다. 불쌍하고도 재치스러운 안네!

그 안네의 부르짖음을 저는 혼자만이 간직하기는 너무도 아까웠습니다. 그것은 한 소녀의 부르짖음이라기보다 진실하게 살려는 온 청춘들의 부르짖음이었기 때문입니다. 제가 감히 둔한 솜씨로 이것을 우리말로 옮겨 본 동기는 전혀 여기 있는 것입니다.

"별은 창 너머" 있건만 끝내 안네는 가고 말았습니다. 안네가 염원하던 그 희망의 별이 여러분 가슴에 빛나 주시기를 원하면서 안네의 그 절실하고도 애절하였던 마음을 옮김에 있어 모자라는 점 많이 꾸짖어 주시기 바랍니다.

1953년 크리스마스를 맞으며

옮긴이

# 어떤 미소

**전혜린**

- 전혜린, 『어떤 미소』, 수학사, 1956.9.15, 196면
- 프랑수아즈 사강 원작

## 역자 후기

프랑수아즈 사강Françoise Sagan은 두 번째 소설로써 또다시 성공을 거두었다. 『슬픔이여 안녕*Bonjour Tristesse*』에서처럼 이 소설에도 참된 소설을 성격 지어 주는 인물과 줄거리의 풍부가 없다고 말할 사람이 있을는지 모른다. 그러나 이 실패한 사랑의 이야기는 깊은 통찰력 있는 묘사와 형체의 완성에 의해서 충분히 올해 21세 되는 사강 양의 재능을 인정케 하는 것이었다.

『어떤 미소*Un Certain Sourire*』의 도미니크가 『슬픔이여 안녕』의 세실과 자매적姉妹的이고 또 두 소설의 제목도 비슷하기는 하나도 그 주제는 전혀 다르다. 첫 번째 소설에서는 여주인공이 동시에 원동력과 증인으로 되어 있으나 두 번째 소설에서는 여주인공은 주제이고 또 희생자다. 소르본느 대학의 여학생인 도미니크는 연애 사건을 같이 가질 것을 제의한 창백하고 시니컬한 40세 대의 남자의 연인이 된다. 도미니크는 과히 환상을 그리지 않는 여자이고 감각과 취미에 공통성(공범성共犯性이라고 저자는 즐겨 쓴다)만 있으면 된다고 생각한다. 그러나 조금도 염두에 두지 않았던 일이 일어나고 만다. 즉 그 연애 사건의 기한이 끝났을 때 뜻밖에도 도미니크는 사랑하기 시작하게 된다. 이런 종류의 드라마가 비참한 끝을 맺는 대신 그 여자는 '어떤 미소'를 짓고는 다시 살기를 계속한다. 이 젊은 여자의 이야기 속에는 일종의 맑은 체념의 미소와 총명에 의해서 받아들여진 실존의 쓴 법칙이 있다. 이 모든 것을 사

강은 놀라운 표현력과 묘사의 재능을 가지고 썼다.

사람들이 "첫 번 소설 『슬픔이여 안녕』에 비평상을 주면서 염려스러웠던 우리들의 기우杞憂는 양의 두 번째 소설에 의해서 씻겨지고 말았다. 이것은 한 완전한 작품이다. 사강 양은 마치 레몽 라디게를 여자로 한 것 같은 귀재다"(에밀 앙리오), "사강의 첫 번 소설의 성공을 나는 단순히 전후戰後의 탓으로 돌렸었다. 두 번째 소설도 처음 읽고 똑같은 인물들과 똑같은 모호한 냄새와 그들의 기억 속에마다 풍기고 있는 위스키에 싫증이 났었다. 그러나 『어떤 미소』를 재독해 보고 나는 형식상에서뿐 아니라 내용에 있어서도 인간성에 깊이 파고들어 가 있는 것을 보고 사강 양의 비약적 진보를 인정했다"(르네 랄루)라고 말하고 있는 것은 지극히 당연한 것 같다.

끝으로 이 번역의 텍스트로서 나는 1956년 3월 말에 출판된 주이야르사Juillard, Paris 판을 사용하였고 울스타인사Ulstein, Wien의 독어판을 참조한 것을 부기附記한다. 문체가 스무스하게 흐르는 것보다 원문과 원의原意에 고집한 탓으로 극히 흥미 없는 번역문이 되고 만 것을 독자에게 죄송하게 생각하며 앞으로 기회가 있다면 좀 더 독자를 위한 읽기 좋은 번역문으로 만들고 싶다.

1956년 8월

뮌헨(서독)에서

역자

# 독일인의 사랑

**이덕형**

● 이덕형, 『독일인의 사랑』, 서울출판사, 1957.12.5(초판); 범문각, 1958.10.10(재판), 151면

● 막스 밀러 원작

## 역자의 말

"어제까지는 몰라도 오늘부터는 진정 나는 당신 것이에요" 식의 대화가 현대 지성인들의 연애인가 봅니다.

"너는 자유야. 딴 남자가 좋으면 가서 살렴. 나도 자유야. 우리는 모던이니까……" 하고 부부간에 교환하는 이런 식의 대화가 오히려 현대의 구미口味를 돋운다고 합니다. 사랑하는 사람을 천사같이 숭배하면 곧 비극이 온답니다. 신문 지상의 연재 자살 사건이 보도되면 고등학생까지도 비웃습니다. 여자니 연애니 하는 것을 심각하게 생각하면 도리어 바보가 되는 것입니다. 모든 것을 초월한 체하고 모든 것을 무감각하게 대하고 심각해지는 자신을 억제하는 사람만이 빠젓한 현대인이 된다고 합니다. 네 번, 다섯 번 고쳐 연애하고 결혼하는 것도 별로 놀라운 일이 아닙니다. "20세기야" 하는 한마디가 모든 것을 합리화시킨다고 주장합니다. 20세기니까 여자의 정조 관념은 필요 없다고 합니다. 너도 좋고 나도 좋았으니까 하룻밤을 같이 지낸 것은 아무 책임과 가책을 수반해서는 안 됩니다. 젊은이들은 길에서나 극장에서나 어디를 가거나 상대자를 구하고는 있습니다. 마치 빵 조각이라도 흘렸으면 주워 넣으려는 심보 같습니다. 사랑은 생리적인 욕구 이외에 아무것도 아닌 것입니다.

지난가을이었습니다. 고향에서 같이 자란 한 친구의 누이가 어느 남자를 몹시 사모하고 사랑하였습니다. 그러나 그 남자는 그 여자를 버리고 말았습니다. 그렇게

건강하던 그 여자는 침식을 잊고 괴로워하여 마침내 위장병에 걸렸다고 합니다. 뚱뚱보라는 별명을 가졌던 그 여자는 꼬챙이처럼 말라 겨우 별명만은 면했습니다. 그 여자의 가족들은 누구 하나 그 여자를 동정하고 위안하는 사람은 없이 도리어 비웃고 놀리고 구박했습니다. 한 남자를 죽어라고 따라다니는 바보가 어디 있고 남자가 좀 눈치가 수상하면 그 자리에서 돌아서야 되는 것을 그랬다는 것이었습니다. 그 여자는 울었습니다. 운 이유는 사랑하는 이를 잃었다는 슬픔뿐만이 아니라 이 세상에서 그 여자가 참된 사랑이라고 생각하는 것은 그 가족들에게까지도 용납되지 않는 것이라는 것을 발견한 비통한 현실 때문이었습니다. 그뿐만이 아닙니다. 사랑에는 반드시 비교와 이해를 판단할 줄 아는 지혜가 필수 조건이란 사실을 좀 더 일찍 깨닫지 못한 안타까움이 그 여자에게는 있었습니다. 그 여자가 지금도 슬퍼하는 것은 쓰라린 사랑의 실패를 사람들은 경험이란 허울 좋은 언구言句로써 감싸려고 하고 있는 구역질 나는 행위 때문이라 합니다. 선배들은 후배들에게 사랑의 실패를 맛보는 것 같은 경험을 장려하고 있습니다. 따라서 후배들은 사랑을 얻기보다도 경험 삼아, 시험 삼아 사랑을 하려고 나서는 것입니다. 노년기와 중년기에 들어선 인사들의 서글퍼 하는 소리는 아무 효과도 없습니다. 그들은 낡은 기차의 차장은 될 수 있을지 몰라도 제트기를 조종하는 비행사는 결코 될 수 없으며 할리우드에서부터 밀려드는 새로운 타입의 연애와 사랑을 방해할 특권은 없다는 것입니다. 그러나 이 새로운 조류 속에서 싫증을 느끼기 시작한 사람은 여자뿐만이 아닐 줄 압니다. 여기에 역자는

나는 너의 오빠라도 좋다.
아버지라도—무엇이라도 되어 주고 싶다.

Thy elder brother I would be —

Thy father — anything to thee.

나는 살든지 죽든지 당신의 것입니다, 하고 부르짖는 희생적인 한 독일 청년의 사랑을 소개하고 싶습니다. 사랑하는 데 왜 사랑하느냐의 이유가 없습니다, 무조건 사랑하지 않곤 못 배기기 때문에 사랑합니다, 하고 고백하는 사랑을 보여주고 싶습니다. 명예, 불명예, 이익, 손해 등의 하등의 고려도 제외한 사랑입니다. 비평적 두뇌를 가진 청년들은 바로 이 책에서 보여주는 낭만적인 소박한 연애를 보고 달콤은 하지만 고리타분하다고 평할 것을 미리부터 예측해 왔습니다. 그러나 역자는 대학 초급 학년 시절에 이 책에서 얻은 감명이 너무나도 컸고, 역자 이외에도 많은 외국어 학도들은 이구동성으로 이 작품을 후배들에게 한번 보였으면 좋겠다는 것이었습니다. 사범대학에 계시는 한 선생님도 이 작품이 가장 인상 깊었다고 하신 적을 기억하고 있습니다.

이 책은 비교언어학, 동양학, 종교학, 특히 범어학梵語學의 세계적 권위인 막스 뮐러Max Müller의 『도이치 리베*Deutsche Liebe*』를 번역한 책입니다.

저자의 아버지는 슈베르트의 가곡 〈겨울 나그네〉와 〈아름다운 물레방앗간 소녀〉로 이 세상에 널리 알려진 빌헬름 뮐러였습니다. 독일의 낭만적 서정시인으로 명성이 높은 분입니다. 따라서 언어학자인 막스 뮐러에게서 이러한 문학 작품이 나왔다는 것은 그리 이해 못 할 일은 못 됩니다. 이 소설의 매력은 독자를 처음부터 붙잡고 놓지 않는 목가적, 서정적 표현입니다. 괴테의 『젊은 베르테르의 슬픔』이나 근대문학의 성전인 횔덜린의 『히페리온』과 같이 감미롭고 평이합니다. 항상 고전이라는 것은 감미롭고 평범한 것이 아니었나 하고 생각하고 있습니다. 이 소설에선 사실적 객관 묘사는 없습니다. 『젊은 베르테르의 슬픔』이나 『히페리온』의 소설 형식도 없습니다. 이 책은 도덕의 눈과 비판의 눈을 가지고 얻은 경험서인 것입니다. 작자의 풍부한 인간성과 지혜와 웅대한 세계관으로 꽉 찬, 성경을 연상케 하는 지혜의 서입니다. 다시 말하면 게당켄릴리크Gedankenlylik, 명상 서정시인 것입니다. 이 책에 긴 영시가 두 편이나 나오는 것은 저자가 영국으로 귀화하여 옥스퍼드 대학에서 교편을 잡고 있던 탓일 것입니다. 「다섯째 회상」과 「일곱째 회상」은 『독일 신학』과 단테, 워즈워스, 호머, 실러, 미켈란젤로, 그 외 여러 작가들에 관한 토론 형식으로 되어 있습니다. 퍽 독자로 하여금 읽는 데 고역을 느끼게 하는 감이 있기는 합니다. 그러나 잘 되씹어 숙독하면 얻는 것도 많을 줄 압니다.

이 책에 관해서 잊지 말아야 할 것은 이 책은 뮐러의 유일한 문학 작품이라는 사실인 것입니다. 이 책은 8개의 회상록으로 되어 있습니다. 회상이란 누구에게나 아름다운 일입니다. 문학을 전공하지 않은 사람이라도 이 회상록과 같은 책을 한 권 세상에 출판한다는 것은 의의 있는 일이라고 생각됩니다. 앞으로 우리나라에도 문인 이외의 사람들의 회상록이 많이 출판되기를 빌고 있습니다.

끝으로 이 번역이 완성되기까지 충고와 조력을 아끼지 않으신 여러 교수님과 학우들에게 심심한 감사를 표하며 특히 처음부터 끝까지 원고 수정 등 모든 면에 애써 준 심명호, 김대원 두 학형에게 각별한 감사를 올리며, 영문판이 있어 많은 도움이 되었다는 것을 명기해 두는 바입니다.

역자 이덕형

# 원유회

**정병조**

- 정병조, 『원유회(園遊會)』, 민중서관, 1958.9.10, 214면
- 캐서린 맨스필드 원작, 세계명작단편선집 1

## 머리말을 대신하여—K. M의 영전에

지금 그대 사진을 앞에 놓고 물끄러미 바라보니 어릴 때 무릎을 베고 누워 올려다보던 아주머니 얼굴 같습니다. 입언저리에 사라질 듯 감도는 미소는 부처님의 한 마리 벌레도 밟고 가지 못하는 인자하심이요 복스럽고 탐스러운 두 볼의 부드러운 윤곽은 동양적인 도자기의 유연하고 꿈결 같은 선입니다. 앞이마에는 무슨 비밀이 있길래 언제 보아도 그렇게 나풀머리가 가리고 있습니까? 그러나 아주머니 얼굴에서 가장 빛나는 것은 그 눈이었습니다. 맑고 서늘하고 깊고 부드럽습니다. 다정하고 상냥합니다. 일편一片의 꽃잎에서 우주의 오묘를 알듯이 영리하고 새벽하늘에 한 쌍만 남은 샛별이 주고받는 이야기처럼만 신비합니다. 그대가 바라보고 있는 것은 분명 바다입니다. 「해변에서」의 첫머리에 그대가 그린 안개 낀 아침 바다이거나 「바람은 일고」에서 그대가 오빠하고 둘이서 날아갈 듯하면서도 꿈을 잃지 않고 바라보던 바람 이는 바다이거나…….

그러나 그대 눈을 가만히 보고 있노라면 어딘지 일말의 애수가 엷게 엷게 서려 있음은 어인 일입니까? 연연한 그리움이 가슴에 맺혀서 애끓는 호소가 눈초리에 스몄습니까? 아니면 「행복」에서처럼 자꾸만 타오르는 불길을 누르는 안타까움입니까? 정말 그대는 평생에 한 번도 그 불길을 뿜어내며 내닫지 못했습니다. 가슴에 켠 촛불을 두 손으로 정성스레 거두듯 아끼던 문학이 간신히 열매를 맺어 서광이

비치고 사랑하는 반려 J. M. 머레이를 얻어 결혼을 하던 1912년이 그대의 가장 행복했던 추억이겠지요. 그이와 문학을 이야기하고 서로 일을 돕고 하면서 그대는 지나간 모든 세월을 헛되이 살았다고 했다지요.

그러나 하늘은 그대에게 문학도 주고 행복도 맛보게 했지만 건강과 수명은 아꼈습니다. 이것도 그대가 하늘에서 지극한 사랑을 받은 때문이겠지요. 건강은 미련한 자가 갖는 것, 수명은 더욱 욕된 것이 아니겠습니까! 정말 무슨 기적처럼 가슴에서 툭 튀어나온 선혈을 보고 그대는 먼저 남편을, 다음에 문학을 생각했다지요? 1923년 남편을 불란서 병석에까지 불러 그 손을 쥐고 눈을 감을 때까지 10년—그대는 병고와 같이 살았습니다. 그러나 그대의 병은 괴로움이 아니고 오히려 호젓한 벗이었음이 분명합니다. 그러기에 그동안에 쓴 작품들이 그렇게도 티 없고 아늑하겠지요. 그대가 장편을 쓰지 못하고 단편만을 즐긴 것은 작품의 본질과도 관계가 있겠지만 장편이 말을 다루는 면에서 자칫하면 조잡해지는 것을 그대는 참을 수 없었을 겝니다. 한 말 한 말을 모래사장에서 옥을 골라내듯 해서 그 말을 몇 번이고 입속에서 외어 보고 썼다고 하지만 그대의 글은 시와 소설 사이에 자리 잡은 하나의 문학적 경지라고 해도 과언이 아니겠습니다. 이렇듯 정성 어린 주옥편들을 내가 옮긴다고 해 봤으니 얼마나 외람된 모독입니까! 그 모독의 죄 갚음으로 지금 이 글을 그대의 영전에 올리는 것입니다.

그대의 문학을 이야기하면서 사상이니 시대니를 운운하는 것은 오히려 우습습니다. 자연과 인심의 아름다움에 겸허한 마음으로 대하고 가장 소중한 영혼의 신비에 경이의 눈을 보내고 순진무구한 동심에 끝없는 향수를 느끼는 이런 것도 사상이라면 그대의 사상은 곧 이것입니다.

그러기에 그대의 작품은 으스름달밤에 피리 소리요 여름 아침에 생초生綃 모기장입니다.

붓을 놓으려고 다시 그대의 사진을 보니까 앞깃에 한 송이 하얀 코스모스(그렇지요?)가 눈에 스며들듯 인상적이군요. 정말 그대는 청초하고 외로운 코스모스의 넋인지도 모릅니다.

그대의 작품을 읽고 나서 나도 코스모스만이 좋아질까 봐 두렵습니다.

1958년 5월

역자 씀

## 맨스필드 단편선집

**조정호**

- 조정호, 『맨스필드 단편선집』, 신양사, 1959, 203면
- 캐서린 맨스필드 원작, 교양신서 51

### 역자 후기

Katherine Mansfield는 1888년 10월 14일 New Zealand의 Wellington에서 (Sir) Harold Beauchamp의 셋째 딸로 태어났다.

1896년에 Wellington에서 가까운 Karori라는 조그만 마을 학교에 다녔는데 그것이 어떠한 학교라는 것은 「인형의 집」에 잘 묘사되어 있다. 이때부터 그는 시나 산문을 읽고 또한 쓰는 것이 좋아서 언제나 베개 밑에 책을 넣어 두었다가 새벽이 되면 꺼내서 읽었다고 한다.

1903년 런던의 Queen's College 시대에는 교지의 편집을 하는 한편 New Zealand 시대의 sketch를 동지同誌에 실렸다. 그러나 3년 후에는 New Zealand로 다시 다시 돌아오게 되어 1907년에 *The Native Companion*이라는 호주濠洲의 잡지에 세 개의 sketch를 보내어 편집자인 E. J. Brady로부터 작품이 너무도 훌륭하여 이런 연소자의 창작이 아니리라는 평까지 받게 되었다. 이때 18세이었다.

1910년에 *The New Age*의 편집자에게 인정되어 동지에 기고하게 되었는데 독일 Bavaria에서 병후 휴양하던 때의 경험을 쓴 Bavarian Stories를 *In a German Pension*이라는 제목으로 1911년에 간행하여 3판까지 냈다.

1912년에는 문예평론 잡지 *The Rhythm*을 발행하고 있던 John Middleton Murry와 결혼하여 취미와 목적을 같이하는 두 사람의 생활은 행복한 것이었으며, 그로부터

용기를 얻고 또한 재능을 배양하였다. 당시의 모든 젊은 작가들이 그랬듯이 그도 또한 Chekhov의 영향을 많이 받아서 인간 생활의 극적인 면보다도 흔히 있는 일 가운데 충분한 의의를 인정하여 그 일에 대한 마음의 움직임과 그 취하는 태도를 선명하고 유창하게, 또한 교묘한 비유로써 표현하였다. 그것이 즉 인생의 편린이며 진리의 편모라고 생각했던 것이다. 그러므로 그의 작품 가운데는 흥미진진한 줄거리나 시원한 종말이나 대담한 인간 본연의 행동에 대한 묘사 등은 없다. 그러나 그 반면 인간의 행복과 비애의 그 포착하기 어려운 원인을 탐구하기 위하여 인생의 외관을 꿰뚫을 수 있는 부드럽고도 섬세한 기교가 풍부한 것이다. 그의 일기와 편지 가운데는 자기의 작품에 관한 감상과 비평이 군데군데 적혀 있는데 그중 하나만 들어 보면, 1922년 10월 6일 남편 Murry에게

"비 오는 날에 일어나는 일이란 왜 그렇게도 신비스러운지 모르겠어요. 당신도 그렇게 느끼시나요? 매우 신선한 것 같고 예기치 않은 생생한 일인 것만 같군요. 나는 몇 시간이나 그것을 생각하고 또 생각하고 있었어요……" 하고 「한 잔의 차茶」를 쓴 후의 감상을 써 보냈다.

1923년 1월 9일에 폐병으로 오랫동안 고통 끝에 아깝게도 34세의 짧은 생애를 마쳤다. 그의 전 작품 88편(15편은 미완성) 중 초기 작품인 *In a German Pension*과 *Something Childish* 중에서 각각 1편씩, 그리고 후기의 *Bliss*, *The Garden Party*, *The Doves' Nest* 중에서 비교적 많이 읽혀지고 있는 원숙한 작품 중 10편을 역출譯出해 보았다.

끝으로 작자의 그 신선하고 교묘한 묘사를 졸렬한 번역으로 독자에게 반도 전하지 못한 데 대해서 송구스럽게 여기며 이 책이 나오게 되기까지 처음부터 끝까지 교시와 편달을 아끼지 않으신 조용만 선생님과 출판을 허락해 주신 신양사 사장님께 진심으로 감사를 드리는 바이다.

1959년 7월 20일

역자

## 의사 지바고

**박남중 · 김용철**

● 박남중 · 김용철, 『의사 지바고』, 여원사, 1958.11.29, 290면 · 1958.12.17, 306면(초판, 전2권)

● 보리스 파스테르나크 원작

### 공산 세계에 대한 지성인의 반기—『의사 지바고』의 서문을 대신하여

기적이라는 것은 종교적 신앙에서만 나타나는 것이 아니라 사회적 현상으로, 또는 문명사적 프로세스로도 나타날 수 있다. 보통 상식으로는 불가능해 보이는 일이 이루어질 때 사람들은 이것을 흔히 신비로운 기적으로 해석하려고 한다. 그러나 인간의 영감과 예지로서 관찰할 때는 그것이 당연한 인과율로 판정되는 것이다.

스웨덴의 왕립 한림원이 1958년도의 노벨문학상을 소련 작가 보리스 파스테르나크Boris Pasternak에게로 수여하기로 내정하였을 때 그 소식은 세계의 주목을 끌었다. 10월 23일에 내정을 발표했는데, 동 25일에는 그 작자로부터 감사하다는 전보가 왔더니 동 29일에는 의외로 같은 작자로부터 "본인은 본인이 살고 있는 사회에서 이 상이 초래시키는 의미 때문에 부득이 수상의 거절을 통고하지 않을 수 없으며, 본인의 자발적인 거절을 악의로 받아 주지 않기를 요망합니다"라는 수상 거부의 전보가 왔다는 것이다. 이것은 하나의 정치적 기적이라고 볼 수밖에 없다.

이 수수께끼 같은 철의 장막의 뒷일에 세계의 지성인들은 눈이 둥그레지면서 그 작가에 대한 관심과 동정이 모든 나라의 통신망을 통하여 교류되었다.

우리 한국에 있어서도 일반 대중까지 이 세기적인 사건에 대해서 그 정당한 이해를 해 보려고 한다. 이리하여 문제의 작품인 그의 장편소설 『의사 지바고*Doctor Zhivago*』가 우리말로 이다지도 신속하게 번역되어 여원사에서 나오게 된 것에 대하여 우리는 참으로 축하치 않을 수 없다.

노벨상 본부가 28일에 다른 세 사람의 소련 과학자에게 물리상을 내정했는데, 여기 대해서는 하등의 반대도 없으면서 이 문학상에 대해서만 작자가 수상 거부의 태도를 취하게 된 것은 그 작자의 본의가 아니요 소련 당국자들이 이 문학상만은 "반동적인 정치 목적에 의하여 지령된 것이다"라고 하여 모종의 압력을 작자에 가했기 때문이다. 또 그는 '소련작가동맹'으로부터 제명을 당했으며, 그 기관지 『문학평론』은 "그에게 소련인으로서의 위신이 조금이라도 남아 있다면 41,420불의 노벨상을 거부하여야 한다"고까지 공격을 했고, 또 소련공산당 기관지 『프라우다』는 그에게 욕설까지 퍼부었다.

그러면 이 작가는 어떤 사람이며, 문제의 그 작품은 과연 무엇이냐 하는 것은 현대 지성인으로서는 상식적으로도 마땅히 알아 두어야 하겠다.

먼저 작가에 대해서 말하면, 그는 원래 소련이 낳은 20세기의 대표적 시인 블로크Blok, 예세닌Esenin, 마야콥스키Mayakovsky와 동등의 급에 가는 시인이었다. 그는 1890년에 모스크바에서 미술가 레오니드 파스테르나크Leonid Pasterak를 아버지로 하고 음악가인 로자 카우프만 파스테르나크Rosa Kaufman Pasterak를 어머니로 하여 그들의 장남으로 태어났다. 어렸을 때는 음악과 작곡에 취미를 갖고 있었으나 나중에는 음악을 버리고 철학을 좋아해서 독일 마르부르크Marburg에 가서 코헨Cohen 교수 밑에서 공부했다. 그러다가 제1차 세계대전 때는 소련에 돌아가서 우랄산맥의 공장에서 일을 했고, 혁명 후에는 교육국의 도서관에 취직하면서 시를 쓰기 시작했고, 1917년부터 1932년까지 시를 발표해서 외국에까지 알려졌다. 그러나 1932년에 자서시自敍詩 『스펙토르스키*Spectorsky*』는 사회주의를 반대한 것이라는 비난을 받게 되었던 것이다. 그래서 1932년부터는 은둔 생활을 하면서 창작을 하지 않고 주로 외국 시인들의 작품을 번역했는데, 셰익스피어 작품도 여러 개 번역했다. 그러다가 25년의 침묵 끝에 그가 내놓은 것이 이번 노벨상 소동의 대상이 된 문제의 작품

『의사 지바고』다.

그런데 이 소설은 1954년에 소련의 잡지에 발표되었고 그 원고가 이탈리아 출판업자 펠트리넬리Feltrinelli로 보내왔는데, 그 후 작자가 수정하겠다고 원고를 보내 달라는 부탁이 왔으나 이미 그때는 인쇄에 착수했던 까닭으로 수정할 기회도 없이 이탈리아에서 먼저 번역 출판되었고, 소련서는 말썽도 있고 해서 결국 출판이 되지 않고 무기 연기로 되어 왔던 것이다. 즉 이 작품은 소련 공산 당국의 검열 없이 외국에 나와 번역되었다는 점에서 특이한 가치가 있다.

이 작품엔 소련 혁명 이후 고난기의 각종 인물과 소련 사회생활이 여실히 그려져 있다. 철도원, 농부, 지성인, 상인, 법률가, 교수, 학생, 군인 등 그들의 기구한 운명이 묘사되어 있다.

작품의 주인공 지바고는 의사요 또한 시인이다. 그의 경험을 통해서 독자는 소련 혁명의 발생과 그 결과를 알 수가 있다. 군대의 반란, 무자비한 상인, 굶주림, 전염병, 정당의 독재, 기타를 그리고 있다. 그는 모스크바에서 우랄산맥까지 수 주일 동안 기차 여행을 한다. 그의 가족의 피난, 백계白系와 적계赤系의 투쟁, 시베리아의 원시림 속에서 얼음과 눈과 싸우는 빨치산의 고민, 추방된 무리의 참혹한 모습, 쥐가 뒤끓는 집들, 아사와 추위에 떠는 도시, 방화 때문에 한산해진 농촌…… 이 모든 광경 속에서도 지바고는 부드럽고 아름다운 애인 라라Lara의 사랑을 무한히 추구하여 그녀와 속삭일 수 있으면서도 다시 그녀를 잃어버리는 인간의 기쁨과 슬픔이 섞여 있다. 또 그의 문장은 폭풍우의 정서가 흐르고 있다. 전쟁의 광란, 정열의 황홀, 자연의 분노—이 모든 공포가 힘차게 그의 문장을 이끌어 가고 있다.

요컨대 이 작품은 10월 혁명을 혁명으로 보지 않고 범죄 행위로 보고 있는 만큼 공산주의자에 대한 회의와 항의로 볼 수 있으며, 모든 인물이 혁명 때문에 학대받고 이용될 대로 되고는 그만 무자비하게 희생당하고 만다는 서글픈 모습을 그리고 있다. 더구나 집단이나 기계적 사회 체제에 있어서의 개인의 비참한 운명을 그렸으며 전쟁이 끝나도 기다리던 자유와 평화는 오지 않았고, 마르크스주의가 과학인 척하면서도 자립성이 부족하고 객관주의인 척하면서도 사실과는 격리되어 있다고 사실을 폭로하고 있다. 독재자의 위선과 결함이 은폐되어 있는 사회를 테러로써 현상 유지하려는 억지, 민중에게 사고의 여유를 주지 않고 일체를 합창의 테두리 속에 얽매어 두려는 정책, 그 속에서 상실되어 가고 있는 인간성을 슬퍼하고 있다. 이리하여 가족과도 만나지 못하고 객사하는 지바고의 최후도 실망과 허무에 가득 차 있다.

여기에는 유물변증법에 대한 반명제가 은은히 대두하여 그것이 소련 내부에서 길들이고 있다는 것을 증명하고 있다. 작자 파스테르나크가 이 작품으로 어떠한 학대를 받을 것이며 어떠한 운명에 처하게 될 것인가는 두고 봐야 하겠지만 세계 각국의 지성인과 문학인들이 소련 당국의 처사에 항의를 하고 있다는 것을 볼 때 인류가 얼마나 자유를 갈구하고 있다는 것을 알 수 있다. 철의 장막 뒤에 있는 대중도 이 작자에게 동정하는 심정을 가진 사람이 많으리라고 짐작된다. 그는 용감히 그의 신념에 살기를 바란다. 그가 이 파문으로 던져 준 영향은 작품 자체보다 더 클는지도 모른다. 그러나 그 근본은 여전히 작가 자신의 인격과 사상과 작품에서 기인된 것인 만큼 우리는 특히 먼저 이 작품을 이해해야 될 줄 안다.

우리 민족은 국토가 남북으로 양단되어 있는 만큼 우리가 이북의 동포를 생각할 때 지바고와 같은 길을 걸은 사람이 많았으리라고 짐작할 것이며, 우리는 이 작품을 읽고 그들을 해방시킬 결심과 노력을 더 해야 될 줄 안다. 이것은 결코 먼 시베리아 저편 우랄산맥의 이야기나 모스크바의 이야기가 아니요 바로 삼팔선 저편에 있는 우리 동포의 모습이라고 볼 수 있으리라.

1958년 11월 19일

정인섭

## 역자의 말

이 책 『의사 지바고』는 소련의 현대 작가 보리스 파스테르나크Boris Pasternak 원작의 영어판 *Doctor Zhivago*(Pantheon사社판, Max Hayward, Manya Harari 공역)의 전역全譯이다.

『의사 지바고』가 소련 문단의 테두리를 벗어나면서 전 세계의 이목을 끈 것은 지난 10월 이 소설이 금년도 노벨문학상 수상 작품으로 뽑힌 데서 시작하였다고 볼 수 있다.

소련 당국에 의하여 출판 금지를 당한 이래 소련 내에서 노어판으로 아직 출판되어 본 적이 없는 이 책은 처음에 이태리어판에서 시작하여 독어판, 불어판, 영어판으로 각각 출판되어 모두가 베스트셀러로 되고 있다.

원작자 보리스 파스테르나크는 유태인계 가문 출신으로 시인으로서 문단에 데뷔한, 당년 67세의 노작가이다.

10년이란 세월을 거쳐 1955년에 탈고된 『의사 지바고』는 소련 혁명의 결과 비록 신체는 국외 망명은 하지 못했지만 국내에서 정신적인 망명을 하지 않을 수 없었던 수많은 소련 인텔리들의 뼈저린 고민을 그려 낸 서사시적 장편소설이다.

기독교적 세계관을 가진 작자는 이 소설이 탈고되기 전에 벌써 소련 국내에서 "개인주의적, 형식주의적 시인이며 번역가"라는 낙인을 찍혔던 것이다.

혁명이 러시아를 구하는 유일한 길이라고 믿고 용약勇躍 그 속에 몸을 던졌던 작자는 공산주의자들에게서 인간 부정과 개성을 짓밟는 정신을 발견하고 "인생이란 어떤 이론이나 제도에 포함해 버리기에는 너무도 복잡하고 신비적이다"라는 결론에 도달하는 것이다.

영역자 맥스 헤이워드 씨는 "인생은 함부로 뜯어고쳐 만들 수 있는 물질이나 재료가 아니며, 폭력을 가지고는 아무런 수확收獲도 거둘 수 없다"고 한 원작자의 정신이 톨스토이의 『전쟁과 평화』에서 암시된 폭력 부정 정신과 상통되는 것이라고 지적하고 있다.

노벨상 전형위원회에서 이 소설을『전쟁과 평화』에 비길 수 있다고 평한 것은 이런 점으로도 우선 수긍될 수 있는 말이다.

이 작품이 노벨상 수상 작품으로 결정 발표되자 소련 문화상 미하일로프는 "우리에게는 무용한 책이다"라고 단정하였고, 소련작가동맹 서기장 수르코프는 "10월 혁명을 러시아사 상에서 최대의 범죄로 보고 쓰려 한 작품이다"라고 비난하였다. 이에 뒤이어 파스테르나크는 소련작가동맹에서 제명 처분을 받았던 것이다.

이 소설의 이번 번역에 있어서는 신문 통신을 통하여 너무나도 큰 센세이션을 일으킨 원작 전문을 하루바삐 우리나라 독자들에게 소개함으로써 독자들의 안타까운 기대를 하루라도 연장시키고 싶지 않다는 욕망이 앞선 나머지 미비한 번역임을 스스로 깨달으면서도 감히 독서계에 내어놓는 것이다. 이 점에서 독자 제위의 간곡하고 끊임없는 지도를 바라 마지않는다.

끝으로 이 역서의 출판에 있어 여원사를 비롯하여 역자의 동배 제씨의 헌신적인 원조와 협력이 없었더라면 이 책의 출간을 보지 못하였을지도 모른다는 점을 널리 밝히고 그분들에게 심심한 사의를 표하는 바이다.

단기 4291년(-1958) 12월 일

역자 지識

## 의사 지바고

**강봉식 · 김성한 · 이종구**

● 강봉식 · 김성한 · 이종구, 『의사 지바고』, 동아출판사, 1958.12.1 · 1958.12.15, 491면 · 부록 33면(초판, 전2권)
● 보리스 파스테르나크 원작, 국제문화연구소 기획

### 보리스 파스테르나크와 『의사 지바고』

노벨상이 수상됨으로써 온 세계에 일대 파문을 일으킨 보리스 레오니도비치 파스테르나크에 관한 자료는 지극히 희소하다. 소련에서 발간되는 출판물에도 그에 관한 자료를 찾아보기 어렵고, 다만 망명 백계 러시아인이 경영하는 출판물에서 그러한 것을 다소 산견할 수 있을 따름이다. 그러나 이것마저 그가 탁월한 서정시인, 또는 서유럽 문학 작품의 번역가임을 알려 줄 뿐 산문 작가로서의 그는 『의사 지바고』가 간행되면서 비로소 세인에게 소개되었다고 보아야 할 것이다. 『의사 지바고』는 실로 세계문학사상 그 유례없는 센세이션을 일으키고 있다. 이는 단지 억압당한 지성인이 외치는 처절한 부르짖음이 서방 세계에 한낱 동정을 산 데서 오는 값싼 반응은 아닐 것이다. 왜냐하면 그의 문학 작품이 풍겨 주는 감명은 실로 영속적인 생명을 지닌 것으로 보아야 하겠기 때문이다. 또 어떤 평론가가 그의 문학을 분석하여 말한 대로 그는 특색 있는 러시아 문학 최후의 위대한 작가인 때문이다. 간결 명료한 그의 문체는 톨스토이에게서 물려받았고, 신의 문제를 집요히 추구하는 관념 세계의 깊이는 도스토옙스키, 또 구성의 묘는 체호프에서 각각 물려받고 있다. 말하자면 그의 문학은 푸시킨 이후 100여 년 동안에 이루어진 찬란한 러시아 문학의 전통 위에서 자랐으며, 이러한 전통을 완전히 소화한 데서 그의 비범한 창의성이 빛을 더했으리라 생각할 수 있다.

그러나 여기에 덧붙여 파스테르나크의 다각적인 재능을 또한 특필하지 않을 수 없다. 이는 곧 그를 이해하는 첩경이 될 것이기 때문이다. 그는 이상에 소개한 바와 같이 시인이나 소설가, 또는 외국문학의 번역가일 뿐만 아니라 걸출한 음악가, 미술 애호가, 철학자이며, 또한 반공주의자인 것이다. 이는 그의 경력을 더듬어 보면 쉽게 수긍할 수 있는 일이다.

보리스 레오니도비치 파스테르나크는 1890년 모스크바에서 화가 레오니드 파스테르나크의 집안에 태어났다. 그의 어머니 로자 카우프만은 음악에 대한 소양이 매우 깊은 여자였다. 파스테르나크는 출생지에서 초등 교육을 받았다. 그 후에 그는 모스크바 대학 법학부에 입학했으나 작곡가 스크랴빈의 영향을 깊이 받았고, 후에 문학부로 전과하면서 문헌학을 전공하게 되었다. 예술적인 환경에서 자라난 관계로 그는 어려서부터 고전 음악을 무척 좋아했고, 무엇보다도 스크랴빈의 피아노 음악에 경도해 있었다. 그는 고전 음악의 애호가인 동시에 훌륭한 피아니스트이기도 했던 것이다. 그는 또한 스크랴빈에게 높은 평가를 받은 바 있는 몇 편의 오페라 각본을 쓰기까지 했다. 그는 이때의 일을 그의 자서전적 중편소설인 『보호된 증서』(1931)에서 회상한 일이 있다.

"음악을 떠난 생활을 나는 상상할 수 없다." 그는 이렇게 말하고 있는 것이다. 그러나 음악에 대한 절대적인 귀를 가지고 있지 않았다는 것, 바꿔 말하면 음표를 자유로이 다룰 수 없었다는 것(이는 유명한 차이콥스키도 향유하지 못했던 것이다)이 그로 하여금 작곡가가 되는 길을 단념치 않을 수 없게 했다.

이것은 보리스 파스테르나크가 가지고 있는 가장 특징 있는 현상이며, 이와 같은 특징은 그의 전 생애와 작품들을 통해 나타나고 있다. 그는 진리를 찾았고 허위를 증오했다. 진리는 탐색하기 위한 불같은 욕구가 그의 시인으로서의 세계를 마련해 준 것이다.

그는 처음 도이치의 시인 데밀과 릴케, 그리고 당시 러시아의 유력한 시인이던 안드레이 벨르이와 알렉산드르 블로크에게서 시를 쓰려는 자극을 받아 1912년 스물두 살 때부터 시를 쓰기 시작했다. 그의 초기 작품 경향은 낭만주의적이었으며, 미래파 기관지 『첸트리푸가』에 투고하고 있었다. 파스테르나크는 자기의 초기의 시들을 연약한 습작품으로 보았다. 그는 의식적으로 시를 쓴 것이 아니라 분수와 같이 그에게서 시가 쏟아져 나왔던 것이다. "시를 쓸 때면 나는 말라리아에 걸린 것 같이 열에 들뜨곤 한다"라고 그는 말하고 있다.

이 시기에 그는 미래의 맹아를 예측하면서 시와 철학을 배웠다. 그는 헤겔, 칸트, 그리고 플라톤을 읽었다. 이때의 그는 고학을 하면서 학업을 계속했으며, 1912년에는 얼마 안 되는 돈을 가지고 외국으로 떠나 마르부르크 대학 철학부에서 코헨 Hermann Cohen, 1842~1918의 강의를 들었다. 코헨 교수에게서 그는 최고의 평가를 받았으며, 과학철학 방면의 학구 생활을 계속하라는 간절한 조언을 받기도 했다. 이후 그는 잠시 이탈리아에 체류한 후 러시아로 돌아왔다. 그리하여 문단에 데뷔한 것은 1914년 『비구름 속의 쌍둥이』를 통해서이며, 이어 『여동생은 나의 생명』(1922), 『주선율과 변주곡』(1923), 『제2의 탄생』(1932) 등의 서정시를 발표함으로써 문단의 확고한 기반을 잡았다. 이 사이에 그는 일종의 자서시인 『스펙토르스키』와 『시미트 해군 대위』(1926), 『1905년』(1927) 등의 역작을 발표했다. 위에 든 파스테르나크의 시들은 주로 러시아의 미래파 시인인 마야콥스키의 영향하에 씌어졌다. 처음 그는 마야콥스키를 증오하고 있었으나 점차 그를 숭배하게 되었으며, 현대의 최고 시인이란 찬사를 아낌없이 보내고 있는 것이다. 세인이 다 아는 바와 같이 마야콥스키는 혁명 초기에 불타는 재능을 새로운 체제에 바치고 있었으나 그 후 새로운 체제에 환멸을 느낀 나머지 자살로써 세상을 마치고 말았던 것이다.

이와 같은 사실은 이후의 그의 작품에 낙인을 찍어 놓지 않을 수 없었다. 파스테르나크는 이러한 마야콥스키의 비극과 자기 자신의 비극을 그의 소설 『의사 지바고』 속의 지바고와 파벨 안티포프의 형상을 빌려 묘사하고 있는 것이다. 이는 도식적인 사회주의 리얼리즘이 지배하는 소련 사회에서는 파스테르나크와 같은 투철한 작가 의식의 소유자가 아니고서는 도저히 가능할 수 없는 일이다.

"20세기 러시아 민중들이 기대하고 희망한 자유에의 열망은 그 후 소련 위정자들이 아무리 심혈을 기울여 견제하려고 해도 결국 오늘날 불가능한 것으로 되어 버린 것이다." 실상 파스테르나크는 그의 작품 속에서 노골적으로 이런 이야기를 하고 있다. 이는 마르크스주의에 대한 슬라브 정신의 승리를 의미하는 것이다. 곧 이것은 19세기 러시아 사실주의의 거장인 톨스토이나 도스토옙스키의 위대한 정신이 맥맥이 흘러 내려와 상투적인 도식의 기계적 인간성이 횡행하는 20세기 소비에트 사회에서 본연의 모습으로 폭발한 것이다. 이를 가리켜 스탈린은 반동적이라고 말했다. 여기 호응하여 소비에트작가동맹은 파스테르나크의 형식성을 비난함과 동시에 그의 작품의 난해성을 힐난하기 시작했던 것이다. 분명히 그의 작품은 내용으로 보나 형식으로 보나 소위 사회주의 건설 도상의 소련으로서는 용납지 못할 요소를 다분히 가지고 있었다.

그러나 한편 스탈린은 파스테르나크의 재능을 인정하고 그를 소련의 일류 시인으로 대우했다. 분명히 이것이 그가 소련 위정자들에 의해서 체포나 숙청을 면할 수 있었던 으뜸가는 이유였으리라 생각된다.

그러나 그에게 가해진 압력이 전혀 없었던 것은 아니다. 그는 최근 20년 동안 셰익스피어나 괴테, 하인리히 클라이스트, 릴케 등의 작품을 러시아 말로 번역한 외에 단 한 편의 시도 발표하지 않았으며, 그 후 소련 작가들의 이데올로기를 감시하고 있던 당국자들로 말미암아 1944년 파스테르나크는 일시 문단에서 은퇴하지 않을 수 없게 된 일도 있었다. 이후의 소련 내에는 스탈린의 죽음, 소련공산당 제20차 대회, 개인숭배의 배격 등 획기적인 사건들이 꼬리를 물고 일어났다. 이와 동시에 예술 분야에도 해빙기가 찾아온 것이다.

이때 블라디미르 두딘체프의 『빵만으론 살 수 없다』, 옙투셴코의 『겨울 정거장』,

키르사노프의 『주일의 7일』 등과 함께 파스테르나크의 『의사 지바고』가 나오게 된 것이다.

이 시기는 실로 소비에트 문학사상 획기적인 시기였다. 소련 작가들의 자유의 한계성을 둘러싸고 가지가지 흥미 있는 논의가 벌어졌던 것이다. 두딘체프의 『빵만으론 살 수 없다』가 소련 문단에 선풍적인 물의를 야기했을 때 흐루쇼프는 소련작가대회 석상에서 「문학 및 예술과 인민 생활의 밀접한 연계를 위하여」라는 제목의 연설을 한 일이 있었다. 여기에서 그는 1) 전형화 문제, 2) 개인과 집단과의 관계, 3) 현실의 부정적 면을 다루는 데 있어서의 한계의 설정을 들고나왔다. 이에 대한 결론으로서 그는 소련 공산주의 체제에 나쁜 영향을 주지 않을 한계 내에서, 곧 현실에 대한 회의나 항의가 아니라 이의 긍정인 한계 내에서 작가의 창조적인 자유를 허용한다는 것이었다.

이러한 관점에서 그는 『빵만으론 살 수 없다』를 들어 "이 작품이 현 소련 사회에서 채 뿌리가 뽑히지 못한 관료주의란 암을 옳게 드러내긴 했으나 대외적으로나 대내적으로 주는 영향이 그다지 아름답지 못할 것이기 때문에……" 앞으론 조심해야 하겠다는 식의 예의 도식적인 훈시를 했던 것이다. 곧 그에게 있어서는 작품 자체보다도 작품의 현실적인 영향력이 문제가 되었던 것이다. 그런데 여기 주목해야 할 것은 흐루쇼프 자신 '개인숭배의 타파론'을 들고나왔던 바에야 소련 사회에서 채 탈피하지 못한 관료성을 그도 혐오하고 있었으리라 생각할 수 있다는 점이다. 그러면 왜 위의 작품을 가지고 왈가왈부했을까? 당연히 일어날 의문이다.

그러나 뒤집어 생각하면 두딘체프의 경우 소련 관료주의의 문제는 단순히 탈피를 운위할 성질의 것이 아니었다. 이미 공산주의 자체의 운명, 다시 말하면 소련의 사회 체제에 관한 문제로까지 발전하지 않을 수 없는 것이다. 관료주의의 문제는 흐루쇼프가 생각했던 대로 소련 사회의 암이 아니라 소련 사회를 이루는 근원이었으며, 소련 사회에 있어서의 로파트킨(『빵만으론 살 수 없다』의 주인공)의 비극은 바로 공산주의 사회 자체의 본원적인 비극이었던 것이다. 곧 흐루쇼프의 '개인숭배 타파론'은 관료주의에 대한 문제 이외에 공산주의의 숙명에 대한 문제로까지 확대하게 된 것이다.

이것은 실로 심각한 문제였다. 그러면 이것을 어떻게 조정할 것이냐? 작품상에 나타난 관료주의는 그가 생각했던 안이하고 피상적인 관료주의의 개념과는 전혀 달라졌다. 작품상에 나타난 관료주의는 소련 사회 자체의 숙명적인 모순, 집단적인 모럴 추구(소위 공산주의적인 새로운 모럴)의 숙명적 비극으로 되었다. 물론 이쯤 되면 이 작품상에 나타난 관료주의는 그것 자체로서만 두통거리가 될 뿐 아니라 이의 정치적인 영향에 있어서는 더욱 심각한 문제를 제기하고 있었던 것이다.

여기에서 흐루쇼프는 사회주의 리얼리즘의 근간을 이루는 원칙, 곧 소련의 현실을 절대적인 것으로 승인해야 하는 대전제를 어디까지나 내세우고 있다. 거듭 말하자면 현실에 대한 작가의 부정적 태도란 사회 체제의 근본을 긍정하는 범주 안에서의 그것이어야 하고, 한층 광명에의 선동적 효과를 전제로 하는 데서 비로소 용납될 수 있다는 것이다.

이는 사회주의 리얼리즘이 걸어야 했던 당연한 귀결이었을 것이다. 이와 같은 귀결이 지어진 후의 소련 문단은 일시 소란하던 물의가 적어도 표면상으로는 가라앉은 것 같았다. 일시 해빙기를 맞이한 것 같았던 소련의 문단이 하루아침에 서리를 맞아 작가 활동이 정체해 버리고 만 것이다.

그런데 여기 파스테르나크의 『의사 지바고』를 둘러싸고 새로운 파문이 일어났다. 원래 『의사 지바고』는 이미 10여 년 전에 착수한 작품이라고 한다. 그동안 침묵을 지켜 왔던 것이 1955년 봄 문학잡지 『즈나먀』를 통하여 작품 중의 시 12편이 발표되었다. 이때 소설의 일부가 같이 발표되었으나 곧 금지 처분을 받게 되었고, 이를 계기로 파스테르나크에 대한 공격은 재개되었다. 그러나 우연한 기회에 이 원고는 당시 모스크바에 와 있던 파스테르나크의 친우인 이탈리아 출판업자 장이아코모 펠트리넬리 손에 들어가게 되었다. 그는 귀국하자 이 소설을 이탈리아 말로 번역하기로 작정하고 모스크바의 출판사로부터 출판 허가를 얻었던 것이다. 이때는 문화의 통제가 다소 완화되려는 기미가 보일 때이며, 작가들에게도 낙관적인 전도가 예상되던 무렵이었다. 그러나 소련 내에서의 출판이 금지되면서 소련 당국은 이탈리아 주재 소련 대사관과 이탈리아 공산당을 통하여 펠트리넬리에게 출판을 단념하도록 힘썼다. 그러나 그가 거절하자 소련작가동맹 위원장 자신이 직접 그를 이탈리아로 방문하여 부탁했던 것이다. 이 동안에 파스테르나크에 대한 압력이 어떠했으리란 것은 가히 짐작할 수 있는 일이다. 어느 날 그는 다음과 같이 말했다.

"『의사 지바고』가 세상에 나온 그 시기는 나에게 있어서 흥분과 불안의 시기였다. 나는 이러한 시기가 지나갔다고 생각한다. 그러나 이러한 시기가 또다시 시작될 것은 명백한 일이다."

사실 노벨상이 그에게 수여됨으로써 이 "새로운 불안의 시기"는 다시금 그에게 다가오게 된 것이다. 그는 소련작가동맹에서 제명되었고, 노벨상은 사퇴하도록 강요되었다. 그리하여 지금도 독자적으로 사색할 수 있는 권리를 주장하고 있는 고독한 천재 파스테르나크와 잔인한 정권 사이에는 끊임없는 논쟁이 전개되고 있는 것이다. 앞으로 얼마 동안 이 논쟁은 유형무형으로 계속되리라 생각된다. 그리고 소비에트 정권의 존립 여부를 결정지을지도 모르는 논쟁의 최후 승리는 보리스 파스테르나크에게로 돌아가리라 낙관할 수도 있다. 왜냐하면 이미 A. 카뮈를 필두로 B. 러셀 경, T. S. 엘리엇, S. 몸 등 20세기 세계 지성의 대표들이 한결같이 그의 편에 가세하고 있는 유리한 정황 속에 놓여 있기 때문이다. 하기야 이 소설이 이와 같이 세계문학사상 전무후무한 논쟁의 초점이 되고 소련 역사의 한 모뉴먼트가 된 이상 파스테르나크 일개인의 노벨상 수상 여부는 하등 문제가 될 것도 없겠다. 그가 생명의 위험을 걸고 제기한 인간성의 처절한 절규는 온 세계 자유 인민들의 가슴속에 영원히 사라지지 않을 것이기 때문이다.

## 역자의 말

가난과 고생의 인생 구렁에서 사람의 목숨을 엷은 바람처럼 보기 시작한 지바고가 온갖 편력을 겪은 뒤에 하나의 허전한 체념으로 들어가기까지 파스테르나크의 글은 모기 드문 재능과 다채롭고 풍부한 솜씨로 새로운 인간상을 창조해 놓았다.

파스테르나크의 이 작품은 노벨상 파동이랄까, 하여간 작가 자신으로서는 견디기 어려운 소요에 휩쓸려 들어감으로써 비로소 세상에 알려지게 된 것이니 우리들과 지바고와의 인연이란 참으로 기구한 위치에서 시작된 것이라 할 것이다.

과연 지바고가 자기 자신의 조국 대지와 소련 제도 밑에 있으면서 전 세계를 상대로 이간離間 작업을 할 것인지, 또는 어느 구슬픈 한숨을 되풀이할 것인지, 보는 이에 따라 여러 각도로 달리 보여질 것이다.

그러나 어마어마한 기계를 거느리고 새로이 나타날 장래의 세상을 생각하면서 지바고가 진정으로 애끓는 마음에서 따라가려는 것은 저 거대한 도시의 거리로 몰려드는 소박한 인간들, 눈에 익은 러시아의 구름, 달밤에 소곤거리는 칙칙한 가로수들, 이러한 러시아의 때 묻지 않은 손가락들이었다.

전쟁과 혁명과 기계와 살육의 도가니를, 불꽃처럼 회오리치는 북국 천지에서 지바고의 눈은 달과 별과 깊은 밤과 그리고 석주石柱들이며 나무며 검은 흙이며 외로운 구름이며를 벗으로 숨 가쁜 전신轉身을 되풀이했다. 하나의 열푸른 바람에서 출발한 생명이 거센 파도처럼 대지를 피로 물들이는 광란의 세대에 젖으면서 지바고가 가장 관심한 것은 이 생명의 전신 기록이었다.

톨스토이의 붓을 본받고 체호프의 눈을 스승으로 삼은 듯한 이 작품은 고리키를 멀리하는 대신 마야콥스키를 부러워하고 있는 듯하며, 생명의 역사를 진보의 철로에서 휘몰아 가지 않고 식물들의 생리에 비겨 조용히 바라보는 외로운 예지의 표현이 아닌가 생각한다.

겨울이 길면 깊은 원시의 폭설 밑에 묻히고, 가을이 짙으면 황금빛 찬란한 햇빛을 받고, 여름이 세차면 억수 같은 장마에 잎사귀들을 말끔히 씻고, 봄이 잠깐이면 잠깐인 대로 무심히 우짖는 날새들과 함께 스텝steppe의 고향에다 아롱진 수를 놓으며 좋아하는 나날. 언제고 구름은 말을 전해 주고 별은 깊은 암시를 던져 주는 것이다.

이렇듯 뜻이 넓은 곳으로 넘쳐흐르고 바람이 먼 곳으로 소리치며 퍼져 오는 듯한 알뜰한 글을 우리말로 옮겨 놓는다는 것은 실로 부질없는 장난에 가깝다. 더구나 짧은 시일 안에 지바고를 우리 옷으로 갈아입혀 놓아야 한다는 생각이 우리들을 재촉하는 통에 원래 가난하게밖에는 마련되어 있지 않은 우리들의 옷장을 뒤져내자니 손은 바쁘고 마음은 번거로웠다.

자랑이란 조금도 갖지 못하겠다는 심정으로 세상에 내놓게 되니 부끄러운 마음을 누를 수 없다.

지바고가 그의 조국에서도 언젠가는 마음 놓고 땅을 밟게 되기를 바라는 마음 간절하거니와 우리나라에서도 언젠가는 작자 파스테르나크의 천품과 비등한 손길을 만나 훌륭한 번역이 이루어지기를 진심으로 기도하는 바이다.

이 작품이 이렇게나마라도 세상에 나오게 되기까지에는 여러 가지 따뜻한 인정의 교류들이 있었다. 이 작품을 멀리 런던에서 보내 준 분의 정성 어린 마음이 있었고, 이것을 출판하기까지 주야로 우리를 격려하고 애써 주신 동아출판사의 김 사장 이하 여러분들이 그러했으며, 더구나 국제문화연구소 이동준 소장을 위시한 너그러운 선배님들과 벗들의 정분 또한 잊을 수 없다.

우리 역자들 서로끼리는 되도록 말을 한가지로 갖추고 분위기를 통일시켜 보려고 애를 썼다. 이 글 자체의 표현에 대한 책임은 초입 부분에서 약 3분지 1까지는 강(−강봉식)이, 그 후 중간 3분지 1은 이(−이종구)가, 나머지는 김(−김성한)이 각각 분담한다.

이 초라한 것이나마 읽으시는 분들의 관용을 얻어 다소라도 지바고 및 원작자의 모습을 아는 데 도움이 된다면 우리들의 영광은 이에서 더할 바 없을까 한다.

대본은 Max Hayward와 Manya Harari가 노어에서 영역한 London Collins and Harvill Press판 제4판(1958년 10월 간)을 썼다.

이종구 기記

**역자의 말**–하편을 보내며

지바고와 라라의 운명적인 회정會情과 그 뒤를 이어 두 사람 각각의 귀향을 중심 줄거리로 해서 전쟁과 혁명의 불 바람 속을 걸어간 상편은 애달프면서도 엄숙하고, 처참하면서도 아름다운 생의 음지와 양지를 암시 깊게 전개해 주고 끝을 맺었다.

역자들의 무딘 글로 인해 읽으시는 분들의 해독 노력이 크게 고생스러웠으리라 싶은 심정에서 우리는 무한히 민망한 마음으로 스스로를 회초리질하고 다시 이 하편을 눈 익혀 옮겨 보노라 했다.

불의하고 비극적인 애정의 구릉을 헤어 가는 지바고와 라라의 처참한 편력을 방임하는 듯 조롱하는 듯 혁명은 거센 야만성과 잔학한 독재의 길을 달려가고 무수한 백성들은 보호색을 갖추기에 광성狂性을 띠어 가는 무서운 세대에서 착한 이들과 악한 것들의 그 후의 얘기는 어떻게 되어 가는 것일까?

역자의 임무는 원저를 충실히 옮기고 작가의 의도를 소리 없이 받아서 옆으로 전하는 데에 있을 것인즉 이 작품 및 작가의 언어가 아닌 다른 말을 덧붙이기를 삼가기로 했다.

다만 여기서 파스테르나크 및 지바고를 싸고도는 일체의 움직임을 라라의 다음과 같은 말로써 대신해 볼까 하거니와 이것은 오로지 그들이 품었던바 선량하고 아름다웠던 자취를 작품과 함께 기억해 두려는 뜻에서일 뿐이다.

지나온 과거를 헤치며 맨 마지막으로 유리 지바고에게 주는 라라의 말은 다음과 같은 구절로 이루어진다. "당신과 저는 세상에 나온 첫 순간부터 몸을 가릴 아무런 옷도 없었던 지구 최초의 두 인간들 같아요. 첫 순간은 첫 순간대로, 마지막 순간 역시도 둘이 모두 옷 없고 집 없는 사람들. 그리고 또 당신과 저는 오랜 옛날서부터 지금에 이르기까지 수천수만 년을 두고 이 세계에서 새로이 생겨나고 또 생겨난 무한히 위대했던 모든 것들의 마지막 추억 같은 존재들이에요. 살고 사랑하고 울고 서로 못 떨어져서 애끓어하다가 급기야는 사라져 버린 저 모든 다채로운 목숨들의 마지막 추억 같은 사람들. 당신과 저는 그런 존재들이에요."

1958년 12월 13일<br>이종구 기記

## 사기사 토마 · 시선

**이흥우**

● 이흥우, 『사기사(詐欺師) 토마 · 시선(詩選)』, 범문각, 1959.6.10, 146면

● 장 콕토 원작

### 해설

장 콕토는 1889년 7월 5일 파리 교외 메종 라피트에서 태어났다(그의 생년은 1892년이라고도 전해지는데 그것은 잘못이라고 한다). 그는 소년 시절을 부르주아 가정에서 응석받이로 자라나며 파리의 음악회, 서커스, 연극 구경 등을 따라다녔고 중학을 졸업한 후에는 곧 화려한 살롱에 출입했었다.

그는 아카데미 프랑세즈의 회원이다. 그는 70세가 되는 지금까지 아직 독신이다.

콕토는 일찍이 17세와 18세 때에 처녀작 『경박한 왕자』, 『소포클레스의 춤』 등을 발표하고 그 후 시대의 총아로서, 무서울 만한 기재奇才로서, '앙팡 테리블(악동)'로서 사람들의 명랑한 미소를 자아내게 하였다. 그는 현재까지 거의 모든 예술 양식에 손을 대고 있다. 소설도 쓰고 평론도 쓰고 희곡도 쓰고 영화도 만든다. 그러나 그의 소설도 평론도 희곡도 영화도 모두가 시인의 감각과 표현으로써 파격적인 것을 창조하고 있다. 그는 모두가 독특한 그 자신의 포에지로써 충만하여 있는 작품을 만드는 것이다.

시인은 말의 결합과 운율의 조화—혹은 부조화—에 의하여 죽음의 세계—신비 현실, 무의식의 세계—와 접촉한다. 그것을 가지고 꿈을 그리며 '유희' 속에 파묻힌다. 죽음의 세계 안으로 한때나마 가만히 들어가 보려고 한다. 콕토는 죽음을 무서워하지 않고 직시한다. 생과 사와는 한 장의 지폐의 앞뒤 면과 같은 것이다. 그

간격은 종이 한 장의 차이밖에 안 된다. 생과 사의 간격을 말하는 것은 한 개의 거울에 지나지 않는다. 그 자유스러운 거울 속을 드나들 수 있는 것은 시인의 아이들뿐이다. 그들만이 생과 사의 사이를 내왕하며 유희를, 장난을 할 수 있는 것이다. 콕토의 시에는 천사가 매우 잘 등장한다. 그러나 그의 천사는 "황금 백합꽃의 날개를 달고 벌의 왕관을 쓴 달콤한 양성兩性의 신"은 아니다. 그의 천사는 순식간에 인간을 죽이며 그 영혼을 거침없이 박탈해 가는 독수리와 같은 천사다. 그의 천사는 죽음의 신의 사자使者인 것이다. 동시에 그의 천사는 죽음의 세계로부터 인스피레이션을 가져다가 시인을 자극한다. 콕토는 언어와 이미지의 마술을 사용하여 시간과 공간 사이를 눈부실 만큼 뛰어 돌아다닌다.

1920년경—콕토는 피카소 등의 젊은 화가들과 친하고 파리의 문학적이며 예술적인 주점에 드나들면서 한창 화려한 분위기 속에 파묻혔었다. 그중에서도 대표적인 주점은 '지붕 위의 황소Le Boeuf sur le Toit'라는 묘한 이름의 집이었다. 당시의 사교계에서 그는 또한 루시앙 도데, 프랑수아 모리아크 등과 어울리는 일이 많았었다고 한다.

그러나 콕토는 이내 사교계와 그 문학적 주점의 분위기에서도 물러났었다. 『사기사詐欺師 토마』(1922년)는 그 무렵에 써진 것이다.

이것은 '거짓말(허위)의 진실'을 이야기한 소설이다. '익살과 비통' 사이를 재빨리 한걸음에 냉큼 뛰어넘는 곡예사의 생활기다. 수십 자 높이의 공중에서 그네를 타며 건너가는 곡예사에게는 관객의 웃음과 박수가 따른다. 그러나 손 한 번만 잘못 놀리면 그의 생명은 없다. 곡예사의 운명은 항상 익살과 비통 사이에서 생사의 간격을 내왕한다.

이 작품은 작자 자신이 스탕달의 『파르마의 승원僧院』을 모방한 것이라고도 말하였다 한다. 그런데 이것은 보다 더 콕토 자신의 경험과 토마의 모델이 된 인물의 이야기를 한데 뒤섞어서 현실과 상상으로 만들어 낸 소설이다. 소설이 모방이 아니라 그 이전의 생활이 모방이었던 것이다.

콕토는 몸이 약해서 군에 소집이 되지 않았었는데 적십자의 민간 구호반 자동차를 타고 벨기에로 가서 육전대陸戰隊에 가담하여 잠시 동안 전선 기분을 맛보았다. 그런데 정체가 발각되어 체포당하였으며 그전부터 알던 사이인 이 지레 장군에게 구출당한 사건이 있었다. 그때 자칭 드 카스텔로 장군의 조카라고 하는 토마라는 병사와 알게 되고 친해졌다. 그리하여 토마의 덕택으로 전선을 마음대로 돌아다닐 수가 있었다.

한편 토마는 또 콕토의 덕택으로 휴가 중 파리의 살롱에서 용사로서의 환영을 받았는데 나중에 상파뉴 전선에서 전사했다. 전선에서의 그들은—콕토나 토마나 결국 모두가 거짓말로 뭉쳐진 병사인 셈이었는데 콕토는 아슬아슬한 고비에서 전사를 면하고 넘겼던 것이다. 이 무모한 두 청년은 전쟁터에서 '가짜'의 생활을 하여 가면서 죽음과 유희를 하고 있었던 것이다. 그것이 『사기사 토마』의 주인공 기욤 토마가 되었다.

토마의 거짓말은 순진하고 엉뚱한 아이들의 거짓말과 같다. 그리고 아이들처럼 나중에는 자신이 그 거짓말에 속으며 거짓말과 정말의 구별을 할 수가 없게 되고 만다. 공중의 곡예사가 이 그네에서 저 그네로 옮겨 뛰어다니듯이 토마는 날쌔게 아무 사념邪念도 없이 거짓말에서 정말로, 정말에서 거짓말로—비통과 익살—사이를 왕래하는 동안에 거기서 추락하여 죽어 버리고 마는 것이다. 최후로 총알을 맞고 토마가 하는 말은 걸작이면서도 이 소설의 어떤 '마감'을 하고 있다. "죽은 시늉을 하지 않으면 죽고(죽임을 당하고) 만다." 여기 이어 콕토는 이렇게 쓰고 있다. "하나 그에게 있어서 가공과 현실은 둘이면서 하나였다. 기욤 토마는 죽었다" 하고. 이 간결한 표현은 매우 시인적인 표현이며 콕토 자신도 "가공과 현실은 둘이면서도 하나"라는 것이 시의 극치라고 생각하고 있었던 것이었다.

폴 발레리는 콕토의 시를 가리켜 "지상의 과실"이라고 한 일이 있다고 한다. 그러나 콕토는 시에서 '제10번째의 뮤즈'인 시네마로 옮겨 간 지가 이미 오래다. 보통 뮤즈는 아홉이라고 했는데 콕토는 시네마를 열 번째의 뮤즈라고 하였다.

그가 손을 대는 모든 예술이 그러하듯이—아니, 그러한 모든 특징이 오히려 시에서부터 이루어진 것이라고 할 수가 있다—그의 시에서 우리는 교묘한 곡예사의 매혹될 만한 유희를 본다. 그러므로 그의 시는 보다 더 말재주를 부린 것 같은 인상을 준다. 그러나 그의 시편을 대하면서 어쩔 수도 없이 유쾌한 미소를 금할 수가 없다.

이 시인의 대리석과 같은 시정詩情을 이해하려면 순수한 감각과 현실의 메커니즘을 그대로 깨뜨리고 주무르며 다시 만들 수 있는 높은 지성과의 끊임없는 교통이 필요하다.

1959년 5월

옮긴이

# 안네 프랑크

**전혜린**

- 전혜린, 『안네 프랑크』, 수학사, 1958.10.30, 173면
- 에른스트 슈나벨 원작, 한 소녀의 걸어온 길, 수학신서 1

## 후기

저자 에른스트 슈나벨Ernst Schnabel은 시인이며 동시에 세계 여행가로서 독일 현대 문학 속에서 특이한 지위를 차지하고 있는 사람이다. 1930년대의 초기에 그는 세계를 여행하면서 프랑크푸르트 신문에 기고했다.

2차 대전 후에 그는 방송국과 르포르타주를 썼고 단편소설 「그들은 대리석을 보지 못한다」에 의해서 간결하고 체험이 풍부한 미국 단편소설의 표현 형식에 접근했다. 1957년에 그는 베를린 문학상을 탔다.

비행술을 체득하고 있는 그는 세계 비행에 관한 책을 『세계는 많은 이름을 가졌고』라는 제목하에 출판했다. 1957년에는 또 폰타네 문학상을 받았다. 『안네 프랑크－한 소녀의 걸어온 길』은 에른스트 슈나벨이 1957년에 42명의 증인들(안네 또는 안네에 관해서 알고 있던 사람들, 즉 KZ(집단수용소)에 함께 있었던 사람들)을 만나서 직접 들은 이야기와 또 화란和蘭(－네덜란드) 점령군의 서류 등을 종합해서 만든 르포르타주이다. 온갖 파토스를 일부러 피하고 담담하고 객관적으로 쓴 것이 오히려 절실한 느낌을 받게 해서인지 출판된 지 3개월밖에 안 된 지금에 이미 10만 권이 매진되었다.

안네 프랑크의 "나는 인간 속에 있는 선의善意를 믿는다"라는 말은 아마 세계의 어느 곳에서든지 반향을, 그리고 아마 수치감을 일으킬 것이다. 왜냐하면 아직도 암흑이 정치를 덮고 비밀된 인권의 유린과 권위의 박탈이 자행되고 있는 나라가 세

계에는 너무나 많기 때문이다.

지금 독일 사람들은 다 "나는 몰랐었다"라고 이구동성으로 말한다. 이 자기기만에서 나온 냉담이 이 소녀의 선의에의 기대를 질식시킨 것처럼 현재도 얼마나 많은 공포와 부정이 이와 꼭 같은 이유와 방법으로 질식당하고 있는지 모른다.

이 소녀의 괴로움에 이를 악물면서 한 말, "나는 인간 속에 있는 선의를 믿는다"는 우리에게 깊은 경고가 될 것으로 믿는다.

텍스트는 Ernst Schnabel, *Anne Frank : Spur Eines Kindes*(S. Fischer Verlag, 1958.3. Frankfurt / M)을 사용했다.

1958년 7월 초

역자

뮌헨

# 압록강은 흐른다

**전혜린**

- 전혜린, 『압록강은 흐른다』, 여원사, 1959.8.25, 234면
- 이미륵(이의경) 원작

## 후기

이미륵 박사는 1899년 3월 6일 출생하여 1950년 3월 20일 향년 51세의 짧은 생애를 마치었다. 서울에서 의학 공부를 하다가 3·1운동에 가담한 뒤 왜제倭帝의 압박을 피하여 독일 땅으로 건너가 공부를 하였다. 그 후 문단 생활과 대학의 강의로 파란 많은 생을 누리었다. 지금은 뮌헨 교외의 그레펠핑 묘지에서 쓸쓸히 잠들고 계신다.

그의 여덕餘德은 오늘까지도 널리 미치어 독일인들은 이미 6·25 전란 전부터 한국에 대한 관심이 비상했고 한국인의 깊고도 맑은 정신에 감탄하였었다. 그는 수많은 학술 논문 외에 민속학, 중국학에 대한 업적을 남기었고 1949년부터는 뮌헨 대학에서 중국학을 강의하였었다.

우리는 자서전 형식으로 기록한 이 책에서 그의 소년 시대를 엿볼 수 있다. 이 『압록강은 흐른다』는 그의 첫 장편인 동시에 마지막 장편이 되고 말았다. 1946년 패전의 상처가 아직 가시기도 전 이 책은 전후 최초의 출판물로서 유명한 파이퍼Piper 출판사에서 간행되었다. 이 책이 세상에 나오자 많은 독일 문필가들의 주목을 끌고 찬사가 쇄도하였다. 뿐만 아니라 독일인으로 하여금 한국인의 깊은 정신을 흠모하게 하였던 것이다.

이미 이 책은 영역되었으나 아직 국역되지 못한 것은 슬픈 사실이기에 감히 번역의 붓을 들었다. 유창하고 활달한 문체며 그 아름다운 음률이며 그 깊은 영혼을 재현하기는 무척 어려운 일인 줄 알았으나 우선 한국 국민들에게 읽히고 싶은 욕망으로 감히 시도해 본 것이다.

이것은 이미륵 씨의 소년 시대부터 독일 도착까지의 사실을 회상한 것으로 '한국에서의 소년 시대'라는 부제가 붙어 있다. 사촌 수암, 누이 큰아기, 셋째 어진이며 그 외 동무들과의 소년 시대의 즐거움을 기록하였고 또 고결한 아버지, 자애로운 어머니의 이야기가 들어 있다. 때는 마침 개국이 시작된 후 일제의 침략과 함께 신구 문화의 교체가 있었던 무렵이다.

이 책의 제2부는 아깝게도 구하기가 어렵게 되었다. 별세 후의 그의 서재에는 제2부 원고의 불과 몇 장만이 남아 있었다. 제2부가 출판되었더라면 그의 독일에서의 생활이 더 명백해질 것이며 지대한 관심거리가 되었을 것이다. 제2부 출판은 바라기 힘든 일이나 앞으로 가능한 한 그 유적을 모아 볼 작정이다.

그는 또 열렬한 반나치스의 평화주의자였다. 히틀러 정권에 반항하여 사형당한 후버 교수와도 매우 친밀한 사이였다. 나치스 시대엔 인종 차별 문제 때문에 그의 생활이 무척 고생스러웠을 것이라 믿어지며 조국이 광복된 오늘날 귀국의 기쁨을 갖지 못하고 이국에서 별세한 것은 무척 슬픈 일이나 민족 상쟁의 6·25를 보기 전에 별세한 것만이라도 다행이었다고 독일 사람들은 생각하고 있다.

이 책은 1946년에 초판이 발행되자 곧 매진되어 1950년에 재판이 나와 다시 절품이 되었다. 끝으로 이 책에 대한 독일서의 서평을 몇 편 소개하기로 한다.

이 책은 기쁨과 즐거움으로 읽을 수 있는 책이다. 그리고 한국에 대해서 아직껏 없었던 좋은 보고서다. 여러 나라에서도 갖고 싶어 할 보고서다.

—Comstanze

이 책이 우리들로 하여금 즐겨 읽게 하는 것은 이국적인 주변이 아니라 책 속에서 한 인간이 인간 사물에 관해서 이야기하기 때문이다.

—Berliner Hete

이 책의 초개인적인 문제는 동양과 구라파歐羅巴의 접촉에 있다. 그러나 독자적이고 내면적인 대상성은 소설가의 성격을 강조하지 않는 불혹의 동양적 현명에 발견할 수 있다. 그의 고상하고도 고결한 문체 속에는 동서양의 접촉을 수행하려는 저자의 은밀하고도 겸손한 태도가 나타나 있다. 이것은 진정한 소설이다. 격렬한 점이 없이 조용히 흐르는 산문이다. 이 사랑스러운 책에 내포되어 있는 불변성과 모든 인간적인 것에 대한 균일성은 위안을 준다. 비록 슬픔이 어떤 사람의 영혼에서도 없어질 수 없을지라도.

—Wilhelem Hausenstein

이미륵 씨는 어머님을 추모함으로써 그의 소년 시대의 기록을 바쳤다. 초판은 1946년 Piper 출판사의 전후 최초의 출판물이었다. 이 제2판은 이 추억의 저자 이미륵 씨에게 바친다. 우리들이 만났던 가장 순수하고도 섬세한 사람이었던—. 우리들 모든 그의 친구의 온 슬픔은 그가 그처럼 열심히 썼었던 제2부, 독일에서의 생활과 서양 사회의 중심에 있어서의 동양인의 경험을 기록할 예정이있던 것이 사후에 몇 장밖에 남지 않은 사실이다. 『압록강은 흐른다』 신판에 있어서 우리들은 민족이나 인종 차별 없이 인생의 최고의 가치가 정직과 선량이라는 것을 자신이 세계의 탁류 중에서 시범한 인간과 시인을 존경하는 마음 간절하다. 이방인인 그가 우리들에게 외계와의 이해에 있어서는 자신의 것을 포기하는 데 있는 것이 아니고 오히려 자기 것을 더욱더 깊이 파고 또 깊이 실천해 나가는 데 있다는 것을 가르쳐 주었다.

—Piper Verleg 후기

고인의 명복을 빌며…….

역자 지識

## 롤리타

**윤대균**

- 윤대균, 『롤리타』, 신태양사 출판국, 1959.5.1, 332면
- 블라디미르 나보코프 원작

### 역자 후기

소설 『롤리타』는 적지 않은 오해와 가장 많은 환호를 받으면서 미국에서 출판된 이래 베스트셀러의 수위를 독점해 오고 있는 소설이다.

어떤 사람은 불순한 소설이라고 말하기도 하였으며 더 많은 사람들은 인간성의 새로운 분야를 개척한 소설이라고도 격찬하였다.

불순하다고 말해 버리기에는 직접적인 성적 장면이 너무나 없고 새로운 인간성이라기에는 너무나 육감적인 아름다움에 열중한 소설이다.

하여간 각국 독서계에 많은 물의와 파문과 화제를 일으키어 전 세계 독서계를 뒤흔들고 있는 신비의 소설이다.

이성에 대한 독특한 애정을 가진 40대의 남자가 순진한 소녀를 특수한 각도의 관심을 가지고 그 육체와 행동의 아름다움을 탐미하면서 몇 해 동안 미국 각지를 돌아다니는 생활의 기록인 이 작품에 대한 비평은 독자에 따라 여러 가지로 다를 것이다. 따라서 그 견해에 대하여서는 독자에게 일임하는 것이 현명한 일인 줄로 안다.

다만 이 소설에 대한 저술 의도와 그 경위는 저자의 서언과 후기에 충분히 토로되어 있으므로 역자로서는 사족을 붙이지 않기로 한다.

오직 한 가지 밝혀 둘 것은 이 소설에 나오는 12세 소녀는 저자가 특히 주석을 단

바와 같이 미국이란 풍토와 생활 환경에서의 성장한 때문에 그 육체적, 지능적 정도가 우리나라로 본다면 십칠팔 세의 성숙한 여인이라는 것을 독자들은 염두에 두고 읽어야 할 것이다.

당년 59세의 저자 나보코프는 제정 노서아露西亞의 귀족 후예로서 그의 조부는 차르 정권의 사법상司法相이고 부친은 본래 법관이었으나 법관복을 공매公賣하고 사임해 버린 자유주의자였다.

이러한 환경 밑에서 자란 나보코프는 영국 케임브리지 대학에서 문학을 전공한 뒤 돌아가야 할 조국을 혁명으로 잃고 1924년 이래 불란서, 독일 등 유럽 각지를 전전하면서 노서아어로 소설을 쓰기 시작했다.

『롤리타』에 대한 인스피레이션은 이때부터 싹이 튼 것이다.

1940년 미국으로 귀화한 그는 현재 코넬 대학에서 노서아 문학을 강의하고 있는 한편 취미인 나비 채집에도 대가의 손색이 없으며, 『롤리타』에 나오는 등장인물과 지방 특색은 그가 나비 채집으로 전국 각지를 편력하여 얻은 생생한 체험과 지식의 소산이라 한다.

저자의 고사古事에 대한 해박한 지식과 유머러스한 위트, 언어에 대한 섬세하고도 날카로운 감각으로 엮어진 이 소설의 원문의 멋은 우리말로 옮기기가 여간 어려운 일이 아니었으며 얼마만큼 성공을 거두었는지는 독자 판단에 맡길 뿐이다.

1959년 새봄

역자 지識

# 궁정의 여인

**이재열**

- 이재열, 『궁정의 여인』, 신태양사 출판국, 1960.9.15(초판), 1960.11.20(재판), 314면
- 강풍자, 『궁정의 여인』, 교양사, 1961.10.10, 274면
- 펄 벅 원작

## 원저자의 서문

청나라의 마지막 황비 츠시慈禧의 행동과 인간성에 있어서는 이해하기 어려운 점이 많기 때문에 그녀를 완전히 이해한다는 것은 어려운 일이다.

츠시는 청나라가 여러 나라의 침략의 마수에서 허덕이고 있을 때인 역사의 가장 중대한 시기에 살았다.

이러한 시대에 그녀는 보수적이고 자립적이었다. 그가 하는 일에 반대하는 사람들은 그녀를 두려워하고 미워하였다.

서양의 기자들은 그녀를 나쁘게 평하였고 심지어는 악담까지도 하였다.

나는 소녀 시절에 청나라 백성들이 그녀를 어떻게 생각하고 있었던가 하는 기억을 더듬으면서 정확하게 츠시를 이 책에 묘사해 보려고 노력하였다.

그녀는 가능한 한 현대에로의 변화를 저지하였다. 그녀는 옛것이 새것보다 낫다는 것을 믿었기 때문이었다.

그러나 변천은 불가피하다는 것을 알자 그녀는 그것을 받아들이긴 했으나 현대에로의 변화를 배척하는 그녀의 마음만은 변함이 없었다.

혁명론자들이나 성급한 자들은 츠시를 진심으로 미워하였다. 그녀도 또한 그들을 미워하였다. 그러나 일반 서민들이나 농부들은 츠시를 존경하였다.

그녀가 죽자 그들은 몹시 슬퍼했다.

"이제는 누가 우리를 돌봐 줄 것인가?" 하며.

펄 벅

# 궁정의 여인

**원창엽**

- 원창엽, 『궁정의 여인』, 동학사, 1960.11.10, 242면
- 안동만, 『서태후』, 철리문화사, 1961.5.15, 240면; 합동출판사, 1962.11.20, 242면
- 펄 벅 원작, 세계명작선집

## 펄 벅 여사의 서문

중국의 마지막 황후인 츠시慈禧는 재능이 다방면이고 행위에 있어서는 모순됨이 많고 또한 풍부한 인간성의 여러 가지 모습을 지닌 여자였기 때문에 그녀의 전 생애를 완전히 전달하여 이해시킨다는 것은 좀처럼 어려운 일이다.

츠시는 중국이 여러 나라의 침략을 받을 때와 또한 그 시기에는 현대적인 개혁을 요구하고 있을 역사의 중요한 시대에 살았다.

이러한 시대에 츠시는 보수적이고도 자립적이었다.

츠시는 필요할 때는 잔인한 정책도 사양치 않았다.

츠시를 반대하는 사람들은 그녀를 두려워하고 미워했다. 그들은 츠시를 사랑하는 사람들보다 더 많았다.

서양의 기자들은 츠시를 나쁘게 보도했고 심지어는 원한까지 품고 있었다.

나는 소녀 시절에 츠시에 대해 느꼈던 것 중에서 내가 아는 중국 사람들이 어떻게 그녀를 생각하고 있었던가의 기억을 찾아내어 가능한 대로 효과 있는 방법으로 이 책에 그려 보려고 애썼다.

그들에게 츠시는 궁전의 여인으로만 알려져 있었다. 선과 악이 그녀에게는 혼합되어 있었다. 그러나 그녀는 항상 영웅적인 존재였다.

그녀는 가능한 한 현대화의 길을 제지시켰다. 그 까닭은 옛것이 새것보다 낫다고

믿었기 때문이었다.

그러나 변천이 불가피하다는 것을 느끼자 특사를 베풀어 그것을 받아들이긴 했지만 그녀의 마음만은 변치 않았다.

츠시의 편 사람들은 그녀를 사랑하였다. 그러나 모두가 그녀의 편은 아니었다. 그중에는 혁명적이고 혁신적인 사람들이 있어서 그녀를 대단히 미워했다. 그녀도 그들을 매우 미워하였다.

그러나 농민들이나 소시민들은 그녀를 존경하였다.

그녀가 죽은 10년 후에 나는 중국의 어느 시골에 있었다. 그곳에 사는 사람들은 아직도 그녀가 살아 있다고 생각하고 있었다. 그리고 그녀가 죽었다는 소식을 들었을 때 그들은 몹시 놀랐다.

이제부터는 누가 우리를 다스릴 것인가? 하며 그들은 슬피 부르짖었다.

이것은 아마 통치자의 마지막 심판일 것이다.

## 역자 후기

『궁정의 여인』원명 *Imperial Woman*은 1956년에 발표한 펄 벅 여사의 가장 최근 작품이다. 궁정의 여인이란 청나라의 마지막 황후인 서태후를 가리키는 것으로 신비에 싸인 궁전 생활의 이면을 폭로하며 그녀의 일생을 흥미 있게 그려 놓은 작품이다.

또한 당시의 혼란한 중국 사회를 엿볼 수 있는 일종의 역사물이라고도 할 수 있다. 서양인으로서 더구나 동양인 중국의 궁정사와 그 풍속을 정확히 묘사했다는 사실은 경탄할 일이 아닐 수 없다.

여사의 작가적인 재능과 구상력이 풍부한 까닭이라고도 할 수 있겠으나 여사의 그 밖의 대부분의 작품 역시 중국을 무대로 취급하고 있다는 사실을 본다면 여사의 문학적인 사상과 그 배경을 이루고 있는 하나의 기점을 발견할 수 있다.

즉 여사의 작품에는 항상 서양적인 문화와 동양적인 그것과의 접촉—거기에서 오는 충돌, 배격, 혹은 타협이 그 주제를 이루어 주고 있다는 것이다.

심오한 동양의 정신세계와 기계 문명이 발달한 서양의 문화가 어떻게 융합되어 새로운 하나의 세계를 창조할 수 있을 것인가, 그것은 또한 인간성의 새로운 창조라고도 할 수 있으며 휴머니즘의 문제가 될 수도 있을 것이다.

그렇다고 이 소설에 그런 거대한 사상과 문제가 단적으로 제시되어 있다는 것은 아니다.

원래 소설이란 주제라든가 사상을 논하기 전에 먼저 재미부터가 있어야 하기 때문이다.

그래서 독자들은 이 소설을 위선 재미있게 읽을 것이다.

이러한 재미는 그 주제와 사상이 생활 감정에 형상화됨으로써만 그 가치를 지니게 된다.

다만 역자는 독자들의 감상의 편의를 다소나마 돕기 위해서 여사의 문학적 사상의 일면을 외람되게 소개함에 불과한 것이다.

이 역서는 1958년도에 발행한 Pocket판을 대본으로 삼고 약간의 초역抄譯을 했다는 것을 말해 둔다.

1960년 10월 25일

역자 지識

제2편

# 한국어로 빚은 시편

제4부 | 낯선 세계의 노래

폴란드 산문시부터 흑인 시집까지

제5부 | 시인의 목소리

김억의 상징주의 시부터 여성 한시까지

# 제4부

## 낯선 세계의 노래

폴란드 산문시부터 흑인 시집까지

# 사랑

## 홍명희

● 홍명희, 「사랑(愛)」, 『소년』 20, 신문관, 1910.8.15, 42~44면

● 안드레이 니에모예프스키 원작

이 산문시는 파란波蘭(-폴란드) 문사 안드레이 니에모예프스키 씨가 고국 산하를 바라보고 강개한 회포를 이기지 못하여 지은 것이라.

연전에 일인日人 하세가와 후타바테이長谷川二葉亭(-후타바테이 시메이二葉亭四迷) 씨가 파란 사람 빌스쓰키 씨의 부탁을 받아 일본 지사志士에게 소개코자 번역한 것이다.

하세가와 씨의 연숙鍊熟한 붓으로도 원문의 묘한 맛을 다 전傳치 못하여 마음에 맞지 못하므로 미정고未定稿로 발표한 것이라. 나는 이것을 애독한 지 수년이 되었으나 지금도 읽으면 심장이 자진마치질하듯 뛰노는 것은 더하면 더하지 덜하지는 아니하니 무슨 일인지?

제군 중에 이 산문시를(대의라도) 나의 중역重譯에서 얻어 아시는 분이 계시면 나의 뜻은 달하였다 하리라.

## 쫓긴 이의 노래

**신문관**

- 「쫓긴 이의 노래」, 『청춘』 11, 신문관, 1917.11.16, 99~100면
- 라빈드라나트 타고르 원작

이 글은 작년 시인이 동영東瀛에 내유來遊하였을 적에 특별한 뜻으로써 우리 『청춘』을 위하여 지어 보내신 것이니 써 인도와 우리와의 2천 년 이래 옛정을 도타이 하고 겸하여 그네 우리네 사이에 새로 정신적 교호를 맺자는 심의에서 나온 것이라. 대개 동유東留 수개월 사이에 각 방면으로 극진한 환영과 후대를 받고 신문 잡지에게서도 기고의 간촉懇囑이 빗발치듯 하였건마는 적정寂靜을 좋아하고 충담沖淡을 힘쓰는 선생이 이로써 세속적 번쇄煩瑣라 하여 일절 사각謝却하시고 오직 금옥가집金玉佳什을 즐겨 우리에게 부치심은 진실로 우연한 것이 아니니라. 이 일편 문자가 이렇듯 깊은 의사 있음을 알아 읽고 읽고 씹고 씹어 속속들이 참맛을 얻어야 비로소 선생의 바라심을 저버리지 아니할지니라.

# 근대 불란서 시초

**양주동**

- 양주동, 「근대 불란서 시초(詩抄)」, 『금성』 1~3, 금성사, 1923.11.10~1924.5.24(전3회)
- 샤를 보들레르 · 폴 베를렌 원작

원래 시라는 것이 그 본질로 보든지 그 형식으로 보든지 어떤 말로 쓰인 것을 다른 말로 옮길 수 없는 것은 지금 역시譯詩에 붓을 댄 나의 늘 주장하는 바임을 먼저 말하고 싶습니다. 물론 소설이나 희곡 같은 것도 완전히 역譯한다는 말은 거짓말이지만 더구나 '말'과 '소리'의 융합한 것—리듬이라 할는지 내재율이라 할는지—을 근본의根本義로 삼는 시에 이르러는 그것이 절대로 불가능이라 하여도 과언이 아니겠습니다. 그러니까 이 역시를 시험하는 것은 실로 나의 주장과는 모순된 일이라고 하겠습니다마는 외국어를 모르는 분에게 외국 시인의 작품 내용이나 그 시상詩想의 경개梗槪를 소개하자면 불가불 또는 부득이 이 모순된 일을 하게 됩니다. 실상 내가 이 역시를 적는 목적은 이에 불외不外합니다. 그러므로 이 역시는 원작자의 평전과 아울러 그 작품의 내용과 중심되는 사상을 소개할 뿐이외다. 따라서 역은 극히 충실하게 축자역逐字譯으로 되었습니다. 충실한 직역이 되지 않은 의역보다는 낫다는 역자의 미의微意를 양해하기를 바랍니다.

여기 근대란 말은 퍽 막연한 생각으로 쓴 말이외다마는 그저 로맨티시즘의 이후 현금現今까지라고 하였으면 비슷하겠습니다. 연대로 말하면 대략 19세기 중엽부터 만근輓近까지 60년 내외간이 될 터입니다. 별로 작가나 작품의 순서도 없이 생각나는 대로 손에 잡히는 대로 옮겨 볼까 합니다.

역자

끝에 있는 산문시 2편은 *Petits Poëmes en Prose* 중에 있는 것인데 마침 역자의 수중에 원서가 없으므로 A. Symons의 영역서에서 중역하였습니다.

보들레르의 시는 이것으로써 끝을 막겠습니다. 서투른 직역으로 가지加之 순서 선택도 없어서 원작 내용의 취의趣意까지도 잃은 점이 많을까 합니다. 뒤에 혹 기회가 있으면 많은 첨정添訂을 가하여 따로 한 권을 만들고자 합니다.

(이상 역시 중에 「기쁜 죽음」, 「썩은 송장」은 그의 특수한 심미적 변태적 경향으로, 「파종破鍾」, 「가을 노래」, 「원수」, 「잡담」, 「마셔라」 등은 그의 생활 내용에서 출出한 것으로 소위 험기險奇 처창悽愴 병적 불건전한 제재, 혹은 방일放逸 퇴폐한 기분의 본보기가 될 터이며 「이국의 향」은 그의 경력으로 내來한 이국정조, 또 난해로 유명한 「만상 조응」과 및 「빈자의 사死」, 「애인의 사」, 「상승」, 「빈자의 눈」 등은 그의 철학이며 사상, 정신, 혹은 감각성에 대한 표시가 될 수 있겠다는 사견을 부기附記합니다.)

차호次號부터는 Verlaine의 작품을 소개할까 합니다.

역자의 말

# 바이런 시집

**최상희**

● 최상희, 『바이런 시집』, 문우당, 1925.7.10(초판); 1929.8.13(재판), 199면

● 조지 고든 바이런 원작

## 서

바이런Byron!!!

얼마나 웅장하고 침통하고 그리고 표표한 우주의 음향일꼬!! 그리고 이 음향을 영국에서 낳았다 할 때에, 그리고 19세기1788~1824가 낳았다 할 때에 영국을 빼놓은 세계 열국列國과 20세기 사람들은 얼마나 영국과 19세기를 부러워할 것인고!!

그는 사옹沙翁, Shakespeare 이래 최대의 천재 시인이요!! 또한 아울러 열렬한 혁명아로 영문학사상英文學史上에 —아니, 세계문학사상世界文學史上에 큰 이채를 낸 영인英人이다. 그가 얼마나 천재인가 하는 것은 그의 전기라든지 또는 그의 시가로써 알 수 있지만 그리하지 않아도 그가 기자跂者 즉 불구자라 하는 점이든지 그리고 그의 안형顔型이 부모는 물론 아주 영국형이 아니라는 점이 어렵지 않게 그의 천재라는 것을 표증表證하고 있다.

그는 통속 시인들과는 그 향취向趣가 크게 다르다. 더구나 그의 시에 이르러서는 복언複言을 요하지 않는다.

그는 가슴에 떠오르는 정서를 열렬한 필봉으로 써 놓았다. 따라서 그의 시의 일구 일구가 모두 열정이 넘치는 것이다.

미모의 천재 시인인 그의 사랑을 구하는 숙녀들은 너무도 많았었다. 그러나 그에게 참사랑을 주는 여자들은 또한 너무도 적었었다. 그러한 까닭으로 그의 시에는 연애시가 적지 않다. 그리고 그 연애시 중에는 열정의 바다에서 서로 꿀보다도 단,

그리고 백옥보다도 순결한 사랑을 속살거린 것도 있고 가장 침통하게 실연을 노래한 것도 있다. 이 조그마한 책자에 모아 놓은 것이 모두 그것들이다.

'시단詩壇의 나폴레옹!' 이것은 그를 두고 이른 말이다.

그러나 나는 이 말을 즐겨 안 한다. 나는 나폴레옹을 부를 때

'정단政壇의 바이런!'이라 부르고 싶다. 무엇에든지 그를 수두首頭로 하고 싶다. 그러나 이 말이 결코 과장이 아니다! 만세 불후의 진리일 것이다.

"아! 창천蒼天! 무정한 창천이여!"

어디로서인지 알지 못하게 들려온다.

그렇다, 무정한 창천이다! 우리의 가장 사랑하는 그를 왜 불러 갔느냐!?

36년을 일기로 떠난 그를 생각하는 우리는 창천의 무정을 탄憚하지 아니치 못할 것이다.

역사책의 페이지를 넘길 때에 우리는 그의 만년을 들여다볼 수가 있다. 혁명의 불꽃에 가슴을 재우고 있던 그는 '자유주의 급及 민족 통일주의'의 감화를 받고 독립의 깃발을 든 희랍인希臘人들을 원조하려 구주歐洲 제국인諸國人, 희랍의 독립을 원하여 원조하려는 사람들만의 선구자가 되어 혁명적 광열狂熱의 아름다운 광휘 속에 장렬한 그의 최후를 지었다.

그가 토이기土耳其(-터키) 군병의 무참한 도인釖刀 아래 이슬로 스러져 버린 지 이미 101년이 지났다.

파란중첩한 그의 짧은 생애의 기념이나 될까 하여 이 조그마한 책자를 간행하기에 이른 것이다. 그러나 그의 참 시재詩才라든지 또는 그의 사상, 성격을 완전히 알려면은 『차일드 해럴드의 순유巡遊』, 『해적』, 『파리지나』, 『맨프레드』, 『불신자不信者』 등의 장편을 읽어야 한다. 이 장편 속속 간행할 것을 기期하노라.

1925년 5월 14일

병상에 누워서

역자

# 하이네 시선집

**강성주**

- 강성주, 『하이네 시선집』, 평화서관, 1926.4.8, 151면
- 하인리히 하이네 원작

## 서

하이네가 어떠한 시인이라든지 그의 시가 어떠하다든지는 내가 이제 새삼스럽게 말할 필요는 없을 줄로 생각된다. 나는 이에 오직 나의 경애하는 애천愛泉 강 군의 손으로 이 태서泰西의 대표적 서정 시편이 우리의 말로 옮겨졌다는 사실만을 반가이 여기며 속 깊이 기뻐하는 바이다.

그것은 1923년 8월의 일이다. 나와 강 형이 석왕사釋王寺에서 한여름을 같이 지낼 때에 형은 그때부터 영문으로 된 하이네 시집을 가지고 자전字典으로 더불어 씨름을 하였었다. 세월은 흘렀다. 그의 하이네에 대한 연구는 더욱더욱 쌓여졌다. 그리하여 오늘날에 이르러 그는 마침내 다년 적공積功의 결정結晶으로 이 역시집譯詩集을 내게 되었다.

나는 이에 역자의 고심이 많음을 부예附禮하는 동시에 우리 문단에도 이와 같은 학구적 수확이 차차 늘어 가기를 충심으로 바라는 바이다.

1925년 8월 28일 야반夜半

경성에서

김석송

## 서

나는 시에 문외한이다. 그런데 나 같은 문외한으로도 이 시를 읽고 감격함이 있었으니 가히 이 시는 능히 모든 사람을 감격하게 할 힘이 있다고 증거할 수가 있는 것이다.

강 군은 시인이다. 다감다정한 시인이다. 그리고 나는 그가 오래전서부터 하이네를 연구하는 줄을 알았다. 그런데 강 군이 하이네 시를 번역하였다 하고 내게 보일 적에 벌써 격에 맞은 번역이라 하고 반분 수긍하는 생각이 있었다가 역문을 영문과 대조하며 읽고서 십분 수긍하고 만분 기뻐하지 않을 수가 없었다.

적막하다 하고 문외한인 나로도 탄식할 우리 시단에 이런 세계적 명작이 가장 진실하고 가장 아름답게 번역되어 나오는 것을 기뻐하지 않을 수가 없는 것이다. 또 번역이란 천하의 난사難事 중 하나인데 더군다나 시의 번역은 난사 중 난사인 것을 이렇게 완미完美하게 해 놓은 것을 강 군에게 치하하는 동시에 이 번역이 세간에서 항다반 하듯 일종의 허영심과 매명술賣名術로 해내뜨리듯 한 것이 아니고 그야말로 전 정력을 다 바치고 순전히 하이네의 정신을 체득하고 전일專一히 한 몸을 이 시단에 제물로 바친다는 거룩하고 깨끗한 마음으로 번역한 것이다. 그래서 나는 이 번역을 감히 강호에 추천하기를 주저하지 않는 것이다.

끝으로 이 역은 가장 완전히 번역되었다 할 영문에서 옮겨 온 것이라 하는 것을 더 말하여 둔다.

1925년 8월 18일

임영빈

## 서

시작이 반半 성공이라는 말이 있다. 무슨 일이든지 시작부터 하고 끝을 바라야지 시작도 아니 하고 끝이 있기를 바라는 것은 입에다가 밥을 넣기도 전에 배부르기를 바라는 것과 꼭 같은 것이다.

이 공리公理는 나보다도 몸소 이 사랑스럽고 귀여운 역시집을 꾸미기에 오랜 시간을 통하여 무한한 힘을 짜내고 어려운 맛을 많이 본 애천 형이 더욱 그 진리를 깨달았을 것이다. 그 시작—용감된 시작—이 오늘 와서 이 꽃다운 시집으로 우리 문단에 선물하게 되고야 말았다. 이에 나는 여러 애독자로 더불어 한가지 감사하려 한다.

또 나로 말하면 애천 형이 영문으로 번역된 하이네 시집을 우리나라 말로 번역해 놓은 것을 검감檢監하였다. 본시 번역이란 그리 쉬운 것은 아니다. 까딱 잘못하면 남의 작품을 버려 놓을 뿐 아니라 더럽혀 놓는 죄를 범하기 첩경 쉬운 것이다. 그런데 더군다나 중역重譯에 이르러서랴! 여러 말할 필요조차 없다. 본래에 어학에 능통치 못한 처지이다. 우의로 해서라도 애천 형의 간청을 뿌리칠 수도 없는 바 되어 억지로라도 아니 보아줄 수도 없게 된 것이다. 내가 보기에는 이 번역을 완전하고 무결하다고 단언할 수는 없으나 그러나 영역문과 대조하여 볼 때에 적잖이 애천 형이 노력을 짜내었다는 것을 나는 깨달았다. 물론 다소 고친 점도 없지 않아 있다. 그것은 애천 형과 서로 상의한 위에 한 일이다. 그렇게 해 놓고 보니 잘되었다고까지 자랑할 수는 없으나 다만 애천 형의 열성에는 감사치 않을 수 없다.

물론 결점도 많고 틀림도 많을 줄 안다. 그러나 과히 실패에 돌아가지는 아니하겠다고 스스로라도 나는 믿어 주고 싶다.

만일 이 역시집에 남의 작품을 버려 놓았다는 죄가 생기게 되면 나는 이 번역을 다만 한 번이라도 본 이상 그 죄의 반분을 아니 질 수 없다. 아니, 나 스스로 나아가 그것을 지겠다.

그러나 이것을 여러 형제 앞에 내어놓을 제 이러한 불상사가 없이 되기를 바라고 또 억지로라도 잘되었으리라 믿고 끝으로 용감된 시작으로부터 꾸준히 참고서 마침내 이렇듯이 귀여운 결과를 만들어 놓은 애천 형께 감사를 드린다.

1925년 8월 8일

베이징을 향하면서

조한용

## 자서

본 역시집은 미국 시단에서 역시인譯詩人으로 명성이 높은 Louis Untermeyer 씨가 *Poems of Heinrich Heine*라고 번역한 시집(300여 편가량) 중에서 가장 재미있다고 생각한 것으로 특히 100여 편을 뽑아 번역한 것입니다. 누구나 역자들의 말하는 바와 같이 번역이라는 문자를 본다든지 귀로 들을 제는 그렇게 어렵지 않게 알리나 실제로 착수하여 보면 뜻밖에 말할 수 없으리만치 어렵다고 한 것처럼 사실로 번역이 창작보다 못지않게 어렵다는 것을 이번에 나는 분명히 경험하였습니다.

더군다나 '시'를 번역한다는 것은 다른 논문이나 소설보다도 훨씬 지나치게 어렵다는 것을 주저하지 않고 선언할 수 있으리만치 확실히 알았습니다. 시 중에도 서정시를 번역함인가 합니다.

이쿠다 슌게쓰生田春月 씨의 말을 빌려 하자면 "시 번역은 일종의 대대적 모험이며 불가능한 것을 가능한 것으로 하려는 무진한 노력이라"고 한 것처럼 말하자면 참 정말 시를 번역한다는 것은 가장 심한 무리라고도 할 수 있는 것입니다. 특히 조심되는 것은 행여나 그 시를 쓴 원저자의 사상 또는 감정 표현, 또 '리듬' 그것을 그르치지나 아니할까, 오해하지나 아니할까 하는 점에서 제법 힘이 들게 되는 것입니다. 더군다나 중역에 이르러서는 그러한 생각이 더욱 절실하게 느껴지는 것이었습니다.

하건마는 연애의 시인(연애라 하면 너무나 신경과민 된 이에게는 이상야릇하게 추측될는지 모르지마는 가장 신성한 의미에서) 즉 정情의 시인 하이네를 많은 시 애호가에게 소개한다는 것은 내가 하이네를 사모한다는 한 표상이 되리라는 생각과 또 하나는 이러한 세계적 태서泰西의 시인을 나로서 우리 문단에 알리게 될 기회가 있게 되었다는 것을 무엇보다 영광스럽게 느끼고 대담하게도 이 번역을 시작할 만한 용기를 가지게 된 것입니다. 그래서 벌써부터 번역해 보려고는 했지마는 무엇보다도 외국어에 소양이 엷은 나로서는 감히 붓을 들지 못하고 늘 미루어 내리다가 어언간 4개년을 꿈결같이 보내고 말았습니다.

그동안은 일시도 내 손에서 그 시집을 떼지 않고 기회만 있으면 정독하기를 힘쓴 결과 충분치는 못하나마 불 이는 마음에 첫 시험을 치러 보려고 작년 봄부터 착수를 비롯했습니다. 그러면 지금은 완전한 양으로 내어놓느냐 하면 그런 것도 아니올시다. 그러나 4개년이란 긴 세월을 두고 애를 쓰니만큼은 한편으로 잘되었으리라고 자신도 합니다. 이렇듯이 고심하였다는 것을 양해하시고 설혹 잘못된 점이 있을지라도 둘러 용서하여 주기를 여러 선배께 바라며 역자는 더욱 뒤로 많은 수양을 쌓은 후 완전히 하이네의 시를 맛볼 수 있도록 또다시 증역增譯할 것을 예약하여 둡니다.

그리고 번역을 마친 후에 외유外遊하시다가 한동안 쉬러 오신 사랑하는 한용 형께 많은 수고로움을 끼쳤으나 조금도 괴롭다 아니 하시고 철두철미하게 끝까지 보아 주신 것을 말할 수 없이 기꺼하여 마지않습니다.

아울러 여러 사랑하시는 형님네께서 수고로움을 불구하시고 귀여운 시간을 허비하여서까지 이렇듯이 변변치 못한 역시집을 위하여 서序를 써 주심에 대하여는 만강滿腔의 기쁨으로 감사를 드립니다. 이것으로 역자는 위자慰藉를 받고 뒤로는 더욱 시 공부에 전력을 바치려 결심하고 붓을 놓습니다.

1925년 8월 회일晦日

역자 지識

## 하이네 소전

시인의 성격을 말하기는 어려운 것입니다. 그중에도 하이네의 성격을 그리기처럼 어려운 시인은 없는 줄 생각합니다. 하이네와 같이 모순을 많이 가진 이도 없는 줄 압니다. 참혹한데도 유순하고, 무심 무사기無邪氣한데도 간책奸策하고, 회의적인데도 신념을 가지고, 서정적인데도 산문적이고, 열정적인데도 침착한 그이를 가리켜 어떠한 사람이라고 하기에 매우 거북스러운 사람이었습니다.

그의 생애의 대부분은 황폐하였었지마는 그의 처와 그의 노모에게는 항상 부드러웠었다 합니다. 희망과 실행과는 피彼의 조소의 적的이었으나 그의 만년은 숭엄하고 인욕忍辱이었습니다. 아마 그이처럼 복잡한 성격을 가진 이는 드물 줄로 압니다. 유태인을 조상으로 가짐에도 불구하고 그는 넘치는 사랑에 생애를 보냈습니다. 요컨대 그의 성격을 철저하게 드러내기는 누구나 극난極難한 것입니다마는 그의 어여쁜 시가는 독일 급及 기외其外의 온 세계 사람들의 말로써 영원히 아름답게 살았던 것입니다. 그러면 이러한 그의 생애의 일편一片만이라도 아니 소개할 수 없어 간단하게 적어 보려 합니다.

하이네는 괴테 이래의 대시인으로 먼저 말씀드린 것처럼 단지 독일의 시인이 될 뿐 아니라 온 세계 사람의 가장 정든 친우가 된 것입니다.

그이는 1797년 라인강 연안 뒤셀도르프라는 땅에서 출생하였습니다. 그의 부친으로 말하면 유태인이었던 고로 그는 하이네가 장성한 후에 자기의 하는 상업으로 뒤를 잇게 하고자 하였습니다.

그래서 일찍 초등교육을 마치고 나서 그는 그의 부친의 명하는 대로 함부르크로 가서 상업을 크게 경영하는 그의 숙부의 회계실에서 서생의 직職을 하도록 하였으나 그는 마침내 그의 숙부에게 나타지懶惰者, 공상가라는 말로 학대를 받았을 뿐입니다. 그래서 그는 늘 '속박의 함부르크'란 어구를 일 생애 동안을 두고 입에 담았었다 합니다.

그러나 함부르크는 다만 그에게 암흑과 비애만을 준 것은 아니었습니다. 어여쁜 종매從妹 아말리에란 소녀의 불타는 사랑 속에 떨어진 것으로 그 참을 수 없는 함부르크에서도 많은 위안을 받았습니다. 그러다가 마침 다행한 것은 그의 숙부는 하이네가 상업으로는 도저히 성공치 못할 것을 깨닫고 그에게 법률을 공부하여 보라고 백림伯林(－베를린)에로 보내었었습니다. 그러나 결국은 그것으로도 그의 숙부의 마음을 만족게 하여 주지 못하였습니다. 이에 하이네의 부친은 적잖이 낙망하였습니다. 그이는 그 법과에 재학 당시에도 자기의 배우는 법학에는 맘을 두지 않고 열정에 빠지고 시가에 심탐深耽하였었다 합니다. 그래서 1823년에는 처녀작인 『노래*Song*』라는 것을 출판하여 당시의 많은 독자를 끌었다 합니다. 그의 시는 거의 전부가 낭만적이어서 바이런과 같이 세계고世界苦를 노래도 하였으며 또 시의 제재를 많이 중세기에서 취하였습니다. 그뿐 외外라 당시 백림에 유행되던 스콧 물어物語를 본떠 이삼의 비극도 쓰기는 하였지마는 그의 시에 비하여는 보잘것없는 것이었습니다.

그의 가정은 원래 경제상 곤란이 막심한 데다 설상가상으로 신병으로 해서 많은 고초를 당하였습니다. 그래서 1823년에는 황파荒波가 치는 북쪽 해안에 가서 머물게 되었습니다. 그이는 그곳에서 여러 해 있는 동안에 무척이나 바다를 사랑하게 되었었습니다. 그곳에서 지은 「오—사랑스러운 어촌의 처녀야—」란 시로 얼마나 그이가 바다를 찬미하였었나를 엿볼 수 있습니다. 그해에 하이네는 무슨 일 하나를 꾸미어 보려고 괴테를 방문하였었으나 조금도 성공을 이루지 못하였습니다. 그래서 그는 익년 여름에 화란和蘭(－네덜란드) 연해 노트네이라는 조그마한 섬島에 가서 시집 『해海의 시』를 썼습니다. 그 후에는 곧 돌아와 직업을 구키 위하여 법학원에 논문을 제출하였더니 다행히 법학박사의 학위를 얻었습니다. 그 후에 자기의 그렇게 원한 바는 아니었으나 출판업자의 부탁으로 『여시旅寫』란 기행문을 써서 1826년에 발행하였습니다. 그것은 여행기도 조금, 서정시도 조금, 풍자적 산문도 조금, 모두 조금씩 섞은 잡집雜集이었으나 그것으로 오히려 하이네의 문명文名은 높아졌었습니다.

그랬다가 1827년 봄부터는 드디어 자기의 생계로 하던 법률을 철저하게 둘러엎고 이태리를 비롯하여 남구南歐 제국諸國을 답파하고 드디어 영국을 방문하고 와서 제3차의 『여사』라는 것을 출판하였습니다. 이것은 그의 출판한 것 중에서도 제일 많이 비평의 적이었었답니다. 아유阿諛, 돈지頓智, 부도덕, 조야粗野, 패신悖神이라는 등의 악평을 받았으나 그러나 누구나 그의 문체의 매력에는 끌리지 아니한 사람이 없었다 합니다.

그 후 1830년의 불국佛國 혁명은 피彼의 생애에 일전기一轉機가 되었습니다. 그는 다른 애국자와 같이 불란서의 혁명이 독일 국민의 감정을 선동하는 것이라고 믿었습니다. 즉 그는 열혈을 가슴에 품고 함부르크로 돌아오기는 하였으나 그곳에서는 조금도 다르지 않게 그를 학대하였습니다. 그 까닭은 그가 유태인이라는 것이었습니다. 마침내 그는 자기의 고국을 떠날 수밖에 없게 되었습니다. 그리하여 자유의 천지를 찾아 방랑의 여로를 재촉하였습니다. 그는 자기의 고국을 떠날 제 한마디를 자기의 동포에게 부르짖고 갔습니다. "이 고집 많은 독일 국민이여, 여등汝等의 마음은 영구히 속박되고 말리라."

1831년 2월에 그는 자기의 동경하던 불란서 파리 도都에 도착하였습니다. 그곳에서 여러 불국의 유명한 문학자를 만날 기회가 있었습니다. 아—, 그러나 불행히도 그는 화미치시華靡侈奢에 함몰된 배 되어 불과 3개월이 못 되어 비참한 경우에 떨어지고 말았습니다. 유래가 튼튼치 못한 체구는 점점 쇠약하여져서 드디어는 발병을 크게 일으키어 마침내는 8년 동안 '금침 무덤'의 생활을 하다시피 되었었습니다. 그리하여 그 병은 영영 회복을 얻지 못하고 귀엽고 아까운 시인 하이네에게 최후의 선고는 1856년 2월에(57세) 문예 역사상 가장 많은 비참을 가진 최후를 받들었습니다. 그러나 그는 그러한 비극 중에서도 파리에서 얻은 처의 따스한 품 안에서 웃음으로 더불어 영원의 나라로 향하였습니다. 아! 얼마나 애달프고 귀여운 최후이었을까요. 그리고 이 비참을 치르던 그 시대는 독일뿐 아니라 온 세상에서 문예사상文藝史上으로 가장 광휘 있는 시대로 그때에 낳은 서정시로 무사기하고 미려하기로는 오직 하이네의 시가 유일한 것이었다 합니다.

역자 지識

## 하이네 시집

### 김시홍

- 김시홍, 『하이네 시집』, 영창서관, 1926.4.30(초판); 1928(재판); 1940.1.10; 1946.7.31, 232면; 영창서관, 1951; 1954.3.10, 213면
- 하인리히 하이네 원작, 영창문고 1-1(1940)

어떠한 별 밑에서 날까. 나는 세상에서 마음 약한 놈. 암흑한 밤에 헤매는 나의 가슴은 바람이나 비에다 마음을 의지하고 있다. 꽃은 볼지며, 달은 바라볼지어다—. 나의 가슴에 형상도 없는 그것을 어찌나 할까—. 사랑이냐—, 아니다. 희망이냐—, 아니다. 그것은 하이네가 나를 위하여 말하였다. 모두가 꿈이다. 이와 같이 하여 나의 마음은 낫지는 아니하고 상할 뿐이다. 나의 가슴을 누구에게 말할까. 저녁달, 아침 비. 나는 하이네를 안고서 함께 운 적이 몇 번인고—.

장교長橋에서

우원愚園(-김시홍)

# 바이런 명시집

**김시홍**

- 김시홍, 『바이런 명시집』, 영창서관, 1928.2.22(초판); 1946.7.31; 1953.6.10, 144면
- 조지 고든 바이런 원작

## 서

세계적 대시인이요 분방奔放 불기不羈의 천재 시인이었던 바이런은 당시 시단에 있어서 공전空前의 마력을 휘두르고 문필을 가지고 세계를 풍미하려 하였을 뿐 아니라 내종乃終에는 열렬한 혁명아가 되어 희랍希臘 독립군에 그 몸을 던지었다.

즉 그의 생애와 한가지로 그의 시도 또한 열렬한 정서가 충일充溢한 것으로 애독하면 애독할수록 사람의 마음을 강하게 움직이는 바가 있다.

독일의 대시인 괴테도 바이런의 시에 경탄하여 찬상讚賞을 마지않았다.

이 시집은 강한 인생의 전사戰士이었던 바이런의 초기의 시를 비롯하여 만년에 이르기까지의 대표적 명시와 소곡小曲을 선발한 것으로 바이런의 전 면용面容을 말하기에 족하다.

원컨대 바이런의 시의 애호가는 물론 바이런을 알고자 하는 인사, 바이런을 연구하는 인사를 위하여 소호小毫의 비익裨益이 된다면 무상의 광영으로 사思하는 바이다.

우원愚園(–김시홍)

나로 하여금 시인이 되라 하면 원컨대 키요네루가 되리라. 그러나 키요네루가 될 수 없다면 원컨대 바이런이 되리라. 또한 바이런이 될 수 없다면 원컨대 하이네가 되리라. 바이런에게는 악마의 힘이 있고 하이네에게는 독사의 혀가 있다. 세상에 범인凡人의 수 기십 백천만이 있다 할지라도 인류에게 무슨 이익 됨이 있으랴. 원컨대 그들의 십만을 쪼개어 하나 바이런을 취하리라.

우원愚園

# 실향의 화원

이하윤

● 이하윤, 『실향의 화원』, 시문학사, 1933.12.5, 156면

## 서

여기서 섣불리 내 역시론譯詩論을 벌여 놓고자 하지 않습니다. 오로지 원의原意를 존중하여 우리 시로서의 율격을 내 깐에는 힘껏 갖추어 보려고 애쓴 것이 사실인 것만을 알아주시면 할 따름이외다. 잘되었건 못되었건 옮겨 놓았다는 것만으로 무슨 대견스러운 일이나 하나 해 놓은 양한 생각이 일어나 남몰래 기뻐하고 있습니다.

여기 모은바 6개국 63가家의 역시 110편은 그 원작자를 특별히 선택한 것도 아니요 무슨 나라나 시대나 분파를 가려 본 것도 아니요 또한 연대순을 차리거나 대표작만을 고른 것도 아닙니다. 아무 조직적 연구의 계통을 따른 바도 없이 다만 그 때그때에 못 이길 어떤 충동을 받아 여러 가지 무리를 돌보지 않고 마음에 울린 대로의 여파를 차마 버릴 수 없어 우리말로 옮겨 놓는 모험을 감행하여 온 결실에 불과합니다. 따라서 당연히 들었어야 할 내 좋아하는 시인이 빠졌고 또한 당연히 역譯했어야 할 내 애송 시편이 들지 않기도 했습니다. 혹 그나마 이 역시집에서 무슨 참고거리라도 얻을 수가 있다 하면 내가 바라는 외람한 기대에 어그러짐이 없을까 싶습니다.

이미 칠팔 년 전 번역문학을 위주하여 나왔던 잡지 『해외문학』 창간사와 그 여언餘言에서 말한 바도 있거니와 건설기에 처하여 장래를 기期할 뿐이요 현상이 그지없이 빈약한 우리로서는 이렇게 변변치 못한 출판이나마 좀 더 뜻있게 생각해 주실

필요가 있지나 않을까 합니다. 그렇다고 나는 이것이 좋은 번역품이라고는 결코 하고 싶지 않습니다. 시련에 시련을 가해야 할 한 과정을 밟는 데 지나지 않는 것이라고는 생각합니다만 그 사다리의 조그마한 못이라도 될 수 있어서 장차 이런 일의 좋은 수확이 있게 된다면 이 또한 세계문학과 맥을 통하게 되는 시대적 필수 사업의 하나가 되는 것이 아닐 수 없으니 우리 문학 건설기에 끼치는 공헌과 아울러 중대한 일 됨이 틀림없는 것이라 하겠습니다.

나도 모르게 번역에 붓을 든 지 10년이 가까운지라 그동안 정리해 오던 이 역시집을 이제 편집하면서 번역으로는 물론 원시부터가 마음에 들지 않아 버리고 싶은 것이 꽤 많지만 그나마 애정의 집착이 있으므로 중역重譯한 것과 일본시 번역 외에는 두서너 편밖에 용단을 감행치 못하고 거의 다 넣기로 했습니다. 다만 애란愛蘭(–아일랜드)의 시가는 영어 애란 문학에 속하는 까닭에 그 원시가 물론 영어이나 피어스의 1편만은 원시가 애란어인 것을 영어 애란 문학의 극작가 그레고리 부인의 영어 역에서 중역을 한 것이외다. 그러므로 이 범위가 6개국이나 되지만 그 원시는 영어와 불어 두 가지에 불과합니다. 앞으로 이 사업을 계속함에는 좀 더 조직적으로 국가별을 하든가 시대별을 하든가 하여 부분적으로 파고들어 가서 그 개인에까지 미쳐 보고 싶습니다.

여기 이룬바 한 권의 제1 역시집은 이미 『해외문학』, 『시문학』, 『대중공론』, 『신소설』, 『신생』, 『신여성』, 『어린이』, 『문예월간』, 『동아일보』, 『조선일보』, 『중외일보』, 『동방평론』, 『여론女論』, 『삼천리』, 『동광』, 『신동아』, 『신조선』, 『신가정』, 『고려시보』, 『가톨릭청년』, 기타 지상에 거의 일차 게재하였던 것으로 이번 출판을 기회 삼아 대개는 다시 한번 원문을 대조하여 졸역에 손을 대기는 하였습니다만 일이 뜻같이 되지 못하였음을 심히 유감으로 생각하는 터입니다.

그리하여 시가를 연구 감상하는 학도의 진심으로 동지를 위하여 역출譯出한 원서명과 원시 제목은 물론 마땅히 원작 시인을 일일이 소개하여 참고에 공供할 것이로되 이 책의 성질상 너무 잡박雜駁하여짐 직한 것을 오히려 염려하여 이에 꺼리고 초상 사진 같은 것도 될 수만 있으면 전부를 삽입하고자 했으나 뜻대로 되지 않은 점을 살펴 주십시오. 그 대신에 이 보잘 나위 없는 책자에서나마 의문과 착오가 있다 하면 언제든지 그 질의에 응하겠으며 좋은 의미의 충고와 편달을 받으려 합니다.

역사가 길고 사상이 깊고 형식을 갖춘 그들의 시가를 우리말로 옮기려는 어려움도 심하거니와 그야말로 주옥같은 불후의 명편을 손상시켜 놓았으니 원작자에 대한 죄가 어찌 또한 허술하다고야 하겠사오리까. 거기 대한 불만이 있다 하면 말할 것도 없이 그 잘못은 이 역자가 져야 할 것이라 합니다. 더구나 우리말조차 잘 알지 못하는 역자로서는 같은 말을 쓰시는 여러분께 더욱 죄만스러운 생각이 많으나 고르지 못한 세상일이라 어떻게 하겠습니까. 외국어와 자국어와 시가, 이 세 가지에 조예가 다 같이 깊어야만 완성될 수 있는 일이니까요.

1933년 11월

역자 지識

# 해외서정시집

**최재서 외**

- 최재서 외, 『해외서정시집』, 인문사, 1938.6.15(초판); 1939.4.30(재판), 338면
- 정현웅 비화(扉畵)

## 서

영원히 생명 있는 것은 예술이고 그중에서 가장 방순芳醇한 것은 시이고 그중에서도 부절히 청신한 것은 19세기 낭만시이다. 낭만 시인의 어느 한 엽頁을 들춰 보아도 거기엔 생명의 비약이 있고 인간성의 해방이 있고 예술의 향기가 새롭다. 우리는 훤조喧噪와 진애塵埃 속에서도 어머니와 자연으로 돌아가듯이 낭만시로 돌아가는 우리 자신을 발견한다.

그뿐만은 아니다. 교양으로서 보더라도 문학이 그 전통적 수단인 이상 19세기 낭만시가 그 관문이 아닐 수 없다. 학교 교과서에 대표적 낭만시가 무수히 채용되어 있음을 말하지 않더라도 다감한 일 시기를 순미純美하고 성결聖潔한 시적 교양에서 보낸다는 것은 그 사람 자체를 위하여 더없이 축복된 일이다. 그러나 다만 한 가지 유감된 일은 이렇듯 신선하고 감미한 과실이 언어의 상격相隔으로 말미암아 도서관 서고나 일부 연구가 서재에 비장秘藏되어 일반 독자로선 그 여훈餘薰을 냄새 맡을 뿐 그 전모와 진미를 감상할 수 없는 일이었다.

때마침 문단엔 시문학의 부흥이 훤전喧傳되며 낭만 정신의 부활이 주장되고 있다. 이 시대적 대망大望에 호응키 위하여 이 역집譯集은 탄생된 것이다. 19세기 일류 시인 40여 명이 일당一堂에 모였다는 것도 성시盛事이요 그 시대 작 150여 편이 1권에 수집되었다는 것도 경이이거든 하물며 우리 문단이 가지고 있는 시인과 외국문학 연

구가의 일류급이 한 목적하에 한 책을 위하여 필진을 같이하였다는 것은 커다란 기쁨이다. 역자 제씨는 다년 애송하시던 주옥편을 선출하였고 그들 여필麗筆은 원시의 향기를 전하여 유감이 없다. 편자는 이 1권이 계절의 선물일 뿐 아니라 시대의 수확이 될 것을 굳게 믿고 기쁨과 자랑으로써 독자에게 드릴 수 있음을 행복으로 안다.

쇼와 13년(-1938) 3월

편자 지識

# 현대영시선

## 임학수

- 임학수, 『현대영시선』, 학예사, 1939.5.20, 137면
- 조선문고 3-1

### 서

근간 영국의 새로운 시에 다소 관심을 가졌기로 이십 수인數人의 시인을 골라 번역하여 이 책에 모았다. 여기 모인 시인은 권두의 수인을 제하고는 다 현존한 사람들이요 또 주로 대전 이후에 활동한 사람들이다. 나는 이 역집譯集을 두 부분으로 나누어 생각하고 싶다. 하나는 브리지스로부터 호지슨에 이르는 것이요 또 하나는 엘리엇 이후의 청년 시인들이다.

고전은 자국인의 연구가에 의하여 많은 주석이 있으므로 편리하나 특히 이 후자는 실로 30년대의 청년 시인이어서 아직 외국에서는 번역되어 있지 않은 이들이다. 또한 그들의 시구의 어떤 것은 마치 멘탈 테스트와 같다.

이러한 위험을 무릅쓰고 역집을 엮은 것은 두 가지 이유가 있음으로써다. 첫째는 그들이 현금 수백 년의 연면連綿한 전통을 가지고 세계에 군림한 영英 시단에 실로 발랄하게 활동을 하고 있어 이미 그들의 문학사에 한 에포크 메이킹을 한 것이요 둘째는 조선 시단에 진정한 모더니즘의 출현을 위하여 조금이라도 기여하는 바 있고자 함이다.

물론 역집을 낸다는 것이 그들의 사상과 수법에 전면적으로 공명한다는 의미는 아니리라. 그러나 그들을 모르고서 현대시를 운위함은 우스운 일인 만큼 그들은 시사詩史의 선봉을 걷고 있다.

다만 단시간에 역譯한 것이므로 군데군데 다듬어야 할 데가 있을 줄로 아나 다음 기회로 미루려 한다. 끝으로 이것들은 혹은 단행본에서 혹은 사화집詞華集에서 혹은 1926년분으로부터 금년 2월호에 이르는 잡지에서까지 추려 모았으나 될 수 있는 대로 사화집 속에 든 그들의 우수한 작품들을 선選하였음도 말하여 둔다. 친절한 교시가 있기를 바란다.

쇼와 14년(=1939) 2월 10일

임학수

# 예세닌 시집

**오장환**

- 오장환, 『예세닌 시집』, 동향사, 1946.5.28, 135면
- 세르게이 예세닌 원작

## 예세닌에 관하여

### 1

그렇다. 두 번 다시 누가 돌아가느냐.
아름다운 고향의 산과 들이여! 이제 그러면……
신작로 가의 포플러도,
내 머리 위에서 잎새를 흔들지는 아니하리라.
추녀 얕은 옛집은 어느 결에 기울어지고
내 사랑하던 개마저 벌써 옛날에 저 세상으로 떠나 버렸다.
모스크바 이리 굽고 저리 굽은 길바닥에서
내가 죽는 것이
아무래도 전생의 인연인 게다.

………………
……………………

너무나 크게 날려던 이 날개

이것이 타고난 나의 크나큰 슬픔인 게다.

그렇지만, 뭘……

그까짓 건 아무것도 아니다.

나는 동무야! 나야말로 결단코 죽지는 않을 테니까—

나는 이 노래를 얼마나 사랑하여 불렀는가. 그것도 술 취한 나머지에……. 물론 이것은 8월 15일 훨씬 이전의 일이다. 그때 일본은 초전에 승승장구하여 여송도呂宋島(－루손섬)를 거침없이 점령하고 저 멀리 싱가포르까지 병마를 휘몰 때였다.

나는 그때 도쿄에 있었다. 그리고 불운의 극에서 헤맬 때였다. 하루 1원 팔구십 전의 사자업寫字業을 하여 가며 살다가 혹간 내 나라 친구를 만나 값싼 술이라도 나누게 되면 나는 즐겨 이 노래를 불렀던 것이다.

그때의 나의 절망은 지나쳐 모든 것은 그냥 피곤하기만 하였다. 나는 예세닌의 시를 사랑한 것이 하나의 정신의 도약을 위함이 아니었고 다만 나의 병든 마음을 합리화시키려 함이었다.

시라는 그저 아름다운 것, 시라는 그저 슬픈 것, 시라는 그저 꿈속에 있는 것, 그때의 나는 이렇게 알았다. 시를 따로 떼어 고정한 세계에 두려 한 것은 나의 생활이 없기 때문이었다. 거의 인간 최하층의 생활 소비를 하면서도 내가 생활이 없었다는 것은 내가 나에게 책임이란 것을 느낀 일이 없었기 때문이었다. 그리고 피곤하기 때문이었다.

그때의 나는 이런 식으로 예세닌을 이해하였다. 이것은 물론 정말 예세닌과는 거리가 먼 나의 예세닌이었다.

말(언어)이란 오래 쓴 지전 모양 구겨지고 닳고 해어져서, 처음 그 말을 만들었을 때의 시적 위력을 잃는다. 우리들은 새로운 말을 만들 수는 없다. 말의 창조라든가 총명한 언어는 될 수 없는 일이다. 그러나 우리는 죽어 버린 말들을 밝은 시 속에 함께 넣어 이러한 것을 살리는 방법을 발견하였다.

이것은 예세닌의 말이다. 예세닌이 한참 큰 발견을 한 것처럼 만약에 자기를 따라오지 않으면 이도 저도 못 할 큰 난관에 봉착하리라고 그의 벗 키릴로프에게 충고하던 말이다.

나는 이 말을 끄집어내어 여러 사람 앞에 혓바닥을 내밀려고 하는 것이냐. 아니다, 함께 서글퍼하고자 함이다. 그도 소시민이었다. 모든 것을 안일 속에 처결하려고 하는, 그래서 자기도 모르게 간편하여 보이는 이 고정 개념을 휘두른 것이다.

정지한 속에 있는 것이 어느 하나이고 썩어 버리거나 허물어지지 않는 것이 있느냐. 아니, 엄정한 의미에 있어서는 정지란 말조차 있을 수 없다. 안일을 바라는 그들이 스스로의 묘혈墓穴을 피는 것, 그것도 살아가는 동안은 하나의 노력이었다는 것은 이 얼마나 방황하는 소시민들을 위하여 슬픈 일이냐.

　달이라도 뜨는,
에이 쌍, 달이라도 뜨는 어쩔 수 없는 밤이면
고개도 들지 않고 뒷골목을 빠져나가
낯익은 술집으로 달리어 간다.

………………
……………………

　그렇지만, 뭘……
그까짓 건 맘대로 해라
나는 동무야! 나야말로 결단코 죽지는 않을 테니까—

이처럼 노래하던 예세닌은 그의 나이 서른에 겨우 귀를 닫은 채 스스로의 목숨을 끊었다.

아, 몸부림만으로는 안 되는 것이다. 이처럼 어려운 세상에서 스스로의 목숨을 잇기 위하여는 안타까운 몸부림이 아니라 눈에 보이지 않는 참으로 피 흐르는 싸움이 있어야 하는 것이다.

## 2

드디어 8월 15일은 왔다.

그것이 조만간에 올 줄은 알았지만 그렇게 빠를 줄은 정말 뜻밖이었다. 그때 나는 병원에 누워 배를 가르고 대동맥을 자르느냐 안 자르느냐의 관두關頭에 있었기 때문에 나에게 있어서 외출은 불가능한 것이었다.

그러나 나는 날마다 밖으로 나갔다. 나가지 않으면 못 배길 용솟음이 가슴속에 있었기 때문이다. 날마다 나가서 보고 듣는 것이 모두 새로운 것뿐이었다. 하루 사이에 세상을 보는 눈은 달라졌다. 그러나 이 눈앞에 나타나는 사물에 똑바른 처결을 내릴 방도를 갖지 않은 나는 우선 당황하는 것이 제일 먼저의 일이었다.

1917년 그때 러시아에서는 인류 사회에 역사가 있은 후 처음으로 근로 대중이 정치적으로 승리를 한 크나큰 해였다. 이 해 예세닌의 나이는 조선식으로 쳐도 불과 스물셋이다.

차르의 압정과 그간의 넌더리 나는 대전大戰의 와중에서 다만 꿈과 아름다움과 고향으로 향하는 자연의 찬미와 뒤끓는 정열밖에 미처 마련하지 못한 그의 가슴은 어떠하였을까.

날이 갈수록, 그리고 날이 가면 갈수록 환멸과 비분밖에 나지 않고 그나마 병석에 아주 눕게 된 나로서는 그의 일을 남의 일처럼 보기가 힘들게 되었다.

그러나 그의 받아들이는 감성은 너무나 컸고 이것을 정리하는 그의 이성은 너무나 준비가 없었다.

　나는 고향에 왔다.
어릴 적에 자라난 이 조그만 동리를,
이제 십자가를 떼어 버린 교회당의 뾰족탑이
소방서의 망보는 곳으로 기울어진
이 조그만 동리를……

………………
……………………

　안녕하십니까, 어머니 안녕하십니까,
이 병들고 퇴락한 동리의 모습을 보면
내가 아니고 늙은 소라도
메—하고 울었을 것이다.
벽에는 레닌의 사진이 붙은 캘린더
여기에 있는 것은 누이들의 생활이다.
누이들의 생활이고 나의 생활은 아니다.
그래도 사랑하는 고향이여!
나는 네 앞에 무릎을 꿇는다.

이 노래 때문에 나는 얼마나 운 것인가. 8·15 이전부터 나의 바란 것은 우리 조선의 완전한 계급 혁명이었다. 이것만이 우리 민족을 완전 해방의 길로 인도할 줄로 확신하면서도 나는 한편 이 노래로 내 마음을 슬퍼하였다.

나의 본의가 슬픔만을 사랑하려는 것이 아니었는 데에도 불구하고 어찌하여 이와 같은 감정에 공명하고 이와 같은 심상에서 헤어나지를 못하였는가.

이것은 무척 어려운 문제 같아도 기실 알고 보면 간단한 것이다. 요는 세상을 어떻게 보느냐에 있다. 정지한 형태로서 보느냐, 그렇지 않으면 끝없는 발전의 형태로서 보느냐에 있다.

누구보다도 정직한 예세닌, 누구보다도 성실한 예세닌, 누구보다도 느낌이 빠르고 또 많은 예세닌, 이 예세닌의 노래 속에서 그의 진정을 볼 때 나는 저 20세기 불란서의 최고 지성인이요 최고 양심가라는 지드를 생각지 않을 수 없다.

"우리 문화의 완전한 자유와 완전한 옹호를 받을 수 있는 곳은 사회주의 사회에만이 가능한 것이다."

라고 나치스의 횡포에 분연히 일어났던 그도 방소訪蘇 기행으로써 자기의 한계를 들춰내고 말았다.

지드가 소비에트를 방문하였을 때 그때 소비에트는 벌써 제3차 5개년 계획의 비상한 건설 도상에 있을 때이다. 이처럼 생각하면 예세닌의 살았던 그 당시 10월 혁명이 승리를 한 뒤에도 가장 혼란과 투쟁 속을 거쳐 겨우 일곱 해 만에 네프 정책을 쓰게 된 것이니 누구보다도 받아들이는 힘이 많고 누구보다도 느끼는 바가 많은 예세닌만을 나무라기는 좀 억울한 대문이 있다.

"만세! 지상과 천상의 혁명!" 10월 당시 이처럼 좋아서 날뛰던 예세닌에게 천상의 혁명이라는 말까지 한 관념적인 해석이 있다 치더라도 누가 그 기쁨의 순을 죽이고 그 기쁨의 싹을 자른 것이냐.

나는 만 번이라도 이 점에 대하여는 긍정하는 사람이다—새로운 이념의 사회에 묵은 해석을 가지고는 보조를 맞추어 갈 수 없는 것이라고. 그러나 이 움트려는 옳은 싹을 자른 것은 누구이냐. 그것은 오히려 처음부터 반동하는 사람들의 힘이 아니고 되레 공식적이요 기계적이며 공리적인 관념론적 사회주의자들이었다.

이것은 현재 조선에도 구더기처럼 득시글득시글 끓는 무리들이다. 물론 그까짓 구더기 같은 것들에게 밀려난 예세닌을 훌륭하다는 것은 아니다. 오히려 안타까운 편이다. 그리고 예세닌이나 나를 위하여 아니, 조금만치라도 성실을 지니고 이 성실을 어디다가 꽃피울까 하는 마음 약한 사람들을 위하여 공분을 참지 못한다는 것이다.

이것은 러시아뿐만 아니라 온 구라파歐羅巴의 한 개의 전율이라고 하던 예세닌이 어쩔 수 없는 몸부림을 칠 때에 부하린조차 기겁을 하여 그의 시를 금지하고 그의 몸까지도 구속하자고 서두를 때 그는 쓸쓸한 코웃음으로 이것을 맞았을 것이다. 그는 끝까지 자유롭고 또 그 자유를 위하여 누구의 손으로 죽은 것이 아니고 스스로의 손으로 자기의 목숨을 조른 것이다.

"아, 우리는 한 사람의 세료자(예세닌의 애칭)조차 구할 수가 없었다. 그러나 그의 뒤를 따르는 수많은 청년들을 위하여 우리는 어떠한 일이라도 해야만 한다."
고 루나차르스키로 하여금 부르짖게 하였다.

## 3

나는 농사꾼의 자식이다. 1895년 9월 21일, 랴잔스크현 가츠민주 랴잔스키 군에서 났다.

집이 가난한 위에 식구들이 많아서 나는 세 살 적부터 외가 편으로 돈 있는 집에 얹혀가 길리게 되었다.

이렇게 하여 나의 어릴 적은 지났다. 내가 커지면 나를 동네 선생님으로 앉히려고 열심히 권했으나, 그 뒤 특수한 목사 양성학교엘 들여보내고 이곳을 열여섯에 졸업한 나는 또 모스크바의 사범학교를 다니지 않으면 안 되게 되었다. 그렇지만 이 일이 없이 지난 것은 다행이었다.

나는 여남은 살 적부터 시를 썼는데 참말로 옳은 시를 쓴 것은 열여섯이나 열일곱 때부터다. 이때의 어떤 작품은 나의 첫 번 시집에도 넣었다.

열여덟 살 때 나는 여러 잡지에다 내 시를 보내었는데 그게 도무지 발표되지 않아 초조하여 부랴부랴 서울(당시는 페테르부르크)로 올라갔다. 여기서는 사람들이 나를 환대하였다. 맨 먼저 만난 이가 블로크, 그를 만나서 눈앞에 자세자세히 뜯어볼 때 나는 처음으로 산 시인을 본 것같이 땀이 났다.

전쟁과 혁명과의 기간 중 운명은 나를 예제로 몰아 보냈다. 나는 우리나라를 가로세로, 북빙양에서 흑해와 이해裏海(-카스피해)에, 서유럽에서 중국, 이란, 또 인도까지도 나돌아 다녔다. 나의 생애 중에 가장 좋은 시기는 1919년이라고 생각한다…….

위에 인용한 것이 그의 자전의 일부이다. 그의 작품 속에도 쉴 새 없이 자기 이야기가 나오니까 이것만 가져도 대강은 짐작될 것이다.

그러나 예세닌의 생애에서 가장 큰 사건은 1921년 세계적인 무용가 이사도라 덩컨과의 관계이다. 그해 가을 소비에트 정부의 초청으로 온 덩컨과 예세닌은 만나자마자 서로 좋아하고 떨어질 수 없는 사이가 되었다.

그러나 이것이 하나의 뜬구름과 같이 지날 수 있는 염문이었다면 별일은 없었을 것이다. 그러나 일생을 같이하고 싶다는 데에는 큰 문제가 되지 않을 수 없다.

전형적인 부르주아 이데올로기를 신봉하는 미국의 인기 화형花形과 새로운 이념인 프롤레타리아 이데올로기를 체득하려고 참다운 노력을 하는 성실한 시인과의 정신적인 공동생활이란 될 수 없는 일이다. 그러면 남는 것이란 애욕밖에 무엇인가. 그리고 또 이 애욕을 연장시키기 위하여서도 두 이념 중에서 하나는 완전히 버려야 한다.

그러나 덩컨이 그 당시 아직도 혼란기에 있고 또 피 흐르는 건설기에 있는 소비에트에 머물러 이와 보조를 맞출 수는 도저히 없는 일이요 더더구나 누구보다도 성실하려는 예세닌이 위대한 혁명 완수에 두 팔 걷고 나선 자기의 조국을 팽개치고 미국인으로까지 귀화할 수는 없는 일이다.

"결국 그것은 사랑할 만한, 그리고 신실한 인물에게 맞지 않는 사건이었다. 여기에는 곡절이 있다고 나는 생각한다. 그것은 언제인가 '흥, 알 수 없는 일이로군. 현대는 결단코 한 사람의 천재를 괴롭히지는 않을 것이야. 면목 없는 일은, 특히 화려하게 면목 없는 일은 항상 천재를 돕는 것이니까' 하고 숨겨진 조소의 모멸을 던지던 때, 그러한 때의 그의 태도 같은 게 이 사건을 일으킨 것일 것이다."

하는 의미의 키릴로프의 말이 일러 있다.

그만한 것쯤은 알았어야 할 예세닌, 또 응당 그만한 것은 알았을 예세닌이 주책을 떨고 1921년에서 1922년에 걸쳐 남로南露와 이란, 이태리, 불란서, 아메리카로 두루 덩컨의 뒤를 좇은 것은 대체로 각처에서 볼 수 있는 천재병 문학청년의 비굴한 심사에서 오는 오만과 무책임의 소행이다.

그러나 우리의 현명한 예세닌은 이것을 박차고 고국으로 돌아왔다. 역시 그에게는 적으나마 그의 성실이 있었던 것이다. 그러나 성실이라는 것도 마음과 노래로만 읊는 것이 성실은 아니다. 그렇다면 이러한 성실은 일찍이 그 말년까지, 더욱이 말년에는 일상 있을 곳이 없어지면 시료施療 병원엘 찾아가는 참담하고 무능한 베를렌에게도 있다. 새 시대의 요구는 자기와는 따로 떨어진 아름다움이 아니라 완전한 한 개의 인간이다.

예세닌이 여기에 낙제한 것은 당연한 일이다. 그때 물론 러시아는 내려 밀려오던 차르의 압정과 대전의 막대한 거비據費와 혁명 전취戰取의 피 흐르는 투쟁과에 피곤할 대로 피곤하였고 거기에 또 엎친 데 덮친 격으로 전 세계의 국가라는 국가는 전부 자본주의 국가로 소비에트 사회의 건설을 될 수 있으면 누르려고 하여 여기에 대비하려면 1924년에야 겨우 처음으로 시작한 1차 5개년 계획도 생활필수품보다는 중공업을 하지 않을 수 없는 것이었다.

예세닌의 옳은 마음이 조국으로 오기는 왔다. 하나 그의 마련 없는 정신으로는 그 어려운 시대를 지내기 어렵다. 더욱이 덩컨을 버린 것은 그의 이념이고 감정이 아니었다. 생애를 통하여 보면, 또 성격적으로도 전체로 감정의 지배를 받고 있는 그의 마음이 이로 인하여 편할 수는 없었다.

여기에서도 그의 음주와 난행은 심하여졌다. 그가 이 같은 생활에 그쳤다면 이야깃거리는 안 된다. 그러나 예세닌은 어떻게 사는 것이 바른길인 줄도 알았으며 또 무력한 그의 의지를 어떻게 하면 살릴까 하고도 애를 쓴 사람이다.

"그가 각처로 떠돌아다닌 것은 이것이 그에게 필요한 것은 아니었다. 그는 흡사 무엇을 잃은 사람이 그 잃은 것을 찾으려고 나선 것처럼 여러 나라로 돌아다녔다. 그리고 그가 외국에서 돌아왔을 때 그때는 이미 옛날의 예세닌은 아니었다."

고 그의 추도회의 강연석에서 셀시에네비치가 한 말은 옳다.

이리하여 그는 마지막의 구원을 고향에 걸고 고향 랴잔으로도 가 보았다. 그러나 끝까지 자력으로 버티려는 기색이 적고 외부 환경의 힘에 기대려 하는 그에게 구원이 있을 수는 없었다. 여기서도 참담한 패배를 한 것은 물론이다.

어떻게 하면 살까, 어떻게 하면 살 수 있을까 뇌심초사惱心焦思 하던 예세닌은 그의 가장 떳떳한 삶이란 스스로의 목숨을 끊는 것이라는 데에 결론이 왔다.

그리하여 그는 마지막 믿고 바랐던 고향에서 짐도 꾸리지 않고 레닌그라드, 그 전날 덩컨과 처음으로 100년의 헛된 약속을 맺은 호텔 바로 그 방을 찾아가 그 방에서 죽었다. 이때가 1925년 12월 30일이었다.

## 4

예세닌이란 성은 러시아 고유의 성으로, 이 말뜻엔 가을의 즐거운 명절, 땅에서 주는 것, 과일의 풍년, 이런 것이 들어 있다.

그를 300년 전에 살게 하였더라면 그는 300의 아름다운 시를 쓰고 봄에 물오르는 순 모양 즐겁고 감격된 넋의 눈물을 흘리어 울면서 아들딸을 낳고, 그리고 지상의 날의 문지방 옆에서 밤의 불을 지피었을 것이고―숲속에 가리어진 초당草堂의 어디선가 잠잠히 짧고 빛나는 비애를 맛보았을 것이다.

그러나 운명은 그로 하여금 우리들의 날에 낳게 하였고, 지구 전화電化와 타드린의 주전탑週轉搭과 유리투성이와 콘크리트투성이의 도회에 관한 열병적 탐닉 속에, 다 썩은 양배추와 이蝨 구덩이에, 또는 네거리에서 저주하듯 외치는 축음기 소리 가운데, 길거리에 내버린 시체와 핏기조차 얼어 가는 동무들 사이에, 사탄의 교시敎唆와 형이상학의 기술奇術에 의해 그는 모스크바에서 살고 있다.

이 말은 알렉세이 톨스토이가 예세닌을 격려하던 문文 중에 그의 모습을 그린 부분이다.

세상에서는 그를 모두 농민 시인, 또는 러시아 최후의 농민 시인이라고 한다. 과연 그의 노래한 자연의 묘사와 전원의 풍경은 누구도 따를 수 없는 아름다움을 가졌다. 그리고 초년과 말년에는 농촌을 배경으로 하는 작품이 많았으며 자기도 「농촌 최후의 시인」이란 시까지 썼다.

그러나 그는 끝까지 전원시인은 아니었으며 더더구나 농촌 최후(자타가 이 최후라는 말을 쓸 때에는 다 의식적으로 스러져 가는 전前 사회의 환경과 이념을 이야기한 것이겠지만)의 시인이라고 부르기는 어렵다. 그는 끝까지 도회의 시인이었으며 도회의 말초적인 신경을 가진 데카당이었으며 도회 생활의 패배자로서 그의 어렸을 적 고향을 그리는 것이 한편으론 허물어져 가는 전前 사회의 외모와 그곳에조차 나타나는 새 사회의 악착같은 침투력에 소스라쳐 놀란 것에 부합되었고 또 이러한 것이 그의 불타기 시작하는 절망감에 기름을 부은 것이다.

이 당시 러시아에 종이조차 없었을 때 그는 구시코프와 마리엔코프와 함께 자기의 시를 수도원의 벽에다 쓰기도 하고 카페나 다방에 써 붙이기도 하고 이것을 각처로 다니며 읽기도 하였다. 그래서 그런지 그의 작품이 눈으로 보면 좀 길고 지루하나 소리를 내어 읽고 듣자면 대단히 큰 효과가 난다.

1915년에서 1925년, 이 10년간에 그는 장단長短의 시를 합하여 무려 열 권의 시집을 내었다. 이 나어린 시인에게 눈부신 세상은 얼마나 많은 자극을 주었는지 가히 알 수 있다.

더욱이 말년 그의 스스로 초래한 방탕과 몸부림엔 심신이 모두 상하여 모스크바에서 굶어 죽다시피 괴혈병으로 죽은 블로크, 또 시리야웨츠의 죽음, 이것은 반동파의 시인이나 정부에게 총살을 당한 그리미요프의 회상, 이런 것은 그를 더욱더 초조하게 만들었다.

"아마 나도 시골로 가면 건강이 회복되겠지, 약이나 좀 먹고 하면…… 그러면 이번엔 얌전한 색시에게 장가도 들고."

이렇게 만나는 친구마다 이야기하던 예세닌의 귀향은 뜻하지 않은, 그의 목숨을 줄이는 귀향이 되고 말았다.

그의 죽음을 섭섭히 여기는 모든 시붕詩朋들은 그를 애도하는 밤을 가졌고 살아서 끝까지 보조를 맞추기는커녕 자꾸 탈선을 한 그에게 소비에트 정부는 국장國葬으로 그를 후히 대접하였다.

거듭 말하거니와 "우리는 한 사람의 세료자조차 구하지를 못하였다. 앞으로 그의 뒤를 따르는 수많은 청년들을 위하여는 무슨 일이라도 하지 않으면 안 된다."

고 부르짖은 루나차르스키의 말을 생각지 않을 수 없다.

1946년 2월 17일

끝으로 나의 허튼 생각을 정리할 자료를 모아 준 인천 신예술가협회 여러 동무에게 감사의 뜻을 표한다.

# 초승달

**임학수**

- 임학수, 『초승달』, 문조사, 1948.7.5, 106면
- 라빈드라나트 타고르 원작, 정현웅 장정

## 역자 서

인도의 시인 타고르가 근대 동양의 최대 시인이라는 것은 이미 세상이 다 인정하는 바입니다.

그는 1861년 캘커타(-콜카타)에 출생하여 벵골 말로 많은 시와 소설과 시극詩劇을 썼는데 또 몸소 그들을 아름다운 산문으로 영역英譯하였습니다.

그가 세계적으로 유명해지기는 1913년 자작 시집 『기탄잘리』와 『초승달』을 영역한 때서부터입니다. 『기탄잘리』의 서문에서 아일랜드의 시인 예이츠는 그의 시를 극구 칭찬하였는데 그들의 이 동양 시인에 대한 감동이 얼마나 컸는지는 그해에 바로 노벨문학상이 그에게 수여된 것으로도 알 수 있습니다.

그는 초기에는 자연과 사랑을 즐겨 노래하였습니다. 그러나 그를 읽으면서 특히 느끼는 것은 종교적이요 철학적인 그의 시가 마치 우리 조선 사람과 숙명적으로 꼭 같은 비운에 처하여 있는 그들 인도인의 소망과 비애를 우리들에게 가만가만히 속삭이고 있다는 것입니다.

뜰에 내려 파초 잎 앞에서 온종일 먼 하늘 한쪽을 바라고 앉은 거라든지 한밤에 일어나 귀를 마룻장에 대고 사뿐사뿐 가까워 오는 발자국 소리에 가슴 뛰어 하는 것은 바로 수십 년 동안의 우리들의 심정이요 걸인처럼 남루한 의복으로 먼지 속에 앉아서 물동이를 이고 돌아오는 여인을 기다리고 있는 것은 바로 오늘의 우리들의

처지입니다.

그는 낙담하지 않고 끝까지 가시덤불 위에서 고요히 노래 부르고 있었습니다. 그의 노래는 단순하고도 아름다워 참으로 고상한 세련된 사랑에 넘쳐 있었습니다.

여기 번역한 『초승달』은 모두가 40편의 시로서 갓난쟁이로부터 성인이 되도록까지의 어린애의 일대기라고 할까, 차라리 인생의 축도라고 하여야 맞을 어린이의 생활을 주제로 하여 군데군데 어버이의 감정을 수놓은 찬란한 비단입니다.

나는 이것이 많은 어린이와 어른들에게 큰 기꺼움을 줄 것으로 믿습니다. 어린이에게 아름다운 정서를 길러 줄 것이요 어른은 잠시 무디었던 인간애를 계몽 받을 것이기 때문입니다.

1947년 12월

임학수

# 블레이크 시초

**임학수**

- 임학수, 『블레이크 시초(詩抄)』, 산호장, 1948.7.20, 62면
- 윌리엄 블레이크 원작, 산호문고 5

## 후기

영국 최대의 신비주의자요 상징주의자요 시인이며 화가인 윌리엄 블레이크는 1757년 11월 28일 런던에서 출생하였다. 바로 구라파歐羅巴에서는 베토벤이 출생한 해이다. 아버지 제임스는 작은 양말점洋襪店을 경영하는 애란계愛蘭系(-아일랜드계) 출신이었다.

블레이크는 특출한 천재아로서 10세에는 벌써 훌륭한 그림을 그렸고 11세 시時에는 시를 썼었다. 또한 그는 자주 영감에 사로잡혀 환상이라고 할까 유리창을 들여다보는 천사에 경탄하며 혹은 천장을 뚫고 달아나는 영을 보는 등 괴이한 행동을 하는 아이였다.

이에 그 아버지는 블레이크의 재질才質을 인증認證하고 빈곤한 속에서도 1767년에는 그를 스트랜드 미술학교에 입학시켰다. 여기서 그는 학자學資 부족으로 퇴학할 때까지 약 4년을 공부하였던 것이다. 학교를 그만둔 블레이크는 14세의 소년으로서 판각가版刻家 배사이어의 제자로 입문하였다. 이 시대에 그는 많은 고화古畵를 모사模寫하였으며 한편 시작詩作을 하였다. 1778년에는 왕실 미술학교에 다시 입학하였으나 곧 퇴학하고 서사書肆에서 삽화의 주문을 맡아 그리며 1780년부터는 왕실 미술 전람회에 수차 출품을 한 일도 있었다.

1784년에 부친이 사거死去한 후에는 형이 경영하는 양말점 옆에다 우인友人 파커

와 함께 '파커 블레이크 상회'라는 각판점刻版店을 열었으나 생활은 역시 곤궁하였다. 그 후 이도 폐점을 하고 혼자서 각판 인쇄업을 시작하여 기간其間 자작 장정裝幀 자작 인쇄로 『순진의 노래』(1789), 『지사知邪의 노래』(1794) 등의 시집을 발간하였다. 그러나 아무도 이 시인을 이해해 주는 사람은 없어 시집은 팔리지 않았다.

1793~1800년 간에는 램버스로 이거移居하여 당시의 자유사상가, 혁명 정객 등과 교유하며 시작에 전념하였는데 얼마 전부터 그는 대담하게도 불란서 혁명 운동자들이 쓰는 붉은 보닛을 쓰고 다녔다. 그 후 범속하나 세력 있는 시인 헤일리의 초청에 응하여 시골 가서 삽화를 그린 일도 있고 혹은 반군국주의자라 하여 재판을 받은 일이 한 번 있었으나 평탄한 구태의연, 빈한한 생애를 걷다가 1827년 8월 12일에 사거死去하였다.

작은 양을 사랑하고 맹호를 찬미하는 그는 한편 상징적인 시구로 인하여 극히 난해의 칭稱을 듣는다. 그러나 그에 의하면 인간은 본래 선량한 것이었으나 이 속세에 떨어져 온갖 고난을 겪다가 '상상'에 의하여 다시 신에게 구출되어 영원한 세계에 소생한다는 것이다. 즉 상상의 세계는 영원의 세계로서 이 상상에 의하여 모든 속박을 끊고 실재의 세계에로 갱생한다는 것이 그의 시정신의 기조인 것이다.

본서에서는 순정과 사랑의 심벌인 어린아이와 양과 신을 찬미하는 동시집 『순진의 노래*Songs of Innocence*』와 사바세계娑婆世界의 차별, 법칙, 물욕에 의하여 자유와 순진에서 타락하고 황막한 사막 속에서 방황하는 인간을 그린 『지사의 노래*Songs of Experience*』 중의 수 편을 선역選譯하였다.

1948년 2월

역자

# 황무지

**이인수**

● 이인수, 「황무지」, 『신세대』 30, 신세대사, 1949.1.25, 62~68면
● 토머스 스턴스 엘리엇 원작, 임동은 삽화

## 역자의 말

1922년에 발표되자마자 끊임없는 절찬과 지나친 비난의 대상이 되어 온 이 장편시는 20대 엘리엇의 걸작일 뿐만 아니라 현대 영시의 모나리자이다. 영문학의 낡은 형식을 깨트리고 김빠진 낭만의 언어와 감정을 청산하였다는 것만이 이 작품의 공적은 아니려니와 그 짙은 율조와 섬세한 뉘앙스로 말미암아 난숙한 서구 중산 문화의 붕괴를 경고하고 슬퍼하는 작가의 만가적輓歌的 시재詩才는 마치 희랍希臘 신화의 오르페우스와도 같이 뒤를 돌아보지 않으면 안 될 운명을 가진 것이라 인용과 암시로 표현된 많은 어구와 고사를 세밀히 해설치 않고는 차라리 이해에 곤란한 작품이라 할 수 있다.

이 작품에 대한 비판적 해설도 중요하려니와 원문을 고대로 우리말로 옮겨 놓아 보는 것도 의미 없지 않으리라고 생각된다. 물론 시작詩作 생애에 있어서 여러 번 '발전적 해소'를 한 엘리엇인 만큼 이 작품이 그의 최고봉이라는 것도 아니요 현대 영시가 이로써 종결을 지은 것도 아니요 금년도 노벨문학상을 그가 받게 되었다는 뉴스 가치를 위해서 새삼스레 『황무지』를 소개하려는 것은 더욱 아니다. 현대 영시가 이런 과정도 밟은 일이 있었다는 것과 8·15를 지나 3년 반이나 되는 남조선의 오늘의 정신적, 심리적 분위기가 차라리 40년 전 『황무지』의 현대성을 아직도 벗어나지 못했다고 느껴지는 이유와 그리고 조선 현대시에 다소라도 양식이 될 직도 하다는

신념에서 이 장편시를 번역해 본 것이다. 430줄 나마 되는 원시의 뜻과 줄에 충실하도록 우리말로 역譯했을 따름이니 조선시로서 어색한 점은 독자 제현이 고쳐서 읽으시기 바란다.

끝으로 이 시를 번역한 수고의 절반은 고려대학교 영문과 학생 김치규(종길) 군에 돌려야 함을 여기서 독자에게 밝혀 드리고자 한다. 비록 '공역'이라는 표시는 군의 겸손이 허락지 않으리나 이태 동안 한 교실에서 영문학을 공부하면서 필자는 언제나 군의 말에 대한 감각과 시적 통찰력에 놀랐던 것이고 이 번역문에도 도처에 군의 말솜씨가 숨어 있는 것을 다행으로 여기는 바이다.

1948년 12월

# 강한 사람들
**김종욱**

- 김종욱, 『강한 사람들』, 민교사, 1949.1.10, 150면
- 흑인시집

## 흑인시에 대하여

미국문학이 영국문학에 대한 식민지 의식을 완전히 씻어 버리고 독자의 성격을 갖추어 가지고서 세계문학의 대열에 당당히 나서게 된 것은 1910년대 이후의 일임은 자타가 인정하는 바이다. 휘트먼이나 마크 트웨인은 말하자면 예외였던 것이다. 시에 있어서는 이 세기 초두까지도 이 태서양泰西洋의 대인對岸은 때늦은 테니슨의 여운에 압도되어 있었던 것이다.

정치의 부면에 있어서 미국은 1910년대에 들어서부터 처음으로 세계적 무대에서 스스로의 힘을 시험해 보고 왔던 것이다. 집중적으로 또 대대적인 규모로 발휘되어 가는 제 물질적 역량에 절로도 놀랄 지경이었다. 미국의 새로운 시 운동도 이러한 사회적, 역사적 만조기의 산물이었다. 칼 샌드버그, 로버트 프루스트, 에드거리 매스터스, 에이미 로웰, 알링턴 로빈슨, 베이첼 린지 등의 뭇별이 한꺼번에 나타나 이 미국 공정의 '시의 은하'를 찬란케 하였던 것이다. 지금도 계속되고 있지만 여류 시인 해리엇 먼로의 진력으로 발간되어 이 새 시 운동의 좋은 무대요 또 추진력이 되었던 유명한 시지詩誌 『포에트리』가 나타난 것도 이때였다. 하트 크레인, 앨런 테이트의 이름도 또한 잊을 수가 없다.

말하자면 이 시기는 미국이라는 나라가 자체의 사회력이랄까 한 것을 자각하기 시작한 것으로, 바꾸어 말하면 그것이 가지고 있는 엄청나게 풍부한 자원과 고도의 기술에 의한, 그 이용에 대한 자신이 움직이기 시작한 것이었다. 한마디로 말하여

아메리카 자신의 무수한 가능성의 발견이었다.

이러한 숨어 있던 가능성의 한 대두가 흑인문학이었다. 팽배해 오는 인종적 자각이라느니보다는 사회적 자각이라고 하는 게 도리어 더 적절한 한 새로운 시야를 가진 흑인문학의 진출이었다. 왜 그러냐 하면 흑인은 제1차 대전에서 발휘된 미국의 거대한 생산력의 절대한 부분을 노동력의 형태로 이바지하고 있었던 것을 인제서야 비로소 스스로 깨달은 때문이었다. 또 전쟁에 바친 검은 피의 대상代償으로 얻은 국민적 발언권의 주장이기도 했다. 피부의 문제로부터 생산 관계의 문제로 전환된 것이다. 그리하여 '민족의 불도가니'인 이 나라 안의 최대의 소수 민족으로서 저의 발언의 방편을 시에서도 찾았던 것이다. 미국민이 다수한 민족의 합성체이듯 오늘의 미국문학도 그와 비슷한 다수한 민족들의 공동한 투자로써 커 가고 있어서 거기 그것이 단순한 영문학과 갈리는 요점이 있는 것이다. 미국문학 속에 차지하고 있는 흑인문학의 비중은 그만큼 홀홀히 볼 수 없는 것이다. 폴 로렌스 던버, 랭스턴 휴스, 카운티 컬런 등의 이름은 이미 피부빛을 넘어서 현대 미국시 수집 선자選者들이 빼놓을 수 없는 엄연한 이름이 되었다. 뿐만 아니라 그 이름들은 벌써 국제화하여 인류의 재산에 속한다고 하여 무방하다.

요컨대 오늘의 미국 흑인문학은 그 인종적 항의와 사회적 자각과 독자獨自의 방언의 기이한 융합 때문으로 해서 우리에게 유달리 깊은 감명을 주는 것이다. 재즈가 아메리카를 뒤흔든 흑인 음악이라느니보다는 아메리카 음악 그것인 것처럼 흑인의 시는 바야흐로 아메리카 시를 시시각각으로 적어도 파들어 가고 있는 것이라고 하겠다.

다행히 이제 『흑인시집』이 역자의 좋은 번역을 얻어 우리에게 각별한 흥미를 자아내게 하고 흑인시의 정수精粹에 접하게 된 것은 참말로 반가운 일이다.

1948년 12월 23일

김기림

## 해제

8·15해방과 함께 미군이 진주함에 따라 우리들은 우리들 주위에 많은 흑인을 보게 되었다. 말로만 들었던 그들을 직접 눈으로 보게 된 때 일제의 인종 차별의 우민화 정책에 화근 되어 우리들은 흑인을 멸시하며 그들을 우매스러운 인종으로 간주하는 경향이 없지 않아 많았다. 결국 그것은 서로 아는 바 적었기 때문이라고도 말할 수 있다. 만일 이 조그만 역시 선집이 그들을 이해하는 데 '노예의 상처'를 지닌 그들을 거기서 벗어나 새로운 인류의 동등한 일원으로 되려는 그들의 옳은 의욕을 이해하는 데 도움이 된다면 다행이다.

편집의 중점은 주로 그들의 정신 형성의 과정에 두었다. 그것은 결국 세대순이기도 하였다. 던버, 뒤 보이스, 존슨 등의 영탄과 무력한 기구祈求, F. 존슨의 절망과 퇴폐, 맥케이의 새로운 투지, 컬런의 도피, 휴스 이후 제諸 시인의 사회적 의식화와 변혁의 의욕과 전투성, 이와 결부된 흑인 생활의 내면성을 더욱 깊이 개현開顯해 내는 심각한 사실寫實의 눈. 이미 여기에 이르러서는 20세기의 20년대에 전개되었던, 말하자면 흑인의 르네상스이었던 신新 흑인운동의 인종적 찬앙讚仰의 일면성을 극복하고 국제주의적 면모에서 세계사의 법칙과 함께 어깨를 겨누어 전진하려는 고차의 정신이 확립되게 되었다.

끝으로 미국에 있어서 특히 수입된 노예의 원주原住 지역이었던 남부에 있어는 오늘날도 흑인이 어떠한 대우를 받고 있는가를 명확히 알려 주는 점에서 흑인 유수의 문학가인 라이트의 산문을 넣었다. 이것은 미 독서계를 석권하였던 블랙 보이(흑인 소년)의 처음 소묘이다.

마지막으로 천학비재인 역자가 범한 오역 등등의 잘못이 있으면 대교大敎 있기를 바라며, 다망하신 중 많은 교시를 주시고 또 서문까지 써 주신 김기림 아사雅師에게 감사를 드리오며 아울러 민교사 제씨에게 사의를 표한다.

1948년 12월

역자

## 휘트먼 시집

**장영창**

- 장영창, 『휘트먼 시집』, 동문사서점, 1949.5.20(초판), 1950.3.10(재판), 199면
- 월트 휘트먼 원작, 세계명작시인선집 5

이제는 아주 늙으신 나의
할머니와
언제나 외로우신 나의
어머니와
항상 바쁜 나의
아내에게 — 이 책을 바치는 것이다.

## 번역한 사람의 말

원서는 Carl Sandbug가 Introduction을 쓴 Modern Library사社의 출판인 1921년판 *Leaves of Grass*를 썼습니다.

물론 *Leaves of Grass*의 전부를 싣고 싶은 의욕은 있었으나 지면의 국한으로 인해서 제가 적당하게 뽑았고 또 차례의 순서도 제 생각대로 배치했습니다. 이것은 나의 버릇이 그렇게 했는지도 모르겠습니다.

그러나 앞으로 기회를 얻어 그 전부를 번역할 생각이 있다는 것을 적어 둡니다.

말할 것도 없이 여러 군데에 잘못된 데가 있을 것으로 생각됩니다. 발견하시는 대로 지적해서 알려 주시면 감사하겠습니다.

이 책의 출판에 있어서 원서를 빌려준 미국 공보원USIS과 여러 가지로 힘을 써 주신 전두남, 장치덕 형과 윤병선 양에게 뜨거운 감사의 마음을 적어 둡니다.

단기 4282년(−1949) 10월

서울 도염동에서

역자

## 발레리 시집

**장민수**

● 장민수, 『발레리 시집』, 동문사서점, 1949.12.25, 170면

● 폴 발레리 원작, 세계명작시인선집 7

### 역자의 말

1871년에 그는 태어났다.

그는 인터랙추얼리즘 문학의 세계적인 제일인이며 동시에 인류가 도달한 최고의 지능과 기법을 합쳐 가졌었던 거인이다.

그러나 발레리의 문학은 그의 문학관 없이는 존재할 수 없는 존재이면서 또 그 반면에는 사고의 열쇠를 갖지 않으면 열기가 어려운 지성의 보고가 그의 시 속에 늘어서 있는 것이다.

그의 사고에 있어서는 숙명적인 중요성을 가지고 있을 뿐이며 한번 그의 문장으로써 종이 위에 나타나서는 그의 주위에 분석되어서 독자의 마음에다 지성의 전파를 보냈다고 생각할 때에는 벌써 그 마음의 순간에는 또다시 새로운 조직이 되어서 작가 발레리의 정신 속에 응고해져서 있을 정도로 그의 정신과는 불가분의 관계에 있는 것이다. 그것을 정신의 미묘한 화학 작용이라고도 말할 수 있을 것이다.

이러한 그의 사고는 모두 다 이 화학 작용에 의하여 만들어졌고 길러졌던 아주 순수한 결정체인 것이다.

그러면서 현대에 있어서 희랍 정신을 잘 체득한 세계 최대의 시인인 그의 시 속에 잠기어 있는 심원한 사상과 그것을 표현하는 구슬 같은 시구는 너무나 난해하기는 하나 '산 고전古典'이면서 또 불란서 근대시의 총결산인 것이다.

그는 처음에 말라르메한테 다니면서 시를 썼고 젊었을 때부터 벌써 그 시가 알리게 되었으며 때때로 발표되는 그의 시는 당시 크게 주목을 끌게 하고 있었다 한다.

1898년 이후 깊이 마음속에 결심한 바가 있는 것처럼 그는 문학상의 창작에서부터 손을 끊고 그 후 스무 해 동안에 가까운 기간 문학상의 '방법'을 탐구한다 칭하고 제반의 과학과 고등 수학의 연구에 몰두하고 문학과는 완전한 절연 상태를 계속하여서 세인을 놀라게 하였으며 우인友人들에게 큰 근심을 주고 있었으며 발레리는 그 훌륭한 위재偉才를 품고 아깝게도 미쳐 버린 것이라는 풍설조차 한때에는 믿어졌던 정도였다.

그러나 1917년 그는 지드의 권고에 의해서 그 오랫동안의 침묵을 깨트리고 「젊은 파르크」란 장시의 1편을 발표하였던 것이다. 과연 그 작품에는 그의 20년간의 침묵의 의의를 설명하는 데 충분한 것이 있는 것이었다.

정확성을 가장 중요한 요소로 하는 과학과 수학이 가지고 있는 그 규율에 의해서 자기의 정신과 지능을 훈련한 20년간의 노력은 이 시인에게 의지와 규율에 의한 예술상의 '방법'을 가져다준 것이었다.

이 시집을 통해서 전기前記한 그의 특징이 알려진다면 다행이라고 생각하는 바이다.

정전이 심한 때라 밤에는 석유 등잔불을 켜 놓고서 해 오던 버릇으로 심장 쪽 가슴의 동계動悸를 만져 가면서 번역을 계속했다.

벌써 영하 10도까지 수은주가 내려갔다는 추위와 바람이 이마를 스치고 간다.

단기 4282년(-1949) 11월 20일

도염동 협거狹居에서

역자

## 콕토 시집

**양병도**

- 양병도, 『콕토 시집』, 동문사서점, 1950.3.15, 176면
- 장 콕토 원작, 세계명작시인선집 9

### 후기

콕토는 1889년 7월 5일 파리 교외 메종 라피트에서 태어났다.

그는 일찍이 소년 시절에 화려한 파리 시단에 데뷔하였고 그를 비둘기鳩와 조개貝와 장미의 시인이라고 불렀었다.

이 콕토만큼 다년간 누구에게나 미소와 애착을 갖게 한 시인은 없었을 것이다. 그는 실로 교묘한 마술사와도 같으며 아무런 비밀도 숨김도 없이 우리들을 매혹해 버린다. 그는 꿈夢과도 자유로이 교류하며 잠으로 깨어 가면서도 그의 건강한 신체는 무수한 손手을 갖고서 청공青空의 천사를 유인한다. 그는 이러한 비밀한 암유暗喩와 작용을 포에지Poésie라고 말하고 있다.

우리들의 우울, 우리들의 고통에 사로잡혀 있게 되면 이 시인의 두상頭上에는 신비스러운 해조諧調가 천상으로부터 내려오며 생사, 꿈, 신, 천사, 동물, 지상의 현상과 그 동작에 있어서도 항상 비밀의 법칙을 전개하여 가며 우리가 뜻하지 않는 어느 순간, 신, 천사, 선조先祖들과 시선을 마주치게 된다.

"나라는 인간은 항상 진실을 토하는 하나의 허언이다"라고 말하는 이 시인의 대리석과 같은 경질硬質한 시정詩情을 이해하려면은 감정의 순수함과 현실을 메커니즘을 그대로 깨트려 버릴 수 있는 고도의 지성과의 부절不絶한 교체가 필요할 것이다.

그는 제1차 대전 전에 일어난 모더니즘에 활동하였고 1차전 후에는 더욱 확대된

입체파의 대표 격으로 안좌安座하였었던 것이다. 그는 문단에서 변모할 때마다 여러 가지로 오해와 비난과 악평을 받아 가면서도 그의 천질적天質的인 다재多才로써 예술의 각 부면에서 일하여 왔다. 음악가 에릭 사티, 화가 피카소 들과 합작하여 자작의 희곡을 무대 위에 연출하기도 하였다. 또 그 자신도 신예술 운동에 대한 비평가이기도 하였다. 그리고 그의 본질은 어디까지든지 시인이기에 그가 쓴 시는 물론이지만 소설, 희곡, 데생, 비평 등은 모두 다 소설시, 희곡시, 선화시線畵詩, 비평시라고 불렀었다.

여하간 그는 불란서에서 제일 총명한 시인이라고 하며, 금일에 와서는 그의 제10번째의 뮤즈인 시네마에 전신轉身하였다. 작년 서울에서 상연된 영화 『비련』(원명 영원한 회귀)은 그의 작품이다.

어쨌든 이 콕토는 같은 불란서 시인 폴 발레리가 말한 바와 같이 '지상의 과실果實'이라는 것은 결코 지나친 말이 아니고 응당 그럼직한 연유가 있는 것이며, 그 다채로운 시야를 스스로 이 20세기의 위대한 메커니즘에 향하게 한 신정신의 해명서와도 같고, 또한 이 현실의 천태만상에 대한 임상 실험 보고서와도 같다고 하겠다.

그는 지금 50세가 넘도록 결혼도 하지 않고 파리 몽팡시에가街의 작은 아파트에 살아 있으며 그의 신변에 관한 모든 일은 루이즈라는 연장의 여성이 보고 있다. 그리고 일방 파리 교외 센 에 우아즈의 언덕 위에는 아담스러운 촌장村莊을 가지고 있어 그의 여생을 즐기고 있다.

1948년 8월<br>남방으로부터 돌아와서<br>역자

# 불란서 시선

이하윤

- 이하윤, 『불란서 시선』, 수선사, 1948.7.27(초판); 1949.10.30(재판), 108면
- 장환 장정

## 자서

역시집 『실향의 화원』의 공죄功罪를 나 자신이 논위論謂할 처지는 못 되지만 절판된 채 10 유有 5년이 어느덧 지나간 것을 헤아려 보니 감개무량하다. 우리가 번역문학에 유의해 온 지는 20년이 훨씬 넘었건만 오늘까지의 수확이 너무도 빈약한 것을 회고하면 아무리 그 책임을 달리 전가시킨다 하더라도 진실로 참괴慙愧를 이기지 못하는 점이 있다.

그동안 『실향의 화원』의 재판을 간권懇勸하는 문우도 적지 않았으나 시일의 경과로 인한 역자로서의 불만스러운 데가 많아졌을 뿐 아니라 좀 더 한 국가, 한 시대, 한 사조를 기준으로, 나아가서는 한 시인을 본위 삼아 계통을 세워 보고 싶은 야망에서 그것은 영원한 절판으로 돌려 버리고 새로운 기도하企圖下에 위선 이 『불란서 시선』을 꾸며 본 것이다. 『실향의 화원』 중 불란서 편과 백이의白耳義(－벨기에) 편에 들었던 것은 거의 개역改譯하다시피 하였으며 그 이후 지상紙上에 발표하였던 것도 다시 원작과 대조해 가며 역필을 가하였다.

장차로는 『영국 시선』, 『애란愛蘭(－아일랜드) 시선』, 『미국 시선』 등도 될 수 있는 대로 속히 내놓을 수 있도록 이미 퇴고에 착수하였거니와 이 『불란서 시선』의 신속한 상재에 있어서는 수선사의 절대한 호의에 감하感賀하여 마지않는 바이다.

서기 1947년 9월

이하윤 지識

# 영국 애란 시선

이하윤

● 이하윤, 『영국 애란(愛蘭) 시선』, 수험사, 1954.5.10(초판); 1957(재판), 175면

● 송병돈 장정

## 서문

『불란서 시선』의 재판이 나온 뒤 반년 가까이 걸려 퇴고를 끝마친 『서정 영시선』을 상재키로 된 것이 바로 6·25전, 9·28을 맞이하여도 잃어버린 원고를 찾을 길이 없었으나 애석을 금치 못할 겨를도 없이 나머지 전 재산을 송두리째 버리고 또다시 슬픈 행렬에 끼어 남하하지 않으면 안 될 운명에 부닥치고 말았었다. 오래간만에 서울 빈집에 들어가 마루 밑에 처넣고 왔던 서적과 의류를 뒤져 썩고 훼손, 분실된 중에서 흩어진 초고들을 다행히 주워 모을 수 있어서 다시 소생하는 정열을 기울여 엮어 본 것이 이 『영국 애란愛蘭(―아일랜드) 시선』이다.

시를 번역한다는 것은 어리석은 모험이라고도 할 수 있지만 오늘처럼 민족과 언어는 서로 다르면서 문화의 사조가 세계를 일환으로 하여 창조, 발전되며 상호 교류되고 있음에도 불구하고 아직 후진성을 면치 못하고 있는 우리의 경우에 있어서는 그러한 완명頑冥하고 박약한 논거에서 번역 문화의 중대한 의의를 감소시킬 여유가 없는 것이다. 그러나 시의 번역이란 다른 부문의 그것과도 훨씬 그 성질이 달라서 결코 그렇게 용이한 일이 아니다. 외국어의 실력과 문학적 교양과 노력한 시간에 반드시 정비례하는 결과를 거두지 못하는 경우가 종종 생기는 것이다. 그러므로 아무리 정평의 명작이라 하더라도 시에 있어서는 그 번역이 거의 불가능에 가깝거나 혹은 원시에 대한 역시譯詩의 시로서의 가치가 엉뚱하게 저열해지는 결과를 가져

오는 반면에 원작으로서는 대단치 않은 시도 번역되었을 때 오히려 훌륭한 경우가 있으니 그것은 시인과 역자와의 정신적 관련성, 그리고 역필을 드는 순간의 영감이 주요한 역할을 하는 까닭이라고 하겠다.

원작을 잘 살리는 것이 역시의 제일가는 조건이겠지만 그것은 무엇보다도 우리말로 옮겨진 시가 시로서 짜여져야만 된다는 것 이상에 아무것도 의미하지 않는다. 그러므로 '번역자'의 지나친 충실이 도리어 '반역자'가 될 우려가 없지 않다는 것을 알아야 한다. 그래서 나는 시가 번역됨에 두 가지 동기와 방법이 있다고 보는데, 처음부터 일정한 계획 밑에 시대별, 사조별, 시인별로 정평 있는 작품을 엄선하여 어느 기간에 이것을 완수하는 것이 그 하나라면 우리가 시인을 연구하여 작품을 감상하는 가운데 저절로 옮겨 보고 싶은 충동에 못 이겨 붓을 들지 않을 수 없이 번역에 손을 대는 것이 그 둘이라고 하겠다. 체계 있는 연구를 위하여서는 전자를 택함이 마땅하겠지만 감상적 과정에서 옮겨진 후자의 경우에 있어서는 비록 산만한 감은 없지 아니하나 역자를 본위로 하는 다분히 창작적이라는 데 그 특색이 있지 않은가 한다. 그렇다고 원작에 충실을 태만히 하는 무책임한 번역을 의미함은 물론 아니다.

여기 이루어진 『영국 애란 시선』은 후자에 속하는, 어디까지나 역자의 역시집으로서 『실향의 화원』(4266, 시문학사판)과 그 이후의 결실을—영국은 블레이크 외 35家의 68편, 애란은 무어 외 13가의 33편, 모두 50가의 101편을 수록한 것이다.

계속하여 발간 준비 중인 『현대 영시 감상』은 이들과는 좀 그 성질을 달리하여 역시에다 원문과 주석을 함께 실어 시를 연구하는 학도들의 편의를 도모하고자 한다. 끊임없는 편달을 바랄 뿐이다.

단기 4286년(=1953) 9월 일

역자 지識

# T. S. 엘리엇 시 전집
양주동

● 양주동, 『T. S. 엘리엇 시 전집』, 탐구당, 1955.7.25, 392면
● 토머스 스턴스 엘리엇 원작

## 역발譯跋

"함께 춤추는 완전한 배우자配偶者"라야 함이 이 시인의 시의 역필譯筆에 또한 해당하는 요청임에 불구하고 어설피 '양털 곰'의 둔한 머리로써 "은쟁반 주위의 뛰는 사슴들을 공부"하다가 차츰 '뼈의 오한'과 '새치'의 결어結語에 '세 가지 선물'이며 "암흑에서의 고요한 기다림" 등에 공감되어 끝내 "새 시로써 낡은 운韻을 복구"하는 대신 그 반대물을 만들어 놓고 보니 이야말로 "형편없는 형상, 색채 없는 그늘"의 또한 예를 더하였다 할까. 그도 그럴 것이 애초에 이 모험은 역자에게 있어서도 역시 "몇십 년을 허송하고 나서 여기 중도에서"의 "한 새로운 시작"이요 필시 또 "다른 종류의 실패"일 터이매 워낙 "너절한 장비로써 언표할 수 없는 것을 습격"하였음이 혹 수긍될 한 구구한 변명이 됨 직도 하다. 그나마 "짜개진 코넷의 소영창곡小詠唱曲들 새에서 머릿속에 일어나는 텀텀 소리가 '딴 조調'를 망치질"하지나 않았으면 다행이다.

여기 애써 옮겨 놓은 시들은 세기 전반前半의 지성으로 일러지는 저 시인의 『집시集詩, *Collected Poems*』(1909~1935) 전부와 그 후의 작 『네 사중주*Four Quartets*』(1935~1942)—곧 그의 전작全作 중 그가 후기에 전향한바 『바위』 이하의 제 시극詩劇 및 희시戲詩 『묘서猫書』를 제외한 그의 '시 전집'이다(『집시』 중 「미완성 시편들」에서도 시극에 속하는 「역사力士 스위니」와 「단편」 2편은 역시 제외되었다). 대개 그것들은 그의 시보다 시극에 더

많은 매력과 공명을 느끼는 다른 적당한 역자를 기다려야 하겠기 때문이다.

번역의 실제에 있어서는 소위 '번역다운 번역'—곧 '제2의 창작'이라는 야심적인, 달가운, 그러나 섣부른 입장을 취하는 대신 무엇보다도 우선 원문에 충실하려는—좋게 말하면 아카데믹한, 언짢게 말하면 한 어학생語學生의 '답안' 비슷한—축자逐字 직역이기를 기期하였다. 대개 그러한 자의恣意의 '번역'이 비상한 재주로써가 아니고는 기실 '이름 좋은 하눌타리'로서 십상팔구가 "서투른 백정이 사람 잡"는 격이 되어 원작의 면모를 방불키는커녕 그것을 엄청나게 상해傷害하는 결과를 가져오는 반면에 어차피 서방의 운율, 더구나 이러한 시인의 정심精深한 '생각'과 '말'의 제호醍醐를 제대로 옮겨 빚어내지 못할 바에는 차라리 그 조박糟粕이라도 숫제 안전히 건져 냄이 이 시인에 대한 예의요 당연이라 생각하였기 때문이다. 이 '충실'의 결과는 원시原詩의 난해에 다시 직역에서 기인되는 그것을 덧붙인 감도 없지 않으나 그렇다고 매운 술에 물을 탈 수는 필경 없었다. 무론 가다가 흥겨워 소위 '내 소리'로 '번역'을 한 곳도 종종 있으나 그것들은 대개 다루기 쉬운 서정적 시편이나 단장短章들에 한하였고 사상적인 장시 제편諸篇에서는 어디까지나 처음의 겸허한 신념을 잃지 않았다.

작중의 인용처와 고유명사 및 난해어 등에 대하여 이 시집 품격에 맞지 않는, 차라리 군살점인 '역주'를 붙였다. 이 해박한 시인의 부착斧鑿의 흔적이 없는 수처隨處의 유·무의식적 인거引據를 모조리 추적하기는 애초에 불가능한 일이요 더구나 역자의 그 방면의 천학淺學과 좌우座右 문헌의 결핍에 의하여 위낙 조로粗鹵와 비류紕謬가 적지 않을 터이매 역시譯詩 중의 그것들과 아울러 차츰 연구 제서諸書의 참호參互와 동호同好의 질정을 기다려 찬찬한 빗질로써 중판重版 때에 수정을 기할 수밖에 없다. 너무 평이한 것조차 주해註解를 꺼리지 않은 것도 저자 및 전문 인사에게는 아울러 부끄러운 일이나 독자의 실제를 위한 파심婆心에 불외不外한다. 주해에 있어서 동학 몇몇 분 외에 특히 미국인 서울대학 강사 Arthur J. McTaggart 씨에게 도움 받은 바

크다. 적어 써 깊이 사의를 표한다.

평론 2편은 원작자의 문학관 내지 시관詩觀을 적은 호문자好文字로 그의 작품을 읽음에 필수한 참고가 될 듯하기로 이를 권말에 부견附見하였다.

1955년 7월

역자

# 에반젤린

**이상로**

- 이상로, 「에반젤린」, 『동아일보』, 1955.3.8~3.12, 4면(전4회, 미완)
- 이상로, 『에반젤린』, 범조사, 1955.12.15(초판); 1958.4.20(4판), 146면
- 헨리 워즈워스 롱펠로 원작, 사랑의 애사(哀史), 조병덕 삽화, 박영숙 장정

헨리 워즈워스 롱펠로는 1807년에 미국이 낳은 가장 널리 알려진 시인으로서 이 『에반젤린』은 세계에 유명한 장편 서사시입니다. 즉 그 내용은 아카디라는 조그만 마을이 영·불의 식민지 싸움 속에 휩쓸려 그 마을의 사람들은 강제로 이주를 당하게 되는 가운데 사랑하는 두 젊은 두 남녀는 서로 갈리어지게 됩니다. 거기서 사랑하는 사람을 찾아 순례의 길을 동으로 서로 헤매게 되는 것입니다. 그 아름답고 슬픈 사랑의 얘기가 이제부터 전개됩니다.

이소향李素鄕(－이상로)

## 서

헨리 워즈워스 롱펠로는 1807년 미국이 낳은 가장 널리 알려진 시인이다.

세계의 넓은 전장에서

또한 인생의 야영野營에서

목매인 송아지처럼 쫓기지 말고

투쟁하는 영웅이 되라.

고 『인생의 찬가』에서 외친 롱펠로의 시와 그 정신은 미국인이 가진바 현실 긍정과 낙관주의에의 바탕이 되어 오늘까지도 그 영향이 이어져 내려오고 있다. 그래서 그의 시가 미국의 평민과 특히 학생들에게 애송되어

행동하라, 정열을 품고 신을 우러러보며 산 현실 속에서 행동하라.

는 행동주의적인 면을 가르치고 있다. 그러므로 롱펠로의 시를 읽으면 미국민의 현실적인 성격이 어디서 유래되고 있는가 하는 것을 짐작할 수가 있다.

여기 시인 이상로 씨가 애써서 옮긴 이 『에반젤린』은 롱펠로의 작품 중에서도 가장 많이 애독된 장편 서사시로서 롱펠로의 현실 긍정의 작품 경향으로 보아서는 지나치게 이채 있는 애련적愛戀的인 것이다. 그것은 이야기 그 자체가 너무도 슬픈, 그리고 숙명적인 까닭일 것이다.

이 세상에는 한 민족의 운명 때문에 한 개인의 운명이 풀 위의 이슬같이 스러지는 일이 많은 중 이 이야기가 맺어진 아카디라는 조그만 마을도 영 · 불의 식민지 싸

움 속에 휩쓸려 그러한 운명에 있었던 것이다.

그들은 땅을 갈고 양을 치고 과목을 심어 평화를 생활로 삼고 있었으나 아카디가 하루아침 영국의 식민지로 들어가게 되자 영국은 아카디 청년들을 영령英領 식민지에 강제로 분산시켜 봄과 함께 싹텄으나 열매 없이 가을의 이슬을 맞게 된 에반젤린의 사랑의 애사哀史가 그로 말미암아 시작된 것이다.

불의에 갈라지게 된 사랑하는 청년을 찾아 마치 순례의 걸음처럼 동으로 서로 헤매다가 어느덧 흰 머리카락을 날리게 되었을 때 에반젤린은 할 수 없이 병원 간호부가 되었던 것이다. 당시 유행한 질병에 걸린 한 노인이 이 병원에 입원하였을 때 에반젤린에게 자기가 가브리엘이라는 것을 알리지 않기 위하여 슬프게도 에반젤린의 이름조차 부르지 못하고 그만 숨을 거두었던 것이다. 최후로 만나게 한 신에게 감사하며 에반젤린도 그 후 오래지 않아서 인생의 고달픈 여로를 끝마치고 가브리엘의 옆에 영원히 눕게 되어 에반젤린을 기념하는 공원이 아카디에 만들어지고 그들이 사랑하던 나무 그늘 아래에는 에반젤린을 자랑하여 동상이 서게 되었다.

그리하여 거기를 찾아가는 사람에게는 마음이 거기에 깃들어 머리를 숙이게 된다고 한다.

이 아름답고 슬픈 사랑의 이야기가 인류의 가슴속에 길이 보전될 빛나는 재산으로서 이번 이상로 씨의 노력에 의하여 우리의 말로 옮겨져 널리 애독될 기회가 된 것을 독자와 함께 기뻐하여 마지않는 바이다.

1955년 5월

김광섭

## 그 유래와 지은이

이 『에반젤린*Evangeline*』은 캐나다에 있어서 영국과 불란서 간의 식민지 세력 싸움 중 영국군이 유린한 아카디Acadie—지금의 노바스코샤Nova Scotia—라는 곳에서 일어난 비극을 소재로 한 애화哀話로서 이것을 지은 롱펠로Henry Wadsworth Longfellow라는 시인—미국이 낳은 최초의 대시인—의 일생 중에 가장 빛나는 걸작인 동시에 가장 널리 알려진 서사시이다.

여기 그리어진 열렬한 사랑과 눈물겨운 정절은 읽는 사람으로 하여금 심금을 울리게 하고 인간의 존엄성에 대한 신념을 높이게 한다.

이 시가 이루어짐에 있어서 하나의 재미있는 에피소드가 있다.

롱펠로는 그전부터 뉴잉글랜드의 역사에 깊은 흥미를 가지고 시재詩材를 찾고 있는 중 우연스럽게 어느 날 친구 호손(미국의 대소설가로서 우리나라에도 그의 대표작인 『다홍 글자』가 『주홍 글씨』라는 이름으로 최재서 씨의 번역이 있음)과 함께 남쪽 보스턴의 교구장敎區長 코널리를 초대하여 저녁을 같이한 일이 있었는데 상을 마주하고 서로들 얘기꽃이 피었을 제 코널리 씨는 교도敎徒인 해리버튼이란 사람에게서 들은 얘기라고 하고 다음과 같이 말하였다.

영국을 위해서 아카디에 살고 있는 불란서의 이민이 추방되었는데 거기 서로 사랑하는 두 남녀가 각각 헤어지게 된 슬픈 얘기를 소설로 쓰라고 호손에게 권하였더니 호손은 그다지 않게 여기는 모양이었으나 곁에 있던 롱펠로는 이 얘기에 대단한 시적 감흥을 일으키어

"만약 자네가 그것을 소재로 소설을 쓰고 싶지 않다면 내가 서사시로 쓰겠다."

고 하니까 호손은 그 자리에서 쾌히 승낙하였다.

이리하여 롱펠로는 고심참담하여 한 편을 만들어 내게 되었다고 한다.

이것이 즉 이 사랑의 애사에 관한 역사적 사실인 것이다.

인류의 비극에 대해서 깊은 존경과 연민을 가지고 있는 지은이 롱펠로는 그 아카디의 비극에 몹시 감동되어 특히 여성의 사랑과 정절의 미와 힘에 감격하여 여러 가지의 역사적인 재료로 연구한 결과 1845년에 착수해서 1847년 10월 30일에 이 작품의 책이 세상에 나오게 되자 세상 사람들을 놀라게 하였으며 특히 호손은 "인생의 참된 산 그림"이라고 축사를 보내고 에머슨은 "미국 소설 중에 이제까지 보지 못한 훌륭한 스케치"라고 칭찬을 하였던 것이다.

그리하여 영어가 퍼진 곳 그 어디에고 이와 같이 아름다운 담시譚詩는 아니 소개되는 곳이 없이 애송되었으며 특히 아카디 사람들은 롱펠로를 국민적 시인으로 일컬었다 한다.

이 얘기의 경개는 직접 내용을 읽으면 알 일이라 여기 따로 소개함을 생략하겠으며 지은이(작자) 롱펠로를 말하면 다음과 같다.

1807년 2월 27일에 미국 메인Maine주 포틀랜드Portland시에서 법률가로서 사회적 지위가 높은 아버지와 용모 단정하고 아름다운 어머니의 아들로 태어나 1882년 3월 24일에 75회의 생일 후 얼마 아니해서 그가 교편을 잡고 있던 하버드Harvard 대학의 소재지인 케임브리지Cambridge에서 미국이 낳은 최초의 대시인은 평온한 가운데 일생을 마치었다.

그의 인격은 고상하고 그의 시도 청순하며 특히 평이하고 유려하여 모든 사람들에게 매력을 주고 있다.

## 후기

외람된 말일지 모르나 오늘날 우리나라의 문학예술은 일종의 갈증과 빈곤 속에 있지 않은가 합니다.

그러한 중에서도 창작 활동은 활발히 전개되고 있음에도 불구하고 솟구쳐 오르는 한 줄기 역량의 원천이 고갈 상태에 있기 때문에 우리들은 항상 진폭이 넓은 시야를 희구하게 되고 나아가서는 우리나라 문학의 건실한 발전을 위하여 외국문학의 번역 소개 활동의 성과가 고대되는 것이라고 생각됩니다.

근래 우리나라에 있어서 번역문학, 외국문학의 연구열은 날로 고조되어 가고 있는 한편 실로 빈축嚬蹙할 번역 출판물들이 서계書界에 색지色紙 풍경을 이루고 있는 현상을 엿볼 수도 있는 것입니다.

여기에서 저는 구학究學 도정에 있는 한 영문학도의 위치에서 그러한 현상을 어떻게 고찰해야 하며 장래를 어떠한 진로에서 연친研鑽해 나아갈 것인가를 심사숙고하지 않을 수 없는 의무감을 느끼기도 하는 것입니다.

흔히 칼리지에서 영문과, 불문과 하는 외국문학 전공을 목적으로 하는 학생들의 실태를 살펴볼 때 그들 중에는 영문학이나 불문학 등 외국문학을 하기 위한 외국어의 공부가 아니라 그저 회화라든가 통역을 하기 위한 '외국어 습득'이라는 경향을 엿볼 수 있습니다.

물론 외국문학을 넓고 깊이 이해하기 위한 매개의 역할이 언어이니까 어학적인 능력이 무엇보다도 급선무임에는 틀림없습니다. 아무리 회화에 능숙, 유창할 수 있다고 하여서 반드시 외국문학에 능하다고는 결코 말할 수 없을 것입니다.

요사이의 그 외국물들의 전부는 아닐지라도 '번역'된 책자들의 문장을 읽어 갈 때 한 북은 물론 한 챕터는커녕 한 구句에 있어서마저 우리말로서의 올바른 옮김 상태가 못 되는, 도대체가 그 어휘며 문장의 전후 접속의 연관성조차 애매한 것을 대하게 될 때 그 표현의 우둔함, 그 문장이 조금도 우리말로 소화되지 못한 채의 것이니 그것이 설혹 중역重譯이기로 그럴 수 없는, 일종 번역문학의 황야 같은 감을 억제할 수 없음은 후진된 우리나라의 출판문화와 문학예술의 향상을 위하여 과도기 현상이라고 자위는 하면서도 한심스럽지 않을 수 없는 것이 사실입니다.

거기에는 우리나라의 출판 사태에 있어서 역자의 불선택不選擇에서 오는 원인이 다대할 것이며 비양서非良書에다가 아무에게 맡겨 무책임하게 아무렇게나 옮겨 놓은 책자들이 있는 까닭인 것을 규찰窺察할 수 있는 것입니다.

그와 같은 상태의 출판계에 여기 이번에 아메리카의 최대 시인이며 평민 시인인 헨리 워즈워스 롱펠로의 원작 장편 서사시 『에반젤린—사랑의 애사』이 우리나라에서 처음으로 시인 이상로 선생의 노력에 의하여 정묘한 표현의 아름다운 우리의 풍토적 어휘를 자유분방히 구사한 참다운 방향芳香한 문예 작품을 가까이 애독할 수 있는 기회를 갖게 되었음은 비단 영문학도나 외국문학자들만의 기쁨이 아니라 널리 일반 문학 애호가들의 기쁨이며 우리 문학예술에 주옥같은 수확이 아닐 수 없을 것입니다.

영어를 조금이라도 해득하는 사람이나 또는 문학을 공부하고자 하는 사람이라면 『에반젤린』의 이름을 모르는 사람이 드물고 『에반젤린』을 읽고서 감루感淚하지 않는 사람이 없다고 합니다.

참으로 이 서사시야말로 원작자 롱펠로가 그 명성을 세계에 떨치게 한 불후의 걸작이며 이것으로 말미암아 그는 길이 젊은 청년 남녀들 마음속에 영원히 사는 광영의 시인이 되고 있습니다.

문학이란 필경 인간의 진선미를 표현하는 것일 것이오매 롱펠로는 아카디라는 고장의 비극을 역사적 재료로써 오랜 연구의 결과 1845년 이 장편 서사시에 붓을 들어 1847년 10월 30일 완성하기에 이른 것입니다.

이 시가 세상에 나오자 그의 친구 호손(유명한 소설 『비문자緋文字』의 작자)은 "인생에 대한 참다운 활화活畫"라고 찬사를 보냈으며 에머슨은 "아메리카 소설 중 전무후무한 정호의 스케치"라고 찬양하였다고 합니다.

그리하여 이 책은 그 당시(지금으로부터 100여 년 전) 6개월 동안에 6천 부를 매진하고 그 후 10년간에는 약 3만 5천 부의 매진을 보게 되어 크나큰 성공을 거두었다고 합니다.

『에반젤린』은 아메리카가 낳은 가장 아름답고 순박한 로맨스 포엠으로 애송되어 아카디의 먼 형제인 캐나다의 불란서 사람도 그들이 자랑할 수 있는 국민적 시인 중에 롱펠로를 손꼽고 있다고 합니다.

이처럼 유명한 『에반젤린』의 역본을 이번에 처음으로 읽으면서 저는 조금도 외국의 번역 문장을 대하고 있다는 감을 느낄 수 없었습니다. 그것은 오히려 우리나라의 문학 작품에서보다도 친밀하고 고아한 표현이 풍겨 주는 아름다운 경지는 읽는 사람으로 하여금 마치 어떤 수목 가지에 장미꽃이 피어 올 듯하고…… 아롱진 꽃들의 온실같이 방향芳香한 것이었습니다.

그리고 이 작품 내용에 흐르는 정신은 그 아무리 잔인과 타락과 포악의 시대적인 위기의 사조가 밀려올지라도 인류가 살아 있는 끝 날까지는 이토록 어질고 슬기롭고 순결한 사랑의 별들이 이 우주 어느 한 모퉁이에선가 부딪치고 반짝이고 있을 것을 생각할 때 살아간다는 이 다할 수 없는 환희!

보람 있는 인생의 의의를 절실히 깨닫게 되며 때때로 삶이 슬퍼질 때, 외로워질 때, 낙망하기 쉬운 우리 심혼心魂을 일깨워 주며 "괴로우나 웃으며 살아가야겠다"는 삶의 힘찬 용약勇躍과 정열은 결코 인생에 대하여 세계에 대하여 실망하지 않겠다는 뜨거운 기백과 결의가 용솟음쳐 오름을 금할 수 없습니다.

그러나 현대의 여성들 중에는 에반젤린과 같은 인물은 하나의 플라톤의 유토피아(이상향)에서나 그릴 수 있는 몽상의 여성이라고만 소홀히 생각해 버릴지 모르겠습니다. 그러나 영원한 여성의 이상과 생명과 미는 무한히 에반젤린을 통하여 묘사되고 발휘되고 있지 않습니까. 아무리 카르멘 식의 모던한 여성이라도 이 사랑의 애사 『에반젤린』을 한번 읽음으로써 가슴속 깊이 울려오는 인간 본연의 양심과 선에 대한 동경, 추구로서 스스로 자태를 고요히 돌아보게 되지 않을까 합니다.

또한 『에반젤린』의 얘기는 우리 겨레의 6·25동란의 실태에 비추어 볼 때 그 동란의 비운으로 인하여 저마다 사랑하는 사람과 헤어지고 혹은 여의고 한 가지가지의 비애 속에서 헤매는 수많은 불행한 젊은 여성들의 가슴속을 밝혀 주는 신약新約의 태양이 아닐 수 없습니다.

『에반젤린』의 미덕을 찬미하기 위하여 오늘날 에반젤린의 탄생지인 고향(아카디)에는 에반젤린을 길이 기념하는 공원까지 설치되고 에반젤린이 그의 애인과 더불어 사랑을 속삭이며 앞날을 그리었다는 버들가지 그늘에는 에반젤린의 동상이 세워지게 되어 소녀뿐더러 여성의 청순과 정절을 길이 우러러 찬양하게 되었다고 합니다.

구미 각국의 독서계에서 많은 독자들의 총애를 받고 있는 『에반젤린』은 이제 우리나라에서도 여학교를 비롯하여 각 가정의 부녀자들에게 좋은 정절의 교과서가 될 것이며 고아한 교양의 서書로써 또는 가정적인 문학 독본으로써도 널리 애독될 것을 마음껏 바라며 이번에 역고譯稿를 친히 대할 수 있었으며 따라서 이 책이 나오기까지 이상로 선생 곁에서 그 출판 일을 도와 드리는 기회에 『에반젤린』을 통하여 호흡한 벅찬 감격과 새로운 삶의 가치와 청신한 의욕을 또다시 맛본 한 사람으로 그 감격을 철綴하면서 이 같은 양서를 소개하여 주신 시인 이상로 선생을 향한 감사와 더욱 앞으로 선생에게 건강과 광영이 함께하기를 기원하여 마지않습니다.

1955년 9월 12일

박영숙

# 세계서정시선

**장만영**

- 장만영, 『세계서정시선』, 정양사, 1953~1956(전7권)
- 불란서 시집(1953), 영국 시집(1954), 독일 시집(1953), 미국 시집(1955), 남구(南歐) 시집(1956), 중국 시집(1954), 한국 시집(1954)

## 후기

여기 '세계서정시선'이란 이름 아래 세계 각국의 저명한 시인들의 서정시를 추려 엮어 낸다.

그 수다한 시인들의 작품 속에서 오직 서정시만을 택하여 편編한 것은 그것들을 전부 수록할 수도 없거니와 "진실로 시라고 할 만한 것은 서정시를 제쳐 놓고 없다"고 갈파한 E. A. 포의 말을 그대로 내가 수긍하기 때문이다.

사실 서정시처럼 많이 우리의 입에서 애송되는 것은 없을 줄 안다. 오랜 세월을 두고 누구의 작품인지도 모르는 채 입에서 입으로 구송口誦되어 가는 시의 아름다움은 또한 시의 영원성을 증좌證左하는 것이기도 하다.

과거 우리나라에도 차류此類의 역시집이 전연 없었던 것은 아니나 그것들은 역자 또는 선자選者에 따라 순수하지 못한 것이 많았을뿐더러 지금에 와서 읽어 보면 표현과 기교에 시대적 거리를 느끼는 것들이었다. 선자는 이런 점에 적지 않은 불만을 품고 될 수 있으면 현재 씌어지고 있는 것에 가까운 것들을 추리는 데에 노력하였다.

예술의 이식移植은 불가능에 가까운 것이라고 한다. 나는 여기에서 번역론을 운위하려는 것이 아니기에 긴말을 하지 않거니와 번역된 것은 원작을 떠난 이미 하나의 창작이라고 보아야 할 것이다.

시를 많이 읽자. 우리의 것만이 아니라 딴 나라의 것도 많이 읽자. 시를 마음에 지니고 살아간다는 것은 좀 더 인생을 진실하게 살자는 것이기도 하다. 이런 의미에서 나는 여기 모은 이 많은 서정시들이 모든 젊은이들에게 그 무엇을 플러스하며 또 영원히 애송될 것을 믿고 싶다.

단기 4286년(=1953) 추석을 앞두고

다시 서울에 돌아와서

선자選者

# 서정시집

**김광섭**

- 김광섭, 『서정시집』, 문장사, 1958.12.22, 111면
- 보리스 파스테르나크 원작

## 서문

노벨문학상 수상자 보리스 파스테르나크는 우리나라에서도 너무나 유명하게 알려져 버렸다. 문학계와 언론계와 출판계에 선풍 같은 붐이 일어났다. 그가 단순히 노벨문학상을 타게 되었다는 사실만이 아니고 그가 반소적反蘇的인 경향을 가진 작가라는 데서였을 것이다. 그러나 한국에서는 아직도 그의 문제작인 『닥터 지바고』가 작품 전체로서 다 읽혀지지 않고 있다. 지금 그 상권들이 나오고 그 하권들이 여러 출판사와 인쇄소에서 분주히 활자화되고 있는 중에 있다.

한국은 파스테르나크를 알고 『닥터 지바고』를 과연 아는가? 문제의 하나는 거기에 있다. 또 그는 공산주의자가 아니었던가? 그러면 반공산주의자로서 지금 소련을 보고 있는가? 이런 문제에 한국의 문학계나 지식계는 과연 무엇이라고 대답하면서 파스테르나크의 경기에 휩쓸리고 있을까? 게다가 무자비하고 냉혹한 출판 경쟁이 들어붙었다. 소련 작가가 한국의 부진한, 그래서 잠자는 듯하던 출판계를 열광케 했다. 그 결과는 문학이냐 돈이냐 하는 노골적인 도박 같은 괴현상이 빚어지게 되었다.

도처에서 파스테르나크의 광맥을 잡고자 노두露頭를 찾는 중에 나에게도 영국판 『닥터 지바고』가 들어왔고 다음으로 미국판 『닥터 지바고』가 또 입수되었다. 그 책 뒤에 소설의 에필로그처럼 된 지바고의 시가 26편이 실려 있었다. 내가 종사하는 신

문 독자에게 늦게나마 몇 편 소개해 볼까 해서 간단한 생각으로 번역에 손을 댔다.

솔직히 말해서 나는 번역하기를 꺼리는 자다. 번역의 어학적 면이나 기술적 면에 능하지도 못하지만 번역해서 작품 본래의 면모를 살리지 못한다면 원작자의 작품과 그 평가를 저하시키는 결과가 되기 때문이다. 게다가 시는 단어의 집성만으로 되는 것이 아니다. 파스테르나크의 같은 시를 영어로 영국에서 번역한 것과 미국에서 번역한 것이 이질적이야 아니지만 외형으로 판이한 경우가 있는 것을 목도했을 때 시의 번역은 결국 뜻을 전달하는 길 외에 혹시 좋은 수가 있다면 단어의 제한을 깨뜨리고 의역으로 한국식 파스테르나크의 시를 편성할 수밖에 없을 것이다. 그러나 거기에는 또 여러 가지의 딴 문제가 제기될 것이다.

우선 나는 위에서도 말했지만 몇 편의 일을 하려 하였을 뿐이다. 그러던 것이 독자의 요청이 갑자기 늘어나서 지극히 바쁜 시간인 신문 마감 시간에 기사가 아닌 시를 써내야 하게 되었다. 나는 무리라고 어찌 보면 불쌍한 일을 자책을 받으면서 날마다 계속했다. 오역도 있을 수 있고 서투른 표현도 있을 것이다. 몇몇 출판사에서 신문에 난 것을 그냥 원고로 하여 출판한다기에 그중 시인 이영순 씨의 요청을 듣지 않을 수 없었다. 다시 보고 또 보아도 부족한 것을 그냥 책으로 내는 것이 시에 종사하는 자의 일이 아니지만 파스테르나크의 시를 소개하는 의미에서 수긍 받고자 할 뿐이다. 그리고 『닥터 지바고』의 뒤에 붙은 시와는 달리 또 다른 시가 들어왔다. 이것은 다음 기회에 필요에 따라 손대 볼까 한다.

끝으로 시인으로서의 파스테르나크에 대해서 한두 마디 하고 싶은 것은 그는 독일에서 철학 공부도 했고 또 영국의 셰익스피어 작품도 번역한 서구적 영향을 많이 받은 사람이다. 그가 유물론자건 유심론자건 간에 그의 휴머니즘은 깊다. 그는 어찌 보면 영원의 단애斷崖에 서 있다. 그는 거기서 사람을 보고 죽음을 본다. 그러면서 사랑의 세계의 계시를 동족의 피부 속에서 느낀다. 그런 점에서는 과거 노서아露西亞의 위대한 작가들의 정신과 피를 계승했다고 볼 수 있으며 현재 소련 공산주의

문학이 나아갈 길을 그가 고문을 받으면서 제시한 듯한 감이 있다.

단기 4291년(=1958) 12월 19일

김광섭 씀

## 해설

서전瑞典(-스웨덴) 한림원이 1958년도의 노벨문학상 수상자로서 『의사 유리 지바고』의 저자인 소련 작가 보리스 파스테르나크를 지명하자 이 작품과 작가는 전 세계의 관심을 집중시키는 존재가 되었다. 이것은 1938년 불란서에 망명 중이던 이반 부닌이 노벨문학상을 받은 이후 소련인 작가로서는 두 번째로 받는 문학상임을 의미했다. 그리고 소련 정부와 소련작가동맹의 비난과 압력으로 말미암아 파스테르나크가 동同 문학상 수상을 거절하지 않을 수 없게만 이르지 않았더라면 우리는 1958년 12월의 제3주에 서전 수도 스톡홀름에서 세 명의 소련 과학자와 함께 노벨상을 받았을 파스테르나크의 모습을 어김없이 보았을 것이다. 서전 한림원의 상임 의장인 안데르스 오스테르링은 이 수 주일 전에 노벨문학상을 파스테르나크에 수여하는 이유로써 그가 "현대 서정시와 위대한 노서아의 서사시 전통의 분야에서 이룩한 중요한 업적"을 들었던 것이다. 파스테르나크가 수상을 거부한 것을 계기로 우리는 전제주의 국가 혹은 기계주의 체제하에 있는 사회에 있어서의 문학과 작가의 위치라든가 그 운명에 관해서 우리가 느꼈던 생각을 새삼 검토할 기회를 가질 수 있었던 것이지만 여기서 재확인하는 것은 인간이 추구하는 가치 세계와 그것의 한 구현으로서의 문학은 결국 모든 것을 초월하는 궁극적 존재라는 것과 또한 당연 그렇게 있어야 한다는 것이었다. 문학이 변명을 해야 하고 심판받아야 할 일이 일어난다면 그것은 어디까지나 인간성의 옹호의 이름에서 비로소 가능하다고 생각된다. 그런데 여기서 하나의 현실적 문제로서 이 『서정시집』의 저자 파스테르나크와 그 작품 세계를 고찰하기에 앞서 그가 자라 온 현대 노서아 문학의 일반적 상황을 간단히 더듬어 보려고 한다.

전반적으로 말해서 세계 1차 대전은 노서아 문학에 심대한 영향을 주지 않았으며 지식 계급은 전쟁과는 무관한 상태에 있었다. 1917년 3월에 일어난 혁명 또한 노서아의 상징적 문학과는 직접적 관련이 없었다. 그러나 8개월 후에 일어난 소위

11월의 볼셰비키 혁명은 노서아 문학을 완전히 뒤집어 놓고야 말았다. 그것은 문학을 다시 만들어 놓지도 않았고 혁신시키지도 않았고 지리멸렬의 상태에 내던지고 말았다. 작가들을 분산시키고 문학의 목표를 혼탁게 하고 대상을 모호하게 만들었는데 이것의 외적 결과로서 노서아의 지식인 작가들은 지역적으로 분리되거나 대립하는 몇 개의 진영으로 분열하게 이르렀는데 이 경향은 특히 1920년~21년 사이에 첨예화되었다. 이 시기를 전후해서 대다수의 대전 이전기以前期 작가들은 해외로 도피하였고 해외에서 사망하였다. 이를테면 안드레예프는 핀란드에서, 아르치바셰프는 바르샤바에서, 메레츠코프스키는 파리에서 각기 생애를 마쳤다. 일군의 다른 작가들은 처음엔 혁명과 그 참화에 회의를 느끼고 공포에 싸여서 역시 해외로 도망하였다가 그 후에 돌아와서 혁명 정권과 타협하고 어느 정도 자유롭게 문학 활동을 계속하였는데 쿠프린, 알렉세이 톨스토이, D. S. 미르스키 등이 그 대표적 작가들이다. 한편 이 양자들보다 훨씬 젊은 세대로 구성된 제3군도 유혈과 암흑의 혁명기에 계속 국내에 남아 있어 혁명을 정치적 해방일 뿐만 아니라 문화적 해방이라고 환영하고 찬양하였던 것이다. 노서아가 낳은 저명한 상징파 시인인 알렉산더 블로크는 제정帝政 말기에는 데카당트로서 노래하다가 혁명기에는 「12명」을 통해서 혁명의 가장 다변多辯하고 웅변적인 지지자로서 활약하였다.

내란과 봉쇄의 시기이던 1918년과 21년 동안에는 산문 작가는 거의 침묵을 지키고 시가 지배하였다. 전위파 시인들 가운데서도 미래파 시인들의 세력이 가장 두드러진 바가 있었으니 1912년에 시작된 이 운동은 주로 상징파 시인들의 극심한 신비주의에 반기를 든 것이었다. 그 후 미래파에는 여러 가지 이질적 요소를 융합하게 되었고 그 결과로서 이 파의 대표적 시인인 빅토르 흘레브니코프(1885~1922)와 블라디미르 마야콥스키(1893~1930)의 양 시인한테서는 전통적인 시작詩作에서 시를 해방시키고 한결 거칠고 억센 악센트를 풍기려고 하였던 공통된 의욕 이외는 아무런 유사성이 발견되지 않는다는 것이다. 이들 다음으로 생존하는 시인들 중에서 최고의 시인이라고 불리는 이가 바로 보리스 파스테르나크이다. 그다음으로 주목할 만한 시인은 1912년 이후 에미그레(망명인)가 된 마리나 츠베타예바와 한때 발레리나 이사도라 덩컨의 남편이던 세르게이 예세닌(1895~1915)이 있다.

1921년 이후 시는 차츰 저조를 이루고 이 시기 후에는 크게 주목할 만한 시인이 별로 나타나지 않고 있다. 노서아 문학은 4기로 나누어 보는 것이 보통인데 제1기가 전기前記한 바와 같이 혁명에서 1921년의 네프(신경제 정책)까지, 제2기는 1922년에서 28년까지, 제3기가 5개년 계획의 시작에서 독소전쟁 발발까지, 그리고 독소전쟁에서 현재까지가 제4기로 되어 있다. 제2기부터 작품 활동은 필연적으로 명확한 정치적 색채를 띠게 된다. 작품은 용만冗漫해 가고 선전적인 내용이 증가해 간다. 중류 계급의 불가피한 재앙과 일반 대중의 영웅주의, 집단 농장, 산업 풍경 등 표준화한 주제에 밑받침한 작품이 미리 계획되고 발표된 제목을 달고 반복되어 온다. 그러는 동안에 혁명적 낭만주의와 사회주의적 리얼리즘과 전쟁기의 애국주의가 지도 이론으로서의 위치를 교체해 나온다. 알렉세이 톨스토이는 소련 문학의 전개를 가리켜 포지티브 리얼리즘이라고 부르고 그 문학이 이데올로기를 떠나 사실에 입각하게 되었음을 시사하는 듯했다. 그 말의 의미의 명확성의 여부는 어떻든 간에 규준이 되는 지도 이론과 작품 활동과의 관계라든지 그 상호 제약성이 어떠한 것인가는 이번 『의사 지바고』를 둘러싼 비난과 탄압이 여기에 대한 명확한 증언이 되지 않는가 한다. 그러나 한 작품 자체를 두고 볼 때 『의사 지바고』도 그 적절한 일례가 되겠지만 거기에는 노서아와 그 국민에 대한 이해나 해석에 있어 도스토옙스키나 톨스토이가 그린 작품 세계와 크게 상통하는 여러 특징을 발견하지 않을 수 없는 것이다. 필경 이와 같은 동일성은 언어만이 누릴 수 있는 독자적 성격일는지도 모른다.

보리스 파스테르나크는 1890년 모스크바에서 출생하였다. 유대 계통의 그 양친은 예술적 천품이 풍부하였다. 아버지는 샬리아핀, 릴케, 라흐마니노프, 레닌 등의 초상화가로 이름났으며 어머니는 "스커트를 입은 모차르트"란 이름을 들은 피아니스트였다. 다정다감한 성향을 타고난 보리스는 처음 음악, 특히 작곡에 전심하다가 절대 음감을 갖지 않았던 까닭으로 해서 작곡을 포기하고 한동안 법률을 공부했다. 그 후 독일 마르부르크 대학에서 신칸트파 철학자 헤르만 코헨 밑에서 철학을 연구한 뒤 이태리 여행을 마치고 1914년에 모스크바로 돌아왔으며 시작詩作에 전심하게 되었다. 1914년에서 1923년 동안에 네 권의 시집을 냈는데 『내 누이, 생명』과 『주제와 변조變調』가 대표작이다. 그 밖에 다섯 편의 단편소설을 발표했고 1934년에는 자서전 『지난여름』을 썼다. 1935년부터는 셰익스피어, 괴테, 쉬르데르 등 영英, 독獨, 불佛, 이伊의 고전을 번역하며 생활을 유지하였는데 『의사 지바고』가 나오기까지 실로 4분지 1 세기 동안 그의 이름은 고전의 역자로서 세상에 알려졌던 것이며 이 기간 중의 그의 침묵은 결코 자발적인 것은 아니었다.

서정시인으로서의 파스테르나크는 흘레브니코프나 마야콥스키처럼 퓨처리즘(미래파)의 영향을 많이 받았다. 미래파는 1909년 이태리의 필리포 토마소 마리네티에 의해서 시작된 것으로 현대 정신은 '스피드의 찬양' 속에 상징된 것으로 보고 도시 산업 중심지(「촉수 있는 마을」)를 많이 그리고 노래했다. 문학에서의 미래주의는 문장 구성법의 파괴와 리듬의 해체를 강조하였는데 이를테면 명사와 부정 동사를 아무런 접속사나 운을 쓰지 않고 혼돈된 순열로 단편적으로 배열시키고 활자적 효과를 많이 찾고 수학 또는 화학의 부호, 방정식과 같은 여러 기호를 사용하기도 했다. 미래주의는 1919년 이후 마리네티를 제외하고는 실질적으로 아무도 따르지 않았으나 그 영향은 각국의 산문시, 자유시 같은 데서 볼 수 있었다. 문학에서의 미래주의의 영향을 가장 많이 받은 것이 노서아였고 맨 처음엔 세베리니의 '자아 미래주의'로, 그리고 파스테르나크와 마야콥스키와 흘레브니코프를 거쳐서 '입체 미래주의'로 변형되었고 나중에는 예세닌의 '사상주의寫像主義'와 셀빈스키의 '구성주의'에도 영향을 주었다. 파스테르나크는 미래파의 영향을 받은 한편 추체프와 페트의 전통에서도 깊은 영향을 입었다고 하는데 그의 시의 특징은 감각의 절대적인 청신성淸新性과 강렬한 서정적 감동을 포착하는 어법에 있다. 음적 효과를 중시하고 전문식電文式 문체를 발전시켰고 또한 심상의 사용에 남다른 관심을 보여 주는데 까닭인즉 "이미지만이 자연이 도달한 성공에 부합할 수 있는 때문"이라 했다. 그의 시 가운데 「시의 정의」라는 시는 다음과 같이 간결한 형식을 취하고 있다.

그것은(시는) 가파르게 올라가는 기적(汽笛).
그것은 비틀린 고드름의 깨어짐.
그것은 밤새에 얼어붙은 나무 잎새.
그것은 싸움을 노래하는 두 마리 두견새.
그것은 짓눌린 스위트 피.
그것은 어깨에 놓인 세계의 눈물.

비슷한 이미지의 비교가 있는가 하면 대조적인 이미지가 병치되고 기대나 상징을 넘어서는 결론이 주는 충격이 강렬히 느껴진다.

모든 것은 외양간까지라도 공개되었다.
비둘기조차 눈에 묻힌 귀리 알을 쫓아낸다.
죄지은 자와 생명을 주신 자 그는
신선한 공기에서 냄새나는 똥이다.

—「삼월」

또는

이제 모든 것은 끝나서

창백한 눈빛 백발의 어둠 속에 잠겼다.

상 위에서 초는 탔다.

촛불은 탔다.

—「겨울밤」

여기에 역출譯出된 시의 제목을 본다면 「햄릿」을 제외하고 인물이나 성격을 직접 다룬 것이 많지 않다. 「혼례」, 「이별」 등의 인간 생활과 감정 혹은 「기적」과 같은 종교적 함의를 풍기는 몇 편을 내놓고는 거개가 자연과 자연 현상을 주로 취급한 것이다. 새, 나무 등의 생물과 무생물의 차이는 있으나 모두가 자연 속에서 볼 수 있는 대상이고 간접 직접으로 자연의 이미지를 환기시키고 있다. 그러나 그것들은 그것으로서 그치는 것이 아니고 감정 혹은 정서의 특정한 상태와 긴밀히 연결되어 있다. 말하자면 엘리엇의 '객관적 상관물'의 구실을 맡아 하고 있는 것이 바로 이러한 무생물이다. 이 같은 형식은 현대 시인에서만 발견되는 것이 아니고 노서아 안에서만 하더라도 푸시킨이나 투르게네프가 즐겨 사용한 형식이다. 누가 적절히 말한 것처럼 파스테르나크에 있어서는 "날씨의 마음에서 언제나 마음의 날씨를 발견한다"고 말할 수 있겠다. '마음의 날씨'를 표현하는 것이 바로 서정시의 본질이라고 생각된다. 그다음 우리는 감동의 서정 세계를 넘고 보다 깊은 상징의 영토로 찾아 들을 수 있다. 시집 도처에서 경건과 헌신의 생활 감정을 읽어 낼 수 있고 자연과 인간의 관계, 땅과 생명과 죽음과의 인연에 대한 단상을 끌어낼 수 있다. 기다림과 희생으로서의 생이 관조적 체념 속에서 파악되기도 한다.

나는 여자의 손과 몸과 어깨와 목에서

빚어지는 기적 앞에서

종이 가지는 일생의 존경과

헌신을 가질 뿐이다.

—「해명」

기적은 섭리와 같은 것이고 자유와 제약은 기적의 다스림을 받는다.

기적은 기적이요 기적은 신이다.

—「기적」

기적들이 작용하는 창조성이여.

—「팔월」

그리하여 우리는 우리가 기다리는 이유와 그 의미를 잘 알 수 있을 것이다. 작품의 성공과 가치 판단의 궁극적 기준을 신학적인 것에 두었던 엘리엇이나 블래크머의 주장에 귀를 기울일 충분한 이해를 가져 보는 듯하다.

영국의 시인 허버트 리드는 그의 시작에 가장 많은 영향을 준 시인으로서 16세기 시인 셰익스피어 등을 들고 현대에서는 T. E. 흄, 파운드, 엘리엇 등을 들고 있다. 그리고 다른 구라파歐羅巴 시인들 가운데 그와의 유사성이 많은 사람으로서 횔덜린, 스테판 게오르그, 아폴리네르를 들고 파스테르나크가 그의 이상에 가장 가까운 시인이라고 여겨진다고 말하고 그의 시를 원어로 읽지 못하는 것을 유감히 생각한다고 했다. 리드의 이 말에 한낱 향수鄕愁에 그치지 않는 어떤 진실한 의미가 있다면 우리는 이 공든 이산怡山 김광섭 선생의 역시집을 읽고서 그와 같이 말할 수 있을 것이다.

4291년(=1958) 12월 15일

문학평론가 김용권

# 늙은 수부의 노래

**박은국**

● 박은국, 『늙은 수부(水夫)의 노래』, 교양사, 1959.3.30, 99면 · 60면

● 새뮤얼 테일러 콜리지 원작, 문우식 장정, 원문 수록

## 서문

나는 이 책의 서문을 쓰기에 적합한 사람이 아니다. 그럼에도 불구하고 굳이 이 글을 쓰게 되는 이유는 첫째, 이 젊은 역자가 엄청나게 어려운 일을 우수하게 해내었다는 데에 감동하였기 때문이요 둘째, 이런 종류의 책이 우리나라에서도 출판이 되고 또한 자못 많이 읽혀지고 있다는 데 대하여 반가운 마음을 금치 못하기 때문이다.

시의 영역에 대해서는 아는 바가 적은 나로서도 콜리지가 차지하고 있는 세계문학사상에서의 높다란 지위를 알고 있는 터이요 또한 여기에 번역되어 나오는 『늙은 수부水夫의 노래』가 얼마나 값있는 작품인지를 알고 있는 터이다.

이 625행으로써 되어 있는 『늙은 수부의 노래』는 영국 낭만주의 문학의 정수精粹라 일컬어지고 있거니와 낭만주의에 대한 반동이 있은 이후 오늘날에 이르러서는 낭만주의 시인들의 작품이 이른바 전위적인 작가들에 의하여 일고一顧되지도 않는 데 반하여 이 콜리지만은 꾸준히 논의의 대상이 되어 왔을 뿐만 아니라 오늘날에 있어서 오히려 그 진가가 새로이 인정되고 있음을 볼 때에 이 작품을 단순히 낭만주의 계열에만 포함시킬 수도 없는 듯하다.

이 작품이 지니고 있는 초자연적인 줄거리라든가 작가의 놀랄 만한 상상력은 굳이 낭만주의에 속한다 하더라도 그 빈틈없는 극적 구축과 심오한 상징성은 현대의

작품과도 선불리 견주기 어려운 바가 있다 할 것이다.

얼핏 보기에 종교적이면서도 그것이 오히려 작품에 무게를 더하고, 교훈적인 것 같은 데가 있으면서도 순수성을 조금도 다치지 않고 있는 이 작품은 가히 콜리지의 천재적 소산이라 아니 할 수 없다. 단순하고 직접적인 언어로써 중세기적인 분위기를 조성하고, 언어의 놀랄 만한 음악성으로써 자연과 초자연과를 조화하며, 현실과 꿈과의 사이를 그려 내는 기법에 이르러서는 그저 감탄을 거듭할 따름인 것이다.

이와 같은 작품을 우리말로 번역한다는 일은 지난至難한 일 중의 하나이다. 역자인 박은국 씨는 이미 롱펠로의 『에반젤린』을 역간譯刊하여 호평을 받고 있는 사람으로 시역詩譯에 탁월한 재능을 이번의 이 책에서도 십분 발휘하고 있다. 더욱 많은 분발을 기대하면서 책머리를 더럽힌다.

1959년 1월 5일

조용만

## 역자 후기

이 작품은 영국이 낳은바 가장 훌륭한 시인의 한 사람인 콜리지Samuel Taylor Coleridge, 1772~1834의 최고 걸작이며 또한 문제작이다. 세계문학사상에서도 이만한 작품을 찾기는 어려운 것이다.

콜리지는 잉글랜드의 데번셔에서 목사의 아들로 태어났었다. 『셰익스피어 이야기』로써 유명한 찰스 램Charles Lamb, 1775~1834과는 학창 때부터 친하였고, 1795년에 워즈워스William Wordsworth, 1770~1850와 알게 되어 그의 천재적인 몽상들이 시라는 형태로써 정착되기 비롯했었다. 이의 소산이 곧 워즈워스와의 공저인 『서정소곡집抒情少曲集, *Lyrical Ballads*』(1798)이었으며, 이것은 영국 낭만주의 문학의 횃불이 되었던 것이다.

그의 많은 시작詩作들과 그의 시인으로서의 커다란 위치에도 불구하고 그를 한마디로 시인이라고만 볼 수는 없다. 콜리지의 다각적인 천재성은 시, 형이상학, 비평 등등의 다방면에서 발휘되었던 것이며, 그는 특히 낭만주의 운동에 앞장을 선 철학가였던 것이다. 그는 말하자면 르네상스적인 성격의 이른바 universality를 구현하였던 영국 최후의 사고가思考家였다. 과학마저가 그의 흥미 영역 속에 들어 있었으며, 그의 memory 및 association연상, 聯想에 대한 연구는 프로이트Sigmund Freud의 선구를 가는 것이라 할 수 있다. 이와 같은 그의 다방면에 걸친 활동에 대해서 이야기하는 것은 역자의 감히 시도할 바가 아니며, 또한 여기에서 말할 성질의 것도 아니다.

여기에서는 다만 시인으로서의 콜리지, 특히 『늙은 수부의 노래』의 작자로서의 콜리지에 대하여 극히 서투른 소견을 말하고자 할 따름이다.

콜리지는 1802년, 곧 *Ode to Dejection*(=Dejection : An Ode)을 쓴 이후로 뮤즈에게 작별을 고했다고 할 수 있다. 물론 그 이후에도 그는 많은 시를 썼고 그중에는 몇몇 우수한 작품이 있지마는 그의 시적 천재는 넓게 잡아서 그 이전의 5년간, 짧게 잡아서는 워즈워스와의 친교를 맺었던 1797년의 여름에서부터 그 이듬해 봄까지의 기간에 가장 찬란히 발휘되었던 것이다. 그 기간 중에 그는 *The Ancient Mariner, Christabel, Kubla Khan* 등의 걸작을 비롯하여 많은 작품들을 썼던 것인데, 이 기간의 작품은 모름지기 그의 천재의 소산이다. 그 밖의 시기에 씌어진 시들은 대개가 졸작에 속한다. 콜리지에 있어서의 가장 좋은 작품과 가장 나쁜 작품과의 질적 차이는 불과 연기와의 차이와 같다고 말한 Kathleen Raine의 말은 그대로 시인될 수 있다고 생각한다.

콜리지의 시적 천재에 불을 붙여 주는 힘은 그의 생애를 통하여 극히 짧은 기간밖에 주어지지 않았던 것이다. 그러므로 콜리지는 1834년에 62세의 나이로 죽은 것이 사실이지만 시인으로서의 콜리지는 1802년에 불과 30세의 나이로 죽었다고 볼 수가 있는 것이다.

그러면 그의 이와 같이 짧은 시적 생애의 가장 중요한 소산인바 『늙은 수부의 노래』에 대하여 말하기로 한다.

한마디로 간단히 말하자면 『늙은 수부의 노래』는 환상적인 작품이다. '환상적'이라고 하는 말의 의미는 매우 막연하다고 볼 수 있겠으나 여기에 있어서는 '상상적'이라는 말의 의미와 아울러 신비적인 요소를 지니고 있을 뿐 아니라 그러면서도 명확한 모습을 갖춘 것으로서 묘사되어지는 심리적인 통일의 세계를 암시하는 말이라고 생각해 주기 바란다. 따라서 환상적인 하나의 세계는 이른바 상징의 세계이다. 작자의 여러 가지 일상 경험이 총괄적으로 종합되어 작자 고유의 통일이 이룩될 때 그러한 통일에 의하여 안정과 조화가 얻어지는 세계인 것이다. 일상 경험의 여러 분야가 분열과 혼란을 면치 못하여 그 존재의 위기를 직감하고 있을 경우에는 특히 이와 같은 세계는 예언적인 의미를 가질 때가 있다. 그러므로 이러한 세계를 그린 문학 작품은 그 스스로가 한 개의 커다란 상징인 것이며, 또한 예언적인 모험성을 지닌 시론적試論的인 상징이라고 할 수가 있다. 이러한 작품에 대해서는 여러 가지의 해석이, 보는 사람의 각도에 따라서 어느 정도 자유로이 행해질 수가 있는 것이다.

그러나 이런 '환상적' 작품에 있어서는 그 작자가 분열 혼란하는 경험을 받아들이면서도 스스로는 착란됨이 없이 이들을 통일하고 조화시켜 가는 과정이야말로 가장 중요한 점이라 할 것이다.

그런데 이 작품에는 *Lyrical Ballads*『서정소곡집』의 초판에 발표된 1798년판과 동서同書의 재판에 실린 1800년판과 *Sibylline Leaves*에 포함되었던 1817년판과의 세 가지 종류가 있다. 오늘날 일반적으로 읽혀지고 있는 것은 마지막의 1817년판이며, 이 판에서 비로소 산문으로 씌어진 난외欄外의 주註가 붙여졌던 것이다.

이 주를 제외한 본문에 있어서도 1798년판과 1817년판 사이에는 다음과 같은 상이점이 있다.

1. 전 행수行數가 658행에서부터 625행으로 된 것.
2. 고어적인 spelling 및 words, phrase 따위가 현저하게 현대식으로 바뀌졌다는 것.
3. 1798년판보다 realistic한 묘사가 훨씬 적어져서 거의 없어졌다는 것.
4. 1798년판에 있어서는 늙은 수부가 혼례의 객에게 이야기를 할 적에 Stranger 라고 부르는 대목이 세 군데나 있었는데 대하여 1817년판에는 전혀 없다는 것. 이 사실은 곧 처음에는 두 사람 사이의 대화라는 사실이 작자의 의식 가운데 뚜렷했던 데 반하여 나중에는 그 대화 관계가 흐릿해짐으로써 하나의 의식이 교호적交互的으로 발하는 두 개의 목소리에 지나지 않게 되었다는 것을 암시하는 듯하다.

위의 네 가지 점으로 미루어 보건대 1798년판에 있어서는 묘사가 리얼리스틱하고 그러한 사실에 따라서 낡은 어법의 사용과 함께 발라드적인 성격이 작품의 표면에 나타난 대화체의 시로 되었던 것이라고 할 수 있다. 이와 비교해서 1817년판은 그 낭만적 경향이 차차 변모하여 리얼리스틱한 묘사가 없어진 대신에 신비적이고 환상적인 분위기가 짙어져서 하나의 특유한 작품 세계를 이룩해 내고 있다고 할 수 있다.

그러나 이러한 작품의 변모는 다만 한 곳을 제외하고는 1800년에 이미 이뤄져 있었다. 그때에는 산문으로 된 주가 붙어 있지 않았을 뿐이었다.

그러면 이 작품의 특질은 무엇인가?

1798년에 출판된 『서정소곡집』은 호평을 받지 못했다. 그중에서도 특히 「늙은 수부」는 비난의 초점이 되었었다—이 시집은 본시 익명으로 출판되었었기 때문에 대개의 독자들은 그것이 콜리지의 작품임을 알지 못했지만 낭만파 시인이었던 Robert Southey1774~1843도 이 작품을 absurd and unintelligible황당무계한 것이라고 평했다. 한층 놀라운 일은 워즈워스까지도 이 「늙은 수부」가 실패작이라고 생각했었던 것이다. 콜리지 자신도 어느 정도 개정할 것을 예정하고 있었던 것이며, 그래서 곧 개정되었던 것이다(개정하지 않아도 위대한 작품에 틀림없는 것이지만).

그러면 어떠한 방향으로 개정했던 것인가? 이것이 개정된 기간은 1798년에서 1801년(1800년판이 실제로 출판된 해)까지의 사이였다. 그 무렵에 콜리지는 『크리스타벨』의 완성에 힘쓰고 있었다. 그러므로 이 작품의 개정된 방향을 『크리스타벨』의 특색과 비교해 보는 것이 좋을 것이다. 거기에는 적어도 한 가지의 유사점이 있다. 그것은 곧 신비적인 환상성이다. 종래에 지녔던바 리얼리스틱한 성격을 내버리고 환상시에로 순수화되려는 과정이 곧 그 개정의 방향 또는 취의趣意였다. 그의 『*Anima Poetae*』의 제1장에는 다음과 같은 구절이 있다.

> Poetry gives most pleasure when only generally and not perfectly understood. (…중략…) From this cause it is that what call metaphysical poetry gives me so much delight.

위의 콜리지 자신의 말에 의하여 생각해 보건대 1800년의 개정판이 훨씬 더 그의 소견에 맞는 것임을 알 수 있다. 이와 같이 환상시에로의 이행은 많은 실례를 들어서 논할 수가 있지만 여기에서는 이를 생략하기로 한다. 그렇게 됨으로써 한층 더 깊이가 주어진 것도 사실이라 하겠다.

결론으로 말할 것 같으면 1798년판은 로맨틱 리얼리즘에 의하여 초자연물을 그린 발라드적 환상시라고 할 수 있고, 1800년판은 어떤 윤리성을 시적 신조로서 받아들이면서 쓴 미적 환상시, 1817년판은 종교적 요소와 미적 요소가 구극적究極的으로는 조화 일치한다는 것을 의식하면서 쓴 윤리적 환상시라고 볼 수가 있다. 그중의 어느 판이 문학적으로 가치가 더 많으냐 하는 문제는 읽는 사람의 선택의 자유에 속한다. 다만 한 가지 명백한 것은 오늘날 널리 읽혀지고 있는 『늙은 수부의 노래』가 그 창작 과정으로 볼 때에 세 개의 층이 겹쳐서 된 것이라는 사실이다. 이 사실을 바탕으로 함으로써 이 작품을 해석하는 종교적, 심미적, 또는 기교적 여러 방향이 예상될 수 있는 것이다.

나아가서는 이 세 개의 층을 투시할 수가 있다면 거기에 콜리지의 인간으로서의 전모가 보여질지도 모르는 것이다. 실로 이 한 편의 작품이 그러한 중량감을 갖고 있다고 하는 것은 한편으로는 이 작품이 이 시인의 가장 뛰어난 대표작이라는 것을 강하게 주장할 수 있는 근거의 하나가 될 수 있을 것이다.

이 졸역의 text는 Oxford Standard Authors 중의 *The Poems of Samuel Taylor Coleridge*에서 취하였다. 그리고 "Kubla Khan"을 덧붙인 것은 오로지 역자의 기호에 의한 것이다. 동학 및 선배 여러분의 가르침을 바랄 뿐이다.

제5부

# 시인의 목소리

## 김억의 상징주의 시부터 여성 한시까지

## 오뇌의 무도

**김억**

● 김억, 『오뇌(懊惱)의 무도』, 광익서관, 1921.3.20(초판), 174면; 조선도서주식회사, 1923.8.10(재판), 221면

● 김찬영 장정(1921)

### 『오뇌의 무도』에

삶은 죽음을 위하여 났다.

뉘 알았으랴, 불같은 오뇌의 속에

울음 우는 목숨의 부르짖음을……

춤추라, 노래하라, 또한 그리우라,

오직 생명의 그윽한 고통의 선線 위에서

애달픈 찰나의 열락의 점을 구하라.

붉은 입술, 붉은 술, 붉은 구름은

오뇌의 춤추는 온갖의 생명 위에

향기로운 남국의 꼭다운 '빛',

'선율', '계조階調', 몽환의 '리듬'을……

오직 취하여, 잘 들으라,

유향乳香 높은 어린이의 행복의 꿈같이—

오직 전설의 세계에서,

신화의 나라에서……

1921년 1월 일

유방惟邦(-김찬영)

## 서

여余는 시인이 아니라 어찌 시를 알리오. 그러나 시의 좋음은 알며 시의 필요함은 아노라. 이제 그 이유를 말하리라.

무릇 사람은 정情이 대사大事니 아무리 좋은 의지와 지교智巧라도 정을 떠나고는 현실 되기 어려우니라. 곧 정으로 발표하매 그 발표하는 바가 더욱 진지하여지고 정으로 감화하매 그 감화하는 바가 더욱 절실하여지는 것이라. 그러므로 고래古來 어떤 인민이든지 이 정의 발표 및 감화를 많이 이용하였나니 그 방법 중의 일대 방법은 곧 시라. 시試하여 보라. 세익스피어가 어떠하며 단테가 어떠하며 지나支那의 파경葩經(—시경, 詩經)이 어떠하며 유태猶太의 시편이 어떠하며 우리 역대의 시조가 어떠하뇨. 개인으론 개인의 성정, 의미와 사회는 사회의 성정, 사업 등을 표현 또 계발함이 크도다.

우리 문학사를 고考하건대 우리의 시로는 확실한 것은 고구려 유리왕의 황조시黃鳥詩가 처음 저명하였나니 그는 곧 거금 약 2천 년 전의 작이라. 이후로 삼국, 남북국, 고려, 조선 시대에 한시 및 국시國詩,時調가 많이 발흥하였더라. 그러나 근대 우리 시는 한시 및 국시를 물론하고 다 자연적, 자아적이 아니요 견강적牽強的, 타인적이니 곧 억지로 한토漢土의 자료로 시의 자료를 삼고 한토의 식式으로 시의 식을 삼은지라. 조선인은 조선인의 자연한 정과 성聲과 언어, 문자가 있거니 이제 억지로 타인의 정과 성과 언어, 문자를 가져 시를 지으려면 그 어찌 잘될 수 있으리오. 반드시 자아의 정, 성, 언어, 문자로 하여야 이에 자유자재로 시를 짓게 되어 비로소 대시인이 날 수 있느니라.

지금 우리는 많이 국시를 요구할 때라. 이로써 우리의 일체一切를 발표할 수 있으며 흥분할 수 있으며 도야할 수 있나니 그 어찌 심사深思할 바 아니리오. 그 한 방법은 서양 시인의 작품을 많이 참고하여 시의 작법을 알고 겸하여 그네들의 사상 작용을 알아 써 우리 조선 시를 지음에 응용함이 매우 필요하니라.

이제 안서岸曙 김 형이 서양 명가의 시집을 우리말로 역출하여 한 서書를 이루었으니 서양 시집이 우리말로 출세되기는 아마 효시라. 이 저자의 고충을 해解하는 여러분은 아마 이 시집에서 소득이 많을 줄로 아노라.

신유(-1921) 원월元月 하한下澣

장도빈 근지謹識

## 『오뇌의 무도』를 위하여

곤비困憊한 영靈에 끊임없이 새 생명을 부어 넣으며 오뇌에 타는 젊은 가슴에 따뜻한 포옹을 보냄은 오직 한 편의 시밖에 무엇이 또 있으랴. 만일 우리에게 시 곧 없었더라면 우리의 영은 졸음에 스러졌을 것이며 우리의 고뇌는 영원히 그 호소할 바를 잊어버렸을 것이 아닌가.

이제 군이 반생의 사업을 기념하기 위하여 먼저 남구南歐의 여러 아리따운 가인의 심금에 닿아 읊어진 주구옥운珠句玉韻을 모아 여기에 이름하여 『오뇌의 무도』라 하니 이 어찌 한갓 우리 문단의 경사일 따름이랴. 우리의 영은 이로 말미암아 지루한 졸음을 깨게 될 것이며, 우리의 고민은 이로 말미암아 그윽한 위무를 받으리로다.

『오뇌의 무도』! 끝없는 오뇌에 찢기는 가슴을 안고 춤추는 그 정형情形이야말로 이미 한 편의 시가 아니고 무엇이랴. 그러하다, 근대의 생을 누리는 이로 번뇌, 고민의 춤을 추지 아니하는 이 그 누구냐. 쓴 눈물에 축인 붉은 입술을 복면 아래에 감추고 아직 오히려 무곡舞曲의 화해和諧 속에 자아를 위질委質하지 아니하면 아니 될 검은 운명의 손에 끌려가는 것이 근대인이 아니고 무엇이랴. 검고도 밝은 세계, 검고도 밝은 흉리胸裏는 이 근대인의 심정이 아닌가. 그러나 이것은 결코 인생을 희롱하며 자기를 자기自欺함이 아닌 것을 깨달으라. 대개 이는 삶을 위함이며 생을 광열적狂熱的으로 사랑함임으로 써니라.

『오뇌의 무도』! 이 한 권은 실로 그 복면한 무희의 환락에 싸인 애수의 엉굼이며, 같은 때에 우리 위안은 오직 이에 영원히 감추었으리로다.

아—, 군이여, 나는 군의 건확建確한 역필譯筆로 꿰어 맺은 이 한 줄기의 주옥이 무도장에 외로이 서 있는 나의 가슴에 드리울 때의 행복을 간절히 기다리며 또한 황막한 폐허 위에 한 뿌리의 푸른 움의 넓고 깊은 생명을 비노라.

신유(−1921) 1월

오산五山 우거寓居에서

염상섭

친애하는

김억 형에게

## 『오뇌의 무도』의 머리에

건조하고 적요한 우리 문단—특별히 시단에 안서 군의 이 처녀 시집(역시譯詩일망정)이 남은 실로 반가운 일이다. 아, 군의 처녀 시집—아니, 우리 문단의 처녀 시집(단행본으로 출판되기는 처음)! 참으로 범연한 일이 아니다. 군의 이 시집이야말로 우리 문단이 부르짖는 처음 소리요 우리 문단이 걷는 처음 발자국이며 장래 우리 시간의 대심포니諧樂를 이룰 Prelude(서곡)이다. 이제 우리는 그 첫소리에 귀를 기울일 것이요 그 첫 걸음걸이를 살필 것이며 그 의미 있는 서곡을 삼가 들을 것이다.

군이 이 시집 가운데 취집聚集한 시의 대부분은 샤를 보들레르와 폴 베를렌과 알베르 사맹과 레미 드 구르몽 등의 근대 불란서 시의 번역을 모아 『오뇌의 무도』라 이름한 것이다. 그런데 내가 잠깐 근대 불란서 시란 어떠한 것인가 써 보겠다.

두말할 것 없이 근대문학 중 불란서 시가처럼 아름다운 것은 없는 것이다. 참으로 주옥같다. 영롱하고 몽롱하며 애잔하여 '방향芳香'이나 '꿈'같이 포착할 수 없는 묘미가 있다. 그러나 어떤 때는 어디까지든지 조자調子가 신랄하고 침통하고 저력이 있는 반항적의 것이었다. 좀 자세하게 말하면 근대 시가—특히 불란서의 것은 과거 반만년 동안 집적된 '문화 문명'의 중하重荷에 눌리어 곤피困疲한 인생—즉 모든 도덕, 윤리, 양식, 종교, 과학의 영어囹圄와 질곡을 벗어나서 '정서'와 '관능'을 통하여 추지推知한 어떠한 새 자유 천지에 '탐색'과 '동경'과 '사랑'과 '꿈'의 고운 깃羽을 펴고 비상하려 하는 근대 시인—의 흉오胸奧에서 흘러나오는, 가는 힘없는 반향이다. 그렇게 근대 시인의 '영靈의 비약'은 모든 질곡을 벗어나 '향'과 '색'과 '리듬'의 별세계에 소요하나 피등彼等의 육肉은 여전히 이 고해苦海에서 모든 모순, 환멸, 갈등, 쟁탈, 분노, 비애, 결핍 등의 '두려운 현실의 도가니坩堝' 속에서 끊지 않을 수 없다. 그러므로 피등은 이러한 '육의 오뇌'를 찰나간이라도 잊기 위하여 하릴없이 핏빛 같은 포도주와 영률정罌栗精과 Hashish(인도에서 산産하는 일종 최면약)을 마시는 것이다.

아! 어떠한 두려운 모순이냐? 아, 어떠한 가슴 쓰린 생의 아이러니냐? 이러한 부단히 영과 육, 몽夢과 현실, 미와 추와의 저어齟齬 반발하는 경애境涯에서 피등의 시는 흘러나오는 것이다. 어찌 큰 의미가 없으며 어찌 큰 암시가 없으랴! 이제 나의 애우愛友 억億 군이 그러한 근대 불란서 시가—기중其中에서도 특히 명편 가작만 선발하여 역譯함에 당하여 나는 만곡萬斛 찬사를 아끼지 아니한다.

마지막으로 나는 군의 사상과 감정과 필치가 그러한 것을 번역함에는 제일의 적임자라 함을 단언하여 둔다.

1921년 1월 14일 야夜

변영로

## 역자의 인사 한마디

이 가난한 역시집譯詩集 한 권에 대한 역자의 생각은 말하려고 하지 아니합니다. 말하자면 그것이 출세될 만한 값이 있고 없는 것에 대하여는 역자는 생각하려고도 하지 아니하며 그 같은 때에 알려고도 하지 아니합니다. 더욱 새 시가가 우리의 아직 눈을 뜨기 시작하는 문단에서 오해나 받지 아니하면 하는 것이 역자의 간절한 열망이며 또한 애원하는 바입니다. 자전字典과 씨름하여 말을 만들어 놓은 것이 이 역시집 한 권입니다. 오역이 있다 하여도 그것은 역자의 잘못이며 어찌하여 고운 역문이 있다 하여도 그것은 역자의 광영입니다. 시가의 역문에는 축자逐字, 직역보다도 의역 또는 창작적 무드를 가지고 할 수밖에 없다는 것이 역자의 가난한 생각에의 주장입니다. 어찌하였으나 이 한 권을 만들어 놓고 생각할 때에는 섧기도 하고 그립기도 한 것은 역자의 속임 없는 고백입니다.

이 역시집에 대하여 선배 어른 또는 여러 우인友人의 아름답고도 높은 서문 또는 우의友誼를 표하는 글友誼文을 얻어 이 보잘것없는 책 첫머리에 고운 꾸밈을 하게 됨에 대하여는 역자는 깊이 맘 가득한 고마운 뜻을 선배 어른 또는 여러 우인에게 드립니다.

그리하고 이 역시집에 모아 놓은 대부분의 시편은 여러 잡지에 한 번씩은 발표하였던 것임을 말하여 둡니다. 또 이 역시집의 원고를 청서淸書하여 준 권태술 군의 다사한 맘에 고마움을 드립니다.

그다음에는 마지막으로 역자는 이 역자로 하여금 이 역시집의 출세를 빠르게 하여 주고 또는 이 어려운 일을 맡아 발행까지 즐겁게 하여 주신 광익서관 주인, 나의 지기知己 고경상 군의 보드라운 맘에 다사한 생각을 부어 드립니다.

1921년 1월 30일

서울 청진동서

억생億生

## 재판되는 첫머리에

이 값도 없는 시집이 뜻밖에 강호의 여러 고운 맘에 닿은 바가 되어 발행된 후 얼마의 시일을 거듭하지 아니하여 다 없어진 데 대하여는 역자인 나는 역자로의 기쁨과 광영스러움을 잊을 수 없을 만큼 크게 느끼고 있습니다.

첨에는 이번 재판의 때를 이용하여 크게 정보訂補 수정을 하려고 하였습니다마는 실제의 붓은 여러 가지로 첫 뜻을 이루게 하지 아니하였습니다. 그것은 다른 것이 아니고 두 해를 거듭한 지금의 역자에게는 그때의 필치와 지금의 필치 사이에 적지 아니한 차이가 있는 때문입니다.

역자는 지나간 필치를 그대로 두고 싶다는 기념에의 생각으로 조금도 고치지 아니하고 그대로 두고 맙니다. 이 시집 속에 있는 아서 시먼스의 시 한 편은 뽑아 버리고 말았습니다. 그것은 얼마 아니하여 출세될 시먼스의 시집 『잃어진 진주』 속에도 넣은 까닭입니다. 하고 예이츠, 포르, 블레이크의 시 몇 편을 더 넣었을 뿐입니다.

지금 역자가 혼자 맘속에 꾀하고 있는 태서泰西 명시인의 개인 시집의 총서가 완성되면 이 역시집은 아주 절판을 시키려고 한다는 뜻을 한마디 하여 둡니다.

마지막으로 작년 봄에 곧 재판되었을 이 시집이 여러 가지로 맘과 같게 되지 아니하여 이렇게 늦어졌음을 독자 되실 여러분에게 사죄합니다.

1923년 5월 3일<br>서울 청진동 여사旅舍에서<br>역자

## 잃어진 진주

**김억**

- 김억, 『잃어진 진주』, 평문관, 1924.2.28, 172면
- 아서 시먼스 원작

안서岸曙 사형詞兄!

이번 아서 시먼스 시집을 번역하심에 대하여 나더러 서문을 쓰라고 하셨습니다. 형에게서 이러한 부탁을 받은 것을 큰 영광으로 알거니와 불행히 나는 그 시집에 서문을 쓸 자격이 없음을 자백해야 되게 되었습니다. 대개 나는 아직 그의 시를 읽어 본 일이 없는 까닭이외다.

내가 시를 사랑하지 아니함이 아니외다. 사랑하기는 지극히 사랑하여 나 자신이 시인이 되고 싶어 하는 열망조차 있지마는 동분서주하던 나의 생활은 고요하게 아름다운 시를 골라 상완賞玩할 여가가 없었습니다.

그러나 원래 형의 천분天分을 잘 아는 나로는, 또 형의 우수한 천분의 실증인 역시집 『오뇌의 무도』를 상탄賞嘆한 나로는 형의 이번에 번역하신 아서 시먼스의 시집에 대하여서도 충분한 신임을 드리는 바외다. 더욱 오늘 조선 사회와 같이 외국의 문학의 수입이 문단을 위하여서나 일반 민중을 위하여서나 심히 긴요한 때에, 그런데도 아직 이 헤아릴 수 없는 가치를 가진 사업을 하는 이가 없는 때에 형이 홀로 이 존경할 만한 사업에 용력用力하심은 우리 조선어를 말하는 자 전체가 감사할 바라 합니다. 나는 형의 귀중하신 노력과 순수한 정성이 반드시 크게 갚아질 것을 믿습니다.

어느 때 어느 곳에서나 번역은 창작과 같은 효과와 노력을 요하는 것이지마는 특

히 오늘날 조선과 같은 경우에서는 그 효과가 창작보다 더욱 크고 또 그 곤란이 창작보다 더욱 클 것이외다. 위대한 외국문학의 번역 위에만 위대한 조선문학의 기초가 설 것이니 번역의 공이 얼마나 큽니까. 또 아직 세련되지도 못하고 어휘도 풍부치 못한 말로 세련되고 풍부한 어휘를 사용한 외국문학, 게다가 시가를 옮기는 그 곤란이 얼마나 큽니까. 나는 형이 이 위대한 긴요를 통견洞見한 명明과 이 위대한 곤란을 모진冒進하는 용勇을 감사하오며 이것이 모든 조선 민중을 사랑하는, 그네에게 참된 정신생활을 주자 하는 일편단성一片丹誠에서 나옴인 것을 믿습니다.

안서 형! 더욱더욱 힘쓰셔서 많은 세계의 주옥을 빈궁한 조선 민중의 영靈에게 옮겨 주시기를 축원합니다.

임술(-1922) 중춘仲春 하한下澣에

춘원 근지謹識

## 서문 대신에

이렇게라도 만들어 세상에 보내게 되니 역자로의 기쁜 맘은 다시없이 큽니다. 작춘昨春에 프랑스 시단을 중심 잡은 제1 역시집『오뇌의 무도』라는 것을 만들어 놓을 때에도 시는 번역할 것이 아니다 하는 생각을 가지었습니다. 한데 이번에 제이 역시집으로 영국 시단의 거성이며 세계 문단의 총아인 아서 시먼스의 시집을 번역하여 이 한 권을 만들어 놓을 때에는 작년에 경험하던 같은 느낌을 간절하게 맘속에 기억하게 되었습니다. 참말 어떤 때에는 역필譯筆과 원고용지를 내던지고 역자 나 자신의 무능 비적임非適任임을 깊이 설워하며, 같은 때에 원문의 묘미를 어떻게 표현할까 하는, 무엇보다 적당한 문자 없음을 한갓 어이없이 알았습니다. 이리하여 차라리 중지함만 같지 못하다고까지 생각하였습니다. 역자보다 시상詩想이 많고 언어의 구속을 받지 아니할 만한 적임자가 있어 이 시먼스의 시를 원문의 면목 그대로 소개하여 주는 이가 있었으면 얼마나 기쁘며 감사스럽겠습니까마는 아직까지 있어야 할 그 사람이 나타나지 아니합니다. 이에 나는 천학과 적임 아닌 것을 돌아보지 아니하고 다시 내던진 역필과 원고지는 찾아 꼴 같지 아니한 것이나마 뭉치어 보겠다는 과분에의 일을 계속하였습니다. 죽을힘을 다하여 싸우었습니다.

자전字典과 목을 맨다는 말이 있습니다. 한 달 이상의 밤낮을 자전과 목을 매어 오면서 직무 뒤의 시간을 배 바쁘게 들이었습니다. 대단히 분주하게 또는 침착지 못한 시간 속에서 이 한 권이 되었다 함을 말하여 둡니다. 어찌하였으나 이렇게라도 만들어 세상에 보내게 되니 기쁨은 끝이 없습니다. 그러나 그 같은 때에 범을 개로 만든 서오한(-섭한) 설움과 죄스러운 잘못은 나의 기뻐하는 가슴의 중앙에 편책鞭責의 자리를 잡고 있다 함을 역자인 나는 거짓 없이 고백하여 두며 또한 넓은 용서를 독자에게 바랍니다. 말하자면 시처럼 읽을 때와 번역할 때가 엄청나게 다른 것은 없습니다. 첨에 이 역시집의 원문(두 권으로 된 런던의 하이네사의 출판)을 읽을 때에는 한갓 기뻐하였습니다. 한 줄 한 구가 말할 수 없는 망아적忘我的 황홀을 가지고 나의 가난한 심금의 줄을 울리어서는 미지의 다른 세계로 그 음향을 떠돌게 하였습니다. 나는 문득 번역하여 이 망아적 황홀을 여러 사람과 나누어 볼 생각이 났습니다. 번역하고 싶다는 것보다도 번역지 않고는 못 견디겠다는 필연의 원망願望이 모르는 동안에 나의 모든 것을 정복하고 말았습니다. 어린아이와 같이 뛰놀며 즐거워하였습니다! 이때에 나는 시라는 것은 읽을 것만이 아니고 넉넉히 번역할 수 있는 것이라 생각하였습니다. 또는 탄미歎美하는 것만으로는 만족할 수가 없으며 그저 두기가 무척 아까웠습니다마는 이러한 모든 심정은 얼마 아니하여 실망을 맛보게 되었습니다. 이것은 역필이 나로 하여금 뮤즈 여신에게 드리는 모든 숭경崇敬의 황홀에의 찬사를 다 빼앗게 한 까닭입니다. 원문의 미음옥운美音玉韻은 고사하고 그 닿치면 스러질 듯도 하고 바람에 풍기며 고운 노래를 짓는 그 고운 말—그 말을 그려 낼 문자가 내게는 하나도 없음에 놀랐습니다. 퍽도 괴로웠습니다. 이렇게 말을 하면 조선어 학자에게는 적지 아니한 꾸지람을 받겠습니다마는 조선말처럼 단순한 것은 없습니다. 형용사와 부사가 여만 부족이 아닙니다. 물론 첫째에 모든 어려움보다 딱한 것은 형용사와 부사였습니다. 참말로 비애가 아니고 비참한 생각이 났습니다. 될 수만 있으면 형용사와 부사는 영문 그대로라도 쓰고 싶었습니다. 하고 원문의 뜻을 허물 내지 아니하기 위하여는 직역보다 축자역逐字譯을 할까 하여 몇 편은 축자역도 하여 보았습니다마는 그것조차 맘 하던 바와는 달라 도로徒勞에 끝나고 말았습니다. 그래서 할 수 없이 직역하여도 될 것은 직역하고 직역으로는 아무 뜻도 아니 되는 것이면 의역하고 말았습니다. 그러나 무드만은 어찌하든지 허물 내지 아니하려고 온 맘을 다하였습니다.

단꿈을 깬 설움이라는 말이 있습니다. 나는 단꿈을 깬 설움이 아닌 썩 큰 비참을 경험하였습니다. 다시 나는 시라는 것은 결국 원문 그대로 관상할 만한 것이요 다른 나라 말로 옮길 것은 못 된다 생각하였습니다. 그러기에 누구나 관상하는 것으로 만족하고 번역이라는 득실의 국면에 서라고 하지 아니하는 줄 압니다. 나는 제삼자의 관상의 지위를 버리고 당사자의 국면에 선 나 자신을 뉘우침의 눈으로 돌아보지 아니할 수가 없었습니다.

그러나 이것은 다 지나간 것이고 일을 벌써 다 되었습니다. 이에 이르러 나는 고요히 역시譯詩의 잘되고 못된 것에 대한 평가는 현명한 강호의 여러분에게 맡기고 다만 이러한 꼴 없는 역시로 만족하려고 합니다.

이 기회를 얻어 한마디 하려고 합니다.

시의 번역이라는 것은 번역이 아닙니다. 창작입니다. 나는 창작보다도 더한 정력 드는 일이라 합니다. 시가는 옮길 수 있는 것이 아니라 하면 시가의 번역은 더욱 창작 이상의 힘 드는 일이라 하지 아니할 수가 없습니다. 이것은 다른 까닭이 아니요 불가능성에의 것을 가능성에의 것으로 만드는 노력이며 또한 역자의 솜씨에 가장 큰 관계가 있습니다. 이에는 매개되는 역자의 개성이 가장 큰 중심 의미를 가지게 되어 시가의 번역처럼 큰 개성적 의미를 가진 것은 없다고 단정하려고 합니다. 아무리 원시가 진주며 보석이라 하여도 그것을 세공하는 사람의 키줄과 솜씨가 좋지 못하면 진주는 깨어지게 되며 보석은 상처를 받게 됩니다. 하고 원시는 이렇게 좋은 것이 아니라도 역자의 시상과 솜씨가 좋으면 원시보다 썩 좋은 시가 되는 것입니다. 이에 대한 예는 들 필요도 없을 만큼 많으며 보는 바입니다. 그러기에 역시를 통하여 원시의 평가까지 의심함은 도리어 어리석은 일입니다. 원시는 원시요 역시는 역시로 독립된 것임을 생각하면 역자의 공죄功罪에 대하여는 서로 같을 줄 압니다. 왜 그러냐 하면 원시보다 좋은 역시가 있다 하면 그것은 원작자보다 큰 시상이 역자에게 있었음이며 만일에 원시보다 못한 역시가 되었다 하면 그것은 역자의 시상이 원작자만 못한 것이기 때문입니다. 이 의미에서 다른 작품보다 시의 역자 되기에는 많은 난관이 있습니다. 내가 첨에 시의 번역은 창작이며 가장 개성적 의미를 가진 것이라 하였습니다. 그렇습니다. 아무리 역자가 원시의 여운을 옮겨 오려고 하여도 역시亦是 역시譯詩는 역자 그 사람의 예술품 되고 맙니다. 그러기에 역시에 대하여 평가를 하려고 하면 역시를 일개의 창작품으로 보고 하지 아니하면 안 된다고 합니다. 원시와 역시를 혼동하여 평가하려고 하면 이는 무리에의 일이며 또한 독립성을 가진 것을 상대성으로 만들려는 쓸데없는 일에 지나지 못할 것입니다. 심하게 말하면 원시와는 전혀 다른 역시라도 나는 조금도 상관이 없다고 합니다. 독일의 데멜의 역시는 불국佛國 베를렌의 원시 「월광」의 본정조本情調와는 다른 의미로 원시를 업수이 볼 만한 명역이며 명시라고 합니다.

나는 이번에 아서 시먼스의 시집을 역출譯出할 때에 더더 이 위에 말한 것을 맘 깊이 느끼었습니다. 그러기에 나는 이러한 의미 아래에 어찌 되어 만일에 원시보다 나은 것이 있다 하여도 또는 원시보다 가장 열악한(무론 많을 줄을 알고 있으며 또는 짐작도 하고 있는 밥니다마는) 역시가 있어도 그것은 다 역자인 내가 알 바입니다. 한마디로 말하면 좋은 것이나 좋지 못한 것이나 다 찬사받을 또는 비방받을 책임자는 나 자신이요 원작자 또는 원시가 아닌 것을 말하여 둡니다.

그러면 왜 이렇게 번역을 하였느냐 하면 나는 공손하게 “I gran dolori sono muti”라는 말로 대답을 하려고 합니다. 이 이상 더 대답할 준비된 말을 나는 가지지 못하였습니다. 어찌하였으나 적어도 역시는 그러한 심정으로 읽을 것이라고 나는 주장하고 싶습니다.

이 시집 끝에 원작자의 작은 것이나마 평전을 하나 만들어 붙이려고 하였습니다다마는 그것도 맘대로 되지 아니하여 시먼스의 시에 대한 태도만을 말하려고 합니다.

들은 바에 의하면 시먼스에게 감화를 준 사람은 두 사람이라 합니다. 시먼스에게 시문詩文의 감화를 준 것은 브라우닝이며 산문, 비평, 또는 심미적 감화를 준 것은 월터 페이터라고 합니다. 그리고 무론 프랑스의, 프랑스라는 한 나라만 아니고 세계의 모든 시단에 큰 영향을 준바

De la musique avant toute chose,

Et pour cela préfère l'Impair

Plus vague et plus soluble dans l'air,

Sans rien en lui qui pèse ou qui pose.

(…중략…)

De la musique encore et toujours!

의 시인 베를렌과 친교가 깊었으니만큼 역시 시먼스의 시에는 영묘한 문자의 상징, 암시가 많아 영시사상英詩史上에 아직까지는 그 비比를 볼 수 없을 만큼 그의 지위가 높습니다. 이러한 말을 하기 전에 나는 시먼스 자신의 말을 소개하려고 합니다. 그것이 제일 바른길일 듯합니다. 그는 그의 시집 『낮과 밤』의 재간再刊 때에 서문을 썼습니다. 이것은 그의 시작詩作에 대한 태도를 밝혔을 뿐만 아니고 예술 대 도덕의 문제에 대하여 더욱 자기의 태도를 밝힌 것으로 유명합니다. 그는 가로되—

내가 지금까지 어떤 부분의 공격을 받은 것은 작품의 졸렬하다는 이유 때문이 아니었고 도덕상으로 좋지 못하다는 단순한 이유 때문이었습니다. 다시 말을 바꾸어 말하면 나의 작품을 비난한 이는 나의 작품에 대하여 예술상 비평과 도덕상 비평을 혼동하였습니다. 이는 나의 작품이 도덕을 조장시키지 못하였다는 이유로 예술을 공격한 것이었습니다. 이 점에서 나는 어디까지든지 예술의 자유를 위하여 싸우며 도덕이라는 것은 조금도 예술을 지배할 권위가 없다고 주장합니다. 예술이 어찌 되어 도덕의 봉사가 될 수 있을는지 모르겠습니다마는 예술이 도덕의 노예가 될 수는 결단코 없습니다. 그 이유에는 다른 것이 아니고 예술의 원리는 영구성인 까닭입니다. 그러하고 도덕의 원리는 시대에 따라 변화되는 영구성이 없는 까닭입니다. 시대정신의 변화에 따라 동요되는 것이기 때문입니다. 시험 삼아 여러분이 지금 복종하는바 인습적 도덕의 계율의 조문을 무엇이든지 하나 말씀하신다고 하면 나는 곧 여러분에게 여러분의 조선祖先이 이전에 존봉尊奉하던 다른 도덕의 계율 속에서 여러분이 지금 복종하는 계율과는 순 반대되는 조문을 가르쳐 드리겠습니다. 그리고 더욱 원망願望하신다고 하면 나는 그러한 도덕적 계율은 깨뜨려 버리는 것이 좋다는 예까지라도 보여 드리겠습니다. 그러면 아마 여러분은 좀 불만족하게는 생각하실지 모르나 역시 찬성은 할 줄 압니다. 여기에 깊이 생각할 필요가 생깁니다. 그것은 다른 것이 아니고 이러한 영구성이나 고정이 없는 지도자를 위하여 나는 영구성도 되며 고정성 있는 지도자, 예술을 내버리는 것이 옳겠습니까 하는 것입니다. 우리는 이 예술의 지도로 말미암아 열정이나 원망願望이나 정신이나 또는 관능이나 인심의 천당이나 지옥이나 모든 인생의 성정 속에 잠겨 있는, 또는 '자연'이 예술로 하여금 교묘케 아름답게 표현시키기 위하여 표현하다가 남겨 놓은 영구적 본질의 한 부분을 알 수가 있습니다. 우리는 가견可見의 세계에게 어떤 형상을 주어 써 자기를 이해시키려고 합니다. 이것은 말할 것도 없이 다 상징에 지나지 아니합니다. 그러면 어떻게 우리는 인생의 현우賢愚의 순간적 우발에의 것을 로제티의 소위 "찰나를 그려 내는 명문銘文"인 시의 제재에 상적相適하다, 아니하다 할 수가 있겠습니까. 이야말로 우스운 일이라 하지 아니할 수가 없습니다. 나는 인생의 심적 정조에서만 시제詩題를 얻습니다. 그리고 예술의 영역도 이 속에 있는 줄로 믿습니다. 이리하여 나는 어떤 것이든지 한번 나의

정조이었으면 비록 그것이 큰 바닷속의 한 작고 가는 물결과 같으며 또는 그것이 한 작고 가는 물결과 같이 가없는 것이라고 하여도 나는 그것을(할 수 있는 데까지는) 시에 표현시킬 권리를 가졌습니다. 이 점입니다. 나는 나의 시문을 비평하는 이에게 또는 나의 시문을 읽어 주는 독자에게 한 조각의 정조는 한 조각의 정조밖에 아니 되며 또는 한 작고 가는 물결과 같이 가없다는 것을 이해하여 줍소사 하는 바입니다.

나는 나의 시집에 있는 어느 시문이 사실의 기록입니다, 하며 공언하지 아니하겠습니다. 나는 다만 나의 시는 언제든지 한번은 나의 정도이었던 것을, 그때 그 찰나의 나 자신에게는 이러한 정조만이 존재하였다 하는 태도로 진실하게 표현하려고 하였습니다, 하며 고백합니다. 잘되며 잘못되지 아니함에는 관심하지 아니하고 나는 여러 가지의 정조를 선택하지도 아니하며 또는 조금도 숨기지도 아니하고 표현하였습니다. 만일에 나의 시집 속에서 이러한 정조를 가지지 아니하였더라면 하는 느낌이 있어 비난자로 하여금 나를 비난한다고 하면 나는 곧 대답하겠습니다— "혹 그럴지도 모르겠습니다" 하는 말을 한 뒤에는 반드시 이러한 말을 더하지 아니할 수가 없습니다—"그러나 그것이 무엇입니까? 그러한 정조가 내게 한번 존재하였습니다. 한번 존재하였던 것이면 어떠한 것을 물론하고 예술적 존재권이 있습니다" 하는 말을 더하여 두겠습니다.

이것으로 보면 지나가는 찰나의 찰나가 사람의 맘이며 또는 그것이 생명의 표현입니다. 그 찰나에서 다른 찰나로 옮기어 가는 정조가 그 찰나에서 다른 찰나로 옮기어 가는 전아全我의 무덤 속에서 새로이 생겨나는 정조가 전아이며 또는 전아적 애석愛惜을 느끼게 합니다. 이리하여 찰나찰나의 '전아'를 불사의 영역으로 이끌어 가려는 것은 곧 아름다운 정조입니다. 전아가 찰나에 죽으면 다시 다른 전아가 다른 찰나에 생깁니다. 이것이 보람 있는 '생'일 것입니다. 찰나 속에서 영구상永久相을 보면 영구상에서 찰나를 본다 하는 것이 이것입니다. 이것이 정명定命을 절대화시키며 유한을 무한화시키는 것입니다.

예술은 인생 생명의 표현입니다. 한데 찰나찰나의 전아의 생명의 표현은 찰나찰나의 정조입니다. 이 무한 부정不定의 정조를 표현하려고 함에는 모든 표현에서 뛰어난 '상징'의 길을 밟지 아니하고는 별수가 없습니다.

이러한 의미에서 시먼스의 정조는 상징, 암시에서 표현된 것입니다.

이만하고 붓을 돌리려고 합니다. 한데 이 시집이 재간이 되거든 그때에는 원작자에게 대한 꽤 자세한 말을 쓰려고 미리부터 꾀하고 있습니다.

그다음에는 시에 대하여 몇 마디의 정견井見을 표백表白하려고 합니다. 이것은 시에 대한 가장 높은 경의와 또는 사랑하는 맘을 말함에 지나지 못합니다. 나는 시를 사랑하는 맘은 어떠한 사람보다도 못하지 아니합니다. 대시인이 시를 사랑하는 맘이나 내가 시를 사랑하는 맘이 조금도 도수度數가 다르지 아니하다고 생각합니다. 차라리는 시를 숭앙하는 점으로는 내가 그이들보다 그 도수가 더 뜨거울는지 모르겠습니다. 나는 어찌하였으나 시를 사랑합니다. 러버 이상으로 사랑합니다.

한데 먼저 시의 족보를 만들어 보면

시 — 서정시 — 민중시(인생시)

사상시(寫像詩, Imagist)

미래시(Futurism)

후기 인상시(Post-impressionist)

입체시(Cubism)

민요시(Chanson, Song)

자유시(Vers-libriste)

상징시(Symbolism)

사실시(寫實詩, Parnassians)

이지시(理智詩, 哲理詩, 思想詩)

— 서사시(『오디세이』 같은 것입니다.)

— 희곡시(『파우스트』 같은 것입니다.)

이러한 것입니다. 시라는 것을 말하기 전에 몇 마디를 하여야겠습니다.

벌여 놓은 가운데서 희곡시와 서사시와 같은 것은 영국에 약간한 시인을 제하면 현대에는 없다고 하여도 과언이 아닙니다. 이는 서사시는 소설 때문에, 희곡시(극시)는 희곡 때문에 그 지위를 다 빼앗기었음입니다. 그러기에 여기 시라고 하는 것은 전혀 서정시를 가리킴입니다. 서정시의 안에 있는 이지시는 지금도(무론 한두 사람에 지나지 아니합니다) 쓰는 이가 있기는 합니다마는 나의 생각에는 이지시를 쓰려고 하면 차라리 논문을 쓰는 것이 더 의미 깊은 일이 아닐까 합니다. 시라는 것은 이지의 산물이어서는 아니 됩니다. 정조의 산물이라야 합니다. 이것이 나의 주장입니다. 오래전에 영국의 포프 같은 시인(?)은 「인생론」이라는 철학적 시를 쓴 것은 다 기억할 줄로 압니다.

사실시(파르나시앙입니다, 저 프랑스의)의 지위는 소설에 대한 자연주의와 같습니다. 말하자면 감정이라든가 상상이라든가 하는 것을 배척하고 사실寫實만을 중히 여기는 것입니다. 자아를 무시하는 냉정한 객관적 미를 존중히 생각하는 몰감沒感입니다. 평측平仄이라든가 압운押韻이라든가의 과세課稅에 고유한 생명을 잃어버린 시입니다. 그러나 그들의 장점도 적지 아니합니다. 나더라 말하라 하면 그들의 시형은 완미完美하다는 점에서는 가장 높은 극치를 보인 것 같습니다. 그리고 음악적 시형미를 시가의 천지에 수입시킨 것도 그들의 특필적特筆的 공덕이었습니다. 하나 그들의 단점은 컸습니다. 그것은 자연주의적 또는 기계적 되는 점입니다. 시가의 시가적 생명이 없었습니다. 대리석과 같이 맑지고 아름답고 분명은 하였습니다. 주관을 배부排否하였기 때문에 시가의 가장 중요한 것인 주관적 정조가 없었습니다. 있는 대로 박아 놓은 사실적 사진이 사실시이었습니다. 사진에도 그림과 같이 생명이 있다고 하면 모르겠습니다마는 그림에는 생명이 있어도 사진에는 생명이 없습니다. 이 시파는 근대 시가의 길을 열어 놓은 시신詩神의 총아 베를렌의 선구자적 반반적反叛的 정신으로 말미암아 깨어지고 말았습니다. 베를렌 시파를 남들은 데카당스라고 합니다. 그러나 그들 자신들은 삼볼리스트(영어의 심벌리스트입니다)라고 합니다. 이 삼볼리스트의 지위는 소설에 대한 자연주의의 반항적 운동인 비물질적, 비기계적 주의와 같습니다. 신로망주의와 같습니다. 사물의 내면에 숨어 있는 불가해적 신비를 찾아내려고 하는 것입니다. 이것을 찾아냄에는 직접으로 사실적寫實的 방법을 가지어서는 아니 되겠다 합니다. 간접으로, 사실이 아닌 방법으로 하여야 하겠다 합니다. 이에 어려운 말이 생기었습니다. 그것은 삼볼—상징이라는 것입니다. 석제스트—암시라는 것입니다. 직접으로 사물을 설명하기 어려운 것은 그림으로, 형용으로 표시하는 것과 같이 역시 사물의 내면의 신비향神秘鄕에 숨어 있는 것을 상징으로, 암시로 표현하자는 것입니다.

물이 맑으면 고기가 없다는 것은 누구나 말하는 오랜 말입니다. 상징시의 경향이 이렇습니다. 있는 그대로 쓰면 그 속에 숨어 있는 신비라든가 생명이 없어진다 하며 베를렌의 소위 「작시법」의 유명한 "Plus vague et plus soluble dans l'air"의 수단이 필요케 되었습니다. 이리하여 미녀의 고운 눈알을 숨기고 있는 희미하고도 투명한, 바람에 불리면 날아 날 듯한, 「작시론」의 작자의 말을 빌리면 '광명'과 '암흑'의 혼동된 면사面紗와 같은 시를 쓰지 아니하고는 숨어 있는 고운 눈알을 볼 수가 없습니다. 한마디로 말하자면 말라르메의 알기 어려운 작시상적作詩上的 상징론을 이러니저러니 하는 것보다 "The method to put music before matter, beauty before sense"라 하면 그만입니다. 또 필경 말라르메의 주장도 이에 반하지 아니합니다. 그러면 상징시의 특색은 음악적이며 시미적詩美的임에 있습니다. 그리고 찰나찰나의 정조를 자유로운 시형으로 잡아 두는 것입니다.

본래의 프랑스의 상징이라는 것은 적어도 이러한데 어찌하여 일본 와서는 그렇게 달라졌는가 합니다. 더욱 조선에 와서는 대개 상징시를 쓰는 이의 시를 보면(아무리 내재율의 핑계를 그대로 허할지라도) 벽자僻字 벽음僻音의 굳은 것은 둘째로 철리哲理나 또는 사상시思想詩보다도 더 어려운 이지시를 그대로 씁니다. 경구와 격언이 시가 아닙니다. 굳센 발음에는 음악적의 울림이 없습니다. 만지면 깨어질 듯한 우모羽毛와 같은 문자가 아니고는 음악적 울음이 없습니다. 그리고 시미적 되게 하려면 철학적 사상을 노래함으로써는 아니 될 줄 압니다. 의미로는 유원幽遠한 잡기 어려운 것이라야 시미의 오월 하늘 같은 곱다란 것이 있을 줄로 압니다. 더욱 상징시의 경향으로 말하면 내용에 의미를 두지 아니한 시입니다마는.

분명히 나는 그들은(조선 상징시인이라고 자처하는) 거짓의 시를 가져다가 상징이라 한다 함을 말하여 두고 싶습니다. 이에는 그러한 말을 더할 필요가 없습니다.

한때 자유시라는 것이 비로소 일반에게 알게 된 것은 이때였습니다. 그전에도 자유시가 있었습니다. 자유시의 발견에 대하여는 그 역사를 자세히 알기가 어렵습니다. 이는 저마다 말이 다른 까닭입니다. 그렇게 필연적에의 것은 아니기 때문에 나도 자세하게 누구가 자유시의 발견자라고 말하고자 하지 아니합니다. 자유라는 것은 규율에 대한 상반어입니다. 한데 근대의 서정시를(그중에 사실시와 민요시와 이지시를 제하고는, 그러나 이지시와 사실시도 근대화된 것은 그렇지 않습니다) 다 자유시라고 할 수가 있겠습니다. 자유시라는 것은 고전적 엄밀한 시형의 약속에 대한 말입니다. 말하면 평측이라든가 두운이라든가 각운이라든가 심하면 실러블(-음절) 제한까지 있었던 것을 다 파괴하고 그러한 속박과 제한을 받지 아니하는 자유로운 시라는 뜻에 지나지 아니합니다. 근대적이라 하면 여러 가지 해석이 없어도 짐작할 수 있었습니다. 민요시와 자유시와 같은 점이 있게 보입니다마는 그 실은 그렇지 아니하여 대단히 다릅니다. 자유시의 특색은 모든 형식을 깨트리고 시인 자신의 내재율을 중요시하는 데 있습니다. 민요시는 그렇지 아니하고 종래의 전통적 시형(형식상 조건)을 밟는 것입니다. 이 시형을 밟지 아니하면 민요시는 민요시다운 점이 없는 듯합니다. 우스운 생각 같습니다마는 민요시는 문자를 좀 다스리면 용이히 될 듯합니다. 한데 민요시의 특색은 단순한 원시적 휴머니티를 거짓 없이 표백하는 것이 아닌가 합니다. 무론 근대의 인심에는 단순성이 적을 듯합니다. 프랑스의 민요시인 폴 포르의 시 같은 것은(나는 민요시라고 합니다) 근대화된 민요시인 동시에 자유시입니다. 그는 이상하게도 종래의 알렉산드리안 시형을 가지고 고운 시를 씁니다. 엄정하게 말하면 그의 시는 어느 것이라 하기가 어렵습니다. 지금 여기 나의 미래 많은 사랑하는 벗 김소월 군의 민요시 「금잔디」라는 한 편을 보여 드리겠습니다.

금잔디

잔디
잔디
金잔디
深深山川에 파란 불빛은
가신 임 무덤가에의 금잔디
봄이 왔네 봄날이 왔네
버들가지에도 金잔디에도
深深山川에의 무덤가에도
봄이 왔네 봄날이 왔네

또 동同 군의 민요시 하나를 보면

진달래꽃

나 보기가 역겨워
가실 때에는 그때에는
말없이 고이 보내드리우리다

寧邊에 藥山
그 진달래꽃 한 아름 따다
가실 길에 뿌리우리다

가시는 걸음걸음
놓인 그 꽃을
고이나 즈려밟고 가시옵소서

나 보기가 역겨워
가실 때에는 그때에는
죽어도 아니 눈물 흘리우리다

순실한 심플리시티가 떠도는 고운 시라고 하고 싶습니다. 단순성의 그윽한 속에 또는 문자를 음조 고르게 여기저기 배열한 속에 한없는 다사롭고도 아릿아릿한 무드가 숨어 있는 것이 민요시입니다.

입체시(큐비즘)와 후기 인상시(포스트-임프레셔니스트), 그리하고 미래시(퓨처리즘)는 다 회화적 경향을 그대로 시가에 응용한 것인 줄로 압니다. 한데 극히 소수에 지나지 못합니다. 입체시, 후기 인상시에 대하여는 나의 경애하는 유방(惟邦) 김 형(-김찬영)의 소개가 분명히 잡지『개벽』작년 춘기호(-1921년 2월호)에 난 줄 압니다. 참고하여 주기 바랍니다(너무 장황하여 이 아래에는 여러 파(派) 시의 원문시들 몇 편씩 들고 말겠습니다. 이리 알고 용서하고 읽어 주기를 바랍니다).

## 입체시

### The Eye Moment (Max Weber)

CUBES, cubes, cubes, cubes,
High, low, and high, and higher, higher,
Far, far out, out, out, far,
Planes, planes, planes,
Colours, lights, signs, whistles, bells, signals, colours,
Planes, planes, planes,
Eyes, eyes, window eyes, eyes, eyes,
Nostrils, nostrils, chimney nostrils,
Breathing, burning, puffing,
Thrilling, puffing, breathing, puffing,
Millions of things upon things,
Billions of things upon things,
This for the eye, the eye of being,
At the edge of the Hudson,
Flowing timeless, endless,
On, on, on, on……

### Night (Max Weber)

Fainter, dimmer, stiller each moment,

Now night.

## 후기 인상시

### In a Café (Horace Holley)

I

How the grape leaps upward to lifes,
Thirsty for the sun!
Only a crushed handful, yet
Laughing for its freedom from the dark
It bubbles and spills itself,
A little sparkling universe new-born.
Well, higher within my blood and ecstasy
You'll sunward rise, O grape,
Than ever on the slow, laborious vine.

II

I drain it, then,
Wine o'the sun, sun-bright,
And give it fuller life within my blood,
A conscious life of richer thought and joy.

And yet, —

That too will perish soon like withered leaves
Athirst for an ultimate sun
Upon the soul's horizon.
Come down, O God, even to me,
And drain my being as I drank the grape,
That I, this moment's perfect thing,
Live so for ever.

## Creative (Horace Holley)

Renew the vision of delight
  By vigil, praise and prayer,
Till every sinew leaps in might
  And every sense is fair.

### 사상시寫像詩(이미지스트)

## Sunsets (Richard Aldington)

The white body of the evening
Is torn in scarlet,
Slashed and gouged and seared

Into crimson,

And hung ironically

With garlands of mist.

And the wind

Blowing over London from Flanders

Has a bitter taste.

Obligation (Amy Lowell)

Hold your apron wide

That I may pour my gifts into it,

So that scarcely shall your two arms hinder them

From falling to the ground.

I would pour them upon you

And cover you,

For greatly do I feel this need

Of giving you something,

Even these poor things.

Dearest of my Heart!

민중시의 경향은 데모크라틱 사조와 함께 꽤 유행(나는 유행이라고 합니다)되는 모양입니다. 지금 새삼스럽게 유행되는 것을 생각하면 간지럽습니다. 민중시가 근항近項에 생긴 줄 아는 이가 꽤 많은가 봅니다마는 시가사상詩歌史上으로 보면 벌써 오래였습니다. 나는 한물 거치어 간 것이라고 합니다. 지금이야 이러니저러니 하고 떠드는 것을 보면 이렇게 유행의 힘이라는 것이 큰가 하며 놀랄 뿐입니다. 문예사상文藝史上으로만 보아도 데모크라시라는 말이 썩 오래전에 쓰인 말입니다. 나는 여러 말을 하고 싶지 아니합니다. 다만 그러하다 할 뿐입니다. 일후에 틈이 있으면 쓰려고도 합니다. 민중시란 그것은 대단히 좋아합니다마는 유행같이 아는 민중시에 대하여는 나는 싫어하며 미워합니다. 이것은 유행이라는 것처럼 우스운 것이 없는 까닭입니다. 유행을 좇으려고 하는 것보다 좀 더 나아가서 민중시의 근본의根本義를 구하고 싶습니다.

한데 이제는 시에 대하여 말을 하겠습니다. 구체적에의 것이라도 실제 구체적 설명을 하려고 하면 대단히 어려운 일입니다. 시 같은 것은, 시뿐만이 아니고 모든 예술품은 설명할 것이 못 됩니다. 설명할 수가 없습니다. 시라는 것은 무엇이냐 하는데 대하여 시라는 것은 이러이러한 것입니다, 하고 정의를 내리기는 대단히 어려운 일만이 아니고 또 실제로 불가능한 일에 가깝습니다. 아마 사람이라는 것은 무엇이냐 하는 의문보다도 시라는 것은 무엇이냐 하는 것이 더 어려운 문제일 줄 압니다. "Poetry is the voice of Humanity"라 합니다. 그리고 또 "Poetry is the highest music of human's soul"이라 합니다. 그러나 나는 찰나찰나의 영靈의 정조적 음악이라고 하겠습니다. 그 같은 때에 한 영의 정조는 다른 영의 정조적 음악이라고 하겠습니다. 이렇게 말을 하면 어떤 이는 가리켜 써 문자적 유희라고 할 이가 있을지는 모르겠습니다마는 상대적 시는 존재할 수 있으나 절대적 시는 존재치 못한다고 나는 생각합니다. 왜 그러냐 하면 시의 용어는 인생의 문자나 언어에는 없는 성어聖語입니다. 그리고 비록 시는 있다고 하여도 그것은 내부의 정조대로 남아 있을 뿐이고 결코 밖으로 나아올 것은 못 됩니다. 왜 그러냐 하면 시가 문자라는 시형의 길을 밟게 되면 벌써 그 표현될 바의 표현을 잃은 제2의 시입니다. 가슴속에 '시상'으로 있는 그때의 시가 진정한 시입니다. 그것이 인생의 거칠고 표현의 불완전한 문자의 형식에 나타나면 벌써 진정한 시의 생명은 잃은 것입니다. 무론 이것은 이론理論입니다마는 이론이라고 또한 그저 두지 못할 것인 줄 압니다.

한데 시는 한마디로 말하면 정조(감정, 정서, 무드)의 음악적 표백입니다. 그러기 때문에 시에는 이지의 분자가 있어서는 아니 될 것입니다. 이에는 역시 시라는 것은 사색적이 아니며 찰나찰나의 정조적인 까닭입니다. 시에는 이론이 있을 것이 아니고, 단순한 비이론적인 순실純實한 순실성이 제일이라고 생각합니다.

시에는 열정이 필요합니다. 열정의 소유자가 아니면 시라는 아름다운 화원에는 들어갈 수가 없습니다. 열정이 없는 시는 아무리 잘될 것이라 하여도 씹다 남겨 놓은 우육牛肉과 같습니다. 진정한 생명이 그러한 시에는 없습니다. 그러하고 상징시도 좋습니다. 내게 말하라고 하면 구태여 무슨 시 무슨 시니 할 것이 없을 줄 압니다. 아무것이고 순실하게 표백하였으면 그만인 줄로 압니다. 한데 무엇보다도 시작의 용어로 벽자와 강함 음자音字를 써서는 아니 된다고 하고 싶습니다.

음악적 또는 시미적에의 것을 쓰지 아니하면 아니 된다는 것이 나의 주장입니다.

시제詩題의 재료로는 아무것도 좋으나 너무 시제답지 아니한 것을 시제로 잡아서는 또한 좋지 못한 결과가 생기지 아니할까 합니다.

시는, 예술품은 예술가의 생명을 먹고 자라나는 것입니다. 기쁨이거나 즐거움이나 설움이나 아픔이나 예술가는 다 먹어 버리고 맙니다. 생피를 그대로 마시고 자라는 것이 예술품이 됩니다. 이 때문에 작자의 생명은 차차 약하여집니다. 시는 더욱 그렇습니다. 괴롭고도 설운 즐거움입니다. 심령의 속삭임이 리듬이라는 비를 받아 곱게 핀 애달픔 많은 꽃이라고 하고 싶습니다. 뱀에게 물린, 죽으려도 죽을 수 없는 개구리의 심정과 같은 시인의 심정에는 무엇이라 말할 수 없는 Sweety sorrow가 있습니다.

시론에 대하여는 이 앞으로 달리 쓰려고 하기 때문에 이러한 것으로 만족하고 싶습니다.

마지막으로 이 시집의 표제를 『잃어진 진주』라고 한 것에 대하여는 별로 다른 뜻이 없고 다만 『시먼스 시집』이라고 하는 것보다는 좋을 듯하다는 생각에 지나지 않습니다. 그리고 이 시집의 원서를 빌려준 나의 사랑하는 소월 군에게 고마운 뜻을 드립니다.

1922년 정월 25일(역자 출세 후 9,623일 되는 날)

패성浿城(—평양) 여사旅舍에서

역자

원고 된 지가 너무 여러 해 전입니다. 하여 지금의 눈으로 보면 불에 던져 버려야 할 곳이 많습니다. 더욱 「서문 대代에」와 같은 것은 참을 수 없습니다마는 허가된 것이기에 어찌할 수 없습니다. 어찌하였으나 이 원고가 여러 의미로 수란受亂된 것임을 말씀하고 재간再刊되기만 기다립니다.

1924년 2월 20일

서울서 역자

# 기탄잘리

**김억**

- 김억, 『기탄잘리』, 이문관, 1923.4.3, 113면
- 김억, 『고통의 속박』, 동양대학당, 1927.3.8, 113면
- 라빈드라나트 타고르 원작, 드리는 노래(1923)

## 역자의 인사

세계적 명성을 가진 진정한 의미에의 불교도의 근대 시인인 인도 타고르의 신앙 시편인 이 시집 『기탄잘리(−이탄자리)』(드리는 노래)가 사람의 말라 가는 영靈에게 얼마만한 감화와 미음美音을 주었는가는 여기에 말하려고 하지 아니하고 다만 너무도 부허浮虛한 경신輕信의 맘이 타고르의 사상과 작품에 대하여 먼 거리를 가지는 듯하기에 지금 이것을 그들 맘에게 내놓으며 "읽으라, 그러나 씹어 읽으라" 하는 한마디를 부쳐 둡니다.

진정한 말을 하자면 이 귀한 시집이 역자 되는 내 손에서 출세됨에는 다시없는 광영을 느끼는 동시에 깊이깊이 이 시문을 옮길 만한 가능 없는 '비적임자非適任者'라는 거짓 없는 고백을 하여야 할 부끄러움을 가집니다. 원저자의 손에 된 영역문이 결코 난해로운 것은 아닙니다. 어떻게 그 영역문이 곱게도 맡기 좋은 방향芳香을 놓는가는 영어를 조금 아는 이라도 알 것입니다마는 무엇보다도 역출譯出할 때에 딱한 것은 문체였습니다. 어떠한 문체를 취할까 하는 것이 지금도, 다 역필譯畢한 지금도 의심으로 있습니다. 내 손에 된 문체이지마는 나는 동의할 수 없다는 것을 말씀하여 둡니다. 이것은 일후의 완전한 적임자를 기다릴밖에 없습니다.

원저자의 이름에 대하여 타골, 타쿠르, 타코르, 또는 타쿨 하는 여러 가지 발음이 있습니다마는 인도의 원이름을 모르는 역자는 공순恭順하게 영어식 발음 그대로 타고아(-타오아)라고 하였습니다.

역문譯文은 직역을 줄기로 잡고 하였습니다마는 너무 직역만으로는 뜻의 불명과 또는 너무도 서양식이 되기 때문에 의역한 곳도 적지 아니합니다. 어찌하였으나 번역이라는 것은 시문에서처럼 어려운 것은 없다는 것을 곰곰이 느꼈습니다. 다만 마지막으로 이 세계적 진주를 미숙한 기공技工이 너무도 많이 허물 낸 것을 깊이 사례하며 아울러 뮤즈 시신詩神의 꾸지람을 달게 받으려고 하는 뜻을 살펴 주시기 바랍니다.

1922년 10월 23일 야夜

황포黃浦 가의 월암산 아래서

역자

# 원정

## 김억

- 김억, 『원정(園丁)』, 회동서관, 1924.12.7, 158면
- 라빈드라나트 타고르 원작, 동산지기

### 원저자의 서언緖言

벵골어로서 영역된 이 책에 있는 생명과 사랑의 서정시 대부분은 『기탄잘리』라고 이름한 신앙적 시편보다는 썩 이전에 지은 것입니다. 영英 산문 역은 항상 축자역逐字譯이 아닙니다—원문에서 가끔 생략도 하고 가끔 해의解義도 하였습니다.

라빈드라나트 타고르

역자는 역자에게 예술의 길을 첨으로 보여준 것을 기념하기 위하여

이 산문 역시집 되는 타고르의 『원정』을

나의 경애하는

춘원 선생에게 드리옵니다.

역고譯稿를 끝내면서

역자

## 역자의 한마디

이 역고譯稿를 두 번째 쓰게 되었습니다. 출판 허가까지 얻었던 원고를 또다시 고쳐 역출譯出합니다. 어찌하여 전 것보다는 좀 나았으면 하는 것이 나의 거짓 없는 희망도 되며 아울러 고백도 됩니다. 출판 허가를 얻은 원고를 평양서 잃어버렸습니다. 나는 어떤 의미로는 잃어버린 것을 기쁘게도 생각하며 또한 서오하게도(-섭하게도) 생각합니다.

『기탄잘리』의 때에도 한마디 하여 두었습니다마는 타고르의 작품은 읽기는 쉽습니다마는 붓을 잡고 옮기게 될 때에는 많은 괴로운 심정을 경험하게 됩니다. 이번에도 문체에 대하여 적지 않게 괴로워하였습니다마는 『기탄잘리』의 문체에 구어체를 쓴 것보다도 훨씬 이 역고의 문체가 나은 줄로 믿습니다. 그것은 얼마큼 이 『원정』은 구어체로 옮기는 것이 원문에 가까운 듯한 까닭입니다.

하고 될 수 있는 대로 축자역체逐字譯體로 잡았습니다마는 어찌할 수 없는 경우에는 의역 또는 자유역自由譯도 하였습니다.

언제나 나는 같은 말을 합니다마는 번역이란 어떠한 것을 말할 것 없이 거의 창작과 같이 보려고 하는 것이 나의 주장이며 또한 의견입니다. 하기에 이 책에 좋은 것과 좋지 못한 것이 있어도 그것은 내가 알 것이요 결코 원작자가 알 것은 아닙니다.

타고르의 시는 숭고미崇高美보다도 가련미可憐美가 있습니다. 하고 종교적 또는 신비적 깊은 색채가 민요 또는 동요의 형식 속에 가뜩하였습니다. 하고 무엇이라 말할 수 없는 고움이 있습니다. 그야말로 잡으려고 하여도 잡을 수 없는 면사面紗 뒤에 숨은 고운 눈알과 같습니다.

사랑, 축복, 훈계, 신비, 지도指導와 식견—이것은 타고르의 시편에 나타난 것입니다.

타고르는 숨김도 없을 진정한 불교도의 순 인도적印度的 시인입니다.

이다음에는 『신월新月』을 번역할 차례입니다. 이제 『신월』 하나만 우리말로 옮겨 놓으면 타고르의 시집이 완성되겠습니다. 타고르의 작품 연대로 보면 『신월』, 『원정』, 『기탄잘리』입니다. 한데 나는 이상하게도 이 작품 연대를 역순으로 『기탄잘리』, 『원정』, 『신월』 이렇게 번역하게 됨을 그윽이 놀랍니다.

하고 타고르 옹에게 그이의 시집 전부의 번역권飜譯權을 얻어 두려고 합니다. 이것은 여러 가지 의미로 그이의 시집 번역을 기념하자는 뜻도 있음에 따라 역자 스스로 그것을 맘 곱게 기뻐하는 바입니다.

마지막으로 이 두 번째 역고를 씀에 대하여 나의 미래 많은 김소월 군의 힘을 적지 않게 빌렸습니다. 하고 시 중 한 편은 동同 군의 손에 된 것임을 고백하고 깊이 고마워하는 뜻을 표합니다.

나는 어찌하였으나 타고르의 시가 못 견딜 만큼 맘에 듭니다. 그의 시를 읽는 것은 내게는 다시없는 황홀이며 즐거움입니다.

세재歲在 계해(-1923) 중복 익일 야夜

서울 청진동서

역자

# 신월

## 김억

● 김억, 『신월(新月)』, 문우당, 1924.4.29, 110면

● 라빈드라나트 타고르 원작

And when my voice is silent

in death, my song will speak

in your living heart.

—Tagore

나의 아우인

홍권鴻權에게, 어린 때의 기억을 위하여,

이 산문 역시집을 보내노라.

## 머리에 한마디

이 『신월』로써 타고르 시집은 전부 조선말로 옮기어졌습니다. 이 시집들에는 오역도 있을 것입니다, 하고 정역正譯도 있을 것입니다마는 내게서 무거운 짐이 부리어진 듯한 유쾌가 있음에 따라 생기는 기쁨은 어찌하였으나 내 손에서 타고르의 시집 전부가 옮기어졌다는 것입니다. 아마 타고르 자신도 자기의 시집 전부가 가난한 조선 시단에 소개된 것을 기뻐할 줄 압니다.

이 『신월』은 어린아이를 위한 시집이란 것만큼 읽기에는 대단히 쉽습니다. 하고 보드라운 맛이 있습니다마는 정작 조선 옷을 입히려고 하니 어렵기가 『기탄잘리』, 『원정』 이상이었습니다. 암만하여도 어린아이다운 고운 필치를 그대로 옮길 수가 없었습니다. 그러한 필치와 표현에 대하여 꽤 충실하게는 한다고 하였습니다마는 결국 된 것은 이러한 어지러운 문체입니다. 한 가지 말하려는 것은 아마 이 『신월』에서 그렇게 많은 오역은 발견되지 않으리라고 생각합니다.

대체 타고르의 글처럼 쉽고도 어려운 것은 없을 듯합니다. 읽을 때에는 조금도 난해로운 문구가 없습니다마는 그것을 옮기게 될 때에는 어떻게 옮겨야 좋을지 딱해집니다, 땀만 납니다. 쉽고도 고운 글자로 곱고도 어려운 문구를 맺어 놓은 것이 타고르의 문장입니다. 하고 중심 사상이 늘 신비이기 때문에 놀랄 만큼 곱습니다, 유원幽遠합니다. 이것을 완전히 옮겨 온다는 것은 정말 거짓되기 쉬운 말일 듯합니다.

시는 옮기려고 할 것이 아니고 그저 읽기로써 만족하는 것이 제일 즐거운 일입니다. 읽으면 달콤한 기이한 맘을 얻습니다마는 그것을 옮기게 되면 현실미의 비참을 느끼게 됩니다. 하여 괴로움에 비례되는 효과는 생기지 아니하고 다만 보잘 것도 없는 허물투성이가 되고 맙니다.

이러한 의미에서 이 『신월』의 독자에게 이 선부른 기공技工이 값 높은 진주를 허물 낸 것을 죄 잡지 말아 주기 바랍니다.

일본말도 번역된 『신월』이 있다는 말을 듣고 여러 방면으로 그것을 구하여 대조라도 하려고 하였습니다마는 진재震災 뒤의 일이기 때문에 얻을 수가 없었습니다. 하여 타고르 자신의 손에 된 영역문에만 의하여 옮겼습니다. 될 수 있는 대로 원문에는 충실하게 하였습니다마는 혹 만족지 못한 점이 있는 것은 일후에 재판再版의 때를 기다려 고치려고 합니다.

나는 타고르의 작품을 좋아합니다. 하여 그의 시집 전부를 조선말로 옮긴 것은 그이에게 대한 나의 경의의 맘을 얼마라도 표하려고 함에 지나지 않습니다.

1923년 9월 12일 오후에

여사旅舍인 서울서

역자

## 산문시

**김억**

● 김억, 「산문시」, 『창조』 8~9, 창조사, 1921.1.27~5.30(전2회)

● 이반 투르게네프 원작

### 역자의 한마디

산문시집을 축호逐號하여 역출譯出하려고 하는데 순서는 역자의 편의대로 하려고 하며, 원문을 모르는 역자는 어찌할 수 없이 세계어 역본과 영문 역본과 또는 일문 역본을 대조하여 중역한다.

역자

## 임종
### 김억

- 김억, 「임종(臨終)」, 『시종』 2, 시종사, 1926.2.10, 38~39면
- 게오르그 보네프 원작, 에스어 역 산문시

역자—이것은 『헝가리 단편집』에 있는 게오르그 보네프의 것을 옮긴 것으로 언구言句의 아름답고 문장의 시미詩味는 아무리 애를 써도 그 비슷하게조차 할 수가 없었습니다. 미정고未定稿로 이것을 공개합니다. 다른 자연어보다도 이 점에서 에스어(—에스페란토)의 고움이 있지 않은가 합니다.

# 약소민족 문예 특집

**김억**

● 김억 외, 「약소민족 문예 특집」, 『삼천리』 3-11, 삼천리사, 1931.11.1, 66~72면

● 콘스탄틴 벨리치코프, 찬코 첼라코프스키, 칼로츠세이 원작

## 부기附記

이 졸역拙譯 두 편은 불가리아 사람으로 일찍이 대신大臣이 된 일까지 있는 시인의 것으로 에스어(-에스페란토) 역 『불가리아 문집』에서 옮겨 왔습니다. 불가리아국에서 전원시가로의 이 시인의 명성이 상당히 높다 합니다. 그러고 「나의 몸도」 마찬가지 그 문집에서 옮긴 것이외다.

## 부기附記

이것은 에스어 문학 전문 잡지 『문학세계』에 발표된 현 에스 시단 유명한 헝가리 시인 칼로츠세이 씨의 단시短詩를 한 편 원의原意를 땄다는 것보다도 직역하다시피 정형시의 압운押韻에다 옮겨 본 것이외다. 말할 것도 없이 시란 그 의미에 있는 것이 아니요 그 음조와 의미로의 조화 불가분할 만한 묘미에 있는 것인 이상 나의 역시譯詩로는 그것은 볼 수가 없는 것이요 또한 나의 것에는 의미밖에 남은 것이 없다 할 만하외다. 자세히 알아볼 수가 없더라도 원문을 읽어 보라는 한마디를 하고 나의 책임을 면하려고 합니다.

# 희랍서정시가초

## 김억

● 김억, 「희랍서정시가초(希臘抒情詩歌抄)」, 『삼천리』 11-1, 삼천리사, 1939.1.1, 272~276면

● 사포 외 원작

시가의 이식移植이 어떻게 지난至難한 일인지는 새삼스레 이야기할 필요가 없거니와 나는 이번 희랍希臘 서정시들을 옮겨 놓음에 대한 나의 태도는 종래의 주장과 조금도 다름이 없었습니다. 다시 말하면 화역和譯의 원시原詩에서 그 상想을 따다가 가장 자유로운 필치로 시가답도록 만들기에 힘을 썼을 뿐입니다. 직역이니 충실한 축자역逐字譯이니 하는 것을 세상에서는 존중하는 성싶으나 이것은 나의 어디까지든지 차마 할 수 없는 일이외다. 왜냐하면 그것은 영영 시 그것을 죽여 버리는 것밖에 아니 되기 때문이외다.

나의 이러한 자유로운 필치를 아니라고 비웃는 분이 있을 것이외다마는 나의 이 주장은 언제나 변치 않을 것이외다.

자, 이것은 이렇다 하고 나는 이 기회에 잠깐 희랍 여시인 사포의 이야기까지 옮겨 보려고 합니다. 적지 아니한 흥미가 일기 때문이외다.

호메로스를 제하고는 여성으로의 사포의 시적 평가는 예나 지금이나 조금도 다름이 없을 만치 높습니다. 어찌하여 이 여시인이 이렇게 이름이 높았는가에 대하여는 그의 노래가 고아하고 진실하고 여성다운 우아에다가 아름다운 심정을 가졌기 때문이라 합니다. 그러나 이 여시인의 시편이 단편으로만 남아서 그 전면全面을 엿보기 어려운 것이 한이외다. 사포의 시가가 대개 연애에 관한 것이라는 이유로 다른 서적과 같이 분소焚燒되어 지금 남은 것이란 대개가 이 책 저 책에서 발견된 토막

토막에 지나지 아니하고 보니 떨어진 꽃송이에서 지나간 시절의 방향芳香을 찾는 감이 없지 아니하외다.

사포는 기원전 7세기 말경 소아시아 해안 레스보스도島의 에레소스읍邑에서 났는데 고향인 아이오리스어語로는 프사포라고 합니다. 그 토지 귀족의 출신으로 그때 양성釀成된 상업 소시민과의 분쟁 사건에 관련되어 일족 동류와 함께 한동안 고국을 떠났다가 그 뒤 고향에 돌아와 수도 미틸레네에다 집을 잡고 어린 처녀들에게 거문고와 춤을 가르쳤다 합니다. 이 여시인의 제작制作에는 친구와의 접대, 혼례를 노래한 이외에도 이러한 때에 사용할 목적으로 지은 것이 많은 듯하외다.

사포는 동도同島의 시인 알카이오스와도 친교가 있었고 이 여시인의 형제들은 상당한 지위와 재산이 있어서 옛집을 왔다 갔다 하며 장사를 하였다 합니다. 그런데 이 여시인이 크레이스라는 처녀를 황금과 같이 사랑하였다는 것은 사실인 듯할 뿐 아니라 이 시인을 동성애자라고 한 것은 이 때문인 듯하외다. 그러나 이 여시인의 자세한 전기는 이렇다고 빙증憑證할 만한 것이 적어서 더 자세히 이야기할 수 없는 것이 다시금 유감이외다.

몇 편 아니 되는 이 역시에서나마 이 여시인의 한 모가 엿보여진다고 하면 역자인 나로서의 기쁨도 크려니와 또한 지나간 이 여시인에게도 해로울 것은 없을 것이외다.

# 애국백인일수

**김억**

● 김억, 『애국백인일수(愛國百人一首)』, 한성도서주식회사, 1944.8.15, 205면

● 부(附) 우국유주(憂國遺珠)

서序(-일본어)

김억 군이 조선 시단의 대가라는 것은 이전부터 잘 알고 있었으나 하루는 『애국백인일수』와 막말幕末 우국지사의 노래 100수를 조선어로 번역한 원고를 가지고 와서 상재에 즈음하는 이 서문을 청했다.

나는 조선어를 읽지 못하기 때문에 그 번역의 상태 같은 문학적인 점에 관해서는 아무것도 말할 수 없지만 『매일신보』에 연재되어 호평을 받았다고 하니 이 점은 나무랄 데 없으리라 생각한다. 오늘날 대동아전쟁 완수를 목표로 삼아 거국 매진하고 있는 현 시국 아래서 병역법이 개정되고 징병제나 해군 특별 지원병제의 실시를 보게 되어 급속하게 황국화되고 있는 조선의 현 상황에서는 일본 정신의 보급 철저가 무엇보다 시급히 바라는 바인데, 이 번역이 이러한 일에 대해 매우 유력한 기여를 하고 있다고 믿는다. 문예의 힘이라는 것은 일견 극히 약해 보이나 사람의 정신을 캐내어 감격 분기시키는 점에 있어서는 여느 것에 비교되지 않을 정도로 강렬한 힘을 갖고 있다. 김억 군의 『애국백인일수』의 조선어 번역을 그러한 의미에서 매우 칭찬할 따름이다. 한마디 말로 서문을 삼는다.

쇼와 18년(-1943) 10월 일

야나베 에이자부로矢鍋永三郎

## 권두 소언小言

역譯이랍시고 『만요슈萬葉集』를 몇 수 옮겨 놓은 덕(죄?)으로 이 선역鮮譯 『애국백인일수』 한 권이 생기게 되었으니 참말 세상일이란 뜻하지 아니한 곳에서 이상한 결과가 맺어졌달까, 여하간 나로서도 의외임에 놀라지 않을 수 없는 일이외다.

매일신보사 이노우에 오사무井上收 씨가 "『만요슈』 선역을 했으니 이왕이면 『백인일수』를 역譯해 줄 수 없느냐, 부록 '국어 교실'에 발표할 터이니" 하는 부탁을 하실 때 나는 그럽시다고 서슴지 아니하고 대답을 하였습니다. 이것이 이른바 해변海邊 강아지 범 무서운 줄 모르는 셈이었습니다.

자료라고 조그마한 책을 하나 장만해 놓고 자세히 읽고 읽고 되풀이해 보니 웬걸, 여간만 어렵지 아니하외다. 대답이 그래 봅시다지 생각과는 딴판이었습니다. 『만요슈』는 읽다가 마음에 드는 것을 골라서 옮긴 것이매 그렇게 어려운 줄 몰랐거니와 이 『백인일수』는 그렇게도 할 수가 없고 보니 어떻게 놀라지 않을 수가 있겠습니까. 이때에 나는 비로소 경솔한 입이란 화원禍源이라고 혼자 후회를 하면서 아무리 약속은 하였을망정 아주 그만두어 버릴까, 그렇지 아니하면 눈을 딱 감아 버리고 괴발개발 흉내를 내어 볼까, 이리 생각 저리 궁리로 망설이지 않을 수가 없었습니다.

하루, 또 하루. 그저 갈 줄만 아는 시간이야 한 개인의 딱한 사정을 알아줄 리는 없습니다. 그러는 동안 우선 몇 수라도 원고를 보내 주마 한 날짜는 닥쳐와서 인제는 이럴 수도 저럴 수도 없게 되었습니다. 그래, 생각다 못해 하릴없이 붓을 들어 무어라고 괴발개발 흉내를 낸 것이 결과로의 이 책 한 권이 되고 말았으니 무엇을 더 역자인 내가 이야기할 것입니까. 역이 되고 못된 것은 원문과 함께 읽어 주실 독자만이 짐작하실 일이외다.

그런데 그렇다면 역자여, 그렇게 자신 없는 것을 어찌하여 뻔뻔스레 책으로 출세를 시키는가 하시면서 책망을 하실 분이 계실 것입니다. 그렇습니다, 아무리 자신은 없는 것이라도 고슴도치 제 자식 함함하다고 막상 만들어 놓고 보니 그대로 내버리기는 아까울 성싶을 뿐 아니라 이 책이 세상에 나타난다 하더라도 별로이 큰 손해는 없을 성하외다. 이 써 눈을 감아 버리고 내놓는 소이외다.

'おほきみ', 'きみ', 또는 'すめらぎ' 같은 말을 그대로 직역하지 아니하고 '높으신 임', '높은 임', '우리 임' 또는 '임'으로 고친 것에는 이미 와카和歌를 양장兩章 시조형(초장 3·4·3·4, 종장 3·5·4·3)에다 담아 놓는 이상 역시 시조 향響으로의 용어를 사용치 않을 수가 없다는 견지에서외다. 그렇지 아니하면 너무도 딱딱하여 조금도 노래답지 않기 때문이외다. 그리고 원문에는 위 구와 아래 구가 분명히 나누어지지 아니한 것이라도 역譯에는 될 수 있는 대로 위아래 구로 갈라놓으려 하였습니다. 원문인 와카도 그럴 것인 줄 압니다마는 시조형에는 그 형식으로 보아서 반드시 그렇게 되지 아니하여서는 아니 된다는 것이 나의 의견이요 주장이외다.

그리고 부록이라는 감도 없지 아니하거니와 '우국유주憂國遺珠'라는 제목하의 100편은 『한토노히라키半島の光』시社에 계신 오야마 모토아키大山元章 씨의 동지同誌에 신겠다는 청을 받아 옮겨 본 것으로 전부가 막말幕末 우국지사憂國之士들의 노래외다. 지사들의 노래는 그야말로 고기가 뛰고 피가 끓는 것인 만치 첫째에는 노래의 기개가 차마 버리기 어렵고 둘째는 백인일수만으로는 한 권의 책이 되기에 너무도 초라할 성싶어 나 딴은 내외 두 면을 취하노라고 하였거니와 실제 그런지 않은지는 이 또한 독자 여러분의 생각에 맡길 수밖에 없는 일이외다.

노래란 역시 원문을 읽을 것이요 역譯에서는 제맛을 찾을 수 없는 일이외다. 『애국백인일수』란 대체 그 내용이 어떤 것인가, 그 윤곽이나마 보여 주는 동시에 황민화와 국어 보급과의 두 가지 운동에 이것이 조금이라도 도움이 된다면 역자로의 다시없는 광영이외다.

이 책의 역譯이 되고 못된 것은 전全히 역자의 책임이거니와 이것이 한 권의 책자로 세상에 나오게 된 것은 이노우에井上 씨와 오야마大山 씨 두 분의 호의로의 편달에서외다. 깊이 고마운 뜻을 표합니다. 그리고 마지막으로 조선문인보국회장 야나베矢鍋 선생의 서문을 얻어 이 보잘것없는 한 권을 귀엽게 장식게 되니 다시없는 광영이외다. 삼가 사의를 표합니다.

쇼와 18년(-1943) 10월 일

늦가을 흐린 날

계동정桂洞町서 김안서

# 투르게네프 산문시

김억

● 김억, 『투르게네프 산문시』, 홍자출판사, 1959.10.25, 144면

● 이반 투르게네프 원작

## 작자 소개

투르게네프Turgenev, Ivan Sergeevich는 러시아 귀족 출신으로 1818년 오룔에서 출생. 1833년 모스크바 대학에 입학, 뒤에 페테르부르크Peterburg 대학으로 전학하여 1836년 문학부 철학과를 졸업, 다시 베를린 대학에서 3년간 수학. 귀국 후 스탕케비치N. V. Stankevich, 바쿠닌M. A. Bakunin 등과 교유, 그 영향을 받았음. 사실적인 자연 묘사와 예민한 심리 관찰로써 19세기의 40년대부터 70년대에 걸친 러시아의 온갖 사회 문제를 포함한 작품을 발표. 만년에 파리에서 살다가 죽음. 작품 『엽인獵人 일기』, 『아버지와 아들』, 『처녀지』 등.

## 권두 일언

언제 어디서 읽었던지 기억하지는 못하거니와 예술을 유일한 실재라 믿는 투르게네프가 『예술이란 무엇이냐』의 작자인 톨스토이의 도덕적 세계에서는 자유로이 호흡조차 할 수가 없어 "나는 참으로 톨스토이가 민망스럽다. 아무리 사람이란 이 한 마리를 죽이는 데도 각각 제 버릇이 있달망정" 하며 탄식을 하였고 또 톨스토이의 『참회록』에 대하여는

"나는 대단한 흥미로 그것을 읽었다. 그 성열誠熱과 진실과 신념에는 탄복하지 않을 수가 없으나 도대체 그 원칙이 틀린 것을 어찌하랴.

한마디로 말하면 우리들은 모든 인생적인 능동적 생활의 제일 음울한 부정否定밖에 가진 것이 없을 모양이니 이것은 일종의 니힐리즘이다."

하였으니 이것으로 보면 이 두 작가는 서로 위대한 것은 인정하면서도 용허할 수 있는 공통적 척도는 가지지 못하였습니다. 감정이 일치되지 아니하여 이편에게는 귀중한 것이라도 저편에게는 무가치한 것밖에 되지 아니하였습니다. 그러나 그렇다고 이편을 그르다거나 저편을 옳다거나 할 수도 없는 일일뿐더러 이 두 작가가 다 같이 위대한 것은 누구나 부정하지 못할 일이외다.

사람에게는 아무리 좁을망정 각각 그 자신의 고유한 세계가 있다 하면 역시 그것을 거짓 할 수는 없습니다. 솔직한 고백이 나는 톨스토이를 존경하기는 하나 사랑하지는 않습니다. 그러나 투르게네프는 존경하며 사랑합니다. 내가 투르게네프의 작품을 거의 다 읽은 것도 이 점에서외다. 거듭 말하면 단것을 좋아하는 사람에게 짠 것을 사랑하랄 수는 없다는 점에서 내가 이 『산문시』의 작자를 즐겨 한다기로 무슨 망발이랄 수는 없을 것이외다.

그건 여하간에 1882년 12월 『유럽 보지報知』에 이 『산문시』 또는 『노망록老妄錄』이라는 표제로 이 51편이 발표될 때 동지同誌 허두에 그 편집자가 이런 말을 하였습니다.

투르게네프가 우리의 청을 들어 최근 5년 동안의 개인적 또는 사회적 생활에서 얻은바 여러 가지 인상을 그대로 기록한 곳에 따라 때에 따라의 관찰, 사념, 심상을 지금 본지 독자에게 나누어 주게 되었습니다. 이것들은 그 어느 것을 물론하고 다른 여러 단편斷片과 마찬가지로 이미 공개된 완성 작품 중에는 하나도 수록되지 않은 것으로 따로 한 권의 책이 될 만한 분량이나 작자는 그중에서 우선 50편을 선택해 주었습니다.

본지에 보내는 원고와 같이 동봉된 서한 끝에 투르게네프는 여러분에게 이런 말씀을 하였습니다. —"독자여, 이 산문시를 단숨에 읽지 말아 줍소서. 만일 단숨에 읽으시면 아마 무료하셔서 책을 던져 버릴 것입니다. 그러니 오늘은 이것, 내일은 저것, 이렇게 마음대로 읽어 줍소서. 그러노라면 그중에는 어느 것이든지 부지중 여러분의 마음을 움직여 줄 것이 있을지 모르겠습니다."

또 원고 중에는 총표제가 없고 작자가 포지包紙 위에다 『노망록*Senilia*』이라 썼을 뿐입니다. 그러나 우리는 작자의 전기前記 선選한 중에 산문시라 표시한 문자를 총표제로 선택하였습니다. 이 표제는 인생의 여러 문제에 대한 민감과 다양성으로 이름이 높은 작자의 심상이 이런 종류의 관찰을 하지 않을 수 없는 충분한 표현이 되는 동시에 독자의 "마음을 움직여 줄" 만한 감명이 풍부히 표시된 줄 알기 때문입니다.

이것으로 보면 이것이 투르게네프의 산문시 초고의 전부가 아니외다. 51편(그중 한 편은 삭제했다가 뒤에 다시 추가하였지마는)을 선택할 때에 작자는 "사생활 또는 자전적인 것은 나의 일기와 함께 없애 버릴 것이므로 모두 제외해 버린다" 하였으니 제외된 그들 산문시의 운명은 누구나 알 수가 없습니다. 작자가 작고作故된 뒤에 발견된 『신新 산문시』의 31편이 전부인지 또는 그것이 없애 버리고 남은 것인지 이에 대하여는 더구나 알 길이 없습니다.

투르게네프의 작고 후 31편이 발견되어 『신 산문시』라는 총표제로 공개되었거니와 그것까지 합하면 산문시집은 전부가 82편이외다. 이 82편을 전부 이식移植하여야만 투르게네프의 것은 완본完本이 될 것이외다. 그러나 역자가 지금 맨 처음의 51편만을 역출譯出한 것은 영역본이 수중에 있는 관계로 그것을 텍스트로 의심스러운 점은 일본판 역본譯本과 대조를 할 수가 있었으나 나머지 31편은 영역본도 구할 수가 없어 도무지 그러한 편의가 없었기 때문이외다.

이 이식에는 거의 대담하다고 할 만치 해행문어蟹行文語(―서양 언어나 문장) 법식法式을 무시하고 주격主格과 객격客格 같은 것은 물론 자유로운 견지에서 될 수 있는 대로 한국어 법식을 취하노라 하였습니다. 그러나 그것이 얼마만한 정도의 것이었는지는 역자로서 알 수가 없습니다.

여하간 소위 '이식 냄새'만은 없애 보려고 노력한 것만은 거짓 없는 사실이외다. 그렇지 않고는 이식 작품이 독자에게 주는 감명이란 극히 적다고 깊이 자신하기 때문에서외다. 그리고 이식품은 반드시 독자적 가치를 가질 것이라 역자는 믿습니다.

허두에도 말하였거니와 역자가 이 산문시를 옮긴 것은 원 작품을 존경하고 사랑하는 심성心誠의 한 표시에 지나지 않는다고 다시 일언해 둡니다.

1950년 3월 5일<br>계동 소요재에서<br>김안서

# 망우초

김억

- 김억, 「망우초」, 『학등』 4~9, 한성도서주식회사, 1934.3.1~9.2(전6회)
- 김억, 『망우초』, 한성도서주식회사, 1934.9.10(초판); 1943.8.1(재판), 185면
- 최영수 장정

시역詩譯은 어느 편으로든지 불가능한 일이외다. 언어의 성질과 음조미音調美 같은 것이 그 큰 원인이겠지요. 상想만이 시가 아닌 이상 어떻게 시역에서 꼭 같은 두 개의 창작품이 있을 수가 있겠습니까. 그러기에 시역은 불가능이외다. 이 불가능한 일을 가능케 함에는 원작자가 어떠한 사실에다 어떠한 목적을 담아 놓았는지 그것만을 따다가 역자가 새로이 창작하지 않아서는 아니 됩니다. 그 자신의 언어의 성질과 시적 소질에 호소치 아니하고는 될 수가 없는 일이매 시역처럼 가장 개성적 의의를 가진 것은 없습니다. 이미 개성적 의의를 가진 사실이라 하면 그것은 엄정한 의미로의 창작이 아닐 수 없는 것이외다.

아래에 발표하는 몇 편의 한시 역譯은 실로 이러한 견지에서 각운을 밟으며 제작한 것이니 나로서는 한마디로써 이 뜻을 고백해 두지 아니할 수 없는 소이所以외다.

1934년 1월 30일

역자

## 한시 역譯에 대하여

### 저 유명한

나비야 青山 가자 범나비 너도 가자
가다가 저물거든 꽃에 들어 자고 가자
꽃에서 푸대접하거든 잎에서나 자고 가자

한 시조를 자하紫霞(―신위, 申緯)는

白蝴蝶與青山去 黑蝶團飛共入山
行行日暮花堪宿 花薄情時葉宿還

이라 한시화漢詩化시켰고 또 귤산橘山(―이유원, 李裕元)은

白蝶團團黑蝶飛 偸香同逐青山歸
今日花間歸未了 葉間一宿亦芳非

라고 옮겨 놓았고 또 어느 일명씨逸名氏는

黃蝶悠楊白蝶飜 青山日暮向花邊
此夫若遭花冷笑 葉間何處不宜宿

이라 하였으니 실로 시의 번역이란 전혀 그 역자 그 개인의 주관에 있는 것이외다. 물론 대체로 보아서 이 세 편의 역시譯詩가 그 뜻은 같은 것이외다. 그 대의가 같다

는 이유로 나는 그것들을 같은 것이라 보고자 하지 아니합니다. 왜 그런고 하니 그 음조音調와 그 감정이 각각 다르기 때문이외다.

음조와 표현으로의 감정이 다르다 하면 그것들은 어디까지든지 각각 독립적 가치 위에서 평가받을 만한 별개의 존재외다. 그런지라 나는 역시를 어디까지든지 한 개의 창작이라고 합니다. 가장 개성적 의의를 깊이 가진 한 개의 창작이라고 봅니다. 그렇지 아니하고는 역시의 존재 가치는 없는 것이외다. 이러한 의미에서 나는 신자하의 것은 어디까지든지 자하 그 자신의 개성을 거쳐 나온 것이요 이귤산의 것은 어디까지든지 귤산 그 자신의 개성을 흘러나온 것이요 또 일명씨의 것은 일명씨 그 자신의 것이라 합니다. 그리고 이 세 시편들은 원시와는 떨어져 그 자신으로서의 각각 독립한 시치詩值를 받을 수 있는 노래라고 생각합니다. 가만히 이 같은 역시 세 편을 비교해 보면 나의 이 말이 거짓 아닌 것을 용이히 알 수 있을 것이외다. 더구나 시가의 용어는 그 일자반구一字半句가 가장 절실한 의미와 음조를 가져야 함에서겠습니까.

나는 시가의 번역을 불가능이라 생각하는 한 사람이외다. 그 음조와 음수音數와 의미가 원시와 꼭 같지 아니하여서는 진정한 번역이라 할 수가 없고 보니 어떻게 이러한 두 개 존재가 있을 수 있겠습니까.

한날한시에 난 손가락도 크고 작은 것이외다. 그러하거든 그 자신 속에 각각 움직일 수 없는 특유한 그 정취와 관용을 가진 언어에서겠습니까. 내가 시가의 번역을 창작이라 하는 것은 그 뜻이 실로 이곳에 있는 것이외다.

그러기에 나는 역시를 원시와는 떠나서 생각합니다. 원시의 가치 여하로써 역시를 평가하는 것은 거의 무모에 가까운 일이외다. 왜 그런고 하니 번역이란 전혀 역자 그 자신의 시적 소질로의 개성을 거쳐 되는 것인 이상 어떻게 원시와 같은 가치를 역시에서 바랄 수 있습니까.

그림의 복사에서도 원그림의 흔적을 엿볼 수가 없거든 하물며 역자의 개성에 비친바 시상詩想, 원시에서의을 구속으로의 특유성 많은 다른 언어에다 담아 놓지 아니할 수 없는 것이겠습니까.

그런지라 나는 번역은 불가능이라 합니다. 그러면 이 불가능의 것을 어떻게 할 것인가, 이것이 남은 문제외다. 원시의 시상을 역자가 가져다가 자기의 받은바 시적 소질로의 개성에 비추어 창작해 내는 곳에서뿐 이 일은 가능하외다. 그렇지 아니하고는 할 수 없는 일이외다.

이러한 거의 대담하다 할 만한 주장을 실지로 행동시켜 놓은 것이 이 역시집이외다. 나는 이 역시집이 얼마나 독립적 가치를 가졌는지, 역자로서의 나는 그것을 알고자 하지 아니하고, 다만 위에 말한 나의 주장으로 보면 번역이란 원시와 떨어져 독립적 가치를 가지면 가질수록 그 가치는 크다고 생각할 뿐이외다.

그러니 물론 축자역逐字譯이 아니외다. 그렇다고 의역이냐 하면 또한 그런 것도 아니외다. 원시에서 얻은바 시상을 나의 맘에 좋도록 요리해 놓았을 뿐이외다. 그러기 때문에 이 역시를 역시가 아니라 하여도 그것은 나의 감수치 아니할 수 없는 의무외다. 그리고 원시는 좋은데 역시는 이 꼴이라고 난책難責을 한다 하여도 그것은 나의 감수치 아니할 수 없는 허물이외다. 그만큼 내게는 시적 소질이 없다는 것을 나는 어디까지든지 달게 받지 아니할 수 없는 것이외다.

한마디로 말하면 이 역시들은 나 자신의 유流대로 압운押韻한, 그야말로 김안서 식 표현품이외다. 나는 그것을 설워하지 아니합니다. 시가는 역譯이건 작作이건 어디까지든지 필자 그 자신의 것답지 아니하여서는 평가받을 것이 아니라고 나는 그것을 깊이 믿기 때문이외다.

조선말의 특질상 음향이라는 것이 압운으로 인하여 얼마나 음조미의 효과를 주는지 그것은 알 수 없거니와 한시 역에는 그것을 무시할 수가 없는 일이외다. 그리하여 할 수 있는 대로는 비록 답지 아니한 무능스러운 '토吐'의 압운이나마 실행해 본 것이외다. 비웃는 이가 있대도 그것은 나의 하지 아니할 수 없는 충실이었으니 어찌할 수 없는 일이외다. 끝으로 또 하나 시조 한시 역을 보여 드립니다.

青山裏 碧溪水야 쉬이 감을 자랑 말라

一到滄海 하고 보면 다시 오기 어려워라

明月이 滿空山하니 쉬어 간들 어떠리

신자하는

青山影裏碧溪水 容易東流爾莫誇

一到滄海難再見 且留明月暎娑婆

라 외었고 이귤산은

青山瀉出碧溪水 影入流雲去莫止

一到滄溟難復回 滿空明月古今是

라고 옮겼으니 그 얼마나 이 두 분의 솜씨가 다릅니까. 역자의 시적 개성을 떠나서 그 역시의 가치를 말하는 것은 거의 어리석음에 가까운 일이외다.

"青山影裏碧溪水"하고 "青山瀉出碧溪水"하고 그 뜻은 같으나마 그 표현으로의 감정은 사뭇 다른 것이외다. 그러나 나는 나의 이 역시에 대하여 이만한 표현으로의 독특한 그러한 개성이 나타나지 못하였음을 스스로 부끄러워하지 아니할 수 없는 것이 한이외다.

1934년 4월

벚꽃이 바람에 넘노는 날

시냇물 흐르는 성북동서

역자

## 시경
### 김억

● 김억, 「시경(詩經)」, 『삼천리』 8-4~8-8, 삼천리사, 1936.4.1~8.1(전3회)
● 쿵쯔 원작

### 『시경』 역에 대하여

입은 화단禍端의 근본이라고 누구가 이야기하였거니와 나는 지금 이 화단을 받지 아니할 수가 없습니다. 말을 삼가지 아니하는 것처럼 무서운 것은 없을 것이외다. 지금 와서 새삼스레 뉘우친다 한들 일은 벌써 틀려지고 언제든지 책임과 사실事實만이 남게 되었으니 이것이 말이란 삼가야 할 것이 아니고 무엇입니까. 이미 책임을 지고 이야기를 한 이상 어렵다고 식언할 수도 없는 일이고, 참말 딱하외다.

어떠한 시든지 그러하지마는 『시경詩經』을 읽을 때에 비록 문구의 어려운 것은 있다 하더라도 번역하기에 그렇게 어려울 성싶지 아니하였습니다. 이것이 화단의 발단이외다. 이런 이야기를 파인巴人(-김동환)에게 하였더니 그러면 네가 번역을 해 보라는 것이외다. 꽁무니를 새삼스레 뺄 수 없고 그러자고 약속을 하였던 것이외다.

그러나, 그러나 막상 붓을 들고 원고지를 대하여 무엇이라고 옮겨 보려니까 생각과는 실로 태평양만 한 거리가 있었으니 나의 힘으로 할 수 없다고까지 생각한 것이 아마 옳을 것이외다. 이리하여 나는 일역日譯과 대조하여 가면서 『시전詩傳』 원본의 주석을 톺아 가면서 번역이라고 하여 보았으나 여간만 어렵지 아니하외다. 고시古詩이기 때문에 비록 그 뜻은 단순하다 하여도 여간만 알기 어려운 것이 아니외다.

그리하여 나는 원문의 큰 뜻만을 따라 가장 자유로운 이식移植을 시작하였습니다. 이것이 옳은지 나쁜지는 모르나 나는 여하간 이러한 방식으로 시의 번역을 지금까지 하여 왔습니다. 이러한 것이라고 한마디 나 자신의 고백이 필요할 성싶어서 일부러 한마디 하는 소이거니와 그러기에 나의 이 시역詩譯에는 상당히 대담한 자유가 있을 것이외다. 그러고 가다가다 오역이 있을 것이외다. 이에 대하여 많은 꾸지람이 있어지어다고 빕니다.

## 두 번 다시 『시경』 역에 대하여

나는 벌써 여러 번 시역에 대한 나의 태도를 표명하였기 때문에 두 번 다시 새삼스레 이곳에서 이야기할 필요가 없는 것이외다.

그러나 그렇다고 또한 가만히 있을 수가 없어서 한마디 하고자 하는 것은 다른 것이 아니외다. 이미 남의 것을 가져오는 이상에는 그것을 고대로 옮겨 와야 할 것이외다. 그렇게 해야 비로소 그것을 완전히 옮겨 왔다고 할 수 있는 것이외다. 그러나 그렇게 되지 못하니 어찌할 수 없이 그 정신이라 할 만한 작자의 의도만을 가져다가 만들지 아니할 수가 없게 되는 것이 보통이외다.

저 시대색이라든가 풍토미라든가 하는 것을 엿보기 위하여는 그 용어라든가 특수성 같은 것을 고대로 가져와야 할 것인 줄 압니다. 그러나 그것도 역시 실감을 준다는 점에서는 의미가 없는 것이기 때문에 용어도 고어를 쓰지 아니하였고 명사 같은 것도 그대로의 그것을 피하였으니, 예를 들자면 「권이卷耳」에 있는 금첩金疊이나 시굉兕觥 같은 것이 그것이외다. 주註를 보면 "疊, 器刻爲雲雷之象, 以黃金飾之"라 하였으니 이것은 분명히 그때의 술병이외다. 그렇다고 번역할 때에 금첩이라고 할 수는 없는 것이 조금도 실감이 있을 수 없기 때문이외다. 그런지라 그보다는 차라리 술잔이라든가 잔이라든가 하면서 고유명사가 없으면 보통명사라도 쓰는 것이 좋을 것이외다. 그러고 시굉을 주에 "兕, 野牛, 一角, 靑色, 重千斤, 觥, 爵也, 以兕角爲爵也"라 하였으니 구태여 새기자면 들쇠뿔잔이라거나 쇠뿔잔이라거나 또는 뿔잔이라든가 할 것이외다. 그러나 나는 취하지 아니하고 그저 단순히 잔이라고 하였습니다. 뿔잔이라고 하지 못할 것은 아니나마 시가의 음조를 중요시하는 의미로 이미 원시의 그것을 가져오지 못하는 이상에는 항響이나 좋기 위하여 잔이라든가 술잔이라든가 하였습니다.

그리고 『시경』을 옮기면서 주 같은 것을 일일이 들여다보면 이 시는 어찌하여 지은 것이라고 친절하게 해설을 하였습니다마는 나는 그것을 취치 아니하고 누구가 보든지 시의 뜻을 알 수 있도록 그 출처와 유래 같은 것을 취치 아니하였습니다. 하기야 원시의 그것을 충실하게 옮겨 놓고 대상大詳한 점은 주해로써 알려 주는 것이 역자로서의 가장 친절한 일이외다. 그러나 시에 대한 나의 태도는 그렇지 아니하외다. 시는 누구가 보아도 알 수 있는 것으로 각각 그 자신의 경우와 사정대로 해석할 것이요 그때의 그것으로만 알릴 필요가 없다는 것이 시에 대한 나의 주장이외다.

그런지라 나는 이 『시경』 역에서 그런 것은 모두 내버렸습니다. 다시 말하면 될 수 있는 대로 주해 같은 것을 하지 아니하고 시역 그것에서 시의詩意를 알아볼 수 있도록 노력하였습니다. 이러한 자유롭고 대담한 것을 비웃는 이가 있다 하여도 그것은 나의 알 바가 아니외다. 그러기에 이 시역에서 나는 어디까지든지 시의자명詩意自明을 목표한 것이외다. 행여나 오해를 받을까 하여 일부러 한마디로써 나의 태도를 밝히는 소이외다.

여하간 나의 역에는 오역도 있을 것이외다. 그리고 가장 대담한 자유가 있을 것이외다. 그러나 시의만을 따는 이상 또한 받지 아니할 수 없는 나의 벌罰인 줄 압니다.

## 비파행

**김억**

● 김억, 「비파행(琵琶行)」, 『태양』 1, 조선문화사, 1940.1.1, 75~78면

● 바이주이 원작, 자유역

입은 온 가지 화복禍福의 근원이라고.

지난 어느 날 서 군(―서춘, 徐椿)과 나는 동 군의 한양漢陽(―한양빌딩) 3층인 조선문화사에서 이러저러 이야기 끝에 어째 그런지 「비파행琵琶行」 구절이 생각난다고 하니까 서 군이 다짜고짜로

"네가 「비파행」? 하하" 하는 통에 나는 화가 버럭 나서

"무어라고? 자네야말로 낫 놓고 기역 잘세, 하하."

"그럼 그것을 번역을 해 보아. 안다니 말이야?"

"그까짓 것을 못 해. 하고말고."

이렇게 되어 나는 「비파행」 번역을 쾌락했던 것이외다. 이것이 입이란 화근이란 말이외다. 막상 번역을 하려고 붓을 잡고 들어앉으니 웬걸, 일은 딴판이외다. 그러나 사내자식이 한다고 장담한 이상에 엉덩이를 뺄 수는 없는 일이외다. 두고두고 이리 고치고 저리 잡고 한 결과가 지금 보시는 바의 「비파행」이니 꼴은 아니외다. 그러나 그렇다고 엉터리없는 일은 아니요 대개는 원의原意를 따노라고 하였으나 따다가 따지 못한 것은 물이 가다가 굽이돌고 휘도는 격格의, 나는 그러한 방법을 취하였습니다. 칠언이나 오언 절구의 그것과는 사뭇 딴것으로 태평양만 한 거리의 차이가 있다고 하면 나의 무능을 못내 비웃는 분도 계실 것이나마 나로서는 또한 고백지 아니할 수 없는 진정이외다.

그는 그렇다 하고 여하간 되었습니다. 되고 보니 또한 버리기 어려운 것이 고슴도치 제 자식 함함하다는 격이외다. 백낙천의 자식이 때와 곳을 슬쩍 무시해 버리고서 김안서에게로 양자를 든 셈인데 어째 그런지 자식답지도 않거니와 게다가 영양 불량으로 꼬락서니까지 이 모양이 되어서 서 군에게는 물론 여러분의 앞에 내어놓기가 꺼림칙하외다.

한마디 이런 것으로나마 눈감아 주옵소서 하는 소이를 나 자신이 발뺌하는 바외다.

10월 6일

역자

# 동심초

김억

- 김억, 『동심초(同心草)』, 조선출판사, 1943.12.31, 100면
- 지나명주시선(支那名姝詩選)

## 권두사

역시집이라고 한 권을 만들어 놓고 보니 우연한 원인에서 이상한 결과가 생겼다는 감을 금할 수가 없습니다.

"그것은 왜?" 다른 것이 아니라 한때의 흥거리로 한시 책을 뒤적이다가 그럴듯한 것이면 이왕이면 적어나 두자고 공책에다 적어 두었습니다. 잠 아니 오는 밤 고요한 때에 그 적어 두었던 공책을 다시 뒤적거리다가 이왕이면 번역이나 해 보자고 혼자로의 위로 삼아 옮겨 두었습니다. 그러다가 시랍시고 되지도 아니한 것을 신문, 잡지에서 청할 때에는 그저 두기도 그러니 이왕이면 이것이나 하고서 활자화를 시켰습니다.

그 활자화시킨 것과 재고품이라 할 것이 어느덧 상당한 수에 달하였던 것이외다. 나는 또다시 이왕이면 하는 욕심으로 한 권의 책을 만들어 세상에다 내놓을 생각을 하고서 뻔뻔스럽게도 『동심초同心草』라고 이름을 지어서 답지 아니한 짓을 하게 되었으니 이것을 어떻게 우연한 원인에서 이상한 결과가 생겼다 하지 않을 수가 있겠습니까. 그런지라 생각수록 나로서도 그 뜻하지 아니한 바에 미소를 금치 못하는 바외다.

이 시역詩譯이 잘되고 못된 것은 역자인 나로서는 말할 것도 아니외다. 다만 에누리 없는 한 가지 고백이, 된 것보다는 못된 것이 많을 뿐 아니라 또 원시와는 상당

한 거리가 있을 것이란 것이외다. 더구나 원시의 뜻을 따다가 소위 김안서 식으로 만들어 놓아 버렸으니 무엇을 더 역자인 내가 내 변명을 할 것입니까.

그러나 세상은 대용품 시대외다. 진품보다도 조짜가 더 때를 얻었으니 시가라고 대용품이 없으란 법도 없을 것이라고 혼자서 한마디 풍이나 떨어 두겠습니다.

쇼와 18년(－1943) 5월 20일

계동서 김안서

# 꽃다발

김억

● 김억, 『꽃다발』, 박문서관, 1944.4.30; 박문출판사, 1947(중판); 신구문화사, 1961.12.20(4판), 200면
● 조선여류한시선집, 조선여류한시찬역(撰譯)

## 권두사

하얀 구름이 저 넓은 하늘을 뭉게뭉게 돌다가 아무 자취도 없이 스러지는 여름철에는 무엇보다도 한시 책 같은 것을 구해 놓고 마음대로 이 장 저 장 들추면서 만독慢讀하는 것이 나의 다시없는 낙이외다. 우연한 기회라 할지 어찌어찌하여 조선 여류시인들의 유주遺珠를 대對케 되었는데 이것이 결국은 이 역시집譯詩集인 『꽃다발』을 만들 동기가 되었으니 이것이 생각수록 뜻하지 아니한 곳에 낙樂으로서의 결과는 자못 컸다 하지 아니할 수가 없습니다.

읽어 가다가 재미가 있고 마음에 드는 시면 하나도 빠뜨리지 아니하고 공책에다가 적어 두고는 하였습니다. 나 딴은 한때의 낙일망정 잊지 아니하고서 두고두고 기억을 새롭일 경륜에서외다. 하나둘 적어 놓은 것이 어느덧 한 50편가량 되었을 때 이 인생의 욕심이란 한정이 없달까, 이왕이면 수사修辭 공부 겸 소유消遣거리로 번역이나 하는 생각으로 틈틈이 시역試譯을 해 보았습니다. 티끌 모아 태산으로 이것도 어느덧 그 수가 적지 않게 되었습니다.

이 잡지 저 신문에서 간혹 시랍시고 글 같은 것을 청할 때에 비록 답지는 못할망정 뻔뻔스레 재고품이라 할 이 역시들을 제공하였으니 혼자로의 즐기자던 낙은 어디로 가고 결국은 매문賣文의 본성을 고대로 나타낸 셈이외다.

또 그리고 이래저래 그것들이 한 200편 가까이 모였을 때 나는 또다시 이왕이면

출판까지 하는 생각을 하게 되었으니 이 소위 꿩 먹고 알 먹자는 수작도 되거니와 그보다도 나는 다른 의미로 나 자신의 미욱스러운 골똘에 놀랐다기보다도 혼자로서의 낙이 이렇게 될 줄은 생각도 못 했습니다. 만일 변변치는 못하나마 다른 일에다 이만한 노력과 정성을 다하였더란들 이런 어렵고도 효과가 적은 역시집보다는 훨씬 더 의미 있는 무엇이 있었을 성하기 때문이외다.

이 원인에 이 결과라는 말도 있거니와 일이 이렇게 되고 보니 이 『꽃다발』은 결국 비빔밥밖에 더 될 것이 없습니다. 어디까지든지 만독으로의 부산품에 지나지 아니하는 것만치 연대순을 밟은 진정한 사화집詞華集은 아니외다. 이리하여 이 역시집에는 연대순이니 인물 본위니 하는 것들을 전부 무시해 버리고 역시의 편수篇數를 따라 차례를 정定코 말았습니다. 그리하여 맨 위로 가야 할 것이 맨 끝으로도 가고 중간쯤 있어야 할 것이 맨 처음으로 가든가 맨 끝으로도 가서 그야말로 뒤죽박죽이외다. 이 역자가 지지 않을 수 없는 책임이외다. 그런데 변명이 아니라 사실이 정규로의 사화집詞華集이 아닌 이상 무슨 필요로 귀찮고 알 수도 없는 연대들을 따지느니 인물로의 작자의 내력 같은 것을 들추느니 하면서 야단법석 할 것입니까. 그것은 문학사가로의 독학자篤學者님들이 하실 일이요 나와 같은 만독자로의 일개 과객過客의 알 바가 아니외다. 시를 좀 더 자세히 이해함에는 그 시대라든가 작자의 인물이라든가 하는 것을 먼저 알아 두는 것이 편의치 않은 것은 아니외다. 그러나 그것은 연구자로의 취할 태도요 시만을 보고서 즐기자는 과객에게는 그다지 필요한 일이 아니외다. 역자는 귀찮은 이 모든 것들을 일부러 피했노라고 하면 흥 하고 비웃을 이도 계시려니와 정직한 고백이 사실 그랬노라고 다시금 한마디 변명을 하여 둡니다.

공부자孔夫子께서는 시를 '사무사思無邪'라고 평을 하셨거니와 이 여류 시인들의 시를 보면 사대부 집 아낙네들의 노래에는 어째 그런지 일부러 감정을 눌러 버리고 점잖은 체 꾸민 감이 있습니다. 그리고 소실小室과 시기詩妓의 것에는 조금도 감정을 거짓 한 흔적이 없으니 만일 '사무사'가 옳은 말씀이라면 이 점에서 아낙네들의 노래는 낙제외다. 그리고 소실이니 시기니 하는 이들의 것이 도리어 급제니 대단히 재미있는 대조라 하지 않을 수 없습니다.

하기는 그중에도 난설헌 같은 예외의 분도 없지는 아니하외다. 그러나 전체로의 그들을 본다 하면 누구나 나와 같은 생각을 가질 것이외다.

저 소위 사대부 집 아낙네들의 시란 거의 고전에서 이런 구절 저런 사전事典 같은 것을 가져다가 노래라고 얽어 놓지 아니하면 대구對句 같은 것이나 얌전히 하여 색책塞責을 한 관觀이 있어 정말로 자기의 성정을 그대로 여실하게 쏟아 놓은 것은 적은 성하외다. 게다가 무슨 원인인지는 알 수 없으나 그들의 시는 극히 적으니 이것은 아마 남의 웃음이나 사지 아니할까 하는 생각에선가 보외다.

여류 시인들의 시가에 대하여 좀 더 자세히 이야기하는 것이 나의 책임일 성하외다마는 아직은 그럴 필요가 없는 듯싶어서 실물만을 내놓으며 실물이 이러하니 마음대로 구경하소서 하는 태도로 만족고자 합니다.

흥으로 읽다가 재미있는 것이면 모두 다 적었기 때문에 절구絶句 이외의 율律이나 장시長詩도 적지 아니하나 절구만을 모아서 출세시킨 뒤에는 그것들도 한 권 모아 볼까 하였습니다마는 지금 형편으로는 대단히 어려울 성싶습니다.

역시에 대한 나의 태도는 여러 번 이야기하였기 때문에 두 번 다시 말하고자 하지 아니하였으나 우연히 소성小星 현상윤 형과 만나서 이야기 끝에 이 역시를 보인 적이 있었습니다.

"이건 자네 것이지 어디 원시의 번역인가?" 하면서 소성은 만족지 않다는 의사를 표시하였습니다. 그러나 나로 보면 어찌할 수 없는 일이외다. 원시의 뜻이나 따다가 다시 만들어 놓지 않을 수가 없다는 것이 나의 번역 방법이외다. 하지 못할 것을 한다는 것은 오직 창작으로밖에 달리 길이 없지 아니합니까.

이 역시집에는 더구나 같은 시 하나를 두 가지 형식으로까지 만들어 놓았으매 한가한 사람의 부질없는 짓이라고 할지는 모를망정 나 딴은 첫 번 역譯에서는 될 수 있는 대로 원시를 그대로 옮기려고 하였고 둘째인 시조에서는 가장 자유로운 태도를 취하자는 의사에서외다. 그러나 그것이 얼마만치 나의 뜻한 바에 저버림이 없는지 역자인 나 자신으로서는 무엇이라고 명언明言하기 어렵습니다. 그리하여 이에 대하여는 읽으시는 여러분의 평에 맡길 따름이외다.

그리고 가다가다 번역이 잘못된 것도 있을 것이외다. 이에 대하여는 여러분의 호의로의 교시를 기다립니다.

쇼와 17년(=1942) 9월

계동서 역자

# 야광주

김억

● 김억, 『야광주(夜光珠)』, 조선출판사, 1944.12.31, 106면

## 변언弁言 몇 마디

만일 문예품이라는 것이 언어 그 자신이 가진 고유한 미美와 정情과의 옷을 사상으로서 입은 것이라 한다면 문예품은 어느 모로 보든지 다른 말로는 원작의 그것과 꼭 같이 옮겨 놓을 수가 절대로 없는 일이외다. 그중에도 시가와 같은 것은 보통 문예품의 그것과도 달라서 가장 단적으로 가장 입체적으로 언어 예술품으로의 극치라 할 만한 미와 정과의 옷을 입은 것만치 더더구나 난중난難中難의, 아무리 하여도 옮겨 놓을 길이 없는, 그야말로 털끝만치라도 건드릴 수 없는 것이외다.

그런지라 만일 옮겨 놓을 수가 있다면 별수 없이 원작의 뜻이나 따다가 역자가 자기 식으로 다시 창작하는 수밖에 다른 좋은 길이 없을 것이외다. 그리하여 나는 시역詩譯은 창작이라는 굳은 견지에서 지금까지 자유역自由譯을 시험해 왔습니다. 이것을 가지고 아니라 할 분도 있을 것이외다. 그러나 그렇다고 다른 길은 절대로 없으니 이를 어찌합니까.

또 그리고 이렇게 어려운 것만치 시역은 소위 애만 많이 쓰고 효과는 적은 것이외다. 그러하거늘 이를 모르는 이들은 시역? 하면서 창작보다는 훨씬 싸게 평가하는 경향이 없지 아니하거니와 그것은 역시譯詩의 결과를 보지 아니하고는 결코 입밖에 낼 말이 아니외다.

그것은 그렇다 하고 시 중에도 나로 보면 한시처럼 옮기기 어려운 것은 없는 줄

압니다. 들여다보면 볼수록 무어라 할 수 없을 만치 그 미묘한 데 혼자로서 탄복지 아니할 수가 없건만 막상 옮겨 놓고 보면 도무지 맛이란 하나 없을뿐더러 싱겁기가 짝이 없으니 참말 역시란 할 것이 아니외다.

무엇보다도 실증實證이 한시에서 유명한 왕발王勃의 등왕각滕王閣 같은 것이외다. 누구나 웬만한 분이면 대개는 외우며 그 신운神韻다움에 탄복을 합니다. 나는 이번 이 시를 옮겨 보려다가 그만 단념해 버리고 말았거니와 참말 어떻게 손을 댈 수가 없습니다. 그것도 산문으로라면 손을 대지 못할 것도 아니외다. 그러나 갖은 격조의 시를 산문으로 옮긴다는 것은 차라리 옮기지 않는 편이 나을 것이매 이는 나의 취할 바가 아니외다.

滕王高閣臨江渚
佩玉鳴鸞罷歌舞
畫棟朝飛南浦雲
珠簾暮捲西山雨
閒雲潭影日悠悠
物換星移幾度秋
閣中帝子今何在
檻外長江空自流

이것이거니와 이에 대하여 먼저 그 각閣의 유래부터 이야기하겠습니다. 기록을 보면 이 각은 당나라 고조의 막내아드님 등왕 이원영李元嬰이가 세운 것이외다.

원영 돌아간 지 한 30년 뒤에 그때 도독都督 염백서閻伯嶼가 이 각을 중수重修하였습니다. 염은 잔치를 베풀고 손들에게 지필을 내주며 서문을 구할 때 왕발이가 나이가 가장 어렸건만 서슴지 아니하고 이 시까지 지었다는 것이외다.

전반은 등왕 재시在時의 각을 말한 것이요 후반은 중수된 뒤의 것으로서 4구句가 금석今昔을 분명하게 갈라놓았습니다. 이 시의 평석評釋을 들으면 허두虛頭의 "등왕고각임강저滕王高閣臨江渚"의 한 짝은 총제總提로서 삼사三四의 2어語는 이 구의 주각注脚이라 본 것이라 합니다. 패옥佩玉은 귀인의 장식품이요 명란鳴鸞은 귀인의 수레요 화동畫棟과 주렴珠簾은 다 왕가王家 부귀의 표상이외다. 그리고 조비朝飛 모권暮捲한다는 것은 남포南浦의 구름과 서산西山의 비이니 이 각이 얼마나 높이 강가에 섰던가 그 모양을 대개 짐작할 수 있을 것으로 이만한 형용이면 더할 나위가 없을 것이외다. 더구나 묘한 것은 조모朝暮의 두 자로 무의無意 중에 유광流光이 쉬지 아니한다는 뜻을 표하면서 아래 일 단을 개척해 놓았습니다. 그리고 남포나 서산은 다 같이 그곳의 땅이니 이 또한 범연히 제기한 것이 아니외다.

"한운담영일유유閒雲潭影日悠悠" 이하는 각외閣外의 경물景物을 따로이 그린 것으로 전자의 포운浦雲 산우山雨와 서로 연락을 지으면서 상문上文이 조모朝暮 두 자와 암맥暗脈을 가진 것이외다. 그리고 일유유日悠悠의 3자는 조비朝飛 모권暮捲과 서로 밀접하여 일종 이상한 결구를 지은 것이외다. 각은 다시금 중수되었건마는 제자帝子는 두 번 다시 볼 길이 없고 함외檻外의 장강長江만 흘러 흘러 천 년이 되어도 쉬지 아니한다 하면서 '공空' 자 하나로써 무한한 빙조憑弔를 하였으니 이것이야말로 묘미가 언외言外에 있는 것이외다.

이러한 원시의 모든 묘미를 어떻게 고대로 하나도 빼어 버리지 아니하고 시역에서 나타낼 수가 있습니까. 이것은 어느 모로 하든지 절대로 할 수가 없는 일이외다. 그런지라 시역은 한시에서처럼 가장 어려운 것은 없다는 것이외다. 이 시에서 이러한 형식과 내용으로의 모든 조건을 빼어 버리고 소위 역시랍시고 한다 하면 그것은 어디까지든지 아무러한 의미 없는 일이외다. 하기는 이것도 그 의미만 따다가 시비슷하게 만들지 못할 것은 아니외다. 그러나 너무도 원시와는 거리가 멀 뿐 아니라 창작적 태도를 취하지 아니하고는 별다른 길이 없으면서 어떻게든지 원작의 무어라 말할 수 없는 묘미는 십분의 하나라도 전할 길이 없어서 내가 구태여 이 시에다는 손을 대지 아니하고 만 것이외다. 또 그리고 다른 한시에서 내가 취한 태도가 어디까지든지 창작적 아닐 수 없는 것도 이러한 때문이외다. 그러하거늘 역시를 싸게 평가할 수가 있어 될 것입니까.

내가 무슨 한시를 아노라는 것이 아니외다. 진정한 고백이 한시에 대하여 감히 역필譯筆을 들 만한 자신이 없습니다. 다만 읽다가 흥이 나면 역이라고 꼴에도 없는 짓을 한 것이 이러한 결과를 지어 버렸으니 생각하면 한안汗顏스럽기 짝이 없습니다. 그러나 한 가지 이러한 것이나마 한시란 어떠한가, 또는 유명한 고전품을 원문으로 감상할 수가 없는 이들의 도움이나 된다면 나의 부질없는 이 역시는 성공 이상일 것이외다.

부질없는 말이나마 역자의 고심은 이렇게 많다고 하는 것을 첫 허두에다 한마디로 써 더럽히거니와 이것은 아는 이가 대단히 적을 성하외다.

쇼와 18년(-1943) 6월

서울 계동서

김안서

# 금잔디

**김억**

● 김억, 『금잔디』, 동방문화사, 1947.4.10, 188면

● 이조규수한시찬집(李朝閨秀漢詩撰集)

## 권두사

아무리 조선 규수들의 손에서 창작된 거라도 그것이 표현으로의 한문 의복을 입었다 하면 엄정한 의미로 보아서 그것은 한문학이요 조선문학은 아니라는 것이 문학에 대한 역자의 견해외다. 그러기에 역자는 조선문학이란 무어냐 하는 문제에 대하여는 아주 간단하게 "조선 사람이 조선글로 창작한 것"이라고 대답을 하겠습니다. 이런 의미에서 여기 역출譯出한 '이조 6대 여류 한시 찬역집撰譯集'은 그 이름이 한시인 것만치 아무리 조선 명주名姝의 창작일망정 한시를 조선말에다 옮겨 놓아 써 조선문학을 하나 더 만들어 놓은 데 지나지 아니할 뿐 그 이외의 아무것도 아니외다. 다시 말하면 조선문학을 다시 조선말에다 옮겨 놓은 것은 결코 아니외다. 세상에서는 조선 사람이 창작했다는 이유로 한문학을 조선문학이라 생각할 뿐 아니라 굳게 믿는 경향이 있는지라 이 기회에 그렇지 않다는 것을 일부러 한마디 외쳐 두거니와 이것으로써 이것을 볼 때에는 조선 사람의 것을 이식移植한다고 결코 쉬운 일이 아니요 외국문학을 옮겨 놓는 것이나 조금도 다름이 없습니다. 그뿐더러 만일 조선 사람으로 중국 사람에게는 으레 있는 한시 식의 사전적事典的 고사古事 또는 관용구 같은 것을 내버리고 순실한 감정만으로의 표현을 하였다 하면 좀 더 이식이 쉬웠을지도 모르나 그렇지 아니하고 한시 식을 고대로 답습해 놓았으니 어떤 의미로는 보다 더 이식이 어렵다고도 할 만하외다. 옛사람의 말이 "시를 말함은 탄憚을

말함과 같다"고, 그렇다면 시를 이식한다는 것은 인력의 능히 및지 못할 바요 오직 귀신만이 능히 할 수 있을 모양이니 역자와 같은, 더구나 보잘것없는 범골凡骨의 능히 할 바가 아니외다. 스스로 돌아보매 다만 쥐구멍 속으로라도 들어가고 싶은 한안汗顔이 있을 뿐이니 오역誤譯 정해正解 같은 것은 문제도 아니외다. 닭 대신 개도 못될 것이니 어찌 부끄럽지 아니할 것입니까.

구역舊譯에다 다시 가필을 하면서 새로이 역출하여 책 한 권을 만드노라 하였으나 역자로서 다시 들여다볼 때에는 마음이 맞는 것이란 거의 없다고 할 만하외다. 그러나 이만한 것이라도 아직 출세된 것이 없어 이런 시들이 있습디다 하는 흔적에 지나지 않을 뿐 그 외에는 욕심도 자긍도 아무것도 없습니다고 고백을 합니다.

그리고 시의 취사선택에 대하여는 역자 일개인의 감정에 좇았을 뿐이고 시편의 유명코 아니고에는 조금도 관계치 아니한 만치 구안具眼 여러분의 비위에는 맞지 않을지 모르나 이것은 공동 사업이 아니요 어디까지든지 개성적 의의를 가진 사업이기 때문에 또한 어찌할 수 없는 일이외다. 그리고 직역보다는 의역을 가장 자유로이 취하여 이왕 소를 고치는 바에는 뿔이고 귀고 발이고 돌아보지 않노라는 소위 '무지無知한 대담'을 보였습니다. 한문자의 묘미에다가 여성적 감정이 어울러 한 폭의 그림을 이루었으니 무지한 대담이 아니고는 도저히 손댈 길이 없었노라고 한마디 핑계나 대리까.

1946년 9월 8일
구舊 팔월 가위 이틀 전일
서울 계동서 역자

## 옥잠화

### 김억

- 김억, 『옥잠화(玉簪花)』, 이우사, 1949.12.20, 238면
- 조선중국여류한시번역

### 발문跋文

발跋이란 정문을 버리고 뒷문을 두드리는 거니 필자 자신으로 그럴 게 무어냐 하실지 모르거니와 그건 여하간—.

물에 말간 하늘이 어렸습니다, 그 하늘에는 갖은 구름이 몽개몽개 떠돕니다, 이것들을 고대로 옮겨 내자는 것이 시가의 번역이외다. 이 얼마나 어리석은 무모無謀요 고단한 도로徒勞입니까. 그렇다면 아무리 고슴도치 제 자식이 함함하달망정 나는 무엇으로써 나의 이 이식품移植品들을 변호할 것입니까.

구역舊譯은 새로이 가필을 하고 신역新譯에는 할 수 있는 최선을 다했노라는 말 이외에 나는 아무것도 더 무어라 변명할 것이 없습니다. 그리고 이 시집은 전부가 여류 한시 찬역撰譯으로 조선, 중국 각각 109편씩이니 내용으로는 상당하외다. 그러나 그렇다고 무슨 역이 좋다는 말은 아니외다. 그 좋고 나쁜 것은 본 독자만이 아실 것이외다. 그것도 원작과는 떠나서 역자의 마음에 어린 하늘과 구름과를 별개로 보실 이라야 비로소 있을 수 있을 거외다.

옥잠화玉簪花는 옥비녀가 아니외다.

오오, 세상의 하고많은 역시가譯詩家들이여.

그러나, 그러나 그대들은 왜 꺾으면 시들 줄을 뻔히 알면서도 구태여 꽃을 꺾으려십니까. 꺾지 아니하고는 견딜 수 없는 이 인심만을 한갓 가엾다고나 하리까. 이

써 한마디로 필자가 뒷문을 두드리지 않을 수 없는 소이외다. 그리고 또 이것이 변명이외다.

1949년 9월 초순

계동 소요재逍遙齋에서

김안서

제3편

# 희곡, 아동문학, 추리 · 모험의 이야기

제6부 | 희곡

우리가 만난 햄릿과 노라

제7부 | 아동문학

이솝부터 빨간 머리 앤까지

제8부 | 추리 · 모험

비밀과 탐정의 세계

제6부

# 희곡

우리가 만난 햄릿과 노라

# 병자삼인

**조중환**


- 조중환, 「병자삼인(病者三人)」, 『매일신보』, 1912.11.17~12.25, 3면(전31회)
- 이토 오슈 원작, 희극


금번에 본사에서 가장 참신한 연극 재료로 취미 진진하고 포복절도할 각본을 창작하여 명일부터 본지에 기재하겠사오니 보시오, 제군이여. 제일착으로 「희극 병자삼인」이라 하는 것이 출생할 터이오며 그 내용의 활해(-골계滑稽)한 사실은 독자로 하여금 배를 쥐고 허리를 분지를지라. 이 오늘날 20세기에서 생활하는 사람으로 우승열패 함은 정한 이치라. 제군도 명일부터 그 내용을 보시면 아시려니와 겸하여 이 각본을 연극으로 할 날이 있을 터이오니 하나도 누락 없이 잘 보아 두시면 일후 연극할 때에는 실지로 그 광경을 보시고 다대한 흥미를 돋울 줄 믿사오니 더욱 애독하시오.

## 격야

**현철**

● 현철, 「격야(隔夜)」, 『개벽』 1~9, 개벽사, 1920.6.25~1921.3.1(전9회)
● 이반 투르게네프 원작, 각본, 역보(譯補)

각본 『격야隔夜』는 노서아露西亞의 3대 소설가의 1인 이반 투르게네프1818년~1883년의 가장 대표작인 6대 소설 중의 일一을 다이쇼 4년도(−1915)에 게이주쓰자藝術座의 흥행 각본으로 당시 연극학교 선생 구스야마 마사오楠山正雄 씨가 각색한 것이다. 이것을 각색한 원작 소설은 1859년에 출판한 영역 *On the Eve*요 일본서는 소설로 역시 연극학교 선생인 소마 교후相馬御風 씨의 일문 번역의 『其の前夜』가 있었다. 구스야마 선생도 역시 이 각본을 『脚本 其の前夜』라 한 것을 여余는 그 의미를 취하여 『각본 격야』라는 명칭을 주었다.

독자가 차의此意를 양해하기 바라며, 여余는 편篇 중의 내의內意를 상세히 기록지 아니한다. 다만 독자 제씨가 정독 끽미喫味하면 가해可解할 것이므로—.

구스야마 선생은 원작 각본에 이런 서문을 말하였다. "소설을 극화하는 곤란은 원작이 예술적 가치가 풍부할수록 농후한 감미感味가 많고 농후한 감미가 많을수록 더욱 심하다. 더구나 특수한 목가적 유연한 정취에 싸인 투르게네프의 차작此作을 무대에 올린다고 하는 것은 혹은 세계 어느 극장에서든지 일찍이 시험치 못한 일대 '무모'가 아닌지 모르겠다……"고 하였다. 이제 예술이 무엇인지 연극이 무엇인지 일호반점의 이해가 없는 우리 조선에서 이러한 각본을 역출譯出할 적에 나의 가슴 가운데서 소리 없이 지껄이는 그 무엇이 있음을 깨달았다.

세계 대표적 희곡이 많은 중에 특히 이 각본을 선택하여 착수한 것은 가장 여러 가지가 우리에게 공명되는 점도 있고 또는 많은 서양 중에도 가장 지리적 관계가 가까운 노서아의 금일의 상태가 마음에 떠나지 아니하는 까닭이다. 이 각본에 나오는 모든 인물이 오늘날 노서아를 설명하는 것 같은 마음이 키인다. 여주인공 엘레나가 1850년대의 노서아의 활동적 신혁명의 타입의 선구자임과 그 부친의 완고한 사상, 청년의 조각가, 철학가, 애국자, 모든 성격이 우리로 하여금 십간백독十看百讀의 가치가 있을 줄 생각한다. 더구나 조각가 슈빈의 성격과 같은 것은 평생에 투르게네프의 예술에 그같이 호의를 가지지 아니한 톨스토이도 찬양의 언사를 아끼지 아니하였다.

여余가 금번에 각본 번역에 착수한 것은 실로 어떠한 교우회校友會의 촉탁을 받아 후일 이를 무대에 올리려 하는 경영이 있으므로 무단 흥행을 금한 것이라. 이 각본의 원 각색자 구스야마 선생은 여余가 게이주쓰자 부속 연극학교 재학 당시에 친히 수업한 선생일 뿐 아니라 기其 당시에 교장 시마무라 호게쓰島村抱月, 나카무라 기치조中村吉藏, 소마 교후, 구스야마 마사오, 아기타 우자쿠秋田雨雀 제諸 선생에게 특히 이국인인 여余는 그 저작에 번역할 수 있다는 허락이 있는 연고이라. 그뿐 아니라 당시 음악 교사, 『부활』 "카추샤 가와이야" 하는 작곡자 겸 차此 각본 중에 있는 창가 수심數三을 작곡한 나카야마 신페이中山晋平 선생에게도 동양同樣의 승낙이 당시에 있었다. 이러한 승낙을 당시에 얻은 것은 귀국 시초에 우리 극계를 위하여 무슨 도움이 있을까 하여 준비한 것이 천연遷延, 기개幾個 성상星霜에 일 개 번역이 없고 반 개의 성산成算이 없으니 제諸 선생의 호의를 저버림이 많은지라 붓을 들어 각본을 번역하려는 벽두에 스스로 모든 참괴慚愧한 정서를 금치 못한다. 이 각본은 여余가 연극학교를 필업畢業하고 게이주쓰자에 연구생으로 재학할 당시에 도쿄 제국극장에 상연한 것이므로 내부적 관계가 많았고 또 다소의 무대상 조력도 한 일이 있었을 뿐 안이라 노서아 문학통 노보리 쇼무昇曙夢 씨의 원작자에 대한 강연도 친히 들었던 고로 금일 이 각본을 번역함에 당하여 다소의 자신이 있다. 이 각본의 역재譯載를 특히 허락하여 주는 『개벽』 잡지 편집 동인 제씨의 호의를 특히 사례하고 자차自此로 호를 수隨하여 순차 게재코자 하노라.

본지 창간 이후로 계속 연재하여 오던 각본 『격야』도 인제야 겨우 전편을 다 마쳤습니다. 우리 조선에서 발행하는 모든 잡지 중에 유독이 우리 『개벽』이 희곡을 연재하여 온 것은 여러 잡지 중에서 특색이요 또한 자랑거리로 자신하는 바이올시다. 그러나 우리 조선과 같이 연극에 소양이 없는 곳에서는 독자 제군도 어떠한 취미를 가지고 어떻게 이 각본을 완상玩賞하였는지는 기자도 의문이올시다. 만일 우리가 이 2천만 동포에게 속성으로 문화를 지도하려고 하면 반드시 연극이라는 예술의 힘을 빌리지 아니하고는 거북할 줄 압니다. 이러한 설명은 이 기자가 구구히 논서論緖를 열지 아니하여도 우리의 지식 정도가 이대로 진보만 되면 멀지 아니하여 시일이 자연 변명할 줄 이릅니다. 그리고 각본을 감상할 때에 두 가지 내용을 포함한 각본이 있는 것은 알아 두는 것이 필요합니다. 한 가지는 무대를 연상하는 각본—무대의 형편과 배우의 과백科白을 연상하고 읽는 각본과 또 한 가지는 문장을 연락하는 각본—읽기에만 재미스럽게 저작한 각본입니다. 그 가치를 말하면 물론 무대를 연상하는 각본이 참 각본입니다. 그러나 무대를 연상하는 각본은 무대의 지식과 무대의 경험이 없는 이는 좀 재미없을 뿐만 아니라 따라서 읽기가 문구상 연락이 빈구석이 있는 것 같기도 합니다. 그렇지마는 무대를 연상치 아니한 각본은 각본적 가치도 적을 뿐만 아니라 소설과 같은 각본입니다. 즉 소설적 각본이지 무대적 각본은 아닙니다. 진정한 걸작의 각본은 무대를 떠나서 그 힘이 적고 무대는 각본을 떠나서 그 생명이 없습니다. 아직도 무대를 구경하지 못한 조선 독자는 이 말이 막연할 줄 압니다. 우리는 2천만 민중의 문화를 위하여 하루라도 급히 우리 조선에서 무대가 실현되도록 노력하지 아니하면 아니 될 줄 압니다. 언제나 그럴 시절이 올는지요. 차호次號부터는 세계적 문호 셰익스피어 원작 비극 『햄릿』을 연재하려고 합니다. 아무쪼록 그 뜻을 알도록 잘 읽어 주시기를 간절히 바랍니다.

# 햄릿

**현철**

- 현철, 「햄릿」, 『개벽』 11~30, 개벽사, 1921.5.1~1922.12.1(전19회)
- 현철, 『햄릿』, 박문서관, 1923.4.30, 240면
- 윌리엄 셰익스피어 원작

## 현철이 애독자 제위에게

흐르는 세월 멈춤이 없어 이제 또한 임술(-1922)의 1년도 다 가고 말았다. 과거를 회고하고 미래를 추상推想할 때에 누가 자기의 요만한 현상에 만족할 리가 있으리오. 작년에 오늘 이날을 보낼 이때에는 신년의 새로운 계획이 어찌 요뿐이리오마는 지나고 보면 또한 그러하고 그뿐인 것을 인력으로써 억제하리오. 우리는 오직 사람 된 본무本務로서 타산을 멀리하고 인류를 위하여 노력할 것뿐인가 한다. 이 『햄릿』을 시작한 지 이미 해가 지나기를 둘이나 하여 오랫동안 지루한 시간을 독자에게 낭비케 한 것은 자못 미안한 생각이 없지 아니하나 현철의 천박 비재로써는 여러 가지 희곡을 번역하는 중에 이와 같이 난삽한 것은 그 쌍을 보지 못하였으니 그것은 『햄릿』이라는 희곡의 자체가 세계적 명편으로 일자 일구를 범연히 할 수 없는 그것과 또 한 가지는 『햄릿』 주인공의 이중 심리가 무대적 기분이나 호흡상으로 조절調節을 맞추기에 가장 힘이 들었으니 실로 어떠한 구절에 이르러서는 하루 동안을 허비한 일이 적지 아니한 것도 있었다. 그러나 그 결과로 보아서는 그처럼 양호하다고 할 수가 없다. 다행히 희곡적 천재가 나서 다시 이 번역의 선진미善眞美를 다하였으면 이곳 우리 문단의 한 명예라고 하겠다. 나는 이러한 천재 나기를 바라고 장구한 시일 동안 애독하여 주신 제위에게 사의를 표하는 것이다.

11월 25일

## 인형의 가

**양건식 · 박계강**

- 양건식 · 박계강(朴桂岡), 「인형의 가(家)」, 『매일신보』, 1921.1.25~4.3, 1면(전60회)
- 헨리크 입센 원작

각본을 신문 지상에 연재함은 독자에게 대하여는 소설보다는 재미가 없을 줄 안다. 그러나 자세 그 대화를 완미玩味하면 재미가 없는 것도 아니다. 이 각본은 원래 신여자사에서 작년에 상연하려 하다가 아직 중지한 것이다.

번역으로 말을 하면 중역重譯인데 시게무라 호게쓰島村抱月 씨의 역본과 파커슨 샤프 씨의 영역본과 다카야스 겟코高安月郊 씨의 역본을 호상互相 참조하여 될 수 있는 대로는 완전히 역술하려 한 것이다.

역자

## 『인형의 가』에 대하여

『인형의 가』라 하면 누구나 다 아는 저 근대극의 부父요 왕이라 하는 낙위諾威(-노르웨이)의 문호 헨리크 입센의 걸작인 사회극으로 곧 부인 문제를 상기하니 이 입센의 사회극은 많이 문제극으로 『인형의 가』는 즉 부인 문제를 재료로 한 극이라 한다. 그리고 문제를 예술로 함이 가可한가 부否한가 하는 논쟁이 이에 반伴한다. 그러나 요컨대 이 논쟁은 무용無用이니 모든 극이 문제극이 아니면 안 된다는 이유도 없으며 한 극이 문제극이면 안 된다는 이유도 없는 것이다.

극의 예술로의 목적은 우리의 생활을 충동함에 있나니 그것만 있으면 그 방법이든지 재료가 사회 문제이든 아니든 관계할 것이 없다. 『인형의 가』에는 부인 문제가 재료가 되었으니 부인의 해방, 부인의 독립, 부인의 자각, 남녀 대등한 개인으로의 결혼, 연애를 기초로 한 결혼 등의 문제가 포함된 까닭에 이 극이 단순한 예술의 힘 이외에 널리 세간을 자극한 것은 부정치 못할 사실이다. 에드먼드 고스 씨가 『입센전』 중에

『인형의 가』는 입센이 처음으로 무조건적 성공의 작이니 다만 세간 일반의 의론議論을 야기한 최초의 작일 뿐 아니라 그 결구 급及 묘사법에 입센이 불요不撓의 현실적 작가로의 신이상을 발휘한 점이니 그 이전의 작보다 훨씬 진보되었도다. 아서 시먼스 군이 "『인형의 가』는 입센 극 중에 괴뢰傀儡를 농弄하는 침선針線을 용用치 않게 된 제일의 작이라" 한 것은 적평適評이니 일보를 진하여는 이 침선을 용치 않게 된 제일의 근대극이라고 할 수 있도다.

사건의 주합湊合되는 거리가 심히 단短하여 처음 막에는 교묘히 재미있게 되었으나 아직도 많이 실인생의 불가피성과 멀었도다. 그러나 가경可驚할 만한 최후의 막에서 노라가 나아갈 채비를 차리고 침실에서 나와서 헬메르와 관객을 도倒케 하는 마당, 번민하는 부부가 탁卓을 대하고 마주 앉아 대결하는 곳에 이르러는 사람으로 하여금 비로소 극단에 새로운 것이 출생하였다 하는 감이 기起케 하며 동시에 소위 '잘 만든 극'은 숙연倏然히 안 여왕의

사死와 여如히 죽어 버리는도다.

처창하도록 생의 역力이 강렬히 나타남은 이 최후의 막에서 놀랄 만하니 전일의 축복할 만한 종국終局은 비로소 전연히 포기되고 인생의 모순은 조금도 용사容赦 없이 나오도다. 『인형의 가』가 비범한 연극임을 그토록 돌연히 인지된 것은 이상한 일이니 노라의 '독립 선언'은 스칸디나비아에 향응響應되었도다. 인인人人은 매야매야每夜每夜에 흥분하여 창전백蒼全白한 얼굴로 논쟁하며 격투하면서 극장을 출出하더라.

운云한 것으로써 이 극이 처음 입센의 본국에서 연演할 시時에 세간의 문제를 자극함이 얼마나 격렬하였음을 상견想見하기 족하도다. 다만 스칸디나비아뿐만 아니라 구주 제국諸國에 긍亘하여 근대의 부인 문제를 자극한 가장 유력한 것의 일一은 차극此劇이었으니 문제극으로의 효과는 차此로써 유감이 무無하다 가위可謂하겠도다. 그러나 다만 이뿐으로는 예술로의 특성이 없나니 그 문제이든지 사상이든지 그 속에서 방사放射하는 것이 무無하여서는 차此와 상사한 효과를 생生하는 일장의 선동 연설과 아무 구별이 없나니 예술의 힘은 일층 더 그 근저로부터 발發하는 것이 없으면 안 될지라. 그러므로 이것이 있음으로 인하여 1편의 『인형의 가』도 그만한 자극력을 유有한 것이니 예술의 속에서 방사하는 것은 생명의 광光이요 생명의 열熱이며 예술은 생명의 비등 그것이라.

생명의 비등은 그 개인의 인격에 진동을 여與하여 이에 사상 감정에 깊은 각성을 생生하나니 거의 사상인지 감정인지 분변하기 어렵도록 심오한 마음을 경험하는 것이라. 비譬하여 이를 설명할진대 "인생을 여하히 할꼬" "이我의 생을 여하히 할꼬" 하는 민민悶悶한 마음이라. 이 마음 가운데는 사회 문제가 아니라 인생 문제가 포함되었고 인생관의 사상이 암시되어 있나니 모든 근대의 예술은 이 의미로 사상 예술이요 문제 예술이라. 『인형의 가』도 제일 이 의미로 문제극이 아니면 안 되겠도다.

입센이 1898년 5월 26일 크리스티아니아(-오슬로)의 낙위 여권 동맹의 축하회

에서 위爲한 연설에

여(余)는 여권 동맹의 회원이 아니올시다. 나의 지은 것은 하나도 주장을 넓히려고 의식하고 적은 것은 없습니다. 나는 세상 사람이 보통으로 아느니보다 보다 더 시인이요 보다 작은 사회 철학자올시다. 여러분의 축배에 대하여는 감사하나 여권 운동을 위하여 일하였다 하는 명예는 사퇴할밖에 없습니다. 나는 대체 여권 운동이라는 것은 어떠한 것인지도 실상은 충분히 모릅니다. 나는 이를 널리 사람의 문제로 보았습니다. 주의하여 나의 저술을 읽어 보시면 이 의미는 알 줄로 압니다. 원래 여권 문제도 다른 여러 문제와 같이 이 해결은 바라는 바이나 그러나 그것이 목적의 전부는 아니올시다. 나의 하는 일은 '사람의 묘사'라는 것이올시다. 물론 이러한 묘사가 합리적으로 진실하다고 생각되면 독자는 자기의 감정과 마음을 그 시인의 작중에 삽입하여 그것이 모두 시인의 것이 되지만 그러나 그것은 그런 것이 아니올시다. 총(總)히 독자는 다 각자 인격을 좇아 그 작을 비상히 아름답고 기려(綺麗)한 것으로 다시 만듭니다. 다만 작자뿐만 아니라 독자도 또한 시인이라 피등(彼等)은 작가의 조수요 시혹(時或) 시인 자신보다도 일층 시적이올시다. (…하략…)

한 것은 그 '사람의 묘사'로 인생 문제를 암시한 의미를 술述한 것으로 볼 수 있도다. 그러나 그와 동시에 부인 문제를 부인 문제로 재료에 용用하려 한 것도 처음부터 입센의 계획이었음은 명료하도다. 1879년, 즉 이 극이 출래出來하던 해의 7월에 로마에서 고스 씨에게 송送한 수간手簡에

소생은 거去 9월부터 가족과 같이 차지此地에 체재합니다. 그리고 대부분의 시간은 새로이 짓는 극으로 점령되었습니다. 곧 얼마 아니 되어서 완성되어 10월경에는 출판하게 될 줄로 아옵니다. 참된 극으로 근대의 가정 상태, 더욱이 결혼과 관련된 모든 문제를 말한 진정한 가정극이옵니다.

기재記在하더라. 다만 이러한 결혼 문제, 가정 문제, 부인 문제를 비추어 그 위에 일층 심오한 인생 문제의 의사를 가加한 것으로 관觀함이 가하도다. 이러한 종류의 사상과 문제는 예술 중의 점착성粘着性이 되고 진실성이 되어 잔류하나니 보통의 오락적 예술에는 이 점착성과 진실성이 무無하도다.

감흥 예술, 정서의 유희, 감정 발산 기관, 차등此等의 의미를 유有한 오락적 예술과 참 예술 사이에는 불가유不可踰한 특이점이 유有하도다(이상은 고故 시마무라 호게쓰島村抱月 씨 설에 거據함).

이상에 약언略言함과 같이 입센은 사상가가 아니요 제일 먼저 극작자라. 피彼 자신도 "나는 세인이 보통으로 아느니보다 보다 더 시인이요 보다 작은 사회 철학자올시다" 하고 말하였도다. 그러나 입센의 극이 근대의 문명에 큰 영향을 여與한 것은 그 극 중에 큰 인생 문제가 포함된 까닭이니 그 사상 방면의 연구도 또한 경시할 수 없도다.

오늘날 부인 문제를 논하는 자는 흔히 입센을 끌어내는도다. 그러나 피彼은 남녀의 달큼한 악애惡愛의 장면을 전개하여 독자와 관객의 눈을 어지럽게 하는 연애의 시인이 아니요 피彼는 유소시幼少時부터 냉혹한 사회에서 겪어 나서 늘 불공평하고 허위한 습관적인 사회의 진상을 보게 된 관계상 이 연애도 일 사회 문제, 가정 문제로 취급하게 되었도다.

입센이 일찍이 노동조합에서 연설하되 "지금 현재 피방彼方 구라파에서 성행되는 사회 상태의 개조는 노동자와 부인에게 여與하는 장래의 지위에 큰 관계가 있는 것이라. 그래, 나는 장래 내 힘이 자라는 데까지는 주명主命을 도賭하여서라도 일하려 하며 또한 일하지 아니하면 안 될 일이 이것이라" 말하였도다. 피彼는 실로 35년 전에 부인 문제와 노동 문제가 극히 중대한 문제임을 선견하고 연구하던 선각자라. 입센이 40세 시時부터 부인의 지위라는 것을 여러 가지로 생각하여 보게 되었도다. 그리하여 이 견지로서 실제의 사회를 관찰하여 본즉 부인은 남자와 대등은 고사하고 마치 부속물같이 생각들을 하며 또는 노예와 같은 대우를 받고 있는 자가 적지 않도다.

현대의 사회는 인간의 사회가 아니다. 그는 남자 사회에 불과하다. 현대의 사회에는 법률도 남자가 만들었고 부인에게 대하여 재판을 행할 때에도 남자는 남자의 입장에서 부인을 재판한다. 이와 같은 제도하에서는 부인은 부인 자신 됨에 불능하다. 그리고 가정에 있어서는 남편이 모든 책임을 지고 아내는 무슨 일에든지 책임을 지지 않는 것 같은 것은 진정한 부부가 아니다.

입센은 이와 같이 생각하였도다. 그래서 사회의 개조는 제일 먼저 부인을 통하여 행하지 아니하면 안 될 줄로 확신하였도다. 그래, 41세의 시時에 작作한 『청년 동맹』의 중에는 이 사상이 나타났으니 극 중에 셀마라 하는 부인이 그 부夫에게 대하여 "당신은 나에게 인형과 같이 의상을 입히고 어린애와 놀듯이 노셨지요. 그리고 가정의 책임은 하나도 내게 지우시지 않으셨지요" 하고 불평을 명鳴하였다. 유명한 비평가의 브란데스는 차此를 독讀하고 "이 극을 전개하면 별로이 훌륭한 작을 또 만들 수 있다" 하였다 한다. 입센이 그 권고대로 그 후 10년을 경經하여 별로이 훌륭한 극을 완성하였으니 차此가 즉 『인형의 가』로 실로 피彼의 명성을 세계에 굉굉轟轟케 한 명작이라.

차此 극의 제1막 급及 제2막에 나타나는 노라는 보통 일반의 아내와 별다른 것이 없지마는 제3막에 이르러는 아주 딴판의 여자가 되어 버리나니 "나는 인형의 의상을 벗어요" 하고 먼저 자각의 제일성第一聲을 방放하고 그리고 남편의 "무엇보다도 제일 너는 아내요 어미다" 하는 말에 대하여 "그런 말은 나는 이제 믿지 않아요. 무엇보다 제일 나는 사람이여요. 적어도 인제부터는 그렇게 되려고 하여요" 하고 사람이라는 입각지에 남편과 아내가 동등임을 말하며 그리고 또 "아무리 사랑하는 사람을 위하는 것일지라도 남자가 명예를 희생에는 공供하지 않는다" 하는 남편의 말에 대하여 "그것을 몇백만이라는 여자는 희생에 공供하고 있어요" 하고 부르짖고는 마침내 남편의 집을 나아가 버리나니…… 즉 소위 '인형의 의상'을 벗고 소위 '인형의 집'을 나아가는 것이라. 그래, 노라가 이 나아가는 곳에 이 문제의 당면의 해결은 되었도다. 그러나 나아간 뒤에 노라가 과연 일개의 사람이 되었느냐 안 되었느냐, 되려 함에는 어떠한 길을 밟아야 될까, 이것이 또한 해결을 요할 문제로 남아 있도다.

이 극이 출판이 되면서 동시에 코펜하겐 왕립 극장에서는 이를 상연하였더니 스칸디나비아의 공중公衆은 이 노라의 '독립 선언'을 듣고 흥분하고 격앙하여 논평을 하며 도전을 하며 극장에 출입하여 가정도 차此로 인하여 평화가 위협되는 일이 불소不少하였으며 노라를 모방하는 실행자도 처처에 나타났다 한다. 이로 인하여 노라가 남편을 버리고 자식을 버리고 나아감에 대한 비난 조소의 소리가 구풍颶風과 같이 작자 입센의 신변에 위집蝟集되어 나중에는 견디다 못하여 통속 취미에 강요되어 결말을 변경한 일도 있도다. 유명한 개작의 『인형의 가』에는 친자의 애정이라는 것으로 해결을 여與하여 문제가 문제가 되지 않고 없어져 버리게 하였으니 이는 원문의 정신을 파괴하여 극히 천박한 것이었도다. 그는 그렇다 하고 입센이 『인형의 가』를 작作한 진의는 무슨 세계의 부인에게 대하여 그 남편과 자식을 버리고 가라고 가르친 것은 아니니 피彼는 현대 사회의 남자와 여자의 지위가 불공평하며 불평등함에 분개하여 여자도 또한 '사람'이라는 자각으로 남자와 동등의 대우와 연애, 권리, 지위를 요구하여 남자와 같이 사회 문제, 가정 문제 등에 책임을 지라고 가르침이라. 요컨대 철저적이요 자각적인 입센이 부인에 대하여도 또한 철저적이요 자각적 이해를 요구함에 불외不外하도다.

이 세상의 남편 되는 자가 거의 다 헬메르요 이 세상의 아내 된 자가 거의 모두 다 자각 이전의 노라라. 아마 작자 입센 자신도 그러하였을지로다. 일화에 전하되

피彼도 또한 자기의 아내를 "괴猫야, 집의 괴家猫야" 하고 부르며 사랑하였다 하도다. 그러나 자기 아내에게 대하여 결코 노라와 같이 집을 나가라고 요구는 아니 하였도다. 다만 입센은 부인이라도 또한 이만한 자각은 필요하다 생각하였을 뿐이로다. 그러면 입센이 묘사한 여자는 이 노라와 같이 모두 자각적 여자이냐 하면 그렇지도 아니하도다. 피彼는 차등此等 강렬한 여자 외에 온순한 희생적 여자도 많이 묘사하였다. 전자는 피彼의 처의 극화한 것이요 후자는 그 처매妻妹 마리에게서 암시를 득得하였다 하도다.

**부언附言**

이 『인형의 가』를 역譯할 시時에 너무 단시일에 급히 역출譯出한 까닭에 지금 보면 참으로 독자에 대하여 부끄러움이 많다. 그러나 이는 후일 다시 정정, 퇴고하여 단행본으로 출판할 터이니 용서함을 바라는 바이다. 그런데 차此 극본을 역출할 시에 3인의 역본을 호상 참조하였는데 극 중의 동일인의 언言으로 삼 역본이 정반대로 다 같지 아니함에 이르러는 역자도 한참은 곤란하였다. 번역이 창작보다 어렵다 함이 이를 이름인지. 그리고 또 본보에 게재할 시에 교준校準을 내가 안 본 까닭에 2인의 회화가 1인의 것으로도 되고 또는 기행幾行씩 탈루脫漏가 되고 어사語辭가 대對로 오식誤植도 되어 의미 불통한 곳이 많다. 이는 독자에게 대하여 대단히 미안한 바이다.

# 노라

## 양건식

- 양건식, 『노라』, 영창서관, 1922.6.25, 176면
- 헨리크 입센 원작

당의 측천무후가 무슨 일을 하려 한즉 어느 사람이 경서를 인증引證하여 간諫하였다. "그것은 누가 지은 것이냐." 무후가 물었다. "주공周公이 술述하신 것입니다." 그 사람이 대답하였다. 그런즉 무후가 "내 그저 남자의 손으로 된 것인 줄을 알았다. 만일에 주저周婼이었더라면 그렇게는 안 지을 게다" 하였다.

## 서

우리 문단의 과거를 회고하여 보라. 우리의 문예는 과거에 우리 생활에 과연 기하幾何 치値의 지도를 여與하였으며 우리 사상계에 어떠한 암시를 표하였느뇨? 다만 그들은 진일盡日 한당閒堂에 독좌獨坐하여 "꽃이 피었다, 새가 운다, 닭이 밝다" 하였을 뿐이요 우리의 생활은 어떠한 것이며 우리는 장차 어떠한 방법으로 어떠한 광명을 얻어야 참된 생활을 하여 갈까? 하는 우리의 가장 오뇌하며 동경하는 생활 그 문제에는 하등의 교섭이 무無하였다. 과거의 우리 시인은 다만 대자연의 일부를 희롱하여 소위 음풍농월이 그 시나 또는 그 시인의 전 생명인 동시에 전 가치이었고 대자연 속에서 가장 많은 모순과 가장 굳센 저항을 가지고 서로 부르짖으며 서로 싸우는 인생이라는 자아는 영원히 망각하였었다. 이와 같이 우리의 생활을 등한시하던 그 시인이나 또 우리 생활과 인연이 멀던 그 시가 과연 우리에게 얼마나 큰 도움을 주었으랴.

우리 문단의 과거 기록은 이와 같이 적막하고 공허하였으나 만근輓近 수년 이래로 밀려오는 세계 사조는 드디어 그 적막과 공허를 격파하고 장차 우리 생활과 직접으로 어떠한 교섭을 시始코자 하는 신문예의 운동이 일어나며 점차로 세계적 작품이 소개되려 하여 우리 문단은 새로운 희망과 기대에 포위되었다.

이즈음 이 혁신기에 임하여 양梁 형 백화白華의 그 세련된 능필能筆과 치밀한 역법으로 저 명성이 높은 입센 문호의 대걸작인 『인형의 가』라는 각본이 공개됨은 우리 문단에 한 이채를 방放할 뿐만 아니라 우리 사상계에도 큰 진보를 촉促할 줄 신信한다. 입센은 근대 문호 중에 가장 초월한 사상을 가지고 현대 생활에 가장 긴착緊着한 현실을 묘사하여 극작가계의 '모母'라는 찬상讚賞을 수受하였으며, 세계의 어느 무대를 물론하고 씨의 희곡이 상연되지 아니한 곳이 없다. 다수한 씨의 작품 중에 제2기(씨의 창작 연대)에 속한 풍자극은 오인 생활의 암흑면을 너무나 거침없이 폭로한다 하여, 미래를 예언하는 씨의 각본은 당시에 이해가 적은 관중으로 하여금 불소한 반감을 기起케 하였으나 그러나 씨는 차此에 굴치 아니하고 풍자는 오히려 완미緩味가 있음을 깨닫고 다시 일보를 더하여 상인霜刃같이 감정을 날카롭게 찌르는 적나赤裸의 현실에서 극재劇材를 취코자 하니 이 전기轉期에 창출된 것이 즉『인형의 가』라는 여자 문제를 암시한 각본이었다. 당시에 유명한 정말丁抹(－덴마크)의 베치 헨닝이라는 여우女優가 처음으로 노라로 분장하고 씨의 표현코자 진의를 유감없이 무대에 전하매 순간까지 맹렬한 반감을 포抱하였던 관중은 인생에 대한 날카로운 자극과 권위 있는 그 암시에 모두 풍전風前의 연초軟草같이 일시에 굴복하며 진실로 입센은 현대극의 '모母' 요 또 '부父'라 하는 경친敬讚을 마지아니하였다 한다. 씨의 다수한 작품이 사회생활에 큰 지도를 여與함은 다시 췌언을 요치 아니하나 개중에 상술함과 같은—더욱 큰 감동을 준『인형의 집』1편이 자玆에 우리 조선문으로 소개됨은 우연한 일이 아니다. 나는 무엇보다도 자각이 없는 우리 사회에서 이 각본으로 큰 교훈을 얻을 줄 믿으며 더욱 여자 사회에서는 "인人의 처가 되기 전에 사람이 되어야겠다"는 노라의 대화臺話를 참으로 이해할 여자가 많이 출현되기를 바라는 바이다. 이러한 의미에서 양백화 형의 이 역술을 사謝하며 수구數句를 정呈하여 서문에 대代하려 한다.

1922년 3월 3일 야夜

계산桂山 와옥蝸屋에서

운정생雲汀生

## 노라야

나는 이 극을 비평하려 하지 아니합니다. 이 극은 내가 비평하기에는 너무 세계적으로 명성이 높습니다. 극으로보다도 부인 문제에 대한 사상의 선구로.

나는 다만 노라에 관련하여 부인 문제에 대한 나의 관견管見의 일단을 말하기에 그치려 합니다.

노라는 "나도 사람이다!" 하는 자각을 얻었습니다. 여자가 되는 외에, 처妻나 모母가 되는 외에, 또는 그러기 전에 나는 위선 첫째로 사람이라 하는 자각은 노라라 하는 세계 여성을 낳은 것이외다. 이 노라가 생긴 후로 세계의 수없는 딸들은 "나도 사람이다!" 하는 함성을 치며 규문閨門을 박차고 넓은 세계의 마당에 뛰어들 나왔고 현재에도 연방 그리하는 중이외다. 노라의 부르는 기별은 아직 여명의 서광이 비칠락 말락 한 무궁화의 동토東土에도 전해 들어와 첫닭의 소리에 깨어 일어나 부엌으로 내려가려던 조선의 딸들의 귀에도 미쳤습니다. 그네 중에는 벌써 아아, 나의 노라여! 나는 너를 따르노라! 하고 새벽동자 짓던 이남박을 집어던지고 한길 거리에 뛰어 나선 이도, 나설까 말까 주저라는 이도 있게 되었습니다. 아아, 노라는 마침내 세계의 모든 딸들을 후려내고야 말려나 봅니다.

불러내어라, 노라야! 세계의 딸들을 넓은 마당으로 모두 불러내기는 내어라, 마는 노라야! 너는 그네에게 장차 무엇을 주려 하느냐. 너는 그네의 손에서 바늘과 이남박과 어린 아기를 빼앗았거니와 그 대신에 무엇을 주려 하느냐. 그네에게 참정권을 주고 분필을 주고 전차, 자동차의 운전기를 주고 심지어 총과 칼까지도 주었다. 노라야, 너는 이리하여 남자와 꼭 같이 되는 것으로 네 목적을 삼느냐. 이제 머리를 깎고 남복을 입고 궐련을 피워 물고 술이 취해 비틀거리며 대도大道 상으로 다니게 될 때에 너는 비로소 네 개성의 해방을 완성하였다고 개기凱歌를 부르려느냐.

아니다! 노라야! 너는 한 가지를 더 깨달아야 한다. 네가 "나는 사람이다!" 하는 깨달음은 하느님도 능히 막지 못할 당당하고 당연한 깨달음이다. 그리해서 네가 세계의 딸들을 모두 '사람'들이 모이는 넓은 세계의 마당으로 끌어낸 것은 만년을 가더라도 역사가 잊어버리지 못할 큰 공이다. 그렇지마는 너는 한 걸음을 내쳐서 "나는 계집이다!" 하는 자각을 얻어야 되고 인하여 "나는 아내다!" "나는 어미다!" 하는 자각을 얻어야 된다. 이에 비로소 네 개성이 완성하는 것이다!

네가 머리를 깎고 남복을 입고 궐련을 피워 물고 대도 상으로 다니며 남자의 하는 직업은 다 내가 할 것이다 하는 동안 너는 아직 남자의 노예니 네가 사람이란 자각 담에 계집이란, 아내란, 어미란 자각을 얻어 계집으로, 아내로, 어미로의 직분을 다하는 때에 비로소 네가 완전한 독립의 개성을 향유하는 사람이 되는 것이다!

아무리 머리를 깎더라도 수염은 나지 못할 것이요 아무리 남복을 입더라도 젖가슴과 엉덩이는 들어가지 못할 것이요 아무리 대도로 나와 다니더라도 네 지방 많고 동그래하고 어여쁜 몸뚱이가 골격과 근육이 툭 불거지고 어깨 퍼지게는 되지 못할 것이다.

그런즉 노라야, 다시 네 남편에게로 돌아오너라. 그래서 새로운 의미에서 얌전하고 귀여운 아내가 되고 어미가 되어라. 그러면 네 남편이 은행의 지배인이 될 때에 너는 가정의 지배인이 되고 만일 네 남편이 마치를 들어 힘 있게 바위를 때려 부수거든 너는 가는 바늘에 고운 비단실을 꿰어 남편과 자녀의 옷에 수를 놓으려무나. 이것과 저것에 무슨 존비, 귀천의 차가 있으랴. 모두 평등이 남녀 피차의 천직이 아니냐. 사나이 되는 내 천직과 계집 되는 네 천직이 다르기는 다르더라도 인류 세계라는 대가정 생활을 해 가는 데는 다 같이 귀한 천직이다. 이렇게 서로 천직을 지켜 서로 돕고 서로 사랑하여 즐거운 인생을 이루지 아니하려느냐.

노라의 소리에 불려 나온 우리 누이들은 지금 심히 사상이 혹란惑亂한 모양이외다. 그네는 걸핏하면 남녀의 차별을 잊고 남자와 동화同化함으로만 개성의 해방을 완성하는 것같이 오해하여 그 천직인 가정의 치리治理와 부夫와 자녀에게 대한 애愛의 생활을 버리고 공장과 회사와 선거장에 돌아다니기로 목적을 삼는 것 같습니다.

더욱이 방금 눈 비비고 일어나려는 우리 집 자매들이 이러한 그릇된 사상에 침염浸染하는 듯함을 볼 때에 심히 초민焦悶함을 마지아니합니다.

노라야, 조선의 딸들에게 크게 소리쳐 '사람'으로 깨어 세계의 넓은 마당에 나오게 하여라. 그러나 계집으로 깨어 다시 규문 안으로 들어가게 하여라. 다만 그 규문은 노비의 옥獄이 아니요 여황女皇의 대궐이 되게 하여라.

임술(-1922) 춘삼월 중순

춘원

## 역자언譯者言

### 1

『노라』(원명 인형의 집, *Et Dukkehjem =A Doll's House*, 1879)는 낙위諾威(-노르웨이)의 문호 헨리크 입센Henrik Ibsen, 1828~1906의 작이니 근대 부인 문제에 가장 강렬한 자극을 준 사회극이올시다. 그러므로 『노라』라 하면 누구나 다 부인 문제를 상기합니다. 이에는 부인의 해방, 부인의 독립, 부인의 자각, 남녀 대등으로 한 개인의 결혼, 연애를 기초로 한 결혼 등의 제종諸種 문제가 포함되어 있음으로외다. 하기에 여자 해방의 성서라고까지 이릅니다.

작자 입센으로 말을 하면 어느 비평가가 사회의 병리病理 또는 해부의 전문가라고 평을 하듯이 그는 근대의 모든 불합리한 제도와 허위가 가득한 사회를 그 통렬하고 심각한 붓으로 써 사출寫出하여 그 병폐와 죄악을 지적하고 비판하였습니다. 그리고 그는 허위는 어디까지 배척을 하고 진실을 위하여는 백전百戰을 불사不辭하는 용감한 혁명가이었습니다. 동시에 그는 이 불합리한 사회 조직하에서 부당한 압박을 받는 개인아個人我의 각성을 촉促하였습니다. 그리고 이 현상에 대하여 안연晏然히 앉았지 못하게 우리에게 문제를 제공합니다. 이는 그의 모든 작품을 통하여 용이히 간취할 수 있으니 그의 극에는 이와 같이 종교 문제, 사회 문제, 도덕 문제 내지 인생 문제 등이 포함되어 있으므로 또한 문제극問題劇이라고 이릅니다. 따라서 이에 한 논쟁이 일어나는 것은 한 문제를 예술로 함이 가한가 하는 것이올시다. 그러나 원래 극이 예술로의 목적은 우리의 생명을 충동하는 데 있는 것이니 그 문제와 그 사상의 이면에서 방사放射하는 강렬한 생명의 힘은 그 개인의 전 인격에 진동震動을 주어 각성을 기起케 하는 까닭에 마침내 이 극으로 하여금 그 본국으로부터 구주 제국諸國에 이르기까지 상연되는 곳마다 세인을 심히 경동驚動하고 부인 문제를 크게 자극하였다 합니다. 이로 이 『노라』는 유감없이 예술로 그 목적을 달하였고 문제극으로 큰 효과를 얻었다 할 수 있습니다.

## 2

『노라』는 1879년 12월에 낙위의 『아프테어르 포트텐*After Posten*』 신문에 보도된 사실을 재료로 작作한 것이라 합니다. 그런데 그 낙상落想은 입센의 10년 전의 작인 『청년 동맹*De Unges Forbund＝The League of Youth*』(1869)에 이미 그 단端을 발發하였다 합니다. 여하간 『노라』는 여자 문제의 전형적 각본이라 합니다. 금今에 그 극 중의 인물을 별견瞥見하건대, 토르발 헬메르는 사회에 대해서나 가족에 대해서나 모든 의무를 완전히 밟아 가는 훌륭한 인물입니다. 그 취미로 말을 하면 극단의 자연주의를 기忌하는 고전주의자인데, 노라와 8년간 부부로 지냈습니다. 노라는 그 부친의 손에서 인형의 어린애로 길리다가 남편의 손으로 옮아왔고, 남편의 손에서 또다시 인형의 아내로 보존된 여자입니다. 그 심상心狀의 탄력성은 마치 어린애 같아서 그 쾌활은 인人을 열悅케 하고 그 경솔은 인을 우憂케 하며, 또 그 경솔이 예사로 망어妄語를 발하였습니다. 그러나 자연의 도의심은 가졌습니다. 남편의 생명을 구하려고 노심하던 고충이라든지 법률에 대한 불이해로 남편이 아내의 죄를 가로맡으리라는 예기豫期에서 나온 투신의 결심이라든지가 다 그것입니다. 그런데 훌륭한 인물 같던 헬메르는 어떠하였습니까. 아내의 증서 위조함을 듣고는 심중에 자기 행복의 파괴를 공恐하여 이를 원탄怨歎하는 외에 아무것도 없었습니다. 아내의 무종교無宗教, 무도덕無道德, 무의무심無義務心을 책責하고 심지어 자기 아내의 죽은 부친까지 끌어내어 더럽게 후욕詬辱하였습니다. 그리고 다만 범죄의 흔적을 인멸함에 급급하였습니다. 그리다가 헬메르는 다시 시금석에 걸리었습니다. 그는 닐스 크로그스타트가 그 위조 증서를 돌려보낸 때올시다. 이때 헬메르는 염연恬然히 아무 일도 없던 전의 태도가 다시 됩니다. 그러나 헬메르는 위조죄를 자기가 명예를 희생에 공供하기를 거절하였습니다. 그리하여 노라의 목전에서 헬메르의 이 마음이 절무絶無한 것이 폭로된 그 찰나에 위대하던 그 남편의 우상偶像은 인식의 뇌화雷火에 미진微塵으로 격궤擊潰되었습니다. 노라는 이에 "몇백만의 여자는 그것을 희생에 공供하고 있어요" 하는 통렬한 일어一語를 남기고 단연斷然히 남편과 자식을 버리고 나갑니다. 누가 그릅니까, 헬메르인가요? 노라인가요?

### 3

이 극이 근대 부인 자각 운동에 비상한 자극을 준 것도 괴이치 않은 일입니다. 노라는 남편을 위해서 목숨을 버리려 들었거든 헬메르는 그 아내를 위해서 명예를 희생에 공供치 아니한다 합니다. 그뿐 아니라 헬메르는 노라의 인격을 인용認容하지 아니하고 종래 그 사랑이라는 것도 사람으로가 아니라 한 완롱물玩弄物로 사랑한 것이올시다. 여자도 또한 사람이올시다. 그런즉 무엇보다도 먼저 사람으로 살지 아니하면 안 됩니다—이것이 이 극에 대한 입센의 주장이요 또는 만근輓近 부인 문제의 중심 의의올시다—남편이 나를 참으로 사랑하는 것이 아니요 단지 완구로 사랑하는 것이다. 사랑하는 것 같다, 그것은 허위의 사랑이다. 남편의 허위한 사랑에만 붙좇아 살아온 종래의 생활은 허위한 생활이니 일각이라도 이 허위한 생활에는 있을 수 없다 하여 노라는 그 남편 헬메르가 나중에 그러면 남매로 지내자, 편지나 하게 하여라 하는 모든 간청과 타협을 물리치고 '인형의 집'을 나아간 것이올시다. 그러면 나아가서는 어떻게 될꼬 하는 문제가 또 남았다 할 수 있습니다. 그러나 본극本劇의 결말에 대한 세간의 비난이 많았습니다. 그는 "아무리 자신의 교육을 위함이라 할지라도 아내가 남편을 버리고 집을 나아가는 법이 어디 있느냐. 더욱이 자식을 버리고 나아가지는 못하는 것이다. 그래, 노라가 나가서는 어떻게 되었느냐" 하는 것이었습니다. 이에 따라 독일의 어느 극장에서는 이 극의 결말을 변경하여 상연하였다 합니다. 작자 입센이 통속 취미에 강요되어 부득이 결말을 변경한 그 유명한 개작에는 친자의 애愛라는 것으로 해결을 주었습니다. 금今에 그 개작한 결말을 역재譯載하건대 본서 176엽頁의 9행부터 하下와 같이 변합니다.

노라 : 둘이서 참말 결혼을 해야 하지요. 안녕히 계셔요!

헬메르 : 하릴없다—가거라! (노라의 손을 잡고) 한데 가기 전에 자식들을 만나보고 작별을 해야 한다!

노라 : 아이, 놓아 주셔요! 나는 자식들은 볼 수 없어요! 차마 어찌 보아요!

헬메르 : (좌편의 문 있는 곳으로 노라를 떼어밀며) 보아야 해! (문을 열고 가만히 말을 한다.) 저것들을 보아라, 어린것들은 아무것도 모르고 쌕쌕들 자는구나. 내일 잠을 깨어 어미의 자취를 찾을 게다. 그때는 벌써—어미 없는 자식이로구나.

노라 : (부르르 떨면서) 어미 없는 자식!

헬메르 : 똑 너도 그랬더니라.

노라 : 어미 없는 자식! (참을 수 없어서 여행 가방을 떨어뜨리며) 아! 나 자신에는 미안하지마는 이대로 내버리고는 갈 수 없다! (문 앞으로 반쯤 몸을 자지러뜨린다.)

헬메르 : (기쁨을 못 이기어 정다운 소리로) 노라!

—막—

이와 같이 개작은 원문의 정신을 파괴하여 천박한 것이 되어 버렸습니다. 입센도 이것을 스스로 '야만野蠻의 폭행'이라고 저주하였다 합니다. 노라가 집을 나감을 비난을 마십시오. 사회의 적폐積弊는 참 애정을 부패케 하여 인형의 집이 되게 하고 자유의 정신은 무학無學의 소녀로 하여금 노라라는 여성을 만든 것이올시다.

임술(–1922) 하夏 유월 중순

백화白華

## 발跋

조선 여자계에도 동천東天의 훤한 새벽빛이 바야흐로 비춰 옵니다. 아마도 환하게 밝을 때가 얼마 안 남았겠지요. 이는 진실로 우리 여자 사회의 전도前途를 위하여 그 광명을 축복할 일입니다. 그런데 이때를 당하여 노라라는 여성이 선생의 소개로 우리 조선 여자 사회에 나타났으니 이것이 우리를 위하여 좋은 조짐이라 할지요? 또는 상서롭지 못한 일이라 할지요? 나는 이를 명답明答을 하려 아니하고 먼저 한번 우리의 현금 남녀 사회를 살펴보려 합니다. 어떠합니까, 밝아 오는 새벽빛은 동창에 환하게 비췄건마는 그네들은 아직도 깊이 든 잠이 깰 날이 멀었습니다. 그러니 언제나 그네들은 잠들을 깨어 자기의 의식을 분명히 알게 될까요? 아직 같아서는 누가 그 잠을 깨워 주기 전에는 거의 날이 다 밝은 것도 불계不係하고 아직 더 잘 모양입니다. 이것을 노라라는 각성한 여자는 보다 못하여 그네들의 잠을 어서 깨워 주어 새날, 새 광명에 접하도록 선생의 소개를 얻어 가지고 나선 것이 아닐까요? 남은 어쨌든 나는 그렇게 압니다. 만일에 누가 그네들의 잠을 깨워 주지 않는다 하면 그네들 중의 남자는 영구히 반성이 없는 헬메르대로 있을 것이요 여자는 어느 때까지든지 각성치 않은 노라 그대로 있을 것이니 그 얼마나 우리 인문 발달상에 방해가 되겠습니까? 이 사회는 고만 한 암흑한 지옥이 되고 말 것입니다. 그러기로 이러한 의미에서 나도 이삼 년 전에 선생과 협력하여 이 노라를 무대에 소개하려 하지 않았습니까. 그러나 그때에는 여러 가지 사정으로 중지하였었습니다. 그런데 이제 선생이 이를 널리 사회에 소개하려 하시니 나의 뜻하던 바를 이룬 것 같아서 참으로 감사한 일입니다. 동시에 나는 이를 따라 금후에 우리 여자 사회에도 각성한 무수한 노라가 쏟아져 남을 충심으로 바랍니다.

1922년 1월

도쿄 아오야마青山에서

김일엽

# 인형의 가

이상수

● 이상수, 『인형의 가(家)』, 한성도서주식회사, 1922.11.15(초판); 1929.10.20(재판), 149면

● 헨리크 입센 원작

## 머리말

인류 사회에 존재한 형형색색의 불평을 없이하고 누구든지 동일한 평등과 자유의 행복을 균평均平하게 누리고자 함이 오인吾人의 최고의 이상, 아니! 최대의 욕망이며 또 구속에서 자유와 속박에서 해방을 구하려 하는 것이 시대의 부르짖음이며 이것이 사회 개조의 문제인 동시에 아울러 뜻있는 자의 노심초사하는 바이다.

그러나 사회의 문제 되는 계급과 차별과 불평등, 이 모든 것이 다 각각 겹(이중)으로 있는 데 대하여 우리는 더욱 분개함을 마지못하노니 가령 자유와 행복이 있다는 소위 문명 국민들도 여성은 반드시 남성에게 무리한 경우를 당하며 강한 정복자의 박해에 눌려서 숨을 코로 바로 못 쉬게 되는 약자들도 자기 가정에서 그 처에게는 눈을 부릅뜨고 큰소리를 하게 되는 것이 오늘날 우리 사회의 목하 현상이로다.

만일 인생으로 하여금 차별과 불평을 철저히 없이하고 절대의 자유를 균평하게 얻으려면 전 인류의 과반수 되는 여성을 종래의 관습에서 남성의 욕망을 만족하기 위하여의 완호물玩好物 즉 남성의 소유물에서 해방하여 완전한 인격적 동등을 아니 할 수 없다는 것이 오늘날 부인 문제의 요지이다.

『인형의 집』이라 하면 누구든지 먼저 부인 문제를 상상하게 되는 것은 원작자 입센이 『인형의 집』을 쓸 때에 부인은 부인 되기보다 먼저 사람이라 하는 정신으로, 또 사람과 사람 사이에 관계를 명확하게 해결하여 쓴 까닭이며 이에 부인의 개성의

자각과 부인 운동의 경종이 되었도다.

근대문학의 부父라 하는 헨리크 입센은 1828년 3월 20일에 낙위국諾威國(-노르웨이) 시엔이란 시골서 나서 1906년 5월 23일 향년 79세에 낙위 수부首府 크리스티아니아(-오슬로)에서 돌아갔는데, 선생은 37세로부터 63세까지 27년 동안 구라파 각지를 표유漂遊하면서 사회 문제와 인생의 문제를 실지로 연구하며 수십 편의 극을 저작하여 근대극의 부父가 되었도다.

『인형의 집』은 1879년 가을에 로마에서 지었는데 당시 사회의 가정 상태와 부인의 지위를 재료로 삼아 부인 문제보다 오히려 한층 더 깊이 인생 전반의 문제를 파뒤집었도다.

그러므로 오락적 예술과는 판이하여 종래의 연극적 극이나 소설적 극보다는 전연 이채를 띠었으니 독자 제씨는 이 점에 주의할 필요가 있다.

선생이 스칸디나비아반도 여권 동맹회 석상에서 한 연설 중에 자기의 목적은 다만 여권 문제뿐만 아니라 인생의 문제를 묘사하였으니 자기의 저작에 유의하고 읽어 달라 하였으며, 또 말하되 독자는 각각 자기의 인격에 따라 작자의 쓴 정신을 한층 더 아름답게 빛낼 수 있다는 말은 가장 의미 깊은 말이로다.

세상에서 이 극을 문제극이라 하는 것은 물론 사회 개량 문제, 부인 문제, 가정 문제, 결혼 문제, 연애 문제, 인격 문제, 이 여러 가지 문제가 포함되었거니와 관극자觀劇者로 하여금 양심에 문제를 일으키게 하는 것이 또한 문제이다.

낙위 수부 크리스티아니아 극장에서 이 극을 처음 행연行演할 때에 관객들이 구경하러 올 때에는 부부간에 손목을 이끌고 재미스럽게 왔다가 연극을 마치고 돌아갈 때에는 누가 옳으니 누가 그르니 하는 각각 자기의 주견을 주장하며 밤마다 길가에서 다투면서 돌아가더란 것만 보아도 역시 문제이다.

역자가 이에 독자 제씨에게 충고할 것은 이 극을 경경輕輕 간과치 말며 또다시 씹을수록 새 맛이 나는 것을 증명하오니 종래의 연극이나 소설 보듯 오락적 취미를 구하지 말고 진심으로 우리 인생의 가장 큰 이 문제를 같이 연구하며 보아 줍시사 하노라.

1921년 10월 일<br>석왕사에서<br>갓별 지識

# 해부인

## 이상수

- 이상수, 『해부인(海婦人)』, 한성도서주식회사, 1923.6.20, 167면
- 헨리크 입센 원작

### 머리말

사회 개조의 대사상가 헨리크 입센 선생은 『인형의 가家』 머리말에도 소개함과 같이 근대문학의 아비요 근대극의 할아비로서 인생 사회에 존재한 모든 무리와 불법과 불공평, 그 속에 있는 진정의 불공평한 남성 대 여성의 성적 도덕 혁명의 선구자가 되어 문학자나 시인이나 작극가作劇家로의 명성과 존경보다 몇 갑절 사회 개조의 사상가로 인생의 은인이란 숭배를 받는도다.

『해부인海婦人』은 입센 선생의 작품 중에도 가장 다방면으로 현 사회에 적응되며 선생의 정신인 부인 문제, 연애 문제, 결혼 문제, 가정 문제 등 이 여러 가지 문제의 골자를 묘사하여 문제극인 『인형의 가』의 자매편이라 할지? 속편이라 할지? 계통적 사상으로 저작한 것이다.

『해부인』은 『인형의 가』를 지은 지 9년 후인 1888년 11월에 선생의 60세 되는 때에 지은 극이니 선생의 저술한 사회극 중에 가장 신비적으로, 또 놀라울 만치 낭만적 색채를 띠었으며 또 선생의 다른 작품 중에 비하여 제일 많이 자연계를 배경 삼았다.

『해부인』은 선생이 늙어서 지은 것이라 장년 시대에 지은 것보다 가장 인정적으로 계모와 전처소생 딸들의 사이에 세밀한 정곡情曲까지 그려 내어서 거의 인정소설의 취미를 가졌다.

그러나 역자는 선생의 어떤 주의에 공명되는 점이 있어서 먼저 『인형의 가』를 번역하고 뒤를 계속하여 그 자매편 되는 『해부인』을 이에 번역하노니 이는 물론 부인 문제인 동시에 부인의 자유를 동일한 인ㅅ의 자유로 존중하며 부인 자신의 책임 각성을 최촉催促하는 것이 근본적 정신이므로 한문을 능통치 못하는 부인들에게 보이기 위하여 순 언문으로 쓰고 쓰는 말들은 될 수 있는 대로 누구든지 알아볼 통속적 우리말을 쓰려 하였으나 부득이한 한문 문자와 우리 조선에 없는 외국 고유명사 같은 것은 할 수 없이 그대로 쓰고 근사한 번역을 달았거니와 원작자의 정신을 존중치 아니할 수 없어서 일언일구라도 이동과 가감이 없이 그대로 전역全譯하기 때문에 통속적 번안한 소설보다는 도저히 문란文欄을 찾을 수도 없으며 더욱 원문이 소설이 아니고 각본이며 또한 통속적 말이 못 되고 너무나 신비적, 시적이므로 필자의 단식短識으로는 그 곤란함을 족히 형언할 수도 없었으며 이에 독자 제씨의 애독하시기에도 통상 소설 보시던 안목으로는 전연 판이한 감이 없지 아니하리니 이 점을 미리 이해하고 오직 그 내용의 정신과 사상에만 주의하여 주심을 바라노라.

1921년 2월 21일

역자 갓별 지識

# 베니스 상인

이상수

- 이상수, 『베니스 상인』, 조선도서주식회사, 1924.9.17, 153면
- 윌리엄 셰익스피어 원작, 인육 재판

## 첫머리 말

글을 배우는 이 셰익스피어를 모를 이 없으며 저마다 문성文聖이라 시성詩聖이라 일컫지 아니하는 이 없도다. 그리스도는 오히려 종교의 갈래를 따라 치는 이도 없지 아니하건마는 셰익스피어는 그렇게도 치는 이 없이 과연 떠받치는 갸륵한 사람이다.

셰익스피어는 물론 연극으로 우리 인생을 될 수 있는 데까지 그려 보고 거기다 자기의 뜻을 붙여 마침내 이루었다.

이 연극은 선생의 걸작 가운데에서도 가장 재미있는 하나인데 이것은 1594년에 지은 것이다. 그 대강령인즉 두 가지 이야기를 주장삼았는데 친구를 위하여 살을 전당典當 잡히고 빚을 내었다가 필경 살을 떼이게 되는 인육 전당 이야기와 천하절색 미인과 결혼하고자 금궤, 은 궤, 납 궤 세 가지 궤에서 그 미인의 화상畵像 든 궤를 고르는 세 가지 궤 이야기를 재료로 삼았다. 인육 전당 이야기는 옛날 동양 이야기가 서양으로 건너간 것이라 하며, 세 가지 궤 이야기는 옛날 이태리 전설로서 두 이야기가 다 13세기 이전부터 구라파 각국에 유행하던 이야기라는데 셰익스피어는 이것들을 참고로 하고 이 연극을 지었단 말도 있다.

이 두 가지 이야기는 모두 부자연이고 또는 엉떨어진 옛이야기처럼 되었으나 교묘한 시와 산문과 웃기기와 농담으로 비벼 대고 몽환과 현실이 마주 떨어지는 사이

에 자연과 부자연도 한데 비비어서 엉클어지고 말았다.

이 연극은 셰익스피어의 연극 가운데서도 세상에서 가장 널리 알며 뭇사람의 입담아 옮기는 말거리가 되며 또 무대 위에서 가장 많이 성공하여 크게 환영을 받는 바이다.

온 세상에서는 셰익스피어의 지은 연극을 전문으로 연구하는 학자도 많고 나라마다 그의 지은 연극을 번역하여 읽히기를 힘쓰나 우리나라에서는 작년에 잡지 『개벽』에서 현철 씨가 『햄릿』을 번역한 것이 셰익스피어의 글 광을 처음 건드린 것이었었다.

이 연극 가운데 그리스도 신자의 박애주의와 유태인의 이기주의의 맞받틀어짐과 또 유태인의 그 굼튼튼한 성질로써 기어이 원수를 갚고자 하는 그 마음자리에서 나는 많은 느낌을 얻고 나의 얻은 느낌을 읽으시는 여러분께도 맛보여 드리기 위하여 아울러 세상에 유명한 이 대걸작을 소개하노라.

어렵기로 유명한 셰익스피어의 연극을 부족한 이 작은 번역자는 첫째로 말 까닭에 애를 썼사오나 잘못된 점은 다른 날 다시 고치기로 하옵고 이 책 본이름은 『베니스의 장수*Merchant of Venice*』라 하며 또 한 가지는 『인육 전당』이란 별명도 있으나 번역자는 뜻을 알아보기 쉽게 하기 위하여 『인육 재판』이라고 이름을 짓고자 하였으나 만일 원작자 셰익스피어 선생이 들으시고 꾸짖으실까 저어하여 부득이 좀 어려우나마 『베니스 상인』이라고 하였나이다.

1922년 12월 17일

갓별 씀

# 살로메

**양재명**

- 양재명, 『살로메』, 박문서관, 1923.7.25, 105면
- 오스카 와일드 원작, 양재명 장정

## 첫마디

이 『살로메』 원작자 오스카 와일드는 근세에 가장 흥미를 일으키는바 Principle of art for art's sake(유미주의자)의 아일랜드 시인이다.

이는 지금으로부터 66년 전 즉 서력 1854년에 동국同國 고문서원古文書院의 원장과 국무조사위원회國務調査委員會의 위원장이란 견서肩書를 가지었던 사작士爵 로버트 와일드의 차남으로 본국 더블린시에서 출생하였다.

와일드는 유시幼時로부터 문예에 대한 천재가 있었으므로 후세에 대문호가 될 바 소질을 가지었다.

그리하여 서력 1892년에 살로메의 전설을 재료로 하고 플로베르의 소설을 참작하여 『살로메』를 지은 것이다.

이에 『살로메』의 여주인공 살로메는 와일드의 유미주의Sensesism, 관능주의의 대표일다.

영지의 반이라도 주리라 한 당시엔 위권威權을 떨치던 유태 국왕 헤롯의 말에도 복종치 아니코 오직 살로메 자신의 본능Instinct을 만족케 하며 드디어 달게 운명의 포로가 됨은 와일드 자신이 취한바 생활에 혹사酷似하였다.

와일드가 그 어떠한 사실로써 인하여 옥리獄裏의 생활을 하면서 —아니, 신음을 하면서 오직 인생에겐 동정이란 큰 힘이 있음을 깨달아 알았다. 이것이 큰 유력의

것이 됨인 것을 각오하였기 때문에 그의 인생관 상으론 다대한 변화를 일으키게 한 것이었다.

그러나 그가 옥리로부터 나올 때 출영出迎하며 맞아 주는 이가 1인도 없었다. 아—, 옥리의 생활을 하기 전 와일드와 옥리의 생활을 한 와일드는 동일한 와일드가 아니었었고 각오한 와일드이었으나…… 아—, 19세기 구주 문단에 가장 이채를 띠었던 오스카 와일드는 47세를 일기로 정하고 1900년 11월 30일 불란서 서울 파리 한적한 작은 호텔 가운데에서 그만 그의 외로운 영자影子는 초연히 이 세상 막을 닫고 사라지었도다.

그러나, 그러나 그때 장송자葬送者가 겨우 수인數人에 지나지 못하였다 함은 전 국민들의 경모적傾慕的 인물, 그로써 얼마나 한 낙백落魄을 극極하게 하였는지? 규지窺知할 수 있는 것일다.

1896년 와일드가 옥리에서 쓰린 생활을 할 때 처음으로 이 『살로메』를 파리 극장에 상장上場하여 대갈채를 박득博得하였다 하며 —1903년 2월 22일 와일드가 이미 이 세상 사람과 딴사람이 되어 딴 새로운 영원무궁한 세상을 밟게 되었을 때 독일 백림伯林(–베를린) 극장에 상연코자 하였으나 기독의 삽화Episode가 있다 하여 불허타가 동년 9월 29일에야 비로소 일반에게 공개하여 다대한 환영을 받았다 한다.

(본서 무대 구조는 독일에서 상장하였을 때의 것이며, 의류는 헤롯 왕 당시 유대 복服이다.)

1920년 9월 20일

양은하梁銀河 지識

## 유미주의의 해설

오스카 와일드의 유미주의란 것은 즉 말하자면 미美 지상주의이다.

예술상으로 유미주의가 향락주의와 동同하다는 것이다.

우리 인생에게 제일로서 귀한 것이며 합리적으로 적합한 좋은 것은 통속적으로 선善도 아니요 진眞도 아니며 오직 유미唯美란 것일다. 어떠한 것에나 미가 있기 때문에 귀하며 좋은 것이란 것이다.

그리하여 그 미란 것은 관능상으로의 쾌락을 득하게 되는 것일다.

아—, 세상 가운데에는 악과 죄와 모든 거짓으로써 싸이고 싸이었으나 그러나 그러한 중에라도 오직 미만 있을지면 만족이란 주의이다.

이것이 유미주의에 대한 간단한 해설이다. 그러나 이를 만약 오해한다 할진댄 많은 의혹에 파묻히기 쉬운 것이다.

이 『살로메』와 같이 요한이란 그를 악인이라거나 죄인이라거나 불관不關하며 오직 저의 전일 모든 인습을 타파하고 거짓이란 그 선線을 넘어 자연으로 적나라하게 오직 유미에 최후의 승리를 얻어서 자기 본능을 만족케 하며 운명의 포로가 되어써 최후를 마침이 이 유미주의의 승리라 하노라.

1920년 10월 일

은하생銀河生

# 어둠의 힘

**이광수**

- 이광수, 『어둠의 힘』, 중앙서림, 1923.9.5(초판); 1923.11.26(재판), 183면
- 레프 톨스토이 원작

## 서언序言

나는 친구에게 졸려서 지금 Tolstoy 작품 『어둠의 힘』 번역의 서문을 쓰려고 붓을 잡았다.

대체 우리가 인생에 어둠과 밝음 두 면이 있음을 처음으로 알게 되면 만물 중 최귀最貴 자랑할 것 없음을 탄식할 것이요 그 위에 어둠의 힘이 능히 또는 감히 밝음을 압도함을 알게 되면 도당陶唐(-요임금), 유우有虞(-순임금) 어느 때냐고 말세를 탄식할 것이요 그러고 Zarathustra가 지금부터 2,700여 년 전 사람임을 생각하게 되면 또다시 말세 시작이 이미 오랜 것을 탄식할 것이다. 그러나 아무리 이렇게 양태전梁太傳 장태식長太息을 연발한들 엄숙한 사실이야 어찌하랴!

이런 탄식할 만한 사실을 일평생 모르고 지내는 사람이 있다 하면 이는 특별한 복을 하늘에서 받은 사람이라 말할 것 없고 예사 사람으로는 몹쓸 경우를 만나거나 낫살을 먹거나 하면 자연 한번 알고야 말 것이다. 기왕 알 것인 바에는 오히려 밝히 알아서 지식으로 머릿속에 잘 정리하여 둘 필요가 있다. 그리하여야 졸지 낭패가 적을 것이다.

성욕학性慾學 지식을 미성년자 머리에 넣어 주자는 의론이 상당한 이유가 있다 하면 이 『어둠의 힘』도 이와 비슷한 의미로 미성년자에게 읽혀 두어 좋을 것이다. 당종唐宗 같은 사람이 있어서 일종 감鑑으로 책상머리에 위하여 둔다 하면 이것은 좋으

니 마니 두말할 것도 없다.

나는 이 『어둠의 힘』을 본 지가 오래라(그나마 중역重譯으로) 인상이 불분명하니 원 작품 가치를 아는 체할 염의廉義가 적고 번역품은 아직 모양도 대하지 못하였으니 덮어 놓고 좋다고 위증僞證 설 필요가 없을 줄 안다.

그러나 Tolstoy가 이 『어둠의 힘』을 세상에 내준 뒤에 이런 작품도 혹 세상에 유익할까 하여 내놓았다고 적은 말을 내가 어디선지 본 법하다. 나는 작자의 인격을 깊이 존경하므로 그 말을 받아 이 작품이 유익한 것을 믿고 문예가로서 어학이 능란한 사람이라야 문예 작품을 번역할 특권이 있다고 내가 항상 생각한다. 나는 역자의 자격을 밝히 알므로 그 수완을 믿어 이번 역이 좋은 것을 의심치 아니한다.

이 작품, 이 번역에 대하여 내 소견을 거두어 짧게 말하자면 유익한 작품의 좋은 번역이 우리 손에 온 줄로 믿는다.

독자들에게 쑥스럽다고 책을 받을는지는 모르나 서문을 끝막기 위하여 말 한마디 더하여 둘 것이 있다.

이 책을 보거든 인생이 이미 완전하거니 하던 미신이 깨진다고 어이없는 탄식만 말고, 또 인생이 불완전하니 고만이라고 비위 틀린 탄식만 말고 거울 보고 얼굴빛 고치려 듯 애를 써 볼 것이다. 이는 내 말이 아니라 교훈하기 좋아하던 위대한 늙은 이의 책 지은 본의다.

대체 서문이란 이렇게도 짓나, 친구의 조르던 값이나 될까 의심하면서 한번 탄식하고 나는 붓을 던진다.

1923.7.21

가인(－홍명희)

# 산송장

**조명희**

- 조명희, 『산송장』, 평문관, 1924.3.10, 93면
- 레프 톨스토이 원작

톨스토이 백伯은 러시아뿐 아니라 세계적으로 위대한 작가임은 누구나 다 알 것이다. 그의 작 중 『전쟁과 평화』, 『안나 카레니나』, 『어둠의 힘』, 『부활』 등의 대작은 그의 생전에 발표된 것이지마는 이 『산송장』은 백伯의 사후 유고로 세상에 드러난 걸작이다.

# 디오게네스의 유혹

**염상섭**

● 염상섭, 「디오게네스의 유혹」, 『개벽』 37, 개벽사, 1923.7.1, 34~57면

● 빌헬름 슈미트본 원작

조선문인회에서는 조선의 극단을 위하여 종속從速히 문사극文士劇을 상연하여 볼 계획이 있습니다. 이것은 그때에 사용할까 하고 위선 번역한 것입니다.

역자

# 인조노동자

**박영희**

● 박영희, 「인조노동자」, 『개벽』 56~59, 개벽사, 1925.2.1~5.1(전4회)

● 카렐 차페크 원작

이 극의 원명은 *R.U.R*이니 즉 인조 노동자 제조 회사의 이름인 *Rossom's Universal Robots*이다. '로봇'은 '노동자' 혹은 '무임 노동자'란 말이며 또 맥코언 씨는 '기계가 만들어서 생명을 주는 노동자'라고 해석한다. 이 말은 보헤미아어다.

대大생리학자인 로숨 씨는 1920년 남양南洋 고도孤島로 출발해서 해양 동물을 연구하는 중에 원형질과 유사한 물건을 화학적으로 제작할 확신을 가지고 1950년에 인공적으로 인간을 제작하였다. 그러나 3일 만에 죽어서 그는 실패를 하고 그의 아들이 비로소 완전한 인간을 제작하여 가지고 그 인조인을 노동인으로 대용代用하였다. 그러나 영혼이 없고 감각이 없는 인조 노동자는 무임으로 노동할 수 있었다. 그러하므로 각국에서 수만 명의 인조인을 주문하며 또한 각 정부에서는 이것으로 군비 확장을 계획해서 종말에는 세계적 혁명이 비롯되며 또한 기계 문명의 발달된 인류 사회의 말세를 보이는 미래파未來派의 일대 걸작이다. 각국에서는 다투어 가면서 상연하였다 한다.

# 하차

**박영희**

- 박영희, 「하차(荷車)」, 『조선지광』 92, 조선지광사, 1930.8.18, 51~59면
- 오토 뮐러 원작

이 「하차荷車」는 작년—1929년 하기夏期에 조선프롤레타리아예술동맹 도쿄지부에서 조선 순회극의 많은 각본 중의 한 개이었다. 「탄광부炭鑛夫」, 「어머니를 구하다」, 「하차」 등등이었었으나 이것들이 당국의 검열 중 모두 불허가가 되었고 그중에 다행히 「하차」만이 허가되었었다. 그러나 각본 한 편으로는 하는 수 없이 중지되었다가 금춘今春—1930년—에 카프(조선프로예맹 약칭) 연극부와 문학부에서 연극과 강연회를 개최하려고 하였으며, 그 연극 각본으로는 이 「하차」를 상연코자 모든 준비 중 관내管內 서署에서 강연, 연극에 관한 토의까지 금지하므로 부득이 중지하였고 다만 이에 역재譯載하는 바이다. 그런데 불행히 카프 도쿄지부 연극부의 일역日譯과 조선 역만 있고 그 외의 원문이나 혹 참고될 다른 역譯이 없으므로 위선 그냥 다소간 개역, 정정訂正을 가해서 발표한다. 주인공의 이름도 조선 인명으로 한 것을 그냥 하였다. 요다음의 기회를 기대한다.

박영희

# 우정

**서항석**

- 서항석, 「우정」, 『동아일보』, 1933.2.1~2.14, 4면(전8회)
- 게오르크 카이저 원작, 유아나

## 역자 후기

이것은 극예술연구회 제3회 공연 대본으로 우리의 무대와 관중을 염두에 두고 역출譯出한 것이다. 표현파 작품인 이 희곡은 그 대사에 있어서 우리 관중의 이해의 정도를 넘는 것이 많으므로 그 어구를 그대로 옮겨 가지고는 상연의 효과를 충분히 낼 수 없을까 두려워하여 다만 그 뜻만을 상함이 없이 옮겨 놓기에 힘쓴 데도 여러 군데가 있다. ―이것을 부기附記하여 둔다.

# 밤주막

**함대훈**

- 함대훈, 『밤주막』, 조선공업문화사 출판부, 1949.10.15; 양문사, 1954.6.15, 139면
- 함대훈, 『빈민굴』, 양문사, 1959.6.20(초판); 1959.11.10(4판), 118면
- 막심 고리키 원작, 문화신서 50-1(1949), 양문문고 R-2 30(1959)

## 서

막심 고리키의 『밤주막』을 번역한 것은 1934년경이다. 원서가 없어서 모교 Y 은사에게 부탁하여 구해 가지고 나는 틈틈이 이것을 번역하는 데 고심하였다. 원래 이 번역은 극예술연구회 소청으로 동회同會 상연 대본으로 만든 것인데 사정에 의하여 이는 중지하고 보성전문학교 연극부에서 빌려 달라 하여 배재 대강당에서 이 대본을 상연한 바 있었다.

나는 그 당시 한편 구석에서 이것을 보고 혼자 고소苦笑하기도 했다. 연극이 가지는 진실성과 내 번역이 또 너무나 진실했기 때문이다. 말하자면 진실만 했지 번역으로서의 유창한 것이 적다는 것을 느끼었기 때문이다.

십사오 년이 흐른 후 더구나 일제의 철제鐵蹄에서 벗어져서 해방이 되고 또 대한민국이 UN의 승인을 받은 이때 이것이 상재된다는 것은 나의 옛 기억을 새롭혀 더욱 감개무량한 것이다. 이 청춘 시절 정열에 뛰돈 그때 이것을 밤새워 번역하던 것을 생각하면 독립 민족으로 춘광이 새로운 이 2월에 여간 기쁘고 감회가 큰 것이 아니다.

『밤주막』은 원래 원제는 『나 드네』란 것으로 직역하자면 『밑바닥』이란 말이다. 이는 곧 노서아露西亞의 '밑바닥'의 생활을 주제로 한 희곡으로서 고리키의 생애의 일면을 여기서 찾을 수 있는 것이다.

막심 고리키는 이미 세상을 떠났고 또 세상을 떠나게 된 것이 음독시켰다는 설까지 있어 내가 일찍이 사숙하던 노문호에 대한 추모의 정이 깊거니와 그의 일 생애를 보면 빈한한 가정에서 나서 일찍 아버지를 잃고 어머니는 개가하여 조부 슬하에서 자라다가 결국 소년 시대로부터 남의 집 고용살이로 일관한 그의 기구한 운명을 생각한다면 오히려 그것이 고리키의 세계적 문호를 만든 기반이 되지 않았나 생각도 된다. 어떻든 볼가강을 내왕하는 소기선小汽船의 화부火夫로 들어가서 거기 요리장料理長에게 감화되어 그의 지도로 독서를 하기 시작하여 나중에는 대문호가 되었거니와 소학교 6개월밖에 다니지 않은 그가 이와 같이 괴로운 노동에서 고생하면서도 부절不絶한 노력을 하여 '세계적 대문호'가 된 것을 생각하면 인생이란 결국 노력만이 '무서운 것'이라 생각되는 것이다.

그리고 고리키를 프롤레타리아 문학 창건자라고만 할 수 없나니 그것은 너무나 인생의 '밑바닥'의 가지가지 생활을 그렸고 정치와 경제의 인생 기록을 그렸고 또 환멸과 불안의 세계에서 새로운 시대의 광명을 찾는 생활을 그렸기 때문이다.

『나 드네』도 결국 체호프의 환멸 시대에서 광명을 찾고 새로운 계급이 대두하려던 시대를 그린 작품으로서 이 작품은 높게 평가되는 것이다.

이 희곡을 읽어 보면 '밑바닥'의 인간들, 말하자면 윤락된 인간들이 새 생활을 찾는 그들의 암중모색이 여실히 나타났다고 볼 수 있나니 등장인물의 개개의 성격을 우리는 주의 깊게 보면 모두 우리가 같이 웃고 울고 이야기할 수 있는 사람들인 것이다.

더구나 이 희곡은 스토리가 없다. 그러면서도 지루하지 않게 볼 수 있는 이 희곡의 위대성이 여기 있는 것이다.

이 책은 조선공업문화사 사장 변경걸 씨의 노력으로 '문화신서' 발간 제1집으로 발행되는 것으로 특히 나의 졸역한 이 작품이 제1집으로 나왔다는 것은 나 역亦 감격이 새로운 바다. 더구나 허집 군이 대사臺詞에 노력해 준 데 아울러 감사하지 않을 수 없다.

1949년 2월 7일

역자 지識

# 인형의 집

**허집**

- 김영철(허집), 『인형의 집』, 조선공업문화사 출판부, 1949.10.20, 171면
- 김영철(허집), 『인형의 집』, 양문사, 1954.6.20(초판); 1955.4.20(3판); 1957.5.5; 1965.1.15(8판), 199면
- 헨리크 입센 원작, 문화신서 50-4(1949)

## 머리말

1906년 5월 23일 78세의 고령으로 사거死去한 노르웨이의 극작가 헨리크 입센은 세계적으로 유명한 근대극의 창시자이다.

위대한 근대 작가 중에서 자기의 예술을 진중한 근대 사상으로써 그렇게까지 충만시킨 작가는 드물 것이다. 그는 자기의 사상을 예술 속에 용해하였다. 당대의 사상을 통하여 당대의 현실의 핵심에, 진실에 삼투하려고 노력하였다. 개인과 인생에 관한 관계, 개인주의의 문제, 부인 문제, 성性의 문제, 진화의 문제 — 모든 게 우리들 환경에서 볼 수 있는 문제로서 입센은 심판자와 생리 해부자로서 자처하였다. "창조한다는 것은 자기 자신에게 엄격한 심문審問을 하는 것이다." 이것이 그가 말한 창작 태도이며 자기 작품에 완전히 적용되는 것이다. 그의 회의주의는 언제나 진실하게 현실을 해부하며 분석하는 데 도움이 되었고, 또한 입센의 연극이 속칭 문제극이라 하는 것도 이러한 이유에서 온다.

따라서 입센의 희곡은 연극은 단지 오락으로 즐기면 고만이라 하여 그저 허황된 사건의 나열에서 안이한 방법으로 흥행을 일삼는 부류와는 판이하다. 문학에 있어서 사실주의의 조류에 고취되어 낡은 작극作劇과 연극의 퇴폐에 반기를 들었고 보는 사람으로 하여금 그 극을 보고 현실을 생각할 수 있게, 사고에서 인생의 교훈을 얻을 수 있게 한다는 데까지 연극의 발전을 시켰으며, 따라서 사회 문제와 직접 교섭

을 보지保持하도록 한 연극사상演劇史上 최초의 공로자이다.

그가 초기에 있어서는 사회적, 폭로적 경향도 강하였으나 결국은 독일 하웁트만 등의 근대 자연주의의 지도자들이 상징주의의 선언자가 된 것같이 개인의 도덕적 완성이라는 문제가 앞서게 된 것이다. 그래, 필경은 일생 개인적 자유를 주장은 하였지만 노르웨이와 세계의 인습 타파를 위하여 싸웠으며 무대상의 공적으로서는 셰익스피어와 어깨를 겨누리만큼 일을 하였다. 그러므로 입센은 또한 예술의 창조를 인생의 창조에 대한 한 수단으로 여기고 있었던 사람들 중의 한 사람으로 볼 수 있다. 그러나 연극을 통하여 그의 사상을 설명하든지 또는 설교하든지를 아니하고 개성을 부여하여 약동하는 인물 속에 화신化身시킨 것이다. 이것은 공식에서 떠난 것이며 현실을 왜곡시킨다든다 흩어 버리기 때문이 아니고 자기의 마음을 현실 속에 살리기 위한 것이었다.

이러한 것은 그의 일생의 편모片貌를 보면 더욱 잘 알 수 있다. 유년에 파산을 당하여 약제사의 제자 봉직을 하였다. 학교 교육을 변변히 못 한 그는 열심히 독학하였다. 의학을 전공하려다가 나미羅馬(－로마) 공화정 시대 말에 유명한 반역자의 사적事蹟을 극으로 썼다. 1848년 중구中歐 혁명에 이어서 이에 대한 청년다운 감격의 문장을 썼다. 『헤겔란의 전사戰士』, 『연애의 희극』, 『원수끼리와 왕』을 써서 고국을 떠나게 되었다. 전후 28년간 외국 유랑의 생활. 그리고 자기 실력껏 썼다. 3대 극시 『브랑』, 『페르 귄트』, 『황제와 갈릴리인』. 만년에도 십수 편 열작列作 사회극. 시의 열熱은 흐렸으나 개인과 사회의 문제를 평명平明하고 청신清新한 사실적인 수법으로 예리한 해부를 세상에 던졌다. 『사회의 지주支柱』, 『인형의 집』, 『유령』, 『민중의 적』, 『오리』 등등이다. 그리고 최후 10년에 상징풍의 기교로써 고독과 사死의 암시를 『건축사 솔네스』, 『작은 에욜프』, 『욘 가브리엘 보르크만』, 『우리들 죽음에서 깨어나는 날』. 이렇게 보면 고고하게 시대의 대중에 대하여 타협이 없이 진실을 철저하게 탐구하였으며 욕구보다 노력의 의무를, 의지意志를 설파한 위인이다. 사회, 국가, 인습, 교회에 대하여, 완고한 병적 의지意地에 대하여, 최후에는 그 자신의 싸움까지 향하여 가는 개인의 싸움이다.

그렇지마는 입센은 선전파가 아니었다. 1898년에 낙위諾威(-노르웨이) 부권婦權 동맹이 『인형의 집』의 저자로, 페미니즘의 설교자로서 찬양하고 연회를 열고 초대를 하였을 때 여성의 태양으로서 존재를 받던 입센은 다소 싱겁게 대답을 하였던 것이다. "나는 부권 동맹의 멤버는 아니옵니다. 제가 쓴 것은 모든 것이 프로파간다를 한다는 명백한 생각은 아무것도 없었습니다. 저는 일반 사람들이, 특히 여러분이 믿는 것보다는 일층 시인이며 또 사회 철학자라고 자처합니다. 저는 이 축배에는 감사를 올리겠습니다. 그러나 부권 운동을 위하여 의식적으로 일하였다는 명예는 도로 반환하지 않으면 안 되겠습니다. 저는 사실 부권 운동이 무엇인지 정확하게는 잘 모르고 있습니다. 저에게는 그것은 인간성의 문제 일반으로 생각이 듭니다. 그러니 여러분은 제 저서를 주의해서 읽어 주시면 이것을 아시겠지요. 사실 부권의 문제도, 충분히 딴것도 같이 해결되어야 할 것을 바라는 바올시다—그러나 그것이 목적 전부가 아닙니다. 저의 일은 인간성의 기술記述에 있습니다……." 이러한 작가 자신에게는 이 작품이 의외에도 반향이 큰 것이었다. 그가 제출한 부인 해방의 문제는 오늘날에 와서는 상식이 되겠으나 19세기 말에 있어서는 이 일작一作의 인기로써 근대극 운동에 선명한 일선一線을 그은 것이 확실하다.

형식에 있어서도 『인형의 집』은 근대극 극작술의 모범을 독점하고 있다. 2년간의 구성으로 놀랄 만한 심리학적인 수련과 기술적 숙련으로 일구 일절, 일언 일어, 동작과 사이를 계획하고 계산하여 직각直覺의 기묘한 결과를 맺으며 피와 생명으로 그의 철학이 충만되어 있다. 그러므로 그 당시에는 빈틈없는 무대 기교와 청신한 사실적인 대화가 강하게 사람의 마음을 끌어 입센의 전 작품 중에서 가장 많이 읽히며 또 친할 수 있는 것이다. 내용에 있어서도 몇백만이란 여성이 수천 년 전부터 자식을 낳고 양육하듯이 본능적으로 맹목적으로 육체도 정신도 무조건으로 남성에게 바치고 왔었다. 이것이 여성의 도덕이며 의무였다. 그러나 남자가 만든 법률은 인류의 자연한 애정의 헌신과 희생을 인정하지 않는다. 일방 남성은 평생 이러한 자연한 애정을 충분히 향락하면서 일단 법률이라든가 체면이라든가 하는 형식적인 속박을 받으면 어제까지는 향락주의자이었던 남자가 오늘에 와서는 방정한 군자가 되려는 비겁한 사람이 된다. 우연한 사건에서 이 진실을 깨달은 여주인공 노라는 "저 혼자 돼서 저라는 것도, 또 바깥세상이라는 것을 정당히 알 필요가 있어요!"라고 말을 남기고 어린 자식을 셋이나 버리고 남자의 집을 나간다.

헬메르(남편) : 그럼 당신하고는 벌써 딴사람이 됐단 말이오?

하고 묻는 말에

노라 : 네, 기적이 일어날 때까지 말예요.

헬메르 : 그 기적이 뭣인가 말해 봐요?

노라 : 그것은 당신도 나도 전연 딴사람이 돼서, 아—.

이러한 기적이 무엇을 의미하는가는 말할 필요도 없을 것이다. 이러한 문제의 해결이 일방 박수갈채를 받는 반면에 노라의 행동에 대하여 또한 비난이 있었던 것도 사실이다. 그러나 가장 인류의 행복을 향수할 수 있는 부부 생활이란 어떤 것이어야 하는가는 작자가(역자가–1954) 말하지 않아도 현명한 독자 제현이 잘 아실 거라고 믿는다.

이렇게 위대한 희곡을 입센의 원본도 모르면서 번역을 한다는 것은 대단히 위험한 것이다. 결국 영어판이 아니면 일본어판이 대본이 되겠는데 그러면 그 원본과는 상당한 거리가 떨어질 것이며 사실 떨어져 있는 것이다. 들은 바에 의하면 그래도 불어판이 가장 원의原意를 전하고 있다 하지만 불행히도 불란서 책은 입수도 못 할 지경에 있었으며 그러니 그저 세계근대문고 영어판The Modern Library of the World's Best Books을 기준으로 일본어판 3종을 참고로 번역을 시작하였던 것이다. 그런데 즉시 곤란에 당면하였다. 즉 직역을 하느냐 의역을 하느냐 망설였다. 직역을 하려면 영어판 번역은 또 교과서 모양으로 될 것이며 그렇다고 4종 대본이 모두 번역이 틀리니 어찌하랴. 그래, 결국 의역을 아니 할 수 없게 되었는데 의역을 하려면 차라리 번안이 더 나을 것이라 생각은 하였으나 그러면 너무 입센을 경멸하는 것 같은 감이 들어서 헐수할수없이 우리 생활을 토대로 하고 외국 풍속과 습관을 적당하게 가미하는 게 좋다는 결론을 얻었다. 따라서 이번 번역은 실제로 무대에서 상연할 것을, 그것도 우리들이 보아서 우리 구미에 맞도록 윤색도 많이 되었으리라는 것을 미리 말해 둔다.

하여간에 번역을 하는 동안 새삼스럽게 입센의 그 교묘하고도 능통한 극작술에 놀라지 않을 수가 없었고 또한 우리네 가정생활을 반성하지 않을 수가 없었다는 것을 솔직히 이 자리에서 고백하겠다. 그리고 너무나 유명한 희곡이라 졸역이 두렵다.

역자 씀

# 베니스의 상인

**최정우**

- 최정우, 『베니스의 상인』, 박문출판사, 1948.11.12, 219면
- 윌리엄 셰익스피어 원작, 박문문고 21, 셰익스피어 선집 1

## 서론

### 1

『베니스의 상인』이 처음 영국에서 상연된 것은 1594년이고 처음 출판된 것은 1600년이다. 작자 셰익스피어는 1564년에 출생하였으므로 (조선식으로 계산하여) 셰익스피어가 37세 때 처음으로 출판되었고 처음으로 상연된 것은 출판 전 6년 전이므로 작자의 31세 때라고 할 수가 있다.

그러나 작자가 이 극을 언제 썼느냐 하는 데 대해서는 명확한 대답을 할 수가 없다. 우리는 다만 1594년 이전에 이 극을 작자가 썼고 1594년(초연)과 1600년(초판) 사이에 원작에 대수정을 가하였다는 것을 문헌상으로 추측할 뿐이다.

### 2

베니스의 상인 안토니오는 트리폴리, 칼레, 윤돈倫敦(－런던) 등지에서 자기의 상선이 향료, 견직물絹織物 등을 만재滿載하고 베니스로 입항하기를 고대하고 있는데 베니스의 길거리에서 살레리오, 솔라니오라는 두 친구를 만나 자기는 근일 하등의 이유도 없이 우울하고 기분이 좋지 못하다는 말을 한다. 이때 안토니오를 찾아다니던, 그가 육신 이상으로 사랑하는 친우 바사니오가 찾아와서 벨몬트에 있는 명문이고 부유한 가정의 가독家督 상속인인 포셔라는 처녀에게 구혼을 하러 갈 작정이나

여비, 기타 필요한 비용이 없으니 자기 체면을 유지하는 동시에 구혼의 목적을 달성하기 위하여 필요한 일체 비용을 꾸어 달라고 한다. 안토니오는 당장에는 현금이 없으니 자기를 보증인으로 하여 누구에게서든지 금액의 다소를 불구하고 차용하라고 한다(제1막 제1장).

바사니오가 장차 구혼하려는 포셔는 자기 부친의 유언에 의해서 금, 은, 납으로 만든 세 궤 중에서 포셔 자신의 초상화가 들어 있는 궤를 선택하는 사람과 결혼을 해야만 된다.

포셔와 그의 시녀 네리사의 회화를 통하여 우리는 포셔에게 벌써 수많은 구혼자들이 각지에서 그를 방문한 것을 안다.

그러나 그중에서 포셔의 마음에 드는 사람은 한 사람도 없다는 포셔 자신의 고백이 끝나자 하인이 들어와서 모로코 공작이 또 구혼하러 왔다는 말을 전한다(제1막 제2장).

바사니오는 안토니오의 말대로 필요한 금액을 변통하러 다녔으나 아무 성과가 없고 결국 유태인이고 고리대금업자인 샤일록에게 3천 다카트의 금액을 3개월간만 안토니오의 보증으로 융통해 주기를 간청한다. 안토니오가 보증인이 된다는 말을 듣자 샤일록은 평소에 자기가 안토니오에게 고리대금자라고 모욕받은 것을 분하게 생각하며 쾌락하지 않으려는 기색이 보이는데 때마침 안토니오가 등장하여 또 간청을 하니까 설왕설래하다가 이자 지불은 고만두고 3천 다카트를 3개월간 대부하되 기한 내에 채금債金을 변상하지 못하면 안토니오의 육체의 어느 부분에서든지 근육 한 파운드를 절단하기로 하고 샤일록은 대부에 동의한다(제1막 제3장).

벨몬테에 있는 포셔 집에 도착한 모로코 공작은 구혼자의 상투어로 자화자찬에 도취하나 포셔의 심리에는 별 효과 없이 모로코 공작은 문제의 궤를 선택하기 위하여 금, 은, 납의 3종의 궤 있는 곳으로 안내된다(제2막 제1장).

샤일록에게는 란스롯 고보라는 익살꾼의 하인이 있다. 그는 그 집에서 나올까 말까, 샤일록 집에서 멀지 않은 곳에서 소위 양심의 가책을 받아서 주저한다.

그때 그의 부친 노老 고보가 아들을 찾아보러 오다가 그 아들을 만났으나 눈이 어두워서 아들을 알아보지 못한다. 아들은 아버지의 눈이 어두운 것을 이용하여 아들 아닌 척하다가 나중에는 자기의 정체를 아버지에게 말한다. 그때 바사니오가 등장하니 란스롯은 샤일록 집에서 나와서 바사니오한테로 일하러 가기를 청하여 그의 승낙을 얻는다(제2막 제2장).

샤일록 집에서 나오기로 결심한 그의 하인 란스롯은 샤일록의 딸 제시카에게 작별을 하고 그 집을 나온다(제2막 제3장).

샤일록의 딸 제시카의 애인 로렌초는 베니스 길거리에서 그의 친구들과 가장행렬을 할 것을 의논하고 있는데 샤일록의 하인 란스롯이 제시카의 편지를 전하니 그 편지를 받은 로렌초는 그의 애인 제시카가 자기 부친의 집에서 탈출할 결심을 한 것을 편지를 읽고 나서 알게 된다(제2막 제4장).

란스롯은 바사니오의 명령으로 샤일록을 찾아보고 자기의 새 주인 바사니오가 구 주인 샤일록을 만찬에 초대한다는 소식을 전한즉 샤일록은 불길한 것을 예상하면서도 응낙하는 동시에 그의 딸 제시카더러 집을 잘 지키라고 이르나 제시카는 제시카대로 자기 부친의 집을 애인 로렌초와 같이 탈출할 결심을 한다(제2막 제5장).

제시카는 남복을 하고 그의 애인 로렌초와 같이 부친의 집을 탈출한다(제2막 제6장).

모로코 공작이 구혼의 의사 표시로 세 궤 중에서 금궤를 고르니 그 속에는 포셔의 초상화가 들어 있지 않고 해골이 들어 있기 때문에 구혼에 실패하고 돌아간다(제2막 제7장).

안토니오의 두 친구 살레리오와 솔라니오는 베니스 길거리에서 만나 제시카가 돈과 보석 두 개를 가지고 집을 나와 애인 로렌초와 도주한 결과 그의 부친 샤일록은 미쳐서 길거리로 헤매고 한편 바사니오는 그라티아노와 같이 벨몬테로 갔다는 이야기를 한다(제2막 제8장).

구혼자 아라공 공작은 세 가지 궤 중에서 은 궤를 고르니 그 속에는 바보의 그림이 들어 있기 때문에 역시 구혼에 실패하고 퇴장하니 포셔의 하인이 들어와서 바사니오가 온다는 말을 전한다(제2막 제9장).

살레니오와 솔라니오는 안토니오의 배가 트리폴리에서 화물을 잔뜩 싣고 오다가 영불 해협에서 파선했다는 것을 화두로 이야기하고 있는데 샤일록이 와서 그 소리를 듣고 대단히 기뻐하는 동시에 유태 민족을 위하여 대기염을 토한다.

한편 샤일록이 딸 제시카를 찾으러 그의 친구 투발이라는 유태인을 제노아까지 보냈었는데 투발이 딸을 못 찾고 돌아왔으나 안토니오의 배가 파선하였다는 사실을 확증하니 샤일록은 복수의 기회가 온 것을 기뻐하여 차용 증서의 기한만 넘으면 소송을 하려고 그 준비를 투발에게 부탁한다(제3막 제1장).

벨몬테에 도착한 바사니오는 포셔의 초상화가 들어 있는 납 궤를 골라서 소기의 목적을 달하고 바사니오와 동행한 친구 그라티아노는 포셔의 시녀 네리사와 약혼이 성립되어 포셔 급及 네리사는 각각 그 애인들에게 애정의 표지로 반지를 주며 반지의 유무는 애정의 유무를 의미하니 반지를 잘 간수하라고 말이 끝나자 상선은 전부 파선되어 돌아오지 않고 차용 증서의 기일이 경과하여 샤일록은 제삼자의 권고를 물리치고 증서대로 안토니오의 근육 한 파운드를 절단할 것을 주장하고 있다는 안토니오의 편지를 받은 바사니오는 즉시 베니스로 향하여 출발한다(제3막 제2장).

안토니오는 샤일록에게 차용 증서대로 하지 않기를 간청하나 샤일록은 듣지 않는다(제3막 제3장).

안토니오의 문제가 심상하지 않은 것을 추측한 포셔는 가사 일체를 로렌초와 그의 애인 제시카에게 맡기고 자기 사촌 벨라리오 박사한테 문의한 후 동 박사의 지시에 의하여 민법 박사의 복장을 하고 네리사를 서기로 대동하고 베니스로 간다(제3막 제4장).

베니스 공작은 샤일록의 요구에 의하여 공판을 개정하고 샤일록에게 동정심을 발휘하여 차용 증서대로 하지 말고 안토니오에게 관대하게 할 것을 권고하였다.

그러나 샤일록은 종시일관하여 차용 증서의 기한이 경과하였으므로 처음 계약한 대로 채무자 안토니오의 근육 한 파운드를 절단할 것을 주장하였다.

공판정에 출석하였던 바사니오는 원금 3천 다카트를 2배 하여 6천 다카트를 지불할 것을 제의하였고 최후에는 원금의 10배까지라도 지불할 것을 제의하였으나 샤일록은 다 완강히 거절하기 때문에 재판장 베니스 공작은 속수무책하여 "자기의 권한으로" 공판을 폐정하려고 하였을 때 벨라리오 박사의 대리요 민법 박사로 변장한 포셔가 서기로 변장한 시녀 네리사를 대동하고 법정에 내도來到한다.

포셔 역시 베니스 공작과 같이 처음에는 동정심을 발휘할 것을 권고하고 자비심이라는 것이 여하히 소중한가를 역설하였으나 샤일록에 대해서는 전부가 마이동풍이었다.

포셔도 할 수 없이 차용 증서대로 판결할 것을 선언하고 샤일록에게 안토니오의 "심장에 제일 가까운 곳에서" 근육 한 파운드를 절단할 것을 허락한다고 하였다.

샤일록은 소원을 성취하여 안토니오에게 복수하게 된 것을 기뻐하여 청년 민법 박사 포셔를 구약 성서에 나오는 명재판관 다니엘의 재현이라고까지 칭찬하였다.

그러나 실제로 근육을 절단하기 전에 포셔는 만약 근육을 절단하면 상처가 생길 터이니 그것을 치료할 외과의의 비용만은 부담하여야 된다고 샤일록에게 말한즉 샤일록은 차용 증서에 그런 구절이 명시되어 있지 않으니까 그것도 못 하겠다고 거절하였다(우매한 샤일록은 이렇게 하여 자승자박이 되었다).

샤일록의 도전적 태도에 분개한 청년 민법 박사는 근육 절단은 허용하나 절단할 수 있는 중량은 한 파운드라고 계약서에 명시되어 있으므로 절단한 근육은 그 중량이 정확하게 한 파운드가 되어야지 한 파운드보다 조금 적어도 안 되고 조금 많아도 안 될 뿐 아니라 계약서에는 피에 관한 하등 명시도 없으니까 만약 근육을 절단할 시 혈액을 일적一滴이라도 흘리면 차此는 분명히 계약 위반이니 피를 흘리지 말고 근육을 절단하라고 하였다.

당황한 샤일록은 원금만 받고 퇴정하겠다 하니 포셔는 직접 간접으로 시민의 생명에 위해를 가하려고 한 자는 사형에 처하고 기자其者의 재산의 반은 국고에 몰수되고 기여其餘의 반은 위해를 당할 뻔한 피해자의 소유가 되는 것이니 샤일록은 베니스 공작의 특별한 동정적 조처에 의해서만 생명을 유지할 수가 있다고 선언하였다.

공작은 샤일록의 생명을 용서하고 그의 재산의 반을 국고에 몰수하는 대신 경하게 벌금만 지불하게 하고 기여의 반은 안토니오의 제의대로 안토니오가 관리하다가 샤일록의 사후 그의 딸 제시카에게 양여讓與하고 또 국고에 몰수 대신 샤일록이 관리하게 된 재산의 반도 샤일록의 사후 제시카와 그의 남편 될 로렌초에게 양여하기로 되었다.

재판 종료 후 바사니오는 3천 다카트의 금액을 사례로 진정進呈하려고 하였으나 포셔는 받지 않고 바사니오가 끼고 있던 반지를 청구하였으나 바사니오가 거절하므로 포셔도 할 수 없이 그대로 작별을 한다.

그러나 민법 박사의 후의에 답하기 위하여 문제의 반지를 그 박사에게 진정하는 것이 좋겠다는 안토니오의 진언에 의하여 바사니오는 그 반지를 박사에게 주려고 결심하고 그라티아노에게 반지를 빼 주며 포셔를 쫓아서 갖다 주게 한다(제4막 제1장).

포셔와 네리사를 쫓아온 그라티아노는 문제의 반지를 포셔에게 주니 서기로 변장한 네리사 역시 자기 남편 될 그라티아노에게 준 결혼반지를 달라고 청을 한다(제4막 제2장).

교교한 월색 아래서 로렌초는 그의 아내 제시카와 같이 포셔, 바사니오 등이 벨몬테로 돌아오기를 기다린다.

포셔는 예정대로 바사니오, 그라티아노, 안토니오보다 일찍 돌아와서 그들을 기다린다.

여러 사람들이 다 무사히 돌아와서 서로 기뻐하는데 네리사는 그라티아노와, 포셔는 바사니오와 결혼반지 때문에 서로 싸움을 한다.

안토니오의 변명과 보증으로 결국에는 화해가 성립되어 바사니오, 그라티아노는 각각 반지를 찾게 되고 안토니오의 상선 역시 무사히 돌아오게 되었다.

### 3

『베니스의 상인』에는 대체로 보아 두 가지 화제가 있으니 즉 궤를 선택하여 결혼의 상대자를 결정하는 것과 부채의 기한 경과로 채무자의 근육을 한 파운드 절단하려는 채권자의 의도가 그것이다.

셰익스피어 이전에는 이 극을 구성하는 이 두 가지 이야기가 각각 독립한 이야기로 존재하였던 것인데 셰익스피어는 이 두 화제를 결합하여 이 극을 쓴 것이다.

이 궤에 관한 이야기의 최고最古 형태는 서기 800년경에 Joannes Damascenus가 희랍어希臘語로 발간한 Barlaam과 Josaphat의 2인이 말하는 중세기 설화집에 볼 수가 있으나 전자 발라암에 의한 궤 이야기는 『베니스의 상인』에 전개된 궤 이야기와 상위점이 상당히 많으니만치 셰익스피어가 이 발라암의 중세기 설화를 참고로 해 가지고 이 극을 썼다고 단정할 수는 없다.

그다음에 이 궤 이야기가 실려 있는 것은 *Gesta Romanorum*『로마 무용담』인데 이 책에서 볼 수 있는 궤 이야기와 셰익스피어의 극에 나타난 궤의 장면에는 유사한 점이 상당한 수효에 달하기 때문에 이 궤 이야기에 관해서는 셰익스피어가 이 *Gesta Romanorum*를 참고했다고 W. G. Ceark와 W. A. Wright 같은 사람들은 말하고 있다.

그다음으로 근육 절단의 장면 역시 *Gesta Romanorum*『로마 무용담』에서 볼 수 있으나 이 장면에 관해서 셰익스피어가 참고한 것은 이 책이 아니고 1378년 플로렌스의 공증인 Ser Giovanni가 출판한 설화집 *Il Pecorone*이라는 주장이 내 생각에는 정당한 듯하다.

『폭풍우』는 예외라 하겠으나 셰익스피어의 희극 중에서 이 『베니스의 상인』과 같이 독자 급 관중에게 흥미 있는 희극은 없으니 근 300년씩이나 지속된 인기는 충분히 이것을 증명할 수가 있을 것이다.

희극이면서도 비극적 흥미를 겸유兼有한 것, 등장인물의 수가 상당한데 그 모든 인물들이 다 각각 특유한 성격의 소유자로 인간 심리의 처녀지라고 할 만한 분야를 개척할 뿐 아니라 극 전체에 미만瀰漫된 시적 분위기는 이 극의 인기를 3세기간이나 유지케 한 유력한 이유라고 할 수가 있다.

# 햄릿

**설정식**

- 설정식, 『햄릿』, 백양당, 1949.9.30, 285면
- 윌리엄 셰익스피어 원작

## 서

『햄릿』 번역에 손을 댄 지 1년이 되었다. 부득이한 사정으로 여러 달 쉬었고 또 한꺼번에 계속하여 일을 하지 못한 탓도 있지마는 역시 번역 자체가 내게는 힘든 일이었기 때문에 이렇게 늦어진 것이다.

13년 전 미국 마운트 유니언 대학 셰익스피어 강독에서 『햄릿』을 처음 읽었는데 그때에는 시험을 치러 넘기는 일에 쫓겨서 그랬던지 여유 있이 음미를 할 겨를이 없었다가 어느 해 하기휴가에 산중에서 다시 읽고 문학이란 과연 이런 것이로구나 하는 것을 처음으로 느꼈다. 그러므로 나 개인으로 볼 때 『햄릿』은 문학 수업에 있어서 유달리 의미 깊은 작품이다. 그때부터 오늘까지 셰익스피어는 몇 권 되지 않는 내 서가에서 사전류 다음에 가장 내 손이 자주 가는 책이 되었다.

로버트 브라우닝이 말하기를 작가, 시인을 지망하는 사람은 "셰익스피어 되기를 노력하라. 그리고 나머지는 운명에 맡기라"고도 하였지마는 나는 나 자신의 문학을 이룰 수 없을진대 셰익스피어 번역이나마 하고 싶었던 것이 외유外遊 4년간 늘 하던 생각이었다.

다행히 해방 후 기회가 돌아와 번역을 시작하여 보았다. 그러나 생각만이 간절한 것이지 마음대로 수월하게 되지 않는 일이었다.

우선 『햄릿』을 번역하면서 절실하게 느낀 것은 나의 우리말 어휘 부족이었다. 사

뭇 호미 하나를 들고 아름드리 느티나무를 옮겨다 심는 것 같은 고생이었다. 붓을 든 후에 처음 겪은 노릇이다.

이번 번역은 직역이다. 나 자신 공부를 위해서나 후학을 위해서나 직역을 하여 놓는 것이 좋겠다고 생각한 때문이다. 그러나 무대 대본이 되어야 할 것을 잊지 않았으며 어운語韻, 어조를 될 수 있는 대로 살려 보려고 노력하였다. 그러므로 한자를 부득이 혼용하면서도 관중이 들어서 알 수 있는 말로 골라 썼다.

다만 '말 맞춤'이나 가시歌辭 같은 데서 어찌할 수 없이 의역 내지 간접역을 한 데가 몇 군데 있다. 일테면 제2막 제2장에서 햄릿이 폴로니어스에게 오필리아더러

"머리로 '배우는' 것은 좋은 일이다. 그러나 네 딸이 배로 '배는' 것은 좋지 않아."

하는 게라든지 제3막 제2장에서 햄릿이 폴로니어스에게 대학 시절에 연극 출연을 했다니 무슨 노릇을 맡아 하였느냐고 묻는 대목에 가서 폴로니어스가

"줄리어스 시저를 했습니다. '의사당議事堂'에서 암살을 당했지요. '브루투스'가 저를 죽였습니다."

한 데 대하여 햄릿이

"뭐? '사당祠堂'에서 사람을 죽이다니 그것참, 듣기만 해도 '부르르' 떨리는 일이구나."

하여 놓은 따위다.

이렇게 내가 자의로 의역을 하여 놓은 데는 방점을 찍어 놓았다. 그리고 독자의 편의를 위하여 원본에 없는 Stage direction을 몇 군데 집어넣었고 전후 맥락이 무슨 뜻인지 모를 데는 주해註解와 중복이 되는 줄 알면서도 간단한 주를 몇 개 달아 놓았다.

Text는 W. J. Craig의 *The Complete Works of Shakespeare*을 썼고 주해(별책)는 주로 역시 W. J. Craig의 *The Complete Works of Shakespeare's Glossary*, A. W. Verity의 *The Student's Shakespeare : Hamlet*, Edward Dowden의 *The Arden Shakespeare : The Tragedy of Hamlet*, Arthur E. Baker의 *A Shakespeare Dictionary : Part V. Hamlet*, 번역에는 쓰즈

키 도사쿠都築東作의 집주集註 『햄릿』, 오카쿠라 요시사부로岡倉由三郎 급及 이치카와 산키市河三喜의 겐큐사研究社 영문학 총서 『햄릿』 등과 쓰보우치 쇼요坪內逍遙의 『햄릿』, 요쿠야마 유사쿠橫山有策의 『사옹沙翁(-셰익스피어) 걸작집』, 혼다 아키라本多顯彰의 『햄릿』 등을 참고하였다.

주해서는 주로 어학 공부에 도움이 될까 하여 만들어 놓은 것이므로 번역에서는 그것을 다시 말글로 풀어 놓은 데가 많다.

원고를 읽어 보매 셰익스피어라는 저 커다란 호랑이를 그야말로 사뭇 고양이로 만들어 놓은 감이 불무不無하다. 나의 재간이 이것뿐이니 어쩔 수 없는 노릇이다. 다만 일후에 다른 이의 훌륭한 번역이 나오기를 기다리며 아울러 선배, 동학들의 준열한 비판이 있기를 바랄 뿐이다.

1949년 4월 1일

역자

## 햄릿

**최재서**

- 최재서, 『햄릿』, 연희춘추사, 1954.3.25, 162면
- 윌리엄 셰익스피어 원작

### 머리말

셰익스피어의 『햄릿』은 비단 영국 사람들의 자랑이 될 뿐만 아니라 전 인류의 자랑거리가 되는 문화의 보배다. 그러나 그것을 확실히 우리 자신의 보배로 만들려면 첫째로 원작을 우리말로 번역해야 하고, 두 번째로 그 번역을 대본 삼아 때때로 상연할 필요가 있다. 셰익스피어는 책으로 읽히기 위해서 각본을 쓴 것이 아니라 무대에서 연극시키기 위해서 썼기 때문이다.

한 번역이 나오는 데는 학계와 출판계와 독서계에 그만한 조건이 구비되어야 한다. 거번에 박상래 교수가 연희춘추사의 첫 출판으로 『햄릿』 번역을 제안했을 제 나는 우리나라에도 이런 고전 번역을 낼 만한 조건이 구비된 것을 알아채고 흔연히 응낙했던 것이다.

그러나 흔연한 응낙이 사실은 경솔한 응낙이었다는 것을 곧 깨닫게 되었다. 교실에서 학생들을 데리고 읽을 때와도 달라서 영문학과 인연이 먼 일반 독자를 상대로, 또 그것이 무대 위에서 역술될 것을 예상하면서 셰익스피어 원문의 다만 의미를 번역할 뿐만 아니라 그 문체의 아름다움과 힘과 무엇보다도 자주 나오는 언어유희를 그대로 전한다는 것은 거의 불가능에 가까운 일이다. 우리말로 어느 정도까지 셰익스피어를 살릴 수 있는가 하는 한 실험 삼아 이 번역 일에 착수했었다.

그러나 행로는 결코 지루한 것만은 아니었다. 힘든 대목 하나를 번역하고 나서

나는 시인의 영마靈馬 페가수스 뒤꽁무니에 매달리어 잠시 '천마행공天馬行空'을 꿈속이 아니라 현실로 체험해 보았다는 상쾌미를 느끼는 적이 한두 번이 아니었다. 대시인에 의탁하면 우리도 어느 정도 높아질 수 있다는 것을 다시금 알게 되었다.

원문은 시와 산문으로 되어 있지만 번역에서는 서정시만을 시 형식으로 취급하고 나머지 부분은 밀어 산문체로 썼다. 셰익스피어를 우리말로 살리는 데는 이것이 가장 합리적인 방법이라고 생각한다. 그리고 소위 '펀'이라고 하는 언어유희는 원래 외국 말로는 번역이 안 되는 것이다. 그러나 이것도 별다른 방법으로 살려 보려 했다. 끝으로 번역문만 가지고는 의미를 이해하기 어려운 경우에 잔글자로 주를 달아 두었다. 그러나 이것은 될 수 있는 대로 피했다.

이 번역을 내는 데 있어 최석규, 이봉국 두 분의 신세를 많이 졌다. 원문 대조에 있어, 교정에 있어 두 분이 귀중한 시간을 써 주셨고 또 두 분의 적절한 조언을 그대로 채용한 것들도 있다. 사의를 표한다.

1954년 2월 20일

최재서

# 근대일막극선

**차범석**

- 차범석, 『근대일막극선』, 항도출판사, 1955.10.1, 182면
- 유진 오닐 · 존 밀링턴 싱 · 버나드 쇼 원작, 백홍기 장정 · 무대면 삽회(揷繪)

## 엮고 나서

해방 10년을 맞이한 오늘날 우리나라의 문화는 온갖 곤궁과 애로에 봉착해 왔음에도 매이잖고 윤곽만이라도 한자리를 차지하게 됨은 수많은 문화인들의 피투성이 싸움의 덕이라고 하겠다.

그러나 항상 생각기는 것은 우리의 새로운 민족 문화 건설은 현대 문화 전선에서 싸우고 있는 분들의 힘도 크게 뒷받침이 되겠지만 무엇보다도 자라나는 세대의 싱싱한 정열과 총명이야말로 우리 앞날의 지침이 되리라는 점인 것이다. 특히 진정한 극예술의 발전을 기도하려면 이미 낡은 기술과 피폐한 생활과 얕은 교양에서 제자리걸음을 밟는 기성인보다 불꽃같은 의욕과 청신한 지성에서 자라나는 학생들의 힘에 달렸다고 봄은 밝기가 불빛 같은 사실이리라.

그러나 이 자라나는 세대의 왕성한 지식욕을 충족시켜 주는 데 기성 문화인들이 그 얼마나 성실과 사랑과 노력을 베풀어 줬던가를 살펴볼 때 뜻있는 사람들로 하여금 극히 한심스럽게 여겨지는 사실이다.

더욱이 다른 예술 부면의 출판은 그래도 아쉬운 대로 볼 만도 하지만 희곡에 있어서는 창작도 창작이려니와 저명한 외국 작품 하나 읽힐 수 없는 사정에 있는 것이다.

역자는 이와 같은 실정을 5년여의 교편생활에서 통절히 느낀 바 있기 때문에 그

야말로 짧은 지식을 기울여 여기 번역 희곡집을 감히 내놓은 것이다. 그러기 때문에 이 조그마한 책자는 울안에 갇혀 있는 학생들에게 좋은 양식이라면 한 주먹이라도 먹여 보자는 역자의 미미한 욕심의 덩어리에 불과한 것이다.

이번에는 여러 가지 사정으로 영국과 미국의 작품에서 골라 봤는데 다음 기회에는 다른 선진국의 저명한 작품을 계속해서 내놓을 예정이다. 이와 같은 의도가 독자 여러분의 피 한 방울이라도 보탬이 된다면 그 이상 가는 기쁨이 없겠다.

단기 4288년(=1955) 9월 25일

역자 씀

# 라인강의 감시

오화섭

- 오화섭, 『라인강의 감시』, 문조사, 1950.2.25, 129면
- 릴리언 헬먼 원작

## 서문

세상에는 대사업을 대규모로 화려하게 해제끼는 사람도 있고 대수롭지 않은 일을 나팔 소리 요란하게 선전적으로 떠들고 하는 사람도 있고 충실한 내용을 갖춘 일을 쪼고 다듬어 가며 한 걸음 한 걸음 조심조심 걸어가는 사람도 있다. 문예 학술에 종사하는 사람은 흔히 이 최후의 종류에 속하는데 우리 오화섭 교수는 이러한 분인 것 같이 보인다. 긍지나 자신이 없는 것은 아니지만 자기의 업적에 대하여 항시 겸손한 태도를 취하는 것은 단순히 허식적인 예양禮讓이라기보다는 차라리 성격 자체에서 유래하는 것이라 볼 수 있다.

요즈음 우리 겨레의 모두가 제각기 새로운 마음, 새 용기로 건국 사업에 헌신하려는 노력은 기장奇壯타 할 만하다. 한편에는 묘당廟堂의 높은 자리에서 백년대계를 꾀하는 동량棟梁들도 있고 나라의 간성干城으로 삼군을 지휘하는 씩씩한 장부들도 있는가 하면 또 한편에는 노방路傍에 한 떨기 작은 꽃을 심어 놓고 지나가는 나그네의 고달픔을 위로하고자 하는 자그마한 희망만을 가진 겸허한 사람들도 있다. 이러한 야심이 적은 기도企圖를 보고 경솔한 판단을 내리는 사람이 있다면 그는 인생과 사회의 복잡 다채한 화면을 공정히 평가할 능력이 없다는 비난을 각오해야만 할 것이다.

외국 문화의 소개나 번역은 그 자체에 가치 있다기보다 장차 우리 문화의 육성

발달에 기여하는 공과功課로써 우리의 관심을 끄는 것이다. 소개될 작품의 선택에 건실하고 고상한 비판이 있어야 하며 우리말로 옮겨 놓는데 주도한 용의가 필요한 것이다. 이러한 뜻으로 오 교수가 강의의 여가 여가에 써서 모은바 미국 현대 작가의 번역물이 무대 위에서 이미 시험되고 이제 출판물로서 구현되는 것은 의의 있는 일이라 아니 할 수 없다. 동호同好 제씨의 환대를 기대하는 즐거움을 역자와 같이 나누는 뜻으로 외람히 한 줄 글을 겸하여 권두를 더럽히는 바이다.

4282년(-1949) 납월臘月 회일晦日

권중휘

## 역자 서

배움의 길이란 가면 갈수록 멀고 험하고 그렇기 때문에 힘이 들고 겁이 나는 것이다. 여기 주제넘게 조그만 책 한 권을 내놓으며 나는 생전 처음 부끄럽고 두려움을 막을 길이 없다. 이는 내 역량의 부족함이요 동시에 학도의 양심이 아닐 수 없다.

해방 후 이 땅에도 신극 운동이 자못 활발한 바 있고 연극에 대한 일반의 태도도 훨씬 진보됐을 뿐 아니라 나아가서는 연극이 민족과 더불어 새로운 생명 속에 움틈을 깨달은 성싶다. 그러나 우리가 창작극에서만 만족할 수 없는 것은 어찌할 도리가 없었다는 것도 사실이다. 여기 내놓는 『라인강의 감시』는 작년 4월에 여인소극장이 공개 소개한 것이며 이 땅에서는 처음으로 알려진 희곡이다.

그 내용은 반나치 혁명가 쿠르트가 라인강의 감시를 무릅쓰고 인류 평화를 위하여 싸우는 것인데 작자는 예리한 현대인의 센스를 구사하여 가위 휴머니즘의 금자탑을 쌓았다고 할 수 있다.

원본은 *Watch on the Rhine*(1941년 초판)을 사용했다. 일일이 주註를 달지 못한 것은 유감이나 다음 몇 가지에 유의해서 읽어 주기 바란다.

가. 대사 중 "하고", "그렇고말고"는 "허구", "그렇구말구"로 알고 읽을 것.

나. 본문 중 좌우는 객석에서 본 것으로 되어 있으므로 늘 무대를 연상할 것.

원작자를 간단히 소개하기로 한다. 헬먼Lillian Hellman 여사는 1905년 6월 20일 미국 뉴올리언스에서 탄생한 현존 작가이다. 1934년에 *The Children's Hour*, 1936년에 *Days To Come*, 1939년에 *The Little Foxes*, 1940년에 *Watch on the Rhine*, 1943년에 *The Searching Wind*, 1946년에 *Another Part of the Forest*를 썼다.

이번 이 책을 내놓는 데 있어서 오역을 정정해 주시고 서문까지 써 주신 문리과대학 문학부장 권중휘 교수, 무대면 컷을 그려 주신 최영수 씨 두 분께 감사의 뜻을 표하며 출판계가 영리에만 급급한 이때 이 희곡의 출판을 쾌히 승낙해 주신 문조사에 감사하는 바이다.

끝으로 여러 가지 미숙한 점에 관해서는 사회 제현諸賢의 교시를 바라 마지않는다.

경인(−1950) 정월 5일

북아현동 일우一隅에서

오설吳說

# 사랑은 죽음과 함께

오화섭

● 오화섭, 『사랑은 죽음과 함께』, 수도문화사, 1956.1.30, 353면

● 존 패트릭 · 존 밴 드루텐 원작, 미국희곡명작선집

## 머리말

여기 두 개의 현대 미국 희곡을 번역하였다. 하나는 존 패트릭의 「사랑은 죽음과 함께」(원명 조급한 마음) —John Fatrick, "The Hasty Heart"(1944) — 또 하나는 캐스틴 포비스의 소설 「엄마의 당좌 예금」을 존 밴 드루텐이 각색한 「엄마의 모습」 — John van Druten, "I Remember Mama"(1944) — 이다.

이상 두 개의 희곡은 *Best Plays of the Modern American Theatre : Second Series* Edited by John Gassner에 수록되어 있다.

전자는 죽음을 앞둔 스코틀랜드 청년을 에워싸고 일어나는 휴머니즘의 세계를 명랑하게 묘사했으며, 후자는 회전 무대와 중간 막의 특수성을 살리어 미국 시민이 된 노르웨이 사람 가정에서 일어나는 일을 조촐하게 그리었다.

두 개가 다 인간의 아름다운 면을 그리려고 노력한 작품이지만 전자의 간호원 마거릿이나 후자의 '엄마'의 부드럽고도 지긍스러운 인간성은 언제 어디서나 행복을 가져오는 촛불일 것이다.

번역에 있어서 오역과 불충분한 표현이 많겠으나 동학 제위의 편달이 있으면 다행이겠다.

1956년 정월

연희 숲속에서

역자

# 암야의 집
## 이휘영

- 이휘영, 『암야(暗夜)의 집』, 불문화연구회 출판부, 1958.6.17, 162면
- 티에리 몰니에 원작, Collection des Écrivains Français

### 역자 후기

1953년 10월 필자가 불란서 유학으로부터 귀국할 준비를 갖추고 있던 무렵이었는데, 티에리 몰니에의 〈La Maison de la Nuit〉란 연극이 문예 신문 지상에서 호평을 받고 있기에 어느 날 그 희곡이 상연되고 있던 에베르토좌座에 구경을 갔었다. 신작품은 출판되기 전에 상연되는 것이 보통이어서 그 내용이 어떤 것인지 자세히 알지는 못했었다. 그러나 막이 올라 연극이 진행됨에 따라 우선 그 주제가 우리나라의 처지—동서 양 진영의 충돌을 뼈아프게 겪고 있는 우리나라의 처지를 연상케 하는 것에 놀라고 막이 내리는 순간까지 필자는 비상한 흥분을 억제할 수 없었다. 주제가 1950년대의 우리나라의 비극에 부합하는 점뿐이 아니라 관중의 마음을 송두리째 휘어잡고 최후까지 긴장된 분위기 속에 전개되는 사건, 특히 때로는 열변적熱辯的이기도 하고 때로는 시적이기도 하며 때로는 해학적이기까지 한 그 아름다운 대사들, 모두가 필자에게 잊을 수 없는 감명을 주었다.

그 뒤 필자가 귀국한 후 *La Maison de la Nuit*가 출판된 것을 알고 주문하여다가 읽어 보았을 때 이 희곡을 읽음으로써 얻는 감명도 무대를 통하여 받을 수 있는 감명에 못지않음을 확인하고 번역에 착수하였던 것이다. 이제 이 역본이 우리나라에서 출판될 단계에 이르고 보니 실로 감개무량하다. 더욱이 이 번역의 완성이 불문화연구회의 'CÉF 총서' 발간과 우연히 때를 같이하게 되어 그 제1권으로서 등장하

게 되었음을 영광으로 여기는 바이다.

티에리 몰니에[1909년~]는 본래 사색적 평론가로 문단에 데뷔하여 20세기 적색혁명으로부터 문화를 옹호하려는 투사적 기질을 보여주었으나 그의 예술적 천분天分도 뛰어난 바 있어 일찍이 시에 관심을 기울여 『불란서 시 서설*Introduction à la Poésie Française*』을 내었고 근래에는 극작에 손을 대기 시작하였다. 『불란서 시 서설』 외에 그의 주요한 저서를 적어 보면 다음과 같다.

『위기는 인간 속에 있다*La Crise est dans l'Homme*』

『니체론*Nietzsche*』

『라신론*Racine*』

『사회주의 신화*Mythes Socialistes*』

『국가주의를 넘어서*Au-delà du Nationalisme*』

『폭력과 양심*Violence et Conscience*』

1958년 6월 10일

역자

## 안네 프랑크의 일기

**전혜린**

- 전혜린, 『안네 프랑크의 일기』, 성문각, 1960.10.30, 221면
- 프랜시스 구드리치 · 앨버트 해킷 원작

### 후기

희곡 『안네 프랑크의 일기』는 미국의 극작가 부부 Frances Goodrich와 Albert Hackett가 유대인 소녀 Anne Frank의 유고 『일기』를 소재로 해서 쓴 희곡으로 현재까지 30개국에서 상연되었다.

KZ(집단수용소)를 하나의 상징으로 본다면 현재에도 KZ는 이 세계의 어느 곳에든지 우리의 주변과 우리의 내부에 있을 수 있다. 이 소녀의 이유 모를 피고로서 출구 없는 방에 감금되어 세계와 공동 사회에서 고립해서 자기 자신과 또 신과 대면해야 했던 부조리의 Drama는 이 소녀만의 운명이 아니라 우리들 전부에 관련되는 운명이기 때문이다.

따라서 이 소녀의 삶의 자취를 더듬어 보는 것은 우리들에게 더 깊은 상호 간의 이해와 관용에의 권고가 될 줄 믿는다. Goodrich와 Hackett 부부의 각본은 온갖 기교와 상징적 용어를 피하고 다만 사실의 가능한 한 단순한 표현을 택해서 오히려 상징의 효과를 높이고 있다.

주석을 다는 데 있어서 나는 단어의 번역이 아니라 해석에 있어서 난해하고 의역으로만 가능한 것, 또는 이디엄慣用語 등을 알기 쉬운 말로써 옮기는 것에 치중했다. 단어를 사전으로 찾는 것은 학생들이 당연히 해야 할 줄 알고 또 이 책에는 어려운 단어가 거의 없고 전 문장이 가장 일상적인 회화로 구성되어 있는 까닭이다.

1960년 10월

역자

제7부

# 아동문학

이솝부터 빨간 머리 앤까지

## 이솝의 이야기

**신문관**

- 「이솝의 이야기」, 『소년』 1~12, 신문관, 1908.11.1~1909.11.1(전2회)
- 이솝 원작

이 이야기는 우화가로 고금에 그 짝이 없는 이솝의 술述한 것이라. 세계상에 이와 같이 애독자를 많이 가진 책은 성서밖에는 또 없다 하는 바이니 을미년(-1895)경에 우리 학부學部에서 편행編行한『심상소학尋常小學』에도 이 글을 인용한 곳이 많거니와 세계 각국 소학 교육서에 차서此書의 혜택을 입지 아니한 자가 없는 바이라. 신문관 편집국에서 기其 일부를 번역하여『재남이再男伊 공부 책』중 1권으로 불원에 발행도 하거니와 차此에는 매권 사오 절씩 초역抄譯하고 끝에 유명한 내외 교육가의 해설을 붙이노니 읽는 사람은 그 묘한 구상도 보려니와 신통한 우의寓意도 완미玩味하여 얕고 쉬운 말 가운데 깊고 어려운 이치가 있음을 찾아 처신 행사에 유조有助하도록 하기를 바라노라.

# 우의담

**신문사**

● 「우의담(寓意談)」, 『신문계』 3~21, 신문사, 1913.6~1914.12(전14회)

● 이솝 원작

이는 곧 お伽噺(내지內地 말로 오토기바나시) 중의 하나이니 그 체재는 순전한 고등 교과서같이 의미가 깊고 멀어서 지득知得기 난難함도 아니요 또 천근淺近한 신소설같이 언사言辭가 허하고 잡되어 방탕키 이易함도 아니요 다만 소소昭昭한 천리의 명명明明한 보응報應이 있음을 증명하여 선한 자에는 복이 있고 악한 자에는 화가 있는 것을 9분의 사실로 8분의 우의가 될 만치 하여 공부하는 학생은 100인의 양명良明보다 낫고 부랑한 청년은 10개의 맹장猛杖보다 좋고 신음하는 병자는 1제劑의 보약보다 이利하여 가위 금설옥경金屑玉莖의 기이한 신출품新出品이라 할지니 원래 오토기바나시는 유태인 이솝 씨의 저작이 세계에 명고名高하더니 내지 문학가 이와야 사자나미巖谷小波 씨가 역술하여 일반의 소득이 다다多多한지라. 본 기자도 공동의 유익한 일을 하려는 목적으로 전인前人의 술비術備를 촬영撮影합니다.

# 이솝 우언
## 윌리엄 마틴 베어드

- 윌리엄 마틴 베어드(배위량, 裵偉良), 『이솝 우언(寓言)』, 조선야소교서회, 1921.5.15, 129면
- 이솝 원작

### 이솝 우언 서

이 『이솝 우언』은 근대의 저작이 아니요 고시대부터 전하여 내려오는 것인데 헬라(-그리스) 백성들 중에서 난 속전이니 2천여 년간을 이런 유익한 이언理言으로 아이들과 청년들을 가르칠새 짐승들이 서로 이야기하는 모양으로 여러 가지 슬기 있는 이치를 말하였으며 또한 기간에 여러 문학자들이 이 이치를 가지고 문장을 더욱 아름답게 수식하여 보는 사람들로 읽고 보기에 더욱 재미있게 하였느니라. 이 책이 전하여 내려온 지가 오랜 고로 원문은 없어졌으나 그 원문의 뜻을 가지고 번역한 체격은 여러 모양이니 어떤 때에는 시체詩體로 번역도 하고 길게도 번역하고 짧게도 번역하여 다 우언의 원문과 같이 되느니라. 이 책을 여러 나라말로 번역하였는데 이제 조선 국문으로 번역할새 여러 책 중에 제일 좋은 본을 택하여 번역한 고로 이 책 중에 요긴한 제목은 다 번역이 된지라. 이 책은 우언뿐이나 그러나 좋은 이치를 가르칠 때에 요긴히 참고하기를 간절히 바라노라.

평양부 신양리
배위량裵偉良 자서

## 우언자寓言者의 조상 이솝의 사적이라

이솝의 역사는 헬라의 유명한 시인 호머와 같이 분명한 유전遺傳이 없는데 리디아의 수부首府 사르디스성과 사모스라 칭하는 헬라 한 섬과 트라키아에 있는 옛적 식민지 메셈브리아와 또 프리지아의 감영 콜리엄과 이 여러 섬 중에 어느 성에서 출생하였다 하는 의론이 분분하여 분명히 작정할 수는 없으나 여러 명사의 연구와 참작을 인하여 그가 출생할 때와 사망에 상관된 일은 알게 되었느니라.

일반의 생각하는바 이솝이 주전主前 620년에 출생하였으며 또한 종으로 출생이 되어 두 상전을 섬겼으니 이름은 크산토스와 이아드몬이라. 이 두 사람은 다 사모스섬의 거민이라. 이아드몬이 이솝의 박학하고 또 현명함을 인하여 그를 놓아 자유케 하였나니 대개 헬라 상고上古의 정체政體의 자유민 특권 중의 하나는 공공사업을 위하여 활동하기를 허락함이요 이솝이 자기를 비천한 종 가운데로 좇아 일으켜 높은 명성을 얻었느니라.

저는 가르치기도 하고 또 가르침을 받기 위하여 여러 나라로 여행하는 중에 마침내 사르디스성에 이르렀으니 이는 리디아의 유명한 임금 크로이소스의 수부이니 그때에 이 크로이소스가 학문을 숭상하고 또 박학한 자들을 크게 대접하는 자니라.

크로이소스의 조정에서 이솝이 솔론과 탈레스와 또 다른 철인哲人들을 상종하였고 또 이 철학자들로 더불어 한 수작이 그 임금을 이렇듯이 즐겁게 하므로 크로이소스 왕이 그를 칭찬하여 철인 중에 말을 제일 잘하는 자라 하였느니라.

크로이소스 왕의 청함을 받아 주소를 사르디스성에 정하고 나라의 여러 가지 재판하기 어려운 일을 하게 하였느니라. 그가 책임한 직무는 헬라의 작은 공화국들 중에 다녔으니 한번은 고린도에 있었고 또 다른 때는 아덴스에 있어 그의 슬기 있는 우언으로 관민 간 합치하기를 힘쓰더니 크로이소스의 명령을 받아 이와 같은 일을 하던 차에 죽었으니 그 원인은 그 임금의 보냄을 받들어 많은 금전을 가지고 델포이성에 가서 그 시민에게 나누어 주고자 한즉 저들이 많이 얻고자 하여 탐심으로 구함을 성내어서 나누어 주지 아니하고 금전을 도로 임금에게 돌려보내니 델포이 성 백성들이 이 일을 성내어 저가 신을 공경치 아니한다고 허물하고 신령한 공사의 사명을 범하여 저를 나라에 범죄한 자라 하여 죽였느니라.

그러나 이 유명한 이언자理言者의 이름은 썩지 아니하였나니 대개 헬라에 유명한 조각사 중의 하나인 리시포스가 새긴 그의 기념 조각이 아덴스에 있었나니 이솝의 출생과 행적과 사망에 상관된 역사가 이 몇 가지밖에 없느니라.

# 걸리버 유람기

**신문관**

● 『걸리버 유람기(葛利寶遊覽記)』, 신문관, 1909.2.12, 54면

● 조너선 스위프트 원작, 십전총서 소설류 1

## 예언例言

차서此書는 브리튼국 유명한 신학가 스위프트Jonathan Swift, 1667~1745 씨의 명저 『걸리버 여행기*Gulliver's Travels*』를 적역摘譯한 것이니 『로빈슨 표풍기漂風記』와 공共히 세계에 저명한 해사소설海事小說이라.

그 대개는 걸리버란 선의船醫가 있어 항해 중에 복선覆船을 당하여 신장이 근 불과 6촌寸 되는 소인종小人種이 거생居生하는 한 도국島國에 표착漂着하여 기괴한 관광을 하고 그 후에 또 신장이 3장丈이 더 되는 거인종巨人種이 거생하는 곳에 유입流入하여 위험한 경난經難을 하던 진묘한 유람기니 원저는 조지 제1세 시절의 습속을 풍자한 것이나 이러한 정치적 우의는 고사하고 다만 그 소설적 취미로만 보아도 또한 절대한 묘미가 있는지라. 고로 영미 제국諸國에서는 이것을 학교 과서課書로 써서 소년의 해사 사상을 고발鼓發하느니라.

우리 신흥한 문단에는 여러 가지 한사恨事가 있으니 셰익스피어, 밀턴, 단테, 괴테, 에머슨, 톨스토이 등 제가諸家의 술작述作을 이식移植함은 고사하고 아직 그 명자名字도 입문入聞됨을 보지 못한 이때에 이따위 소화小話를 역술譯述—게다가 초역抄譯함은 우리가 무슨 문학적 의미로 한 것은 아니요 다만 요탕徭蕩하고 부허浮虛한 희문자戱文字가 우리 소년의 기독물嗜讀物이 되는 것을 보고 얼마큼 이를 교구矯救할까 하는 미의微意로 한 것이라.

우리가 이제 소년 제자를 위하여 가장 적은 돈과 힘으로 가장 유익한 지식智識과 흥미를 사게 하려 하여 '십전총서'를 발행하려 할새 이로써 소설류의 제1책을 함은 해광海狂인 편자가 스스로 기뻐하는 바이로라.

융희 3년(-1909) 2월 5일

십전총서 편수인編修人 지識

# 자랑의 단추

신문관

● 『자랑의 단추』, 신문관, 1912.10.15, 127면

● 에이미 르 페브르 원작

## 서문

사람은 세 가지 직분이 있으니

첫째, 좋은 혼자 사람 되는 것

둘째, 좋은 세상 사람 되는 것

셋째, 좋은 하늘 백성 되는 것

이라. 이는 누구든지 좋은 사람으로 세상에 서고자 하면 완전하게 다하지 아니치 못할 것이외다.

이 책은 곧 가장 잘 그 직분을 다하는 방법으로 온전히 몸과 마음을 하나님께 올려서 그의 이끄시고 부리시는 대로 마음을 쓰고 몸을 가질 것을 가르침이니 많지 아니한 일이 우리를 열어 줌은 큰가 보외다.

우리는 생각하건댄 이 책에서 유익을 얻을 이가 어린이만도 아니요 그리스도인만도 아니라. 이것으로 거울 하여 자기의 그림자를 돌아보고 이것으로 채찍 하여 자기의 느린 것을 깨우치면 아무든지 온갖 가르침 가운데 가장 큰 것과 온갖 유익 가운데 가장 많은 것을 얻을 줄 믿노이다.

그러므로 우리는 구태 이 책을 번역하여 이 세상 깨끗한 집 안에 골고루 드리려

하거니와 특별히 주일학교의 공부 책이나 믿는 어린 학생의 교과서 아닌 보일 책으로 쓰면 매우 이익이 클 줄 믿습니다.

근본 지은 사람도 모르되 한 번 두 번 우연히 보다가 테디의 행사가 매우 굳세게 마음에 느끼기로 이틀 저녁과 한나절 시간을 베어 우리글로 옮겼습니다.

글은 너무 민틋하지 못하니 다만 뜻만 취하시기 바라옵니다.

테디에게서 큰 선물을 받은

어느 한 사람

# 허풍선이 모험 기담

**신문관**

- 『허풍선이 모험 기담』, 신문관, 1913.5.20, 81면
- 루돌프 에리히 라스페 원작, 뮌히하우젠 이야기

## 서문

거짓말에도 해독 있는 것과 없는 것 두 가지가 있으니 그 해독 있는 자는 괴악한 병 매균 모양으로 궁극하게 없이하기를 꾀함이 옳거니와 지약 해독만 없을 뿐 아니라 얼마큼 사람의 심신에 이로울 만한 것이면 아무쪼록 많고 아무쪼록 공교롭기를 바랄지니 어떠한 것을 해독 있는 것이라 하나뇨, 곧 정말 같은 거짓말이며 어떠한 것을 없는 것이라 하나뇨, 거짓말다운 거짓말이니 군자도 가 의방하면 속는다 하나니 그럴듯하면서 누가 속지 아니하리오. 이 세상과 사람에 해독을 끼치는 소이며 워낙 뒤집어 보아도 속이 없고 겉으로 보아도 꾸밈이 없어 번듯하고 환하여 일 점 흐린 구석이 없으면 무엇을 주어 가면서 속아 달라 한들 누가 속을 자이리오. 이것은 암만 있어도 해독이 있지 아니도 하고 못도 할뿐더러 거기 심오한 이치가 품긴다든지 미묘한 인정이 드러난다든지 하여 보아서 깨우침이 되고 들어서 웃음거리가 되며 또 바로 대하면 부족한 일의 거울 노릇을 하고 곁으로 대할 때에는 바쁜 병에 의원 노릇을 하여 그 이익이 과연 적지 아니한 소이니라. 슬프다, 세상이 어찌 되려고 그리하는지 날로 느는 것은 정말과 같은 거짓말이요 또 그 정말로 알리기 위하여 쓰는 방법은 날로 음험하고 공교함을 더하여 아무라도 속이고야 말려 하는 오늘날 참 우리가 마땅히 저주할 이 시대에 우리가 구태 이 책을 번역해 내니 어찌 그윽한 의사가 없사리오. 나는 원하노니 이 책이 정말 같은 거짓말 하는 사람의 이

마빼기에 동침이 되어 징계할 바를 알게 하며, 나는 원하노니 이 책이 거짓말이라며 머리를 홰홰 내두르는 사람에게 좋은 간색이 되어서 거짓말도 이렇게 유조한 것이 있는 것을 알게 되며, 나는 원하노니 이 책이 거짓말다운 거짓말의 좋은 본보기가 되고 좋은 인도자가 되어 이것이 한번 난 뒤에 이와 같은—더욱 우리 인정과 풍속에 합당한 이런 이야기가 많이 생겨나서 온갖 정말 같은 거짓말이 감히 형적도 드러내지 못하게 지질리도록 될지어다. 만일 이 책에 나오는 이야기를 참으로 속았다는 사람이 있으면 즐겨 내 붓대를 꺾을지며 만일 이 책에 나오는 이야기를 말끔 동이 닿지 아니하는 것뿐이라 하는 사람이 있으면 즐겨 내 붓대를 꺾을지며 만일 이 책을 읽고 재미있는 것을 느끼지 못하였다 하는 이가 있으면 또한 즐겨 이 붓대를 꺾을지니 이 주저치 않고 이 책을 내는 소이로라.

이 책은 『남작 뮌히하우젠 모험 기담』이라 이름하는 책 중에서 특별히 웃음거리 될 만한 것을 뽑아 번역한 것이니 그 말이 왕청뜨고 그러나 바이 못 될 말이 아닌 고로 재미로 보아도 이만할 것이 드무니 다만 이 책 임자 덕국德國(=독일)에서만 유명할 뿐 아니라 세계상에 이름이 훤자喧藉한 책이오.

뮌히하우젠이란 사람은 100여 년 전(18세기 중간)에 참말 있던 사람이라는데 입만 벌리면 이런 이야기가 청산유수로 나오더라오. 지금은 뮌히하우젠이란 말이 큰 거짓말쟁이란 뜻으로 통용하여 아무개 그 사람은 뮌히하우젠 따위라든지 아무개 그 이야기는 뮌히하우젠의 모험담 같은 것이라 하게 되었소.

먼 시골 같은 데 오래 돌아다니다 온 사람은 흔히 구경하고 지낸 일을 함부로 불려서 남이 그러니 안 그러니 못 하는 까닭에 손톱만 한 일을 장안만큼 늘여 말하여 자기만 잘나고 자기만 어려운 일을 겪은 듯이 득의연得意然히 이야기하오마는 그런 이에게 이 책을 보이면 그 얼굴이 어떻게 될까요.

# 금방울

오천석

● 오천석, 『금방울』, 광익서관, 1921.8.15, 170면

● 한스 크리스티안 안데르센 외 원작

이 조고만 거둠을 배달의

어린 동무에게 드립니다.

## 『금방울』 머리에

장미같이 아름답고 수정같이 맑고 비둘기의 가슴같이 보드랍던 어렸을 때의 영을 파묻은 조그만 무덤에 드리기 위하여 이 『금방울』을 짰습니다.

저는 밤 깊어 사방이 고요할 때에 달 밝은 창 기슭에 홀로 앉아서 이 『금방울』을 보며 그리운, 다디단 어렸을 때를 추억하고 울려 합니다.

저는 아름다운 보드라운 다사한 시詩의 향기 높은 왕국을 세워 어린 사람들의 놀이터를 만들려 합니다. 거기에는 나뭇가지마다 금방울이 열려 있습니다.

『금방울』 속에 있는 이야기 가운데 시인 안데르센의 명작 「어린 인어 아씨의 죽음」, 「엘리사 공주」, 「어린 성냥팔이 처녀」 같은 것은 참으로 보옥 중의 보옥이라 할 수 있습니다.

그 전편에 넘쳐흐르는 예술의 맛, 알지 못하는 사이에 현묘한 시의 절경으로 이끄는 미력迷力, 이루 그 찬양할 바를 헤아릴 수 없습니다.

어린 사람의 가슴에 돋아나는 영의 움을 밝은 곳으로 순결하게 기름이 얼마큼이나 한 개의 존귀한 생명의 자람을 도울까 함을 생각할 때에 저의 가슴은 무한 뛰놀았습니다.

1921년 6월 9일
첫 여름비 보슬보슬 오는
제물포 우각촌에서
오천원吳天園

# 사랑의 선물

**방정환**

- 방정환, 『사랑의 선물』, 개벽사, 1922.7.7(초판); 1928.11.5(11판), 191면
- 샤를 페로 외 원작, 세계명작동화집

학대받고 짓밟히고 차고 어두운 속에서 우리처럼 또 자라는 불쌍한 어린 영靈들을 위하여 그윽이 동정하고 아끼는 사랑의 첫 선물로 나는 이 책을 짰습니다.

신유년(-1921) 말에

일본 도쿄 하쿠산白山 밑에서

소파

소파 형.

여기에 한 소년이 있는데 그는 다른 소년들과 같이 사랑하는 아버지와 어머니를 가지기는 하였으나 그 아버지와 어머니는 다른 사람들과 같이 상당한 지위와 지식과 또는 세력도 가지지 못하고 한갓 남의 여력餘瀝을 받아 간신 간신히 지내 가는 사람이라 하면 그의 자녀로 태어난 그 소년의 신세가 과연 어떠하겠습니까.

오늘날 우리 조선의 소년 남녀를 생각할 때에 이러한 생각이 몹시 납니다. 저— 아버지와 어머니들이 끌끌치 못함으로 인하여 그들조차 시원치 못한 자가 되면 어찌하며 그들이 불행으로 그리된다 하면 조선의 명일을 또한 어찌하겠습니까.

이렇게 생각하올 때에 저는 저—소년들의 신상이 한없이 가여웠으며 동시에 우리 근역槿域의 명일이 말할 수 없이 걱정스러웠습니다. 그러나 저—유행의 유지有志들은 이 문제를 그렇듯 안타깝게 생각하는 것 같지도 아니합디다.

이제 형님이 그 문제에 애가 타시어 그 배우고 사구思究하는 바쁜 살림임도 돌보지 아니하고 저—가여운 소년들이 웃음으로 읽을 좋은 책을 지어 간행하시니 이 책을 읽을 소년들의 다행은 말도 말고 위선 제가 기꺼워 날뛰고 싶사외다.

이렇게 이렇게 하여 하나둘씩 소년의 심정을 풍성케 하여 주는 글이 생기고 또 다른 무엇 무엇이 생기며 이리됨에 따라 사회의 사람사람이 다 같이 이 소년 문제의 해결에 뜻을 두는 사람이 되게 하면 조선의 소년 남녀도 남의 나라의 소년들과 같이 퍽 다행한 사람들이 되겠지요.

형님이시여, 감사 감사합니다. 모든 일이 아직 아직이오니 조선의 가여운 동무들을 위하여 더욱더욱 써 주시오. 이에 향하여는 제가 또한 있는 힘을 아끼지 아니하리다. 삼가 두어 마디의 서간으로써 이 고운 책의 서문에 대代하나이다.

임술(–1922) 원단元旦

김기전

# 천사의 선물

**노자영**

- 노자영, 『천사의 선물』, 청조사, 1925.7.2(초판); 창문당서점, 1929.8.15, 241면
- 세계명작동화선집

## 봄 동산(동요)

봄 동산에 노는 나비 잔등에
무지개 내려서 구름을 친다
빨강 무지개 파랑 무지개
무지개 흘러서 하늘에 가니
가는 무지개의 뒤를 따라서
나비도 좋다고 흘러가누나

1925년 5월 20일
도쿄에서

축복

웃음과 사랑 속에 고이 자라는
배달나라의 어린 동무여!
하늘의 별같이 너는 커지고
바다의 산호같이 너는 자라라!
꽃 웃음 달 아래 네가 놀 때에
천사의 선물인들 어찌 없으랴!

1925년 5월
도쿄에서
편자

## 첫머리에 씀(서문)

세상에 어린이같이 귀한 사람이 어디 있으며 어린이같이 진실한 사람이 어디 있으랴. 어린이야말로 봄 동산에 노는 고운 양羊이로다. "어린애가 되어야 하늘나라에 들어간다. 어린애 나라에는 꿀 흐르는 복지福地가 있다." 이러한 말은 조금도 거짓 없는 참말이라 하겠다. 그렇다, 그네들에게야 영원한 웃음이 있을 뿐이 아니냐? 영원한 사랑이 있을 뿐이 아니냐? 평화의 나라, 에덴의 동산, 오직 그러한 나라는 어린애 나라에 있는 것이다.

나는 이전부터 어린 동무를 심히 좋아하였다. 그리고 그네들과 놀기를 좋아하였다. 어린 동무의 이야기, 그네들의 웃음, 그곳에는 몇만 원의 황금보다도 더 귀한 보배가 있지 않더냐? 그리고 인생의 참다운 눈물이 흘러 있지 않더냐?

그렇다, 어린이의 이야기! 그것은 참다운 보배인 것이다. 나는 도쿄에 유학하며 공부의 틈을 타서 세계 각국 나라에 가장 재미있는 어린이들의 이야기를 모아 놓았다. 이것이 지금 발행하는 『천사의 눈물』이다.

천사의 눈물, 이것은 우리 흰옷 입은 소년 소녀들에게 주는 가장 작은 선물이다. 곱게 곱게 자라는 우리 어린 동무여, 다행히 이 책을 보고 무엇을 얻는다면 편자는 더할 수 없는 영광이라 하겠다. 그러면 동무여, 고이고이 자라서 사회에 귀여운 인물이 되소서.

1925년 5월 21일

도쿄에서 편자

## 동화세계

**샬롯 브라운리**

● 샬롯 브라운리(부래운, 富來蕓), 『동화세계』, 조선야소교서회, 1925.12.31, 109면 · 1928.4.27, 98+○면(전2권)

### 서언

이 『동화세계』는 많은 아이들로 유쾌함과 유익함을 다대히 받게 하려는 희망을 가지고 조선 공중에게 제공하는 바이오이다.

이 이야기 중에 더러는 번역한 것이요 또 더러는 다른 나라 아이들의 오랫동안 기뻐 환영하던 것을 조선 아이들의 풍속과 정도에 적합하도록 모방하여 만든 것인데 그중에 더러는 유치원 연령의 아이들을 위하여 예비하였고 또 더러는 좀 더 장성한 아이들을 위하여 예비하였나이다. 이 시대에 쓰는 이야기들은 교육상 보통 사상인데 아이들이 기억하기 쉬운 것이며 또 아이들에게 저희들의 재능과 도덕적 생활을 나타내며 발달하는 데 직접 교육을 주는 가치가 있나이다.

이것을 번역하는 데 조선 사람들이 도와준 이가 많지마는 특별히 이것을 예비하는 데 많은 시간과 정신을 쓰신 정성룡 씨에게 우리는 크게 감사함을 표하나이다.

1925년 12월 일

역술자 부래운富來蕓 자서

# 어린이 낙원

**샬롯 브라운리 · 정성룡**

● 샬롯 브라운리(부래운, 富來蕓) · 정성룡, 조선기독교 미 감리교회 종교교육협의회, 1928.5.17, 112면

● 기독교동화집

## 서문

현대 교육가들이 누구나 예술 교육의 실현을 위하여 머리를 기울여 고심도 하려니와 정신적 양식의 공급을 위하여도 깊고 무거운 아동문학의 출현을 관곡款曲하게 기대함도 우리가 알고 남음이 있습니다. 그러나 불행하게도 우리 조선에만은 등한함도 있으려니와 이 방면에 노력을 기울이는 이조차 없어서 언제나 유감으로 생각한 지 오래였더니 향히 브라운리 교수가 일찍 느낀 바 있어서 세계 명작 동화 19편을 선역選譯하여 조선 어린이들에게 사랑의 선물로 보내게 됨을 볼 때 오직 깊은 감격이 용솟음칩니다.

웅대한 구상과 단려端麗한 역필은 반드시 어린이들의 정신을 심취케 함이 있을 것을 믿으며 아울러 경건 적실히 한 종교적 교훈과 정취 풍이豊雅한 예술적 감흥은 우리 어린이들의 품격을 순화諄化, 미화할 것을 믿고 삼가 역자의 위공偉功을 감사합니다.

1928년 5월 일

종교교육협의회

총무 예시약한禮是約翰(─존 레이시)

## 서문

이 동화집은 고 정성룡 군이 조선 어린이들을 위하여 심혈을 기울여 역안譯案한 절필絶筆입니다. 군은 불행히 영면의 길을 떠났지마는 조선 어린이들에게 남기고 간 이 『어린이 낙원』만은 영원히 저들의 동무(반려)가 되며 즐거운 위안을 주리라고 믿습니다. 이 동화집을 발행하여 삼가 군의 위업을 기념코자 합니다.

1928년 5월 일

브라운리

# 세계일주동화집

**이정호**

- 이정호, 『세계일주동화집』, 해영사 출판부, 1926.2.10(초판); 1926.12.10(재판); 이문당, 1927.5.10(3판); 1937.7.1(8판), 227면
- 노수현 표지, 안석영 삽화

## 머리 말씀

**『동아일보』 왈**

재미있는 동화와 및 고운 동요에 주린 우리 조선의 어린이들에게 좋은 선물 하나가 또 생기었으니 그는 다른 것이 아니요 『세계일주동화집』이 『어린이』 잡지사 이정호 씨의 손에 짜여져서 새로이 출판된 것입니다.

내용은 조선을 떠나 세계를 돌아오는 동안 31개국 민족이 품은 동화 중에서 가장 재미있는 것으로만 뽑아 번역해 놓은 것으로 책의 의장조차 아름답고 어여쁜 책입니다.

**『시대일보』 왈**

그동안 동화에 대한 책도 몇몇은 있었으나 한 가지도 조선 어린이들의 한없이 헤매기 쉬운 마음을 붙들고 지도하여 줄 만한 책은 찾아볼 수 없더니 이제 어린이사 이정호 씨의 『세계일주동화집』!! 이는 즉 조선 어린이들의 마음에 고운 싹을 잘 북돋아 길러 줄 만하게 그 문채文彩며 한량없이 깨끗하고 씩씩한 내용으로, 거기에 장마다 그림을 낀 보기부터 아름다운 동화집이 나왔다는 것은 나의 어린이들과 더불어 무한 기뻐할 일이올시다. 그리고 특히 씨는 원래 가세가 빈궁하기 짝이 없는 그 속에서 무한한 인생의 애끓는 설움을 맛본 나 젊은 시인이올시다. 그런 고로 그가

쓰는 슬픈 글은 그의 진정한 눈물이며 그가 쓰는 우스운 글귀는 그의 진정한 웃음이라고 전합니다.

**『조선일보』 왈**

어린이사 이정호 씨의 손으로 『세계일주동화집』이 새로이 저작되었다.

세계 각국 각 민족 사이에 예전부터 곱게 전해 오는 이야기 한 가지씩을 갖추갖추 추려 모은 것인데 그 짜여진 순서가 세계 일주의 길 차례로 되었을 뿐 아니라 각 나라의 유명한 사진과 풍속, 역사의 소개까지 있어 독자에게 많은 지식과 흥미를 주리라고 믿는다.

**『매일신보』 왈**

어린이의 손끝으로 곱게 흐르는 감정의 꽃다운 문채를 가진 어린이사 이정호 씨의 손으로 요사이 『세계일주동화집』이 탄생되었다.

세계 각국의 가지가지 재미있는 동화를 한 가지씩 모아 놓은 유명한 책으로 애기네들에게 주시는 어버이의 선물로는 제일 좋은 것이다.

## 어린이 동무들께

나의 가장 믿고 사랑하는 동무 이정호 군의 손으로 이 책『세계일주동화집』이 짜여졌습니다.

무한히 뻗어날 어린이들의 마음에 기쁨을 주고 그들의 한없이 자유로운 상상 생활에 좋은 자극과 충동을 주어 그들의 생명을 충실하게 하고 발랄하게 하기에는 '좋은 동화'를 주는 것보다 더 큰 힘이 없는 것은 여기에 길게 말씀할 것이 없거니와 이제 새로 짜여진 이『세계일주동화집』이 가장 좋은 동화책 중의 한 가지일 것을 나는 믿습니다.

세계 각국 각 민족의 사이에 오래된 예전부터 오늘에 이르기까지 곱게 아름답게 피어 내려온 이야기 한 가지씩을 갖추갖추 추려 모아 놓은 것은 그러지 않아도 아름다운 '이야기의 나라'의 백화가 일실一室에 난만히 핀 감이 있고 짜여진 순서가 세계 일주의 길 차례로 되었을 뿐 아니라 이야기의 머리마다 그곳 그 나라의 사진과 풍속, 역사의 소개가 있는 등은 편자의 특별한 노력에서 나온 것이라 동화의 내용과 함께 독자에게 많은 지식과 흥미를 줄 것이라고 믿습니다.

나는 내가 내 손으로 짠 것이나 다르지 않게 믿는 마음으로 이 사랑스러운 책을 여러분께 권고하고 싶습니다.

을축년(-1925) 첫가을에

경성 개벽사에서

방정환

## 재판을 발행하면서

이 책은 순전히 보통학교 정도의 어린 사람을 본위로 그저 읽기 쉽게 알기 쉽게 만든 고로 그 취재도 오직 흥미를 주안으로 하였기 때문에 하등의 학술적 뜻이 포함돼 있지 않습니다.

될 수 있는 데까지는 세계 각국 민족의 대표적 동화로 널리 그 재료를 수집하려는 욕심도 많았으나 시일과 페이지 수頁數의 제한이 있는 관계상 각 편을 통하여 극히 짧은 것을 조건으로 하지 않으면 안 되게 되었습니다.

그리고 종래에 우리말로 잘 번역되지 않은 새로운 재료를 얻으려는 고심도 많이 하였습니다. 이렇게 여러 가지 제한 밑에서 가장 적당하고도 재미있는 이야기를 얻어 내기는 결코 쉬운 일이 아니었습니다.

끝으로 이 책이 되기까지에 많은 원조와 사랑을 주신 소파 방정환 선생님께 진심으로써 감사를 드리며 아울러 이 조그만 책의 재판됨을 스스로 기뻐하는 바입니다.

병인년(-1926) 만추晩秋

경성 어린이사에서

역편자 사룀

## 세계일주동요집

**문병찬**

- 문병찬, 『세계일주동요집』, 영창서관, 1927.6.1, 181면
- 권구현 장정, 김문환 삽화

### 머리말

문 군은 오래전부터 소년문학 운동에 뜻을 두어 애를 쓰다 이제 그의 손으로 이 『세계동요집』을 발간하게 된 것은 소년문학 운동을 위하여 크게 기뻐할 일입니다.

소년문학 운동은 그 범위가 이야기를 중심으로 한 동화와 노래를 위주한 동요로 나눌 수 있는 중에도 '리듬'이 아이들 생활에 가장 중요한 내용의 한 가지가 되는 관계로 '동요'라 하는 것이 더 중요시될 것이 아닌가고 생각됩니다. 동화가 호기심과 상상력에 호소하느니 만치 신경질적, 정적靜的 색채가 있는 대신에 동요는 '박자'를 연상하고 동작을 연상하는 다혈적多血的, 동적 색채를 가졌다고 볼는지요. 이런 의미에 있어서 이야기보다 노래가 더욱 소년 예술로 값이 있는가 합니다.

지금까지의 조선의 소년문학으로 '동화'와 '동요'가 같이 많이 일어나면서도 책으로 발간되기는 동화집이 비교적 많은 대신에 '동요집'이 얼마 없는 것은 유감이었습니다. 이 책이 발간됨으로 이 방면에 대한 구급救急이 되리라고 믿고 그 발간을 환영합니다.

더욱이 이 책에 모여진 동요는 여러 나라의 것이 있어서 색채가 가장 있고 또 능히 각 국민의 민족성을 그 동요에서라도 찾아볼 만한 것을 알게 되니 어린이들의 '읽어리'로도 빠지지 않을 터이요 또한 한날의 좋은 참고서도 될 만합니다.

다만 유감되는 것은 번역한 동요가 혹 읽기에는 편하나 부르기에 어려울까 함이

니 이것은 원작의 뜻을 잃지 않기 위하여 그리함인 듯합니다.

바라건대는 뜻있는 이들이 이 책에 실린 수많은 보석을 갈고 다듬어서 우리 어린이들의 노래 주머니를 채우게 하소서. 그리하여 이 책이 앞으로 더욱 크게 일어나는 우리의 소년문학 운동에 새로운 큰 밑감을 주게 하소서.

세상 사람들이 모두
손과 손을 마주 잡으면
세계 끝에서 끝으로
춤추며 돌 수 있겠지요.

—「풀잎」

1927년 1월 31일

주요한

사랑하는 문 군이 지난번에는 『조선소년소녀동요집』을 짜 내었었다. 그러나 이것으로써 조선 소년 소녀계에 공헌을 다하였다 하랴.

그리하여 끝없는 황막하고 짝없이 싱거운 조선의 어린이 '사회'를 위하여 이번에는 『세계동요집』을 짜 내었다 하니 얼마나 정력이 든 귀여운 보배이랴.

그리고 각국의 귀여운 정서가 조선의 어린이의 입을 통하여 불러질 때 얼마나 반가우며 귀엽겠습니까.

젖乳빛같이 뽀얀 안개가 내리는 봄날 아침이든지 깨끗이 씻은 듯한 푸른 하늘에 둥근달이 뚜렷이 떠 있는 가을밤 같은 때 이 노래가 마을村에서 마을로, 거리에서 거리로 불러질 때 뉘 아니 감회가 일어나지 아니하며 뉘 아니 이 노래에 뛰놀지 아니하겠는가.

망막한 어린이 사회에도 꽃이 피도다.

거친 동산에 꽃이 피니 나비는 펄펄 날아들고 꽃다운 향기는 아이의 마음을 끝없이 상쾌케 하도다.

이것을 생각할 때에 나는 어린이 사회를 위하여 즐거워하고 기뻐함을 마지않는 끝에 문 군에 대하여 치하를 드리는 바이다.

1927년 1월 5일 야夜

에도성江戶城 아래에서

홍은성

참! 우리 어린이 세상엔 너무나 동요가 빈약하다. 아니! 빈약하다는 것보다도 오히려 동요의 연구자가 많지 않음이다. 우리 조선에도 고유한 명작 동요가 많이 있었다는 것은 사실이다. 여기 실린 동요 중에 〈인경人鏡〉이라는 것을 볼 것 같으면은 참! 훌륭한 동요이다.

나도 어릴 때에 술래잡기하고 소꿉질하며 뛰놀 때에는 아무 뜻도 모르고 부르던 것이다. 지금에도 어린이들이 숨박잡기(-숨바꼭질)나 술래잡기할 때 보면 종종 부르는 것을 본 적이 한두 번이 아니다.

그러나 이 〈인경〉이라는 동요의 의미에 대하여는 어른들도 지극히 자세히 알지 못하고 있다. 이는 동요에 대한 어른들의 연구가 부족한 것은 사실이 증명하는 바이다. 그리고 이 책에 세계 동요 중에 조선 동요가 많은 자리를 점령하게 된 것은 나로서의 우리나라에도 이러한 훌륭한 동요가 많이 있다는 것을 스스로 자랑하고 싶은 심사가 한 가지의 원인이었고 또는 페이지 수頁紙數의 제한이 있음으로 말미암아 다른 나라 동요는 많이 실리지 못하게 된 것이 또한 한 원인이었다. 따라서 영길리英吉利(-영국)나 독일이나 불란서 같은 곳은 사실로써 동요가 많음을 따라 동요집이 많이 발간되어 있으므로 명작 동요를 많이 추려서 실었으나 희립希臘, 애급埃及(-이집트), 낙위諾威(-노르웨이), 오지墺地利(-오스트리아) 같은 곳은 동요가 적음을 따라 동요집 같은 것을 얻어 보기가 곤란한 관계상 그중에 잘됨 직한 것으로 불과 몇 가지씩밖에 아니 싣게 된 것은 나로서의 유감으로 생각하는 바이다. 그리고 세계 명작 동요를 수집하여 번역할 때에 동화나 소설과 달라서 조금이라도 번역이 불철저할 것 같으면 동요의 그 본미本味를 손실케 하기가 쉬우므로 나로서는 무한한 고통 중에서 별별 용기를 다 내어 부끄럼을 무릅쓰고 ○○ 출판하기로 한 것만은 동요 연구가 제씨 또는 독자 여러분께 많은 이해를 바라는 바이다.

1927년 1월 18일

북악산 밑에서

추파秋波는 삼가 올림

## 세계소년문학집

**고장환**

● 고장환, 『세계소년문학집』, 박문서관, 1927.12.15(초판); 1930.10.30(3판), 260면

우리 조선 소년 운동도 객관적 정세에 박迫해서 그 모든 것을 극복하고 새로운 견지에서 운동을 전개할 절대 필연에 당면하였다.

따라서 그 문화 운동도 소년 운동 정세를 떠나 단독적 행동을 부인한다.

과거는 일절 부인! 그리고 소년 생활을 토대로 그 문화 운동을 전개할 과정에 있어 가장 믿고 가장 굳센 동지! 고장환 동무의 『세계소년문학집』은 오로지 기성 소년 문예로부터 탈출하려는 제1호의 포고일 것이다.

소년 문예라고 결코 취미에 그치는 것은 아니다.

"어린이는 새 세상의 희망의 꽃이며 싹이다! 어린이를 위함은 사회의 절대 책임이다." 레닌—. 우리는 끝까지 소년 운동 진영 내에서 소년 문예 운동을 전개할 것으로 천하에 선언함을 마지않는다. 같은 동지! 고장환 동무의 『세계소년문학집』은 조선의 소년으로서는 반드시 읽어야 할 것을 이에 말하여 둔다.

1927년 11월 11일

조선소년문예연맹

최규선

## 어린 동무들에게

평화롭고 자유로운 죄 없고 허물 없는 한울 나라, 그것은 우리의 어린이 나라입니다. 새와 같이 꽃과 같이 앵두 같은 어린 입술로 천진난만하게 부르는 소리 고대로가 자연의 소리이며 고대로가 한울의 소리입니다. 비둘기와 같이 토끼와 같이 부드러운 머리를 바람에 날리면서 노래하며 뛰는 모양 그야말로 고대로가 자연의 자태이요 한울의 그림자입니다.

그러나 모든 것이 흩어지고 스러져 없어진 빈터에서 오히려 또 눌리고 짓밟히고 있는 그윽이 불쌍한 배달의 어린 영靈들에게 조금이라도 더 새로운 기쁨과 기운을 주어 밝은 빛을 가져다주고 새로운 생명을 길러 주자, 어떻게 하면 가제 싹 돋기 시작하는 조선의 소년 운동에 새로운 양식거리가 되고 충실한 버팀꾼이 되어 우리의 소년 운동을 한 금이라도 높이 올려 가는 데 도움이 있을까? 하는 신념 아래서 어린이들의 위로와 희망을 돋우며 동요의 본지本旨를 철저히 하고자 이에 많은 뜻을 가진 나의 가장 믿고 제일 사랑하는 동지 고장환 동무가 오랜 세월과 많은 노력의 결정으로, 그윽한 동심의 발로로, 자연한 감격에서 우러나오는 특별히 우리 어린 소년 소녀에게 없지 못할 순정한 시이요 어린이 생활에 정신적 양식의 예술인 조선서 처음 보게 아름다운 『세계소년문학집』(노래의 세상)이 새로이 발간되니 나는 두 손을 받들어 감사와 기쁨으로써 맞이합니다. 게다가 세계 명작으로만 추리고 뽑아서 자수가子守歌까지 실리게 됨은 비단 위에 꽃을 더한 것입니다.

끝으로 이처럼 의미 깊고 뜨거운 정성으로 된 다시없는 이 아름다운 '선물'이 여러분의 따뜻한 품에 안길 때 거기에 깨끗한 영의 새싹이 곱게 곱게 돋을 줄 믿고 나는 이 책을 내가 짠 것이나 다름이 없이 소년 소녀 여러분께 장담코 널리 권하고 싶습니다.

정묘년(-1927) 말 광주에서

조선동요연구협회

김태오

내가 고장환 동무의 『세계소년문학집』을 보기는 우연한 기회에 보았었다.

그때 나는 놀라지 않을 수 없었다. '그의 나이 20이 못 찬 오늘에 이와 같은 책을 편집하여 내다니?' 하는 것이 나의 직감이었었다. 그러나 그가 이것을 편집하기에 얼마나 고심했을까 생각할 때에 그의 손을 악수하지 않을 수 없었다. 나는 쾌쾌히 말하여 마지않는다.

"이것은 조선 소년에게 안심하고 읽힐 수 있는 글!"이라고.

열네 살에 '바이런은 멀리 갔구나!' 하고 돌에다 새기던 영국 계관 시인 테니슨의 재주만 하다고 하겠다(?).

나의 조금 과한 부탁을 저버리지 말고 앞으로 더욱 소년에 대한 좋은 책을 많이 많이 내놓기를 힘써 바라나이다.

1927년 11월 10일

조선프롤레타리아예술동맹

홍효민

『세계소년문학집』?

얼마나 아름답습니까?

이 아름다움 속에는 갖은 노력과 땀이 줄줄 흐르고 있겠습니다.

그리고 많은 예술이 덮여 있습니다.

그 예술 속에는 정신의 양糧과 생명이 싹이 파릇파릇 솟아 있습니다.

—11자 삭제—굶주린 백의白衣 소년으로서는 이 예술을 받아먹어야 할 것입니다.

희망 많은 조선 소년들에게 꽃이 열렸습니다. 마음대로 따서 보십시오.

오륙 년 전부터 실제 소년 운동 선상에 나선 같은 투사 고장환 동무의 결정結晶 『세계소년문학집』! 문화 전선의 그의 최초 책자—나는 더 다시 두말할 것 없이 피와 눈물 있는 조선 소년 동무들에게 한 권씩 가지시기를 힘껏 권고하고 싶습니다.

부둥켜안아 주십쇼.

1927년 겨울

조선소년연합회

정홍교

## 머리말

어린이는 가정의 싹이요 사회의 순이요 인류의 원대(遠大)이다. 그들은 인생의 꽃이요 희망이요 그리고 기쁨이다.

그들로 인하여 우리의 사회가 계승되고 진보되고 발전되는 것이다.

그들을 자유롭게 하고 기쁘게 하고, 깨끗하게 순결하게 하고, 정직하고 성실하게 참스럽게 튼튼하게 웅숭깊게 하여야만 할 것이다.

—『조선일보』

종래의 조선 소년은 그 가정에 있어서나 사회에 있어서나 아무러한 지위도 인정되지 못하였다.

그들의 인격은 유린되고 정서는 고갈되고 총명은 흐리고 건강은 모손耗損되고 사회성은 마비되어 말하자면 형용할 수 없는 처지에 빠지었다.

조선 사람의 경제생활이 파멸됨에 미쳐 조선 소년 대다수의 운명은 한층 더 기구하게 되었다.

그들은 자기 가정의 생활난으로 인하여 대다수의 유소년이 '문맹'이 되고 말 뿐만 아니라 그들은 대개 새벽으로부터 밤중까지 공장 아니면 농장에 구치拘置되어 견딜 수 없는 노역에 종사하는 동시에 그들의 총명과 건강은 온전히 유멸遺滅되고 있는 것이다.

—『중외일보』

현대는 아동의 세기이다.

지나간 세기에 있어 한각閑却하였던 아동 교양에 대하여 현대는 '혁명'의 거화炬火를 들고 있다. 아동의 심령을 완미하게 성장시키는 것은 현대인의 일대 사명인 것과 같이 일대 환희가 아니면 아니 된다.

하고何故이냐 하면 그것은 '생명'을 창조하는 최고귀最高貴한 예술이므로이다. 그럼으로써 아동의 지능을 준예雋銳하게 하며 정서를 고아하게 하며 덕성을 우수히 하며 인간애에 타일러 나도록 하기 위함에는 동화, 동요, 동화극이 무엇보다 유력하고 보편적의 이기利器인 것을 구미의 식자들도 같이 인용認容하는 바이다.

동화, 동요, 동화극은 위제스터 교수가 도파道破한 것과 같이 정서 급及 사상에 소訴하는 강한 힘과 진리의 기저를 갖고 있는 점에서 참의 문예라고 하며, 노발리스는 동화를 가리켜 '문학의 규준'이라고 말하였다.

이상에 말한 바와 같이 동화, 동요, 동화극은 다만 아동 심령의 양糧임만이 아니라 더욱 또한 일반인의 정신의 양糧이다.

—『세계동화대계』

아무 행복과 희망과 위로조차 없이 천고千苦로 자라나는 오늘의 조선은 미래를 돌아보아 당연 세계 소년문학의 번역을 요구하고 있습니다.

그리하여 침해되는 우리 민족의 행복을 더욱 신장하고 옹호하기에 만일이 될까 하고 저는 성심껏 이 책을 짜 본 것입니다.

힘껏은 세계 소년문학의 각종 명편, 더욱이 조선과 아울러 시대가 요구하는 것을 실어 놓았습니다.

그리고 되도록 한자식을 폐하여 보았습니다.

일반 가정은 물론 교육 단체와 소년 운동 집단과 더욱이 '제2세'의 문을 열고 들어갈 노동, 농촌 소년과 및 여러 어린 동무들에게 읽기를 힘써 바랍니다.

1927년 7월 29일(구 7월 1일 성년일)

옛 한양에서

편자

# 세계명작동화보옥집

연성흠

● 연성흠, 『세계명작동화보옥집(世界名作童話寶玉集)』, 이문당, 1929.5.10, 256면
● 宮本英風 표지

## 어린 동무들께

호당皓堂 연성흠 씨라 하면 지금 내가 따로 소개하지 않더라도 어린 동무들은 잘 알고 있을 것입니다. 그이는 소년회로 애를 쓰실 뿐 아니라 가난한 어린 사람들을 위하여 자기가 가난한 형세인 것도 불구하고 손수 강습소를 세우고 또 학교를 만들어 밤과 낮으로 고생하면서 그래도 또 그 바쁜 틈을 타서 여러 가지의 좋은 동화를 써서 널리 온 조선의 어린 사람들에게 바쳐 오신 이입니다. 이제 그 귀한 살림 중에서 생겨난 금같이 옥같이 귀여운 동화를 한데 모아 이 책이 짜여졌으니 책은 비록 조그만 책이로되 여기에 들어 있는 정성과 힘을 생각하면 말할 수 없이 고귀하고 비싼 값이 있는 것입니다.

동화는 쓰는 사람 자기의 비위만 맞추면 어린 사람에게는 소용 못 되는 것인데 연 선생은 어린 사람들께 충실하게 친절하게 쓰기를 힘쓰는 이인 고로 더욱 이 책은 고대로 솔솔 읽는 이의 가슴에 스며들어서 많은 효과가 있을 것을 믿고 나는 기쁜 마음으로 이 책을 맞이하는 것입니다.

기사년(-1929) 4월

꽃 위에 비 오는 날

『어린이』 인쇄 교정실에서

방정환

## 서문 대신으로

"동화가 어째서 어린이에게 필요하냐" 하는 것은 우리가 가끔가끔 당하는 질문의 하나입니다.

"동화가 어째서 어린이에게 필요하냐"…… 이것은 질문을 받게 되는 그 사람 그 사람에 따라서 그 대답도 일정하지 않고 이렇게 저렇게 다를 것이나 한마디로 끊어 말하면 동화는 어린이의 심성의 각 요소를 가장 완미完美하게 계양啓養하는 데 절대의 위력을 가졌기 때문입니다.

첫째, 어린이들의 마음에 기쁨愉悅과 재미를 주어 그들의 심령을 한없이 뻗어나게成長 하는 데도 동화 그것보다 더 나은 것이 없습니다.

둘째, 무수한 사건과 경우와의 착종 전개 — 슬픈 것, 우스운 것, 무서운 것, 용감한 것 — 로써 어린이들에게 좋은 자극과 충동을 주어 그들의 정서를 시련試鍊 또는 계양시킬 뿐 아니라 일상생활에 단조한 경험을 초월하여 초인간적, 초자연적으로 그들의 상상력을 무한히 발휘, 발달케 하는 데도 동화 그것보다 더 나은 것이 없습니다.

셋째, 인간계와 및 자연계의 모든 사물의 현상을 이야기 속 세상에다 재표현을 하고 또는 모든 사물 현상의 발생이라든지 성립의 기원과 및 그 이유를 과학적으로 또는 비과학적으로 설명 포함해서 어린이들의 지력과 관찰력을 계양함에도 동화 그것보다 더 나은 것이 없습니다.

넷째, 각종의 사회적 관계를 이야기 속에 전개 — 가정생활, 사회생활, 민족 생활, 동식물과 인류와의 공존 사회, 경험 세계와 초경험 세계와의 교섭 관계 — 시키어 인생에 관한 다면적 견해를 포착케 하고 사회적 정황의 살아 움직이는 국면 편편마다 깊은 이해와 동정을 갖게 하고 그것의 필연적으로 귀추 되는 도덕 관계 — 또는 그것의 접촉으로부터 생겨지는 넓고도 강한 윤리감 — 그리하여 좁게는 가족생활을 통하여 양친과 형자兄姊의 사랑愛과 보호와 및 배려 등을 실감케 하고 사회

생활을 통해서는 동정, 친절, 공정, 혹박酷薄, 기만 등의 가치와 운명 등을 배우게 하고 초인간적 세계와 현실 세계와의 교섭을 통해서는 용기와 지혜와 인내 등의 존엄을 이해하게 하여 그들로 하여금 사회감社會感과 도덕감을 광범하게 또 강렬하게 머릿속에 집어넣어 주는 데도 동화 그것보다 더 좋은 것이 없습니다.

다섯째, 예술적으로 미美에 풍만해 있어서 어린이들로 하여금 미감을 가장 예민하게 또는 세련되게 하는 데도 동화 그것보다 더 좋은 것이 없습니다.

이상의 기술한 것만으로도 우리는 동화 그것이 얼마나 어린이에게 없어서는 안 될 주요한 것의 하나이라는 것을 잘 알 수 있습니다.

그런데 이번에 나의 가장 친애하는 동무요 또 같은 생각으로 같은 길을 걸어 나가고 있는 동지의 하나요 또 많지 않은 조선의 동화 작가의 하나인 연성흠 씨의 붓끝으로 이 『세계명작동화보옥집』이 짜여졌습니다.

세계 각국의 유명한 이야기만 골라서 씨 독특의 달필로 번역한 것이요 또 이미 신문지상으로 또는 잡지상으로 발표되어 어린이들에게 많은 유익을 준 것이라 내가 또다시 찬사를 드릴 것은 없으나 하여간 이상에 기술한 동화로서 반드시 가져야 할 모든 요소를 가장 잘 구비, 조화한 좋은 독물임을 믿는 동시에 이 한 책을 조선의 나 어린 동무들에게 권해 드리기를 주저하지 않는 바입니다.

기사년(-1929) 초춘初春에

개벽사에서

이정호

## 『세계명작동화보옥집』을 내놓으면서

나는 여섯 해 전부터 어린이 여러분께 읽히기 위하여 조금이라도 어린이 여러분께 유익을 드릴 수 있을까 하는 주지主旨 아래에서 동화를 한두 편씩 신문지상 혹은 소년 잡지에 써서 실린 것이 어언간 수십여 편에 이르렀습니다. 이 수십여 편이나 모여진 동화 중에서 흥미와 유익을 주안으로 하여 추려 낸 것이 이 『세계명작동화보옥집』입니다.

이 조그마한 책이 세상에 펴지어 나가게 됨에 이르러 이 책을 읽는 어린이 여러분께 조그만 유익이나마 있을 것 같으면 내가 이 책을 내놓으면서 바라던 소망을 이루었다 할 수 있습니다.

끝으로 이 조그마한 책이나마 짜 내놓도록 내 마음을 북돋아 주신 어린이사 이정호 형과 가지가지로 도와주신 여러 선생님께 감사를 드리는 바이며 이 한 책이 여섯 해 동안 내 정력의 한 뭉텅이라는 것을 부쳐 말씀해 둡니다.

기사년(-1929) 초춘初春에

서울 별탑회에서

편저자 씀

# 돈키호테와 걸리버 여행기

**고장환**

● 고장환, 『돈키호테와 걸리버 여행기』, 박문서관, 1929.5.20, 108면

● 미겔 데 세르반테스, 조너선 스위프트 원작

## 머리에 몇 마디

『돈키호테』는 서반아西班牙(-에스파냐)의 문호 미겔 세르반테스Cervantes, 1547년 생~1616년 사가 58재才 때에 쓴 불후의 명저로 세계문학사상의 웅편인 동시 보고 듣는 사람으로서 하여금 여간한 흥미를 주어 만인이 격찬하는 최대 걸작품을 이곳에 줄여 실은 것입니다.

『걸리버 여행기』는 영국 정치가이고 종교가인 조너선 스위프트Jonathan Swift, 1867년 애란(愛蘭-아일랜드)에서 생~1745년 사가 지은 그의 공상적 이상의 별천지를 묘하게 그려 낸 것입니다.

사실적寫實的, 심리적 작품으로 사실적事實的으로 재미있고 진취적, 모험적 기상을 부어 주는 호독물好讀物입니다.

이 역亦 전 세계를 통하여 환영적 호평을 받고 있습니다.

이곳에 쓴 큰 사람 나라, 작은 사람 나라 이외에 나는 섬, 말馬의 섬에 갔다 온 이야기도 있지만 위의 두 가지만 장편을 줄여서 실은 것입니다.

더 재미있게 읽어 주셨으면 감사할 뿐입니다.

1927년 12월

편자

# 왜

**최규선**

- 최규선, 『왜』, 별나라사, 1929.3.1, 125면
- 헤르미니아 추어 뮐렌 원작

사랑하는 동무여.

이 새로운 동화 『왜? 어째서?』라는 조그마한 책을 번역함은 나의 가장 사랑하는 어린 동무 여러분이 이것을 읽고 어떠한 생각과 어떠한 느낌이 다소라도 있었으면? 하는 안타까운 마음으로 이것을 번역해 짠 것입니다. 여러분은 여러 가지의 동화집을 읽으셨습니다. 그 가운데는 재미있는 것도 있었을 것이며 무서운 도깨비가 나와서 여러분을 무섭게 한 일도 있었겠지요. 그러나 나는 여러분이 참말로 이 세상의 모든 일을 고대로 정직하게 적어 놓은 실제로 재미있고 유익한 이러한 이야기는 못 보셨으리라고 믿으며 생각합니다. 여러분은 날마다 구차한 사람들이 괴롭게 지내는 것을 보시오. 여러분 가운데는 구차하다 하는 것이 얼마나 쓰라린 것인지 그것을 아시는 분도 계시지요. 여러분 가운데는 이 세상에서 조금도 일은 안 하면서 그래도 잘사는 부자가 있는 것을 아시지요. 또 여러분의 아버지가 한시 반시를 쉬지 못하고 힘든 일을 하시면서도 만일 지금 하는 일이 없어지면 어쩌나 하시고 근심하시는 것도 모르시지는 않으실 터이지요!

이 이야기를 쓰신 뮐렌 선생님은 어떻게 하면은 이렇게 모순된 일이 없도록 할까? 하시는 안타까운 마음으로 우선 이 재미있는 이야기를 우리에게 꾸며 주셨습니다. 즉 다시 말하면 노동하는 사람은 누구나 힘과 마음을 합쳐서 서로 돕고 서로 위하여 산다면 세상은 노동하는 사람들만을 위하여서도 또 그 어진 자질子姪들을 위

하여서도 잘살게 될 수가 확실히 있다는 것을 잊어서는 안 되겠습니다.

뮐렌 선생님은 자기는 일을 하지 않으면서 불쌍한 사람들에게 일을 시키는 부자는 누구나 그들의 적이라고 하셨습니다. 그러니까 어쨌든지 이 세상의 노동자는 누구나 다 같이 힘과 힘을 모아서 이렇게 된 비뚤어진 제도를 고쳐야 합니다.

이 책 속에 있는 어여쁘고 아름다운 장미 나무도 부자의 마나님이 왔을 때에는 얼굴을 찌푸리고 성을 내지 않았습니까?

또 작은 참새는 자기의 동포들을 위하여 좀 더 좋은 꽃을 찾다가 죽지 않았습니까? 또 충실한 소견小犬은 자기의 죽을 목숨을 살려 준 구롬보(-흑인) 아이의 대신으로 죽지 않았습니까?

또 악어는 더럽고 징그러운 짐승이었으나 그래도 부자요 노예의 주인보다는 좀 더 친절하다는 것을 밝히지 않았습니까? 그리고 불쌍한 고아의 폴은 어찌해서 세상이 고르지 못한가 하는 생각을 가지고 모든 노동자들의 동무가 되며 또는 그들에게 어째서? 왜? 하고 생각할 수 있도록 만들어 주어서 나중에는 기어이 세상 사람들이 죄다 왜? 하고 묻고 그의 대답을 듣도록 되지 않았습니까?

여러분! 여러분은 다 읽으신 후에는 반드시 다른 동무에게 이 책을 빌려주십시오. 돈이 없어 사지 못하는 동무에게…….

그 동무들도 여러분이 이 책에서 보신 새로운 동무들하고 퍽 재미있게 즐거운 시간을 보내는 중에 자연히 생각하고 느끼는 무엇이 있을 것입니다.

1927년 5월 11일<br>역자<br>청곡靑谷 최규선

## 어린 페터

**최규선**

● 최규선, 『어린 페터』, 유성사서점, 1930.10.30, 77면
● 헤르미니아 추어 뮐렌 원작, 안석영 삽화·장정

### 뮐렌 동화 『어린 페터』를 내놓으며!

국제적 독창적 동화가 뮐렌의 동화 『어린 페터』를 여러분에게 드리게 된 것을 즐겨 합니다.

우리들은 진실로 난무 상태인 오늘의 동화를 때려뉘며 새로운 동화를 맞이한다면 첫째로 뮐렌의 동화를 맞아야 할 것입니다.

여러분은 뮐렌의 첫 작품 『왜?』에 있어서 그가 얼마나 위대한 노동자, 농민의 동화가인 것을 아셨을 것입니다.

여러분, 우리는 이 조그마한 책 『어린 페터』에 있어서 느낀 바가 많아야 할 것이며 뮐렌의 동화를 오직 생명으로 삼아 앞날의 행복을 기해야 할 것입니다.

그리고 이 『어린 페터』에 있어서 애통하여 마지않는 것은 피치 못할 사정에 수처數處에다가 상처를 내게 된 것입니다. 여기 있어서는 역자 자신도 미안함을 마지않습니다.

10월 10일

최청곡崔青谷

## 서

창작과 및 외국 동화 수입에 꾸준히 힘써 오는 청곡 형을 우리들이 가진 것은 매우 반가운 일이다. 퇴고에 퇴고를 거듭한 형의 고역苦譯 가운데에서 나온 요번의 이 『어린 페터』도 우리 동화계를 위하여 한 큰 수확이라고 아니 할 수 없다.

원작자 뮐렌의 이름은 우리 귀에 퍽 참신하게 들리는 만큼 신흥 동화 창작가로 이미 명성이 쟁쟁한 그이요 참으로 노동자, 농민을 위한 진실한 동화를 우리는 오직 뮐렌에서 발견할 뿐이다.

이 뮐렌의 명작 동화 『왜?』를 일찍이 소개하여 어린이의 많은 환영을 받아 오던 역자가 이에 또다시 그의 아름다운 선물 『어린 페터』를 옮겨 놓은 것은 매우 의미 깊은 일이라고 할 것이다.

거성巨星 뮐렌의 원작의 우수함이야 다시 말할 것도 없으나 역자의 명쾌한 필치는 원작의 신선미를 조금도 손상치 아니하고 그대로 옮겨 놓았으니 이 또한 기쁜 일이다. 불행히 수 개소 깎아 낸 곳이 있는 것은 애석한 터이나 피할래야 피할 수 없는 객관적 정세의 소위이니 독자는 이것을 도리어 명예의 상처로 알고 불구의 아들일수록 이것을 더욱 사랑하라.

몇 줄 적어 서문으로 삼고 귀여운 이 선물을 강호의 수많은 어린이에게 널리 추천하는 바이다.

1930년 10월 10일

효자동에서

이효석

## 쿠오레

**고장환**

● 고장환, 『쿠오레』, 박문서관, 1928.5.1(초판); 1928.9.9(재판), 108면

● 에드몬도 데 아미치스 원작, 사랑의 소년

『쿠오레』는 이태리 나라 사람이 지은 소년소설로 어느 나라말로 번역되지 않은 곳이 없는 세계에 유명한 소설입니다.

이제 이 좋은 이야기가 조선말로 번역되어 우리 어린이들에게 읽혀지게 되는 것을 누구보다도 기뻐합니다.

이 책이 어린이들의 가슴에 안길 때 씩씩하면서도 보드라운 마음의 싹이 새로이 커 갈 것을 믿으면서 나는 이 책을 번역하신 고장환 씨의 남다른 정성에 감사합니다.

무진년(-1928) 꽃피는 첫봄에

방정환

## 머리말

원작자는 에드몬도 데 아미치스Edmondo De Amicis, 1846~1909라는 이태리 문학자로 21세부터 문필에 종사하여 저서는 이 외에도 수십 책이 있습니다.

『쿠오레』는 그가 사십오륙 재才 때 인생에 대한 모든 일을 맛본 뒤에 자제, 학교, 가정 및 계급에 대하여 국민정신, 애국심 내지 모든 인생의 제상諸相을 사랑을 기초로 하여 쓴 것입니다.

이는 이태리에서 공전의 환영을 받아 1904년 5월 출판한 지 불과 십이삼 년 동안에 벌써 300판을 거듭하고 금일에는 800판을 바라보게 되어 있습니다.

더욱이 이 책이 애독되고 환영받는 것은 오직 이태리뿐만이 아니라 세계 문명 제국諸國에서는 거의 다 번역되어 소년 소녀의 독물로써 경전적 권위를 잡고 있습니다.

쿠오레Cuore는 이태리 말로 '마음'이라는 뜻입니다. 불란서 말이면 Cœur쿨이고 영어로는 Heart하트에 당하는 것입니다마는 이미 태서泰西 제국의 역책譯冊에도 대개 원어인 쿠오레 그대로 표제를 하느니만큼 이 책은 세계적 물건이 되어 있습니다.

영국 어느 역책에는 『이태리 아동의 학동學童 일기』라, 또 일본 역책 중에는 『사랑의 학교』라고 붙여 있기도 합니다. 그러나 그 내용은 조금도 틀림없이 똑같이 되어 있습니다.

원저는 엔리코라는 열두 살 된 일 소학생의 1년간 지냄을 일기체로 되어 있는 것입니다. 이는 그 저자가 그 소년을 통하여 전 이태리 소년 소녀를 더욱 완전무결하게 훌륭한 인간이 되도록 하는 것이 충심衷心한 애정에서 나온 포부이었을 줄로 압니다.

이곳에 역譯해 놓은 것은 원저 중의 한 부분으로 엔리코의 교사가 매월 1차씩 이태리 소년의 모범이 될 만한 훌륭한 행위를 한 소년에 대한 이야기를 뽑아 실은 것입니다.

소년 소녀 여러 동무들에게 무엇보다 이상적 호독물好讀物인 동시 뜻있는 독물의 하나라고 믿겠습니다.

씩씩하게 또 구슬프게 읽어 주셨으면 역자는 더 바랄 길이 없겠습니다.

1927년 12월 말

역자

『세계소년문학집』, 『파랑새』, 『돈키호테와 걸리버 여행기』, 『쿠오레』, 이 네 가지 편책編冊은 나의 미성기未成期 때 1927년까지의 나의 번역 문단 총결산품인 것을 이곳에 무릅쓰고 적어 둡니다.

그리하여 불미한 점이 있어도 부끄러움을 덜어 볼까 합니다.

『쿠오레』 역자

# 사랑의 학교

**이정호**

- 이정호, 「사랑의 학교」, 『동아일보』, 1929.1.23~5.23, 3면
- 이정호, 『사랑의 학교』, 이문당, 1929.12.25(초판); 1933.9.30(5판), 545면
- 에드몬도 데 아미치스 원작

『쿠오레』는 어린이 독물 가운데에 가장 경전經典의 가치를 가진 편이 세계적으로 있었습니다. 이것을 우리 어린이와 일반 가정에 소개하고자 하여 4년 전 여름부터 본지 3면 아동란에 『학교일기』라는 제목으로 35회까지 번역한 것을 이번에 다시 소년문학에 많은 취미를 가진 이정호 군의 손을 빌려 번역을 계속하게 되었습니다. 우리 어린이와 일반 가정에서 많이 읽어 주시기를 바랍니다.

기자

## 『쿠오레』를 번역하면서

『쿠오레』는 이태리의 문학자 에드몬도 데 아미치스 선생—1846년에 나서 1908년에 돌아간—이 만든 유명한 책인데 이 책을 만든 아미치스 선생은 원래 이태리의 한 무명 군인으로 특별히 어린 사람들을 위하여 이 책을 만든 후에 그 이름이 세계적으로 유명해진 어른입니다.

아미치스 선생이 이 책을 만들기에 얼마만한 고심과 얼마만한 노력을 하였다는 것은 이 책을 읽어 보셔도 아시겠습니다마는 우선 이 책이 한번 세상에 나타나자 이태리 자국에서는 물론이요 세계 각국에서도 서로 다투어 가며 자기 나라말로 번역하여 자국의 '어린이 독본'으로 또는 '어린이 경전'으로 써 오는 것만 보아도 이 책이 얼마나 값있다는 것을 잘 알 수 있습니다.

그러나 우리 조선에서는 아직도 이 귀중한 책의 존재를 모르고 지냈으며 이 귀중한 책을 내놓아 세계 어린이 문학 운동에 다대한 공헌을 끼치고 세계 어린이들의 가장 존경의 과녁이 있는 아미치스 선생의 이름까지 모르고 지낸 것은 너무도 섭섭한 일이었습니다.

여러분은 동화로 유명한 독일의 그림, 하우프, 뮐렌 선생이나 정말丁抹(-덴마크)의 안데르센 선생이나 영국의 오스카 와일드 선생이나 노국露國 톨스토이 선생의 이름을 아는 이는 비교적 많을 것입니다. 또 동요로 유명한 영국의 스티븐슨 선생이나 『파랑새』 연극으로 유명한 백이의白耳義(-벨기에)의 마테를링크 선생이나 우화로 유명한 희랍希臘의 이솝 선생의 이름을 아는 이는 많아도 이태리의 소년문학자 아미치스 선생의 이름을 아는 사람은 거의 없다고 해도 과언이 아닐 만치 전혀 모르고 지냈습니다.

이 책은 다른 이가 만든 동화나 소설과 같이 그저 재미있게 읽히기만 위해서 만든 헐가의 아동 독물이 아니라 어떻게 했으면 어린 사람을 가장 완미한 한몫 사람을 만들어 볼까 하는 가장 존귀한 생각으로부터 아미치스 선생 자신이 열두 살 먹은 엔리코라는 소년이 되어 어린이의 교육을 중심으로 하고 세상의 수많은 어린이들을 지도하고 조종하는 데 가장 바르고 좋은 방편을 그의 독특한 필치로 암시하여 놓은 장편 독본입니다.

그런 까닭에 이 책은 그저 읽어서 재미만 있을 뿐 아니라 어린 사람을 중심으로 하고 학교와 가정과의 관계라든지 학생에 대한 선생의 고심과 애정이라든지 선생에 대한 학부형의 이해와 동정이라든지 가정과 사회, 학교와 사회의 관계라든지 모든 계급에 대한 관계라든지 애국 사상과 희생적 정신이 그야말로 책장마다 숨어 있어서 읽는 이의 가슴을 뛰놀게 하는 가장 지존지대至尊至大한 책입니다.

그러기 때문에 나는 여러 가지 아동 독물 중에 특별히 이 한 책을 선택하여 남 유달리 불행한 환경 속에서 가엾게 자라는 여러분에게 단 한 분이라도 더 읽혀 드리고 단 한 분이라도 더 유익함이 있어지기를 바라는 충정에서 『동아일보』를 통하여 이 귀중한 책을 번역하였습니다.

본래 번역에 재주가 없고 더군다나 이태리의 본국어를 모르는 까닭에 일본 사람이 번역한 것을 다시 중역重譯하는 것이라 원작을 흠집 내지 않고 가장 완전하게 잘 번역이 될는지 그것은 말씀하기 어려우나 하여간 내 마음껏은 결코 원작을 흠집 내지 않는 동시에 또한 여러분이 읽기에 싫증나지 않도록 특별한 정성을 다하여 합니다.

이정호

## 서문

『쿠오레』! 이것은 내가 어릴 때에 가장 애독하던 책입니다. 나의 어릴 때의 일기에 가장 많이 적혀 있는 것도 이 책에서 얻은 느낌입니다.

나에게 유익을 많이 준 것처럼 지금 자라는 어린 사람들께도 많은 유익을 줄 것을 믿고 나는 한없이 기쁜 마음으로 이 책을 어린 동무들께 소개 또 권고합니다.

기사년(-1929) 가을

방정환

## 서

원작자 이태리 문학가 에드몬도 데 아미치스Edmondo De Amicis는 21세 때부터 문필에 종사하여 수십 책의 작품이 있으나 그중에서도 이 『쿠오레*Cuore*』는 작자 사십오륙 세 때에 이미 인간의 묘미를 체득하여 사랑(쿠오레)을 인생 활동의 본원으로 엔리코 1년간의 학교생활을 통하여 이태리의 모든 어린이로 하여금 가장 '사람'답게, 국민답게, 그리고 가장 완전하게 기르고자 하는 성심으로 흘러나오는 애정으로 세상에 보내는 참다운 사랑의 선물인 만큼 이 『쿠오레』가 이태리에 있어서 이미 800여 판을 거듭하여 독서계의 대환영을 받는 것은 오히려 당연할뿐더러 세계 각국이 다투어 번역하여 어린이 독물讀物로서 경전적 권위를 가지게 된 것도 참으로 우연이 아닌 줄로 생각하는 바이올시다.

우리 어린이의 깨끗한 넋을 그대로 순진하게 사람답게 북돋아 주고 우리 부모와 선생의 진실한 애정을 한없이 감격시키어 마지않을 세계적으로 이름 높은 엔리코의 일지日誌—『쿠오레』가 우리 조선에 재생하였습니다. 나는 한없이 그 광영에 넘치는 전도前途를 축복할뿐더러 일찍이 『세계일주동화집』을 세상에 보내고 우리 어린이를 위하여 항상 노력하여 마지아니하는 역자에게 마음으로 감사하는 바이올시다.

경성사범부속학교 조재호

## 서문 대신으로

이태리의 이름 높은 한 군인 아미치스는 이 『쿠오레』 한 책을 지어 내놓은 이후로 그 이름이 온 세계에 떨치게 되었습니다.

이는 다른 까닭이 아니고 이 『쿠오레』라는 한 책 속에 씌어진 글이 재미만 있을 뿐 아니라 어린 사람을 중심으로 하여 가정과 학교의 관계—학생과 선생 사이의 애정과 동정—사회와 학교에 대한 관계는 물론 애국 사상과 희생적 정신이 책장 속 줄마다 숨어 있어서 이 책을 읽는 이의 가슴을 뛰놀게 하는 어린이의 존귀한 경전이 되었기 때문입니다.

세계적으로 이름난 이 귀한 책이 나의 가장 친애하는 동지인 이정호 씨의 곱고 세련된 붓끝으로 옮겨지어 출판되게 된 것은 조선의 어린 동무들을 위하여 참으로 기뻐할 일인 줄 압니다. 이 책이 이미 세계 각국 말로 번역되어 어린이들의 존경의 과녁이 되어 있는 것으로만 미루어 보아도 더 길게 찬사를 늘어놓을 필요가 없을 줄 압니다. 끝으로 이 책 속에 어린 사람으로 하여금 가장 완미完美한 한몫 사람이 되게 하기 위하여 어린 사람의 교육을 중심 삼고 어린 사람 교양의 정대하고 순량한 방편을 암시하여 놓은 것으로 보아 어린 사람을 교육하는 학교의 훌륭한 수신修身 독본임을 믿는 동시에 이 한 책을 조선의 어린 동무는 물론 각 학교 여러 선생님 앞에 권해 드리기를 주저치 않습니다.

기사년(-1929) 초추初秋

경성 배영학교에서

연성흠

## 이 책을 내면서

이 책—원명 『쿠오레』—은 이태리의 문학자 에드몬도 데 아미치스Edmondo De Amicis 선생—1846년에 나서 1908년에 돌아갔다—이 만든 유명한 책인데 아미치스 선생은 원래 이태리의 한 무명 군인으로 특별히 어린 사람들을 위하여 이 책을 만든 후에 그 이름이 세계적으로 유명해진 어른입니다.

아미치스 선생이 이 책을 만들기에 얼마만한 고심과 얼마만한 노력을 하였다는 것은 이 책을 읽어 보셔도 아시겠습니다마는 우선 이 책이 한번 세상에 나타나자 이태리 자국에서는 물론이요 세계 각국에서도 서로 다투어 가며 자기 나라말로 번역하여 자국의 '어린이 독본'으로 또는 '어린이 경전'으로 써 오는 것만 보아도 이 책이 얼마나 값있다는 것을 잘 알 수 있습니다.

그러나 우리 조선에서는 아직도 이 귀중한 책의 존재를 모르고 지냈으며 이 귀중한 책을 내놓아 세계 어린이 문학 운동에 다대한 공헌을 끼치고 세계 어린이들의 가장 존경의 과녁이 되어 있는 이 아미치스 선생의 이름까지 모르고 지낸 것은 너무도 섭섭한 일이었습니다.

이 책은 다른 이가 만든 동화나 소설과 같이 그저 재미있게 읽히기만 위해서 만든 헐가의 아동 독물讀物이 아니라 어떻게 했으면 어린 사람을 가장 완미完美한 한몫 사람을 만들어 볼까 하는 가장 존귀한 생각으로부터 아미치스 선생 자신이 열두 살 먹은 엔리코라는 소년이 되어 어린이의 교육을 중심으로 하고 세상의 수많은 어린이들을 지도하고 조종하는 데 가장 바르고 가장 좋은 방편을 그의 독특한 필치로 암시하여 놓은 장편 '어린이' 독본입니다.

그런 까닭에 이 책은 읽어서 재미만 있을 뿐 아니라 어린 사람을 중심으로 하고 학교와 가정과의 관계라든지 학생에 대한 선생의 고심과 애정이라든지 선생에 대한 부형의 이래와 동정이라든지 가정과 사회, 또 학교와 사회의 관계라든지 모든 계급에 대한 관계라든지 애국 사상과 희생적 정신이 그야말로 책장마다 숨어 있어서 읽는 이의 가슴을 뛰놀게 하는 가장 지존지대至尊至大한 책입니다.

그러기 때문에 나는 여러 가지 아동 독물 중에서 특별히 이 한 책을 선택하여 남유달리 불행한 환경 속에서 가엾게 자라는 조선의 어린이들에게 다소라도 유익함이 있어지기를 바라는 충정에서 이 귀중한 책을 번역한 것입니다.

기사년(-1929) 중추中秋에

서울 개벽사開闢社에서

역편자

## 특고特告

이 책을 처음에는 되도록 값을 적게 하여 단 한 분이라도 더 읽게 해 드리려 했더니 의외에 페이지 수가 많아져서 본래 예정보다는 책값이 훨씬 많아졌습니다. 그러나 이것은 부득이한 사정으로 그리된 것이니 그렇게 짐작해 주셔야겠습니다. 그래서 그 대신 이 책을 읽으시는 분에게 다소라도 도움이 되게 하기 위하여 이 책의 '독후감'을 모집합니다. 특별한 규정이 없이 그저 읽고 난 뒤에 감상을 솔직하게 적어 보내 주십시오. 잘된 것은 그때그때마다 신문에 내어 드리고 회중시계 한 개씩 보내 드리겠습니다. 장단長短은 마음대로 하고 보낼 곳은 경성 경운동 88 개벽사開闢社 내 이정호 선생에게로…….

# 사랑의 학교

**학생사**

- 『사랑의 학교』, 학생사, 1946.6.5, 117면
- 에드몬도 데 아미치스 원작

## 서언

『사랑의 학교』라는 제목은 '쿠오레'라는 이태리어로 즉 '애정'이라는 뜻이다. 이 글의 내용은 열두 살이 되는 엔리코라고 하는 일 학동의 일 학년 동안에 걸친 이야기의 상권이다.

즉 저자 에드몬도 데 아미치스라는 이태리 문학자로 이 엔리코라고 하는 일 소년을 통해서 모든 이태리의 소년을 무엇보다 완전히, 무엇보다 훌륭한 사람으로 길러 가자는 것이 저자의 충심의 애정에서 나온 포부라 생각한다. 저자는 젊어서부터 문필에 종사해서 이 밖에도 수십 책이 있다. 『사랑의 학교(쿠오레)』는 씨가 사십일이 세 때 이미 인생의 모든 것을 경험한 뒤에 쓴 것이니만치 자녀 교육에 대해서라든가 학교와 가정과의 관계에 대해서라든가 선생과 생도와의 관계라든가 부자 형제간의 관계라든가 노동자 대 신사 계급의 관계에 대해서 국민정신, 애국심 나아가서는 모든 인생의 제모에 대해서 사랑을 기초로 한 극히 정돈된 이해가 가득한 서책이다.

이 출판이 이태리에서 공전의 환영을 받은 것이 무엇이 이상하였으랴? 그리고 이 책이 애독되고 환영받은 것이 다만 이태리에서뿐만이 아니다. 문명 각국에서 번역되어 소년 소녀의 독본으로 경전적 권위를 가지고 있다. 그 뒤 영화로도 이 글의 몇 장경이 각국에서 상영되어 대단히 건전한 흥미를 소년 소녀의 가슴을 용솟음치

게 하고 있다.

이 글 중의 부자가 그 얼마나 내 아들의 교육을 위해서 깊은 애정으로써 닥치고 있는가를 넉넉히 가슴에 울려 주고 있다. 역자는 이 글을 번역하면서 이의 아버지의 그 깊은 애정에 대해서 몇 번 감격했는가를 모른다. 아마도 원저자 아미치스에게 엔리코에 비할 만한 아들이 있어 그것을 다만 늘 마음의 눈앞에 두어서 이 글을 쓴 것이 아닐까? 그렇지 않으면 어찌하여 그렇게까지 사랑의 실감이 전편에 넘쳐 흘러 있을까? 어느 페이지를 펴 보더라도 내 아들을 생각하는 애정이 굳센 건강한 동맥을 누르고 있다. 글자 한 자라 할지라도, 말 한마디라 할지라도 모두가 내 아들을 훌륭하고 뛰어난 결함이 없는 사람으로 기르려고 하는 부모의 사랑에서부터 씌어 있지 않는 언구言句는 없다.

역자는 이 글이 소년의 무엇보다 이상적인 사랑과 순결과의 이야기인 동시에 참으로 내 아들의 장래를 생각하는 어버이 및 내가 가르치는 학동의 장래를 참으로 생각하는 교사에게도 역시 무엇보다 뜻깊은 서책의 하나인 것을 믿어 마지않는 바이다.

역자

# 사랑의 학교

이영철

● 이영철, 『사랑의 학교』, 아협(을유문화사), 1948.12.20, 203면
● 에드몬도 데 아미치스 원작

## 번역한 이의 말

학교 건물이 있습니다.

학생이 있습니다.

선생이 있습니다.

이걸로 완전한 학교라 하겠습니까?

아닙니다.

폐허 같던 앞뒤 뜰에 훈훈한 바람이 불어와 싹트고 잎 피고 진달래꽃, 노랑꽃, 오랑캐꽃 벙글벙글 웃고 나비 춤추고 화기가 만만해지듯이 우리 학교 안에도 봄바람, 훈훈한 바람, 곧 사랑, 사랑, 사랑이 있어야겠습니다.

과연 어떻게 하면 그런 학교를 만들 수 있겠습니까? 그걸 노래한 책이 이 『사랑의 학교』입니다.

이 책에는 사랑의 정신, 희생적 정신은 물론 어린이의 순진, 아름다움, 명랑, 씩씩함, 그리고 슬픔, 괴로움, 결심, 희망, 불타는 애국심, 이런 것들이 재미나게 그려져 우리에게 깊은 감명을 줍니다. 그리하여 흥분한 나머지 울고 웃게 하며 자기도 모르는 사이 두 주먹을 불끈 쥐고 이를 악물게 합니다.

우리는 이 책을 읽음으로 말미암아 우리가 다니는 학교, 선생님, 동무들을 사랑하고 우리 주위의 모든 사람을 사랑하고 씩씩한 사람, 참다운 사람이 되고 아름다

운 생활로 인생을 즐겁게, 뜻있게, 값있게 살고 나라를 사랑하여 조국을 위하여는 목숨까지라도 아끼지 않는 그런 소년이 됩시다.

이 『사랑의 학교』의 본이름은 쿠오레Cuore(―이탈리아말로 마음, 사랑이란 뜻)라 합니다.

그리고 이 책을 지으신 분은 이탈리아 문학자 에드몬도 아미치스Edmondo De Amicis란 분으로 1846년에 나서 1908년에 세상을 떠나셨습니다.

그는 군인이었는데 사십오륙 세 때 이 책을 쓰고 세계적으로 유명해졌습니다.

그리하여 이 책은 세계 동화왕 안데르센 선생의 동화집과 함께 아동문학의 최고봉으로 어린이의 성전聖典, 어린이 독본으로 기림을 받아 각국 사람들은 다투어 번역하여 자기 나라 어린이에게 읽히고 있습니다.

끝으로 이 책의 번역은 뉴욕판을 토대로 하였고, 이 책 번역에 당하여 많은 지도편달을 주신 여러 선생님께 삼가 감사를 드립니다.

4281년(―1948) 8월 15일

# 소영웅

**방인근**

- 방인근, 「소영웅」, 『아이생활』, 아이생활사, 1933.12~1935.12(전23회)
- 방인근, 『소영웅』, 아이생활사, 1938.2.19, 178면; 문성당, 1954.1.15, 187면
- 마크 트웨인 원작, 박두환 · 권우택 그림(1933~1935), 김의환 그림(1954), 소년모험소설

『소영웅』을 끝막으면서 필자는 애독자 여러분에게 한마디 인사를 아니 할 수 없습니다. 만 2년 이상 햇수로는 3년 동안이나 변변치 아니한 이 소설을 애독하여 주신 것을 감사하오며 여러분의 편지를 많이 받고도 다 회답을 못 드려 미안합니다. 이 소설을 여유 있게 많이 쓰지 못한 것은 유감이나 내 힘껏은 다하였습니다. 그리고 미국 문호 마크 트웨인 씨의 아동소설을 많이 모방한 것도 몇 군데 있으나 거의 창작이라고 할 수 있습니다. 여러분의 부탁을 받아 이것을 책으로 만들어 다시 여러분과 대하려 하오며 기회 있는 대로 다른 소설도 쓰려 합니다. 여러분, 건강하소서. 진실하소서. 부지런하소서. 큰 인물 되소서!

1935년 12월

방인근 올림

## 서언

『소영웅』은 조선 문단에 이름이 높은 춘해 방인근 선생이 소년 소녀 모험소설로서 1933년 『아이생활』 12월호부터 발표하기를 비롯하여 1935년 12월 만 2개년 동안 연재소설로 실리었던 것이다.

이 소설의 주인공 '막동'은 시골 농촌, 부모도 없는 가난한 소년으로서 한 분 할머님의 양육 아래서 동리에 있는 보통학교에를 다니게 되었다. 그때부터 모험하기를 좋아하여 동무 유돌이와 박난양과 동반, 소녀 옥순이와 근처 하룻길을 가서 깊은 굴속에 들어갔다가 길을 잃고 사흘이나 굶으며 고생한 기록과 보통학교를 졸업한 후 서울로 뛰쳐 올라와 신문 배달부 노릇을 하며 고등학교를 졸업한 후 큰 뜻을 두고 외국에 공부를 떠나는 그 기록이다.

춘해 선생의 숙란熟爛한 붓 솜씨는 지루한 두 해 동안이나 『아이생활』에 연재되는 동안에도 독자들은 조금도 지루해하지 아니하고 긴장과 초조 중에, 혹은 무시무시하여 넋을 반쯤 잃기도 하고, 때로는 통쾌한 기분에 기운이 으쓱한 적도 있고 때로는 커다란 용맹과 결심에 쓸개가 더 커지면서 아수하게도 어느덧 끝 편에 이른 것이다.

『아이생활』 독자들로는 "방 선생님의 『소영웅』을 단행본으로 인쇄해 주셔요" 하고 발표하던 처음부터 졸랐었다. 그동안 여러 가지 사정으로 이날껏 끌다가 하늘 높고 밤 깊어지는 이때를 당하여 단연 여러 독자들의 요구도 요구려니와 조선에 소년소설 창작으로 아직껏 이렇다는 저서가 없는 이때에 선생의 귀한 작품을 단행본으로 발행하여 씩씩한 우리 조선 소년 소녀들 앞에 고귀한 예물 삼아 본서 『소영웅』을 발행하게 됨을 실로 기뻐 마지아니한다.

병자년(-1936) 가을 9월

아이생활사장 정인과 적음

## 서문

사랑하는 소년 소녀여!

이 조그마한 책을 여러분께 선물로 드립니다. 여러분의 귀여운 동무를 삼아 주소서. 심심하고 갑갑할 때 장난감처럼 꺼내서 보시고 또 보시면 해롭지 않을 줄 압니다. 그러시면 나는 또 더 좋은 소설을 써서 둘째 번 선물로 여러분께 드리려고 합니다.

사랑하는 소년 소녀여!

여러분은 지금이 한창 시절입니다. 이 시절이 얼마나 인생에게서 가장 귀중한 황금시대인지 모릅니다. 이 황금시대가 지나면 백은白銀 시대, 그다음은 황동黃銅 시대, 그다음은 흑철黑鐵 시대, 이렇게 점점 나빠 갑니다. 그러니 이 황금시대를 잠깐 지나는 아까운 시절을 잘 이용해서 좋은 글 많이 보고 굳은 결심으로 출발하여 성공하여야 합니다.

사랑하는 소년 소녀여!

여러분은 침울한 이 강산의 꽃입니다. 거친 이 땅을 개척할 용사입니다. 이 소설 속에 있는 한 소년과 한 소녀의 본을 받아 여러분도 소영웅이 다 되어 주시고 그보다도 더 훌륭한 영웅이 되시기를 바랍니다. 여러분의 앞에는 두 갈래의 길이 있습니다. 하나는 성공의 길, 하나는 실패의 길—그것이 지금 여러분의 시절에서 시작되는 것입니다. 우리 선배라는 이들은 못난이가 많지만 제발! 제발! 여러분만은 잘난 이가 되어 주소서!

사랑하는 소년 소녀여!

하늘과 땅은 아름답습니다. 이 세상은 즐겁습니다. 결코 결코 슬퍼하지 말고 기운 없어 하지 말고 쾌활하게 나가소서. 그리고 무엇보다 정직하고 깨끗한 사람이 되소서. 그것이 첫째입니다. 정직하고 용감하면 그것이 참 영웅입니다. 용감해도 정직하지 못하고 깨끗지 못하면 그것은 영웅이 아닙니다.

그러면 이 조그마한 책으로 기둥 삼아서 이 몇 가지를 우리 서로 손잡고 약속하고 맹세합시다. 나는 아직 늙지는 아니했지만 이다음 수염이 허옇게 되어서 여러분이 어떻게 된 것을 볼 터이니까 이 약속을 저버리지 마소서.

1936년 8월

저자 방인근 적음

끝으로 이것은 마크 트웨인의 『톰 소여』에서 대부분 재료를 취한 것을 말해 둡니다.
(―1954년판 추가)

# 왕자와 거지

**최병화**

- 최병화, 「왕자와 거지」, 『조선일보』, 1936.10.28~1937.1.13, 4면(전52회)
- 마크 트웨인 원작

## 먼저 말

이 이야기는 소년 소녀를 위하여 쓴 역사소설입니다. 우리나라에도 소년 소녀를 위한 역사소설이 있었으면 하는 안타까운 생각에서 이것을 번역하게 되었습니다. 원작자는 『톰 소여 이야기』로 알려진 마크 트웨인이란 분입니다.

이 이야기가 얼마나 재미있는가 하는 것은 여러분께서 계속해서 읽어 가시는 동안에 자연 아실 것입니다. 이 이야기를 번역하는 저도 책을 처음 페이지에서부터 펴자 밤이 깊어 새로 세 시가 될 때까지 단숨에 다 읽어 버렸다는 것을 잠깐 말하고 싶습니다.

마크 트웨인이란 분은 미국이 낳은 유명한 소설가로 집안이 구차해서 미시시피강에서 물길 앞잡이 노릇까지 한 일도 있었습니다. 1835년에 나서 1910년 76세 되던 해에 돌아가시었습니다.

『왕자와 거지』라는 이야기는 우습게 거지가 왕자가, 왕자가 거지가 되어서 두 아이가 다 고생도 하고 파란곡절을 겪은, 읽는 사람으로 하여금 손에 땀을 쥐게 하는 모험소설입니다. 우리들은 왕자를 위하여 몇 번이나 슬픈 눈물을 짜내고 또 거지 애를 위하여 동정의 고운 마음을 가지게 할는지요. 여러분은 지루하시더라도 끝까지 계속하여 읽어 주시기를 바랍니다.

## 세계명작아동극집

**김상덕**

- 김상덕, 『세계명작아동극집』, 영창서관, 1936.12.20, 137면
- 임홍은 표지

사랑하는 조선의
어린 동무들을
지극히 위하고 아끼는
사랑의 첫 선물로

이 작은 책을 짜서
고이 바치나이다.

김상덕

## 서문

아기는 귀여워요

—놀이를 많이 줍시다

어린 아기의 눈동자를 한참 들여다보았습니까?

어여쁜 꽃송이를 쳐다보니 마음이 기쁘지요? 또 참새들이 짹짹거릴 때 같이 뛰며 노래하고 싶지 않습니까?

그러고는 하늘에 반짝이는 별을 보고 무어라고 속삭이렵니까?

아기, 꽃송이, 새, 그리고 별…… 어린 옛날의 꿈을 다시 생각해 보시지요.

그래도 생각이 잘 안 나시거든 날이 흐리거나 맑거나 '소꿉질 장난' 하기를 좋아하는 어린아이들에게 물어보십시오.

그러면 그 애들은 아무 말 없이 빵긋 웃거나 그렇지 않으면 겨우 "하고 싶어, 해요!" 하고 할 것입니다. 놀이는 아이들의 본능입니다.

좋은 음식도 주어야 하겠지마는 재미있고 유익한 놀이도 주어야 합니다. 아동극이라고 하는 것은 이 놀이 중에 제일 훌륭한 것이올시다. 거기는 노래도 있고 춤도 있고 그림도 있고 장난감도 있고 그리고 말버릇과 몸짓도 아름답게 될 뿐 아니라 마음성까지 좋아지고 여러 가지 산 공부를 하게도 됩니다.

김상덕 군은 오랫동안 이것을 생각도 하고 연구도 해 보고 실제로 써 보기도 하고 지도도 해 왔습니다. 그리고 아동예술연구협회 회원으로 많은 활동도 했고 그 열정과 성의에는 감탄할 바가 적지 않습니다.

이번에 여러 가지 유명한 것을 모아서 한 책을 만들게 되는 것도 그의 정성에서 나오는 열매올시다. 외국 것으로는 하웁트만의 「한넬레의 승천」이라든지 그림의 「정남이와 정순이」라든지는 세계적으로 유명하거니와 신진 아동문학가 모기윤, 이구조, 김태석, 윤희영, 김봉면 외 여러분의 작품까지 망라했으니 조선 아동 문예사로 보아서도 기념할 만한 책이 될 줄 압니다.

교회서나 학교서나 소년 소녀회에서나 가정에서도 많이 이용해 주시기 바랍니다.

서울 신촌

정인섭

## 서문

어린이의 세계는 깨끗합니다. 그러나 어른들의 세계는 그야말로 추하고 악합니다. 하지마는 어린이 여러분도 반드시 한 번은 어른들의 세계를 맛보고 체험해야 됩니다. 이것은 도저히 피할 수 없는 엄연한 사실입니다. 추하고 악한 줄을 뻔히 알면서도 도저히 피할 수 없다면 이 얼마나 섭섭하고 괴로운 일이겠습니까?

어린이들이여! 여러분에게 부여된 이 깨끗한, 천진한 세계를 기회를 잃지 말고 마음껏 맛보고 향유합시다. 다시 돌아오지 않을 이 세계를! 힘껏 뛰고 놓고 소리쳐 노래 부르고 실컷 울고 허리가 굽히도록 웃어 봅시다. 하는 수 없이 들어가야 할, 맛보아야 할 추하고 악한 어른의 세계로 들어가기 전에.

어린이의 세계를 지나온, 그러나 그 세계를 행복스럽게 유쾌하게 맞지도 또 보내지도 못한 내가 어린이 여러분에게 충심으로 드리는 선물의 말씀이올시다.

이제 내가 어린이들께 권하고 싶은 것은 새로 짜여진 이 『세계명작아동극집』입니다. 이 책은 어린이들께 주는 사랑의 선물입니다. 나는 내가 짠 것이나 조금도 다르지 않게 여러분께 이 책을 권하는 바입니다.

극예술연구회 조희순

## 서문

심리학상 견지에서 관찰하면 아동은 유희 본능(예술 본능)이 있으니 유희 본능은 참다운 세계를 창조하려는 노력에서 생긴 것이다. 실로 아동의 일상생활은 이미 희곡적이라 자유로운 무대에서 뛰놀기를 좋아하며 끊임없이 유희적 생활을 계속한다. 과연 말도 잘 가누지 못하는 도련님들이 나무토막을 가지고 집을 짓는 거라든지 어린 아가씨들이 양지쪽에서 소꿉놀이하는 그것이 그냥 장난이라기보다도 장래에 자라서 가정생활을 하려는 연극을 하고 있는 것이다.

연극은 유희 중에서도 예술적으로 가장 진보된 것이므로 예술 교육상 많은 소임을 하고 있다. 더욱 동극童劇은 아동의 종합 예술이기 까닭에 그들 생활에 없어서는 아니 될 것이니 그들의 활동 본능을 만족시키며 심령을 미화시켜야 하겠다.

근년 조선에도 아동극에 대한 이해가 점점 보급되어 종종 그 실천의 자취를 보고 있다. 그러나 개중에는 아동의 세계를 이해하지 못한 극을 볼 때마다 실로 한심할 일이 적지 아니하다.

그런데 이에 느낀 바 있는 김상덕 군이 가끔 라디오와 동극회를 통하여 그 실천해 본 것 중에 좋은 것으로 골라서 『세계명작아동극집』이란 책자를 발간하게 되었으니 어린이 지도자와 이에 관심을 가진 여러분에게 절호한 참고 서적이 될 뿐만 아니라 보통학교, 주일학교, 소년회에서 상연하기에 적당하다고 본다.

끝으로 이 아름다운 책을 짜 놓은 김 군의 남다른 정성을 고맙게 생각하는 동시에 앞으로 더욱 아동 예술 방면에 꾸준한 활동을 기대하는 바이다.

병자(-1936) 11월 9일

중앙보육학교 김태오

## 서문

아동극은 예술이란 그 독자성의 가치는 그만두고라도 이것이 교육과 접촉되는 곳, 즉 예술 교육의 일부로서 논평되는 때에 아동 심성의 교양 발달에 있어 대단히 지중한 값을 가지고 있습니다.

우리들이 아동들의 세상을 좀 더 눈여겨본다면 그 어느 것이나 죄다 연극 아닌 것이 없습니다. 아동들은 원래 모방성이 많습니다. 다른 무엇을 흉내 내려는 욕구가 아무보다도 강렬합니다.

그리하여 여아들은 소꿉놀이를 하고 남아들은 병정놀이나 기타 모든 것을 본떠 하는 것도 모두 그 모방성에 기인된 극적 본능의 시초입니다. 다시 말하면 아동은 모든 유희를 연극화합니다. 그럼으로써 이들 독특의 만족을 느낍니다. 이것은 곧 온갖 사물을 사회화하는 인류 아동의 본능적 동작이며 표현입니다.

이들은 이 가상의 세계에 들어가 그것의 실연을 하는 동안 평소의 자기에 비해서 보다 큰, 보다 나은 어떤 다른 한 개의 인격이 되어집니다.

그러니까 이들의 일상생활에 대한 그 심리를 잘 포착하고 어떤 실질 있는 상상력을 주입하여 만들어진 극본으로 잘만 지도하면 이들 자신의 심혼은 그 환경 속에서 저절로 그 세계와 결합되고 어떤 성격 표현, 그가 분장하는 인물에 대한 새로운 이해와 터득으로 영과 육에 적지 않은 충동을 주어 객관적으로는 자신에 대한 취미와 각성의 정서가 발달되는 동시에 주관적으로는 그 표현적 본능이 발달하여 인생의 가장 중요한 창조라는 것을 부지불식간에 완성하게 되는 것입니다.

그러니까 결국 아동극 자체가 어린 사람에게 끼쳐 주는 효과를 대별하면 (1) 지적 교양 (2) 덕육의 발달 (3) 단체적 변화의 발달 (4) 예술적 본능에 대한 반응적 창조 등으로 노는 수 있겠습니다.

그러나 우리 조선에서는 아직도 이 방면에 대한 전문가가 없고 또 간혹 있다고 하더라도 특별히 이를 조장할 만한 기관과 기회가 비교적 없었기 때문에 좋은 극본 하나를 따로 갖지 못하여 왔습니다. 그러던 것이 이번에 라디오의 방송 아동극으로 또는 아동 예술 단체의 관계로 이 방면에 많은 경험을 가진 김상덕 군이 『세계명작 아동극집』을 내어놓게 된 것을 크게 기뻐하는 동시에 또한 김 군의 노력에 감사하는 바입니다.

병자(-1936) 국추菊秋에

아동문예가 이정호

## 머리말

어린이를 위하여 노래나 이야기는 옛날부터 있었지만 어린이를 위한 연극, 어린이 스스로가 연출하는 연극은 전 세계를 통하여 그 역사가 극히 짧습니다.

더욱이 조선에서 아동극 운동이 생기기는 최근의 일입니다. 극은 유희 중에서도 가장 예술적으로 진보된 것이므로 어린이들의 마음에 기쁨을 주고 그들 심령을 한없이 뻗어나게 하며 그들 생활에 없어서는 안 될 위력을 가졌습니다.

그리하여 저는 조금이라도 어린이 여러분에게 도움이 될까 하는 생각에서 아동극 운동에 뜻을 두고 연구와 실천을 해 왔습니다.

그러나 아직도 조선에는 아동극집이 많지 못하여 누구나 다 공허를 느낄 것입니다. 여기에 느낀 바 있어 그동안 모은 아동극 중에서 추리고 추려서 사랑하는 조선의 어린 동무들에게 사랑의 첫 선물로 『세계명작아동극집』을 짜 놓았습니다.

이 작은 책이나마 퍼져 나가 어린이 지도자와 이에 뜻을 둔 여러분에게 조금이라도 도움이 된다면 제가 바라는 소망은 다 이루었다고 하겠습니다.

끝으로 이 책을 위하여 갖가지로 도움을 주신 여러 선생님과 이 책이 되기까지 많은 원조와 사랑을 주신 박흥민, 임홍은 두 형님에게 진심으로써 감사를 드리오며 이 부족한 책이나마 제 손으로 짜여진 것을 스스로 기뻐하는 바입니다.

1936년 크리스마스를 앞두고

서강에서

역자 사림

## 남은 말씀

크리스마스 날짜가 촉급하여 그 안에 일찍 내놓으려고 단 한 달 동안을 가지고 짜노라고 미비한 점이 많은 듯싶습니다. 그리고 더욱이 미안한 말씀은 노래의 곡보曲譜를 전부 넣으려고 하였다가 지면상 넣지 못하였으니 널리 용서하십시오. 그리고 곡이 소용되시거든 편자에게 말씀하시면 보내 드리겠습니다.

편자로부터

# 현대명작아동극선집

고장환

● 고장환, 『현대명작아동극선집』, 영창서관, 1937.1.7, 188면

나는 가끔 아동극 각본의 부탁을 받습니다. 그래서 우리 조선에 각본집이 드문 것을 알고 늘 유감으로 생각해 내려왔습니다.

그래서 우선 미미하나마 황급히 이 책을 짜서 그의 한 도움이나 될까 하고 내어 바칩니다.

아울러 이 극본이 우리네 어린 가슴에 고이고이 얹히어 아름다운 꽃이 되고 오는 날의 복됨이 있음을 바라 마지않나이다.

병자년(-1936) 겨울

편자 사룀

## 부치는 말

필자는 지금부터 10년 전에 동가극집童歌劇集 『파랑새』 외에 여러 가지 아동 독물讀物을 내놓고 한동안 별로 문필에 종사 안 하다 이번에 우연한 관계로 이 책을 꾸며 본 것입니다. 그리고 앞으로 다시금 이 방면에 유념해 나가려 합니다. 많이 애독해 주십시오.

갑자기 서점과 말이 나서 크리스마스 전에 내놓으려고 별안간 급급히 대엿새 동안을 가지고 이 책을 짜 놓았습니다. 그러느라고 좀 더 좋은 것과 손댈 곳이 많으나 어쩌는 수 없이 이대로 내놓습니다. 이리된지라 모든 미비한 점이 있더라도 깊이 양해해 보아 주십시오.

그러다 이 책을 짜기 위하여 30여 종의 외국 각본집을 보고 그중에서 우리네한테 하기 쉽고 돈 얼마 안 들여 실제 무대에 올리기 쉬운 것으로 짤막한 것만 골라 뽑았습니다.

한 개의 각본을 내놓으려면 거기에 곡과 춤이 붙고 장치 급及 의상 도안에 이르기까지 다 아울러 있어야 충분하다고 보겠습니다. 그런데 여기에 그리하지 못함을 큰 유감으로 생각합니다.

이 책의 내용 글자는 완전한 '한글'이나 '정음正音'도 아닙니다. 그저 누구나 다 알기 좋은 보통학교 독본 식으로 넣었습니다. 그리고 편의상 4부로 나누었으나 편집 체재상 그러한 것으로 누가 아무거나 어디서 해도 다 좋은 것입니다. 이러한 것도 눌러보아 주십시오.

이 책 각본 중에서 상연을 하신다거나 물으실 점이 있으면 아무 때라도 물어 주십쇼. 아는 데까지 친절히 알려 드리겠습니다. 더욱 원근遠近을 불구不拘코 직접 가서라도 돌보아 드리겠습니다. 조금도 염려 마시고 많이 이용해 주십시오.

편자

# 세계걸작동화집

**조광사**

- 『세계걸작동화집』, 조광사, 1936.10.10(초판); 1940.9.30(4판), 301면
- 『세계걸작동화집』, 조광사, 1946.2.25, 172면
- 일본 외 14개국 원작, 안석영 장정·삽화(1936), 한국 외 11개국(1946)

## 책머리에 드리는 말씀

어느 나라에나 해가 뜨고 달이 밝고 구름이 날고 별이 반짝입니다. 어느 나라에나 산이 있고 물이 흐르고 새가 울고 고기가 뜁니다. 그와 같이 어느 나라에나 이야기가 있고 노래가 있습니다.

슬픈 이야기도 있고 우스운 이야기도 있고 여러 천 개, 여러 만 개 이야기가 있습니다. 그 이야기를 다 들어 보았으면 얼마나 좋겠습니까. 나라마다 다 다른 재미있는 그 이야기들을.

그러나 어떻게 그 이야기들을 다 들을 수가 있겠습니까. 한 나라에서 한두 개씩을 뽑아 열다섯 나라의 이야기를 한데 모아 이 책을 만들어 여러분에게 들려 드리는 것입니다.

이 책을 만들기 위하여 열다섯 나라의 이야기를 열다섯 분이 맡아 쓰시기에는 여간 힘든 일이 아니었습니다. 그분들은 다 그 나라 말을 잘하시는 이들이요 또 혹은 그 나라 말을 알지 못하는 이가 있다 하여도 그 나라 이야기를 쓰시기에는 누구보다도 맞는 이들이니 참 믿을 만한 책이라 할 수 있습니다.

여러분! 앉아서 이 열다섯 나라 이야기를 서른 개나 들으실 수 있는 것은 얼마나 고맙고 즐거운 일입니까. 그리고 또 그 위에 재미있는 그림까지 그려 넣어서 읽으

며 보며 싫증 없이 이 한 권을 다 떼어 버릴 줄 압니다.

조선일보사 출판부

# 세계동화집

**최인화**

● 최인화, 『세계동화집』, 대중서옥, 1936.3.3(초판); 1937.2.25(재판), 90면

## 서

"어린이마다 하느님이 아직 인간에 대하여 아주 낙심하지 아니하셨다는 사명을 가지고 온다."

시성 타고르의 명구와 같이 세상이 아무리 썩어지고 망해 간다고 하여도 어린이들은 아직 깨끗하고 아름답다.

어린이의 세계는 공상과 동경과 선과 미의 세계다. 사람은 너무도 건망증이 있어서 10년도 못 지나 아니, 이삼 년만 지나면 '어린이 시대'의 일과 심리를 까맣게 잊어버린다.

그리하여 우리는 만사에 어린이의 심리와 감정을 무시하고 어른 본위로 해 버린다. 조선에서는 더욱이 동심을 모르고 따라서 어린이 세계를 유린하여 왔다. 이제 동화 운동은 분명히 어린이 세계의 새로운 광명이요 축복이다.

본서의 필자 최인화 군은 이 동화 도道에 마음을 두고 몸을 바친 지 세상이 알기로는 오륙 년, 남모르게는 벌써 십수 년, 하루도 꿈에도 그 노심 노력을 쉬어 본 적 없더니 이제 그 꾸준히 힘들임의 결과로 얻은 동화 1집集을 세상에 내놓게 된 것은 사의私誼로서도 내 일인 듯 반갑거니와 우리 어린이 세계를 위하여, 동화 운동을 위하여 크게 기뻐할 일이다. 이 소집小集으로 우리 어린이의 양식이 그만큼 늘고 어린이 세계의 지역이 펴져질 것은 중심으로 기뻐하지 아니할 수 없다.

나는 마음이 뒤숭숭하고 괴롬을 느낄 때에 동화를 읽으면 문득 이 악착한 현실 세계를 떠나서 미美와 노래의 유토피아에 노는 듯하여 정신이 쉬어지고 마음이 기뻐진다. 이 소집으로 많은 우리 어린이들을 기쁘게 하고 축복할 뿐 아니라 어른들까지도 적지 아니한 위안과 혜택을 받을 줄 믿는다.

쇼와 10년(=1935) 11월 12일

성서城西 염리鹽里에서

전영택

## 서

최인화 씨는 동화에 심대한 열심을 가진 청년입니다. 씨가 유년 시대로부터 동화에 유의하여 이래 오늘날까지 끊임없이 온갖 역경과 싸워 가면서 한길로 용진勇進하고 있는 그 참된 태도에 경의를 표하는 바입니다. 씨는 이제 씨가 다년간 연구하고 연마한 붓끝으로 세계에 저명한 걸작 몇 편을 골라서 조선의 소년 소녀들 앞에 내놓게 되었는데 특히 이 한 책은 동무가 동무에게 보내는 것 같은 그런 순진과 열정의 결합인 의미에서 더한층 값진 것이라고 믿는 바입니다. 이 한 책이 널리 퍼지어서 수많은 조선 어린이들에게 기쁨과 상상력과 열성을 공급하는 한 계기를 지을 수 있기를 비는 바입니다.

을해년(-1935) 2월 1일

주요섭

## 자서

나는 어려서부터 동화를 대단히 좋아하였습니다. 어머님과 형님께서 재미있게 들려주시는 이야기를 나는 듣는 그 즉시로 부리나케 뛰어나가 동무들에게 신이 나게 이야기하였습니다. 이 조그마한 동화집을 내놓는 본의도 단순히 나의 유년 시대의 그 마음과 그 정성으로 내가 지금까지 가장 재미있게 본 것 중에서 세계 명작 동화 몇 편을 뽑아 모아 『세계동화집』이라는 책 이름으로 이 조그마한 동화집을 제1집으로 내놓습니다. 여러분께서 이 동화집을 보시고 이런 이야기를 아직 듣지 못한 동무들에게 이야기하여 주신다면 나는 이에서 더 기쁜 일은 없으리라고 생각합니다.

쇼와 10년(=1935) 1월 27일

편자 최인화 근지謹識

## 기독교동화집

**최인화**

● 최인화, 『기독교동화집』, 교문사, 1940.8.20(초판); 주일학교 교재사, 1956.11.1(재판), 135면

### 서

주일학교 운동을 한다고 떠들고 종교 교육을 한다고 야단한 지는 오래지마는 아직도 어린이들의 마음을 끌어 가지고 성경의 진리를 가지고 예수의 형상을 이 땅의 어린이들의 마음에 깊이 새겨 넣어 주는 일에는 어림없이 멀고 떨어지는 지경에 있는 까닭이 무엇이냐. 어린이의 심정을 꼭 붙잡는 일에 실패한 까닭이 그 중요한 이유 가운데 한 가지로 나는 믿는다. 아무리 귀한 도리라도 어린이들의 주의를 끌지 못하고 그 심리와 정도에 맞지 못하면 치아가 생기지 않은 어린 애기에게 고기를 주는 것이나 마찬가지라고 하겠다. 아직도 이 일은 큰 문제대로 남아 있는 것이다.

대개 이러한 일은 신심과 취미와 사명에 대한 열정을 아울러 가진 사람이 있어야 할 일이지 다만 책임이 있고 그 직업에 있다고 할 것은 못 된다. 본서의 필자인 최 군은 과거에 모든 노력과 수양이 오로지 동심과 어린이 신앙적 요구에 응하여 예수와 무릇 성경 말씀을 가르쳐 주려는 불타는 사명감에서 나온 것이니 『기독교동화집』은 그 마음의 첫 산물이라고 본다. 꿩 잡는 것이 매라고 이 사람의 그 방면에 있어서 이 땅의 의용병이요 이 책이 그 첫소리를 치는 것이라고 보아 나는 감격한 마음으로 이를 추천한다.

1940년 3월 1일

전영택

## 재판을 내면서

이 『기독교동화집』은 나라 없는 겨레의 설움을 부둥켜안고 오직 자라나는 어린이들에다만 희망을 두고 그들과 함께 웃고 같이 울던 최인화 장로의 정성 어린 책이다.

나라를 다시 찾은 지 어느덧 열 돌! 고인을 사모하는 마음 간절하던 차에 전 교문사 사장의 호의로 말미암아 이 책이 신생 대한에서 다시 나오게 되었음을 기뻐해 마지않는 바이다.

1956년 10월 20일

낸 이 씀

## 전영택 주요섭 명작동화집

**전영택 · 주요섭**

● 전영택 · 주요섭, 『전영택 주요섭 명작동화집』, 교문사, 1939.5.25(초판); 1941.9.10(재판), 170면

### 서

글을 가지고 이 땅의 어린이들의 마음과 뜻을 곱게 바르게 높게 길러 주는 일이 썩 귀한 일이건마는 그 일에 힘을 쓰는 이가 과연 얼마나 많은가. 이 책을 엮어 내는 최인화 군은 이 아름다운 일에 한평생의 정성을 바치기로 하여 『동화』 잡지의 간행을 시작하고 나에게 집필을 청하므로 그 꾸준한 성의와 나를 믿는 뜻을 보아 바쁘고 몸이 아픈 것을 사양치 않고 계속하여 이야기 한 편씩을 써 왔더니 군은 다시 그것을 거두어서 할 수 있는 대로 많은 어린이에게 두고두고 읽히며 아울러 『동화』 잡지 발행 기념을 삼고자 하여 주요섭 씨의 것과 합하여 한 책자를 만들어 보겠다고 하므로 나는 단 마음으로 허락하고 군의 이 길에 바치는 노력에 이 보잘것없는 이야기들과 이 이야기를 읽는 사랑하는 어린이들에게 하느님의 축복을 빌면서 이 서문을 쓰노라.

쇼와 13년(-1938) 3월 3일

서울 염동鹽洞에서

추호秋湖

# 이상한 나라의 앨리스

윤복진

● 김수향(윤복진), 「이상한 나라의 앨리스」, 『동화』 11, 동화사(대중서옥), 1937.2.1, 12~14면(미완)

● 루이스 캐럴 원작

## 역자의 말

『이상한 나라의 앨리스』 혹은 『앨리스의 이상한 나라의 모험기』라는 이야기는 영국 사람 루이스 캐럴1832~1898이란 사람이 지은 이야기로 너무나 유명한 이야기입니다.

앨리스라는 꿈 많은 소녀가 꿈에 토끼집 굴을 들어가서 이상한 나라(꿈나라)를 헤매면서 갖은 모험을 다 하는 재미있고 우스운 이야기입니다. 이 이야기책의 글 값(원고료)이 영국서 제일 비쌌다는 사실을 비춰 보아서라도 이 책이 영국의 모든 소년 소녀 아니, 세계의 모든 소년 소녀들이 다투어 얼마나 애독했는지 알 수가 있잖습니까—작자는 이 원고 값을 자선 사업에 썼다고 전합니다.

아마 우리 조선에서는 이 이야기가 비로소 처음으로 소개(번역)되지 않나고 생각됩니다. 지나간 해에 미국서 유명한 영화 회사에서 이 이야기로 영화로 꾸며 내어 세계의 수많은 어린이를 크게 기쁘게 했고 큰 만족을 주었습니다. 그때 우리 조선에서도 이 영화를 봉절封切(-개봉)했으리라고 생각되며 이 영화를 보신 독자도 많으리라고 생각됩니다. 이야기를 읽어 가시는 데 한 가지 삼가야 할 것은 이 『이상한 나라의 앨리스』는 그저 재미있게 읽어야 할 것이지 내용이 거짓이 많으니 적으니 사실에 틀리니 맞느니 해서 날카로운 이성(이지)으로 과학적 비판을 가할 것이 못됩니다. 왜 그러냐 하면 이야기 그 자체가 현실이란 사회와 생활과 사실을 그린 것이 아니고 이야기 제목(화제)에서 표시되는 바와 같이 꿈나라의 이야기를 적었음이요 자유스러운 공상의 긴 날개를 펴서 은하수로 북두칠성으로 마음껏 날아가기를 원하는 공상기空想期에 있는 어린 아기의 마음(공상 혹 상상)을 북돋아 주기 위해 쓴 이야기인 때문입니다. 그리고 또 한 가지 미리 알아 두실 것은 필자의 번역(편역)은 충실한 영역英譯을 떠나 될 수 있는 대로 조선의 어린 동무들에게 잘 알아듣기 쉽게 읽기 쉽게 고쳐서 역한 것입니다. 왜 그렇게 했느냐고 반문하는 이가 있다면 이렇게 대답할 수밖에 없습니다. 이는 영어나 영문학을 전공하기 위함도 아닐뿐더러 말(언어)의 성질이 다르고 그 읊는 법(문법)이 다르고 따라서 그 호흡(문장)까지가 전연히 다른 외국 말을 조선말답게 조선 글답게 옮겨 놓으려니까 그렇게 아니 하고는 다른 좋은 길이 없었던 까닭입니다.

# 앨리스의 모험

**임학수**

- 임학수, 「앨리스의 모험」, 『어린이 신문』 86~미상, 고려문화사, 1947.12.13~미상(미완)
- 임학수, 『앨리스의 모험』, 한성도서주식회사, 1950.4.1, 151면
- 루이스 캐럴 원작, 정현웅 장정, 존 테니얼 삽화, 세계명작동화(1947)

## 머리말

『앨리스의 모험』은 본이름이 『이상한 나라에 간 앨리스의 모험』으로서 1865년에 영국의 루이스 캐럴이라는 선생님이 쓴 동화입니다.

이 이야기는 앨리스라는 소녀가 봄날 들에서 낮잠을 자다가 꿈에 조끼 입고 시계를 꺼내 보는 토끼를 따라서 토끼 굴로 들어가 거기서 여러 가지 모험을 하는 이야기인데 신기하고 우스꽝스런 여러 새와 짐승들이 나오고 또 그들의 하는 짓들이 하도 재미나고 뜻이 깊어서 누구나 책을 잡으면 끝까지 안 읽을 수 없는, 아버지나 어린이나 함께 읽고 즐길 고상한 이야기입니다.

처음 책이 되어 나올 때에 존 테니얼이라는 선생님이 삽화를 그려 넣어서 글과 그림이 다 크게 환영을 받고 이 동화는 영국은 물론 전 세계적으로 알려져서 오늘날 구미 각국에서는 『앨리스의 모험』이라 하면 모를 사람이 없을 만큼 유명한 것인데, 이 책에서도 삽화는 테니얼 선생의 것을 복사하여 19장을 넣었습니다.

그리고 이 동화는 1948년 정월부터 12월까지 고려문화사에서 발행하는 『어린이 신문』에 약 반을 연재한 것인데 경향 각지의 독자들에게서 절대한 환영과 성원을 받아 왔으므로 이에 호응하여 이번에 전문을 번역하여 독자 여러분에게 보내 드리게 된 것임을 아울러 말하여 둡니다.

4282년(=1949) 12월 25일

번역한 이로부터

# 왕자와 부하들

**조풍연**

- 조풍연, 『왕자와 부하들』, 조선아동문화협회(을유문화사), 1948.2.15, 61면
- 그림 형제 외 원작, 김의환 그림

## 머리말

이 책에 실린 동화 여섯 편 중에 「왕자와 부하들」, 「장사의 머리털」, 「황금 새」, 그리고 「꿀방구리」는 독일의 유명한 그림 동화에 있는 것이요 「머리 일곱 달린 용」은 토이기土耳其(-터키) 동화에서, 「백합 공주」는 영국 동화에서 가져온 것이다. 이 동화들은 열서너 해 전에 『소년』이란 잡지에 실었던 것으로 그때 내가 어린이들에게 재미있으리라고 추렸던 것을 이제 그대로 책으로 꾸미었을 뿐이다. 이 뒤에 기회가 있으면 좀 더 좋은 이야기를 가지런히 추리어 볼 생각이다.

1948년 정월 보름날

꾸민 사람 씀

# 피노키오

**조풍연**

- 작은돌(조풍연), 『피노키오』, 아협, 1949.7.1; 을유문화사, 1951.12.5, 62면
- 카를로 콜로디 원작, 디즈니 그림, 미국모험소설(1951)

이 책의 그림을 그린 월트 디즈니 씨를 소개합니다. 이분은 미국에서 가장 유명한 만화가인데 그가 만든 만화영화는 온 세계에 널리 퍼지어 이제는 디즈니를 모르는 사람이 없게끔 되었습니다. 그중에서도 가장 유명한 것은 〈피노키오〉, 〈백설 공주〉, 〈밤비〉, 〈미키 마우스〉, 〈도널드 덕〉 따위인데 이분의 밑에 570명이나 되는 제자가 만화를 그리고 있습니다.

## 『피노키오』를 펴내면서

『피노키오』는 이미 여러분이 아시다시피 『피노키오』가 『소학생』 잡지에 연재되자 온 소학생들은 다음 호가 나오기 손꼽아 기다리었습니다. 어디를 가든지 피노키오 이야기뿐이었습니다.

그렇지만 『피노키오』는 우리나라 어린이에게만 친해진 것이 아닙니다. 훨씬 앞서서 여러 나라에 소개되었던 것입니다.

『피노키오』를 처음 짓기는 이탈리아 사람이었는데 이 『피노키오』를 가지고 스페인 사람, 아메리카 사람, 소련 사람들이 다 각기 이야기를 꾸미어서 마치 피노키오 하면 착하고 용감한 어린이의 본보기요 또 만국 어린이의 친한 동무인 것 같습니다.

여기 꾸며 내는 『피노키오』는 아메리카의 유명한 만화가 월트 디즈니 선생이 그린 그림책을 가지고 만든 책입니다. 디즈니 선생은 이 『피노키오』를 색색이 그림 영화로 만들었던 것인데 말하자면 그 영화의 장면을 따서 꾸민 것입니다.

이 책에도 색색이를 넣어 드리어야 옳겠지마는 그러자면 값이 비싸게 먹히므로 섭섭하지만 색은 빼었습니다.

기회가 오는 대로 『소학생』 잡지를 통하여 여러 나라 피노키오의 이야기도 소개하려고 합니다.

단기 4282년(=1949) 7월 5일<br>작은돌 씀

# 세계명작동화선

계용묵

● 계용묵, 『세계명작동화선』, 대조사, 1946.2.15, 88면

● 대조사 아동문고 1, 조선어학회 한글 교열

## 머리말

동화는 어린이의 정신적 양식입니다. 동화가 어린이의 마음을 키우는 힘은 실로 지대한 것입니다.

그러나 진즉 우리 어린이들은 우리의 마음을 키울 동화를 모르고 지내 왔습니다. 그러기 때문에 우리 조선의 어린이들은 조선 사람이면서도 조선 사람으로서의 정신적 양식에 얼마나 주려 왔던 것입니까.

우리를 저희 나라 사람으로 만들려고 우리의 입을 막고 말까지 못 하게 하던 그렇게도 고약하던 일본은 이제 손을 들고 물러가고 우리 조선은 자유해방이 되었습니다. 활기를 펴고 마음대로 우리말을 쓰고 우리글을 배워야 할 때는 인제 돌아왔습니다.

그리하여 앞으로 조선을 위해서 일을 하는 조선 사람이 되기에 힘을 길러야 할 의무가 여러분 소년 소녀의 두 어깨에 무겁게 짊어져 있습니다.

이에 본사에서는 여러분 소년 소녀를 위하여 재미있는 이야기책을 내어 재미있게 읽는 가운데서 저도 모르게 저절로 마음을 키우게 되면서 또 글도 배우게 되기를 꾀하고 전 세계에서도 가장 재미있는 동화를 추려 모아 『세계명작동화선』 세 권을 짰습니다. 그리고 거기에 우리 한글을 하루바삐 바르게 알리기 위하여 조선어학회의 한글 교정까지 받아 완전을 다하기로 했습니다.

이 작은 책이 여러분 소학교의 과외 독본으로, 또는 가정교사로서의 임무가 되어 주어 여러분의 조선을 위한 의무 이행에 얼마만치라도 보람 있는 힘이 되어 준다면 그에서 더한 다행한 일은 없을까 합니다.

1946년 2월

대조사 편집부

# 세계명작아동문학선집

**윤복진**

● 윤복진, 『세계명작아동문학선집』, 아동예술원, 1949.7.13, 151면

● 윌리엄 셰익스피어 외 원작, 임동은 표지

## 머리말

그믐밤 하늘의 별처럼 수많은 인간이 모여 사는 이 세상에서 인정이 없다면 어떻게 될까요?

꽃 한 송이, 풀 한 포기 없는 거친 사막과 같이 서먹서먹하게 되어 버릴 것입니다. 아니, 사막보다 한결 더 황량한 세상이 되고 말 것입니다.

해와 달이 빛나고 별이 빛나고 진주가 빛나고 값진 보석이 빛난다 할지라도 인간의 가슴속에 깊이 간직된 향기로운 인정만큼 빛나지 못할 것입니다.

그런데 이날에 눈부시게 빛나야 할 인정은 나날이 녹슬어 가고 깊어 가야 할 인정은 나날이 야박해져 가고 있습니다. 입으로는 인정을 노래하고 숭상하나 실제 생활에 있어서는 인정을 멀리하고 있습니다.

이 책에 실린 네 편의 문학 작품은 빛나는 인정의 문학입니다. 아름답고 향기로운 인정의 이야기입니다.

아미치스의 「어머니를 찾아서」는 진주처럼 빛나는 어머니와 아들의 눈물겨운 인정의 이야기입니다. 수많은 사람들의 가슴을 울린 이야기입니다.

버넷의 「소공자 이야기」는 샛별처럼 반짝이는 인정의 소설입니다. 완고한 노후작老侯爵의 봉건사상으로써 쌓아 올린 차디찬 성벽은 세드릭과 그의 어머님의 순백한 인정 앞에 모래성처럼 무너졌습니다.

셰익스피어의 「베니스의 상인」은 초승달처럼 아름답고 깨끗한 인정의 동화입니다. 빛나는 우정의 이야기입니다.

스토의 「톰 아저씨 집」은 온갖 생명을 길러 내는 태양처럼 힘차게 빛나는 인정의 소설입니다. 향기로운 인정의 이야기입니다.

1949년 어린이날

# 이솝 우화

**임규일**

- 임규일, 『이솝 우화』, 정문관, 1946.7.1, 120면
- 이솝 원작, 상권, 영한 대역

## 머리말

그날그날의 우리들의 삶이란 평범하고도 또한 어려운 것이 아닐 수 없다. 괴로움이 많이 있는 가운데 즐거움도 있으며 옳은 전진을 하려고 힘쓰는 중에서 실패도 하고 모순도 발견하고 여기에서 자기반성도 있을 것이요 이러하므로 인간성을 양성하여 인류 사회에 순응하며 나아가서는 공헌도 하게 될 것이다.

인생이란 즉 진리 탐구의 길이다. 아는 듯한 모르는 듯한 끝없이 헤매는 것이 인생이라고 생각한다. 하나 진리를 탐구하려고 노력함에는 틀림없을 것이요 오직 만인이 진리를 찾아서 나가야만 인류 사회의 발전도 있을 것이다. 그러면 가장 쉽사리 사회 만상의 한 이치(진리)를 이솝은 여지없을 만치 지시하여 주었다.

그 실화는 흥미 있는 동화적 요소를 구비하고 진실은 풍자적이며 사리 비판의 예리한 맥으로 일관하였으니 여기에서 오인吾人은 철학적 탐구미를 맛볼 수 있으며 현세의 모순에 가득 찬 인류 사회 상태를 좀 더 개선할 기분幾分의 청심제淸心劑도 얻을 수 있다.

악착스럽고 징그럽고 지루하고 정의의 티끌도 볼 수 없는 그 무섭고 무서운 힘

밑에서 벗어난 백의민족이 지난날의 쓰라린 원한의 눈물을 오늘날의 감격의 눈물로 바꾸어 서로 손을 잡고 정혼精魂과 정혼을 틈 없이 합하여 우리의 영원한 낙원을 건설하여야만 할 이때를 당하여 우리들의 갈 길은 하나인데 혼란 상태에 빠져 있음은 웬일일까? 이 땅의 아들이 왜 이렇게 지각이 없을까? 아! 나는 모를 일이다. 잠을 이루지 않고 생각하여도 진정을 모르겠다.

하나 이것도 과도기의 혁명 상태일 것이요 머지않은 장래에 마음과 마음의 접촉으로 조국은 훌륭히 건설될 것이다.

이 땅의 배우는 사람들이여…… 미래의 주인들이여…… 이날의 상태에 매혹당하지 말고 아는 것은 힘이고 진리는 그의 원동력이 아닐 수 없으니 조그마한 이 책자의 진리 위를 마음 놓고 사랑하고 힘 있게 바르게 걸어서 진리만을 사랑하는 조국의 거룩한 겨레가 되시라, 사도使徒가 되시라.

## 아뢸 말씀

이야기책으로 만드는 것은 이 길에 어두운 본인이 유의하지 않아도 그 길의 권위가 있을 것이고 또한 여러 가지 조건이 거기에 미치지 못하므로 오로지 본인은 이것을 이룸에 있어 원 영문에 충실하여 전설적 생명을 살리기에 힘쓰면서 번역의 붓을 진행시키고 또한 원 영문을 실어서 강호 제諸 독서자의 참고에 자資코자 하였으므로 천박한 본인으로서는 직역을 피할 수가 없었다. 이 어눌한 직역서를 보시고도 문文 중에 흐르는 한 가지 맥만을 잡아 주시고 조국을 그리고 널리 천하 만물을 사랑하는 위대한 애정을 가진 사도로서 오늘도 내일도 그 훗날도 광음이 흐르는 연속선 위에서 끊임없이 힘찬 옳은 대행진을 하시옵기 빌며 소개하게 된 광영을 흐뭇하게 맛보며 조리 없는 붓을 놓는다.

병술년(-1946) 우수절

금화산복金華山腹 가우假寓에서

역자 지識

## Æsop 소전

*Fables of Æsop*은 우리가 배워 온 소학교 책에도 많이 실려 있었고 때때로 들어 온 이야기 중에도 적지 아니 있었다. 이러므로 세계 각국에서 이 한 전설적 우화를 읽지 아니한 곳이 없으리만치 널리 알려지고 있다. 그러나 이 주인공 Æsop이 어디 사람이며 어느 때 사람인지 모르는 사람도 적지 않게 있다.

Æsop은 서기 기원전 620년경에 희랍希臘에서 출생하였다. 그러나 그의 출생지를 상세히 알 수 없다. 그래서 소아세아小亞細亞에 있는 Lydia의 수부首府 Sardis, 희랍의 Samos도島, Thrace의 옛적 식민지인 Mesembria, Phrygia 일주一州의 수도 Colaeum은 서로 이 위인의 생지라고 추상追想되고 있다.

그는 노예의 신분으로 태어나서 Samos 주민의 Xanthus와 Iadmon이라는 사람에게 쓰임을 받았다. 그러나 Iadmon은 Æsop의 학식과 지식에 대한 보수로 그의 몸을 자유롭게 하여 주었다. Æsop은 다른 이도 가르치고 자기도 배우려고 희랍 제주諸州를 편력해서 Lydia의 수부 Sardis에 이르렀다. Lydia 왕은 그때 학문 급及 학자의 대비호자大庇護者였다. 그 Croesus 왕의 조정에서 Æsop은 Solon과 Thales, 기타 현인들을 만났다. 그가 그들 철학자들과 교환한 담화가 대단히 왕의 마음에 들었다. 그는 Croesus 왕의 부름에 응하여 거주를 Sardis에 정하고 왕을 위하여 국사에 분주하였다. 그리고 왕을 위하여 희랍의 제諸 소공화국을 역방歷訪하고 예例의 이야기를 하고 각 도시의 주민을 그 사정자司政者의 행정에 복종하도록 노력하였다. 어느 때 그는 Croesus 왕을 위하여 대금을 가지고 Delphi의 신전에 참예參詣하고 그것을 시민에게 분배할 계획이었으나 시민들의 탐욕을 노怒하고 돈을 분배하지 않고 왕에게 반송하였다. Delphi 사람들은 Æsop의 행위는 신을 모욕한 것이라 하고 그를 사형에 처해 버렸다. Æsop의 생애는 대체 이상과 같고 그 밖의 것은 잘 알려 있지 않으나 그의 학學과 재才와 진리의 부르짖음은 *Æsop's Fables*의 소책자를 통하여 그가 비참한 최후를 마친 이래 근 3천 년 동안 동서고금을 통하여 인간 사회에 유익한 교훈을 주면서 이날에 이르렀다.

## 늙은 해적

**평범사**

- 『늙은 해적』, 1947; 평범사, 1953(3판), 1954.9.11(4판), 296면
- 로버트 루이스 스티븐슨 원작, 유윤상 장정, 소년소녀의 모험소설, 소년소녀 해외모험소설

### 머리말

로버트 루이스 스티븐슨은 1850년 스코틀랜드 에든버러에서 태어났습니다. 그의 아버지는 유명한 등대 건축 기사입니다.

대학을 졸업한 후 얼마 동안 변호사로 있었으나 건강이 좋지 않아 여러 곳으로 전지 요양을 다니면서 그 인상을 기행문으로 기록하기 시작하여 문필의 소양을 쌓았습니다.

그러다가 1881년에 해적소설 『보물섬』, 1882년에 모험 기담 『신 아라비안나이트』, 1886년에 이중인격 소설 『지킬 박사와 하이드 씨』를 발표함에 이르러 문단에 확고한 지위를 얻었습니다.

이것들은 이미 영화로도 촬영되어 조선에서도 상영되었었으므로 여러분께서도 이미 보시었으리라고 생각합니다.

그에게는 이 외에도 많은 작품이 있습니다. 그는 병약으로 말미암아 고향을 떠나 미국으로 갔다가 다시 요트를 타고 남양 사모아섬으로 가서 살고 마흔네 살을 일기로 그곳에서 죽었습니다. 무덤도 그 섬에 있다고 합니다.

스티븐슨은 로맨틱한 작가로서 이상 3대 작품으로 보더라도 사건의 기괴함과 장면의 극렬한 변환이 보통 통속모험소설이나 기괴소설과 달라 인물의 성격 묘사의 확실함이라거나 사건 전개의 명확함이라거나 문장의 세련됨이 놀랄 만합니다. 예

를 들면 외발다리 격군格軍 실버의 능글맞고 잔인한 성격 등은 독자의 큰 흥미를 끌어 보통 소설가의 따를 수 없는 경지라고 하겠습니다.

『보물섬』은 17~18세기 서반아西班牙(—에스파냐) 근해를 휩쓸던 해적을 주제로 한 것으로 지금도 그 보물이 어디 묻혔다는 걸 일부 속간俗間에선 믿고 있습니다.

이 소설에 나오는 '송장의 관'이라는 것은 서인도 제도 중 프랜시스 드레이크 해협 어귀에 있는 작은 섬의 이름으로 원명은 Dead Man's Chest라는 것입니다.

이 『보물섬』을 번역함에 있어 시대, 인명, 지명 등을 원명대로 해야 할 것이나 그들의 풍속, 습관에 이해 못 할 점이 많아 일반층 독자와 소년 소녀들에게도 실감을 갖게 하기 위해 조선의 연대, 조선의 인명, 조선의 지명 등으로 바꾸어 놓았습니다.

그러므로 역자의 고심도 많았으려니와 또한 무리도 많았었습니다.

이 『보물섬』은 서울중앙방송국에서 8월 23일부터 매주 토요 오후 1시부터 30분간씩 연속 낭독으로 방송하는 중입니다.

처음부터 읽어 주시느라고 애를 쓰시는 박인범 형, 이 책을 만들어 주시기에 갖은 고심을 아끼지 않아 주신 김희봉 형, 장정을 하여 아름다운 옷을 입혀 주신 유윤상 형, 그 외 뒤에서 많은 도움을 주신 제형에게 진심으로 사의를 표합니다.

1947년 10월

역자

# 집 없는 아이

**윤가온**

- 윤가온, 『집 없는 아이』, 경향출판사, 1948.11.20, 276면
- 엑토르 말로 원작, 상권

## 책머리에

이 책의 본이름은 *Sans Famille*인데 불란서의 작가 Hector Malot1830~1907의 작입니다. 이미 여러 나라말로 번역되었고 영화로도 각국에서 상영되었습니다. 재미있을 뿐 아니라 어느 장면에나 넘쳐흐르고 있는 순진한 인정미는 모든 사람의 가슴을 부드럽게 어루만져 주기 때문일 것입니다.

순정! 이것은 오늘날과 같이 극도로 각박해진 세상에서는 우리들이 가장 동경하는 오직 하나뿐인 아름다운 면일 것입니다.

그리고 우리는 또한 이 책에서 철이의 용감한 행동을 봅니다. 또 꾸준한 그의 노력을 봅니다.

나는 이 책을 특히 중학교의 여러 동무들에게 드립니다. 그것은 첫째, 어느 나라 청소년들보다 유달리 무거운 책임을 지고 있는 여러분은 남다른 결심이 있어야 하고 철이의 행동은 여러분에게 어떤 암시를 주지 않을까 싶기 때문이며 둘째, 해방 후에 많은 책이 출판되었으나 여러분에게는 모두 넘고 처져서 여러분이 읽기에 적당한 책이 별로 없음을 섭섭히 여긴 때문입니다. 그래서 되도록 쉬운 말로 옮겨 보았습니다.

편의상 상·하의 두 권으로 나누었는데 상권은 남에게 의지하여, 하권은 오로지 자기의 힘으로 거친 세상 물결을 헤치고 나갑니다.

읽고 난 다음 여러분의 마음에 조금이라도 느끼는 바 있다면 나의 무한한 영광으로 생각합니다.

끝으로 이 책은 중역重譯임을 부언하여 둡니다.

1948년 11월

옮긴이 적음

# 그림 없는 그림책

서향석

● 서항석, 『그림 없는 그림책』, 을유문화사, 1949.6.20, 104면

● 한스 크리스티안 안데르센 원작, 을유문고 29, 정현웅 삽화

## 머리말

이상한 일입니다. 나는 가장 되게, 또 가장 깊이 감동된 때에는 마치 손과 혀가 얽매인 것처럼 내 속에 생동하는 것을 고대로 그려 낼 수도 없고 고대로 말로 표시할 수도 없습니다. 그래도 나는 화가畵家입니다. 이것은 내 눈이 내게 말하는 것이요 또 내 스케치와 그림을 본 사람들이 모두 그렇게 인정하는 바이니까요.

나는 가난한 아입니다. 나는 저 위 어느 좁은 골목쟁이에 삽니다. 그래도 햇볕은 부족하지 않습니다. 내 사는 곳이 높아서 집집의 지붕 너머로 바라다보게 되었으니까요. 내가 이곳에 온 처음 몇 날 동안은 이 거리가 내게는 비좁고 적적했습니다. 수풀도 없고 푸른 언덕도 없고 그저 뿌연 굴뚝들이 지평선으로 보일 뿐이었습니다. 나는 이곳에 친구 하나도 없었고 아는 얼굴이 날 보고 인사하는 일도 없었습니다.

어느 날 밤 나는 마침 시름겨워 창가에 섰었습니다. 창을 열고 내려다보았습니다. 아아, 그때 내 얼마나 기뻤던고! 나는 아는 얼굴을 보았습니다. 둥그런 반가운 얼굴입니다. 먼 고향에서부터 가장 친한 친구입니다. 그는 달이었습니다. 그리운 옛날의 그 달, 저곳에서 늪가에 있는 버드나무 사이로 나를 내려다보던 그때와 조금도 변함없는 바로 그 달입니다. 나는 손으로 키스를 던져 보냈습니다. 달은 바로 내 방을 들이비치고 이런 약속을 하였습니다. 그가 나오는 밤이면 언제나 내게로 잠깐 들르겠다고요. 그 이후로 그는 이 약속을 꼭 지켜 옵니다.

섭섭한 것은 그가 다만 극히 짧은 동안밖에 머물러 있지 못하는 일입니다. 그는 오면 언제나 그가 그 전날 밤이나 바로 그날 밤에 본 일을 이것저것 내게 이야기합니다. 그가 처음 나를 방문한 때에 내게 말하기를 "내 이야기하는 것을 그려 보렴. 예쁜 그림책이 될 게다" 하였습니다. 그래서 나는 여러 밤째 그렇게 하여 옵니다. 나는 나대로의 천일야화를 그림으로 그려 낼 수도 있을는지 모르겠습니다. 그러나 이것은 지나친 말일지도 모르지요. 나는 고르기를 하지 아니하고 달이 내게 이야기한 대로 차례로 그려 낼 뿐이니까요. 위대한 천재적인 화가나 시인이나 음악가 같으면 하자고만 들면 이것을 좀 더 좋은 것으로 만들어 낼 수도 있으련마는 나는 그저 종이에 산만한 윤곽을 그려 놓은 데 지나지 못합니다. 더구나 내 의견도 곁들여 있습니다. 그것은 달이 밤마다 오는 것이 아니요 또 가끔 구름이 한 조각 두 조각 달을 가리는 일도 있는 까닭입니다.

## 뒤풀이

한스 크리스티안 안데르센이 세계적으로 유명한 동화 작가라는 것은 새삼스레 말할 것도 없는 일입니다. 그는 소설도 썼고 시도 썼고 희곡도 썼지마는 아무래도 그의 가장 빛나는 업적은 좋은 동화를 많이 남긴 데 있는가 합니다.

그는 1805년 4월 2일 덴마크 나라 퓐이라는 작은 섬의 오덴세라는 땅에서 나서 1875년 8월 4일 70세로 죽었습니다. 가난한 살림에 연거푸 불행을 겪고 일찍부터 집을 떠나 여러 나라로 돌아다녔습니다. 여행에서 그는 많은 것을 얻었습니다.

이 『그림 없는 그림책』은 그의 창작력이 가장 왕성하던 1840년에 출판한 그야말로 그림 아닌 그림 같은 고운 글입니다. 이 서른세 밤의 이야기에는 그가 여러 나라에서 몸소 보고 들은 일들도 많이 섞였을 것입니다. 우리는 이것이 재료는 다 다르면서도 거기에 한 줄기 시미詩味가 흘러 있어 마치 알알이 모은 고운 구슬을 한 오리 비단실로 꿰어 놓듯 하였음을 보겠습니다.

이 좋은 글이 나의 서투른 번역으로는 완전히 소개되지 못함을 부끄러워하면서 번역이 채 옮기지 못한 원문의 화경畵境을 정현웅 화백의 고운 그림이 도와주어서 그림책으로서의 면목을 갖춘 것을 감사히 생각합니다.

이 번역은 에드몬드 촐레르의 독일 역으로 된 라이프치히 레클람판을 원본으로 하여서 일찍이 잡지 『신가정』에 연재하였던 것을 이번에 다시 손을 대어서 책으로 내놓는 것입니다.

1948년 12월 1일

번역한 사람 적음

## 꿈꾸는 바다

**김내성**

- 김내성, 「꿈꾸는 바다」, 『새벗』 7~14, 새벗사, 1952.7~1953.2(전8회)
- 김내성, 『꿈꾸는 바다』, 새벗사, 1953.3(초판); 육영사, 1955.7.15(재판), 117면
- 조너선 스위프트 원작, 제1부, 조병덕 장정, 김내성 소년소설선집

### 머리말

이 『꿈꾸는 바다』 제1부는 작년 『새벗』 잡지 7월호부터 8개월 동안 연재한 소년 소녀소설입니다.

나는 옛날 1726년 영국의 스위프트라는 사람이 쓴 『걸리버의 여행기』를 읽고 무척 재미있게 생각했습니다. 이것은 그때의 부패된 영국을 통쾌하게 공격한 하나의 풍자소설로서 소년들을 위해서 쓴 것이 아니기 때문에 정치 문제라든가 외교 문제 같은 것이 많이 취급되어 있었습니다.

그러나 그 줄거리가 무척 재미있기 때문에 그 줄거리만을 가지고 소년 소녀들에게 읽기 쉽도록 전연 별개의 구상 밑에 살과 피를 더 붙여서 우리의 사정에 알맞은 교훈적이면서도 재미있는 한 편의 소년소설을 써 보고 싶은 생각은 늘 가지고 있었던 것입니다. 그래서 이번 기회에 한 사람의 어른인 걸리버 대신 한국의 귀여운 소년과 소녀 두 사람을 주인공으로 하여 절반은 창작에 가까운 노력을 하였습니다.

이 이야기의 간단한 줄거리만을 지금으로부터 7년 전 방송극으로 방송한 적이 있지만 이번에는 그런 불완전한 것이 아니고 눈으로 읽기 쉽도록 한 편의 완전한 소설로서 꾸며 본 것입니다.

4286년(=1953) 2월 하순

쓴 이 적음

# 어린 왕자

**안응렬**

- 안응렬, 「어린 왕자」, 『조선일보』, 1956.4.2~5.17, 4면(전44회)
- 안응렬 · 박남수, 『세계문학전집 13』, 동아출판사, 1960.1.20, 111면(394 · 111 · 19면 중)
- 앙투안 드 생텍쥐페리 원작

## 세계적으로 유명한 동화 『어린 왕자』

**『어린 왕자』를 지은 생텍쥐페리란 어떤 분?**

생텍쥐페리는 1900년에 나서 1944년 제2차 세계대전 중 지중해 전선에서 행방불명이 된 프랑스의 비행가이다.

지금 세계적으로 유명한 항공 회사인 에어 프랑스의 항공로, 그중에서도 가장 장거리인 극동과 남아메리카의 항공로를 개척한 선구자의 한 사람이며, 항공술이 현재같이 발달되지 못했던 시절의 일이라 기관 고장과 사고로 인하여 몇 번이나 죽음의 고비를 넘긴 분이다. 혹은 뜨거운 햇볕이 내리쪼이는 아프리카 사막에, 혹은 몇천 미터나 되는 높은 산 위에 불시착을 하여 수없는 고생을 한 일도 있는 분이다. 그러다가 마침내 조국을 지키는 용사로 출격하였다가 영영 돌아오지 못하고 만 것이다.

그러나 이분은 비행가로보다도 작가로서 더 유명하다. 자기의 경험과 비행가로서 발견한 새로운 세계를 그린 여러 가지 소설을 남긴 것이다.

여기에 번역하여 소개하는 『어린 왕자』는 작자가 미국에 피란 가 있는 동안 그곳에서 출판한 것으로(1940년) 그의 여러 작품 중 오직 하나인 어린이 책이며 프랑스의 문학사에 뚜렷한 자리를 차지하고 있는 것이다. 나온 지 얼마 안 되는 이 동화가 20여 나라에 소개되었다는 것은 확실히 주목할 만한 사실이다.

어린이들을 위한 이 글에 매우 깊은 뜻이 숨어 있어 어른들이 보아도 반성할 재료를 얻을 수 있는 책이기도 하다. 하기는 '어린 왕자'의 말마따나 어른들은 혼자서는 아무것도 이해하지 못하니까 이 글을 읽더라도 어린이들의 설명을 들어야 되기는 하겠지마는.

옮긴이 안응렬

# 앤의 청춘

**신지식**

- 신지식, 『앤의 청춘』, 대동당, 1960.1.20, 209면
- 루시 모드 몽고메리, 노벨클럽 12 Z-1

## 해설

『앤의 청춘』은 『붉은 머리 앤』의 속편인데 원서에는 *Anne of Avonlea*라고 되어 있습니다. 전편인 『붉은 머리 앤』은 *Anne of Green*이라고 하는 이름으로 앤이라고 하는 고아가 가지가지로 불우한 환경에서 자라다가 우연한 기회에 '그린 게이블스'라고 하는 초록색 지붕을 한 어떤 농가에 들어가게 되어 그곳에서 자라는 이야기입니다. 가엾은 처지에 놓여 있고 가장 비참한 환경에 처했을 때도 항상 공상하는 버릇을 잊지 않고 아름답게 자연스럽게 자라는 앤의 소녀 시절이 들꽃처럼 쓰여져 있는 『붉은 머리 앤』에 비해 이 『앤의 청춘』은 좀 더 자라난 여성으로서의 앤의 이야기가 한층 더 흥미 있게 전개되고 있습니다.

앤의 이야기는 이뿐 아니라 『앤의 애정』이라는 것이 있습니다. 그러나 이 작가의 작품의 특징은 어디까지나 각각 한 권만으로도 완전한 소설로서의 가치가 있다는 것입니다.

이 아름다운 이야기를 쓴 저자 루시 M. 몽고메리Lucy Maud Montgomery는 캐나다의 여류 작가로 어느 시골 우편국에서 일을 하고 있던 무명의 여성이었습니다. 그러나 우연한 기회에 『붉은 머리 앤』이 보스턴의 어느 출판사에서 책으로 되어 나오게 되면서부터 온 세계 방방곡곡에까지 그 이름이 알려지게 되었습니다. 그는 1911년에 오래전부터 약혼 중이었던 맥도널드라는 목사와 결혼하였는데 그때에 남편은 41

세, 신부는 37세였다고 합니다.

어린 시절에 양친을 잃고 외가 편의 조부모 밑에서 자란 루시 여사는 조모를 도와서 살아야 하였기 때문에 할머니가 돌아가실 때까지 우편국의 여사무원으로 있었던 것입니다. 따라서 그의 결혼도 늦어졌고, 또 이 앤의 이야기는 거의가 이 시골 우편국 시대에 틈틈이 쓴 것이라고 합니다.

나는 루시 여사가 앤이라는 공상적인 소녀를 통해 스스로의 모습을 그려 본 것이 아닌가 하고 생각합니다.

1942년 68세로 남편보다 1년 먼저 세상을 떠났습니다.

문고판으로서의 체재가 있다는 출판사의 요청에 의해 원고를 부득불 줄여야 하였기 때문에 여러 장 빼야만 했다는 것을 유감스럽게 생각합니다. 그리고 또 한 가지, 이 책은 일역판(무라오카 하나코村岡花子 역)을 중역重譯하였음을 밝혀 둡니다.

사랑스러운 소녀 앤은 아무리 차디차고 어두운 가슴의 소유자에게도 흐뭇하게 스며들어 갈 것을 믿으며 이 책을 소개하게 된 것을 기쁘게 생각합니다.

1959년 12월 30일

역자 신지식

## 노래하는 나무

**이영철**

- 이영철, 『노래하는 나무』, 글벗집, 1960.5.5, 127면
- 세계걸작동화집

### 머리말

이 책에는 세계에서 가장 재미있고 아름답고 명랑하고 유익하며 상상의 날개를 마음껏 펼 수 있는 감명 깊은 이야기로만 12편을 골라 실었습니다.

열심으로 굼니는 사람, 마음씨가 깨끗한 사람, 정직하기 그지없는 사람, 동정심이 많은 사람, 끝까지 잘 참고 견디어 나가는 사람, 슬기로운 사람들은 갖은 고초를 다 겪지마는 마침내는 행복을 누리게 되며 또한 좋은 향기를 풍기게 되는 것입니다.

그러나 이와 반대로 공것이나 바라는 게으른 사람, 마음씨가 올바르지 못한 악한 사람, 참을성이 없이 덤벙거리는 사람, 너무 욕심이 많거나 인색한 사람, 속이 텅 비어 있는 주제에 몹시 잘난 체 뽐내려고 드는 사람들은 불행의 구렁텅이에서 헤매게 되거나 그렇지 않으면 천벌을 받게 되는 법입니다.

따라서 여러분께서는 이 『노래하는 나무』에 실린 세계 걸작 동화들을 읽음으로 말미암아 아름다운 정신을 고스란히 받아들여 고운 꽃을 피우고 좋은 열매를 맺어 이 나라 이 겨레에게 이바지하는 큰 일꾼들이 다 되어 주시기를 삼가 비옵고 이 붓을 놓습니다.

4293년(=1960) 4월 10일

옮긴이

제8부

# 추리 · 모험

## 비밀과 탐정의 세계

# 813

## 이순종

● 운파(雲波, 이순종), 「813」, 『조선일보』, 1921.9.15~미상, 1면

● 모리스 르블랑 원작, 기괴탐정소설

양洋의 동서, 시時의 고금을 물론하고 어떤 나라이든지 국가의 일대 비밀은 하나씩 감추어 있는 것이다.

이에 연재코자 하는 기괴 탐정소설 『813』은 저 불란서 왕국 시대의 비밀—그 나라 황족도 신하도 백성도 모르고 황제만 알고 있다가 임종에 자기의 후위後位를 이을 황자皇子에게만 전하고 마는 그 무슨 비밀—그 후에 어찌어찌하여 그 나라 어떠한 신하가 이 비밀을 알았다. 그러나 무참히 그 신하는 철가면을 씌워서 컴컴하고 부자유한 옥 속에서 영영 광명을 못 보고 여년餘年을 맞게 되었다. 그리하여 이 비밀은 영영 매장되고 말았다. 지금까지 오히려 해결치 못한 그 비밀—.

불국의 유명한 소설가 모리스 르블랑 씨는 이 알지 못할 불가사의의 비밀을 자기의 추상推想대로 그리어 내었다. 사실이라고 단언할 수는 없다마는 그래도 그 비밀에 근사하다고 할 수 있다. 이 『813』은 모리스 르블랑 씨의 추상적으로 자기 나라의 비밀을 그리어 낸 장편의 소설 가운데 그중 재미있고 통쾌한 일부분이다.

여기 의협적 쾌남아의 괴인 아르센 뤼팽이 있다. 그의 행동은 세상의 이목을 놀래고 경찰의 대주목을 받는다. 대흉적이라는 오명을 받고 있으나 살인은 결코 아니한다.

불국에는 홀연 천하의 이목을 용동聳動시키는 일대 사건이 기起하였다. 파리의 제1등 가는 여관에서 부호富豪 주종主從의 참살—범인은 뤼팽인가—의疑한다. 마신魔神

과 여如한 흉적—그의 살인한 목적은 역시 신비의 미어謎語 813.

이것을 영靈 원코자 하는 괴인 아르센 뤼팽은 맹렬히 천하의 일우一隅로부터 와수渦水 중과 여如한 비극의 중심에 쇄도殺到하였다.

사변事變의 책임자로 한 손으로는 대흉적과 싸우고 한 손으로는 대괴인과 다투고자 하는 희세의 명탐정은 그 당시의 불국 경시청 수색과장이다. 그러나 차인此人은 수誰?

813의 미어를 중심으로 한 3개의 대파란이야말로 본편 근筋이다.

아—, 813? 이 3개의 숫자야말로 피彼 카이저가 구주歐洲 대전란을 급기急起케 하던 곧 전에 일대 음모의 연원이다. 영불 양국의 국제적, 아니 세계적 대파란을 일으키고자 하는 폭열탄의 화구이다. 뤼팽의 화염 같은 애국심은 많은 급경急境과 많은 곤란을 불고不顧하고 이 비밀의 건鍵을 잡았다. 이 대음모를 타파하고 이 화구를 압押하여 폭열탄을 분쇄코자 함은 실로 제가 일생일대의 대모험이다. 심혈을 주注하는 대활약이다, 대음모이다. 국욕國辱의 한을 쇄灑하고 불국민佛國民의 진골두眞骨頭를 발휘하여 카이저에게 복수코자 하는 근세의 사외사전史外史傳 무협 탐정이 즉 이『813』—전편을 통한 대골자이다. 혈염血染된 괴문자 813—여하한 광란노도를 일으킬까?

꽃 같은 미인, 협사俠士, 괴걸, 형체를 알 수 없는 살인괴殺人怪, 황제 빌헬름 2세, 영상英相, 불국의 명사 등이 본편 중에 출연된다. 역사적 비밀의 삼국 동맹, 파이간巴爾幹(=발칸) 문제, 구주 전쟁의 일 심인深因, 비중秘中 괴중怪中의—그 자세함은 본편으로 하여금 얻어 볼 수가 있다. 아—, 괴문자 813.

# 813

## 양주동

- 양주동, 「813」, 『신민』 21~24, 신민사, 1927.1~4(전4회, 미완)
- 모리스 르블랑 원작, 장편괴기탐정

본호부터 연재코자 하는 장편 괴기소설 『813』은 불국佛國의 탐정소설 대가 Maurice Leblanc의 원작으로 실로 전 세계 호기자好奇者의 심안心眼을 일경一驚케 한 탐정물 중의 백미다. 르블랑 총서의 주인공 Lupin은 대담부적大膽不敵, 무협 애국의 괴기 쾌남아로 그 두뇌 수완이 저 Conan Doyle의 Holmes에 비할 바가 아니라 함은 이미 사계斯界의 정설이다.

본편은 뤼팽 총서 중에서도 가장 결구結構 웅대하고 흥미 긴장한 제4편을 초역抄譯한 것이다. 이 괴기한 숫자 813! 이 3자야말로 카이저가 구주歐洲 대전란을 야기하기 바로 전 일대 음모의 열쇠다. 영불독 3국의 국제적 관계에 터져 나려는 일대 폭열탄爆裂彈의 화구火口다. 불같이 타오르는 뤼팽의 애국심은 이 열쇠를 손에 쥐고 장차 그 대음모의 폭탄을 분쇄하려 하였다. 실로 이는 피彼 일생일대의 심혈을 다하는 대모험 활약이다. 국욕國辱의 원한이 철천徹天한 불국민佛國民의 진골두眞骨頭를 발휘하여 카이저에게 복수코자 하는 무협 탐정이 곧 근세 외사外史 외전外傳 즉 『813』 전후편을 일관한 대골자이다. 선혈에 물들여진 이 괴문자 813은 여하한 광란노도狂瀾怒濤를 뒤집어 일으키려는가.

꽃 같은 미인, 협사俠士, 괴걸, 안 보이는 살인 괴마怪魔, 황제 빌헬름 2세, 영불의 현관顯官 명사 등 편중篇中에 활동하는 제諸 인물은 막론하고라도 역사적 비밀의 삼국 동맹, 발칸 문제, 구주 전쟁의 비인秘因 등 기중막기奇中莫奇하고 신출귀몰한 편중의 제 사건은 반드시 독자의 심혈을 끓게 함이 있을 줄 믿는다. 역법譯法은 초역抄譯으로 되었으며 원작의 명자名字는 독자의 편의를 위하여 우리 것과 방불하게 고쳤음을 부기附記하여 둔다.

역자의 말

본회本回는 다만 사건의 발단에 불과하되 강적 뤼팽의 출현, 신출귀몰한 범적犯跡, 범인은 과연 누군지, 대탐정 유노만 씨의 괴기한 수완은 장차 어찌 전개되려는지 독자의 호기심은 이미 일단一段의 고조를 보였으리라 생각한다. 역자는 다만 뤼팽이 원래 살인 경험이 없는 것을 독자에게 주의해 두고 싶다.

(－제1회)

## 백발

### 현진건

- 현진건, 「백발」, 『조선일보』, 1921.5.14~미상, 4면
- 현진건, 『악마와 같이』, 동문서림, 1924; 『재활』, 광한서림, 1928.9.1, 342면; 『마인』, 문언사, 1948, 342면; 『요부의 말로』, 동문사서점, 1949, 342면
- 마리 코렐리 원작, 세계명작탐정모험소설(1949)

### 독자 제씨에게

이 소설은 이태리 소설이올시다. 아니, 소설이 아니라 사실기담事實奇談이올시다. 세계의 학계를 진동한, 죽었다가 살아난 사람이 지은 자서전이올시다. 이 소설 가운데 일어나는 어느 일이 기이하고 재미스럽지 않은 것이 없으며, 그러면서도 그것이 꾸민 것이 아니고 지은 것이 아니라 낱낱이 참된 말이올시다. 그리고 정 많고 한 많은 남쪽 구라파歐羅巴 사람의 손에 된 것이라 그 창자를 에는 듯 애처로운 생각에는 사람으로 하여금 한 줌의 눈물을 아낄 수 없게 하고 그 꽃답고 향기로운 구절에는 보는 사람으로 하여금 마음이 저리고 눈이 어리게 만듭니다. 다만 이것을 우리말로 옮기는 필자의 재주 없음을 한할 뿐입니다.

# 붉은 실

**김동성**

- 김동성, 「붉은 실」, 『동아일보』, 1921.7.4~10.10, 4면(전93회)
- 김동성, 『붉은 실』, 조선도서주식회사, 1923.7.25, 363면
- 아서 코난 도일 원작

오랫동안 본지에 연재되어 만천하 독자 제군에게 열렬한 환영을 받던 『일레인의 공功』은 작일昨日로써 끝을 마치고 명일부터는 세계 제일류의 정탐소설가로 이름이 높은 아서 코난 도일 씨가 지은 『붉은 실』을 연재하게 되었다. 세상에서 탐정소설이라 하면 으레 기괴한 사건을 내용을 삼아서 짓는 줄로 알지마는 코난 도일 씨는 일반 세상 사람이 심상한 일로 보는 곳에서 그의 정밀한 생각과 날카로운 관찰로 진상을 찾아내는 것이라. 한 예를 들어 말하면 보통 사람이 눈여겨보지도 않는 담뱃재에서 일백열네 가지의 특색을 발견하였다 하는 것만 보아도 그가 얼마나 세밀하고 날카로운 눈을 가졌는지 알 수가 있다. 코난 도일은 1859년에 영국 땅 스코틀랜드에서 출생하여 어려서는 의학을 배웠으나 천성으로 귀신같은 재주를 가진 그는 탐정소설에 뜻을 두고 이것을 전심으로 연구한 지 몇 해 아니 되어 28세 되었을 때에 처녀작으로 이 소설을 지었으니 실로 이 『붉은 실』 한 권은 그가 탐정소설계에 재필才筆을 두르던 첫솜씨이요 이름도 없는 한 의사가 세계에 향하여 자기의 소설가의 지위를 얻은 문간이니 이 책이야말로 그가 평생 정력을 다하여 지은 것이라 하겠다. 30여 년 동안 그가 지은 40여 종의 탐정소설은 모두 이 책에서 우러나온 것이라.

이 책에 나타나는 주인공 셜록 홈스(한정하)는 영국 서울 런던의 한 사설 정탐가이니 원래 한 의사로서 사람에 뛰어난 재주를 가지고 정탐 사무소를 설시設施한 후

일반 경찰서에서는 어쩔 줄을 모르고 세상 사람들의 이목을 한곳에 모은 큰 사건을 그의 하늘을 놀래고 귀신을 울리는 활동으로 사건의 내용을 알아내는 것이니 사건이 벌어질 때마다 모골이 송연하고 활동이 열릴 때마다 책상을 치고 통쾌함을 부르짖을 것이라. 이와 같은 세계에 명성이 훤자喧藉한 정탐소설을 영어의 재주가 깊은 천리구千里駒 김 군이 원문으로부터 직역한 것이라. 장절쾌절한 이 『붉은 실』 한 권은 독자의 앞에 과연 무엇을 나타내려는가? 내용을 말함은 천기를 누설함이니 청컨대 읽으라—하루가 1년같이 긴 여름날 이 소설로 더위의 괴로움을 잊으라.

# 무쇠탈

**민태원**

- 민태원, 「무쇠탈」, 『동아일보』, 1922.1.1~6.20, 4면(전165회)
- 민태원, 『무쇠탈』, 동아일보사 출판부, 1923.9.20(초판); 덕흥서림, 1939.2.15(8판), 473면
- 포르튀네 뒤 보아고베 원작

파란곡절이 많은 이 『무쇠탈』의 사실은 불란서에서 실지로 있은 일을 그 뒤의 역사소설가 보아고베 씨가 호기심에 번득이는 놀라운 눈을 가지고 다년 조사한 결과 자신 있는 재료를 모아 들고 그 유려한 붓을 두른 정사 실적의 일대 기록이라. 이와 같이 근거 있는 기록을 조선 풍속에 맞도록 번역한 것은 비록 일반 독자의 편의를 위함이라 할지라도 정사 실적을 소개하는 본의가 아닌지라. 이 책을 출판함에 당하여 비록 역사상 근거를 일일이 기록하지 못하나 그중 중요한 인물에 한하여 역사상의 본이름과 대조하여 보고자 하노라.

백작 안택승은 로렌주의 귀족으로서 모리스 마철 도 알모이스라 하는 사람이요 방월희는 본명은 방다이며 오 부인은 오린부, 왕비 한씨는 바이엘, 노봉화는 르 부아, 나한욱은 나로.

이와 같이 이 기록 중에 있는 인물은 실지로 역사상에 나타난 인물인 것을 소개하며 동시에 이 장황한 일대 기록을 세상에 항다반 있는 정탐소설과 같이 보지 않기를 희망하노라.

역자

# 협웅록

**양건식**

- 양건식, 「협웅록(俠雄錄)」, 『시대일보』, 1924.3.31~9.9, 4면(전108회)
- 모리스 르블랑 원작, 이상범 삽화(추정)

크나큰 실연의 창이瘡痍를 받고 해안 편으로 사라진 뤼팽은 그 후에 어떻게 되었는가. 몇 해 후에 다시 뤼팽이 이 분풀이를 하려고 파리에 그 모양을 나타낼 때에는 전 독일 황제 카이저까지 나타나서 세계에 한 큰 회오리바람을 일으키나니 이는 바로 구주歐洲 대전쟁이 일어나기 전 얼마 아니 되던 때의 일이며, 이에 관하여는 후일 다시 번역할 기회가 있을 줄로 믿는 바이다.

# 남방의 처녀

**염상섭**

● 염상섭, 『남방의 처녀』, 평문관, 1924.3.12(초판); 1924.5.1(재판), 252면

## 역자의 말

활동사진을 별로 즐겨 하지 않는 나는 활동사진과 인연이 깊은 탐정소설이나 연애소설, 혹은 가정소설과도 자연히 인연이 멀었었습니다. 그러나 이 캄푸치아(-캄보디아) 왕국의 공주로 갖은 영화와 행복을 누릴 만한 귀여운 몸으로서 이국 풍정을 그리어 동서로 표랑하는 외국의 일 신사의 불같은 사랑에 온 영혼이 도취하여 꽃 아침 달밤에 혹은 만나고 혹은 떠나며 혹은 웃고 혹은 눈물짓는 애틋하고도 장쾌한 이야기를 읽고서는 비로소 통속적 연애소설이나 탐정소설이라고 결코 멸시할 것이 아니라고 생각하게 되었습니다.

이것은 물론 고급의 문예소설도 아니요 또 문예에 대한 정성으로 역술한 것은 아니외다. 오히려 문예의 존엄이라는 것을 생각할 제 조금이라도 문예에 뜻을 두고 이 방면에 수양을 쌓으려는 지금의 나로서는 부끄러운 생각이 없지도 않음을 깨달았습니다. 그러나 재미있었다, 유쾌하였다는 이유와 물리치기 어려운 부탁은 자기의 붓끝이 이러한 데에 적당할지 스스로 헤아리지 않고 감히 이를 시험하여 보게 된 것이외다.

계해(-1923) 첫겨울

역자

# 요청산

**화검생**

● 화검생(和劍生), 「요청산(遙青山)」, 『매일신보』, 1923.6.16~12.4, 4면(전155회)

● 탐험기담(奇談)

## 『요청산遙青山』 역譯에 대하여

원래 아프리카라 하는 지방은 세계 6대주의 하나로 광대한 지역을 점령하고 남북 양 반구에 가로누워 있는 땅이라. 그 북편 끝은 지중해에 접하여 지금부터 4천년 전에 이미 찬란히 문명이 발달되어 그의 문화는 현재 구라파歐羅巴 문명의 근본이 되었으나 그 내지에는 자고로 어떠한 민족이 거주하고 여하한 국가가 성립되었는지 도시 캄캄한 구름 속에 싸이어 18세기까지 세계 비밀국으로 인정이 되었었는데 18세기를 전후하여 남북 아메리카의 발견과 동양 제국諸國과 통상하는 등 구라파에서는 해외 발전이 충천지세衝天之勢로 성왕하여 감을 따라 이 의문 싸인 아프리카도 탐험하는 자가 연속하여 생기었으니 그중에도 유명한 사람은 서양 역사상에 기록된 리빙스턴과 스탠리 두 사람이라. 이 두 사람은 생명을 탐험 사업에 희생할 결심으로 모든 위험과 간난고초를 무릅쓰고 현세의 저승이라 하는 아프리카 내지에 들어가서 비밀국의 내용을 이 세상에 알리어 주었으므로 당시에 이 두 사람의 용감한 행동을 칭찬 아니 하는 사람이 없었고 각 신문국은 다투어 그의 소식과 안부를 기재하여 독자에게 보도하매 그의 높은 이름은 만천하에 진동하였었다. 그러므로 그때 혈기가 방장한 용맹 있는 청년들 중에는 그의 충동을 받아 대담한 탐험 사업에 종사하는 자가 뒤를 이어 나타났는데 그중에 애란 남작이라 하는 불란서佛蘭西의 풍유한 청년 귀족이 있었으니 이 귀족은 사랑하는 꽃 같은 아내를 내버리고 다시 살아 나오기 어려운 끝 가는 야만 지역에 단신으로 들어가서 지리학상에 다대한 공훈을 세웠으나 얼마 아니 되어 이 용맹한 청년 귀족은 아프리카 내지에서 불행히 흉독한 야만인의 손에 피살되었다 하는 보도로써 전 세계의 민중을 놀래었다. 이때에 본국에서 하루를 삼추三秋같이 남편 돌아오기를 고대하고 있던 남작 부인은 분연히 결심하고 중로에서 불행히 죽는 한이 있더라도 단정코 남편의 죽은 곳을 찾아 나아가 지하에 무한한 원한을 품고 있는 남작의 신령을 위로하고자 하여 마침 그때에 미망인이 된 부인에게 재혼을 청하는 청년 신사 3인과 협의하여 죽은 남편 분묘에 성묘한 후 누구에게든지 재혼하겠다고 약속을 하였는데 3인 중 한 사람은 부득이한 사정으로 동행치 못하였으나 나머지 두 사람은 부인과 동행함을 승낙하고 제반 준비를 정돈한 후 드디어 만리원로萬里遠路에 발정하여 혹은 흉포한 야만인의 노략을 받아 거의 사지에 빠지기도 하고 혹은 맹악猛惡한 짐승과 혹독한 더위의 핍박을 받아 천태만상의 간난고초를 겪어 가며 풍마우세風磨雨洗에 만고풍상을 무릅쓰고 어디까지 진행하여 필경에는 인적이 미도未到한 절역絶域까지 탐험하였다. 이 사실을 서양의 어떠한 문호가 일찍이 한 권 소설로 만들었는데 이제 본인이 용렬한 붓을 들어 번역하니 과연 작자의 뜻을 충분히 나타낼는지 자못 의문이나 좌우간 백절불요百折不撓하는 용맹과 활동 무대를 전 세계에 확장하는 홍대弘大한 국량을 본받아 처음의 목적을 중도에 폐하지 아니하고 주위의 모든 환란과 압박을 제어하고 성심성의로 진심갈력하면 필경은 성공의 영광을 얻을 것이라. 겸하여 아프리카 내지의 지리와 풍속을 짐작할 수 있으므로 우졸愚拙한 재주를 헤아리지 아니하고 번역에 붓을 들어 책 이름을 『요청산遙靑山』이라 하고 원문의 지명과 인명은 될 수 있는 대로 본명을 쓰고 문체는 신구 소설을 절충하여 써 독자의 편의에 공供하노니 다행히 독자의 흥미를 일으킬진댄 본인의 바람이 이에서 지남이 없다 하노라.

작자

## 사막의 꽃

**주요한**

- 주요한, 「사막의 꽃」, 『동아일보』, 1929.12.3~1930.4.12(전79회)
- 주요한, 『사막의 꽃(花)』, 대성서림, 1932.4.25(초판); 1934.3.10(재판), 167면; 대성서림, 1944.4.15, 302면; 광문서림, 1949
- 원작자 미상, 이상범 삽화

### 필자 주

이 소설은 『침묵한 인두人頭의 곡谷』이라는 미국소설의 번안이다.

## 서

작년 가을에 장질부사로 병원에서 두어 달 지냈다. 열기가 내리고 차도가 생기매 심심하겠다고 병원에 있는 H 군이 책을 들여 주었다. 그중에 영문 소설이 두 권 있었다. 하나는 『닥터 나이』라는 것이요 또 하나는 『침묵한 인두의 곡』이란 것이었다. 심심한 나마에 두 권을 이틀 동안에 다 보았다. 담임 의사 S 박사가 병후 신경쇠약증이 발하기 쉬우니 밤에는 보지 말라고 하는 것을 자꾸 읽었다.

첫째 소설은 나이라고 하는 의사가 사기횡령이란 억울한 죄명을 쓰고 징역을 한 뒤에 본고향으로 돌아와 인근 사람의 손가락질을 받아 가면서 분투노력하여 마침내 인격적으로 정복을 시키는 동시에 누명도 벗게 된다는 골자다. 둘째 번 소설은 캐나다를 배경으로 한 국경 수비대의 대원이 친구의 죄를 뒤집어쓰고 사형을 받게 되어 그것과 싸우며 난데없는 미인이 나와 그를 돕는다는 골자다. 요컨대 둘 다 활동사진 코미디에 나올 소설물이다. 작자가 어떤 사람인지 미국 문단에서 어떤 지위를 가진 소설인지 다 알 수 없다. 내용으로 보아 그리 고급의 문예가 아닌 것은 판단할 수가 있었다.

퇴원 후에 신문에서 연재소설이 떨어지고 미처 댈 것이 없게 되어 나더러 무엇이든지 주워 채우라는 명령이 내렸다. 그래서 기억을 더듬어 가지고 둘째 번 본 그 소설을 골자만 따다가 가 보지도 못한 몽고를 무대로 써 놓은 것이 이 『사막의 꽃』이다. 그것도 시작한 지 며칠 못 되어 불의의 일로 1개월이나 쉬고 계속하여 약 100회에 마치었다.

이 소설은 그러니까 오락적으로 읽어 버릴 것 외에는 아무 가치가 없다. 오직 한 가지 취할 점이 있다 하면 그것은 주인공의 강한 의지력, 침착한 성격, 모험적 기풍을 들는지. 세상에 흔히 나다니는 '성욕'을 자극하는 종류의 것이 아닌 것은 특색이라고 하면 특색이다. 본래 '낭림산인狼林山人'이라고 서명을 했던 것인데 출판할 때는 책사冊肆에서 아마 내 본이름을 쓰는 모양이다. 그러므로 이것이 내가 무슨 창작이나 예술품으로서 세상에 묻는 것이 아니란 것을 분명히 말해 두고 싶다.

경오년(-1930) 11월

주요한 지識

# 범의 어금니

**원동인**

- 원동인(苑洞人), 「범의 어금니」, 『조선일보』, 1930.8.5~1931.5.15, 8면(전220회)
- 모리스 르블랑 원작, 안석영 삽화

번역에 앞서 먼저 한 말씀하여 둘 것은 작중에 나오는 인물을 전부 조선 음으로 고친 것입니다. 왜? 첫째는 여러분의 인상을 깊게 하기 위함이요 둘째는 번역의 편의를 얻기 위함입니다. 위선 이 점을 먼저 양해하여 주시기 바랍니다.

끝으로 독자 여러분께 번역에 충실치 못하였던 것과 착오가 많았던 것을 사과하오며, 일부 독자 되시는 분의 희망이 있삽기에 작품 중에 나오는 중요한 인물의 원명과 번역한 이름과를 대조하여 놓습니다.

돈 루이스 페레나—부열라

아르센 뤼팽(페레나의 원명)—안두반

르봐쇠르—유화실

플로랑스(르봐쇠르의 일명)—이보련

마즈루—마수림

알렉상드르(마즈루의 원명)—오익삼

아르망드 루셀—이류설

코스모 모닝턴—고수목

이폴리트 포빌—이보익

마리안 포빌—원마리아

에드몽—이득몽

가스통 소브랑—이소령

발랑글레—박영구

데말리옹—정마령

베베르—위필호

베로—피로애

다스트리냐크—서둥약

장 베르노크—장벌록

# 결혼반지

**이하윤**

- 이하윤, 「결혼반지」, 『조선일보』, 1931.7.30~8.14, 8면(전13회)
- 모리스 르블랑 원작, 성북학인 삽화

괴신사 아르센 뤼팽으로 알리어진 불란서 탐정 작가 모리스 르블랑의 소설은 이미 우리말로도 수많이 소개되어 있으므로 르블랑에 대하여서나 또는 뤼팽에 대하여서는 여기 누언累言을 거듭코자 하지 않으려 한다. 그러나 『813』이니 『기암성』이니 하는 실로 경탄을 마지않게 하는 그의 유명한 장편은 오히려 너무나 잘 아는 바이지마는 이 쾌남아의 사사로운 고백으로써 우리의 흥미를 더욱 자아내게 하는 탐정 단편은 간혹 잊어버리기 쉽다. 여기에 번역하는바 「결혼반지」는 그의 단편집 『아르센 뤼팽의 비밀막秘密膜』에 들어 있는 것으로 비록 짧으나 재미가 없지 않은 1편이다. 영국에서 탐정 작가 셜록 홈스로 알려진 탐정 작가 코난 도일과 아울러 세계의 2대 탐정소설가라는 칭稱을 들은 지 오래며 더구나 르블랑의 작作으로 된 『뤼팽 대 홈스』의 활약을 전개시킨 1편은 더욱 우리들의 호기심을 만족시켜 주기에 족하다는 것을 첨언코자 한다.

# 흡혈귀

**붉은빛**

- 붉은빛, 「흡혈귀」, 『신동아』 7~16, 신동아사, 1932.5~1933.2(전8회)
- 박도일, 『흡혈귀』, 상호출판사, 1948.10, 159면
- 아서 코난 도일 원작

## 역자의 말

명탐정 셜록 홈스라고 하면 세계 어디서나 모를 사람이 없을 만큼 유명해지었습니다. 이 소설들은 본래 영국의 유명한 소설가 코난 도일이 지은 것으로 처음에는 잡지에 계속물로 연재되었는데 일반 사회에 환영이 비상하므로 단행본으로 발행하게 되었습니다. 따라서 세계 각국어로 번역되어 세계 어느 구석에나 코난 도일의 이름과 셜록 홈스의 이름이 알려지지 않은 데가 없습니다.

이 이야기는 전부가 셜록 홈스라는 유명한 탐정의 모험을 그의 친구요 또한 보조자인 왓슨이란 의사가 기록하는 것으로 되어 있습니다. 그러므로 이 이야기에서 '나'라고 나오는 인물은 곧 왓슨 의사를 가리킨 것입니다. 이야기 거의 전부가 영국을 근거로 했고 런던 안에서 된 이야기가 대부분입니다. '스코틀랜드 야드'라는 말이 자주 나오는데 그것은 런던 중앙경찰서를 가리킨 말입니다. 물론 셜록 홈스는 경찰서와는 관계가 없는 사설 정탐입니다마는 때로는 스코틀랜드 야드와 협력할 때도 있는 고로 그 이름이 여러 번 나옵니다.

번역은 글자 글자 고대로 따라 번역하면 도리어 흥미를 잃을 염려가 있는 고로 이야기의 원 전개만 붙잡아 가지고 다소의 첨삭이 있는 것을 미리 말해 둡니다.

# 홍두 레드메인 일가

**김내성**

- 김내성, 『홍두(紅頭) 레드메인 일가』, 조광사, 1940.12.28, 400면 중 1~196면
- 이든 필포츠 원작, 세계걸작탐정소설전집 1
- 안회남, 『르루주 사건』(에밀 가보리오 원작) 합본

## 서

천학비재인 역자가 본 탐정소설전집의 선選을 맡았을 때 약 20편에 가까운 세계적 걸작이 머리에 떠올랐었다. 그중에서 10편을 추려 본 전집에 넣고자 하였으나 조광사의 편집 사정으로 말미암아 다시 5편으로 줄어들고 만 것이 본집本集에 수록된 『르루주 사건』, 『홍두紅頭 레드메인 일가』, 『배스커빌의 괴견怪犬』, 『813의 비밀』, 『그린 살인 사건』이다. 이 선의 당부당當不當은 제언諸彦의 정곡正鵠한 판단에 맡기거니와 적어도 선자選者로서는 가장 양심적이고 가장 공평한 선이었다는 것을 공언하여 추호도 부끄럼이 없는 바이다.

그런데 이상 5편 중에서 역자가 『홍두 레드메인 일가』를 택한 데는 일이一二의 이유가 있기 때문이다. 지금까지 탐정소설이라 하면 대번 아르센 뤼팽 식의 신출귀몰, 난투 모험, 전율적 추격 등의 저급한 소년 독물讀物을 연상하는 독자들에게 주는 하나의 항의가 기일其一이요 플롯과 묘사와 인물의 성격이 조금도 부자연함이 없이 격합隔合되었을 뿐만 아니라 탐정소설의 플롯으로서도 가장 걸출한 것이 기이其二이다. 한마디로 말하면 『홍두 레드메인 일가』는 점잖은 탐정소설, 점잖은 어른들이 읽을 만한 탐정소설이기 때문이다.

점잖기 때문에 개권開卷 제1엽頁에서부터 독자의 호기심을 야기하는 그런 종류의 탐정소설이 아니다. 그런 종류의 소설은 필연적으로 스토리의 부자연성과 피血 없

는 인형人形을 내포한다. 생각건대 독자는 이 『홍두 레드메인 일가』의 전반前半을 약간 지루하다는 감으로 읽을지 모르거니와 그러나 한번 후반에 이르자 지리멸렬하게 생각하던 전반의 일견 무의미하게 보이던 일언일구가 찬연한 보석처럼 빛날 것이며 작자 이든 필포츠에 대하여 경건의 염念을 품지 않을 수 없을 것이다.

Eden Phillpotts는 영英 문단의 노대가이다. 1862년 인도에서 생을 받아 영 본국으로 돌아와서는 30세경에서부터 문필에 정진하여 소설, 희곡, 시집 등의 저서가 많고 탐정소설로서의 처녀작은 그가 60세에 쓴 『회색의 방』이다. 이 『홍두 레드메인 일가』는 그의 제2작作으로서 그리 많지 않은 그의 탐정소설 중 가장 걸출한 작품일 뿐 아니라 실로 세계 탐정소설의 베스트 텐의 하나이다.

순 문예가인 이든 필포츠가 더구나 60세에 이르러서 탐정소설에 손을 댄 그 정열에 고두叩頭할 뿐만 아니라 그것이 결코 노년의 부질없는 여기餘技가 아니고 탐정소설에 대한 심원한 이해 밑에서 금후의 탐정소설이 걸어갈 방향을 지시한 이든 필포츠 옹을 존경하며 이 짧은 글을 막는다.

쇼와 15년(=1940) 11월 29일 밤

# 르루주 사건

**안회남**

● 안회남, 『르루주 사건』, 조광사, 1940.12.28, 400면 중 197~400면

● 에밀 가보리오 원작, 세계걸작탐정소설전집 1

● 김내성, 『홍두(紅頭) 레드메인 일가』(이든 필포츠 원작) 합본

## 서

현대에 있어서 탐정소설은 가장 새롭게 출현한 대중문학이다. 그러면서도 그것은 아직 여러 독자의 층에 침투되어 있다고는 할 수 없다. 탐정소설의 연령이 1세기도 채 못 되기 때문이리라. 에드거 앨런 포가 활약하기 시작한 게 한 90여 년 전 일이다. 그리하여 우리는 셰익스피어와 『부활』과 위고와 『베르테르의 비애』는 잘 상식화하여 가지고 있지만 탐정소설의 고전과 명작에는 전혀 깜깜하다.

나는 20여 년 전에 나의 선친의 저작에서 코난 도일의 번역을 읽은 일이 있다. 그것은 "The Adventures of a Speckled Band"라는 단편이었다. 조선에 있어서 탐정소설의 이식移植은 이것으로 효시일 것이다. 또 「화가」라고 하는 선한문鮮漢文의 창작이 있었는데 이것은 내가 한글로 개작하여 10여 년 전에 『새벗』지에다 발표하였다.

기후其後 김동성 씨가 역시 도일의 단편집을 『붉은 실』이라는 책 이름으로 발행하였고 이상협 씨의 뒤마 모험담의 번역을 거쳐 유광렬, 현진건, 정순규, 이원규 제씨의 손으로 많은 번안본이 출현하였다. 포의 것으로는 「황금충」이 이하윤 씨의 역으로 『중외일보』에 연재되었었는데 이 방면의 고증은 후일에 상세한 것을 기할밖에 없다. 그러나 이상의 소기록을 보더라도 오늘날까지 이 방면의 지지부진한 상태를 잘 짐작하게 되리라 생각한다.

에밀 가보리오는 불란서 탐정소설계의 창시자이며 『르루주 사건』은 세계 탐정문

학의 귀중한 고전이다. 물론 현대 수준에서 관찰하면 여러 가지 난점이 있을 것이나 그래도 이 작품이 갖는 근본적인 가치는 조금도 손상됨이 없으리라고 믿는다. 필포츠와 『홍두紅頭 레드메인 일가』에 대하여는 동역자의 해설이 있을 것이라 할애한다.

우리 문단의 유일한 탐정소설 작가 김내성 형과 손을 맞잡고 이 책을 상재함에 이르러 자못 감개가 무량한 바 있다. 이 총서가 이 땅에 건전한 본격적인 탐정소설이 수립하게 조그마한 발돋움이라도 된다면 영광이라고 생각한다.

쇼와 15년(=1940) 12월 5일

# 복면신사

**안회남**

- 안회남, 『복면신사』, 문예서림, 1950; 제일문화사, 1952.1.10, 210면
- 에밀 가보리오 원작, 세계걸작탐정소설

## 머리말

우리 한국 문단에 있어서 탐정소설이란 아직껏 독자적 경지를 확립지 못하고 우보지지牛步遲遲한 가운데 있음은 숨길 수 없는 엄연한 사실이다. 일찍이 천리구(－김동성)를 비롯하여 하몽(－이상협), 종석(－유광렬) 등의 신문 기자들의 번안소설이 나온 이후로 여태껏 똑같은 굴레 속에서 헤매고 있는 것이 오늘의 우리 탐정소설 그것이다.

그럼에도 불구하고 탐정소설을 즐겨 하는 일반 독자들은 날로 늘어 갈 뿐으로 착실한 작품의 출현을 바라는 소리는 높다.

이에 느낀 바 있어 불란서 탐정소설계의 선구자인 에밀 가보리오의 원작을 번역하여 『복면신사』라 제題하여 독서인 앞에 내놓는 바이다. 이 작품은 세계 탐정계의 귀중한 고전일 뿐 아니라 현실적인 건전한 탐정소설의 수립을 대망하는 이때에 이러한 본격적인 걸작품을 읽는 것은 우리들의 여러 가지로 의의 깊은 일로 생각한다.

1949년 9월 1일

김문서 씀

## 배스커빌의 괴견

**이석훈**

- 이석훈, 『배스커빌의 괴견(怪犬)』, 조광사, 1941.5.17(초판); 1943.4.20(재판), 532면 중 1~239면
- 아서 코난 도일 원작, 세계걸작탐정소설전집 3
- 박태원, 『파리의 괴도』(아널드 프레더릭 쿠머 원작) 합본

### 서-코난 도일에 대하여

코난 도일은 영국의 문호로 그의 탐정소설이 세계 각국어로 번역되어 대중의 독물讀物로 절찬을 받고 있는 사실은 여러분도 잘 아실 줄 믿습니다.

그는 탐정소설을 써서 단번에 세인을 놀랠 만큼 신생면을 열었습니다마는 그는 단순히 이른바 대중소설에만 머물지 않고 본격적인 걸작 전기傳記 소설도 썼으니 즉 유명한 『엉클 베르나크(베르나크 아저씨)』라는 소설과 저 나폴레옹의 사생애私生涯를 그린 작품입니다.

내가 여기 번역한 『배스커빌의 괴견*The Hound of the Baskervilles*』은 그의 1902년의 작품인데 소위 '홈스 이야기' 중에서 가장 긴 작품입니다. 긴 작품이라고 하면 얼른 듣기에 혹 지루하지 않을까 기우杞憂하실 분이 있을지 모르나 결코 지루하기는 새로 아주 재밌고 재밌는 소설이외다. 연전에 유명한 『옵서버』지에서 탐정소설 중에서 어느 것이 재밌느냐? 하는 투표를 널리 모집한 일이 있는데 그중에 『배스커빌의 괴견』이 제1위를 점했습니다. 이것으로써도 짐작되지 않습니까?

코난 도일은 이미 여러 해 전에 세상을 떠났습니다마는 그는 본디 1859년 영국 스코틀랜드의 에든버러에서 나서 의학을 공부하여 청년 시대는 육군 군의軍醫로 인도에 와 있던 일도 있는데, 이 소설에 나오는 왓슨 의학 박사는 곧 작자 자신의 재현이라 볼 수 있습니다. 그래서 더욱 흥미가 있다는 것입니다.

끝으로 그의 인물의 일면을 말하는 재밌는 이야기를 소개하고 이 서문을 막겠습니다.

도일은 아주 우국지사입니다. 제1차 대전 직전 그는 독일 잠수함의 무서운 위력을 크게 설파하여 영국 해군에게 경고를 한 일이 있습니다. 또 소설을 써서 백이의白耳義(-벨기에)의 아프리카 콩고 개척의 실정을 폭로하여 그 토인 학대의 비인도적 횡포를 크게 분개한 일 같은 것도 재밌는 에피소드가 아닙니까?

끝으로 또 한 가지, 이 소설의 원명은 『배스커빌의 사냥개』입니다마는 일부러 괴견怪犬이라고 했습니다. 그 이유는 읽으시면 알 겝니다. 그리고 번역은 될 수 있는 대로 읽기 쉽게 하느라고 애썼습니다마는…….

쇼와 16년(-1941) 1월 28일 야夜

창동에서

# 심야의 음모
## 이석훈

- 이석훈, 『심야의 음모』, 세계서림, 1948.3.25, 239면
- 이석훈, 『배스커빌의 괴견(怪犬)』, 야사연구회, 1948, 239면
- 아서 코난 도일 원작

영국 문호 코난 도일의 이름은 우리 조선에도 이미 널리 알려져 있다. 그만큼 그의 탐정소설은 세계 각국어로 번역되어 대중 독물讀物로 절찬을 받고 있는 것이다. 나 역시 코난 도일의 애독자의 한 사람인데 한 육칠 년 전 일제 시대에 조선서 첨으로 그의 작품 중 최대 걸작이라는 『배스커빌의 사냥개』를 우리말로 번역 소개하는 영광을 가졌던 것이다.

이 『배스커빌의 사냥개』는 일찍이 영국의 대신문 『옵서버』지에서 세계 탐정소설 중 어느 것이 제일 재미있느냐 하는 투표를 널리 모집했을 때 제1위를 차지하였는데 나는 그 소식을 듣고 우리말로 번역해 볼 흥미를 부쩍 느끼게 된 것이었다.

지금 여기 내놓는 『심야의 음모』가 즉 그 작품의 재판이다. 내용을 길게 설명할 필요는 없으나 다만 이 작품은 탐정소설로서 아기자기한 재미를 가졌을 뿐 아니라 문학적, 예술적 가치로 보더라도 높은 수준을 가는 고급 문예 작품이라는 것만을 말해 둔다. 그러므로 보통 탐정소설처럼 한번 읽어 버리면 그만인 그런 안가安價한 내용이 아니라 두고두고 여러 번 읽을수록 맛이 나는 호독물好讀物임을 추장推奬키에 주저치 않는 바이다.

끝으로 코난 도일은 이미 세상을 떠났으나 그는 본디 서력 1859년 영국 스코틀랜드의 에든버러에 출생, 의학을 공부하여 청년 시대에는 육군 군의軍醫로 인도에 주재했던 일도 있으며 이 소설에 나오는 왓슨 의사는 곧 작자 자신의 재현으로 볼

수 있는 점이 더욱 흥미를 이끈다. 도일은 바로 본격적 장편소설 『베르나크 아저씨』 같은 훌륭한 작품도 남겨 놓았다.

이만 간단하게 해 두고 독자의 많은 애독을 희망하는 바이다.

1948년 3월

재판을 냄에 당하여

역자 씀

# 파리의 괴도

**박태원**

● 박태원, 『파리의 괴도』, 조광사, 1941.5.17(초판); 1943.4.20(재판), 532면 중 243~532면
● 아널드 프레더릭 쿠머 원작, 세계걸작탐정소설전집 3
● 이석훈, 『배스커빌의 괴견』(아서 코난 도일 원작) 합본

## 서

내가 탐정소설을 읽기 시작하기는 중학 시대부터이었다고 기억된다. 책명은 잊었으나 가보리오의 작품이 아니었던가 한다. 이래 20년이 가까운 동안 탐정소설은 나의 한결같이 애독하여 오는 서적 가운데 하나이다.

우리가 문학 작품에서 구하여 얻으려 하는 바는 무론毋論 한둘이 아닐 것이다. 그러나 건전한 오락도 분명히 그중의 하나이라 할 수 있다면 탐정소설은 우리의 그러한 목적을 만족시켜 주는 호개好箇의 독물讀物이라 아니 할 수 없겠다.

조광사 도서부에서 세계명작탐정소설전집을 간행하는 취지도 분명히 이곳에 있으리라 믿는다.

물론 명작 탐정소설이라 일컬을 수 있는 작품은 그 수효가 적지 않아 도저히 본 전집 3권에 전부 수록될 수 없다. 수록된 작품보다 되지 못한 작품이 더 많은 것은 또한 어찌할 수 없는 사정이겠다.

도서부에서 처음에 내게 부탁이 있기는 반 다인의 『그린 살인 사건』으로 예고도 그렇게 하여 온 듯싶다. 무론 반 다인은 탐정소설가로 일류 중의 한 사람이요 『그린 살인 사건』은 그의 대표작 중의 하나이라 본 전집에 의당 수록되어야 마땅할 것이다.

나는 기꺼이 그 번역을 담당하기로 하였던 것이다.

그러나 막상 펜을 잡기에 미쳐 나는 주저하지 않을 수 없었다. 그것은 그 작품의 성격이 너무나 음산하고 불건강하기 때문이다. 흥미만을 본위로 한다면 몰라도 독자 제씨에게 건전하고 명랑한 오락을 제공한다는 점으로는 심히 적당치 않다고 믿어졌다.

이리하여 이제까지 예고하여 왔던 것과는 다르게 아널드 프레더릭의 『파리의 괴도』를 택하기로 하였다.

다만 유감되기는 작자에 대한 지식이 도무지 없어 독자 제씨에게 이를 소개할 수 없는 점이다. 그러나 이 작품이 제씨의 엽기 취미를 어느 정도까지 만족시키고야 말리라는 것은 삼가 역자가 보증한다. 애독을 비는 바이다.

쇼와 16년(-1941) 2월 염일念日

## 천고의 비밀

**유두응**

- 유두응, 『천고(千古)의 비밀』, 삼우출판사(동화당서점), 1945.9.25, 165면
- 모리스 르블랑 원작, 괴기탐정 뤼팽 전집 1

### 『천고의 비밀』 머리에

8·15 이후로 이 땅의 청소년은 갑자기 눈뜬 소경이 되었다. 우리말과 우리글을 빼어 간 일본 제국주의 악정 때문에 우리 청소년은 고만 청맹과니가 되고 말았다. 이 땅의 청소년들의 머리를 좀먹던 그 수많은 일본 서적은 거부되었으나 그 대신 그들에게 읽힐 만한 책이 없었던 것이 최근 삼사 개월간의 현상이었기 때문이다. 그리하여 삼천리 방방곡곡에서 "읽을 책을 다오" 하는 소리가 빗발치듯 하였다. 그러나 좌익 서적이라든가 정치론 같은 서적은 범람하였으나 그런 색채를 떠나 순수한 한글로 씌어진 책은 내가 아는 한 아직 출현되지 않았다.

여기 느낀 바 있어 친우 유 군이 르블랑의 제諸 작품을 망라해서 뤼팽 전집을 역출譯出하는 것이 결코 무의미한 일이 아니라고 믿는다.

모리스 르블랑은 20세기 초기로부터 일세를 풍미하던 불란서의 대탐정소설가다. 그의 수많은 작품 가운데서 기상천외의 대활동을 하는 쾌도快盜 아르센 뤼팽이야말로 우리 이조 말엽의 임꺽정林巨正 모양으로 있는 사람의 것을 뜯어다가 없는 사람을 나누어 주는 의협아이다.

르블랑은 자기의 작중 인물인 뤼팽을 일생을 통해서 사랑하였고 따라서 우주 안에는 절대로 불가능이 없으리만큼 뤼팽에게 기지奇智와 호용豪勇과 의기義氣를 주었다. 그리하여 뤼팽이 가는 곳에는 언제나 분규되었던 사건이 안개 걷히듯 해서 우

리의 상상으로는 일종 신비에 가까운 느낌을 갖게 하였다.

이 쾌도 뤼팽은 저 도척盜跖이나 양산박梁山泊 호한好漢에 비할 바가 아니다. 물질문명이 고도로 발달한 구라파에 있어서 그 종횡무진한 기지機智로 뤼팽을 살려 놓은 르블랑에게 대하여 경의를 표하는 동시에 이 소설을 읽는 이 땅의 청소년들로 하여금 침착성과 이지력을 배양하는 데 큰 도움이 될 것을 믿어 의심치 않는다.

병술(-1946) 정월

박인용 씀

## 보굴왕

**김내성**

- 김내성, 「괴암성(怪巖城)」, 『조광』 63~71, 조광사, 1941.1~9(전8회, 미완)
- 김내성, 『보굴왕(寶窟王)』, 여명각, 1948.2; 평범사, 1957.12.30, 270면
- 모리스 르블랑 원작, 정현웅 삽화(1941), 김용환 장정(1957)

### 서

불란서 탐정 문단을 찬연히 빛내는 위대한 작가가 네 사람 있었으니, 그 두 사람은 고전 작가에 속하는 에밀 가보리오Émile Gaboriau와 포르튀네 뒤 보아고베Fortune du Boigobey요 남은 두 사람은 현대에 속하는 모리스 르블랑Maurice Leblanc과 가스통 르루Gaston Leroux다.

그러나 그중에서도 대중 탐정소설로서 세계의 독서자로부터 열광적 환영을 받은 것은 신사 괴도怪盜 아르센 뤼팽Arsène Lupin을 창조한 모리스 르블랑이 아니면 안 될 것이다.

뤼팽—그렇다, 탐정문학에 한발을 들여놓은 사람으로서, 그리고 들여놓으면서부터 쾌남아 뤼팽의 이름을 모르는 사람은 하나도 없을 만큼 그의 남구南歐의 야성적 정열은 독자의 잠자는 정열까지도 무섭게 불타오르게 한다.

포가 뒤팽을, 도일이 홈스를, 가보리오가 르코크를 하나의 영웅적 명탐정으로서 등장시킨 것과는 정반대로 르블랑은 괴도 뤼팽을 주인공으로 하여 종래의 탐정소설의 역효과를 거두어 불란서의 독자층을 충분히 만족시킬 만한 거인을 창조한 것이다.

그러나 신출귀몰, 천변만태의 뤼팽은 단순히 악의 권화權化와 같은 악인이 아니고 때로는 열렬한 애국자로서, 악을 물리치기 위한 탐정으로서 변환 자재의 활동을 하

는 일종의 의적義賊이다.

그리고 르블랑을 세계적 명탐정가로서 유명하게 한 일련의 '뤼팽 이야기'를 집필하기 시작한 것은 실로 그가 40세 때였으며 여기에 번역한 『보굴왕寶窟王』(괴암성, 怪巖城)은 그의 수많은 장편 중에서도 대표적 작품의 하나로서 거도巨盜 유판劉判(-뤼팽)과 일개 중학생인 홍안紅顔 미소년 이보돌李保乭이 이상한 '공침空針의 비밀秘密'을 둘러싸고 전개되는 전율적 투쟁기이다.

이것은 1941년 정월호부터 『조광』지에 8개월 동안에 걸쳐 제8장까지 연재하다가 사정으로 말미암아 중단된 것을 이번 상재上梓에 제際하여 제9장과 제10장을 보족補足한 것으로 번역에 있어서는 당시의 편집자의 희망을 들어 인명을 한국식으로 충당하였다.

1948년 1월 25일

성북동 일우一隅에서

역자

# 심야의 공포

**김내성**

- 김내성, 『심야의 공포』, 여명각, 1947.10; 육영사, 1955.3.15, 185면
- 아서 코난 도일 원작

## 서

고전 탐정소설가의 제일인자인 코난 도일 경Arthur Conan Doyle — 그러나 도일의 이름은 몰라도 그가 창조한 명탐정 셜록 홈스의 이름을 모르는 사람은 없을 만큼 명탐정 홈스의 모험담은 전 세계의 독서계를 휩쓸었던 것이니 1859년 영국에서 낳고 에든버러 대학에서 의학을 공부한 작자가 거물 탐정 홈스를 창조할 때 그는 학생시대의 선생이던 조셉 벨 박사를 모델로 했다는 것은 유명한 이야기다.

1841년 미국의 에드가 앨런 포Edgar Allen Poe에서 시작된 탐정소설은 불란서의 에밀 가보리오Émile Gaboriau를 거쳐 비로소 영국의 코난 도일에서 완성되었다. 이것이 즉 장단편 약 60여 편에 가까운 명탐정 홈스의 모험담이다.

여기에 수록된 5편의 모험담은 그의 수많은 단편 중에서도 가장 우수한 것만을 택한 것으로서 모두 세계 각국어로 널리 번역 소개된 주옥편이다.

역술에 있어서는 외국의 인명, 지명에 서투른 독자 대중의 편의를 도모하기 위하여 「백발 연맹」(원명은 홍두 연맹), 「심야의 공포」(얼룩얼룩한 끈타불), 「히틀러의 비밀」(여섯 개의 나파륜邦破倫(-나폴레옹) 초상)의 3 작품은 번안을 하였다. 따라서 백린白麟 탐정이 홈스임은 두말할 것도 없다. 그러나 「왕궁의 비밀」(보헤미아 왕의 추문) 1편만은 원작의 일자 일구를 등한히 하지 않은 정역精譯임을 말해 둔다.

「히틀러의 비밀」과 「혁명가의 아내」(은테 안경)는 방송국의 요청으로 라디오 드

라마용으로 어레인지한 것으로 「히틀러의 비밀」은 방송 후 『신세대』지에, 「심야의 공포」는 방송 후 『조광』지에, 「백발 연맹」은 『광업조선』지에 각각 게재되었던 것이다.

하여튼 이상의 각 편을 통독하면 지상紙上 탐정 셜록 홈스의 비범한 풍격風格이 작자의 절륜絶倫한 상상력과 함께 독자 제씨의 안전에 약동할 것이라 믿거니와 후에도 기회만 있다면 세계적 명작을 독자 제씨에게 소개하고자 하는 바이다.

1947년 9월 16일

성북동 일우一隅에서

저자

# 마심불심

**김내성**

● 김내성, 『마심불심(魔心佛心)』, 해왕사, 1948.11.20(초판); 청운사, 1952.10.5(3판), 212면

● 에밀 가보리오 원작, 백추사 장정

## 서문

앨런 포의 탐정소설이 불란서에 소개된 지 약 10년이 넘은 1866년에 에밀 가보리오Émile Gaboriau, 1832~1873의 출세작인 『르루주 사건*L'Affaire Lerouge*』이 세상에 나타났다.

그 당시의 불란서 문단을 살펴보면 발자크의 『인간 희극』이 다수의 독자를 점하였고 대중 문단의 노장인 뒤마는 역사소설 『달타냥 총서』를 비롯하여 『몽테크리스토』와 기타 범죄 실록 총서로 비상한 인기를 얻었고 외젠 쉬는 『방황하는 유태인』과 『파리의 비밀』로 갈채를 받았고 쥘 베른은 그의 독특한 모험담을 썼고 저 위대한 낭만 작가 위고는 『노트르담의 꼽추』와 『레미제라블』 등의 명작으로써 모든 계급의 독자로부터 우상처럼 숭배를 받았고 탐미주의의 효장驍將인 코체는 『클레오파트라의 일야一夜』, 『미라의 이야기』와 같은 애급埃及(－이집트)의 꿈을 실은 괴기담을 쓰기 시작하였다. 이리하여 대중 문예의 방면으로서 본다면 이처럼 찬란한 시대는 전 불란서의 문예사를 통하여도 다시는 찾아볼 수가 없었다.

뿐만 아니라 당시는 괴기소설, 모험소설, 범죄소설 같은 것이 일반 독서계에서 환영을 받는 경향이 많아졌던 때문에 민감한 신문 잡지의 편집자들은 매호 그런 것을 게재하여 독자 흡수에 부심을 하였다. 이러한 상태로 보아서 종래의 범죄소설에서 일전一轉하여 소위 탐정소설이 발흥할 기운은 충분히 익었던 것이니 과연 이때에 본격 탐정소설을 들고 돌연 대중 문단에 혜성처럼 출현한 사람이 곧 전기前記한 에

밀 가보리오였으며 그때 들고나온 작품이 곧 여기에 역출譯出한 『마심불심』(르루주 사건)이다.

이 불세출의 명작이 일단 『르 페이』 지상에 게재되자 그때 『르 프티 주르날』지의 창립자요 저널리스트로서 드물게 보는 민완가인 미요가 탐정소설에 흥미를 비상히 느끼고 가보리오의 작품을 『르 프티 주르날』에 연재하여 비상한 인기를 독점하였다. 그의 작품은 각 외국어로 번역이 되어 열광적 환영을 받았다.

가보리오의 탐정소설에는 그 어느 작품에든지 공통한 수법이 있다. 그것은 이 『마심불심』에서도 보는 바와 같이 단지 탐정소설을 위한 탐정소설이 아니고 탐정소설이란 하나의 커다란 굴레를 그 겉에 씌워 놓은 가정 비극—착잡히 얽히어진 가정의 일대 비밀극이 작품의 주요점이 되어 있다는 것이다. 세태인정의 파란만장, 심각한 애욕의 교향악—이러한 로맨스의 강렬한 방향芳香이 작자 가보리오의 창작욕을 자극한 중요한 요소일 것이다. 포나 다인이나 도일에게서는 맛보지 못한 이 방순芳醇한 향기! 이것을 우리들 탐정소설 애독자들은 소위 '가보리오의 로맨티시즘'이라고 부른다.

끝으로 이 작품의 번안에 있어서는 맨 처음 몇 장章의 따분한 대목을 무리 없이 초역抄譯한 것을 미리 양해해 주기 바란다.

1948년 11월 4일

역자

# 진주탑

**김내성**

- 김내성, 『진주탑(眞珠塔)』, 백조사, 1947.5.10, 299면 · 1947.10.1, 332면(전2권)
- 알렉상드르 뒤마 페르 원작, 보은 편 · 복수 편, 박성규 표지, 최영수 내화

## 서

『진주탑』은 작년 9월 3일부터 시작되어 목하目下 서울중앙방송국에서 매 화요일마다 방송하는 장편소설이다.

이 뒤마의 원작은 불란서 혁명의 말기인 나파륜那破崙(-나폴레옹)의 백일정치百日政治 전후를 배경으로 한, 실로 위대한 구상과 현란한 스토리를 가진 세계적 걸작임은 이미 주지하는 바이거니와 이 소설에는 현대 대중소설이 걷고 있는 모든 요소가 완성에 가까우리만큼, 그리고 아낌없이 내포되어 있다.

나는 중학 시대에 이 소설을 읽고 실로 폭풍우와 같은 열광적 분위기 속에서 얼마 동안을 그 현란무쌍, 휘황찬란한 흥분과 함께 예술의 삼매경을 방황한 적이 있거니와 그 후 나는 기회만 있으면 이 방대한 원작을 조선적으로, 그리고 가장 평이한 문체로 요리하여 20년 전 내가 맛본 그 열광적 흥분을 극히 광범위한 일반 대중과 같이 나누고자 하는 욕망을 항상 갖고 있었다.

그러던 차에 작년 8월 서울중앙방송국의 요청을 받았다. 그것은 나에게 있어서는 천재일우의 기회가 아닐 수 없다. 이리하여 드디어 『진주탑』은 9월 3일부터 방송을 시작하게 되었으나 여기는 실로 창작 이상의 수많은 고심이 있었다는 것을 부기附記하지 않을 수 없다. 창작이면 취재取材도 비교적 자유롭게 할 수 있겠지만 정치적으로 경제적으로 배경을 달리한 불란서 혁명을 3 · 1운동으로 끌고 오기까지에는

정말 눈물겨운 고심이 숨어 있었다. 따라서 조선의 현실과 맞지 않는 점이 전혀 없을 수 없었다. 예를 들면 조선인 검사 대리가 사상범을 취급한다든가 조선인 검사정檢事正이 존재해 있었다든가 하는 점이다.

그리고 이 소설은 방송을 위주하여 집필했기 때문에 눈으로 읽기보다도 귀로 듣기 쉽도록 문장에 있어서는 평이와 리듬을 항상 염두에 두었다. 감탄사가 비교적 많은 것도 이러한 이유에서다.

『진주탑』 방송에 있어서는 친절한 청취자 제위로부터 방송국을 통하여 수많은 격려의 서신을 받았다. 이 조그만 지면을 통하여 감사를 드립니다.

끝으로 『진주탑』이 방송소설로서 어느 정도 성공을 보았다면 그것은 결코 필자의 탓이 아니고 이 소설을 읽어 주신 박학 씨와 이백수 씨의 명낭독의 덕택임을 특기特記해 두는 바이다.

1947년 4월 26일

성북동 일우一隅에서

저자

『진주탑』 은 종횡무진한 구상과 심오한 깊이를 가진 장편소설이다.

이 뒤마의 원작은 불란서 혁명의 말기인 나파륜의 백일정치 전후를 배경으로 한 실로 위대한 구상과 현란한 스토리를 가진 세계적 걸작임은 이미 주지하는 바이거니와 이 소설에는 현대 대중소설이 걷고 있는 모든 요소가 완성에 가까우리만큼, 그리고 아낌없이 내포되어 있다.

나는 중학 시대에 이 소설을 읽고 실로 폭풍우와 같은 열광적 분위기 속에서 얼마 동안을 그 현란무쌍, 휘황찬란한 흥분과 함께 예술의 삼매경을 방황한 적이 있거니와 그 후 나는 기회만 있으면 이 방대한 원작을 우리나라의 것으로, 그리고 가장 평이한 문체로 요리하여 20년 전 내가 맛본 그 열광적 흥분을 극히 광범위한 일반 대중과 같이 나누고자 하는 욕망을 항상 갖고 있었다.

그러던 차에 기회가 있어 붓을 들어 보니 여기는 실로 창작 이상의 수많은 고심이 있었다는 것을 부기하지 않을 수 없다. 창작이면 취재도 비교적 자유롭게 할 수 있겠지만 정치적으로 경제적으로 배경을 달리한 불란서 혁명을 3·1운동으로 끌고 오기까지에는 정말 눈물겨운 고심이 숨어 있었다. 따라서 우리나라의 현실과 맞지 않는 점이 전혀 없을 수 없었다. 예를 들면 한인 검사 대리가 사상범을 취급한다든가 한인 검사정이 존재해 있었다든가 하는 점이다.

그리고 이 소설은 방송을 위주하여 집필했기 때문에 눈으로 읽기보다도 귀로 듣기 쉽도록 문장에 있어서는 평이와 리듬을 항상 염두에 두었다. 감탄사가 비교적 많은 것도 이러한 이유에서다.

저자

6·25동란으로 말미암아 출판사에서 지형紙型을 분실하여 이번 새로이 조판하는 기회에 내용의 불비不備한 점을 수정 보완한 것을 부기하여 두는 바이다.

1952년 2월

부산 동대신동에서

저자

# 해적

**방인근**

● 방인근, 『해적』, 문운당, 1949.11.30(초판); 문성당, 1952.1.25(3판), 213면

● 라파엘 사바티니 원작, 세계대중문학선집 1

## 서

문운당에서 세계대중문학선집을 발행한다고 무엇이나 하나 번역해 달라고 해서 나는 10여 권 책을 읽어 보았다. 그중에서 나는 이 『해적』을 선택하였다. 그것은 다른 것보다도 몹시 감명 깊게 읽은 탓이다. 나는 이만치 재미있고 박력 있는 작품은 드물다고 생각하였다.

이 소설은 원명이 *Sea Hawk*요 『바다의 매』라고도 하는 것을 『해적』이라고 해 버렸다. 이태리 문호 사바티니의 걸작 중의 하나이다. 지금으로부터 30여 년 전에 쓰인 작품으로 각국 말로 번역되었다.

나는 이것을 번안에 가깝도록 하고 페이지 관계로 생략한 데도 많으나 과히 원작에 손상이 없도록 하였다. 이름 같은 것은 음音 상사相似하게 하였다.

단기 4282년(-1949) 11월 22일

# 마수
방인근

• 방인근, 『마수(魔手)』, 삼중당, 1954.9.30, 281면
• 모리스 르블랑 원작, 뤼팽탐정소설전집 2

## 서문

뤼팽은 너무도 유명하여 세계적 인물이 되고 말았다. 괴도 신사요 의적이요 모험가요 동시에 민첩한 탐정이요 형사를 수중에 넣고 주무르기를 잘한다. 이번 『마수魔手』에는 형사와 함께 일을 하는데 그들의 우정은 법을 초월한 바 있다.

뤼팽은 철두철미 다정다감한 괴남아로 언제나 아름다운 여인과 사랑하게 되나 최후는 비극으로 끝마친다. 그리고 저자 르블랑과 뤼팽은 일심동체라고 할 만치 친근한 데 작품이 살고 더욱 묘미를 자아낸다. 불란서 파리 교외 센강 근처 경치 좋은 데 저자의 별장이 있는데 그 이름은 '뤼팽장莊'이라는 것을 보아도 알 수 있다.

뤼팽은 각국어로 다 번역이 되고 우리나라에도 많이 소개되었으며 내가 번안한 것이 제일 많을 것이나 이번 전집으로 나오게 되는 것은 처음인 만치 뤼팽과 독자 제위를 연결시키는 데 큰 효과가 있으리라고 믿는다. 끝에 부록으로 단편 「방공防空」을 넣었는데 독일 스파이와 애국자인 뤼팽의 활약이 볼 만하다.

# 철가면의 비밀

**정비석**

- 정비석, 『철가면의 비밀』, 정음사, 1954.9.25, 191면
- 포르튀네 뒤 보아고베 원작

## 머리말

『철가면』은 불란서의 어떤 역사상 사실을 근거로 한 모험소설이다. 지금부터 260여 년 전 루이 14세 때에 불란서의 바스티유 감옥에 괴상한 죄수 한 사람이 있었다. 그 죄수는 피네롤로라는 성에서 붙잡혀 나중에 바스티유라는 감옥으로 옮겨 왔는데 처음 붙잡힌 그때부터 옥중에서 죽기까지 국왕의 명령으로 줄곧 검은 비로드의 복면을 쓰고 있어서 옥지기들조차 그의 본얼굴을 본 사람이 없었고 이름조차 몰랐다고 한다. 그런 죄수가 있었다는 사실은 그 당시의 바스티유 감옥의 공무 일지에 분명히 기록되어 있는 것으로 보아 결코 누가 꾸며 낸 이야기는 아닌 것이다.

어느 나라에나 수수께끼 같은 역사적 사실이 흔히 있는 법이지만 이 소설의 주인공인 '복면의 죄수'도 불란서의 역사상 가장 괴상한 수수께끼로서 매우 유명한 사건이다. 그렇게까지 해서 죄수의 얼굴을 숨겨야 하는 데는 깊은 사정이 있었을 것은 물론이다. 그 죄수에게 복면을 씌운 것은 그의 이름이 세상에 알려져서는 국왕이나 정부의 입장이 대단히 곤란했기 때문이었겠지만 그렇다고 간단히 죽여 버릴 수도 없는 데 무슨 깊고 깊은 비밀이 있었을 것이다.

이 역사상 기묘한 수수께끼는 불란서 본국만 아니라 나중에는 전 세계의 흥미의 초점이 되었다. 그리하여 역사가라든가 문학자라든가 각 방면의 사람들이 그 기묘한 사건을 재료로 가지가지 상상담을 만들어 발표하게 되었다.

그 죄수는 국왕 루이 14세의 이복동생으로 형제간에 사이가 나빴기 때문에 그런 무시무시한 형벌을 내렸다는 설도 있고 또는 루이 14세와 쌍둥이였다는 등 국왕의 노여움을 산 총리대신 푸케였다는 등 혹은 어느 공작이었다는 등 무슨 승정僧正이었다는 등 또 혹은 이태리 사람이었다는 등 별의별 억설이 많았으나 그러나 모가 분명치 않아서 수수께끼는 어디까지나 수수께끼로 남아 있게 되었다.

사실은 복면이라는 것도 검정 비로드의 두건이었었는데 그것이 어느새 '철가면'이라고 불리어지게 되어 이 이야기에 나오는 것과 같이 무쇠로 만든 탈을 쓰고 있었던 것처럼 되고 말았다.

철가면의 수수께끼는 그처럼 뭐라고 말할 수 없는 기괴한 흥미가 있어서 불란서의 유명한 소설가 볼테르라든가 위고라든가 뒤마라든가 그 밖에도 많은 사람들이 그 사실을 재료로 소설을 썼는데, 그중에도 보아고베라는 소설가가 쓴 이 작품 『철가면』이 재미있다는 점에서 가장 유명하게 되었다.

작자인 포르튀네 뒤 보아고베는 지금부터 60여 년 전에 죽은 불란서의 유명한 탐정소설가다.

이 책은 상당히 긴 원작을 누구나 가장 재미있게 읽을 수 있도록 간추려 옮긴 것이다.

# 검은 별

김내성

- 김내성, 「검은 별」, 『학원』, 1953.9~1955.2
- 김내성, 『검은 별』, 대양출판사, 1955.1.1, 389면
- 존스턴 맥컬리 원작, 김용환 장정·삽화

## 머리말

이것은 아메리카의 탐정 작가 존스턴 맥컬리Johnston McCulley의 『*Black Star*』의 초역抄譯이다. 이 인기 작가의 탐정소설은 대개가 다 영화화되는 만큼 그 대중성과 명랑성은 독자로 하여금 탐정소설에 특유한 음침하고도 잔인한 분위기 같은 것을 조금도 느끼게 하지 않고 최후까지 이끌고 나가는 흥미진진한 중심 요소가 되어 있는 것이다.

이 작가는 1918년경부터 약 7년에 걸쳐 『지하 철도의 덤』이라는 작품을 탐정 잡지에 연재하여 대인기를 얻었고 미국에서는 '덤'이라고 하면 소매치기의 대명사가 되어 있는 만큼 유명했다. 이 밖에도 『쌍둥이의 복수』, 『악귀』 같은 작품이 있으나 모두가 다 『검은 별』처럼 경쾌하고 명랑한 탐정소설이다.

이 『검은 별』의 유일한 특징은 피가 뚝뚝 흐르는 잔인성 대신에 탐정과 범인이 마치 천진난만한 '술래잡기'를 하는 것과 같은 명랑한 지략의 연속에 있다. 그리고 그것이 동시에 독자로 하여금 한번 손에 잡으면 끝가지 읽지 않고는 견디어 배길 수 없는 흥미의 중심이 되어 있는 것이다. 다소 황당무계한 데가 있기는 하지만 그러나 이런 종류의 소설에서는 그것이 허용될 뿐만 아니라 도리어 그러한 대목이 독자의 과학적 공상과 흥미를 북돋는 결과를 가져오는지 모른다. 1년 반 동안 『학원』지에 연재하여 독자의 꾸준한 성원을 받은 것도 결국 그러한 점에 있지는 않는가

한다.

끝으로 한 가지 말해 둘 것은 한두 페이지의 낙장으로 말미암아 줄거리의 불분명한 데가 있기에 역자가 무리 없이 연락해 놓았다는 것과 등장인물 중 '막그스'를 '막스'로 한 것은 연소한 독자의 발음상의 편의를 도모하기 위한 것으로서 단행본에는 '막그스'로 고칠 것을 예통豫通하여 두었었으나 다망한 편집부에서 그대로 교정을 보고 지형紙型까지 떴다기에 하는 수 없이 연재 시대로의 '막스'가 되어 버리고 말았다.

어쨌든 일세의 괴도 '검은 별'과 탐정 '바베크'의 기상천외의 탐정적 '술래잡기'는 독자의 흥미를 최후의 장까지 끌고 갈 것으로 믿는 바이다.

1954년 11월 하순

역자 씀

## 붉은 나비

**김내성**

- 김내성, 「복면의 영웅」, 『태백』 2, 태백출판사, 1950.1.1, 43~49면
- 김내성, 「붉은 나비」, 『아리랑』 1~7, 삼중당, 1955.3~9(전7회)
- 바로네스 엠마 오르치 원작, 안고홍 삽화(1950), 김용환 삽화(1955)

『붉은 나비』는 바로네스 오르치의 『스칼렛 핌퍼넬』 총서 중에서 가장 재미있는 것을 골라 따분하고 지루한 것을 적당히 어레인지하여 우리나라의 사정에 맞도록 옮겨 쓴 것이다.

## 암야의 비명

**유서령**

- 유서령, 『암야의 비명』, 명성출판사, 1953.11.10, 253면
- 이든 필포츠 원작

### 필포츠 소전

필포츠는 1862년 육군 사관 헨리 필포츠의 아들로 인도에서 태어났다. 교육은 프리마스에서 받았으며 17세부터 회사 사무원, 신문 기자 등 여러 가지로 직업을 바꾼 다음 문학을 하게 된 것은 거의 30세나 됐을 무렵이었다.

그가 본격적으로 탐정소설을 쓰기 시작한 때는 60이 넘어서였고 그동안 그는 전원소설로써 유명한 작가였고 더 나아가서는 역사소설, 극, 시 등 여러 방면으로 그의 문학적 재능을 발휘했던 것이다. 그리하여 영英 문단에 있어서의 노대가로서의 지위를 얻었던 것이며 그가 만년에 이르러 별안간 범죄소설에 심신을 바치게 된 것은 결코 필포츠의 단순한 호기심에서가 아닌 것은 말할 것도 없다. 탐정소설을 애호하는 우리들로서는 그가 가장 본질적인 재능을 만년에 이르러 그러한 범죄소설에 비로소 쏟아 놓은 것이라고 생각할 수가 있다. 그의 탐정 작품 중 가장 특색이라고 할 만한 것은 시의심猜疑心과 악착같이 파고드는 사상과 가면 뒤에 숨은 사악의 본성을 찾아내는 스릴인 것이다. 그는 탐정소설의 애호자들이 늘 갈망하고 있는 논리와 쾌감을 우리들에게 맛보이는 동시에 마음속 깊이 숨어 있는 악의 본성을 드러내는 전율적 흥미를 맛보게 해 주려는 것이다.

또한 다른 탐정 작가들에게서는 찾아낼 수 없는 시의猜疑, 사악, 끝끝내 파고드는 꾸준한 사상 등을 우리는 그의 작품을 통해서 충분히 맛볼 수 있는 것이다.

풍부한 문학적 재능과 교양과 그리고 인간을 통찰하는 힘을 갖고 있는 필포츠는 비상한 수법으로 자기의 세계를 그려 낸 것이다.

『암야의 비명』은 『회색 방』, 『붉은 털을 가진 레드메인』 다음에 쓴 세 번째 작품으로 『레드메인』과 함께 그의 대표적 작품이라고 할 수 있다(1925년 작품임).

1953년 10월

역자 씀

## 황금충

**원응서**

- 원응서, 『황금충』, 중앙문화사, 1955.1.7, 263면
- 에드거 앨런 포 원작, 이중섭 장정

### 후기

에드거 앨런 포Edgar Allen Poe, 1809~1849는 세계 단편문학에 끼친바 영향이 막대하다. 그것은 그의 작품이 유니크한 예술성을 지니고 있다는 데 있다. 즉 그 '이상異常에의 유니크'는 로망의 본질을 여실히 구상화具象化한 것이다. 혹자는 그의 작품의 결점으로 성격 묘사가 불완전하고 시대적 환경이 그려지지 않았다는 것 등을 지적하고 있지만 그것은 넓은 의미에서 소설이 가져야 할 로망성을 크게 보지 않은 이야기이다. 포의 작품이 유니크한 예술성을 가지고 있다는 것은 기이한 취재에서 오는 '이상한 매력'을 가지고 있다는 것이다. 그가 그리는 작품은 어떤 시대성에 사로잡힌 것이 아니라 '소설'(단편)의 본질을 추궁했기 때문에 1세기가 지난 오늘에도 퇴색하지 않고 '이상한 매력'을 가지고 있다. 그가 생각하는 소설의 본질은 곧 '이상'에의 모험이었고 이것이 또 '미'에의 탐구이기도 했다. 그뿐 아니라 작품을 구성하는 데 있어서 그가 주장했고 실현한 '효과의 완전성'은 단편문학의 원칙으로 되었다.

작가를 떠난 작품이 없듯이 포가 그린 인물은 포 자신처럼 데카당한 데가 적지 않다. 이것이 나아가서는 취재의 다양성과는 상관없이 주인공의 성격이 단일한 감을 주는 폐단이 적지 않다. 그러나 이것이 곧 '효과의 완전성'을 약화시키는 것은 아니다. 왜 그러냐 하면 그 성격이 어떤 한 장소에 고착해 있는 것이 아니라 다양한 외계에로 발전해 나가기 때문에 '효과의 완전성'을 잃지 않는 까닭이다.

「황금충」에 나오는 레그란드나 「돌 많은 산의 이야기」의 베드로의 성격에는 '이상'하다는 의미에서 공통되어 있고 또 '이상'한 환경을 그려 내는 '효과의 완전성'을 이루고 있다. 포의 주인공이 데카당하고 모두 환상적인 성격이라고 하지만 「소용돌이 속으로의 강하」에서 보는 바와 같이 주인공이 대해의 소용돌이 속으로 휩쓸려 들어가면서도 "자기 자신을 희생해서까지라도" 대해의 밑바닥을 탐구해 보겠다는 애절한 투지와 이 신비한 체험을 바깥 세계에 있는 친구들에게 보여주겠다는 정열을 갖고 있는 것이다. 이것은 또 「경기구 허보虛報」에서와 마찬가지로 자기 일신을 희생해서라도 인류를 위한 '신비의 세계에로' 문을 열어 주려는 작자 자신의 휴머니티라 아니할 수 없다.

이러한 여러 가지 의미에서 볼 때 포는 후세의 작가들에게 많은 영향을 주어 왔고 또 앞으로도 줄 것이다.

여기 역출譯出된 8편은 포의 특징을 보여주는 데 좋은 작품들이라고 본다. 하나 역자의 단문한 탓과 번역에 착수한 지 얼마 만에 뜻하지 않은 병환으로 역문에 완전을 기하지 못한 것을 유감으로 생각한다. 그러나 이 점은 후일에 개정할 기회가 있을 것으로 믿는다.

1954년 12월 11일

역자

# 포 단편집

**최재서**

- 최재서, 『포 단편집(Prose Tales)』, 한일문화사, 1955.9.15(초판); 1958.3.25(재판), 252면
- 에드거 앨런 포 원작, 한일영미명저역주총서(Hanil English Classics Series) 1

## 서문

Edgar Allan Poe의 이름이 우리 독서계에 소개된 지는 이미 오랬고 그 단편소설의 번역도 두어 서너 가지 나와 있다. 그러나 Poe에 대한 일반의 인식은 지극히 희박해서 대개는 그를 통속 탐정소설가로 알고 있는 형편이다. 이 점에 대해서는 Poe를 먼저 우리들에게 소개한 일본인들의 죄가 크다. 일부의 영문학자를 제외하고 그들의 대부분은 Poe의 예술을 진정으로 이해하려 하지 않고 다만 그의 소설에 나타나는 기괴한 사건에만 관심을 두어 그의 탐정적 수법을 모방하는 데 몰두했었다. 이리하여 일본에는 Poe의 이름까지 모방한 에도가와 란포江戶川亂步를 비롯하여 무수한 Poe의 아류를 만들어 냈다. Poe의 이름을 널리 보급시키는 데는 도움이 되었을지 모르나 그의 예술의 진가를 흐리게 한 죄는 면치 못할 것이다.

Poe가 탐정소설의 창시자인 것은 틀림이 없는 사실이다. 현대의 무수한 탐정소설들의 계보를 따지고 보면 그들이 모두 Sherlock Holmes를 통하여 Poe의 "The Murders in the Rue Morgue"에 직결된다는 것을 알 수 있다.

그러나 Poe의 예술은 Baudelaire와 Mallarmé와 Maupassant을 통하여 현대 불란서 문학에 좀 더 별다른 의미에서 심각한 영향을 주었으며 구라파 대륙에서 발전된 Symbolism과 단편소설이 영문학에 재수입되어 아메리카 사람들도 결국 Poe를 재평가하게 되었다. 지금도 불란서의 독자들은 아메리카 문학이라고 하면 Poe 한 사

람밖에 없는 줄 아는 형편이다. 하여튼 Poe는 현대시와 단편소설에 대해서 여러모로 깊은 영향을 준 작가니만큼 앞으로 우리가 신중히 연구해야 할 많은 문제를 제공한다.

이번 한일문화사의 '영미명저역주총서'의 한 권으로 *Prose Tales*가 선택되었을 제 나는 Poe의 진정한 모습을 소개하는 좋은 기회라 생각해서 흔연히 그 역주의 일을 맡았다. 수록된 작품이 불과 세 편이지만 그의 정신과 수법을 엿볼 만한 대표작들이다. Poe의 영어는 good English의 한 모델이다. 영어 공부와 동시에 이 천재 작가의 예술에 대해서도 세밀한 관찰이 이루어지기를 바란다.

이런 점을 고려해서 「해설」에서 간략하나마 그의 생애와 아울러 그의 작품 활동을 비평, 시, 소설의 3 분야로 나누어 소개했다. 이 책이 기연機緣이 되어 Poe의 다른 작품들이 우리 학도들에게 읽혀진다면 이 작은 책의 사명은 충분히 이행되었다 할 것이다.

1955년 8월 15일

남계숙南溪塾에서

최재서

## 해설

### 1. Poe의 생애

Edgar Allan Poe는 1809년 Boston에서 가난한 배우 가정에 태어났다. 양친이 다 배우였는데 상상적 기질이 강했던 모양이다. 세 살 나던 해에 Poe는 양친을 잃고 고아가 되었다. 그때에 Richmond에서 담배 무역상을 하던 John Allan이 데려다 길렀다. 1815년에는 양아버지를 따라 London에 가서 거기서 학교에 다녔다. 이 시대의 Poe는 머리가 좋아서 Latin 시를 아주 영리하게 읽었지만 몸은 면도날처럼 가늘었다고 한다.

Richmond에 돌아온 것은 1820년 여름이었는데 이때에는 벌써 시를 쓰기 시작했었다. 1824년 말경부터 부자간의 의가 갈리어 1827년에는 양자 관계를 청산해 버렸는데 그 원인에 대해서는 알 수 없으나 두 사람의 기질과 이상이 서로 맞지 않았던 것은 사실이다.

1826년 말에 연애에 실패하여 다니던 Virginia 대학도 중도에 집어치우고 양부가 강요하는 장사에도 뜻이 없고 해서 Poe는 그 이듬해 군대에 들어가 2년 동안 병영 생활을 했다. 27년 여름에 그의 처녀 시집 *Tamerlane and Other Poems*가 출판되었는데 Byron의 영향이 짙은 시들이었다. 29년에는 기왕 작품들에 "Al Aaraaf" 한 편을 첨부해서 제2 시집을 냈다.

1830년에 West Point 육군사관학교에 들어가서 성적도 좋았지만 싫증이 나서 일부러 문제를 일으키어 퇴학 처분을 받았다. 그 후 4년 동안 그는 소설을 써서 여러 잡지에 발표했다. 그중의 한편으로 상금 100불을 받았다.

1835년에 Poe는 Richmond에서 나오는 잡지 *The Southern Literary Messenger*에 편집 조수로 들어가 곧 편집장으로 승진했다. 이때에는 Poe의 문명文名이 이미 상당했었다. 그의 문명이 올라갔을 뿐만 아니라 잡지도 대단한 인기를 끌었다. 이와 같이 별안간 출세의 길이 열리는 데 힘을 얻어 Poe는 1836년 5월에 Virginia Clemm과 결혼했다. 그러나 이때부터 Poe의 음주병이 생기어 직무에 소홀한 점이 많았다. 37년에는 잡지사를 그만둘 수밖에 없었다. 그 후에 각지를 방랑하다가 28년에는 그의 소설 중 제일 긴 *The Narrative of Arthur Gordon Pym*을 출판했다.

1838년부터 6년 동안 Poe는 여러 잡지와 관계를 맺었다가는 출판주와 싸워 그만두는 그러한 불안정한 생활을 하면서도 많은 걸작들을 썼다. 유명한 "The Gold-Bug"로 상금 100불을 획득한 것은 1843년이었다. 그러나 수입은 없고 술은 늘고 친구들한테서는 버림을 받고 부인마저 병에 쓰러지고 하는 참담한 생활이었다.

1845년은 Poe의 일생 중에서 가장 수확이 많은 해였다. 정월에는 유명한 "The Raven"이 나와서 시인으로서의 그의 불후한 명성을 얻게 하였고 여름에는 단편소설집이 나왔고 가을에는 *The Raven and Other Poems*가 나왔다. 10월에는 New York의 *Broadway Journal* 편집 겸 발행인이 되어 10년래의 숙망宿望을 이루었다. 그러나 재정난으로 말미암아 연말에는 신문을 포기하고 말았다.

1847년에는 부인이 죽고 Poe는 또 몹시 곤궁했었다. 죽은 부인에 대한 추억은 "Eureka" 속에 살아 있다. 이듬해 49년에는 상당히 많은 시작詩作의 발표를 보았다. "For Annie", "El Dorado", "The Bells", "Annabel Lee" 등 많이 논의되는 작품들이었다. 이해 10월에 Poe는 Baltimore에서 영면했다. 사망의 원인은 과음으로 되어 있다.

### 2. Poe의 성격

Poe의 성격에 대해서는 정반대되는 의견들이 발표되고 있다. 그를 좋지 않게 말하는 사람들의 의견을 들어 보면 Poe는 거만하고 신경질적이고 질투심이 강하고 남의 은혜를 모르고 도덕심이 없고 가외加外에 이기적이고 염인주의자厭人主義者다. 이만하면 Poe는 악인의 표본으로서 빠짐이 없을 모양이다. Poe의 예술을 매장하려고 하는 사람들은 대부분 이런 의견을 그대로 믿는 사람들일 것이다.

그러나 그와 접촉해 본 동국인들의 증언 속에는 이와 정반대의 의견도 있다. 가족들을 제외하고는 Poe를 제일 잘 알고 있는 N. P. Willis는 그의 성품에 대해서 이렇게 말하고 있다. "조용하고 인내력이 강하고 부지런하고 신사다운 인간이었고 또 변함이 없는 그의 태도와 능력으로 말미암아 사람들에게서 최대의 존경과 호감을 받아 왔다." 그리고 "세상 사람들이 흔히 그에 대해서 말하는 거만이니 허영이니 타락이니 하는 것은 전연 볼 수 없었다"고까지 그는 말한다.

또 같은 직장에서 일을 하던 George R. Graham은 죽은 동료를 회고하면서 "Poe는 어린애같이 온순한 태도와 친절한 맘씨를 가지고 있었다. 친절심에 대하여 그렇게도 예민한 사람을 본 일이 없다. 그러나 박해에 대해서는 용서가 없었다. 또 모든 거래에 있어 명예를 존중하는 인간이었다".

Poe는 무엇보다도 예술가적 기질의 인간이었다. 예술가적 기질의 좋은 점과 나쁜 점을 둘 다 보통 이상으로 타고났었다. 남의 친절에 대해서는 예민하고 박해에 대해서는 같은 정도로 격렬하다는 것이 벌써 그의 예술가적 기질을 말하고 있다. 그는 교우와 거래에 있어 원만하지 못하고 편파偏頗했었다. 이런 것이 어떤 사람에게는 기교奇矯하게 보이고 어떤 사람에게는 이기적으로 보였던 것이다.

그의 환경은 그에게 불리했었다. 아직도 Puritan 정신이 농후한 19세기 초 아메리카에서 가난한 배우 가정에 태어났다는 것은 Poe의 생애에 치명적이었다. 그는 일평생 경제적 핍박에서 벗어나지 못했는데 친구의 돈을 빌려 쓰고 제때에 갚지 않는 일이 자주 있었다. 이런 것도 그의 평판을 나쁘게 만드는 동기가 되었다. 그러나 이런 일들보다도 특히 그의 인상을 나쁘게 만든 것은 그의 병적인 예민성과 지나친 자부심이었다. 그는 자기의 예술적 천재를 자각하니만큼 동시대의 범용한 작가들에 대한 멸시를 감추려 하지 않았고 또 감히 자기에 반대하는 작가나 비평가가 있으면 그를 맹렬히 공격했다.

그러나 그의 최대의 결함은 그의 음주병이었다. 술은 그의 예민성과 충동성을 더욱 조장하여 그의 일상생활을 불규칙하게 만들었다. 알코올의 해독에 대해서는 Poe

자신이 누구보다도 잘 알고 있었다. "Black Cat"에서는 알코올이 한 인간의 성격을 점점 파괴하여 마침내 저주할 만한 죄악을 범하게 되는 심리 과정이 무서울 만큼 선명하게 묘사되어 있다. 이 소설에서 나라고 하는 지극히 유순하고 민감한 인물은 알코올 중독으로 말미암아 죄악의 구렁으로 끌려들어 가는 경로를 다음과 같은 말들로써 고백하고 있다. "세상에 알코올 중독처럼 무서운 병이 또 있으랴!" "그 저주할 흉행의 수기를 쓰는 이 순간에도 나는 낯이 붉어지고 전신이 화끈화끈 달아올라 온다." "치명적인 나의 죄, 나의 영원한 영혼을 위난危難에 빠뜨려 가장 인자하고 가장 두려운 하나님의 자비심을 가지고도 어떻게 할 수 없는—그런 일도 있을 수 있다면—지경에 이르게 할 죄악."

알코올 중독은 물론 도덕적으로 변호할 것은 못 된다. 그러나 Poe가 알코올 중독으로 말미암아 남들이 들어가 보지 못하는 영혼의 깊은 속을 걸어 보았고 또 거기에서 불멸한 인생의 진리를 발견해 왔다면 후세의 독자는 그를 비난은커녕 도리어 그에게 감사해야 마땅할 일이다. Poe와 동시대에 살던 아메리카 시민들이 그의 사생활에 대해서 어떤 견해와 판단을 가졌었든 그것은 그들에게 맡겨 두라. 우리들은 그의 작품 속에서 예술과 진리를 발견하고 또 그에 해당한 평가를 하면 그만이다.

### 3. 비평가로서의 Poe

아메리카의 문예 비평은 엄밀히 말해서 Poe에서 시작된다. 또 아메리카 문예 비평을 세계적 수준에까지 끌어올린 사람도 Poe다.

Poe는 잡지의 서평가로서 그 문학 생활을 시작했다. 물론 그 대부분은 저널리스틱한 것이라 현재에는 잊혀져 버린 것이 많지만 그중에는 또 영구적인 가치를 포함하는 논문들도 많다. Longfellow의 "Ballads", Hawthorne의 "Twice Told Tales", Dickens의 "Barnaby Rudge"에 대한 비평들과 특히 그의 문학론을 대표하는 "The Poetic Principle"과 "Philosophy of Composition"과 "The Rationale of Verse"는 그의 비평가적 지위를 확보하는 명논문들이다.

Poe는 비평가로서 필수 불가결한 두 소질—명석한 지성과 서리犀利한 분석력을 누구보다도 풍족히 타고 났었다. 가외에 그 자신이 시인이었고 또 박학이라고 할 수는 없으나 Shakespeare, Milton, Pope와 같은 고전적 시인들과 또 한 세대 전의 낭만파 시인들의 작품도 널리 읽어 정확한 이해를 갖고 있었다. 이만하면 비평가로서는 부족함이 없다.

Poe의 이름을 비평사에 영구히 남게 하는 것은 문학의 효과에 대한 그의 독창적인 이론이다. 문학과 예술의 효과는 고대로부터 여러모로 취급되어 왔지만 시와 소설에 나타나는 예술적 효과를 Poe만큼 중요시하고 그런 효과를 나타내기 위한 테크닉을 그만큼 세밀히 분석해 본 비평가는 없었다. 자주 인용되는 말이지만 그는 "Twice Told Tales론"(1842)에서 소설의 테크닉의 본질을 다음과 같이 말하고 있다.

> 영리한 작가라면 사건에 맞도록 자기의 사상을 꾸며 대지는 않는다. 그는 어떤 독특하고도 단일한 효과를 미리 착상해 가지고 그 효과를 나타내는 데 가장 도움이 될 만한 사건들을 발견해 낸다. (…중략…) 작품 전체를 통해서 미리 세워 놓은 설계로 직접 또는 간접으로 지향하지 않는 말은 한마디라도 있어서는 아니 된다. 이러한 방법과 용의用意와 기술을 가지고 마침내 한 폭의 그림이 그려질 때에 그것은 독자의 마음속에 그와 비슷한 예술을 남겨 주게 되며 따라서 최대의 만족감을 주게 된다.

그는 효과를 예술의 유일 최고의 목적으로 생각하고 있었다. "The Poetic Principle"에서는 다음과 같이 말하고 있다. "효과가 원인에서 되도록 직접적으로 발생하도록 되어 있어야 한다는 것이 예술의 명백한 법칙이다." 다시 말하면 모든 예술은 일정한 심리적 효과를 주기 위해서 적합한 원인—즉 자극을 조직화하는 과정이라는 의미다. 이것은 대단히 현대적인 예술관이다. 그러나 그렇듯 명백한 예술관이 Poe의 경우에 있어서는 몹시도 오해를 받았다. 그것은 Poe가 그 예술관을 극도로 주장하여 도덕이니 진리니 하는 재래식의 목적관을 전연 불고不顧했기 때문이다. 물론 그는 진리나 도덕이 문학 작품 속에 들어와서 유리한 경우를 잘 알고 있다. 그러나 그것은 어디까지나 작품 전체의 효과에 종속해야 한다고 말한다. 이것은 전통적 문학 이론가들이 도저히 용서할 수 없는 이론이었다. Poe가 박해를 받는 데는 이런 것도 이유가 되어 있었다.

Poe가 예술의 효과를 절대시하느니만큼 기교를 중요시하는 것은 당연한 일이다. 그의 평론은 거의 전부가 기술적 비평이고 소위 해석적 비평은 하나도 없다. 문학 비평 속에서 철학적 해석을 구하는 사람들에게는 불만을 줄지 모르나 예술로서의 문학을 관찰하려는 사람들에게는 그의 비평은 퍽도 시사적이다. 다음에 이러한 효과를 중심으로 하는 Poe의 문학관이 그의 시와 소설에서 어떻게 나타나는가를 보기로 하자.

### 4. 시인으로서의 Poe

Poe의 시 작품은 그 수효가 많지 않다. 그중에서 걸작이라고 할 만한 것은 10편을 넘지 못한다. "To Helen", "Lenore", "The City in the Sea", "The Sleeper", "The Haunted Palace", "Dream Land", "The Raven", "Ulalume", "For Annie", "Annabel Lee"는 이 열 편 속에 들 것이다. 모두 다 짧은 시들이다. 긴 시란 언어의 모순이라고까지 말한 Poe니까 장편시는 쓰지 않았다(다만 초기의 "Tamerlane"과 "Al Aaraaf"는 예외다). 그러나 이들 소수의 단편시들로써 시인으로서의 Poe의 불후한 명성은 확보된다.

Poe의 시는 소량인 동시에 그 내용이 퍽 제한되어 있다. 자연을 찬미하고 인생을 노래하는 것이 서정시라고 생각하는 사람은 Poe의 시에서 실망을 느낄 것이다. 그의 시에는 직접으로 자연을 묘사하거나 또는 생활하는 인간의 체험을 취급한 작품은 한 편도 없다. 심지어 그는 인간의 정열까지도 시의 순결성을 타락시키는 거라

해서 배척했었다. 그러면 그의 시는 어떤 사상과 감정을 표현하고 있는가? 그의 시론을 보면 간단히 짐작할 수 있다.

Poe는 지극히 독창적인 시관詩觀을 가지고 있었다. 시에 대한 그의 시야는 충분히 넓다고 할 수는 없고, 그의 관찰은 균등하지 못하고 또 그의 이론도 조직적이라고 말할 수는 없다. 그럼에도 불구하고 그의 시론은 그 독창성으로 말미암아 항상 우리의 주의를 끌 만하다.

인간은 고유한 미의식을 갖는다. 그것은 본능적이라고 해도 가하리만큼 깊은 것이며 또 영혼 그 자체와 마찬가지로 영원불멸한 것이다. 우리가 자연 속에 나타나는 다양한 형태, 음향, 색채, 향기, 감정 속에서 항상 쾌락을 느끼는 것은 이 미의식 때문이다. 그러한 자연을 묘사하는 예술 속에서도 미의식은 만족을 보게 된다. 그러나 지각되는 자연의 묘사만을 가지고 시인이라는 신성한 칭호를 요구할 수는 없다.

지상의 인간으로서의 시인이 아직도 도달해 보지 못한 먼 나라—영원계의 그 무엇이 있다. 그는 이 미지의 세계—생명의 원천에 대해서 참을 수 없는 갈망을 느낀다. 이 갈망은 인간의 영혼이 불멸하다는 증거다. 그것은 마치 천상의 별을 그리워하는 불나비의 갈망과도 같은 것이다. 그것은 결코 우리의 눈앞에 나타나는 아름다운 물체만으로써는 만족될 수 없는 갈망—좀 더 완전하고 영원한 미에 도달하려는 격렬한 분투인 것이다. 영원미의 모습을 잠깐 엿보는 순간 시인의 영혼은 숭고한 상태에 들어간다. 그는 모든 저속한 욕망을 불살라 버리고 오로지 순결한 자기 자신을 미의 제단 위에 희생하고자 한다. 이와 같이 숭고한 영혼의 상태를 Poe는 시적 감정이라 부른다. 시적 감정은 시의 본질이다. 따라서 그러한 시는 독자의 정신 속에 동일한 시적 감정—영혼의 숭고화—을 일으킨다.

시적 감정은 그 정신성과 경건성에 있어 종교적 감정과도 서로 통하는 점이 있다. Poe가 미와 사랑을 백열적白熱的으로 찬미하면서도 정열이 자기의 시 세계로 침입하는 것을 두려워한 이유를 알 수 있을 것이다. 그러나 시적 감정은 결국 지상의 인간

이 천상의 미를 그리워하는 갈망에 지나지 않는다. 그 갈망이 아무리 격렬하고 그 추구가 아무리 경건하다 할지라도 결국 영원한 미에 도달할 수 없다는 것을 시인은 잘 알고 있다. 여기서 비애가 생겨난다.

좋은 시를 읽거나 좋은 음악을 들어서 높은 시적 감정에 침투될 때에 우리의 두 눈에는 저절로 눈물이 고인다.

> 복스런 가을 뜰을 바라볼 때
>
> 객쩍은 눈물이 두 눈에 고여

하고 Tennyson은 노래했다. 이러한 눈물을 18세기 이태리의 비평가 Gravina는 "과도한 기쁨"의 결과라 설명했지만 Poe는 그와 반대로 "신성하고도 열광적인 환희를 지금 이 순간 이 자리에서 완전히 영원히 파악할 수 없다는 시인 자신의 참을 수 없는 성급한 비애"의 결과라 말한다. 이리하여 비애는 시적 감정에 필연적으로 부수되는 감정이다. 그림자같이 희미한 영혼의 세계와 죽은 여인에 대한 애수는 Poe에게 항상 매력 있는 테마를 제공하였다.

추억 속에 살아 있는 아름다운 여인은 Poe에 있어 천상의 미에 대한 상징이었다. 추억을 더듬어 영원한 미의 전당에 들어가는 데는 지상적인 모든 것을 버리지 않아서는 아니 된다. 추억에 따르는 비애는 Poe를 위하여 언제나 그런 정화 작용을 이루어 주었다. 이리하여 그의 걸작들—"Lenore", "To Helen", "Annabel Lee", "The Raven"이 탄생되었다.

Poe의 시적 감정은 일종 추상의 세계다. 그러한 추상의 세계는 상징과 암시적 방법으로밖에는 표현의 길이 없다. Poe는 영혼 세계의 미묘한 모습을 그려 내기 위해서 여러 가지로 암시적 방법을 썼지만 그중에서도 그의 음악적 수법은 유명하다.

Poe는 음악 속에서 예술의 극치를 보고 있었다. "인간의 영혼이 시적 감정에 감흥을 받을 때에 도달하고자 분투하는 그 위대한 목적—즉 초자연적인 미의 창조에 가장 가까이 도달하는 것은 음악에 있어서다. 음악 속에서 이 숭고한 목적이 현재에 사실상 도달된다는 것은 충분히 있을 수 있는 일이다."("The Poetic Principle")

시는 언어를 표현 수단으로 삼는 예술이기 때문에 의미를 갖는 동시에 음향을 갖는다. 그러나 과거에 있어 시인들은 지나친 교훈주의 때문에 의미의 세계에만 정신을 빼앗기고 음향에 세계를 도외시하는 경향이 있었다. 시가 말들의 음향을 교묘하게 결합함으로써 놀랄 만한 암시적 효과를 나타낼 수 있다는 사실을 인식하고 그것을 작품에서 의식적으로 이용한 최초의 시인은 Poe였다. 이것은 현대의 순수시에 길을 열어 주는 선구적인 실험이었다. 그 실험이 어느 정도까지 성공했는가 하는 문제는 그의 작품에 대한 분석을 포함하는 장황한 문제이기 때문에 여기서는 언급하지 않고 다만 그런 의미에 있어서도 "The Raven"과 "The Bells"는 반드시 읽어 두어야 할 작품이라는 것만을 지적해 둔다.

### 5. 소설가로서의 Poe

예술적 효과는 Poe의 소설에 있어 당연히 시와는 다른 형식으로써 나타난다. 그의 서정시에 있어서는 영원의 미를 암시하고 그것에 도달할 수 없는 현실적 인간의 비애를 노래함으로써 단일한 효과가 확보되었지만 그의 소설에 있어서는 표면상 우연적으로—다시 말하면 아무 연락도 없어—보이는 잡다한 현실의 사건들 중에서 논리적인 연관성을 발견하여 영원한 질서를 계시함으로써 단일한 효과가 거두어진다. 시에 있어서는 암시가 그의 유일한 테크닉이었지만 소설에 있어서는 추리가 그의 유일한 무기가 된다. 시 창작에 있어 그가 음악을 이상적 형태라 생각하여 그 수법을 활용한 거와 마찬가지로 소설에 있어 수학을 모델로 보아 그 방법을 충실히 실천했다는 것은 결코 우연한 일이 아니다. 음악과 수학은 순연한 논리성을 열쇠로 우주의 비밀을 해명하고 계시하는 두 개의 다른 방식인 것이다. 앞서 나는

Poe의 시와 소설에서 예술적 효과가 서로 다른 형식 속에 나타난다 했지만 여기까지 오면 그들이 본질에 있어 동일하다는 것을 알 수 있으리라.

수학자는 영원계의 질서를 탐구하여 그 원리로써 시간계의 사상들을 설명하는 일을 유일의 목적으로 삼는다. 영원적 질서를 지각한 사람 앞에서 잡다하고도 기괴한 현실계의 모든 사건들은 창조자의 설계의 비밀을 폭로하고야 만다. 따라서 그는 그 원리에 의하여 현실을 재구성할 수 있는 것이다. 이것은 인간이 하느님의 창조사업에 참여할 수 있는 유일한 길이기 때문에 인류에게는 영원한 기쁨이며 유혹이다. 화석을 가지고 고대 생물을 재구성하는 고고학자의 심리 과정과 jigsaw puzzle을 풀어내는 어린애의 심리 과정이 본질에 있어 조금도 다르지 않다. 또 그것은 수리론數理論을 발전시키어 드디어 원자의 비밀을 해명한 현대 물리학자들의 심적 추진력이었다.

인간이 자기의 정신 속에서 영원한 질서라고 생각하는 바를 주위 자연 속에서 지각해 낸다는 것은 수학의 기능인 동시에 또한 문학의 기능이다. 다만 다른 점은 수학자가 기호를 사용하는데 문학자는 산 인간을 기호 삼아 사용한다는 것뿐이다. 이리하여 Poe는 독특한 추리의 소설Story of Rationcination을 창안했다. 세상 사람들은 그것을 탐정소설이라 불렀다. 결국 같은 내용을 의미하지만 이 두 용어가 우리에게 전하는바 개념은 결코 같지 않다. 그런 의미에서 Poe에 대하여 탐정소설가라는 명칭을 사용하는 데 대해서 나는 반대한다.

이 선집에 수록된 두 편—"The Gold-Bug"와 "The Murders in the Rue Morgue"를 Poe의 대표작으로 치는 데 아무도 이의가 없을 것이며 그들이 추리의 소설이라는 것도 한번 읽어 본 사람이면 쉽사리 긍정할 것이다. 전자의 주인공 Legrand은 땅에서 주운 양피지가 기연機緣이 되어 드디어 땅속에 파묻힌 굉장한 보물을 파낸다. 이 소설의 중요성은 보물을 찾아냈다는 그 결과에 있는 것이 아니라 그 결과에 도달하는 추리 과정에 있다. 또 서투른 독자는 양피지 위에 나타나는 암호를 해독해서 보물의 은닉 장소를 알아낸다는 탐정적 요소에 온 주의를 빼앗길지 모르나 그런 것은 이 소설에 있어 그다지 중요한 요소는 못 된다. Legrand의 성공은 추리에 대한 그의 투철한 신념이었는데 그것을 그는 다음과 같은 말로 표현하고 있다. "인간의 지혜를 정당히 응용해서 해결할 수 없는 그런 종류의 수수께끼를 과연 인간의 지혜가 세워 놓을 수 있을지 의문일세." 이러한 신념이 없었더라면 마지막에 땅을 파는 장면에서 흑인의 사소한 착오로 말미암아 전 노력은 수포로 돌아갔었을 것이다. 진리의 발견을 향하여 일직선으로 나가는 주인공의 백열적인 신념—이것이 결국 이 소설에다 괴이한 매력을 주는 효과인 것이다.

같은 신념이 "The Murders in the Rue Morgue"에서도 추진력이 된다. 인간의 상상을 초월하는 대성성大猩猩이의 모녀 학살 사건에 드디어 해결을 주게 된 Dupin의 방법은 무슨 신비적인 것이 아니라 지극히 평범한 귀납과 추리의 일반적인 방법이다. 다만 Dupin은 그러한 방법에 대해서 남달리 열렬한 신념을 가졌었다. 사건 해결이 가장 어려운 난관에 부딪치었을 때에 그는 다음과 같이 말한다.

> "이때에 내가 아주 당황했었을 것이라고 자네는 말할지도 모르네. 그러나 만약 자네가 그렇게 생각한다면 자네는 귀납법의 성질을 전연 오해하고 있다는 것이 분명하네. 사냥꾼들의 말을 빌린다면 나는 과거에 한 번도 짐승의 '냄새를 잃어' 당황해 본 일이 없네. 나의 관념 연쇄의 어느 고리 하나에도 결함은 없었네. 나는 최종 결말까지 비밀을 추적했네. 그 결말은 못이었네."

이리하여 Dupin의 추리는 모든 난관을 뚫고 나가 마침내 그가 그의 궁극의 목적이라고 일컫는 진리에 도달하고야 만다.

독자는 이 소설에서 또 하나의 요소—공포감—이 극도로 과장되어 있는 것을 발견한다. 대개 탐정소설이라는 것은 이 공포감을 인공적으로 자극하는 일을 주요 목적으로 삼고 있지만 Poe에 있어서 그것은 예술적 효과를 나타내기 위한 한 요소에 지나지 않는다. 엄숙한 예술적 효과를 나타내는 데 공포감과 측은감이 얼마나 유력한 요소가 되는가는 이미 아리스토텔레스가 그의 『시학』에서 상론한 바다. Poe는 그 원리를 그 소설에서 살렸다고 말할 수 있다.

작품의 효과를 더욱 높이기 위하여 최후의 진리 계시를 무시무시한 분위기 속에서 행하는 수법이 "The Black Cat"에서 완벽에 도달한다. 이 소설의 결말은 "The Gold-Bug"나 "The Murders in the Rue Morgue"에서처럼 그 자체로서 독자의 감탄을 자아낼 만한 것은 못 된다. 그것은 변태적 심리에서 자기의 아내를 살해한 사나이가 경찰에 체포된다는 평범한 결말이다. 이러한 신문 삼면기사거리에다 저 향기 높은 예술적 효과를 주는 것은 순연히 작자가 교묘하게 조종하는 공포 심리에 달려 있다.

대개 이상 세 편으로써 Poe의 예술과 그 테크닉을 짐작할 수 있을 것이다.

제4편

# 동아시아 문학의 현장

제9부 | 중국문학
양산박에서 아Q까지
제10부 | 일본문학
청일전쟁부터 태평양전쟁까지

제9부

# 중국문학

양산박에서 아Q까지

# 신교 수호지

**신문관**

● 『신교(新校) 수호지』, 신문관, 1913.7.19~12.27, 218·224·216·308면(전4권)

● 스나이안 원작

## 『수호지』 설명

『수호지』는 원나라 때 세상에 난 소설이니 또한 그때 난 『삼국지』, 『서상기』, 『비파기』 세 가지와 모아 네 가지 썩 기이한 책이라 일컫는 것이라. 이 네 가지 책이 다 각별한 맛과 뜻이 있어 낫고 못함을 얼른 가리기 어려우나 사실과 의사와 결구와 문장이 아무것으로든지 『수호지』를 더 특출하다 함은 거의 만구 일치하는 바이니 다만 지나支那 한 나라 소설 가운데 임금이 될 뿐 아니라 온 세계상으로 말할지라도 큰 광채 있는 책일지니라.

이 기이한 책을 지은 임자에 대하여는 누구니 누구니 말이 많으나 많이 믿는 바로 말하면 송나라 말년과 원나라 초년 사람 스나이안施耐庵이라 하는 자이니 그 평생 사적은 무림武林이란 곳 사람임을 알 뿐이요 다른 것은 전함이 없으니 애달픈 일이로다.

대개 이 책은 송나라 선화宣和 정강靖康 연간에 도적 거괴 송강宋江이 그 떼를 거느리고 하삭河朔 지방을 횡행하면서 여기저기 야료하던 일을 가지고 여러 가지 의사를 붙여 만든 것이니 곧 『송사강목宋史綱目』, 『선화유사宣和遺事』와 및 몇 가지 다른 책에 있는 얼마 되지 아니하는 사실을 천고 대재 스나이안施耐庵이 비단 마음과 문채애로써 마음으로 짜고 붓으로 수놓아 전무후무한 큰 소설을 이룬 것이라. 그 많은 사람을 그리되 한 사람 한 사람이 다 특별한 생김과 거동이 있어 서로 비슷한 폐단이 없고 그 여러 가지 수선한 일을 적되 한 가지 한 가지 다 각별한 내력과 영향이 있어 서로 섞이는 폐단이 없으니 이 어찌 범인의 수단으로 능히 할 바리오.

책을 펴면 첫머리에 홍태위 복마전을 열어 마왕이 벗어 나가나니 이 벗어 나간 일백팔 마왕이 세상에 나가 각기 제 처지와 제 재주와 제 성질대로 여기서 이 짓을 하고 저기서 저 짓을 할새 이 여러 사람이 따로따로 나오고 거기다 명산대천이며 맹수 독사며 무릇 천지간 온갖 물건이 다 끌려 나와 이것저것이 서로 어우러져 천 가지 만 가지로 만났다 떨어지고 헤졌다 모이다가 드디어 이 일백팔 호걸이 양산박에 와 모여 한 가지 일을 함에 끝나는데 이 동안에 신출귀몰한 일이 이루 정신 차릴 수 없으나 오직 전후 맥락이 꼭 한 줄로 내리고 한 털끝만치도 어지러운 데가 없나니라.

이 책이 벌써부터 우리 조선에 퍼져 한문과 언문 두 가지로 유무식 없이 즐겨 읽던 바이나 지약 언문책 하여는 아직 완전한 판각이 없어 세상에 책 보시는 이의 매우 섭섭히 아시는 바이기로 여러 가지 번역이 있는 가운데 특별히 자세하고 보기 편한 이 책을 가리어 얼마큼 잘못한 데를 고치고 빠진 것을 넣어 급한 대로 이렇게 출판하거니와 아직 완전히 못한 것은 차후를 기다려 꾀함이 있으려 하노라.

# 홍루몽

**양건식**

- 양건식, 「홍루몽」, 『매일신보』, 1918.3.23~10.4, 1면(전138회, 미완)
- 차오쉐친 원작

## 『홍루몽』에 취就하여

본지 차호부터 연재할 소설 『홍루몽』에 대하여는 선先히 독자 제씨에게 역자로부터 예豫히 일언一言의 기망企望이 가무可無치 못하도다. 인ㅅ이 약若 청조淸朝 300년간 허다한 소설 중에 추推하야 제일로 천薦한 것이 하何오 하면 본 역자는 차오쉐친曹雪芹이 작作한 『홍루몽』을 거擧하여 차此에 응應코자 하노니 『홍루몽』은 명대明代에 저작된 『금병매』의 계통에 속한 인정소설로 원대元代의 『수호전』과 공히 상하 사천 재載를 통하야 비류比流가 무無한 걸작이나 유교를 전상專尙하고 소설 희곡을 천시하는 지나支那에서 금릉金陵 12 미인의 가화佳話를 묘사하여 섬교纖巧를 극極하고 235인의 남자와 213인의 여자를 배配하여 풍류유염風流幽艶의 필筆로 120회나 편編한 것은 영寧히 문단의 일 기적이라 가위可謂하리로다.

『홍루몽』은 일명一名을 『석두기石頭記』라고도 운云하나니, 그 내용은 가賈 씨의 자子로 일개 정괴情塊인 보옥寶玉이라 운云하는 연소 귀공자를 주로 하고 차此에 배配함에 유요화안柳腰花顔의 정괴로 그 우심尤甚한 자 12명 즉 소위 금릉 12채釵란 설보채薛寶釵, 임대옥林黛玉, 가원춘賈元春, 탐춘探春, 사상운史湘雲, 묘옥妙玉, 가영춘賈迎春, 석춘惜春, 왕희봉王熙鳳, 교저巧姐, 이환李紈, 진가경秦可卿으로 이以하고 차此를 위요圍繞함에 보옥의 일족과 영혜靈慧한 다수의 아환丫鬟이며 기외其外 방정方正, 음사陰邪, 정결貞潔, 완선頑善, 열협烈俠, 강나剛懦의 남녀 수백 인을 사출寫出하여 피차간의 정사情事를 종착綜錯하고

니승尼僧, 여도女道, 창기娼妓, 우령優伶, 점노黠奴, 호복豪僕, 도적, 사미邪魔, 무뢰배를 총출하여 영국榮國, 영국寧國 2부府의 성쇠를 서술한 것이라 그 결구結構가 이미 굉대宏大하니 국면이 또한 복잡하여 초관자初觀者로는 다기망양多岐亡羊의 감이 불무不無하나 448인이나 되는 남녀를 묘사함에 그 재필才筆은 세細에 입入하고 미微에 입入하여 정세精細를 완미翫味할지며 피彼는 피, 차此는 차로 피차간에 맥락이 분명하여 일일 활약하고 무용의 인물이 무無한 듯하니 작자의 고심도 일표一標이 아니요 수완도 경탄驚歎하겠거늘 또 그 문장은 현란絢爛하여 화총花叢과 여如하니 인因하여 관자觀者의 안眼도 현황炫煌하리로다.

여차如此한 『홍루몽』 일서一書가 차오쉐친의 수手에 출出하였다 함은 보통 일반의 설說이나 이설異說이 또한 분분하니 장선산張船山의 설을 거據하면 『홍루몽』은 원래 일부 80회인 것을 그 우인友人의 고란서高蘭墅가 81회 이하 40회를 보補하여 120회로 작作하였다 운운하고 또 유곡원兪曲園의 『소부매한화小浮梅閒話』에도 『수원시화隨園詩話』를 인引하여 "曹楝亭, 康熙中, 爲江寧織造, 其子雪芹, 撰紅樓夢一書, 備風月繁華之盛"이라 운운하고 곡원이 우又 왈曰하되 『선산시초船山詩草』에 「贈高蘭墅鶚同年」 일수一首에 "艶情人自說紅樓", 자주自注에 "傳奇八十回以下, 俱蘭墅所補"라 운하였다. 또한 차외此外에도 제설諸說이 우又 유有하나 자玆에는 번설繁說할 필요가 없으며 다만 차 소설이 지나에 재하여 그 세력이 여하한가 함을 약관略觀하건대 차서此書가 당시의 상류 사회 즉 만주 귀족의 부패한 상태를 폭로한 고로 만주 출신의 권문權門은 모두 절치切齒하여 차를 훼금燬禁하기 전후前後 기회幾回에 급及하였으나 원래 명작호저名作好著인 고로 강호에 차를 애석愛惜하는 자가 심다甚多하여 이를 훼燬면 제製하며 후에는 각양으로 명名을 개改하여 왈 『금옥연金玉緣』, 왈 『석두기』, 왈하曰何 왈하 하여 비밀 출판이 축逐증다增多하매 권귀權貴의 배輩도 여하키 불능不能하여 수遂히 그 작자를 살殺코자 하니 차서 저자의 奇禍○○케 하기 위하여 연북한인燕北閒人이 『아녀영웅전兒女英雄傳』을 작作한 사事가 유有하며 또 지나인은 차서를 경학經學이라도 운하나니 즉 경經 자字의 상부

上部를 제거하면 홍紅 자로 성成하는 소이所以라. 차 소설이 일차 낙양洛陽의 지가紙價를 폭등케 한 이후로 소단騷壇의 재자才子가 그 필묵筆墨을 흠앙欽仰하는 여餘에 의류擬類의 술작述作이 팔구 종種이나 출出함을 견見하면 여하히 차가 지나에 유포 성행됨을 가지可知라. 연然한대 경일頃日 상해上海에서 신착新着한 『홍루몽색은紅樓夢索隱』이라는 책자를 견見한즉 『홍루몽』은 청 황실의 비사秘事를 폭로한 것으로 차 소설의 주인공인 보옥은 즉 순치제順治帝요 기타 무수 남녀도 당시 하모何某 하모라 일일이 명증明證을 거시擧示하였더라. 연然하나 자玆에는 구태여 명설明說할 필요가 무無한 줄로 사思하노라.

조선에 구久히 지나의 소설이 수입된 이래로 『수호전』의 역서는 이미 세世에 차此가 전하거늘 차와 병칭竝稱하는 『홍루몽』이 고무姑無함은 조선 문단의 일 치욕이라. 소이所以로 본 역자가 자玆에 멸학蔑學을 불구하고 가장 대담히 모험적으로 차서를 현대어로 역술하여 강호에 천薦하노니 다만 공恐컨대 역자의 천학淺學으로 인하여 원작자에게 누累를 급及할까 함이라. 연然하나 차서는 조선에서 유래由來로 난해의 작이라 칭하여 제일류의 한학자도 독파치 못한 것을 역술함인즉 강호의 독자도 역자의 선先히 착수한 점만 가嘉타 하여 비록 오역이 간유間有할지라도 심책深責치 아니할 것은 확신하는 바거니와 본 역자가 차 소설을 역출譯出함에 당하여 가능한 정도에서 원문에 충실코자 하였으나 원문 중에 사소些少 설기褻氣가 유有한 처處에는 부득이 결구結構를 상傷치 않는 범위 내에서 개역하여 원작의 묘취妙趣를 전傳치 못한 것도 유有하며 또 대화 중에 현래現來하는 속어에는 지나인이라야 비로소 취미趣味가 유有하고 조선인에 재在하여는 반反히 악희惡戱를 기起케 할 것이 불소不少한 고로 차는 혹은 사詞를 그대로 역한 곳도 유有하며 혹은 그 의미만 취하여 순연純然한 조선어로 역술한 것도 유有하며 원문 중에는 왕왕 어음語音의 상이 우又는 착잡錯雜을 이용하여 시시時時 골계, 해학의 묘문妙文을 성成한 자 유有하나 차는 지나에서라야 어시호於是乎 취미가 유有할 것이요 조선에는 무의미한지라. 고로 차와 여如한 것은 혹은 주석註釋에 한하여 역출하기도 하고 혹은 생략의 부득이함에 지至한 것도 유有하니 차는 독자 제씨의 해량海諒을 망望하는 바며 또 병竝하여 차 소설의 초初 기회幾回까지는 장래의 복선의 사건 문장으로써 만滿하고 5회 이후에 지至하여 비로소 자경蔗境에 입入할 것이요 또 만언萬言 미어謎語에 유類한 것은 기십 회만 별견瞥見하고 경경輕輕히 그 변화의 핍乏합을 치소嗤笑치 말기를 망望하노라.

# 기옥

**양건식**

- 양건식, 「기옥(奇獄)」, 『매일신보』, 1919.1.15~3.1, 1면(전41회)
- 왕렁포 원작

이 소설 『기옥』 1편은 원래 청말 베이징에서 일어난 사실을 기초로 삼아 가지고 일 백화보白話報 기자 렁포冷佛 씨가 편술한 것이니 그 예술적 가치는 말할 것 없거니와 그 기인旗人 사회의 생활 상태는 본편으로 말미암아 족히 엿볼 수 있고, 또 그뿐만 아니라 그 혼인 제도의 불완전으로 인하여 일어나는 가정 참극은 조선에도 고래로 끊이지 않고 일어나는 일이니 이는 피아彼我 할 것 없이 일반 식자의 솔선 창도唱道하여 개량하여야 할 현대 사회의 가장 긴급하고 가장 중한 일이라 하노라.

## 옥리혼

**육정수**

● 육정수, 「옥리혼(玉梨魂)」, 『매일신보』, 1919.2.15~5.3, 4면(전73회)

● 쉬전야 원작

본서의 원문은 한문으로 지나支那에서 발행한 것인바 아무쪼록 원문의 의취를 상치 않고자 한문 문자를 그대로 옮긴 것이 적지 아니하며, 또 본서 중 신이화辛夷花 빛이 붉으며 이화 뒤에 핀다 하는 등 다소 경색에 상위와 그 외에 풍속의 약간 상좌相左 되는 점은 지방의 다름을 인함이니 그대로 알아주시압.

본 소설에 한문의 문자는 물론 다 번역지 못할 뿐 아니라 지은바 글은 어체가 서로 맞지 아니하여 많이 궐략闕略하고 언어를 분별치 못한 혐의가 많사오니 보시는 가운데 용서하심을 비오며, 그중에 제일 주의됨은 신이화가 붉다 한 바이오니 이것은 본문대로 썼사온바 그 지방의 신이화는 종류가 달라 우리 보는 홍도화와 같은 듯하오며 이화 뒤에 피었다 함만 보아도 알 바가 있을 듯하오며, 이후에 틈이 있사오면 미흡한 곳을 한번 다시 교정할까 하나이다.

정사(-1917) 여름에 파초비집(-蕉雨堂)에서

부채 삼아 잠깐

# 비파기

**양건식**

- 양건식, 「비파기」, 『매일신보』, 1919.3.26~3.27, 1면(전2회)
- 양건식, 「비파기」, 『신천지』 1, 신천지사, 1921.7.10, 94~97면
- 양건식, 「비파기」, 『동광』 9~16, 동광사, 1927.1.1~8.1(전6회)
- 양건식, 「비파기」, 『신생』 8~9, 신생사, 1929.5.1~6.1(전2회)
- 가오밍 원작, 가극, 희곡

가극 『비파기』(남곡, 南曲)는 거금 600년 전 원말元末의 준재 고칙성高則誠, 자는 동가東嘉의 걸작으로 원극 중 저명한 희곡이니 저 북곡北曲 『서상기西廂記』와 병竝하여 쌍벽이라 일컫는 것이올시다. 그러나 일부의 평자는 정情으로 문文으로 『서상기』는 『비파기』에 불급不及한다 합니다. 『서상기』는 가인재자佳人才子, 화전월하花前月下, 사기밀약私期密約의 정이요 『비파기』는 효자현처孝子賢妻, 돈륜중의敦倫重誼, 전면비측纏綿悲惻의 정이올시다. 또 『서상기』의 문은 묘문妙文이나 처처에 방언과 토어土語를 섞어 미인을 전불날顚不剌, 승려를 노결랑老潔郎이라 칭하는 것이 있어 그 가취佳趣를 손損하는 미하微瑕가 있으나 『비파기』는 전편을 통하여 이러한 결점이 없어 완벽이라 가히 이를 만한 것이올시다. 청의 이조원李調元의 곡화曲話에 이 『비파기』는 인정을 체첩體貼하고 물태物態를 묘사함에 모두 생기가 있고 또한 풍교風敎에 비익裨益이 유有하다 하였으며, 또 진미공陳眉公은 이를 화도畫圖에 비하여 『서상』은 일폭의 저색목단著色牧丹 또는 일폭의 염장미인艶粧美人이라 하고 『비파』를 일폭의 수묵매화水墨梅花 또는 일폭의 백의대사白衣大士라 한 것은 매우 기경奇警한 관찰이라 할 것이요 또 풍유룡馮猶龍이 왕봉주王鳳洲의 『명봉기鳴鳳記』를 읽고 낙루치 않는 사람은 반드시 충신이 아닐 것이요 고동가의 『비파기』를 읽고 낙루치 않는 사람은 반드시 효자가 아니리라 한 것은 어느 의미로는 아마 동動치 못할 비평인 듯합니다. 이에 관한 상세한 해설과 논평은 후일 저서(방재

方在 지나소설희곡사 저술 중)로 발표할 계획이외다.

동가의 이 『비파기』를 작作한 그 동기에 관하여는 모성산毛聲山의 인용한 『대알소은大阏素隱』을 거據하건대 동가의 우友 왕사王四라 하는 지명사知名士가 현달顯達로써 조操를 개改하여 그 처 주씨周氏를 기棄하고 당시 재상 불화씨不花氏의 서壻가 된 것을 동가가 구救코자 하다가 부득不得하매 『비파기』를 작하여 이를 풍諷하니 그 명名을 채옹蔡邕에 탁托함은 왕사가 소시小時에 천賤하여 일찍이 인人에게 용채傭菜함이요 우승상牛丞相에 탁함은 불화가不花家가 우저牛渚에 있음이요 기記함에 『비파』로써 이름함은 그 중에 4개 왕 자字가 유有함이요 태공太公이라 함은 동가가 자우自寓함이라 하였으며, 또 『진세록眞細錄』에는 명조明祖가 원인元人의 사곡詞曲을 휘산彙刪하다가 『비파기』를 보고 이異라 하더니 후에 그 왕사를 위하여 작作함인 줄 알고 마침내 왕사를 구拘하여 법조法曹에 부付하였다 하였습니다. 조금 견강전회지설牽强傳會之說 같으나 참고로 말씀함이외다.

조선에서 지나 희곡으로 번역되기는 아마 『서상기』밖에는 없는 줄로 아옵니다. 이는 다른 까닭이 아니라 원래 희곡이란 그 내용이 창唱하도록 전혀 사곡詞曲으로 되어 난해의 사구詞句가 다多한 소이외다. 금今에 여余가 천학을 불고不顧하고 그 가사歌辭는 가사대로 될 수 있는 한도까지는 원문의 음조에 방불하도록 번역하여 가려 합니다. 그러나 그 곡조, 운각韻脚, 자구, 평측平仄은 보통 시부詩賦와 전연히 이異한 가극인 고로 그 편언척구片言隻句의 미微에 함含한 묘미가취妙味佳趣를 전하기는 도저히 불가능이외다. 그러기에 원의를 상치 않도록 의역을 시試한 곳이 많아 역문은 다만 그 형形을 회繪하고 그 신神을 모摹치 못하였으며, 다만 그 언言을 기記하고 그 성聲을 사寫치 못한 때문에 그 인人을 동動하기 마치 파협巴峽의 원성猿聲과 촉잔蜀棧의 견어鵑語를 듣는 것같이 혈루왕왕血淚汪汪하여 지단紙端에 일출溢出할 듯한 그 진지산초眞摯酸楚한 정신의 금옥문자金玉文字를 화化하여 용렬무미庸劣無味한 와초瓦礎를 만든 죄는 이 여余가 감수하고 깊이 부끄러워하는 바이올시다.

여余가 이 『비파기』를 역술하는 것은 다만 여余가 지나의 소설 희곡을 연구하는 견지에서 지나에는 기백 년 이전부터 그 문장으로, 그 내용으로 이와 같이 발달한 가극이 있다 함을 강호 독자에게 소개도 하며 병竝히 이런 희곡을 조선 구극舊劇에 응용하였으면 하는 미의微意에서 출出함이요 결코 기타 동양 윤리의 구도덕 문제에 대하여는 여余의 관지關知하는 바가 아니외다.

지나의 구극은 원래 그 구조가 청극이요 간극이 아닌 고로 현대극과 비하면 대단히 유치하여 연대와 처소도 표시를 아니 하며, 막도 없고 배경과 기구도 없으며, 또 대명代名으로 '외外', '말末' 같은 명사를 씁니다. 즉 이하 본문에 '외', '말', '정淨', '여자女子'이라 함은 중년 이상의 노인 노릇 하는 사람이 분하는 것이요 '생生' '소생小生', '단旦', '첩貼', '여자女子'이라 함은 청춘으로 일극一劇의 주인공 노릇 하는 사람이 분하는 것이요 또 본문에 올라온다 함은 무대 상으로 올라온다 함이요 '하장시下場詩'라 함은 일장一場의 연극을 마치고 창우唱優가 무대를 내려갈 때에 각각 일구씩 부르는 시올시다. 독자는 알아 두시옵소서.

다시 독자에게 일언一言하는 것은 본 『비파기』를 게재하겠다고 예고는 벌써 내어 놓았으나 기간其間 여余의 부득이한 사정으로 인하여 내지를 못하였사오니 용서하여 주시옵소서. 그리고 예고에는 한남조합漢南組合의 김남수金楠壽 교서校書가 독獨히 창한다 하였으나 특히 또 동 조합의 추강秋江 현계옥玄桂玉 교서와 윤회輪回로 창하게 되었으니 이 양 교서로 말을 하면 현금 조선 기생계에서 가학歌學의 조예가 깊기로는 제일위를 점하는 기생들이라 특히 본 『비파기』를 위하여 그 다망한 시간을 할割하여 줌은 여余가 독자와 같이 그 방정芳情을 심감深感하는 바이외다.

끝으로 참고삼아 한 말씀 할 것은 『비파기』는 원래 두 종류가 있어 하나는 진미공본, 하나는 모성산본이라고 일컫는데, 본 역문은 전혀 진씨 평본評本에 거하였고 간혹 모씨 평본을 참조하여 역자가 과백科白에 취사를 행하였습니다. 또 알아 두실 것은 중국의 구극은 청극聽劇이요 간극看劇이 아니므로 막도 기구도 없으며 배경 같은 것도 창과 과백으로 그 광경을 말합니다. 본 역문 중에 '창'이라 한 것은 악기와 합주하는 것이요「 」괄호로 표시한 것은 악기 없이 단지 창만 하는 것이며, 하장시下場詩라는 것은 일장의 연극을 마치고 창우唱優가 제각기 한 구씩 부르고 무대를 내려가는 시입니다.

(-1927년 마지막 세 단락 대신 추가)

# 서상기

**현철**

● 현철, 「서상기(西廂記)」, 『부인』 1~2, 개벽사, 1922.6.1~7.10(전2회)

● 왕스푸 원작, 가극

## 첫 말씀

불민한 현철이 본래 재주 없으며 지식 짧음을 생각지 아니하고 외람히 개벽사에서 우리 1천만 여자를 위하여 발행하게 된 월간 잡지 『부인』의 편집 주임이라는 이름을 극히 생각하면 한편으로는 영광이라고 하겠으나 죄송한 일이 많을까 합니다. 외람하고 너무나 죄송한 일이 많을까 합니다. 그러나 사람은 귀신이 아니라 만 가지가 다 능하다 할 수 없고 또 모든 것을 다 안다고 할 수도 없는 것이니 우리가 서로 아는 것은 가르쳐 가고 모르는 것은 배워 가는 것이 사랑하는 도리이요 살아가는 바탕인가 합니다. 우리 1천만 여자를 위하여 과히 잘못됨이 없고 크게 틀림이 없으면 이 곧 현철의 바라는 바이옵거니와 설혹 약간의 잘못됨과 틀림이 있더라도 그것은 우리 『부인』을 사랑하시는 여러 독자 여러분諸位의 너그러운 뜻으로 많은 사랑을 내리어 우리 이 잡지로 하여금 길게 뒤가 있고 앞으로 장구한 화락의 가정에 꽃동산을 이루게 되면 이 어찌 편집의 책임을 맡은 현철 한 사람의 기쁨이라 하리까. 실로 우리 개벽사 사원 일동의 기쁨이며, 따라서 우리 2천만 동포의 기쁨일까 하나이다.

이에 이 잡지 『부인』의 끝막음으로 다달이 『서상기西廂記』를 우리 조선 가극 식으로 끊어 조금씩 기록하고자 하오니 이 『서상기』는 여러분도 다 아시는 바와 같이 원래 중국희곡으로 원나라 왕스푸王實甫라는 사람이 지은 것이요 청나라 진성탄金聖嘆

이라는 큰 선배가 이것을 주석하고 해설한 것이니 그 문장의 묘한 자취가 천하에 이름이 높고 그 내용의 면면한 정서가 보는 사람으로 하여금 애가 타지고 마음이 녹게 되었으니 눈에 눈물이 있고 가슴에 피가 있는 사람으로 누가 이 글을 보고 흥미 없다 하리오. 성탄은 이 『서상기』 이르는 법을 81 조건으로 베풀었으니 일일이 이를 기록하기 어려우나 옛날 큰 선배의 이 글을 찬양함이 실로 적지 아니하도다. 이러하므로 일찍 우리나라에도 이 글이 넘어온 지가 오래이었으나 본 글本文이 지나支那의 가곡으로 되었고 또한 중국 말투가 많아 기자와 같이 한문이 짧은 사람은 저마다 다 본다고 할 수가 없을 뿐 아니라 혹 우리 글로 번역된 것이 있더라도 노래로 된 교묘한 맛을 모르고 오직 한문 글자 그대로 새겨 오는 까닭에 그것만 보아서는 별로 재미있는 맛을 맛보지 못한 것 같기에 기자가 외람히 이에 붓을 적셔 우리나라의 『춘향전』과 같이 본 글의 노래는 노래로 만들고 말은 말로 적어 그 형식은 서양 문명한 나라의 가극 본을 떠서 다만 본 글의 묘한 맛妙味만 가져오고 그 형상에 들어서 더 넣어 좋을 곳은 더 넣고 조금 줄이어 좋을 데는 줄이어서 오직 글로만 보아도 흥취가 나게 할 뿐만 아니라 뒷날 명창의 입을 빌려 소리로 무대에 올릴 때는 한층一層 더 금상첨화로 더욱 재미있게 하여 볼까 하나니 이것이 다만 현철의 사업이라고 할는지요, 또는 취미라고 할는지요. 그러한 것은 여러분의 해석하기에 맡기거니와 다만 한 가지 걱정되는 것은 재주 없고 지식 없는 현철의 붓끝이 공연히 이 『서상기』의 본 글에 욕되지 아니할까 염려오니 그러한 점은 뒷날 다시 고쳐 갈 때를 기다리거니와 위선에는 성탄의 말을 빌려 옴은 아니나 한갓 소일거리로 쓰는 줄만 아시고 또 여러분도 하룻저녁 소일거리나 장만하시면 그 위에 더 바랄 것이 없을까 합니다. 끝으로 성탄의 서문을 두 번에 벌려 드리고 그다음으로는 본 글을 기록할 것이니 현철의 크게 그릇됨이 있으면 이는 성탄 선생의 서문으로써 그 그릇됨을 변명할까 합니다.

# 서상

양건식

- 양건식, 「서상 가극(西廂歌劇)」, 『조선문단』 9~12, 조선문단사, 1925.6.1~10.1(전4회)
- 양건식, 「시극 서상(詩劇西廂)」, 『문예공론』 1~3, 문예공론사, 1929.5.3~7.15(전2회)
- 궈모뤄 원작, 주석(1925), 신역(1929)

중국희곡에 오직 북곡北曲의 대표작 『서상기西廂記』는 우리 조선에 소개된 지가 꽤 오래다. 그러나 아직 오늘날까지 좋은 역서가 없어 오인吾人에게 불만을 많이 주었다. 그러므로 필자는 이 전譾에 열劣함을 돌아보지 않고 현 중국의 청년 시인 궈모뤄郭沫若 씨의 산정본刪訂本을 토대로 하여 본지에 금월호부터 역재譯載하기로 한바 그 뜻은 첫째는 이 극을 근대적 무대에 상연할 수 있게 개편하여 써 중국 구극 개량에 일조가 되게 하려 함이요 둘째는 이 극을 근대문학의 체재에 맞게 하여 중국 구문학을 이해케 할 방편을 삼자 함이니 그 체재로 말하면 (가) 매척每齣에 약간 배경을 가하고 1척을 능히 막을 만들 수 있는 것은 만들고 못 만들 것은 수數 막에 나누어 힘써 배장排場 동작과 창백唱白을 서로 일치케 하였으며, (나) 대개 무위無謂한 방백과 독백을 거의 산거刪去하였고, (다) 대개 창백은 전혀 실획재實獲齋 장판藏版을 좇았으니 원본은 진성탄金聖嘆의 산개刪改한 것이 많으므로 산개한 곳이 원본에 비하여 좋은 것은 간혹 진본金本을 채용하였으며 관한칭關漢卿의 속續한바 4척은 모두 산거하였고, (라) 사詞 중의 친자襯字와 및 증백增白은 전극全劇 통일 상으로 보아 간간이 증개增改한 것이 있으며, (마) 전서全書는 모두 근대의 서양 가극 혹은 시극의 체재를 취한 것이다. 그런데 한마디 말할 것은 본문의 사곡詞曲을 그대로 두고 번역지 아니함은 첫째는 사곡은 시와 같아 소위 어록語錄이라는 것이 그다지 많지 않기로 한문 조예가 조금 있는 이면 그 의미를 알 수 있으므로 먼저 독자에게 그 원문의 묘미를 알리려 함이요 둘째는 필자가 겨를이 없음이니 그 까닭에 주석을 끝에 붙이기로 하였다.

## 장생전
### 양건식

● 양건식, 「장생전(長生殿)」, 『매일신보』, 1923.10.3~1924.3.13, 1면(전153회)
● 홍성 원작

### 독자에게

—명일부터 역재譯載하는 『장생전전기長生殿傳奇』에 대하여

역자

지난여름이다. 본사의 목춘木春(—홍승구) 형에게 지나 희곡을 하나 번역하여 달라시는 의촉依囑을 받아 승낙은 하였으나 원래 지나의 희곡은 전편이 거의 사곡詞曲으로 되다시피 한 때문에 번역에 시간이 많이 걸리므로 그것을 준비하는 동안에 먼저 전일에 역술하여 두었던 『소년 베르테르의 비뇌悲惱』를 내고 가을이 되거든 게재하려 한 것이다. 그리하여 전기前記 소설도 상편이 일작日昨에 이미 끝이 나고 그 준비도 다 되고 그 가을도 이르렀으므로 명일부터 연재하기로 하였다. 그 희곡은 『장생전기』이니 역자가 많은 희곡 중에서 특히 이를 선택한 이유는 당唐의 백낙천白樂天의 『장한가長恨歌』는 우리 조선에서도 인구에 회자하는 것이요 이 희곡은 이 노래를 가지고 정사正史 외에 온갖 명황明皇 귀비貴妃에 관한 일사일문逸事軼聞을 망라하여 작제作製한 일대 사극이므로 반드시 독자의 흥미를 끌 줄로 생각함이다. 원래 마외馬嵬의 참사는 천고정장千古情場의 유한으로 고래로 시인 문사가 다투어 붓을 댄 바이다. 희곡으로는 원인元人 백인보白仁甫의 『오동우梧桐雨』 잡극 외에 명인明人 무명씨의 『경홍기驚鴻記』와 및 도적수屠赤水의 『채호기綵毫記』가 있으나 다 귀비를 안루산安祿山과 사私

가 있다 한 고로 마외의 일사一死도 많은 동정을 끌지 못하였다. 한데 본극은 모든 귀비의 유적遺跡을 제거하고 사후에 오히려 전합鈿盒의 맹세를 잊지 못하고 명황도 또한 비妃를 생각하여 마지아니하매 이에 쌍성雙星이 중매를 들어 월궁에서 중원重圓을 경하慶賀하는 것으로 국局을 마치게 한 것이다. 그리고 전편이 절묘교사絶妙巧詞라 문文은 금수錦繡와 같고 조調는 금옥金玉과 같아 사곡이 있은 이래로 무상無上의 걸작이라 이르는 것이니 이때부터 『오동우』로 하여금 시단의 일우一隅에 온좌穩坐치 못하게 하고 일시 주문기석朱門綺席 주사가루酒社歌樓에 이 곡이 아니면 아뢰지를 아니하였으며 전두纏頭도 이로 값을 더하였으며 『도화선桃花扇』과 같이 내정內庭에 들어갔고 부호富豪 항亢 씨와 같음은 가령家伶을 명하여 『장생전』을 연演케 함에 의복 기구의 비용이 40여만 냥에 이르렀다 하는 것이니 참으로 성盛하다 할 것이다. 그러나 만滿은 손損을 부르고 복은 화를 품은 것이라. 그 당시 추곡秋谷은 이 극을 국기일國忌日에 보기 때문에 파직을 당하여 "가련일곡장생전可憐一曲長生殿 단송공명도백두斷送功名到白頭"라는 시까지 돌게 되고 작자 홍洪昉思도 조정에서 쫓겨나서 전리田里에 돌아가 대취하여 수중에 익사한 비참사까지 연출된 것이다…….

원래 지나의 희곡을 번역한다는 것은 대단히 무모한 것이다. 왜 그러냐 하면 다만 지나의 문학을 다소 안다는 것만 가지고는 어림도 없는 까닭이다. 하나 이는 군말이다. 길게 말 아니 하거니와 역자로인 내가 독자에게 다만 바라는 바는 이 번역은 원문을 상치 않는 범위 내에서 의역을 많이 취하였다. 그러나 결코 오역이 아닌 것은 단언한다. 이는 자신이 있다. 이는 한학을 조금 아는 체하는 이식지耳食者들이 남의 고심은 모르고 자구에 구니拘泥하여 이러니저러니 하기에 한마디 말하여 두는 것이다.

# 왕소군

## 양건식

● 양건식, 「왕소군(王昭君)」, 『매일신보』, 1932.8.2~8.18, 5면(전15회)

● 궈모뤄 원작

본 희곡은 현금 중국 문단에 우이牛耳를 잡고 있는 궈모뤄郭沫若 씨의 유명한 3부작—「섭앵(聶嫈, 녜잉)」, 「왕소군(王昭君, 왕자오쥔)」, 「탁문군(卓文君, 줘원쥔)」 중의 1편을 옮겨 놓은 것인바 「탁문군」 1편은 작춘昨春에 역자가 『조선일보』 지상에 역재譯載한 일이 있으며, 본편은 조선 내에서는 처음 번역되는 것인바 일본에서는 거금 칠팔 년 전에 잡지 『개조』인가 『중앙공론』에 역재된 것을 본 법하다.

# 수호전

**양건식**

- 양건식, 「수호 서(序)」, 『신민』 8, 신민사, 1925.12.10, 107~109면
- 양건식, 『수호전』, 『신민』 9~18, 신민사, 1926.1.1~10.1(전4회)
- 스나이안 원작

## 역자 왈

여余의 초의初意는 중국소설의 으뜸인 『수호』의 고증을 쓰고자 하였으나 시간의 불급不及으로 고만 못 하고 진성탄金聖嘆의 위작僞作인 원작자 스나이안施耐庵의 서문이라는 것을 재미가 있기에 이를 의역하였다. 그 스스로 조롱하고 빈정거리는 말 속에 시대를 원망하고 세상을 저주하는 소리가 마치 홍수가 장차 제방을 무느려고 하며 분화噴火가 장차 지각地殼을 깨트리고 나오려고 하는 것 같음을 볼 수가 있다. 다만 역자의 붓끝이 원문의 심의深意를 다 전傳치 못함을 유감으로 생각한다.

# 신석 수호지

**윤백남**

- 윤백남, 「신석(新釋) 수호지」, 『동아일보』, 1928.5.1~1930.1.10, 3면(전596회)
- 윤백남, 『신석 수호지』, 박문서관, 1929.10.10~1930.11.10, 401면 · 275면 · 403면(전3권)
- 스나이안 원작, 이상범 삽화, 신석 수호전

## 머리의 말

지금으로부터 960여 년 전 중국에 자오쾅인趙匡胤이라 하는 영웅이 나서 오랫동안 어질러져 있던 국내를 평정하고 나라 이름을 대송大宋이라 부르게 한 뒤에 스스로 제1세의 황제가 되니 이가 곧 무덕武德 황제이올시다.

무덕 황제가 즉위하자 곧 서울을 볜량성汴梁城으로 옮기고 여러 가지 좋은 정치를 베풀어서 대송 400년의 기초를 굳게 세웠었으나 이후 100년이 넘지를 못해서 백성은 오랫동안 태평한 생활에 마음이 풀어져서 그리되었던지 민간의 풍기는 나날이 어지러워져 가며 관가의 풍기조차 여지없이 문란해져서 관민 간에 뇌물이 성행하게 되어도 보는 사람이 의례의 일로 알게끔 되었습니다.

나라의 꼴이 이 모양이 되어 버린 이상에야 그 결과는 장황히 말 아니 해도 알 것이 아니겠습니까. 중앙 정부는 있으되 형해에 지나지 못하고 정사는 소위 조령모개의 추태를 이루게 되고 보니 각주 고을 수령들은 제각기 세력을 다투어서 마치 여러 조그마한 나라가 국내에 할거하여 있는 모양이 되고 말았습니다.

『수호지』 1편은 즉 이러한 때와 이러한 나라를 배경 삼고 볜량 성을 중심으로 삼아서 일어난 한 기이한 이야기니 당시의 인정 풍태와 사상을 재미있게 그려 낸 걸작이올시다.

그러나 원작 『수호지』는 문장이 너무 어려워서 그것을 읽어 내기에 여간 힘이 들지 아니합니다. 그런 까닭에 옛날부터 『수호지』, 『수호지』 하고 이름은 떠들어도 그것을 통독한 이가 적은 것은 그 책이 너무 호한浩瀚한 이유도 있었겠지만 위에 말한 바와 같이 문장이 어렵다는 것도 큰 원인인 줄 믿습니다. 그래서 역자는 그것을 우리가 시방 행용行用하는 쉬운 말로 연석軟釋을 해서 여러 독자와 함께 『수호지』 1편의 흥미 있는 이야기에 취해 볼까 합니다. 잘될는지 못될는지는 단언할 수도 없으려니와 그중에도 한자 특유의 풍미를 그려 내기는 역자의 단문으로는 가망도 없는 일이올시다마는 글 그것보다도 그 이야기의 줄기, 그것에다가 흥미를 두기로 하고 좌우간에 써 보기 시작한 것입니다.

# 중국단편소설집

**개벽사**

● 『중국단편소설집』, 개벽사 출판부, 1929.1.25, 151면

● 루쉰 외 원작

## 역자의 말

여기에 선역選譯한 소설 15편은 모두 최근 10년 내의 작품이다. 이것의 원저자들은 대개로 중국 문단에서 이름을 전傳하는 이들이다. 하나 여기의 작품이 그들의 대표적 걸작이라고 말할 수는 없다. 그것은 내가 모파상Maupassant의 *Pierre et Jeau*(-피에르와 장)이라는 소설 서문에 말한 거와 같이 "당신의 성정性情에 따라 당신의 가장 적의適宜하다고 인認하는 형식으로 우리에게 아름다운 작품을 보여주구려!"하는 고상한 사상을 가지지 못한 까닭으로 다만 나의 기호에 따라 혹은 우리들의 수요를 보아 이 몇 편을 선택하게 되었으므로 작자들 중에서는 원통하게 생각하는 이도 없지 않을 것이다.

나는 이 몇 편을 선택하느라고 1개월 이상의 시간을 보내었고 책 수효로는 200여 권을 뒤적거리었다. 그러나 결과는 나의 당초의 예상대로 되지 못한 고로 이렇게 노력하였다는 말을 하기에도 심히 부끄럼을 견디지 못하는 바이다. 그 원인은 여기에 있었던 것이다.

나는 항상 이렇게 생각하였다. 남들은 어떤 것을 탐독하든지 말할 것 없고 우리는 특히 우리 조선 청년들은 읽으면 피가 끓어오르고 읽고 난 뒤에는 그 썩고 구린 냄새 나는 생활 속에서 "에라!" 하고 뛰어나올 만한 원기를 돋워 주는 혁명적 문예를 읽어야 한다고 하였다. 동시에 나는 우리가 남달리 더럽고 기구한 생활을 오랫

동안 계속한 역사를 등에 지고 있는 그 값으로 반드시 정치상으로 대정치가가 생기고 문학상으로 대문학자가 생길 것을 깊이 믿어 왔다. 한데 그동안 국내의 많은 독자와 작가들은 대체로 나의 이 생각과 이 기망企望에서 멀리 배치背馳하여 가는 현상에 있은 것이 사실이다. 그러므로 나는 중국 문예 작품 중에서 이상에 말한 혁명적 소설을 심구尋究하여 그것을 소개하려 하였던 것이 곧 나의 초지初志이었다. 하나 여기에도 그렇게 훌륭한 걸작은 없었다. 해서 당초에 마음먹었던 선택의 표준을 고치게 되고 보니 즉 이러한 결과가 있게 되었다.

중도에서 변경한 표준은 다만 중국의 민정民情, 생활 상태 급及 그들이 파지把持한 사상을 현시顯示 혹은 암시한 작품을 취하기로 하고 또는 각 작가의 작풍作風을 소개하기 위하여 서로 다르고도 많은 양을 요하게 되므로 자연히 한 작가의 작품 중에서도 제일 짧은 것을 빼어 오게 되었다. 그러면서도 나는 여전히 우리가 읽으면 조금이라도 감동됨이 있을 것을 탐색하느라고 애를 무던히 썼다.

근일에 와서 계급적 문학 논전이 우리 문단에서 개시된 것은 무한히 기쁜 현상의 하나이라고 한다. 하나 최후의 승전은 시시비비만을 말하고 공격하는 데 있지 않고 오직 시대시적時代是的, 인간시적人間是的의 위대한 작품을 산출하는 데 있다. 그러므로 나는 지금 계급적 의식에서 신신앙新信仰을 가진 작가 그들에게 하루바삐 승전고를 울리기 촉망囑望하며 동시에 나는 모파상의 말을 빌려 이렇게 청구한다. "당신들의 신신앙과 성정에 따라 가장 적의한 형식으로 거룩한 작품을 많이 낳아 놓으라!"고.

나는 우리글 중에 삼인칭 대명사가 성별로 간단히 쓰이게 된 것이 없음을 많이 불편으로 인認한 때가 종종 있으므로 여기에서 'ᅌᅳ' 자를 여성의 삼인칭 대명사로 하여 한 자를 새로 넣고 '그' 자는 남성 대명사로 쓰게 되었다. 한데 'ᅌᅳ' 자에 'ㅇ'을 가하게 된 것은 다른 우의寓意가 없고 'ㅇ'은 우리글에서 무음無音인 고로 말에는 변동이 생기지 않도록 하기 위하여서만 뜻이 있었던 것이다. 혹은 불필요하다고 생각하는 이도 있을 것이나 여하튼지 나는 필요를 느끼었으니까 이렇게 쓴 것이다.

그리고 나는 번역은 창작 이상의 노력을 들여야 한다는 말을 입으로는 하면서도 실로는 이상은커녕 동등의 노력도 하지 못하였은즉 이로 인하여 돌아오는 책망은 감수하려 하고 다못 원저자들에게만은 미안한 뜻을 말해 둔다.

최후로 할 말은 이 책이 출판되기까지는 모두가 계연집桂淵集, 이두성李斗星 동무들의 주선으로 된 것이니 독자로서 책망할 일이 있거든 그것은 나에게로 실려 보내고 만일에 치하할 것이 있거든 그것은 모두 이 동무들에게 돌려보내기를 간절히 부탁하여 둔다.

3월 28일

베이징 평민대학平民大學에서

역자 씀

# 아Q정전

**양건식**

- 양건식, 「아Q정전(阿Q正傳)」, 『조선일보』, 1930.1.4~2.16, 4면(전24회)
- 루쉰 원작

이 「아Q정전阿Q正傳」은 중국 현대의 제일류 작가 루쉰魯迅(저우수런, 周樹人) 씨의 작이니 중국 문예 부흥기의 대표작으로 구미에 선전되어 이미 수개 국어로 번역된 것이다. 취재는 혁명에 희생된 무지한 한 농민의 전 생애에 있으니 제일 혁명 당시의 사회 상태를 루쉰 씨 일류의 신랄한 풍자와 냉철한 관찰로 여실하게 표현한 것이다. 이러한 희생자는 중국의 국정國情으로 현대의 훈정訓政 시기에도 반드시 많이 있으리라고 생각하는바 본 소설의 주인공이 자연인인 곳에 본편의 묘미가 있다. 역자를 이를 벌써부터 소개하려고 생각은 하였었으나 문文 중에 난해의 사어土語가 많이 섞이어 주저를 마지아니하다가 이번에 우연한 기회로 역술하게 된 것이다.

# 강호기협전

**박건병**

- 박건병, 「강호기협전(江湖奇俠傳)」, 『동아일보』, 1931.9.3~11.19, 6면(전60회, 미완)
- 샹카이란 원작, 이상범 삽화

## 머리말

지금 소개하려는 이 『강호기협전』은 중국에서 새로 난 유명한 소설이니 평강불초생平江不肖生(-샹카이란, 向愷然)이 청나라 때의 옛일에서 재료를 가져다가 만들어 낸 10여 권의 장편소설입니다. 이 책은 중화민국 15년(-1926) 6월에 그 첫 권이 출판된 뒤로 18년인 재작년(-1929) 11월에 이르러서 무릇 세 해 반 만에 열 번째 출판되어 평균 한 해에 실로 세 번씩이나 출판된 셈이니 이것만 보아도 이 책이 중국 소설계에서 얼마나 큰 가치를 지니었으며 그 나라 사람들에게 얼마나 많은 환영을 받는지 넉넉히 짐작할 수가 있을 것입니다.

이 책의 내용은 물론 『강호기협전』이라는 그 이름과 같이 강호상(발자취를 사면팔방으로 방랑하는) 협객(의기를 가지고 힘센 자를 누르며 약한 자를 붙들어 주는 사람)의 사적이라. 한족의 천하이던 명나라가 만주족의 천하인 청나라에게 망한 뒤에 비분강개한 명나라의 끼친 백성들이 참을 수 없는 적개심을 풀 길이 없으매 몸을 도술의 문에 붙이어 기이하고도 씩씩한 일을 행하는 협객들이 수백 년 동안을 두고 끊임없이 났으니 세상이 다 아는 백련교白蓮敎 같은 것도 그 끄트머리입니다. 이 『강호기협전』은 그동안의 허다한 협객들의 사적을 소설체로 계통 있게 주워 모은 책이니 마치 나무의 커다란 줄기는 공중에 서리어 있고 기묘한 가지는 이리저리 뻗어 우줄우줄이 춤을 추는 것 같이 호협한 태도가 종이 위에서 뛰놀며 그 속사정을 그리어 놓은 데 이르려는 그때에 그 사람들로서 아니 그러할 수 없는 민족적 감정과 청나라 말년의 부패한 정치가 종이 위에 뚜렷이 나타난 것입니다. 또한 지극한 정성으로 도를 구하매 그 넓고 깊음을 그린 것은 『서유기』를 읽는 맛이 있고 뭇 영웅이 의로써 뭉치매 그 기운차고 통쾌함을 그린 것은 『수호지』를 보는 느낌이 있고 부패한 사회의 내막을 드러내매 그 인정세태를 그린 것은 『홍루몽』만 못하지 아니하여 말하자면 온갖 아름다움이 구비한 책입니다.

내가 이 책을 읽을 때는 미상불 스스로 글 가운데의 사람이 되어 보매 저절로 어깨가 으쓱하여지고 기운이 나서 팔을 뽐내고 주먹을 불끈 쥐기도 하며 읽다가 말고 술을 한잔 부어 쭉 들이마시기도 하였습니다.

이에 느낌이 있어 서투른 솜씨를 불고하고 이 책을 번역하여 뜻있는 독자에게 소개하노니 모름지기 불평에 우는 이와 문약에 빠진 이들이 이 책을 읽으시고 나와 같은 느낌이 있게 된다면 이만한 다행이 없겠으며 번역이 잘못된 것을 바로잡아 주시는 이가 있으면 매우 고맙겠습니다.

끝으로 한마디 더 말씀하여 둘 것은 이 책 가운데에 가다가 황당한 미신의 이야기가 없지 않으나 예제없이 옛날이야기에는 그런 미신의 말이 없지 못하나니 이에서 그 시대 그 나라 사람들의 지식 정도를 또한 살필 수가 있을 것입니다.

번역자 맹천 씀

# 홍루몽

**장지영**

● 장지영, 「홍루몽」, 『중앙일보』, 1932.4.1~4.30(전25회, 미완)

● 차오쉐친 원작, 이용우 삽화

## 역자의 말

『홍루몽』은 『수호지』와 함께 중국 옛날 이야기책 가운데 한 쌍의 보배로 치는 것이니 『수호지』는 그 기상의 호방하고 통쾌함으로 이름이 높은 것이요 『홍루몽』은 그 정서의 얼크러지고 곡진함으로 값이 있는 것입니다. 『홍루몽』에 있어 그 묘사한 수단이 무르녹음은 인정과 물태가 바로 말 밖에서 뛰놂을 볼 수 있고 그 정서를 표현한 방법이 치밀함은 굽이굽이 쌓인 회포를 바로 마음속에 알아차릴 수 있을지니 중국 옛날 이야기책으로서 이처럼 묘사에 힘을 들인 것은 다시 얻을 수 없을 것입니다. 역자는 이 글이 아직까지 우리글로 번역됨이 없음을 유감으로 생각하여 어느 신문에 실리어 내다가 사정으로 말미암아 그의 사분의 일도 마치지 못하고 중단하였었는데, 그때는 시험 번역이니만큼 말의 옮김이 서툴렀고 또 철없는 생각으로 망령되이 산삭刪削을 하여 그 전체의 결구를 어지럽게 한 바가 적지 않았습니다. 그리하여 이때껏 그를 크게 후회하는 중 이제 좋은 기회를 얻어 이를 고쳐 번역하여 다시 내게 되었습니다. 비록 재주는 미치지 못하나마 오직 정성으로 이번에는 아무쪼록 본문을 그대로 번역하여 기어코 완편을 하고자 합니다.

## 『홍루몽』 서序에 대신하여—『홍루몽』은 어떠한 것인가

홍루몽은 어떠한 것인가? 이것은 지금 중국 문인 사이에 한 문젯거리로 되어서 여러 학자들의 머리를 앓게 하고 있습니다. 그 생겨난 동기와 그 내용이 마치 알기 어려운 수수께끼와 같아서 그 푸는 것이 사람을 좇아 다르고 시대를 따라 같지 않습니다. 그러나 이 소설이 『수호지』와 함께 중국 고대소설 가운데서 다시 얻기 어려운 명작이라 함에는 누구든지 반대하는 사람이 없습니다. 천두슈陳獨秀 씨는 이렇게 말하였습니다.

중국소설은 전연히 고대 사실을 잘 기록함에 뜻을 두었었다. 그러나 고대 사실을 잘 기록함은 역사책에 맡길 일이다. 소설은 사람의 정감 발로를 잘 그리어 나타냄으로 주장을 삼아야 마땅할 것이니 학술계에도 분업적 작용을 하여야 옳다는 말이다. 중국소설이 근대에 이르러서는 자연히 사람의 정감 발로를 잘 그려 나타내는 방면으로 점점 발전되는 경향이 있으나 따라서 고대 사실을 잘 적는 방면도 동시에 발전이 되어 간다. 이는 종시 분업적 작용이 없는 까닭이다. 소설이면서 역사적 내용을 겸하여 가졌기 때문에 소설로서 재미가 없는 동시에 또 역사의 정확성 등 매우 덜어 버리게 되어 두 방면이 다 실패에 돌아가고 만다. 어떻게 보면 고대의 사회 사정을 알고자 할 때에 소설을 읽는 편이 역사를 읽는 편보다 낫다고 할 수 있을지 모르나 소설가가 역사가의 일을 겸하려고 하는 까닭에 소설과 역사 두 방면의 발전에 다 같이 큰 장애를 주게 된다. 이 『홍루몽』으로 말하면 고대 사실을 잘 적음과 사람의 정감 발로를 잘 나타냄에 두 가지 수단이 다 아름답다. 그러나 고대 사실을 잘 적노라고 했기 때문에 너무 자차분해서 독자들의 환영을 덜 받게 된다. 이것도 작자의 수단이 부족한 것이 아니라 소설과 역사를 잘 가르지 아니하는 습관에서 잘못된 것이다. 『수호지』나 『금병매』 같은 명작도 이런 병통을 벗지 못하였다. 혹은 이 소설이 음란하니 방탕하니 말한다. 그러나 이것은 본래 문학적 비평법이 아니다. 무슨 이상이니 무슨 주의이니 무슨 철학이니 하는 사상을 가지고 와서 이 『홍루몽』을 비평하는 것은 문학 작품을 비평하는 본 취지를 잃어버리게 되는 것이다. 더군다나 『홍루몽』의 고증가들이 이는 어느 시대 어느 사람 어느 사실을 가리킴이라고 분분히 떠드는 것 같은 것은 『홍루몽』을 보되 고대 사실을 잘 기록한 역사책으로 봄이요 사람의 정감 발로를 잘 나타낸 소설책으로는 보지 못함이다. 나는 생각하기를 어느 솜씨 좋은 문사가 있어 『홍루몽』에 적힌바 자차분한 고대 사실을 다 깎아 버리고 사람의 정감 발로를 적은 부분만 남겨 두었으면 과연 중국 현대어 작품 중에 대표작이라고 하겠다.

이는 순연히 문학적 견지로서 이 소설을 평단함이라. 역자도 천 씨의 말에 찬동합니다. 그러나 역자의 경험으로 보아서 우리 일반 독자의 의사에는 부합되기 어려우리라고 생각합니다. 우리 조선 사람은 보통으로 소설을 볼 때 그 결구와 묘사에 문예적 가치가 있느냐 없느냐 함에는 조금도 착안을 아니 하고 다만 그 내용적 사실이 착잡하고 인과보응이 분명해야만 이것을 재미있다고 해서 비로소 독자의 환영을 받게 됩니다. 연전에 역자가 처음 소설을 번역해서 발표할 때에도 독자로부터 이러한 말이 있었습니다.

"『홍루몽』은 너무 잔소리가 많아. 어디 맺힌 사실이 있어야 하지, 그저 계집아이들하고 속살거리는 잔사설뿐이야. 늘 그 소리가 그 소리뿐이야."

이는 생활의 실정, 인정의 실감을 그림 그리듯 지면에 나타내노라고 써 놓은 것을 독자들은 잔사설로만 본 것입니다. 물론 이 소설은 『삼국지』나 『열국지』처럼 역사적 사실을 주장으로 보아서는 아무 취할 것이 없습니다. 그 글자글자 구절구절에서 인정과 물태가 산 것처럼 뛰어노는 것을 보아야 할 것입니다.

우리 조선에도 이 소설이 들어온 지는 오래나 이 소설은 그 글이 한문이 아니요 한어漢語이기 때문에 읽어 본 이가 퍽 드물고, 따라서 이 소설을 아는 이가 적습니다마는 중국에서는 이 소설이 문학상 큰 지위를 차지하고 있게 되어 이 소설이 출세한 지 200여 년, 근 300년에 이 소설을 연구하는 학자가 이어 있어 그 수로도 매우 많았고, 심지어 『홍루몽』을 한 학學으로 세워서 홍학紅學이라는 학파까지 생겼고 그 학파에 붙은 사람을 홍학자라고 부르며 베이징국립대학에서는 홍학을 강의까지 합니다. 이 소설이 우리글로 번역되기는 중국문학 연구의 대가이요 조선의 홍학자인 양백화梁白華(-양건식) 선생이 10여 년 전에 몇십 회를 번역하여 발표한 것이 처음인데, 그 능란하신 솜씨로 끝을 마치게 되지 못한 것이 유감입니다. 이번에 역자가 대담히 여기에 붓을 대기는 하지마는 앞서 말씀한 것과 같이 이 소설은 인정물태를 곡진히 그린 것이기 때문에 그냥 사실을 벌여 적은 것과 달라서 아무리 힘을 들여 번역한다 하지마는 본문의 가치를 그대로 옮겨 놓기는 도저히 수단이 부족하매 홍학에 큰 죄를 짓게 될까 두려운 생각○○○.

『홍루몽』에 대하여 그 지은 연대와 작자가 누구라는 것은 아직 분명치 않으나 다만 청조 건륭乾隆 초에 지은 것이라 함에는 틀리지 아니하며 작자에 대하여는 후스胡適 씨는 차오쉐친曹雪芹이 지은 것이라 하여 차오 씨의 사적을 장편으로 기록한 것이 있으니 이는 위안메이袁枚의 수원시화隨園詩話에 의거한 것이나 그러나 명확한 증거가 보이지 아니합니다. 본서 제1회에는

> 이 글은 공공도인空空道人 한 덩이 돌멩이 위에 쓰여 있는 것을 벗겨 낸 것으로 책 이름을 『석두기石頭記』라고 하였다가 공공도인이 자기의 이름을 정승情僧이라 고치고 따라서 석두기를 『정승록情僧錄』이라고 고쳤더니 동로東魯 공매계孔梅溪는 『풍월보감風月寶鑑』이라고 하였으며 그 뒤에 차오쉐친이 도홍헌悼紅軒 가운데에서 10년 동안을 두고 뒤적거리면서 늘이고 깎고 하기를 다섯 번이나 하여 목록을 지으며 장과 회를 나누고 또 이름을 『금릉십이채金陵十二釵』라고 하였다.

하여 차오쉐친이 지은 것이 아니요 이미 있던 글을 차오쉐친이 증산增刪하고 편찬한 것이라고 하였습니다. 또 누구는 베이징 모후某候의 집에 막번으로 있던 모효렴某孝廉

이 지은 것이라 하여 이처럼 작자에 대한 의론이 구구합니다. 그리고 원문에 대하여도 120회가 한 사람의 솜씨로 된 것이 아니요 원작자는 80회만 짓고 그 끝을 마치지 못하였던 것을 가오어高顎란 사람이 40회를 지어서 채운 것이라고 합니다. 그런데 지금 세상에 돌아다니는 『홍루몽』 판본 중에 상하이 유정서국有正書局에서 발행한 소위 『원본 홍루몽』(척료생戚蓼生의 본)이란 것이 80회로 되었을 뿐이요 그 외의 여러 본은 모두 소천小泉 청웨이위안程偉元의 120회본을 저본으로 한 것인데 청웨이위안 씨나 가오어 씨는 이 120회가 다 같이 원작자의 손에서 정 나온 것으로 자기네들이 수집하고 교정하여 출판한 것이라고 주장하였습니다. 청 씨의 서문에는

원본의 목록은 120회가 있으나 본문은 80회만 있으니 이는 반드시 완본이 아니요 반드시 달리 완본이 있으리라 하여 진심갈력으로 그를 찾을새 장서가로부터 심지어 휴지 뭉텅이 속까지 뒤져서 수년 동안에 겨우 20여 회를 얻었더니 하루는 우연히 또 10여 회를 발견하고 중가重價로 사서 맞춰 보매 앞뒤가 접속은 되나 너무 산란하여 잘 들어맞지 않으므로 친구로 더불어 절장보단截長補短하고 상밀히 교정하여 전부를 출판하였다.

하였고, 가오 씨 서문에는

『홍루몽』이 사람들에게 널리 읽혀진 지 이미 20여 년이나 완본이 전혀 없더니 친구 청샤오취안程小泉이 자기가 사서 모은 전서를 나에게 보이며 이것은 내가 수년 동안에 조각조각 주워 모은 것으로 장차 출판하려 하나 내가 이제는 힘이 가쁘니 같이 수고를 나누자 하므로 나는 이 글이 비록 소설일망정 오히려 명교에 어그러지지 않으매 흔연히 허락하고 그 일을 도와서 준공을 하였다.

하여 120회가 다 원작자의 지은 것임을 말하였습니다. 그러나 가오 씨와 가까운 친

구 장선산張船山이 가오 씨에게 준 시에 스스로 주註를 내되

"『홍루몽』 80회 이후는 다 고란서高蘭墅, 가오어의 호가 채운 것이라."

하여 처음으로 80회 이후 40회는 딴사람이 지은 것이라는 말을 하였고, 이마적 위핑보兪平伯 씨의 「홍루몽변紅樓夢辯」에는 원본에 120회의 목록이 있었다 함은 청 씨의 거짓말이요 실상은 이 목록까지도 80회 이후 40회는 가오어의 지은 것이라고 하여 여러 가지 증거를 들어 말하였습니다. 그뿐 아니라 그 결구로 보든지 그 문장으로 보든지 전 80회와 후 40회가 한사람의 솜씨 아닌 것은 사실일 듯합니다. 청 씨의 판본도 두 가지가 있으니 하나는 후스 씨가 정갑본程甲本이라고 부르는 것으로 건륭乾隆 56년판이요 하나는 후스 씨가 이른바 정을본程乙本으로 건륭 57년 개정판이니 가오 씨가 정갑본을 발행한 후 잘못된 곳이 많음을 불만히 생각하고 다시 여러 가지 원본을 참고하여 크게 수정한 후 그 이듬해에 출판한 것이니 이 본이 현금 유행되는 『홍루몽』 여러 본 중에서는 제일 나은 줄로 압니다. 일본 고다 로한幸田露伴 씨는 치戚 씨의 80회본을 낫다고 하여 번역하였으니 이는 아마 '정을본'이 발견되기 전에의 일인 줄로 압니다. 치 씨의 본을 비록 원본이라고 하나 그것이 정말 원본이라고 할 만한 증거가 없고 또 정본과 다소 달라서 서로 득실이 있으나 어느 점으로 든지 '정을본'이 훨씬 나은 것은 후스 씨도 말하였습니다. 그리고 가오 씨 40회 속본이 나기 전에 이미 30회 속본이 있었으나 그 작자도 누구인지 모르고 그 책도 전함이 없다 합니다. 이마적 후스 씨가 의외에 『홍루몽』의 옛날 초본抄本을 몇 권 얻었는데(이를 지연재본脂硯齋本이라 함) 그것은 지금 있는 척본戚本이나 정본과 매우 다른 점이 있어서 전일에 의심나던 곳을 많이 풀 수가 있으나 다만 그의 전질을 얻지 못함이 한이라고 합니다. 이처럼 『홍루몽』은 판본이 여러 가지 다른 종류가 있는데, 이번에 역자가 번역하는 저본은 상하이 아동도서관上海亞東圖書館에서 발행한 정을본입니다.

『홍루몽』의 내용에 대하여도 여러 홍학자들의 의론이 각각 달라서 여러 파의 시

비가 자못 분분하나 이루 다 들어 말할 수 없고 다만 그중에서 가장 대조될 만한 몇 가지만 독자 여러분께 소개하고자 합니다.

### 1. 청세조清世祖와 동악비董鄂妃의 사실을 적은 것이라는 것

이 파의 대표는 왕멍롼안王夢阮 씨로서 그의 『홍루몽색은紅樓夢索隱』에는

"동악비는 진화이秦淮 명기名妓 동소완董小宛이니 일찍이 명나라 말년에 당지 명사 모벽강冒辟疆의 첩이 되었다가 뒤에 청병에게 잡힌 바 되어 베이징으로 가서는 청세조 황제의 총애를 받게 되어 귀비를 봉하였더니 그 뒤에 동비가 일찍 죽이매 청세조는 매우 애통한 끝에 그만 우타이산五臺山으로 뛰어가서 중이 되었으니 모벽강이 자기 친구에게 동소완이가 죽었다고 한 말과 청조 사기에 청세조가 재위한 지 18년 만에 죽었다 함은 모두가 거짓말이라."

하고 또

"『홍루몽』의 주인공인 가보옥은 곧 청세조 황제이요 임대옥은 곧 동비이며 그 외의 여러 사람들은 모두 당시의 이름있는 친왕들과 명사名士와 재녀才女들을 두고 적은 것이라" 하여 그들의 사적을 들어서 『홍루몽』에 있는 글귀와 맞춰 증거를 대었으며 그 책 첫 장에 청세조가 참선하는 그림까지 그리어 그 중 됨이 확실함을 보였으나 그 추측한 바가 거의 억단臆斷이 많아서 도저히 수긍할 수가 없습니다.

### 2. 나라싱더納蘭性德의 일을 적은 것이라는 것

나라싱더는 청조 강희康熙 때 정승 명주明珠의 아들로서 문명이 높았고 부귀가 극성하였으며 당시의 명사들을 집에 모아 상객으로 공궤하였는데 천캉츠陳康祺 씨의 『낭잠기문郎潛紀聞』에는

"우리 선생 서류천徐柳泉이 말하되 『홍루몽』은 정승 명주의 집안 일을 적은 것이니 십이금채十二金釵는 다 그때 나라싱더가 상객으로 받들던 사람들이라. 보채寶釵는

고담인高澹人을 두고 적은 것이요 묘옥妙玉은 강서명姜西溟을 두고 적은 것이라 하여 그 외에도 자세한 말이 많았으나 다 기억하지 못한다."

하였고, 또 유월俞樾 씨의 『소부매한화小浮梅閒話』에는

"『홍루몽』은 명주의 아들을 두고 지은 것이니 나라싱더가 그 사람이라."

하였으며, 또 전정방錢靜方 씨의 『홍루몽고紅樓夢攷』에도 이 말에 찬동하여

"보옥은 나라싱더를 가리킨 것이요 대옥黛玉은 비록 분명치는 않으나 또한 나라의 부인을 가리킨 것이라."

하였는데, 이 파의 말도 얼마간 억단이 많습니다. 그러나 중국 학자들 사이에는 이 말이 꽤 널리 퍼진 듯합니다.

### 3. 강희 건륭 간의 정치적 소설이라는 것

이 파는 차이위안페이蔡元培 씨의 『석두기색은石頭記索隱』으로써 대표를 삼을 것인데 거기에 말하기를

"『석두기』(곧 『홍루몽』)의 작자는 민족주의를 단단히 가진 이로서 이 글 속에는 명나라의 망함을 조상하고 청조의 잘못함을 적발하였으며 더욱 한족의 명사로서 청조에 벼슬하는 이들에게는 통한하며 애석한 뜻을 부친 것이다. 그러나 그 당시에 필화에 걸림을 두려워하여 그 뜻을 바로 쓰지 못하고 별달리 한 방법을 새로 만들어 본 사실 위에다가 여러 겹의 장막을 덮어 놓아서 독자들로 하여금 가로 보면 고개이요 모로 보면 봉우리의 격이 되게 한 것이다. 책 가운데 홍紅이라고 쓴 것은 주朱 자를 숨겨 쓴 것이니 주는 명나라 곧 한漢을 가리킨 것이다. 보옥이가 '홍'을 좋아하는 벽이 있는데 이것은 만주 사람으로서 한족의 문화를 좋아함을 말한 것이니 보옥이가 남의 입에 바른 연지를 먹기 좋아한다 함은 만인은 한인이 말해 놓은 것을 거두어 입내 내기를 잘한다고 조롱한 것이다. 보옥이 거처하는 곳을 이홍원怡紅院이라 함도 '홍'을 좋아한다는 뜻이요 차오쉐친이 도홍헌에서 본서를 증산하였다 함은

곧 명나라를 조상한다는 뜻이다. 책 가운데 여자들은 한인을 가리킨 것이요 남자들은 만주인을 가리킨 것이니 보옥의 말이 여자는 물로 만든 것이요 남자는 진흙으로 만든 것이라 함도 한漢 자와 만滿 자와 아주 관계가 없지 않다. 그리고 또 중국 철학에 부처夫妻와 군신君臣을 음양에 붙였으니 취루翠樓의 말이 상전은 양이요 종은 음이다 하였으니 이는 청조의 제도가 만주 사람들은 임금에게 대하여 자기를 신이라고 하지 않고 종이라고 하였는데 민족 간의 관계로 본다면 정복자는 상전이요 피정복자는 종이다. 그리하여 이 책에 한만의 관계를 남녀의 관계로 비유한 것이다."

이것은 차이위안페이 씨의 주장인데 한인을 여자에 비유함은 여자는 저를 좋아하는 이에게 붙좇는다는女爲悅己者容 옛말에 비추어 보아서도 실절한 한인에게는 적절한 비유라고 이를 찬동하는 이가 많습니다. 그리고 본문에 들어가서 본문 가운데 나타난 여러 남녀들을 청조 초의 여러 만인 한인에게 비추어 그 사람들의 품격과 행사와 처지들을 대조하여 가면서 증거를 들었는데 그 의론이 상밀하고 정리에 가까워서 이 의론을 좇는 이가 가장 많은데 서우펑페이壽鵬飛 씨의 『홍루몽 본사 변증紅樓夢本事辨證』에는 이 의론에 찬동하는 동시에 더욱 은비한 뜻을 발명하여 보인 바가 많습니다.

### 4. 차오쉐친의 자서전이라는 것

이 파는 후스 씨의 「홍루몽 고증」이 대표로서 『홍루몽』은 순연히 차오쉐친이 자기의 일생 사실을 적은 것이라 하고 차오쉐친의 집안 사적을 널리 조사하여 그를 밝히기에 힘을 들였으며 위핑보 씨의 「홍루몽변」도 역시 이 파에 붙은 것으로 후스 씨와 같이 차오쉐친의 자서전임을 주장하나 다만 후스 씨처럼 차오쉐친의 집안 사적을 캐기에 전력을 하지 아니하고 그 책 자체에 대하여 판본이며 내용의 모든 문제를 밝히기에 힘을 썼는데 홍학을 연구라는 이로서는 한번 볼 만한 책입니다.

이 몇 파 외에도 『금병매』를 본떠 지은 것이니 금릉金陵 장후張候의 집안을 두고 지은 것이니 하는 말들이 여러 가지로 있으나 그 논법이 구구하여 족히 들어 말할 것이 없습니다. 그리고 이마적 신진 학자들은 이 위의 여러 사람들의 의론을 모두 부인하고

"『홍루몽』은 한 문예적 작품이다. 소설은 유희문묵遊戲文墨이니 그 책 속에 오른바 인물이며 그 외의 모든 것은 작자의 마음속에서 지어 나온 것이요 반드시 실상으로 그 사람과 그 사실이 있을 것은 아니다. 이제 소설의 참 목적을 떠나서 혹은 정치에다 붙이며 혹은 역사적 사실에다 붙임은 참으로 소설을 모독하는 것이다. 그러므로 우리는 『홍루몽』을 볼 때에 그러한 수수께끼 같은 사실을 찾을 생각을 조금도 두지 아니하고 다만 그의 결구가 크고도 치밀하다, 그의 묘사 방법이 공교롭고도 곱다, 과연 중국소설 중에서 얻기 어려운 큰 작품이다 할 뿐이다" 합니다. 이는 소설을 문학적 견지로 비평하는 방법이니 가장 충실한 논법이라고 하겠습니다. 그는 그렇지마는 이 소설이 처음 출세되며 만주 사람을 욕한 것이라는 지목을 받게 되며 청조정부로부터 이 소설의 판본을 살라 버리고 이 책을 금지하여 이러한 환란을 여러 번 거듭 받게 되매 원본이 산란하고 잔멸되어 몇 권 몇 권씩 초본으로 굴러다니노라고 완본이 없게까지 된 것을 보더라도 차이 씨의 말이 그다지 근거 없는 말은 아니라고 믿게 됩니다.

『홍루몽』은 원체 문제가 많은 소설인지라 여기에 대한 연구자도 많고 따라서 의론도 많지마는 이루 다 말하지 않고 그중 관계가 큰 몇 가지만 간단히 소개하여 독자 여러분에게 『홍루몽』이란 대체로 어떠한 것이라는 것을 말하고 이것으로 그칩니다. 역자가 일을 시작함에 공경하는 친구 양백화 선생이 여러 가지로 참고될 재료를 대어 주시고 좋은 의견을 많이 말씀해 주어서 이 일에 큰 도움을 끼치심을 고마워합니다.

# 한면면

**읍홍생**

- 읍홍생(泣紅生), 「한면면(恨綿綿)」, 『매일신보』, 1935.2.28~8.29, 3면(전135회)
- 쉬전야 원작, 고문소설

이 소설은 중국의 미문美文 작가 쉬전야徐枕亞 씨의 작으로 일시 중국의 독서계를 석권하여 청년 남녀를 많이 울린 작품이다. 그 팔린 것으로 말하더라도 저 일본의 『불여귀』와 같이 많이 팔리었고 또 극으로 영화로 오늘까지도 절대의 환영을 받는 것을 보면 독자나 관객의 마음을 끄는 그 무엇이 있는가 한다. 다만 그 원문이 다소 치기와 과장이 있으나 사륙문四六文으로 되기 까닭에 이제 이를 고문체로 역술하니 이는 원작의 묘미를 잃지 아니하려는 역자의 파심婆心에서 나옴이다.

# 지나소설집

박태원

● 박태원, 『지나소설집(支那小說集)』, 인문사, 1939.4.17, 340면

● 박태원, 『중국소설선』, 정음사, 1948.2.10, 125면·1948.3.20, 116면(전2권)

● 정현웅 장정(1939), 정음문고(1948)

## 후기

자리에 들어서도 곧 잠들지 못하고 한 시간 혹은 두세 시간씩 책장을 뒤적이는 것은 여남은 살 적부터의 나의 슬픈 버릇이었거니와 내 나이 약관을 지나서부터 이렇듯 잠을 청하느라 손에 잡았던 것은 주로 지나의 패사소설稗史小說 유이다.

그중에 한 번 읽어 재미있던 것은 혹 이를 두세 번도 읽어 보았고 너덧 번씩 읽고도 물리지 않는 것은 다시 흥이 이는 대로 우리말로 고쳐 보니 이리하여 얻은 것에서 열두 편의 이야기를 골라 한 권으로 엮은 것이 곧 이 『지나소설집』이다.

그러나 이것들은 원문에 충실한 번역은 아니다. 「오양피」, 「귀곡자」, 「망국조」의 세 편은 본디 『동주열국지東周列國志』에서 이야기를 구한 것이라 그 같은 장회소설 속의 한 토막 이야기가 그대로 단편의 체재를 갖출 수 없기도 하였거니와 「매유랑」 이하 일곱 편의 작품과 같이 『금고기관今古奇觀』 중에 수록되어 있는 것까지도 우리말로 옮기는 데 있어 나는 비교적 자유로운 태도를 가지려 하였다. 이는 대개 내가 지나 문학의 연구 또는 소개를 위하여 붓을 든 것이 아닌 까닭이다.

그렇다고 원작을 무시하고 내용에 나의 창의를 가한 것은 또한 아니다. 다만 일자일구를 소홀히 않는 역자의 태도가 아니었음을 이곳에서 밝히어 둘 따름 내 투로 진중秦重과 미랑美娘의 재회로서 이야기를 끝막고 뒤에 남은 사설辭說을 버린 「매유랑」 1편을 제하고는 모두 그 내용에 있어 원작에 충실하였다.

이 중에서 「매유랑」은 『조광』지에, 「망국조」는 『사해공론』지에, 「오양피」, 「두십랑」 이하 여덟 편은 모두 『야담』지에 각각 한 번씩 발표하였던 것들이다.

이제 독자의 편의를 위하여 아래에 출처를 밝히어 둔다.

「두십랑杜十娘」 — 『금고기관』 제5회 두십랑노침백보상杜十娘怒沈百寶箱

「매유랑賣油郎」 — 『금고기관』 제7회 매유랑독점화괴賣油郎獨占花魁

「동정홍洞庭紅」 — 『금고기관』 제9회 전운한교우동정홍轉運漢巧遇洞庭紅

「반각애羊角哀」 — 『금고기관』 제12회 양각애사명전교羊角哀捨命全交

「상하사床下士」 — 『금고기관』 제16회 이병공궁저우협객李汧公窮邸遇俠客

「부용병芙蓉屛」 — 『금고기관』 제37회 최준신교합부용병崔俊臣巧合芙蓉屛

「황감자黃柑子」 — 『금고기관』 제28회 조현군교송황감자趙縣君喬送黃柑子

「오양피五羊皮」 — 『동주열국지』 제25회 지구식가도멸괵智苟息假途滅虢 궁백리사우배상窮百里飼牛拜相

제26회 가염이백리인처歌扊扅百里認妻

「망국조亡國調」 — 『동주열국지』 제68회 하사기사광변신성賀虒祁師曠辨新聲

「귀곡자鬼谷子」 — 『동주열국지』 제67회 사귀곡손빈하산辭鬼谷孫臏下山

제88회 손빈양광탈화孫臏佯狂脫禍 방연병패계릉龐涓兵敗桂陵

제89회 마릉도만노사방연馬陵道萬弩射龐涓

쇼와 기묘(—1939) 춘春

저자 지識

# 북경호일

**박태원**

● 박태원, 「북경호일(北京好日)」, 『삼천리』 12-6, 삼천리사, 1940.6.1, 256~263면
● 린위탕 원작, 신지나(新支那) 문학 특집

## 린위탕과 『북경호일』

린위탕林語堂은 1895년 샤먼厦門에서 가까운 장저우漳州에서 났다. 그러니까 금년 46세. 1911년에 성요한대학聖約翰大學에 입학하여 1919년에 졸업하였으나 얼마 있지 아니하여 배교背敎하였다.

그해 미국으로 건너가 하버드대학에 입학. 다시 동 대학원에서 언어학을 연구하여 M.A.가 되고 다음에 불란서로 건너가 약 1년가량 체재한 뒤 1921년 봄에 독일로 가서 예나대학에 입학. 다시 라이프치히 대학에서 인도 · 게르만어학을 연구, 1923년 철학박사의 학위를 얻었다.

이상의 학력으로 보면 린위탕은 언어학자이지만 박사가 세계적으로 명성을 날리기는 언어학자로서가 아니라 그가 1935년 8월에 출판한 『아국토我國土, 아국민我國民』의 저자로서이었다.

『북경호일北京好日』은 박사가 미국에서 영어로 발표한 장편이다. 이 소설은 '의화단 사건'으로 하여 자산가 야오姚 일족이 고향 항주로 피난을 가는 데서부터 이야기가 시작된다. 원저의 부제목으로 '지나 근대 생활의 소설'이라 씌어 있는 바와 같이 지나의 가정생활이 어떠한 것인가, 그 결혼 풍습은 어떠하고 주종 관계는 어떠하며 베이징은 어떠한 곳이고 지나의 문명은 어떻게 변하여 가고 있는 것인가, 또 그 가운데 젊은 남녀는 어떻게 연애하고 어떻게 살아가는 것이며 어떠한 생활의 향락이

지나인에게는 있는가…… 대체 없는 것이라고는 없는 거편이다.

하여튼 문호 루쉰을 잃고 일시 낙막의 정을 금할 길 없는 지나 문학계에 있어서 린위탕의 출현은 전혀 혜성적으로 소설계가 갑자기 백화요란하게 된 듯싶은 느낌을 우리에게 준다.

## 지나명시선

**이병기 · 박종화 · 양주동 · 김억**

● 이병기 · 박종화 · 양주동 · 김억, 『지나명시선(支那名詩選)』, 한성도서주식회사, 1944.8.28(초판); 1945.5.1(재판); 1945.10(재출간), 238면 · 274면(전2권)

● 리바이 · 두푸 · 쿵쯔 · 바이주이 원작

근고謹告(—1945.10)

삼천리강산에는 36년 만에 자유 독립의 광명이 넘쳐흐르고 3천만 동포의 감격과 환희는 이루 형언할 수 없습니다.

우리나라 신건설에 중책을 가지신 여러분께서는 자중자애하사 충용忠勇한 역군이 되시기를 삼가 비나이다. 이제는 본사에서도 새로운 결의로 출발하여 조선 문화 사업에 조그마한 이바지라도 하고자 하오니 배구倍舊의 격려와 지원이 있기를 바라오며, 우선 『지나명시선』을 간행하오나 경제계의 급변으로 인하여 부득이 임시 정가로 발매하오니 제위께서는 십분 양해하심을 바라나이다.

한성도서주식회사 출판부

## 이태백李太白의 생애와 문장

이병기

(…전략…)

이번 83편을 골라 번역해 보았다. 워낙 남의 문학 작품은 내 말로 옮기기란 쉽지 않은데 한시처럼, 그중에도 리바이李白 시처럼 어려운 것을 촉박한 시일을 두고 하자니 흐뭇하게는 될 수 없다. 워낙 그 성향聲響, 색채 같은 건 도저히 옮길 수 없으매 겨우 그 의사意思나 잃지 않으려 한 것이다. 의사도 어느 건 막연하여 모집어 말하기 어려우나 그래도 하노라 하였으며 이걸 보시는 분도 짐작하실 줄로 생각는다.

경진(-1940) 한식절寒食節

가람

## 두자미전杜子美傳

박종화

(…생략…)

## 소인小引

양주동

(…전략…)

역譯은 처음 각체各體를 골고루 취하고자 하였으나 자연 민요체인 '풍風'이 대부분을 점하게 되었다. 이雅 · 송頌은 유래由來 길굴佶倔 장엄하게 역하기도 어렵거니와 역출譯出한대야 일반 독자에게는 자못 무미건조하겠기 때문이다.

## 백낙천白樂天의 문장과 인물

김억

(…전략…)

이러한 대작을 나는 소위 역시譯詩에 대한 나의 주장대로 의역을 하여 써 옮겨 놓노라 하였습니다. 이것들이 얼마만치 원의原意를 전했는지 역자인 나로서는 그것을 알 길이 없거니와 만일 어찌어찌하여 조금이라도 원작자의 뜻을 전하였다 하면 나에게는 다시없는 광영인 동시에 또는 어찌어찌하여 원작의 뜻을 함부로 잡아 놓았다면 나는 그 임任을 끝까지 지지 아니할 수가 없습니다. 그리고 잘못된 것이 있다면 조금도 사양 마시고 낱낱이 지적하여 써 비슷한 것이라도 만들어 주시기를 바랍니다.

그리고 그 밖에 단시短詩들은 내가 읽어서 흥 나는 것을 고른 데 지나지 아니하였을 뿐이요 별로 다른 뜻이 있는 것이 아니외다.

한마디 고백지 않아서는 아니 될 것이 있으니 그것은 이 백낙천白樂天의 약전을 나는 호소가이細貝(-호소가이 고토, 細貝香塘) 씨의 『당시감상唐詩鑑賞』에서 맘대로 골랐다는 것이외다. 사실 나는 낙천의 시는 읽었을망정 개인으로 이 시인의 생애 같은 것은 모르기 때문이외다.

쇼와 15년(-1940) 경진 4월 5일 청명

김안서

# 시경초
## 양주동

● 양주동, 『시경초(詩經抄)』, 을유문화사, 1948.8.15(초판); 1954.10.25(재판), 179면
● 쿵쯔 원작, 을유문고 5

### 해설

(…전략…)

끝으로 번역에 취就하여.

첫째, 번역의 대상으로 취한 시편은 처음 풍風·아雅·송頌의 각체各體를 골고루 가리어 많은 편수篇數를 번역코자 하였으나 엽수頁數의 관계도 있고, 또 아·송은 유래由來 힐굴詰屈·장중하여 역출譯出하기도 어렵거니와 역출한대도 일반 독자에게는 자못 무미건조하겠기 때문에 이를 대부분 제외하고 「소아小雅」의 수 편만을 취하니 결국 민요체인 「국풍國風」이 자연 대다수를 점하게 되었다. 다음, 시 각 편의 해석은 무론 「구설舊說」毛傳·鄭箋과 「신주新注」朱傳 내지 곽씨설郭氏說을 모두 참작하였으나 편파에 기울어짐을 경계하여 흔히 주전朱傳에 의거함이 많았고, 간혹 어떤 곳은 역자의 사견대로 한 것도 있다. 또 역체譯體는 대부분 직역이나 가다가 의역을 꺼리지 않았으며, 원시의 취의趣意에 의하여 혹 4·4, 혹 7·5, 혹 3·3·3, 기타 제조諸調를 섞어 사용하였다. 졸역이 원시의 맛을 몹시 덜었을까 두려워하며, 독자의 참조를 위하여 역시 밑에 원문을 실어 두었다.

1948년 4월

역자

# 역대중국시선

**김상훈**

● 김상훈, 『역대중국시선』, 정음사, 1948.8.15, 113면

● 정음문고

## 서언緖言

### 1. 중국 시가의 지방색

중국 국민성의 기조를 이룬 것은 남북 지나支那의 지리적 차이다. 북방은 기후가 한랭하고 풍경이 소조蕭條하고 토지가 고조高燥하고 물산이 적다. 이에 반해서 남방은 기후가 온난하고 풍경이 미려하고 토지가 비옥하고 물산이 풍부하다. 남방과 북방은 인종에 있어서도 근원적으로 틀리다. 유사 이전은 말하지 않더라도 은殷 민족이 북방에서 들어와서 하夏를 쳐 없애고 황허黃河 유역을 점령한 것과 주周가 남북 이적夷狄의 땅에서 침입한 민족이라는 것은 『시경』과 『서경』 속에서도 적지 않은 증거를 들 수 있다. 이때에 남방에는 형초荊楚가 있었다. 언어, 습속 모든 생활 상태가 북방과는 전연 다른 남방 민족들은 쉴 틈 없이 북방 민족을 침략하고 괴롭게 하였던 것이다. 『시경』 「노송魯頌」에 "戎狄是膺 荊舒是懲"이라고 한 것처럼 은주殷周에게 초楚는 틀림없이 강적이었던 것이다.

이 자연과 인종의 차이는 남북 지방색을 획연劃然히 나눈 것이다. 북방 문화는 황허 유역을 중심으로 해서 주로 황허 이북을 가리키는, 말하자면 황허 문화요 남방 문화는 양쯔揚子 강 유역을 중심으로 해서 주로 강 이남을 포함한, 말하자면 양쯔강 문화인 것이다. 물론 상고上古로부터 연대가 흘러내리면서 지역은 확대되어 온 것이며 범위에도 많은 변동과 혼합이 생겼지마는 인종적인 차이는 이젠 없어졌다 하

더라도 인력에 의한 완전한 자연 정복이 오기까지는 황허 양쯔강 이수二水의 유역은 스스로 다른 색채로써 국민성에 영향을 줄 것이다. 따라서 이 지방의 색채는 두 가지의 사고방식, 두 가지의 종교 사상, 두 가지의 예술 형태를 만들었다. 유교와 도교의 대립은 가장 좋은 예이며 시의 영역에 있어서도 양자는 현수懸殊하다. 유교와 아울러 북방의 시는 현실적이며 정교적政敎的이다. 그리고 남방의 시는 도교와 아울러 출세적이며 비현실적이며 신화적이다. 전자는 인공주의며 문화 발전에 적극 유의함에 반해서 후자는 원시 공산체에의 막연한 변모에서 자연으로 돌아가자고 부르짖는다. 『시경』과 『초사楚辭』의 대립을 잘 살펴보면 명백히 알 수 있다. 시형에 있어 『시경』의 구법句法은 사언조四言調가 대부분인데 『초사』는 삼칠언이 급하다. 음악에도 삼박자가 무용곡에 알맞듯이 남방인의 『초사』는 성급하고 경쾌하고 낙천적이다. 『시경』이 평민적이면 『초사』는 천재적이다. 『시경』이 '외천畏天'의 제신문학祭神文學이면 『초사』는 '낙천'의 희랍적인 신화문학이다. 하나는 공리적이면 하나는 낭만적이다. 이 두 가지 대차大差는 중국 시가 발전에 한류, 난류처럼 교체하면서 저류하고 있다. 한대漢代의 초기에 문인시가 흥기해서 쓰마샹루司馬相如, 양슝揚雄, 반구班固 등이 저작한 부賦는 북방적인 것을 사상적으로 대표하고 있으면, 한말에 걸쳐서 위진 남북조 유미주의 문학들은 남방의 정서를 서술하고 있다. 당대唐代는 실질적인 북방 문학을 융성시켰으면, 당말에서 오대五代 송사宋詞는 남방적인 것으로 왕좌를 채웠다. 송시, 원곡 청의 학술이 고문 부흥 운동과 아울러 북방적이면, 요금遼金의 세력 하에 있는 한민족의 감정, 원말元末의 사조思潮 등 남방적인 것이 승리를 했다. 다른 한 면으로는 같은 시대에서도 두 조류는 각각 다른 사회적 계층에 의해서 병존되었던 것이다. 왕실의 흥륭興隆과 예치의 완성을 희망하는 상부 인사들에게는 유교적인 북방 문학이 존숭尊崇되면, 기한飢寒에 못 이겨서 반란을 사모하는 하층 백성들에게는 남방의 매혹적인 율조가 유행하고 있었다. 이 예는 한대의 문학에서 뚜렷이 찾아낼 수가 있다. 또 민족의 운명이 비경悲境에 빠져서 병역을 일으키고 대의명분을 밝혀서 타 민족과 배성일전背城一戰을 해야 될 때에는 충의지사忠義之士의 입을 통해선 도덕적인 실제적인 북방 시가 구가되었고, 다른 한편 전고戰苦와 행역行役을 싫어하는 청담淸淡, 유식지민遊食之民에겐 고답적인 혹은 염세적인 가요가 불리어졌다. 루유陸游의 시와 죽림칠현의 청담조가 모두 좋은 예이다.

이처럼 착잡錯雜을 거듭하면서 중국 시가는 양 조류의 상혼相混, 상극을 통하여 발전해 왔다. 그리고 이 저류는 상당한 장기간을 앞으로도 지배할 것이라고 생각된다.

## 2. 중국 시가의 정치색

중국시의 특기할 만한 뚜렷한 특색은 중국시의 거의 전부가 봉건 시대의 소산이라는 것이다. 중국에 봉건 사회가 언제부터 시작되었느냐 하는 것은 학자들의 중대한 논제이지마는 우선 빠른 이야기로 궈모뤄郭沫若의 『중국 고대 사회사』를 중심 삼아 주周의 동천東遷에서부터 중국의 봉건 사회사는 시작되었다고 생각한다. 『시경』 중에는 이 시대의 커다란 변천의 발자취가 역연歷然히 드러나 있다. 그리고 동주東周 이전의 시는 대부분이 위작이요 극히 소량밖에는 남아 있지 않으며 갑골 문자에는 시의 모태는 있으나 시가 없으므로 중국시 전체구全體軀에선 봉건 사회 이전의 시는 수 조條의 모발만큼밖에 비중이 되지 못한다. 그리고 중국의 시민 사회는 지나치게 늦게 닥쳐왔다. 청조 말엽 서양에서는 날로 자본주의의 제반 형태가 갖추어진 다음 온갖 외래 침략자의 가해를 입으면서 겨우 눈뜨기 시작하였으므로 청조 전복 이후의 새로운 문단이란 앞날의 발전을 위하여 터 닦는 공사도 완료하지 못한 감이 있다. 쉴 줄 모르는 국내 전쟁, 교육 제도의 불비, 관헌들의 탄압 등으로 이것 역시 중국시의 전체구에는 극히 적은 부분이다. 동주에서 청대까지 이 긴 봉건 사회 속에 끊임없이 역성혁명이 일었으나 왕조가 몇 번이고 갈리고 도읍이 수없이 옮겨졌으나 이것은 생산 제 관계를 표시할 수 있는 그다지 큰 사실들은 되지 못했다.

이 긴 봉건 기간에 농노들의 고통과 특권층의 압박 전횡 등은 서로 부딪치고 싸워서 때로는 구안苟安을 얻고 때로는 소소한 농민들의 봉기가 있고 때로는 상부층의 세력 다툼 때문에 농민들이 죽음터로 내몰리고 기한에 울고 하였던 것이며, 이럴 때마다 시인들은 혹은 농민들의 편에서 혹은 특권층을 위해서 형형색색으로 노래를 부른 것이다. 그러므로 시는 뚜렷이 두 갈래로 갈렸으며 귀족적인 것과 평민적인 것은 늘 반대되는 입장에서 역사적 사실을 해석하고 스스로 새로운 세대를 이루고 또 지양되고 하였던 것이다.

중국 시가를 논의할 때 또 한 가지 잊지 못할 사실은 이민족과의 전쟁이 준 문학에의 영향이다. 상대上代에는 남방 민월閩越과 진한 시대에는 북방 흉노족과 쉴 겨를 없이 방어전을 했으며 몽고족, 금인金人, 만주족에게 마침내 판도를 완전히 빼앗기기까지 해서 민족으로서의 궁박한 운명이 시인을 울리고 노래 부르게 하였던 것이다. 그러므로 전란과 평화, 정치적 사실과 문학 조류의 변천이 적확히 병행하였다고는 말할 수 없으나(실로 적확히 병행한 것은 아니다) 양자가 불가분의 관계인 것과 상호 작용하며 내려왔다는 것은 명언할 수 있을 뿐 아니라 정치적인 시대 구분으로 시의 역사를 분류함이 절대 가능하다고 생각한다.

### 3. 편역編譯 전말

이 『역대중국시선』은 중심주의로 선選했다. 예하면 한대에는 민요가 중심이요 당대는 시, 송대는 사詞이기 때문에 그 시대의 근간을 이루는 시형을 중시해서 많이 뽑았다. 그리고 그중에도 중심적인 시인의 것을 뽑아서 역재譯載했다. 이 시선詩選 속에는 시가 너무 길어서 부득이 빠져야 한 것(예－두푸杜甫의 「북정北征」)이 많으며 싣더라도 일부분밖에 못 실은 것(예－『초사』 중 「이소離騷」)이 많음은 유감이다. 그리고 동일한 시편 중에도 시적으로 그다지 중요하지 않은 것이 산만하기만 한 것은 혹 부분적으로 생략한 것도 있다. 이 시선에는 주를 달았으며 시의詩意를 해명하기에 어려운 부분에만 한하였다. 어구의 해석엔 치중하지 않았다. 한시 주석이 목적이 아닌 까닭이다. 그리고 제목은 가능한 대로 우리말로 번역하고 그 밑에 작자의 성명을 기록했으나 민요 등 작자 불명의 시는 부득이 아무것도 쓰지 않았다.

# 뇌우

김광주

● 김광주, 『뇌우(雷雨)』, 선문사, 1946.4.30, 125면

● 차오위 원작, 최연한 장정

## 서

일시 상하이 극단을 진동시킨 명작 『뇌우雷雨』가 우리 국문으로 출판된다니 한중 양국의 문화 교류라는 의미에서 경하하여 마지않습니다.

그러나 연극에 문외한인 나인지라 더 좋은 글을 써 드리지 못함이 심히 유감입니다.

충칭重慶으로 가기 전 상하이의 무대 위에서 본 『뇌우』의 한 장면—심각한 가정 비극의 한 장면의 강렬한 인상이 아직도 나의 기억에 새롭습니다.

안우생安偶生

## 서

중국 문단의 청년 극작가로 첫손을 꼽아야 할 차오위曹禺 씨의 명희곡『뇌우』가 김광주 형의 역으로 간행된다는 것은 우리 중국문학에 관심을 가진 사람들의 다 같이 기뻐할 일이다.

나는『뇌우』가 우리 국문으로 소개된 최초의 우수한 중국희곡이리라는 것을 의심치 않고『일출日出』,『북경인』등 차오위 씨의 전 작품이 우리들 중국문학을 연구하는 사람들의 손으로 속속 역출譯出되기를 기대하여 마지않는다.

정내동

## 역자 서

유랑의 보따리 속에 끼고 다니던 『뇌우』를 이제 해방 후 이 땅에 앉아서 역출 간행케 됨을 생각하면 『뇌우』를 처음으로 읽던 때, 처음으로 상하이에서 무대에 나타난 『뇌우』를 보고 우리말로 옮겨 놓고 싶은 정열을 느끼면서도 여의치 못함을 걱정하던 그 옛 시절이 안개 같은 추억으로 변한다.

원래 이것은 무대에 올려놓을 생각으로 역출했으나 이 땅의 현실과 연극 조건으로는 시간, 기타 여러 가지 관계상 어려운 점이 많을 것이다. 그러나 나는 이만한 희곡을 무대에 올려놓을 만한 우수한 연출가가 우리 극단에 없으리라고는 믿고 싶지 않다.

원작자에 관하여는 사족을 가하려 하지 않으며 후일 고稿를 달리하여 그의 작품의 전모를 소개해 볼 기회가 있을 것을 믿는다.

1946년 2월 서울서

역자

## 서

나는 냉정해질 수 없는 사람이다. 자기의 작품을 말함에도 또한 그러할 것이다. 나는 얼음 녹은 뒤의 따뜻한 봄날에 한 활발한 어린아이가 일광日光 아래서 뛰노는 것을 바라볼 때 느끼는 환희와 혹은 졸졸 물소리 나는 개천가를 지나다가 우연히 청개구리의 우는 소리를 들을 때 느끼는 것 같은 희열을 가지고 『뇌우』를 사랑한다.

나는 심리학자와 같이 한편에 서서 어린아이의 거동을 정관할 줄도 모르고 또 시험실의 생물학자와 같이 이지적 메스를 들고 청개구리의 생명을 해부 분석할 줄도 모른다. 나의 『뇌우』에 대한 이해는 자기의 어린 것을 위무하는 어머니와 같은 단순한 희열이요 내가 여기서 느끼는 것은 일종의 원시적 생명감이다.

1936년 1월

차오위

## 인간은 약하다—『뇌우』의 역자로서

차오위는 우리 극단에서도 이미 잘 알려진 중국의 극작가요 그의 작품도 『원야原野』, 『일출』, 『태변蛻變』이 졸역으로 우리 무대에서 각광을 받았고 이번의 『뇌우』는 4년 전 낙랑극회에서 수삼 차나 상연되었던 것으로 이들 작품이 상연될 때마다 역자로서 간단한 소개 내지 해설 같은 글을 편린적으로나마 시험해 왔으니 여기 또다시 중언부언할 필요가 없을 것이나 특히 이번 국립극장 상연을 계기로 『뇌우』에 나타난 차오위의 작품 세계와 기타 작품에 관하여 역자로서 일반 애극愛劇 제씨에게 말하고 싶은 것을 간단히 적어 보려 할 뿐이다.

늘 되풀이하는 말이지만 차오위는 중국 유일의 희랍극希臘劇 연구가로서 그의 작품 세계는 항시 자연법칙의 결과로 중국의 역사가, 중국의 사회가 빚어내는 운명극적인 요소를 토대로 '극단'과 '모순' 속에서 빚어내는 심각한, 치정적인 운명을 전율할 만한 인간의 원시적, 본능적 잔인성에 육박하면서 대담, 치밀한 착상과 우수한 연극 구성의 수법으로 엮어 놓은 것이 그 특색이요 매력이다.

특히 그의 처녀작이며 동시에 출세작이요 1930년대 중국 문단의 기성 극작가를 압도하다시피 공연 횟수 전 중국에서 실로 수십 차를 가진 이 명극 『뇌우』에 관하여 소위 '치정적'이요 '후모後母를 침범하는 연극' 운운하는 표면적인 견해에 관하여 역자로서 몇 마디를 가하지 않을 수 없다.

『뇌우』에 나타난 표면적인 사실은 틀림없이 치정적인 사실인지도 모른다. 그러나 우리는 여기서 이 작품의 근저를 흐르고 있는 보다 더 중대하고 심각한 인간 문제를 간과해서는 안 될 것이다.

차오위가 『뇌우』에 있어서 탐구하여 마지않은 것은 단지 작품의 표면에 나타난 동양 도덕을 무시하고 윤리를 무시한 단순한 색정의 세계도 아니요 저속한 치정이나 복수의 세계가 아니고 원시적이요 본능적인 인간성의 약점에 대한 무자비하리만치 엄숙한 육박이다.

여기 등장하는 인물들은 중국 사회에 있어서만 전형적인 인물이 아니다. 인간 생활이 영위되는 사회에서는 어디서나 볼 수 있는 전형적인 인간 군상들이다.

다시 말하면 자기 운명을 자기 맘대로 못 하고 그 저지른 죄악 가운데서 허덕이는 약한 인간 심리를 교묘하게 파악함으로써 작자 차오위는 우리 인간 생활에 있어서 인과도 아니요 보복도 아닌 대지의 잔인함과 자연의 냉혹함과 운명에 강하지 못한 인간 본연의 자태를 심각하게 표현한 것이다.

한 인간이 간단히 저지른 죄과가 빚어낸 이 비극의 전율할 만한 결과를 생각할 때 이 연극은 도리어 패륜이나 치정이나 색정에 대한 가장 숙엄肅嚴한 권선징악이라고 아니 할 수 없다.

처참한 번개와 벼락과 빗속에서 자기가 저지른 운명 앞에 전율하는 인간 군상들의 자태를 볼 때 인간은 한없이 엄숙해지고 동시에 또한 한없이 약해지지 않을 수 없다.

『뇌우』와 같은 계열의 작품으로 『원야』를 들 수 있고 중국 사회상을 폭로하여 그 몰락상, 부패상을 그린 『일출』, 또 전혀 다른 각도와 수법에서 항전 기간의 중국 사회상을 묘파함으로써 숭고한 민족의식에까지 육박한 『태변』(매미는 껍질을 벗다)에 관하여는 이미 소개한 바 있기로 여기에 생략하기로 한다.

김광주

## 루쉰 단편소설집

김광주 · 이용규

- 김광주 · 이용규, 『루쉰 단편소설집(魯迅短篇小說集)』, 서울출판사, 1946.8.20, 200면 · 1946.11.15, 148면(전2권)
- 루쉰 원작, 유석빈 장정

### 루쉰과 중국문학

중국이 신문학에 있어서는 구歐(–유럽), 미米(–미국), 노露(–러시아)에 떨어진 것은 더 말할 것도 없었거니와 일본에 비하여도 후진이었던 것이다. 루쉰 자신도 학창 시대에는 역시 일본에 유학하였었다. 신문학이 동양에 수입된 지 70여 년이나 되었으나 루쉰과 같이 뚜렷한 존재는 처음 일이라고 볼 수 있다. 더군다나 문화가 뒤떨어졌다고 보는 중국에서 루쉰이 나타났다는 것은 우연한 일같이 생각도 되나 결국은 중국 문화가 전통이 있었고 루쉰과 같은 문학인이 출현할 수 있는 문화적 토대가 있었다는 것을 입증하는 것이다.

루쉰은 본명이 저우장서우周樟壽라고 하고 청의 광서光緖 신사辛巳,1881년 음 8월 3일에 출생하였으며 1898년 난징南京에 갈 때 처음으로 수런樹人이라 개명하였으며 중화민국 7년(–1918) 『신청년』 잡지에 「광인일기」를 발표할 때에 루쉰이란 필명을 썼으며 「아Q정전」을 발표할 때에는 바런巴人이란 펜네임을 썼었다 한다.

루쉰의 작품은 창작집 『납함吶喊』, 『방황』과 산문집 『조화석습朝華夕拾』이 있고 기외其外에 『중국소설사』, 『소설구문초小說舊聞鈔』, 『당송전기집唐宋傳奇集』 등이 있다.

조선에는 그의 단편소설이 몇 편 번역되었었고 기편幾篇의 소개문이 있었는데 금번에 김광주, 이용규 양兩 형이 그 소설을 전역全譯하여 상재한다 하니 루쉰을 일찍부터 조선 문단에 소개하던 필자로서 흔희欣喜하여 마지않는 바이다.

우리가 중국을 요해하는 데는 창작을 통한 이상이 없고 구미의 창작보다 인접한 중국의 창작을 통하여 중국을 정당하게 이해하여야 할 것은 현하 시국에 비추어 화급한 문제라고 하지 않을 수 없다. 우리는 과거에 있어 중국을 과대평가하여 사상적으로 무비판하게 신봉한 적도 있었으며 또 근래에 너무 중국을 경시하여 실제 이하로 평가한 적도 있었으며 최근에 있어 사상적으로 삼민주의와 공산주의를 파를 갈라 너무나 과대 신봉하는 경향이 보인다. 그러나 우리는 한 국가를 관찰할 때에나 한 문화, 한 사조, 한 문학을 관찰할 때에 그 현실 그대로를 인식하고 소개하여 정당하게 비판하여야 할 것이요 과대평가, 과소평가하여서는 큰 착오를 범할 뿐 아니라 심하면 국가 흥망에도 관계되는 수가 있는 것이다.

우리는 신문의 단편적 보도로 중국을 관찰하거나 주의主義를 통하여 중국을 극부적極部的으로 비평하는 것보다는 루쉰과 같은 위대한 창작가의 작품을 통하여 중국인의 혈맥에 흐르는 혈색을 보고 중국의 내정內情을 살피고 중국인의 성격을 알고 중국의 정체를 직시하는 것이 오히려 현명한 관찰 방법이 될 것이다.

현하와 같이 어느 나라보다 먼저 연구하여야 할 중국을 연구하는 때에는 루쉰의 창작을 통하는 것이 첩경인 이때에 그의 단편소설집이 이번에 간행되는 것은 그 의의가 크다고 하지 않을 수 없으며 조선 문단에 루쉰 창작의 전모를 소개한 김, 이 양 형의 노공勞功이 또한 적지 않다.

1946년 7월 30일

병상에서

정내동 지識

## 『루쉰 단편소설집』을 내면서—서序에 대代하여 역자로서

### 『루쉰 단편소설집』 제1집의 역譯을 마치고 이 붓을 들고 앉으니

1936년 10월 20일 장례 전에 시체를 안치해 두었던 상하이 만국빈의관萬國殯儀館 일우一隅에 고요히 눈감고 누웠던 루쉰의 창백한 얼굴이 내 눈앞에 너무나 또렷이 떠오른다. 고독한 시대의 수난자로 56세의 일생을 마치고 상하이 교외 만국묘지에 누워 있는 루쉰!

그의 일생은 신중국을 형식을 떠나서 내용적으로 충실히 하기 위한 고민으로 일관하였고 인성 급及 국민성의 추구를 위한 인간으로서의 불행 속에 일생을 마쳤다. 더욱이 1930년 중국 좌익작가연맹을 조직한 후 장제스 장군의 체포령이 내린 후부터는 문학 하는 사람으로서 가장 불운하고 불우한 날을 보냈으니 그가 임종 시에 미망인 광핑廣平(—쉬광핑, 許廣平) 여사에게 열한 살 된 유아遺兒 하이잉周海嬰(—저우하이잉, 周海嬰)을 탁託하며 "아들에게는 문필의 길을 가르치지 마라"고 한 유언의 상하이 각 신문 기사가 지금 나의 기억에 새롭다.

『납함』, 『방황』(베이징 북신서국北新書局판) 두 단편집에 수집된 20여 편의 단편 중 가족 제도와 예교禮敎를 반박하여 중국 백화소설의 신경지를 개척한 「광인일기」, 세계 문단을 흔든 그의 대표작 「아Q정전」, 시대에 뒤떨어진 인텔리가 18문文의 외상 술값을 짊어진 채 거지가 되어 죽는 「쿵이지孔乙己」, 작자의 유년 시대의 그리운 추억과 귀향의 경험을 그린 「고향」, 문화인의 일종 절망을 표현한 「고독자」, 그리고 「재주루상在酒樓上」, 「행복적幸福的 가정」(—행복한 가정) 등 모두 나의 애독하여 마지않던 작품들이다. 위선 제1집에 7편의 단편을 수집하고 계속하여 2집, 3집으로 루쉰의 소설의 전모를 소개해 볼까 한다.

끝으로 공역共譯의 노勞를 아끼지 않고 끝까지 노력해 주신 이용규 형에게 사의를 표하며 간행의 산파역이 되어 주신 박용덕 형에게 감사를 드리고 붓을 멈춘다.

1946년 7월

서울에서

김광주

### 작자 자서自序—『납함』의 서문에서

나는 젊었을 때 일찍이 여러 가지 꿈을 꾸었었다. 그 후에 이 꿈의 대부분을 잊어버렸으나 나는 이것을 가석하다고는 생각지 않는다. 소위 추억이란 것은 사람을 즐겁게 할 수 있다지만 때로는 도리어 적막을 느끼게 하여 정신의 실마리로 이미 사라진 적막하던 시절을 동여매 놓으니 이 무슨 의미 있는 일이랴! 그리하여 나는 이것을 송두리째 저버리지 못함이 괴롭고 이것을 전부 저버리지 못하고 그 나머지 일부분이 지금 와서 『납함』을 내놓게 된 원인이 되었다.

4년이나 넘도록 나는 항상—거의 매일이다시피 전당포와 약방에를 출입하였다. 몇 살 때였는지는 저버렸으나 하여튼 약방의 계산대는 꼭 내 키와 같이 높았고 전당포의 계산대는 내 키의 갑절이나 되었었다. 나는 내 키의 갑절이나 되는 계산대 밖에서 의복과 목걸이를 디밀고 모욕을 받아 가며 돈을 받아 가지고는 다시 내 키만큼 높은 계산대 아래에 가서 오랫동안 앓아 드러누우신 아버님을 위하여 약을 사다 드렸다. 집으로 돌아온 뒤에는 또 다른 일로 눈코 뜰 새 없었으니 그것은 약방문을 내주는 의생醫生이 가장 유명한 분이어서 약방문도 모두가 특수한 것으로 겨울의 갈대뿌리蘆根, 3년 동안 서리 맞은 감자甘蔗(—사탕수수), 수놈 암놈의 한 쌍 열매 맺은 평지목平地木…… 등등 모두가 구하기 어려운 것들뿐이었다. 그러나 아버님은 마침내 날이 갈수록 병세가 중하여 세상을 떠나시고 말았다.

누구나 소강小康의 집안에서 곤궁으로 기울러진 사람이라면 잘 알 것이다. 나는 이런 도탄의 길 속에서 세상 사람들의 참된 면목을 볼 수 있었으니 마치 그들과 다른 길을 걷고 다른 땅을 찾아서 다른 사람들을 찾아보려는 듯이 N이라는 곳으로 와서 K 학당에 입학하였다. 나의 어머님은 할 수 없이 노자 8원을 해 주시면서 네 맘대로 하라고 눈물을 흘리시었으니 이것은 정리情理가 아니고는 할 수 없는 일이었다. 왜 그런고 하니 그때는 글을 읽어 응시하는 것이 바른길이었고 외국 일을 배운다는 것은 사회상에서는 아주 보잘것없는 길로 나가는 사람으로 여겼고 저의 영혼까지 외국 놈들에게 팔아먹는 놈들이라고 더 한층 싫어하고 배척하였기 때문이다. 하물며 우리 어머니께서는 아들조차 보지도 못하게 됨에 있어서랴!

그러나 마침내 나는 이런 일을 돌아다보지 않고 N으로 와서 K 학당에 입학하였다. 학당 안에서 나는 비로소 세상에는 소위 격치格致니 산학算學이니 지리니 역사니 회화니 체조니 하는 것이 있다는 것을 알았고 생리학은 가르쳐 주지 않았으나 목판으로 인쇄된 『전체신론全體新論』이니 『화학위생론』이니 하는 유의 책을 볼 수 있었다. 그 전에 의생과의 의론議論이나 약방문이라는 것과 그때 아는 바와 비교해 보면 중의中醫라는 것은 의식적 혹은 무의식적으로 사람을 속이는 놈에 불과하다는 것을 점점 깨닫게 되고 그들에게 속은 병인과 그 가족에 대하여 몹시 동정을 느끼게 되는 일이 지금도 기억에 남아 있으며 또 번역된 역사를 통하여 일본 유신이란 것은 그 대부분이 서양 의학에 발단되었다는 사실을 알게 되었다.

이러한 유치한 지식으로 말미암아 그 뒤 나는 일본 어느 향간鄕間의 의학 전문학교에다 학적을 두게 되었으니 나의 꿈은 몹시 아름다워서 학교를 마치고 들어와서는 나의 아버님같이 잘못 다스린 병인들의 질고疾苦를 건지고 전쟁 때는 군의로 나아가며 또 한편으로는 중국 사람의 유신에 대한 신념을 촉진하자는 것이었다. 미생물학을 교수하는 방법이 현재에는 얼마나 진보되었는지 알 수 없으나 하여튼 그때에는 영화를 이용하여 미생물의 형상을 가르쳐 주었고 이런 까닭으로 강의가 한 단락을 고告하고도 시간이 남으면 교사는 풍경이나 시사에 관한 영화를 비추어서 학생들에게 뵈어서 나머지 시간을 채웠다.

그때는 마침 일로전쟁日露戰爭 때이라 전쟁에 관한 영화가 다른 것보다 자연 많았었다. 나는 이 강당 안에서 때때로 동창들의 기뻐하는 박수갈채 소리를 들을 수 있었다. 어느 때 나는 화면 위에서 오랫동안 보지 못하던 여러 중국 사람을 볼 수 있었다. 한 사람은 맨 가운데 묶여서 앉았고 다른 여러 사람들은 그 좌우에 서 있는데 다 같이 강장强壯한 체격에 어리둥절한 표정을 나타내고 있었다. 설명을 들어 보면 묶여 있는 것은 노서아露西亞(-러시아) 사람을 위하여 군사 정탐이 되었던 사람으로 일본 군인에게 목을 베어 여러 사람에게 보이게 될 장면이라 하며 이것을 에워싸고 있는 사람들은 이 여러 사람에게 보이는 굉장한 행사를 구경하는 사람들이라 한다.

2학년이 채 끝나기 전에 나는 벌써 도쿄로 왔다. 이런 일이 있은 뒤로부터 의학이란 것이 그다지 요긴한 일이 아니며 무릇 어리석고 약한 국민이란 체격이 아무리 건전하고 웅장하다 하더라도 조금도 거침없이 남의 구경거리와 놀림감이 될 뿐이요 병사病死라는 것은 어느 정도까지 그다지 불행히 여길 것이 아니라는 것을 깨달은 까닭이다.

따라서 우리가 제일 먼저 착안할 것은 그들의 정신을 개혁하는 데 있고 정신을 개혁하기 쉬운 것은 그때 나는 당연히 문예를 첫손에 꼽아야 했고 여기서 문예 운동을 제창할 생각을 갖게 된 것이다. 도쿄에 있는 유학생 가운데는 법정法政, 이화理化, 경찰, 공업 등을 배우는 사람들은 많았으나 문학이니 미술 같은 것을 하는 사람들은 드물었다. 그럼 이런 냉담한 공기 속에서도 다행히 몇 사람의 동지를 찾고 그 밖에 또 필요한 몇 사람을 청하여 상의한 후에 첫걸음으로 잡지를 내놓기로 하고 제목은 '새로운 생명'의 의미를 따서 그때 우리들은 대개 다 같이 복고의 경향을 갖고 있었던 관계로 단지 『신생』이라고만 하기로 결정하였다.

『신생』의 출판기出版期는 가까워 왔다. 그러나 먼저 글을 쓸 것을 담당한 몇 사람이 숨어 버리고 뒤를 이어 자본조차 도주해 버리고 결국에는 단지 한 푼分 값에도 못 가는 세 사람이 남았을 뿐이다. 원래 시작할 때도 때를 만나지 못한 것이니 실패할 때는 물론 말할 것도 없고 그 후에는 이 세 사람마저 각자의 운명의 채찍질을 받아 한곳에서 앞날의 미몽을 소곤거리지 못하게 되었으니 이것이 곧 우리들이 세상에 내놓지 못한 『신생』의 결과이었다.

내가 일찍이 맛보지 못하던 '무료'함을 느끼게 된 것은 이때부터이다. 나는 처음에는 그 까닭을 알 수 없었으나 그다음 생각해 보니 무릇 한 사람의 주장이 찬성을 받으면 가장 빨리 그 전진을 촉진할 수 있고 반대를 받으면 분투를 촉진하게 되는 것이고 단지 사람들에게 외쳐서 반응을 받지 못하고 찬성도 아니요 반대도 아니요 마치 몸을 끝없는 황야에 둔 것같이 되면 어찌할 도리가 없게 된다는 것이었다. 이 얼마나 슬픈 일이랴! 이리하여 내가 느끼게 된 것은 적막뿐이었다.

이 적막은 하루하루 자라서 마치 큰 독사와 같이 나의 영혼을 휘감고 말았다. 나에게는 물론 끝없는 비애가 있었으나 분만憤懣을 갖지는 않았다. 이런 경험은 나로 하여금 자신을 반성케 하고 자신을 알게 하였으니 곧 내가 한번 어깨를 흔들어 남을 구름같이 몰려들게 하는 그런 영웅이 아니란 것을 알게 한 까닭이다.

그러나 나 자신의 적막이란 뿌리 빼 버릴 수는 없는 것이었다. 그것은 나에게 너무나 커다란 고통이었기 때문이다. 그래서 나는 할 수 있는 방법을 다 하여 자기의 영혼을 마취시키고 자신을 국민 속으로 파 들어가고 고대로 돌아가게 하고자 하였으니 그 뒤부터는 더 적막하고 더 슬픈 여러 가지 일을 친히 경험하거나 혹은 방관하게 될 때에는 나도 언제나 이것을 추회追懷치 않고 그들과 나의 머리를 한데 하여 진흙 속에 소멸시키기를 달게 여겼다. 나의 이런 마취법은 도리어 효과가 나타난 듯 그때부터는 젊었을 시절의 강개함과 격분한 생각을 다시 갖지 않게 되었다.

S 회관 안에는 세 칸 방이 있었는데 전하는 말을 들으면 옛날에 이 앞마당에 있는 느티나무 가지에서는 여자가 목을 매어 죽은 일이 있다고 하며 그때 그 느티나무는 벌써 올라갈 수도 없으리만큼 높게 자라 있었고 방 안에는 아무도 살고 있지 않았다. 몇 해 동안 나는 이 방 안에 머물러 있으면서 고비古碑의 비문을 베끼고抄 있었다. 별로 이 오는 손客도 없고 고비 가운데서도 무슨 특별한 문제나 주의를 발견할 수도 없었고 나의 생명만은 암암리에 소실消失해 갔으나 이는 나의 다만 하나인 하고 싶은 일이었다. 여름밤이면 모기떼가 몰려들어 느티나무 아래서 포선蒲扇으로 부채질을 하고 있노라면 나무 잎새가 빽빽한 가운데로 한 점 두 점 푸른 하늘이 내다보이고 늦게 나온 느티나무 벌레가 때때로 처근처근하게 머리와 목덜미에 떨어지곤 하였다.

그때 우연히 한담을 하러 온 진신이金心異라는 친구가 손에 든 큰 가죽 가방을 낡은 책상 위에 내려놓고 두루마기를 벗고는 얼굴을 마주 대하고 앉았다. 개를 무서워하는 까닭으로 그의 가슴은 아직도 벌떡벌떡 뛰고 있는 것 같았다.

"자네는 이런 것을 베껴서 뭣에 쓰려나?" 어느 날 밤 그는 내가 고비를 베낀 책을 뒤적거리며 연구적 질문을 발하였다.

"별로 쓸데야 없지."

"그러면 무슨 생각으로 그걸 베끼고 있는 건가?"

"아무 생각도 없지."

"내 생각 같아서는 자네는 글을 좀 써 보는 게 좋지."

나는 그의 뜻을 알 수 있었다. 그는 그때 『신청년』이란 잡지를 내고 있었으나 특히 찬성하는 사람도 없고 반대하는 사람도 없는 것 같고 그는 적막을 느끼고 있는 것같이 생각되었으나 나는 말했다.

"만일 한 칸의 철벽으로 만든 방이 있어 창이나 문은 하나도 없고 절대로 파훼破毁할 수도 없는데 그 가운데는 깊이 잠든 여러 사람들이 있어 머지않아서 숨이 막혀 모두 죽어 버릴 것이나 혼수상태에서 죽음으로 들어가는 까닭으로 아무런 죽음의 비애를 느끼지 않는다고 하면 자네가 지금 악을 써서 그중에서 비교적 정신 있는 몇 사람을 놀래어 일으켜 놓아 불행한 소수의 사람들로 하여금 구할 수 없는 임종의 고초를 맛보게 한다면 자네는 이것이 그들에게 잘하는 노릇이라고 생각하나?"

"그러나 그중에 몇 사람이 일어났다면 이 철벽의 방을 깨트려 부술 희망이 없다고 생각하나?"

옳은 말이다. 나는 나대로 확신하는 바가 있지만 희망이란 것을 생각하면 이것을 말살해 버릴 수는 없는 것이니 희망이란 장래에 있는 것으로 나의 반드시 없으리라는 증명으로 그의 반드시 있을 수 있다는 생각을 꺾어 버릴 수는 없는 까닭이다. 그래서 나는 마침내 글을 쓰겠노라고 그에게 대답하였으니 이것이 곧 나의 최초의 작품 「광인일기」다. 이후부터는 한번 발發한 것이라 거두어들일 수도 없고 때때로 소설 비슷한 글을 써서 친구들의 부탁에 색책塞責을 삼아 온 것이 오래되어 10여 편이나 되었다.

스스로 생각하는 나는 벌써 절박한 바를 말에만 그치지 못하는 사람이 아니라고 생각하나 혹은 당시의 자기의 적막과 비애를 아직도 완전히 저버리지 못하는 듯하여 때로는 여전히 몇 마디를 부르짖어서 적막한 가운데를 헤매고 있는 용사들에게 위안을 주어 그들로 하여금 선구자 되기를 두려워하지 않도록 하고 싶은 것이다. 나의 부르짖음이 용감한지 슬픈지 혹은 가증스러운지 가소로운지 그런 것은 돌아다볼 여가도 없으나 그것이 부르짖음일진댄 반드시 명령으로서 들리는 바 있어야 할 것이므로 이로 재주 없는 붓대를 다하여 「약藥」에 나오는 위얼瑜兒의 분묘墳墓에 한 개의 화환을 놓아 주었고 「명천明天」에 나오는 '신單가네 넷째 아주머니'가 마침내 그의 아들을 만나는 꿈을 꾸지 못한 것을 서술치 않았다. 그때의 나의 주장은 소극적인 것을 주장치 말자는 것이었기 때문이다. 나 자신으로 말하면 스스로 괴로워하는 적막이 또다시 나의 젊었을 때와 같이 바야흐로 미몽美夢을 꿈꾸고 있는 젊은 이들에게 물들기를 원하지 않는다.

이렇게 말하면 나의 소설과 예술의 거리가 먼 것은 용이히 생각하여 알 수 있는 것이나 이것이 오늘 와서 소설의 이름을 받고 심지어 한곳에 집성될 기회를 가졌다는 것은 어찌 되었든 한 가지의 다행한 일이 아니랄 수 없다. 이 다행이란 것이 나의 마음에는 불안한 바 없지 않으나 세상에 능히 독자를 가졌다는 것을 미루어 생각하면 역시 즐거운 일이다.

이런 까닭으로 나는 나의 단편소설을 한곳에 모아서 인쇄에 부치기로 했고 또 위에서 말한 것과 같은 이유로 이것을 『납함』이라고 부른다.

1922년 12월 3일

베이징에서

루쉰 기記

## 「아Q정전」과 「광인일기」

중국인은 어떠한 국민성을 가지고 있는가? 이 문제에 대하여는 연구한 학자도 많고 구미 열국도 중국인에 적당한 정책을 수행하기 위하여 중국인의 국민성을 귀납하였다가 실패한 예도 적지 않다. 이와 같이 한 국민의 국민성을 요해하는 것이나 한 개인의 성격을 이해하는 것은 실로 용이한 일이 아니다.

중국인 자신도 자기 나라 사람의 국민성이 어떠하다는 것을 정확하게 포착한 자는 많지 못하다. 중국인은 반만년의 역사를 가지고 있고 외국의 굴욕을 받은 예가 근세 이전에는 없었으며 그 찬란한 문화는 중국인으로 하여금 자존심을 가지게 하였고 심지어 타인에게 그 자존심을 여지없이 손상하면서도 자기 내심만에는 항시 자존심을 가지고 있는 것이다. 이 점을 집어서 대담하게 작품화한 것이 루쉰의 「아Q정전」이다.

「아Q정전」이 발표되자 중국 문단은 물론이요 일반 사회에서도 물의가 비등하였던 것이다. 아Q와 같은 사람은 중국의 현대에는 없다는 둥 혹 중국 향촌에 그런 종류의 사람이 있다 하더라도 극소수란 둥 혹은 중국인의 모욕이라고까지 말한 자가 있었다.

이제 팡비(方璧－마오둔茅盾의 필명)의 루쉰론을 보면 아래와 같은 말이 있다.

"…… 그의 저작에는 반항의 호성呼聲과 무정의 박로剝露가 충만하다. 일체의 압박에 반항하고 일체의 허위를 박로하였다! 노老중국의 독창毒瘡은 너무 많다. 그는 참다못하여 칼을 들고 전부를 세정世情도 모른 듯이 모조리 자기로써 찌르는 것이다!"

중국인에 아Q의 성격이 내포되어 있는 것은 중국에 있어서 중국인과 접촉하여 본 사람은 다 알 것이다. 최근에 일본 세력과 중국 세력이 교체될 때에 체험하고 돌아온 분들도 잘 알 것이요 수십 년 중국에서 중국 상하 각층 인에게 동정과 모욕과 차별 대우를 받아 본 분들은 더 잘 알 것이다.

「광인일기」는 루쉰이 최초에 발표한 작품이요 그의 창작집 『납함』에도 제1편으로 실린 작품이다. 루쉰의 작풍은 대개 이 1편에서 전부 암시되어 있다고 볼 수가 있다. 그의 풍자성이라든지 그의 구습관에 대한 증오감이라든지 자연주의의 수법이라든지 이 1편을 통하여 그의 전 창작을 규지窺知할 수 있다.

그가 문예상 주의로 본다면 청팡우成彷吾의 하기下記 일 절로 보더라도 명료하다.

"「광인일기」가 자연파가 극히 주장하는 기록인 것은 더 말할 것도 없다…….

작자(루쉰)가 나 먼저 일본에 유학하였는데 그때 일본의 문예계는 바로 자연주의가 성행하였었다. 우리의 작가도 그때부터 자연주의의 영향을 받은 것은 대개 의의疑義가 없다. 그러므로 그가 현재 많은 자연파의 작품을 지은 것은 우리의 문예 진화 도정에 공허한 곳을 그가 보족補足할 뿐 아니라 작가 자신도 퍽이나 자연스럽다.

우리가 「광인일기」를 보고 첫째 놀란 것은 그가 인생을 관찰한 각도가 퍽이나 심각하여서 타 작가가 착안키 어려운 점이다."

루쉰 작품의 전체를 통하여 그 용어가 난삽 심각한 것은 더 말할 것도 없거니와 유독이 「아Q정전」과 「광인일기」는 더욱 이 점이 심하다. 이 점을 비난하여 청팡우는 이렇게 말하였다.

"작자는 중도에 백화문을 사용한 일인이다. 그는 많은 무익한 문언을 사용하고 있다. 본래 이상한 일은 아니나 읽어 가자면 퍽이나 불유쾌하게 한다. 또 작자는 용어가 너무 수련修練되지 못하였고 어구가 너무나 우미優美치 못하여 많은 곳이 난삽하여서 작품을 손상한 것이었다……."

이와 같이 루쉰의 작품은 여러 평론가가 말한 것같이 장점과 단점이 있으니 하여간 「아Q정전」과 「광인일기」는 비단 중국에서만 희귀한 작품일 뿐 아니라 20세기 각국을 통하여 비견할 만한 작품이 드물다고 생각한다. 세계 각국어로 이미 번역되어 있는 것은 더 말할 것도 없고 조선에 있어서도 「아Q정전」은 양백화梁白華(−양건식) 씨의 역이 있었고 「광인일기」는 유서柳絮(−유기석) 형(의) 역이 있었으며 금후도 수인數人의 역이 간행될 것이라고 추측된다. 될 수 있는 대로 많은 번역이 간행되어 루쉰의 창작 정체를 독자가 요해하기를 바란다. 그리고 김, 이 양 형의 역은 신뢰할 수 있을 것을 확신한다.

병상에서

정내동 기記

## 제2집을 내면서

「아Q정전」, 「광인일기」를 주로 제2집을 내놓는다. 「아Q정전」은 루쉰의 대표작으로 너무나 유명한 작품이니 사족을 가할 필요도 없고 「광인일기」 역시 루쉰의 처녀작이라는 점에서, 또 현대 중국 백화문학 운동을 논함에 영원히 기억돼야 할 귀중한 작품이다.

원래 계획대로 하면 「광인일기」는 제3집에 넣으려 했으나 인쇄의 시간 관계로 먼저 된 것을 위선 넣기로 하고 제3집에는 나머지 단편을 모두 수집해 보려 한다.

루쉰을 처음으로 조선에 소개했고 또 루쉰 연구의 권위라 할 수 있는 정내동 형이 병중임에도 불구하고 1집의 서문을 위시하여 2집에도 작품 해설을 써 주신 데 대하여 충심으로 사의를 표한다.

1946년 9월

서울서

김광주

## 생명의 길

인류의 멸망이란 것을 생각하면 몹시 쓸쓸하고 슬픈 일이다. 그러나 어떤 약간 사람들의 멸망은 결코 쓸쓸하지도 않고 슬픈 일도 아니다.

생명의 길은 진보하는 것이고 끝없는 정신의 삼각형의 사면斜面을 따라서 위로 진전되어 올라가는 것이니 아무것도 이것을 저지하지는 못한다.

자연이 인간에게 부여한 부조화는 매우 많고, 인간 자신으로도 타락하고 퇴보하는 사람이 또한 많다. 그러나 생명이란 결코 이것 때문에 뒷걸음질 치지는 않는다. 어떠한 암흑이 사조를 가로막는다 할지라도, 어떠한 비참함이 사회를 들이친다고 할지라도, 어떠한 죄악이 인도人道를 더럽힌다 할지라도 인류에게 잠재해 있는 완전을 갈망하는 힘은 언제나 이런 쇠사슬의 가시덤불을 짓밟고 앞으로 나아간다.

생명은 죽음을 두려워하지 않고 죽음 앞에서 웃으면서 춤추면서 멸망하는 사람들을 디디고 넘어서서 앞으로 나아간다.

무엇이 길路이냐? 길 없는 곳에 짓밟혀서 만든 것, 단지 가시덤불뿐인 곳에 개척된 것이다.

예전에도 벌써부터 길은 있었고 이다음에도 영원히 길은 있을 것이다. 인류는 쓸쓸할 까닭이 없다. 생명은 진보적이고 낙천적이기 때문에.

—루쉰, 『수감록隨感錄』에서

# 중국현대단편소설선집

이명선

- 이명선, 『중국현대단편소설선집』, 선문사, 1946.6.30, 149면
- 장광츠 외 원작

## 희망

실상은 땅 위에 본래부터 길이 있는 것이 아니라 다니는 사람이 많으면 자연 길이 되는 것이다.

—루쉰의 「고향」 말절末節에서

## 서언

이 조그마한 『중국현대단편소설선집』을 꾸미는 데 있어 이것을 다시 2부로 나누어 제1부에는 중국 작가로서 조선을 주제로 한 소설로 비교적 유명한 것 3편을 선택하여 넣고 제2부에는 그 이외의 중국 문단을 대표할 만한 네 작가의 작품을 적당히 배치하였다.

제1부에 속하는 장광츠蔣光慈의 「압록강상鴨綠江上」과 궈모뤄郭沫若의 「목양애화牧羊哀話」는 중국 신문학의 초기의 작품으로 발표된 지가 이미 20년이 훨씬 넘는 극히 낭만적인 작품이다. 그 내용이 조선을 주제로 하였으니만큼, 또 둘 다 작자들이 유명하니만큼 조선에는 벌써 전에 소개되었어야 할 것임에 불구하고 현재까지 알려지지 못한 것은 그 사상이 모두 반일적이었기 때문이다. 물론 현재의 조선의 현실은 이미 이들이 그린 20년 전의 조선과는 매우 다르며 「압록강상」의 이맹한李孟漢이나 「목양애화」의 윤자영尹子英의 행적이 전적으로 시인될 것인지 어쩐지는 의문이다. 역자는 삼일운동을 기념하는 것과 마찬가지 의미에서 이 두 편을 번역하여 조선의 해방을 기념하고자 한다.

또 한 편 궈모뤄의 「닭」은 위의 둘과는 전연 작품이 다르고 제작 연대도 훨씬 새로워 중국 작가의 조선을 보는 눈이 얼마나 진보하고 적확하여졌나는 표시하여 준다. 더구나 여기에 나타나는 재일 조선 노동자의 문제는 이번 전쟁을 통하여 더욱 격화하였던 만치 해방의 좋은 기념이 되리라 믿는다.

제2부에는 루쉰魯迅과 라오서老舍, 바진巴金, 예사오쥔葉紹鈞의 작품을 한 편씩 수록하였는데 다소나마 다 경향이 다르고 작풍이 다르다. 이 중에서 루쉰은 중일전쟁 발발 직전에 죽고 예사오쥔은 이미 노쇠하고 라오서와 바진은 현재 한참 작품 활동을 하는 중견 작가다. 그러나 생각하여 보면 그들은 다 같이 중국의 신문학을 길러 오고 북돋워 온 대표적 작가들이다. 그리고 그들은 이번의 가혹한 장기 항전의 시련에도 능히 견디어 한 사람도 낙오하지 않았다. 루쉰도 살았으면 반드시 이들의

선두에 섰을 것이다.

이번 전쟁 중의 작품이 하나도 없어 섭섭하나 그것은 후일을 기다리는 수밖에 없다.

1946년 5월 5일

어於 서울대학 연구실

역자

## 해설

### 1. 「압록강상」(장광츠)

일찍이 노서아에 유학하여 시집 『신몽新夢』을 저작하고 귀국 후에는 연하여 시집 『애중국哀中國』, 『향정鄕情』을 발표하였으며 다시 소설에 진출하여 『소년 표박자少年飄泊者』, 『단고당短褲黨』, 『야제野祭』, 『국분菊芬』, 『충출운위적월량衝出雲圍的月亮』 등을 발표하였다. 1928년에 태양사太陽社를 결성하고 창조사創造社의 궈모뤄 들과 좌익 문학 운동을 영도하였었으나 장제스의 문화 탄압으로 태양사도 해산하고 1931년 상하이서 쓸쓸히 병사하였다.

「압록강상」은 그의 초기의 작품으로 노서아 유학 시대의 회고담인데 이 주인공인 조선의 망명객 이맹한의 실존 여하는 알 수 없으나 그때에는 있음 직도 한 일이다. 우리는 너무나 낭만적인 이 작품을 비평의 대상으로 하기 전에 20년 전 것이라는 연대를 고려하여 따뜻한 손으로 어루만지는 아량을 가져야 할 것이다.

### 2. 「목양애화」(궈모뤄)

작자 궈모뤄는 쓰촨四川 자者 러산현樂山縣 인으로 일본 규슈제대九州帝大 의학부를 졸업하고 1920년에 귀국하였는데 같이 일본에 유학하였던 몇몇 동지들과 상하이에 창조사를 결성하여 북방의 문학연구회의 '인생을 위한 문학'에 반대하여 '예술을 위한 예술'의 낭만주의의 문학 운동을 활발히 전개하였다. 이래 작가로 시인으로 문학 비평가로 정치가로 중국 고대사 연구가로 다방면에 그 천재와 정열을 기울이어 왔다. 저작에는 『중국 고대사회 연구』, 『三個叛逆的女性』(－세 반역적 여성), 『漂流三部曲』(－표류 3부작), 『여신』, 『豫言者之詩』(－예언자의 시), 『감람橄欖』, 『수평선하水平線下』, 『我的幼年』(－나의 유년), 『반정反正 전후』, 『창조 10년』 등등이 있다.

「목양애화」는 그의 유학 시대의 작품으로 베이징서 도일하는 도중에 철도로 조선을 거친 경험을 토대로 하여 창작한 초기의 작품으로 물론 금강산에는 들른 일이 없었다. 조선의 실정實情과 다소 어그러지는 점도 나타나나 그의 낭만적 시정과 정의를 사랑하는 순정만은 충분히 엿볼 수 있다.

### 3. 「닭」(궈모뤄)

궈모뤄는 1923년 이래 급각도로 좌경하여 장제스의 북벌에도 참가하여 정치적 실천 운동에도 들어갔었으나 1927년의 청당淸黨 운동으로 인하여 일본에 망명하였다. 후에 다시 귀국하여 좌익 문예 운동에 진졸盡捽하다가 1930년에 또 장제스의 대탄압을 받아 다시 또 일본에 망명하였다. 지바현千葉縣 이치카와市川에 살며 일본인 부인과 아이들 넷을 거느리고 중국 고대사회 연구에 몰두하였다. 「닭」은 실로 이 시대에 신변에 일어난 소사건을 그린 것으로 「목양애화」에 비하면 같은 조선인에 대한 동정이면서도 관념적인 낭만주의에서 적확適確히 현실을 파악한 진지한 현실주의로 발전한 것을 알 수 있다.

1937년 일본의 중국 침략전이 터지자 처자를 내버리고 재빠르게 탈출하여 조국의 항전 진영에 솔선 참가하였다. "조국의 동포의 위기에 임하여 누가 자기의 일신 일가의 안전을 생각할까 보냐." —이것은 그의 탈출기의 일 절이다.

### 4. 「고향」(루쉰)

너무나 유명한 중국 최대의 작가로 그야말로 중국 신문학의 아버지라고 부를 수 있을 것이다. 민족 개량주의자로서 출발하여 1927년에 창조사와의 대논쟁을 거치어 좌경하고 이래 국민당의 야만적 탄압 속에 의연히 버티어 중일전쟁 발발 직전에 죽을 때까지 그는 중국 문단의 양심을 혼자서 대표하다시피 하였다. 조선의 이광수와 대조하여 감개무량한 바가 있다.

「고향」은 유명한 「아Q정전」과 아울러 그의 대표작으로 냉철한 풍자로 일관한 그에게 이러한 서정적인 일면이 있다는 것은 그의 인간성을 이해하는 데 한 중요한 문헌이 될 것이다. 이 속에 묘사된 고향은 곧 루쉰의 고향이며 '나'는 곧 루쉰의 자신으로 일종의 신변소설이라 하겠는데, 루쉰의 여러 작품 중에서 이 「고향」을 특히 애독하는 것은 역자 혼자만이 아닐 것이다.

### 5. 「개시대길開市大吉」(라오서)

라오서는 『老張的哲學』(―장씨의 철학), 『조자왈趙子曰』, 『합조집蛤藻集』 등 많은 작품을 발표한 중견 작가다. 그의 유머러스한 작풍은 가끔 루쉰이나 혹은 린위탕林語堂과 비교되나 이들과도 물론 다르고 타인이 모방할래야 할 수 없는 특이한 것이 있다. 뿐만이 아니라 그는 본시 베이징 출신으로 순수한 베이징의 백화체를 그대로 작품에 사용하여 참된 대중문학의 건설을 위하여 한 개의 좋은 표본을 보여주었으며 참된 백화소설은 그로부터 시작되었다고 극언할 수도 있을 것이다. 여하간 루쉰의 사후 중국 문단에서 가장 주목받는 작가다.

「개시대길」은 흔히 상가商家에서 '개시대길 만사형통'이라고 써 붙이는 데서 떼어 온 것으로 엉터리 의사의 영업 번창기繁昌記다. 일종의 폭로소설이면서도 조금도 의식적으로 폭로한다는 감을 주지 않는 데에 이 작가의 비범한 수완이 있을 것이다.

### 6. 「복수」(바진)

바진은 쓰촨성 청두成都의 출신으로 불란서에 유학한 일도 있다. 처녀작 『멸망』을 가지고 문단에 등장한 이래 3부작 『가家』, 『춘春』, 『추秋』를 위시하여 수많은 작품을 발표하여 왔다.

「복수」는 암살자의 심리를 그린 작품으로 장소도 인물도 외국에 취하였으면서도 조금도 궁색한 데가 없이 유창하게 사건을 전개시킨 수법은 여전히 그가 꽤 여러 해 동안 불란서에 유학한 덕택일 것이다. 그리고 노서아의 유태인의 압박은 제정帝政 시대의 일로 혁명 이후의 노서아의 민족 정책이 세계에서 가장 진보적인 것은 자타가 공인하는 바며 구구한 변명이 필요치 않을 것이다.

최근에 신문의 보도에 의하면 바진은 충칭重慶서 『불』이라는 소설을 썼는데 그 속에는 조선의 혁명가들을 주인공으로 하였다 한다. 있음 직한 일이다.

### 7. 「맨발」(예사오쥔)

예사오쥔은 신문학 초기부터 문학연구회에 참가하여 꾸준히 작가 생활을 계속하여 왔다. 그는 이전에 소학교 교원이었었으므로 그 방면에 취재한 것이 많고 동요 방황하는 소시민들의 시대적 고뇌를 착실한 필치로 그리어 왔다. 『격막隔膜』, 『화재』, 『선하線下』, 『성중城中』, 『미염집未厭集』은 모두 단편집이고 장편으로는 『니환즈倪煥之』가 유일한 것이다. 이 이외에 동화도 많이 썼다.

「맨발」은 농민대회에 임석한 만년의 쑨원과 농민들과의 친근감을 강조한 작품인데 작자의 말대로 쑨원은 고향에서 15세가 될 때까지 맨발로 나다니는 빈곤한 생활을 하였던 것이다. 이것을 그저 평범하게 영웅의 출세담으로 만들지 않은 데에 이 작품의 생명이 있을 것이다.

제2차 국공 합작이 더욱 전진하는 요즈음에 제1차 국공 합작 당시의 이 작품을 회고하여 기념으로 하고자 한다.

# 현대중국시선

윤영춘

● 윤영춘, 『현대중국시선』, 청년사, 1947.7.29, 180면
● 후스 외 원작, 김기창 장정

## 서문

고시가의 구속적 구각舊殼을 벗고 신형태의 시로 해방되어 나온 현대 중국 시가는 너무나 현란한 시대를 이루어 놓은 감이 있다.

그 연화年華가 비록 채 삼십 남짓한데 그 템포는 급진적, 혁명적으로 전개되어 드디어 중국문학의 전 분야에 긍한 일대 혁신을 이루어 놓고 만 것이다. 이 뚜렷한 혁명에 가찬加餐하여 오늘에 이르기까지 주옥같은 시를 써 온 선진 시인과 그 후 속출한 후진 시인들의 시를 우리 문단에 소개코자 수년 전에 몇몇 분의 승낙을 받고 비재졸역非才拙譯을 가혹한 일제의 탄압 아래 대단한 제약을 받으며 다소 발표했었으나 그것으로써 도저히 소개의 일 역役을 다했다고는 볼 수 없어서 늘 아쉬운 맘 끝없던 중에 급기야 우리에게 해방의 종소리가 들려오고 말았다. 이제 이 책을 간행함에 새삼스레 자유의 세계는 맞는 듯한 감이 난다.

제1부는 문학 혁명으로부터 금일에 이르기까지 스케치요 제2부는 제諸 시인의 소개인데 이들은 저자의 주관적 입장에서 쓴 개설에 불과하며 제3부는 시역詩譯과 원문인데 시역은 원문에 퍽이나 유의했으나 군데군데 의역된 곳도 없지 않다.

시선詩選의 배열은 주로 시단에서 활약한 시인의 연대순으로 했으나 간혹 어그러진 곳도 있을는지 모른다.

제4부는 이번 전쟁 시가와 최근 중국 시단의 동향을 소개한 것인데 시역과 원문도 함께 실리었다. 순국적 열정을 가진 젊은 애국 시인들의 시를 음미케 됨을 스스로 기뻐하는 바이다. 그리고 이 한 책에 Text와 함께 졸저가 섞인 관계상 필자의 저著로 이름했음을 작량酌量하시라.

짙어 오는 조국의 봄과 함께 이 한 책이 만개화한 중국 신시를 즐기는 분에게 갸륵한 도움이 되어진다면 나로서는 더 비길 데 없는 행幸인가 한다.

따라 처음으로 우리 문단에 나오는 이 시선에 직접 간접으로 성원해 주신 여러분들께 충심으로 사의를 표하는 바이다.

봄빛 어린 인왕산 하에서

저자 지識

# 천재몽

**최장학**

- 최장학, 『천재몽(天才夢)』, 문진문화사(조선사진문화사), 1949.6.20, 175면
- 장아이링 외 원작

## 역자의 말

이 단편 명작 선집은 중국 『서풍西風』 잡지사에서 「나의……」라는 제목에만 한하여 전국 인사에게 현상 모집한 글월이다. 들어온 685편의 집필자 제위를 소개하면 다음과 같다.

현대 중국 신진 문사는 물론이고 가정주부, 남녀 학생, 무녀舞女, 군인, 첩, 기관 상점 직원, 관리, 학자, 은행원, 대학교수, 교사, 실업자, 신문 기자, 병인病人, 교회 및 자선 기관 공작 인원, 유랑자, 수범囚犯 등 제씨이다.

이에 『서풍』 주필자의 말을 들으면 들어온 이 700편에 가까운 문장 중에 아름다운 작품이 참으로 적지 아니하였다고 한다. 이 각고各稿들을 평열評閱할 때 그 내용에 있어서 사상, 선재選材, 문자, 필조筆調, 역량 표현, 감상, 조리, 결구結構 등 조건을 준칙으로 하고 또 거기에 냉정한 두뇌, 공정한 태도, 객관적 안광眼光으로써 낱낱이 열독閱讀하고 그중에서 가장 좋은 13편만 골라내어 세상에 발표한 것이라 한다.

명작인 만큼 구상이 깊고 또 묘하고 아름답고 시초와 결구結句가 일관되어 독자로 하여금 심심甚深한 자격刺激을 받게 하며 자연히 흥취를 끌게 하는 좋은 작품이다.

이 가치 있는 글을 그대로 두기에는 가석可惜하므로 이에 우리말로 풀어 우리 사회에 내놓으면 다소의 이익이 있을 줄 믿고 기쁜 마음으로 이 책 번역에 착수한 것이다.

이 책 번역 도중에 모종 관계로 말미암아 이삼 개월 동안 중단되었다. 이 눈치를 알아차린 친우 및 더욱이 중국문학에 많은 관심을 가진 지우들이 차례로 찾아와서 빨리 마치라고 책려策勵하매 체면상 더 오래 방치할 수 없으므로 허둥지둥 없는 시간을 무리하게 이용하여 우리 사회에 불필요한 1편은 그만두고 이에 12편만 풀어 내놓게 된 것이다.

강호 제언諸彦, 독서가 및 그동안 오래 기대하신 여러 친우들 앞에 드리노니 냉정한 비판과 정밀한 부정斧正이 있기를 바란다.

1948년 9월 10일

역자 지識

## 나는 마오쩌둥의 여비서였다

김광주

● 김광주, 『나는 마오쩌둥(毛澤東)의 여비서였다』, 수도문화사, 1951.12.18(인쇄); 1951.12.23(재판), 144면
● 샤오잉 원작

### 원서原序

나는 숙부의 격려와 숙모의 따듯한 애호 아래 이 소책자를 완성시킬 수 있었습니다. 그리고 이미 나는 존귀한 자유의 공기를 마음껏 마실 수 있었습니다. 전신에 상흔을 입고 모든 것을 상실하였던 고독한 한 여성이 의외에도 깊은 온정과 위안을 얻을 수 있었다는 것은 나의 일생을 통하여 잊을 수 없는 일입니다.

내가 이 책자를 기록한 제일의 목적은 해방 지구의 피압박 인민을 대표하여 마오쩌둥毛澤東의 권력 정치의 진상을 폭로하고 진정으로 자유를 사랑하는 애국자가 권력 만능주의에 반항하여 궐기하도록 호소하고 싶었던 까닭입니다.

그리고 또 하나의 목적은 공산당의 교묘한 선전과 분식粉飾이 많은 열정적인 청년을 중공 지구로 달리게 하고 있으나 공산당의 철의 장막의 내부를 잘 아는 사람의 눈에는 그야말로 자멸에의 길을 선택하였다고밖에는 더 보이지 않는다는 것을 경고하고 싶었던 것입니다.

이 소책자는 나의 개인적인 생활 기록에 중점을 두었었기 때문에 정치상의 복잡한 문제에 대해서는 많은 것을 기록할 수가 없었습니다. 그것은 내가 받은 상처가 너무나 크고 아직 그 아픔이 사라지지 않고 있기 때문이며 서술에 혼란과 조잡한

점이 있는 것도 그 때문이라는 것을 양해하여 주기 바랍니다. 그러나 이것은 이 기록의 진실성을 손상시키는 것은 결코 아닙니다.

끝으로 종제從弟인 화인華陰이 열심히 이 소책자의 정서淨書와 교정에 협력하여 준 데 대해서 나는 감사의 뜻을 표하는 바입니다.

1949년 12월

마카오澳門에서 저자 지識

## 역자의 말

"…… 얼마나 공중에 사는 새의 자유가 부러웠는지 모른다……."

저자 샤오잉蕭英 여사의 부르짖음이다. 권력 앞에는 남편을 희생당해도, 아내를 희생당해도 오히려 이것이 당을 위하고 혁명을 위하고 인민을 위한다는 것이라고 인간 본연의 자태를 속이고 사는 것이 공산주의 적색 사회다.

이에 감연敢然히 반기를 든 샤오잉 여사는 한 개 위대한 여성이 아닐 수 없다.

참된 것, 거짓이 없는 진실한 것, 옳고 그른 것을 명백히 가릴 수 있는 지성, 이것만이 인간의 가슴으로 통할 수 있고 인간을 울릴 수도 있고 행복되게 할 수도 있다.

이런 의미에서 샤오잉 여사의 한 인간으로서, 한 여성으로서의 숨김없고 허식 없는 심각한 고백은 우리에게 이것을 증명해 주고도 남음이 있을 것이다.

공산주의의 미몽에서 아직도 완전히 깨어나지 못한 무리들의 발자취가 우리 강토의 이 구석 저 구석을 어지럽게 하고 있는 이때, 이 책자를 얻게 된 것은 나의 커다란 기쁨이다.

역자로서 이 이상의 사족을 가할 필요가 없을 것이다. 샤오잉 여사의 일자 일구는 그대로 우리 가슴속으로 깊이깊이 통할 수 있는 것이기 때문이다.

4284년(=1951) 7월 부산에서

역자 지識

**발문跋文**

샤오잉의 『나는 마오쩌둥의 여비서였다』는 크라프첸코의 『나는 자유를 선택하였다』와 함께 공산주의를 관념에서가 아니라 실제적인 경험을 통하여 비판한, 자유인의 거짓 없는 성실한 기록의 하나이다.

이 책자의 저자인 샤오잉은 중국의 교육받은 인텔리로서 애국심에 불타는 여성의 한 사람이었다. 그는 일본 점령 지대에서 조국 구제의 격렬한 투지를 안고 그의 남편과 함께 중공 치하인 옌안延安으로 망명해 간다. 그가 국부國府 치하였던 충칭重慶으로 가지 않고 옌안으로 간 것은 그곳이 지리적으로 가까웠을 뿐만 아니라 적은 여비로써 쉽게 갈 수 있었다는 이유뿐이다. 이것이 그로 하여금 공산당원이 되게 한 직접적인 원인이 된 것이다. 이러한 간단한 원인으로써 공산주의에 병들어 간 유위有爲한 청년이 얼마나 많았는가는 해방 이후 이 땅의 남로당원들의 입당 경위를 살펴보아도 잘 알 수 있을 것이다.

그러나 중요한 것은 이렇게 공산주의에 물들어 간 이 저자가 그렇게 물들어 간 대부분의 공산주의자와 마찬가지로 열성적인 공산주의의 투사가 되었으나 그러한 대부분의 병자들과는 달리 결국은 공산주의의 죄악을 자각하고 대담히 그 악의 소굴에서 탈출해 나왔다는 사실이다.

이 책자는 이 저자의 그러한 경로를 통하여 보고 느끼고 실지로 경험한 그 모든 것을 솔직히 기록함으로써 공산주의가 이 지상에 어떠한 죄악의 씨를 뿌리고 있는가를 천하에 명백히 한 것이다.

우리는 샤오잉이라는 한 중국 여성의 생활 경력과 그 사상적인 변화의 과정을 통하여 중국 공산당 정권이 어떠한 구체적인 내부적 범죄를 범하고 있는가를 똑똑히 읽을 수 있을 것이다. 그러한 자민족에 대한 내부적 학정이 드디어 외부에까지 뻗친 것이 중공의 한국동란 개입인 것이다. 자민족의 피를 빨 대로 빨아먹고 그래도 부족했던 중공의 살인귀들은 우리 한국 사람의 피를 또다시 빨아먹기 위하여 불법

하고도 잔인무도한 한국에의 침략을 전개해 온 것이다.

그러므로 우리가 세계 자유 민주 각국과의 협력 아래 우리에게 함부로 달려든 중공의 살인귀들을 격멸하는 것은 비단 우리의 조국과 민족의 방위에만 그치는 것이 아니라 그 아래 신음하는 4억의 중국 인민을 구출해 주는 것이며 지구의 대부분에서 세계 전 인류의 피를 모조리 빨아먹으려고 흉모兇謀하는 악의 진출을 분쇄하는 데 커다란 의의를 가지는 것임을 알 수 있을 것이다.

우리에게 이러한 자유 수호에의 투지와 인도적인 정의감을 자극 도발시켜 주는 양서의 하나가 중국문학의 정통자인 소설가 김광주 씨의 능숙한 솜씨에 의해서 번역되고 『내가 넘은 삼팔선』, 『고난의 90일』 등으로써 출판 전선에 열성적인 독창성을 발휘해 온 수도문화사에 의해서 출간되었다는 것은 독자의 구미를 북돋우는 데 효과적인 것이라 아니 할 수 없을 것이다.

나는 이 소책자가 널리 애독되어 현재 우리가 싸우는 적에 대하여 보다 더 큰 전투력을 조성하는 데 도움이 되기를 바라는 바이다.

4284년(-1951) 7월 어於 부산항

조연현

# 아편꽃

**김일평**

● 김일평, 『아편꽃』, 정음사, 1954.6.15, 324면
● 위화 원작, 신세계문학총서 3

## 역자의 말

『아편꽃』—이 작품은 한국전쟁이 발발한 이후 실제로 중국 광둥성廣東省 마카오澳門에서 자유중국의 애국지사가 적색 작가로 가장하고 중공의 국제 첩보 기관 내에 침투하여 유명한 여간첩 마타하리를 연상케 하는 미모의 중공 여간첩의 애모愛慕를 이용하여 중공의 내막을 탐지함에 있어 피눈물로 엮어진 간첩전의 수기입니다.

조국애에 불타는 자유중국의 애국 청년 남녀 지사들이 조국 광복을 위한 본토 반공反攻을 앞두고 신명을 걸고 굳은 신념 속에 멸공의 불덩어리들이 되어 공산당과 혈투하고 있는 진지한 그들의 투사적 생활! 그 정신! 그 투혼! 그 기백! 그리고 과거 수십 년간이란 긴 대 공산당 투쟁사를 가진 그들의 투쟁 방법과 투쟁 기술은 지금 공산 진영과 사생을 결하고 혈투하고 있는 우리 겨레에게는 타산지석이 아닐까 하고 생각합니다.

오늘! 중국 흥망의 간두에 서서 중공 오랑캐와 사투하고 있는 이때! 역자는 본래 문학도도 아닌 문외한으로서 감히 이 같은 장편소설을 대담하게 손을 대어 번역한 것은 한 문학 작품의 번역이라기보다는 역자도 공산 도당과 싸우고 있는 겨레의 한 사람으로서 '펜'을 '칼'로 들고 일선 장병이 적진 속으로 돌격하는 각오로써, 조금이라도 싸우는 겨레로서 적을 알고 또 나我를 아는 대공 투쟁의 정신적 재무장과 일대 자각을 촉구시킴에 한낱 도움이 될까 하여 이 졸역을 세상에 내어놓으며 아울러

선배와 독자 여러분의 기탄없으신 비평과 지도를 바라는 바입니다.

끝으로 지면을 빌려서 현 시국에 대조하여 이 작품을 좀 더 대중 앞에 널리 읽게 하기 위하여 『민주신보』에 연재가 끝마치기까지 두터운 호의를 베풀어 주신 주간 이만용 선생, 손연순 편집국장에게 사의를 표하오며, 특히 어려운 피난의 일터에서 만난을 배제하시고 출판에 힘써 주신 최영해 사장님의 호의에 감사하오며, 아울러 이 책이 나오기까지 물심양면으로 정성을 기울여 주신 국방부 정훈부장 임대순 대령님과 김호상 동지, 김연희 양의 조력에 충심으로 감사의 뜻을 표하나이다.

단기 4286년(-1953) 10월

부산 초량 일우一隅에서

김일평友林

# 붉은 집을 나와서

**김일평**

● 김일평, 『붉은 집을 나와서』, 경찰도서출판협회(백조사 인쇄), 1954.11.15, 187면

● 마순이 원작

## 역자의 말씀

유명한 입센의 작품인 『인형의 집을 나와서』의 여자 주인공인 노라는 봉건 시대의 한 여성으로서 인간의 자유와 존엄을 위하여 비록 자기를 인형과 같이 귀여워하고 사랑해 주는 남편과 그 가정을 뒤에 두고 단연! 케케묵은 봉건 가정을 박차고 뛰어나왔던 것이다.

이제 이 『붉은 집을 나와서』의 여자 주인공이요 작자인 마순이馬順宜 여사는 또한 현대 20세기의 노라로서 인간의 자유와 존엄을 수호하기 위하여 분연히 '붉은 집'으로부터 뛰어나온 것이다.

어디까지나 인간을 물체시視 또는 기계시하며 사람들을 노예화 혹은 도구화하려는 그들!

인간성을 무시하고 가정을 파괴하며 국가마저 부정하려는 그들 공산 도배들에게 대하여 결연! 항쟁의 화살을 던지었으니 마 여사가 바로 그의 원수! 중공 집단에게 향하여 던진 첫 화살이 즉 이 『붉은 집을 나와서』인 것이다.

여기에 써 있는 모든 사건은 그 하나하나가 필자 자신이 몸소 체험한 생생한 실제 경험의 사실로써 털끝만치도 허위나 가식 또는 과장이 없는 것이다.

오직 작자의 고귀한 한 방울 한 방울의 땀과 눈물과 또 피의 결정체인 이 작품에 대하여 역자로서 이 이상 더 태변駄辯을 농弄한다는 것은 도리어 보기 드문 이 작품

의 성가聲價를 떨어트릴까 두려워서 이를 삼가 마지않는 바이다.

오로지 역자로서 일언을 부기附記하고 싶은 것은

"너를 죽이고 내가 사느냐?"

"내가 죽고 네가 사느냐?"

하는 글자 그대로 참말 공산주의와의 결전장화決戰場化한 이 나라에 생을 받은 우리 한국 사람으로서는 그야말로 국가와 민족의 존망이 지금 이 순간! 우리들 개개 국민 자신의 각성과 결의 여하에 달려 있음을 생각할 때 민족 전체의 존속과 국가를 수호하기 위하여 전 인류의 공적共敵인 공산 도당들과 생사를 겨루어야 할 3천만 겨레 앞에, 더욱이 아직도 그들의 간교한 선전에 속아서 공산주의의 미몽으로부터 깨어나지 못한 자들에게 손목을 붙잡고 한번 읽기를 권하고 싶은 작품인 것이다.

더욱 요즘 휴전의 기분에 취하여 국민의 정신적인 무장에 이완을 가져올 염려가 많은 이때에 미숙한 졸역을 세상에 내어놓고 물음은 오로지 공산주의와의 사상적인 결전에 이바지하려는 우국지심과 미충微忠의 발로이오니 여러 선배와 강호 제현의 기탄없으신 비평을 삼가 바라나이다.

그리고 특히 사상 전선의 제일선에서 항상 민중과 접촉하고 있는 경찰관을 중심으로 전 국민에게 널리 이 작품을 읽히기 위하여 단행본으로 출간하기까지 두터운 호의와 큰 노력을 베풀어 주신 김장흥 치안국장님, 최치환 경무과장님, 그리고 이 일을 직접 맡으신 여러분에게 지면을 빌려 삼가 감사의 뜻을 표하며, 아울러 반공 전선에서 이슬이 되신 무수한 반공 전사 영령 앞에 삼가 명복을 비나이다.

단기 4287년(–1954) 2월 1일 서울에서

김일평友林

## 서언

나의 육체는 공산 도당들로부터 받은 형용할 수 없는 가지가지의 악형과 고난으로 인하여 부서지지는 않았고, 나의 의지는 그들의 여러 가지의 유혹에도 동요되지는 않았으며, 나의 심령은 비상 처절한 정서로 말미암아 흐려지지는 않았었다.

나는 몇 번이나 죽음의 변두리에서 인간 사회에는 있을 수 없는 흉악무도한 폭행을 목격하였으며 바야흐로 철의 장막이 나의 눈앞에 내리려고 할 때 참말로 나는 뜻밖의 기연으로 공산당의 마굴로부터 탈출하게 되었던 것이다.

나와 같이 고난을 받던 많은 사람들은 심지어 나를 가장 사랑하시던 나의 아버지까지도 벌써 오래전에 세상을 떠나시었으며 그 밖의 여러 사람들도 또한 원한에 사무친 철의 장막 안에 다시 갇히어 버리고 말았었다.

나는 지금 비록 집도 없는 한 유랑인이 되어 사랑하는 아들 셋 가운데서 두 놈을 버리고 떠돌아다니는 신세이니 그래도 나만은 자유의 세계에서 자유의 공기를 마시며 가느다란 생명이 붙어 있다는 것만으로라도 누구에게나 비할 수 없는 행운이라고 생각하지 않을 수 없다.

대륙에서는 수많은 선량한 백성들이 무고하게도 비참한 재난 속에서 울고 있고 공산당의 박해와 보편적인 기근으로 인하여 무수히 쓰러지는 생명들! 그리고 요행히 생존하여 있다는 사람들도 그들의 노예가 되어 압박과 착취! 가난과 굶주림 가운데서 허덕이고 있는 것을 생각할 때

오! 하느님이시여! 이 얼마나 비참한 한 폭의 생지옥도가 아니겠습니까……?

공산도당들의 일관한 정책은 기만과 착취! 공포와 도살! 밖에 모르는 세기적인 사기 폭한暴漢들의 집단체인 것이다.

그들은 항상 흑과 백을 전도하였으며 그들의 교묘한 선전술은 지옥을 천당으로 만드는 재주를 가지고서 죄 없는 선량한 백성들 앞에 네로와 같은 폭군으로 군림하는 것이 공산당인 것이다.

그들의 의사는 곧 법률이 되었으며 그들만은 인민에게 무엇이나 강요할 수 있었고 그들은 또한 또한 남의 가정까지라도 마음대로 파괴하며 심지어 아무 죄 없는 백성들을 농락하고 학살할 수 있는 무슨 천부의 특권이나 가진 사람들 같았었다.

그들은 각양각색의 수단으로써 항상 민중을 협박 공갈하여 자기들의 도구로써 쓰고 노예로서 부리며 뿐만 아니라 민중으로 하여금 무조건으로 추종케 함으로써 무서운 죄행을 감행하면서도 그것은 인민의 의사에 의하여 행한다는 것이 소위 그들의 민주 방식인 것이었다.

이 같은 방법으로써 나의 가정은 파괴당하였으며 나의 아버지는 참살당하였던 것이다. 내가 오늘까지 생명을 보존함에 있어서는 이루 말할 수 없는 온갖 곤란을 맛보았던 것이다.

나의 이 호소는 내가 직접 체험하고 목격한 공산당의 모든 죄악을 사실 그대로 폭로하는 것이다.

나는 또한 나의 부르짖음이 극히 연약한 것도 잘 알고 있다. 그러나 나의 희망하는, 철의 장막 안에서 살아 본 모든 인민들이 자기 스스로를 위하고 동포들과 또 인류 사회의 정의를 위하여 모두 같이 공산당의 흉악한 명목을 들추어내기에 같이 힘을 씀으로써 아직도 공산당을 바로 인식하지 못하고 있는 무리들로 하여금 그 어떤 꿈도 아름다운 환상도 버리도록 할 것이며, 손톱 끝만치라도 그들과 끄나풀을 가지지 않도록 모두 한마음 한뜻으로써 굳게 뭉치어 그 위대한 힘을 모아서 흉악하고 횡폭한 공산당의 세력을 분쇄하는 정의의 큰길로 총진군하기를 간절히 바라 마지않는 바이다.

저자 마순이馬順宜

# 북경의 황혼

**이상곤**

- 이상곤, 『북경의 황혼』, 중앙문화사, 1955.9.1, 320면
- 류사오탕 원작, 유석준 장정

## 저자의 서문

이 책은 한 사람의 자유주의자가 전체주의 제도 밑에서 그 환경에 적응토록 강요당한 사실을 기록한 것입니다. 그렇듯 중국의 공산당 조직체 내에서 일을 보게끔 강제당한 것이 바로 나의 경우입니다. 이러한 조직체 안에서 겪은 나 자신의 체험 몇 가지를 기록하여 이것이 만천하 여러분께 다소의 도움이 된다면 나의 다행으로 믿는 바입니다.

나는 사실을 조금도 과장하지 않았다고 믿습니다. 나는 있는 그대로 본 그대로를 묘사하려고 했습니다. 왜냐하면 그렇게 함으로써만 만천하의 여러분이 공산당의 솜씨를 사실 그대로 이해하는 데 도움이 될 수 있겠기 때문입니다.

먼저 나는 인류의 자유를 옹호하는 여러분 앞에 내가 공산당에 협력하였던 사실에 대하여 대단히 죄송한 마음을 금치 못합니다. 나는 놈들에게 속아서 공산당에 가담했고 그 후에는 당에 종사하도록 강요되어 1년 이상이나 자유와 민주주의에 반대하는 공산당과 같이 일을 하게 되었던 것입니다. 이 글이 여러분으로 하여금 전체주의의 운영 양식, 인간성, 개성의 파괴를 목적한 독재자들의 발악, 그리고 그들에 의한 중국 사람들의 정신생활의 말살 과정을 이해시킴에 도움이 된다면 이 글 자체가 무익한 것은 아닐 것입니다. 동시에 공산당 내부에서의 나의 행동에 대한 다소의 속죄도 가능하다는 만족감을 나 자신이 가질 수도 있으리라고 생각하는 바

입니다.

공산주의는 자유세계에 대하여 실로 가공할 무기를 가지고 있습니다. 자유세계로서 정녕 전체 인민의 사상, 언론, 행동의 자유가 박탈되는 과정을 이해하기란 대단히 어려운 것으로 생각되지만 공산당은 감언이설로써 이러한 것을 중국 본토 내에서 서슴지 않고 감행하고 있습니다. 그들은 하나의 새로운 어업語業 체계를 수립하여 개개의 단어는 독재자들의 자신의 해석 여하로 의미가 달라지며 그들은 이러한 신용어新用語를 수단으로 해서 자신들의 죄를 은폐하는 한편 점령 지구의 인민을 마비시키고 있습니다. 그런가 하면 그들은 이러한 감언이설로써 철의 장막 밖의 자유 인민의 전향을 꾀하고자 필사적 노력을 기울이고 있는 것입니다.

공산당은 말로만 '민주주의'를 부르짖으며 또 그것을 신봉하는 것처럼 가장합니다. 온갖 회의에서 결의가 채택되고 겉으로는 민주주의의 모든 격식을 갖추고 있습니다. 그러나 그들에게는 민주주의의 본질적인 정신이 메말라 있습니다. 그것은 그들이 말하는 민주주의란 '민주주의적 중앙 집권제' 또는 '복종을 의미하는 민주주의'를 의미하기 때문입니다. 실로 그들의 민주주의란 소수인의 욕망을 충족시키기 위한 민주주의이며, 만일 이러한 민주주의에 대한 '자발적 복종'을 거부하는 경우 그들은 '독재적 민주주의'를 수단으로 하여 자발적 복종을 강요하고 있습니다. 공산당은 '자유'를 부르짖되 그것은 그들의 논리에만 통하는 자유인 것입니다. 예를 들면 다음과 같이 말하고 있습니다.

"우리는 지금 종교의 자유를 규정하고 있다. 종교의 자유란 종교를 믿는 자유도 아니요 종교를 믿지 않는 자유도 아니다. 그것은 종교를 반대하는 자유인 것이다."

그들은 '평화'를 부르짖으면서도 이렇게 외치고 있습니다.

"우리는 해방을 쟁취하기 위하여 전쟁을 필요로 한다. 우리는 평화를 전취戰取하기 위하여 전쟁에 호소하고 있다."

공산당은 군대를 확장 또는 강화하기 위하여 항상 전쟁에 시달린 병사들을 '고육'하여 그들로 하여금 계급 제도와 철의 장막 밖의 인민을 증오하도록 하며 '평화'를 간판으로 내세워 병사들에게 증오하고 살육하는 방법을 가르치고 있습니다.

그들은 '자주독립'도 부르짖습니다. 그러나 마오쩌둥毛澤東은 다음과 같이 말하고 있습니다.

"장차 중국 민족은 독립 민족인 것이다. 그러나 중국의 새로운 국가 정책은 소련의 지원을 구하는 데 있다"고.

요컨대 그들의 독립이란 전체주의에의 굴복을 의미하는 독립인 것입니다. 공산당은 '명예'를 말하되 그들의 명예란 공산 조직에 가입하는 명예를 말하며, 그들의 '행복'도 그 조직에의 복종을 전제한 행복인 것입니다. 그들은 '행복'에 대해서도 말합니다. 그러나 그것은 공산 조직을 위한 완전한 자기희생을 전제한 행복이며, 한편 '이상'이란 것도 그러한 의미가 강요된 이상, 즉 100여 년 전에 마르크스에 의하여 제창된 이상을 말하는 것입니다.

붉은 중국의 지배자들은 소련 독재자들의 새로운 야합자이며 그들은 크렘린의 충직한 개犬로서 조직을 통하여 하나의 붉은 거미줄을 펴 놓았는데 나는 그것을 뚫고 나온 소수의 행운아 중의 한 사람인 것입니다. 그들은 내게 반역자라는 낙인을 찍습니다. 또한 나는 혁명에 반기를 듦으로써 그들의 이른바 인습을, 즉 내가 버리고 싶지 않은 인습을 지니고 있습니다. 그러나 독자 여러분께서는 인습이 무엇인가를 이해할 줄로 압니다. 그것은 다름 아닌 자유와 민주주의, 자유세계가 이해하는 의미의, 그리고 자유 인민의 생존 이유를 밝혀 주는 자유와 민주주의인 것입니다.

이 책의 내용은 두말할 것도 없이 1년 반 동안의 나 자신의 생활 기록인 것입니다. 이것은 옛말도 아니고 소설도 아닙니다. 또 예술적 글솜씨를 가지고 쓴 일화도 아닙니다. 이 글은 극히 평범한 수기입니다. 그러나 평범한 이야기 속에는 비범한 의미가 들어 있을 수도 있습니다. 나는 이 책이 여러분들로 하여금 공산당의 공식적인 구호에 의심을 갖게 하리라고 믿는 바입니다. 그러면서 이 책은 만일 여러분이 지금 자유를 잃어버리고 있는 경우라면 그 자유를 다시금 전취하는 데 도움이 되리라고 믿으며, 또 여러분이 자유를 향유하고 있는 경우라면 부디 그 자유를 보존하며 키워 가는 데 도움이 되리라고 바라 마지않는 바입니다.

류샤오탕劉紹唐

# 북경유분

**박경목**

● 박경목, 『북경유분(北京幽憤)』, 합동통신사, 1955.9.15(초판); 1958.7.18(재판), 528면

● 옌 마리아 원작, 중공 여대생의 수기, 황규백 표지·장정

## 원저자의 말

이 책에 발표된 대부분의 내용은 본시 『붉은 깃발 아래 대학 생활』이라는 제목으로 홍콩에 있는 연합출판사에서 출판된 것이다. 그 책을 내놓은 의도는 고국을 떠난 중국인들에게 새로운 '인민 정부' 밑에서의 대학 생활의 실정이 어떤 것인가를 전하기 위한 것이었다.

외국인 친구들이 그 책의 내용을 중국어를 해득지 못하는 사람들에게도 흥미가 있을 터이니 내가 첨가하고 싶은 새로운 재료를 더 보충해서 다시 써 보면 어떠냐는 의견을 말해 주었다. 이런 외국인 친구 중의 한 사람인 리처드 M. 매카시 씨는 내가 원본에 새로운 재료를 첨가하여 이것을 영어로 번역하는 일을 도와주었다. 나는 매카시 씨를 비롯하여 원본을 번역해 준 사람, 그리고 그 밖에 나에게 충고와 원조를 아끼지 않았던 중국인 및 외국인 친구들에게 사의를 표하고자 한다. 그러나 이 책 속에 표시된 의견은 어디까지나 나 자신의 견해며, 그 견해에 대한 책임은 전적으로 나에게만 있다는 것을 명백히 해 두고 싶다.

외국인 독자들에게 설명하기 위하여 이 영어 역본에는 중국 사람들에게는 필요치 않은 것을 첨가해서 썼기 때문에 원본과는 좀 틀리는 것이 되었다. 마오쩌둥의 새로운 정권 아래서 대학 내에 일어난 것을 설명하는 대신에 완전한 것은 못 되지만 중국 대학생의 생태나 전후에 그들이 직면한 세계의 보고 같은 것이 되고 말았다. 우리들

학생은 공산주의자들에게는 대단히 중한 존재였다. 얼마만큼 우리가 그들에게 중요한가는 공산당이 들어온 후에야 비로소 깨달을 수 있었다. 나는 이 책에서 진실을 쓰려고 노력했다. 당사자들에게 화를 끼치지 않도록 하게 하기 위하여 이 책에 나오는 사람들의 이름을 가명으로 쓴 이외에는 여기 나오는 이야기는 전적으로 사실 그대로이다. 누구도 정확한 숫자를 계산한 사람은 없었지만 1947년 베이징시에 있던 학생들 중에서 상당한 수의 학생들이 공산당의 베이징 입성을 위하여 일했다. 그중 어떤 학생은 정직한 이상주의자였고 어떤 자는 현실적인 기회주의자였다. 또한 나중에 안 일이지만 어떤 자는 공산당에서 훈련해서 우리들 속에 잠입시킨 선동 분자였다.

여기서는 공산당에 대한 학생층의 지지를 조성케 한 원인을 분석하거나 또는 그에 대해서 누구를 비난하려고 하는 것은 아니다. 또한 그리고 중국에서 내가 본 일과 다른 나라에서 일어난 일과를 비교 검토하려는 것도 아니다. 나는 외국에 가 본 경험이 없다. 다만 우리들 신변에 일어난 일을 사실 그대로 적어서 나보다도 더 노련한 경험을 쌓은 분들의 판단을 바라고자 하는 바이다.

옌閻 마리아

**독자에게**—베이징이란 이름에 대하여

내 고향 도시를 베이징으로 부르느냐 그렇지 않으면 베이핑北平으로 부르느냐가 문제가 된다. 이 도시는 제국의 서울이었기 때문에 1927년 난징南京이 중화민국의 서울이 될 때까지는 베이징이라고 불렸고 그 후부터는 베이핑이라고 불리었다.

1949년 10월 1일 중국 공산당이 여기다 인민공화국을 수립했을 때 그들은 다시 베이징이라고 부르게 되었다. 그런데 아직까지 중공 정권을 승인치 않은 국가에서는 베이핑이라고 부르고 있다. 이 도시에서 출생하여 여기서 자라난 사람들은 늘 옛 이름대로 부르는 것을 좋아하여 공식으로는 베이핑으로 부르던 20여 년 동안에도 역시 베이징이라고 불렀다. 나는 종시일관해서 직접 이 도시의 탄생을 인용할 때 이외는 베이징이라고 부르고 있지만 물론 어떤 정치적 이유가 있어서 그런 것은 아니다.

## 역자 후기

중공 독재 정권하의 지식층, 특히 학생들의 동태를 좀 더 깊이 알고자 하는 생각에서 이 책 번역에 손을 댔다. 원저자의 서문에서도 보는 바와 같이 이 책은 본래 중국어로 저술되었었는데 그 후 이를 더 보충하여 원저자가 미국인 리처드 M. 매카시 씨의 협조를 얻어 *The Umbrella Garden*이라는 제목하에 영문으로 발행한 것을 여기서 다시 우리말로 번역하게 된 것이다. 천학비재인 본인이 원저자의 의도하는 바를 어느 정도 정확히 옮겨 놓았는지 내심 적이 두려운 감이 없지 않다. 하지만 여기서 하나의 진리는 뚜렷이 전해졌다고 확신하는데 즉 그것은 공산주의자들의 세뇌 과정이 어느 공산 국가에서나 다 동일하며 또한 그 방법이 실로 교묘하고 집요하다는 점이다. 일그러진 현실에 부닥쳐 자유를 찾을 때까지 그 속에서 몸부림치는 인텔리 여성의 고민 상도 이 책 속에 충분히 표시되었다고 생각한다.

끝으로 이 책을 번역하는 데 있어서 많은 격려와 조언을 베풀어 주신 고제경 선생을 비롯하여 여러 선배 친지에게 깊이 사의를 표하는 바이다.

4288년(-1955) 8월 일

박경목 적음

# 대지의 비극

**홍영의 · 박정봉**

● 홍영의 · 박정봉, 『대지의 비극』, 범조사, 1955.1.30, 289면

● 바진 원작, 중국명작소설

## 머리말

이 소설의 원저자 바진巴金은 현대 중국이 낳은 위대한 문호인바 그의 꽃답고 향기로운 이름은 이미 세계적으로 널리 알려진 것임에도 불구하고 그가 마련한 무게 있는 작품들이 한 편도 우리나라에 소개된 적이 없었던 것은 참으로 유감스러운 일이라 아니할 수 없다.

이에 깊이 느낀 바 있어 우리 두 사람은 비록 원서를 제대로 옮겨 놓는다는 것이 퍽이나 어려운 사실임을 번연히 알면서도 주제넘게 손을 대게 된 것이 매우 쑥스러운 짓이므로 여러 현명한 독자 앞에 미리 밝혀 두는 바이다.

원저자 바진은 휴머니즘(인도주의)의 톨스토이와 매우 가까운 거리에 서 있다는 것은 그의 값진 작품들을 통하여 넉넉히 짐작할 수 있는 일이다.

그러면 먼저 바진이란 훌륭한 작가의 약력을 소개한 다음 이 소설의 줄거리를 간추려 대충 설명해 볼까 한다.

씨의 성은 리李, 1905년, 이를테면 우리나라의 소설사상小說史上에 길이 빛날 이인직 씨가 맨 처음으로 소설을 쓰게 된 해에 쓰촨四川에서 태어나 청두成都를 비롯한 여러 지방을 무대 삼아 어린 시절을 보냈고 난징南京서 기초가 될 만한 공부를 마친 다음 1926년 봄에 프랑스의 파리 유학의 길을 떠난 것이었다.

씨의 출세 작품으로서 유명한 장편소설 『멸망』은 파리에서 문학을 연구하고 있

을 무렵에 쓴 것으로 뜻밖의 호평을 받아 그 후 단번에 살별마냥 한 뚜렷한 존재가 되었다.

그가 파리에 있었을 때에도 이따금 단문短文을 프랑스 글佛文로서 발표한 일이 있었으며 본격적인 창작을 비롯하기 전에 먼저 번역문학에 뜻을 두었고 『멸망』을 마련하기 전에 주로 철학, 윤리학 등에 걸쳐 몇 가지 번역을 해 본 적이 있었다.

파리에 있으면서 문학적인 교양을 철저히 닦은 바 있었거니와 그의 작품을 통하여 볼 때 작중 인물들은 거의 국내에 있는 사람들만을 모델로 삼은 것이 아니라 타국의 별빛 아래서 흐느껴 울며 지내던 혁명가와 애국자의 모습들을 싱싱하게 그려낸 것이 많다.

파리의 황혼이 짙어 갈 무렵이면 그는 언제나 한결같이 국립 묘단墓壇으로 무거운 발길을 옮겨 루소의 동상 앞에 이르러서는 두 손으로 싸늘한 석좌石座를 마치 정든 옛 임의 부드러운 살결을 어루만지듯 쓰다듬었으며 때로는 머리를 들어 손에 책과 모자를 들고 의젓한 태도로 서 있는 거인을 볼 때는 일찍이 톨스토이가 "18세기의 전 세계의 양심"이라고 부르짖은 사상가의 앞에 무릎 꿇고 무한의 기도를 올린 바 진의 눈앞에는 모든 마음의 괴로움이 사라졌었다고 한다.

성모원聖母院에서 은은히 들려오는 종소리를 들을 때는 상하이에서 지내던 과거 생활의 이모저모의 추억들이 느닷없이 머리에 떠올라 날카로운 칼로 염통을 에는 듯 빼저린 향수에 젖은 순간 꺼지지 않는 불길은 마침내 가슴속에서 타오르는 것이었다.

그는 4년간에 걸친 파리 생활을 등지고 1929년에 상하이로 돌아왔을 때엔 『멸망』은 『소설월보』에 실리기로 예고가 났었고 스피노자, 쇼펜하우어, 칸트 같은 철학자의 저서를 번역하기로 되어 창작에는 붓을 돌릴 시간적 여유조차 없었다.

그러나 그는 소설 창작을 조금도 게을리하지 않고 그다음 해에는 『죽어 가는 태양』과 단편으로는 「주인집 마님」을 썼다. 그 후 잇달아 눈부신 작품을 꾸준히 썼던 것이다.

이 『대지의 비극』은 제2차 세계대전이 끝나기 얼마 전에 『인생』이란 제목으로써 발표된 것인바 작품 내용은 제2차 세계대전이 어려운 고비에 이르러 모든 인류들이 어지러운 전화戰火 속에서 허둥대고 있을 무렵에 원저자 바진이 갖은 힘을 다하여 풍부한 재주와 작가적 양심에서 작중 인물, 이를테면 허물어져 가는 귀족의 집에서 태어난 디꺼大天의 애달픈 생장 과정을 고임돌로 삼아 나날이 멸망의 길로 줄달음질치는 사람들의 슬픈 운명을 가장 사실적으로 그려 낸 가운데 끝없이 교훈을 주는 대문이 많기 때문에 어떤 점으로 따지더라도 중국과 인연이 깊은 위치에 놓여 있는 이 땅의 사람이라면 그 누구나 다 같이 감격과 흥분과 눈물 없이 읽을 수 없을 것으로 믿어 마지않는다.

뜻있는 만천하의 어진 독자들이여! 이 소설을 몇 번이고 고쳐 읽은 다음 우리 조국의 내일의 영광을 위하여 다시 한번 피 묻은 발자국을 돌이켜 살펴보자! 거기엔 반드시 이 작품이 풍겨 주는 반성의 거울이 깃들어 유난스럽게 반짝거리고 있음을 알 수 있을 것이다.

이 자그마한 책이 여러 독자들에게 한갓 반사경으로서의 구실을 할 수 있다면 이에 더한 기쁨은 없을까 한다.

서기 1954년 중추仲秋

옮긴이 씀

## 평요전

**손창섭**

- 손창섭, 『평요전(平妖傳)』, 고려출판사, 1953.6.18, 252면
- 뤄관중 원작, 장순우 장정 · 삽화, 허충석 감수, 중국탐정소설

### 서

뤄관중羅貫中은 중국의 대문호요 세계 3대 작가의 한 사람이다. 세계 3대 작가라 함은 러시아의 톨스토이, 프랑스의 위고, 중국의 뤄관중이다.

뤄관중은 3대 명작을 가지고 있다.

즉 3대 명작이라 함은 『삼국지』, 『수호전』, 『평요전』 3책을 이름이다.

『삼국지』와 『수호전』은 우리나라에도 이미 알려진 지 오래지만 『평요전』만은 아직 소개되지 않았음을 누구나 유감으로 생각했고 또 고대하고 있었던 것이다. 다시 말하자면 『삼국지』가 세계 장편소설의 비조鼻祖라면 『평요전』은 세계 탐정소설의 조종祖宗인 것이다.

코난 도일이라거나 유불란이라거나 뤼팽 같은 서양 탐정소설은 다만 기지機智와 엽기심獵奇心을 노린 흥미 본위의 소설로 독자를 속이는 데 그치지만 이 『평요전』은 역사와 시대사조와 동양 철학을 중심으로 하고 게다 기지와 신비와 엽기를 다하여 재미나게 읽는 동안 올바른 인생관과 도덕률을 세울 수 있는 교양소설이라 하겠다.

즉 『삼국지』를 읽지 않고 장편소설을 이해하지 못하듯이 『평요전』을 읽지 않고는 탐정소설의 본질을 알 길이 없다고 해도 무방할 것이다.

이 소설의 내용은 허무맹랑한 어느 작가의 가공적 구성이 아니요 인종仁宗 때 패주貝州 지방에 왕칙王則이란 사람이 나서 요술로 세계를 뒤엎으려고 동평군왕東平君王

이라 자칭하고 나섰으나 불과 66일 만에 패했다는 사기史記를 중심으로 전개된 세계 명작 탐정소설이다.

4286년(-1953) 6월 일

역자 지識

# 중국전기소설집

**유광렬**

- 유광렬, 『중국전기소설집(中國傳奇小說集)』, 진문사, 1955.6.10, 191면
- 린위탕 편 원작, 신세계문고 4

## 역자의 말

이 중국 전기소설傳奇小說은 중국 역대 문호들의 명저를 중국이 산출한 세계적 영문학자 린위탕林語堂이 영역한 *Famous Chinese Short Stories*를 초역抄譯한 것이다. 린위탕에 대하여는 그가 『우리나라와 우리 국민』, 『생활의 발견』, 『북경의 순간』 등을 영문으로 써서 미국에서 제일류의 '굿 셀러'로 낙양의 지가紙價라느니보다—세계의 지가를 올린 사람이다. 진문사의 조풍연 형으로부터 이 초역抄譯을 부탁하였으므로 미숙한 대로 시도하여 보았다. 역자로서는 성실히 하노라고 하였으나 많은 잘못이 있지 않을까 염려하는 바이다.

또 원저의 제목은 린위탕이 영역 권수卷首에 부친 중국어 원명대로 인용하였으나 인명·지명은 모두 원저에 대조를 겨를치 못하고 영역음대로 한자를 넣은 것을 독자에게 미안히 안다. 그러나 이것은 '스토리'의 내용과는 별 관계가 없으니 만일 필요하다면 후일의 증보를 기하는 바이다.

1955년 3월 19일

역자 지識

# 쌀

서광순

- 서광순, 『쌀』, 청구문화사, 1956.2.28, 250면
- 장아이링 원작

## 역자 서문

이 소설은 아일린 장Eileen Chang이라는 향항香港(-홍콩)에 거주하는 중국 여인이 영문으로 쓴 *The Rice-Sprout Song*을 번역한 것이다.

원래 언어라는 것은 그 나라 그 사회의 기나긴 역사적 배경을 가진 것이기 때문에 그것을 다른 나라 말로 고친다는 것은 그다지 용이한 일이 아니다.

이 소설을 번역함에 있어서는 원작자에게 충실한 동시 그 글이 우리말로서도 부자연스럽지 않도록 무한히 노력을 하였다.

*The Rice-Sprout Song*을 우리말로 하자면 『나락 모苗의 노래』인데 그렇게 하면 어감도 좋지 못할뿐더러 내용과도 좀 거리가 먼 것 같아서 원명과 내용 양쪽에 가깝도록 『쌀』이라는 제목을 붙이게 된 것이다.

원작자는 공산 치하에 있는 중국 농민 생활의 일 국면을 놀라울 만큼 세밀하게 섬세한 필법으로 그려 냈다. 여러 가지 에피소드들은 아주 센세이셔널하다든지 또는 아주 로맨틱하다든지 한 것이 아니고 우리가 쉽게 이해할 수 있는 어디까지나 현실적인 것들이다. 시장 속에서 왁자하게 떠드는 소리라기보다는 쌀을 꾸러 온 가난한 여인의 소곤거리는 말소리 같고 엉-엉 하고 울어 대는 대성통곡 소리라 하기보다는 절망 속에서 흐느껴 우는 울음소리다.

끝으로 이 번역을 끝마치도록 나를 격려하여 주고 조력하여 준 여러분에게 진심

으로 감사의 뜻을 표하는 바이다.

1955년 12월

서광순

## 저자 서문

나는 추운 어느 날 오후 공산 치하의 상하이 시립 도서관에서 『인민문학』이라는 잡지를 뒤적거리고 있다가 한 젊은 작가의 고백을 읽게 되었다. 그는 1950년의 봄 기근이 일어났을 때 북지北支(－화베이, 華北)에 있는 어느 조그마한 읍에서 정부 공무원으로 있었다고 말하였다. 굶주린 읍 사람들이 절망 끝에 마침내 공량公糧 창고를 습격하였을 때 그 지방 국민병國民兵들은 폭도들을 사격하지 않으면 안 되었다. 그러나 폭도들은 끊임없이 양식을 훔치려고 하였기 때문에 총소리는 온종일 그칠 줄을 몰랐다.

그 작가는 고참 공산당원인 읍장과 어깨를 나란히 하고 창고를 지키기 위하여 싸웠다. 상처를 입고 피곤해진 그 늙은 당 간부는 부득이한 일이기는 했지만 그들 국민병의 총을 인민에게 겨누어야만 했다는데 심통心痛하여 "무엇인지 잘못됐어! 우리는 실패했다"라고 말하였다.

후에 그가 말하는 소위 "불명료한 시야와 확고치 못한 견해" 때문에 마음에 가책받은 바 있어 그는 눈물을 흘리면서 혁명에 절망을 느꼈다고 말하였다. 후일 그는 이 사건이 좋은 이야기 재료라고 생각하고 그것을 소설화하였다.

'삼반三反 정책Three Anti's'을 부르짖게 된 이때 그는 모든 사람들이 하듯이 그의 과거를 반성하였고 그의 과오의 중대성을 인식하며 자기 자신을 통렬히 비판하였다.

이 사람은 그 사건을 소설로 쓴 데 대하여 미안하게 생각하고 있었지마는 그 이야기는 어쩐지 나에게 깊은 인상을 주었으며 마침내 내가 아는 여러 가지 다른 일들과 융합하여 버렸다. 그 결과로서 나타난 이 소설은 내가 영어로 쓴 최초의 소설이다. 따라서 내가 지금까지 쓴 소설과는 전연 다르다.

나는 이 책이 나오기까지 나에게 충고와 격려와 조언을 아끼지 않고 하여 준 향항의 리차드 매카시 씨와 뉴욕의 마리 F. 로델 부인에게 대하여 심심한 사의를 표하는 바이다.

1955년 정월

향항에서

아일린 장

# 마른 잎은 굴러도 대지는 살아 있다

**이명규**

● 이명규, 『마른 잎은 굴러도 대지는 살아 있다』, 산호장, 1956.3.10; 동학사, 1956.9.10(재판); 1956.10.10(3판); 1957.11.10(4판), 304면

● 린위탕 원작, 김훈 장정

## 서

소설은 일상생활과 다소나마 관계가 없는 것은 없다. 고로 독자 제군은 기분을 전환시킬 좋은 방법이 없을 때 이와 같은 일상생활의 이야기를 보고 듣는 것도 무방할 것이다.

이 소설은 현대 중국인의 생활을 변명이나 비호하는 것은 아니며 허다한 중국의 흑막소설같이 어떠한 약점을 폭로하거나 과거의 구식 생활의 규범을 찬양하든가 신식 전형을 옹호하자는 것도 아니다.

다만 돌발적으로 일어난 일들—말하자면 현대의 남녀가 어떠한 교육을 받았으며 어떻게 상의상존相依相存의 생활을 하여 왔는가? 어떻게 사랑하고 미워하고 다투고 용서하고 고민하고 또한 즐거워했는가? 어떻게 사고하고 행동했는가? "모사謀事는 재인在人이요 성사成事는 재천在天이라"는 뜬세상에서 그들은 자기 생활환경을 어떻게 적응시키려고 꾀하여 왔던가—이다.

린위탕林語堂

## 역자 후기

이 소설의 부제로서 저자 린위탕은 '중국 근대 생활의 소설'이라고 부기附記했다. 이 부제에 표시한 바와 같이 현대 중국의 온갖 생활이 한 폭의 그림같이 표현되어 있다.

그러나 이 소설이 단순한 풍속소설 내지 역사소설로서 끝나지 않은 소이는 실로 저자 린위탕의 탁월한 자질에 기인한바 심대한 것이다. 1939년 미국에서 이 소설이 영문으로 발간되어 불과 이 주일이 못 가서 21만 부나 소화되었다는 사실은 이 소설의 진가를 여실히 증명한 것이고 이것은 단순히 저자가 중국인이며 중국인 자신의 손으로 중국의 내부를 이글거리도록 묘사했다는 데 기인하는 것은 아니다.

이미 『우리 국토 우리 국민』의 저자로서 또는 『생활의 발견』의 에세이스트로서 천재적인 필치를 보여주고 특이한 국제인으로서 널리 세계의 독서계에 주시注視의 적的이었던 저자가 박식과 조예를 경주하고 그 투철한 지성과 세련된 시인적 감각을 자유로이 구사해서 근대에 가장 동양적인 장편소설을 완성했기 때문이다.

여기에는 유구한 5천 년의 역사와 문화를 읽은 중국의 진상이 베이징이라는 전아典雅한 고도古都를 배경으로 무란과 모처우의 두 자매를 중심으로 한 몇몇 가계에 의해서 증오심이 날 정도로 치밀한 묘사가 되어 있다. 독자는 여기에서 소설의 재미와 극치를 마음껏 맛볼 것이고 중국에 대한 시대적인 지식과 중국 국민의 민족성을 엿볼 수 있을 것이다. 그리고 이 작품의 기조가 되는 노장 철학의 유원悠遠한 사상에 접촉해서 한층 더 친근감을 깨닫고 동양문학상 획기적인 하나의 상아탑이 수립되었음에 무한한 환희를 느낄 것이라고 확신한다.

끝으로 『마른 잎은 굴러도 대지는 살아 있다*Moment in Peking*』화명(華名) 京華煙雲는 한역韓譯으로 해서 약 2천 매나 되는 장편이지만 원래 이 소설이 구미인을 상대로 해서 영문으로 쓴 관계상 우리들에게는 사실상 필요 없다고 생각되는 고사故事와 숙어에 대해서는 긴 주석과 설명이 붙어 있는 것을 역자는 적당히 이것을 생략함으로써 한층 더 이 작품의 소설적 매력과 구성을 긴밀히 하려고 애써 보았다.

그러나 원작의 그 예술적인 향기를 그대로 살리지 못하였음은 독자 제현에게 사과드리는 바이며 기탄없는 질정을 바라 마지않는다.

그리고 이 뜻을 깊이 이해하여 주신 시인 장만영 선생, 공신기업 김병송 사장, 동양정판 정희산 사장 및 박청허, 최홍덕, 김도수, 김재현, 진용락 제형의 물심양면에 걸친 협조를 하여 주신 데 대해서 경의를 표하며 병석에서 원고 정리를 할 때 서울 문리대에 재학 중인 종제從弟 문규 군의 도움도 또한 컸음을 부기한다.

4289년(=1956) 2월 28일

효창공원 기슭에서

역자 지識

# 폭풍 속의 나뭇잎

**이명규**

- 이명규, 『폭풍 속의 나뭇잎』, 청구문화사, 1956.9.30, 462면
- 린위탕 원작, 임인주 장정

## 역자 서문

린위탕林語堂, Lin Yutang, 1895~은 영문 주저 *My Country and My People*(1935)이 성공한 이후 미국에 정주定住하며 영문 저작을 하게 되어 현재까지 10여의 저서를 공간했다. 그 대부분은 논문, 수필이지만 *Moment in Peking*과 같은 소설도 있다.

*Moment in Peking*『마른 잎은 굴러도 대지는 살아 있다』는 졸역으로 금년 3월에 발간되었기 때문에 독자 제현께서는 이미 잘 알리라고 생각하지만 1900년 의화단 사건부터 1937년 중일전쟁 발발까지의 중국 정치사를 배경으로 중국 상류 사회에 속하는 4세대에 긍亘한 역사를 그린 일종의 대하소설이다. 수십 명의 등장인물을 저자는 그 투철한 지성과 세련된 시인적 감각을 구사해서 모든 역사상의 중대 사건을 포함시켰을 뿐만 아니라 중국 사회생활, 가정생활의 만반을 풍속과 습속이 다른 서양의 독자를 상대로 치밀하게 묘사한 것이다. 그렇기 때문에 단순한 역사나 풍속소설이 아니고 일종의 국민적인 정신사라고도 할 수 있을 것이다.

그러나 저자에게는 이 작품을 다 썼을 때 하나의 불만이 있었다고 생각된다. 왜냐하면 집필 도중에 중일전쟁을 만나 애국이란 어찌할 수 없는 본능으로부터 일본의 침략 사실과 그것에 대한 중국 국민의 저항 의식을 고무하려고 했지만 작품이 가지는 본래의 성질에 제약되어 충분히 고무할 수 없었다는 것이다. 이것으로 저자는 불만이 남았기 때문에 속편을 반半 독립형으로 써야만 되겠다고 생각했을 것이

다. 이것이 바로 『폭풍 속의 나뭇잎』이라고 하여도 과히 잘못은 아닐 것이다.

따라서 『폭풍 속의 나뭇잎』은 당연히 전작보다 긴박한 소설의 성질을 띠게 되었다. 시대는 1937년 10월 일본군의 베이징 점령 후부터 1938년 9월 한커우漢口 진격 직전까지이다. 군사 행동이 교착膠着하기 이전 중국의 전의가 가장 고양되고 강고한 민족 통일 전선이 형성되는 시기이다. 그렇기 때문에 당시는 국공 합작이 긴밀하였고 전쟁 중엽으로부터 차츰 표면화한 것 같은 내분이 아직 나타나 있지 않다. 본래 반공주의자이며 전쟁 말엽에는 강력한 반공 선언을 쓴 린위탕도 당시는 아직 국민당의 우군으로서 공산 유격대를 신뢰하고 있었기 때문에 이 소설에도 국공 합작으로 일본에 대한 저항과 주인공들의 연애가 서로 딴것을 커버하며 또 열렬하면서도 극적인 클라이맥스에 도달하게 되는 것이다. 베이징, 톈진天津, 상하이, 한커우, 쉬저우徐州로 교묘하게 장소의 이동을 따라 쉬저우 동북방의 타이얼좡台兒莊 회전會戰을 정점으로 하는 저항 의식의 고양을 위한 세 사람의 남녀의 우정과 연애 비극의 정서가 스릴을 붙여 가며 전개된다. 그리고 일거에 최후의 장면으로 들어갈 무렵 참말로 멜로드라마의 저자로서의 린위탕의 수완에는 비범한 것이 있다. 모르긴 하지만 저자는 여기에 그의 문학적 야심을 충족시켰을 것이다. 동시에 이 파란 무쌍한 소설에 중국의 항전 의식을 여지없이 포함시킴으로써 세계 양식에 호소해서 항전 승리를 인도한다는 애국적 정열도 유감없이 발로한 것이다. 그렇기 때문에 작품으로서의 혼연함에 있어서 전작보다 훨씬 우수한 작품이 되었다.

이 작품은 전작의 속편이라고는 하지만 거의 독립되어 있다. 전작은 인물을 군상으로 취급했지만 여기에서 중심인물은 피야, 마린(후에 단니), 펜 세 사람뿐이다. 이 중에서 전작에 관련 있는 사람은 피야뿐이고 가장 주요한 중심인물이다. 불교 신자인 중년 남자 펜도 신비의 여성 마린도 모두 새로 창조된 것이다. 독자는 전작과 아무런 관련 없이 감상하여도 무방할 것이며 저항이란 어떠한 것인가? 전쟁이란 얼마나 비참한 것인가? 하는 저자의 호소를 만끽할 것이고 이 작품의 문학적 가치를 의심하지 않을 것이다.

그러나 원작의 그 예술적 향기를 그대로 살리지 못하였음은 독자 제현에게 사과드리는 바이며 기탄없는 질정을 바라 마지않는다. 그리고 이 뜻을 깊이 이해하여 주신 청구출판사장 이형우 선생 및 권일 형에게 심심한 사의를 표하여 마지않는다.

6·25 일곱 돌을 맞이하며

효창공원 기슭에서

이명규 적음

# 생활의 발견

이종렬

- 이종렬, 『생활의 발견』, 학우사, 1954.10.19, 372면
- 이종렬, 『속(續) 생활의 발견』, 학우사, 1954.10.10, 410면
- 린위탕 원작, 생활 철학

## 서문

본서는 사상과 인생에 관한 나의 체험을 피력했다. 나 한 사람의 증언이다. 본서의 입장은 객관적인 것은 아니다. 또 영구적 진리를 수립하려는 것도 아니다. 실은 나는 철학의 객관성이란 것을 도리어 경멸하고 있다. 즉 객관적 진리보다도 사물을 보고 생각하는 방법이 중요한 것이라고 생각하는 것이다. 나는 Lyrical(서정시적)이라는 말을 개성의 줄기찬 독자적 견해라는 뜻으로 해석해서 본서를 『서정 철학』이라고 부르고 싶었다. 그러나 그것은 너무나 미명美名에 치우치는 것이 되므로 포기하지 아니할 수 없었다. 결국 너무 높은 곳을 노리면 독자들에게 과대한 기대를 품게 할 두려움이 있었고, 또 내 사상을 주로 해서 구성하는 것은 서정시적인 것이 아니고 평범한 산문이어서 자연스럽고 평명平明한 것이며 누구나 손이 닿기 쉬운 정도의 것이기 때문이다. 너무 높은 곳을 노리지 않고 이와 같이 낮은 곳에서 토지에 달라붙어 흙과 같이 되어 버리더라도 나는 지극히 만족하다. 내 마음은 흙이나 모래 속에 유쾌하게 뛰노는 그것만으로써 행복을 느끼고 있다.

이 지상의 생활에 도취할 때 우화등선羽化登仙하지나 아니했나 하고 생각할 정도로 마음이 유쾌하게 되는 수가 가끔 있지만, 그러나 사실은 지상에서 여섯 자(6척)쯤이라도 떨어지는 일은 적은 것이다.

나는 또 전편全篇을 플라톤의 『대화편』 같은 형식으로 써 볼까 하는 생각도 해 보

았다. 이런 형식은 개인적인, 무심코 나오는 이야기를 하게 되고 일상사에서 그 어떤 의미라도 있을 법한 것을 채택도 하고 특히 아름답고 조용한 목장을 어슬렁어슬렁거릴 때에는 아주 꼭 들어맞는 형식일 것이다.

그러나 어쩐지 대화 형식을 쓰는 것이 싫었었다. 그 까닭은 나 자신도 알 수 없다. 아마도 이 형식의 문학은 요새 그리 유행되지 않아서 읽는 사람도 없을 것이라는 염려가 있었기 때문일 것이다. 그런데 책이라도 쓰려고 하는 사람은 누구나 읽어 주기를 바라는 것이다.

그러나 내가 말하는 대화라는 것은 신문의 인터뷰의 문답 같은 것이 아니고 많은 소절小節로 짤려지는 신문 논설과 같은 것도 아니다. 내가 말하는 것은 한 개의 글이 몇 페이지고 계속되는, 사실 유쾌하고 길고 한가한 담화를 말하는 것으로 돌아가는 길도 많이 있지만 참으로 생각지 않은 곳에서 지름길로 빠져서 최초의 논점으로 되돌아오는 그런 종류의 것이다.

마치 담을 타고 넘어서 먼저 집으로 돌아와 나중에 오는 동행하던 친구를 놀라게 하는 식의 것이다. 나는 뒷담을 넘어서 집으로 돌아오거나 샛길間道을 걷거나 하는 것이 아주 재미있다. 적어도 내 친구들은 집으로 돌아가는 길이나 그 근처의 시골 지리에 자세한 것을 인정할 것이다……. 그러나 나는 감히 그 짓을 하지 않는다.

본서에는 독창적인 데는 없다.

본서에서 말하고 있는 사상은 동서의 많은 사상가가 몇 번이고 사색하고 또 표현한 것이다. 동양에서 빌린 것은 동양에서 벌써 다 써먹은 아주 진부한 진리다. 그럼에도 불구하고 그것은 나의 사상이다. 즉 그것은 내 몸體의 일부가 되고 있다. 그런 사상이 내 뇌리에 뿌리를 폈다면 본래 내 속에 있는 어느 독창적인 것을 나타내고 있음이요 또 처음으로 내가 그런 사상에 접했을 때 내 마음이 본능적인 찬의贊意를 표했기 때문이다. 나는 그런 사상으로서 경애敬愛한다. 사상을 말한 인물의 가치 때문이 아니다. 사실 나는 저술을 할 때나 독서를 할 때도 지름길을 지나왔다.

여기 인용한 저자의 대부분은 세상에 이름이 없는 사람들로서 중국문학 교수들의 의표意表에 나타날 사람들이다. 가끔 유명한 사람의 이름도 나오나 그것은 그런 사람들의 사상을 직관적으로 승인 안 할 수 없기 때문에 자가自家의 용用으로 쓰고 있는 것이고 그 저자가 유명하기 때문이 아니다. 이름도 없는 염가판의 헌책古本을 사 모아 가지고는 그 속에서 어떤 숨은 보배가 나오는가를 조사해 보는 것이 나의 언제나 하는 버릇이다. 만약 문학의 교수들이 내 사상의 출처를 안다면 "이 속물" 하고 놀라 자빠질 것이다. 그러나 보석을 파는 상점의 진열장에서 커다란 진주를 구경하는 것보다 쓰레기통에서 주워 낸 작은 진주가 더 유쾌하다.

나는 심원한 사상가는 아니다. 또 박람다식博覽多識도 아니다. 너무 책을 많이 읽으면 옳은 것을 옳게, 틀린 것을 틀리게 구별할 수 없게 된다. 나는 로크나 흄이나 버클리를 아직 못 읽었다. 대학에 철학 공부도 하지 못했다. 전문이란 점에서 말하면 내가 한 학문의 방법과 훈련은 다 잘못되고 있다. 왜냐하면 나는 철학을 읽지 않고 직접 인생을 읽은 데 지나지 않기 때문이다. 그것은 철학 연구에 있어서 한 변형이다—소위 잘못된 방법이다. 여기서 내 철학적 지식의 근본이 되는 몇 가지를 이야기해 보자. 첫째로 우리 집 식모인 황黃의 처, 이 사람은 중국의 양가良家의 딸로서 가정 교육도 남에게 뒤떨어지지 않는다. 여러 가지 생각을 다 가지고 있다. 그리고 아주 입이 건(더러운) 쑤저우蘇州의 여자 뱃사공女船頭, 상하이의 전차 차장, 내 요리인의 마누라, 동물원의 사자 새끼, 뉴욕 중앙공원의 다람쥐, 그전에 훌륭한 비평을 던져 준 일이 있는 어느 지선의 갑판 보이, 저 유명한 천문란天文欄의 필자—10여 년 전에 사망—신문 판매대로 들어온 뉴스 일체, 그리고 그 밖에 또 인생에 대한 우리들의 호기심과 저 자신의 호기심을 억제하지 않으려는 작가라면 어떤 작가라도 다 좋다…… 그러나 그것은 일일이 적자면 한이 없다.

이렇게 나는 철학의 아카데믹한 훈련을 가지지 못하고 있다. 그러니까 더욱 이 철학책을 쓰는 것을 두려워하지 않는다. 정통 철학자라는 것은 무엇에든지 괴벽스러운 표현을 하는 법이다.

그러니까 그런 철학을 집어치우고 그 죄에 갚음을 하려고 마음만 먹는다면 무슨 일이나 명료하고 단순하게 보이는 법이다. 그러나 과연 그렇게 잘될는지 어떨는지는 의문. 세상에서는 내 태도에 대해서 어쩌니저쩌니하고 말들을 할 것이다. 내 용어가 정통 철학 지식으로 않다든가 너무 사물을 알기 쉽게 해 버린다든가 혹은 신중한 맛이 없다든가 철학의 신성한 전당으로 들어와서도 낮은 목소리로 속삭이며 점잖게 걸음을 걷지 않는다든가 그럴듯하게 신묘한 얼굴을 하지 않는다든가 여러 가지로 말을 할 것이라는 것은 잘 알고 있다. 용기라는 것이야말로 모든 근대 철학자의 미덕 중에서 가장 찾아보기 어려운 것이 아닐까. 그러나 나는 언제나 철학의 성역의 바깥만을 헤매고 왔다. 그리고 거기서 용기를 얻은 것이다.

나는 감히 말한다. 여기에 자기의 직감적 판단에 호소한다는 한 방법이 있다. 자기 자신의 사상을 생각해 내어서 그 독특한 판단을 정한 다음 아이들과 같이 아무 거리낌 없는 태도로 그것을 세상에 발표한다는 방법이다. 그러면 이 세상 어느 한 구석에 있으면서 나와 같은 마음을 가지고 있는 사람들이 나에게 찬성을 해 준다. 이렇게 제 사상을 엮어 낸 자는 많은 다른 저작자가 여러 가지로 논하고 있지만 결국 전연 똑같은 소리를 하고 전연 똑같은 방법으로 사물을 느끼고 있다는 것을 알게 되어서 때때로 기가 막힐 경우가 생길 것이다. 그러나 모르면 몰라도 더 쉽고 더 아름답게 표현하는 방법이 있는 것이다. 이런 경지로 들어가야만 비로소 고인古人을 발견하게 되는 것으로서 고인은 그가 옳다는 것을 증언하여 두 사람은 마음의 지기知己로서 영구히 맺어지는 것이다.

이런 관계로 나는 이와 같은 많은 고인, 특히 중국 고대의 마음의 지기들에게 힘입은 바가 많다. 그래서 본서가 완성됨에 있어서도 많은 고대의 협동자가 있게 되는 것이다. 다 친절한 사람들이어서 나는 깊은 호감을 가지고 있다. 그 사람들도 나에게 호감으로 대해 줄 것이다. 왜냐하면 가장 진실한 의미에서 이런 사람들의 마음은 언제나 나와 함께 있었기 때문이다. 이야말로 내가 참으로 이상적이라고 믿는 정신적 교류의 유일한 형식이다. 생각해 보라. 여기 두 사람의 인간이 있어서 길고 긴 세월을 격해 가지고 같은 것을 생각하고 같은 것을 느껴 서로 빈틈없이 그 마음을 이해하고 있는 것이다. 또 이 글을 집필함에 있어서는 나를 가르치고 나를 조언하고 어딘지 모르게 특히 힘을 빌려준 몇 사람의 마음의 지기가 있다.

즉 8세기의 백낙천白樂天, 11세기의 소동파蘇東坡, 16세기와 17세기의 독창적인 인물의 대집단, 그리고 로맨틱하고 쾌변인 도적수屠赤水(투룽屠隆, 명나라 희곡가, 호는 적수-역주), 표경飄輕하고 독창적인 원중랑袁中郎(위안훙다오袁宏道, 명나라의 시인, 호는 중랑-역주), 심원 웅대한 이탁오李卓吾(리즈李贄, 명나라의 문인, 호는 탁오-역주), 민감하고 궤변가인 장차오張潮(청나라의 문인, 호는 산래山來-역주), 쾌락파인 이립옹李笠翁(리위李漁, 명말 청초의 시문가, 호는 입옹-역주), 유쾌하고 명랑한 노老쾌락주의자 위안메이袁枚, 큰소리 잘하고 해학가고 흥분가인 진성탄金聖嘆(진차이金采, 명말의 비평가, 호는 성탄-역주) ― 누구나 다 인습에 사로잡히지 않는 인물들로서 너무나 독창적 판단에 뛰어나고 너무나 다감성多感性의 인물들이었기 때문에 정통파의 비평가들에게는 호감을 사지 못한 사람들이었다.

또 유학자들 눈에는 도덕적이라고 보기에는 너무나 선량善良하고 '선량'하다고 보기에는 너무나 도덕적인 사람들로 보였다. 아주 얼마 안 되는 소수의 선량選良들이었기 때문에 이런 사람들의 출현은 후세의 기쁨도 역시 크며 그 가치는 아주 진정으로 평가되지 않으면 안 된다. 이런 사람들 중에서 본서에 이름을 인용하지 못한 사람도 있을지 모르나 그 사람의 정신은 언제나 이 책 속에 맥맥이 움직이고 있다. 이런 인물이 중국에서 그 당연한 가치를 인정받게 되는 것은 시일의 문제에 지나지 않는다……. 이런 사람들과 같이 이름은 알려지고 있지 않으나 아주 훌륭한 것을 쓰고 있기 때문에 내 마음이 쏠리는 사람들도 있다. 내가 말하려고 하는 점을 아주 그대로 나타내 주고 있기 때문이다.

나는 이런 사람들을 중국의 아미엘(1821년~1881년, 서서瑞西(-스위스)의 철학자, *Journal Intime*로 유명하다-역주)들이라고 부르고 있다. 즉 말은 적으나 이야기를 시작하면 언제나 센스가 풍부하다. 나는 그 센스에 경의를 표한다. 그리고 또 모든 나라, 모든 시대에서 볼 수 있는 유명한 아논(-Anons)의 한패에다 넣어 주고 싶은 사람들도 있다. 이런 사람들은 세상에 알려지지 않은 위인의 아버지와 같이 영감에 느낌을 받으면 자기의 지식 이상의 것을 말한다. 최후에 지금까지 말한 사람들보다 위대한 인물이 몇 사람 또 있다.

그것은 마음의 지기보다도 내가 스승으로 우러러보는 사람들로서 인생과 자연에 대하는 그 징명澄明한 경지에 이르러서는 인간미가 있고, 그리고 신성, 자연히 용솟음쳐 나오는 예지는 천의무봉天衣無縫, 조금도 인위의 흔적을 남기지 않는다. 이런 인물에 좡쯔莊子가 있다.

또 타오위안밍陶淵明이 있다. 그 마음의 소박한 품은 도저히 군소群少들이 생각해 미치는 바가 아니다. 나는 가끔 이런 인물의 말을 끌어서 직접 독자에게 이야기를 시켰으나 그 고마움을 잊어버린 것은 아니다. 동시에 내가 나 스스로 말을 하는 것 같은 때에도 이런 선철先哲에 대신해서 말하고 있는 것이다. 그들과 마음의 사귐이 오래되면 될수록 그들의 사상에서 받은 은혜는 더욱더욱 친화의 깊이를 더하고 자기도 깨닫지 못할 만큼 혼연한 것이 되어진다. 마치 좋은 가정에 있어서의 그 아버지의 감화와 같은 것이다. 그렇게 되면 이러이러한 점이 아주 같다고 지적할 수는 없다.

나는 또 한 사람의 중국인으로서가 아니라 근대 생활을 해 나가는 한 근대인으로서 말하려고 애썼다. 즉 고인의 충실한 소개자로서 말했을 뿐 아니라 근대 생활에서 나 자신이 체험 획득한 것을 말하려고 했다. 이런 태도에는 결점이 없지는 않으나 대개는 한층 더 착실한 태도로써 일을 하게 된다. 그러므로 고인의 말의 취사선택은 전혀 나의 자유재량에 의했다. 어느 시인, 어느 철학자의 전모를 여기다 그려 내려고는 하지 않았다. 그러므로 나는 판에 박은 듯한 다음과 같은 말로써 이 서문을 끝내지 않으면 안 된다. 즉 이 책의 가치는(가령 가치가 있다면) 주로 내 마음의 지기의 유력한 시사에 힘입은 바로서 만약 내 판단의 부정한 점이나 불완전한 점이나 미숙한 점이 있다면 그 책임은 홀로 내가 질 것이다.

린위탕林語堂, Lin Yutang

1937년 7월 30일

뉴욕시에서

## 역서譯序

본서는 린위탕林語堂, Lin Yutang의 저서 *The Importance of Living*(Reynal & Hitchcook : New York, 1937)의 전반前半의 번역이다. 후반은 계속해서 상재될 예정. 원저 14장 중의 8장까지가 본권이고 나머지 6장은 후권後卷이 된다. 분량은 거의 같다.

내용에 대해서는 많은 설명을 피하겠다. 읽으면 알 수 있다. 또 그 소설所說에 대해서는 일체 비평을 피한다. 독자의 판단에 맡긴다. 미국에서는 이 책을 중국 사람이 쓴 고전으로서 오래 후세에 남을 만한 저서라고 평들을 하고 있다. 지독하게 미국 문명을 비평 당하면서도 각 신문 잡지는 최대의 찬사를 보내고 있는 점은 재미가 있다. 갈채는 하고 있지만 아주 간장이 서늘해졌다는 점이 그 비평문을 읽으면 잘 알 수 있다. 유럽 각국에서도 널리 읽혀지고 특히 프랑스에서는 열광적으로 읽혀지고 있다.

저자가 국민 정부에서 미움을 받고 추방에 비슷한 운명에 빠져 뉴욕에서 살고 있는 것은 주로 이 책(본서) 때문이라고 한다. 그만큼 중국 민족에 관해서 솔직하게 비평을 하고 있다. 저자가 중국 사람의 두둔을 하지 않았다고 해서 분개하는 중국 관리들에게 대해서 중국 소 관리들의 어리석기가 짝이 없는 점에 있어서는 말도 안 된다고 독설을 퍼붓고 국민 정부 요로자들 중에서 한 백사오십 명은 죽여 버리지 않으면 안 된다는 엄청난 소리를 늘어놓고 있다. 중국 사람이 쓴 비분강개의 글은 얼마든지 있지만 한날 냉정한 인간으로서 광활한 국제인으로서 중국인을, 인류를 이처럼 유유하게 논해 버린 책은 나는 별로 구경을 못 했다.

린위탕은 푸젠성福建省 태생이다. 그 아버지는 그리스도교의 목사였다. 미션 스쿨을 지나 신학교를 졸업했으나 신학에 회의를 품고 드디어 그것과 절연을 하고 미국

하버드대학, 독일의 라이프치히대학을 나와 각각 학위를 얻었다. 중국으로 돌아와서는 베이징대학의 영어 교수, 저널리스트 등을 경력하고 지금은 뉴욕에 앉아서 세계에다 이야기를 걸고 있다. 중국어, 영어 다 같이 천재의 정평이 있다.

정치, 학예, 종교를 막론하고 일체의 오소독스에 반역하는 것이 저자의 생각이라고 나는 본다. 그래서 저자가 인용하는 중국인은 대개 명말 청초의 사람들이다. 저우쭤런周作人 들과 같이 오늘날까지 중국의 정통파의 사람들에게 색안경으로 대우를 받던 그 시대의 사람들을 현양顯揚하는 데 애를 쓰고 있는데 그것은 그 시대의 문인들이 중국풍의 관리태官吏態를 타파하고 솔직 대담하게 말을 하는 야성을 가지고 있었기 때문이다. 그 태도가 곧 또 이 책의 매력이 되어 있다. 유능한 무명작가를 찾아내는 것도 저자의 취미인 듯싶다. 이 책의 인용문에 무명의 사람들이 가끔 나오는 것은 그 까닭이다.

하여간 이 책을 통독하면 중국의 인생관이란 것이 잘 나타나 있다. 저자가 말하듯이 그 민족의 성쇠를 결정하는 것은 정치도 아니고 경제도 아니고 그 민족의 인생관 그것이다.

4287년(=1954) 2월

역자 씀

## 역서譯序

산상山上의 수훈垂訓과 소크라테스와 아르키메데스와 이 세 가지 디멘션으로 구성된 3차원의 세계에서 린위탕林語堂은 벗어 나오려고 하고 있다. 맑게 갠 날의 오리鴨와도 같이 백인적 사고의 늪沼에서 날갯죽지 소리 가볍게 날아오르려고 하고 있다. 그리고 어디에서든지 제사차원(?)의 세계를 탐구하고 있다. 그런 세계가 발견될 것인가, 과연 발견될 것인가!

그는 위선 그리스도교의 승려에게 독설을 퍼붓고 이교도의 세계로 떠났다. 본권 제5장에 서술되어 있는 바와 같다.

다음에 니체와 더불어 소크라테스적 사변思辨, 즉 백인 철학의 기본적 약속에 반역하였다. "소크라테스가 탄생한 것은 서양 문명에 대하여 일대 재액災厄이었다"라고 하는 그의 외치는 대사臺詞가 그것이다. 그리고 아르키메데스적 전통, 즉 과학의 분석적, 분화적, 전문화적專門化的 방면에 의심을 품고 종합적이고 직각적直覺的인 파악을 역설하고 있다. 그리고 전 중국인과 더불어 이론적 필연을 돼지에게 먹여 버리고 "내가 생각하므로 해서 내가 존재한다" 따위는 농담을 해도 웬만큼 하시죠. "내가 존재함으로 해서 내가 생각한다"란 것의 오식誤植이 아닐까요. 저녁 하늘에는 아름다운 구름이 떠 있고 호상湖上의 저녁놀은 꿈처럼 곱고 만추晩秋의 게蟹는 맛있고 열대어며 호어鯱는 기운차게 헤엄치고 있고 무엇 무엇은 무엇 무엇 하고 있고…… 라고 시인 식으로 철학하고 철학자 식으로 서정敍情한다.

이 통연洞然한 진리와 청렬淸冽한 허위가 백인적 사유의 허전한 곳을 찔렀다.

"에, 나는 중국인이니까요" 하고 일보를 물러서서는 서서히 백인의 목을 졸라매려고 드는 이 대담무쌍한 그의 침착도沈着度는 마조히즘적 매력을 가지고 육박하여 온다. 그들은 말하였다. "고맙습니다, 미스터 린위탕林語堂. 당신은 그리운 올드 켄터키의 노래를 불러 주십니다. 당신의 책은 콘푸셔스孔子나 멘셔스孟子의 책처럼 인류의 역사에 영원히 남을 것입니다."

사실 말이지, 요사스런 관능에 떨고 있는 이교도의 세계를 이같이 대담부적大膽不敵하게 백인 앞에 펼쳐 놓은 책이 어디에 있을 것인가, 나는 모르겠다.

중국인의 '심정'이란 것을 이해하는 것이 중국과 중국인을 아는 제일 요건이라고 함은 근자에 와서 식자들의 일치된 의견이다. 사람의 심정은 본인이 아니고서는 충분히 피력할 수 없는 것이다. 그 의미만으로도 본서는 확고한 존재 이유를 가지고 있다고 믿는 바이다.

『생활의 발견』 상·하권, 각기 별개의 구성과 풍미가 있다. 세상의 독서자 제현이여, 역자의 누골鏤骨의 고심에 다소의 현찰賢察을 베푸신다면 본서의 통람通覽의 노고를 아끼지 마시라.

여기저기에 빈번히 인용되고 있는 중국 시문詩文은 거의 다 중국 원전을 참조하였다. 즉 마오시앙冒襄의 「영매암억어影梅庵憶語」, 선푸沈復의 「부생육기浮生六記」, 장탄蔣坦의 「추등쇄어秋燈瑣語」, 이립옹李笠翁의 「한정우기閒情偶寄」 등등이다. 린위탕의 영역이 원문에서 너무 비약하였다고 생각되는 점, 또는 명백히 오역이라고 생각되는 개소個所는 적당히 원전에 충실토록 하였고 원문이 너무 회삽晦澁하여 린위탕 역譯이 친절하다고 생각되는 데는 그것을 취하였다. 만일 강호 독자 중에 뛰어난 기사騎士가 있어서 이러니저러니 역어의 적부適否를 천착하는 데 흥미를 느끼는 이 있으면 영화英華 양어兩語를 병용하시기를 바란다.

이 책의 원명이 *The Importance of Living* by Lin Yutang(Reynal & Hitchcock, New York,

1937)이란 것을 밝혀 둠이 후권後卷만의 독자에게 대하여 친절함이 될 것이다. 범례는 모두 전권前卷과 같다.

이 책에 대한 구미 각국 독서계의 반향은 상권의 역서譯序를 읽으시면 능히 짐작할 수 있을 것이다.

1954년 10월 일

역자 씀

# 린위탕 수필집

## 김신행

- 김신행, 『린위탕(林語堂) 수필집』, 동학사, 1957.11.15, 243면
- 린위탕 원작

### 역자 서문

만천하의 독자들로부터 절대적인 환영을 받고 있는 중국의 위대한 문호 린위탕Lin Yutang, 1895~의 작품이 이미 우리나라에 소개된 것만 하여도 오륙 종을 헤아리게 되었다. 그 대부분은 소설이었지만 린위탕은 본래 논문 및 수필가로서 더 유명한 것이며, 그의 작품의 특색은 그의 심중에 지니고 있는 생각을 독자들에게 그대로 전하여 주는 점이라 하겠다. 예민한 지식과 원숙한 표현과 통쾌한 풍자와 완곡한 유머의 모든 것이 독자로 하여금 매료하지 않을 수 없을 것이다.

이 책자는 1933년경에 자국 지식인, 특히 대학생들에게 보내었던 작품이 수록된 화문판華文版『중국 문화 정신』 및『린위탕 대표작』을 번역 합본한 것으로 일반 작품과 성격을 달리하고 있다. 이 작품이 최초 상하이에서 출판되었을 시 불과 2주일이 못 가서 20만 부나 매진되었다는 사실은 이 책자의 진가를 여실히 증명하는 것이다. 근 25년 전의 작품이지만 특히 현재의 우리 실정과 흡사, 공통되는 점이 많음은 4천여 년간의 역사를 통하여 공통된 정치와 문화의 영향이라기보다 그들의 후진後塵을 밟고 있는 듯한 안타까운 감회를 억누를 수 없게 할 뿐만 아니라 지성인이 흡수하여야 할 고귀한 정신적 영양소라 하겠다.

이 작품을 저술할 당시의 저자의 심경이 어떠하였을까 하는 것은 이 책자를 읽고 우리들의 주위를 다시 한번 살피게 되면 실감으로 추찰推察할 수 있으리라고 믿어진

다. 저자는 이 책을 여행할 때와 의사당에서 발언자가 장광설을 전개함으로써 듣기가 지루하고 졸음이 올 때와 또한 잠자고자 하여도 졸려지지 않을 때에 읽으라고 하였음을 부기附記하여 둔다.

끝으로 원작의 진향 진미를 완미完美하게 표현치 못하였음을 독자 제현에게 사과하며 앞으로 기탄없는 질정을 바라는 동시에 본 책자 발간에 제際하여 물심양면으로 방조幇助하여 주신 동학사 사장 이명규 선생 외 제공諸公 및 수도시보사의 호의에 심심한 사의를 표하는 바이다.

4290년(=1957) 11월 10일

역자 지識

# 무관심

**김신행**

- 김신행, 『무관심』, 동학사, 1958.10.5, 248면
- 린위탕 원작

## 서

린위탕林語堂 작품이 세계 독서계에 널리 애독되고 있음은 독자 여러분이 잘 아는 사실이다. 그의 작품이 이와 같이 열광적 호평을 받는 것은 그의 현란 원숙한 풍자와 해학의 묘미와 무궁무진한 지성의 표현이 우리의 심금을 유감없이 울리어 주기 때문인 것이다.

이 책자는 린위탕이 1930년 전후에 발표하였던 작품으로서 『중국 문화 정신』에 수록된 것을 작년 11월에 졸역 『린위탕 수필집』으로 독자 여러분에게 소개하였고, 그 계속을 완역하여 이제 다시 소개하게 되었다.

교실에서는 도덕과 수신을 설교하면서 사회에서는 오직汚職과 폭력이 일상다반사로 자행되는 중세기적 사회 속에서 린위탕의 예리하고 독특한 지성으로 설파한 이 작품을 징청澄淸한 사회의 진통기에 여러분에게 소개하게 된 것은 적지 않은 의의가 있다 하겠다. 수천 년의 역사를 통하여 이 『무관심』의 미덕은 약자의 자기 보호에 있어서 법률 이상의 효용적 위치를 차지하고 있었으며 아직도 우리 사회에서는 무관심의 교양이 강요되고 있는 경우가 없지 않다. 그러나 저자의 의도는 왕성한 관심의 환기를 간망하였다는 것을 이해할 수 있을 것이다.

번역에 있어서 가급적 원문에 충실하며 평이한 말로 쓰도록 노력하였으나 아직도 난삽 모호하고 불충분한 점이 없지 않다. 여러분의 친절하고 기탄없는 충고와

비평을 바란다.

끝으로 본 책자 발행에 제際하여 물심양면으로 협조하여 준 동학사와 세문사의 후의에 감사하며 학구에 분망한 장성숙 양이 교정을 보아 준 노고에 정중한 사의를 표한다.

4291년(-1958) 개천절

역자 지識

# 붉은 대문

**김용제**

- 김용제, 『붉은 대문』, 태성사, 1959.12.25(초판); 1960.9.10(재판), 419면
- 김용제, 『주홍문』, 청수사, 1963.1.10, 418면
- 린위탕 원작

朱門酒肉臭

路有凍死骨

—杜甫

으리으리한 붉은 대문 안에선

술 고기 냄새가 진동하건만

하아, 그 문전의 길가에는

얼어 죽은 사람의 해골이 운다

## 작자의 말

이 소설의 등장인물은 가공의 인간들이다. 다른 소설의 등장인물의 경우도 그렇지만 그들은 종종 실제의 생활에서 선택된다. 그러나 이것은 한 개의 구성이다.

그러므로 이 책에서 취급한 군벌, 모험가, 사기한詐欺漢, 방탕자들을 가리켜서 마치 자기가 그 주인공인 것처럼 건방진 소리를 해서는 안 된다. 만일 어떤 부인이 자기는 이 소설에 나오는 사실을 알고 있다든지 또 이 소설에 나오는 어떤 유명한 부인과 아름다운 애첩을 알고 있다든지 자기 자신이 이 소설의 경우와 같은 경험을 가졌다고 생각하는 것은 조금도 상관없다.

그러나 이 소설 가운데서 기술된 신장성新疆省에서 일어난 여러 가지 사건은 근거가 있는 동시에 역사적 배경 속에 등장하는 인물에게는 본성명을 그대로 사용했다. 예를 들면 중국의 군인과 처자를 최초로 신장성에 이주시킨 위대한 군정가軍政家 쭤쭝탕左宗棠 장군, 1864~1878년의 회교도 대만란大蠻亂을 지도한 벡, 하미의 폐왕廢王의 대리자 욜바스 칸, 후에 백계 노서아露西亞 군대에 의해서 디화迪化에서 추방되고 이내 난징南京에서 재판에 걸려서 총살당한 신장성 주석 진수런金樹仁, 김 주석의 뒤를 이어서 전설의 인물이 된 만주 출신의 장군 성스차이盛世才, 신장성에 중앙 아세아의 회교도 제국을 건설하려고 하고 1934년 말경에 소련 국경까지 진출했던 젊은 중국 회교도 장군 마중잉馬仲英 등은 그들의 행적과 함께 실명을 사용했다.

1931~1934년의 회교도의 만란 사건에 대해서는 일류의 실증적 보고 기록인 헤딘의 『대마大馬의 패주』, 우아이천吳藹宸의 『투르키스탄의 소요』가 있다. 이 반란 가운데서 이 소설에 관계된 부분은 1933년 대목뿐이다.

린위탕林語堂

## 역자의 말

현대 중국이 낳은 세계적 문호인 린위탕의 소설과 철학적 수필집은 우리나라에도 사오 종 번역 소개되어서 많은 애독자를 가지고 있다. 내가 아는 것만도 『생활의 탐구』, 『속 생활의 탐구』, 『린위탕 수필집』, 장편소설 『폭풍 속의 낙엽』 등이 모두 여러 판씩 나간 모양이다.

그리고 이번에 소개하는 이 『붉은 대문』은 노숙한 로맨티스트 린위탕의 최신의 장편소설이다. 중국문과 영문으로 작품을 쓰는 그는 두 개의 원저만으로도 동서양에 독자를 갖고 있지만 그 밖의 각국어로 번역되어서 세계적인 독자를 갖고 있다.

이 『붉은 대문』에 대하여 『뉴욕 타임스』와 『뉴욕 트리뷴』 양대 신문에서 극찬한 것도 우연한 일은 아니겠지만 특히 중국을 무대로 쓴 중국인의 이 작품은 동양인인 우리에게 더욱 깊은 감명을 준다. 이 소설의 무대는 당나라 때의 창안長安이던 현대의 시안西安과 신비한 꿈나라로 불린 신장성의 회교도 만란을 배경으로 두 쌍 남녀의 로맨스를 모험과 스릴과 희생의 연속 가운데 전개시켜서 독자의 감흥을 끝까지 끌고 가는 놀라운 수법이다.

여기서 독자는 봉건 제도의 상징인 '붉은 대문'이 새로운 시대의 젊은 여성들의 자유 생활관에 의해서 붕괴되는 과정을 근대화되는 중국의 하나의 표본으로 볼 수도 있을 것이요 무식하고 잔인한 군벌의 독재 정치와 그들의 야수 같은 방탕과 회교도의 학대와 금전만능의 착취 사업가들의 말로가 어떻게 몰락되는가도 통쾌히 여길 것이다.

그러나 소설의 중심은 어디까지나 로맨틱한 두 쌍의 젊은 여인들의 애달픈 사랑의 이야기이며 그렇기 때문에 더욱 아름다운 작품을 이루고 있다. 주인공의 신문기자 리페이李飛와 붉은 대문 안의 영양인 두뤄인杜柔安과의 사랑이 파란 끝에 기적적으로 성공하는가. 미술 청년 랑뤄수이郎弱水와 고전 가수 추이어윈崔遏雲과의 사랑은 왜 슬픈 노래로 종말을 고하게 되는가. 여기서 우리는 고급소설에 탐정미까지 교묘하게 구사한 수법이 최근 불란서 순수소설의 새로운 경향과도 일치되는 느낌을 갖게 한다.

1959년 11월

김용제

## 손오공
**김용제**

- 김용제, 『손오공』, 학우사, 1953.9.10; 근우사, 1959.2.25, 435면
- 우청언 원작, 단권 완역 서유기, 생활 철학

### 머리말

이 『손오공』(원명 서유기)은 왜 세계적으로 유명한 책이 되었는가? 그 대답은 지극히 간단하다. 첫째로 재미있고 둘째로도 재미있고 셋째로도 재미있다는 위대한 공상가의 기묘한 소설이기 때문이다.

『서유기』는 『삼국지』, 『수호전』, 『금병매』와 함께 중국 4대 기서의 하나인 고전적 작품이다.

이 작품과 작가에 대하여는 여러 가지의 설이 많다. 원대의 사람 구처기丘處機의 『서유기』는 성길사한成吉思汗(-칭기즈 칸)의 서정西征 시대에 서방의 물정을 조사한 보고적 작품이었고 소설 『서유기』와는 다르다.

소설로서의 『서유기』는 당대의 승려 혜립慧立이 지은 『자은삼장법사전慈恩三藏法師傳』과 현장삼장玄奘三藏이 몸소 지은 『대당서역기大唐西域記』를 재료 삼아서 명대 중엽의 소설가 우청언吳承恩이가 문학적 윤색을 한 것으로 추측되고 있다.

다음에 내용에 있어서도 단순한 여행기나 모험담이 아니고 불교적인 교훈소설이라고 볼 수도 있을 것이다. 그러나 그러한 생각이 작자에게 있었거나 없었거나 또는 독자가 그러한 우의寓意를 느끼거나 말거나 진진한 흥미를 가지고 매우 즐겁게 읽을 수 있다는 그것만으로 충분하지 않으냐. 실상은 이렇게까지 재미있다는 점이 이 『서유기』의 생명이라는 것은 더 말할 나위도 없는 사실이다.

이른바 '유머 문학', '난센스 문학'으로서 이 같은 작품은 동서고금을 통하여 그다지 예를 보기 드물다. 진실로 그 황당무계와 괴탄 기이의 극치에는 경탄과 미소를 금할 수가 없다. 그 기발 무쌍한 사건 전개와 천변만화의 묘미에는 독자로 하여금 책을 놓지 못하게 하고야 만다.

끝으로 역술자의 의도의 일단을 말하면 단순한 원문 직역의 방법을 버리고 현대적인 주석을 본문 속에 시험해 보았다. 그와 동시에 이 땅의 현실적인 부연敷衍을 약간 겸쳐 본 점이 또한 특색이라면 특색일까 한다.

단기 4282년(-1949) 이른 봄

역술자 씀

# 홍루몽

**김용제**

- 김용제, 『홍루몽』, 정음사, 1955.7.20, 343면 · 1956.1.20, 309면(전2권)
- 차오쉐친 원작, 김영주 장정
- 김용제, 『홍루몽』, 정음사, 1960.12.20, 456면 · 439면(전2권)
- 차오쉐친 원작, 천경자 장화(裝畵), 이승만 삽화, 중국고전문학선집

## 역자 해설

중국 고전문학의 기서奇書라고 일컫는 거대한 작품들 가운데서 근대적 소설의 형태와 사실주의의 수법으로 씌어진 것은 이 『홍루몽』이다. 한 개의 장편소설로서 '홍학紅學'의 학설까지 유행한 일은 일 좋아하는 중국의 당시 문단에서도 이 『홍루몽』뿐이었으며 세계문학사상에서도 보기 드문 바이다.

이 방대한 인정소설에는 실로 많은 별명이 있다. 즉 『석두기石頭記』, 『정승록情僧錄』, 『풍월보감風月寶鑑』, 『금릉십이채金陵十二釵』, 『금옥연金玉緣』 따위가 있으나 역시 『홍루몽』이 가장 알려진 이름이다.

이 작품의 최초의 간본刊本은 청나라 건릉乾隆 57년(1792)에 나타났다. 이 소설은 그때로부터 30년 전에 베이징에 나오자마자 특히 상류 사회에 크게 유행하여 절찬을 받았다. 그러나 그때는 아직도 사본寫本밖에 없어서 엄청난 값으로 장날 같은 때 날듯이 팔렸다. 목록에는 120회로 실려 있으나 내용은 80회에 지나지 않았다. 애독자들과 문학자들은 비상한 열심으로 20회를 구하였고 또다시 수년 걸려서 요행히 넝마장수한테 거의 폐물 된 휴지덩이를 비싼 값으로 샀었다. 그것을 세밀히 연구, 수정하여 간행한 것이 이 120회의 원형이라는 기구한 경로를 밟아 왔던 것이다.

작자에 관하여는 간행자 청웨이위안程偉元의 서문에도 "작자는 과연 누구인지 자세치 않고 다만 서중書中에 차오쉐친曹雪芹 선생이 여러 번 손질하였다"고만 기록되

어 있다.

이 작자 및 제작 연대의 문제에 관하여는 그 뒤 130년 동안에 단 한 사람도 단정을 내리지 못하였다. 그처럼 '홍학'이 융성하여 이에 관한 주석과 연구가 많은 사람에 의하여 행해졌음에도 불구하고 그들의 중심 문제는 작자보다도 작품 중의 모델 문제에만 흥미가 집중되었었다. 그러다가 『홍루몽』의 작자가 확실히 차오쉐친이란 것을 증명한 사람은 실로 후스胡適의 「홍루몽 고증」(1921년)이 처음이었다.

차오쉐친의 이름은 잔霑, 자는 친시芹溪 또는 친푸芹圃라 하였으며 한군정백기인漢軍正白旗人으로서 차오인曹寅의 손주요 차오푸曹頫의 아들이다. 조부와 부친은 대를 이어 60년 동안이나 장닝江寧 등지에서 직조織造의 벼슬을 지냈다. 청대 강희제는 전후 6회의 남순南巡에 있어서 4회나 차오인의 직조서織造署를 행궁으로 정하였을 정도이다. 차오인은 『동정시초楝亭詩鈔』 및 희곡의 작가이며 장서가로도 유명하였다. 그러한 조부를 가진 차오쉐친은 난징南京의 부귀로운 가정에서 태어나서 행복한 소년 시대를 지냈다. 그러나 가세가 점차 쇠퇴하여 그가 열 살 무렵에는 부친을 따라서 베이징으로 왔었다. 더구나 중년 이후는 아주 불우하게 되어 베이징 서교西郊에서 빈곤한 생활에 빠져서 죽으로 끼니를 이었었다. 그러나 그는 오히려 호탕한 기백을 잃지 않고 시주詩酒로 방랑함으로써 겨우 평생의 울적을 위로하였다. 그는 시를 잘하고 그림도 잘 그렸으며 항상 팔기八旗의 명사들과 교제하였다.

건륭乾隆 27년 섣달 그믐날 밤(1763년 2월 12일)에 그의 아들이 요사夭死하여서 이를 슬퍼하던 끝에 "눈물이 말라서 죽었다"는데 그때의 그의 나이는 40이 넘었었다. 그래서 오랫동안 창작해 오던 『홍루몽』은 마침내 완성치 못하고 말았다. 차오쉐친은 스스로 "10년의 신고, 형언할 수 없다"고 회고하듯이 만년에 죽을 때까지 모든 정력을 『홍루몽』 완성에 기울였다. 그의 손으로 쓴 것은 80회뿐이 아니었음을 믿을 만한 이유가 있다. 그러나 그 밖의 원고는 아깝게도 모두 흩어져 버리고 말았다.

오늘날 남은 120회 끝으로 40회는 가오어高顎에 의하여 속성續成된 것이다. 다만 가오어의 재능과 견식이 매우 놀라워서 8할 이상으로 차오쉐친의 의도를 살린 것은 불행 중의 다행이었다.

『홍루몽』의 주인공은 자바오위賈寶玉라는 얼굴 잘난 귀공자이며 이 주인공을 둘러싼 소위 '금릉십이채金陵十二釵', 기타의 다정다한한 젊고 아름다운 여성들로 구성되어 있다. 꽃 본 나비처럼 따라다니던 바오위는 그 여성들의 사랑 속에 몸을 던져서 그칠 바를 몰랐고 그 때문에 고민의 눈물 맛을 빨리부터 알게 되었다. 많은 사랑의 상대자인 여성들 가운데서도 특이 린다이위林黛玉와 쉐바오차이薛寶釵 두 명이 뛰어났었다. 린다이위는 다수다병多愁多病, 갸름한 얼굴에 날씬한 허릿매를 한 전형적 미인으로서 직정적直情的인 신경의 소유자였다. 그리고 쉐바오차이는 복스러운 얼굴에 체격이 단정하고 상식이 원만하며 의젓한 성격의 소유자였다. 바오위는 이 두 여성을 모두 사랑하지만 미래의 아내로 약속한 것은 역시 린다이위이었다. 그러나 그는 운명적으로 쉐바오차이와 결혼하지 않을 수 없어서 부득이 바오차이와 결혼한 까닭에 순정한 처녀인 다위위는 마침내 실연의 고민으로 죽어 버린다.

그 슬픈 사건을 알자 바오위는 정숙한 아내인 바오차이를 버리고 마침내 표연히 집과 세상을 버리고 떠난다. 이것이 『홍루몽』의 큰 줄거리이지만 이 비련의 배경을 이루고 있는 내용인즉 영화로운 환경에서 시작되어 점차로 몰락하는 귀족의 가정생활이다. 이야기가 발전됨에 따라서 바오위의 주위에서도 사랑하는 사람들이 하나씩 세상을 떠나 버린다. 비량悲凉의 바람은 화림華林에 불고 환락은 항상 애수를 띠고 있다. 어디까지나 화려한 일면에 감출 수 없는 어두운 그림자가 덮고 있는 것은 『홍루몽』의 현저한 특징으로서 그 묘사로 하여금 더욱 다채롭게 하고 있다. 여기서 『홍루몽』이 작자 차오쉐친의 자서전이란 설이 떠도는 것이다.

등장인물이 무수한 남녀로 되어 있지만 그들을 일일이 다른 성격으로 나누어 그린 수법은 실로 놀라지 않을 수 없다. 이 사실적 진실성은 작자가 상투적인 형용사를 일체 쓰지 않고 본 그대로 들은 그대로를 객관적으로 그려 낸 까닭이다. 그래서 마침내 중국소설의 전통이라고도 볼 수 있는 대단원주의大團圓主義를 타파하고 이와 같은 일대 비극을 창조하였던 것이다.

『홍루몽』이 얼마나 독자의 흥미를 끌었으며 소설가들의 관심을 끌었는지는 『홍루몽』을 흉내 낸 속작續作의 유행만 보아도 알 수 있다. 즉 『후後 홍루몽』, 『속續 홍루몽』, 『홍루부몽紅樓復夢』, 『기루중몽綺樓重夢』, 『보補 홍루몽』, 『홍루보몽紅樓補夢』, 『홍루재몽紅樓再夢』, 『홍루환몽紅樓幻夢』, 『홍루원몽紅樓圓夢』, 『증보 홍루增補紅樓』, 『귀홍루鬼紅樓』, 『홍루몽영紅樓夢影』을 비롯하여 굉장한 수효에 오르고 있다. 그러나 촉새가 황새 걸음을 흉내 내려는 격으로 실로 『홍루몽』의 위대성을 반증한 데 지나지 않을 뿐이다. 그리고 『홍루몽』을 극으로 꾸민 것에는 『홍루몽 기전奇傳』과 『홍루몽 산투散套』가 있고 또 화본畵本으로는 『홍루몽 도영圖詠』이 있다. 그 밖에 이에 본뜬 시사부詩詞賦며 인보印譜 따위는 헤아릴 수 없이 수두룩하다.

1955년 9월 하순

서울에서

김용제

# 금병매

김용제

- 김용제, 『금병매』, 정음사, 1956.2.12, 320면 · 1956.3.5, 317면 · 1958.4.19, 271면 · 1958.4.30, 281면 · 1958.4.30, 266면(초판, 전5권)
- 김용제, 『금병매』, 정음사, 1962.6.30, 472면 · 505면(전2권)
- 소소생 원작

## 『금병매』를 번역하면서

작년(1955년) 3월부터 『자유신문』에 번역 연재 중인 『금병매』는 내년(1957년) 봄까지 아마 700회 가까운 방대한 분량으로 전역全譯 완료될 것이다. 신문에 발표되는 대로 차례차례 책으로 내어서 이만한 페이지의 책이 다섯 권으로 될 것이다.

첫 권을 내는 이 기회에 『금병매』에 대한 해설과 아울러 우리나라에서 최초로 완전 번역함에 있어서 역자의 태도도 약간 말해 두려고 한다.

고금의 유명한 육체적 풍속문학으로 전 세계에 이미 번역된 이 『금병매』는 남자 주인공 시먼칭西門慶을 둘러싼 각종의 다채로운 여인 군상 가운데서 특히 판진롄潘金蓮, 리핑얼李瓶兒, 춘메이春梅의 셋을 대표로 삼고 그들의 이름에서 한 자씩 따서 된 장편소설의 서명이다. 얼핏 보면 '황금 꽃병에 꽂은 매화꽃'인 듯한 책 이름이지만 그런 것은 아니다. 그러나 그런 뜻과도 상통할 만치 화려하고 농염한 중국 고전문학의 일대 기관奇觀을 보여주고 있다.

이 작품에 대하여 중국 근대의 대작가이며 소설사의 권위자인 루쉰(이 작가를 중국 적색 문단에서는 마치 프롤레타리아 작가처럼 아전인수로 악용하지만 이 세계적인 인도주의 사실 작가의 지하 영혼은 괘씸스러운 재채기로 비웃을 것이다)의 연구를 참고로 하여 대충의 소개를 하여 두고자 한다.

중국에 있어서 구어체의 소설이 발달한 것은 송나라 때의 얘기책에서 시작되었지만 명나라 초기에 나타난 뤄관중羅貫中의 『수호전』 같은 걸작으로부터 급격히 발달하였던 것이다. 그런데 이 『수호전』의 제23회부터 27회까지의 4회 가운데—우쑹武松이라는 쾌남자가 지방 호족이던 시먼칭과 간통한 형수 판진롄, 그리고 그들 사이를 뚜쟁이질한 왕포王婆의 세 사람을 죽이고 형의 원수를 갚았다는 권선징악의 미담이 있다. 명나라 말기의 유명한 문예 비평가 진성탄金聖嘆으로 하여금 이 대목이 『수호전』 가운데서도 가장 문학적인 정채精彩를 발휘하고 있다고 찬탄케 하였던 것이다.

그런데 이 유명한 거작 『금병매』의 구상은 온전히 『수호전』 중의 그 네 회의 내용에 의한 것이다. 판진롄이라는 요부가 시먼칭과 간통하고 본부本夫를 독살한 뒤에 음락淫樂에 빠져 지내다가 최후에 본남편의 아우 우쑹의 손에 멸망하고 말았다—겨우 이러한 간단한 줄거리의 사건이 변화무쌍하게 발전해서 100회의 방대한 작품을 이루었다. 내용의 큰 줄거리는 이러한 동양적인 윤리성에 뿌리박고 있다. 다만 그 과정의 남녀 간의 인간성을 너무도 대담하게 폭로적으로 묘사하였기 때문에 형식적이요 위선적인 도학자류로 하여금 음서라는 별명을 씌우게 하였던 것이다. 인간의 강렬한 본능인 성생활 문제는 영원한 예술의 정열을 태우고 있거니와 이것의 솔직하고 진실한 모습에는 점잔을 빼어야 관冠 끝이 뾰족해졌기 때문이다.

그렇지만 이 대담, 상세, 심각한 남녀의 성생활 묘사의 원서 부분에 관하여서는 역자도 또한 도학자의 설에 약간 양보해서 적당한 분칠을 하였다. 그러나 본디 에로스의 신의 나상裸像은 가벼운 면사포를 씌워서 낮에는 보고 푸른 모기장 사이로 밤에 보는 것이 도리어 매력이 있다는 점에 비추어 독자는 더욱 아깃한 흥미를 느낄 것이다.

중국의 소설 애독자와 문학 비평가는 자고로 『금병매』와 『수호전』에 『서유기』를 3대 기서라 일컬었고 여기에 『삼국지연의』를 넣어서 4대 기서라 불렀고 청나라 이

후로는『홍루몽』과『유림외사』를 합해서 6대 기서라고 하였다. 이러한 사실로써도『금병매』가 얼마나 재미있는 소설인가를 능히 짐작할 수 있을 것이다.

그런데『금병매』의 내용에서 우리는 명대 중국의 부패한 부호와 관료의 사회악, 가정 내의 처첩 간의 질투, 색과 욕에 눈이 어두워진 인간의 본연의 모습을 여실히 엿볼 수 있을 것이다. 놀라운 사실적 풍속문학이다.

그러면 이 작품의 족보를 잠깐 캐어 보기로 하자. 초본鈔本으로 유포되던『금병매』는 명나라 만력萬曆 연간 경술년(서기 1610년)에 비로소 각본刻本으로 출판되었고 원작자는 아직 판명되지 못하고 있다. 셴더푸沈德符는 그의『야획편野獲編』에서 가정嘉靖 연간(서기 1522~1566)의 진사進士 왕스전王世貞의 작품이 아니면 그의 문인門人의 작품일 거라고 추측하였다. 그러나 물론 불분명한 억측에 지나지 않는다.

현재까지 그럴듯하게 전해 내려오는 항간의 전설로서는 — 어떤 글 잘하는 사람이 자기의 사랑하는 아내를 당시의 호색 장관에게 빼앗긴 데 큰 원한을 품었었다. 그 장관은 연애소설도 또한 무척 좋아하였고 책장을 넘길 때 유달리 손가락에 침칠하는 버릇이 있었다. 아내를 빼앗긴 선비는 재미나는『금병매』를 쓰고 책장마다에 독약을 칠했다는 것이다. 독살의 소원을 풀기 위해서…….

그러나 이런 이야기도 모두『금병매』가 하도 독자를 매료하는 마력을 가졌기 때문에 후세에 생긴 일화일 것이다.

1956년 1월

번역자

제10부

# 일본문학

청일전쟁부터 태평양전쟁까지

# 경국미담

## 한성신보사

- 「경국미담(經國美談)」, 『한성신보』, 1904.10.4~11.2, 1면 · 3면(전16회, 미완)
- 야노 류케이 원작, 국한문 혼용

차편此篇은 일본 대사백大詞伯 야노 류케이矢野龍溪 씨가 거금 20년 전에 저작함이니 당시 일본 유지소장有志少壯이 인구일본人購一本하여 행음주송行吟走誦의 벽癖을 성成하더니 금일 한국 정계에 유지인사가 망신애국忘身愛國에 개선지지改善之志를 개포皆抱하였으니 차시此時에 차편을 연독演讀하매 사기 진작에 대효大效가 생生하리니 문법 평이하고 결구 웅대함은 차편 특색이요 사지士志 강개하고 경륜 탁발卓拔함은 차편 특질이니 애독을 득得하면 역자 행심幸甚이로소이다.

# 경국미담

## 일랑촌산인

- 일랑촌산인, 『경국미담(經國美談)』, 현공렴가(家), 1908.9, 64면 · 95면(전2권)
- 야노 류케이 원작, 순 한글

간관은 청설하시오. 아한我韓 국문의 편리가 한문보다 긴요하여 민지를 발달하기가 쉬우되 이왕 여염에서 성람하는 소설이 부탄 허무하여 부녀와 목동의 담소하는 자뢰資賴가 될 따름이요 지식과 경륜에는 일호 유익이 없을뿐더러 원대한 식견에 방해가 불무인 고로 백수 촌옹이 야인을 감심하고 헌헌장부가 우맹을 면치 못하니 어찌 개탄치 아니하리오. 이러므로 본인이 각국 서적을 편람하다가 제무국齊武國(－테베) 회복하던 영웅 준걸의 애국 혈성을 감동하여 『경국미담』 신소설을 번역하되 고투의 부허지설은 일절 불용하오니 구람購覽하시는 첨군자僉君子는 고인의 사적을 보아 애국심을 분발하여 일후라도 몸소 당할 지위를 생각하시오.

융희 2년(－1908) 4월

일랑촌산인 제

# 국치전

## 대한매일신보사

- 「국치전(國治傳)」, 『대한매일신보』, 1907.7.9~1908.6.9, 3면(전213회)
- 사사키 다쓰 원작

이 글을 번역한 자가 한번 탄식하여 가로되 세상에 범상한 사람의 영위를 의논하면 첫째는 높은 벼슬이요 둘째는 영화로운 명예요 셋째는 아름다운 부인으로 자기의 몸을 편안히 하고 자기의 집을 즐겁게 일생을 누리는 것이 소원이라 하는데, 국치國治 선생은 명예가 굉장하되 높은 벼슬을 구하지 아니하고 아름다운 부인으로 즐거워하나 음란치 아니하고 권력이 있어도 한 태조와 당 태종의 사업을 생각지 아니하고 자유당의 영수가 되고 대의원 의장이 되어 일편 정신과 만단 경륜이 애국성에 간절하여 부상국扶桑國(-일본) 선진당이 되었으니 어찌 칭송치 않으리오. 우리나라의 유지한 선비와 집정한 대관들도 이와 같이 애국성이 있으면 동아 세계의 흥왕한 복도를 누리리로다.

# 재봉춘

**이상협**

- 이상협, 『재봉춘(再逢春)』, 동양서원, 1912.8.15(초판), 209면; 박문서관, 1923.3.31(재판), 123면
- 와타나베 가테이 원작

## 편두단언編頭短言

『재봉춘』은 어찌한 연고로 지었는가. 선남선녀의 사적을 기록코자 함인가, 아니요. 효제충신의 도리를 설명코자 함인가, 아니요. 『재봉춘』 한 편은 현대 사회의 형편을 비추는 거울이라. 품계만 높고 지위만 귀하나 심지와 행위가 지극히 비루한 사람이 있으면 어떻게 될까. 지체만 천하고 계급만 낮으나 심지와 행위가 지극히 고상한 사람이 있으면 어떻게 될까. 현금 세상은 이러한 사람들에게 대하여 어떠한 태도를 취하며 어떠한 대우를 하는지, 인정 의리에 위배되는 바가 없으며 교제 담화에 차이한 일이 없나 천백만인 중에 부귀를 놓고 의리를 취하는 사람이 있으면 『재봉춘』의 지은 뜻을 거의 짐작할 듯.

신해(-1911)의 여름

저자는 스스로 기록함

# 일본근대시초

**주요한**

● 주요한, 「일본근대시초(日本近代詩抄)」, 『창조』 1~2, 창조사, 1919.2.1~3.20(전2회)

## 서설

최근 50년 동안 서구 문명의 영향을 받아서 일어난 새로운 일본의 문예를 주의하려 할 때는 먼저는 신체시, 뒤에는 장시라고 일컫는 형식으로 성립된 근대시를 저버릴 수 없다.

기다란 전통을 가진 '와카和歌'를 내놓고 서시西詩와 비슷한 신양식을 세우자는 뜻으로 생겨 나온 이 신체시의 처음은 메이지 15년(-1882) 4월 도야마 주잔外山丶山, 이노우에 손켄井上巽軒 등이 저작한 『신체시초新體詩抄』라는 시가집에서 나아왔다. 그 격조에 대하여서는 재래의 일본어의 기조가 되는 7·5, 5·7조로 갈 수밖에 없었다. 기후其後 연속하여 여러 가지 잡지가 생겨나면서 여기 신시의 요람시대를 지었다. 그중에도 잡지 『문학계』와 『국민의 벗』 등에 있던 몇몇 시인을 꼽을 수가 있다. 연속하여 메이지 30년(-1897)에 『문학계』의 동인이던 시마자키 도손島崎藤村 씨의 『와카나슈若菜集』이 나면서 시단은 요람시대에서 떠나 작으나마나 한낱 완성으로 나아왔다고 할 수 있다.

보는 사람 따라서 여러 가지로 구분할 수는 있으나 지금 대강 메이지 급及 다이쇼의 시단을 나누면 전반은 로맨티시즘(낭만주의) 시대요 후반은 심벌리즘(상징주의) 시대라 할 수 있다. 최근에 지至하여서는 더욱 복잡한 요소를 더하여 또 한 번 새로운 경향을 낳으려 하나 아직 그 와중에 있으므로 명확히 판단할 수 없을 것은 정한 이치라.

지금 이 3단에 나누어 명작가를 중심 잡아 간단히 소개코자 하는 것은 방금 조선에서도 새로운 노래가 일어나려는 때에 결코 뜻 없는 일은 아닐 듯하다.

### 로맨티시즘 시대

일본 민요의 완성자라고 일컫는 시마자키 도손 씨가 시단에 나오기 전후하여—시단의 요람시대라 칭할 시대를 합하여—여러 작가가 나온 중 먼저는 요시노 뎃칸與謝野鐵幹, 가와이 스이메이河井醉茗, 뒤에는 도이 반스이土井晩翠, 히라키 하쿠세이平木白星, 요코세 야우橫瀨夜雨 제씨의 시는 그 명성상으로 가치로나 다 상당한 지위를 얻었었다고 할 수 있다.

물론 이 제씨 전에도 나카니시 바이카中西梅花, 기타무라 도코쿠北村透谷, 구니기다 돗포國木田獨步(이 사람은 후에 소설단의 자연주의의 선구가 되었다), 기타 마쓰오카 구니오松岡國男 등이 있었으나 이들의 작품은 거의 도손 씨의 예술 속에 포함되었다 하여도 무방하다.

이와 같이 하여 도손 씨로 말미암아 체體를 이룬 신체시는 뎃칸, 스이메이, 반스이 등 제씨를 지나 스스키다 규킨薄田泣菫 씨에 이르러 완전한 발달을 하였다. 씨의 시집 『가는 봄』을 칭찬하여 "아세아 처음으로 노래를 들었도다"라 한 뎃칸 씨의 말로 보아도 분명하다. 그러므로 일본 시단의 로맨티시즘 시대를 보려면 초기에는 도손 씨, 후기에는 규킨 씨의 작품을 보면 된다. 씨와 동시에 나아온 간바라 아리아케蒲原有明, 이와노 호메이巖野泡鳴 씨도 처음에는 낭만주의로 시작하였으나 뒤에 다른 요소를 가하여 심벌리즘으로 변한 고로 다음 시대로 넣는 것이 옳은 듯하다.

### 로맨틱 심벌리즘(낭만적 상징주의)

나는 먼저 간바라 아리아케 씨와 이와노 호메이 씨를 일면의 심벌리즘의 대표자로 들었지마는 물론 이들의 본질적 표현은(시대의 관계도 있었겠거니와) 단순한 로맨티시즘이었다. 다만 후년에 이르러 어떤 정도까지 심벌리즘에 통한 태도를 가진 것에 지나지 못하였으므로 여기 소개하는 것은 대개 낭만적 시구를 담은 것이 많다.

그러던 중 메이지 38년(-1905) 이래로 이 신시단의 혁명 시대가 이르렀다. 우에다 빈上田敏 씨의 불란서 상징시의 소개로(번역시집 『해조음(海潮音)』) 시작하여 시(특별히 상징시)에 관한 논설이 많으며 시집의 출판도 그 수효로만 보아도 대단한 수에 이르렀더라. 상징시의 이름이 나타난 것은 이때가 시작이다.

메이지 41년(-1908)에 기타하라 하쿠슈北原白秋 씨는 유명한 시집 『자슈몬邪宗門』을 냈다. "시단의 선진과 후진 사이에 한 구별을 지었다" 하는 이 시집의 가치는 전수이 프레시한 낭만적 관능주의에 있었다. 그리하고 그 관능적인 요소만이라도 분명히 상징파의 영향이 있을 것이다. 또 씨의 소곡집小曲集 『오모이데追憶』가 도손 씨의 『약채집』 이후의 명성을 취한 것도 주의할 만한 사건이다.

하쿠슈 씨와 동시에 처음에는 정서적으로 우수한 시구를 가지고 시단에 나아와 일종 유현幽玄한 심벌리즘을 연 이는 미키 로후三木露風 씨다. 근래에 와서 그의 「환영幻影의 전원」은 일시 공격의 표적이 되었으나 공평한 눈으로 볼 때는 그의 걸어온 길은 결코 의미 없는 것이 아닌 줄 안다.

# 일본 시단의 2대 경향

**황석우**

● 황석우, 「일본 시단의 2대 경향」, 『폐허』 1, 폐허사, 1920.7.25, 76~95면

● 부(附) 사상주의(寫像主義)

일본 시단의 주조는 일언으로 말하면 물론 구어시의 자유시 운동이라 하겠다. 그러나 이 주조 안에는 미키 로후三木露風, 히나쓰 고노스케日夏耿之助를 비롯하여 야나기자와 켄柳澤健, 사이조 야소西條八十, 기타무라 하쓰오北村初雄의 여러 청년 시인의 손에 의하여 인도되는 상징주의 운동과 또는 차此에 반항하여 일어난 후쿠다 마사오福田正夫, 도미타 사이카富田碎花, 가토 가즈오加藤一夫, 시라토리 세이고白鳥省吾 등의 민중시가民衆詩歌 운동의 두 큰 경향이 있다. 나는 이것에 취就하여 나의 아는 바의 일단을 간단히 베풀어 보려 한다. 그러나 나는 불행히 이것들 소개에 공供할 만한 재료에 관한 서적 등을 원방遠方에 두었으므로 평소에 마음먹었던 것같이 되지 못함을 유감으로 안다.

## 일본 상징주의의 시가에 취就하여

일본의 상징주의의 시가는 『해조음』의 저자 고 우에다 빈上田敏 박사와 및 고 이와노 호메이巖野泡鳴, 간바라 아리아케蒲原有明 등 작자의 손을 거쳐 미키 로후에게 의하여 비로소 완성된 자이니 일본에 상징주의의 시가 생김은 겨우 십수 년 전의 일일다. 일본에서 처음으로 이것을 소개한 이는 우에다 빈 씨이니 그 저著 『해조음』은 곧 일본 문단에 이태리, 영길리英吉利(－잉글랜드), 독일, 불란서 등 서구 상징시를 소개한 그 효시일다. 서구의 상징 예술의 소개에 취하여는 이와노 호메이 씨의 공적

도 적다 할 수 없다. 호메이 씨의 작으로는 『석조夕潮』, 『비련애가悲戀哀歌』, 『암闇의 배반杯盤』, 『호메이집泡鳴集』, 기타 『가이호기시海堡技師』(시극) 등의 시집이 있다. 그런 중 『암의 배반』과 같은 것은 씨의 대표작, 그 가장 상징적 요소가 풍부한 작이라 하겠다. 실로 시인으로의 호메이는 일본 상징시사象徵詩史의 유력한 지위를 점령한 사람이라 하겠다.

간바라 아리아케는 로세티의 감화를 받아 불란서 상징시에 배워 처음으로 일본에 상징주의의 전문적 기치를 세운 사람이니 씨는 실로 일본 상징시의 제1기 대표 시인이라 할 수 있다. 씨의 작에는 『독현애가獨絃哀歌』, 『춘조집春鳥集』, 『아리아케집有明集』 등의 시집이 있다.

미키 로후 씨는 아리아케 씨의 후에 일어난 시인으로서 일시 관능파 시인의 두목 기타하라 하쿠슈北原白秋 씨와 일본 시단 이二 대가라 병칭竝稱되던 사람이니 일본 신시단의 전 시사詩史의 위로부터 씨의 지위를 찾을진댄 씨는 일본 시단의 제3기 대표 시인이라 하겠고, 또는 상징시의 위로 보면 제2기의 대표 시인이라 하겠다. 씨의 작에는 『폐원廢園』, 『고적한 새벽』, 『흰 손의 엽인獵人』, 『환幻의 전원田園』, 『양심』, 『자화상』, 또는 『폐원』과 『고적한 새벽』을 합한 『로후집露風集』이 있다. 씨의 이 여러 시집 중 『흰 손의 엽인』, 『환의 전원』과 같은 것은 씨의 그 가장 심수深邃, 유현幽玄한 상징 시경詩境을 대표한 작일다. 차此에 별로 『로후 시화露風詩話』란 저著가 있다

씨는 원래 미래사未來社의 두목으로서 다수한 제자를 가졌었다. 그러나 지금은 시작을 멈추고 흔히 동요의 작과 이삼 문학잡지의 모집 시선詩選에 힘써 있다. 씨의 문하로부터는 이미 많은 유재有才의 시인을 내어 있다. 그중 가장 장징鏘鏘한 사람은 근경近頃 불란서 양행설洋行說이 있는 『시왕詩王』 동인 야나기자와 켄과 기타무라 하쓰오와 시모다 시코霜田史光 등 제군일다. 이들은 현금 일본 상징시단—그전 시단에 엄신여기지 못할 세력과 지위를 점령하여 있다.

또 차외此外에 오카자키 기도岡崎綺堂에게 일시日詩 상징시의 제3기 대표 시인이라

고 어느 때 『제국문학』에 소개된 히나쓰 고노스케, 하기와라 사쿠타로萩原朔太郎의 두 대립물이 있다.

히나쓰 고노스케는 원元 『가면』, 『시인』 등의 주재자로서 시집 『전신轉身의 송頌』을 가졌다. 씨는 현재 일본 시단에서 드물게 보는 무서울 만큼 한 고답적, 귀족적, 고전적인 경건한, 강한 혼의 소유자일다. 씨가 『전신의 송』을 냄에 급及하여 하기와라 사쿠타로는 씨를 "일본 처음의 진眞 상징 시인"이라고 찬상하였다. 산구 마코토山宮允 씨도 씨의 『전신의 송』을 구각口角에 거품을 세워 칭찬하였다. 씨의 저著 『시문 연구』 중에도 씨의 시에 대한 비평이 들어 있다.

하기와라 사쿠타로는 미키 로후 씨의 공격자로 일시 일본 시단에 용명勇名을 떨치던 인人이니 씨의 작에는 『달을 짖는다』라는 시집과 『시의 원리』와 미키 로후 공격 논문 등이 있다.

씨는 일시 미키 로후 씨 파의 예술을 맹렬히 공격하였었다. 당시 누구치 요네지로野口米次郎, 무로 사이세이室生犀星 등으로 하여금 말하게 하면 씨를 혹은 일본의 대천재라고 하였을는지 모르겠다. 그러나 그 당시 씨의 시상詩想과 감각이 비교적 새롭고 예준銳雋하였달 뿐이요 그 시경詩境이라든지 기교는 로후 씨에게 수백 층이나 떨어져 있었다. 상징주의란 무엇이냐. 상징주의에 취就하여는 우리 문단에서도 이삼의 인人이 이것을 소개한 일이 있었다. 그러나 그는 모두 한 단편적 소개에 불과하였다. 일본에서도 아직 그 주의, 곧 상징 예술에 속한 기개幾個 인을 제한 외에는 이것에 대한 정당한 이해를 가진 사람이 태殆히 없다 하여도 가하다. 제일 이것에 관한 학자의 연구품은 고사하고 그 소위 전문 시인의 논문조차도 몇 개가 아니 된다. 우리는 이것이 일본 유식 계급에게 얼마큼 등한시되어 있느냐는 것을 보더라도 이것이 얼마큼 난해의 초동양적의 고급 예술 됨을 미루어 알겠다. 조선인으로서 아직 이것을 모른다는 것을 그다지 허물 잡을 일이 되지 못한다.

일본 시단에서도 이것이 수입된 지 10 유여 년에 이것에 관한 연구로서는 겨우

『로후 시화』와 가와지 류코川路柳虹, 산구 마코토 등의 이삼의 논문이 있을 뿐일다. 그러나 『로후 시화』는 상징시화象徵詩話 되기에는 너무 단편적이므로 그 안으로서는 이것이라고 끌어낼 자가 없다.

그러나 이 3인 중에는 이것에 취하여 가장 학술적, 비교적 완전한 연구를 가진 이는 산구 마코토 씨라 하겠다. 씨는 원래 미라이샤 동인으로 시가, 특히 애란(-아일랜드) 시가의 전공자로 상징주의 연구에 조예가 자못 깊은 인사일다. 씨의 저역물著譯物에는 『현대 영시선』, 예이츠의 『선악의 관념』, 『시문 연구』 등이 있고 시의 창작품으로는 많아야 10편 내외가 되겠다. 이 시에 취하여는 피彼 우에다 빈 씨와 혹사酷似하다. 그러므로 씨를 시인이라기보다 시가학자 혹은 시가 감상가라 함이 씨에게 대한 존칭이겠다.

그런데 씨는 상징주의에 취하여 그 저著 『시문 연구』 중에 좌左와 같이 해설하여 있다.

상징주의는 서구의 소단騷壇에 발원한 자로서 일부 인사에게 의하여 아국 문단에 소개된 근대 상징주의를 이름이니 차此에는 광협廣狹 이의二義가 있다.

**1. 광의의 상징주의**

광의의 상징주의는 이것을 지적 상징주의와 정서적 상징주의와에 대별할 수 있다.

그런데 지적 상징주의를 2종에 분分하여 일一은 관념 또는 사상뿐을 환기하는 지적 상징주의로, 일一은 관념 또는 사상, 공히 정서를 환기하는 정서적 지적 상징주의로 할 수 있다. 우리가 단單히 상징주의라 부르는 근대 상징주의는 특히 이 '정서적 상징주의' 급及 '정서적 지적 상징주의'를 가리킴일다.

(1) 지적 상징주의

지적 상징주의는 지적 상징과 또는 지적 상징의 결합에 의하여 어느 관념, 사상을 표시하는 상징주의이니 풍유, 우화, 비화譬話 등은 다 이 지적 상징주의에 속한 자일다. 불란서 상징주의의 생기生起 이전, 곧 근대 상징주의의 발생 이전에 재在하여 이것이 그 주요한 상징주의이었다.

근대 상징주의는 왕왕 이 지적 상징주의와 혼동된다. 상징주의를 기교적이라고 배척하는 사람들, 또는 상징 작품을 지적 작위의 소산이므로 특수한 지식으로써 하지 않으면 이해키 어렵다고 이것을 기피하는 사람들은 대개 근대 상징주의를 풍유, 우화, 내지 비화 등의 지적 상징주의와 혼동하였다. 그러나 양자는 명백히 구별치 않으면 안 된다. 윌리엄 블레이크는 양자의 구별을 창도한 근대 최초의 작가이었다. 피彼의 소위 '환幻' 또는 상상은 예이츠Yeats의 포연布衍하여 있음같이 필경 오등의 상징주의와 동일물일다. 피彼는 차此를 차次와 같이 말하였다. '환幻' 즉 상상은 현실에 변함없이 사실 존재하는 자의 표시일다. 우화와 풍유는 "기억의 낭娘으로부터 낳는 자일다." 예이츠도 회화의 상징이라 제題한 논문 「선악의 관념」에 독일의 어느 상징 화가의 말을 끌어 양자의 별別을 명백히 하여 있다. 왈, "상징주의는 다른 방법에 의하여는 도저 완전히 표현함을 얻지 못하는 사물을 표현하고 이것을 이해함에는 상당한 본능을 요할 뿐일다. 그런데 풍유의 표현하는 사물은 다른 방법에 의함과 동양同樣, 또는 그 이상 표현함을 얻고 이것을 이해함에는 상당한 지식을 요함." "상징주의는 실로 어느 불가견의 본질의 유일의 가능한 표현, 정신의 불꽃의 주위의 투명한 램프일다. 그런데 풍유는 구체물 혹은 인人의 숙지하는 원리의 종종種種 가능한 표시의 일一로서 공상이나 상상은 아닐다. 일一은 계시다. 일一은 오락이다." 우又 왈, "상징은 그 환기하는 정서가 지知의 위에 던진 음영의 단편 이상의 관념과 연결하면 풍유 작가, 또는 현학가의 완구가 되어 곧 멸망할 자일다." 이들의 말은 지적 상징주의의 성질을 가장 명확히 설명한 자이나 다시 더 엄밀한 과학적의 말로

양자의 성질을 예거하여 볼진댄 지적 상징주의는

1) 지知 또는 공상의 소산인 것.
1) 항상 내용으로 하는 관념 우又는 사상이 있고 작품의 형식은 그 부첩符牒됨에 불과함.
1) 형식과 내용 되는 관념 우又는 사상과는 항상 밝게 분리됨.
1) 내용이 항상 주가 되고 형식은 항상 경미의 의미를 유有함에 불과하고 구상성具象性에 핍乏함.
1) 내용이 되는 관념 사상을 파악하는 때문에 감상에 제際하여 심미적 향락을 방妨하는 지知, 의지의 활동을 요함.
1) 예술적 표현으로서 심미성 급 필연성에 핍하여 순일純一, 적확한 본질적 표현이라 함이 불능함.

이들의 성질은 '지적 상징주의'의 작품, 예컨대 『이소부伊蘇夫-이솝의 우화』, 『토兎와 귀龜의 이야기』, 『핫켄덴八犬傳』, 『마자의 환幻』, 『천로역정』 등에 취하여 이것을 알 수 있다. 스펜서의 『신여왕神女王』도 지적 상징주의적 대서사시로 그 안의 수소隨所에 산 서술이 있음에 불구하고 그 풍유적 결구結構는 현저히 전편의 심미적 가치를 상傷하여 있다.

### (2) 정서적, 지적 상징주의

정서적 지적 상징주의는 어느 관념, 사상, 상징 또는 일군의 상징에 의하여 표시하는 점에 재在하여 지적 상징주의와 동일하다. 그러나 구상성에 부富하고 차次에 베푸는 '정서적 상징주의'와 함께 본질적 되는 예술적 표현인 점에 재在하여 '지적 상징주의'와는 다르다. 앞 말과 같이 '정서적 지적 상징주의'에 재在하여도 관념과 사상을 표시하나 이것을 표시하는 상징, 곧 형식은 단순한 부첩 이상의 중요한 의미를 가져 있다. 또 '지적 상징주의'에 재在함과 같이 그 작품의 형식과 내용을 명료히 구별키 어렵고 양자 혼융渾融한 일체를 이루어 감상자에게 허하는 자일다. 내용 즉 형식, 형식 즉 내용, 양자 서로 떠나지 못할 관계에 있다. 따라서 그 내용 되는 관념과 사상은 왕왕 불확정하여 명료를 결缺하여 있다. 고대의 위대한 예술 작품에는 이 '정서적 지적 상징주의'의 예가 많이 있다. 예컨댄 셰익스피어의 『햄릿』, 『리어왕』, 괴테의 『파우스트』, 단테의 『신곡』, 근대문학으로는 입센, 마테를링크, 단눈치오 등의 극 급及 소설의 대부분은 '정서적 지적 상징주의'의 작품일다. 곧 『햄릿』은 박행한 정말丁抹-덴마크 왕자의 묘사인 동시에 일반의 철학적 성격을 상징하고, 『리어왕』은 요계澆季의 세世에 깃든 왕의 역사인 동시에 시인적 성격을 상징하여 있고, 또 『파우스트』는 석학 파우스트의 역사 되는 동시에 인간의 고민으로 해탈에 이르기까지의 상징이며, 『신곡』에 쓴 삼계三界는 다만 중세의 기독교 사상의 재현에 그치지 아니하고 갱更히 인생의 제상諸相의 상징으로서 보편적 의미를 가져 있다. 보통 사회극이라고 불러 있는 입센의 희곡, 예이츠의 신화 전설에서 취재한 신비적 상징극, 단눈치오의 소설도 다 표현된 사실이 단순한 사실에 그치지 아니하고 갱更히 광범, 심각한 보통적인 어느 것을 암시한다. 차종此種의 예술 작품은 벌써 단순한 현실계의 진실이 아니고 창조며 산 힘이고 우리에게 다대의 감동을 주는 자일다.

**2. 협의의 상징주의**

(3) 정서적 상징주의

이것은 음, 형, 색, 향, 미의 상징에 의하여 어느 종의 정서, 기분을 환기하는 자일다. 이와 동일 또는 근사한 심적 상태를 환기하는 상징 우又는 상징의 결합에 의하여 어느 심적 상태를 표시하는 바의 상징주의일다. 이 상징주의는 정서를 환기하는 미래의 성질로부터 시가에 쓰이어 있다. 말라르메, 베를렌, 마테를링크 등 불란서,

백이의白耳義(-벨기에)의 상징 시인의 작품은 대개 정서적 상징주의의 작품일다.

이 상징주의는 정서적 지적 상징주의 공히 근대 상징주의의 본질을 형성한 자일다. 지금 우리가 상징주의라고 불러 있는 근대 상징주의의 성질을 예거하건댄 차次와 같다.

1) 인人 또는 상상의 소산일다. 단 이에 상상이란 것을 통찰, 이상주의, 환각 등 온갖 자연주의, 논리적 논의, 물질주의, 구체적, 과학적 사실에 반하는 자.

1) 내용으로 하는 관념, 사상, 정서, 기분 급 형식은 동양同様의 가치를 유有함.

1) 형식과 내용이 분리되어 있지 아니하고 이자二者 혼융한 이체二體를 이르러 있는 것.

1) 구상성에 부富함.

1) 형식과 내용과는 혼융한 일체를 짓고 구상성에 부하여 있음으로써 '지적 상징주의'에 재在함과 같이 감상에 제際하여 심미적 향락을 방妨하는 지知, 또는 의지의 활동을 요치 않는 것.

1) 예술적 표현으로서 가장 심미성 급 필연성에 부하며 사물의 순일, 적확한 본질적 표현인 것.

상기 3종의 상징주의의 관계는 반드시 제외적이 아니고 상관적 됨을 얻는다. 곧 한 작품의 안에는 시등是等 3종의 상징주의가 둘 이상 병존하여 있는 경우가 있다. 또 문학사상에 재在하여는 특히 피彼 불란서 퇴당파頹唐派 시인의 창시에 계係한 정서 기분의 상징을 목적으로 한 정서적 상징주의를 가리켜 상징주의라 한다. 우리는 이것에 '지적 정서적 상징주의'를 가하여 다시 광의의 상징주의를 주장한다.

문학상의 상징주의 운동은 앞서 말함과 같은 정서적 상징주의에 의한 불란서 퇴당파 시인에게 의하여 창시된 자일다. 그러나 이 운동은 전 구주歐洲에 파급하여 나위那威(-노르웨이)의 입센, 이태리의 단눈치오, 포도아葡萄牙(-포르투갈)의 에우제니우 데 카스트루의 일파, 서반아西班牙(-에스파냐)의 시백詩伯 캄포아모르, 영길리의 예이츠, 러셀, 시먼스, 기타 노서아露西亞(-러시아), 독일, 화란和蘭(-네덜란드), 백이의 등의 많은 작가에 영향을 여與하고 갱更히 최근의 회화 조각 등의 조형 미술도 그 영향을 몽蒙하고 상징주의의 종종種種 복잡한 양식이 생生하여 왔다. 그러나 종종잡다의 양식이 있으나 상징주의의 작품은 모두 그 본질적, 정신적 되는 점에 일치하여 있다. 상징주의는 흥체적興體的 재료의 상징적 처치에 의하여 본질을 암시하고 '천국과 지옥의 결혼' 곧 영육 합치의 대환희경을 체현코자 하는 노력일다. 블레이크의 소위 사립砂粒의 안에 세계를 보며 야화野花의 안에 천국을 보며 장중掌中에 무한을 쥐며 일시의 안에 영겁을 쥐는 상상적 예술, 본질적 예술이야말로 우리의 지지코자 하는 상징주의의 예술일다.

사실주의와 자연주의가 항상 객관을 중요시함에 반하여 상징주의는 현저히 주관적일다. 호프만 스탈이 그 시사詩社의 강령에 재在하여 '정신적 예술'을 창도한 것이나 시먼스가 문학상의 상징주의에 취하여 "문학을 영화靈化코자 하는 노력"이라 한 것이나 예이츠가 본질의 유일의 가능한 표현 정신의 불꽃의 주위의 투명한 램프 혹 '계시'라 한 것이 모두 상징주의의 주관적 요소를 지시, 역설한 자에 불외不外하다. 이 의미에 재在하여 상징주의는 또한 이것을 주관주의, 정신주의라 볼 수 있다.

이것이 씨의 상징주의에 대한 해설의 일단일다. 우리는 이것에 의하여 다소일망정 상징주의의 무엇 됨을 알게 되었다. 그러나 일본 상징시는 어떠한 자인가. 나는 이에 일본의 상징시의 이삼을 들어 제군의 음미에 공供하려 한다.

## 암영

**진학문**

- 진학문, 「'소(小)' 의 암영(暗影)」, 『동아일보』, 1922.1.2~4.14, 1면(전93회)
- 진학문, 『암영』, 동양서원, 1923.1.30, 237면
- 후타바테이 시메이 원작

번역이냐 하면 완전한 번역도 아니요 그러면 창작이냐 하면 물론 창작도 아니다. 밥도 아니요 떡도 아닌 속칭 버무리. 밥데기가 보면 비웃겠고 떡 장수가 보면 노하겠으나 아직 비웃음을 받거나 노함을 받을 만한 자격도 없는 초대初對.

필자

어떻게 보면 인생이 그대로 예술이다. 아무 기구도 빌릴 것 없고 특별한 표현도 필요한 것 아니다. 그러나 예술을 예술 그대로 버려두지 아니하고 각개의 생활미로 향수코자 하면 그것을 관념화하며 형식화하지 않을 수 없다. 이래서 시간적으로는 절실한 재현이 요구되고 공간적으로는 교묘한 축약이 요구되어 아무리 무기교無技巧, 불기교不技巧라 하면서도 언제 무엇으로든지 거기 상응하는 최승最勝한 기교를 찾게 되는 것이다. 일 복건에 섭수攝收된 수 행 선線, 수 점 묵墨이 왕왕이 천연의 대조화보다 더 사람을 황홀과 장엄의 경역境域으로 이끌어 들임은 누구든지 체험하여 아는 바이다. 예술 없이도 풍윤豊潤한 생활미를 누릴 수 있다면 모르거니와—미를 제외하고도 우리의 생활상이 원구圓具 충족할 수 있다면 모르거니와 진실로 오붓하고 훗훗하고 포근포근한 바탕으로써 당래하는 신문화의 부득불 비구備具할 일대 조건을 삼는다 하면 사계斯界의 개척과 사예斯藝의 수련을 어찌 힘쓰지 아니할까 보냐. 인생 급及 사회의 종합적 표현인 바에 그 미상묘호美相妙好가 하루바삐 우리에게 현전現前되기를 옹축顒祝하지 않을까 보냐. 높은 솜씨와 뛰어난 재주가 하나라도 많이 이 방면에 현출되기를 교망翹望치 않을까 보냐. 순성瞬星 진 군은 특별히 이 방면의 일로써 다대한 기대를 세간에 받아 오거니와 나는 그하고 여택상자麗澤相資의 기회를 남달리 많이 가진 만큼 우수한 그 품질稟質과 초이超異한 그 성의에 대하여 보고 알고 믿는 바가 여타자별한 것이 있던 터이다. 날지 않으면 모르고 울지 않으면 모르지마는 한번 움직이면 반드시 경인충천驚人沖天의 개槩가 있을 줄을 심허心許하고 하루바삐 그날이 오기를 기다리던 터이다. 이제 이 소편小編으로 말하면 온통이 그 독도獨到한 경계를 개현開現한 것도 아니요 또 토끼는 토끼지마는 사자의 전력을 발용發用한 것도 아니니까 너무 과정過情한 말로써 송양頌揚함은 도리어 그 본의가 아닐 것이다. 그러나 인정의 기미機微에 대하여 그 예리한 적발摘拔力과 심리의 개부開敷에 대하여 그 섬실纖悉한 묘사능描寫能은 운간雲間의 편린처럼 그의 초매超邁한 기량을 십분 상견想見케 하는 것이 있다. 이만한 떡잎이 다른 날 능소凌霄의 교목喬木이 되면 그 그늘

이 얼마나 넓고 그 열매가 어떻게 살질 것을 아무든지 얼른 염급念及하게 하는 것이 있다. 조선 생활의 정미情味와 조선심의 맥동이 어떻게 많이 그의 심장心匠과 수법을 말미암아 광대光大하게 표현될는지 시방까지의 기대도 결코 도이徒爾가 아닌 줄을 알 것이다. 예술 중심의 조선 건설이 얼마만한 신뢰를 그에게 촉루囑累할지라도 바이 헛노릇 되지 아니할 것을 추단推斷할 듯하다. 바라건대 이 1편이 신조선 급 조선인의 생활 중심인 예술당藝術堂에 광색光色 있는 요석要石이 되소서.

1923년 1월 22일

동명사東明社에서

가장 신애信愛하는 한샘(–최남선)

# 도련님

**저녁별**

- 저녁별, 「도련님」, 『매일신보』, 1925.8.30~1926.2.14, 3면(전17회)
- 나쓰메 소세키 원작

바른대로 말하면 창작은 아니요 그렇다고 번역도 아니다. 그러면 무엇인가? 번역은 번역인데 조금 부족한 곳은 보충도 하고 군더더기는 잘라 버리기도 했다. 쉽게 말하면 번안과 같은 것일까? 아무렇든지 밥장수가 보면 울 만하고 죽 장수가 보면 기막힐 만한 것이다.

저자

# 여등의 배후로서

이익상

● 이익상, 「여등(汝等)의 배후(背後)로서」, 『매일신보』, 1924.6.27~11.8, 1면(전124회)

● 나카니시 이노스케 원작

## 변언弁言

이 소설의 원작자 나카니시 이노스케中西伊之助 군은 현금 일본 문단의 신진으로서 프로 작가의 중진이외다.

절深切하였었음이다. 군의 예술은 시달리어 무기력한 민중에게서 받은바 의분과 정열 가운데에서 자라났다 할 수 있습니다. 그의 출세작 『赭土に芽ぐむもの』(－붉은 땅에 싹트는 것)를 읽더라도 그것을 누구든지 곧 느낄 것이외다. 그의 작품의 전편을 통하여 유로流露되는 것은 열정이외다. 이 정열은 곧 군의 작품의 생명이외다. 지금에 역재譯載하려는 『汝等の背後より』(－너희들의 배후에서)도 전혀 조선에서 취재한 것으로 작중에 나오는 인물과 지방도 다 조선이외다. 지방색이 농후한 작품이외다. 역자가 특히 이 작품을 택한 것도 '조선'이라는 것이 그들의 눈에 어떻게 비치었으며 우리가 말하고자 하는 것을 나카니시中西 군이 어떻게 말한 것을 소개하고자 함이외다. 그리하여 역자는 금년 초에 나카니시 군에게 해석解釋을 걸乞하였더니 군은 자기의 작품이 해석되어 조선 동포에게 읽게 됨에는 크게 흔희欣喜한다고 만족히 여기는 뜻으로 쾌락快諾이 왔습니다. 그리하여 『여등의 배후로서』란 작품의 번역이 비로소 금일에 나오게 된 것이외다.

역자 지識

# 여등의 배후에서

이익상

● 이익상, 『여등(汝等)의 배후(背後)에서』, 문예운동사, 1926.7.23(초판); 건설사, 1930.2.25(재판), 268면
● 이익상, 『여등의 배후』, 해방사, 1931(3판)
● 나카니시 이노스케 원작

## 원저자의 말

이익상 군이 나의 『汝等の背後より』(-너희들의 배후에서)를 조선문으로 번역하고 싶다고 전한 편지를 나에게 보낸 것은 꽤 전의 일이었다.

나는 이익상 군의 편지를 보고 나서 곧 쾌락快諾의 뜻을 전했다. 그리고 나는 내 저작이 조선문으로 번역된다는 것을 마음으로부터 기쁘게 생각했다.

자신의 저작을 발표했을 때 그것이 마땅히 많은 사람들에게 읽힐 수 있기를 희망하는 것은 매우 당연하다. 그것에는 타국어로 번역되는 것이 가장 좋다.

내가 전에는 『赭土に芽ぐむもの』(-붉은 땅에 싹트는 것)를 다시 쓸 때 그 자매편으로 『汝等の背後より』를 쓴 것은 이 저작을 통해서 인류 해방의 하나의 전선을 지지하고 싶었기 때문이었다. 그래서 거기에는 모든 나라, 모든 민족의 말로 변역되는 것을 요구한다.

특히 나는 이 저작이 조선어로 번역되어 조선 민족의 손으로 친히 읽힌다는 사실은 이 저작의 중요한 목적 가운데 하나다. 왜냐하면 이 저작은 그 제재를 친근한 조선의 시대에서 취했기 때문이다. 또한 이 저작을 통해 무엇보다도 조선 민족에게 호소하고 싶기 때문이다.

내가 조선어에 능통하지 않아 이 군의 번역이 얼마나 정교하게 표현했는지 알 수 없다는 사실이 유감이다. 하지만 이 군은 조선 문단의 유수한 작가이고 또한 일본

에 오래 유학하여 일본어에는 깊은 조예가 있는 고로 나는 이 번역이 필시 완전하다는 사실을 믿고 있다. 그리고 동同 군이 양 민족을 위한 큰 노력을 감사하고 싶다.

이 작품이 나의 사랑하는 선문鮮文으로 번역되어 가두에 나올 때 나의 기쁨은 어떠한 것인가를 생각할 때 나는 나의 피가 뛰는 것을 느낀다.

1925년 8월 18일

경성에서의 강연회에 출석하여

나카니시 이노스케中西伊之助

## 번역자의 말

이 소설의 원저자 나카니시 이노스케 군은 현금 일본 문단의 유수한 작가이외다.

군은 일찍이 조선에 오랫동안 있어 조선을 사랑함이 누구에게든지 뒤지지 아니할 만하게 깊고 간절합니다. 군의 예술은 시달린 아무 기력 없는 민중에게서 느낀 바 의분과 열정 가운데에서 자라난 것이라고도 할 수 있습니다. 그의 작품 『赭土に芽ぐむもの』를 읽어 보아도 그것을 누구든지 곧 느낄 것이외다. 그의 작품 전체를 통하여 흘러나오는 것은 열정이외다. 이 열정은 군의 작품의 생명이외다.

지금에 이 『汝等の背後より』란 소설에서도 넉넉히 그것을 볼 수 있습니다. 작품 가운데에 나타나는 인물과 지방도 조선에서 취재한 것이외다. 지방색이 농후한 작품이외다. 역자가 특별히 이 작품을 선택한 것은 조선이란 것이 그들의 눈에 어떻게 비치었으며 우리가 말하고자 하는 것을 나카니시 군이 어떻게 말한 것을 소개하고자 함이외다.

그리하여 나카니시 군의 허락을 얻은 후에 신문에 연재한 일도 있었으나 그것은 선한문鮮漢文을 섞은 까닭에 일반이 읽지 못할 듯하여 순 언문으로 다시 번역하게 된 것이외다.

# 열풍

**이익상**

● 이익상, 「열풍」, 『조선일보』, 1926.2.3~12.21, 3면(전311회)

● 나카니시 이노스케 원작, 노수현 삽화

좋은 문예는 가장 민족적인 동시에 세계적이며 세계적인 동시에 또한 민족적입니다. 재래로 신문소설이라 하면 곧 흥미만을 중심으로 한 저급소설을 의미하게 되었습니다. 그러나 시세는 점점 진보되어 일반 민중의 예술 감상안이 향상함을 따라 흥미만으로는 만족하지 않고 흥미 이상의 무엇을 읽는 가운데에서 요구하게 되었습니다. 따라서 신문소설도 전날보다 그 레벨이 훨씬 올랐습니다. 금번에 본지에 연재할 『열풍』은 이러한 요구를 만족게 할 수 있는 작품입니다. 작자 나카니시 이노스케中西伊之助 씨가 작년 여름에 조선에 왔을 때에 여러 가지를 느낀 바가 있어 특별히 조선을 사랑하는 표적으로 장편 창작 한 편을 본지에 발표하게 된 것입니다. 나카니시 군의 예술은 조선의 시달린 생활을 직면하는 데에서 자라났다고 할 수 있습니다. 그는 그만큼 조선 민중과 친함을 가지고 있는 까닭에 금번에도 이 작품을 특별히 조선 민중에게 한 선물로 바친 것이라 합니다. 우리는 이 작품이 우리들의 흥미를 돋울 뿐 아니라 흥미 이상 구하는 인간의 참 감격을 이 작품에서 얻을 줄 믿습니다.

## 작자의 말

『열풍』은 인도 민족 운동의 일부분 장면을 그리어 낸 것입니다. 그러므로 이것을 역사소설이라 하여도 좋겠습니다. 그러나 역사소설도 아닙니다. 이 작품 가운데에는 작자의 각색도 있고 공상도 있습니다. '힌두 스와라지'란 말은 학대받은 인도 민족이 가진 다만 하나의 이상 정신입니다. 그들은 이 이상 정신 아래에 비장한 싸움을 계속하는 중입니다. 『열풍』이란 작품은 이 이상 정신 아래에 활동하는 새로운 청년 남녀와 영길리英吉利(-잉글랜드)의 지배 정신에서 나온 교육을 받아 양성된 자각이 없는 청년 남녀의 비절 애절한 연애적 비극을 묘사하려 한 것입니다. 멸망할 것과 살아야 할 것의 필연한 운명을 그리어 내려 합니다. 나는 이 1편을 조선의 청년 남녀 제군에게 드리게 된 영광을 감사하게 생각하는 바입니다.

## 불꽃

**이상수**

● 이상수, 「불꽃」, 『매일신보』, 1923.12.5~1924.4.5, 4면(전118회)

● 기쿠치 칸 원작, 안석영 삽화

지금까지 본지 4면에 연재하여 만천하 독자에게 좋은 평판을 받던 『요청산遙靑山』은 불일내 끝나게 되었으므로 그 뒤를 계속하여 이극성 씨의 작 『불꽃』이라는 장편소설을 올리려 합니다. 이 소설은 노동 계급과 자본 계급과의 충돌로 인하여 열렬한 불꽃을 일으키는 소설로 노동 계급의 심리를 심각하게 묘사한 구절에 맥이 뛰고 피가 흐르는 작품입니다. 모든 내용은 종차로 읽어 가실 독자 여러분의 비평에 맡기려니와 재래와 같이 달콤한 연애로 부녀자를 울리는 소위 연애소설과는 그 취의가 전연히 다른 것을 예고하여 둡니다.

매일신보사

이 소설은 내지 문단에 이름이 높은 기쿠치 칸菊池寬 씨의 창작한 『염焰』(—실제 원작명은 『火華』)이라는 소설에 조선 화장을 시키고 조선 생명을 불어넣은 것입니다. 그러니까 이것이 본인의 순수한 창작이 아님은 물론입니다마는 그렇다고 순전한 번역도 아닌 듯합니다. 이 소설이 조선 현대 사회에 적합할는지 아니할는지는 읽어 주시는 여러 독자의 비판에 맡기려니와 노동 계급과 자본 계급 사이에 생기는 격렬한 충동으로 하늘을 꿰뚫을 듯한 불꽃이 일어남에 현대인이면 누구든지 공명할 점이 적지 않을 줄 믿습니다.

이극성

# 제이의 접문

**이서구**

- 이서구, 「제이(第二)의 접문(接吻)」, 『매일신보』, 1926.2.28~6.27, 3면 · 2면(전116회)
- 기쿠치 칸 원작, 김복진 삽화

본지 3면에 연재되어 수만 독자의 호평을 받는 장편소설 『바다의 처녀』는 불원간 끝을 막게 되고 그 뒤를 이어 일본의 정열 작가 기쿠치 칸菊池寬 씨의 최근의 걸작으로 신춘 독서계에 경이적 환영을 받았을 뿐 아니라 월전에 시내 황금관黃金館에 이 활동 영화가 상장上場되어 만도滿都의 팬을 열광케 하던 『제이의 접문』을 게재케 되었습니다. 대개 키스는 남녀 간 성적 사랑의 관문을 열어 주는 신비한 열쇠입니다. 작자는 남녀의 최초의 키스에 붓을 들기 시작하여 연애에 싸우는 맹렬한 불꽃을 그리어 놓고 최후에 제이 키스로 붓을 던졌습니다. 작자의 대공大空에 말을 달리는 듯한 기발한 착상과 섬세한 실마리를 푸는 듯한 치밀한 묘사는 이미 정평이 있거니와 이 위에 역자의 순탄한 문장이 더하여 완연히 한 폭의 연애 투쟁도鬪爭圖로 독자의 눈앞에 방불히 나타날 것이외다.

그간 갈채를 받던 『바다의 처녀』의 뒤를 이어서 새로이 가정 연애소설을 게재하게 되었습니다. 키스에서 시작되어 키스에서 끝나는 재미있는 소설. 두 미인이 한 남자를 다투는 애달픈 사랑의 애사.

머리말

이 소설은 예고한 바와 같이 일본의 일류 문호 기쿠치 칸 씨의 작품을 특히 씨의 허락을 얻어 번역하여 게재케 된 것이다. 번역이라느니보다도 될 수 있는 데까지 조선의 인정 풍속에 적합하게 하여 각 가정의 재미있는 밤 소일거리를 삼으시도록 의역에 힘을 쓴 것이니 이로 인하여 다소 원작에 다른 점에 있게 된 것은 작자와 독자에게 함께 황송히 생각하는 바이다.

# 사랑을 찾아서

**박누월**

- 박누월, 『사랑을 찾아서』, 영창서관, 1930.5.5, 98면
- 후쿠다 마사오 원작, 영화소설, 환상영화소설

## 서

이 영화소설은 일찍이 일본의 대서사 시인으로서 이름이 높은 후쿠다 마사오福田正夫 선생의 일대 걸작 중의 하나인 환상 시극 『시死의 도島의 미녀』를 이번에 본인이 감히 졸필을 들어서 순 영화소설화하게 되었다.

그러나 이것이 원래 유명하고 고상한 환상 시극이니만큼 순 영화소설화하기에는 무한한 주저를 거듭하였을 뿐만 불시不啻라 공연히 숙달치도 못한 솜씨로써 대작의 본의를 그대로 잘 표현화시키지는 못할지라도 원작에 손상이나 내지 말았으면? 하는 무한한 염려도 역시 불소하였었다.

하나 이왕 감히 졸필을 들게 된바 먼저 말씀해 둘 것은 순 영화소설화함에 있어서 그 내용은 전부 원작과 통일된 것이나마 제호만을 고치어서 『사랑을 찾아서』라고 쓰게 됨에 한하여 별다른 이의가 없다는 것을 여기에 고언告言하는 동시 후쿠다 선생의 관대한 용허와 일반 독자 제씨에게 혹시 불충분한 곳이 있더라도 이것을 널리 양해하심을 앙망하면서 이만 망언다시妄言多謝.

1930년 3월 30일 밤

동원서재東園書齋에서

박누월 지識

# 보리와 병정

**니시무라 신타로**

- 니시무라 신타로, 『보리와 병정』, 조선총독부(매일신보사), 1939.7.10(초판); 1939.10.20(21판), 250면
- 히노 아시헤이 원작

## 서

『보리와 병정』은 황군의 쉬저우徐州 공략전에 보도반원報道班員으로 참가한 일一 군조軍曹(필명 히노 아시헤이火野葦平 군)가 군무軍務의 틈을 타서 저작한 보고문학으로서 비린내 나는 피로써 물들인 전장의 실감을 그린 모든 기록은 읽는 사람으로 하여금 측연한 마음을 느끼게 하며 사변이 낳은 전쟁문학 중에서 가장 훌륭한 것으로 널리 국민의 각층에 찬독讚讀된 것이다.

본부本府에서는 국어를 모르는 반도 동포에게 이 책을 소개하기 위하여 원저자의 승낙을 얻어 통역관 니시무라 신타로西村眞太郎 군으로 하여금 번역케 하여 이에 보급판으로써 세상에 널리 분포케 하는 것이니 성전聖戰 인식의 좋은 자료가 되기를 바라는 바이다.

조선총독부 문서과장

노부하라 사토루信原聖

## 머리말

(안 써도 좋은 말이지마는)

이 『보리와 병정』이라는 책은 한 병정인 내가 육군 보도부원으로서 이른바 역사적 대전쟁이었던 쉬저우 회전會戰에 종군한 일기입니다.

나는 이번 지나사변支那事變에 작년 모월 모일에 광영 있는 동원령을 받아 출정하여 11월 5일에 항저우만杭州灣 베이사北沙에 적전敵前 상륙을 하였는데 그때 우리의 생명을 노리는 탄알 속을 처음으로 지나 보고 그 뒤 상당한 격전 속에 들어가 여러 번 생사의 고비를 겪으면서 신기하게도 요행히 목숨을 보전해 와서 지금도 광영 있는 쌈터 속에 있습니다. 나는 싸움하는 그중에 있으면서 형용할 수 없는 수련을 받으며 그 굉장한 싸움 속의 감회에 싸여 아무것도 흐리멍덩하게 되며 장님처럼 되어 버렸다. 예를 들면 내가 그것을 문학으로 취급할 시기가 온다고 하더라도 그것은 먼 장래의 일이고 언제나 싸움터를 떠나 다시 고국의 흙을 밟게 된다면 그때야 비로소 조용히 전후사를 돌아보며 정리해 보기 전에는 지금 나는 이 위대한 현실에 대하여 아무것도 이야기할 만한 적절한 말을 가지지 못하였습니다.

나는 전쟁에 대하여 이야기할 참다운 말을 발견하는 것은 나의 종신 사업으로 할 가치 있는 것이라고 믿고 여러 가지 의미로 보아 지금은 전쟁에 대하여는 아무 말도 아니 하려 하였었으나 그러나 다른 의미로 보아 지금 싸움터의 한복판에 놓인 병정의 한 사람으로서의 직접 겪은 기록을 남겨 두는 것도 또한 무엇에 쓸모가 있지 아니할까 하여 위선 사실 그대로 써 두기로 하였습니다. 그것은 또 병정으로서 싸움터에 있는 내가 언제 죽을지도 모르는 몸인 까닭이기도 합니다. 그러니까 나는 한 병정으로 전장에 참가하여 항저우만에 적전 상륙을 한 후부터 자신嘉善, 자싱嘉興, 후저우湖州, 광더廣德, 우후蕪湖를 거쳐서 난징南京으로 들어갔다가 남쪽으로 내려가 12월 26일에 항저우로 입성하기까지의 전기戰記를 제1장으로 하고 항저우 입성 후 4월 말일까지 아름다운 시후西湖 가에서 경비에 종사한 주류기駐留記를 제2장으로 하고 명령에 의하여 육군 보도부에 배속케 됨과 동시에 곧 종군 명령을 받게 된 쉬저우 싸움의 종군기를 제3장으로 하여 써 두기로 생각하였던 것입니다. 이것은 내가 각각 다른 사명을 띠고 전장에 나가 보았기 때문에 그렇게 구분하려는 것입니다. 이 쉬저우 종군 일기는 한 병정이 쓴 『나의 전기』라고나 이름을 붙일 삼 부로서 된 사사로운 것의 마지막입니다.

이것은 어떤 사정으로 종장에 속한 부분이 첫 장보다 먼저 발표케 된 것입니다. 이것은 쉬저우 전선에서의 전반적인 전황이라든지 작전에는 아무 관계도 없는 것으로 다만 내가 종군하는 동안에 날마다 적은 일기를 정리하고 다시 썼음에 불과한 것입니다. 본시 소설은 아닙니다.

이번 사변이 일어난 후 장맛물 밀듯이 전쟁에 관한 많은 문장이 발표되었습니다. 또 유명한 문인이 전장에 많이 와 보고 뛰어난 글을 많이 썼습니다. 또 감동적인 말로 쓴 피가 끓고 살이 뛰는 전장의 장렬한 무용전이며 충용忠勇이 귀신을 울리는 미담이며 재미있는 전기傳記이며 웅대한 구상을 가진 사변소설이 뒤를 이어 나왔으며 지금도 아직 쉴 새 없이 세상에 발표되고 있습니다. 그것은 모두 의의가 있고 훌륭한 것들입니다. 그러한 중에 있어서 이제 내가 쓴 재미도 없고 범속한 말을 늘어놓아 화려하지 못하고 평범하고 지루한 종군 일기쯤은 참말 황송하고 부끄럽기 짝이 없습니다.

쉬저우 전쟁에 나갈 즈음에는 육군 보도부 木村 대좌, 馬淵 중좌, 光花 소좌, 佐伯 소좌 여러분과 촉탁 兒嶋博 씨, 柳兵衛 씨 등 여러분의 호의를 잊지 못합니다. 또 종군하는 동안 끊임없이 지도하신 高橋 소좌, 中山 중좌 두 분의 이해 깊으심을 기뻐하여 마지않습니다. 또 처음부터 행동을 같이하고 이 종군기의 무미건조함을 면케 할 훌륭한 사진을 많이 박아 준 육군 보도부 사진반 우메모토 사마치梅本左馬次 군의 우정에 대하여 감사한 마음을 금치 못합니다. 상재함에 당하여 이에 써서 감사의 뜻을 표하나이다.

마지막으로 일찍이 십 수일 동안 화이베이淮北의 평원으로 건너가 끝이 없는 광막한 보리밭 속을 함께 먼지투성이가 되면서 어떤 때는 탄알의 비를 맞으며 쉬저우 진군을 같이한 모 부대의 장병의 무운이 장구함을 간절히 축원하여 마지않습니다.

6월 19일

히노 아시헤이火野葦平

# 사키모리노우타

**서두수**

● 서두수, 「사키모리노우타(防人歌)」, 『매일신보』, 1942.11.2~11.12, 2면(전11회)

## 치졸한 이식移植

### 1

부질없는 일이고 보매 어린 양해 속절없다. 언제나 못난 노릇이다. 황기皇紀 1419년(-759)을 마지막 채록가採錄歌로 해 약 450년 동안에 걸친 가집, 위로는 천황, 황후로부터 아래로는 초망草莽 남녀에 이르는 수없는 사람의 노래를 오직 한결같은 무잡한 신념으로 채록한 4,500수가량 되는 『만요슈萬葉集』 스무 권은 어쨌든 한 경이적 보물일 듯 여겨진다. 이 가운데서 주상 그 제20권에 『만요슈』의 마지막 집성자로는 적어도 겨누어져 있는 오토모노 야카모치大伴家持가 실진가實進歌 166수 중에서 72수를 빼 버리고 채록한 사키모리防人의 노래를 이에 문제로 하여 본 셈이다. 말할 나위도 없게시리 이 「사키모리노우타防人歌」를 형성한 형식이 조선 시가의 형식과 규격에 맞지 않은 곳에 첫째로 부질없는 어린 짓을 하게 된 원인이 있었다면 변명 같지만 즉 5·7·5·7·7이란 단카短歌 형식이 와카和歌의 전형임은 재언再言할 것까지도 못 되는 일이다. 그러한 것을 우수偶數 언수言數와 우수 구수句數가 보통인 조선 시가의 틀에 흉내로나마 옮겨 싣자니 무딘 감각과 둔한 재분才分으로 어찌 감당될 일일까 저어하기를 거듭하였다. 그러나 어쨌든 될 수 있는 대로 의미로 뿐만 아니요 형식까지도—적어도 언수에 있어서라도 전연 다른 전통을 가지고 온 두 가지를 가까이 그려 보게 한 것이 이제 실으려는 졸역이다. 보아 주는 이는 웃어 고쳐 주기를 바라 마지않는다.

## 2

권20에 있는 「사키모리노우타」를 주장함이다. 권14에 「사키모리노우타」라 제표題標하고 있는 다섯 수는 말미에 붙여 역譯하노라.

대저 이 「사키모리노우타」란 무엇인가. 먼저 사키모리란 무엇인가. 설명할 것도 없이 사키모리崎守이다. 즉 바닷가 변방을 지키는 군사를 말함이다. 지금 규슈九州 북쪽인 쓰쿠시筑紫를 지키는 장정이니 이들은 대개 동쪽 되는 도토미遠江, 사가미相模, 스루가駿河, 가쓰사上總, 히타치常陸, 시모쓰케下野, 시모사下總, 고즈케上野, 무사시武藏 등 10개 단團(지방)의 장정이 불리어 언제나 반드시 그러하였다는 것은 못 되나 대개 3년씩 해서 교체되었었다. 그래서 각국에 고토리스카이部領使라는 것이 있어서 이 고토리스카이가 인솔하여 나니와難波 즉 지금의 오사카大阪에 나온 후 병부성兵部省 관리에게 인계(?)되어 해로로 쓰쿠시에 가 있게 되는 것이다. 「사키모리노우타」란 그러므로 이러한 사람들이 지은 노래이니 별다른 교양도 없이 된 터로 자기를 표백한 따위의 것이매 이에 담긴 순정이야 정말 일본 민족의 피에 넘쳐흘러 온 옛 자태가 아닐까 한다.

## 3

「사키모리노우타」에 대한 약간의 고찰(?)은 『국민문학』 11월호에 졸고를 던진 일이 있으므로 그에 미루기로 한다. 그리고 이하 졸역이 수로는 그 전부이므로 혹 의미가 그곳에서 얼마간이라도 바로 옮겨 있다면 그 작품 자체가 설명해 줄 것 같아 서설絮說을 삼가는 터이다마는 어쨌든 이에서 벌써 우리는 '진정한' — 짜장 진정한 '일본심'의 혈맥을 예상할 수 있음을 말하려 한다.

## 4

황실을 중심 삼은 역사 정신의 기원적祈願的 표정이라고 어떤 이가 말한 그따위의 기원적 표정이 이 「사키모리노우타」에는 아주 담담하게, 솔직하게, 명랑하게 담겨 있음을 보려는 것이다. 필자는 『국민문학』에 보낸 졸문에 참된 위력은 자연스러움과 솔직함에 담겨 있음을 「사키모리노우타」를 통해 본다고 말하였다. 수로는 「오키미노미코토카시코미大君のみことかしこみ」라는 노래가 다섯 수, 비슷한 것이 서너 수인 「사키모리노우타」는 과연 어떻게 해서 지금까지 내려오며 일컫는바 '사키모리 정신'을 전통傳統하고 있는 것인가. 수로 따진다면 말할 수 없이 엄청난 비례比例로 부모, 그중에도 어머니, 70수쯤은 아내와 이별하기 서러운 정회를 "아무런 숨김없이" 노래하고 있다. 나는 이 "아무런 숨김없이" 산 사람을, 그들 정신 속에 진정한 충군과 애국의 정신이 오히려 보장되어 있음을 요즈음 '사키모리 정신'을 말하는 이들에게 보여서는 아니 될 것일까.

천황을 '오키미大君' 혹은 '와가오키미わが大君'라고 허두에서부터 부른 노래를 『만요슈』에 우리는 수없이 찾을 수 있다. 그리고 이 '오키미'의 '미코토카시코미みことかしこみ'라는 대명大命이란 오직 겁내어 복종하며 이치로 따져서 충성을 생각하는 따위의 것이 아니면 '가시코미かしこみ'라는 말이 어감語感하는 친애감을 지닌 최경最敬을 가지고 절대로 어버이를 대신한다든가 위한다든가가 아니요 대신이며 위해서를 훨씬 넘어서서 죽음을 돌보지 않는 피의 힘, 그것을 나는 못내 기루는(-그리워하는) 바이다. 엄숙과 동시에 친애를, 얼핏 해서는 서로 동재同在하기 어렵게 보이는 면을 동시에 나타낼 수 있는 즉사적即事的인 모습을 사키모리에 본다.

노래에서 본다면 "오키미노미코토카시코미" 하면서 안타깝게 "父母不置きて"든가 "我ぬとりつきて言ひし子なはも"라고 부모처자를 말하는 일견 상극하는 모순을 넘어서 웃는 얼굴로 군국君國을 지켜 죽음을 돌보지 않는 그 유인由因을 나는 그들의 진정한 솔직, 허위 없는 명랑에 찾을 것이라고 본다. 얼핏 보아서는 구역날 정도

로 아내와 부모 혹은 고향을 그리며 그 지아비, 자식을 노래하는 꾸김없이 솔직한 그 심정이야말로 구김살 없는 것일 것이다. 이 구김살 없는 마음이 이 역亦 기념한 어감으로 흠뻑 담은 '오키미', '와가오키미'니 하는 성상聖上을 우러러 일사충군一死忠君을 능히 한다, 순정純情이 순정殉情을 이룬다, 정직한 명인鳴咽이 위대한 통곡을 이룬다. 그리하여 이에는 오직 더럽혀지지 않는 피의 맥동이 동일하여서이다. 이 동조적同調的인 피의 논리—이것이 바야흐로 사키모리 정신이며 진정한 일본심이다. 권모술수는 있지 않음을 「사키모리노우타」는 밝게 아름답게 보여주고 있다. 이렇게 하여 나는 졸역이 과히 치졸함을 원통타 한다.

쇼와 17년(-1942) 10월 17일

차녀 1주기 밤

역자 정서淨書

# 투혼

김현홍

● 김현홍, 『투혼』, 박문서관, 1944.10.20, 178면

● 오가와 신기치 원작, 정현웅 장정

## 원저 서

화가 오가와 신기치小川眞吉 군은 노몬한(-할힌골)에서 적 전차의 습격을 받으며 분투하다 우완右腕을 잃어버리고 안면에 중상을 입은 용사이다. 기적적으로 목숨을 건지기는 하였으나 화가로서 우수右手를 잃어버린 것은 치명적인 타격이다. 하나 동 군은 그에 굴치 아니하고 화필을 좌수左手에 옮겨 잡고 헌당하게 갱생하였다. 그 위에 그 화품畵品도 일단一段의 진보를 보였다는 것은 그 정신적 앙양이 우완의 상실을 보補하고도 남는 바가 있었던 까닭일 것이다.

과일過日 시로키야白木屋에서 노몬한에서 그린 스케치 전시회를 개최하여 관자觀者에게 강한 감명을 주었었지만 이 『척수隻手에 살다』라는 노몬한 전기戰記도 또한 반드시 깊은 감명을 독자에게 주리라고 생각한다.

이 책에는 동 군의 수기 외에 수십 엽葉의 스케치가 삽입되어 있는데 화가의 본 노몬한전戰은 착안점에 있어서 다른 전투기와는 유를 달리하는 바가 있다.

특히 「갱생 편」 가운데 있는 상이군인 제군의 겸허하고 진지한 태도는 읽는 사람의 마음을 두드리지 아니하고는 그저 두지 아니할 것이다. 이 「갱생 편」이야말로 전쟁문학 중의 한 이채 있는 것에 틀림이 없을 것이다.

나는 진심으로 이 수기가 한 사람이라도 더 많은 사람에게 읽혀지기를 바라는 자이다.

기쿠치 간菊池寬

## 원저 서

금번 노몬한의 용사 오가와 신기치 화백 재기 봉공의 출발에 당하여 화백의 응소應召로부터 갱생에 이르기까지의 귀한 분투의 기록이 세상에 널리 알려지게 됨에 대하여서 나도 내 가아家兒가 화백의 전우로서 바르바로사의 진지에서 늘 적지 아니한 도움을 받은 인연으로 하여 이 책에 서문을 쓰도록 청탁을 받게 된 것입니다.

화백의 이 체험 기록은 전권이 온통 생사의 지경에 선 불가사의한 영혼이 활동하는 본바탕을 그대로 적은 수록蒐錄으로 그것이 또한 저자의 뛰어난 예술적 천분에 의하여 참으로 감명 깊게 묘사되어 있는 것입니다. 더구나 여기 삽입된 다수한 스케치는 화백에게 남기어진 부자유한 왼편 척완隻腕에 정혼精魂을 기울여서 그려진 것인 만큼 보는 사람으로 하여금 저 자신이 노몬한의 전장에 서서 화백과 생사를 같이하고 있는 거와 같은 느낌을 일게 하는, 헤아릴 수 없다는 불가사의한 힘에 가득히 차 있다고 생각합니다. 참으로 이 화백의 『척수에 살다』의 체험기야말로 이번 성전聖戰에 연분이 있는 사람들에게는 말할 것도 없고 널리 일본 국민 전판에 각각 봉공의 일념을 분발시키는 가장 힘센 마음의 양식이 될 귀한 보배라고 생각하는 바입니다.

요시다 시게루吉田茂

## 원저 후록後錄

이 책은 내가 쇼와 14년(=1939) 6월 부르심을 받잡아 출정하고 동년 8월 하순 홀스텐 하반河畔의 전투에 참가하여 부상을 당하고 그 후 10월 말에 도쿄 제1 육군 병원으로 옮아가서 극진한 간호를 받고, 넘어 15년 9월 중순에 쾌유되어 퇴원하고 다시 화필을 좌수에 들고 신생활의 길을 찾기까지를 서투른 붓에 맡기어 적은 것이었었습니다. 지금 나는 이 『척수에 살다』가 상재됨에 당하여 다만 한갓 근심되는 바는 자기의 하여 온 바를 무슨 특별히 대단한 일같이나 문장을 빌려 남에게 과시하고 있는 것처럼 곁에서는 보이기 쉬운 것이 아닐까 하는 기우가 자취를 감추지 아니하는 것입니다. 나는 일찍이 자기와 같이 총을 들고 쌈싸운 죽은 전우들을 사모하고 한 가지로는 조그만 자기의 생애에 일어난 하나의 기록을 남기기 위하여 이 글을 써 본 것에 지나지 않았던 것입니다.

그리고 이 각서가 아쉬운 대로라도 여기까지 마물리어진 것은 기쿠치 간 선생을 비롯하여 『올 요미모노オール讀物』의 편집부를 중심으로 하고 모여진 역력회礫礫會의 회원 여러분들에게서 그야말로 친속親屬도 따르지 못할 수고와 주선을 베풀어 주신 덕택이었습니다.

표지와 본문 가운데 삽입이 된 70여 매의 그림은 어느 것이나 다 제일육군병원에서 퇴원한 후에 그린 것으로서 좌수 하나로 하는 일이었던 탓으로 겨우 이만 것에 온 석 달이나 허비하여 버리게 되는 형편이었습니다.

더욱 말필末筆이오나 이 책의 상재에 당하여 서문을 써 주신 요시다 시게루 각하, 제명과 및 서문을 지어 주신 기쿠치 간 선생에게 다시 삼가 인사를 드리는 바입니다.

쇼와 16년(=1941) 7월

오가와 신기치小川眞吉

# 조선농촌담

**김성칠**

- 김성칠, 『조선농촌담(朝鮮農村譚)』, 인문사, 1942.11.20, 381면
- 시게마쓰 마사나오 원작, 이승만 장정

## 서문

문학이란 게 어떤 것인지 이 책의 내용이 진정한 문학 작품일는지 아닐는지 그런 건 내가 여기서 장황하게 말하고 싶지 않지만 이 책이 한 개 이야기책임에는 누구나 이의가 없을 것이고, 또 독자 중에는 매우 재미롭고 감명이 깊었다고 말하는 이도 있었다. 그건 아마 이 책이 여느 문학 작품과 같이 소설가의 머릿속에서 이루어진 소설책이 아니고 주인공이 손수 사실을 기록한 것이니까 그러한 의미에서 읽는 사람에게 어떤 감명을 주었을 것이다. 요사이 흔히 말하는 보고문학의 하나일는지 알 수 없으나 이 책의 특색은 어디까지든 금융조합이라는 특수한 조직 속에서 자라났다는 점에 있다. 30여 년의 역사와 만萬으로 헤는 직원을 가지고 조선의 방방곡곡에까지 깊이 뿌리를 내리고 있는 금융조합이니만치 비록 주판알을 튀기는 것이 본업이긴 하지만 이젠 한낱 문학 작품을 가져도 좋을 만한 터전이 이루어졌다고 나는 본다. 그러한 터전에서 자라난 것이 이 책이다. 오늘날 금융조합이 조선 농촌에서 어떠한 위치를 차지하고 있는가는 내가 말하지 않아도 아는 이는 알려니와 평안남도의 일개 금융조합의 기록인 이 책에 『조선농촌담』이라는 이름을 붙인 건 도쿄의 어떤 문학자이었다. 그만치 조선 농촌과 금융조합과는 긴밀한 관계에 있다. 그러므로 이 책은 조선 농촌과 금융조합을 떠나선 이해할 수 없으며, 또 바꾸어 말한다면 조선 농촌과 금융조합과를 이해하려면 이 책이 가장 첩경일는지도 모른다.

이 책의 내용의 대부분을 이룬 「그 후 12년」은 내가 처음으로 금융조합에 들어간 쇼와 12년(=1937) 여름부터 『금융조합』이라는 잡지에 실려서 1만 조합인 사이에 비상한 인기를 끌었고 5년간이나 계속된 그 긴 이야기가 끝나는 작년 봄에 나는 조합을 그만두었다. 이렇듯 이 이야기와 나와는 우연히 조합 생활을 같이해 왔는데 이 이야기가 다시 내 손을 거쳐서 수많은 조합원에게 읽히게 되었다는 건 수월치 않은 인연인 줄로 생각한다. 찌는 듯한 금년 여름의 더위에 밤 도와 번역을 해 가면서도 이것이 무미 단조한 농촌에서 금융조합과 함께 살아 나가는 그 선량한 농민들의 정신의 양식이 되려니 생각하고 늘 새로운 힘을 얻었다. 더욱이 내가 그동안 신세를 끼친 전라남도 한재大峙와 경상북도 금호琴湖와 장기長鬐의 세 금융조합의 조합원 여러분과 이 책을 통하여 다시 구정舊情을 북돋울 수 있을 것을 기뻐한다.

이 책의 원문은 전후 두 차례에 걸쳐서 오랫동안 잡지에 게재된 것이므로 다소 중복된 구절이 없지 않았다. 본 번역은 원저자의 양해를 얻어서 그런 구절을 줄이었음을 말하여 둔다. 그리고 상주尙州 금융조합의 이순형 씨께서 이 역업譯業에 많은 편의를 보아주시었음을 깊이 감사한다.

쇼와 17년(=1942) 11월 7일<br>김성칠

# 내가 넘은 삼팔선

**정광현**

● 정광현, 『내가 넘은 삼팔선』, 수도문화사, 1949.11.25(초판); 1950.2.5(6판), 251면; 1964.4.25(15판), 220면
● 후지와라 데이 원작, 흐르는 별은 살아 있다, 정현웅 삽화

## 소개하는 말

나는 부끄러움도 없이 일본 책을 번역해 내놓는 만용과 무지를 솔직하게 고백하지 않을 수 없다.

그 고백은 참으로 하나의 군말이다.

1945년 8월 그들 왜인들은 동아에서의 살육과 침해를 마침내 '종전'이라는 말을 써 끝내 버렸다. 그리하여 그들은 그들이 말하는 생명선(?)에서 급기야는 역사상 미증유의 민족 대이동大異動을 겪게 되었다. 그들의 철귀撤歸라는 것은 확실히 민족의 이동도異動圖이었다.

인간으로서 그들 자신이 겪은 일을 그들 자신이 써 놓은 생생한 '이동의 기록'— 이 책을 대할 때 적나라한 인간으로 동감되는 바는 홀로 나뿐이 아닐 것이다.

나는 지난여름 일본서 나온 『탑』이란 잡지에서 후지와라 데이藤原てい 여사가 쓴 『흐르는 별은 살아 있다』의 한 토막—38도선을 넘는 대목을 읽었다. 가슴이 뜨끔함을 느꼈다. 악질 군벌의 지독한 여독, 고난 속에서의 한없는 모성애, 막다른 골목에 닿은 인간들의 추악과 애증을 여지없이 드러낸 인간 군상의 정체를 여실히 볼 때 선뜻 일본인의 작품이란 생각을 잊었다. 이에 나는 얼마 뒤에 이 책의 원본 『흐르는 별은 살아 있다』라는 책을 입수하였다.

밤을 도와 읽었다. 신문 기자인 내가 이런 일을 겪었다면 어떻게 썼을까? 그것은 다만 직업적 의식에서 나온 것이지만 한편 내가 느낀 그것을 제삼자에게 읽히고 싶다는 충동도 느꼈다.

그 뒤 나의 여러 선배에게 이 책을 보였더니 소개해도 좋으리라는 동의를 하여 주었다. 여기서 나는 나의 무식과 천재淺才임을 돌보지 않고 붓을 들어 번역을 시작하였다. 더구나 만주에서 해방 후에 돌아온 소설가 박영준 씨에게 이 중의 한 대목을 보였더니 씨는 호불호를 말하기 전에 인간을 묘사한 대목 대목에 그는 두 번이나 울었다고 한다.

얼마 뒤 나는 수도문화사 변우경 씨를 만날 기회를 타서 이런 이야기를 드렸다. 가벼운 뜻에서 씨는 책임 출판해 줄 것을 쾌히 약속하여 주었다. 네모角가 들어맞아 이제 이 한 권의 책이 나와 느낌을 같이하는 이에게 들어가는 길을 찾게 된 것이다.

우리 땅에서 물러간 일본인, 여기서 버려진 그들의 한 떼 속에서 우러나오는 인간—이 책 중에서 건질 수 있는 것은 이것이며 동시에 가장 무게를 쳐서 좋다고 믿는다. 인간의 진정한 모습이 이렇게도 다른가를 음미하기에 넉넉하다고 본다. 한 개의 큰 기사요 한 개의 큰 소설이다.

일본 문단의 기숙耆宿 오사라기 지로大佛次郎라는 이는 이 책 서문에 이렇게 말했다.

> 그 무서운 운명을 감내하여 살아 나온 인간이 한 떼의 모습이 남자, 여자, 어린애, 노인 모두 소박하게 묘사되어 고뇌에 어린 한 폭의 그림과도 같다. (…중략…) 이것이 우리들이 살고 있는 세계에서 빚어진 일이다. (…중략…) 우리들이 살고 있는 이 세계라든가 인간의 존재라든가 하는 중요하고도 엄숙한 문제가 이 글의 배후에 직접으로 그림자가 되어 있는 것 같다.

번역을 끝냄에 있어 함께 수고를 아끼지 아니한 동료 고제경 씨에게 깊이 감사한 뜻을 드려 마지않는다.

4282년(=1949) 11월 일

번역한 이

## 권하는 말

곤경을 당하면 저도 모르는 힘이 생긴다. 저도 알 수 없는 이 힘은 가장 굳세고 가장 무서운 힘이다.

길게는 팔십 평생 가지가지의 곤경을 겪어 나가는 것이 사람이다. 그중에도 죽느냐? 사느냐? 하는 갈래길에서 허둥대는 일처럼 큰 곤경은 없는 것이다. 설마 죽지는 않으려니 생각해서 속아 사는 것이 세상이기도 하지만 금방 무서운 죽음이 닥쳐올 때엔 아무리 담대한 사람이라도 선뜩하지 않을 수 없고 떨리지 않을 사람이 없다—이럴 때일수록 '살아야겠다'는 힘이 나온다. 이 힘은 물론 저도 모를 만치 강하고 날래다.

열 길 물속은 알아도 한 길 사람 속은 모른다. 너나없이 곤경에 빠져 보면 '옳거니' 알게 된다. 사람으로서의 맛도 알게 되고 무게도 알게 된다. 고마운 것도 알게 되고 섭섭한 것도 알게 되는 것이다. 평상시에는 좋다고 본 사람이 이런 때엔 더러운 버러지같이도 보이고 시시한 사나이거니 보이던 사람이 이런 때엔 성현같이 보이는 수가 있다. 말하자면 곤경을 당해야 사람의 벌거벗은 참다운 값이 나오는 것이다.

곤경을 당한다는 일은 제 잘못에서 나오는 수도 있지만 그렇지 않은 수도 많은 것이다. 전쟁이 끝난 뒤 일본 사람들이 겪은 곤경은 일본을 다스리던 몇몇 사람의 속없는 장난에서 당하였고 되지못한 욕심에서 당하였다. 이래서 부닥친 곤경 속에서 일본인들은 어떠하였는가? 낱낱이 흩어진 '사람과 사람'이 제멋대로 대사大寫되기를 바랐다. 아마 그것은 제각기 '살아야겠다'에서 나왔을 것이다. 내 잘못이 아니기에 '내 멋대로'라는 생각이 그들 머릿속에 꽉 들어찼을 것이다. 여기서 추악한 모습도 나오고 부질없는 애정도 생기고 한다. 그 넓이와 깊이는 제 잘못이 아니기 때문에 더욱 넓고 깊다.

이야기는 그 줄기가 대개 풀려 나온다. 주인공도 일본 사람, 쓴 이도 일본 사람

—그러나 한 개의 '사람'이 곤경 속에서 움직이는 모습은 너무도 뚜렷하였다. 뿐만 아니라 전쟁이 끝난 뒤의 일본 사람이 떼를 지어 물러 나가는 큰 흐름 속에서 흐름의 그 자체를 유심히 보고 또 어떻게 흘러갔는가 하는 기록은 너무도 생생한 맛이 돈다. 여기서 슬며시 보고만 치우기보다는 나누어 보았으면 하는 생각이 없을 수 없다. 실상을 따르면 소개하는 정도에서 한 개의 기록문학을 통하여 '사람'의 이모저모를 보자는 것이 번역하는 동기라 하면 동기라고 보았다.

어느 날 정 형, 고 형이 읽기를 권하기에 읽어 보았다. 같은 느낌이 돌았다. 번역하여 읽혀 보았으면 하기에 좋겠다 하였다. 그것은 누가 썼든 그 속에 얽혀진 '사람'의 이야기가 이렇게 소상할 수 있을 것인가? 하는 때문이었다. 그 밖엔 아무 뜻이 없기 까닭이었다. 진실로 가벼운 뜻이었기 때문이었다.

이제 정 형의 수고로 이 책이 우리말로 번역됨에 즈음하여 '사람'을 찾는 아버지, 어머니, 남편, 아내, 더구나 아들과 딸들에게 도움이 되리라고 보아 자리를 빌려 한 말을 적는다.

단기 4282년(-1949) 입동 날

합동통신사 편집국 일우一隅에서

전홍진 씀

# 패전학교

**박순래**

- 박순래, 『패전학교』, 창인사, 1950.1.20(초판); 1950.1.25(재판), 130면
- 도쿠토미 소호 원작

## 저자 서

쇼와 20년(1945년－역자 주) 8월 15일 종전 이래 나는 자발적으로 공사公事에 관한 일체의 모든 것을 단절했다. 동년 12월 전쟁 범죄 용의자로서 당연히 스가모巣鴨의 구치소에 가게 되었던 것을 다년의 지병으로 인하여 할 수 없이 반세이소도晩晴草堂에 근신 칩거하게 되었다. 그 이후 나는 문을 굳게 닫치고 한 발도 문밖으로 나가지 않았다. 쇼와 22년(1947년－역자 주) 석방의 통보를 받고 처음으로 문을 열고 문외 산보의 즐거움를 맛보게 되었던 것이다.

이 사이 만 2개년, 사회의 유지 제군으로부터 때때로 나의 침묵을 의아하고 나에게 의견을 발표하기를 권하고 또한 한편에 있어서는 나의 태만을 책망하는 사람도 없지 않았다. 그러나 나는 당시에 있어서 말하고 싶었으나 말할 수 없는, 또는 말해서는 안 될 제약 가운데 놓여 있어서 조금이라도 나의 신변 사정을 아는 사람은 내가 침묵하지 않을 수 없었던 것을 양해하리라고 믿는다.

석방 이래 설령 내가 옛날과 같이 공인으로 복귀되지 않는다고 하더라도 늙은 '서생'으로서 학문 연구에 관한 나의 의견을 오늘날 발표한다고 하더라도 아무런 구속도 받을 일이 없을 것이라고 믿고 내가 고려한 일 단편을 짜서 만든 것이 본문

인 것이다. 나의 좌우座右에는 지금 참고서란 전혀 결핍하고 간혹 있는 것도 안병眼病 때문에 정세精細하게 이것을 검토할 수가 없다. 그러므로 극히 몽롱한 기억을 더듬어서 이것을 지상紙上에 옮긴 정도로, 말하자면 늙은 '서생'의 사담史談이라고 할 이상으로 각별히 가치 있는 것이라고는 생각하지 않는다. 그러나 말하는 자 죄 없고 듣는 자 훈계하기 족한 것이 전혀 없다고는 할 수 없을 것이다.

본문은 내가 병 때문에 구술한 것을 나카지마 쓰카사中嶋司 군이 필록筆錄하고 다시 기도 모토스케城戸元亮 옹의 일열一閱을 받은 것이다. 그리고 이것을 인쇄에 부칠 수 있게 한 것은 고이케 마타이치로小池又一郎 군의 노력에 의한다. 세 사람은 모두 나의 우인으로서 이 보잘것없는 소책자가 나오게 된 것은 오로지 이들의 공로라고 할 것이다.

본문은 앞서 말한 바와 같이 구술한 것이다. 따라서 컨디션 여하에 의하여 어세상語勢上 억양 과당過當한 것이 있는 것을 면할 수 없다. 그러므로 독자 제군은 언어에 사로잡혀 의미하는 바를 해치지 말고 전문을 통독한 위에 저자의 진의 잇는 바를 간취해 주기 바란다.

쇼와 23년(1948년-역자 주) 3월 8일 오전

이즈산伊豆山 반세이소도晩晴草堂에서

## 역자의 말

저자 소호蘇峰 도쿠토미 이이치로德富猪一郎는 이미 여러분이 잘 아는 바와 같이 '일본'의 국사國士요 역사가요 언론계의 원로다. 그가 간결 무비無比, 함축성이 풍부한 필치로써 침략전에 얼마나 공헌하였는가 하는 점은 전쟁 범죄 용의자로서 2년 동안 근신 칩거한 사실로써 넉넉히 추측하고도 남는 바 있다.

이 『패전학교』는 말하자면 소호가 대변한 '일본'의 자기 고백서인 동시에 자기비판서이기도 하다. 이 글 속엔 '일본'이 패전하지 않을 수 없었던 가장 핵심적인 오류를 솔직히 지적하여 자조와 자회自悔가 흐르고 있으나 다른 한편 그 저류에는 숨길 수 없는 자변自辯과 자존이 복재伏在하고 있는 것을 우리들은 간과해서는 아니 될 것이다. 소위 그들이 신조로 하고 있던 '만세일계萬世一系'의 황실 중심주의를 아직껏 은연중 고집하고 나아가서 '일본' 민족이 얼마나 우수한 민족인가를 가장 교묘하게 암시하고 있다. 더구나 우리들의 입장에서 본다면 '일본'은 아직도 우리나라를 얕잡게 보고 멸시하고 있는 대목을 산견散見할 수 있어 실로 불쾌하기 짝 없다.

그러나 좋든 궂든 지리적으로나 역사적으로나 우리들은 바다 저편의 '일본'의 존재를 전연 무시할 수 없다. 소호도 순쯔孫子의 말을 빌려 "적을 아는 것이 즉 나를 아는 것이라"고 본문에 인용하고 있거니와 우리 역시 이 말을 명간銘肝하고 오늘날의 '일본'의 현상적인 동태를 파악하고 다른 한편 기사회생하려는 '일본'의 지문志問이 과연 어느 곳인가 하는 점을 심심深甚히 통찰하여 우리 민족으로서 타산지석으로 삼아야 할 것을 믿고 졸필을 무릅쓰고 감히 역출譯出하는 바이다.

이 『패전학교』의 원서는 전편(패전학교), 후편(일본 역사의 열쇠)으로 나누어져 있는데 전편은 전역全譯하였으나 후편은 34항목 중에서 11항목만 추려서 발역拔譯하였다. 왜냐하면 제척除斥한 항목은 직접적으로 우리들에게 별로 필요한 것이 아니리라 고 생각하였기 때문이다.

단기 4283년(=1950) 정월 초닷새

역자 씀

# 사선을 넘어서

## 김소영

● 김소영, 『사선(死線)을 넘어서』, 신교출판사, 1956.3.20(초판); 1956.7.20(재판); 1959.11.20(3판), 368면

● 가가와 도요히코 원작

### 머리말

우리가 소설이나 시와 같은 문학 작품을 찾아 읽는 것은 어떤 감동을 얻는 즐거움에서이다. 왜 문학 작품이 우리에게 감동을 주는가? 거기에는 진실이 있기 때문이다.

절박한 진실을 느끼지 못하는 작품일수록 그 작품의 생명은 짧고 약한 것이다.

이런 면에서 볼 때 일본의 기독교 지도자 가가와賀川 씨의 문학 작품들, 그중에도 대표 작품인 이 『사선을 넘어서』는 그야말로 진실과 충정으로 아로새겨진 소설이라고 할 수 있다.

일본 다이쇼 연간에 이 소설이 출간되자 그 판매 부수는 일본 출판사상出版史上에 신기록을 지어서 문자 그대로 낙양의 종잇값을 올렸다.

당장에 미국을 비롯한 구미 각국에도 모두 번역 출간되어 세계적인 독자를 가짐으로써 문득 가가와 씨의 존재는 세계적인 위치를 차지했다.

이 『사선을 넘어서』는 그의 젊은 때의 생활을 표백한 자서전다운 소설이다. 일생을 두고 가난한 이웃을 위하여 그리스도의 복음을 전하고 있는 가가와 씨의 젊은 시절의 극점이 이 한 권 책에 담겨 있는 것이다.

원고지가 없어 잡지 여백에다 점점이 기록했다는 이 소설은 집필 10년 후에 비로소 출판되어 우상의 나라 일본 전역을 뒤덮으면서 그리스도를 믿음으로써 얻어

지는 놀라운 생활력과 인생에 대한 아름다운 애수, 사회 정의에 대한 새로운 각도로부터의 문제 제기로 말미암아 당대에 한 선풍을 일으킨 작품이다.

이 소설이 우리말로 번역되는 데는 몇 가지 애로가 있었다. 그러나 이를 강행하여 출간에까지 이른 데는 한편 과거 이 소설을 읽은 여러 선배 독자들로부터의 간곡한 권고를 받음으로써이다.

이 책이 번역 간행됨으로 이 나라 젊은 세대에 대하여 비록 작으나마 한 삶의 지표 구실을 할 수 있다면 간행자로서의 기쁨은 더할 나위 없겠다.

이 소설을 번역하기 위해 정력을 기울여 주신 김소영 여사의 노고를 감사한다.

1956년 3월

신교출판사 편집부

# 구름은 흘러도

**유주현**

- 유주현, 『구름은 흘러도』, 신태양사 출판국, 1959.1.11(초판); 1959.1.20(재판); 1959.1.26(3판); 1959.1.31(4판); 1959.3.1(5판); 1959.4.1(6판), 292면
- 야스모토 스에코 원작, 재일 10세 한국 소녀의 수기

## 책머리에–오라비로서

여기 철부지 어린애의 일기책이 출판되기에 이르렀습니다. 그리하여 이 일기책이 씌어진 환경이랄까 또는 오라비로서의 감상 같은 것을 간단하게 쓰라고 하지만 외람된 생각이 앞선 따름입니다.

누누이 말할 것도 없이 이 일기는 '창작'과 같은 작품은 아닙니다. 더욱이 출판이나 투고를 하여 발표하자는 것을 전제로 쓴 것도 아닙니다. 단순히 일기로 쓴 것뿐입니다. 따라서 읽으면 그대로 알 수 있겠지만 그 내용이란 것은 그야말로 제멋대로 썼기 때문에 그중에는 남부끄러운 일까지도 그대로 쓴 것이 있습니다.

이 일기는 1953년에 씌어진 것이므로 지금부터 벌써 5년 전 일입니다. 그런 것이 어떻게 지금에 와서 출판하게 된다는 영광을 입게 되었는지, 전화위복이라는 말은 이런 것을 두고 말하는 것 같습니다. 그것은 내가 병을 얻어 눕게 된 것이 계기가 되었다고도 할 수 있습니다.

지난 1957년 6월 28일 나는 지나친 노동으로 늑막염을 앓게 되어 병상에 눕게 되었던 것입니다. 평소 건강한 때에는 아무렇지 않던 일도 앓게 되면 공연히 울적해져서 비관이 앞서는 것입니다. 더욱이 나와 같은 경우 부모님이 돌아가시고 네 형제(나, 양숙, 고일, 말숙)의 만형으로서, 즉 한 집안을 거느리는 처지에 있는 내가 앓아눕게 되었다는 것은 그대로 그날부터의 살림에 미치는 심각한 문제였던 것입니다.

그러나 그건 하여간에 나는 울적한 대로, 지나온 일 같은 것이 덧없이 그리운 대로, 이 옛날의 일기를 끄집어내어 읽을 생각이 났던 것입니다. 그것은 참으로 위로가 되어서 '아, 이런 일도 있었던가' 하고 지친 나의 마음을 부드럽게 하여 주었습니다. 그러고는 매일같이 틈만 있으면 이 일기를 펴 들게 되었던 것입니다.

그러면서 두어 달쯤 지난 어느 날 문득 생각했습니다. '어떻게 물리지도 않고 이렇게 매일같이 같은 것을 자꾸만 읽을 수 있을까?' 물론 지난날의 그리움이 그런 것이라고 하면 그뿐일 것입니다. 그러나 아무리 내 누이동생의 일기라고 한다 해도 두 달 동안이나 매일같이 읽을 수 있다고는 할 수가 없습니다. 나는 이 의문에 대해서 이리저리 생각해 보았습니다.

'이것은 단순한 일기가 아니다. 그렇지 않고서는 이렇게까지도 사람의 마음을 끌 수가 없을 것이다. 이 일기를 읽고 있을 때의 감정은 오라비로서의 동정 같은 것은 아니다. 그대로 그의 마음에 공감되어 버리고 마는 것이다. 이것은 누가 읽으나 이렇게 느끼게 되는 공감일 것이다. 이 솔직한 관찰, 숨김없는 감정, 순진한 생각, 거기에 문장도 그 또래의 소녀가 아니고서는 쓸 수 없는 맛 같은 것이 여기저기에 번득이고 있지 않은가.' ―이런 생각이 지친 내 머릿속을 맴돌기 시작하였습니다. 그렇다고 물론 냉정한 판단과 반성을 잊어버린 일은 없었습니다.

'이것은 아마 내 병 탓인지도 모르겠다. 사실 그것이 정말 좋다면 지금까지 5년 동안이나 한 번도 그것을 느껴 보지 못했을 리는 없었을 것이다. 첫째로 말숙이는 작문, 콩쿠르 같은 데에 입선을 해 본 일이란 한 번도 없지 않은가. 역시 병 때문이다. 병 때문이야, 못난이같이.'

그러나 이런 자문자답 같은 것으로 일단 머리에 떠오른 '이 일기는 굉장할 것이다'라는 생각이 지워지지는 않았습니다. 그리고 '이것은 나 혼자뿐이 읽을 일기가 아니고 되도록 많은 사람이 읽어야 할 글이다. 그것이 이 일기의 숙명이라고 할 수 있는 것이다. 내가 병상에 눕게 된 것은 그 사명을 다하기 위해서의 어떤 계시였었는지도 모른다. 아니, 반드시 돌아가신 어머님의 뜻일 것이다'라고 생각하게 되었습니다.

말숙이는 절대로 싫다고 하였습니다. 그래서 '내 생각만으로는 도저히 이 일기의 가치를 알 수 없는 것이다. 하여튼 부딪쳐 보는 거야' 하고 부끄러움을 무릅쓰고 전 일기장 열일곱 권을 한데 묶어 사정을 자세히 밝혀 부탁한 편지와 함께 1957년 12월 고분사光文社 출판국으로 보내었습니다.

"오늘이 아버지가 돌아가신 지 바로 49일입니다"라는 것이 이 일기의 허두입니다만 (아버지는 어이없게도 심장마비로 돌아가셨습니다) 어머니는 이보다도 6년 전에 먼저 돌아가셨으므로 이 일기에는 우리들 동기 네 사람이 살아가고 있는 모습이 씌어져 있습니다.

그러면 이 일기는 어떤 점이 특징이며 또한 값어치가 있어 책이 되었다고 할 수 있을까요. 이것은 오라비인 내가 이야기한다는 것은 쑥스러운 일이지만 이 일기에는 아무리 가난한 속에서도 고운 마음씨를 잃지 않고 따뜻한 사랑의 마음을 버리지 않는 그러한 정서가 포근히 차 있다고 생각합니다. 어떤 일에 부딪쳐도 늘 기뻐할 것은 기뻐하고 슬퍼할 것은 슬퍼하는 순진한 마음, 그러한 씩씩한 정신이 엿보이기 때문이 아닌가고 생각합니다. 그렇다고 말숙이가 본시 그렇게도 훌륭한 마음을 가지고 있는 아이라는 것은 아닙니다. 그러한 사람이 되고자 노력하고 있는 그 성장의 과정을 보여주는 하나의 어린 마음의 기록으로서 읽어 주시기를 바란다는 것입니다. 이러한 점에서 이 책을 읽어 주시고, 그 속에서 무엇을 느끼는 일이 있다면 나로서는 이에 더할 기쁨이 없습니다. 그럼으로써 돌아가신 아버지나 어머님도 길이길이 마음을 놓을 수 있으리라고 생각합니다.

1958년 10월

저자의 큰오빠

안동석

이 일기를 번역하면서 역자는 수없이 붓을 쉬어야 했다. 너무나 순진한 감동, 가슴을 에는 슬픔, 몸부림치며 방황하는 어린 세대의 숙명, 그리고 무력한 조국에의 원한 등으로 심각한 충격을 주기 때문이다.

밝혀 두어야 할 말. 저자인 소녀 주인공의 이름이 야스모토 스에코安本末子인데 형제들끼리 부를 경우에는 스에코末子가 어색해서 아주 우리말로 '말숙'이라고 설정해서 부르기로 했다. 제題『구름은 흘러도』도 방역邦譯의 설정.

역자 주註

# 재일 한국 소녀의 수기

**대동문화사**

- 편집부, 『재일 한국 소녀의 수기』, 대동문화사, 1959.3.12, 185면
- 야스모토 스에코 원작, 10세 소녀의 일기

이 책은 수기이기 때문에 문장은 전부 필자가 쓴 원문 그대로다.

국문 역을 하는 데 있어서는 가급적 우리나라 어린이들까지 읽을 수 있는 쉬운 말로 쓰기로 했다.

너무나 빈번히 나오는 일본말의 인명, 지명과 그쪽의 독특한 생활 용어 중에는 우리나라 독자의 편의를 위하여 생략한 데가 몇 군데 있다.

## 머리말

드디어 이 보잘것없는 나어린 소녀의 일기집이 출판을 보게끔 되었습니다. 그래서 이 일기집의 배경이랄까 그렇지 않으면 오빠로서의 감상 같은 것을 간단히 적어 보라는 것이기에 너무나 외람된 것 같아서 주저가 앞설 뿐입니다.

일부러 설명할 필요가 없이 이 일기는 창작은 아닙니다. 또 출판은 그만두고라도 투고니 뭐니 하는 발표의 목적을 전제로 씌어진 것도 아닙니다. 순전한 일기입니다. 그러기에 읽어 보시면 곧 아시겠지마는 그 내용이야말로 정말 걷잡을 수 없고 그중에는 수치라고 생각되는 것까지 서슴지 않고 씌어졌습니다. 게다가 이 일기가 씌어진 시기는 지금부터 대체로 5년 전 일입니다. 이런 물건이 어떻게 해서 이제서야 출판이라는 영광을 입게 되었을까. '전화위복'이란 정말 이것을 말함인지도 모릅니다. 병상에 드러누움으로써 이런 계제가 생겼습니다.

지난 6월 28일 나는 과로의 부주의가 원인이 되어 늑막을 앓게 되어 병상에 눕는 몸이 되고 말았습니다. 보통 건강할 때에는 아무렇게도 보이지 않던 것들이 병상의 몸이 되고 보면 어쩐지 기분이 우울해지고 비관적이 되는가 봅니다. 특히 나의 경우에 양친이 돌아가신 뒤 네 남매의 장형으로서 소위 일가의 기둥이라는 입장에 서고 보면 내가 쓰러졌다는 것은 그대로 내일의 생활에 심각한 문제를 의미하는 것이었습니다.

하지만 그것은 그만두고라도 나는 기분이 우울해질 때면 지난날의 일들이 끝없이 되살아와서, 그래서 옛날의 일기 같은 것을 끄집어내어서는 읽어 보고 싶은 생각이 되어 보기도 했습니다. 그래, 그것은 정말 좋은 일이어서 '아, 이런 일도 있었던가' 하면서 극도로 쇠약해진 내 마음을 위로해 주었습니다. 그 뒤부터는 매일 마음 내키는 대로 이 일기를 읽게 되었습니다.

그러자 그 뒤 두 달가량 지난 어느 날 돌연 생각난 것이 있었습니다. '어째서 이렇게도 권태를 느끼지 않고 같은 것을 되풀이해서 읽을 수 있는가' 라고. 구회舊懷의 정이 그렇게 하는 것이라고 말해 버리면 그만이겠지요. 그러나 아무리 여동생의 일기라 할지라도 두 달 동안이나 거의 매일이라 해도 좋을 정도로 읽혀질 리가 없습니다. 나는 이 의문에 대해서 이런저런 생각을 해 봤습니다. '이것은 단순한 일기가 아니다. 그렇지 않다면 이렇게도 사람을 끌 수 없을 것이다. 이 일기를 읽는 순간의 나의 감정은 오빠로서의 동정 정도가 아니다. 공감이다. 그것은 누가 읽어도 이렇게 느껴질 수 있는 공감이라는 것이다. 그 관찰의 솔직한 것, 느낌에 있어서의 순진성, 게다가 문장을 말하더라도 이 나이의 소녀가 아니면 쓸 수 없는 성격이랄까 그것이 철저히 광채를 나타내고 있지 않은가.' —이런 생각이 나의 피로한 머릿속을 맴돌기 시작했던 것입니다. 하나 물론 거기서 냉정한 판단이나 반성을 잊어먹었다는 것은 아니었습니다.

'이것은 나의 병 때문일 거다. 만약 정말 그렇다면 이때까지 5년간 한 번도 이것을 깨닫지 못했을 리가 없을 것이다. 첫째로 내 동생은 글짓기 현상懸賞 같은 데 입선한 일이란 한 번도 없었지 않은가. 병 때문일 거다. 병 때문일 거다. 우스꽝스러운 일.'

그러나 이런 자문자답을 가지고 한번 번쩍인 '이 일기는 굉장한 것이다'라는 감상은 사라지는 것이 아니었습니다. 그래서 '이것은 나 혼자서 읽고 있을 일기가 아니고 될 수 있으면 많은 사람에게 읽혀지지 않으면 안 될 것이다. 이것이 이 일기의 당연한 숙명이었던 것이다. 내가 병상에 드러누운 것은 이 사명을 치르기 위한 어떠한 의사意思일지도 모른다. 아니, 틀림없이 돌아가신 모친의 유지遺志일 것이다'.

—이렇게 생각되었습니다.

여동생은 굳이 반대했습니다. 그래서 '자기 혼자만으로서 이 일기의 평가를 내릴 수 없다. 우선 부딪쳐 부서져라!'라고 일생의 부끄러움을 이렇게 간직하면서 결심하고 전 일기장 17권을 한데 뭉쳐 소상한 사정과 의뢰의 편지를 부쳐서 출판사로 띄운 것입니다.

"오늘이 아버지께서 돌아가신 지 49일째입니다." ―이것이 이 일기의 첫머리입니다만(부친의 사인은 정말 어처구니없는 심장마비였습니다) 모친은 이보다 6년 앞서 돌아가셨기 때문에 이 일기에는 우리들 남매 네 명만이 생활하는 모습이 적혀 있습니다. 그렇다면 이 일기는 어디 그만한 근거가 있으며 가치가 있기에 책으로 나오게 되었을까요.

그것은 오빠인 내가 말하는 것은 우습긴 하지마는 이 일기에는 아무리 가난한 가운데서라도 다정한 동정의 마음을 잃지 않은, 그리고 누구에게나 따뜻하고 아끼는 마음을 잃지 않은 그러한 정서가 숨어 있는 때문이라 생각합니다. 어떤 경우에도 틀림없이 기쁜 것을 기뻐하고 슬픔을 서러워하는 순진한 마음씨, 그러한 정신의 건강성까지를 들여다볼 수 있지 않을까 생각됩니다. 아니, 내 여동생 스에코 자신이 본래 그런 훌륭한 마음의 주인공이라는 것은 절대 아닙니다. 그러한 관점에서 이 책을 읽어 주시고, 그래서 그중에서 그 무엇인가를 짐작하실 수 있다면 나로서는 이에 넘치는 기쁨은 없습니다. 그때에 비로소 돌아가신 부친도 어머님의 영혼도 얼마나 영원히 마음이 놓여질 것이겠습니까.

1958년 10월

스에코의 맏오빠 되는

안동석 씀

## 역자의 말

10세 소녀가 쓴 이 수기는 일본어로 씌어진 것이지마는 조금도 어른들의 손이 닿지 않았다. 문자 그대로 '10세 소녀의 수기' 그대로다.

이것은 틀림없이 경이적 작품이다. 향기로운 인생의 수기면서 훌륭한 문학 작품이다.

만약 우리나라에서 이만한 작품이 나왔다면 나는 주저치 않고 그분을 찾아가서 모자를 벗고 공손히 찬양의 절을 했을 것이다. 그만치 이 책은 읽는 사람의 가슴속에 따뜻한 사랑의 감정과 굳센 휴머니즘의 고동鼓動을 옮겨 준다.

안安이라는 이 소녀의 세계는 여러 가지 의미에서 인간 비극의 지층을 밑바탕으로 영위되어 있다. 멀리 조국을 떠나 먼 나라 사람들의 날카로운 눈총을 맞아 가며 폐허처럼 처량하게 허물어진 오누이 4형제의 경황은 사막보다 무자비하고 극지의 어느 동원凍原을 연상시키는 불모의 빈곤 지대에서 도리어 옳은 것과 아름다움과 나아가서는 그것이 없이는 일체의 존재조차 용납될 수 없는 것—다시 말해서 '행복의 유열愉悅'에서 살 수 있다는 것을 증언하였다.

그것은 또한 어둠과 무지 속에서 쓰레기처럼 버림받아 온 아름다운 '동심'의 표백이기도 하다. 아세아적亞細亞的인 이 무서운 자망自忘 상태가 빚어내는 처참한 무관심에 도전하면서 안 양은 일기를 엮었다. 누구의 심금이라도 울리지 않을 수 없는 생활의 성서를 하루하루의 가련 가혹한 체험에서 적어 보았다는 것이다.

이것은 어떤 의미에서 '작품'이 아닌지 모른다. 단순한 일기가 작품이 되어야 한다는 법은 없다.

그러나 여기에는 확실히 어떤 보편성을 본질적으로 간직하고 있다. 그것이 무엇일까?

이 의문은 우리 문단에 대해서 이때까지 무시되다시피 간과되어 온 그 지나친 형식주의와 맞부딪친다. 우리 문학은 체험과 감정의 고갈 속에서 대부분의 독자에게 어렵고 재미없는 것으로만 반영되었다. 물론 일부 넓은 의미의 체험소설이랄까 표백문학漂白文學이랍시고 한때 조그마한 파동을 던진 일도 있었다. 그러나 그것은 보다 더 관념적인 허구성에다가 낡은 기교를 분색한 것이었다. 감동은 오므라지고 대신 이상스러운 세기말적인 독선이 아프레게르(-aprés-guerre, 戰後)에의 자위自慰를 재촉하였다. 이 틈을 타서 육체문학이 파상의 도가니 속으로 병적인 생활 풍토에서 독초처럼 무성하다.

나는 이 수기에 대해서 구태여 한국 문단과의 비교에서 어떠한 교훈을 제시하려는 의도는 없다. 그러나 이상 설명한 필자의 관찰은 결코 과장의 주문으로만 돌릴 수 없다고 생각한다.

이 수기는 교육이라든가 넓은 의미의 사회적 환경론과 결부되어 시사하는 바 적지 않다.

솔직히 말해서 우리 겨레의 머지않은 앞날은 이 수기의 필자인 안 양과 같은 숨은 미래의 광명에 기대하는 바 크다. 그리고 우리의 변두리에는 제2, 제3, 백천만의 '안 양'이 있을 것이다.

그렇게도 숨은 수많은 우리의 빛光들을 더 빛나게 할 수 있는 것은 우리들 자신 특히 아버지, 어머니, 아저씨, 언니들의 커다란 기쁨이요 신성한 의무가 아닐 수 없는 것이다. 나아가서 교육자, 사업가, 정치가들의 새로운 관심이 아닐 수 없다. 말하자면 동심의 화원을 아름답게 가꿔 보자는 '빛'의 생리와 앞으로 앞으로 나아가려는 이 민족의 향일성向日性과도 같은 것이다.

"어린이는 인간의 아버지—" 이렇게 노래 불렀던 영국의 위대한 호반시인湖畔詩人 워즈워스 만년의 심경을 피력하면서 이 수기에 대한 우리의 기대에 대신한다.

여하튼 이 책이 이렇게 재빠르게 나왔다. 1959년 초두의 이 숨 가쁜 세기의 맥박에 귀를 기울이면서 이 수기 한 권의 감격을 널리 겨레와 함께 나누고자 한다.

1월 10일

돈화문이 있는 어느 서당에

역자 일동

## 인간의 조건

**이정윤**

- 이정윤, 『인간의 조건』, 정향사, 1960.9.5, 339면 · 1960.11.3, 373면 · 1960.12.10, 339면(초판, 전3권); 1963.6.15(9판, 전3권)
- 이정윤, 『인간의 조건』, 정향사, 1964.3.15, 514면 · 537면(특제 발행, 전2권)
- 고미카와 준페이 원작

### 역자 서문

작년 여름 미국에서 돌아오는 길에 일본의 전쟁 후 가장 특색 있는 영화를 두어 편 보고 갔으면 하고 도쿄서 본 것이 〈대동아전쟁과 국제 재판〉, 그리고 〈인간의 조건〉이었다. 〈인간의 조건〉이라니 어떤 철학 책의 제목 같아서 볼 마음이 별로 없었지만 일본서 240만 부 이상이 매진된 놀라운 작품이 영화로 꾸며진 것이라기에 도쿄 체류 30여 시간의 1할을 할애하면서 구경하기로 한 것이었다.

〈대동아전쟁과 국제 재판〉에서는 도리어 자기들의 군국주의와 제국주의 사상을 인도 대표나 민선 변호인의 변론을 통해서 변호하려던 것이 여기 〈인간의 조건〉에서는 여지없는 자기 폭로로 나타나 있는 것을 발견했다. 제국주의하에서의 일본인은 '인간의 조건'을 상실한 인간이었다는 것이다. 다시 말하면 인간 축에 들 수 없는 인간이었다는 것이다.

장소는 만주이고 상대는 중국에서 마구 징발한 민간 포로를 앞에 두고의 이야기지만 일본 민족이 아세아 전역에서 저지른 '인간' 아닌 인간의 행동들이 여실히 폭로되어 있는 것이다. 그나마 그것이 단순한 폭로에 그치지 않고 휴머니즘의 향기 속에 보람 있는 문학 작품을 형성하고 있는 것이다.

나의 전공은 영문학이고 특히 고전이며, 그 고전과 현대문학과의 관련성을 규명하려는 데 있다. 그렇기 때문에 말하자면 일본문학의 번역에 손댈 마음이 별로 없고 그나마 현대소설을 번역하고 싶은 생각은 거의 없었다. 그러나 이 소설에는 세계 어느 문학에서나 기본이 되는 인간을 규명하려는 몸부림이 있고, 또한 그것은 제2차 대전이라는 기간에서 우리도 함께 체험한 쓰라린 경험이었다.

"저 전쟁 동안을 간접적이라 할지라도 결국은 협력이라는 형태로 지나온 많은 사람들이 결국 오늘의 역사를 만든 것이니까 나는 나의 각도에서 한 번 더 그 속을 지나 보지 않으면 앞으로 나아갈 수 없는 것같이 생각되었다."(원저자 서문에서)

이와 같은 원저자의 서문에서도 보는 바와 같이 우리도 한번은 정리해야 할 지난날의 사실이기에 번역할 생각이 들었다.

그런 후에야 비로소 일본 사람과 다시 만날 수 있고 친교를 가질 수 있다고까지 느꼈다.

서기 1960년 7월

이정윤

제5편

# 이야기꾼의 둥지

제11부 | 천로역정 · 천일야화

천국으로 가는 길부터 셰에라자드의 노래까지

제12부 | 특집호 · 창간사 · 앤솔러지

번역되고 편집되는 세계문학

제11부

# 천로역정 · 천일야화

천국으로 가는 길부터 셰에라자드의 노래까지

# 천로역정

**제임스 스카스 게일**

- 제임스 스카스 게일(기일, 奇一) 부부, 『천로역정』, 삼문출판사, 1895(초판), 202장(張)
- 제임스 스카스 게일, 『천로역정』, 대한장로교회, 1910(재판), 210면
- 제임스 스카스 게일, 『천로역정』, 조선야소교서회, 1919.8.18(3판), 210면; 조선야소교서회, 1926.11.27(4판), 218면
- 존 버니언 원작, 초판 목판본, 이창직 교열, 김준근 삽화

## 천로역정 서문

천로역정이라 하는 뜻은 천국으로 가는 사람들의 지나는 길이라 하는 말이라. 200여 년 전에 대영국 전도하는 선생의 지은 책이니, 성은 버니언이요 이름은 약한(-존)이니 슬하에 사랑하는 판수 딸이 있는지라. 원래 집이 가난하여 철물 장색匠色으로 생애를 하나 본디 마음이 방탕하여 가사를 돌아보지 아니하고 세상에 호협한 일만 좋아하니 이러할 때에야 누가 하느님께서 미리 빼샤 회개시킬 줄을 짐작하였으리오. 하루는 선생이 어디 갈 때에 무슨 소리 있어 은은히 귀에 들려 가로되, 네가 회개하고 구원 얻는 것이 좋으냐, 죄를 짓고 지옥에 빠지는 것이 좋으냐 하거늘 이 소리를 듣고 송구하여 집으로 돌아가며 왕사를 생각한즉 전죄가 나타나거늘 탄식하여 가로되, 내가 세상에 처하여 한 일을 생각하니 몸에 중한 짐을 짐 같도다 하더니 그렁저렁 며칠이 지나매 좋은 생각은 잠시요 악한 사욕이 다시 가리니 이것이 성경의 가르친바 세인들이 큰 은혜를 잊고 사특한 길로 간다 함 같도다. 선생이 또 하루는 공 치는 마당에 가서 마음을 놓고 노닐 적에 흉악한 맹세를 입으로 발하니 그때 마침 어떤 여자가 듣고 가로되, 저것이 다 지옥에 빠질 소리라 하거늘 선생이 일변 마음을 돌이켜 가로되 내가 장차 어떻게 하여야 저 말이 내 몸에 및지 아니할꼬 하며 곧 집으로 돌아가서 자기 죄를 통한히 여기며 깨닫고 주를 사모하는 생각

이 간절하여 밤낮 열심으로 기도하고 혹 사람을 만나면 가르치니 성경에 이른바 사람이 믿음으로써 의에 맞는다 함 같도다. 이때는 구세주 강생 1662년이라. 영국 황제 새로 즉위하여 덕이 박한 고로 구세주의 큰 은혜를 능멸히 여겨 거룩한 도를 전하는 자가 있으면 무론 남녀하고 옥에 가두니 이것이 성경의 이른바 제가 제 귀와 눈을 가리어 행여 마음의 깨다를까 한다 한 말씀이 이런 유를 가르쳐 한 말이로다. 슬프다, 선생이 이 분분한 때를 당하여 비로소 나아가서 천국 도리와 부생復生하는 이치를 전할새 듣는 자가 많은지라. 임금이 그 말을 듣고 군사를 보내어 잡아다가 옥에 가두되 선생의 믿는 마음이 더욱 견실하여 열두 해를 옥중에 있으되 위로하는 친구가 없으니 가련하고 가련하도다. 어찌 사특한 세상이 아니리오. 혹이 일러 가로되, 이제 그대가 나아가서 도를 전하지 않겠다 하면 이런 곤욕을 보지 아니하리라 하거늘 선생이 발연변색勃然變色하여 가로되, 시방이라도 놓아주면 즉시 나아가서 다시 전도하겠노라 하였으니 거룩하다, 선생이여, 옳은 도 사모하기를 주리고 목마른 것같이 복이 장차 크리로다. 불쌍하다, 그 딸은 세상 빛을 보지 못하매 주소晝宵등대等待하였으니 선생의 친구는 임금이 금하지 않고 특별히 허하여 준 성경과 그 딸이라. 선생의 가세가 빈한하고 또 도와주는 이 없으매 옷감을 짜서 호구지책을 하며 이 책 상·하권을 지었으니 선생이 옥에 갇히지 아니하였으면 이 책이 어찌 세상에 펴졌으리오. 이것이 하느님께서 버니언 씨의 독실한 마음과 정성을 드러내샤 이후 이 책 보는 사람들로 하여금 믿는 데 유익하게 하심이 아니냐. 먼저 선생의 사적을 기록하고 책 대지大旨는 아래 기록하노라.

이 책 상·하권은 신·구약 이치를 가지고 일판을 다 비사比辭로 지었으니 가위 도리를 통달한 성도이라 하리로다. 그 재미있는 곳을 보면 기기묘묘하고 그 엄한 곳을 보면 참 송구하도다. 사람이 어떻게 참도리를 믿는 것과 또 어떻게 예수를 아는 것과 또 어떻게 권력을 주시는 것과 또 어떻게 삼가 지키는 것을 소소히 나타내었으니 이것이 천로로 가는 데 첩경이라. 사람의 이름과 땅 이름은 참으로 있는 것이 아니라 명목만 빌려다가 이름을 지었으되 선한 사람의 이름은 선하게 짓고 악한 사람의 이름은 악하게 짓고 좋은 땅 이름은 좋게 짓고 흉한 땅 이름은 흉하게 지었으니 이 책 보는 벗님네는 이름을 보고 뜻을 생각하옵소서. 첫 비두에 나라 한 뜻은 버니언 씨가 자기를 가리킨 뜻이요 구렁은 옥을 가리킨 뜻이요 꿈은 가만히 생각하는 것을 가르친 뜻이요 제 집을 등지고 돌아섰단 말은 이 세상사와 서로 등졌단 말이요 해어진 옷은 더러운 세상을 가르친 뜻이요 짐은 죄를 가르친 뜻이니 대저 믿는 사람은 이 책을 보고 구구절절이 탄복하려니와 믿지 아니하는 사람이나 혹 이치를 알지 못하는 사람은 뿌리가 없는 말이라 하리라. 본문대로 번역하는 중에 미진한 끝이 여간 있으나 대강 요긴한 뜻을 밝혔으니 믿는 이는 이 책을 보소서.

구세주 강생 1894년

원산 성회 기일奇一 서書

# 천로역정 하편

**릴리어스 호튼 언더우드**

● 릴리어스 호튼 언더우드(원두우, 元杜尤), 『천로역정 하편』, 조선야소교서회, 1920.8.10, 134면

● 존 버니언 원작, 기독도 부인 여행록

## 역자의 말

기독도基督徒에 대한 이야기는 이미 여러 해 전에 발간되어 여러분께 환영을 받았으나 『천로역정』의 하편, 곧 기독도가 떠난 뒤로 그 집안에 있는 아내와 아들들의 형편과 어떻게 천성天城을 가기로 작정함과 무한한 신고와 간난을 지나 마침내 천성에 이름을 이 하편에 쓴 것이라. 영국 문호 존 버니언의 걸작으로서 각국 방언으로 번역되어 수천만 명의 애독자를 얻은 책이니 예수교인의 생활을 소설로 가장 진집하며 가장 열렬하게 그려 낸 책이니라.

# 전역 천로역정

**오천영**

- 오천영, 『전역(全譯) 천로역정』, 조선기독교서회, 1939.6.10, 273면
- 오천영, 『전역 천로역정』, 대한기독교서회, 1949.5.7(초판); 1956.6.15(5판), 231면
- 존 버니언 원작

## 서언

『천로역정』을 '조선'말로 번역한 지가 벌써 30년 전이다. 그러나 그것은 소년들의 독물이 될 만한 초역抄譯뿐이요 전역全譯은 아니었다.

'조선' 교회가 이 초역을 가지고 지금까지 온 것은 그 문헌 사업에 있어서 퍽이나 유감이라고 아니할 수 없다. 그리하여 기독교서회에서 이것을 전역하기로 결정한 결과 본인이 그 사명을 받아서 약 1년 반 동안에 제1권을 마쳐서 출판에 부치게 되었다.

이 『천로역정』은 성경 다음인 불후의 작품으로서 인생 문제 중에도 특히 신자의 과거와 현재와 장래를 통하여 그 각오와 분발과 경성과 용력과 희망 등을 조장하는 데 없지 못할 서물書物이다. 이 유명한 서물이 어서 '조선' 사회에 전역으로 소개되기만 바라는 마음으로 외람히 번역에 착수하였으나 재둔함을 스스로 느끼는 바이다. 그리고 초역이 아니요 전역임을 명심하여 원문에 충실함을 주의한 결과 너무 직역에 가까우므로 문리가 잘 유통되지 않는 점이 있을까 두려워한다. 그리고 시가는 될 수 있는 대로 구절이 맞는 운문이 되기를 힘썼다. 이 역시 '조선'문 시체時體에 있어서 흔히 해 보지 않은 것이니 만큼 또는 운을 맞추기 위한 구속 아래서 된 것이니 만큼 유창하지 못하기가 쉬운 것이다.

다만 이 서물이 원 저자 요한 버니언(-존 버니언) 선생에게 영감의 축복을 내리심

으로 작성된 것이니만큼 이 번역문에도 많은 축복을 주사 우리 신자계信者界에 광명과 지침이 되기를 바라 마지아니한다.

역자 오천영 지識

# 전역 천로역정 하편

**오천영**

● 오천영, 『전역(全譯) 천로역정 하편』, 혜문출판사(기문사), 1954.4.30(초판); 1959.2.5(재판), 244면

● 존 버니언 원작

## 서언

본인이 『천로역정』 상편을 전역全譯으로 발표하기도 벌써 15년 전이었으나 저간 전란이 거듭하는 중에 여력이 없으므로, 또한 성력이 부족하므로 하편을 이내 발표하지 못하고 오늘까지 온 것은 유감천만이다. 그러나 하느님의 은혜로 지금이나마 각방 독신가 제위의 협찬을 얻어 출간의 걸음을 내디디게 되었으니 진실로 감사를 마지않는 바이다.

이 『천로역정』이 얼마나 유력한 작품인 것은 다시금 설명할 것도 없거니와 이 하편은 상편의 주인공이 된 '기독도'가 '장망성'에서 '천성'을 향하여 길 떠날 때에 그를 반대하고 뒤떨어졌던 그의 부인, 즉 '기독도' 여사가 그 자녀들을 데리고 그 남편이 앞서 간 길을 따라간 사연이라. 이는 상편을 읽으신 분으로서 한번 읽으실 필요가 있을 것은 자연한 일일 것이다. 이 하편이 어서 나오기를 기대하는 분이 각 방면에 많으신 터에 번역이 완전치 못하여 기대에 맞지 못하는 점이 많을 것을 생각하는 역자로서는 제위의 혜량을 구하는 동시에 앞으로 거듭 수정하여 일층 원만하게 되기를 희망한다. 그리고 시가는 상편에서와 마찬가지로 운문으로 하기를 힘썼다. 영어 본문도 시가는 다 운문으로 된 것이 사실이다.

그리고 상편에서도 10항으로 나눠 편찬하였거니와 이 하편에서도 12항으로 나눠 항의 총괄 제목을 주고 따라서 목차까지를 붙였다. 그러나 이는 독자의 편익을

위하여 그 내용 개략을 섭취하는 도움이 되기를 원한 것이요 본문에는 그러한 구분이 없는 것이다. 아무쪼록 제위 독자께서는 잘 읽으시고 많은 은혜와 축복이 되시기를 빌면서 이로써 삼가 드리는 바이다.

1953년 7월 25일

역자 오천영 지識

# 초역 천로역정

**오천영**

● 오천영, 『초역(抄譯) 천로역정』, 기독교공보사, 1948.5(초판); 조선기독교서회, 1949.2.5(재판), 83면

● 존 버니언 원작

## 서언序言

역려과객歷旅過客 같은 우리 인생은 그 본향을 바로 찾아가야 할 것이거늘 그 길을 모르고 미로에서 방황한다. 요한 버니언(-존 버니언)은 옥중 감방에서 성령의 지시로 우리 본향인 천국에 가는 그 노정을 기술記述 발표한 것이 곧 이 『천로역정』이다. 이것이 전 세계 각국 방언方言으로 번역 출간되어 실로 그 수가 성경 다음에 달하였다. 다행히도 이에 뜻을 두신 오천영 목사께서는 약 8년 전에 이것을 우리말로 전역全譯하여 출판되었던바 절판된 지 오래되어 유감천만이었더니 현하 출판의 모든 난관을 무릅쓰고 다시 출간케 되었다. 과연 건국 도상에 있는 우리 3천만 겨레의 영계靈界에 지침이 될 줄 확신하고 충심으로 감사하여 마지아니하는 바이다.

박상건 지識

## 서언

약 8년 전 1939년에 본인이 예수교서회에 있어서 『천로역정』을 전역全譯하여 출간됨으로 애독자 제위의 진리를 탐구하는 간절한 요구에 따라서 일 년간에 약 팔천 권으로써 응하게 되었었다. 그런 후 이내 절품된 본 책이 다시 출간되기를 계획하는 중에 시세의 제한을 어쩔 수 없어서 지물紙物의 절약과 가격의 축소를 꾀하여 초역抄譯으로 출간함이 현하에 있어서 가장 적합한 일일 줄로 생각하는 분이 다수이었다. 그래서 본 책을 초역하기에 착수하였다. 그러나 그 초역할 부분을 가리기가 썩 곤란하였고 사연의 연락을 취하기도 퍽 어려웠다. 그리고 간략을 꾀하니 만큼 시문은 다 빼었고 다만 새로운 제공으로 본 책의 저자 버니언 목사의 약전을 책머리에 실어서 독자로 하여금 그 출처의 근원을 미루어 하느님의 준비하신 역사적 섭리와 본 책의 귀중성을 일층 인식함으로 감사를 드리는 동시에 우리들도 어서 이런 불후의 작품을 내어서 동포를 구원하는 광탑光塔(―등대)이 되고 따라서 천부께로 영광을 돌리게 되기를 바라 마지않는 바이다.

1947년 12월 8일

오천영 지識

그리고 『천로역정』의 하권도 다 전역되어 있으므로 쉬이 출간될 것이다.

## 유옥역전

### 필사본

- 『유옥역전』, 1895.7, 50장(張)
- 필사본

청산에 끼친 글이라 향자에 어떤 사람이 장백산에 올라 깊은 수풀 그윽한 구렁 속에 들어갔더니 큰 석함이 있거늘 괴이히 여겨 열어 본즉 한 책이 있는데 기괴한 글이 모두 세상 사람을 놀랠 말인데 이 아래 올린 것이 그중에 있는 말이니 보시는 이들이 좋아하실 터이면 이제부터 호호 다 기록하겠소.

# 삼촌설

**민준호 · 김교제**

● 민준호 역술, 김교제 윤색, 『삼촌설(三寸舌)』, 동양서원, 1913.4.15, 255면

● 소설총서 제4집, 상권

아라비아Arabia는 아세아 서방과 아프리카 동방에 있는 큰 나라이라.

그때 아라비아의 판도를 의론컨대 동으로 황하를 건너 지나支那(-중국) 서부를 범하고 서로 홍해를 건너 애급埃及(-이집트) 전폭을 점령하며 북으로 토이고土耳古(-터키)와 남으로 인도 각부를 포함하였더라.

보달Baghdad(-바그다드)은 아라비아의 수부首府요 서력 팔구 세기간에 위엄이 구라파에 진동하고 세력이 아프리카와 아세아 동부에 팽창하던 합룡아이랍서특왕Harun al-Rashid(-하룬 알 라시드)의 건설한 바이라. 200만 인구나 되는 도성에 성벽으로 둘렀으며 집집마다 거리마다 황금으로 꾸미고 백옥으로 장식하여 금벽이 휘황하고 ○○○ ○○하여 창졸간 그 지경에를 들어서면 정신이 어리고 눈이 현황하여 선경이며 인간임을 깨닫지 못할 것이요 여기저기 사면팔방에다 동서양 기화이초奇花異草를 없는 것 없이 가뜩 심어 무론 사철하고 푸른 잎 붉은 꽃이 진할 때가 없어 봄이며 가을임을 분변하기 어려운데 한편에는 미술관, 박물관, 동물원, 식물원이요 또 한편은 철공장, 기계창이요 대학교, 소학교, 온갖 학교들은 군데군데 벌여 있어 문명의 기상이 완연하고 저 격리하Tigris(-티그리스) 너른 물에는 큰 군함, 작은 군함, 천백 척 군함이며 상선, 어주, 형형색색의 배들이 삼대 밭에 삼대 들어서듯 임립총총히 들어서서 채색 돛대와 비단 돛이 바람에 나부끼고 물낯에 종횡하여 비단 물결을 이루었고 각색 물화가 메같이 쌓여 동서양 상고들이 구름같이 모여들고 안개같

이 모여들어 물화를 수출하니 상공업의 발달됨을 가히 알리러라.

대저 그때 세기에는 문명하고 번화하고 부강함이 가히 극도에 달하였다 할 만도 하나 오호라, 한번 성하면 한번 쇠함은 천고의 정한 이치라. 20세기에 이르러는 야매하고 쇠퇴하고 미약함이 역시 극도에 달하였다 할지나 그 나라의 예전 역사와 그 민족의 조상 사적으로 말할진대 미풍양속이며 가언선행이 족히 세계에 자랑하고 족히 후세에 모범될 것도 많았으련마는 그런 사적도 또한 그 나라의 명운을 따라 민멸하고 그 인종의 정도를 따라 민멸하고 백에 하나도 전함이 없어 천추 만년에 유감이 적지 않더니 다행토다, 파사波斯(-페르시아) 왕 사기리안(-샤리아르) 때에 이르러 유약한 한 여자의 썩지 않은 삼촌설로 그 임금을 풍간함으로 좇아 아라비아의 예전 풍속과 합룡아이랍셔특왕의 당시 사실이 대강 드러났으니 그 말이 비록 간단하나 족히 그때 인심의 선악을 판단할지요 그 사실이 비록 황탄하나 족히 그때 풍기의 경향을 참고할지니 이로 볼진대 『삼촌설』 전편을 다만 소설적으로 볼 바가 아니라 하노라.

# 만고기담
## 이상협

● 이상협, 「만고기담(萬古奇談)」, 『매일신보』, 1913.9.6~1914.6.7, 3면(전170회)

이 『만고기담』은 원명을 『아라비안나이트』라 일컫나니 천하에 짝이 없는 기이한 책으로 이전 수천 년래에 세계에 유명한 책이요 이후 몇백 천년을 지날지라도 또한 유명한 기이한 책이 될지라.

어느 때 어떠한 사람이 지었는지 분명치 못하나 고래로 여러 나라말에 번역되어 온갖 기이한 책 중에 높이 뛰어났으니 그것도 한 기이한 일이라.

서양에는 어떠한 나라 어떠한 사람의 집에든지 성경과 이 기담은 반드시 책상머리에 갖추어 어린 자제의 교훈과 장성한 남녀의 수양에 없지 못할 물건으로 생각하는 것이라. 이로 보아도 우리가 이 기담은 한번 읽을 가치가 확실히 있음을 짐작하리로다.

400만의 노예와 같은 인종을 몰아 큰 독립국을 세우던 미국의 워싱턴도, 작은 섬의 백면서생으로 유럽 대륙의 초목까지 그 위엄에 떨리게 흔천동지의 세력을 환롱幻弄하던 불국의 나폴레옹도 소년 시대에 이 기담 가운데에서 그 용맹한 마음과 굉장한 지각을 얻음이 매우 많았으며 기타 세계의 역사를 장식한 서양의 유명한 남녀 호걸은 한 사람도 소년 시대에 이 기담을 탐하여 읽지 아니한 자가 없다는 말만 들어도 이 기담 한 편이 인생에 얼마쯤 유익한 생각을 줄 것은 분명한 일이라.

이와 같은 기이한 책을 아직 우리 동포가 읽지 못함은 우리 문필에 종사하는 자의 한 부끄럽게 여기는 바이요 우리 민족의 글 읽는 정도가 낮은 것을 세계에 보임이로다. 이 기담이 몇 해 전 어떠한 신문지에도 조금 난 일이 있고 근일 서포에서 출판한 것도 없는 바는 아니나 다 그 한 부분에 지나지 못하고 기이한 전체의 묘한 맛을 엿보기는 도저히 불능이라.

생각건대 이 천하의 기서는 어느 시대 어떠한 사람의 앞에든지 천하의 기서로 그 조선을 즐겁게 하고 그 자기를 즐겁게 할 것이요 또한 그 자자손손에까지도 즐겁게 할 사명이 있는 줄로 믿노라.

온 세계에 쌍을 구하여도 도무지 얻지 못하였고 이후에도 또 그 짝이 없기 쉬울…… 지구상 우리 인종의 큰 보배 되는 『만고기담』…… 원이름…… 『아라비아나이트』는 번역이 변변치 못함을 허물치 않고 이래 여러 달 환영 애독한 독자 제위의 좋은 뜻을 이에 사례하노라. 돌아보건대 창졸지간이라 번역도 완전치 못하고 신문에 게재함이라 전부를 번역지 못하여 그릇되고 누락됨이 실로 많으나 이는 후일에 한 책자로 모아 발간할 때에 얼마간 보충하겠고 원래 이야기의 갈피가 심히 번잡하므로 책자로 위아래로 모아 보면 몇 분의 재미를 또한 깨달을 듯…… 큰 보배에 대하여 적지 아니한 허물을 사례하고 이에 삼가 붓을 던지노라.

# 홍등야화

**최승일**

- 최승일, 『홍등야화(紅燈夜話)』, 박문서관, 1926.10.10, 216면
- 아라비안나이트

## 두어 마디

태양의 열이 찌는 듯이 내리쪼이고 금싸라기 같은 흰모래 위—그 위에다가 발자국을 차근차근 박아 놓으면서 천천히 움직이어 걸어가는 대상隊商의 무리!

—밤이 되면 하늘에 별이 총총하고 달은 환하게 밝은데 사막 가운데로 곱게 흘러가는 강가 야자수 그늘 밑에 가는 바람이 붊으로 하여서 옷자락이 펄펄 날리면서 사랑의 속삭임이 끊임없는 저 넓은 아라비아 사막에서 별별 진기한 사건이 일어난 이야기가 이 이야깁니다.

그런데 그러한 이야기가 얼마나 있는지? 그것은 끝이 없고 한이 없는 것입니다. 아마 우리나라에서도 웬만한 사람이면 『아라비안 야화』를 모를 사람이 없을 것이올시다. 그만치 이 이야기가 많기도 많거니와 퍼지기도 엔간하게 퍼진 것입니다.

여기엔 그중 재미있고 읽기 좋고 한 것으로만 골라서 뽑아 모아 놓았습니다.

여러분—저 모래 나라인 아라비아의 사막의 정경을 상상하고 이 진귀한 이야기를 전하게 됨을 나 혼자 스스로 기꺼워하는 바입니다.

1925년 8월

역자

## 『아라비안 야화』에 대하여

이 『아라비안나이트』를 맨 처음으로 발견한 사람은 불란서의 동양 연구자 앙투안 갈랑이라는 사람이었습니다.

그는 이 『아라비안나이트』를 『아라비아 야화 일천일야一千一夜』라고 제호를 하여서 불란서 말로 공개하였습니다. 때는 1704년으로부터 1717년경이었다고 합니다.

그런데 이 이야기로 말하면 누구가 지은 것인지 그것도 알지 못하는 중에 하여간 맨 처음으로 발견을 하여서 번역을 하여 낸 갈랑이라는 사람이 유명하게 된 것도 사실이라고 합니다. 그리고 또 내용을 읽어 보면 아라비아 왕족의 모험, 복수, 승려의 위선 같은 것이 여간 재미가 있지 않을 뿐 외라 모든 것이 희곡적이 되어 있는 것이 더욱이나 재미있는 일이올시다.

그런데 이 『아라비안 야화』의 발단이 어디서 생기었으며 또한 누구가 만들어 낸 것이냐는 것이 후세에 내려오면서 늘 의문이었습니다. 그리하여 어떤 사람은 이렇게 말하고 어떤 사람은 저렇게 말하여 도무지 종작을 할 없습니다마는 하여간 그중 재미있고 정확한 듯한 이야기가 있으니 그 이야기는 아래와 같습니다.

옛날 옛적 아라비아에 한 여왕이 있었는데 그 여왕은 매일 밤마다 백성을 한 사람씩 궁중으로 데리어 들여다가는 그 이튿날 아침이 되면 웬일인지 무엇이 마음에 맞지 않는지 고만 죽여 버리고 맙니다. 그러므로 누구든지 한 번만 끌리어 가면 다시 오지를 못하였습니다. 그리하여 그 나라 백성들은 모두 무서워하였더랍니다. 그러자 어떤 날 한 사람이 끌려갔는데 모든 사람들은 내일은 또 저 사람도 죽어서 송장이 되어 나올 터이지? 하고 생각하고 있으려니까 의외에도 그는 살아 있었습니다. 그래서 누구나 놀라지 않는 사람이 없었습니다. 어찌해서 저 사람은 그런 못된 임금한테 죽지를 않고 살아 있나? 하면서, 그러나 내일은 죽겠지 하고 예상을 하여도 여전히 그 이튿날도 그는 무사하였습니다. 이리하여 그는 며칠 동안을 그 궁중에 있더니만 왕의 귀여워하심을 받게 되었고 또한 그 외에 많은 선사품을 가지고 집으로 돌아오게 되었습니다.

이렇게 이상하게도 기이하게도 죽음을 벗어나 살아 온 사람으로 말하면 궁중으로 끌려들어가 그날 밤에 막 죽음을 당할 때에 그는 왕께다 말씀하기를 "저는 재미있는 이야기를 많이 가지고 있습니다. 한번 그 이야기를 하나 하여 드릴 것이오니 그 이야기를 들으신 후에 죽여 주시기를 바랍니다" 하면서 애걸복걸을 하기 때문에 왕은 그러면 하나 하여 보라고 말씀하시자 참으로 그의 이야기는 여간 재미가 있는 것이 아니었더랍니다. 그리하여 그러한 몹쓸 임금님도 감심이 되어 이야기를 듣고 있는 동안에 그 밤이 밝았더랍니다.

이렇게 매일 밤을 두고 자기의 목숨이 위태할 지경이면 또 그 이야기를 끄집어내어 임금님의 환심을 사게 되어 오랫동안 자기의 생명을 보존할 수가 있었더랍니다. 그래서 그 이야기를 전통全統 모아 놓은 것이 곧 이 『아라비안 야화』—혹은 『일천일야 모노가타리物語』라고 하여 전해 내려온 것이올시다.

사실은 어쨌든 간에 하여간 재미가 있는 이야기이므로 이제부터 여쭈어 드립니다마는 그러나 이것이 어느 책에 씌어 있는지? 그것을 모르기 때문에 대단히 유감으로 생각하는 바입니다.

또한 지수紙數의 관계와 여러 가지 사정으로 인하여 전부 번역을 못 하고 단지 그 중에서 제일 재미있는 것으로만 대여섯 가지 뽑아서 번역하게 된 것을 맨 끝으로 유감되게 생각하는 바입니다.

# 천일야기담

김소운

- 김소운, 「천일야기담(千一夜奇譚)」, 『매일신보』, 1930.3.14~9.10, 4면(전136회)
- 이승만 삽화

비린내 나는 젊은 여자의 피를 밤마다 밤마다 탐내어 마시려던 이집트 왕의 포학을 물리치고 수천 명 여자의 참담한 운명을 구원한 자는 그 누구인가. 용감한 우리 주인공 셰에라자드 아가씨가 일천 하루라는 긴긴밤을 그 아리따운 자태와 신출귀몰의 기지와 햇발 같은 정열로서 끌어 나간 놀랍고도 이상한 이야기가 그것이다. 아라비아의 거친 사막에 찬란턴 햇발이 스러진 지 이미 이천여 년, 기나긴 세월의 층계를 거쳐 내려오면서도 동양문학의 큰 선물로 더욱 빛나는 것은 이 이야기다. 지금으로부터 십수 년 전 『만고기담』이라 하여 본지에 역재譯載된 일이 있었거니와 이제 다시 아동 독자를 위하여 이 이야기를 소개하게 된 것은 깊은 인연이라 하겠다. 조선 민요의 번역으로 영명이 높은 김소운 씨의 역술에 아울러 화단의 중진 이승만 선생의 아름다운 삽화는 독자 여러분의 만족을 채우고도 남을 줄 믿는 바이다.

# 아라비안나이트 시집

**김용제**

● 김용제, 『아라비안나이트 시집』, 계명문화사, 1960.5.10, 243면

● 오오키 아쓰오 원작

## 머리말

아라비아는 아시아 서남쪽에 자리 잡고 있는 오랜 나라다. 거기에는 우리와 같은 동양인의 혈통과 생활과 지혜와 문화가 옛적부터 빛났었다.

아라비아 하면 우선 유명한 『아라비안나이트』가 생각난다. 번역된 이름으로 『천일야화』라는 방대 찬란한 고전적 동양문학이다. 그리고 또 하나의 아라비아의 명물은 카라반隊商의 행렬이 아물거리며 불타는 사막이다. 『아라비안나이트』는 이 아라비아 사막의 무변無邊 열사熱砂 위에 핀 신비로운 화원이요 3,000년 전에 흥겹게 베푼 큰 문학의 잔치였던 것이다.

이 『천일야화』의 기묘한 이야기가 얼마나 재미로운 문학인지는 그 나라 그 시대의 샤리아르 왕이 아닌 오늘의 독자까지도 도취시키는 영원한 매력을 지니고 있음을 보아도 알 수 있다. 왕비의 부정으로 복수심과 질투심에 불타던 샤리아르 왕도 순정의 처녀 셰에라자드가 이야기해 주는 『아라비안나이트』의 재미에 홀려서 밤을 천 번이나 새우며 듣지 않을 수 없었다. 그러는 동안에 어느덧 잔인한 복수심이 인자하게 감화되었다는 것이다.

그런데 이 『아라비안나이트』에 영원히 신선한 생명과 감격의 정열을 불어넣어 주는 신비로운 미주美酒는 실로 그 이야기 속에 수놓인 2,000여 편의 시라 하겠다.

그래서 세계의 문학 전문가들로 하여금 "시 없는 『아라비안나이트』는 태양 없는 낮과 같다!"고까지 감탄시킨 것이다.

이 자그마한 번역 시집에서는 2,000편 이상의 길고 짧은 시 가운데서 500편만을 추려 보았다. 시의 내용과 형식에 따라서 대충대충 열일곱 가지(17부)로 나누었다. 이것만으로도 우선 시의 우주적 장관이 아니냐. 그러나 내용은 여러 각도에서 청춘과 애정의 희비를 읊은 노래들이다.

아라비아와는 우리보다도 오히려 지리적으로 가까운 서양에서는 이 우아하고 현란한 동양 고대시에서 그들의 근대시의 원천을 발견했을 것이다. 하물며 우리로는 잃었던 우리 동양의 향수로 잠시나마 돌아가 보지 않을까 보냐.

1959년 6월

김용제

제12부

# 특집호 · 창간사 · 앤솔러지

## 번역되고 편집되는 세계문학

# 『청춘』 세계문학개관

신문관

● 『청춘』 1~9, 신문관, 1914.10.1~1917.7.26(전8회)

## 너 참 불쌍타

*Les Misérables* by Victor Marie Hugo

빅토르 위고1802~1885는 일대의 대교사大敎師요 『미제라블』은 그 일생의 대강연이라. 소설로 그 정취가 탁발卓拔함은 무론이거니와 성세醒世의 경탁警鐸으로 그 교훈이 위대함을 뉘 부인하리오. 여기 역재譯載하는 것은 그 경개를 딴 것이니 천 엽頁 원문의 층출하는 변환과 오묘한 사지辭旨를 전하기에 너무 부족함을 자분自分하지 못함이 아니나 다만 차편此篇으로 유由하여 여러분이 그 대문호의 대저작을 친적親炙하는 계제를 득하게 되시면 지행至幸일까 하노라.

ABC계契에 관한 부분은 일찍 『소년』 제3년 제7권에 상역詳譯을 담재膽載한 일이 있나니라.

## 갱생

*Resurrection* by Lev Nikolaevich Tolstoi

세계 근대의 큰 인물 톨스토이 백伯은 1828년에 러시아 국 툴라에서 나서 카잔 대학에서 교육을 받고 그 뒤에 군인이 되어 노토 전쟁露土戰爭–러시아·터키전쟁에는 흑해黑海의 포대 세바스토폴 전역戰役에도 참가하여 여러 번 시석矢石 간에 출입하다가 전쟁이 끝난 뒤에 벼슬을 하직하고 들로 물러가 자기의 영지 야스나야 폴랴나에서 전원의 생활을 시작하여 농민과 한가지 가래를 들고 농민을 위하여 이익을 도모하며 한편으로 부를 힘써 게을리 하지 아니하고 또 항상 필연筆硯을 가까이하여 그 저작을 부지런히 세상에 내니 백伯의 삼대 걸작이라 하면 아마 『전쟁과 평화』, 『안나 카레니나』와 및 여기 역재譯載하는 『갱생』이리오. 또 근년에 출판한 자서전적 의사를 함含한 『생시生屍(–산송장)』라는 연극은 방금 구주歐洲의 문단을 들레더라.

애석하도다. 백伯은 재재작년에 84세의 고령으로 세계 이목이 용동聳動하는 중에 세상을 버렸으나 그 여운이 러시아뿐 아니라 온 세계에 떨침은 참 갸륵한 일이로다.

톨스토이 선생에 대하여 더 자세히 알고자 하는 이는 구舊『소년』 제3년 제9권을 보시오. 거기는 선생의 역사, 연보, 저작 등을 게재하여 있사외다. 매가賣價 금 10전. 우세郵稅 1전.

## 실낙원

*Paradise* Lost by John Milton

『실낙원』 작자 시성詩聖 밀턴은 케임브리지 대학을 졸업하고 20년간을 정계에 비약하다가 크롬웰 공화 정부 전복된 뒤에 다시 문단에 몸을 버리고 29세로부터 서사시에 뜻을 두어 32세에 제목을 성서 중에 취하여 『실낙원』의 의취意趣를 생각하고 오십이 넘어 비로소 붓을 잡아 1665년(56세)에 완성을 고하였으나 소년 사자寫字의 인수因祟로 안력을 상하여 46세에 실명의 비운에 함陷하였은즉 실낙원은 실로 그 맹목 시대의 저작이라. 단테의 『신곡』과 같이 지옥을 모사한 것이나 피彼는 상세하고 차此는 막연하며 피는 우미優美하고 차는 호장豪壯하여 동음이곡同音異曲에 각각 얻기 어려운 곳이 있으니 참 세계문학 중 천재千載 불후不朽할 진물珍物이니라.

## 돈기호 전기頓基浩傳奇

*Don Quixote* by Miguel Cervantes

세르반테스(Miguel de Saavedra, 1547~1616)는 '서반이西班牙의 셰익스피어'란 이름까지 얻은 해국該國 제일의 문학가니, 시며 소설에 다 재명才名을 박博하니라. 장시壯時에 토이기土耳其의 전쟁에 출진出陣하였다가는 중상을 입어 좌완左腕을 잃고 또 노예로 팔려가 5년간이나 고역의 참미慘味를 맛보니라. 삼십칠 때에 결혼하여 수도 마드리드에서 문필로써 입에 풀칠을 하더니 "가난이 귀신은 문사하고 좋은 사이"란 셈으로 늘 서 발 막대 거칠 것 없는 살림을 하고 부채 때문에 옥에까지 갇힌 일조차 있었더라. 그 뒤에 라만차의 성 요한파 총섭總攝의 심부름으로 차지료借地料 도징導掌으로 아르가마시아로 출장하였다가 완패頑悖한 채권자에게 역습을 당하여 또 철창에 신음하는 몸이 되매 분노한 김에 옥중에서 저작한 것이 걸작 『돈키호테』니라. 58세에 그 제1편을 내고 월越 10년에 제2편을 내니라.

우리에게는 없었다 하겠지마는 외방外邦으로 말하면 봉건 제도하에서 무문武門의 세력이 강대하여 문文을 경輕하고 무武를 중重하여 용전분투勇戰奮鬪의 사적事蹟을 좋아하는 결과로 반드시 기백 년간씩 무용武勇 전기傳奇가 성행하였으니 서양에서는 제십육칠 세기쯤이 차此 기운의 전성기라. 그 백포白袍 은갑銀甲을 찬란히 장속裝束하고 백일白日을 조영照映하는 방패와 추상秋霜을 능凌하는 창극槍戟으로 늠름연凜凜然히 마배馬背에 실려서 억강부약抑强扶弱하고 위국가爲國家 분용진충奮勇盡忠함을 필생의 영예로 알던 중세의 일 명물 나이트爵士는 우리로 치면 조명朝命 아니 받은 어사御使쯤 되는 것이라. 그러므로 그 사적을 적은 전기가 큰 세력으로 세간에 풍행風行하고 우심尤甚하기는 서반아러라. 차서此書 저행著行의 목적은 무사적 모험담에 황당무계한 것이 많음을 지적하여 세인이 이것을 애독하는 열정을 냉각케 하자 함이니 전기의 주인공 돈기호頓基浩가 임종 시에 그 질녀姪女에게 재산을 양여讓與하면서 반드시 작사 제도에 반항하는 자와 결혼하라, 불연不然하면 이 재산은 자선 사업에 투投하겠다 함과 또 장사지언將死之言으로 "나는 인제부터 온갖 작사와 및 거기 관한 서적을 적시敵視하겠다" 한 등이 곧 일 편篇 정신의 있는 바라. 그러지 않아도 시대의 사상이 매우 고상하여져서 천박하고 황당한 무용담이 쇠운衰運을 당하여 가는데 이 명저가 생김으로부터 더욱 무세無勢하여 그 종식終熄을 속速하게 하니라.

당자는 그리 고심한 저작이 아닌 듯도 하지마는 시대의 조류에 투投하기 때문으로 발행 당시부터 썩 널리 세간에 전송傳誦되고 시방은 세계의 일대 기서奇書로 『일리아드』와 『햄릿』으로 아울러 삼대 보전寶典에 열列하게 되었으며 원서의 판행版行이 150여 종이요 15 국어, 부지不知 기십 종 역본으로 세계 문단에 웅비하나니라.

## 캔터베리기記

*Canterbury Tales* by Geoffrey Chaucer

영국의 시성詩聖 제프리 초서Geoffrey Chaucer, 1343~1400는 윤돈倫敦(-런던) 주상酒商의 아들로 일찍 사관士官이 되어 병마兵馬 간에 구치驅馳한 경험도 있고 시종侍從이 되어 궁정 내에 출입한 열력閱歷도 있고 또 외교관으로 이태리伊太利에 파유派遣된 일도 있으니 명망의 높음을 따라 직품職品도 낮지 아니한 듯하더라.

평생의 저술이 50편에 가까우나 40세 이후에 지은 『캔터베리기』는 걸작 중 대걸작이니라.

『캔터베리기』는 캔터베리에 있는 토머스 아 베켓 신당神堂에 치성致誠 가는 길에 여러 치성꾼들이 제가끔 기화奇話 진담珍談을 이야기하였다는 의취意趣라. 치성꾼의 총수 29명 내에 23명이 24편의 이야기를 한 것이나 그중에 22편은 시, 2편은 산문이라. 자玆에는 전제前題 이외에 색채 있고 재미스러운 장관의 이야기, 학자의 이야기, 향유鄕儒의 이야기, 사문赦文 장수의 이야기, 바스 집의 이야기, 여승女僧의 이야기, 여승장女僧長의 이야기, 합 7편 대의를 초록하노라.

# 『개벽』 외국걸작명편(세계걸작명편)

**개벽사**

● 『개벽』 25(임시호), 개벽사, 1922.7.10, 창간 2주년 기념 부록 1~77면

옛사람이 말하되 지어서 마지아니하면 이에 군자가 된다고 하였습니다. 우리는 구태여 군자 되기를 원하는 바가 아니지마는 지어서 마지아니하는 노력의 결과는 이에 우리 『개벽』이 만 2개년의 생일을 여러분 독자의 사랑 가운데서 맞게 되었습니다.

과거 이 2개년 동안에 우리의 환경과 우리의 처지와 우리의 경우를 짐작하는 여러분은 이 『개벽』이 얼마마한 고통과 번민과 비루悲淚를 가지고 지내 왔나 하는 것을 생각하여 주지 않을 수 없을 줄 압니다. 우리의 하고자 하는 말이 혀가 짧아서 못 하는 것이 아니고 우리가 쓰고자 하는 글이 붓이 모자라서 못 쓰는 것은 아니지마는 모진 칼날 위에 선 우리 『개벽』은 손끝 한 번 움직이는 것과 발자취 한 번 움직거리는 데 따라 조금만 주의를 하지 못하면 치명에 가까운 생채기를 받지 아니할 수가 없게 됩니다.

이러한 고통을 받을수록 이러한 압박을 당할수록 우리는 눈물을 머금고 아무쪼록 한 사람이라도 알아야 하겠다, 배워야 하겠다, 그 사람과 같이 튼튼하여야 하겠다, 그 사람과 같이 활동하여야 하겠다는 생각이 더욱 간절하여집니다.

우리는 이 2주년 생일을 당하여 무엇으로써 우리를 자기 일신같이 사랑하여 주는 여러분에게 만분지일이라고 보답할까? 여러 방면으로 생각한 결과 기념 부록으로 외국 명작을 역譯하기로 작정이 되었습니다.

우리의 문단을 돌아볼 때에 얼마나 그 작가가 적으며 얼마나 그 내용이 빈약한지는 여러분과 한가지 이 『개벽』 학예부에서 더욱이 느낌이 많은 것이올시다.

이러한 현상을 미루어 보면 우리의 지금 문단은 창작 문단보다도 번역 문단에 바랄 것이 많고 얻을 것이 있는 줄 믿습니다.

이러한 의미에서 이번 이 번역 부록이 적지 아니한 의미 있는 일이라고 합니다. 그리고 번역의 힘 드는 것이 실로 창작 이상의 어려운 것인 줄 압니다.

더욱이 지금과 같이 혼돈한 우리 문단에 A, B만 알아도 번역을 한다고 하고 カナタラ(-가나다라)만 알아도 번역을 한다고 날뛰는 이 시대에서는 금번에 이 계획이 대단한 등명대燈明臺가 될 줄 압니다.

이에 역재譯載한 글은 세계의 명편일 뿐만 아니라 우리 문단의 일류를 망라하여 평생에 애독하는 명편 중에 가장 자신 있는 명역이라고 자천自薦합니다.

다만 일류 중에도 몇 분이 원지遠地에 있어 미참未參한 것을 유감으로 아는 바이올시다.

지나는 말로……

학예부 주임(-현철)

## 사 일간

염상섭

Fsewolod Mihailovitch Garsin1855~1888은 노서아露西亞 문호의 일인이니, 처음에 광업학교에 수업하고, 1877년에 군대에 입入하여 토이기土耳其에 출전하였을 제 피彼의 제일 걸작인 이 「사 일간」의 제재를 득得한 바이라 하며, 기후其後 1880년에 일시 발광하여 가료加療한 결과 2년 만에 쾌복된 후 철도회의鐵道會議의 서기가 되었던 사事도 있고, 일一 여의女醫와 결혼하여 다시 문학 생활을 계속하였으나 1888년에 광증이 재발하여 자살하였다 한다.

역자

## 『초엽집草葉集』에서

김형원

월트 휘트먼! 나는 이렇게 감탄적으로 그의 이름을 부르지 아니할 수 없이 그를 경앙하고 숭배한다. 함은, 그의 시가 미의 시인 것보다도 역力의 시인 까닭이다. 그는 과연 "자연과 같이 관대하고 강장強壯한" 시인이다. 그는 투철한 예언자요 선지자요 인도자이요 미래를 위한 시인이요 인류의 향상 전진과 공존공영의 진리를 확신한 벌거벗은 사도使徒이다.

그의 생애에 대하여는 후일에 소개할 기회가 있을 줄로 믿고 이제는 약略하는 바이나 나는 이번에 나의 번역의 붓을 처음으로 들어 맨 먼저 나의 숭배하는 휘트먼의 시를 소개하게 됨을 스스로 기뻐하는 동시에 나는 매우 주저하였고 또한 노력하였다. 함은, 나는 원래 영문의 지식이 없는 터이요 일역된 것이 이삼 종이 있다. 하나—원래 시의 번역은 (다른 것도 그렇지마는) 창작보다 어려운 것이라—모두 역의譯意가 원문과 틀리는 것은 물론 일역끼리도 전혀 상반되는 해석이 많으므로 서투른 원서를 놓고서 끙끙댄 것이 도리어 주제넘은 줄로 생각되는 터이다. 그러나 휘트먼의 소개는 조선에서 이것이 처음임을 생각할 때에는 설혹 잘못이 있다 할지라도 독자는 물론 원작자 휘트먼도 지하에서 미소로 용서하리라는 자신으로 이것을 독자에게 부치는 바이며 끝으로 휘트먼의 아주 간략한 소개를 하면,

그는 1819년 5월 31일에 미국 뉴욕주 롱아일랜드에 낳았다. 학교라고는 소학교를 겨우 마치고 13세에 인쇄소 식자공 되었고 20세에 자기의 시편을 주로 한 주간 잡지를 발행하고 그때부터 뉴욕에서 기고가, 잡지 기자, 연설가 노릇을 하기 시작하여 그의 일생은 인쇄, 신문, 잡지, 시작詩作, 여행 등을 떠나서는 설명치 못하게 되었다. 그의 말년은 매우 평온하였으니 1882년으로부터 10년간은 자연과 독서로 평화한 생활을 하였고, 1892년 3월 26일에 그는 73세의 끈기 있는 생애를 마치었다.

이와 같이 휘트먼은 칠십의 일기를 평민으로 나서 평민을 노래하다가 평민으로

죽은 점에 그 시의 생명도 있는 것이다. 그의 시편은 1855년에 『초엽집』 제1집이 발행되기 비롯하여 1860년에 전집을 발행하였다. 그의 시에 대하여는 내가 따로이 설명이나 소개하는 것보다 다음에 기록한 졸역 수 편에서 독자가 능히 판단할 수 있을 것이요 나는 다만 "민주시의 선구자"—종래의 규약을 함부로 무시한 "대담한 자유시인"이라고 그를 부르고 싶다.

# 실제失題 외

김억

**역자 부언附言**

Sarojini Naidu의 시집 *The Broken Wing*의 운문을 산문으로 번역하였습니다. 하고, 타고르의 것은 *Gardener*에서 가져왔습니다. 인도 여시인의 시집은 기회 있는 대로 소개하려고 합니다.

## 결혼행진곡

변영로

이제 역출譯出하는 단편은 노벨문학상금 수령자의 일인一人인 서전瑞典(—스웨덴)의 낭만파 작가(근자에는 자연주의로 변절하였지만) 셀마 라겔뢰프 부인의 작품이다. 철두철미 낭만적의 명작이다—"아름다운 부자연"과 "암시 많은 부정세不精細로 구성된! 자연주의의 경향이 역질疫疾같이 만연하는 애도할 우리 문단에 이러한 낭만적 작품을 소개함도 의미 있을 줄로 믿는다.

**독자께**—

불행히 원문을 읽을 어학의 소양이 없고 또 일역(일역의 유무도 모릅니다)도 구救치 못하여 단순히 Velma Swanston Howard 씨의 영역을 중역重譯하게 되었습니다. 그리하여 인명과 지명의 발음은 하릴없이 영어음대로 하였사오니 그렇게 아십시오.

역자

## 호수의 여왕

방정환

동화로서도 취미 있는 것일 뿐 아니라 작자 아나톨 프랑스 선생의 심절深切한 우의寓意가 이 1편에 숨겨 있는 것이 값있는 것이라. 이제 역자는 편집인의 심한 촉박에 몰리어 앉은자리에서 붓을 달음질시키게 되어 원작을 더럽힐까 하는 염려로 몹시 섭섭하게, 또 몹시 부끄럽게 생각하는 터에 또다시 그것을 편집상 관계로 반을 잘라서 내호來號(-제27호)에 싣는다는 것을 듣고 거듭거듭 미안히 생각합니다.

# 『개벽』 외국문학 편(최근해외문학걸작)

**개벽사**

● 『개벽』 71, 개벽사, 1926.7.1, 창간 6주년 기념호 부록 1~96면

## 해외문학 소개호 편집에 제際하여

외국문학 소개호를 다소간이나 혹은 부족한 점이 많을지라도 한번 계획하여 보자고 생각하기는 편집자 자신뿐만 아니며 또한 이때껏 '외국문학'이라는 것을 위해서 전 지면을 점령해 본 일도 없으므로 써 아무러나 한번 시험해 보자는 것이 기어코 이처럼 빈약한 내용을 산출시키었다. 다만 생각만은 오래전부터이었었으나 그 계획에 이르러서는 너무도 돌발적이었음을 사실로 말하고 싶다. 다만 1개월의 3분 2밖에 안 되는 시일에서 이것을 계획하였다 하면 이것은 너무나 편집자의 사려가 부족한 것이라고 질책함을 받을는지는 모르나 여하간 잡지의 형편과 하고 싶은 정열에서 이와 같은 모순을 자연스레 만들어 내고 말았다. 더욱이 참고서로 말할지라도 원래 빈약한 서울에서는 그리 용이히 얻기 어렵고 또는 본국으로 주문을 한다 해도 장구한 시일 문제이었기 때문에 몇몇 구우舊友의 감추인 서재와 편집자 자신의 불비不備한 서재에서 이리 뒤적 저리 뒤적거리어서 겨우 만들어 낸 대신에 그 내용에 이르러서만은 그 색채를 변하지 말고 무책임한 유희 문학을 분별해서 한 자만일지라도 우리가 이상으로 하는 문예에 공헌이 있을 만한 것을 소개하자고 하였던 것이다. 그러나 그것도 시일 문제로 불비한 점이 많았으니 나는 이제 또 다른 기회에서 이번의 불만을 씻어 보고자 하는 바이다.

더욱이 필자 제씨諸氏에게도 이와 같은 단축한 시기에서 무리한 주문으로 매일로

써 최촉催促하여 적지 않은 불안과 무리로써 역필譯筆을 끝내게 하였으니 먼저 필자 제씨에게 미안한 말씀을 드리며 또한 그와 같은 결과로서 내용에 대한 불충분한 점이 있다 하면 그것만은 전부 편집자가 책임을 질 것임을 일반 독자 제씨에게 말한다.

또한 몇 개의 연속물이 있어서 미안하게 되었으나 잡지로서는 지면 분배상 피할 수 없는 사정이었다.

모든 양해 아래서 이 글을 읽기를 바란다.

편집자로부터

# 『태서문예신보』 창간사

**태서문예신보사**

● 『태서문예신보』, 태서문예신보사, 1918.9.26~1919.2.17(통권 16호)

## 창간의 사辭

본보는 저 태서의 유명한 소설, 시조, 산문, 가곡, 음악, 미술, 각본 등 일반 문예에 관한 기사를 문학 대가의 붓으로 직접 본문으로부터 충실하게 번역하여 발행할 목적이온바 다년 경영하던 바가 오늘에 제1호 발간을 보게 되었습니다. 편집상 불충분한 점이 많사오나 강호 제위의 애독하여 주심을 따라 일반 기자들은 붓을 더욱이 가다듬어 취미와 실익을 도모하기에 일층 노력을 더하겠습니다.

## 우리는 알아야 하겠다

그렇다. 우리는 알아야 하겠다. 배우어야 하겠다. 이전에 문을 잠그고 혼자 살던 시대에는 이 알아야 하고 배우어야 할 깨달음이 이다지 긴절치는 아니하였다. 그는 이 알아야 하고 배우어야 할 것의 범위가 좁아서 거의 자연히 알아지고 배우어짐을 인함이었다. 또는 알지도 못하고 배우지도 아니할지라도 오늘과 같이 곤란치는 아니함을 인함이었다.

그러나 이제는 모든 것이 그와 같지 아니하다. 문은 사면으로 열린 지 벌써 오래이다. 우리는 아세아주 외에 구라파가 있는 것도 안다. 황인종 외에 백인종 있는 것도 안다. 일뿐만 아니라 저희들과 함께 살게 되었다. 싫어도 함께 살아야 한다. 함께 산다—함께 살면서 저희의 무엇과 무엇을 알지 못하면 손해는 갈 곳 없이 우리의 것이다.

이 알아야 할 것은 결코 오묘한 철학이라든지 전문가의 과학이 아니다. 이런 것은 그것 그것의 각각 전문가가 연구하면 넉넉하다—그러나 저희는 누구인지, 어디서 무엇을 하고 어떻게 사는지, 풍속은 어떠한지, 왜 우리보다 낫게 사는지, 또 의식을 다른 사람에게 기대고 지내는 우리는 우리의 의식을 우리의 손으로 만들지는 못할지라도 어느 곳에서 만드는지, 어떻게 만드는지, 누가 만드는지는 알아야 하겠다. 이것은 남자도 알고 여자도 (…3행 유실…) 우리는 어떻게 하든지 이 넓고 넓은 땅 위에서 무엇이 되어 가는지 알아야 하겠다. 이는 (…1행 유실…) 어느 곳에서 비가 오고 어느 곳에서 바람이 부는 것을 알아야 하겠다는 말이 아니라 즉 세계에 대한 우리의 지식을 넓히어야 하겠다는 의미이다.

우리의 아는 것이 우리의 동리 일에만 있을진대 우리는 우리 아는 동리만 한 세상에만 살고 있는 것이다. 그러나 우리는—오늘의 우리는 이 세계만 한 세계에서 살아야 한다. 지지는 못할지라도 살려고는 하여야 한다. 이곳에 저 선진인 저희 것들을 보고 들어야 할 깨달음의 간절함이 있으며, 이리하려면 본보를 의지할 수밖에 없다. 이로 인하여 나는 성심으로 본보를 사랑하며 본보를 주관하시는 장두철 씨의 부디 더욱더욱 건강하심을 바라는 동시에 사농공상을 물론하고 남자이나 여자이나 노인이나 청년이나 다같이 본보를 애독하시기를 희망합니다.

윤치호

## 『해외문학』 창간사

**외국문학연구회**

● 『해외문학』 1, 해외문학연구회(해외문학사), 1927.1.17, 202면
● 『해외문학』 2, 외국문학연구회, 1927.7.4, 68면

### 창간 권두사

외국문학연구회는 1927 새해부터 『해외문학』을 세상에 내놓는다. 비참한 과거, 미약한 현실보다도 위대한 미래의 거룩한 이상을 위하여 우리는 하루바삐 뜻 있는 운동을 실지화實地化시키는 것이다.

무릇 신문학의 창설은 외국문학 수입으로 그 기록을 비롯한다. 우리가 외국문학을 연구하는 것은 결코 외국문학 연구 그것만이 목적이 아니요 첫째에 우리 문학의 건설, 둘째로 세계문학의 호상互相 범위를 넓히는 데 있다.

즉 우리는 가장 경건한 태도로 먼저 위대한 외국의 작가를 대하며 작품을 연구하여 써 우리 문학을 위대히 충실히 세워 놓으며 그 광채를 돋워 보자는 것이다. 이에 우리는 우리 신문학 건설에 앞서 우리 황무荒蕪한 문단에 외국문학을 받아들이는 바이다.

여기에 배태될 우리 문학이 힘이 있고 빛이 나는 것이 된다면 우리가 일으킨 이 시대의 필연적 사업은 그 목적을 달達하게 된다. 동시에 세계적 견지에서 보는 문학 그것으로도 한 성공이다. 그만치 우리의 책임은 중대하다.

이런 의미에서 이 잡지는 세상에 흔히 보는 어떠한 문학적 주의主義 하에 모인 그것과 다르다. 제한된 일부 인ㅅ의 발표를 위주로 하는 문예잡지, 동인지 그것도 아니다. 이 잡지는 어떤 시대를 획劃하여 우리 문단에 큰 파동을 일으키는 뜻있는 운

동 전체의 기관機關이다. 동시에 주의나 분파分派를 초월한 광범한 그것이 아니면 안 된다.

송松

1926년 12월

## 창간 축사

일본 도쿄 와세다 대학

1926년 11월

나의 경애하는 정 군.

군과 군의 우인友人 몇 사람들이 『해외문학』이라는 새로운 조선 잡지를 편집하여 다음 정월에 발간하려고 계획 중이라 함을 듣고 나는 기뻐합니다. 나의 의견으로서는 외국문학의 연구는 각국 작가의 가장 필요하고 중요한 영감자靈感者일까 합니다. 그것은 신선한 관념을 넘치도록 지래持來하고 새로운 작가를 분발시키며 옛 작가가 무기력하게 됨을 방어하는 것이니 그것 없이는 진정한 문학 생활이 불가능입니다. 우리 영국에는 모든 것이 실제적으로 외국문학에 의하고 있습니다. 우리의 가장 위대한 사람들은 모두 대륙에서 관념과 논제를 절취竊取하였습니다. 르네상스(문예부흥) 시대뿐만 아니라 그 전과 후에도.

그러므로 그대들의 이 새로운 잡지가 조선의 문학 생활에 제20세기 르네상스의 선구자 되기를 희망합시다.

그대들의 모든 성공을 바라면서

진정한 그대의

레이먼드 밴턱Raymond Bantock

## 두언頭言

자기 자신 것만으로—더구나 그것이 피상적이요 천박이요 협량狹量일 때—만족할 수 있는 이는 얼핏 보아서 가장 행복인 듯하되 실인즉 가장 가련한 존재이다.

세계문화 수입의 필연적 요구는 '외국문학연구회'를 하여금 당면 현재의 조선에 있어서 『해외문학』이란 일개의 잡지적 '코즈모폴리턴'을 낳게 되었다.

문학주의의 일체一切를 내포하고 객관적 입장 견지에서 외국 것을 조선화하고 조선 것을 외국화하는 데 그 종합적 명제의 초점과 목표가 있어야겠다.

사이비적 번역이 대가연大家然이고 '만인萬引'적 문예 연구가 유행함으로써 문단 이기적而已的 문단 향락 현상에 호응하는 '소위 문사'—진정한 문예가를 말하지 않는다—만을 위하여도 전율의 혜성이다.

염하炎夏의 논바닥처럼 건조에 파열된 조선의 이목구비에 뇌성벽력과 폭풍우가 접촉되자 미구未久 현출現出의 홍수 뒤엔 신선한 창조가 대지에서 영감靈感되리라.

정

# 『문예월간』 창간사

**문예월간사**

● 『문예월간』, 문예월간사, 1930.11.1~1932.3.1(통권 4호)

● 이순석 표지 · 목차 컷

## 창간사

우리가 진정한 의미의 문예 잡지를 하나 가져 보려는 욕망만이라도 얼마나 귀중하다는 것을 알겠거든 대담한 짓이라 볼 수 있는 이 『문예월간』의 첫걸음의 임무가 어떻다 하는 것은 다시 말할 필요도 없을까 한다.

이제 모든 문예 운동은 세계를 무대로 하여 향상하고 진전해 나간다. 일개인 일유파의 문학은 그것이 일 국민문학이 되기도 하는 동시에 또한 세계문학의 권내로 포괄되어야만 하는 것이다.

그러면 우리의 문학도 아마 세계적으로 진출하였다고 볼 수가 있는가, 또 이것을 가지고 세계 문단에 나설 만한가 말하는 것만이 오히려 파렴치한 일이다. 우리들의 입으로 신문예를 운위한 지 10 유여 년에 무엇을 꿈꾸고 있었던가.

우리는 이제 흩어진 문단을 감히 정리해 보려는 부질없는 야심이 있다. 동시에 아직껏 침묵을 지켜 오던 동지들을 끌어내야 할 의무를 절실히 느낀다. 그리하여 어서 바삐 어깨를 세계 수준에 겨누어 보지 않으려는가.

남부끄럽지 않은 우리의 우리다운 문학을 가지기에 노력하자. 그리하여 세계문학의 조류 속에 들어서자. 우리는 이 사업의 일조가 되기 위하여 이 잡지의 전부를 바쳐 나가고자 한다.

1931년 10월

이異

# 팔대문호약전

김한규

● 김한규, 「팔대문호약전」, 『신천지』 4, 신천지사, 1922.1.18, 부록 1~33면

## 머리의 말

세계에서 가장 위대한 문호의 약전을 구고舊稿 중에서 다시 택출擇出하여 여러분 앞에 제공합니다. 그러나 팔대 문호라 하면 다른 이는 이외에도 위대한 문호가 많이 있으리라고 할는지도 모르나 이는 찬자撰者가 우금于今까지 읽어 본 중에서 가장 위대하다고 생각한 문호만을 찬撰함에 불과함이외다. 좇아서 그 내용의 조잡함과 문장의 세련되지 못한 부분이 많음은 원래 사도斯道의 수양이 부족한 찬자이므로 부득이함이니 독자 여러분의 양諒하심을 바라나이다.

**부附**

본편은 일찍 찬자가 『매일신보』에 필筆을 집執하였을 때에 동지 상에 발표한 일이 있었던바 이를 다시 정정訂正하여 여러분의 연구에 자資하려 하노라.

# 세계십대문호전

## 신태악

● 신태악, 『세계십대문호전』, 이문당, 1922, 102면

### 서

문호가 예술로써 귀할 뿐인가. 아니라. 문호가 학문으로써 중할 뿐인가. 아니라. 문호의 귀하고 중한 가치는 곧 사회사상의 선도됨과 사회 문화의 정화精華됨과 국리민복의 호보조好補助되는 등으로써라. 그러므로 셰익스피어가 출出하자 영길리英吉利(-잉글랜드)의 정신이 완조完造되고, 단테가 내來하자 이태리의 기초가 형성되고, 톨스토이가 현現하자 노서아露西亞(-러시아)의 서광이 희미熹微하였도다.

지금 우리 조선은 정신적 부활을 요구하는 시대니 이때에 우리가 이 정신계의 일一 원수元帥되는 문호의 궐기를 촉促하지 않을 수 없는지라. 우리의 구문명을 자랑하여 고골枯骨의 환생을 환喚함도 문호의 역力을 대待하겠고, 우리의 신생활을 부르짖어 낙원의 선과善果를 비備함도 문호의 역力을 대待하리로다. 이 곧 우리가 우리 조선에 문호가 많이 오기를 망望하는 바니라.

이제 신태악 씨가 『세계십대문호전』을 찬성撰成하니 그 은근한 의미가 실로 오배吾輩의 동감이라. 자玆에 수언數言을 서序하여 써 차서此書의 공탑功塔이 실현하기를 축祝하노라.

신유(-1921) 10월 하한下澣

장도빈 근지謹識

## 서

근포槿圃 신태악 군이 그 득의의 재필才筆로 동서고금의 십대 문호를 묘사하여 세간에 공포하니 사상적으로 양사우良師友를 별로이 가지지 못한 우리 학계에 양사우를 많이 가지게 되었도다. 전傳 중의 인물을 보건대 문성文星으로서 그 위대하게 된 소이가 한갓 자연의 미를 구가하며 여성의 미를 연애함에만 있지 아니하고, 인도의 옹호자로서 더욱 위대하고 국학의 건설자로서 더욱 위대하며, 혹은 암흑한 사연死淵에서 광명한 생로生路를 지시하기도 하며 혹은 참담한 누옥淚獄에서 환락한 소원笑苑을 개시하기도 하여 비관하는 이에게 위안을 주며 낙담하는 이에게 희망을 주며 잔약孱弱한 이에게 용기를 고취하여 어디까지든지 튼튼하고 바람이 있고 빠르게 나아가는 사람이 되게 하니 이 의미로 보아서 금일 우리에게 더욱 공명이 되고 교훈이 됨이 다대하니 독자가 일인一人일지라도 이를 심득心得하여서 체현하기를 힘쓰는 이가 있게 되면 어찌 그 일인의 행幸이 될 뿐이랴.

신유(-1921) 소춘小春 상완上浣

호암 문일평

## 후서後序

나는 문사가 아니라. 전생全生의 길을 문학에 정하려는 희망도 없거니와 또한 각오도 없노라. 그러나 문학이라 함이 예술과 같이 원심력인 동시에 구심력임은 이해하며, 이를 창조하고 건설한 그들은 자유, 해방의 신이며, 인생의 오의奧義를 그린 화공畫工임은 확인하노라.

한풍이 불어 가는 진세塵世에 춘기 난만한 화만花幔을 그리며, 상설霜雪이 분운紛紜한 인생의 행로에 희망의 신지新地를 열어 주는 자는 곧 문학이요 시간을 단축하여 만고의 활극을 금일에 영映하고, 금일 이 만상을 천추에 사寫하며, 공간을 초월하여 동인東人의 사상을 서인西人에 전하고, 서인의 영명靈命을 동인에 파播하는 자도 문학이라. 문학의 힘이 어찌 위대치 않으리오.

위대한 문학은 위대한 인격자의 정령精靈의 약동이라. 문학의 위偉를 감感하고 그 창설자의 대大에 동動치 않음은 화연花宴의 여흥에 춤까지 추고도 어떤 연석宴席인지 알지도 못하고 유유히 돌아가는 자와 무엇이 다를까. 말末은 보고는 시始를 구하며 종終을 만나면 원源을 찾음이 인류의 생명이니라. 그러므로 맥박의 약동에 기묘其妙를 감感한 자는 혈관의 구성이 신비함을 깨닫지 않을 수 없으며 화용花容의 연연戀戀에 기정其情을 격激한 자는 자연의 기변機變이 신기함을 느끼지 않을 수 없나니 고로 문학의 위력을 깨닫고 그 생명의 공급자인 문호의 정화精華를 찬양치 않을 수는 없느니라. 또한 그 정신의 골수를 색구索求하며 그 일생 생활에 처세한 열력閱歷을 연구함도 필연의 계단이니라.

더욱 암흑에서 광명, 공포에서 위안을 갈망불기渴望不已하는 우리 강산에 산천을 채색하고 나라를 빛낼 시성詩聖 문호의 배출을 기대하는 이때 만세의 목탁을 전하는 선배의 열력을 찬撰함도 무의無意의 도로徒勞가 아닌 줄 사思하는 동시에 체채遞遞한 문성文星의 생애는 생각 깊은 나로 하여금 집필치 않고는 능히 못하게 하매 자신의 무지와 원래 무학 무식함도 불고하고 대담히 붓을 들어 찬하기 필畢하고 서序함에 당하여 감개하기 무량하고 송구하기 무비無比한 것은 첫째 차서此書가 사회에 대한 영향의 선부善否며 둘째 찬술 중 문호의 생애에서 보고 받은 자신의 형편과 책임에 대한 느낌이라.

때가 겹하고 해가 쌓이는 사이에 가고 온 인류의 역사에 형편이 같고 모양이 같은 사적이 없을 것은 아니겠지만 최치원전을 찬할 때에 느낀 것 같은 적절하고 심오한 격동은 찬자撰者로 하여금 이에 특서特書치 않고는 불인不忍케 하도다.

최치원 선생이 유학의 대지大志를 품고 상선을 따라 발정함에 제하여 기부其父가 경계한 말을 쓸 때엔 졸자拙者가 어려서 집을 떠날 때의 기억이 새로워지며 종종 받는 가신家信 중 더욱 최근에 온즉 "(…전략…) 전로前路가 요원한 봉봉丰丰의 청년이라. 세로世路가 양기兩岐가 유有하니 어좌어우於左於右에 일一은 태항산을 유踰하고 고해파苦海波를 섭涉하여 낙원에 달하며 일一은 안일향安逸鄕을 유由하고 화류촌花柳村을 과過하여 철산鐵山 지옥에 박泊하나니 기其 인내력이 부富하고 용감심이 강한 자는 태항산을 구질시丘垤視하고 고해파를 평지답平地踏하여 낙원의 주인공이 되어 원만한 행복을 향유하고 기차其次는 태항산을 근유僅踰하였으나 고해 풍파에 표탕飄蕩하다가 중도에 방황하고 기차其次는 태항로太行路를 향하다가 마경거패馬驚車敗하여 희허질호唏噓叱呼하면서 행로난을 탄歎하고 진퇴유곡하며 무지 무능자는 안일향에서 호보豪步를 발發하여 화류촌을 답파하고 철산 지옥을 제집같이 들어가나니 수誰가 안일향, 화류촌을 불호不好하리오마는 종점이 철산 지옥이 무서우며 수誰가 태항로, 고해파를 욕행欲行하리오마는 피안의 낙원에 욕도欲到함이 아닐까. (…중략…) 여汝가 여余의 자식이거든 차언此言을 간폐肝肺에 심각深刻하여라. (…하략…)" 한 일장一張의 글월은 다시 꺼내어 독송讀誦치 않을 수 없게 되도다.

오호라, 각편各篇에 대한 감상과 격동이 어찌 이뿐이리오마는 번煩을 제除하고 간簡은 취하며 장황張皇을 피코자 하여 시是는 자玆에 지止하고 진進하여 차서가 완성되기까지 많은 조력을 아끼지 아니하신 제씨에게 감사를 드리며 충정을 다하여 좋은 면목으로 출세하고 강한 체질로 섭세涉世하기를 바라는 동시에 찬자 자신으로는 그윽이 많은 기대를 시是에 속屬하노라.

전기傳記의 절대 창작이라 함이 원칙상, 성질상으로 보아 있을 리가 만무하지만 더욱 차서는 순전히 타他를 참고하여 찬술한 것이라. 혹은 역술하고 혹은 발기拔記하여 써 복잡한 문호의 생활을 불과 오륙 엽頁에 축사縮寫하였노니 그 어찌 전 생애의 진상이 유감없이 발표되었음을 믿으리오마는 찬자 자체의 정성과 노력은 끝까지 이에 있었음을 공언하노라.

권선징악에는 요순 도척이 일반이라. 고로 나는 문호의 생활에 선부善否를 동일시하여 정의의 창도자요 인도의 건설자도 찬하였으며 도덕의 반역자요 인륜의 유린자도 찬하였나니 독자는 각자의 판단을 현명히 하여 "영웅은 호색이라니 호색이면 영웅이라"는 논법과 같은 해석이 없기를 바라며 문예는 낭만주의, 자연주의가 근수根髓가 아니며 낭만주의, 자연주의는 순연한 무제한의 자유를 의미함이 아님을 해득하여 일보의 오류가 없기를 비노라.

여余가 차서의 찬撰에 필筆을 거擧하기는 지난 하간夏間이라. 가暇를 승乘하여 사전史傳을 열閱하고 연緣을 종從하여 참고에 자資하는 사이에 일천월이日遷月移하여 지금을 당하니 당초의 계획과 예선預先의 선정에 변함이 많았고 틀림이 많도다. 또한 내 원래 과문寡聞이요 이것이 독단이라 어찌 고명의 만족이 있음을 바라며 사회의 반향이 읾을 자기自期하리오. 희噫라, 일 척의 목木이 대하大廈에 어찌하며 일 촌의 철鐵이 거함巨艦에 무엇 하리오마는 일 궤簣의 토土가 천 인仞의 산에 일조가 있음을 생각할 때에 다시 분신자임奮身自任하기도 주저치 않노라.

처음 예정하기는 인도의 타고르와 파란波蘭(-폴란드)의 시엔키에비치Sienkiewicz며 낙위諾威(-노르웨이)의 입센Ibsen과 서전瑞典(-스웨덴)의 스트린드베리Strindberg 등의 제諸 문호의 전傳도 공찬共撰하려 하였으나 제목이 『세계십대문호전』이 되는 동시에 겸하여 최근 문호의 열전은 후일 경찬更撰하리라는 희망과 결심으로 변하여 이에 이르다.

찬撰을 시始하여 금今에 지至하기까지 사회의 많은 동정과 여러 선배의 많은 교시를 받아 왔으며 더욱 호암 문일평 씨의 찬에 대한 고견과 금당 이규집 씨의 출판에 관한 주선에 병幷하여 산운 장도빈 씨의 서序와 성재 명이항 씨의 많은 두호를 받은 데 대하여는 찬자 자신의 광영으로 사思하면서 만강의 감사를 드리는 바이라. 만약 차서가 다소나마 사회에 대한 공헌이 있다 하면 이는 모두 찬조를 주신 제씨의 공적이라 하노라. 정을 막고 말을 끊어 이에 필筆을 각擱하니 때는 ○○○○이라. 신태악은 가회 객사에서 서書하노라.

# 태서명작단편집

**변영로 외**

● 변영로 외, 『태서명작단편집』, 조선도서주식회사, 1924.2.29, 199면

## 서언緖言

여기 편찬한 단편들은 나의 선배요 외우畏友인 가인, 육당, 순성, 상섭 등 제군과 나 자신이 여러 대륙 작가 작품 중에서 찬발撰拔하여 번역한 것으로 잡지 『동명』, 『개벽』, 『학지광』, 『신생활』 지상에 게재하였던 것이나 이리저리 산일散逸되어 버림을 애석히 생각하여 이에 그것들을 수습하여 단행본으로 출판하기로 한 것입니다.

물론 이 단편집 가운데 모은 단편들이 모두 다 그 작자 자신네들의 대표적 작품들만이라고는 단언할 수 없으나 하여간 어느 정도까지는 그 작자네들의 면목을 엿볼 수 있을 만큼 그 작자네들의 특색을 보인 작품들이며 또 역자들(나 외에)도 어느 정도까지 신용할 수 있다고 깊이 자신하므로 이 단편집이 다소 역자들께 영향하는 바가 있으리라 합니다.

마지막으로 이 단행본을 편찬함에 대하여 많은 원고를 기껍게 내주신 제형諸兄과 이 책을 맡아 출판하여 주시는 조선도서주식회사에 계신 홍순필 씨께 아낌없는 감사를 드립니다.

# 세계문학걸작집

**오천석**

● 오천석, 『세계문학걸작집』, 한성도서주식회사, 1925.2.28, 300면

## 머리로 드리고 싶은 말씀

제가, 변변치 못한 제가 감히 이러한 적지 않은, 쉽지 않은, 저에게는 몹시 쓰리고 아픈 역사를 트라이하였습니다. 이것은 누구나 다 이러한 역사를 하는 사람치고는 당하지 않는 이가 없는 것과 같이 저에게도 큰 괴로운 역사이었습니다. 이는 이 역사를 비롯하기 전부터 익히 알았던 바이지마는 저는 당돌히 이 일을 시작하였습니다. 이것을 하지 않고는 제 가슴에 쇠갈고리 같은 고민이 떠나지 않을 것이며 제 머리 위에 돌 뭉치 같은 압박이 늘 노리고 있을 것이므로 저는 마침내 허리띠를 굳세이 매고 이 역사를 비롯한 것입니다. 저는 전문가 아니신 우리 동포가 어찌 저 크나큰 문예품을 읽을 수가 있으랴 하여 몹시 애달파 하였습니다. 그러나 전문가로 문학을 연구하지 아니하는 분이라도 이 진보된 20세기 활무대活舞臺에서 남과 같이 어깨를 겯고 나아가려면은 적어도 세계 각국의 이름난 글은 읽지 아니치 못할 것을 절절히 느꼈습니다. 문명의 정화인 문예를 알지 못하고 문명을 안다 하는 사람은 마치 꽃을 감상하매 그 흐르는 향기를 맡지 못하고 꽃을 다 감상하였노라 하는 이와 일반으로 극히 어리석은 자이겠습니다.

그러면 문예를 알 필요는 절절하고 그 크나큰, 더구나 외국어로 된 원서를 읽을 수 없는 문예 전문가 아닌 우리 동포를 위하여 가장 뜻이 깊고 길이 바른 공헌은 무엇이라 하리까?

저는 이러한 유감을 깁기 위하여 이제 세계 각국의 가장 이름 높다 하는 문예품을 골라 모아 『세계문학걸작집』이라는 책을 하나 만들었습니다. 본서는 앞서 누누이 말씀 올린 바와 같이 문예 전문가 이외의 우리 동포를 위하여 세계 대문호의 걸작품의 그 대강한 사연을 간단히 기록한 것입니다. 사정으로 말미암아 본서는 제1권으로 하여 다섯 문호의 걸작품을 소개함에 지나지 못하였습니다. 다음은 제2권으로 톨스토이의 『안나 카레니나』, 입센의 『인형의 기家』, 셰익스피어의 『맥베스』, 도스토옙스키의 『죄와 벌』, 밀턴의 『실낙원』을 소개하고 또 차차 기회 되는 대로 다음을 계속하려 합니다.

본서는 할 수 있는 대로 그 세계적 걸작의 아름다운 맛을 그릇되이 하지 아니하기를 도모하여 대개는 일본역 삼사 가지와 및 영역 한 가지로써 서로 비추고 살폈습니다.

긴 말씀 드리기를 원치 아니합니다. 오직 이 글이 세상에 나가서 조금이라도 우리 문화 운동을 돕는다 할진댄 이 위에 더없이 다행이라 하겠습니다.

뜻이 깊은 1921년 3월 1일

오천원

춘우 비비霏霏한데 인천 우각원牛角園에서 삼가 씀

# 세계단편선집
## 임학수 · 이호근

- 임학수 · 이호근, 『세계단편선집』, 신조사, 1946.7.20(초판); 1946.10.25(재판), 183면
- 임학수 · 이호근, 『죄수』, 백수사, 1947.5, 183면
- 세계단편선집 1

### 서

이제 우리는 모든 분야에 있어 그러한 것과 마찬가지로 문학에 있어서도 세계적 무대 앞에 던져졌다. 그러나 그 무대 위에서 탁월한 연기로 관중을 압도하기에 이르기까지에는 우리는 한편 남의 연기를 감상하고 비판하는 충실한 관극자觀劇者로 되어야 할 것이다. 다시 말하면 우리의 문학을 높은 수준에 끌어올리는 데 있어 부단히 외국의 그것을 접촉, 흡수하여 써 때로 메마른 채원菜園에 한줄기 소낙비의 효능을 가져 오게 하여야 한다는 것이다.

지금까지 우리들은 번역문학이라는 것을 과소평가하여 왔다. 물론 우리는 정치적으로 외국 문화와의 교류를 꾀하거나 정당한 비판을 가할 수 없는 불리한 환경에 있었고 또 이 화려하지 못한 번역이라는 사업에 힘쓰는 사람이 적은 탓도 있었지만 주로 출판업자들의 시야의 좁은 데에서 온 원인이 더 컸었다. 그럼에도 불구하고 대다수의 문학가와 독자 대중은 늘 외국문학의 영향을 받아 자랐고 그에 세밀한 관심을 가지려 하여 오지 않았느냐? 이제야 우리에게는 예속이라는 장벽이 무너지고 우리의 고유한 문자, 우리의 고유한 언어로서의 가장 참신한, 때로는 가장 심오한 외국의 현대문학과 고전을 해석하고 비판할 때가 이른 것이다!

그러한 의미에 있어 이 선집은 다만 먼 벌판에 앉아 쉬어 갈 한 그루 나무 그늘만으로 되지는 않으리라고 믿는다. 장차 족출할 울창한 삼림의, 또는 아담한 화원의

앞잡이를 맡아 가장 겸손하게, 그러나 끊임없이 흘러갈 한 계류溪流가 되기를 바라는 바이다.

1946년 6월 5일

임학수

## 원작자 찾아보기

### 동양


가가와 도요히코(賀川豊彦) 1045
가오밍(高明) 850
강용흘(姜龍訖) 214
고미카와 준페이(五味川純平) 1058
궈모뤄(郭沫若) 223, 224, 856, 859, 918, 919
기쿠치 칸(菊池寬) 1019, 1021
김산(金山), 장지락(張志樂) 216
나쓰메 소세키(夏目漱石) 1012
나카니시 이노스케(中西伊之助) 1013, 1014, 1017
도쿠토미 소호(徳富蘇峰) 1041
두푸(杜甫) 884
라빈드라나트 타고르(Rabindranath Tagore) 406, 443, 526, 528, 532
라오서(老舍) 920
량치차오(梁啓超) 17, 19, 26
루쉰(鲁迅) 863, 866, 900, 919
뤄관중(羅貫中) 948
류샤오탕(劉紹唐) 937
리바이(李白) 884
린위탕(林語堂) 882, 950, 955, 958, 961, 973, 975, 977
마순이(馬順宜) 933
바이주이(白居易) 557, 884
바진(巴金) 221, 920, 945
부나이푸(卜乃夫) 231, 238
사로지니 나이두(Sarojini Naidu) 1100
사사키 다쓰(佐佐木龍) 995
샤오잉(蕭英) 926
샹카이란(向愷然) 867
소소생(笑笑生) 987
쉬전야(徐枕亞) 848, 879
스나이안(施耐庵) 841, 860, 861
시게마쓰 마사나오(重松髜修) 1035
야노 류케이(矢野龍溪) 993, 994
야스모토 스에코(安本末子) 1047, 1051
예사오쥔(葉紹鈞) 921
옌(閻) 마리아 941
오가와 신기치(小川眞吉) 1032
오오키 아쓰오(大木篤夫) 1085
와타나베 가테이(渡邊霞亭) 996
왕링포(王冷佛) 847
왕스푸(王實甫) 854
우청언(吳承恩) 981
위화(余華) 931
이미륵(李彌勒, 이의경(李儀景)) 389
이범석(李範奭) 231, 238
이토 오슈(伊東櫻州) 577
장광츠(蔣光慈) 915
장아이링(張愛玲) 924, 951
장제스(蔣介石) 218, 219
정저(鄭哲) 29
차오쉐친(曹雪芹) 843, 869, 983
차오위(曹禺) 894
쿵쯔(孔子) 553, 884, 888
헤이즐 린(Hazel Lin, 林榛子) 314
홍성(洪昇) 857
후스(胡適) 922
후지와라 데이(藤原てい) 1037
후쿠다 마사오(福田正夫) 1023
후타바테이 시메이(二葉亭四迷) 1009
히노 아시헤이(火野葦平) 1024


### 서양 · 기타


게오르그 보네프 536
게오르기 스타마토프 139
게오르크 카이저 618
그림 형제 743
기 드 모파상 197, 268, 270
너새니얼 호손 212, 281
니콜라이 고골 336
님 웨일스 216
라파엘 사바티니 812

레프 톨스토이　54, 58, 62, 178, 180, 612, 614, 1090
로맹 롤랑　141
로버트 루이스 스티븐슨　87, 89, 90, 130, 316, 754
로버트 제임스 딕슨　302
루 월리스　147
루돌프 에리히 라스페　662
루시 모드 몽고메리　764
루이스 스펜스　119
루이스 캐럴　740, 742
릴리언 헬먼　642
마가렛 미첼　318
마리 코렐리　774
마리아 아이히혼 돌로로사　106
마리아 에지워스　34
마크 트웨인　715, 719
막스 밀러　356
막심 고리키　111, 164, 619
메리 엘리자베스 브래던　48
모리스 르블랑　769, 771, 778, 785, 787, 800, 802, 813
미겔 데 세르반테스　693, 1092
미하일 아르치바셰프　345
바로네스 엠마 오르치　818
버나드 쇼　640
베르나르댕 드 생피에르　127
보리스 고르바토프　171
보리스 파스테르나크　365, 371, 476
부커 티 워싱턴　146
블라디미르 나보코프　393
빅토르 위고　33, 78, 79, 254, 1089
빌헬름 슈미트본　615
사포　538
새뮤얼 테일러 콜리지　486
샤를 보들레르　407
샤를 페로　667
세르게이 예세닌　431
셀마 라겔뢰프　1101
소피 리스토 코틴　56, 57
스테판 제롬스키　137
시도니 가브리엘 콜레트　306
시어도어 드라이저　275
시어도어 와츠 던턴　122
아나톨 프랑스　1102
아널드 프레더릭 쿠머　794, 798
아르투어 슈니츨러　185
아베 프레보　255
아서 시먼스　504
아서 코난 도일　775, 788, 794, 796, 798, 804
안네 프랑크　349
안드레이 니에모예프스키　405
안톤 체호프　116, 340
알렉상드르 뒤마 페르　50, 808
알렉상드르 뒤마 피스　53, 132, 252
알베르 카뮈　293, 297
알퐁스 도데　107, 250
알프레드 드 뮈세　80
앙드레 지드　190, 192, 263
앙투안 드 생텍쥐페리　762
앨런 알렉산더 밀른　188
앨리스 진 웹스터　151, 152
앨버트 해킷　649
어니스트 헤밍웨이　283
어스킨 콜드웰　313
에드거 앨런 포　64, 821, 823
에드몬도 데 아미치스　698, 702, 711, 713
에른스트 슈나벨　387
에리히 마리아 레마르크　133, 245
에밀 가보리오　789, 791, 793, 806
에이미 르 페브르　660
엑토르 말로　756
엘리자베스 쇠옌　104
예브게니 페트로프　145
오스카 와일드　136, 609
오토 뮐러　617

올더스 헉슬리 207
요한 데이비스 위스 91
요한 볼프강 폰 괴테 110
워싱턴 어빙 92
월터 스콧 92
월트 휘트먼 453, 1098
위다(루이 드 라 라메) 35
윌리엄 블레이크 445
윌리엄 셰익스피어 582, 607, 627, 635, 638, 748
유진 오닐 640
이든 필포츠 789, 791, 819
이반 투르게네프 66, 67, 69, 118, 126, 210, 268, 332, 535, 544, 578
이솝 653~655, 750
일리야 일프 145
장 콕토 383, 457
장 폴 사르트르 289
제프리 초서 1094
조너선 스위프트 658, 693, 761
조르주 뒤아멜 135
조르주 상드 258
조셉 로드 그리스머 131
조제프 베디에 102
조지 고든 바이런 409, 422
조지 오웰 204, 248
존 골즈워디 109
존 밀링턴 싱 640
존 밀턴 1091
존 밴 드루텐 646
존 버니언 1065, 1068, 1069, 1071, 1073
존 스타인벡 303
존 패트릭 646
존스턴 맥컬리 816
쥘 베른 115
찬코 첼라코프스키 537
찰스 디킨스 156, 158
찰스 램 98, 100, 182
찰스 모건 310
찰스 테일러 94
카렐 차페크 616
카를로 콜로디 744
칼로츠세이 537
캐서린 맨스필드 360, 363
콘스탄틴 벨리치코프 537
콘스탄틴 비르질 게오르규 273
토머스 스턴스 엘리엇 447, 462
토머스 하디 129, 195
티에리 몰니에 647
펄 벅 149, 150, 395, 397
포르튀네 뒤 보아고베 777, 814
폴 발레리 455
폴 베를렌 407
표도르 도스토옙스키 70, 72
프랑수아즈 사강 354
프랜시스 구드리치 649
프로스페르 메리메 68, 186, 201
프세볼로트 미하일로비치 가르신 1097
하인리히 하이네 411, 421
한스 크리스티안 안데르센 665, 758
해리엇 비처 스토 39, 267
허먼 멜빌 302
헤르만 주더만 82
헤르만 헤세 163, 300
헤르미니아 추어 뮐렌 694, 696
헨리 워즈워스 롱펠로 465
헨리크 시엔키에비치 46, 74, 84
헨리크 입센 583, 591, 602, 605, 622
호메로스 153

## 번역가 찾아보기

### 한국인


강봉식 371
강성주 411
계용묵 263, 267, 746
고월(孤月) 102
고장환 683, 693, 698, 729
고한승 119
권보상 116
김광배 124
김광섭 476
김광주 231, 254, 894, 900, 926
김교제 1076
김규동 300
김기진 129
김길준 204
김내성 761, 789, 791, 802, 804, 806, 808, 816, 818
김단정 130
김동성 775
김동인 122
김명순 64
김벽호 127
김병달 192
김병현 29
김상덕 720
김상훈 889
김성칠 150, 214, 1035
김성한 371
김소영 1045
김소운 1084
김송 268, 273
김시홍 421, 422
김신행 973, 975
김억 58, 84, 139, 495, 504, 526, 528, 532, 535, 537, 538, 540, 544, 548, 553, 557, 559, 561, 565, 569, 571, 884
김영환 131
김용숙 306
김용제 977, 981, 983, 987, 1085
김용철 365
김원기 316
김일평 931, 933
김재남 314
김종욱 449
김준섭 163
김진섭 185
김태원 146
김한규 1113
김현홍 1032
김형원 1098
나갈도(羅竭道) 147
나도향 68
남욱 332, 336, 340, 345
남훈 180
노자영 102, 669
노희엽 302
문병찬 679
민준호 1076
민태원 777
박건병 867
박경목 941
박계강(朴桂岡) 583
박남중 365
박누월 132, 1023
박두진 313
박순래 1041
박영준 310
박영희 616, 617
박은국 486
박정봉 945
박종화 884
박태원 794, 798, 880, 882
박현환 54

방인근 715, 812, 813
방정환 667
백대진 46, 56, 57
변영로 1101, 1120
붉은빛 788
서광순 951
서두수 1028
서항석 618, 758
설정식 635
손진태 109
손창섭 948
송지영 219, 238
신재돈 216, 218
신지식 764
신태악 111, 115, 1114
심훈 149
안민익 210
안웅렬 190, 258, 762
안회남 789, 791, 793
양건식 583, 591, 778, 843, 847, 850, 856, 857, 859, 860, 866
양병도 457
양병식 289
양원달 270
양재명 110, 609
양주동 188, 407, 462, 771, 884, 888
연성흠 689
염상섭 250, 615, 779
오일경 268
오장환 431
오천경 100
오천석 665, 1121
오천영 1069, 1071, 1073
오화섭 642, 646
원동인(苑洞人) 785
원응서 821
원창엽 397
유광렬 950
유두응 800
유서령 819
유주현 1047
유효숙 349
육정수 848
윤가온 756
윤대균 393
윤백남 861
윤복진 740, 748
윤영춘 224, 922
읍홍생(泣紅生) 879
이광수 39, 612
이덕형 356
이명규 955, 958
이명선 915
이병기 884
이상곤 937
이상로 465
이상수 104, 602, 605, 607, 1019
이상협 48, 50, 996, 1078
이서구 106, 1021
이석훈 171, 178, 794, 796, 798
이순종 769
이영철 713, 766
이용규 900
이원모 90~92
이익상 1013, 1014, 1017
이인수 447
이재열 395
이정윤 1058
이정호 675, 702
이종구 371
이종렬 961
이종수 145
이철 164
이초부(李樵夫) 293
이하유 221
이하윤 136, 424, 459, 460, 787

이헌구 141
이호근 207, 1123
이휘영 201, 297, 647
이흥우 383
일랑촌산인 994
임규일 750
임학수 153, 156, 158, 195, 429, 443, 445, 742, 1123
장만영 474
장민수 455
장영창 453
장지연 17
장지영 869
저녁별 1012
전영택 739
전유덕 151, 152
전창식 186
전형국 182
전혜린 354, 387, 389, 649
정광현 1037
정병조 360
정봉화 283
정비석 252, 814
정성룡 673
정순규 98
조명희 118, 614
조용만 135
조정호 363
조중환 577
조춘광 126
조풍연 743, 744
주시경 26
주요섭 212, 739
주요한 782, 997
지영민 248
진학문 53, 1009
차범석 640
채정근 245
최규선 694, 696
최남선 35, 107
최병화 719
최상희 409
최승일 69, 1081
최완복 197
최인화 733, 737
최장학 924
최재서 275, 281, 427, 638, 823
최정우 627
춘계생(春溪生) 62
함대훈 619
허백년 303
허집 622
현진건 66, 67, 137, 774
현철 255, 578, 582, 854
홍난파 70, 72, 74, 78~80, 82
홍명희 405
홍영의 945
화검생(和劍生) 780
황석우 1000

**외국인**

니시무라 신타로(西村眞太郎) 1024
릴리어스 호튼 언더우드(Lillias Horton Underwood, 元杜尤) 87, 89, 1068
샬롯 브라운리(Charlott Brownlee, 富來蕓) 672, 673
알렉산더 앨버트 피에터스(Alexander Albert Pieters, 彼得) 133
윌리엄 마틴 베어드(William Martyn Baird, 裵偉良) 655
제임스 스카스 게일(James Scarth Gale, 奇一) 90~92, 1065

**기타**

개벽사(開闢社) 64, 578, 582, 615, 616, 667, 854, 863, 1095, 1103

대동문화사　1051
대한매일신보사　19, 995
문예월간사　1112
문학평론사　223
시조사(時兆社)　94
신문관(新文館)　33~35, 39, 54, 405, 406, 653, 658, 660, 662, 841, 1089
신문사(新文社)　46, 654
외국문학연구회　1108
조광사(朝光社)　156, 731, 789, 791, 794, 798, 802
태서문예신보사　1105
평범사　754, 802
학생사　711
한성신보사　993

## 간행사_동아시아 심포지아 - 메모리아 총서를 펴내며

'동아시아 심포지아'와 '동아시아 메모리아'는 한국연구원과 성균관대학교 비교문화연구소가 공동으로 기획하여 출간하는 총서다. 향연을 뜻하는 라틴어에서 딴 심포지아는 플라톤의 『심포지온』에서 비롯되었으며, 오늘날 학술토론회를 뜻하는 심포지엄의 어원이자 복수형이기도 하다. 메모리아는 과거의 것을 기억하고 기념하기 위해 현재의 기록으로 남겨 미래에 물려주어야 할 값진 자원을 의미한다. 한국연구원과 성균관대학교 비교문화연구소는 지금까지 축적된 한국학의 역량을 바탕으로 새로운 동아시아 인문학의 제창에 뜻을 함께하며, 참신하고 도전적인 문제의식으로 학계를 선도하고 있는 신예 연구자의 저술을 적극적으로 지원하기 위해 학술 총서 '동아시아 심포지아'와 자료 총서 '동아시아 메모리아'를 펴낸다.

한국연구원은 학술의 불모 상태나 다름없는 1950년대에 최초의 한국학 도서관이자 인문사회 연구 기관으로 출범하여 기초 학문의 토대를 닦는 데 기여해 왔다. 급속도로 달라지고 있는 학술 환경 속에서 신진 학자와 미래 세대에 대한 후원에 공을 들이고 있는 한국연구원은 한국학의 질적인 쇄신과 도약을 향한 교두보로 성장했다. 성균관대학교 비교문화연구소는 2000년대 들어 인문학 연구의 일국적 경계와 폐쇄적인 분과 체제를 극복하기 위해 분투해 왔다. 제도화된 시각과 방법론의 틀을 벗어나기 위해서는 서로 다른 영역이 끊임없이 대화하고 소통하면서 실천적인 동력을 찾아내야 한다는 것이 성균관대학교 비교문화연구소가 지닌 문제의식이자 지향점이다. 대학의 안과 밖에서 선구적인 학술 풍토를 개척해 온 두 기관이 힘을 모음으로써 새로운 학문적 지평을 여는 뜻깊은 계기가 마련되리라 믿는다.

최근 들어 한국학을 비롯한 인문학 전반에 심각한 위기의식이 엄습했지만 마땅한 타개책을 찾지 못하고 있다. 한편으로는 낡은 대학 제도가 의욕과 재량이 넘치는 후속 세대를 감당하지 못한 채 활력을 고갈시킨 데에서 비롯되었고, 또 다른 한편으로는 시대의 변화를 선도하는 학문 정신과 기틀을 모색하지 못했기 때문이라는 것이 우리의 진단이자 자기반성이다. 의자 빼앗기나 다름없는 경쟁 체제, 정부 주도의 학술 지원 사업, 계량화된 관리와 통제 시스템이 학문 생태계를 피폐화시킨 주범임이 분명하지만 무엇보다 학계가 투철한 사명감으로 대응하지 못했을 뿐 아니라 오히려 자발적으로 길들여져 온 것이 엄연한 현실이다.

지금 우리에게 절실한 과제는 새로운 학문적 상상력과 성찰을 통해 자유롭고 혁신적인 학술 모델을 창출해 내는 일이다. 이를 위해서는 다음 시대의 학문을 고민하는 젊은 연구자에게 지원을 망설이지 않아야 하며, 한국학의 내포와 외연을 과감하게 넓혀 동아시아 인문학의 네트워크 속으로 뛰어들기를 두려워하지 말아야 한다. 그 첫걸음을 '동아시아 심포지아'와 '동아시아 메모리아'가 기꺼이 떠맡고자 한다. 우리가 함께 내놓는 학문적 실험에 아낌없는 지지와 성원, 그리고 따끔한 비판과 충고를 기다린다.

한국연구원 · 성균관대학교 비교문화연구소

동아시아 총서 기획위원회